DE KEIZER VAN OCEAN PARK

Stephen Carter

De keizer van Ocean Park

Vertaling Inge de Heer en Johannes Jonkers

2002
DE BEZIGE BIJ
AMSTERDAM

Copyright © 2002 Stephen L. Carter
Copyright Nederlandse vertaling © 2002 Inge de Heer en Johannes Jonkers
Oorspronkelijke titel *The Emperor of Ocean Park*
Oorspronkelijke uitgever Alfred A. Knopf
Omslagontwerp Studio Jan de Boer
Foto auteur Elena Seibert
Vormgeving binnenwerk Ceevan Wee, Amsterdam
Druk Wöhrmann, Zutphen
ISBN 90 234 0105 0
NUR 302

Voor mama, die wel van een mysterie hield,
En voor papa, die in dit mysterie niet voorkomt:
Ik zal altijd van jullie houden

Deux fous gagnent toujours, mais trois fous, non!
(vrij vertaald: bij schaken winnen twee dwazen altijd,
maar drie gekken, nooit!)

SIEGBERT TARRASCH

(Aantekening: Het schaakstuk dat wij de loper noemen,
wordt door de Fransen *le fou* genoemd.)

Proloog

Het huis op de Vineyard

Toen mijn vader ten slotte stierf, liet hij de kaartjes voor de Redskins aan mijn broer na, het huis in Shepard Street aan mijn zus, en het huis op de Vineyard aan mij. De football-kaartjes waren uiteraard het waardevolste onderdeel van de nalatenschap, maar Addison was dan ook altijd de grootste favoriet en de grootste fan, de enige van de kinderen die mijn vaders obsessie tot op zekere hoogte deelde, en eigenlijk ook de enige van ons die nog contact had met mijn vader op het moment dat hij voor de laatste keer zijn testament opmaakte. Addison is een prachtkerel, als je zijn religieuze onzin voor lief neemt, maar Mariah en ik hebben in de jaren nadat ik me bij de vijand heb aangesloten, zoals zij het noemt, niet meer op goede voet met mijn vader gestaan, wat de reden is dat hij ons huizen heeft nagelaten die op zeshonderd kilometer afstand van elkaar liggen.

Ik was blij met het huis op de Vineyard, een net Victoriaans huisje aan Ocean Park in het dorp Oak Bluffs, met veel houtsnijwerktierelantijnen rond de verzakkende veranda en 's ochtends een prachtig uitzicht op de witte muziektent, die is gelegen in een onmetelijke zee van glad groen gras en zich aftekent tegen een nog uitgestrektere zee van helderblauw water. Mijn ouders vertelden graag dat ze het huis voor een prikje hadden gekocht in de jaren zestig, toen Martha's Vineyard en de kolonie van de zwarte middenklasse die daar de zomers doorbrengt, nog toonaangevend en geheim waren. De laatste tijd was het, naar mijn vaders vaak herhaalde mening, bergafwaarts gegaan met de Vineyard, want het was er druk en lawaaierig en bovendien lieten ze er tegenwoordig iedereen toe, waarmee hij de zwarte mensen bedoelde die het minder goed hadden dan wij. Er werden te veel nieuwe huizen opgetrokken, klaagde hij altijd, waarvan vele een aantasting vormden van de wegen en bossen bij de beste stranden. Er waren nota bene zelfs koopflats, vooral bij Edgartown, wat hij niet kon begrijpen, omdat het zuidelijke deel van het eiland gevormd wordt door wat hij altijd het Kennedy-land noemde, het land waar rijke blanke vakantiegangers en hun blagen van kinderen zich verzamelen, en een deels boos, deels jaloers geloofsartikel van mijn vader hield in dat blanke mensen de leden van wat hij graag de donkerder natie noemde op een kluitje lieten krioelen terwijl ze de open plekken voor zichzelf hielden.

En toch is het huis op de Vineyard te midden van al die herrie een klein wonder. Als kind hield ik er al van, en nu houd ik er nog meer van. Elke kamer, elke donkere houten trap, elk raam fluistert zijn geheime aandeel in herinneringen. Als kind brak ik een enkel en een pols bij een val van het puntdak boven de grootste slaapkamer; nu, bijna dertig jaar later, herinner ik me niet meer waarom het me leuk leek op dat dak te klimmen. Toen ik twee zomers later in de duisternis van na middernacht door het huis dwaalde om water te gaan drinken, deed een eigenaardig, dreinend geluid me schielijk neerhurken op de overloop, vanwaar ik, ongeveer een week voor mijn tiende verjaardag, door de reling gluurde en zo mijn eerste prikkelende glimp opving van het voornaamste mysterie van de volwassen wereld. Ik zag mijn broer Addison, vier jaar ouder dan ik, beneden op de versleten bordeauxrode sofa tegenover de televisie in het schaduwrijke hoekje van het trappenhuis met onze nicht Sally stoeien, een donkerhuidige schoonheid van vijftien, geen van beiden helemaal aangekleed, hoewel ik op de een of andere manier niet in staat was precies uit te maken welke kledingstukken ontbraken. Mijn instinct zei me te vluchten. In plaats daarvan bleef ik, bevangen door een vreemd opwindende lethargie, toekijken hoe ze rollebolden, hun armen en benen verstrengeld in schijnbaar willekeurige houdingen – 'flikflooien' noemden we het in die simpeler tijden, een woord dat zwanger was van doelbewuste dubbelzinnigheid, misschien als een bescherming tegen de last van het specifiek benoemen.

Mijn eigen tienertijd, evenals mijn volwassen jaren saai en te lang, leverden geen gelijksoortige avonturen op, zeker niet op de Vineyard; het hoogtepunt kwam, denk ik, tegen het eind van ons laatste zomerse verblijf met het hele gezin, toen ik ongeveer dertien was, en Mariah, een nogal mollige vijftienjarige die boos op me was vanwege een vilein grapje over haar gewicht, een doosje keukenlucifers pikte, vervolgens een door mij gekoesterd honkbalplaatje van Topps Willie Mays stal en de gevaarlijke vlizotrap naar de vliering beklom, acht gammele houten sporten, de meeste ervan los. Toen ik haar inhaalde, verbrandde mijn zus het plaatje voor mijn ogen terwijl ik hulpeloos huilde en op mijn knieën viel in de akelige middagwarmte van de stoffige zolder met laag plafond, want toen al waren we vastgeroest in ons levenslange patroon van vijandigheid. Diezelfde zomer haalde mijn zusje Abigail, in die tijd nog steeds bekend als de baby, hoewel ze maar ruim een jaar jonger was dan ik, de plaatselijke krant, de *Vineyard Gazette*, toen ze op een zwoele augustusavond op een kermis pakweg acht verschillende prijzen won door pijltjes naar ballonnen en honkballen naar melkflessen te gooien, en zo haar positie als de enige potentiële atleet van het gezin verstevigde – de rest van ons waagde zich er geen van allen aan, want onze ouders hielden ons altijd voor dat hersens belangrijker waren dan spieren.

Vier augustusmaanden later werd Abby's jongensachtige gelach niet meer gehoord in Ocean Park of waar dan ook, nadat haar levensvreugde en onze vreugde om haar waren verdwenen op een verward ogenblik van door regen glibberig geworden asfalt en de vruchteloze poging van een onervaren tiener om een stuurloos geworden sportwagen te ontwijken, een opzichtig geval, door verscheidene ooggetuigen gezien maar nooit accuraat beschreven en dus nooit gevonden; want de bestuurder die een paar blokken ten noorden van Washington Cathedral mijn jongere zusje doodde in die eerste lente van het presidentschap van Jimmy Carter was lang voordat de politie arriveerde al van het toneel verdwenen. Dat Abby alleen maar een lespasje had, geen rijbewijs, kwam nooit in de openbaarheid; en over de marihuana die in haar geleende auto werd gevonden, werd nooit meer gerept, zeker niet door de politie of zelfs maar de pers, omdat mijn vader was wie hij was en de connecties had die hij had, en het bovendien in die tijd nog niet onze nationale sport was om de reputaties van de kopstukken te verwoesten. Abby was dus in staat even onschuldig te sterven als wij voorwendden dat ze had geleefd. Addison stond tegen die tijd op het punt de universiteit af te ronden en Mariah begon net aan het tweede studiejaar, zodat ik achterbleef in de nerveuze rol van wat mijn moeder haar enig kind bleef noemen. En terwijl mijn vader met opeengeperste lippen naar de federale rechtbank pendelde en mijn moeder op de benedenverdieping doelloos van de ene kamer naar de andere schuifelde, nam ik het die hele zomer in Oak Bluffs op me het huis te doorzoeken naar herinneringen aan Abby – onder op een stapel boeken op het zwarte metalen televisiekarretje: haar favoriete spelletje Leven; achter in het kastje met de glazen voorkant boven de gootsteen: een witte keramische mok met de tekst BLACK IS BEAUTIFUL, aangeschaft om mijn vader te ergeren; en, verscholen in een hoek van de luchtloze vliering: een op de kermis gewonnen, naar de doodgemartelde zwarte militant George Jackson vernoemde speelgoedpanda George, uit de naden waarvan inmiddels een afschuwelijke roze substantie kwam – herinneringen, moet ik op mijn gevaarlijke middelbare leeftijd bekennen, die in de loop van de tijd steeds vager zijn geworden.

Ach, het huis op de Vineyard! Addison is er getrouwd, twee keer, waarvan één keer min of meer succesvol, en ik heb het glas in lood in de dubbele voordeur ingeslagen, ook twee keer, waarvan één keer min of meer met opzet. Elke zomer van mijn jeugd gingen we daar wonen, want dat is wat men doet met een zomerhuis. Elke winter mopperde mijn vader over het onderhoud en dreigde hij het te verkopen, wat dat is wat men doet wanneer geluk een twijfelachtige investering is. En toen de kanker die haar zes jaar lang achtervolgde ten slotte won, stierf mijn moeder er, in de kleinste slaapkamer, met het mooiste uitzicht op Nantucket Sound, want dat is wat men doet wanneer men zijn eigen einde kan kiezen.

Mijn vader stierf aan zijn bureau. En aanvankelijk geloofden alleen mijn zus en een paar stonede bellers naar nachtelijke radioprogramma's dat hij was vermoord.

DEEL I

Novotny-interferentie

Novotny-interferentie – Een thema in de compositie van schaakproblemen waarbij twee zwarte stukken elkaars vermogen om vitale velden te beschermen, blokkeren.

I

Het laatste nieuws via de telefoon

— I —

'Dit is de gelukkigste dag van mijn leven,' kwettert de vrouw met wie ik bijna negen jaar getrouwd ben op wat binnenkort een van de droevigste dagen van het mijne zal worden.

'Juist,' zeg ik, waarbij mijn toon mijn gekrenktheid verraadt.

'O, Misha, word toch eens volwassen. Ik vergelijk het niet met onze huwelijksdag.' Stilte. 'Of een baby krijgen,' voegt ze er als een voetnoot aan toe.

'Dat weet ik, ik begrijp het wel.'

Opnieuw stilte. Ik haat stiltes aan de telefoon, maar ik haat de telefoon zelf tenslotte ook, en nog een heleboel andere dingen meer. Op de achtergrond hoor ik een lachende mannenstem. Hoewel het in het oosten van het land bijna elf uur 's ochtends is, loopt het in San Francisco net tegen achten. Maar er is geen reden om achterdochtig te zijn: ze zou vanuit een restaurant kunnen bellen, een winkelcentrum, of een conferentiezaal.

Of niet.

'Ik dacht dat je blij voor me zou zijn,' zegt Kimmer ten slotte.

'Ik ben ook blij voor je,' verzeker ik haar, veel te laat. 'Alleen...'

'O, Misha, kom nou.' Nu is ze kribbig. 'Ik ben je vader niet. Ik weet waar ik aan begin. Wat hem is overkomen zal mij niet overkomen. Wat jou is overkomen zal onze zoon niet overkomen. Goed? Lieverd?'

Er is me niets overkomen, lieg ik bijna, maar ik zie ervan af, deels omdat de uitzonderlijke en heerlijke smaak van *lieverd* me bevalt. Nu Kimmer een keer zo gelukkig is, wil ik geen problemen veroorzaken. Ik wil haar in ieder geval niet vertellen dat de vreugde die ik voel om haar prestatie wordt getemperd door mijn ongerustheid over de manier waarop mijn vader zal reageren. Ik zeg zachtjes: 'Ik ben gewoon bezorgd om je, dat is alles.'

'Ik kan voor mezelf zorgen,' verzekert Kimmer me, een bewering die zo volkomen waar is dat het beangstigend is. Ik verbaas me over het vermogen van mijn vrouw om goed nieuws verborgen te houden, in ieder geval voor haar man. Ze heeft gisteren vernomen dat haar jaren van subtiel gelobby en zorgvuldige politieke bijdragen eindelijk vrucht hebben afgeworpen, dat ze tot de finalisten behoort voor een vacature bij het federale hof van beroep. Ik probeer me niet af te vragen hoeveel mensen ze in haar vreugde heeft laten delen voordat ze eraan toekwam naar huis te bellen.

'Ik mis je,' probeer ik.

'Dat is lief hoor, maar het begint er helaas naar uit te zien dat ik hier tot morgen moet blijven.'

'Ik dacht dat je vanavond thuiskwam.'

'Dat was ook de bedoeling, maar... nou ja, het kan gewoon niet.'

'Juist.'

'O, Misha, ik blijf niet met opzet weg. Het is mijn werk. Ik kan er niets aan doen.' Gedurende een paar seconden overdenken we dit samen. 'Ik kom zo gauw mogelijk naar huis, dat weet je.'

'Ik weet het, liefje, ik weet het.' Ik sta achter mijn bureau en kijk neer op de binnenplaats waar de studenten op het gras liggen met hun neus in hun boeken vol verslagen van rechtszaken, of aan het volleyballen zijn, in een poging om rondspringend in de kwijnende oktoberzon de zomer van New England te rekken. Mijn kantoor is ruim en licht maar enigszins wanordelijk, wat doorgaans ook geldt voor de toestand van mijn leven. 'Ik weet het,' zeg ik voor de derde keer, want we zijn in het stadium van ons huwelijk beland waarin we door onze gespreksstof heen lijken te raken.

Na een passende periode van stilte gaat Kimmer weer over op praktische zaken. 'Moet je horen. De FBI zal binnenkort met mijn vrienden gaan praten. Ook met mijn man. Toen Ruthie dat vertelde, zei ik: "Ik hoop dat hij ze niet ál mijn zonden gaat verklappen."' Een kort lachje, zowel behoedzaam als zelfverzekerd. Mijn vrouw weet dat ze op me kan rekenen. En in die wetenschap wordt ze plotseling nederig. 'Ik besef dat ze ook andere mensen in overweging nemen,' vervolgt ze, 'en sommigen van hen hebben ontzettend goede cv's. Maar volgens Ruthie maak ik echt een goede kans.' *Ruthie* is Ruth Silverman, onze studiegenote aan de juridische faculteit, ooit Kimmers vriendin, en nu plaatsvervangend rechtskundig adviseuse van het Witte Huis.

'Dat ís ook zo, als ze op verdienste afgaan,' zeg ik loyaal.

'Je klinkt niet alsof je denkt dat ik de baan zal krijgen.'

'Ik denk dat je hem hóórt te krijgen.' En dat is waar. Mijn vrouw is de op één na knapste advocaat die ik ken. Ze is compagnon bij het grootste advocatenkantoor van Elm Harbor, wat Kimmer een kleine stad vindt en ik een behoorlijk grote. Er zijn maar twee andere vrouwen die zo'n hoge positie hebben bereikt, en niemand anders die niet blank is.

'Het kan zijn dat er gesjoemeld is,' geeft ze toe.

'Ik hoop het niet. Ik wil dat je krijgt wat je wilt. En verdient.' Ik aarzel en waag het er dan op. 'Ik hou van je, Kimmer. Dat zal ik altijd blijven doen.'

Mijn vrouw, die er geen zin in heeft dit sentiment te beantwoorden, snijdt een ander onderwerp aan. 'Er zijn misschien vier of vijf finalisten. Volgens Ruthie zijn sommigen van hen hoogleraar rechtsgeleerdheid. Ze zegt dat twee of drie van hen collega's van jou zijn.' Ik moet hierom glimlachen, maar niet van plezier. Ruthie is veel te behoedzaam om namen te hebben genoemd, maar Kimmer en ik weten allebei heel goed dat *twee of drie collega's* neerkomt op Marc Hadley, door sommigen als het briljantste lid van de faculteit beschouwd, hoewel hij in een kwart eeuw rechten doceren zegge en schrijve één boek heeft gepubliceerd, en dat is bijna twintig jaar geleden verschenen. Marc en ik hadden tot voor kort een redelijk goede band, en ik heb met weinig mensen een goede band, vooral niet op de universiteit; maar de onverwachte dood van Rechter Julius Kranz vier maanden geleden richtte het beetje vriendschap dat we nog hadden te gronde en wakkerde de strijd achter de schermen aan die tot op dit ogenblik woedt.

'Het is moeilijk te geloven dat de president wéér een hoogleraar rechtsgeleerdheid zou kiezen,' opper ik, om maar iets te zeggen. Marc heeft langer gelobbyd voor het rechterschap dan mijn vrouw en heeft Ruthie, ooit een favoriete studente, geholpen haar huidige baan te bemachtigen.

'De beste rechters zijn de mensen die een tijdje in de praktijk als advocaat hebben gewerkt.' Mijn vrouw praat alsof ze een officieel wedstrijdreglement citeert.

'Daar ben ik het wel mee eens.'

'Laten we hopen dat de president het ermee eens is.'

'Inderdaad.' Ik strek een krakerige arm. Mijn lichaam doet op precies de juiste plekken pijn om stilzitten onmogelijk te maken. Vanochtend heb ik na het ontbijt Bentley bij zijn veel te dure peuterklas afgezet om vervolgens Rob Saltpeter, een andere collega, hoewel niet echt een vriend, te treffen voor ons incidentele spelletje basketbal. Niet in de sportzaal van de universiteit, waar we in aanwezigheid van de studenten een figuur zouden kunnen slaan, maar bij de YMCA, waar alle anderen minstens zo belegen waren als wij.

'Ruthie zegt dat ze het in de komende zes tot acht weken zullen beslissen,'

voegt mijn vrouw eraan toe, en versterkt daarmee mijn heimelijke vermoeden dat ze veel te vroeg juicht. Kimmer spreekt Ruthies naam met opmerkelijke genegenheid uit, gezien het feit dat ik haar nog maar twee weken geleden privé haar oude vriendin voor *Juffie Rechterzifter* heb horen uitmaken.
'Precies op tijd voor Kerstmis.'
'Nou, ik vind het geweldig nieuws, liefje. Misschien kunnen we als je thuiskomt...'
'O, Misha, lieverd, ik moet ophangen. Jerry roept me. Ik spreek je nog wel.'
'Oké. Ik hou van je,' probeer ik opnieuw. Maar ik spreek mijn genegenheid uit tegen lege lucht.

— II —

Jerry roept me. Naar een vergadering? Naar de telefoon? Terug naar bed? Ik kwel mezelf met gewaagde speculaties tot het tijd is voor mijn college van elf uur, pak mijn boeken bij elkaar en spoed me naar de collegezaal om te doceren. Ik ben, zoals u wellicht hebt begrepen, hoogleraar rechtsgeleerdheid. Ik ben zo rond de veertig en heb ooit, in een grijs verleden, als advocaat gewerkt. Tegenwoordig verdien ik mijn brood met het schrijven van geleerde artikelen die te esoterisch zijn om enige invloed te hebben en daarnaast probeer ik verscheidene ochtenden per week onrechtmatige daad (herfstsemester) of administratief recht (voorjaarssemester) in het hoofd te proppen van studenten die te intelligent zijn om zich tevreden te stellen met achten maar te egocentrisch om hun kostbare energie te verspillen aan de saaie details die je moet beheersen om negens en tienen te verdienen. De meesten van onze studenten begeren alleen het diploma dat we uitreiken, niet de kennis die we te bieden hebben; en omdat elke volgende generatie ons in toenemende mate beschouwt als niet meer dan een vakschool, wordt het verband tussen het verlangen naar de titel en het verlangen om de wet te begrijpen steeds vager. Dit zijn misschien niet de vrolijkste gedachten die een hoogleraar rechtsgeleerdheid kan hebben, maar de meesten van ons hebben die weleens, en vandaag is het kennelijk mijn dag.

Ik raffel mijn college over onrechtmatige daad af – wat valt er ook voor nieuws te vertellen over het onderwerp no-faultverzekering? – en ik maak verscheidene aardige opmerkingen, geen van alle origineel, die mijn drieënvijftig studenten het grootste deel van het uur aan het lachen houden. Om half één sjok ik ervandoor om te gaan lunchen met twee van mijn collega's: Ethan Brinkley, die jong genoeg is om het nog steeds opwindend te vinden dat hij professor is met een vaste aanstelling, en Theo Mountain, die zowel mijn vader als mij staatsrecht heeft gedoceerd, en die dankzij de Wet Leeftijdsdiscriminatie bij Arbeid en een onverwoestbaar lichamelijke gestel mijn kleinkinderen misschien ook nog wel zal doceren. Terwijl ik met hen in een sjofele nis in Post zit (alleen de niet-ingewijden noemen het Post's), een grimmige delicatessenzaak twee straten van de juridische faculteit vandaan, luister ik naar Ethan die iets bijzonder grappigs navertelt dat Tish Kirschbaum afgelopen weekend op een feestje bij Peter Van Dyke thuis heeft gezegd, en treft het me, zoals zo vaak, dat de juridische faculteit een blanke kring heeft die zo snel om me heen wervelt dat ik er alleen maar nietige glimpen van opvang: totdat Ethan het ter sprake bracht, wist ik niet eens dat er afgelopen weekend een feestje bij Peter Van Dyke thuis was, en er was me beslist geen gelegenheid geboden om het af te zeggen. Peter woont twee straten van me vandaan, maar staat in de hiërarchie van de juridische faculteit mijlenver boven me. Ethan staat in theorie mijlenver onder me. Maar zelfs op de meest liberale campussen ziet huidskleur kans een eigen hiërarchie te ontwikkelen.

Ethan praat maar door. Theo, zijn ruige witte baard bevlekt met mosterd, lacht verrukt; terwijl ik probeer mee te doen, vraag ik me af of ik hun over Kimmer zal vertellen, alleen maar om gedurende één schitterend moment de pretentie te zien wegvloeien uit hun tevreden blanke gezichten. Ik wil het aan iémand vertellen. Dan komt het bij me op dat als ik het nieuws verspreid en Marc vervolgens Kimmer verslaat voor de nominatie – zoals ik vermoed dat hij zal doen, zij het niet verdiend – alle arrogantie terug zal stromen, maar dan erger.

Trouwens, Marc weet het waarschijnlijk toch al. Ruthie zou Kimmer Marcs naam niet doorgeven, maar ik durf te wedden dat ze Marc die van Kimmer heeft doorgegeven. Dat verzeker ik mezelf in ieder geval terwijl ik door Town Street alleen terugloop naar de juridische faculteit. De lunch is achter de rug. Theo, oud genoeg om een kleindochter te hebben op onze universiteit terwijl de meesten van ons nog kinderen op de basisschool hebben, is naar een vergadering vertrokken; Ethan, een deskundige op het gebied van zowel terrorisme als oorlogsrecht, is naar de sportschool gegaan, want hij houdt zijn lichaam strak voor het geval MSNBC of CNN belt. Ik heb niets bijzonders te doen en keer terug naar mijn kantoor. Studenten passeren me gejaagd, allerlei huidskleuren, allerlei kledingstijlen. Ze sloffen allemaal voort met die merkwaardige onbeschaamde tred die jonge mensen zich tegenwoordig hebben aangemeten: hoofd omlaag, schouders opgetrokken, ellebogen tegen de zij gedrukt, voeten nauwelijks van de grond. En toch weten ze de indruk te wekken dat ze barsten van de energie. Marc weet het waarschijnlijk toch al. Ik kan die gedachte niet van me afzetten. Ik passeer de granieten glorie van de gebouwen van de natuurwetenschappen, waar de universiteit tegenwoordig al het overtollige geld in lijkt te pompen. Ik passeer een stel bedelaars, allen behorend tot de donkerder natie, die ik elk een dollar geef – *gewetensgeld betalen*, noemt Kimmer deze gewoonte van me. Ik vraag me even af hoeveel van hen oplichters zijn, maar dit is wat mijn vader een 'onwaardige gedachte' placht te noemen: *Je staat boven zulke gedachten*, preekte hij dan tegen zijn kinderen, met zeldzame boosheid, en gebood ons te waken over onze gedachten.

Marc weet het waarschijnlijk al, zeg ik nog één keer tegen mezelf terwijl ik huppend de brede trap bestijg naar de hoofdingang van de gebouwen van de juridische faculteit. Ik durf te wedden dat Ruthie Silverman hem alles heeft verteld. Theo heeft Ruthie ook college gegeven, en mijn vrouw en ik waren studiegenoten van haar; maar het is Marc Hadley aan wie ze, zoals zo veel van onze studenten, haar meest duurzame toewijding schenkt.

'Dat is het probleem met studenten,' mompel ik terwijl ik over de drempel stap, want tegen mezelf praten, waarvan mijn vrouw me verzekert dat het een teken van waanzin is, doe ik mijn hele leven al. 'Ze blijven maar dankbaar.'

Desondanks heeft voorzichtigheid de overhand. Ik besluit Kimmers nieuws voor me te houden. Ik houd de meeste dingen voor me. Mijn wereld, hoewel af en toe pijnlijk, is meestal rustig, en zo heb ik het graag. Dat hij plotseling zou kunnen worden overvallen door geweld en angst kan ik me op deze zonnige herfstmiddag absoluut niet voorstellen.

— III —

In de hal met het hoge plafond stuit ik op een van mijn favoriete studenten, Crysta Smallwood, die smoorverliefd is op gegevens. Crysta is een donkere, gedrongen vrouw met niet onaanzienlijke intellectuele gaven. Voordat ze naar de juridische faculteit ging, studeerde ze Frans in Pomona en werd er nooit een beroep op haar gedaan om getallen te manipuleren. Sinds haar komst in Elm Harbor heeft de ontdekking van de statistiek haar het hoofd op hol gebracht. Ze woonde de afgelopen herfst mijn colleges over onrechtmatige daad bij en heeft sindsdien haar tijd grotendeels besteed aan haar beide liefdes: ons bureau voor kosteloze rechtsbijstand, waar ze bijstandsmoeders helpt uitzetting te voorkomen, en haar verzameling statistieken, aan de hand waarvan ze hoopt aan te tonen dat het blanke ras op weg is naar zelfvernietiging, een vooruitzicht dat haar verheugt.

'Hé, professor Garland?' roept ze met haar slordigste Westkust-accent.

'Goedemiddag, mevrouw Smallwood,' antwoord ik formeel, omdat ik door schade en schande heb geleerd niet te amicaal met studenten om te gaan. Ik loop naar de trap.

'Moet u horen,' zegt ze enthousiast, mijn ontsnappingsroute afsnijdend, zonder acht te slaan op de mogelijkheid dat ik misschien wel op weg was naar het een of ander. Ze heeft een heel kort afrokapsel, een van de laatste op de faculteit. Ik ben oud genoeg om me de tijd te herinneren dat maar heel weinig zwarte vrouwen van haar leeftijd een andere haardracht hadden, maar nationalisme bleek niet zozeer een ideologie als wel een modeverschijnsel te zijn. Haar ogen staan een beetje te ver uit elkaar, wat haar een enigszins verwarrende, wijkende blik geeft wanneer ze je aankijkt. Ze beweegt zich bijzonder snel voor een vrouw van haar omvang, en is dus niet zo gemakkelijk te omzeilen. 'Ik heb die getallen weer eens bekeken. Wat blanke vrouwen betreft, weet u wel?'

'Juist, ja.' In de val gelopen staar ik omhoog naar het plafond, dat versierd is met barokke gipsen sculpturen: religieuze symbolen, guirlandes van taxusbladeren, toespelingen op justitie, alles zo vaak overgeschilderd dat ze hun scherpe contouren verliezen.

'Ja, en raad eens? Hun vruchtbaarheidspercentage – van blanke vrouwen dus – is nu zo laag dat er zo rond 2050 geen blanke baby's meer zullen zíjn.'

'Ah – ben je zeker van die cijfers?' Omdat Crysta, hoewel briljant, ook volstrekt gestoord is. Als haar docent heb ik ontdekt dat haar enthousiasme haar roekeloos maakt, want vaak voert ze vol vertrouwen gegevens aan zonder de tijd te hebben genomen ze te begrijpen.

'2075 dan misschien?' stelt ze voor, waarbij haar vriendelijke toon suggereert dat we kunnen onderhandelen.

'Dat klinkt niet erg overtuigend, mevrouw Smallwood.'

'Het komt door abortus.' Ik heb me weer in beweging gezet, maar Crysta houdt me gemakkelijk bij. 'Omdat ze hun baby's vermoorden. Dat is de belangrijkste reden.'

'Ik vind echt dat je een ander onderwerp moet bedenken voor je paper,' antwoord ik, terwijl ik met een schijnbeweging om haar heen de kolossale marmeren trap bereik die naar de faculteitskantoren leidt.

'Het komt niet alleen door abortus' – haar stem komt me tot op de trap achterna, wat tot gevolg heeft dat een van mijn collega's, de nerveuze kleine Joe Janowsky, door zijn dikke bril over de marmeren reling tuurt om te zien wie er zo schreeuwt – 'het komt ook door interraciale huwelijken, omdat blanke vrouwen...'

Dan bereik ik via de dubbele deuren de gang en zijn Crysta's waanzinnige speculaties gelukkig onhoorbaar geworden.

Ooit was ik net als zij, breng ik mezelf in herinnering terwijl ik mijn kantoor in glip. Precies zo zeker van mijn gelijk over onderwerpen waar ik niets van wist. En dat is waarschijnlijk juist waarom ik werd aangenomen, want ik was intellectueel brutaler toen ik intellectueel jonger was.

Dat, plus de toevalligheid dat ik mijn vaders zoon was, want zijn invloed rond de campus taande maar een beetje na het trauma van zijn benoemingshoorzittingen. Zelfs nu nog, ruim tien jaar na de val van de Rechter, word ik door studenten aangeschoten die uit mijn eigen mond willen horen dat mijn vader inderdaad is wie ze hebben vernomen dat hij is, en door collega's die willen dat ik hun uitleg hoe het *voelde* om daar dag na ellendige dag stoïcijns te zitten luisteren terwijl de Senaat hem methodisch te gronde richtte.

'Alsof je naar iemand in zetdwang kijkt,' zeg ik altijd, maar het zijn geen serieuze schakers, dus ze snappen het nooit. Al doen ze, omdat ze nu eenmaal hoogleraar zijn, net alsof.

Zoekend naar afleiding blader ik door mijn vakje met ingekomen post. Een memorandum van het collegebestuur over parkeertarieven. Een uitnodiging voor een conferentie over drie maanden in Californië betreffende herziening van onrechtmatige daad, maar alleen als ik het zelf betaal. Een ansichtkaart van een man in Idaho, mijn tegenstander in een via de post uitgevochten schaaktoernooi, die precies de zet heeft ontdekt waarvan ik hoopte dat hij hem over het hoofd zou zien. Een herinneringsbriefje van Ben Montoya, de plaatsvervangend decaan, over een of andere belangrijke jurist die vanavond een praatje houdt. Een tamelijk dreigende brief van de universiteitsbibliotheek over een boek dat ik blijkbaar verloren ben. Ik trek de nieuwe *Harvard Law Review* uit het midden van de stapel, lees vluchtig de inhoudsopgave door en laat het tijdschrift snel vallen nadat ik het zoveelste wetenschappelijke artikel ben tegengekomen waarin wordt uitgelegd waarom mijn beruchte vader een verrader van zijn ras is, want dat is het niveau waartoe de donkerder natie zich heeft verlaagd: aangezien we niet in staat zijn de loop van ook maar één gebeurtenis in blank Amerika te beïnvloeden, verspillen we onze kostbare tijd en intellectuele energie aan het belasteren van elkaar, alsof we de zaak van raciale vooruitgang het beste dienen door andere zwarten grof te bejegenen.

Goed, mijn werk zit er voor vandaag op.

De telefoon gaat.

Ik staar naar het toestel en bedenk – niet voor het eerst – wat een akelig, opdringerig, onbeleefd ding de telefoon eigenlijk is, veeleisend, irritant, storend, de ruimte van de geest binnendringend. Ik vraag me af waarom Alexander Graham Bell zo'n held is. Zijn uitvinding heeft het privé-domein verwoest. Het apparaat heeft geen geweten. De telefoon gaat wanneer we slapen, douchen, bidden, ruziemaken, lezen, vrijen. Of wanneer we er gewoon naar snakken met rust gelaten te worden. Ik overweeg niet op te nemen. Ik heb genoeg geleden. En niet alleen omdat mijn kwikzilverige vrouw zo abrupt heeft opgehangen. Dit is een van die merkwaardige donderdagen geweest waarop de telefoon weigert zijn boze schreeuw om aandacht te staken: een gefrustreerde redacteur van een juridisch tijdschrift die eist dat ik het achterstallige concept van een artikel opstuur, een ongelukkige student die een afspraak met me wil maken, American Express die vraagt waar de betaling van afgelopen maand blijft, allemaal hebben ze hun zegje kunnen doen. De decaan van de juridische faculteit, Lynda Wyatt – of decaan Lynda, zoals ze graag door iedereen genoemd wil worden, zowel door studenten als stafleden als oud-studenten –, heeft vlak voor de lunch gebeld om me alweer bij een van de ad hoc-commissies in te delen die ze voortdurend aan het samenstellen is. 'Ik vraag het je alleen omdat ik van je hou,' zong ze op haar moederlijke manier, en dat is wat ze tegen iedereen zegt aan wie ze een hekel heeft.

De telefoon blijft gaan. Ik wacht tot de voicemail opneemt, maar net als het grootste deel van de op een koopje aangeschafte technologie van de universiteit werkt deze het beste wanneer je hem niet nodig hebt. Ik besluit de telefoon te negeren, maar dan herinner ik me dat mijn gesprek met Kimmer slecht eindigde, dus misschien belt ze wel om het goed te maken.

Of om verder te ruziën.

Ik bereid me voor op beide mogelijkheden en gris de hoorn van de haak, hopend op de stem van mijn mogelijk berouwvolle vrouw, maar het is slechts de grote Mallory Corcoran, mijn vaders compagnon op het advocatenkantoor en enig overgebleven vriend, alsmede redelijk vermaard tussenpersoon in Washington, die me belt om te vertellen dat de Rechter is heengegaan.

2

Een bezoek aan de kust

— I —

Vrijdagmiddag, de dag na mijn vaders dood, kom ik in Washington aan, laat mijn tassen achter in het huis van Miles en Vera Madison, de beschroomde en nette ouders van mijn vrouw, en ga dan naar het huis in Shepard Street, enkel om daar te ontdekken dat Mariah, ordelijk als ze is, het meeste van wat er gedaan moet worden al heeft gedaan. (We zijn het er stilzwijgend over eens dat de familie niet kan bouwen op de grillige Addison, die nog niets heeft laten horen over zijn reisplannen.) Lang geleden was Mariah een gedrongen, chaotisch kind, met een vreselijk minderwaardigheidscomplex over haar jongere zusje dat een lichtgekleurde huid bezat, want een obsessie met pigmentatie is zelfs nu nog de vloek van ons ras, vooral in families als de mijne. Op latere leeftijd werd Mariah een statige, bijna koninklijke schoonheid, die desondanks op de een of andere manier werd genegeerd door de mannen van de Goudkust (zoals wij onze smalle hogere-middenklassestrook van de donkerder natie noemen), en nu misschien een beetje aan de dikke kant is, maar dat valt te verwachten na het baren van vijf kinderen, volgens zure Kimmer, advocaat van beroep en amateur-fitnessgoeroe. (Kimmer heeft precies één kind gebaard, een halfgepland ongelukje dat we Bentley hebben genoemd naar de meisjesnaam van zijn grootmoeder van moeders kant.) De volwassen Mariah is bovendien fabelachtig ordelijk, de enige van de kinderen die in dat opzicht op de Rechter lijkt, en rust is haar vreemd. Maar kort nadat ik de deur ben binnengelopen van het grillig gebouwde, lelijke huis in Shepard Street waar we beiden onze tienerjaren hebben doorgebracht, belast ze mij met de rest van het werk. Ze doet dat volgens mij niet uit verdriet of boosaardigheid of zelfs maar uitputting, maar uit dezelfde eigenschap die haar er ook toe heeft gebracht de journalistiek op te geven voor een carrière van kinderen grootbrengen, een eigenaardige, gewilde eerbied voor mannen, geërfd van onze moeder, die van haar twee dochters niet zozeer eiste dat ze een rol speelden als wel dat ze een houding aannamen: er waren taken die niet geschikt waren voor hun sekse. Kimmer verafschuwt dat in mijn zus, en heeft haar ervan beschuldigd, één keer in haar gezicht, dat ze de hersens verspilde waarmee ze in Stanford als derdejaars de eer van Phi Beta Kappa verdiende. Kimmer flapte deze zin eruit op een kerstpartijtje in ditzelfde huis waar we twee jaar geleden zo stom waren acte de présence te geven. Met een glimlach antwoordde Mariah kalm dat haar kinderen de beste jaren van haar leven verdienden. Kimmer, die haar normale beroepsleven nauwelijks onderbrak toen Bentley werd geboren, vatte dit op als een persoonlijke aanval en zei dat ook, wat mijn zus en mij nog een extra reden gaf, als die al nodig was, om elkaar niet meer te spreken.

U moet begrijpen dat ik in veel opzichten van mijn zus houd en haar respecteer. Toen we jonger waren, was iedereen het erover eens dat van de vier kinderen van mijn ouders Mariah intellectueel het meest begaafd was, en degene die zich het meest serieus en aandoenlijk aan de onmogelijke taak wijdde hun goedkeuring te verdienen. Met haar successen op de middelbare school en de universiteit deed ze mijn vader een groot plezier. Om mijn moeder een plezier te doen trouwde Mariah één keer en gelukkig, nadat een vroegere verloofde die een ramp zou zijn geweest er – opgeruimd stond netjes – vandoor was gegaan met haar beste vriendin, en ze baarde kleinkinderen met een regelmaat en enthousiasme die mijn ouders in verrukking brachten. Haar echtgenoot is blank en saai, een investeringsbankier die tien jaar ouder is dan zij en die ze, zo vertelde ze de familie, op een *blind date* had ontmoet, hoewel beminnelijke Kimmer steeds volhoudt dat het alleen maar een contactadvertentie kan zijn geweest. En, om de waarheid te zeggen, Mariah heeft altijd de voorkeur gegeven aan blanke mannen, al vanaf haar middelbareschooltijd op Sidwell Friends toen ze onder het havikachtige toezicht van onze broedende vader begon uit te gaan met jongens.

In Shepard Street begroet Mariah de bezoekers in de hal, formeel en sober in een donkerblauwe jurk met een enkel parelsnoer, op en top de vrouw des huizes, zoals mijn moeder had kunnen zeggen. Van ergens in het huis komen vlagen van mijn vaders afschuwelijke smaak op het gebied van klassieke muziek: Puccini met een libretto in het Engels. De hal is klein en donker en volgestouwd met niet bij elkaar passende, zware houten meubelstukken. Aan de linkerkant is een deur naar de ontvangkamer, aan de rechterkant een deur naar de eetkamer, en achterin komt de hal uit op een gang die naar de huiskamer en de keuken leidt. Een breed, maar niet bijzonder trappenhuis schrijdt naast de deur van de eetkamer omhoog, en langs de gang op de bovenverdieping loopt een galerij waar ik vroeger neerhurkte om de etentjes en pokerspelletjes van mijn ouders te bespioneren, en waar ik me ooit moest verstoppen van Addison, die daarmee een geslaagde poging deed om me te bewijzen dat de kerstman niet bestond. Achter de galerij ligt de spelonkachtige studeerkamer waar mijn vader stierf. Tot mijn verrassing zie ik daarboven nu twee of drie mensen tegen de trapleuning geleund staan alsof die van hen is. Er zijn in feite meer mensen in het huis dan ik verwacht. De hele bovenverdieping lijkt gevuld met sombere pakken, een groter deel van welgesteld zwart Amerika dan de meeste blanke Amerikanen waarschijnlijk voor mogelijk houden buiten de werelden van sport en amusement, en ik vraag me af hoeveel van de gasten gelukkiger zijn met de dood van mijn vader dan hun gezicht laat blijken.

Als ik de deur binnenstap omhelst mijn zus me niet, maar geeft ze me een afstandelijke kus, ene wang, andere wang, en mompelt: 'Ik ben zo blij dat je er bent,' zoals ze dat tegen een van mijn vaders compagnons van het advocatenkantoor of pokermaatjes zou kunnen zeggen. Vervolgens pakt ze me bij mijn schouders op een manier die nog steeds geen omhelzing genoemd kan worden en kijkt ze langs me heen het tuinpad af, ogen vermoeid maar helder en schalks: 'Waar is Kimberly?' (Mariah weigert *Kimmer* te zeggen, wat, zo heeft ze me eens verteld, naar nep-eliteschool riekt, hoewel mijn vrouw naar de Miss Porter's School is geweest en dus volledig gekwalificeerd is als elitaire scholiere.)

'Onderweg van San Francisco naar huis,' zeg ik. 'Ze is daar een paar dagen voor zaken geweest.' Bentley, voeg ik er veel te haastig aan toe, is bij onze buren: ik heb hem gisteren vroeg opgehaald van zijn peuterklas en hem vervolgens vanochtend weer achtergelaten om dit reisje te maken, in de veronderstelling dat ik het vandaag te druk zou hebben om veel tijd met hem te kunnen doorbrengen. Kimmer zal hem vanavond ophalen, en ze zullen morgen op de trein stappen. Terwijl ik al deze logistieke details uiteenzet en al weet dat ik te veel praat, ervaar ik een gapende leegte waarvan ik hoop dat mijn gezicht die niet laat zien, want ik mis mijn vrouw op manieren die ik nog niet bereid ben te etaleren voor de familie.

Maar ik had mijn emoties niet hoeven maskeren, want Mariah heeft zelf meer dan genoeg te verwerken, en doet geen moeite haar pijn of verwarring te verbergen. Ze is al vergeten dat ze naar mijn vrouw heeft gevraagd. 'Ik begrijp het niet,' zegt ze zacht, haar hoofd schuddend, met haar vingers in mijn bovenarmen porrend. Maar ik weet zeker dat Mariah het in werkelijkheid heel goed begrijpt. Juist het afgelopen jaar was de Rechter in het ziekenhuis geweest om de onnauwkeurige resultaten van zijn bypassoperatie van twee jaar daarvoor te laten herstellen, een feit waarvan mijn zus net zo goed op de hoogte is als ik; de dood van onze vader mocht dan niet voorzien zijn, hij was bepaald niet onverwacht.

'Het had op elk moment kunnen gebeuren,' mompel ik.

'Was het maar niet nú gebeurd.'

Daarop valt weinig te zeggen, tenzij je Gods wil noemt, wat in onze familie niemand ooit doet. Ik knik en streel haar hand, wat haar lijkt te beledigen, dus houd ik daarmee op. Ze sluit haar vermoeide ogen, vindt haar zelfbeheersing terug, opent ze en is weer helemaal Garland. Ze zucht en werpt haar hoofd in haar nek, alsof ze nog steeds het lange haar heeft dat ze als tiener met zoveel moeite onderhield, en zegt dan niet schuldbewust: 'Het spijt me dat er voor jullie geen plaats is in het huis, maar ik heb de kinderen in het souterrain en de helft van de neven en nichten op zolder.' Mariah haalt haar schouders op alsof ze zeggen wil dat ze geen keus heeft, maar ik voel wat ze werkelijk beoogt met deze beschikkingen: ze doet tussen neus en lippen door haar gezag gelden en daagt mij uit haar aan te vallen.

Dat doe ik niet.

'Mooi,' zeg ik, zonder de glimlach te verliezen die haar altijd in verwarring lijkt te brengen.

Maar tot mijn verbazing vertoont het gezicht van mijn zus geen triomfantelijke uitdrukking. Ze lijkt na deze overwinning ellendiger dan ooit en weet voor de verandering niet wat ze moet zeggen. Ik kan me niet herinneren dat ik Mariah ooit minder zelfverzekerd heb gezien; maar ze heeft dan ook het meest van de Rechter gehouden, hoewel er tijden waren dat ze hem niet kon uitstaan.

'Hé, maatje,' zeg ik zacht, want zo noemden we elkaar toen we tieners waren en experimenteerden met elkaar leuk vinden. 'Hé, kom op, het komt allemaal wel goed.'

Mariah knikt onzeker, door geen enkel woord uit mijn mond gerustgesteld. Maar aangezien ze me wantrouwt, is dat nauwelijks verwonderlijk. Ze bijt op haar onderlip, iets wat ze nooit zou doen in het bijzijn van haar kinderen. Dan gaat ze op haar tenen staan en spreekt op een schelle fluistertoon, waarbij haar adem mijn oor kietelt: 'Ik moet iets met je bespreken, Tal. Het is belangrijk. Er is iets... er is iets niet goed.' Terwijl ik verbaasd mijn hoofd vooroverbuig, schiet Mariahs blik van de ene kant van de hal naar de andere, alsof ze bang is afgeluisterd te worden. Ik volg haar blik, waarbij mijn ogen net als de hare over de obscure verre verwanten en schijnvrienden dwalen, onder wie enkelen die mijn familie sinds de vernederende benoemingsstrijd niet meer heeft gezien, en ten slotte blijven rusten op de figuur van haar echtgenoot, Howard Denton, die er welvarend en fit uitziet, en de indruk wekt alsof hij in weerwil van zijn blankheid op de een of andere manier precies op zijn plaats is. Howard doet aan bodybuilding; zelfs nu hij in de vijftig is, lijken zijn brede schouders boven zijn taps toelopende middel te zweven. Hij aanbidt Mariah. Hij aanbidt ook geld. Hoewel hij zo nu en dan heimelijk een respectvolle blik in de richting van mijn zus werpt, is Howard voornamelijk bezig een geanimeerde conversatie voort te zetten met een groepje jonge mannen en vrouwen die ik niet helemaal kan thuisbrengen. Uit hun goed verzorgde energie en hun Brooks Brothers-uitdossing, en uit het feit dat een van hen een kaartje in zijn hand drukt, maak ik op dat er zaken worden gedaan, zelfs hier, zelfs nu.

Hetzelfde overkwam mijn vader altijd, zelfs na zijn val: hij hoefde maar een kamer binnen te lopen of iedereen wilde plotseling iets van hem. Hij straalde dat uit, verzond de subliminale boodschap dat hij een persoon was rond wie en door wie *het gebeurde* – een persoon van wie je, als je tot zijn kennissenkring behoorde, profijt kon hebben. En uitgerekend slanke Howard, met zijn dunner wordende bruine haar en maatpakken en zijn inkomen van zeven cijfers, of tegenwoordig misschien acht, blijkt hier in staat dezelfde macht uit te oefenen. Dus nu is het mijn beurt om beledigd te zijn, niet zozeer namens de familie als wel namens het ras: mijn blikveld is plotseling bedekt met felrode vlekken, iets wat me van tijd tot tijd overkomt wanneer mijn band met de donkerder natie en haar onderdrukking zeer krachtig wordt geprikkeld. De kamer vervaagt om me heen. Door het rode gordijn zie ik nog steeds, zij het vaag, hoe die ambitieuze zwarte jochies in hun ambitieuze pakjes, jonge mensen niet veel ouder dan mijn studenten, wedijveren om de gunst van mijn zwager omdat hij directeur is van Goldman Sachs, en plotseling begrijp ik de hartstocht van de vele zwarte nationalisten uit de jaren zestig die zich tegen positieve discriminatie kantten met de waarschuwing dat het de gemeenschap zou beroven van de besten onder zijn potentiële leiders, wanneer die naar de meest prestigieuze universiteiten werden gestuurd en werden veranderd in... nou ja, in jonge bedrijfsapparatsjiks in Brooks Brothers-pakken, snakkend naar de gunst van de machtige blanke kapitalisten. Onze leiders, was hun redenering, zouden ertoe verleid worden zich voor een nieuw doel in te zetten. Extravagante academische titels en nog extravagantere salarissen voor de kleine minderheid zouden in de plaats komen van gerechtigheid voor de massa. En de nationalisten hadden gelijk. Ik behoor tot de kleine minderheid. Mijn vrouw behoort tot de kleine minderheid. Mijn zus behoort tot de kleine minderheid. Mijn studenten behoren tot de kleine minderheid. Deze jochies die mijn zwager visitekaartjes opdringen behoren tot de kleine minderheid. En de wereld is fel- en felrood, verbolgen rood. Mijn benen zijn versteend. Mijn gezicht is versteend. Ik sta heel stil, laat de roodheid over me heen spoelen, zwelg erin zoals een man die bijna van dorst is gestorven in een stortbui zou kunnen zwelgen, absorbeer hem in elke porie, ja, voel de cellen van mijn lichaam ervan opzwellen en word een bijna-elektrische lading in de lucht gewaar, een voorbode, een symbool van een komende onweersbui, en herleef en vervloek in dit bevroren en woedende ogenblik alle pluimstrijkerijen die me ooit over de lippen zijn gekomen tegenover blanken die me vooruit konden helpen...

'Laat nou maar, maatje,' zegt mijn geweten, maar in werkelijkheid is het Mariah, haar stem verrassend geduldig, haar hand op mijn arm. 'Zo is hij nou eenmaal.' Ik kijk omlaag en zie dat mijn vingers zich tot een vuist hebben gebald. Ik weet dat er bijna geen tijd is verstreken – een seconde, misschien twee. Er verstrijkt nooit tijd wanneer het rode gordijn voor mijn gezichtsveld valt, en ik heb vaak het gevoel dat ik met een wilsinspanning deze momenten voor eeuwig kan bevriezen, zodat ik voorgoed opgesloten blijf tussen deze seconde en de volgende, levend in een wereld van glorieuze rode woede. Dat gevoel heb ik nu. Dan kijk ik op en zie ik door de roodheid heen de pijn – nee, de *behoeftigheid* – in de donkerbruine ogen van mijn zus. Wat is het dat ze nodig heeft en Howard niet verschaft? Niet voor het eerst vraag ik me af wat ze (behalve geld) in hem ziet. Mijn vrouw heeft het idee dat Mariah voor iets op de loop was toen ze haar partner koos, maar alle kinderen van mijn ouders waren op de loop, zo hard en snel mogelijk, op de loop voor precies hetzelfde, of voor precies dezelfde, en Addison noch ik zijn ooit met iemand getrouwd die zo geesteloos is als Howard.

Aan de andere kant is het huwelijk van mijn zus gelukkig.

Mariah fluistert mijn naam en raakt mijn gezicht aan en is even mijn zus en niet mijn tegenstandster. Het rood is verdwenen, de kamer is terug. Ik omhels haar bijna, wat ik volgens mij in geen tien jaar heb gedaan, en ik geloof zelfs dat ze het me zou toestaan; maar het moment gaat voorbij. 'We kunnen later wel praten,' zegt ze en duwt me zacht maar beslist weg. 'Ga Sally maar gedag zeggen,' voegt ze me nog toe terwijl ze zich omdraait om haar volgende gast te begroeten. 'Ze zit te huilen in de keuken.'

Ik knik suffig, weet nog steeds niet precies waarom ik deze buien heb, en probeer me te herinneren wanneer deze ziekte me voor het laatst heeft getroffen. Op het moment dat ik me omdraai in de sombere gang zegt Mariah al tegen iemand anders hoe fijn het is dat hij gekomen is en geeft ze hem een zoen op beide wangen. Ik groet Howard in het voorbijgaan, maar hij is zo druk bezig met het verzamelen van visitekaartjes dat hij alleen maar kan grijnzen en zwaaien. Even danst er een snelle flikkering van rood om zijn hoofd. Ik keer me af. De talloze neven en nichten, zoals mijn vader ze placht te noemen, lijken de eerste verdieping tot in alle hoeken en gaten te vullen: talloos, alleen maar omdat de Rechter nooit echt moeite heeft gedaan ze uit elkaar te houden. Zoals altijd staan de neven en nichten onder leiding van de leeftijdsloze Alma, of tante Alma, zoals we van onze ouders moesten zeggen, hoewel Alma zelf, ons omhelzend in grote wolken reukwerk, ons allen heimelijk opdroeg haar maar 'gewoon Alma' te noemen, wat we vaak letterlijk namen, hoewel niet in haar bijzijn: *Mariah, is Gewoon Alma er al?* Of zelfs: *Mammie! Pappie! Gewoon Alma is aan de telefoon!* Gewoon Alma, die de achternicht of oudtante of zoiets van mijn vader is, zegt dat ze eenentachtig jaar is en leeft waarschijnlijk al langer, mager als een boomtak en luidruchtig, amusant en rauw, nooit helemaal roerloos, zich elegant bewegend op de jazzy ritmes die de donkerder natie vanaf het prille onderdrukte begin hebben geschraagd. Als kind zocht ik haar bij elke familiebijeenkomst op omdat ze altijd stuivers en dubbeltjes uit onverwachte zakken te voorschijn haalde en die aan ons opdrong; ik zoek haar nu op omdat ze sinds onze moeder stierf de gravitatiekracht van onze familie is, die ons naar zich toetrekt alsof ze de ruimte kan buigen.

'Talcótt!' schreeuwt Alma als ze me ziet, terwijl ze op haar ingewikkeld bewerkte stok leunt en flirterig grijnst. 'Kom eens hier!'

Ik kus Alma teder, en ze beloont me door me even tegen zich aan te drukken. Ik kan haar broze botten voelen bewegen, en ik verwonder me erover dat het de wind van de ouderdom niet is gelukt Alma weg te blazen. Haar adem ruikt naar sigaretten: *Kools*, die ze al rookt sinds een of andere legendarische protestactie toen ze op de middelbare school zat in Philadelphia, bijna zeven decennia geleden. Ze is meer dan een halve eeuw getrouwd geweest met een predikant die een machtige politieke figuur was in Pennsylvania, en over wie hoog werd opgegeven door de vice-president van de Verenigde Staten.

'Fijn je te zien, Alma.'

'Dat is nou juist het probleem! Het enige wat knappe mannen ooit van me willen is me zíén!' Ze grinnikt en slaat me tamelijk hard op de schouder.

Ondanks haar iele bouw heeft ze zes kinderen gebaard, die allemaal nog leven, van wie vijf afgestudeerd zijn aan de universiteit, vier nog steeds voor de eerste keer getrouwd zijn, drie voor de stad Philadelphia werken, twee arts zijn, één homo is: er is hier een soort numeriek principe in werking. Bij elkaar vormen Alma's kinderen, samen met haar klein- en achterkleinkinderen, de grootste deelverzameling van de talloze neven en nichten. Ze woont in een krap appartement in een van de minder aantrekkelijke buurten van Philadelphia, maar besteedt zoveel tijd aan het bezoeken van haar nakomelingen dat ze vaker weg is dan thuis.

'Je zou waarschijnlijk te veel voor me zijn, Alma.'

Ik druk haar nog even tegen me aan en maak aanstalten om verder te lopen. Alma grijpt me bij mijn biceps, houdt me lichtjes tegen. Haar ogen zijn half bedekt met dikke gele cataracten, maar haar blik is scherp en levendig. 'Je weet toch dat je vader heel veel van je hield, Talcott?'

'Ja,' zeg ik, hoewel liefde bij de Rechter minder een kwestie van weten was dan van gissen.

'Hij had plannen met je, Talcott.'

'Plannen?'

'In het belang van het gezin. Jij bent nu het hoofd van het gezin, Talcott.'

'Ik zou toch denken dat Addison dat is.' Stijfjes. Ik ben beledigd en weet niet precies waarom.

Ze schudt haar kleine hoofd. 'Nee, nee, nee. Niet Addison. Jij. Zo heeft je papa het gewild.'

Ik tuit mijn lippen en probeer erachter te komen of ze het meent. Ik ben tegelijkertijd gevleid en bezorgd. Het idee het hoofd te zijn van de familie Garland, wat dat ook mag inhouden, heeft een vreemde aantrekkingskracht, ongetwijfeld de uiting van een of ander oeroud mannelijk gen voor dominantie.

'Oké, Alma.'

Ze grijpt me wat steviger vast, laat zich niet vermurwen. 'Talcott, hij had plannen met je. Hij wilde dat jij degene was die...' Alma knippert met haar ogen en leunt weer naar achteren. 'Nou ja, laat maar, laat maar. Hij zal het je wel laten weten.'

'Wie zal het me laten weten, Alma?'

Ze kiest ervoor een andere vraag te beantwoorden. 'Jij bent in de gelegenheid alles weer in orde te maken, Talcott. Jij kan het herstellen.'

'Wat herstellen?'

'Het gezin.'

Ik schud mijn hoofd. 'Alma, ik weet niet waar je het over hebt.'

'Je weet wat ik bedoel, Talcott. Herinner je je de goede tijd die we hadden in Oak Bluffs? Jullie kinderen, je papa en mama, ik, oom Derek – toen Abigail nog bij ons was,' besluit Alma plotseling, me verrassend met een snikje.

Ik pak haar hand. 'Ik denk niet dat mensen zulke dingen kunnen herstellen.'

'Goed. Maar je papa zal je laten weten wat je moet doen wanneer het zover is.'

'Mijn papa? Je bedoelt de Rechter?'

'Heb je dan nog een andere papa?'

Dit is wat iedereen ook over Alma zegt: ze is niet meer helemaal goed bij.

Me eindelijk losmakend herinner ik me dat ik eigenlijk op zoek ben naar Sally. Al die gekke Garland-vrouwen, denk ik: zijn wij Garland-mannen het die hun hun neuroses geven, of is het gewoon toeval? Ik wurm me door de mensenmassa. Ik vraag me af waarom al die mensen hier nu zijn, waarom ze niet op de dodenwake konden wachten. Misschien heeft Mariah geen wake gepland. Een paar vreemden steken hun handen naar me uit. Iemand fluistert dat de Rechter niet heeft geleden en dat we onze zegeningen zouden moeten tellen, en ik wil me met een ruk omdraaien en vragen: *Was u erbij?*... maar in plaats daarvan knik ik en loop door, zoals mijn vader gedaan zou hebben. Iemand anders, weer een blank gezicht, mompelt dat de fakkel is doorgegeven en dat het nu aan de kinderen is, maar vergeet *het* te definiëren. Vlak voor de deur van de keuken frons ik bij de hartelijke handdruk van een oudere baptistische dominee, hoog in de hiërarchie van het bestuur van een van de oudere burgerrechtenorganisaties, een man die, dat weet ik heel zeker, nota bene tegen mijn vaders benoeming als rechter van het Supreme Court heeft getuigd. En die nu de onbeschaamdheid heeft om te doen alsof hij met ons rouwt. Er lijkt geen eind te komen aan de handdruk, zijn stokoude vingertoppen blijven maar over mijn vlees bewegen, en ik realiseer me ten slotte dat hij me het geheime begroetingsteken van een of andere broederschap probeert over te brengen, misschien niet wetend dat het verwerpen van de toenaderingen van dergelijke groepen een van mijn zeer schaarse daden van verzet was tegen de manier van leven van mijn ouders – een leven, denk ik vaak, waaruit Kimmer, mijn mederebel, me heeft bevrijd. Ik heb ook geen zin hem in te lichten. Ik wil alleen ontsnappen aan zijn onoprechte zalverigheid, en ik voel dat de rode sluier op het punt staat terug te komen. Maar hij wil van geen wijken weten. Hij heeft het erover hoe goed bevriend hij en mijn vader in het verleden waren. Hoe het hem spijt dat het allemaal zo is gelopen. Ik sta op het punt met iets nogal onchristelijks te antwoorden, wanneer er plotseling een wervelwind van kleine lichamen langsstormt en ons allebei bijna omkegelt; de vijf kinderen van Denton, in leeftijd variërend van vier tot twaalf, zijn op hun ongeleide, onstuimige manier in vliegende vaart op weg om een andere plek in het huis te vernielen. Ze heten achtereenvolgens Malcolm, Marshall, de tweeling Martin en Martina, en de peuter, Marcus. Ik weet dat Mariah zich zelfs op dit moment het hoofd breekt over een naam voor de onmiskenbare zesde kleine Denton, die eind februari of begin maart wordt verwacht, maar weet niet hoe ze zowel onze geschiedenis als haar patroon eer kan bewijzen. Deze laatste zwangerschap is in elk geval een schandaal, tenminste binnen de vier muren van mijn huis. Een jaar geleden, toen ze tweeënveertig was, vertrouwde Mariah mijn stomverbaasde vrouw toe dat ze nog een kind wilde, hetgeen Kimmer tegenover mij hekelde als onverantwoordelijke verspilling en genotzucht: want Kimmer heeft, net als mijn vader, de meeste waardering voor degenen die het minst van haar verschillen.

— II —

Onze familie is oud, wat onder mensen van onze huidskleur niet zozeer een verwijzing is naar sociale als wel naar wettelijke status. Onze voorouders waren vrij en verdienden de kost terwijl de meeste leden van de donkerder natie geketend waren. Niet al onze voorouders waren natuurlijk vrij, maar sommigen wel, en de familie staat niet stil bij de anderen: we hebben dat stukje historisch geheugen even effectief begraven als de rest van Amerika de grotere misdaad. En als goede Amerikanen vergeven we niet alleen de misdaad van slavernij maar prijzen we bovendien de misdadigers. Mijn oudere broer is vernoemd naar een bijzondere voorvader, Waldo Addison, vaak beschouwd als onze stamvader, een bevrijde slaaf die, in vrijheid, zelf slaven bezat totdat hij in de jaren dertig van de negentiende eeuw gedwongen werd naar het noorden te vluchten, nadat de opstand van Nat Turner de staat Virginia ertoe had gebracht de status van de vrije negers – kleine 'n', zoals ze toen werden genoemd – te heroverwegen. Hij verbleef korte tijd in Washington DC, waar hij woonde in de van musskieten vergeven sloppenwijk die bekendstaat als George Town, verbleef nog kortere tijd in Pennsylvania en belandde ten slotte in Buffalo, waar hij de overgang maakte van boer naar schipper. Wat er van Waldo's zes slaven is geworden vermeldt de familiegeschiedenis niet. We weten echter wel iets over de man zelf. Grootvader Waldo, zoals mijn vader hem graag noemde, raakte betrokken bij de abolitionistische beweging. Grootvader Waldo kende Frederick Douglas, zei mijn vader altijd, hoewel men zich moeilijk kan voorstellen dat ze vrienden waren of, sterker nog, dat ze veel gemeen hadden, behalve het feit dat ze beiden slaven waren geweest. Mijn vader speculeerde graag over grootvader Waldo's mogelijke betrokkenheid bij de *underground railroad** – gezien zijn werk op de meren en kanalen lag dat voor de hand, zei mijn vader dan, zijn ogen glinsterend van hoop. Naarmate mijn vader ouder werd, verhardde de speculatie steeds meer tot feit, en zo zaten we dikwijls in de avondkoelte op de omloopveranda van het huis op de Vineyard van roze limonade te nippen en muggen weg te slaan, terwijl hij Waldo's onwaarschijnlijke heldendaden beschreef alsof hij ze zelf had gezien: de risico's die hij liep, de plannen die hij smeedde, de erkenning die hij verdiende. Maar er was nooit enig bewijs. De paar feiten die we hebben suggereren dat grootvader Waldo een dronken, stelende, egocentrische schurk was. Waldo's vier zonen waren, voorzover we weten, ook stuk voor stuk schurken, en zijn lieftallige dochter Abigail trouwde met nog een schurk, maar het was deze niet deugende echtgenoot, een textielarbeider in Connecticut, aan wie wij de familienaam te danken hebben. Abigails enige zoon was predikant en diens oudste zoon hoogleraar, en zíjn tweede zoon was mijn vader, die van alles is geweest, onder meer, op zijn hoogtepunt, federaal rechter, de vertroeteling van twee presidenten, en bijna rechter van het Supreme Court; en op zijn dieptepunt het niet aangeklaagde maar publiekelijk vernederde doelwit (Mariah, die naar het melodramatische neigt, zegt *slachtoffer*) van navorsingen door alle kranten en televisiezenders in het land, om nog maar te zwijgen van twee jury's van inbeschuldigingstelling en drie commissies van het Congres.

En nu is hij dood. De dood is een belangrijke test voor families die zo oud en, zou ik kunnen zeggen, zo hooghartig zijn als de onze: het onderdrukken van onze angst is even vanzelfsprekend als rijden in Duitse auto's, zitting hebben in de *boulè*, op vakantie gaan in Oak Bluffs en geld verdienen. Mijn vader zou geen tranen hebben gewild. Hij heeft er altijd voor gepleit het verleden te laten rusten – *een streep zetten*, noemde hij het. *Je zet een streep en je plaatst jezelf aan de ene kant van de streep en het verleden aan de andere*. Mijn vader had

---

* *Underground railroad*: geheime organisatie vóór de Burgeroorlog die slaven hielp ontsnappen uit de slavenstaten.

veel van zulke kernachtige spreuken; als hij in de juiste stemming was, gaf hij ze op zijn zwaarwichtige manier ten beste alsof hij verwachtte dat wij aantekeningen zouden maken. Mijn broer, zussen en ik leerden uiteindelijk niet naar hem toe te gaan met onze problemen, want het enige wat we ooit als antwoord kregen waren zijn strenge gezicht en zijn zware stem terwijl hij ons de les las over het leven of de wet of de liefde... vooral de liefde, want het huwelijk van hem en onze moeder was een van de betere, en hij verbeeldde zich dat hij bijgevolg een van de betere experts was. *Niemand kan de verleiding voortdurend weerstaan*, waarschuwde de Rechter me eens, toen hij ten onrechte dacht dat ik een verhouding met de zus van mijn toekomstige vrouw overwoog. *Het is de kunst, Talcott, om die te mijden.* Geen bijzonder diepzinnig of origineel inzicht, natuurlijk, maar mijn vader kon met zijn ernstige voorkomen van een rechter de gewoonste en meest voor de hand liggende punten doen klinken als eeuwenoude wijsheid.

Talcott is, voor alle duidelijkheid, mijn doopnaam – niet Misha. Mijn ouders hebben die naam gekozen om mijn moeders vader te eren, in de verwachting dat hij ons dientengevolge geld zou nalaten, wat hij inderdaad plichtsgetrouw deed; maar ik heb die naam gehaat sinds ik oud genoeg was om door klasgenoten te worden gepest, een heel lange tijd. Hoewel mijn ouders het gebruik van verkleinwoorden verboden, kortten vrienden, broer en zussen mijn naam genadig af tot Tal. Maar mijn beste vrienden noemen me Misha, wat, zoals u terecht zult hebben vermoed, de verengelste versie is van een Russische naam, het verkleinwoord van Mikhail, wat van tijd tot tijd een van mijn andere bijnamen is geweest. Ik ben niet Russisch. Ik spreek geen Russisch. En mijn ouders hebben me geen Russische naam gegeven, want welke zwarte ouders hebben dat ooit gedaan, afgezien van een handjevol toegewijde communisten in de jaren dertig en veertig? Maar ik heb mijn redenen om de voorkeur te geven aan Misha, hoewel mijn vader die naam haatte.

Of misschien wel *omdat* hij dat deed.

Want zoals de meeste vaders had mijn vader ook die uitwerking op ons: mijn broer, zussen en ik zijn allen deels bepaald door onze rebellie tegen zijn autocratische heerschappij. En zoals de meeste rebellen zien we vaak niet in hoezeer we zijn gaan lijken op precies datgene wat we pretenderen te verafschuwen.

— III —

Ik moet even tot rust komen.

Om Mariah een plezier te doen breng ik een paar minuten in de keuken door met de tranenrijke Sally, die door de enige broer van mijn vader werd opgevoed, mijn wijlen oom Derek, door de Rechter verafschuwd vanwege zijn politieke opvattingen. Ze is een aangetrouwde nicht, geen echte nicht: ze was de dochter van Dereks tweede vrouw, Thera, en haar eerste man, maar Sally noemt Derek haar vader. Sally is een gedrongen, eenzame vrouw geworden, met ongelukkige reeënogen en een woest kapsel; nu ik haar aan het troosten ben zie ik niets terug van de brutale, agressieve tiener die langgeleden Addisons geheime minnares was. Tegenwoordig werkt Sally op Capitol Hill voor een onbekende subcommissie, een baan die ze bemachtigde dankzij de tanende invloed van mijn vader toen ze zich in geen enkele andere baan kon handhaven. Sally, die zo haar moeilijkheden heeft gehad, brengt elk gesprek al na een paar seconden op hoe slecht ze behandeld is door alle mensen die ze ooit heeft gekend. Ze draagt jurken met verontrustende bloemetjespatronen, altijd te strak, en hoewel ze niet meer zoveel drinkt als vroeger, rapporteert Kimmer dat ze haar handenvol pillen uit haar canvas boodschappentas heeft zien halen, die ze overal mee naartoe neemt. Ze heeft de tas ook nu bij zich. Terwijl ik klopjes geef op Sally's brede rug, probeer ik aan de hand van de mate van haar onverstaanbaarheid te bepalen hoeveel ze heeft ingenomen van wat ze verbergt. Ik breng mezelf in herinnering dat ze ooit warm, levendig en grappig was. Ik aanvaard een slobberige kus iets te dicht bij mijn lippen en ontsnap ten slotte naar de hal. Ik hoor Alma's piepende gegrinnik, maar draai me niet om. Ik signaleer Howard weer, die nog steeds zaken aan het doen is, terwijl zijn nek nog steeds een rode nimbus uitstraalt. Ik moet hier weg, maar Mariah zal woedend zijn als ik het huis verlaat, en de woede van vrouwen verdragen is nooit mijn sterkste punt geweest. Ik snak naar het eenvoudige, verjongende plezier van schaken, misschien on line op de laptop die ik bij de Madisons heb achtergelaten.

Maar voorlopig moet ik genoegen nemen met simpele afzondering.

Ik glip het kamertje in dat ooit de studeerkamer was van mijn vader en daarna is veranderd in een kleine bibliotheek met lage kersenhouten boekenplanken langs twee muren en, onder het raam, een minuscuul antiek bureautje met een telefoon met twee lijnen. De lambrisering is ook van kersenhout, niet versierd met zelfgenoegzame foto's (die zijn boven) maar met een handvol kleine smaakvolle tekeningen door onbekende kunstenaars, naast een origineel aquarel van Larry Johnson – niet zijn beste – en een piepkleine maar heel fraaie schets van Miró, een recent geschenk aan de Rechter van een conservatieve miljonair. Ik vraag me gedurende een hebzuchtig moment af wie van de kinderen de Miró krijgt, maar ik denk dat hij in het huis blijft.

'En de rijken worden maar rijker,' fluister ik onliefdadig.

Ik doe de deur dicht en ga aan het bureau zitten. Op de boekenplanken achter de rode leren draaistoel staan tientallen plakboeken, sommige luxueus, andere goedkoop, allemaal barstensvol foto's, want mijn moeder was een nauwgezette chroniqueur van het gezinsleven. Ik trek er lukraak een uit en stuit op een dubbele pagina met babyfoto's van Addison. Een tweede plakboek betreft Abby. De pagina waarbij hij openvalt toont haar omstreeks haar tiende jaar in het uniform van de Little League, de pet zwierig schuin achter op haar hoofd, een honkbalknuppel op haar schouder: mijn ouders moesten dreigen met een gerechtelijke vervolging, herinner ik me, voordat ze mocht spelen. De oude tijd. Mijn vader miste nooit een wedstrijd, wat voor bezigheden hij ook had. De Rechter praatte altijd met vertedering over die oude tijd: *zoals het vroeger was*, noemde hij die tijd op vreemde nostalgische momenten, waarmee hij bedoelde: voordat Abby stierf. Desondanks trok hij zijn streep, zette het verleden in het verleden, en ging verder.

Ik blijf door de albums bladeren. Een derde staat vol met foto's van diploma-uitreikingen: die van mij, die van Mariah, die van Addison, bij alle mijlpalen in onze schoolcarrière – naast kiekjes van Mariah en Addison die diverse prijzen in ontvangst nemen. Vooral Addison. Geen een van mij, maar ik heb dan ook nooit iets gewonnen. Met een geforceerde glimlach blijf ik de pagina's omslaan. Het grootste deel van het boek is leeg. Ruimte voor kiekjes van de kleinkinderen, misschien. Ik zet het album weg. Het volgende heeft de aantrekkelijkste band, zacht oud leer, donkerblauw gevlekt, en zit vol krantenknipsels, die stuk voor stuk lijken te gaan over...

O, néé.

Ik sluit het boek schielijk, doe mijn ogen langzaam dicht en zie mijn vader laat op een lenteavond het huis uit stormen, mijn moeder bevelend te blijven waar ze is: *Claire, blijf maar waar je bent, we hebben nog drie andere kinderen om ons zorgen over te maken, ik bel je wel uit het ziekenhuis!* En, nog later, mijn moeder die met trillende hand de telefoon aan de keukenmuur opneemt en zich dan in moederlijk afgrijzen jammerend tegen het aanrecht laat zakken, voordat ze zakelijk en afstandelijk wordt, wat mijn ouders allebei na een vingerknip konden. Ik was de eenzame getuige van deze vertoning. Mariah en Addison zaten op de universiteit en Abby was ergens naartoe; op haar vijftiende leek Abby altijd ergens naartoe te zijn, omdat ze voortdurend ruziemaakte met onze ouders. Mijn moeder zei me dat ik me moest aankleden en bracht me ijlings naar het huis van een buur, hoewel ik als bijna zeventienjarige heel goed in staat was onbewaakt thuis te bijven. Ze verliet me met vluchtige, wanhopige kussen en verdween met de andere auto voor onverklaarde maar onmiskenbaar tragische zaken. Het was na middernacht toen mijn vader me kwam ophalen, me in de ontvangkamer van Shepard Street liet plaatsnemen en me met trillende stem, heel anders dan zijn gebruikelijke radio-omroepersstem, vertelde dat Abby dood was.

Vanaf de dag van haar begrafenis tot aan de dag dat hij stierf, heeft mijn vader Abby's naam nauwelijks genoemd.

Maar hij hield een plakboek bij. Een bepaald griezelig plakboek.

Ik open mijn ogen weer en blader de bladzijden door.

En zie meteen dat er iets mis is.

Alleen de eerste vier knipsels hebben iets te maken met Abby. Het nieuwsverhaal van haar dood. Het formele overlijdensbericht. Een week later het vervolg dat de lezers ervan op de hoogte brengt dat de politie geen aanwijzingen had. Een ander artikel twee maanden verder met dezelfde vreugdeloze strekking.

Mijn vader was boos in die tijd, herinner ik me. Hij was voortdurend boos. En hij begon te drinken. Alleen, zoals prominente alcoholisten dat doen, opgesloten in deze kamer. Misschien verdiept in ditzelfde plakboek.

Ik sla de bladzij om. Het volgende knipsel, een paar maanden later gedateerd, is het verslag van de dood van een klein kind bij een aanrijding in Maryland waarbij de betreffende automobilist doorreed. Ik huiver. Op de volgende bladzij weer een knipsel: een jonge theologiestudent, ook het slachtoffer van een aanrijding waarbij de dader is doorgereden. Ik blijf maar omslaan. De inhoud jaagt me de rillingen over het lijf. Bladzij na bladzij met krantenberichten over onschuldige mensen die het dodelijke slachtoffer zijn van aanrijdingen waarbij de dader is doorgereden, overal in de Verenigde Staten. Twee, bijna drie jaar daarvan. Een oudere vrouw die uit een supermarkt komt in een kleine plaats. Een politieagent die het verkeer regelt in een grote stad. Een rijke studente met politieke connecties, haar cabriolet verpletterd door een truck met oplegger. Een verslaggever doodgereden door een stationcar terwijl hij een lekke band staat te verwisselen op een drukke snelweg. Een footballcoach aan een middelbare school, verpletterd door een taxi. Een verarmde moeder van zes kinderen, een beroemde schrijver, een bankbediende, een hartchirurg, een gezochte inbreker, een tiener op weg naar haar babysitbaantje, de zoon van een prominente politicus, een potpourri van Amerikaanse tragedie. Sommige van de verhalen dragen de vlekkerige stempels van de diverse knipseldiensten die je vroeger, in de tijd vóór on-lineresearch, artikelen uit het hele land stuurden over een onderwerp van jouw keuze; veel zijn niet meer dan piepkleine berichtjes van één alinea uit de *Post* en de oude *Star*; en een paar, heel weinig, zijn gemarkeerd met verbleekte blauwe sterretjes en in de kantlijnen gekrabbelde data, meestal veel later dan de data van de verhalen zelf. Door te vergelijken met latere verhalen in het album kom ik er algauw achter dat de sterretjes de gevallen markeren waarbij de doorgereden automobilist uiteindelijk werd gepakt. En een paar artikelen over arrestaties gaan vergezeld van korte, boze aantekeningen in mijn vaders kriebelige handschrift: *Ik hoop dat ze de schoft zullen elektrocuteren*, of: *Je kan maar beter een goede advocaat hebben, vriend*, of: *De ouders van dit slachtoffer hebben tenminste gerechtigheid gekregen.*

Ik blader vlug naar het eind. De verzameling eindigt in de zeer late jaren zeventig, omstreeks de tijd dat de Rechter stopte met drinken. Dat snijdt hout. Maar dat is ook het enige wat hout snijdt.

Dit is niet het nostalgische plakboek van een ouder die een kind mist; dit is het product van een geobsedeerde geest. Het komt me voor als diabolisch in de traditionele christelijke zin, iets van de duivel. De lucht om het boek lijkt vervuld van een aura van geestelijke corruptie, alsof de geest er rondspookt van de gek die het heeft samengesteld... of de geest die hem daartoe bezielde. Ik schuif de ringband snel op zijn plaats terug uit vrees dat hij me infecteert met zijn opgewekte waanzin. Vreemd dat hij daar op deze manier staat, vermengd met de gelukkiger herinneringen. Waanzin van dit soort, zelfs al is die tijdelijk, is precies wat weinig kinderen over hun ouders willen weten... en waarvan weinig ouders willen dat hun kinderen het weten. De Garlands hebben vele geheimpjes, en dit is er een van: toen Abby stierf, werd mijn vader een beetje kierewiet, en daarna werd hij weer beter.

Ik doe opnieuw mijn ogen dicht en laat me in de stoel zakken. Hij werd beter. Dat is cruciaal. Hij werd beter. De man die we volgende week begraven is niet de man die hier in dit lelijke kamertje zat, zich avond aan avond lam drinkend, dit zieke plakboek doorbladerend, het gezin terroriserend, niet met boosheid of geweld maar met de afschuwelijke stilte van emotionele verkommering.

Hij werd beter.

En toch heeft mijn fanatiek teruggetrokken vader dit album bewaard, de documentatie van zijn kortstondige waanzin, terwijl iedere bezoeker van het huis erop zou kunnen stuiten. Ik heb er geen moeite mee te geloven dat de Rechter het plakboek tijdens zijn gekte heeft samengesteld, maar dat hij er in de jaren die volgden aan vast is blijven houden, lijkt roekeloos, niets voor hem. Al het andere bewijs werd jaren geleden weggedaan. Er zijn bijvoorbeeld geen flessen sterke drank meer in huis. Maar het boek is bewaard gebleven, gewoon op de plank. Gelukkig voor mijn vaders reputatie heeft niemand het toevallig ontdekt in de tijd dat de Gerechtelijke Commissie van de Senaat de hoorzittingen hield over zijn...

De deur van het kamertje gaat plotseling open. Sally staat daar in haar onredelijk krappe, grijze jurk. Haar aanzienlijke boezem zwoegt, een verrukte maar toch enigszins hulpeloze glimlach schijnt door de tranen heen. Ze ziet er een tikkeltje verward uit, alsof ze verbaasd is mij te vinden op de eerste de beste plek waar ze zoekt. Addison heeft gebeld, deelt ze eindelijk mee. Haar ogen zijn lichtend, extatisch, delen in haar vreugde. Hij is onderweg, voegt Sally er blij aan toe, zich niet bewust van de mogelijkheid dat anderen misschien niet zo opgetogen zijn als zij. Hij zal niet later dan morgen hier zijn. Ik knipper met mijn ogen, moet moeite doen om haar scherp te zien. Ze klinkt als een personage uit Beckett. Ik ben gaan staan, knikkend, de boekenkast met mijn lichaam versperrend in de absurde angst dat haar oog valt op het waanzinnige plakboek van de Rechter. Addison is in aantocht, herhaalt ze. Getransformeerd door dit nieuws heeft ze een plotse allure gekregen. Hij zal hier spoedig zijn, verzekert Sally ons. Heel spoedig.

Afgaand op haar geëxalteerd kruiperige toon zou je kunnen denken dat ze de ophanden zijnde Messias aankondigt. Alhoewel, als je het de meesten van de vele vrouwen van mijn broer zou vragen, zouden ze hem waarschijnlijk beschrijven als precies het tegenovergestelde.

3

De witte keuken

— I —

Het nieuws van de dood van de Rechter bereikte ons verscheidene malen in de jaren voordat de gebeurtenis werkelijk plaatsvond. Niet dat hij ziek was; hij was in de regel zo energiek dat je geneigd was te vergeten dat hij kwakkelde met zijn gezondheid, en daarom was de hartaanval die hem ten slotte velde aanvankelijk zo moeilijk te geloven. Nee, het kwam gewoon doordat hij het soort leven leidde dat geruchten opwekte. Men had een hekel aan mijn vader, een hartgrondige hekel, en dat was wederzijds. Men bracht verhalen in omloop over zijn dood omdat men vurig wenste dat ze waar waren. Voor zijn vijanden – en dat waren er talloze, een feit waarop hij prat ging – was mijn vader een plaag, en geruchten over een remedie wekken altijd hoop bij de lijdenden, of liefde bij de weldoeners. En in dit geval was mijn vader niet alleen een plaag voor mensen, maar ook voor doelen, die in Amerika altijd bij miljoenen geliefd zijn, in tegenstelling tot individuele mensen, die elke dag onbemind sterven. Er was geen vijand van mijn vader die hem niet haatte of die geen verhalen in omloop bracht. Zogenaamde vrienden belden op. Ze lispelden altijd dat ze het zo erg vonden. Ze hadden, zeiden ze dan, gehoord van mijn vaders hartaanval terwijl hij in Boston zijn laatste boek promootte. Of van zijn beroerte terwijl hij in Cincinatti een televisie-interview opnam. Maar in werkelijkheid was er van een hartaanval of beroerte helemaal geen sprake geweest: hij zat gewoon kerngezond in San Antonio, waar hij de conventie van een conservatief politiek actiecomité toesprak – de Rechts-pacs, zoals Kimmer hen noemt. Maar o, de vrolijke geruchten van zijn verscheiden! Mijn moeder haatte de geruchten, niet om het hartzeer, zei ze, maar om de vernedering – er waren tenslotte normen. Maar niet in de geruchtenmolen. Toen ik kort voor de geboorte van mijn zoon Bentley in de supermarkt in de rij stond voor de kassa, las ik tot mijn verbijstering op de omslag van een van de meer fantasierijke roddelbladen, vlak onder het wekelijkse verhaal over Whitney Houston (PRAAT OPENHARTIG OVER HAAR GEBROKEN HART) en vlak boven de nieuwste manier om zonder dieet of lichaamsbeweging zoveel gewicht te verliezen als je maar wilt (EEN WONDER DAT DOKTOREN JE NIET VERKLAPPEN), het verheugende nieuws dat de maffia een prijs op het hoofd van mijn vader had gezet vanwege zijn samenwerking met federale openbare aanklagers – maar toen Kimmer me dwong terug te gaan naar de winkel om het blad te kopen en ik het hele artikel las, alle honderdvijftig woorden, viel het me op dat er opmerkelijk weinig details werden verschaft over wat er voor mijn vader met openbare aanklagers viel samen te werken, of wat hij over de maffia zou kunnen weten dat zo gevaarlijk zou zijn. Ik belde mevrouw Rose op, de lankmoedige assistente van de Rechter, en kreeg hem ten slotte te pakken terwijl hij onderweg was naar Seattle. Hij nam de gelegenheid te baat om me nog maar eens te waarschuwen voor de geslepenheid van zijn vijanden.

'Ze zullen alles doen, Talcott, álles om me te gronde te richten,' verkondigde hij op de orakelachtige toon die hij dikwijls aansloeg wanneer hij het had over degenen die hem niet mochten. Hij herhaalde het woord een derde maal, voor het geval er iets schortte aan mijn gehoor: 'Alles.'

Inclusief, merkte ik een paar jaar geleden terwijl ik de pessimistische bladzijden van *The Nation* doorbladerde, hem beschuldigen van paranoia. Of was het megalomanie? Hoe dan ook, mijn vader was ervan overtuigd dat ze het op hem voorzien hadden, en mijn zus was ervan overtuigd dat hij gelijk had. Toen de Rechter drie jaar geleden bij Bentleys doop wegbleef uit angst dat de pers er zou zijn, verdedigde Mariah hem door erop te wijzen dat hij ook de doop had gemist van de helft van háár kinderen – geen grote prestatie, gezien het aantal – maar tegen die tijd praatten zij en ik toch al nauwelijks meer met elkaar.

Ooit heeft een onwaar verhaal over mijn vaders verscheiden de echte krant gehaald – niet de roddelbladen uit de supermarkt, maar de *Washington Post*, die hem op een winterse ochtend doodde bij een vliegtuigongeluk in Virginia, als een van een tiental slachtoffers. Het feit dat hij blijkbaar aan boord was werd indringend, maar ook koket onder de aandacht gebracht: DOOD CONTROVERSIËLE VOORMALIGE RECHTER BIJ VLIEGTUIGONGELUK GEVREESD luidde de kop. De ironie was evident, zelfs voor degenen die de actualiteiten maar heel oppervlakkig volgden, omdat men niet vreesde dat mijn vader dood was, maar dat hij nog leefde; en omdat zijn carrière een ongelukkige wending had genomen, die ook, zo zei mijn vader graag, de schuld was van de *Post* en 'consorten'. Linkse vuilspuiters noemde mijn vader hen in zijn goed beloonde toespraken voor de Rechts-pacs, die met genoegen aanhoorden hoe deze boze, welbespraakte zwarte advocaat de media verantwoordelijk hield voor zijn aftreden als federaal rechter niet lang na het mislukken van zijn verwachte promotie naar het Supreme Court, waar hij, zo hielden zijn conservatieve fans zijn liberale critici graag voor, in de jaren zestig in twee sleutelzaken betreffende de opheffing van rassenscheiding met succes had gepleit. O, maar hij kon verbijsterend zijn! Daarom was Mariah ervan overtuigd dat er opgelucht werd geglimlacht langs de Cambridge-Washington-as (waar ze die banale uitdrukking vandaan haalde zal ik nooit weten, maar ik vermoed dat hij van Addison afkomstig was, die haar altijd kon velen) toen de vroege edities van de *Post* het verhaal brachten van het ongeluk en een paar van de onzorgvuldigere radiostations het in hun nieuwsuitzendingen herhaalden. De plaag, zo leek het één glorieus moment, was ten einde. Maar mijn sluwe vader was niet aan boord. Hoewel zijn naam op de passagierslijst stond en hij had ingecheckt, was hij zo verstandig geweest die gelegenheid te kiezen om met mijn moeder, die toen stervende was in het huis op de Vineyard, interlokaal over de kosten van reparaties aan de goten te gaan bekvechten, een discussie die zo uitvoerig was dat hij de vlucht miste. De luchtvaartmaatschappij had een onjuiste passagierslijst opgesteld, want in die tijd was het nog mogelijk om zoiets te doen. 'Zoveel hield ze nu van me,' zei de Rechter tegen ons tijdens zijn dronkemanstirade op de avond van Claire Garlands begrafenis. Hij huilde ook, wat geen van ons ooit had gezien – het was zelfs zo dat alleen Addison beweerde hem een borrel te hebben zien drinken sinds de akelige periode vlak na de dood van Abby – en Mariah gaf me een klap in mijn gezicht toen ik haar de volgende dag erop wees dat mijn vader in de zes jaar van mijn moeders ziekte even lang had gereisd als aan haar bed had gezeten. 'Nou en?' vroeg mijn zus terwijl ik wanhopig zocht naar een afdoende weerwoord op een handpalm tegen je wang – een vraag die ik, toen ik er eenmaal over nadacht, niet één twee drie kon beantwoorden.

En misschien verdiende ik de reprimande ook wel, want ondanks zijn koelheid jegens het grootste deel van de wereld, gewoonlijk met inbegrip van zijn kinderen, ging de Rechter niet anders dan teder en liefhebbend met onze moeder om. Zelfs toen mijn vader als advocaat werkte, voordat hij in overheidsdienst ging, liep hij om de haverklap weg uit besprekingen met cliënten om telefoontjes aan te nemen van zijn Claire. Later, in de beurscommissie, en vervolgens als rechter, liet hij procederende partijen soms wachten terwijl hij met zijn vrouw babbelde, die zo'n behandeling leek te beschouwen als haar goed recht. Hij glimlachte om haar met een ongeveinsde verrukking die aan iedereen liet zien hoe dankbaar hij was voor de dag dat Claire Morrow ja zei; althans totdat Abby stierf, waarna hij zich een tijdje niet meer zo bezighield met glimlachen. Toen er eenmaal weer een schijn van stabiliteit in het gezin was bereikt, maakten mijn ouders vaak hand in hand een avondwandeling over Shepard Street.

Mijn vader was natuurlijk voortdurend op reis. De laatste tijd voor zijn dood noemde hij zich graag een Washingtonse advocaat als alle andere, wat inhield dat hij, wanneer hij mij wilde bereiken, mevrouw Rose voor hem liet bellen, aangezien zijn eigen tijd te kostbaar was, en wanneer ik aan de lijn kwam, hij me steevast op de luidspreker zette, misschien om zijn handen vrij te houden voor ander werk. Mevrouw Rose heeft me ooit verteld dat ik me daar niet druk om moest maken: hij zette iedereen op de luidspreker, want hij behandelde het ding alsof het net was uitgevonden. In feite was alles wat hij deed nieuw voor hem. Hij was formeel gesproken *adviserend functionaris* bij het advocatenkantoor Corcoran & Klein, waarbij *adviserend functionaris* een kunstmatige term is die een veelheid van ongemakkelijke verhoudingen dekt, van de gepensioneerde compagnon die geen advocatenwerk meer doet tot de werkeloze bureaucraat die genoeg zaken probeert in te brengen om een volledig compagnonschap te verdienen tot de snelle consultant die een respectabele plek zoekt om zich te vestigen. In het geval van mijn vader bood het kantoor een vernis van voornaamheid en een plek om zijn boodschappen in ontvangst te nemen, maar niet veel meer dan dat. Hij zag weinig cliënten. Hij werkte niet als advocaat. Hij schreef boeken, ging als spreker op tournee door het hele land, en wanneer hij het rustiger aan wilde doen verscheen hij bij *Nightline*, *Crossfire* en *Imus* om de verderfelijke linkse massa's te verleiden. Hij was in feite de perfecte praatshowgast: hij was bereid om vrijwel alles te zeggen over vrijwel iedereen, en hij voegde iedereen die met hem redetwistte de meest erudiete en verbijsterende scheldwoorden toe. (De censoren hadden een harde dobber wanneer hij woorden als *cocu* of *roffelarij* gebruikte, en ooit werd hij weggecensureerd uit een van de praatshows op de radio omdat hij de verschuiving naar rechts van een bepaalde kandidaat tijdens de Republikeinse presidentiële voorverkiezingen als een daad van *ecdysis* had omschreven.) O ja, de mensen haatten hem, en hij zwolg in hun vijandigheid.

Mariah hechtte aan dit alles natuurlijk meer belang dan ik. Ik heb altijd gedacht dat uiterst links en uiterst rechts elkaar wanhopig nodig hebben, want als een van beide zou verdwijnen, zou de ander zijn reden van bestaan verliezen, een overtuiging waarin ik ieder jaar meer ben gesterkt, aangezien ze beide steeds feller worden in hun jacht op iemand om te haten. Af en toe heb ik me zelfs in het bijzijn van Kimmer – ik zou het tegen niemand anders zeggen – hardop afgevraagd of mijn vader de helft van zijn politieke opvattingen niet uit zijn duim zoog om zijn gezicht op de televisie, zijn vijanden op zijn hielen, en zijn gage als spreker zo rond de half miljoen dollar per jaar te houden. Maar Mariah, die in haar tijd zowel filosofie heeft gestudeerd als onderzoeksjournalistiek heeft bedreven, ziet tegenstellingen als reëel; de Rechter en zijn vijanden, zei ze vaak, waren de grote ideologische debatten van het tijdperk aan het uitvechten. Het was de culturele oorlog, hield ze vol, die hem heeft geveld. Ik vond deze bewering nogal idioot, en na er jaren over gelezen te hebben begon ik te denken dat de lasteraars die hem uit het rechtersambt verdreven misschien wel gelijk hadden. Ik beging de fout dit ook aan de telefoon tegen Mariah te zeggen, niet lang nadat Bob Woodward zijn bestseller over de zaak had gepubliceerd. Ik zei tegen haar dat het boek redelijk overtuigend was: de Rechter was geen slachtoffer maar een meinedige.

Ontzet over deze onverwachte breuk in de familiegelederen, ook al was het in beslotenheid, begon Mariah in mijn aanwezigheid te vloeken, wat naar ik vrij zeker meen te weten de eerste keer was in ons beider leven. Ik vroeg haar of ze het boek eigenlijk had gelezen, en ze antwoordde dat ze geen tijd had voor zulke troep, hoewel *troep* niet het woord was dat ze in werkelijkheid koos. Ze had gebeld, moet u weten, omdat ze wilde dat het hele gezin – dat wil zeggen, de drie kinderen – gezamenlijk een brief schreef naar de *Times* als protest tegen de positieve recensie die daarin was verschenen van Woodwards boek. Ze had daar nog steeds vrienden die ervoor zouden zorgen dat de brief werd gepubliceerd, zei ze. Ik weigerde en vertelde haar waarom. Ze zei dat ik het moest doen, dat het mijn plicht was. Ik mompelde dat je geen slapende honden wakker moest maken. Ze zei dat ik nooit deed wat ze wilde, en rakelde een verhaal op dat ik zelf vergeten was: hoe ze, toen ik op de universiteit zat, me had gesmeekt een eenzame vriendin van haar mee uit te nemen. Mariah zei dat ik voor deze ene keer voor haar moest opkomen. Ze zei dat ze het niet verdiende zo door mij behandeld te worden. Ik dacht aan Willy Mays honkbalplaatje, maar besloot het daar niet over te hebben. In plaats daarvan noemde ik haar, vrees ik, ietwat geïrriteerd 'onvolwassen' – nee, eerlijk gezegd was *verwend kreng* de term die ik gebruikte – en na een beladen stilte antwoordde Mariah met wat ik als een niet geprovoceerde aanval op mijn vrouw beschouwde, die als volgt begon: 'Over slapen met krengen van honden gesproken, hoe staat het met die teef van jou?' Mijn zus kan met haar scherpe

45

tong iedereen aan, en mij al helemaal, na haar vaardigheden te hebben gescherpt tijdens haar lange en fervente lidmaatschap van een nogal exclusieve en notoir kattige studentenvereniging voor zwarte meisjes. Toen ik verontwaardigd opmerkte dat het ongepast was in die bewoordingen over Kimmer te spreken – goed, ik drukte me wat krachtiger uit dan dat – vroeg Mariah me boos of ik ooit evenveel bezwaar maakte tegen de dingen waarvan ze wist dat mijn vrouw ze over háár zei. Terwijl ik hakkelend een antwoord probeerde te vinden, voegde ze eraan toe dat het bloed kruipt waar het niet gaan kan, dat dit iets betrof wat ik de familie verschuldigd was. En toen ik een hoge pedagogische toon probeerde aan te slaan en beweerde dat mijn hogere plicht de waarheid betrof, vroeg ze me waarom ik in dat geval niet gewoon een paginagrote advertentie in de krant liet zetten: MIJN VADER IS SCHULDIG EN MIJN VROUW PLEEGT OVERSPEL. Zo slecht kunnen we nu eenmaal met elkaar opschieten. Dus wanneer Mariah me opzijtrekt in de grimmige, met familie gevulde hal in Shepard Street en fluistert dat ze later onder vier ogen met me wil praten, neem ik aan dat ze de resterende bijzonderheden van de begrafenis wil bespreken, want waar moeten wij levenslange vijanden het verder nog over hebben? Maar ik vergis me: wat mijn zus me wil vertellen is de naam van de man die onze vader heeft vermoord.

– 11 –

Ik lach wanneer Mariah het me vertelt. Ik beken het openlijk, zij het met een schuldgevoel. Het is afschuwelijk van me, maar ik moet nu eenmaal lachen. Misschien is het een kwestie van uitputting. Pas na middernacht hebben we tijd voor een onderonsje, en gaan we ten slotte aan de keukentafel warme chocolademelk zitten drinken, ik met mijn stropdas nog om, mijn zus, net onder de douche vandaan, in een donzige blauwe kamerjas. Howard en de kinderen en een deelverzameling van de talloze neven en nichten slapen, in diverse hoeken van het statige oude huis gepropt. De keuken, die mijn vader onlangs had laten opknappen, is blinkend wit; de aanrechtbladen, de apparaten, de muren, de gordijnen, de tafel, alles hetzelfde glanzende wit. 's Avonds, met alle lichten aan, doen de weerspiegelingen pijn aan mijn ogen, en verlenen dat wat toch al surrealistisch is een sfeer van waanzin.

'Waar lach je nu precies om?' vraagt Mariah op gebiedende toon. 'Wat scheelt je?'

'Jij denkt dat *Jack Ziegler* papa heeft vermoord?' stamel ik, nog steeds niet helemaal in staat het goed te bevatten. 'Oom Jack? Waarom?'

'Je weet best waarom! En noem hem geen oom Jack!'

Ik schud mijn hoofd in een poging dit rustig aan te pakken, hopend dat Addison toch maar komt, omdat hij veel meer geduld heeft met Mariah dan ik ooit zal hebben. Zo-even, voordat ze de naam in haar mond nam, was mijn zus zenuwachtig, misschien zelfs bang. Nu is ze woedend. Dus je zou kunnen zeggen dat ik tenminste haar humeur heb verbeterd.

'Niet waar. Ik weet het niet. Ik weet niet eens waar jij het idee vandaan haalt dat iemand hem heeft vermoord. Hij heeft een hartaanval gehad, weet je nog?'

'Waarom zou hij nu plotseling een hartaanval krijgen?'

'Zo gaat dat met een hartaanval. Die krijg je plotseling.' Mijn ongeduld maakt me wreed en ik probeer mezelf te dwingen me wat in te houden. Mijn zus is niet gek en bespeurt vaak dingen die anderen over het hoofd zien. Mariah was halverwege de jaren tachtig het onderwerp van een klein stukje in het tijdschrift *Ebony*, toen ze als zesentwintigjarige verslaggeefster bij de *New York Times* genomineerd werd voor de Pulitzerprijs voor een serie verhalen over de uiteenlopende levens van kinderen die in gaarkeukens eten. Maar niet lang daarna nam ze plotseling ontslag, toen de krant serieus onderzoek begon te doen naar mijn vader. Hoewel Mariah het een protest noemde, was het in werkelijkheid zo dat ze de beroepsbevolking voorgoed de rug toekeerde en samen met haar spiksplinternieuwe echtgenoot naar een prachtig oud koloniaal huis in Darien verhuisde – het eerste van drie, elk volgend huis groter dan het vorige – waarbij ze beloofde al haar tijd aan haar kinderen te besteden, en zo onze moeder voor zich innam, die tot op de dag dat ze stierf van mening was dat de plaats van de vrouw thuis is. Darien ligt niet ver van Elm Harbor, maar tegenwoordig zien Mariah en ik elkaar twee keer per jaar, in het ongunstigste geval. Het is niet zozeer dat we niet van elkaar houden, denk ik, maar eerder dat we elkaar niet zo graag mogen. Ik besluit voor misschien wel de honderdste keer mijn zus beter te behandelen. 'Trouwens,' voeg ik er zachtjes aan toe, 'hij was niet bepaald jong meer.'

'Zeventig is niet oud. Tegenwoordig niet meer.'

'Toch heeft hij een hartaanval gehad. Het ziekenhuis heeft het zelf gezegd.'

'O, Tal,' verzucht ze met een fladderend handgebaar terwijl ze doet alsof ze levensmoe is, 'er zijn zoveel drugs die hartaanvallen kunnen veroorzaken. Ik ben ooit als verslaggever met de politie mee de wijk in geweest, weet je nog? Dit is mijn terrein. En het is heel moeilijk om dat spul bij de autopsie te ontdekken. Ik bedoel, je bent ook zo naïef.'

Ik besluit dit over het hoofd te zien, vooral omdat Kimmer altijd precies hetzelfde over me zegt, om andere redenen. Ik besluit haar de hand te reiken: 'Oké, oké. Waarom zou oom Jack hem dan willen vermoorden?'

'Om hem het zwijgen op te leggen,' zegt ze zwaarwichtig, waarna ze stokt en zo plotseling haar adem inzuigt dat ik snel een blik over mijn schouder werp om te zien of Jack Ziegler, de boeman van de familie, misschien door het raam naar binnen staat te gluren. Ik zie alleen mijn moeders verzameling kristallen presse-papiers, meegenomen uit landen over de hele wereld, als glanzende eieren met transparante schalen in een rijtje op de vensterbank, en in het raamglas mijn eigen spiegelbeeld dat me bespot: een uitgeputte, uitgezakte Talcott Garland, die met zijn bril met hoornen montuur, kortgeknipte haar en scheve stropdas niet zozeer op een hoogleraar rechtsgeleerdheid lijkt als wel op een kind dat zou willen dat het allemaal voorbij was. Ik draai me weer om naar mijn zus. Net als Mallory Corcoran, onze 'oom Mal', is de man die we oom Jack noemen geen echte of aangetrouwde familie. De familie heeft deze blanke vrienden van mijn vader eretitels geschonken toen ze peetvader werden – oom Mal van Mariah, oom Jack van Abby –, maar in tegenstelling tot oom Mal had Jack Ziegler veel meer uit te staan met mijn vaders ondergang dan met zijn redding.

'Wat moet er dan verzwegen worden?' vraag ik zachtjes, omdat Mariah altijd het standpunt heeft ingenomen dat mijn vader niets wist van oom Jacks meer verdachte activiteiten, dat de suggestie van een zakelijke relatie tussen hen beiden niet meer dan een blank-liberaal complot tegen een briljante en dus gevaarlijke zwarte conservatief was. Misschien stokt Mariah daarom wel: ze ziet de val waar haar eigen redenering heen leidt.

'Ik weet het niet,' mompelt ze, terwijl ze haar ogen neerslaat en op de fel beschermende manier van een moeder haar mok vasthoudt.

Dit zou een goed moment kunnen zijn om het hersenspinsel van mijn zus te laten rusten, maar nu ik er al zoveel van heb aangehoord, besluit ik dat het mijn plicht is om haar te helpen inzien hoe mesjoche het idee is. 'Waarom denk je dan dat oom Jack er iets mee te maken had?'

'Al vanaf de hoorzittingen heeft hij zitten wachten op het juiste moment. Dat weet je ook wel, Tal. Ga me nu niet vertellen dat jij dat niet hebt gevoeld!'

Ik stel een advocatenvraag. 'Wat maakt dit tot het juiste moment?'

'Ik weet het niet, Tal. Maar ik weet dat ik gelijk heb.'

Opnieuw: 'Hebben we enig steekhoudend bewijs?'

Ze schudt haar hoofd. 'Nog niet. Maar jij zou me kunnen helpen, Tal. Jij bent advocaat. Ik ben... Ik was journalist. We zouden het, nou ja, samen kunnen onderzoeken. Op zoek kunnen gaan naar bewijs.'

Ik frons enigszins. Mariah is altijd zowel spontaan als bezeten geweest en het zal niet makkelijk zijn om haar deze nieuwste gril uit haar hoofd te praten. 'Tja, we zouden eerst een reden moeten hebben.'

'Jack Ziegler is een moordenaar. Wat dacht je daarvan?'

'Veronderstel dat dat waar is, dan nog...'

'Het is geen *veronderstelling*.' Haar ogen vonken van verse woede. 'Hoe kun je zo'n man verdedigen?'

'Ik verdedig helemaal niemand.' Ik wil geen ruziemaken, dus ik beantwoord haar uitdaging met een andere: 'Dus je hebt een plan in gedachten? Wil je oom Mal bellen?'

Mariah zit in de val en ze weet het. Ze wil eigenlijk helemaal geen onderzoek en weet net als ik dat er niets zou veranderen, dat de hartaanval een hartaanval zou blijven, dat ze voor gek zou komen te staan. Ze kan Mallory Corcoran, een van de machtigste advocaten van de stad, niet bellen om op grond van niets dan hoop te eisen dat hij de wereld voor haar op zijn kop zet. Mariah weigert me aan te kijken en werpt in plaats daarvan een woedende blik op de glimmend witte ZubZero-ijskast, die als gevolg van een of andere huiselijke alchemie nu al versierd is met de onvermijdelijke tekeningen van honden, bomen en schepen, met krijt neergeklad door haar jongere kinderen – het soort sentimentele bric à brac dat de Rechter nooit getolereerd zou hebben.

'Ik weet het niet,' mompelt Mariah, de lijnen van vermoeidheid duidelijk zichtbaar op haar koppige gezicht.

'Nou, als...'

'Ik weet niet wat ik doen moet.' Ze schudt langzaam haar hoofd, haar blik gericht op de witte tafel tussen ons in. En dit deukje in Mariahs emotionele pantser biedt me een helder, droevig inkijkje in het leven dat ze de hele dag leidt terwijl Howard wegrijdt naar verre oorden om financiële draken te doden ten behoeve van de cliënten en de winst van Goldman Sachs. De tekeningen op de ijskast zijn de vruchten van de verwoede pogingen die mijn zus gisteren heeft gedaan om haar kinderen bezig te houden terwijl zij aan de slopende taak begon om vrijwel in haar eentje een begrafenisdienst te plannen voor de vader die ze veertig jaar lang zonder succes had proberen te behagen.

'Ik ben zo moe,' verkondigt Mariah, een zeldzame erkenning van zwakte. Ik wend mijn blik even af, omdat ik niet wil dat ze ziet hoe deze drie eenvoudige woorden me hebben geraakt, en omdat ik zelfs de gemeenschappelijkheid niet wil erkennen. De waarheid is dat Mariah, Addison en ik altijd uitgeput lijken te zijn. Het schandaal dat de carrière van onze vader verwoestte, gaf hem op de een of andere manier de energie om een nieuwe te beginnen, maar liet zijn gezin gesloopt achter. Wij kinderen zijn het nooit helemaal te boven gekomen.

'Je hebt hard gewerkt de laatste tijd.'

'Doe niet zo neerbuigend tegen me, Tal.' Haar toon is nuchter maar haar ogen vonken opnieuw, en ik weet dat ze beledigd is door een nuance die er niet eens was. 'Je neemt me niet serieus.'

'Wel waar, maar...'

'Neem me nu eens serieus!'

Mijn zus probeert zo boos mogelijk te kijken. De vermoeidheid is weg. Ik herinner me op de universiteit gelezen te hebben dat sociaal-psychologen geloven dat boosheid functioneel is, dat het zelfvertrouwen opbouwt en zelfs creativiteit. Ik weet niet hoe het staat met het creatieve deel, maar Mariah, zoals gewoonlijk boos op me, is plotseling net zo zelfverzekerd als altijd.

'Oké,' zeg ik bereidwillig, 'oké, het spijt me.' Mijn zus wacht ontoeschietelijk af. Ze wil dat ik het initiatief neem en iets zeg om te laten zien dat ik haar idiote idee serieus opvat. Dus formuleer ik een serieuze vraag:

'Wat kan ik doen om te helpen?' en laat ik open waar mijn aanbod om te helpen nu precies betrekking op heeft.

Mariah schudt haar hoofd, wil wat zeggen en haalt vervolgens haar schouders op. Tot mijn verrassing beginnen er langzaam tranen over haar wangen te biggelen.

'Hé,' zeg ik. Ik steek bijna mijn hand uit om ze weg te vegen, herinner me dan de hal en besluit me niet te verroeren. 'Hé, maatje, het komt wel goed. Echt waar.'

'Nee, het komt helemaal niet goed,' snikt Mariah terwijl ze haar sierlijke hand tot een vuist balt en met aanzienlijke kracht op de tafel slaat. 'Ik denk niet... ik denk niet dat het ooit nog goed komt.'

'Ik mis hem ook,' zeg ik, wat hoogstwaarschijnlijk een leugen is, maar ook, naar ik hoop, de juiste reactie.

Mariah, die nu openlijk huilt, bedekt haar gezicht met haar handen, terwijl ze nog steeds haar hoofd schudt. En nog steeds durf ik haar niet aan te raken.

'Het komt wel goed,' zeg ik nogmaals.

Mijn zus tilt haar hoofd op. In haar wanhoop en verdriet heeft ze een werkelijk adembenemende schoonheid gekregen, alsof pijn haar bevrijd heeft van louter sterfelijke beslommeringen.

'Jack Ziegler is een monster,' zegt ze kortaf. Tja, dat is tenminste waar, zelfs als maar een fractie van de kwaadaardige dingen die de kranten over hem zeggen ooit heeft plaatsgevonden. Maar het is ook waar dat hij ten minste driemaal heeft terechtgestaan en is vrijgesproken, waaronder eenmaal wegens moord, en voorzover ik weet nog steeds in Aspen, Colorado woont, fabelachtig rijk en zo goed beschermd tegen de ordehandhavers van de wereld als de grondwet van de Verenigde Staten maar toelaat.

'Mariah,' zeg ik, nog steeds zachtjes, 'ik denk dat niemand in de familie oom Jack de afgelopen tien jaar heeft gezien. Niet sinds... nou ja, je weet wel.'

'Dat is niet waar,' zegt ze toonloos. 'Papa heeft hem vorige week gezien. Ze hebben gedineerd.'

Even kan ik geen woorden vinden. Ik vraag me af hoe ze kan weten wie de Rechter ontmoette en wanneer hij dat deed. Ik breng mezelf bijna in verlegenheid door deze vraag te stellen, maar Mariah redt me:

'Dat heeft papa me verteld. Ik heb hem gesproken. Papa. Hij belde me op, twee dagen... twee dagen, eh, voordat...'

Haar stem sterft weg en ze wendt zich af, omdat het in onze familie niet de gewoonte is een ander deelgenoot te maken van onze diepste pijn, zelfs elkaar niet. Ze bedekt haar ogen. Ik overweeg om de tafel heen te lopen, naast mijn zus neer te hurken, mijn armen om haar heen te slaan en haar het beetje lichamelijke troost te bieden dat ik kan opbrengen, haar misschien zelfs te vertellen dat de Rechter mij ook heeft gebeld, hoewel ik het te druk had om hem terug te bellen, zoals het een echte Garland betaamt. Ik zie het tafereel voor me: haar antwoord, haar vreugde, haar nieuwe tranen: *Tal, Tal, wat is het heerlijk om weer vrienden te zijn!* Maar zo ben ik niet, en Mariah al helemaal niet, dus in plaats daarvan blijf ik roerloos zitten en handhaaf ik mijn pokerface, terwijl ik me afvraag of verslaggevers het verhaal aan de weet zijn gekomen, wat niet minder dan een nieuwe ramp zou zijn. Ik zie de krantenkoppen al voor me: UIT DE GRATIE GERAAKTE RECHTER KWAM VOOR ZIJN DOOD SAMEN MET VERDACHTE VAN MOORD. Ik huiver bijna. De uitdragers van samenzweringstheorieën, voor wie geen enkele beroemde dood te wijten is aan natuurlijke oorzaken, zijn al aan het werk gegaan, hebben al in de ongenuanceerdere radiotalkshows (Kimmer, die er slag van heeft afkortingen te gebruiken, noemt zo'n programma een 'Rat') mogen uitleggen waarom de hartaanval die mijn vader velde noodzakelijkerwijs een leugen is. Ik heb nauwelijks acht geslagen op hun fratsen, maar nu, terwijl ik me voorstel wat sommigen van de bellers zouden kunnen zeggen als de ontmoeting van de Rechter met oom Jack hun ter ore kwam, begin ik de vreemde kronkels van de paranoia van mijn zus te begrijpen. En dan doet Mariah er nog een schepje bovenop.

'Dat is niet alles,' vervolgt ze met dezelfde vlakke stem, haar ogen gericht op een onbestemd voorwerp in het vertrek. 'Ik heb hem gisteravond gesproken. Oom Jack.'

'Gisteravond? Heeft hij gebeld? Hierheen?' Ik zou trots op mezelf moeten zijn, zoals ik erin slaag drie domme vragen te stellen waar de meeste mensen er met moeite één zouden kunnen opwerpen.

'Ja. En ik kreeg de zenuwen van hem.'

Nu is het mijn beurt om van mijn stuk gebracht te zijn. En behoorlijk ook. Opnieuw zoek ik naar woorden en neem ten slotte genoegen met de meest voor de hand liggende.

'Goed, wat wilde hij eigenlijk?'

'Hij bood zijn condoleances aan. Maar hij wilde vooral over jou praten.'

'Over mij? Hoezo?'

Mariah zwijgt en lijkt met haar eigen intuïtie te worstelen. 'Hij zei dat jij de enige bent in wie papa vertrouwen zou hebben,' legt ze ten slotte uit. 'De enige die op de hoogte zou zijn van de regelingen die papa voor zijn dood had getroffen. Dat bleef hij maar zeggen. Dat hij de regelingen wilde weten.' De tranen stromen weer. 'Ik heb hem verteld dat de begrafenis dinsdag gehouden zou worden, ik heb hem verteld waar, maar hij... hij zei dat dat niet de regelingen waren die hij bedoelde. Hij zei dat hij op de hoogte moest worden gebracht van de ándere regelingen. En hij zei dat jij er waarschijnlijk van op de hoogte zou zijn. Dat bleef hij maar zeggen. Tal, waar had hij het over?'

'Ik heb geen idee,' beken ik. 'Als hij met me wilde praten, waarom belde hij mij dan niet?'

'Ik weet het niet.'

'Dit is wel heel vreemd.' Ik herinner me Gewoon Alma. *Hij had plannen met je, Talcott. Zo heeft je vader het gewild.* Is dat waar Alma het over had? 'Heel vreemd.'

Iets in mijn toon maakt mijn zus nijdig, zoals iets in mijn toon dat wel vaker doet. 'Ben je er zeker van dat je geen idee hebt, Tal? Waar Jack Ziegler op uit kon zijn?'

'Hoe zou ik dat moeten weten?'

'Ik weet niet hoe jij dat zou moeten weten. Dat vraag ik me juist af.' Terwijl Mariah met boze blikken blijk geeft van haar wantrouwen, voel ik hoe tussen ons in de schaduw opdoemt van onze levenslange onenigheid: Mariahs gevoel dat ik er nooit voor haar ben, en het mijne dat ze te veeleisend is.

Maar ze gelooft toch zeker niet dat ik op de een of andere manier iets te maken zou hebben met... met iemand als Jack Ziegler...

'Mariah, ik verzeker je, ik heb geen flauw idee waar dit allemaal om gaat. Ik weet niet eens meer wanneer ik voor het laatst iets heb gehoord van... van Jack Ziegler.'

Ze maakt een wegwuivend handgebaar, maar geeft geen verbaal antwoord. Ze zegt niet dat ze me vertrouwt; ze gebaart dat ze bereid is een wapenstilstand uit te roepen.

'Dus het enige waar hij naar vroeg waren de... regelingen?'

'Zo'n beetje wel. O, en hij zei ook dat hij ons waarschijnlijk op de begrafenis zou zien.'

'Tjonge,' mompel ik, in een akelige poging tot sarcasme, terwijl ik me afvraag of er niet een manier is om hem erbuiten te houden. 'Daar kunnen we allemaal naar uitkijken.'

'Ik vind hem een griezel,' zegt Mariah. Haar eerdere speculaties over oom Jack zijn blijkbaar voorlopig van tafel, hoewel beslist niet vergeten. Dan knijpt ze in mijn vingers. Ik kijk verbaasd naar beneden: we hebben de handen in elkaar geslagen, maar ik kan me niet herinneren wanneer precies.

'Ik ook,' zeg ik. En ik weet vrijwel zeker dat dat de eerlijkste woorden zijn die ik de hele dag heb gesproken.

4

De Charmeur

– I –

Zo nu en dan kwam bij de Rechter de hoop op dat hij vóór Richard Nixon zou sterven, zodat deze verplicht zou zijn – aldus mijn vaders redenering – zijn begrafenis bij te wonen en misschien zelfs een paar woorden te spreken. President Nixon, zou je kunnen zeggen, droeg bij aan de schepping van mijn vader door hem te ontdekken als een onbekende rechter van een gematigd conservatieve signatuur en hem vaak uit te nodigen in het Witte Huis, en hem ten slotte te benoemen tot rechter in het hof van beroep van de Verenigde Staten, waar iets meer dan een decennium later Ronald Reagan hem weer helemaal opnieuw ontdekte en het bijna klaarspeelde om wat de toenmalige kranten noemden een 'verscheidenheidsverdubbeling' in het Supreme Court tot stand te brengen: Reagan, opboksend tegen zijn moeizaam verworven imago van verlosser van de blanke mannen van de natie, zou de Rechter benoemen en in één klap het aantal zwarte rechters verdubbelen en tegelijkertijd de eerste president worden die twee rechters benoemde die geen blanke mannen waren. Reagans greep naar de geschiedenis mislukte, en mijn vader, die, zoals veel succesvolle mensen, ambitie en principe nooit helemaal uit elkaar kon houden, weigerde hem de zonde van het opgeven van de nominatie te vergeven.

Maar de houding van mijn vader tegenover Nixon was anders. De Rechter bewees Nixon een wederdienst door nog een kwart eeuw na het enige presidentiële ontslag in onze geschiedenis vol te houden dat het een samenzwering was van wraakzuchtige liberalen, niet Nixons eigen corruptheid, die de man uit zijn ambt verdreef. De Rechter zag in de val van Nixon opmerkelijke parallellen met zijn eigen val, en hij bracht die graag naar voren tegenover het gretige gehoor bij zijn lezingen: twee verlichte, wijze conservatieven, de ene blank, de andere zwart, die beiden toen ze op het punt stonden geschiedenis te schrijven hun carrières vernietigd zagen worden door de meedogenloze krachten van links. Of iets van gelijke strekking: ik heb die politieke rede maar twee keer gehoord, en beide keren werd ik er onpasselijk van – niet om ideologische redenen of vanwege de evidente verdraaiing van de geschiedenis, maar vanwege het afgrijselijke, on-Garland-achtige bad van zelfmedelijden dat die rede was.

Helaas, mijn vader heeft zijn droom niet verwezenlijkt. Hij was het die Nixons begrafenis bijwoonde, niet andersom. De Rechter vloog naar Californië in de hoop – ik heb geen idee waarop die gebaseerd was – een uitnodiging te krijgen om een grafrede te houden voor zijn mentor. Als u de dienst op de televisie hebt gezien, weet u dat dat niet is gebeurd. Het gezicht van mijn vader kwam zelfs nooit in beeld. Hij werd in pakweg de vijftiende rij geperst, verloren tussen een handjevol voormalige plaatsvervangende staatssecretarissen van niet meer bestaande ministeries, sommigen van hen veroordeelde criminelen. Inwendig kokend door de zoveelste teleurstelling haastte mijn vader zich naar huis, zich ongetwijfeld afvragend wie van enig belang zijn begrafenis zou bijwonen.

Ja, wie? Ik pieker over mijn vaders morbide vraag terwijl ik, de hand van mijn mooie vrouw stevig vastgrijpend, de kist volg door het middenschip van de Trinity and St. Michael-kerk, een tochtig granieten gedrocht vlak onder Chevy Chase Circle, waar tot algemene verbazing van onze families en vrienden Kimmer en ik komende december negen jaar geleden zijn getrouwd. De meesten, zou ik er nog aan toe kunnen voegen, zijn nog verbaasder dat we nog steeds zijn getrouwd, want onze tumultueuze relatie werd gekenmerkt door vele valse starts.

Ja, wie? Wij kinderen volgen de kist. Addison, wiens knarsende lofrede een paar minuten geleden precies dezelfde mierzoete religiositeit tentoonspreidde als zijn opbel-radioprogramma, wordt geheel in strijd met de etiquette geflankeerd door zijn huidige vriendin. Mariah loopt voor me met haar man Howard vol aanbidding aan haar zijde en een deelverzameling van haar kinderen in haar kielzog. De overige kinderen zijn ofwel in Shepard Street bij de au pair of dwalen misschien door de kerk, klimmen ergens op waar ze niet op mogen klimmen. Dan schiet me te binnen dat Mariah en haar kroost familie zijn en beveel ik mijn overpeinzingen hun onverwacht hatelijke pad te verlaten, want, zoals ik geloof ik al heb vermeld, raadde de Rechter zijn kinderen altijd aan onwaardige gedachten te vermijden.

Ja, wie? vraag ik me af, een kuch onderdrukkend van de verstikkende wolk wierook die nog steeds deel uitmaakt van het ritueel van traditioneel anglicaanse kerken, ook al zijn de meesten vergeten waarom. Ja, wie? Het antwoord, vermoed ik, zou voor mijn reputatie-bewuste vader een nieuwe teleurstelling zijn geweest. Want er is niemand – niemand die voor de Rechter van belang zou zijn geweest. Geen van de grote liberalen die van hem hielden toen hij jong was. Geen van de grote conservatieven die van hem hielden toen hij oud was. Slechts brokstukken van de familie, een paar oude vrienden, een paar van zijn compagnons van het advocatenkantoor, en een handjevol nerveuze journalisten van wie de meesten te jong zijn om te weten waarom mijn vaders naam zo berucht was, maar van wie enkelen het zich herinneren en zijn gekomen om met eigen ogen te zien dat het monster werkelijk is heengegaan.

Mallory Corcoran is er natuurlijk, een kleine schare advocaten van het kantoor aanvoerend, en de stille assistente van de Rechter, mevrouw Rose, die voor hem heeft gewerkt sinds hij rechter was, is ook gekomen. De Goudkust heeft natuurlijk een afvaardiging voornamelijk geelhuidige mannen van mijn vaders generatie gestuurd, duur gekleed, allemaal angstvallig op hun Rolexen kijkend, waarschijnlijk om zich ervan te vergewissen dat de begrafenis voor golftijd eindigt. Een handjevol rechters die met mijn vader hebben gewerkt is aanwezig, onder wie, tot mijn stomme verbazing, iemand die het tot het Supreme Court heeft geschopt, hoewel hij achterin zit, alsof hij bang is gezien te worden. Een tiental oude griffiers van mijn vader zit verspreid over de kerk, de meesten van hen eerder opgelaten dan ongelukkig ogend; maar ik ben toch dankbaar voor hun loyaliteit. Ik signaleer mijn vrienden Dana Worth en Eddie Dozier, die ooit met elkaar getrouwd waren toen Dana nog dacht dat ze misschien in mannen geïnteresseerd zou zijn. Ze zitten stijfjes drie rijen van elkaar vandaan, zoals het met ruzie gescheiden echtparen betaamt. Eddies gezicht staat strak, met harde, verbeten lijnen, maar de gewoonlijk taaie Dana lijkt een tikje huilerig. We zijn uit elkaar gegroeid, wij drieën, sinds hun huwelijk op de klippen is gelopen. Ze ontmoetten elkaar toen ze samen in de vroege jaren tachtig als griffiers werkten voor mijn vader, en ze waren het eerste getrouwde stel – en zullen, vermoed ik, ook het laatste zijn – dat ooit is aangenomen om aan de juridische faculteit te doceren. Dana, iel en blank, en Eddie, breed en zwart, waren toch al een eigenaardig stel, onmodieus fanatiek in hun rechtse politieke opvattingen, en geen van beiden kreeg de fijnzinnige academische kunst die eruit bestaat mensen in hun gezicht iets anders te zeggen dan wat je werkelijk denkt, ooit helemaal onder de knie.

Afgezonderd in de hoek helemaal achterin zie ik tot mijn verbazing die ene griffier zitten van wie ik had verwacht dat hij tot de ontbrekenden zou behoren: Greg Haramoto, de ernstige maar verlegen jongeman wiens openlijke, schoorvoetende getuigenis een decennium geleden meer dan welke belangengroepering dan ook heeft bijgedragen aan de ontmanteling van mijn vaders nominatie voor het Supreme Court. Greg was een verrassingsgetuige – een verrassing voor de Rechter tenminste – en tijdens zijn opwindende vier uur voor de televisiecamera's zei hij herhaaldelijk met nadruk dat hij daar helemaal niet wilde zijn. Maar hij nagelde mijn vader publiekelijk aan het kruis.

Terwijl hij duidelijk niet op zijn gemak in de hoorzaal zat en te veel met zijn ogen knipperde achter zijn dikke brillenglazen, vertelde Greg de senatoren dat Jack Ziegler het kantoor van mijn vader zo vaak na sluitingstijd belde dat hij zijn karakteristieke stem begon te herkennen. Hij zei dat Jack Ziegler en mijn vader met elkaar lunchten. Hij zei dat Jack Ziegler ten minste eenmaal laat op de avond bij het gerechtsgebouw was langsgekomen. Hij zei dat de Rechter hem een eed van geheimhouding had laten afleggen. Hij zei vele dingen, en mijn vader ontkende een paar ervan zonder overtuiging en riep zich andere met tegenzin in herinnering. De veiligheidslogboeken voor het federale gerechtsgebouw, waarin de bewakers iedereen die binnenkomt en vertrekt noteren, droegen veel bij aan het opfrissen van het geheugen van de Rechter.

Na de hoorzittingen werd Greg een zwervende nomade van de juridische stand. Hij gaf zijn betrekking bij de algemene raad van de Federale Communicatiecommissie op, en ondanks zijn uitmuntende academische staat van dienst in Berkeley wilde geen enkel advocatenkantoor hem hebben, omdat ze zich allemaal bezorgd afvroegen of een man die bereid was op de nationale televisie zijn eigen baas te kruisigen, de vertrouwelijke mededelingen van louche cliënten wel geheim zou kunnen houden; geen bedrijf wilde hem in dienst nemen, omdat de meesten van hun directeuren aan mijn vaders kant stonden; en geen juridische faculteit kon hem behouden, omdat hij te aangeslagen was om serieuze wetenschap te bedrijven. Hij probeerde te werken als pro Deo-advocaat om zijn eigen pijn te begraven onder de veel ernstiger pijn van degenen die door het leven aan de onderkant van de samenleving van elk spoor van moraal zijn beroofd, maar hij kon er zijn ziel niet in leggen, zijn cliënten leden eronder, en zijn werkgever verzocht hem iets anders te gaan proberen. Greg Haramoto, die zich ooit een leven aan de top van het vak had voorgesteld, had plotseling moeite een baan te vinden. Het laatste wat ik heb gehoord, is dat hij in Los Angeles in het export-importbedrijf van zijn familie werkte – een degradatie, volgens Mariah, die zijn verdiende loon is. Maar daar zit Greg dus, zijn ernstige ogen glinsterend van de tranen, rouwend met de rest van ons, afscheid nemend van de man die hij te gronde heeft helpen richten. In zijn getuigenverklaring beweerde hij steeds maar weer met nadruk dat zijn bewondering voor mijn vader nooit was verminderd. Maar het is dan ook vaak verrassend eenvoudig om de dingen waar we van houden te vernietigen.

Mijn ogen blijven dwalen. Ik signaleer nog een collega van de juridische faculteit, de veeleisende Lemaster Carlyle, geboren in Barbados, die maar twee jaar langer dan ik aan de faculteit verbonden is maar qua reputatie vele rangen hoger staat. Lem is een stoere, kleine man, type animator, wiens prachtige maatpakken een gespierd lichaam verbergen, en wiens bloemrijke, idiomatische taal een gespierde geest verbergt. Hij en ik zijn niet bepaald goede vrienden, en hij kende de Rechter helemaal niet, dus ik neem aan dat hij uit solidariteit is gekomen, want hij gelooft in het ras als een volkomen mystiek maar hoogstpersoonlijk verbindend weefsel. Tijdens het gevecht over mijn vaders nominatie koos Lem, ondanks zijn volhardend liberale politieke opvattingen, heel openlijk de kant van de Rechter: 'Twee zwarten in het Supreme Court zijn beter dan één,' was zijn dubieuze slagzin. Hoewel Lem geen beminnelijke man is, mocht ik hem vanwege deze overtuiging lang voordat ik hem ontmoette.

Dana, Lemaster en ik zijn de enige vertegenwoordigers van de juridische faculteit die mijn vader zo dierbaar was. (Eddie heeft na de scheiding de benen genomen naar Texas.) Decaan Lynda was zo attent een enorme krans te sturen, en zelfs de studenten hebben bloemen gestuurd: twee keurig gescheiden bloemstukken, een van de zwarte studenten en een van de blanke. Maar bloemen zijn geen mensen, en zelfs als we de pokermaatjes, journalisten, pure sensatiezoekers, brokstukken van Kimmers familie en de overgeblevenen van de talloze neven en nichten (leeftijd en geografie hebben hun gelederen wat uitgedund, maar ze zijn er, met elkaar keuvelend achter in de kerk) meerekenen, denk ik dat er nog geen tweehonderd mensen zijn in een kerk die gebouwd is om meer dan het drievoud van dat aantal te bevatten. En Jack Ziegler, wat hij in werkelijkheid ook over die 'regelingen' wilde weten, is niet in hun midden.

— II —

In de familie praten we niet graag over Jack Ziegler. Niet meer. Hij was mijn vaders kamergenoot op de universiteit en bovendien Abby's peetvader, maar tijdens het laatste decennium van zijn leven kon de Rechter het niet verdragen de naam van zijn voormalige vriend te horen noemen. Het is inderdaad een conservatief geloofsartikel geworden dat mijn vader zijn kans op het Supreme Court uiteindelijk heeft verspeeld door ervoor te kiezen hun levenslange vriendschap te eren; of, om precies te zijn, door met Jack Ziegler te lunchen. Twee keer. Dat was de strekking van Greg Haramoto's getuigenverklaring: dat mijn vader en een oude vriend met elkaar lunchten en dat de oude vriend later een rondleiding kreeg door het gerechtsgebouw. Laten ze elkaar een paar minuten over de telefoon gesproken hebben: niets sinisters aan! Zo wordt de zaak in elk geval voorgesteld door de aanhangers van de Rechter, Mariah immer voorop, want zijn nominatie voor het Supreme Court lag in 1986 goed op stoom, aangezien de liberale Democraten in de Senaat veel te geïntimideerd waren door zijn huidskleur en zijn verdiensten om ernstig bezwaar te maken, totdat het verhaal van zijn lunches uitkwam. En de achtergrond van zijn lunchpartner. De pers stortte zich onmiddellijk in een van zijn extases van veroordeling. Jack Ziegler, een in ongenade gevallen voormalige werknemer van de CIA, was er op de een of andere manier in geslaagd een voetnoot te worden bij de helft van de politieke schandalen in de tweede helft van de twintigste eeuw — zo leek het althans vaak. Hij getuigde bij een marginale maar zeer pijnlijke zaak voor de Watergate-commissie van Sam Ervin, zijn naam dook op in een niet-vleiend verband in een appendix bij het rapport-Church over misdadigheid binnen de CIA, en een of twee boeken hebben gezinspeeld op zijn indirecte betrokkenheid bij de vuiligheid van Iran-Contra, hoewel hij tegen die tijd allang niet meer bij de inlichtingendienst zat; zelfs de commissie-Warren nam naar verluidt achter gesloten deuren zijn verklaring af, want toen hij nog in het veld werkte, had hij uit Mexico City een rapport ingezonden over de eigenaardige activiteiten van ene Lee Harvey Oswald. Maar Jack Ziegler bleef meestal op de achtergrond, totdat de ramp van mijn vaders nominatie voor het Supreme Court hem beroemd maakte. En toch, al lukte het de aasetende journalisten die zijn relatie met de Rechter onderzochten, een of twee sinistere *aantijgingen* te vinden, behalve de lunches werd niets ooit *bewezen*, althans niet tegen mijn vader: zo luidde het standpunt van mijn zus. En het standpunt van de Rechts-pacs en het redactioneel commentaar van de *Wall Street Journal*. En, een tijdje, ook het mijne.

(Addison, die geen mogelijkheid zag om geld uit de tegenslag te persen, liet zich niet in de kaart kijken.)

Maar de dagelijkse stroom nieuwe aantijgingen bleek te zwaarwegend. Een paar dagen na Greg Haramoto's verschijning doken de veiligheidslogboeken op, en de meest fervente aanhangers van mijn vader in de Senaat zochten een veilig heenkomen. Een paar vrienden drongen er bij hem op aan te vechten, maar de Rechter, een teamspeler tot het einde, vroeg het Witte Huis dapper zijn nominatie in te trekken. Tot zijn ontzetting deed president Reagan geen poging het hem te ontraden. En zo ging de zetel in het Supreme Court waarvoor mijn vader een half leven lang met zijn ellebogen had gewerkt niet naar hem, maar naar een weinig bekende federale rechter en oud-hoogleraar rechtsgeleerdheid genaamd Antonin Scalia, die, tot algemene opluchting, unaniem werd benoemd. 'En Nino Scalia doet het uitstekend,' placht de Rechter opgewekt te zingen in zijn lezingen voor de Rechts-pacs, een opmerking die mij, als zoveel opmerkingen van mijn vader, altijd ineen deed krimpen, vooral omdat ik, telkens wanneer hij dat zei – en hij zei het vaak –, gedwongen was me de hatelijkheden van mijn liberale collega's te laten welgevallen, in de allereerste plaats die van Theo Mountain die, niet in staat mijn vader te kwetsen, besloot zijn pijlen te richten op de zoon.

Dat kwam natuurlijk pas later. Toentertijd leek de val van mijn vader onmogelijk, zo hoog was hij gestegen door zijn briljantheid en de bruikbaarheid van zijn politieke opvattingen. 'Hij heeft niets gedaan!' riep Mariah altijd tijdens de nachtelijke telefoongesprekken die, op dat tijdstip van crisis, een korte wapenstilstand betekenden in onze oorlog zonder eind.

'Het gaat er niet om wat hij heeft gedaan,' antwoordde ik dan geduldig, in een poging voor haar partijdige lekenoor uit te leggen dat het de plicht was van een rechter om zelfs maar de schijn van onfatsoenlijkheid te vermijden, wat ik zelf maar half geloofde, gezien een paar van de personen die erin zijn geslaagd op hun zetels in de federale rechtbanken, het Supreme Court incluis, te blijven zitten. 'Het gaat erom dat hij heeft verzwegen wat hij heeft gedaan.'

'Dat is belachelijk!' schreeuwde ze dan terug, in die tijd niet in staat de ruwere vormen van afwijzing, die zo karakteristiek zijn voor het toenemende vulgaire taalgebruik in ons land, over haar lippen te krijgen. 'Ze hadden het altijd al op hem gemunt, en dat weet *jij* ook.' Alsof het feit dat je echte vijanden had een verdediging was tegen elke beschuldiging van misdadigheid. Of alsof het feit dat Jack Ziegler ten tijde van wat de pers de geheime lunches noemde op het punt stond terecht te staan voor een verbijsterende verscheidenheid aan misdaden, een kleinigheid was; of alsof het feit dat mijn vader en oom Jack klaarblijkelijk nog steeds contact hadden toen zijn oude kamergenoot voortvluchtig was, niet ter zake deed. Per slot van rekening werd oom Jack uiteindelijk vrijgesproken van bijna alle beschuldigingen, en als hij werkelijk voortvluchtig was, was hij alleen maar op de vlucht voor de justitie van liberalen die hem haatten voor zijn misschien overenthousiast voortzetten van de Koude Oorlog: aldus het commentaar van de *Journal.*

En als er in het juridische geruchtencircuit werd gefluisterd over het omkopen van de jury, over omgekochte of geïntimideerde getuigen, over de gelukkige verdwijning van cruciale bewijsstukken: och, er werd zoveel gefluisterd.

— III —

Kimmer, uitgeput nadat ze de nachtvlucht uit San Francisco heeft genomen en vervolgens onze zoon heeft opgehaald en met de trein hierheen is gekomen, sluimert op mijn schouder in de limousine terwijl we onderweg zijn naar het kerkhof in Noordoost-Washington, een paar blokken ten noorden van de Katholieke Universiteit. Bentley nestelt zich nerveus tegen haar andere zijde, zijn grijze pak slobberig om zijn kleine lijfje, omdat zuinige Kimmer vindt dat kinderkleren twee of drie maten op de groei moeten worden gekocht. Ik staar naar het profiel van mijn vrouw. In haar eenvoudige zwarte jurk, onopgesmukt, behalve met subtiele gouden oorringen en een parelsnoer, is ze heel aantrekkelijk. Mijn vrouw is lang en zeer knap, met een lang, beschouwelijk gezicht, een krachtige, agressieve kin, bekoorlijke bruine ogen, een opvallend brede en zeer zoenbare neus, en zachte, volle lippen die ik aanbid. Zelfs haar bril met stalen montuur lijkt sexy: ze doet hem steeds op en af, knabbelt aan de uiteinden, draait hem rond terwijl ze een telefoongesprek voert, en dat alles vind ik betoverend. Vanaf de dag dat we elkaar voor het eerst ontmoetten vind ik het heerlijk naar haar te kijken. Ze is, zoals ze het zelf omschrijft, potig, met brede schouders en brede heupen die, na jaren van soms wilde fluctuaties, een definitieve rondheid hebben aangenomen die zij plezierig vindt. Haar huid is een tint of wat lichter dan de mijne en weerspiegelt haar afkomst uit de hogere kringen van Jamaica. Ze draagt haar donkerbruine haar in een uitdagend kort afrokapsel, als om de strenge verwachtingen van haar clan te weerspreken (waar het haar altijd gepermanent en vaak geverfd is), en haar trage glimlach en opvliegende temperament verraden een hartstochtelijk innerlijk. Kimmer heeft iets weelderigs, maar ook iets flegmatisch. Ze gedraagt zich met een sensuele waardigheid die je verleidt en tegelijkertijd duidelijke grenzen stelt. Ze zet iedereen voortdurend op het verkeerde been, en is belast met een razend verlangen naar rechtvaardigheid. Haar intellect is vlug en veelomvattend. Als ze de kans zou krijgen, zou Kimmer een uitstekende rechter zijn. Niemand wil het eigenlijk met haar aan de stok krijgen: de concurrerende advocaten die ze op haar werk ontmoet niet, de vrienden die ze met zo'n verontrustend gemak maakt niet, en ik al helemaal niet.

Ik heb bijvoorbeeld de laatste tijd mijn vrouw niet aan de tand gevoeld over haar frequente reisjes naar San Francisco, waar ze zogenaamd bezig is met het aan de dag leggen van wat advocaten 'gepaste toewijding' noemen, door de financiële verslagen te beoordelen van een softwarebedrijf dat de belangrijkste cliënt van haar kantoor – een plaatselijke groep die bedrijven opkoopt met geleend geld, EHP genaamd, het vroegere Elm Harbor Partners – van plan is te verwerven. Ze zou me neerschieten als ik erover repte: Kimmer gaat overal heen waar EHP haar naartoe stuurt, en als EHP haar in Californië wil hebben, nou, Californië, daar komt ze al aan. Het is de sterkte van haar band met EHP die haar het snelle compagnonschap opleverde dat ze veinst te minachten, want bij Newhall & Vann vroeg EHP al naar haar toen ze er nog maar net werkte. En EHP is, formeel gesproken, de cliënt van Gerald Nathanson, één van de invloedrijkste compagnons van haar kantoor, een zeer getrouwde man met wie mijn zeer getrouwde vrouw al dan niet een verhouding heeft.

Misschien zijn de heimelijke telefoontjes en de lange, onopgehelderde periodes van afwezigheid op haar kantoor louter toeval. En misschien staat mijn vader wel op het punt uit zijn kist te springen om de funky chicken te dansen.

Op dit moment, terwijl mijn jaloezie weer oplaait, vlecht Kimmer haar vingers onverwacht door de mijne, waar ze de laatste tijd maar weinig hebben vertoefd. Ik kijk haar verrast aan en ontwaar een beginnende glimlach op haar gezicht, maar ze kijkt helemaal niet in mijn richting. Bentley is nu in diepe slaap, en Kimmers vrije hand streelt afwezig zijn zwarte kroeshaar. Bentley zucht. Ze hebben iets speciaals, deze twee, een genetisch mysterieuze moeder-zoonband die mij buitensluit, en dat altijd zal doen. In deze vreemde, gebroken wereld houden mannen vaak evenveel, of even weinig, van hun vrouwen als van hun kinderen, maar bij vrouwen lijkt de biologie de persoonlijke keuze vaak te overtroeven: ze mogen dan van hun echtgenoten houden, hun kinderen komen op de eerste plaats. Als de balans anders was geweest, betwijfel ik of het menselijk ras zou hebben standgehouden. Ik vermoed zelfs dat een van de redenen waarom ik Kimmer trouw ben gebleven, wat ze ook heeft gedaan, is dat ik weet dat als we ooit uit elkaar zouden gaan, zij Bentley met zich mee zou nemen. Hoewel ik veel meer tijd met onze zoon doorbreng dan zij, zou ze het niet kunnen verdragen hem te laten gaan. Ik werp nog een tersluikse blik op Kimmer en kijk dan op naar Addison die op de tegenoverliggende bank schaamteloos met zijn blanke vriendin zit te vrijen, en vraag me als zo vaak af of de wederzijdse passies in hun zeer verschillende karakters ooit hebben geleid tot wederzijdse vonken.

Addison is misschien tweeënhalve centimeter korter dan ik, en breder in de schouders, maar dat is een kwestie van spieren, niet van vet; hoewel hij niet echt een atleet is, heeft hij zijn conditie altijd op peil gehouden. Zijn gezicht is zowel vriendelijker als knapper dan het mijne, zijn wenkbrauwen minder opdringerig, zijn ogen regelmatiger, zijn manier van doen kalmer en opener. Addison heeft esprit, stijl en elegantie, wat ik allemaal niet bezit. Toen we kinderen waren, was Addison charmant en leuk en was ik alleen maar irritant, en bij feestjes, op vakanties en in de kerk had ik altijd het gevoel dat mijn ouders het leuker vonden mijn broer aan hun vrienden voor te stellen dan mij. In onze schooltijd kwam ik in elke klas altijd vier jaar nadat Addison er was vertrokken, en ik haalde betere cijfers, maar de leraren waren altijd geneigd te denken dat hij meer hersens had. Als ik thuiskwam met een tien, knikte mijn vader, maar als Addison thuiskwam met een acht, oogstte hij een schouderklopje voor zijn inspanning. Als kind las ik steeds maar weer het verhaal van de verloren zoon, en was er zonder mankeren verbolgen over. Ik discussieerde er uitentreuren over met mijn zondagsschoolleraren. Toen we de gelijkenis van het verloren schaap lazen, zei ik tegen mijn leraren dat volgens mij de meeste mensen liever de negenennegentig schapen zouden houden dan dat ze naar het verloren schaap gingen zoeken. Het antwoord was steevast een boze blik. De volwassenheid veranderde niets. Dat ik getrouwd bleef met dezelfde moeilijke vrouw nam mijn vader als iets vanzelfsprekends aan, maar elke keer dat Addison een nieuwe vrouw voorstelde, de ene nog volgzamer dan de andere, glimlachte de Rechter en sloeg hij een arm om zijn schouders: 'Zo, jongen, heb je eindelijk de ware gevonden?' Elk antwoord waar mijn broer mee kwam leek te voldoen. En mijn vader leek altijd veel minder onder de indruk van mijn aanstelling aan een van de beste juridische faculteiten van het land dan van Addisons griezelige vermogen om alles wat hij aanraakte in goud te veranderen.

Tegenwoordig is mijn oudere broer een type geworden dat veel voorkomt bij de donkerder natie: slim, ambitieus, goed opgeleid, volkomen toegewijd aan de romantiek van de allang ter ziele gegane burgerrechtenbeweging, terend op de franje van wat ervan over is. Raciale eenheid is lang geleden al verdwenen, net als het geloof van de natie als geheel, als dat al bestond, in de basisprincipes van de beweging. Tientallen organisaties eisen de mantel op van Wilkins, King en Hamer, naast een leger van academici, een stel televisiecommentatoren, en elke groep van pas gezalfde slachtoffers van onderdrukking, van wie geen enkele de verleiding kan weerstaan te wijzen op de verbazingwekkende overeenkomsten tussen zijn eigen inspanning en de zwarte vrijheidsstrijd. Wat Addison betreft, hij is het circuit langsgegaan als de tennisprof die hij, zo hoopte mijn vader ooit, zou worden: na de Universiteit van Pennsylvania een betrekking bij een *community development*-organisatie in Philadelphia, gevolgd door een middenkaderfunctie in dienst van een van de Congresleden van de staat, een paar jaar in Baltimore op het nationale kantoor van de Nationale Bond ter Begunstiging van Kleurlingen, de NAACP, een hoge positie in de Democratische Nationale Commissie, een functie bij de Ford Foundation, belangrijke adviseursfuncties bij drie nationale politieke campagnes, een semester als gastdocent aan de Universiteit van Amherst, een klus bij de Amerikaanse Unie voor Burgerlijke Vrijheden, de ACLU, een paar jaar op het departement van onderwijs onder Clinton, opnieuw die functie bij de Ford Foundation, een semester aan de Universiteit van Berkeley, een jaar in Italië, zes maanden in Zuid-Afrika, een jaar in Atlanta, alle drie de reizen gefinancierd door een Guggenheim-stipendium terwijl hij werkt aan zijn nog onvoltooide grote boek over de beweging. Op onbewaakte ogenblikken fluistert mijn broer hoopvol over de MacArthur-prijs die hij vast nooit zal krijgen, en dus heeft Addison, gedwongen om zijn brood te verdienen, zichzelf omgevormd tot een man van de nieuwe eeuw en presenteert hij in Chicago vijf avonden per week een opbelprogramma op de radio, waarbij hij zijn gasten opgewekt intimideert door de wereld – of althans zijn publiek – zijn eigen orthodox-liberale visie op van alles en nog wat te verkondigen, van de doodstraf tot homo's in het leger, en er elke nacht ten minste twee keer op hamert, zelfs nu nog, dat George W. Bush nooit echt tot president werd gekozen, en zijn commentaar kruidt met bergen bijbelcitaten, waarvan sommige accuraat, naast zogeheten bijeengesprokkelde wijsheden van Mahavira, Chuangtzu en andere wijzen die bij de luisteraars waarschijnlijk niet bekend zijn. Ik neem aan dat men zijn soort religiositeit New Age noemt, want hij neemt erin op wat hij kan gebruiken en verwerpt wat hem niet bevalt. Hij woont in een klein en verouderend maar niettemin elegant huis in Lincoln Park, soms alleen, soms met een van zijn vriendinnetjes, de meesten van hen blank, en wacht tot de volgende mijlpaal langskomt die hij aan zijn cv kan toevoegen. Als je erop aandringt, zal hij toegeven dat hij ooit een of twee keer getrouwd was, maar hij voegt er onveranderlijk aan toe dat hij zijn twijfels heeft gekregen over het instituut, en dus blij is dat zijn huwelijk niet heeft standgehouden.

Ah, dierbaar huwelijk! Mijn ouders omschreven het altijd als het fundamentele instituut waarop de beschaving berust. Mijn zus en ik hebben, wat onze zwakheden ook mogen zijn, geprobeerd ons te gedragen alsof we erin geloven. Maar Addison, hoe fanatiek hij op religieus gebied ook lijkt te zijn, gedraagt zich anders. Zijn eerste vrouw was een onderwijzeres op de openbare scholen in Philadelphia, een lieve, stille vrouw van de donkerder natie, die Patsy heette. Patsy en mijn broer begonnen meteen ruzie te maken over wanneer ze een gezin konden gaan stichten. Mijn broer, zoals vele mannen er niet toe bereid zich aan het huwelijk te binden waaraan hij zich al heeft gebonden, had altijd één antwoord: *later*. Patsy verliet hem in het derde jaar van hun huwelijk. Het gevolg was rampzalig. Enige tijd was er, zo leek het, elke week een nieuwe vrouw, ook op een vreselijk Thanksgiving twee jaar na mijn vaders eerverlies toen Addison in Shepard Street kwam aanzetten met een opzichtig opgemaakt kind dat ongeveer vijftien leek en gekleed was als een hoer. (Ze was, vernamen we tot onze opluchting algauw door poeslieve vragen van mijn moeder, tweeëntwintig en een soort van kleine soapster; Sally, als altijd te laat, herkende haar meteen en kreeg een aanval van jaloers ontzag.) Addison en Cali – want dat was de onwaarschijnlijke naam van zijn vriendinnetje – bleven net lang genoeg bij het diner om grof te zijn en gingen er toen snel vandoor, met de verklaring dat ze een lange terugreis naar New York voor de boeg hadden, maar in werkelijkheid, zo vertelde hij me buiten op de oprijlaan, om andere vrienden in Maryland te bezoeken, twee scenarioschrijvers die een enorm huis hadden gebouwd aan het water bij Queenstown. Zo was Addison, althans tot voor kort. Hij werd graag gezien met actrices, modellen, zangeressen, hersenloze sekspoesjes – maar niet altijd. In Brooklyn woonde hij enige tijd samen met een halfgekke veroordeelde bommengooister genaamd Selina Sandoval, bij wie elk protest in de smaak viel, tenzij het tegen abortus was. Selina had overal in het appartement pistolen liggen en zag Addison als een fascist die op te voeden valt, wat in grote lijnen het beeld is dat Addison van mij heeft. Wat Addison betreft, hij beschreef zijn belangstelling voor Selina als 'onderzoek voor een roman' – een roman waaraan hij, zoals voor veel van zijn ideeën geldt, nog moet beginnen. Toen Selina ten slotte te gestoord werd en weer in de gevangenis belandde, werd ze opgevolgd door een stewardess, een goederenmakelaarster, een matig bekende tennisspeelster, een serveerster van zijn favoriete delicatessenzaak, een van de sterren van het Dance Theater of Harlem, en daarna een rechercheur, wat mijn broer nogal grappig scheen te vinden. Uiteindelijk besloot hij voor de tweede keer te trouwen, deze keer met Virginia Shelby, een postdoctoraal studente aan de Universiteit van Chicago, een antropologe, een vrouw met een vriendelijke glimlach en een intimiderend intellect, eindelijk iemand die door mijn vader en moeder goed genoeg werd bevonden, een verbintenis waarvan wij dachten dat die hem zou kalmeren. Iedereen hield van Ginnie, iedereen behalve Addison, die algauw genoeg kreeg van haar gezeur over – wat anders? – het stichten van een gezin. Hij verliet haar anderhalf jaar geleden voor een vierentwintig jaar oude productieassistente bij zijn radioprogramma. Hoewel het een proefscheiding wordt genoemd, verwacht niemand serieus dat Addison en Ginnie hun huwelijkse staat zullen hervatten, en daarom is niemand verbaasd wanneer hij op de begrafenis verschijnt met een volkomen vreemde: een magere, schaamteloos kleffe, blanke vrouw genaamd Beth Olin, die een soort dichteres van het tweede plan is, of misschien een toneelschrijfster – er is tijdens dit korte bezoek geen tijd om alle bijzonderheden te weten te komen, en we zien haar nooit meer terug.

5

Een ontmoeting rond het graf

— I —

Kimmer houdt mijn hand stevig vast terwijl we naast het graf staan, huiverend in de kilte, en eerwaarde Bishop de woorden bij de teraardebestelling uitspreekt. Freeman Bishop, die, zo lijkt het soms wel, sinds vóór de zondvloed al predikant is van Trinity and St. Michael, behoort tot de anglicaanse traditie van erudiete priesters en bezit de grondige kennis van theologie en kerktraditie die de geestelijken van de anglicaanse gemeente ooit geacht werden te bezitten. Maar mijn vader sprak altijd kwaad van de man. De reden was politiek. De anglicaanse kerk is de laatste tijd geteisterd door stormachtige conflicten over van alles en nog wat, van de wijding van homo's en lesbiennes tot het gezag van de bijbel. In de ogen van mijn vader stond eerwaarde Bishop bij elk gevecht aan de verkeerde kant. *Ze begrijpen niet*, jammerde mijn vader dan, doelend op degenen met wie hij het niet eens was, *dat de kerk beheerder en hoeder is van morele kennis, niet de voortbrenger ervan! Ze denken dat ze maar raak kunnen veranderen om met hun tijd mee te gaan!* Of hij nu gelijk had of niet, de Rechter was altijd bijtend; en treuren om de wereld die voorbij was gegaan ging hem altijd beter af dan plannen maken voor de wereld die op hem af stormde.

Wat Freeman Bishop betreft: ongeacht zijn complexe politieke overtuigingen is hij een man met een immens geloof en een aanzienlijk talent voor preken. Hij geeft een mooie show weg, zei de Rechter altijd, en dat is waar: met zijn aangenaam kale bruine schedel, zijn fok (zoals hij zijn bril graag noemt) met dikke glazen, en een donderende stem die als een orkaan lijkt aan te komen bulderen vanaf een verafgelegen plek langs de Atlantische kust – hij komt feitelijk uit Englewood, New Jersey – zou eerwaarde Bishop gemakkelijk kunnen doorgaan voor een van de grote predikanten uit de Afro-Amerikaanse traditie... zolang je niet te nauwgezet luistert naar de inhoud. En al had de Rechter nog zo'n minachting voor de man, ze gingen op een hartelijke, zij het misschien niet vriendschappelijke manier met elkaar om. Onlangs liet mijn vaders steeds kleiner wordende kringetje van intimi langs de Goudkust Freeman Bishop zelfs toe tot hun heiligste instituut: het vrijdagse pokeravondje. Dus hoewel een paar bekende conservatieve predikanten opbelden om hun diensten aan te bieden, leed het eigenlijk geen twijfel wie de begrafenisdienst zou leiden.

Ik heb altijd van kerkhoven gehouden, vooral van oude kerkhoven: van het bevredigende besef dat ze geven van het verleden en het verband daarvan met het heden, van hun bijna bovennatuurlijke stilte, hun grimmige geruststelling dat het rad van de geschiedenis wel degelijk draait. Voor de meesten van ons stralen kerkhoven een mystieke kracht uit, wat zowel de invloed verklaart die vampiermythen hebben op onze verbeelding, als het feit dat grafschennis, wanneer het ook plaatsvindt, altijd het belangrijkste bericht is bij het plaatselijke avondnieuws. Maar wat me het meest aantrekt aan kerkhoven is dat je er dingen kunt ontdekken. Soms, wanneer ik voor het eerst een vreemde stad aandoe, zoek ik de oudste begraafplaats op en raak ik al dwalend op de hoogte van de plaatselijke geschiedenis door de familierelaties te bestuderen. Soms slenter ik uren rond om het graf te vinden van een belangrijk persoon uit het verleden. Ongeveer een jaar vóór de geboorte van Bentley moesten Kimmer en ik allebei voor zaken in Europa zijn – ik was in Den Haag voor een conferentie over de manier waarop de aansprakelijkheidswet van de Europese Commissie emotionele of morele schade schadeloos zou moeten stellen, zij was in Londen om god mag weten wat te doen voor EHP – en we knepen er anderhalve dag tussenuit om Parijs te bezoeken, waar we allebei nog nooit waren geweest. Kimmer wilde het Louvre zien en de Rive Gauche en de Notre Dame, maar ik had andere plannen, en wilde beslist tijdens een hevige onweersbui met een taxi helemaal naar het grimmige kerkhof Montparnasse om het graf van Alexander Alekhine te bekijken, de gestoorde antisemiet en alcoholist die in de jaren dertig wereldkampioen schaken was en waarschijnlijk de briljantste speler die het spel ooit heeft gekend.

Een bewijs temeer, als mijn vrouw dat al nodig had, van het feit dat ikzelf ook redelijk gestoord ben.

En nu opnieuw een kerkhof. De korte grafceremonie gaat in een waas aan me voorbij. Ik merk dat ik me niet kan concentreren en om me heen kijk om de bulldozer te zoeken die de kist met aarde zal bedekken nadat de laatste rouwdrager is weggedrenteld, maar hij is te goed verborgen. Ik staar even naar de gepolijste marmeren grafsteen waarin mijn moeders naam al gegraveerd is, en het kleine gedenkteken ernaast voor Abby. Het familieperceel dat mijn vader jaren geleden kocht ligt boven op een heuveltje; hij zei altijd dat hij het had gekocht voor het uitzicht. Hiervandaan kunnen we het grootste deel van het terrein overzien. Het kerkhof is bebost en uitgestrekt, en over glooiende heuvels rukken grafstenen op in onwaarschijnlijk rechte gelederen. Zelfs in de felle herfstzon zijn er overal schaduwen. Op het tweede plan lijken sommige schaduwen te bewegen – verslaggevers misschien. Een speling van het licht? Mijn gloedvolle verbeelding? Als ik niet oppas, word ik nog besmet met de paranoia van mijn zus. Ik richt mijn blik weer op de grafsteen. Dit is mijn derde begrafenis op het rustige heuveltje, en telkens wordt het gezin kleiner. Eerst hebben we Abby hier begraven, toen mijn moeder. En nu de Rechter.

Vermoord, breng ik mezelf in herinnering, met een blik op mijn zus, die tijdens de dienst onafgebroken heeft gehuild. Op een kil briesje worden een paar nieuwe blaadjes meegevoerd naar de aarde: elk jaar lijken de bomen ze wat eerder te laten vallen, maar ik bekijk het door de ogen van de ouderdom. Mariah zegt dat de Rechter is vermoord. We begraven onze vader naast Abby, en Mariah denkt dat Abby's peetvader hem heeft gedood.

Mogelijk. Onmogelijk. Waar. Onwaar.

Onvoldoende gegevens, besluit ik, ongedurig van bezorgdheid.

Kimmer knijpt in mijn hand. Mariah is nog aan het snuffen; Howard, fier rechtop en sterk, omarmt zijn vrouw alsof hij bang is dat ze weg zal zweven. Ze lijken maar een deel van hun kroost te hebben meegenomen, maar het ontbreekt me aan de energie om ze goed te tellen. Addison, die vlak achter de kinderen Denton staat, ziet er verveeld uit, of misschien betreurt hij het dat hij hier niet ook een paar woorden kan zeggen. Zijn vriendin, of wat ze deze week ook mag zijn, is oneerbiedig weggedrenteld, blijkbaar verdiept in het bestuderen van de andere grafstenen. Naast Addison staat Mallory Corcoran, bleek en breed, op zijn horloge te kijken zonder een poging te doen zijn ongeduld te verbergen. Maar eerwaarde Bishop is toch al klaar. Terwijl zijn kale bruine hoofd de zon weerspiegelt, zet hij zijn bril recht en spreekt de laatste woorden van het slotgebed uit: 'O, Here Jezus Christus, Zoon van de levende God, we bidden tot U om Uw lijden, kruis en dood tussen Uw oordeel en onze zielen te plaatsen, nu en in het uur van onze dood. Schenk de levenden barmhartigheid en genade, de doden vergeving en rust, Uw heilige Kerk vrede en harmonie, en ons zondaren eeuwig leven en glorie; die met de Vader en de Heilige Geest leeft en regeert, één God, nu en tot in eeuwigheid.'

We zeggen allemaal *Amen*. De dienst is voorbij. De rouwdragers komen in beweging, maar ik blijf even staan, onder de indruk van de angstaanjagende kracht van dit gebed: *tussen Uw oordeel en onze zielen*. Als alles wat ik heb proberen te geloven waar is, kent mijn vader inmiddels Gods oordeel over zijn ziel. Ik vraag me af hoe dat oordeel luidt, hoe het zou zijn om het sterfelijke bestaan te verlaten en te weten dat er geen tweede kansen meer zijn, of misschien toch vergeving te vinden. Voor de atheïst is het kerkhof een plek van de doden, vulgair en absurd, uitermate zinloos; voor de gelovige is het een plek van angstaanjagende vragen en schrikwekkende antwoorden. Ik staar naar de kist, die rust op zijn glijders, omgeven door plastic gras, klaar om de grond in te glijden zodra wij uiteen zijn gegaan.

Schenk de doden vergeving en rust.

Kimmer knijpt in mijn vingers om me abrupt terug te brengen in de seculaire wereld van handdrukken na de begrafenis. Het afscheid nemen begint. Vrienden, neven en nichten en compagnons van het advocatenkantoor verzamelen zich weer om ons heen. Een zwarte man die zo'n honderd jaar oud lijkt, slaat magere armen om me heen, fluisterend dat hij de oom is van iemand anders wiens naam me niets zegt. Een lange, opvallende vrouw met een sluier, ook behorend tot de donkerder natie, neemt zijn plaats in en legt uit dat ze de zus is van een tante van wie ik nog nooit heb gehoord. Ik zou willen dat ik mijn uitgebreide familie kende, maar dat zal nooit gebeuren. Terwijl ik nog steeds onbekende verwanten omhels, valt mijn oog op Dana Worth, die droevig wuift en vervolgens verdwijnt. Ik onderga een innige houdgreep van een betraande Eddie Dozier, Dana's ex, waarna hij zich omdraait om Kimmer te omhelzen, die ineenkrimpt, maar het toelaat. Ik neem onder dankbetuiging afscheid van oom Mal en zijn vrouw Edie; van de Madisons, die zoals gewoonlijk precies de juiste dingen zeggen; van nicht Sally en Bud, sinds jaar en dag haar vriend, een voormalig bokser van weinig allooi wiens jaloerse vuisten soms iemand die haar te lang aankijkt met een van zijn tegenstanders verwarren. Ik raak het spoor bijster van de mensen wier handen ik aan het schudden ben en ik begin me te vergissen in hun namen, een fout die mijn vader nooit zou hebben begaan. *Hoofd van de familie*, herinner ik me.

Kimmer slaat een onverwachte arm rond mijn middel en drukt me tegen zich aan, waarbij ze me zelfs een glimlach schenkt om me met zachte dwang uit mijn mijmering te halen. Ik besef dat ze me probeert te troosten – niet uit het instinct van een echtgenote, dat weet ik, maar doelbewust. Haar andere hand is om het piepkleine handje van Bentley geklemd. Onze zoon ziet er nietig en verloren uit in zijn lange zwarte jas, gisteren pas gekocht bij Nordstrom. Hij begint bovendien te gapen.

'Tijd om te gaan, schatje,' zegt Kimmer, maar niet tegen mij.

We slenteren terug naar de auto's, groepjes mensen die niet langer verenigd zijn in de herdenking van een leven; we zijn weer individuen, met banen, gezinnen, vreugde en verdriet van onszelf, en mijn vader behoort voor de meeste rouwdragers al tot het verleden. Mariah blijft jammeren, maar lijkt alleen te zijn in deze bezigheid. Ergens rinkelt een mobiele telefoon en tientallen handen, waaronder die van mijn vrouw, graven ter controle in zakken en tasjes. De gelukkige winnaar is Howard, die kort luistert, zich vervolgens in een gedempte discussie stort over de juiste taxatie van converteerbare eenheden, en nog steeds lustig aan het kleppen is wanneer hij zich in de limousine wurmt.

Nog een paar handdrukken, omhelzingen en kussen, en dan zijn we weer alleen. Ik merk dat Addison nog steeds bij het graf is. Hij staat met gekromde schouders, de handen diep in zijn zakken ondanks de warmte van de middag, en staart mistroostig de schaduw in. Waar denkt hij aan? Beth? Ginnie? Het ongeschreven boek over de beweging? De volgorde van de gasten in zijn programma's van de komende week? Ik zeg tegen Kimmer dat ik zo terug ben, laat met tegenzin haar hand los en loop naar mijn broer. Ik zou graag willen zeggen dat de aanblik van Addison in zijn eenzaamheid een bron van empathie of zelfs liefde heeft aangeboord, maar dat zou een leugen zijn; het is aannemelijker dat ik bang ben dat mijn broer een epifanie ondergaat, zich onderhoudt met verheven krachten, een of andere mystieke waarheid verneemt die ik misloop. Net als toen hij wel en ik niet wist dat de kerstman niet bestond. Hoe smakeloos ook, het is de oude jaloezie, het *'Waarom Addison?'* dat me terugdrijft naar zijn zijde.

'Hé, Misha,' mompelt hij terwijl ik de top van de heuvel bereik, even hardnekkig in het bezigen van mijn bijnaam als Mariah is in het vermijden ervan. Hij draait zijn hoofd niet om, maar slaagt er desondanks in zijn hand op mijn schouder te leggen. Het komt bij me op dat ik hem bij het bidden heb gestoord. En dat hij God in zijn grafrede niet eenmaal heeft genoemd.

'Gaat het?' vraag ik, terwijl ik erachter probeer te komen waar hij naar kijkt. Ik zie alleen maar bomen en grafstenen.

'Ik geloof het wel. Ik weet het niet. Ik stond gewoon wat te peinzen.'

'Waarover?'

'O, je weet wel. Wat goeroe Arjan heeft gezegd over de kwellingen van de dood.'

Ach, natuurlijk. Dat lag voor de hand.

Er verstrijkt een ogenblik. Ik heb mijn grote broer lang bewonderd en benijd, en we hebben door de jaren heen veel plezier gehad, maar op dit moment hebben we elkaar weinig te zeggen.

'Het is mooi hier,' zegt Addison. 'Ik neem aan dat ik hier op een dag ook te vinden ben. Net als jij.'

Het duurt even voordat ik begrijp dat hij over de dood praat. Nee, hij praat er niet over: hij piekert erover. Mijn grote broer, die nooit ergens bang voor was, en wiens charme en minzaamheid hem moeiteloos door zijn leven hebben geloodst, piekert plotseling over doodgaan. Heeft hij werkelijk zo zwaar op mijn vader gesteund? Ik vraag het me af. Of misschien ben ik wel degene die abnormaal is, ik die mijn vaders kist de grond in kan zien zakken zonder een steek van bezorgdheid over mijn eigen sterfelijkheid te voelen. Hoe dan ook, mijn broer heeft behoefte aan troost. Beth Olin is duidelijk niet het troostende type. Maar ik ook niet.

'Kom op,' fluister ik, terwijl ik hem bij zijn elleboog pak. 'We moeten gaan.'

Hij schudt mijn arm af en wijst. 'Weet je Misha, telkens wanneer ik naar Abby's graf kijk, hoop ik nog steeds dat we ze zullen vinden.'

'Wie?'

'De mensen in de auto die haar heeft omgebracht.' In de stem van mijn oudere broer hoor ik alle bittere woede van mijn vader. Ik staar hem even verbaasd aan.

'Addison...'

'Goed,' zegt hij. 'Ga jij maar, ik kom zo. Ga maar.'

Ik wacht nog een paar tellen, maar Addison verroert zich niet, dus draai ik me ten slotte om en loop over het pad naar de auto's terug. Terwijl ik naderbij kom, zie ik dat Kimmer inmiddels met haar mobiele telefoon aan het bellen is en met haar sterke rug naar me toe onhandig aantekeningen maakt op een stukje papier dat ze boven op de limousine heeft gladgestreken. Howard en Mariah zijn al weg, maar een paar familiegetrouwen wachten nog, onder wie oom Mal, die allang weer op kantoor had moeten zijn. Zijn affectie voor ons doet me gloeien, tot ik besef dat hij ook aan het telefoneren is. Ik schud mijn hoofd over hoe het er in de bedrijfswereld aan toe gaat. Misschien zijn hij en Kimmer wel met elkaar aan het praten.

'Talcott!'

Ik draai me met een ruk om bij het horen van mijn naam, aanvankelijk in de veronderstelling dat het Addison is, maar hij loopt inmiddels op het pad deze kant op, en ook hij heeft het roepen gehoord en strekt zijn nek uit naar een nabijgelegen heuvel.

'Talcott! Talcott! Wacht!' Maar zwakjes, eerder een echo dan een stem.

Ik draai me om naar de achterzijde van het kerkhof, waar kale bomen lengende schaduwen werpen in het zonlicht van de namiddag. Er komt een laaghangende nevel opzetten, dus het uitzicht heeft iets van zijn tintelende helderheid verloren. Aanvankelijk zie ik in de richting van de stem niets dan schaduwen. Dan maken twee van de schaduwen zich los en veranderen, als geestverschijningen, in mensen: twee mannen, beiden blank, die met grote stappen op me af komen.

Ik herken één van hen, en de heldere herfstdag wordt plotseling grijs.

'Hallo, Talcott,' zegt Jack Ziegler. 'Bedankt voor het wachten.'

— 11 —

Het eerste wat me opvalt aan oom Jack is dat hij ziek is. Jack Ziegler is nooit een bijzonder grote man geweest, maar hij kwam altijd wel dreigend over. Ik weet niet hoeveel mensen hij heeft gedood, hoewel ik vaak vrees dat het om meer gaat dan de aantallen waarop in de pers gezinspeeld werd. Ik heb hem ruim tien jaar niet gezien en ik heb hem niet gemist. Maar wat is die man veranderd! Hij is nu frêle; het pak van fijne grijze wol en de donkerblauwe sjaal slobberen om zijn uitgemergelde lichaam. Het vierkante, krachtige gezicht dat ik me herinner uit mijn jeugd, toen hij ons op de Vineyard bezocht, gewapend met dure cadeaus, fantastische hersenbrekers en afschuwelijke moppen, is aan het invallen; het zilveren haar, nog steeds redelijk dik, is klitterig; zijn bleke roze lippen beven wanneer hij niet spreekt en soms ook wanneer hij dat wel doet. Hij komt naderbij in gezelschap van een langere, bredere en veel jongere man, die hem zwijgend ondersteunt wanneer hij struikelt. Een vriend, denk ik, zij het dat de Jack Zieglers van deze wereld geen vrienden hebben. Een bodyguard dan. Of, gezien oom Jacks fysieke gesteldheid, misschien een verpleger.

'Wie zullen we dáár hebben!' zegt Addison ziedend.

'Laat mij dit maar opknappen,' dring ik met mijn gebruikelijke domheid aan. Ik dwing mezelf ertoe niet te speculeren over wat Mariah opperde toen we vrijdagavond in de keuken zaten.

'Ga gerust je gang.'

Voordat Jack Ziegler ons goed en wel heeft bereikt, waarschuw ik Kimmer dat ze met Bentley bij de auto moet blijven, en voor deze ene keer doet ze zonder morren wat ik vraag, want geen enkele potentiële rechter mag zelfs maar keuvelend met deze man worden gezien. Oom Mal doet een stap naar voren alsof hij mij dezelfde bescherming wil bieden als zijn cliënten bij het verlaten van de kamer van inbeschuldigingstelling, maar ik wijs hem terug en zeg dat ik het wel red. Dan draai ik me om en haast me de heuvel op. Mariah is natuurlijk al weg en dat is maar goed ook, want deze verschijning had voor haar de genadeslag kunnen zijn. Alleen Addison blijft in de buurt, ver genoeg van me vandaan om beleefd te zijn, maar dichtbij genoeg om te hulp te kunnen schieten als... als wat?

'Hallo, oom Jack,' zeg ik op het moment dat Abby's peetvader en ik tegelijkertijd bij het graf aankomen. Dan wacht ik af. Hij steekt zijn hand niet uit en ik ook niet. Zijn bodyguard, of wat hij ook mag zijn, staat opzij van ons en enigszins achteraf, terwijl hij ongerust mijn broer in de gaten houdt. (Ikzelf ben kennelijk niet bedreigend genoeg om zijn waakzaamheid op te wekken.)

'Ik kom je mijn condoleances aanbieden, Talcott,' mompelt Jack Ziegler met zijn eigenaardige accent, vaag Oost-Europees, vaag Brooklyn, vaag Harvard, waarvan mijn vader bleef zeggen dat het verzonnen was, net zo onecht als Eddie Doziers lijzige Oost-Texaanse accent. Terwijl oom Jack praat, houdt hij zijn ogen naar beneden gericht, op het graf. 'Het spijt me zeer dat je vader is overleden.'

'Dank u. Ik vrees dat we u gemist hebben in de kerk...'

'Ik heb een hekel aan begrafenissen.' Nuchter gezegd, alsof het een discussie betreft over het weer of sport of een vliegreis naar een andere staat om aan rechtsvervolging te ontsnappen. 'Ik heb geen belangstelling voor de viering van de dood. Ik heb te veel goede mensen zien sterven.'

Sommigen door jouw toedoen, denk ik, en ik vraag me af of die andere, zelden vermelde geruchten waar zijn, of ik met een man praat die zijn vrouw heeft vermoord. Weer word ik bevangen door Mariahs angsten. De chronologie van mijn zus bezit een zekere waanzinnige logica – met nadruk op het adjectief: mijn vader ontmoette Jack Ziegler, mijn vader belde Mariah, mijn vader stierf een paar dagen later, vervolgens belde Jack Ziegler Mariah, en nu is Jack Ziegler hier. Ik heb toen we gisteravond in bed lagen Mariahs denkbeeld eindelijk aan Kimmer toevertrouwd. Mijn vrouw, hoofd op mijn schouder, giechelde en zei dat het op haar meer overkomt als twee oude vrienden die voortdurend bij elkaar over de vloer komen. Omdat ik nog niets heb op grond waarvan ik een beslissing kan nemen, zeg ik alleen maar: 'Bedankt voor uw komst. Als u me nu wilt excuseren...'

'Wacht,' zegt Jack Ziegler, en voor het eerst slaat hij zijn ogen op om me aan te kijken. Ik doe een halve stap achteruit, want van dichtbij is zijn gezicht een verschrikking. Zijn bleke, papierachtige huid is verwoest door naamloze ziekten die – wat voor ziekten het ook mogen zijn – in mijn ogen een terechte straf zijn voor het leven dat hij heeft verkozen te leiden. Maar het zijn zijn ogen die mijn aandacht trekken. Het zijn twee kolen, heet en levend, brandend van een duistere, vrolijke krankzinnigheid die alle moordenaars op zeker tijdstip voor hun dood zou moeten treffen.

'Oom Jack, het s-spijt me,' weet ik uit te brengen. *Heb ik werkelijk gestotterd?* 'Ik moet... ik moet ervandoor.'

'Talcott, ik heb duizenden kilometers gereisd om je te ontmoeten. Dan kun je me toch wel vijf van je waardevolle minuten schenken?' Er zit een afschuwelijk piepend geluid in zijn stem, en het komt bij me op dat ik misschien wel datgene inadem waardoor hij zo geworden is. Maar ik houd stand.

'Ik begrijp dat u naar me op zoek bent geweest.'

'Ja.' Hij lijkt nu kinderlijk gretig, en glimlacht bijna, maar bedenkt zich. 'Ja, dat is zo, ik ben naar je op zoek geweest.'

'U wist waar u me kon vinden.' Ik ben beleefd opgevoed, maar het zien van oom Jack in deze staat, na al die jaren, brengt een onweerstaanbare drang in me naar boven om onbeschoft te zijn. 'U had me kunnen bellen.'

'Dat zou niet... dat was niet mogelijk. Ze weten het, snap je, ze zouden dat in overweging nemen, en ik dacht... ik dacht misschien...' Zijn stem sterft weg, de donkere ogen zijn opeens verward, en ik besef dat oom Jack ergens bang voor is. Ik hoop dat het schrikbeeld van de gevangenis of zijn onmiskenbaar naderende dood het zijn die hem angst aanjagen, want iets anders wat akelig genoeg is om Jack Ziegler angst aan te jagen is... nou ja, is iets waarmee ik niet in aanraking wil komen.

'Oké, oké, u hebt me gevonden.' Misschien is dit brutaal, maar ik ben nu niet meer zo bang voor hem; aan de andere kant vind ik het ook niet prettig om in zijn gezelschap te vertoeven. Ik wil deze zieke vogelverschrikker ontvluchten en terugkeren naar de warmte, voorzover die er is, van mijn familie.

'Je vader was een bijzonder hoogstaand man,' zegt oom Jack, 'en een erg goede vriend. We hebben veel samen gedaan. Niet veel zaken, vooral aangename dingen.'

'Aha.'

'De kranten, moet je weten, hadden het over onze *zakelijke betrekkingen*. Er waren helemaal geen *zakelijke betrekkingen*. Dat was flauwekul. Bij elkaar gefantaseerde flauwekul.'

'Dat weet ik,' lieg ik, ter wille van oom Jack, maar hij heeft geen belangstelling voor mijn opinies.

'Die griffier van hem, zoals die vent meineed heeft gepleegd.' Hij maakt een spugend geluid maar spuugt niet echt. 'Tuig.' Hij schudt zijn hoofd in geveinsd ongeloof. 'De kranten waren er natuurlijk tuk op. Die linkse schoften. Omdat ze je vader haatten.'

Aangezien ik ruim voor de hoorzittingen van mijn vader al geen woord meer met Jack Ziegler wisselde, heb ik nooit zijn mening vernomen over het gebeurde. Gezien de teneur van zijn opmerkingen betwijfel ik of hij geïnteresseerd zou zijn in de mijne. Ik blijf zwijgen.

'Ik heb gehoord dat die gek nooit meer een baantje heeft kunnen krijgen,' zegt oom Jack, zonder een greintje humor, en dan weet ik wie aan ten minste een paar van de touwtjes getrokken heeft. 'Het verbaast me niets.'

'Hij deed wat in zijn ogen juist was.'

'Hij loog in een poging een groot man te gronde te richten, en hij verdient zijn lot.'

Ik kan dit niet veel langer aanhoren. Terwijl Jack Ziegler tekeer blijft gaan, lijken Mariahs mesjoche speculaties van vrijdag opeens... minder mesjoche. 'Oom Jack...'

'Hij wás een hoogstaand man, je vader,' valt Jack Ziegler me in de rede. 'Een zeer hoogstaand man, een erg goede vriend. Maar nu hij dood is, tja...' Zijn stem sterft weg en hij heft zijn hand, palm naar boven, en laat hem eerst naar de ene, dan naar de andere kant overhellen. 'Nu zou ik graag jóú behulpzaam willen zijn.'

'Mij?'

'Juist, Talcott. En je gezin natuurlijk,' voegt hij daar zachtjes aan toe, terwijl hij over zijn slapen wrijft. De huid is zo los dat hij onder zijn vingers lijkt te bewegen. Ik stel me voor dat hij afscheurt om alleen een ongelukkige schedel over te laten.

Ik kijk even in de richting van de auto's. Kimmer is ongeduldig. Oom Mal ook. Ik kijk weer naar de peetvader van mijn jongere zusje. Zijn hulp is wel het allerlaatste waar ik behoefte aan heb.

'Nou, bedankt, maar ik denk dat we alles wel onder controle hebben.'

'Maar je belt me, hè? Als je iets nodig hebt, dan bel je, hè? Vooral als zich een... noodgeval zou voordoen?'

Ik haal mijn schouders op. 'Oké.'

'Wat je vrouw aangaat, bijvoorbeeld,' vervolgt hij. 'Ik heb begrepen dat ze rechter wordt. Dat is geweldig. Ik heb begrepen dat ze dit altijd heeft gewild.'

'Het is nog niet zeker,' antwoord ik automatisch, verbaasd over het feit dat het geheim zich tot in de Rocky Mountains heeft verspreid, en niet bereid om Jack Ziegler ook maar enigszins in de buurt van haar nominatie te laten komen. Eén verpeste rechterscarrière is meer dan genoeg. 'Ze is niet de enige kandidaat.'

'Dat weet ik.' De vurige ogen zijn weer opgewekt. 'Ik begrijp dat een collega van jou meent dat hij de baan voor het grijpen heeft. Sommigen zouden hem de koploper noemen.'

Ik ben nogmaals van de wijs gebracht door de omvang van zijn kennis; ik vraag me liever niet af hoe hij weet wat hij weet. Ik ben blij dat Kimmer niet binnen gehoorsafstand is.

'Dat zou kunnen, ja. Maar ik moet nu echt...'

'Luister, Talcott. Luister je?' Hij is weer dicht bij me gaan staan. 'Ik denk dat hij geen uithoudingsvermogen heeft, die collega van jou. Ik heb begrepen dat hij een aardig groot lijk in de kast heeft. En we weten allemaal wat dat betekent, nietwaar?' Hij krijgt een gemene hoestbui. 'Dat moet er vroeg of laat wel uit vallen.'

'Wat voor soort lijk?' vraag ik, omdat plotselinge gretigheid het wint van mijn behoedzaamheid.

'Daar zou ik me niet druk om maken als ik jou was. Ik zou het er niet met je mooie vrouw over hebben. Ik zou gewoon rustig wachten tot de zaak gaat rollen.'

Ik ben verbijsterd, maar niet direct ongelukkig. Als er informatie bestaat die fataal is voor de kansen van Marc Hadley, dan kan ik nauwelijks wachten tot deze – wat zei hij ook alweer? – uit de kast valt. Ook al waren Marc en ik ooit bevriend, ik kan een stijgende opwinding niet onderdrukken. Misschien is het aanwenden van schandalen om kandidaten voor het rechtersambt onbevoegd te verklaren een absurde obsessie van Amerika, maar we hebben het nu wel over mijn vrouw.

Maar toch, wat kan Jack Ziegler in vredesnaam over Marc Hadley weten dat niemand anders weet?

'Dank u, oom Jack,' zeg ik onzeker.

'Ik ben altijd graag bereid Olivers kinderen van dienst te zijn.' Zijn stem heeft een merkwaardig formele toon aangenomen. Nogmaals lopen de rillingen over mijn lijf. Is dat lijk iets wat hij op de een of andere manier heeft geschapen? Is een crimineel op slinkse wijze bezig mijn vrouw te helpen bij het bemachtigen van haar vurig verlangde rechterszetel? Ik moet iets zeggen, maar het is niet eenvoudig om te beslissen wat.

'Eh, oom Jack, ik... ik ben er dankbaar voor dat u bereid zou zijn te helpen, maar...'

Hij trekt langzaam zijn vervallen wenkbrauwen op. Verder verandert zijn gelaatsuitdrukking niet. Hij weet wat ik probeer te zeggen maar is niet van plan om het me gemakkelijk te maken.

'Nou ja, ik denk alleen dat Kimmer... Kimberly... wil dat de selectieprocedure gewoon verdergaat, zodat, eh, de betere kandidaat wint. Op grond van verdiensten. Ze zou niet willen dat iemand... zich erin mengt.' En terwijl ik die moeilijke woorden uitspreek weet ik plotseling zeker dat ik hem de waarheid zeg. Mijn knappe, ambitieuze vrouw zou niemand ooit, voor wat dan ook, iets verschuldigd willen zijn. In onze studententijd had ze rond het universiteitsgebouw naam gemaakt met haar onverbloemde verzet tegen positieve discriminatie, wat ze beschouwde als de zoveelste manier waarop blanke liberalen bewerkstelligden dat zwarte mensen bij hen in het krijt kwamen te staan.

Misschien had ze gelijk.

Oom Jack heeft zijn antwoord ondertussen klaar: 'O, Talcott, Talcott, wees daar alsjeblieft niet bang voor. Ik ben niet van plan me... erin te mengen.' Hij grinnikt een beetje en begint vervolgens te hoesten. 'Ik voorspel alleen wat er gebeuren gaat. Ik heb informatie. Ik ga er geen gebruik van maken. Ook jij hoeft dat niet te doen. Jouw collega, de rivaal van je vrouw, heeft vele, vele vijanden. Een van hen zal ongetwijfeld de deur ontgrendelen zodat het lijk uit de kast valt. De enige dienst die ik je bewijs is dat ik het je gewoon laat weten. Meer niet.'

Ik knik. Jack Ziegler het hoofd bieden heeft me uitgeput.

'En nu is het jouw beurt,' vervolgt hij. 'Ik denk dat jij, Talcott, misschien míj van dienst kunt zijn.'

Ik sluit mijn ogen even. Wat had ik dan verwacht? Hij is niet helemaal hierheen gereisd om me te vertellen dat Marc Hadleys kandidatuur een fiasco zal worden, of om mijn vader de laatste eer te bewijzen. Hij is gekomen omdat hij ergens op uit is.

'Talcott, je moet naar me luisteren. Luister aandachtig. Ik moet je één vraag stellen.'

'Ga uw gang.' Plotseling wil ik van hem bevrijd zijn. Ik wil Kimmer deelgenoot maken van dit vreemde nieuws, ook al heeft hij me dat afgeraden. Ik wil dat ze me verheugd kust, dolgelukkig dat ze kennelijk op het punt staat te krijgen wat ze wil.

'Anderen zullen dit van je vragen, sommigen uit edele motieven, anderen uit onedele,' verklaart hij weinig behulpzaam met zijn mysterieuze accent. 'Ze zullen niet allemaal zijn wie ze zeggen te zijn, en ze zullen het niet allemaal goed met je voorhebben.'

Ik was oom Jacks griezelige, ondoorgrondelijke overtuiging dat de hele wereld samenzweert vergeten, maar hij is blijkbaar weinig veranderd sinds de tijd dat hij het huis op de Vineyard aandeed met cadeautjes uit buitenlandse havensteden en klachten over het geïntrigeer van de Kennedy's, wier besluiteloosheid ons, zo placht hij te zeggen, Cuba had gekost. Geen van de kinderen wist waar hij het over had, maar we hielden van de gepassioneerdheid van zijn verhalen.

'Goed,' zeg ik.

'En dus moet ik vragen wat zij zullen vragen,' vervolgt hij, terwijl de waanzinnige ogen vonken.

'Brand dan maar los,' verzucht ik. Verderop bij de limousine werpt Kimmer een blik op haar horloge en gebaart met opgeheven hand dat ik op moet schieten. Misschien heeft ze binnenkort weer een telefonische bespreking. Misschien is zij ook bang voor Jack Ziegler, die ze nooit werkelijk heeft ontmoet. Misschien moet ik hier maar een eind aan maken. 'Ik heb echt maar een paar minuten om...'

'De regelingen, Talcott,' onderbreekt hij me met die piepende fluisterstem. 'Ik moet alles weten over de regelingen.'

'De regelingen,' herhaal ik wezenloos, me ervan bewust dat mijn zus niet zo gek is als ik had gehoopt, en dat mijn broer, die aanvoelt dat er iets aan de hand is maar niet precies weet wat, een halve stap dichterbij is gekomen, als een beschermer of een alerte ouder – wat meestal op hetzelfde neerkomt.

'Ja, de regelingen.' De hete, vrolijke waanzin op zijn gezicht schroeit het mijne. 'Welke regelingen heeft je vader getroffen in het geval dat hij zou komen te overlijden?'

'Ik weet niet zeker wat u...'

'Ik denk dat je precies weet wat ik bedoel.' Een zweem van staal: hier is voor het eerst de Jack Ziegler over wie iedereen in 1986 verslag deed.

'Nee, dat weet ik niet. Mariah heeft me verteld dat u gebeld hebt en haar hetzelfde hebt gevraagd. En ik kan u alleen maar zeggen wat ik haar heb gezegd. Ik heb geen flauw idee waar u het over hebt.'

Oom Jack schudt ongeduldig zijn ziekelijke hoofd. 'Kom op, Talcott, we zijn geen kinderen meer, jij en ik. Ik ken je al vanaf je geboorte. Ik ben de peetvader van je zus, God hebbe haar ziel.' Een gebaar in de richting van het grafperceel. 'Ik was je vaders vriend. Je weet wat ik vraag, denk ik, je weet wat het betekent, en je weet waarom ik ernaar informeer. Ik moet weten wat de regelingen zijn.'

'Ik weet nog steeds niet precies wat u bedoelt. Het spijt me.'

'De regelingen van je vader, Talcott.' Hij is geërgerd. 'Kom. De regelingen die hij met jou heeft uitgewerkt in het geval van zijn, eh, onverwachte verscheiden.'

Ik maak niet dezelfde fout als Mariah: ik weet zeker dat hij niet doelt op de *regelingen voor de begrafenis*, niet in de laatste plaats omdat de begrafenis zojuist beëindigd is. En dan zie ik in wat ik niet inzag toen Mariah me vrijdagavond vastgreep. Hij heeft het testament in gedachten. De beschikking van mijn vaders nalatenschap. En dat is vreemd, want hoewel mijn vader niet bepaald arm was, is Jack Ziegler steenrijk; althans, dat beweren de kranten.

'U bedoelt de financiële regelingen,' zeg ik zachtjes, met het zelfbewustzijn van een advocaat die het allemaal heeft doorgrond. 'Nou, we zijn nog niet toegekomen aan de officiële voorlezing van het...'

'Dat bedoel ik helemaal niet en dat weet je donders goed,' sist hij, waarbij hij me besproeit met zijn oudemannenspeeksel. 'Probeer me niet te slim af te zijn.'

'Ik probeer u helemaal niet te slim af te zijn.' Zo laat ik hem mijn ergernis zien.

'Ik begrijp dat je vader je geheimhouding heeft laten zweren. Dat was verstandig van hem. Maar je zult toch wel inzien dat je gelofte geen betrekking heeft op mij.'

Ik spreid mijn armen. 'Luister oom Jack, het spijt me. Ik geloof niet dat ik u kan helpen. Er zijn gewoon geen regelingen die...'

Met een beweging die zo snel is dat ik hem bijna niet kan volgen, schiet zijn broodmagere hand naar voren en grijpt mijn pols vast. Ik houd mijn mond. Ik voel de hitte van zijn ziekte, wat het ook mag zijn, onder zijn papierachtige huid stromen, maar zijn kracht is verbazingwekkend. Zijn nagels boren zich in mijn arm.

'*Wat zijn de regelingen?* vraagt hij op gebiedende toon.

Terwijl ik daar met open mond blijf staan, mijn pols nog steeds gevangen tussen oom Jacks dunne vingers, doet Addison een bezorgde stap in onze richting, evenals de bodyguard, en ik voel zonder het te zien dat die twee elkaar inschatten; plotseling hangt er iets oerachtigs en mannelijks in de lucht, een wederzijds besnuffelen, alsof het beesten zijn die zich opmaken voor de strijd, en ik zie dat de eerste zweempjes rood het vertrapte groene gras aan het zicht beginnen te onttrekken.

'Haal alstublieft uw hand weg,' zeg ik kalm, maar de hand is al weg, en oom Jack kijkt erop neer alsof hij erdoor verraden is.

'Het spijt me, Talcott,' mompelt hij, waarbij hij zich schijnbaar eerder tot de hand dan tot mij richt, en op de een of andere manier niet zozeer berouwvol als wel waarschuwend klinkt. 'Ik vraag wat ik vraag omdat ik daartoe gedwongen ben. Ik doe het om jouw bestwil. Begrijp dat goed. Ik heb niets te winnen, behalve dat ik jou, jullie allemaal, bescherm, zoals ik je vader altijd heb beloofd te zullen doen. Hij heeft me gevraagd voor zijn kinderen te zorgen als hem iets zou overkomen. Dat heb ik toegezegd. En' – dit bijna droevig – 'ik ben een man van mijn woord.' Hij stopt de hand die zich heeft misdragen in zijn zak. Langzaam slaat hij de waanzinnige, vrolijke ogen op en richt ze op de mijne. Schuin achter me ontspant Addison zich. De achterdochtige bodyguard niet.

'Oom Jack, dat... dat waardeer ik, maar, eh, we zijn nu volwassen...'

'Zelfs voor volwassenen moet weleens gezorgd worden.' Hij kucht zacht, zijn mond bedekkend met zijn vuist. 'Talcott, er is niet veel tijd. Ik hou van jou, je broer en je zus alsof jullie mijn eigen kinderen zijn. Ik vraag je nu om hulp. Dus alsjeblieft, Talcott, om bestwil van de familie die we allebei liefhebben, vertel me wat de regelingen zijn.'

Ik neem de tijd om na te denken. Ik weet dat ik dit precies goed moet zien te doen.

'Oom Jack, moet u horen. Ik waardeer het dat u er bent. De hele familie vast ook. En ik weet dat het veel zou betekenen voor mijn vader. Geloof me alstublieft, ik zou u helpen als ik dat kon. Maar ik – ik weet echt niet waar u het over hebt.' Ik voel dat ik het verknoei. 'Als u me nu gewoon vertelt welke regelingen u bedoelt.'

'Je weet welke regelingen ik bedoel.' Dit op een onbuigzame toon, met een sprankje van de vurigheid die ik daarnet zag, net genoeg om me eraan te herinneren dat ik met een gevaarlijk man van doen heb. Het wordt donkerder buiten en mijn hoofd begint te bonzen. 'Waardeer je het dat ik er ben? Uitstekend. *Ik* zou het waarderen als je me de informatie gaf.'

'Ik bezit helemaal geen informatie!' Ten slotte verlies ik mijn geduld, want niets veroorzaakt zó'n scherpe rode aura als neerbuigendheid. 'Ik heb u gezegd dat ik niet weet waar u het in vredesnaam over hebt!' Ik ben zo luidruchtig dat er wordt omgekeken in het groepje rouwdragers dat nog niet is vertrokken, en de bodyguard ziet eruit alsof hij op het punt staat oom Jack vast te grijpen en ervandoor te gaan. Vanuit mijn ooghoek zie ik dat de lankmoedige Kimmer schoorvoetend op ons af schrijdt. Het komt me voor dat ik dit gesprek maar beter kan afsluiten voordat ze ons bereikt. 'Het spijt me dat ik mijn stem heb verheven,' zeg ik tegen hem. 'Maar ik kan niets doen om u te helpen.'

Er valt een lange stilte waarin de griezelig tintelende ogen onderzoekend de mijne aftasten. Dan schudt Jack Ziegler zijn hoofd en tuit zijn dunne lippen. 'Ik heb mijn vraag gesteld,' fluistert hij, misschien tegen zichzelf. 'Ik heb mijn waarschuwing overgebracht. Ik heb gedaan waar ik voor gekomen ben.'

'Oom Jack...'

'Talcott, ik moet gaan.' Hij richt zijn hete blik even op Addison, tien stappen verderop, die fronst en zich naar ons toe draait alsof hij zich ervan bewust is dat hij gemonsterd wordt. Jack Ziegler komt dichterbij, misschien omdat hij bang is afgeluisterd te worden. Dan schiet de magere hand weer naar voren, me nogmaals verbazend met zijn snelheid, en ik doe opnieuw een stap achteruit. Maar hij heeft alleen een klein wit kaartje in zijn hand. 'Wees op je hoede voor de anderen over wie ik je heb verteld. En wanneer je besluit te willen praten over... over de *regelingen*... moet je me bellen. Welke plek je ook noemt, welk tijdstip je ook noemt, ik zal er zijn. En ik zal je op alle mogelijke manieren helpen.' Er valt een stilte terwijl hij fronsend wacht. 'Zulke beloften doe ik gewoonlijk niet, Talcott.'

Nu begrijp ik het. Hij verwacht dat ik hem bedank. Dat haat ik.

'Ik begrijp het,' is alles wat ik uit mijn mond kan krijgen. Ik pak het kaartje uit zijn vingers.

'Ik hoop het,' zegt hij droevig, 'want ik zou niet graag zien dat jou iets overkwam.' Opeens begint hij te glimlachen, terwijl hij knikt naar mijn naderende vrouw. 'Jou of je gezin.'

Ik kan mijn oren niet geloven, en het rood is plotseling erg scherp en fel. In mijn stem klinkt meer ademnood dan protest: 'Bent u... Is dat een dreigement?'

'Natuurlijk niet, Talcott, natuurlijk niet.' Hij glimlacht nog steeds, zij het dat het eerder een akelige grimas is dan een teken van blijheid. 'Ik waarschuw je voor de gedachten van anderen. Wat mij betreft: belofte maakt schuld. Ik heb beloofd je te beschermen, en dat zal ik doen ook.'

'Oom Jack, ik weet niet goed wat...'

'Genoeg,' zegt hij scherp. 'Je moet doen wat je moet doen. Sta niemand toe je ervan af te brengen.' Een lang moment boren de donkere, krankzinnige ogen zich in de mijne en zorgen ervoor dat ik licht in het hoofd word, alsof een deel van zijn waanzin de zestig centimeter tussen ons in overbrugt en zich via mijn optische zenuw een weg baant naar mijn hersenen. En dan, heel plotseling, draait Jack Ziegler me de rug toe. 'Meneer Henderson, we gaan,' snauwt hij tegen de bodyguard, die ons een laatste achterdochtige blik schenkt voordat ook hij zich afwendt. Meneer Henderson ondersteunt zijn meester. Ze lopen weg over het beschaduwde pad langs de oprukkende grafstenen, slaan een hoek om en gaan weldra verloren in de diepere schaduw, alsof ze geesten zijn wier tijd in de wereld van de levenden erop zit en daarom tot de aarde moeten wederkeren.

Ik sta nog steeds aan de grond genageld wanneer ik Addisons kalmerende hand op mijn schouder voel. 'Je hebt het er prima afgebracht,' mompelt hij, misschien in de wetenschap dat ik het betwijfel. 'Het is een mafkees.'

'Dat is zo.' Ik tik met het kaartje tegen mijn tanden. 'Dat is zo.'

'Gaat het?'

'Ja, hoor.'

Mijn broer omhelst me en haalt vervolgens zijn schouders op. 'Ik zie je in het huis wel weer,' belooft hij, en hij gaat op zoek naar zijn vreemde dichteresje of wat ze ook mag wezen. Ik doe een stap in de richting van het graf, op de een of andere manier niet in staat te geloven dat mijn vader, kist of geen kist, rustig kon blijven liggen tijdens de hele woordenwisseling met oom Jack. Zijn stilte is misschien het beste bewijs dat hij werkelijk dood is.

'Waar was dat allemaal om te doen?' vraagt Kimmer, nu aan mijn zijde.

'Wist ik het maar,' zeg ik. Ik overweeg haar te vertellen wat Jack Ziegler over Marc Hadley heeft gezegd, maar besluit te wachten; ze kan maar beter aangenaam verrast zijn dan wreed teleurgesteld.

Kimmer fronst, kust me vervolgens op de wang, pakt opnieuw mijn hand en leidt me de heuvel af. Maar terwijl ik in de limousine terugrijd naar Shepard Street en de koude hand van mijn vrouw omklem, blijven de woorden van Jack Ziegler als een mantra door mijn hoofd malen: *De anderen. Wees op je hoede voor de anderen... Ik waarschuw je voor de gedachten van anderen. Wat mij betreft: belofte maakt schuld.*

En de rest: *Ik zou niet graag zien dat jou iets overkwam. Jou of je gezin.*

6

De probleemcomponist

— I —

Hoewel het niet langer onze woonplaats is, is Washington Kimmers stad bij uitstek. Met het Congres, het Witte Huis, een stel regulerende overheidsinstellingen, talloze rechters en meer advocaten per hoofd van de bevolking dan waar ook ter wereld, is het een zeer geschikte plaats voor degenen die graag overeenkomsten sluiten, en overeenkomsten sluiten is wat mijn vrouw het beste doet. Het eerste wat mijn vrouw deed toen ze in de stad aankwam, was een basiskamp bouwen, compleet met laptop en draagbaar faxapparaat, in de logeerkamer van haar ouderlijk huis in Sixteenth Street bij het Carter Barron Theatre, ruim een halve kilometer ten noorden van Shepard Street. Maandag, de dag voor de begrafenis, heeft ze afspraken gemaakt voor woensdag, de dag erna: een vergadering bij de Federale Handelscommissie ten behoeve van een cliënt, en verder afspraken ter bevordering van haar kandidatuur voor het hof van beroep. En vanochtend verlaat ze haar ouderlijk huis dus vroeg om te ontbijten met de zoveelste oude vriendin – het 'new girls'-netwerk, zegt ze dweperig, hoewel sommigen van hen mannen zijn. Deze specifieke vriendin is een politiek verslaggeefster bij de *Post*, een vrouw met de toepasselijke naam Battle, een maatje van Mount Holyoke, die naar verluidt connecties heeft.

Kimmer heeft de pers altijd gekoesterd en wordt vaak geciteerd op de pagina's van onze plaatselijke krant, de *Clarion*, en, zo nu en dan, in de *Times*. Ik heb een andere houding tegenover journalisten, een houding die ik de laatste paar dagen vaak heb getoond. Wanneer verslaggevers me bellen, heb ik geen commentaar, wat het onderwerp ook is. Als ze blijven aandringen, hang ik gewoon op. Sinds de pers mijn vader tijdens zijn hoorzittingen heeft afgebrand, praat ik niet meer met verslaggevers. Nooit. Ik heb een student genaamd Lionel Eldridge, een voormalige ster-profbasketballer die, nu hij zijn knie onherstelbaar heeft beschadigd, advocaat hoopt te worden. Kimmer en ik kennen hem en zijn vrouw een beetje, omdat hij afgelopen zomer op haar advocatenkantoor heeft gewerkt, een baantje waar ik hem aan heb geholpen in een tijd dat andere kantoren, die in hun maag zaten met zijn studieresultaten en probeerden te bewijzen dat ze zich niet lieten leiden door ontzag voor zijn beroemdheid, hem afwezen. Veel journalisten maken nog steeds verhalen over 'de jonge meneer Eldridge', zoals Theo Mountain hem graag noemt – ik denk schertsend, want Lionel mag dan een halve eeuw jonger zijn dan Theo, hij is wel bijna een decennium ouder dan de andere tweedejaarsstudenten. In elk geval aanbidden de media de jonge meneer Eldridge nog steeds en ze vinden het heerlijk zijn doen en laten te volgen. Eén keer was een verslaggever zo dwaas me op te bellen. Ze was bezig met een karakterschets van Sweet Nellie, zoals hij werd genoemd in de tijd dat hij actief was als basketballer, en wilde, zei ze, de gretigheid vastleggen waarmee hij deze nieuwe uitdaging aanging. Ze had met Lionel gesproken, die mij als zijn favoriete professor had aangewezen. Ik voelde me gevleid, denk ik, hoewel ik dit werk niet doe om aardig gevonden te worden. Maar nog steeds had ik geen commentaar. Ze vroeg me waarom, en aangezien ze me op een zwak moment trof, vertelde ik het haar. 'Maar het stuk dat ik schrijf wordt een áárdig stuk,' jammerde ze. 'Mijn hemel, ik schrijf over spórt, niet over politiek.' Alsof het verschil me gerust zou stellen. 'Ik haat sport,' zei ik tegen haar, wat een leugen was, 'en ik ben geen aardige man,' wat de waarheid is.

Ook al beweert mijn vrouw tegen mij voortdurend het tegendeel.

Maar Kimmer denkt dat haar vriendin van de krant haar kan helpen, en misschien heeft ze gelijk, want mijn vrouw heeft een neus voor mensen die in staat zouden kunnen zijn haar dichter bij haar doel te brengen. Later zal ze een ontmoeting hebben met de Democratische senator van onze staat, iemand die is afgestudeerd aan de juridische faculteit, om te proberen hem uit de hoek van Marc Hadley en op zijn minst in een neutrale positie te krijgen: een ontmoeting die ik heb geregeld door deemoedig naar Theo Mountain te stappen, de favoriete docent van de senator. Ze luncht met Ruthie Silverman, die haar waarschuwde dat alles aan het proces vertrouwelijk is, maar er ten slotte mee instemde haar toch te ontmoeten, want iedereen die Kimmer kent ontwikkelt de gewoonte om te doen wat zij wil. Na de lunch zal mijn vrouw de hoofdlobbyist voor de NAACP bezoeken, een afspraak die door haar vader, de Kolonel, een man met connecties, is geregeld. Vervolgens zullen Kimmer en ik aan het eind van de middag onze krachten bundelen, omdat de grote

Mallory Corcoran in eigen persoon ons om vier uur in zijn programma heeft geperst; Kimmer en ik ontmoeten oom Mal gezamenlijk, in de hoop dat hij zal toezeggen een deel van zijn aanzienlijke invloed ten gunste van haar aan te wenden.

Washington is, zoals ik al zei, Kimmers stad. Het is echter niet mijn stad, en zal dat ook nooit worden; het is veel te gemakkelijk mijn ogen dicht te doen en het me allemaal te herinneren, de lange, akelige uren van de hoorzittingen toen mijn vader voor de gerechtelijke commissie van de Senaat zat, eerst zelfverzekerd, vervolgens ongelovig, toen boos en ten slotte mistroostig en verslagen. Ik herinner me de dagen dat mijn moeder achter hem zat, de dagen dat ík achter hem zat. Hoe Mariah, nadat het schandaal bekend was geworden, te geschokt was om de zittingen bij te wonen, en hoe Addison, vaak opgeroepen, tot mijn vaders verdriet nooit kwam opdagen. Hoe het verdriet van de Rechter me irriteerde, omdat ik zo loyaal was en zo genegeerd werd, terwijl Addison, zoals gewoonlijk, zo grillig was en zo geliefd: de verloren zoon, inderdaad. Ik herinner me de televisielampen, nadat de hoorzitting was verplaatst naar een groter vertrek aan dezelfde gang iets verderop, en dat iedereen zweette. Ik had geen idee dat televisielampen zo heet waren. Stafmedewerkers van de Senaat betten de voorhoofden van de leden; mijn vader bette zijn voorhoofd zelf. Ik herinner me zijn grimmige weigering om enige vorm van begeleiding te accepteren van oom Mal, van het Witte Huis, van iedereen die zou kunnen helpen. Ik herinner me dat ik omhoogkeek naar de senatoren en dacht dat ze zo ver weg, hoog en machtig leken, maar ook opmerkte dat ze de meeste van hun lange, pompeuze vragen van spiekbriefjes lazen, en dat sommigen van hen in de war raakten als de conversatie te veel afdwaalde van hun briefings. Ik herinner me het groene laken op de tafels: totdat ik de kans kreeg het aan te raken, had ik er nooit bij stilgestaan dat het daar gewoon vastgeniet zat, een soort *special effect* voor de camera's. In werkelijkheid waren de tafels van gewoon hout. Ik herinner me de massa's verslaggevers in de gangen en ingangen, om aandacht schreeuwend als kleuters. Maar zoals iedereen herinner ik me vooral de nare, herhaalde, en uiteindelijk noodzakelijke vragen: *Wanneer hebt u Jack Ziegler voor het laatst gezien? Hebt u Jack Ziegler in maart van het afgelopen jaar ontmoet? Wat was het onderwerp van het gesprek? Was u zich destijds bewust van de dreigende aanklacht?* Enzovoort, enzovoort. En mijn vaders akelige, monotone antwoorden, die bij elke herhaling minder overtuigend klonken: *Ik weet het niet, senator. Nee, dat heb ik niet gedaan, senator. Dat herinner ik me niet, senator. Nee, ik had geen idee, senator.* En ten slotte het begin van het einde, dat altijd begint met vrienden die een veilig heenkomen zoeken en met hetzelfde signaal aan de nu in ongenade gevallen genomineerde, gewoonlijk uitgesproken door de voorzitter: *Welnu, Rechter, ik weet dat u een fatsoenlijk mens bent, en ik heb grote bewondering voor wat u hebt bereikt, en ik zou graag geloven dat u openhartig bent tegenover de commissie, maar om eerlijk te zijn...*

Nominatie teruggetrokken op verzoek van de genomineerde.

Genomineerde en familie vernederd.

Kamer van inbeschuldigingstelling vergadert.

Alles wordt langzaam zwart.

Of, zoals ik vroeger op de universiteit misschien zou hebben gezegd, in mijn meer openlijk nationalistische tijd: alles wordt langzaam blank.

Zelfs nu nog huiver ik bij de herinnering. Maar je ontkomt er niet aan, althans niet hier in Washington. Gisteravond zaten Kimmer en ik met haar ouders naar het journaal van elf uur te kijken. Toen de nieuwslezeres bij de begrafenis van Oliver Garland kwam, ongeveer het derde onderwerp van het journaal, waren daar plotseling scènes die niet de gebeurtenissen van vandaag betroffen, maar de vernedering van vele jaren geleden: mijn vader gezeten voor de Gerechtelijke Commissie, zijn mond geluidloos bewegend terwijl de verslaggever door bleef praten. Harde overgang naar scène met Jack Ziegler in handboeien na een van zijn vele arrestaties: een aardige, zij het tendentieuze stijl. Harde overgang naar de Rechter die een vurig betoog houdt tegenover een van de Rechts-pacs terwijl de verslaggever over zijn latere carrière babbelt. Harde overgang naar het berouwvolle gezicht van Greg Haramoto, geïnterviewd voor de kerk vlak na de begrafenis, uiting gevend aan zijn verdriet over het heengaan van 'een groot man' en zijn condoleances aanbiedend aan de familie – hoewel hij niet de moeite genomen heeft ons persoonlijk of telefonisch of zelfs maar per brief te condoleren. Greg blijkt de enige aanwezige op de begrafenis te zijn wiens commentaar na afloop het nieuws heeft gehaald; maar misschien was hij ook de enige die door de journalisten de moeite waard werd gevonden om te interviewen. Precies zoals hij voor de Gerechtelijke Commissie in 1986 de enige getuige was die ertoe deed.

Zelfs na al die jaren biedt de wetenschap dat de commissie het weleens bij het rechte eind gehad kan hebben geen enkele verzachting van de pijn van mijn vaders verlies van eer. Vreemden klampen me aan op conferenties: *Bent u niet de zoon van Oliver Garland?* Ik mompel banaliteiten door dikke gordijnen van rood heen en maak me zo snel mogelijk uit de voeten. Het is dus maar goed ook dat ik Kimmer niet begeleid op haar rondes door Washington; mijn pijn zou haar maar hinderen en uiteindelijk misschien beschadigen. Bovendien hebben Bentley en ik andere plannen voor die dag. Zo dadelijk gaan we naar Shepard Street om vervolgens met Mariah en haar groepje een ochtendje te gaan skeeleren op een skeelerbaan aan de rand van de stad. Miles Madison, wiens beroepsleven tegenwoordig bestaat uit incidentele gesprekken met de directeuren van zijn diverse bezittingen, is ondanks het regenachtige weer naar de golfbaan vertrokken. 'Als ze niet kunnen golfen,' verzucht Vera Madison, 'gaan ze gewoon de hele dag zitten kaarten en drinken.' Mijn schoonmoeder, die me altijd vraagt haar te tutoyeren, is even knap en lang als Kimmer, maar een stuk dunner; mijn vrouw heeft haar breedte van de Kolonel, die sinds zijn pensionering pafferig is geworden en mij op zijn goede dagen toestaat hem meneer Madison te noemen. Vera heeft aangeboden op Bentley te passen als ik met mijn zus moet praten. Ik sla het aanbod af. Ik houd mijn zoon heel dicht bij me zolang ik er nog niet achter ben waar oom Jack het over had. Waarschijnlijk nergens over, maar toch. Ik heb het Kimmer nog niet verteld, er niet zeker van hoe ze zal reageren, maar toen ik haar voordat ze vanochtend wegging vroeg om alsjeblieft voorzichtig te zijn, keek ze me strak aan – er ontgaat Kimmer weinig – en kuste me vervolgens lichtjes op de lippen en zei: 'O, dat komt wel goed, Misha, dat komt wel goed.' Ik glimlachte naar Kimmer toen ze de koude ochtendmotregen in liep. Zij glimlachte ook, waarschijnlijk om wat ze verwachtte van de dag die voor haar lag.

Kimmer is in de donkerblauwe Cadillac van haar moeder de stad in gereden, dus Bentley en ik nemen de huurauto – een prozaïsche witte Taurus – voor het ritje van vijf minuten van Sixteenth Street naar Shepard Street. Onze reis voert ons door het hart van de Goudkust, een prachtig hoekje van Noordwest-Washington waar halverwege de twintigste eeuw honderden advocaten, artsen, zakenlieden en professoren van de donkerder natie in het heetst van de rassenscheiding een idyllische en beschutte gemeenschap creëerden voor hun gezinnen. De percelen zijn over het algemeen groot, de gazonnen uitstekend verzorgd en de huizen ruim en fraai gemeubileerd; in de blanke buitenwijken zouden ze voor het dubbele of drievoudige van hun waarde in de stad van de hand gaan. Aan de andere kant zou het kunnen dat de chique zwarte enclave van de Goudkust bezig is te integreren: Jay Rockefeller bijvoorbeeld woont nu op een enorm landgoed dat zich uitstrekt van iets voorbij Shepard Street tot Rock Creek Park. Misschien is het voor de esthetische balans dat vele opkomende hoogopgeleide zwarten die ooit hier hun huizen zouden hebben gekocht, nu druk bezig zijn te integreren in de buitenwijken.

Terwijl ik even stilsta voor een stoplicht werp ik een blik op mijn zoon in de achteruitkijkspiegel. Bentley is een mooie jongen. Hij heeft mijn dikke zwarte haar, vooruitstekende kin en donkere chocoladebruine huid, en van zijn moeder de grote bruine ogen, opvallende wenkbrauwen en volle lippen. Het is ook een stil en heel serieus kind, geneigd tot verlegenheid in het bijzijn van anderen, en introspectie wanneer hij alleen is. Onze zoon begon pas laat te praten: zo laat dat we kinderartsen en zelfs een kinderneuroloog hebben geraadpleegd – een vriend van een neef van Kimmer – die ons allemaal verzekerden dat, hoewel de meeste kinderen halverwege hun tweede jaar al een paar woorden hebben gesproken, en sommige al veel eerder, het noch ongewoon is, noch een teken van een aanstaande geestelijke afwijking, dat een kind later begint te praten. Wacht gewoon maar af, zei iedereen tegen ons. En Bentley heeft ons laten wachten. Nu, vlak na zijn derde verjaardag, is hij begonnen te brabbelen in dat eigenaardige mengsel van goed Engels en mysterieuze prelinguale code dat zoveel peuters al kort na hun eerste verjaardag ontdekken. Hij steekt nu in dat taaltje een streng betoog af tegen zijn nieuwe hondje, een fel oranje speelgoedbeest, een geschenk van Addison, die geen gelegenheid laat voorbijgaan om een fan te maken: 'En nee en hondje nee zei nee want mama rood jij uh-oh hondje stout oké nu huis gaan nee nee durf hondje mama nee nee zei durf oké nee nee oké durf hondje stout durf jij...'

Ik onderbreek deze sliert schitterend koeterwaals:

'Gaat het een beetje, maatje?'

Mijn zoon houdt zijn mond en kijkt me behoedzaam aan. Zijn mollige handjes grijpen de hond die nog geen naam heeft vast alsof hij bang is dat hij zal verdwijnen.

'Durf hondje,' fluistert hij.

'Juist.'

'Durf jíj!' barst hij blij uit, want hij voegt zo'n beetje dagelijks nieuwe woorden en zinnen toe. Ik vraag me af uit welk televisieprogramma hij deze zin heeft opgepikt. 'Durf níét!'

'Oké, maatje. Je bent lief.'

'Jij wief. Durf je.'

'Ik durf jou ook,' antwoord ik, maar dat brengt hem alleen maar in de war, en zijn gelach maakt plaats voor een ongemakkelijke stilte.

Ik schud mijn hoofd. Soms geeft Bentley ons ook een ongemakkelijk gevoel – vooral Kimmer. Ze verwent hem hopeloos, niet in staat ook maar een ogenblik te verdragen dat hij ongelukkig is, omdat ze zichzelf altijd de schuld heeft gegeven van wat er mis is met onze zoon, als er al iets mis is. Zijn eerste ochtend buiten de baarmoeder sloeg razendsnel om van verblijdend naar angstaanjagend. Terwijl ze in barensnood verkeerde in een van de vrolijk gekleurde verloskamers in de fonkelende kraamvleugel van het academisch ziekenhuis, perste wanneer haar dat werd opgedragen, op verzoek inhield, aan haar ademhaling werkte, alles precies deed zoals het moest op die karakteristieke uitmuntende Kimmer-manier, begon mijn vrouw plotseling zeer hevig te bloeden, hoewel de kruin van het hoofdje van de baby nog maar amper in zicht was gekomen. Ik keek vol verbazing toe terwijl de witte lakens en het groene ziekenhuisjakje helder, kleverig rood werden. De jolige, aanmoedigende vroedvrouw die de leiding had gehad over het gebeuren, verloor in één klap haar jolligheid en hield op met aanmoedigen. Vanaf mijn coachingplaats op een houten kruk vroeg ik of alles in orde was. De vroedvrouw aarzelde, schonk me toen een geforceerde glimlach en zei dat zwangere vrouwen zich gemakkelijk veel bloedverlies kunnen veroorloven, omdat hun bloedvoorraad verdubbelt. Maar ze fluisterde ook iets tegen een tweede verpleegster, die zich uit het vertrek spoedde. Het bloeden hield aan, een koperachtige rode zee, terwijl de vroedvrouw probeerde het hoofd van de baby te verlossen. Haar gehandschoende handen gleden weg en ze vloekte. Kimmer voelde dat het misging, keek naar beneden, zag al dat bloed en schreeuwde van afgrijzen, wat ik nooit eerder had gehoord en daarna ook nooit meer zou horen. Ik had ook nooit eerder zoveel bloed gezien. Het hoofdje van onze baby zwom erin. De foetale monitor begon een reeks wanhopige tegenwerpingen te schetteren. Een dokter die ik nooit eerder had gezien, kwam te voorschijn om de vroedvrouw te vervangen. Zij nam de situatie snel in ogenschouw en blafte een reeks rappe bevelen; zonder dat ze er verder woorden aan vuil maakten werd ik door twee zusters de kamer uit geduwd toen zich een slagorde blauwe operatieschorten rond het bed schaarde. Ze lieten me helemaal alleen achter in de moderne, zielloze wachtruimte, om mijn gedachten te laten gaan over de mogelijkheid dat ik zowel mijn vrouw als mijn zoon zou verliezen op wat de gelukkigste dag van mijn leven had moeten zijn.

Kimmer, zoals later bleek, leed aan *abruptio placentae*, een voortijdige loslating van de baarmoederwand, vergelijkbaar met een menstruatie, maar vaak dodelijk wanneer je hoogzwanger bent; meer specifiek, zoals ons later werd verteld, leed Kimmer aan een scheur van het myometrium, wat gemakkelijk fataal had kunnen zijn, want ze had dood kunnen bloeden en onze baby had gestikt kunnen zijn. Tot op de dag van vandaag gelooft mijn vrouw dat de aandoening het gevolg was van het feit dat ze tijdens haar zwangerschap bleef drinken, want ze dreef de spot met beweringen dat haar persoonlijke gewoonten de baby (of de foetus, zoals zij ons kind dat in haar groeide noemde) enige schade konden berokkenen. Als haar angsten op waarheid berusten, dan moet ik delen in de schuld, niet omdat ik een drinker ben – dat ben ik niet – maar omdat ik waar het Kimmer aangaat nooit sterk ben geweest. Nadat ze mijn nerveuze smeekbeden tot driemaal toe boos had genegeerd, staakte ik mijn pogingen om haar te doen stoppen. De eerste uren van het leven van onze zoon waren aangrijpend: er bestond een kans, vertelden de doktoren ons met een stalen gezicht, dat we hem zouden verliezen. En Kimmer moest behandeld worden voor het bloedverlies. Een dag of wat later, toen iedereen het er uiteindelijk levend afgebracht bleek te hebben, knielden mijn vrouw en ik neer in gebed, de laatste keer dat we dat buiten een kerk gedaan hebben, en dankten een God die we doorgaans negeerden.

Bentley, geloof ik, was Gods antwoord.

Toch markeert de geboorte van onze zoon ook het punt vanwaaraan het bergafwaarts begon te gaan met ons huwelijk. Tegenwoordig leven mijn vrouw en ik op gespannen voet met elkaar. Er zijn dingen die ze niet wil weten en dingen waarvan ze niet wil dat ik ze weet. Als ze bijvoorbeeld de stad uit is, belt ze mij, niet andersom. Alleen in noodgevallen durf ik de regels te schenden. Toen Mallory Corcoran me donderdagmiddag belde om me te vertellen dat mijn vader was overleden, checkte ik via afstandsbediening het antwoordapparaat bij ons thuis om te horen of mijn vrouw had gebeld. Dat was niet het geval. Ik probeerde haar onmiddellijk te bellen in haar hotel in San Francisco. Ze was er niet. Ik belde haar mobiele telefoon. Die stond niet aan. Ik haalde Bentley af van de kinderopvang, legde hem plechtig uit wat er was gebeurd met zijn grootvader, keerde vervolgens naar ons huis terug en probeerde het opnieuw. Ze was er nog steeds niet. Ik heb urenlang gebeld, tot het in het westen middernacht was – drie uur 's ochtends in Elm Harbour – en nog steeds was Kimmer er niet. Ten slotte belde ik in een opwelling van gruwelijke inspiratie het hotel opnieuw en vroeg ik naar Gerald Nathanson. Jerry was op zijn kamer. Hij was nerveus. Het werk zat er nog steeds niet op, zei hij. Hij wist niet waar mijn vrouw was, maar hij wist zeker dat er niets aan de hand was. Hij beloofde dat hij haar terug zou laten bellen als hij haar tegen het lijf liep. Tien minuten later belde ze me op. Ik heb haar nooit gevraagd waarvandaan.

— 11 —

In Shepard Street wordt opengedaan door nicht Sally, die vanochtend niet naar haar werk gaat zodat ze in mijn vaders keuken mijn zus kan zitten kwellen met twijfelachtige verhalen uit onze gemeenschappelijke jeugd. Sally verstikt me in die krachtige armen van haar, wat de manier is waarop ze bijna iedereen groet, maar vooral Addison. In het huis klinkt soepele jazz: Grover Washington, denk ik.

Bentley gilt wanneer hij de kleine Martin en Martina voor het eerst ziet, die zoals gewoonlijk hand in hand lopen. Binnen de kortste keren heeft mijn zoon zich aangesloten bij de jongere leden van het troepje van mijn zus, in een gecompliceerd spel waarbij ze in een statige rij, aangevoerd door Marcus, de jongste, door het huis marcheren en precies één meubelstuk in elke kamer aanraken voordat ze verdergaan naar de volgende, en dan rechtsomkeert maken en hetzelfde in omgekeerde volgorde doen. Ik tref Mariah en Gewoon Alma aan in de bij elkaar horende rieten schommelstoelen op de achterveranda. Alma, een *Kool* zwierig tussen haar lippen, grijnst, mogelijk van genoegen, en Mariah staat mij toe haar wang te kussen. Alma lijkt bij het einde te zijn beland van een van haar obscene verhalen, en ook van haar energie: ze moet gaan, zegt ze, en legt speciaal voor mij uit dat een van haar kleindochters elk moment langs kan komen om haar terug te brengen naar Philadelphia. Terwijl ze opstaat, doet Alma een van haar beroemde trucjes: ze knijpt de sigaret uit en laat hem dan in de zak van haar vest glijden.

Ik knik naar de lege schommelstoel, en Sally, die mijn teken begrijpt, neemt de stoel van Gewoon Alma. Ik loop vervolgens met Gewoon Alma mee het huis in. Terwijl zij in de hal haar jas zoekt, vraag ik haar terloops wat ze laatst bedoelde toen ze zei dat *zíj* me wel op de hoogte zouden brengen van de plannen die mijn vader voor me had gemaakt.

Alma's wijze, oude ogen bewegen in haar donkere gezicht, maar ze kijkt me niet echt aan. 'Het heeft niks met mij te maken,' mompelt ze na een ogenblik.

Ik heb geen flauw idee waar ze het over heeft, en dat zeg ik ook.

'Er zijn geen zíj,' legt ze uit terwijl ik haar in haar jas help. 'Enkel jij en je familie.'

'Alma...'

'Het is jouw taak om voor het gezin te zorgen. Het te maken zoals het vroeger was.'

Het getoeter van een claxon kondigt de komst aan van haar kleindochter, die, net als een flink aantal van de talloze neven en nichten, te jong is om rekening te houden met de mogelijkheid dat men moet proberen beleefd te zijn, zelfs de dag na een begrafenis.

'Ik moet gaan,' deelt Alma mee.

'Alma, wacht even. Wacht.'

Ze loopt van me weg, maar haar stem zweeft over haar schouder. 'Als je papa plannen heeft, zal hij het je gauw genoeg vertellen.'

'Hoe kan hij nu in vredesnaam...'

We staan bij de open voordeur. Alma's enorme koffer staat op de vloer in de hal. Een bruine Dodge Durano staat op de oprijlaan, haar onbeleefde kleindochter een waas achter de voorruit. Alma pakt mijn hand vast en deze keer kijkt ze me aan.

'Je papa was een heel slimme man, Talcott.'

'Weet ik.'

'Hij was slimmer dan alle anderen. Daarom waren ze bang voor hem.'

Dat is nog zo'n dierbaar stukje familiemythe: dat de Rechter zijn zetel in het Supreme Court werd geweigerd door mindere intellecten die tegelijkertijd jaloers en racistisch waren. 'Wacht maar af, je zult het wel zien.'

'Wat zien?'

'Hoe bang ze voor je vader waren. Als ze komen. Maar zit er maar niet over in.'

'Wanneer wie komt?'

'Maar misschien komen ze ook wel niet. Je vader dacht dat ze zouden komen. Maar ze zouden bang kunnen zijn.'

'Ik volg het niet...'

'Zoals Jack. Jack Ziegler. Hij was ook bang voor je vader.'

Ik doe er een tijdje over om dit te verwerken. Ergens diep in het huis hoor ik de gilletjes van vrolijke kinderen.

'Alma, ik...'

'Ik moet gaan, Talcott.' Ze heeft haar *Kool* uit haar zak opgediept en lijkt die te willen opsteken. 'Ik heb net mijn blaas geleegd en ik wil in Philly terug zijn voordat ik weer moet.'

'Alma, wacht. Wacht even.'

'Wat ís er dan, Talcott?' De geërgerde toon van een uitgeputte maar toegeeflijke ouder.

'Jack Ziegler – wat zei je daarnet over hem?'

'Hij is maar een oude man, Talcott, Jack Ziegler. Laat je niet bang maken door hem. Hij heeft je vader helemaal niet bang gemaakt, en hij zou jou ook niet bang moeten maken.'

93

— III —

Ik stel voor een wandelingetje te gaan maken, maar mijn zus slaat het af. Mariah is eenzaam, moe en prikkelbaar – misschien niet zo moeilijk te begrijpen, gezien het feit dat haar volwassen gezelschap vanochtend tot nu toe heeft bestaan uit de egocentrische, verwarrende Alma en de slechts bij vlagen betrouwbare Sally. Ik haal mijn zus ertoe over van de veranda af te komen. We gaan samen in de keuken zitten. Mariahs make-up is niet zo zorgvuldig als anders, ze heeft krulspelden in haar haar, en het huis dat ze formeel zal erven zodra het testament bekrachtigd is, is al gehavend, met sporen van jonge bewoners – van alles en nog wat, van piepkleine schoenen tot Playmobil-matrozen – overal verspreid. Howard is vertrokken. Hij is met het eerste shuttlevliegtuig naar New York teruggekeerd om een onderhandeling te redden die dreigde te mislukken, en heeft het aan Sally en mij overgelaten om in die opvallend witte keuken te luisteren naar Mariah die tegen Addison fulmineert omdat hij de Rechter niet krachtig genoeg heeft verdedigd in zijn toespraak bij de begrafenis. En inderdaad, ik vond de korte verwijzing naar de hoorzittingen verwarrend, misschien omdat hij te veel groeperingen te vriend wilde houden: *Sommige van de aantijgingen tegen mijn vader waren onterecht. Sommige waren tamelijk onaangenaam. Maar enkele stemden tot nadenken. Enkele waren respectvol. Er waren zaken waarover redelijke mensen van mening konden verschillen. We mogen dat in onze liefde voor onze vader nooit vergeten. En de christen in mij zal mij zeker niet toestaan diegenen te veroordelen die de kant van de tegenstanders kozen, want ook zij deden wat ze dachten dat goed was.*

'Hij kan echt een klootzak zijn,' deelt mijn zus ons mee, haar vinger in de lucht prikkend. 'Het enige waar Addison aan denkt is Addison.' Haar toon suggereert dat dit nieuws is. Sally's mopshondenmond vertrekt tot een halfgrijns, half-grimas: zij aanbidt mijn grote broer, maar weet ook dat hij een zelfzuchtige... wat-Mariah-zei is. Sally's moeder, Thera, mijdt mijn vaders kant van de familie, kwam zelfs niet op de begrafenis, en ik denk dat dat mede het gevolg is van hetgeen er is voorgevallen tussen Addison en haar dochter. Addison zelf is kort na de begrafenis samen met Beth Olin, de grote blanke dichteres, de stad uit gegaan richting Fort Lauderdale, waar mijn broer een lezing moest houden. 'Liefde onder de Ratten,' snoof Kimmer, toen ze hoorde dat Beth meeging. 'Opgeruimd staat netjes,' snuift Mariah nu, die meer op mijn vrouw lijkt dan ze ooit zal toegeven.

Toch heeft Addison ook een andere kant, de kant waar ik hem om bewonder. Gistermiddag in Shepard Street, voordat hij met Beth vertrok, nam mijn broer me apart in de bibliotheek, hetzelfde vertrek waar ik het afschuwelijke plakboek had gevonden. Een of ander familielid mompelde laatdunkend dat de broers zich gingen afzonderen om de toekomst van de familie te plannen. Achter de gesloten deur slaagde ik er opnieuw in me voor de boekenplank te posteren, omdat ik niet wilde dat Addison het onrustbarende plakboek zag. Maar hij keek niet. Hij verraste me met een ernstige omhelzing, liet me toen los en schonk me zijn mooie glimlach. Hij vertelde me dat hij flarden van het gesprek met Jack Ziegler had opgevangen en dat ik me bewonderenswaardig van mijn taak had gekweten – een van de favoriete uitdrukkingen van de Rechter. We moesten allebei lachen. Hij vroeg me wat ik van plan was te doen aan datgene wat oom Jack zocht, en voegde er voordat ik iets kon zeggen aan toe dat hij op alle manieren die in zijn vermogen lagen, zou helpen. Ik hoefde hem maar te bellen. Mijn hart bonsde van broederliefde. Gedurende zo'n groot gedeelte van mijn jeugd, en zelfs in mijn eerste volwassen jaren, was Addison beschermer, helper, rolmodel geweest. Hij juichte me toe als ik succes had en troostte me als ik faalde. Sterke Addison, wijze Addison, populaire Addison, wiens raad op de beslissende tweesprongen van mijn leven me meer tot steun is geweest dan die van de Rechter. Hij was er voor de kleine dingen – zoals toen ik verpletterend werd verslagen in de verkiezing voor hoofdredacteur van het juridische tijdschrift – en voor de ingrijpende dingen – zoals toen mijn werk me ervan weerhield een gepland reisje te maken om mijn met haar gezondheid sukkelende moeder op te zoeken, en ze stierf terwijl ik druk bezig was een artikel te schrijven over procesvoering bij onrechtmatige daad van grote groepen. En hij spoorde me ertoe aan om tegen de wensen van de familie in mijn zin door te drijven en met Kimmer te trouwen – een beslissing die ik, in weerwil van de incidentele moeilijkheden, volgens mij nooit zal betreuren.

Maar terwijl ik gisteren in zijn sombere, bezorgde ogen keek, kon ik niets bedenken waar ik hulp bij nodig had. Ik vertelde hem de waarheid: dat ik geen idee had waar oom Jack naar vroeg, en dat ik dus ook niet van plan was daar iets aan te doen. Addison paste zich bliksemsnel aan, zoals het een goed politicus betaamt, en zei dat dat misschien ook wel het beste zou zijn: Jack Ziegler is volkomen mesjoche.

— IV —

Na drie koppen koffie kondigt Mariah eindelijk aan dat het tijd is om te vertrekken. Maar dat is zoals zo vaak gemakkelijker gezegd dan gedaan. Gisteravond werd het enorme gezin van mijn zus uitgebreid met de au pair van dat moment, een matroneachtige en verrukkelijke vrouw uit de Balkan, wier naam ik maar niet kan onthouden. Zelfs met de hulp van de au pair en die van Sally neemt het verbazingwekkend veel tijd in beslag om vijf kinderen aangekleed te krijgen voor de skeelerbaan. En Mariah zelf moet zich ook voorbereiden voor de dag. Wachtend zwerf ik met Bentley door het huis, die met grote ogen van verwondering in mijn vaders lange studeerkamer rondkijkt. Ik realiseer me dat mijn zoon al een jaar niet in deze kamer is geweest. Mijn vader was op zijn privacy gesteld, en dit was zijn meest afgezonderde kamer. Ik til Bentley op in mijn armen en wijs hem op de gesigneerde foto's aan de muur tegenover de ramen, foto's waarop mijn vader zich in het gezelschap bevindt van de groten der natie, en spreek de namen zorgvuldig uit voor mijn zoon, ook al zal hij ze zich nooit herinneren: John Kennedy, Lyndon Johnson, Roy Wilkins, Martin Luther King, A. Philip Randolph. Vervolgens gaan we de drempel over naar de gang, waar aan het andere eind sprake is van een radicale verschuiving van politiek accent naar Richard Nixon, Ronald Reagan, George Bush *père et fils*, Dan Quayle, Bob Dole, John McCain, Pat Robertson. Bentley giechelt, fronst zijn voorhoofd en giechelt opnieuw, naar sommige foto's wijzend en andere negerend, maar ik kan in zijn reacties geen ideologisch patroon ontdekken.

Ten tijde van zijn dood had mijn vader een formeel en gepast indrukwekkend hoekkantoor tot zijn beschikking vlak bij dat van oom Mal op de tiende verdieping van een gebouw met glazen wanden aan de Seventeenth and Eye, op loopafstand van het Witte Huis, waar hij, ondanks al het gebeurde, nog steeds af en toe te gast was, althans tijdens de Republikeinse regeringen. In Washington zijn de kantoorgebouwen in de binnenstad veel lager dan in andere grote steden. De tiende verdieping wordt beschouwd als tamelijk chic, en chic wás mijn vaders stijl in de laatste, gekwelde jaren van zijn leven. Hij leek vastbesloten om in één klap het geld te verdienen dat hem tijdens zijn twee decennia als rechter niet was gegund, hoewel hij zo zuinig leefde dat het voor iedereen een raadsel was waaraan hij het spendeerde.

De Rechter maakte zelden gebruik van zijn hoekkantoor in de binnenstad. Hij gaf er de voorkeur aan thuis te werken en zat in zijn eentje in deze spelonkachtige studeerkamer die hij na de dood van mijn moeder had gebouwd. Daartoe had mijn vader eenvoudigweg de muren uitgebroken die de drie gezinsslaapkamers langs de galerij boven aan de bochtig uit de hal omhoogschietende trap van elkaar scheidden. Dit betekende dat wij kinderen, telkens wanneer een van ons bleef logeren, op een uitklapsofa in de muffe speelkamer in het souterrain moesten slapen, of in de vervallen en waarschijnlijk illegale dienstbodekamer die een vroegere eigenaar aan één kant van de vliering had weten te persen. Zo is het gekomen dat Kimmer, Bentley en ik de gewoonte aannamen om, telkens wanneer we in Washington waren, in het huis van haar ouders te logeren. De Rechter scheen dat niet erg te vinden. Hij was niet het soort grootvader dat gek is op zijn kleinkinderen. Hij had er een hekel aan om, al was het maar tijdelijk, de toegang tot welk hoekje van het huis dan ook ontzegd te worden. Hij kookte en ziedde van woede als we eens op een ochtend te laat uit de dienstbodekamer naar beneden kwamen, en rende vervolgens naar boven om de boel te inspecteren. Hij legde Bentley het zwijgen op als hij te hard lachte. Hoe hij overweg kon met Mariah en haar talrijke kroost, is mij een raadsel, want na de dood van onze moeder kreeg hij een voorliefde voor de onverstoorbaarheid van zelfgekozen stilte. Simpel gezegd: mijn vader wilde liever alleen zijn. Anders dan de meesten van ons zou mijn vader het niet zo erg gevonden hebben om alleen te sterven, en dat is dan ook, naar het schijnt, precies wat hij heeft gedaan.

Ik laat mijn blik door de lange kamer dwalen naar mijn vaders grote, maar versleten bureau – een antiquiteit, zou hij het waarschijnlijk hebben genoemd –, een oud compagnonsbureau, met knieruimten aan weerszijden, elk omgeven door een overdaad aan laden voor alle gelegenheden. Het hout is donker en vol putjes en moet nodig in de was gezet worden, maar ik neem aan dat mijn fanatiek op zijn privacy gestelde vader hier nooit iemand mee naartoe nam, dus er was niemand voor wie hij het in de was hoefde te zetten. Het bureaublad is trouwens keurig op orde: de pennen, het vloeiblad, de telefoon en foto's – alleen van Claire, niet van de kinderen –, allemaal gerangschikt met een realistische precisie die aangeeft dat het kantoor weliswaar wordt gebruikt, maar door een individu met een buitengewone zelfdiscipline, wat het beeld was dat mijn vader van zichzelf had. En zoals het is met alle elementen van een goede reputatie: doen alsof je gedisciplineerd bent verschilt niet veel van echt gedisciplineerd zijn.

Dit is de plek waar mijn vader stierf, met uitgespreide armen vooroverliggend op zijn bureau, ongeveer een uur later gevonden door de huishoudster (een vrouw die we nog eens een flinke som zullen betalen om haar weg te houden van de gretige boulevardbladen, waarbij Mallory Corcorans dienaren het waterdichte contract zullen opstellen dat zij zal moeten tekenen en Howard Denton het geld zal verschaffen). Geen briefje vastgeklemd in mijn vaders hand, geen vinger wijzend naar een spoor, en geen bewijs van kwade opzet. Ik vraag me af wat er op het eind door hem heen ging, welke angst voor het godsgericht of vergetelheid, welke boosheid over een onvoltooid gebleven levenswerk. Mariah stelt zich voor dat er een moordenaar over hem heen gebogen staat met een injectienaald in de hand, maar de politie heeft geen sporen van een gevecht gevonden, en haar vastbeslotenheid om aan te tonen dat de Rechter werd vermoord, lijkt mij op dit moment niets anders dan een mechanisme om verdriet dat ze liever niet wil voelen, op een afstand te houden. Of slaag ik er niet in door te dringen tot een diepere realiteit die tot nu toe alleen door mijn zus wordt waargenomen? Ik staar naar het bureau en zie mijn vader, een lijvige man, naar zijn borst grijpen, ogen ziek van ongeloof, een boze, oude man met een zwak hart, stervend zonder dat er iemand van zijn familie in de buurt of zelfs maar van tevoren gewaarschuwd was. De huishoudster belde het alarmnummer en belde daarna het advocatenkantoor, zoals de Rechter haar had opgedragen te doen als zoiets zou gebeuren, en hoewel Mariah het tapijt heeft laten reinigen, ontwaar ik hier en daar nog steeds vage omtrekken van de vuile voetafdrukken van het ambulancepersoneel.

Vanaf het bureau gezien aan de andere kant van de kamer, voor een van de drie ramen die op het gazon uitkijken, staat het lage houten tafeltje, gefabriceerd door Drueke, waarop mijn vader zijn schaakproblemen placht te componeren. Boven op die tafel ligt een marmeren schaakbord, de afwisselend grijze en zwarte vierkanten elk met een zijde van bijna acht centimeter. Terwijl ik naar de ramen drentel, streel ik de met houtsnijwerk versierde indiaanse doos met de geliefde schaakstukken van de Rechter. Het deksel van de doos is keurig gesloten en brengt een gevoel van verlatenheid, misschien zelfs van verlies over. Noem het antropomorfisme, noem het romantiek: ik stel me voor dat de stukken rouwen om hun meester, wiens vingers ze nooit meer zullen voelen. Ik was ooit zelf een serieuze schaker, nadat ik de zetten had geleerd van mijn vader, die van het spel hield maar zelden tegen een echte tegenstander speelde, want hij hoorde bij een andere, exclusievere broederschap, die van de probleemcomponisten. Probleemcomponisten proberen nieuwe en ongebruikelijke manieren te vinden om zo min mogelijk stukken te gebruiken terwijl ze probleemoplossers uitdagen om te bedenken hoe wit zwart in twee zetten mat kan zetten, enzovoort. Ik heb nooit iets gezien in problemen; ik heb altijd een voorkeur gehad voor het spelen van een echte partij, tegen een tegenstander van vlees en bloed; maar de Rechter hield vol dat de componist de enige echte schaakkunstenaar was. Enkele van zijn problemen werden zelfs hier en daar in kleinere tijdschriften gepubliceerd, en één keer, in de eerste Reagan-jaren, in het tijdschrift dat toen bekendstond onder de naam *Chess Life and Review*, het belangrijkste schaakblad in het land, een pagina die nu nog ingelijst in de bovengang van het huis in Oak Bluffs hangt.

Ik open de doos en bewonder de acht centimeter hoge schaakstukken die in hun twee met vilt beklede compartimenten liggen, elk prachtig gevlamde stuk uit ebbenhout of palmhout gesneden, traditioneel van ontwerp maar met genoeg verfraaiingen en krullen om de set bijzonder te maken. Ik glimlach een beetje bij de herinnering aan hoe we vroeger de studeerkamer binnenkwamen toen die nog beneden was – voordat de Rechter de muren uitbrak om deze te maken – en hem over het tafeltje gebogen aantroffen, een notitieblok naast zich, bezig zijn composities uit te werken. Het ontspande hem, zei hij; hoewel het soms een obsessie leek, was het beter dan zijn drinken.

Dan frons ik. Ik bespeur iets eigenaardigs aan de set, zoals hij daar in de doos ligt, maar ik kan er niet helemaal de vinger op leggen.

Ik kijk even naar Bentley, die een deeltje C.S. Lewis van mijn vaders boekenplank heeft getrokken en ermee in mijn vaders leunstoel is gaan zitten. De Rechter placht lappen Lewis te citeren. Zijn kleinzoon heeft lukraak een pagina opgeslagen en gaat met zijn korte, dikke vingertjes langs de regels, zijn mond bewegend alsof hij de woorden kan lezen. Nou ja, misschien kan hij dat ook een beetje, misschien zal hij ons allemaal versteld doen staan, zoals hij al zo vaak heeft gedaan.

Ik doe de doos dicht en zet hem op het tafeltje terug. Ik steek de kamer over naar het bureau en ga in de chique draaistoel zitten waarvan het wijnrode leer oud en gebarsten is. Ik weet niet precies wat ik aan het doen ben, ik weet niet eens waarom ik in deze kamer ben, laat staan waarom ik aan het bureau van de Rechter zit. Op het lage dressoir achter het bureau staat een computer, compleet met printer-scanner-faxapparaat, alleen het allerbeste, wat voor de edelachtbare Oliver C. Garland, zoals veel van zijn post nog steeds was geadresseerd toen hij stierf, het allerduurste betekende. Zoals gewoonlijk is de computer gehuld in een op maat gemaakte groene plastic stofhoes – een stofhoes! – want hoewel Addison, die van computers houdt, erop hamerde dat de Rechter de laatste technologie moest hebben en die vaak voor hem ging kopen, maakte mijn vader er bijna geen gebruik van en gaf er de voorkeur aan zijn toespraken, essays en boze brieven aan de redactie, zelfs zijn boeken, op gele juridische blocnotes te schrijven, om ze later door mevrouw Rose, zijn assistente, te laten uitwerken. Twee blocnotes liggen op zijn bureau, bij een daarvan ontbreken de bovenste paar blaadjes, beide zijn helemaal onbeschreven.

Ook daar geen aanwijzing.

Ik schuif lukraak een archieflade open en vind een paar kladjes van dit en dat, en hier en daar wat financiële verslagen. Terwijl ik de volgende la doorkijk die brieven lijkt te bevatten, word ik kortstondig opgeschrikt door een kloppend geluid achter me. Bentley is in de knieruimte aan de andere kant van het bureau gekropen en klopt giechelend op het hout. Ik besef dat ik word verondersteld te reageren alsof er op de deur wordt geklopt.

'Wie is daar?' zeg ik, heel hard, met in mijn hand een over en weer vleiende correspondentie tussen de Rechter en een via een perssyndicaat publicerende columnist die zo rechts was dat de Heritage Foundation hem waarschijnlijk niet wilde hebben.

'Klop-klop,' zegt mijn zoon met een lach, het grapje omdraaiend.

'Wie is daar?' herhaal ik.

'Bemmy. Bemmy da.' Hij vliegt te voorschijn, zich met de opmerkelijke snelheid ontrollend die driejarigen van beide geslachten zomaar ineens paraat lijken te hebben, met armen en benen gespreid op het enorme oosterse tapijt, en vervolgens met een koprol overeind komend als een parachutist die een perfecte landing heeft gemaakt. 'Bemmy da! Durf jij!'

Ik stap behendig achter het bureau vandaan om mijn zoon te knuffelen, maar hij glipt vrolijk weg en schiet naar een kleine zithoek die mijn vader had ingericht onder het grootste van de drie ramen aan de lange kant van de kamer. Van zijn ouders, althans van zijn vader, heeft Bentley een zekere roekeloze klunzigheid geërfd. Dus ik ben niet helemaal verrast wanneer mijn zoon, omkijkend of ik wel meespeel, tegen het schaaktafeltje van de Rechter stoot. Het marmeren bord komt omhoog en valt met een klap terug op het glazen bovenblad van de tafel. Er breekt niets, maar de sierlijke doos valt op zijn kant en de handgemaakte stukken kletteren als regen tegen ramen en muren, en vallen dan op de grond. Bentley valt achterover en belandt met een verbaasd gegrom op zijn goed gewatteerde achterste.

'Bemmy zeer,' deelt mijn zoon verwonderd mee. Hij vergiet geen tranen, misschien omdat hij al op zijn derde in het bezit is van de Garland-zuinigheid in het tonen van emoties. 'Bemmy au.'

'Je bent nog heel,' verzeker ik hem, neerhurkend voor een knuffel die hij niet lijkt te willen. 'Je bent in orde, schat.'

'Bemmy au,' brengt hij me in herinnering. 'Bemmy orde. Bemmy heel.'

'Zo is het, je bent nog heel.'

Bentley komt overeind en waggelt in de richting van mijn vaders bureau. Ik buk me om de in het rond liggende stukken op te rapen en leg ze niet in de doos, maar zet ze in hun uitgangsposities op het bord. Tot mijn ergernis merk ik dat er twee pionnen ontbreken, een witte en een zwarte. Ik kijk nog eens rond over het tapijt, maar zie niets. Stukken van deze grootte zie je niet zo gauw over het hoofd. Ik werp een blik onder de houten stoelen aan weerskanten van het schaaktafeltje: nog steeds niets.

Van buiten op de gang hoor ik het ondeugende geklets van twee of drie van de kinderen van mijn zus, net onder de douche vandaan, en terwijl Bentley de deur uit rent om zich bij hen te voegen, laait er een blinde woede in me op. Waarom zijn er nog maar veertien in plaats van zestien pionnen? Het antwoord is gekmakend voor de hand liggend. De ontbrekende stukken bewijzen dat Mariahs kinderen hier hebben rondgedarteld. Mijn zus stelt zoals gewoonlijk geen paal en perk aan de vrijheid van haar verwende kroost. Het huis is weliswaar binnenkort het hare, maar ze zou best wat langer dan een week kunnen wachten alvorens haar kinderen toe te staan om de kamer waar de Rechter is gestorven in een babybox – of een varkenskot – te veranderen.

Toch kan ik, omdat ik zelf ook een onbesuisd kind heb, begrijpen waarom de spelonkachtige kamer aangeduid zou kunnen worden als een aantrekkelijke overtolligheid. Jammer genoeg is een verzamelobject als deze schaakset, waarmee mijn vader zijn problemen componeerde, heel wat minder waard wanneer er stukken ontbreken. De ontbrekende stukken zullen wel weer boven water komen, en ik betrap me erop dat ik me afvraag of Mariah, die op het punt staat het huis met alles erin te erven, ertoe verleid zou kunnen worden de schaakset aan mij af te staan. Ik zou hem zelfs terug kunnen brengen naar de Vineyard, waar mijn vader in de goede oude tijd 's avonds in zijn eentje op de veranda aan zijn composities zat te werken, van limonade nippend, gebogen over het bord...

Beneden gaat de voordeurbel en ik ril, er plotseling zeker van dat iemand naar het huis is gekomen om nog meer slecht nieuws te brengen. Ik ben al half de deur uit wanneer Sally's krachtige stemgeluid uit de hal naar boven schalt:

'Tal, er zijn hier een paar mannen voor je.' Een pauze. 'Ze zijn van de FBI.'

7

De skeelervrouw

— I —

'Jullie werken snel,' zeg ik tegen de twee agenten terwijl we in de woonkamer gaan zitten. Ik heb ze iets te drinken aangeboden, maar dat hebben ze afgeslagen. Ik ben nerveuzer dan me lief is, maar dat komt omdat ik er nog niet helemaal aan toe ben met hen te praten; ik ben er niet helemaal zeker van hoe ik met bepaalde vragen moet omgaan die ze ongetwijfeld over mijn vrouw zullen stellen. Mariah staat met een donkere broek en felrode sokken aan in de gewelfde toegang naar de hal en houdt ons nauwlettend in het oog. Sally, die een van haar te strakke jurken draagt uit haar onuitputtelijke voorraad, gluurt om het hoekje met opengesperde, opgewonden ogen.

'We doen gewoon ons werk,' zegt de lange agent, een zwarte man genaamd Foreman. Ik vraag me af of hij me opzettelijk verkeerd begrijpt.

'Wat ik bedoel is dat we mijn vader gisteren hebben begraven,' leg ik uit. 'Mijn vrouw zei tegen me dat jullie wel gauw op de stoep zouden staan, maar ik zou toch denken dat dit wel kon wachten.'

De twee mannen kijken elkaar aan. De kleinere man, McDermott, heeft een boos blank gezicht, zandkleurig haar en een grote, lelijke moedervlek op de rug van zijn hand. Hij lijkt oud voor dit werk, in de zestig, maar ik hoed me voor stereotypen. De langere man is rustig en draagt een bril. Zijn handen zijn voortdurend in beweging, de handen van een goochelaar. De twee agenten zitten ongemakkelijk op de crèmekleurige sofa, alsof ze bang zijn hem te beschadigen. Beiden dragen pakken die veel goedkoper zijn dan wat de rouwdragers die hier afgelopen vrijdag in de hal samendromden ooit zouden kopen. Ik zit tegenover hen in een knarsende schommelstoel. Ergens in het huis hoor ik vreugdekreten, en ik weet dat vijf Dentons plus één Garland aan de zoveelste vandalistische actie zijn begonnen.

'Wij denken van niet,' meldt McDermott, me net zo lang aankijkend tot ik de ogen neersla.

'Nou, ik vind dit onbehoorlijk. Ik bedoel, ik zal u natuurlijk graag helpen waar ik maar kan. Maar dat hoeft vandaag toch niet te worden gedaan?'

Er valt een ongemakkelijke stilte. Ik heb het enigszins beangstigende gevoel dat ze geheimen kennen waarvan ze zich afvragen of ze die zullen onthullen. Ik breng mezelf in herinnering dat dit Amerika is.

'Wat heeft uw vrouw u precies verteld?' vraagt McDermott ten slotte.

'Niets vertrouwelijks,' verzeker ik hun. 'Ze vertelde me dat u langs zou komen om me te ondervragen in verband met... nou ja, haar mogelijke nominatie.'

'Dat wíj langs zouden komen?' Foreman klinkt geamuseerd.

'Nou ja, dat iemand van de FBI zou...'

'Wat is er met haar nominatie?' onderbreekt McDermott lomp.

Voordat ik de vraag van de agent kan beantwoorden, verrast Sally ons allen door naar voren te stappen en zelf een vraag te stellen:

'Kennen wij elkaar ergens van, agent McDermott?'

Hij valt even stil, alsof hij de visuele herinneringen nagaat van een lange en eminente carrière van antecedentenonderzoek.

'Niet dat ik me herinner, mevrouw Stillman,' zegt hij ten slotte. Met een scheut van ontzetting neem ik nota van zijn precisie: hij weet wie in de familie wiens achternaam heeft, en wie niet. Als zelfs iemand als McDermott die in dienstverband werkt zo grondig is, zal Kimmer er waarschijnlijk niet in slagen te verbergen wat ze het liefst wil verbergen. Mijn vrouw moet wel verlangen naar de oude tijd, toen Washington zich nog niet bekommerde om overspel.

In het verre verleden.

Ik probeer me te ontspannen. We hebben in elk geval nooit een illegale buitenlander in dienst genomen, mijn vrouw heeft zich nooit bezondigd aan seksuele intimidatie, en wij hebben niet meer problemen met onze belastingen gehad dan ieder ander tweeverdienersgezin.

'Weet u het zeker?' dringt Sally aan.

'Ja, mevrouw,' zegt hij kort en richt zijn blik op Foreman, die knikt en opstaat en naar Sally loopt. Een ontstelde Mariah staat al aan haar arm te trekken. Er volgt een gefluisterd gesprek tussen hun drieën, maar het is duidelijk dat Foreman zo vriendelijk mogelijk aangeeft dat de agenten graag met mij alleen zouden willen praten.

'Dank u,' roept Foreman Sally achterna terwijl zij door de hal stampt, deels door Mariah meegetrokken en deels zelf Mariah meetrekkend. Er komt geen reactie.

'Goed,' zegt McDermott, in zijn kleine notitieboekje kijkend. Hij heeft mijn nicht al uit zijn gedachten verbannen. Ik vraag me even af wat haar ertoe dreef hem uit te dagen.

'Juist,' zeg ik, zonder enige reden. Ik leun achterover, in de war gebracht. Er zeurt iets aan de rand van mijn bewustzijn, iets wat te maken heeft met Sally's reactie, maar ik kan er niet helemaal de vinger op leggen. 'Juist,' herhaal ik, niet meer wetend waar ik gebleven was.

'U had het over de nominatie van uw vrouw,' helpt Foreman me en werpt terwijl hij dit zegt een vluchtige blik op zijn bevreemde collega.

'O, o, juist.' Ik verman me. 'Ik weet dat ze formeel nog niet is genomineerd. Maar het antecedentenonderzoek komt eerst, nietwaar?'

'Antecedentenonderzoek?' vraagt McDermott.

'Betreffende haar nominatie,' leg ik uit terwijl ik een snelle blik naar de hal werp en me tevens afvraag of ik gek ben of zij. 'Eh, haar mogelijke nominatie.'

Ze kijken elkaar weer aan. Het is Foremans beurt.

'Meneer Garland, we zijn hier niet voor uw vrouw.'

'Pardon?'

'We hadden het duidelijk moeten zeggen.' Hij slaat zijn lange benen over elkaar. 'We weten natuurlijk wat er speelt met uw vrouw, maar ik ben bang dat dat niet de reden is van dit bezoek. Geloof me, we zouden uw rouw niet onderbreken voor een antecedentenonderzoek.'

'Oké. Oké, waarom bent u dan hier?' Maar op het moment dat ik het zeg, weet ik wat er komen gaat en mijn hartslag lijkt te vertragen.

McDermott weer: 'Gistermiddag hebt u op het kerkhof met ene Jack Ziegler gesproken. Klopt dat?'

Dat is aardig: *Ene Jack Ziegler*. Brengt argwaan tot uitdrukking, maar zegt in feite niet veel.

'Eh, ja...'

'We moeten weten waarover u hebt gesproken. Daarvoor zijn we hier.' Niet meer en niet minder. Hij heeft zijn eisen gesteld en is uitgesproken.

'Waarom?'

'Dat kunnen we u niet vertellen,' zegt McDermott snel, en ook grof.

'We zouden het u vertellen als we konden,' voegt Foreman er even snel aan toe, wat hem op een vuile blik van zijn collega komt te staan. 'Ik kan zeggen dat dit betrekking heeft op een voortlopend strafrechtelijk onderzoek, en laat me u alstublieft verzekeren dat noch u noch enig lid van uw familie op welke manier dan ook object is van dat onderzoek.'

Omdat ik een zoon ben van mijn vader, kom ik gedurende een dwaas ogenblik in de verleiding zijn gebruik van het tegenwoordige deelwoord *voortlopend* te corrigeren. Het volgende ogenblik kom ik in de verleiding hem precies uit de doeken te doen wat oom Jack tegen mij heeft gezegd. Maar de discipline wint het uiteindelijk; een van de vreselijke dingen van jurist zijn is dat behoedzame precisie een tweede natuur wordt.

Bovendien wantrouw ik ze al.

Ik zeg: 'Hoe weet u dat ik gisteren met Jack Ziegler heb gesproken?'

'Dat kunnen we u niet vertellen,' zegt McDermott, kras op de plaat, weer veel te snel.

'Ik zou er graag vanuit willen gaan dat mijn regering niet op begrafenissen spioneert.'

'We doen wat we moeten doen,' kweelt McDermott.

'We spioneren helemaal niet.' Foreman onderbreekt ons als een bullebak op een dansavond van de middelbare school. 'In een strafrechtelijk onderzoek zijn er, zoals u als jurist weet, bepaalde noodsituaties. De methodologie is vaak gecompliceerd, maar ik verzeker u dat we altijd te werk gaan in overeenstemming met relevante reglementen.' Hij zegt precies hetzelfde als McDermott, maar gebruikt er veel meer woorden voor. Hij is waarschijnlijk ook een jurist.

Ik raak door mijn ingevingen heen. Ik vraag: 'Is Jack Ziegler het object van het onderzoek? Nee, laat maar,' voeg ik eraan toe, voordat McDermott zijn zinnetje kan herhalen.

'We hebben uw hulp nodig,' zegt Foreman. 'We hebben uw hulp hard nodig.'

Ik gebruik een van mijn vaders meest effectieve instrumenten bij lezingen: ik laat ze wachten. Ik denk aan mijn ontmoeting met oom Jack en probeer te begrijpen wat ik nou precies afscherm. Ik denk dat ik hun misschien toch maar woord voor woord moet vertellen wat er is gebeurd. Ik doe dat ook bijna. Maar dan verpest McDermott het in zijn ongeduld.

'We kunnen u er ook toe dwingen het ons te vertellen.'

Foreman kreunt bijna. Mijn hoofd draait zich met een ruk naar de spreker. Ik ben de afgelopen paar dagen van tijd tot tijd boos geweest, en gisteren was ik bang. Ik heb er genoeg van.

'Pardon?'

'U móét ons vertellen wat u weet. U bent dat wettelijk verplicht.'

'Doe niet zo belachelijk,' snauw ik, terwijl mijn ogen door plotseling rood geworden lucht heen vuur schieten naar agent McDermotts onvoorziene ergernis. 'Dat is niet volgens de wet, zoals u ongetwijfeld ook wel weet. U kunt iemand niet dwingen mee te werken aan uw onderzoek. U kunt me hóóguit straffen als ik iets vertel wat niet waar is, maar u kunt me niet dwingen u te vertellen wat u wilt weten, hoe noodzakelijk die informatie ook voor u is, tenzij u een kamer van inbeschuldigingstelling bijeenroept en een dagvaarding uitvaardigt. Is dat soms wat u wilt doen?'

'Dat zouden we kunnen doen,' zegt McDermott. Ik begrijp zijn woede niet en zijn tactiek trouwens ook niet. 'Dat willen we niet, maar we zouden het kunnen doen.'

Ik ben hier nog niet klaar mee. 'Federale openbare aanklagers roepen kamers van inbeschuldigingstelling bijeen, FBI-agenten niet. En ik herinner me dat er een zeer specifieke bepaling is die u verbiedt dreigementen te uiten.'

'We uiten geen dreigementen,' probeert Foreman, maar McDermott weet van geen ophouden.

'We hebben geen tijd voor spitsvondigheden,' snauwt McDermott. Zijn stem heeft een vaag accent aangenomen, waarschijnlijk zuidelijk. 'Jack Ziegler is tuig. Hij is een moordenaar. Hij verkoopt wapens. Hij verkoopt drugs. Ik weet niet wat hij nog meer verkoopt. Ik weet wel dat het niemand is gelukt hem te pakken. Nou, deze keer gaat het ons lukken. We zijn zó dichtbij, professor.' Hij steekt zijn duim en wijsvinger ongeveer een centimeter van elkaar omhoog. Dan buigt hij zich naar me toe. 'Kijk, uw vrouw is kandidaat voor een rechterschap. Heel mooi, ik hoop dat ze het wordt. Maar u begrijpt wel dat het er niet goed voor haar zal uitzien, als blijkt dat haar man weigerde mee te werken aan een gerechtelijk onderzoek naar een schurk als die goeie ouwe oom Jack Ziegler. Dus... gaat u ons helpen of niet?'

Ik kijk ongelovig naar Foreman, maar zijn gezicht is professioneel uitdrukkingsloos. Ik sta op het punt hem vol felle verontwaardiging van repliek te dienen – de hemel mag weten wat ik van plan ben te zeggen – als Sally's krachtige stem vanuit de hal de kamer in zweeft:

'Ik ga weg, Tal. Moet naar m'n werk. Ik denk dat ik je later pas kan spreken.' Te oordelen naar haar toon is ze nog steeds beledigd dat ze buitengesloten is. Maar bovendien wil ze me nú spreken.

Ik spring overeind en verontschuldig me voor een ogenblikje, zodat ik tijd win om na te denken. En zo mogelijk te kalmeren. Ik loop met Sally naar de deur. Op het stoepje bij de voordeur staat ze stil, draait haar gezicht naar me toe en vraagt of ik toevallig de voornaam heb gehoord van agent McDermott.

Ik beken dat hij die volgens mij niet genoemd heeft en vraag dan waarom ze dat wil weten.

'Ik heb gewoon het gevoel dat ik hem eerder heb gezien,' zegt nicht Sally, terwijl ze me met haar brutale bruine ogen blijft aankijken. Behalve waar het Addison betreft, ontbreekt het Sally aan bizarre verbeelding, dus als ze zegt dat ze hem heeft ontmoet, ben ik verplicht haar serieus te nemen.

'Waar?'

'Dat weet ik niet, Tal, maar... heb je zijn hand gezien?'

'De moedervlek? Ja.'

'Ja, en zijn lip.' Ik denk daar even een paar seconden over na en knik dan. Er zit een kleine, bleke plek op McDermotts bovenlip, een soort litteken, veel opvallender als hij kwaad is. 'Ik heb die vlek eerder gezien,' zegt mijn nicht, die, dankzij een slecht huwelijk in haar verleden, zelf ook een paar littekens heeft.

'Waar?'

'Ik... ik weet het niet zeker.'

'Op de Hill? In verband met je werk?'

Sally schudt haar hoofd. 'Lang geleden.'

Voordat ik hierop kan antwoorden, haalt Sally haar schouders op en zegt dat ik me geen zorgen hoef te maken, dat ze zich hoogstwaarschijnlijk vergist. Ik wacht even en vraag haar dan of ze in orde is. 'Ja hoor,' zegt ze, terwijl er een droeve, peinzende uitdrukking in haar ogen komt. Sally knijpt in mijn hand en wanneer ze loslaat, verdwijnt mijn boosheid ook, zomaar, alsof ze die uit me heeft getrokken.

'Bedankt voor je hulp,' glimlach ik.

Ze glimlacht terug, draait zich om en loopt naar haar auto met een van haar enorme boodschappentassen in haar hand die Kimmer altijd doen denken aan een zwerfster.

Ik ga terug naar de woonkamer, veel rustiger dan ik een paar minuten geleden was. McDermott en Foreman zijn beiden gaan staan, alert en ongeduldig, maar ook zelfverzekerd. Nou ja, waarom zouden ze ook niet zelfverzekerd zijn? Ze hebben het 'goede-smeris-slechte-smeris'-nummer perfect gespeeld, en ze weten allebei dat ik verslagen ben. Ik weet het ook. Ik heb geen idee of Sally McDermott echt eerder heeft gezien, maar ik heb in de loop der jaren veel geleerd over het verlaten van het zinkende schip; een van de dingen die de Rechter er bij ons heeft ingeramd was het oude rijmpje over eieren voor je geld kiezen. Ik kijk de agenten recht aan en zeg: 'Het spijt me als ik de indruk gewekt heb niet mee te willen werken. Dat was niet mijn bedoeling. Goed, wat wilt u precies weten?'

— 11 —

Mijn zus en ik gaan later de deur uit dan we hadden gepland, maar we komen ten slotte aan bij de drukke skeelerbaan, die aan de snelweg tegenover een van Washingtons talloze voorstedelijke winkelcentra ligt. Marcus is verkouden en blijft met een au pair in Shepard Street, dus we zijn met z'n zevenen en passen dicht opeengeperst net in Mariahs pas aangeschafte Lincoln Navigator, dat luxueuze monster dat zich voordoet als een terreinwagen. Iedereen skeelert behalve ik. Mariahs kinderen, die dit kennelijk heel vaak doen, zijn er behoorlijk goed in, en Bentley, die het nog nooit heeft gedaan, wil het graag proberen, want zijn introvertheid maakt zijn kinderlijke bravoure er niet minder op. Mariah ontfermt zich persoonlijk over hem en belooft dat ze niet van zijn zijde zal wijken. Ik heb nog nooit iemand ontmoet die beloftes serieuzer neemt dan Mariah, dus ik heb geen twijfels over zijn veiligheid. Bentley echter schijnt er wel een paar te hebben, want vlak voordat hij de baan op stapt, draait hij zich naar mij om, zo feestelijk ingepakt met stootkussens en helm dat je hem nauwelijks kunt zien, en fluistert: 'Durf jíj?' Glimlachend schud ik mijn hoofd en verzeker mijn zoon dat tante Mariah goed op hem zal passen. Bentley glimlacht aarzelend terug en stapt dan de baan op, mijn zus met beide handen vasthoudend. De Denton-kinderen zijn allang weggestoven op de beat van een liedje van Celine Dion of Mariah Carey of een andere diva van een soundtrack van een film voor alle leeftijden.

Ik steun op de zware houten planken waaruit de zijkant van de baan bestaat en kijk toe. Ik skeeler niet omdat ik mezelf niet in verlegenheid wil brengen, maar ook omdat ik wil nadenken. Ik wil nadenken omdat ik me ervan wil vergewissen dat ik niet in de knoei zit. Ik wil me ervan vergewissen dat ik niet in de knoei zit omdat ik Foreman en McDermott niet alles heb verteld wat is voorgevallen. Ik heb niet direct tegen hen gelogen, maar ik heb niet het hele gesprek met oom Jack uit de doeken gedaan. Ik heb hun verteld over de condoleances die hij aanbood. Ik heb hun verteld dat hij ziek leek. Ik heb hun verteld over zijn herhaaldelijke verzoeken ingelicht te worden over *de regelingen*. Ik heb hun verteld over zijn zorg dat anderen met kwade bedoelingen dezelfde vragen zouden stellen. Maar ik heb hun niet verteld over zijn belofte mij en mijn familie te beschermen, uit angst dat het verkeerd geïnterpreteerd zou worden. Ik heb hun niet verteld wat hij over Marc Hadley heeft gezegd.

Het eigenaardige was dat toen ik mijn verhaal had afgerond (dat ze alleen zo nu en dan onderbraken voor kleine ophelderingen) de FBI-mannen maar één vraag hadden, met beleefde nadruk gesteld door agent Foreman: 'En, meneer Garland, welke regelingen hééft uw vader getroffen?' Toen ik herhaalde wat ik eerder ook tegen oom Jack had gezegd, dat ik geen flauw idee had over welke regelingen hij het had, liep Foreman met advocaatachtige precisie een serie mogelijkheden langs: Waren er speciale financiële regelingen? Begrafenisregelingen? Had mijn vader speciale instructies achtergelaten over wat er na zijn dood moest worden gedaan? Speciale instructies om een safe te openen, bijvoorbeeld? Of een envelop die tot na zijn dood verzegeld moest blijven? Herinnerde ik me gesprekken of mededelingen in het afgelopen jaar waarin mijn vader het woord *regelingen* gebruikte? (Deze laatste vraag zou me in lachen hebben doen uitbarsten als hun gezichten, en McDermotts zoetsappige dreiging over Kimmer, niet zo serieus waren.)

Ik beantwoordde elke vraag met een variant van hetzelfde afgezaagde Washingtonse zinnetje: *Ik weet het niet, Niet dat ik weet, Ik kan het me niet herinneren*, zodat ik net zo klonk als mijn vader voor de Gerechtelijke Commissie en er weer eens aan werd herinnerd hoezeer ik die stad haat. Toen het eenmaal duidelijk was dat dit het enige antwoord was dat ik bereid was te geven, leek McDermott bijna weer uit zijn slof te schieten. Maar voor de verandering was Foreman hem voor. Hij zei tegen me dat ik zeer behulpzaam was geweest. Hij zei dat ze wisten dat het een moeilijke tijd was en dat ze dankbaar waren voor mijn medewerking. Hij zei dat hij er persoonlijk op zou toezien dat niets van dit alles ook maar de geringste negatieve reflectie op de kansen van mijn vrouw op nominatie zou veroorzaken – nog zo'n fraaie, betekenisloze advocaatachtige zinswending. En hij zei dat ze zichzelf wel zouden uitlaten, wat ik ze dan ook liet doen.

Een paar minuten nadat de agenten waren vertrokken, merkte ik dat ik er spijt van had hun niet alles te hebben verteld wat ik wist – en pas toen drong het tot me door dat ze geen visitekaartjes voor me hadden achtergelaten waarop stond hoe ik ze kon bereiken als ik me nog iets anders herinnerde. Dit leek me eigenaardig, omdat de vele FBI-agenten die ik geregeld ontmoet wanneer mijn oud-studenten aan een antecedentenonderzoek worden onderworpen voor overheidsbanen, altijd hun visitekaartjes achterlaten. Ik piekerde over deze nalatigheid en vroeg me af waarom ze er zo zeker van waren dat ze alles hadden wat ze moesten weten, vroeg me af of ik hun, zonder het me bewust te zijn, had voorzien van de ontbrekende schakel in hun onderzoek. Toen vergat ik alles over deze kwestie omdat een ongeduldige Mariah, met haar voet in de gang tikkend, duidelijk maakte dat we moesten vertrekken, omdat we anders geen tijd genoeg hadden om te skeeleren voordat we terug moesten zijn voor mijn afspraak met Mallory Corcoran. Op weg naar de skeelerbaan zweeg ze een tijdje en vroeg toen of ik dacht dat Sally McDermott echt kende. Ik zei zoiets onbeduidends als dat ik dat niet kon weten. Mariah zei dat Sally volgens haar niet het type was dat dingen verzon. Toevallig ben ik het daarmee eens, maar ik hield het bij een knikje om mijn bezorgde zus ter wille te zijn. Straks, dacht ik, zou ze me nog gaan vertellen dat de FBI de Rechter had vermoord. Of dat het een complot was van liberalen met aardbeienvlekken op hun handen. Of een samenzwering van mannen met littekens op hun lippen. Maar ze zei niets, zat de hele rest van de weg naar de skeelerbaan alleen maar te peinzen, en ik verontschuldigde me telepathisch voor mijn onwaardige gedachten.

Nu, terwijl ik toekijk hoe mijn zoon geleidelijk aan minder aarzelend wordt onder de voogdij van mijn zus, ben ik onder de indruk van haar geduld, haar moederlijke grondigheid. Ze heeft hem met zachte dwang zover gekregen dat hij bereid is haar hand los te laten. Ik glimlach. Mariah verstaat de kunst van het bemoederen, steekt er heel wat tijd en denkwerk in. Ik wou dat ik de kunst van het vader zijn net zo goed verstond. Terwijl ik een plotse opwelling van liefde voor mijn zus voel, probeer ik haar wilde theorieën uit mijn hoofd te zetten en me in plaats daarvan te concentreren op een veel dringender kwestie: hoe ik het werk waarvoor ik betaald word moet inhalen. Ik moet inhaalcolleges voor het onderdeel onrechtmatige daad en voor mijn werkgroep inroosteren, die ik deze hele week mis, en bovendien tijd vrijmaken voor het voltooien van het achterstallige herziene concept van mijn artikel voor het juridische tijdschrift over procesvoering bij onrechtmatige daad door groepen, dat ik oorspronkelijk van plan was afgelopen weekend af te maken. Misschien dat ik...

Plotseling komt een verbazingwekkend gespierde vrouw van onze natie met een klap tot stilstand tegen de planken onder me, grijpt de bovenkant van de omheining met twee gehandschoende handen vast en schenkt me een zonnige glimlach. Ze heeft een zwart trainingspak en rode skeelers aan, en ze beweegt zich met de natuurlijke gratie van de geboren atleet. 'Hé, kanjer, waarom skeeler je niet?' roept ze, alsof we elkaar al jaren kennen. Haar huid is prachtig bruin, haar gezicht niet mooi maar aangenaam rond, haar mond vol enorme tanden, haar hoofd helaas bedekt met een dikke bos afzichtelijk platgeperste krullen. Aan elk van haar doorboorde oren hangen twee gouden oorringen, de ene groot, de andere klein. Ze is ten minste een meter tachtig lang, en ouder dan ik eerst dacht: misschien halverwege de dertig. 'Is daar iemand?' vraagt ze, nog steeds glimlachend, wanneer ik aanvankelijk niets zeg. 'Hallo?' Ze is, realiseer ik me met verbazing, met me aan het flirten, geen activiteit waarmee ik de laatste tijd veel ervaring heb gehad. Haar ogen fonkelen van heimelijke ondeugendheid en haar tandenrijke grijns is aanstekelijk.

Ik merk dat ik haar glimlach beantwoord, maar mijn keel is droog en het kost me moeite te zeggen: 'Ik ben bang dat ik er niet veel van terechtbreng.'

'Nou en?' lacht ze terwijl ze haar voeten naast elkaar schuift, haar vuisten op haar sterke heupen. 'Ik leer het je wel, als je wilt.' Ze steekt een hand naar me uit met de palm naar boven, vingers gespreid, en houdt haar hoofd scheef alsof ze haar nek wil strekken. 'Kom op, kanjer, ik zie dat je wel wat vermaak kunt gebruiken.'

Onverwacht geprikkeld door haar agressiviteit en, moet ik bekennen, me nu al vermakend, sta ik op het punt te antwoorden met een opmerking die minstens zo flirterig is als de hare, wanneer ze een geoefende blik werpt op mijn hand, mijn trouwring in het oog krijgt, haar glimlach verliest, 'Oeps, o, hé, sorry' zegt, haar lange armen spreidt en achterwaarts wegskeelert. Met een uitdagend gewuif ten afscheid wervelt ze weg en gaat op in de drukte op de baan. Tot mijn verrassing gaat er een steek van verlies door me heen die zo hevig is dat ik een ogenblik vergeet op Bentley te letten, die natuurlijk uitgerekend dat moment kiest om met een andere skeeler in botsing te komen. Hij verlaat de baan huilend en met een bloedende lip. Mariah, vol verontschuldigingen, is zelf in tranen. Een paar van haar verwende kinderen lachen om Bentleys onhandigheid, de anderen snikken bij de aanblik van al dat bloed. Ik druk mijn zoon tegen me aan en breng een ijszak aan die hulpvaardig door het baanbestuur is verstrekt, maar hij schudt zijn hoofd en huilt om zijn moeder. Ik was helemaal niet in de buurt toen het ongeluk gebeurde en had niets kunnen doen om het te voorkomen, maar Bentley schijnt te denken dat ik niettemin schuldig ben.

Hoogstwaarschijnlijk heeft hij nog gelijk ook, want de skeelervrouw dartelt nog wekenlang door mijn dromen.

111

8

Meer nieuws via de telefoon

— I —

Om twintig voor vier stap ik uit een taxi voor het gebouw waarin, nog maar een week geleden, mijn vader zijn kantoor had. Ik heb mijn blauwe spijkerbroek vervangen door hetzelfde donkergrijze pak dat ik op de begrafenis droeg, toevallig het enige pak dat ik meegenomen heb naar Washington, en toevallig een van de slechts twee pakken die ik bezit. Ik ben te vroeg, dus ik ga etalages kijken. Er is een juwelier in het portaal en een handelaar in zeldzame boeken op de hoek, en ik ga beide winkels binnen, blij dat ik in een stad ben die zich dermate op zijn gemak voelt met zijn zwarte middenklasse dat ik in geen van beide zaken een voorwerp van verdenking ben. In de juwelierswinkel weersta ik de verleiding om voor Kimmer een klein maar peperduur cadeautje te kopen – ze heeft een zwak voor diamanten, en ik zie een paar oorbellen waarvan ik weet dat ze die mooi zou vinden. Op de hoek praat ik met de eigenaar van de boekwinkel over een zeldzaam pamflet waar ik naar op zoek ben, Bobby Fischers in eigen beheer uitgegeven verslag van zijn op een vergissing berustende arrestatie voor een bankoverval, met de melodramatische titel *Ik werd gemarteld in de gevangenis van Pasadena!* Ik laat mijn visitekaartje achter bij de eigenaar; hij belooft dat hij zal zien wat hij kan doen. Wanneer ik terugkom in het portaal is Kimmer daar al, met een boze blik op haar horloge wijzend. Het is nog drie minuten voor vier, maar je kunt absoluut niet het risico nemen dat je Mallory Corcoran laat wachten. De grote Mallory Corcoran wacht niet.

Maar hij wacht wel op Kimmer en mij. Hij wácht niet alleen, hij ontvangt ons bovendien met alle niet geringe charme die hij bijeen weet te rapen. Hij komt zelf naar de receptieafdeling, zonder jasje, maar met een helderblauw overhemd, gele luxe stropdas en gele bretels over zijn omvangrijke buik gespannen, kust Kimmer op de wang, schudt mij formeel de hand en leidt ons terug naar het enorme hoekkantoor dat, zoals de meeste kantoren in de stad, voornamelijk uitzicht heeft op gebouwen aan de overkant van de straat, maar bovendien een kijkje biedt op het Washington Monument, als je de juiste blikrichting weet te vinden. Op zijn bureau liggen hoge stapels resumés en memoranda. Het is een van de weinige bureaus in willekeurig welk advocatenkantoor in de stad waar geen computer te bekennen valt. Hij leidt ons naar een leren sofa met daartegenover twee originele Eames-stoelen, waarvan hij er een voor zichzelf kiest. Ik verwonder me erover dat die hem kan houden, maar Mallory Corcoran, zoals zoveel succesvolle advocaten, lijkt de kunst te verstaan zijn gewicht aan de situatie aan te passen. Een van zijn drie secretaressen neemt drankbestellingen op: thee voor oom Mal en Kimmer, gemberbier voor mij. Er staat ineens een dienblad met sandwiches voor onze neus. We kletsen over de begrafenis, het weer, de pers en het laatste schandaal in het Witte Huis. Hij vertelt ons dat een team assistenten van het kantoor alle persoonlijke bezittingen van mijn vader heeft ingepakt en dat het kantoor ze zal verzenden naar welk adres we ook maar opgeven; hij vraagt of ik nog een laatste kijkje wil nemen in Olivers kantoor, en ik weiger beleefd, niet in de laatste plaats omdat mijn vrouw op springen staat.

Dan komen we ter zake.

Oom Mal begint ermee een oudere compagnon, een nerveuze vrouw die hij voorstelt als Cassie Meadows, te vragen erbij te komen zitten en aantekeningen te maken. Kimmer voelt zich niet op haar gemak in het bijzijn van een vreemde, maar oom Mal zegt dat we Meadows (zoals hij haar noemt) moeten beschouwen als meubilair. Niet bepaald een aardige opmerking, en Meadows, een graatmager lid van de blankere natie, bloost hevig, maar ik begrijp zijn bedoeling: nu in deze tijd zoveel mensen in Washington voor zoveel zaken worden aangeklaagd, en zoveel aanklachten op vage tegenspraken in wazig herinnerde gesprekken berusten, wil de grote Mallory Corcoran een bevriende getuige in de kamer.

'Meadows is een fantastische advocate,' zegt hij tegen ons, alsof we op het punt staan de rechtszaal in te gaan, 'en ze kent iedereen op de Hill aan wie je wat kunt hebben.'

'Ik heb vroeger gewerkt voor senator Hatch,' licht ze toe.

'En ze was griffier bij het Supreme Court en de beste van haar jaar op de Universiteit van Columbia,' enthousiasmeert hij, het gebruikelijke Washingtonse spelletje spelend waarbij je de kracht van een cv gebruikt om kwesties van vertrouwen weg te meppen. Als ze slim is, zegt hij eigenlijk, heb je niet het recht te vragen waarom ze erbij zit. Dan voegt hij toe waar het werkelijk om gaat: 'En, Kimberly, ze zal heel nauw met me samenwerken in deze zaak. Alles wat ik weet, zal zij ook weten.' Waarmee hij bedoelt dat Mallory Corcoran, na deze ene ontmoeting met ons, het waarschijnlijk te druk zal hebben om mijn vrouw te helpen, zodat ze zal worden afgescheept met een compagnon.

Kimmer staakt haar verzet.

Oom Mal is niet het soort man dat zich gemakkelijk laat vastleggen; niettemin verloopt de ontmoeting goed. Hij begrijpt waarom we hier zijn en hij voert bijna voortdurend het woord. Hij vraagt Kimmer hoe haar andere ontmoetingen zijn verlopen, maar luistert nauwelijks naar haar antwoorden. Kimmer heeft nog geen tijd gehad mij veel te vertellen, maar ik krijg de indruk dat ze tot nu toe nog niet de antwoorden heeft gehoord die ze wil horen. De senator, die haar maar vijf minuten gaf (met twee assistenten in de kamer om hem te souffleren), zit onwrikbaar in het kamp van Marc Hadley en bleef haar maar voorhouden dat er nog wel andere kansen zouden komen; Ruthie Silverman was glad en ontwijkend; de burgerrechtenlobbyist beloofde dat hij zijn best zou doen, maar waarschuwde dat de regering waarschijnlijk niet zou luisteren. Mallory Corcoran wuift dit allemaal weg. Wat telt is wie wie kent. Hij houdt de vinger stevig aan de pols, zegt hij, want hij houdt van clichés, laat ze gewichtig van zijn tong rollen zodat de toehoorders zullen weten dat hij weet dat zij weten dat het allemaal maar spel is. Ik vraag me af of hij ons zal informeren over het lijk in de kast dat door een snoevende Jack Ziegler werd beloofd. In plaats daarvan zegt oom Mal dat Marc Hadley alle hens aan dek heeft, dat hij alle zeilen bijzet, dat hij alle registers opentrekt – de metaforen buitelen over elkaar heen in de fraaie Washingtonse krantenkoppenstijl – en dat veel van mijn collega's op de juridische faculteit hem helpen. 'Waarschijnlijk om van hem af te komen,' mompelt Kimmer, wat volgens mij weleens waar zou kunnen zijn, maar ze is duidelijk ontdaan.

Oom Mal ziet dat ook. Hij glimlacht breed en schudt zijn hoofd. Kimmer hoeft zich geen zorgen te maken, zegt hij. Meadows kan met mensen op de Hill praten, legt hij uit, en zijn anorectische compagnon knikt om te laten zien dat ze weet dat dit een bevel is. De rest, zegt oom Mal, zal hij zelf afhandelen. Marc en zijn vrienden kennen weliswaar wat mensen, maar – hij slaat op zijn borst – 'Mallory Corcoran kent waarschijnlijk een paar mensen meer dan Marc Hadley,' en dat is precies wat Kimmer wil horen. Hij zal een paar telefoontjes plegen, verzekert oom Mal ons, wat inhoudt dat hij met de president zal praten en, belangrijker nog, met de raadsman van het Witte Huis,

Ruthies baas, die de uiteindelijke aanbeveling zal doen, en toevallig een oud-compagnon van het advocatenkantoor is. Oom Mal belooft niet dat hij gaat lobbyen voor Kimmers kandidatuur, maar hij zegt wel dat hij eens rond zal neuzen om uit te zoeken hoe de zaken ervoor staan, wat vaak op hetzelfde neerkomt; want wat in het spiegeldoolhof van het proces van federale benoemingen soms het belangrijkst is, is dat je de juiste persoon de juiste vragen laat stellen. Dit alles, zegt hij, moet beschouwd worden als zijn geschenk aan ons, vanwege het respect dat hij mijn vader toedroeg – wat natuurlijk inhoudt dat hij verwacht dat wij hem zonder aarzeling terug zullen betalen als hij dat ooit zou vragen.

Kimmer zit ondertussen te stralen – ze is geen pokerspeelster, mijn briljante vrouw – maar ik weet dat je er bij oom Mal niet zo gemakkelijk afkomt. Wanneer hij voldoende ontzag bij ons heeft afgedwongen voor zijn generositeit, trekt hij zijn manchetten recht, vouwt zijn handen en stelt dan, terwijl hij het op de een of andere manier klaarspeelt ons allebei tegelijkertijd aan te kijken, de vraag die in het huidige Washington de enige vraag is die er werkelijk toe doet: 'Is er iets in je antecedenten, Kimberly, wat dan ook, of in de jouwe, Talcott, wat, als het openbaar zou worden, de president of jou in verlegenheid zou brengen?' *Of mij?* is de onuitgesproken, duidelijk geïmpliceerde derde term in de reeks: *Breng mij in verlegenheid en je zult nooit meer kunnen rekenen op het advocatenkantoor.*

'Niets,' zegt Kimmer, zo snel dat we haar allebei verbaasd aankijken.

'Weet je het absoluut zeker?' vraagt de grote Mallory Corcoran.

'Absoluut.'

Ze zet haar bril af en schenkt haar meest verpletterende glimlach, die mannen in kwispelstaartende pluimstrijkers verandert en mij onveranderlijk verplettert, de weinige keren dat ze de moeite neemt het te proberen. Het is tevergeefs. Oom Mal heeft de glimlach getrotseerd van de grootste experts ter wereld. Hij trekt een wenkbrauw op naar mijn vrouw en wendt zich dan tot mij. Kimmer grijpt mijn hand vast en werpt me een snelle blik toe. Dit lijkt me onverstandig: denkt ze soms dat dat hem zal ontgaan?

'Talcott?' vraagt hij.

'Nou,' begin ik. Kimmer knijpt wanhopig. Ik ga toch niet in het bijzijn van oom Mal en die volkomen vreemde... ik ga toch geen gewag maken...

'Misha,' mompelt ze terwijl ze haar ogen op Meadows richt die onmiskenbaar verveeld in de ruimte staart. Ze heeft misschien twee zinnen op haar blocnote geschreven.

Maar mijn vrouw hoeft zich geen zorgen te maken, want haar slippertjes heb ik niet in gedachten. 'Nou, er is één ding dat me dwarszit,' geef ik toe. Dan vertel ik hun beiden over het bezoek dat ik vanochtend kreeg van de FBI. Terwijl ik de details uiteenzet, voel ik dat Kimmer afstandelijk wordt en geërgerd... en ongerust. Ze laat mijn hand los.

Oom Mal onderbreekt me.

'Zeiden ze echt dat het de kansen van je vrouw zou kunnen schaden als je niet tegen ze zou praten over Jack Ziegler?'

'Ja.'

'De klootzakken,' zegt hij, maar zachtjes, terwijl hij achteroverleunt en zijn hoofd schudt. Dan buigt hij zich voorover, pakt een van de vier in de kamer verspreide telefoons op en drukt met een worstachtige vinger een toets in. 'Grace, probeer de minister van Justitie te pakken te krijgen. Als hij niet beschikbaar is, zijn waarnemer. Het is dringend.' Hij hangt op. 'We zullen dit tot op de bodem uitzoeken, reken maar.' Hij wendt zich tot Meadows. 'Maak een kopie voor me van de bepalingen waaraan de interviews van de FBI met getuigen onderworpen zijn.'

'U bedoelt nu?' vraagt ze, opgeschrikt uit een soort mijmering.

'Nee, volgende week. Natuurlijk nu. Wegwezen.'

Ze snelt de kamer uit, haar blocnote nog steeds in haar hand. Ik begrijp meteen – en ik neem aan dat dat ook voor Meadows geldt – dat oom Mal haar bij wat er gaat volgen niet in de buurt wil hebben. Wat ik niet begrijp is waarom. Mallory Corcoran is ook niet van plan ons daarover in te lichten. In plaats daarvan neemt hij ons mee op een kleine excursie: 'O, Tal, tussen twee haakjes, gisteravond deed ik de televisie aan en wie denk je dat ik zag? Je broer.' En dan steekt hij van wal en beschrijft hij Addisons optreden in *The News Hour*, tijdens welk programma hij van leer trok tegen een recent Republikeins initiatief met betrekking tot de wetgeving. Kimmer krimpt ineen omdat ze nu bang is dat de politieke opvattingen van mijn broer haar kansen zullen schaden, en oom Mal, die haar onbehagen in de gaten heeft, gaat over op een verhaal uit de tijd dat mijn vader rechter was, een heel grappig verhaal over een verwarde procederende partij, waar ik nauwelijks aandacht aan schenk, niet alleen omdat ik het al vaak heb gehoord, maar ook omdat ik me het visitekaartje herinner dat de FBI-agenten me niet hebben gegeven. Plotseling weet ik waarom oom Mal Meadows heeft weggestuurd. Hij heeft bedacht dat wat het departement van Justitie hem straks gaat vertellen, afschuwelijk zal zijn en niets te maken zal hebben met Kimmer en haar rechterlijke ambities. Na Mariahs ontmoedigende speculaties doet dit me bij voorbaat huiveren.

De telefoon zoemt. Oom Mal zwijgt halverwege een zin en neemt op. 'Ja?

Wie? Oké.' Hij legt zijn hand over het spreekgedeelte van de hoorn. 'Het is de waarnemer van de minister van Justitie.' Dan sluit hij zich weer van ons af: 'Mort, hoe gaat het, kerel?... Ik hoor dat Frank volgend jaar naar Harvard gaat. Dat is geweldig... Wanneer ga je nu eens een eerlijk stuk brood verdienen?... Nou, je weet dat hier altijd plaats voor je is... Wat? Los *Angeles?* Ach kom, onze smog is veel beter dan de hunne... Uh-huh... O, ik weet het, ik weet het... Hé, moet je horen, ik zal je vertellen waarom ik bel. Ik zit hier in mijn kantoor met een zeer toornig echtpaar van deze prachtige republiek, waarvan de een zich verheugt in de naam Talcott Garland, en de ander bekendstaat als Kimberly Madison... Ja, die Kimberly Madison... Nee, ik weet dat je niets te maken hebt met de selectie van rechters, maar daarover bel ik niet... Uh-huh.' Hij legt zijn hand weer over het spreekgedeelte van de hoorn en zegt tegen ons: 'Zijn er dan helemaal geen geheimen meer in deze stad?' Weer in de telefoon: 'Nou, luister. Kennelijk heeft meneer Garland vanochtend bezoek gehad van een paar niet erg beleefde FBI-mensen... Nee, daar heeft het niets mee te maken. Een gerechtelijk onderzoek. Het object lijkt een zekere Jack Ziegler te zijn, wiens naam je wel zult hebben gehoord... Wat? Nee, nee, ik vertegenwoordig meneer Ziegler niet meer, Brendan Sullivan van Williams & Connolly doet dat namelijk tegenwoordig... Nee, Morton, nee, dat ook niet... Nee, mijn cliënt is Talcott Garland... Uh-huh... Morton, luister. Het gaat om het volgende. In de eerste plaats heeft mijn cliënt, zoals je wel zult weten, net gisteren zijn vader begraven. Dus ik zou zeggen dat de timing een beetje beroerd is. In de tweede plaats heeft een van die FBI-gasten meneer Garland bedreigd.' Ik schud mijn hoofd nadrukkelijk, maar oom Mal is onverbiddelijk als hij eenmaal op gang is. 'Ja, dat is juist... Nee, niet met lichamelijk letsel. Hij zei dat als meneer Garland hem niet precies vertelde wat hij wilde weten, en wel op dat moment, het de kansen van mevrouw Madison op nominatie zou schaden... Ja, ik weet dat dat niet mag, daarom bel ik... Ja... Nee, dat heb ik niet gedaan... Ja, dat wil ik, en een excuus van je baas zou nog beter zijn... Ja... Ja, dat zal ik doen... Maar een uur en geen minuut langer... Oké.'

Hij hangt op zonder gedag te zeggen, wat een statussymbool is geworden in onze onbeleefde tijden: hoe minder bang je hoeft te zijn dat je iemand beledigt, des te machtiger je wel zult zijn.

'Oom Mal,' begin ik, maar hij snijdt me gewoon de pas af.

'Juist. Zo staan de zaken er dus voor. Die FBI-gasten lijken tal van regels te hebben overtreden. Dus Morton Pearlman gaat met zijn baas praten en dan zien we wel weer verder.'

'Dat had u niet hoeven doen,' zegt Kimmer nerveus.

'Kimberly, Kimberly, liefje, maak je geen zorgen.' Hij streelt zelfs haar hand. 'Dit zal geen repercussies voor jou hebben, dat beloof ik je. Zo wordt in deze stad het spel nu eenmaal gespeeld. Geloof een oudgediende maar op zijn woord. Je moet ze laten weten dat ze je niet kunnen verneu... eh, dat je niet met je laat sollen, en dat moet je hun bijtijds laten weten. Dus... ik stel het volgende voor.' Hij is intussen opgestaan, dus zijn wij ook opgestaan. Buiten is het bijna helemaal donker. 'Waarom gaan jullie tortelduifjes niet een hapje eten? Bel me over, zeg maar, een uur hier terug. Ik zal Grace zeggen dat ze je moet doorverbinden. Ik heb dan intussen wel een antwoord, of anders zit ik op het departement van Justitie een lunch van iemand te nuttigen.'

Tijdens zijn schitterende kleine speech heeft hij ons op de een of andere manier naar de deur gemanoeuvreerd. In de gang zie ik Meadows naderbij komen met een kleurrijk deel van het *Wetboek van Federale Verordeningen* in haar hand.

'Dank u, meneer Corcoran,' zegt Kimmer.

'Zeg maar Mal,' zegt hij, voor zo'n beetje de tiende keer.

'Dank u, oom Mal,' voeg ik eraan toe.

Deze keer omhelst hij me. En fluistert hij heimelijk in mijn oor: 'Hier zit een luchtje aan, Tal. Dit stinkt uren in de wind.' Ik draai mijn hoofd verbaasd naar hem toe, want ik denk om de een of andere reden dat hij óver mij spreekt, niet tegen mij. Maar ik zie in zijn wijze, ervaren ogen van de ingewijde enkel waarschuwing. 'Wees heel, heel voorzichtig,' zegt hij. 'Er is iets niet pluis.'

— 11 —

Mijn zus en de vreeswekkende au pair passen op Bentley. Mariah zei dat hij net zo lang bij haar kan blijven als wij op stap moeten zijn, dus zorgelijke Kimmer en ik, tortelduifjes of niet, wandelen naar K Street, naar een van de vele steakrestaurants van de stad. De hoofdstad van ons land staat niet bekend om de kwaliteit van zijn restaurants, maar de chef-koks ervan schijnen wel te weten hoe ze steak moeten klaarmaken. Het is kort na vijven, dus we kunnen een rustig hoektafeltje krijgen zonder te wachten. Kimmer, die tijdens het grootste deel van de vier blokken die we hebben gelopen haar mond niet heeft opengedaan, ploft in een stoel, bestelt nog voor de ober een woord heeft kunnen uitbrengen een brandy Alexander, en schenkt mij een afkeurende blik. Ik reik naar haar hand, maar zij grist hem weg.

'Wat is er aan de hand?' vraag ik gefrustreerd.

'Niets,' snauwt ze. Ze kijkt de zaal rond, en kijkt me dan aan. 'Ik dacht dat je aan mijn kant stond. Ik dacht dat je van me hield. Dan ineens dat gelul over de FBI. Ik bedoel, waarom heb je dat in godsnaam ter sprake gebracht?'

Kimmer weet dat ik me erger aan grove taal, wat de reden is dat ze die bezigt wanneer ze boos is; ik geloof niet dat ze tegen iemand anders zo praat.

'Ik dacht dat oom Mal zou kunnen helpen,' zeg ik. 'En hij helpt inderdaad.'

'Helpen! Hij pakt de telefoon, schreeuwt tegen een of andere halvegare die voor de minister van Justitie werkt, en zegt dan: ik heb hem opgedragen het te doen. Noem je dat hélpen?' Ze zakt onderuit in haar stoel, rukt haar bril af, sluit even haar ogen. Ik blik nerveus om me heen, maar geen van de andere eters lijkt iets te hebben gemerkt van haar uitbarsting. Kimmer richt zich weer op. 'Ik bedoel, ik dacht dat hij geacht werd een invloedrijke figuur te zijn. Waar heeft die man z'n verstand?'

Om de waarheid te zeggen bevreemdde oom Mals reactie mij ook. En ook zijn beslissing om Meadows de kamer uit te sturen. Maar ik weet niet goed hoe ik dit mijn vrouw duidelijk moet maken. De hemel weet dat niemand in mijn familie ooit iets onomwonden zegt.

'Kimmer, denk je niet dat het het beste is om dit in de openbaarheid te brengen...'

'Wát in de openbaarheid te brengen?'

'Wat er ook maar aan de hand is.'

'Er is niets *aan de hand*.'

'Hoe kun je dat zeggen nadat Jack Ziegler...'

'Jouw vervloekte vader wil ons maar niet met rust laten, hè?'

'Waar heb je het over?'

Het huilen staat haar nader dan het lachen. 'Je ouders hebben om te beginnen nooit gewild dat je met mij trouwde! Dat heb je me vertéld.'

Ik sta paf. Mijn vrouw heeft hier in geen jaren meer over gerept, maar is het klaarblijkelijk niet vergeten. Nou ja, dat je schoonouders zich verzetten tegen je huwelijk gaat je ook niet in de koude kleren zitten. 'O, liefje, dat was jaren geleden en ze waren er niet direct tégen...'

'Ze zeiden dat het aanstootgevend zou zijn. Dat heb je me verteld.'

En ze hadden gelijk. Dat was het ook. Maar het is nu niet bepaald het moment om mijn vrouw eraan te herinneren hoe wij tweeën alsof er niets aan de hand was zwart Washington shockeerden. 'Goed, dat is zo, maar je moet wel begrijpen hoe ze dat bedoelden...'

'Je vader ligt in zijn graf, en nóg stookt hij onrust.'

'Kimmer!'

Ze zucht, steekt dan haar handen omhoog in een gebaar van wapenstilstand. 'Oké, oké, het spijt me. Dat meende ik niet. Dat was niet redelijk.' Ze buigt zich voorover en nipt van haar drankje, sluit even haar ogen en pakt dan mijn hand. Ondanks mijn eigen toenemende boosheid laat ik haar begaan. Door haar aangeraakt worden kalmeert me; het heeft me altijd gekalmeerd, zelfs in de tijd dat de reden van mijn nervositeit in de nabijheid van Kimmer was dat ze met iemand anders was getrouwd. 'Maar, Misha, bekijk het eens vanuit mijn gezichtspunt. Jij hebt wat je wilt. Jij wilde een huwelijk, een kind en een vaste aanstelling aan een goede juridische faculteit. Nou, weet je wat? Je hebt alledrie.' Kimmer begint mijn vingers een voor een te masseren; ze weet dat ik dat prettig vind. 'Maar ik dan? Ik ben ambitieus, ja? Dat is mijn zonde. Goed. Je weet sinds onze studententijd dat ik rechter wil worden, niet? Nou, nu heb ik de kans. Ik dacht vroeger... Nou ja, goed, wat er met je vader is gebeurd, heeft het onmogelijk gemaakt. En misschien is dat... misschien is dat een van de redenen dat ik niet zo'n goede vrouw voor je ben geweest als ik zou moeten zijn.'

Ze slaat haar ogen even neer, een gebaar dat zo onkarakteristiek koket is dat ik zeker weet dat het geveinsd is. Toen Kimmer en ik uiteindelijk trouwden, was mijn vader niet eens rechter meer. Beseffend dat ik haar verklaring niet slik, gaat ze er geruisloos aan voorbij. 'En daar heb ik spijt van. Echt waar. Ik wil beter voor je zijn, Misha. Echt. Ik heb het geprobeerd.' Ze streelt mijn hand nu, alsof Jerry Nathanson, waarschijnlijk de prominentste jurist in Elm Harbor, niet bestaat. 'Maar Misha, dan... dan stérft hij. En ik weet dat jij verdriet hebt en ik heb met je te doen. Echt waar. Maar Misha, de kranten staan weer vol over hem. Jouw vader. Iedereen heeft het weer over hem. En ik denk bij mezelf: oké, misschien kan ik het nog in de hand houden. Dus ik ga bij de senator langs, als een braaf meisje, en hij zit daar maar met zo'n... zo'n hooghartige grijns, en ik denk bij mezelf: waarom heb ik de moeite genomen hiernaartoe te gaan? Want, zie je, de hele zaak is eigenlijk al beklonken. Beklonken in de zin dat Marc wint, bedoel ik. En dan wil Ruthie geen open kaart met me spelen. En Jack Ziegler op het kerkhof, en dan dat FBI-gedoe. Wat wilden die gasten? Ik bedoel, het is net als dat geval met je vader... het gaat me uiteindelijk de kop kosten.'

Er rollen tranen over Kimmers wangen. Het is jaren geleden dat ze voor het laatst zo open tegen me is geweest; wat ze tegen anderen heeft gezegd wil ik niet weten. Haar pijn is oprecht, en ik voel genegenheid voor haar. Hoewel we als rechtenstudenten in hetzelfde jaar zaten, is mijn vrouw drie jaar jonger dan ik – zij heeft ergens onderweg een klas overgeslagen; ik heb vierentwintig maanden verspild als student filosofie en semiotiek alvorens me op de rechtenstudie te richten – en er zijn momenten dat die drie jaar aanvoelen als dertig.

'Kimmer, liefje, ik had geen idee,' fluister ik. En dat is waar. Mijn vrouw heeft diepten die ik maar al te vaak niet durf te doorgronden; en het is evenzeer te wijten aan mijn angsten als aan haar gedrag dat het beste van ons huwelijk is verpest. Ik knijp in haar handen. Ze knijpt terug. Door de weerkaatsing van het kaarslicht in haar tranen wordt haar gezicht nog fraaier. 'Maar het hoeft je helemaal niet de kop te kosten. De Rechter was míjn vader, niet de jouwe. En jij bent de Rechter niet. Er is helemaal geen... Ik bedoel, jij hebt helemaal geen schandalen. Ze kunnen jou natuurlijk niet je schoonvader aanrekenen.'

Kimmer is mistroostig. 'Dat kunnen ze wel,' zegt ze, opeens kinderlijk. 'Ze kunnen het en ze zullen het doen ook.' Een snufje. 'Ze dóén het al.'

'Dat doen ze niet,' houd ik vol, ook al ben ik bang dat ze gelijk heeft. 'En je weet dat ik achter je sta.'

'Ik weet dat jíj achter me staat, ja,' zegt ze somber, alsof niemand anders zo gek zou zijn.

'En oom Mal...'

'O, Misha, wees eens reëel. Oom Mal zal niets kunnen doen, tenzij hier een eind aan komt. Begrijp je wat ik bedoel? Er moet een eind aan komen.'

'Waaraan?'

'Aan dat gedoe met je vader. Wat het ook is, Misha. Ik weet het niet. De FBI. Jack Ziegler en alles. Er moet een eind aan komen, en snel ook, anders zullen de mensen zeggen: "Nee, ho-ho, haar niet, zij is getrouwd met de zoon-van-je-weet-wel." Dus we mogen niets doen om het actueel te houden, Misha. Ik niet, jij niet, oom Mal niet, niemand. We moeten het dood laten bloeden, anders maak ik geen kans.' Haar mysterieuze, gekwelde ogen boren zich in de mijne. 'Begrijp je dat, Misha? Het moet doodbloeden.'

'Ik begrijp het.' Haar hartstocht overweldigt zoals altijd mijn behoedzaamheid.

Kimmer heeft van oudsher een talent om me tot beloften te verleiden voordat ik weet wat ik zeg.

'Jíj moet het laten doodbloeden.'

'Ik hoor heus wel wat je zegt.'

'Maar beloof je het me?'

Ze lijkt te denken dat ik een keuze heb. Ik weet niet zeker of ik die echt heb. Want liefde is een geschenk dat we geven wanneer we dat liever niet zouden willen.

'Ik beloof het, liefje.'

Ze zakt weer onderuit in haar stoel alsof ze uitgeput is van al dit gepleit. 'Dank je, schat. Heel veel dank.'

'Graag gedaan.' Ik glimlach. 'Ik hou van je.'

'O, Misha,' fluistert ze, haar hoofd schuddend.

De ober brengt een fles wijn waarvan ik me nauwelijks herinner dat Kimmer die heeft besteld. Ik drink niet, gezien mijn vaders geschiedenis, maar de Madisons beschouwen een matige consumptie van dure alcoholische dranken als een uiting van een verfijnde smaak. Ze neemt een paar slokjes en glimlacht naar me, leunt dan weer achterover in haar stoel en kijkt de zaal rond. Dan springt ze ineens op. Ik ken deze gewoonte. Ze heeft iemand in het oog gekregen die ze kent. Kimmer vindt het heerlijk een vertrek vol mensen af te werken: daarom was ze vertegenwoordigster van haar eindexamenklas in Mount Holyoke en voorzitter van onze plaatselijke advocatenvereniging en wordt ze misschien binnenkort federaal rechter. Terwijl ik toekijk, snelt ze het restaurant door om een Aziatisch-Amerikaans echtpaar te begroeten dat bij de muur aan het andere eind van het vertrek zit te eten. Ze schudden handen, lachen hartelijk met elkaar, en dan is ze weer terug. De man schrijft hoofdartikelen voor de *Post*, legt ze uit. Ze heeft hem vanmorgen ontmoet toen ze haar studievriendin ging opzoeken. Zijn vrouw, vervolgt Kimmer, is producer voor een van de televisietalkshows op zondagochtend. 'Je weet maar nooit.' Ze haalt haar schouders op. Dan pakt ze mijn hand weer en speelt in het kaarslicht met mijn vingers totdat het hoofdgerecht wordt opgediend. Normaal gesproken zou ik bereid zijn Kimmer de hele avond met mijn vingers te laten spelen, maar mijn brein weigert mee te werken. Terwijl ik in mijn te dure steak snij, komt er een gedachte in me op, ingegeven door het begroetingsgedrag van mijn vrouw.

'Liefje?'

'Hmmm?'

'Herinner je je de laatste keer dat we mijn vader zagen? Ik bedoel, wij tweeën samen?'

Ze knikt. 'Vorig jaar. Hij was in de stad voor de vereniging van oud-studenten of iets dergelijks.' Ze wil niet toegeven dat hij mogelijk Bentley heeft willen zien, of mij, laat staan háár. Ze gaat verzitten in haar stoel. 'Omstreeks deze tijd.'

'En jij zei dat hij er... zorgelijk uitzag.'

'Ja, ik herinner het me. We zaten te eten in de faculteitssociëteit of iets dergelijks en jij vroeg hem iets en hij wilde niets zeggen, hij staarde in het niets en jij vroeg het hem nog eens en toen zei hij: "Je hoeft niet te schreeuwen."' Haar blik wordt zacht. 'O, Misha, het spijt me. Dat is niet een erg gelukkige herinnering, wel?'

Ik kies ervoor daar niet op in te gaan. 'Ik heb hem daarna nog gezien. Eén keer.' Toen ik voor zaken in Washington was en we samen aten. Hij was toen ook verstrooid. 'Ik vroeg me alleen maar af... had jij de indruk... toen je zei dat hij "zorgelijk" leek, bedoelde je toen...'

'Gewoon gespannen, Misha. Gestrest.' Ze pakt mijn hand weer. 'Dat is alles.'

Ik schud mijn hoofd en vraag me af waarom het laatste bezoek van de Rechter aan Elm Harbor me zo levendig voor de geest kwam. Misschien begin ik in de ban te raken van Mariahs huiveringwekkende volharding dat de doodsoorzaak niet natuurlijk was.

Het gesprek neemt een andere wending: roddel over de juridische faculteit, gebabbel over het advocatenkantoor, geschuif met onze vakantieroosters. Ze vertelt me waar haar zus, Lindy, tegenwoordig mee bezig is en ik haal oude verhalen uit de kast over Addison. Ik vertel Kimmer over de lol die Bentley heeft gehad op zijn eerste dag op skeelers, maar niet over de vrouw die met me heeft geflirt of over mijn verleiding om terug te flirten. Kimmer, die misschien iets in mijn ogen bespeurt voordat ik mijn blik schuldig afwend, plaagt me ermee dat iedereen ooit dacht dat ik smoorverliefd was op Lindy, de meer degelijke en betrouwbare van de gezusters Madison, met wie mijn ouders vurig hoopten dat ik zou trouwen. Zo schertsen we een eind weg, zoals we in de oude tijd deden, de goede oude tijd, onze verkeringstijd, en dan, terwijl het dessert wordt opgediend, zegt Kimmer, die de tijd in de gaten heeft gehouden, dat er een uur is verstreken. Ze is weer een en al zakelijkheid. Ik zucht, maar roep gehoorzaam de ober en vraag hem waar de telefoons zijn, en hij haalt er met een zwierig gebaar een te voorschijn en steekt de stekker ervan in een contactbus onder de tafel. Ik knipoog naar mijn vrouw.

'Je had mijn mobiele telefoon wel kunnen gebruiken,' zegt ze ontstemd.

'Weet ik, liefje, maar dit heb ik altijd willen doen. Net als in de film.' Haar glimlach terug is gespannen; ik besef hoe overspannen ze is. Ik streel haar hand en druk toetsen in op de telefoon. Grace neemt op en verbindt me, zoals beloofd, direct door.

'Talcott,' buldert de grote Mallory Corcoran, 'ik ben zo blij dat je belt. Ik stond op het punt een politiebericht uit te zenden. Moet je horen, we hebben een ernstig probleem. In de eerste plaats wordt Jack Ziegler op het moment niet gerechtelijk vervolgd door het ministerie van Justitie. Ze zouden graag willen dat er iets was waarvoor ze hem konden aanklagen, omdat het, nou ja, je weet wel, de droom is van iedere openbare aanklager om een machtige blanke man achter de tralies te krijgen' – hij blaft deze woorden zonder gevoel voor ironie – 'maar op dit moment hebben ze niets. Dus hebben ze nu wel wat anders te doen.'

'Ik begrijp het,' zeg ik, hoewel dat niet zo is. Kimmer, die mijn gezicht bestudeert, ziet er angstig uit.

'Maar dat is het probleem niet. Het probleem is het volgende. Morton Pearlman heeft met de minister van Justitie gesproken en de minister met het hoofd van de FBI, die op zijn beurt met zijn mensen heeft gesproken. En dit is wat ze me vertellen. Ik heb het van de minister zelf vernomen. De FBI wist niet dat jij gisteren op het kerkhof met Jack Ziegler hebt gesproken, Talcott. Er was geen toezicht. En er is vandaag niemand van de FBI bij je geweest, Talcott. Waarom zouden ze? Niemand van de FBI heeft je iets over Jack Ziegler gevraagd. En het onderzoek naar Kimmers antecedenten is nog niet echt begonnen.'

'Je maakt een grapje.'

'Was het maar zo. Zeg, weet je zeker dat ze zeiden dat ze van de FBI waren?'

'Ja, dat weet ik zeker.'

'Heb je hun legitimatiebewijzen gezien?'

'Natuurlijk heb ik hun legitimatiebewijzen gezien.' Maar, nu ik eraan terugdenk, besef ik dat ik slechts een vluchtige blik op hun portefeuilles heb geworpen: wie bestudeert er nou uitvoerig foto's, nummers en de rest?

'Dat dacht ik al wel.' Hij aarzelt, alsof hij niet precies weet hoe hij me een onaangename waarheid moet meedelen. 'Moet je horen, Talcott, het gaat om het volgende. Er is iemand bij je geweest die voorgaf van de FBI te zijn. Welnu, dat is toevallig een ernstige misdaad. Dat betekent dat ze een gerechtelijk onderzoek moeten instellen. Uit beleefdheid stellen ze het uit tot morgen. Maar morgenochtend willen een paar FBI-agenten, van het echte soort, jou ondervragen. Om elf uur hier op het kantoor. Ik kan er dan niet bij zijn, omdat Edie en ik een paar dagen naar Hawaï gaan, maar Meadows en misschien nog een paar van mijn mensen zullen er wel bij zijn. Er zijn geen kosten aan verbonden,' voegt hij eraan toe, een aanzienlijk opluchting maar ook enigszins een belediging. Hij bespeurt mijn ontsteltenis. 'Het spijt me dat ik je met dit alles belast, Talcott. Het spijt me echt. Maar als het is opgelost, zal ik de telefoontjes plegen voor Kimberly. Dat beloof ik.'

Als het is opgelost, denk ik terwijl ik ophang. Dat betekent dat hij geen vinger voor Kimmer zal uitsteken zolang hij niet weet uit welke hoek de wind waait.

'Wat is er loos, schat?' vraagt mijn vrouw, mijn hand vastgrijpend alsof die haar van de verdrinkingsdood kan redden. 'Misha, wat is er?'

Ik kijk mijn vrouw aan, mijn mooie, briljante, ontrouwe vrouw, die buitensporig, zij het ongelukkig ambitieus is. De moeder van ons kind. De enige vrouw van wie ik ooit zal houden. Ik wil zorgen dat het goed komt. Ik kan het niet.

'Het bloedt niet dood,' zeg ik.

9

Een pedagogisch meningsverschil

— I —

De daaropvolgende dinsdag, twaalf dagen na de dood van mijn vader, keer ik terug naar mijn sombere collegezaal, die wordt bevolkt, zo lijkt het vaak, door onvoldoende opgeleide maar uiterst geëngageerde Phi Beta Kappa-ideologen – linksdenkenden die in klassenstrijd geloven maar nog nooit *Das Kapital* hebben opengeslagen en beslist nooit Werner Sombart hebben doorgenomen, kapitalisten van de harde lijn die de onfeilbaarheid van de onzichtbare hand erkennen maar nog nooit Adam Smith hebben bestudeerd, feministen van de derde generatie die weten dat rollenpatronen een val zijn maar nog nooit Betty Friedan hebben gelezen, sociaal-darwinisten die voorstellen de armen te laten zwemmen of verzuipen maar nog nooit van Herbert Spencer of William Sumners essay *The Challenge of Facts* hebben gehoord, zwarte separatisten die somber mopperen over institutioneel racisme maar geen weet hebben van het werk van Carmichael en Hamilton, die deze term in het leven heeft geroepen – allen zijn ze onze studenten, allen zijn ze hopeloos jong en hopeloos intelligent en dus hopeloos overtuigd van het eigen gelijk, en vrijwel allen zullen ze, met welke beginselen ze zich ook verbonden voelen, weldra verbonden zijn aan enorme, in ondernemingsrecht gespecialiseerde advocatenkantoren, waar ze cliënten belachelijk hoge tarieven in rekening zullen brengen voor tweeduizend uur werk per jaar, zodat ze, hoewel ze half zo oud zijn, al snel tweemaal zoveel verdienen als de besten van hun docenten, waarbij ze alles offeren op het altaar van de carrière en gestaag opklimmen terwijl ideologie en gezinsleven met dezelfde snelheid om hen heen instorten; en wanneer ze eindelijk, zo'n twintig jaar later, cynisch en bitter op hun gekoesterde carrièredoelen afstevenen: compagnonschappen, hoogleraarschappen, rechterschappen, al naargelang de koers van hun dromen, kijken ze rond op de woeste, lege wateren en beseffen ze dat ze op niets, maar dan ook helemaal niets zijn afgestevend, en vragen ze zich af wat ze met de rest van hun ellendige leven moeten aanvangen.

Of misschien meet ik hun vooruitzichten alleen maar af tegen de mijne.

Mijn gezin en ik zijn afgelopen donderdag teruggekeerd naar Elm Harbor, na mijn korte onderhoud bij Corcoran & Klein met échte agenten van de FBI, met een verbazingwekkend volwassen en competente Cassie Meadows aan mijn zijde. Kimmer toog meteen weer aan het werk, waarbij ze onmiddellijk haar manische tempo en krankzinnige werkdagen hervatte, evenals haar reisjes naar San Francisco, ter meerdere rijkdom en glorie van EHP. De echte FBI is er niet in geslaagd de twee mannen op te sporen met wie ik in Shepard Street geconfronteerd werd, maar mijn vrouw heeft zichzelf ervan overtuigd dat het op roddels beluste verslaggevers waren. Het laat haar onverschillig of ze mij daarvan overtuigt.

Mariah heeft ondertussen een nieuwe hypothese. Het is niet langer Jack Ziegler die de Rechter heeft vermoord; het is een procederende partij die mijn vader verwijt een appèl te hebben verworpen; en ze laat zich niet uit het veld slaan door het feit dat de Rechter al ruim tien jaar geleden de rechterlijke macht verliet. 'Waarschijnlijk een groot bedrijf,' hield ze gisteravond vol aan de telefoon, de derde keer in vijf dagen dat ze belde. 'Je hebt geen idee hoe amoreel die zijn. Of hoe lang die wrok kunnen koesteren.' Ik vroeg me af wat Howard daarop zou zeggen, maar slikte het wijselijk in. Mariah voegde eraan toe dat een vriend van haar had toegezegd op het internet naar mogelijke huurmoordenaars te zoeken. Maar toen ik Mariah voorzichtig tartte, slingerde ze me opnieuw het verwijt naar het hoofd dat ik haar in een moeilijke situatie nooit bijstond.

'Zo zijn zussen nu eenmaal,' zei Rob Saltpeter, de spichtige constitutioneel-futurist die af en toe mijn basketbalpartner is, toen ik gisterochtend een deel van het verhaal vertelde terwijl we samen in de kleedkamer van de sporthal van de YMCA zaten, na ingemaakt te zijn door een stelletje politieagenten met verlof. Zijn bruine ogen waren zoals altijd sereen. 'Je moet alleen niet vergeten dat zij jou in een moeilijke situatie wél zou bijstaan.'

'Hoe kom je daarbij?'

Rob glimlachte. Met zijn een meter zevenentachtig is hij tien centimeter langer dan ik, maar ik ben waarschijnlijk vijfentwintig kilo zwaarder. Hoewel ik nog niet echt dik ben, ben ik behoorlijk aan de zware kant; hij is vreselijk dun. In onderbroek in een kleedkamer leveren we geen van beiden een imposante aanblik op.

'Dat gevoel heb ik gewoon.'

'Je hebt haar nog nooit ontmoet.'

'Ik heb twee zussen,' protesteerde Rob, wiens natuurlijke hartelijkheid wordt getemperd door de fanatieke overtuiging dat alle gezinnen als de zijne zijn of zouden moeten zijn.

'Die zijn niet als Mariah.'

'Het doet er niet toe hoe ze is. Jouw plicht om er voor haar te zijn blijft hoe dan ook ongewijzigd van kracht. Die komt niet voort uit haar gedrag. Die komt niet voort uit wat jij van haar denkt. Die komt voort uit het feit dat je haar broer bent.'

'Ik dacht dat we op status berustende relaties zo'n eeuw geleden hadden afgeschaft,' zei ik plagend, een typisch onnozel juristenmopje voor ingewijden. Bij een op status berustende relatie worden de verplichtingen van de partijen bepaald door wie ze zijn (man-vrouw, ouder-kind, meester-knecht, enzovoort), in plaats van door afspraak.

'De mens heeft ze afgeschaft. God niet.'

Daar heb ik niet van terug, en ik ben het er geloof ik wel mee eens. Rob is naar eigen zeggen een belijdend jood, en hij praat vaker over zijn geloof dan alle andere professoren die ik ken, ook in de collegezaal, tot ergernis van vele studenten, die zich er ongemakkelijk bij voelen. Misschien is het deze orakelachtige kant van Rob Saltpeter die verhindert dat we hechter bevriend raken. Of misschien komt het gewoon doordat ik geen vriendschappelijke man ben. Om een onverwachte pijnscheut te verbergen, vraag ik hem advies.

'Je kunt alleen maar doorgaan,' zei hij schouderophalend. Dat is zijn oplossing voor nagenoeg alles.

Geweldig. Doorgaan doe ik al. Gebrekkig en wel.

En zo geschiedt het dat ik op deze dag, waarop ik voor het eerst weer college geef, een ongelukkige jongeman sta te kwellen die de zonde heeft begaan ons mee te delen dat de rechtszaken die mijn studenten dienen te beheersen irrelevant zijn, omdat de rijken altijd winnen. Weliswaar komt er elke herfst wel een arme dwaas met deze conclusie op de proppen, en zijn er nogal wat professoren die een vaste aanstelling bij vooraanstaande juridische faculteiten hebben overgehouden aan het poneren van verfijnde, met jargon doorspekte versies van precies dezelfde magere theorie, maar ik ben niet in de stemming voor gezwets. Ik kijk de eigenwijze student woest aan en zie gedurende een afschuwelijk moment de toekomst, of misschien alleen de vijand: jong, blank, zelfverzekerd, dwaas, mager, stuurs, veelvuldig gepierced, met sieraden getooid, gekleed in grungestijl, maïsvezelhaar in een paardenstaart, op en top de cynische conformist, hoewel hij denkt dat hij een iconoclast is. Een paar generaties terug zou hij zo'n figuur geweest zijn die zijn eervolle sweater met schoolembleem binnenstebuiten droeg, om iedereen te tonen hoe weinig hij erom gaf. In de tijd dat ik op de universiteit zat, zou hij de eerste zijn geweest die op de barricades was gaan staan, en hij zou ervoor hebben gezorgd dat iedereen hem daar zag. Net zoals hij er nu voor zorgt dat iedereen naar hem kijkt. Zijn elleboog rust op zijn stoel, zijn andere vuist is weggestopt onder zijn kin, en ik lees aan zijn houding onbeschoftheid af, uitdaging, misschien zelfs het onsubtiele racisme van de zogenaamd liberale blanke student die er maar niet toe kan komen te geloven dat zijn zwarte hoogleraar meer zou kunnen weten dan hij. Over wat dan ook. Een helder, ijzig rood danst als een halo rond zijn gezicht, en ik betrap mezelf op de gedachte: *Ik zou hem kunnen breken.* Ik maan mezelf tot zachtzinnigheid.

'Zeer interessant, meneer Knowland,' zeg ik glimlachend, terwijl ik een paar stappen in het gangpad zet, in de richting van de rij waarin hij zit. Ik sla mijn armen over elkaar. 'En hoe is uw zeer interessante hypothese in verband te brengen met de voorliggende zaak?'

Hij blijft achterovergeleund zitten, haalt zijn schouders op en beantwoordt mijn blik nauwelijks. Hij zegt dat mijn vraag niet ter zake doet. Het zijn niet de wettelijke regels waar het om gaat, verklaart hij tegen het plafond, maar het feit dat de arbeiders geen gerechtigheid kunnen verwachten van de kapitalistische rechtbanken. Het is de structuur van de samenleving, niet de inhoud van de regels, die tot onderdrukking leidt. Hij zou zelfs gedeeltelijk gelijk kunnen hebben, maar niets van dit alles is ook maar in de verste verte relevant, en zijn terminologie lijkt even verouderd als een gepoederde pruik. Ik pas een oude pedagogische truc toe door langzaam dichterbij te komen en zo zijn gezichtsveld volledig te vullen, waarbij ik hem dwing te beseffen wie van ons een gezaghebbende positie heeft. Ik vraag hem of hij zich herinnert dat het in de voorliggende zaak niet gaat om een werknemer die een werkgever aanklaagt, maar om de ene automobilist die de andere aanklaagt. Meneer Knowland, die omgedraaid in zijn stoel zit, antwoordt bedaard dat zulke details afleidend en tijdverspilling zijn. Hij is nog steeds niet bereid me aan te kijken. Zijn houding schreeuwt een gebrek aan respect uit, en iedereen weet dat. Het wordt stil in de collegezaal; zelfs de gebruikelijke geluiden van bladzijden die omgeslagen worden, vingers die op het toetsenbord van laptops ratelen en stoelen die verschoven worden, verdwijnen. Het rood wordt dieper. Ik herinner me dat ik hem drie weken geleden een uitbrander moest geven omdat hij onder het college met zijn Palm Pilot zat te rommelen. Toen ging ik omzichtig te werk en zorgde ervoor hem na afloop van het uur bij me te roepen. Toch was hij boos, want hij behoort tot de generatie die ervan uitgaat dat regels slechts gelden voorzover ze door het individu worden onderschreven. Nu, door het karmozijnen waas heen, begint mijn student op agent McDermott te lijken zoals hij daar, liegend dat het gedrukt stond, in de woonkamer in Shepard Street zat... en plotseling is er geen houden meer aan. Terwijl ik net zo onbeschoft glimlach als meneer Knowland, vraag ik hem of hij een studie heeft gemaakt van de zaken die draaien om onrechtmatige daad, en ze aan de hand van de respectieve rijkdom van de partijen heeft gesorteerd, om erachter te komen of zijn theorie klopt of niet. Met een woedende blik geeft hij toe dat hij dat niet heeft gedaan. Ik vraag hem of iemand anders bij zijn weten een dergelijke studie heeft verricht. Hij haalt zijn schouders op. 'Dat betekent nee, neem ik aan,' zeg ik, hem het mes op de keel zettend. Terwijl ik recht voor zijn tafel sta, vertel ik hem dat er in feite een uitgebreide literatuur bestaat over het effect van rijkdom op de uitkomst van rechtszaken. Ik vraag hem of hij iets daarvan gelezen heeft. De ouderwetse tl-buizen zoemen en sissen onzeker terwijl we op meneer Knowlands antwoord wachten. Hij kijkt de collegezaal rond, naar de medelijdende gezichten van zijn medestudenten, hij kijkt omhoog naar de portretten van prominente, blanke, mannelijke afgestudeerden die aan de muur hangen, en ten slotte kijkt hij mij aan.

'Nee,' zegt hij, met een veel kleiner stemmetje.

Ik knik alsof ik wil zeggen dat ik dat de hele tijd al wist. Dan ga ik buiten mijn boekje. Zoals iedere enigszins competente hoogleraar rechtsgeleerdheid weet, is dit het punt waarop ik soepel zou moeten terugkomen op de rechtszaak, en meneer Knowland misschien een beetje zou moeten plagen door een andere student te vragen als zijn cocounseler op te treden, om hem te helpen uit de nesten te komen waar hij zich op zo'n dwaze manier heeft ingepraat. In plaats daarvan draai ik hem de rug toe, loop twee passen van zijn zitplaats vandaan, draai me vervolgens snel om, wijs naar hem en vraag hem of hij wel vaker meningen te berde brengt die niet onderbouwd worden door feiten. Hij spert zijn ogen open, uit frustratie en kinderlijke gekwetstheid. Hij zegt niets, doet zijn mond open en sluit hem dan weer, omdat hij in de val zit: geen enkel antwoord dat hij kan geven, zal hem baten. Hij wendt zijn blik weer af terwijl zijn medestudenten proberen uit te maken of ze zouden moeten lachen. (Sommigen lachen inderdaad, anderen niet.) Het bonkt rood in mijn hoofd en ik vraag: 'Is dat wat ze je hebben geleerd op... Princeton, was het, hè?' Ditmaal zijn de studenten te geschokt om te lachen. Ze mogen de arrogante meneer Avery Knowland niet echt, maar nu mogen ze de arrogante hoogleraar Talcott Garland nog minder. In de abrupte, nerveuze stilte van de collegezaal met zijn hoge plafond realiseer ik me veel te laat dat ik, een hoogleraar aan een van de beste juridische faculteiten van het land, bezig ben een tweeëntwintigjarige te vernederen die nog maar vijf jaar geleden op de middelbare school zat – het campusequivalent van een bullebak uit het eindexamenjaar die een kleuter in elkaar slaat. Het maakt niet uit of Avery Knowland arrogant is of dom of zelfs een racist. Het is mijn werk om hem te onderwijzen, niet om hem in verlegenheid te brengen. Ik doe mijn werk niet.

Mijn onstuitbare demonen hebben me zelfs tot in mijn collegezaal achtervolgd.

Ik sla opnieuw een mildere toon aan. En probeer de troep op te ruimen. Natuurlijk, vervolg ik, terwijl ik als een ouderwetse academicus vóór in de collegezaal ijsbeer, wordt er af en toe een beroep gedaan op advocaten om iets te bepleiten wat ze niet kunnen bewijzen. Maar – en hier draai ik me snel om en priem met mijn vinger naar meneer Knowland – máár, wanneer ze deze niet gestaafde en onverdedigbare argumenten te berde brengen, moeten ze dat met verve doen. En wanneer hun wordt gevraagd hun eisen met feiten te onderbouwen, moeten ze zelfverzekerd genoeg zijn om de rechtszaalpolka te dansen, die ik demonstreer terwijl ik de eenvoudige instructies herhaal: een pas opzij, een pas opzij, een pas opzij, blijf op je tenen lopen, maar altijd zorgen dat je daarna de dans ontspringt.

Opgelucht, nerveus gelach van de studenten.

Behalve van een woedend kijkende Avery Knowland.

Ik ben nog in staat het college af te maken, zelfs enige waardigheid te verzamelen, maar zodra het twaalf uur is, vlucht ik naar mijn kantoor, woedend op mezelf omdat ik mijn demonen heb toegestaan me ertoe te drijven een student tijdens het college in verlegenheid te brengen. Het incident zal mijn reputatie op de juridische faculteit versterken – *geen aardig iemand*, zeggen de studenten tegen elkaar, en Dana Worth, de meest vooraanstaande connaisseur van roddel op de faculteit, herhaalt het vrolijk tegen me – en misschien is die reputatie wel de realiteit.

– 11 –

Mijn kantoor ligt op de tweede verdieping van het hoofdgebouw van de juridische faculteit, dat door het grootste deel van de faculteit en door alle studenten Oldie wordt genoemd, niet omdat het oud is, maar omdat het gebouwd is met een schenking van en vernoemd is naar de familie Oldham. Merritt Oldham, die met geld opgroeide – zijn grootvader vond tijdens de Burgeroorlog een soort slagpin uit, en het verhaal wil dat hij omkwam toen het ondeugdelijke prototype van een verbeterde versie een geweer in zijn gezicht deed ontploffen – behaalde in het begin van de twintigste eeuw een titel in de rechten en bereikte vervolgens Wall Street-roem als stichter van het advocatenkantoor Grace, Grand, Oldham & Fair. In mijn studententijd torende Grace, Grand boven de New Yorkse massa uit, maar bij het Drexel Burnham-schandaal in de jaren tachtig gingen ze gevoelig onderuit. Twee compagnons die het meest op hun geweten hadden, kwamen in de federale gevangenis terecht, drie anderen werden gedwongen ontslag te nemen, en de rest begon te kibbelen over het lijk. Uiteindelijk splitste het kantoor zich in tweeën. De ene helft ging binnen een paar jaar naar de kelder; de andere, die de naam Oldham had behouden, houdt het hoofd nog boven water, maar niet meer dan dat, en onze studenten, die lang voordat ze zelfs maar de beginselen van onrechtmatige daad onder de knie hebben de plaats in de rangorde van prestige van elk advocatenkantoor in Manhattan uit hun hoofd kennen, zouden nog liever honger lijden dan daar gaan werken.

Het advocatenkantoor mag dan bezweken zijn, ons gebouw heet nog steeds Oldie – formeel het Veronica Oldham Instituut voor Rechtsgeleerdheid. Merritt aanbad zijn moeder zaliger, trouwde nooit, kreeg nooit kinderen, en wordt door onze homofiele studenten opgeëist als een van de hunne, waarschijnlijk terecht, als ook maar een fractie van de verhalen die Theo Mountain vertelt waar is. Het Instituut voor Rechtsgeleerdheid staat op een grasrijke heuvel aan het einde van Town Street en kijkt uit over de stad. Het bestaat uit twee vierkante gebouwenblokken, ten noorden en ten zuiden van Eastern Avenue, verenigd door een voetgangersbrug. Het zuidelijke blok, met uitzicht op de hoofdcampus, is Oldie, een vaag gotische constructie met aan de oostzijde drie verdiepingen met kantoren en aan de westzijde zes verdiepingen voor de bibliotheek, verenigd door een rij collegezalen op het zuiden en een hoge stenen muur op het noorden, alle rond de prachtige, met flagstones geplaveide binnenplaats, die waarschijnlijk de grootste esthetische attractie van de faculteit is. Het noordelijke blok van het instituut, dat twintig jaar geleden is toegevoegd op de plek van een oude, door brand verwoeste en door een gewiekste decaan opgekochte rooms-katholieke kerk, omvat een groot, nogal Spartaans studentenhuis, dat onderdak biedt aan bijna de helft van onze studenten, en een laag, lelijk, bakstenen gebouw (voorheen de parochieschool) dat is volgestouwd met kantoren voor al onze studentenorganisaties behalve de meest prestigieuze, het juridische tijdschrift. Deze regeling brengt enige jaloezie teweeg, maar we hebben geen keus: onze oud-studenten, zoals alle oud-studenten waar dan ook, beschouwen verandering als de vijand van de herinnering, en zouden ons nooit toestaan het juridische tijdschrift te verdrijven uit zijn traditionele doolhof van kamers op de eerste verdieping van de faculteitsvleugel.

Om mijn kantoor te bereiken, dient men de centrale marmeren trap te bestijgen, op de tweede verdieping linksaf te slaan, naar het einde van de sombere gang met zijn loslatende linoleum te sjokken, opnieuw linksaf te slaan, en aan de linkerkant vier deuren af te tellen. Vlak voor mijn kantoor is een groot vertrek waarin vier faculteitssecretaresses zijn ondergebracht, met uitzondering van de mijne, die dankzij een fascinerend staaltje van administratief redeneren op de derde verdieping in een andere hoek van het gebouw zit. Na mijn kantoor komt de kamer van Amy Hefferman, de leeftijdloze Prinses der Procesvoering, zeer geliefd bij de studenten, die zo'n beetje elk jaar praat over met pensioen gaan, en zich vervolgens weer laat vermurwen wanneer de groep studenten die afstudeert haar benoemt tot spreker op de promotie- en afstudeerdag; in de kamer recht tegenover me zit de jonge Ethan Brinkley, die de gewoonte heeft onaangekondigd binnen te vallen om onwaarschijnlijke verhalen te vertellen over de drie jaar dat hij plaatsvervangend rechtskundig adviseur was van de Benoemingscommissie van de Senaat voor de Inlichtingendienst; naast hem, in een kamer die niet veel groter is dan Kimmers inloopkast, zit de nog jongere Matthew Goffe, die een curriculum geeft over bedrijven, een curriculum over verzekerde transacties en een curriculum over radicale alternatieven voor het recht. Matt is een van de weinige faculteitsleden zonder vaste aanstelling en tenzij hij ophoudt met zijn verontruste gewoonte om elke studentenpetitie te ondertekenen en zich bij elke studentenboycot aan te sluiten, zit het erin dat hij tot die categorie blijft behoren. Daar weer naast, in de noordwestelijke hoek van het gebouw, ligt het enorme vertrek dat bezet wordt door Stuart Land, de voormalige decaan en waarschijnlijk de meest alom gerespecteerde intellectueel van de faculteit, die van alles wat doceert, over de diensten van twee secretaresses beschikt en zich vooral bekommert om de reputatie van de juridische faculteit. Stuart, zo zeggen de roddelaars in de wandelgangen, is de paleiscoup die leidde tot zijn afzetting en decaan Lynda's bevordering nooit helemaal te boven gekomen, een revolutie die eerder draaide om politiek dan om beleid – want Stuarts overtuigde conservatisme zorgde ervoor dat hij voortdurend op voet van oorlog stond met Theo Mountain, Marc Hadley, Tish Kirschbaum en vele andere invloedrijke personen op de faculteit.

Althans, zo luiden de geruchten.

Maar zo gaat het er hier aan toe: in onze vele kronkelende gangen wordt men met het ene verhaal na het andere geconfronteerd; sommige heroïsch, sommige picaresk, sommige waar, sommige onwaar, sommige grappig, sommige tragisch en allemaal samen vormen ze de mystieke, ondefinieerbare entiteit die wij *de faculteit* noemen. Niet direct het gebouw, niet direct de faculteitsleden of de studenten of de oud-studenten – meer dan al dat, maar ook minder, een paradox, een orde, een mysterie, een monster, een uitgesproken genoegen.

De gangen van Oldie zijn warm en vertrouwd. Ik vind het préttig hier. Doorgaans.

Maar vandaag, wanneer ik na mijn ongelukkige college de laatste hoek omsla naar mijn kantoor, stuit ik op een opgewonden Dana Worth, die gebiedend op mijn kantoordeur staat te kloppen, alsof het haar ergert dat ik er niet ben om hem open te doen. Ze rammelt aan de deurknop, duwt en trekt. Ze houdt haar hand boven haar ogen en tuurt door het matglas, hoewel de duisternis daarbinnen duidelijk zichtbaar is.

Ik kijk geamuseerd en dan ongerust toe, want ik heb Dana niet meer zo van streek gezien sinds de dag dat ze me vertelde dat ze bij mijn vriend Eddie wegging... en me vervolgens vertelde waarom.

Dana, die verbintenissenrecht en intellectuele eigendom doceert, is een van onze sterren, hoewel haar nietige postuur steevast een paar ongelukkige studenten ertoe verleidt te denken dat ze over haar heen kunnen lopen. Dana komt uit een oude familie uit Virginia die ooit veel geld (lees: slaven) bezat maar het verloor in wat zij lachend 'de jongste narigheid' noemt. Ze leeft op een verrukkelijke, zelfs aangename manier in een wereld die om haarzelf draait. ('Is je zus omgekomen bij een auto-ongeluk? Weet je, toen ik op de Universiteit van Virginia zat, gíng ik met een man die is omgekomen bij een auto-ongeluk. Hij was een McMichael, van de McMichaels uit Rappahannock County.' Na erop gewezen te zijn dat mijn vader McMichael senior, de senator, in feite kénde, en ooit nog vrij goed ook, was Dana zoals gewoonlijk niet uit het veld geslagen: 'Maar vast niet zoals ik zijn zoon kende.')

Dana, drie jaar ouder dan ik, heeft het kleine schandaal over de manier waarop haar huwelijk op de klippen liep overleefd, is het zelfs ontstegen. Eddie, wiens leven rond de universiteit grotendeels plaatsvond in de schaduw van zijn vrouw, verliet ons afgelopen jaar om naar zijn geboortestaat Texas terug te keren, waar, zo houdt hij vol, iets soortgelijks als hem in Elm Harbor is overkomen niet zou worden toegestaan. (Hij zegt er niet bij wie het zou tegenhouden.) Zijn vertrek verminderde het zwarte aandeel in de faculteit met vijfentwintig procent. Dana liet hem in de steek voor een vrouw genaamd Alison Frye, een nerveuze, vlezige New Yorkse, met een bos peenhaar en een brandende boosheid op de wereld. Alison is een weinig talentvol schrijfster en onderhoudt een website vol met luchtig maar erudiet maatschappelijk commentaar, het meeste met een 'new economy'-draai eraan. De manier waarop ze Dana het hof maakte was een min of meer publieke aangelegenheid, althans onder het techneutenvolk. Drie jaar geleden, toen hun verhouding nog geheim was, plaatste Alison op haar website een tekst getiteld 'Lieve Dana Worth', een soort liefdesbrief, die over de hele wereld en, wat belangrijker is, over de hele campus, werd gedownload en gemaild – Dana zegt graag dat Alison haar tot verliefdheid heeft beschaamd. Velen van ons hebben de titel van het epistel overgenomen als een plagerige bijnaam, hoewel haar man begrijpelijkerwijs de humor ervan niet kon inzien. Toen Dana en Eddie getrouwd waren, gingen Kimmer en ik vaak met hen om, want Eddie en ik speelden als kind al met elkaar. Eddies ouders zijn oude familievrienden, en hij zou zelfs een verre neef kunnen zijn aan mijn moeders kant, hoewel we daar nooit helemaal uitkwamen.

Het einde van het huwelijk van Dozier en Worth twee jaar geleden verzuurde mijn vriendschap met beide partners. Eddie is een vreemde geworden met zijn politieke opvattingen die nog verder naar rechts zijn geschoven. Wat Dana betreft, ik mag haar werkelijk graag, maar zij en ik hebben over talloze zaken serieuze meningsverschillen, waaronder als een van de voornaamste de manier waarop ze Eddie behandelde. *Alsjeblieft Misha, je moet het vanuit mijn gezichtspunt proberen te bekijken*, smeekte ze me tijdens die laatste, kwetsende woordenwisseling voordat ze hem in de steek liet. *Nee, dat moet helemaal niet*, viel ik op mijn beurt tegen haar uit, niet in staat om barmhartig te zijn. Misschien was ik bang dat ik in het uiteenvallen van haar huwelijk een voorafschaduwing van het einde van dat van mij zou zien. Tegenwoordig proberen Dana en ik op vriendschappelijke voet met elkaar om te gaan, maar, om Casey Stengel te citeren, dat lukt soms niet altijd.

Terwijl ik Lieve Dana gadesla, herinner ik me haar tranen op mijn vaders begrafenis. Ze bewonderde de Rechter, haar voormalige baas, hield misschien zelfs een beetje van hem, hoewel hij zich nooit echt verzoend heeft met de homobeweging. Maar dat geldt per slot van rekening ook voor Dana, die graag op haar pedante manier benadrukt dat ze veel meer belangstelling heeft voor haar vrijheid dan voor haar rechten. Dana is gekant tegen regels die voorschrijven aan wie huiseigenaren moeten verhuren of wie bedrijven moeten aannemen, want ze is tot aan haar gepedicuurde tenen een radicale vrijheidsgezinde. Behalve inzake het abortusvraagstuk. Na de rouwdienst voor de Rechter voegde Dana zich bij de stoet naar het kerkhof in haar opzichtige gouden Lexus met zijn dubbelzinnige bumpersticker – NOG EEN LESBIENNE VOOR HET LEVEN, staat erop –, wat veel mensen in verwarring brengt.

Dana vindt het leuk om mensen in verwarring te brengen.

'Dana,' zeg ik zachtjes terwijl ze op de deur blijft bonzen. 'Dana!'

Ze draait zich naar me toe, één kleine hand bij haar keel in het vertrouwde gebaar van generaties van gekrenkte zuidelijke dames. Haar korte zwarte haar glanst in het matte licht van de gang. Maar ik schrik van haar gezicht. Lieve Dana Worth is altijd al bleek, maar vandaag is haar witheid uitzonderlijk... nou ja, uitzonderlijk wit.

'O, Misha,' jammert ze hoofdschuddend. 'O, Misha, het spijt me zo.'

'Dit is vast nog meer slecht nieuws,' zeg ik langzaam, mijn spraakvermogen gehinderd door het blok ijs dat zich rond mijn hart heeft gevormd.

'Je weet het niet.' Dana is verbaasd. Paniekerig. Even lijkt ze niet te weten wat ze doen moet, wat vrijwel nooit gebeurt. Lieve Dana heeft genoeg lef om de meeste zondagochtenden door te brengen in een kleine, conservatieve methodistenkerk, dertig wegkilometers en duizend culturele kilometers van de campus verwijderd. *Ik heb er behoefte aan om daar te zijn*, zegt ze tegen de paar collega's die haar daarop wagen aan te spreken.

'Wat weet ik niet?' vraag ik, zelf ook een beetje paniekerig.

'O, Misha,' fluistert Dana opnieuw. Dan vermant ze zich. Ze pakt mijn arm vast terwijl ik de deur van het slot doe en we gaan samen mijn kantoor binnen. Ze wijst naar de kleine, gestroomlijnde cd-speler op de plank boven mijn computer. Kimmer heeft hem tijdens een van haar reisjes voor me gekocht. Mijn vrouw heeft een hekel aan geld uitgeven, dus telkens wanneer ze een duur cadeau voor me koopt, beschouw ik dat als een trofee voor de tweede plaats, Kimmers eigen versie van gewetensgeld betalen. 'Heeft dat ding een radio?' vraagt Dana.

'Eh, ja. Ik gebruik hem niet zo veel.'

'Zet hem aan.'

'Wat?'

'Zet het nieuws aan.'

'Waarom kun je me niet gewoon vertellen...'

Dana's grijze ogen staan bezorgd en droevig. Een onvermogen om met de emotionele pijn van anderen om te gaan is altijd een van haar grote zwakheden geweest. Dat betekent dat het iets pijnlijks zal zijn wat ze me te weten wil laten komen. 'Alsjeblieft. Zet het nu maar aan.'

Ik slik een weerwoord in van de strekking dat ik een vreselijke hekel heb aan spelletjes, omdat ik kan zien dat ze oprecht van streek is. Ik loop naar de cd-speler, die altijd staat afgestemd op ons plaatselijke, onder National Public Radio vallende station, dat, wanneer ik het opzet, slappe klassieke muziek draait – de 'Fanfare for the Common Man', geloof ik. Ik schakel over op het station dat enkel nieuws uitzendt, en net zo helder te ontvangen is in Elm Harbor als in New York. De nieuwslezer krijgt een bedroefd zelfingenomen toon wanneer hij het heeft over de laatste racistische geweldsdaad: een zwarte predikant die doodgemarteld is. Mijn maag draait zich om: dit soort verhalen zijn als een dreun op mijn gevoeligste delen. Ik krijg altijd de behoefte om een paar geweren te kopen, mijn gezin bij de lurven te pakken en naar de heuvels te vluchten. En ditmaal een predikant! Ik luister naar geluidsfragmenten, spreekbuizen van nationale verontwaardiging: Jesse Jackson, Kweisi Mfume, de president van de Verenigde Staten. Twee kinderen hebben het lichaam eerder vandaag op een speelplaats ontdekt in het hoge gras achter de schommels.

Ik wend me tot Dana. 'Is dit wat je me wilde laten horen?'

Ze knikt, gaat op het randje van mijn bureau zitten en zegt met zwakke stem: 'Blijf luisteren.'

Ik frons mijn voorhoofd. Ik snap het niet. Maar ik luister verder. De man werd aangetroffen met brandplekken van sigaretten op zijn armen en benen en verscheidene ontbrekende vingernagels. Hij is gemarteld, legt de nieuwslezer uit. De dood zelf werd blijkbaar veroorzaakt door een enkel pistoolschot door het hoofd, en was waarschijnlijk een zegen. Ik sluit mijn ogen. Een afschuwelijk verhaal, dat is waar, maar waarom denkt Dana...

Wacht.

Het lichaam van het slachtoffer werd aangetroffen in een stadje in de buurt van Washington DC.

Ik zet de radio harder.

Een angstaanjagende moeheid begint vanaf mijn tenen langzaam omhoog te kruipen, tot ik duizelig ben en op mijn benen sta te zwaaien. De lucht wordt zwaar en drukkend, ik kokhals en mijn meubilair begint een afzichtelijke, verstikkend rode kleur aan te nemen.

Wees op je hoede voor de anderen... Ik zou niet graag zien dat je iets overkwam.

De naam van de vermoorde predikant is Freeman Bishop.

10

Een tragische samenloop van omstandigheden

— 1 —

'Het heeft niets met uw vader te maken,' zegt brigadier B.T. Ames, terwijl ze met een dikke manilla map tegen de metalen tafel tikt.

'Ik begrijp niet hoe u daar zo zeker van kunt zijn,' antwoordt Mariah, die naast me zit op een van de harde houten stoelen in het kamertje opzij van de kantoorruimte van de politiebrigade. Een enkel raampje op ongeveer schouderhoogte laat zo weinig licht binnen dat de dag er gruwelijk uitziet; het kost me moeite om me de stralende herfstpracht te herinneren die ik zo'n twintig minuten geleden heb achtergelaten toen we het gebouw inliepen. Het is donderdagochtend, één week en twee dagen na de begrafenis van de Rechter, en we zijn allebei bang... hoewel onze wederhelften allebei vinden dat hun wederhelften dwaas zijn. Ik denk dat onze wederhelften daar weleens gelijk in kunnen hebben, maar Mariah smeekte me om haar te vergezellen. We hebben elkaar een paar uur geleden op LaGuardia Airport ontmoet en zijn samen in het shuttlevliegtuig hierheen gevlogen. Mariah, die zich de kosten beter kan veroorloven, heeft een auto gehuurd, en we zijn voor deze bespreking naar de voorsteden van Maryland gereden.

'Het is mijn werk om ergens zeker van te zijn,' zegt de brigadier effen.

'Iemand heeft een van hen vermoord,' zegt Mariah tegen het verbaasde gezicht van de brigadier, 'en toen heeft iemand de ander vermoord.'

Brigadier Ames glimlacht, maar ik kan de uitputting zien. Om dit onderhoud met een drukbezette brigadier van Montgomery County te bemachtigen, moest Mallory Corcoran verscheidene telefoontjes plegen vanuit Hawaï, daartoe aangespoord door Meadows, die weer door mij achter de vodden werd gezeten. De brigadier heeft leunend tegen het sobere metalen bureau duidelijk gemaakt dat er meer dan genoeg echt politiewerk ligt te

wachten; we hebben maar een paar minuten.
Alle tijd die ze voor ons kan vrijmaken zal meegenomen zijn.
'Ik heb alle rapporten over uw vader bekeken,' zegt Brigadier Ames, wuivend met een bundel faxen. 'Hij is aan een hartaanval gestorven.' Ze heft een grote hand om elk bezwaar vóór te zijn. 'Ik weet dat u daaraan twijfelt, en dat is uw goed recht. Ik denk toevallig dat de rapporten juist zijn, maar het valt buiten mijn jurisdictie. Eerwaarde Freeman Bishop valt wél onder mijn jurisdictie. En hij is wel degelijk vermoord. Misschien is hij hier vermoord, misschien is hij elders vermoord en vervolgens hier gedumpt. Hoe dan ook, de zaak-Freeman Bishop is van mij. De zaak-Oliver Garland niet. En wat ik u zeg is dat die zaken niets met elkaar te maken hebben.'

Ik werp een blik op mijn zus, maar ze kijkt naar de grond. Haar designerbroekpak is zwart, net als haar schoenen en sjaal, en die keuze komt me enigszins melodramatisch voor. Ach, zo is Mariah nu eenmaal. Ze maakt tenminste een ontspannen indruk. Ik ben stijf en ongemakkelijk in het minst slonzige van mijn drie tweedjasjes, een dat vaag bruin van kleur is.

In ieder geval is het nu kennelijk mijn beurt. Ik tover een, naar ik hoop, sympathieke glimlach op mijn gezicht.

'Ik heb begrip voor uw uitgangspunt, brigadier, maar u moet ook begrip hebben voor het onze. Eerwaarde Bishop was een oude familievriend. Nog maar een week geleden heeft hij de rouwdienst van onze vader geleid. Dan kunt u toch wel begrijpen dat we een beetje... van streek zijn.'

Brigadier Ames blaast een grote vlaag adem uit. Dan staat ze op, loopt om de houten ondervragingstafel heen en tuurt uit het piepkleine raampje, waar ze het beetje zonlicht dat het raam nog binnenlaat, de doorgang verspert. Ze behoort tot de blankere natie, een fors gebouwde, maar gracieuze vrouw met een vierkante, boze kaak en krullend bruin haar. Haar omvang lijkt voornamelijk veroorzaakt te worden door spieren, niet door vet. Haar donkere blazer en crèmekleurige broek zijn gekreukt op de voor politiedracht kenmerkende manier. Er bungelt een politiepenning aan haar borstzakje. Haar blozende gezicht is geschilferd door jaren slecht weer of jaren slecht voedsel of misschien beide. Ze zou dertig kunnen zijn. Ze zou vijftig kunnen zijn.

'We zijn allemaal van streek, meneer Garland. Dit was een beestachtig misdrijf.' Ze staat nog steeds vanaf het raam tegen ons te preken, met haar rug naar ons toe. 'Een man op zo'n manier vermoorden, en hem in een openbaar park dumpen.' Ze schudt haar hoofd, maar de feiten veranderen niet. 'Ik heb zoiets niet graag in mijn stad. Ik ben hier opgegroeid. Ik heb mijn familie hier. Ik vind het prettig hier. Een van de redenen waarom ik het hier prettig vind is dat we dit soort problemen niet hebben.' *Rassenproblemen*, bedoelt ze. Of misschien bedoelt ze gewoon zwarte mensen: de stad is tenslotte vrijwel geheel blank.

'Dat begrijp ik...' begin ik, maar brigadier B.T. Ames (we kennen haar voornaam niet, alleen de initialen) steekt haar hand op. Aanvankelijk denk ik dat ze iets te zeggen heeft, maar dan besef ik dat ze een klopje heeft gehoord dat mij is ontgaan, want ze loopt naar de deur en doet hem open. Een agent in uniform, ook blank, gluurt achterdochtig naar ons, fluistert de brigadier vervolgens iets toe en overhandigt haar de zoveelste fax voor haar collectie.

Wanneer de deur weer dicht is, keert brigadier Ames terug naar het raam. 'Ze hebben zijn auto gevonden,' zegt ze.

'Waar?' vraagt Mariah voordat ik de kans krijg.

'Zuidwest-Washington. Niet ver van de marinewerf.'

'Wat deed hij daar?' dringt Mariah aan. We zijn beiden gefrustreerd. Het enige wat de brigadier ons tot nu toe werkelijk heeft verteld, is wat de kranten hebben gemeld: eerwaarde Bishop had op de avond dat hij stierf om zeven uur een vergadering van de kerkenraad op het programma staan. Hij belde op om te zeggen dat hij wat later zou komen omdat hij een parochiaan moest bezoeken die in de problemen zat. Om ongeveer half zes verliet hij met de auto zijn huis, en zijn buren zweren dat hij alleen was. Hij heeft de kerk nooit bereikt.

De brigadier draait zich naar ons toe, maar leunt tegen de muur, terwijl ze haar armen over elkaar slaat. 'Ik vrees dat ik weer aan het werk moet,' zegt ze. 'Tenzij u informatie heeft die ons naar uw mening kan helpen de moordenaar van eerwaarde Bishop te vinden.'

Mijn hele jeugd ben ik afgescheept, gewoonlijk door de Rechter, en als volwassene heb ik het nooit kunnen verdragen. Dus maak ik bezwaar – zoals zo vaak zonder vooraf na te denken. 'We hebben u gezegd dat we denken dat er een verband bestaat...'

Brigadier Ames doet een stap in mijn richting. Haar volle gezicht is onwelwillend. Ze lijkt langer te worden, of misschien ben ik wel aan het krimpen. Ik word er plotseling aan herinnerd dat ze uiteindelijk een politieagente is. Ze is niet geïnteresseerd in onze theorieën of onze bemoeienis.

'Meneer Garland, hebt u enig bewijs van een verband tussen de moord op Freeman Bishop en de dood van uw vader?'

'Tja, dat hangt ervan af wat u bedoelt met bewijs...'

'Heeft iemand u verteld dat dit misdrijf verband hield met de dood van uw vader?'

'Nee, maar ik...'

'Weet u zelf wie eerwaarde Bishop heeft vermoord?'

'Natuurlijk niet!' Ik ben beledigd maar ook een beetje bang, aangezien zwarte mannen nu eenmaal een dubbelzinnige relatie hebben met de politiebureaus van dit land. Ik herinner me dat dit kleine kamertje wordt gebruikt voor het ondervragen van verdachten. Het meubilair begint een zachte rode gloed uit te stralen. Mariah legt haar hand op mijn arm om me tot kalmte te manen. En ik begrijp wat ze bedoelt: we zijn tenslotte hier, en de brigadier heeft meer te doen.

'Heeft iemand u verteld wie Freeman Bishop vermoord heeft?' vervolgt brigadier Ames.

'Nee.' Ik herinner me veel te laat wat wij altijd zeiden tegen cliënten die getuigenis moesten afleggen: houd het simpel, zeg ja of nee, en breng nooit maar dan ook nooit spontaan iets naar voren, hoe graag u ook wilt uitleggen.

En blijf kalm.

'Heeft iemand u verteld dat hij of zij weet wie Freeman Bishop heeft vermoord?'

'Nee.'

'Heeft iemand u verteld dat iemand anders weet wie Freeman Bishop heeft vermoord?'

'Nee.'

'Dan hebt u misschien geen informatie voor me.'

'Nou, ik...'

'Wacht.' Zachtjes gesproken. De brigadier heeft met opmerkelijk gemak het heft in handen genomen. Mijn geïntimideerde studenten zouden me niet herkennen, maar Avery Knowland zou het vast met het grootste genoegen gadeslaan.

Mariah en ik wachten, zoals ons is opgedragen. Tot mijn ontzetting slaat brigadier Ames daadwerkelijk haar manilla map open. Ze trekt er een vel geel gelinieerd papier uit en leest een paar handgeschreven briefjes. Terwijl ze zich concentreert komt haar tong uit haar mond. Ze pakt een balpen van de tafel en zet een paar markeringstekens in de kantlijn. Voor het eerst besef ik dat de brigadier me niet voor de schijn ondervraagt. Mariah ziet dat ook in; haar hand verstrakt op mijn arm. Brigadier Ames weet iets, of denkt iets te weten, dat haar ertoe brengt deze vragen te stellen.

En ze stelt ze alleen aan mij, niet aan mijn zus.

Wanneer de brigadier weer spreekt, kijkt ze naar haar aantekeningen, niet naar mij. 'Heeft Freeman Bishop voorzover u weet dreigementen ontvangen?'

'Nee.'

'Is er voorzover u weet iemand die een uitgesproken hekel heeft aan Freeman Bishop?'

'Nee.' Ik kan het opnieuw niet laten in bijzonderheden te treden: 'Hij was niet het soort man dat eh, sterke emoties opwekte.'

'Geen vijanden voorzover u weet?'

'Nee.'

'Hebt u onlangs nog gesprekken gevoerd met Freeman Bishop?'

'Sinds de begrafenis niet, nee.'

'Hebt u voorafgaand aan de begrafenis, maar na de moord nog met iemand gesprekken gevoerd óver Freeman Bishop?'

Ik aarzel. Waar stuurt ze op aan? Wat denkt ze dat er gebeurd is? Maar aarzeling tijdens een ondervraging werkt als een rode lap op een stier. Brigadier Ames rukt haar ogen los van de manilla map en laat ze op mij rusten. Ze herhaalt de vraag niet. Ze wacht, angstaanjagend in haar geduld. Alsof ze verwacht dat ik ga bekennen. Maar wat? Een gesprek te hebben gevoerd? Meer dan dat? Denkt ze dat ik... ze zal toch niet denken dat ik...

Je stelt je aan.

'Voorzover ik me kan herinneren niet,' zeg ik ten slotte.

Ze staart me nog wat langer aan, alsof ze wil zeggen dat ze doorheeft dat ik me indek, en kijkt dan weer neer op haar aantekeningen. 'Is het u onlangs opgevallen dat Freeman Bishop zich eigenaardig gedroeg?'

'Zo goed kende ik hem niet.'

Ze kijkt op. 'Ik dacht dat u hem vorige week nog had gezien, bij uw vaders begrafenis.'

'Eh, ja...'

'En is het u opgevallen dat hij zich eigenaardig gedroeg?'

'Nee. Nee, er is me niets opgevallen.'

'Hij kwam net zo over als altijd?'

'Ik geloof het wel.' Ik ben nu eerder verbluft dan bang door haar vragen.

'Heeft iemand anders u onlangs verteld dat Freeman Bishop zich eigenaardig gedroeg?'

'Nee.'

'Heeft iemand anders u iets verteld wat betrekking zou kunnen hebben op deze moord?'

'Ik...'

'Haast u niet. Denk goed na. Ga zo nodig een aantal weken terug. Maanden terug.'

'Het antwoord blijft nee, brigadier. Nee.'

'U zei dat u denkt dat er een verband bestaat tussen uw vaders dood en de moord op Freeman Bishop.'

'Ik... we vroegen ons dat wel af, ja.'

'Heeft uw vader het ooit over Freeman Bishop gehad?'

Deze vraag verbluft me opnieuw. 'Dat zal best. Natuurlijk, vaak genoeg.'

'Onlangs nog?' Opeens wordt haar stem vriendelijk. 'En als u pakweg zes maanden teruggaat vanaf uw vaders dood?'

'Nee. Niet dat ik me kan herinneren.'

'Een jaar. Ga een jaar terug.'

'Misschien. Ik weet het niet meer.'

'Was het uw vaders wens dat Freeman Bishop zijn rouwdienst leidde?'

Mariah en ik kijken elkaar eens aan. Er is iets aan de hand. 'Ik geloof niet dat hij ooit over zijn begrafenis heeft gesproken,' zeg ik, zodra het duidelijk wordt dat Mariah niet van plan is haar mond open te doen. 'Met mij niet.'

Brigadier Ames richt haar aandacht opnieuw op de map. Ik vraag me af wat erin te lezen staat. Ik vraag me af wat ze deed toen ze vernam dat wij met haar kwamen praten, waar ze zich toe heeft gewend voor informatie, wat voor informatie ze heeft gevonden. Ik vraag me af waar deze vragen vandaan komen. Ik word zwaar in verzoeking gebracht om de regels waar elke advocaat zich aan houdt te schenden... en het gewoon te vragen.

In plaats daarvan vraag ik iets anders.

'Hebt u aanwijzingen?'

'Meneer Garland, u moet begrijpen hoe dit soort dingen verlopen. De politie is gewoonlijk degene die de vragen stelt.'

Ze raakt me op mijn gevoelige plek: niets maakt me zo razend als neerbuigend behandeld worden.

'Moet u horen, brigadier, het spijt me. Maar dit is nu eenmaal de man die zojuist mijn vaders rouwdienst heeft geleid. Negen jaar geleden heeft hij mijn huwelijk ingezegend. Misschien kunt u begrijpen waarom ik dan een beetje van streek ben.'

'Ik begrijp heus wel waarom u van streek bent,' zegt brigadier Ames streng, nauwelijks de moeite nemend om van haar aantekeningen op te kijken. 'Maar ik moet een onderzoek instellen naar een moord, en zolang u kruiwagens heeft gebruikt om hier op een zeer drukke dag binnen te kunnen komen vallen, verwacht ik van u dat u, voorzover mogelijk, probeert te helpen. Omdát hij uw vaders rouwdienst heeft geleid. Omdát hij uw huwelijk heeft ingezegend.'

Mariah probeert alles te herstellen: 'Hoe kunnen we u van dienst zijn, brigadier Ames?'

'Hebt u de vragen gehoord die ik uw broer heb gesteld?'

'Ja, mevrouw.'

Er komt een bepaalde uitdrukking op het gezicht van de brigadier: waarom heb ik er niet aan gedacht om *mevrouw* te zeggen? Omdat ze blank is en ik zwart ben? Is onbeschoftheid de erfenis van onderdrukking? De beschaving bevindt zich in een steeds verder neerwaarts bewegende spiraal en het enige wat wij Amerikanen eraan lijken te kunnen doen is bekvechten over wie daarvoor verantwoordelijk is.

'Hebt u hierop nog iets anders te antwoorden?'

'Nee, mevrouw.'

'Weet u het zeker?'

'Ja, mevrouw.' Mijn zus heeft haar hele leven niet zo berouwvol geklonken. De tactiek lijkt enig effect te sorteren.

'Ik wil dat u deze bekijkt,' zegt de brigadier, haar stem zachter. Ze schuift twee glanzende zwartwitfoto's uit haar map. 'Deze zijn, mmm, het minst weerzinwekkend.'

Mariah werpt er een blik op en wendt vervolgens haar ogen af; maar ik wil geen gezichtsverlies lijden ten overstaan van de vervaarlijke B.T. Ames, dus dwing ik mezelf ernaar te staren en dwing ik mijn protesterende geest te verwerken wat hij ziet.

Naar de foto's kijken is je onmiddellijk realiseren dat degene die eerwaarde Bishop gemarteld heeft, dit in ieder geval deels voor de lol heeft gedaan. Eén foto is een close-up van een hand. Als er niet zoveel bloed was, zou het je op het eerste gezicht misschien niet eens opvallen dat er drie vingernagels ontbreken. De tweede opname lijkt het vlezige deel van Freeman Bishops dij te tonen. Er zijn felgekleurde, bijna bobbelige kringen in zijn huid gebrand. Samentrekkingen van pijn, als kraters op de maan. Ik tel ze – vijf, nee zes – en dit is nog maar een klein deel van zijn lichaam. Ik probeer me voor te stellen wat voor iemand een ander zoiets zou kunnen aandoen. En daarmee door zou blijven gaan, want dit heeft een tijdje in beslag genomen. En wáár iemand dat zou kunnen doen, om er zeker van te zijn dat niemand zijn geschreeuw zou horen. Ik betwijfel of een knevel over zijn mond afdoende zou zijn geweest.

'Het is anders wanneer je het ziet, hè?' vraagt de brigadier.

'Hebt u... had u...' Ik ben aan het stotteren geslagen. Dit kan toch niet zijn waar Jack Ziegler het over had. Dat kan gewoon niet. Ik begin opnieuw. 'Hebt u enig idee waarom iemand zoiets zou doen?'

Brigadier Ames beantwoordt mijn vraag met een wedervraag. 'Hebt u dat?' Ze heeft haar ogen nogmaals op me gericht en slaat me gade terwijl ik de foto's bestudeer. Ik voel een onrustige beweging bij Mariah naast me en ik weet niet precies waarom.

'Heb ik wat?'

'Hebt u enig idee waarom iemand dit zou hebben gedaan?'

'Natuurlijk niet!'

Brigadier Ames bekommert zich niet om mijn protesten. 'Hebt u reden te veronderstellen dat eerwaarde Bishop over informatie beschikte waar iemand anders op uit was?'

'Ik weet niet wat u bedoelt...'

'Hij is toch gemarteld.' Met iets wat op ergernis lijkt gebaart de brigadier naar de foto's. 'Dat betekent gewoonlijk dat iemand op informatie uit is.'

'Tenzij het martelen gewoon voor de schijn was,' brengt Mariah rustig in het midden.

Brigadier Ames wendt zich tot mijn zus, haar ogen schitterend van een behoedzame herevaluatie – niet van de zaak, maar van Mariah.

'Of het werk van een psychopaat,' merk ik onverstandig op, omdat ik niet over het hoofd gezien wil worden als de brigadier op het punt staat respect rond te strooien.

'Ja, hoor,' zegt brigadier Ames, haar woorden des te bijtender door de monotone manier waarop ze worden uitgesproken. 'Als blijkt dat iemand zijn lever eruit heeft gesneden en met tuinbonen heeft opgegeten, bel ik u wel.'

Ik word woest van dit geschamper, maar voordat ik een passend gevat antwoord kan bedenken, houdt de brigadier een toespraakje. 'U vraagt zich af waarom ik deze vragen stel. Laat ik proberen uit te leggen wat er aan de hand is. U hebt gelezen wat er in de kranten stond, neem ik aan. Dus u weet dat eerwaarde Bishop, hij ruste in vrede, is gestorven aan een schotwond aan het hoofd. Welnu, die schotwond zat tegen de schedelbasis aan, enigszins schuin naar boven gericht. Geen enkele amateur zou daar een schot plaatsen. De amateur kijkt het af van films en schiet mensen in de zijkant van het hoofd of misschien de keel. Maar als je zeker wilt zijn, neem je de schedelbasis. U weet ook dat eerwaarde Bishop brandplekken van sigaretten had op beide armen, een van zijn benen en de hals. U weet dat hij drie vingernagels miste. U weet dat hij werd aangetroffen met de handen achter zijn rug gebonden. Er zijn ook andere dingen gedaan. U hoeft alle details niet te weten. Maar deze man is gemarteld. Wreed gemarteld. De manier waarop drugshandelaren dat bijvoorbeeld doen wanneer ze ergens op uit zijn.'

Nu ik het zo onverbloemd hoor zeggen, en door een politieagent nog wel, krimp ik bijna ineen, want het enige waaraan ik kan denken is mijn gezin. De brigadier heeft haar woorden echter met zorg gekozen. Mariah pikt de kleine hint eerder op dan ik, maar Phi Bèta Kappa's zijn in de regel nu eenmaal snel van begrip. Haar hoofd schiet weer omhoog.

'Ik dacht dat het een misdrijf uit haatmotieven was.'

'Ik kan wel begrijpen waarom u dat zou denken. De kranten zeggen dat het een misdrijf uit haatmotieven was, de televisie zegt het, de NAACP zegt het, de gouverneur van deze prachtige staat zegt het, en ik heb begrepen dat zelfs de president van deze fantastische Verenigde Staten het heeft gesuggereerd. Net als twee busladingen demonstranten die dit weekend arriveren om ons allemaal nog eens in te wrijven hoe afschuwelijk de mensen van mijn stad zwarte mensen bejegenen – ongeacht het feit dat er volstrekt geen reden is om aan te nemen dat het misdrijf werkelijk hier heeft plaatsgevonden. Maar zal ik u eens wat vertellen? Misdrijven uit haatmotieven, zelfs moorden, worden in het algemeen door amateurs gepleegd. Dat gaat voor dit misdrijf niet op.' Ze slaat onze gezichten weer gade. 'U hebt míj dan ook niet horen zeggen dat het een misdrijf uit haatmotieven was en u hebt het niemand van de politie horen zeggen, of wel?'

Mariah, de voormalig journaliste, blijft doorvragen: 'Dus was het nu een misdrijf uit haatmotieven of niet?'

Brigadier Ames vestigt een dreigende blik op mijn zus, alsof ze de soort die ze tot het heilige der heiligen heeft toegelaten, te laat herkent. De ogen van de brigadier zijn effen, obsidiaanachtig zwart, en tarten iedereen om in haar aanwezigheid te liegen. Ze vindt het duidelijk niet prettig om ondervraagd te worden. Maar wanneer ze spreekt, is haar stem bijna werktuiglijk.

'Mevrouw Denton, we weten niet zeker wat voor soort misdrijf het was, behalve dat het een akelig misdrijf was, en degene die het heeft gepleegd loopt vrij rond. Als we erachter komen wie het heeft gepleegd, zullen we weten wat voor soort misdrijf het was.'

'Was er geen briefje?' vroeg ik.

'We lezen blijkbaar dezelfde kranten, meneer Garland. Ik heb in een daarvan gelezen dat er een briefje op eerwaarde Bishops overhemd gespeld zat, en iemand anders kwam met het exclusieve bericht dat het briefje afkomstig was van een blanke racistische groepering die de verantwoording op wil eisen.'

'In de kranten,' mompelt Mariah, een zweem van een glimlach rond haar lippen. Zij proefde in de opmerking van de brigadier niet zoveel minachting als ik.

'Ik bevestig dat niet,' beaamt de brigadier, en glimlacht terug. Nu ze weten wat ze aan elkaar hebben, voelen ze zich op hun gemak samen: een bewijs temeer, als dat al nodig is, van het feit dat de wereld beter geleid zou worden door vrouwen.

'U bevestigt het niet,' legt Mariah uit, waarschijnlijk ten behoeve van mij, 'omdat als er een briefje was en u aan niemand vertelt wat erin staat, u het kunt gebruiken om de halvegaren die altijd na een dergelijk misdrijf opbellen, te schiften van de mensen die misschien werkelijk zouden kunnen helpen het op te lossen.'

'Dat is een van de redenen, ja.'

Ik kijk van de een naar de ander. Er is hier nóg iets, een of ander begripsniveau dat zij beiden al zijn gepasseerd terwijl ik nog steeds worstel met de eerste sport. Het is net zoiets als naar een schaakwedstrijd tussen twee grootmeesters kijken: al die subtiele manoeuvres waar de ongeschoolde geest weinig zinnigs aan kan ontdekken, totdat een van hen in een plotselinge vlaag van drukte verslagen wordt.

'De andere reden,' oppert Mariah op dezelfde rustige toon, 'is dat de brief nep zou kunnen zijn.'

'Dat heb ik niet gezegd,' brengt de brigadier onmiddellijk naar voren, en haar glimlach verdwijnt alsof ze zich te laat heeft herinnerd dat glimlachen verboden is in dit treurige kamertje. Ik voel dat de spanning nogmaals oploopt – en dan zie ik plotseling waar ze heen gaan.

'Brigadier Ames,' zegt mijn zus vormelijk, 'we zijn hier omdat we gezinnen hebben, en we bezorgd om hen zijn.' Ze wrijft over haar omvangrijke buik om dit te onderstrepen: ze bedoelt dat we bezorgd zijn om onze kinderen. 'Als u ons ervan kunt overtuigen dat er geen verband bestaat tussen wat eerwaarde Bishop is overkomen en wat onze vader is overkomen – *misschien* is overkomen –, gaan we weg en vallen we u nooit meer lastig. Dat beloof ik u. We zullen niet loslippig zijn tegen de kranten. Ik ben journaliste geweest en kon altijd erg goed mijn mond houden. Ik heb nooit een bron onthuld. Mijn broer is advocaat, zoals u weet, dus hij kan een geheim bewaren. Ik weet dat u meent dat we kruiwagens gebruikt hebben om hier binnen te vallen. Dat spijt me. Maar we hebben het in het belang van onze gezinnen gedaan. En niets van wat u ons vertelt zal verder gaan dan ons beiden. Dat beloof ik u ook. En als we ooit iets voor u kunnen doen...'

De rest laat ze in de lucht hangen. O, maar mijn zus is goed! Wat een verslaggeefster moet ze zijn geweest! Zonder een woord te zeggen dat tegen haar gebruikt kan worden, is Mariah erin geslaagd indirect het dreigement te uiten dat ze lastig wordt als ze haar zin niet krijgt. Belangrijker nog, ze heeft ook het spook van onze zogenaamde familie-invloed laten verrijzen, die natuurlijk in feite neerkomt op de edelmoedigheid van Mallory Corcoran.

Brigadier Ames snapt het. En is zo door de wol geverfd dat ze zich niet boos laat maken. In plaats daarvan knabbelt ze aan het aas.

'De familie van eerwaarde Bishop,' zegt ze, 'is niet erg behulpzaam geweest. Ze denken blijkbaar – nou ja, het racistische aspect zit ze niet lekker.'

'Ik zal wel met ze praten,' zegt Mariah meteen, alsof ze de Goudkust runt, wat onze moeder ooit hoopte dat ze zou doen. 'Ik zat met Warner Bishop in Jack en Jill.'

De brigadier knikt alsof ze volledig op de hoogte is van de verscheidene gezelligheidsverenigingen voor de kinderen van de Afro-Amerikaanse middenklasse. 'Warner Bishop denkt blijkbaar dat we hier allemaal ultraconservatief zijn,' zegt ze.

'Ik zal met hem praten,' belooft Mariah.

Brigadier Ames kijkt me even aan, maar ze richt zich tot mijn zus. 'Ik zal u het briefje niet laten zien,' zegt ze. 'Dat kan ik niet doen. Het spijt me. Maar ik kan u tussen deze vier muren wel zeggen, dat u absoluut geen reden heeft om voor de veiligheid van uw gezinnen te vrezen. Er bestaat beslist geen verband tussen dit misdrijf en uw vader. Maar voor het overige hebt u gelijk. Er was een briefje, en we denken dat het nep was. Dat wil zeggen, we denken dat het géén daad was van blanke racisten.'

Ze zwijgt, en wil dat wij de volgende stap zetten. Ik sta op het punt opnieuw een vraag te stellen, maar Mariah heft een hand en gaat voor.

'Het ging om drugs, hè, brigadier?'

Brigadier Ames kijkt haar aan, kijkt vervolgens naar mij en daarna weer naar mijn zus. Er spreekt oprecht respect uit haar blik.

'Ja,' zegt de brigadier ten slotte. 'Ja, we denken dat het om drugs ging. En ook dit blijft binnenskamers. U mag het zelfs de familie van eerwaarde Bishop niet vertellen, nog niet.' Een stilte om dit te laten bezinken; rechercheurs kunnen ook bedreigingen uiten. 'Maar we zijn ervan overtuigd dat u, uw vader en uw gezinnen er niet bij betrokken zijn. We moeten een dag of wat op de uitslag van het toxicologisch onderzoek wachten voordat we er zeker van kunnen zijn, maar ik weet al uit ander, mondeling bewijs dat eerwaarde Bishop behoorlijk verslaafd was.'

De brigadier zwijgt. Mijn mond valt niet direct open, maar ik weet vrij zeker dat de tijd stilstaat en mijn hart een paar slagen overslaat, en dat tegelijkertijd tal van andere clichés plaatsvinden. Dus het was niet simpelweg te wijten aan incompetentie dat Freeman Bishops preken in betekenisloosheid verzandden. Mijn opluchting is zo groot dat het me verbijstert en met schaamte vervult.

Maar Mariah blijft bij het probleem.

'Hoe valt daarmee te verklaren wat hem is overkomen?'

Brigadier Ames zucht. Ze had kennelijk gehoopt met minder weg te komen, maar nu zal ze ons de rest moeten vertellen. Ik vraag me desondanks nog steeds af wat ze wilde bereiken door mij te ondervragen. Was het gewoon intimidatie?

'We brengen dit niet in de openbaarheid,' zegt ze, 'omdat we bang zijn voor na-apers. Maar in de regio Washington, met inbegrip van de voorsteden, zien we jaarlijks een stuk of twaalf van dit soort zaken. De meeste komen niet in de krant of op de televisie, omdat de slachtoffers minder bekend zijn. Het soort marteling dat eerwaarde Bishop heeft ondergaan – tja, het is afschuwelijk, maar het komt vaker voor dan u denkt. Het wordt vooral veel toegepast door drugshandelaren om klanten die achterstallig zijn ertoe te dwingen prijs te geven waar ze hun geld hebben verborgen. Ze martelen hen net zolang tot ze de informatie uit hen hebben gekregen en schieten hen dan in het achterhoofd. Soms gaan ze door zonder nog een aanleiding te hebben, dan martelen ze voor de lol. En we zijn er vrij zeker van dat dat hier gebeurd is. Zelfs een heel taai iemand zou het de grootste moeite hebben gekost om zelfs maar een fractie van wat ze hem hebben aangedaan te weerstaan, en voorzover ik heb vernomen was Freeman Bishop, hij ruste in vrede, niet bepaald taai. Als ze informatie van hem wilden, denk ik dat ze die waarschijnlijk heel snel hebben gekregen. De rest van wat ze hem hebben aangedaan was voor de lol.' Een stilte om dit te laten bezinken. De temperatuur in de kamer daalt een aantal graden. 'Toch verandert de kern van de zaak niet: Freeman Bishop is vrijwel zeker vermoord omdat hij drugs gebruikte en die niet kon betalen.'

'Vrijwel zeker?' vraag ik, om maar iets te zeggen.

De brigadier werpt me een woedende blik toe. Ze zou liever hebben dat ik mijn mond hield, zeggen haar ogen, zodat ze kan doen alsof ik niet in de kamer ben. Mariah is degene die ze vertrouwt. Wat brigadier B.T. Ames betreft ben ik meubilair.

Ik besef mijn vergissing een oogwenk later, maar mijn zus beseft hem eerder. Ze is al overeind gekomen, trekt mij mee, bedankt de brigadier voor haar tijd en schudt haar de hand alsof ze een koop sluit. Brigadier Ames stapt om ons heen en opent de deur, zodat de rest van de brigade kan horen hoe ze zich van ons afmaakt.

'Luister, meneer Garland. Mevrouw Denton. Het spijt me echt van uw vader. Werkelijk waar. Maar ik ben met een moord opgezadeld en er ligt veel werk op me te wachten. Dus als u me wilt excuseren, ik moet weer aan de slag.'

— 11 —

We rijden samen naar Shepard Street, waar Mariah de nacht wil doorbrengen; ik vlieg wat later vanavond met het shuttlevliegtuig terug naar huis, maar zal volgende week terugkomen voor de begrafenis van de man die afgelopen week bij die van de Rechter de dienst heeft geleid. Het huis is griezelig stil na het gedruis van een week geleden; het klínkt als het huis van een dode. Onze voetstappen echoën als geweervuur op het parket in de vestibule. Mariah grimast en legt uit dat ze alle oosterse lopers van de Rechter onmiddellijk na de begrafenis naar de stomerij heeft laten brengen. Ze heft half verontschuldigend haar hand en zet dan de cd-speler aan, maar ditmaal voor haar soort muziek, niet die van mijn vader: 'Reasons', de lange versie, door Earth, Wind and Fire, wat naar het oppervlakkige oordeel van mijn zus de beste popopname is die ooit is gemaakt. De Rechter zou ontzet zijn geweest. Ik herinner mezelf eraan dat dit nu het huis van mijn zus is, dat ik een gast ben, dat ze mag doen wat ze wil.

Nadat Mariah naar het toilet is geweest, zitten we opeens weer aan tafel in de absurd lichte keuken en nippen we in kameraadschappelijke stilte van warme chocolademelk, bijna – maar niet helemaal – weer vrienden. Ik maak mijn stropdas los. Mariah schopt haar schoenen uit.

'Ik had liever dat je hier niet in je eentje bleef,' zeg ik tegen haar.

'Maar Tal,' lacht mijn zus, 'ik wist niet dat je je daarom bekommerde.'

De meeste broers en zussen zouden dit onmiddellijk herkennen als het moment waarop je zegt: *Je weet dat ik van je hou*; maar de meeste broers en zussen zijn niet in mijn familie opgegroeid.

'Ik maak me zorgen om je, dat is alles.'

Mariah houdt haar hoofd schuin en rimpelt haar neus. 'Je hoeft je geen zorgen te maken, Tal, ik ben een grote meid. Ik denk niet dat hier vanavond iemand zal inbreken en me met sigaretten zal branden.' Aangezien dat precies is waar ik bang voor ben, zeg ik niets. 'Trouwens,' voegt ze eraan toe, 'ik zal niet alleen zijn.'

'O, nee?' Dit komt als een verrassing.

'Nee. Szusza komt de kinderen morgen brengen.' Ik neem aan dat dit de naam is van de nieuwste onuitspreekbare au pair. 'Nou ja, een paar van de kinderen, in ieder geval,' verbetert ze zichzelf, maar misschien heeft ze moeite om het bij te houden. Dat zou ik hebben. 'En Sally logeert vanavond bij me. Dus maak je geen zorgen.'

'Sally?' Ik wist niet dat mijn zus en onze nicht zo'n hechte band hadden.

'Ze is fantastisch geweest, Tal. Echt fantastisch. Ze komt meteen na haar werk hierheen. We gaan beginnen met het doorlopen van papa's papieren.' Mariah kijkt abrupt naar me op, alsof ik bezwaar heb gemaakt tegen dit plan. 'Moet je horen, Tal, iemand moet het doen. We moeten weten wat er ligt. Om verschillende redenen. Er zijn een heleboel documenten en dingen die we nodig zouden kunnen hebben. Over de huizen en zo. En wie weet, misschien... misschien kunnen we een aanwijzing vinden.'

'Een aanwijzing waarvan?'

Mariahs bruine blik wordt spijkerhard. 'Kom op, Tal, je weet waar ik het over heb. Jij bent degene tegen wie Jack Ziegler vorige week op het kerkhof heeft staan schreeuwen. Hij denkt dat er ergens iets ligt, een of ander... nou ja, ik weet niet wat.' Ze sluit haar ogen even, en opent ze dan weer. 'Ik wil vinden waar hij naar op zoek is, en ik wil het vinden vóór hij dat doet.'

Ik laat er mijn gedachten over gaan. *De regelingen.* Tja, ze zou gelijk kunnen hebben. De Rechter heeft misschien een document achtergelaten, of een dagboek, iets met behulp waarvan wij erachter kunnen komen waar oom Jack zich zo druk om maakt. En waar de zogenaamde FBI-agenten blijkbaar op uit waren. En misschien brigadier B.T. Ames. *De regelingen.* Misschien zal er een aanwijzing uit te voorschijn komen. Ik betwijfel het – maar Mariah, ex-journaliste, zou best gelijk kunnen hebben.

'Nou, succes ermee,' is het enige antwoord dat ik kan bedenken.

'Bedankt. Ik heb zo'n gevoel dat we het zullen vinden.' Ze nipt van haar chocola en trekt een gezicht: te koud.

'Misschien is het wel aardig om te doen.'

Mariah haalt haar schouders op, waarmee ze op de een of andere manier blijk geeft van haar vastberadenheid. 'Ik doe het niet voor de aardigheid,' zegt ze tegen haar chocolademelk, terwijl ze onbewust weer over haar schoot wrijft. Ik vraag me opeens af wat mijn vrouw op dit moment aan het doen is.

'Heb je sinds de begrafenis nog iets van Addison gehoord?' Om het gesprek gaande te houden.

'Nee. Geen woord.' Ze grinnikt spottend. 'Laat dat maar aan Addison over.'

'Zo slecht is hij nu ook weer niet.'

'O, hij is fantastisch. Het is toch niet te geloven wat hij over papa zei? In de *grafrede*? Dat er misschien reden was om te veronderstellen dat hij iets verkeerds heeft gedaan?'

'Dat is niet precies wat hij zei,' mompelt Misha de vredestichter, een rol die ik me op de een of andere manier heb aangemeten terwijl ik probeerde te overleven in het turbulente huishouden van mijn puberteit, en die ik nooit heb kunnen afschudden.

'Zo heb ik het begrepen. Ik durf te wedden dat het op de meeste mensen die er waren zo overkwam.'

'Nou ja, misschien heeft hij het inderdaad een beetje... dubbelzinnig gelaten.'

'Het was een begrafenis, Tal.' Haar ogen zijn hard. 'Zoiets doe je niet op een begrafenis.'

'O, ik begrijp wat je bedoelt, maatje.'

Wat niet precies hetzelfde is als het ermee eens zijn, een nuance die mijn zus onmiddellijk doorheeft. 'Je wilt geen partij kiezen, hè? Jij kijkt het liefst afwachtend toe.'

'Toe nou, Mariah,' zeg ik gegriefd, maar ik kom niet met een tegenargument, niet in de laatste plaats omdat ik er geen heb.

We hullen ons een tijdje in stilte, wegvluchtend in onze eigen gedachten. Ik tel alle uren werk die thuis op me wachten bij elkaar op, heimelijk woedend dat ik me door Mariahs bangmakerij tot dit reisje heb laten overhalen. Alles wat de brigadier zei sneed hout; en geen van de theorieën van mijn zus is ook maar enigszins plausibel. Ik kijk stiekem op mijn horloge, in de hoop dat Mariah het niet ziet, en breng mijn beker naar mijn lippen, enkel om hem snel weer neer te zetten. Mijn warme chocola is net zo onsmakelijk als de hare.

'Geloofde jij haar?' vraagt Mariah plotseling, alsof ze in verbinding staat met mijn gedachten. 'Brigadier Ames, bedoel ik? Over eerwaarde Bishop?'

'Bedoel je: denk ik dat ze loog?'

'Ik bedoel: denk je dat ze gelijk had? Speel alsjeblieft geen woordspelletjes met me, Tal, ik ben niet een van je studenten.'

Ik moet dit zorgvuldig beantwoorden; ik wil mijn zus niet opnieuw tot mijn vijand maken. 'Ik weet wat je bedoelde,' zeg ik langzaam. 'Ik denk dat als ze géén gelijk heeft, het alternatief is dat hij gemarteld is om... om iets wat met de Rechter te maken heeft. Maar dat slaat nergens op.'

'Waarom niet?' Haar vraag is scherp; opnieuw moet ik de juiste woorden kiezen.

'Nou, stel... stel dat er bepaalde informatie is die de Rechter heeft meegenomen in zijn graf, informatie waar iemand op uit was. Dat geloof ik niet, begrijp je, het is alleen maar een veronderstelling.'

Mariah geeft een klein, gespannen knikje. Ik ga roekeloos verder.

'Zelfs als dat waar is... zelfs als er inderdaad bepaalde informatie is... dan betwijfel ik eigenlijk of de Rechter Freeman Bishop iets belangrijks zou hebben toevertrouwd. Ik wil geen kwaad spreken van de doden, maar zeg nou zelf.'

'Papa kennende zou je niet denken dat hij eerwaarde Bishop ook maar iets zou vertellen.'

'Freeman Bishop kennende zou je niet denken dat de Rechter hem ook maar iets zou vertellen.'

Mijn zus wrijft weer over haar schoot, haar baby beschermend. 'Dus hij is niet... gemarteld... om informatie over papa, hè?'

'Ik denk het niet. Als ik iets anders dacht, zou ik mijn gezin bij de lurven pakken en naar de heuvels vertrekken.'

'Als je gezin mee zou willen.' Mariah kan het niet laten boosaardig te zijn als het onderwerp Kimmer aan de orde komt. Ik besluit het te negeren.

'Het punt is, maatje, de reden waarom ik denk dat brigadier Ames gelijk heeft, is dat ik geen enkele reden kan bedenken waarom iemand... hem die dingen zou hebben aangedaan.' *Ik heb beloofd je te beschermen, en dat zal ik doen ook.* Ik kan deze mantra in mezelf herhalen, maar herhaling geeft me niet het gevoel dat hij waar is. Niet geheel en al. Wat naar mijn gevoel wel waar is, is dat daarbuiten iemand – oom Jacks *anderen* – een zeer langdurig spel aan het spelen is, en wacht tot ik ga... nou ja, wat het ook mag zijn dat iedereen van me verwacht. Ik voel geen gevaar, maar ik voel ook geen rust.

Mariah knikt. 'Ik ook niet,' beaamt ze. Ze strijkt met haar hand over haar ogen. 'Ze was niet voor de poes, die brigadier. Wat was dat een taaie tante, zeg.'

'Nou, je hebt haar anders wel zover gekregen dat ze toegaf dat het briefje waarschijnlijk nep was...'

'O, Tal, hou toch op.' Mariahs stem is onverwacht streng geworden. Ik heb haar terrein betreden. 'Ik heb haar nergens toe gekregen. Politieagenten geven nooit iets toe wat ze niet willen toegeven. Ze heeft ons verteld wat ze ons te weten wilde laten komen, dat is alles.'

'Dat is nu juist wat ik bedoel.' Ik ben nu opgewonden. 'Ze wilde dat we kennisnamen van die hele drugstoestand. Waarom? Ik durf te wedden dat de enige reden dat ze het ons heeft verteld, was dat ze niet geloofde dat we het geheim zullen houden. Ze wíl dat we het verder vertellen.'

'Ik heb nooit geweten dat je zo'n cynicus was.' Mariah schudt haar hoofd alsof zij er nooit een is geweest. Ze gaat verzitten en haar vinger priemt naar me. 'Ik mócht brigadier Ames.'

'Maar geloofde jij haar wat betreft die drugshandelaren?'

'Nou ja, ze hébben zijn auto bij de marinewerf gevonden.'

'Ik durf te wedden dat daar in Zuidwest-Washington zo'n honderdvijftigduizend mensen zijn die geen drugs gebruiken of verkopen,' preek ik.

'Hou toch op,' herhaalt Mariah. 'Iedereen weet dat eerwaarde Bishop aan de coke is. Of was, in ieder geval. Iedereen wist het toch al jaren.'

'Wát wist iedereen al jaren?'

'Je bent zo naïef, Tal. Waarom ben jij altijd de laatste die iets hoort?' Ze lacht. In ieder geval lijken we weer redelijk goede vrienden te zijn. 'Weet je het echt niet?'

Ik schud mijn hoofd.

'Het is anders een oud verhaal. Laurel St.Jacques heeft hem drie of vier jaar geleden betrapt toen hij aan het snuiven was, in de sacristie nota bene. Je herinnert je Laurel nog wel, hè? Ze is met André Conway getrouwd. André herinner je je vast nog wel.' Een duivelse glimlach, die me eraan herinnert dat ik Kimberly Madisons tweede echtgenoot ben. André was de eerste.

'Ik herinner me André,' zeg ik rustig. Ik herinner me ook – hoewel ik het nooit ter sprake breng – een irrationele woede jegens André nadat hij de eerste ronde had gewonnen in onze strijd om Kimmer Madison, met inbegrip van een ogenblik, in zijn appartement, waarop we bijna slaags raakten. Hij was toentertijd producent van plaatselijk nieuws en heette Artis. Zijn nieuwe benaming kreeg hij toen hij documentaires besloot te maken. 'Ik herinner me zelfs dat hij met Laurel is getrouwd.'

'Herinner je je dat ze gescheiden zijn?'

'Er gaat wel ergens een lampje branden.' Ik hoop dat ze niet op iets zinspeelt wat André en mijn vrouw betreft. Ongevraagd voeren mijn gedachten me mee naar hun gebruikelijke obsessieve angst: André zit tegenwoordig in Los Angeles, en Kimmer is vaak in San Francisco, en hij zou er zo heen kunnen vliegen om haar te ontmoeten...

O, hou toch op!

'Ik heb gehoord dat er een andere vrouw in het spel was,' voegt Mariah eraan toe, waarbij haar oude neiging tot wreedheid onverwacht de kop op steekt.

'Dat is meestal zo.'

Mariah kijkt me even aan, misschien om uit te vinden of ik haar op haar plaats zet met wat zij minachtend mijn *Ivy League-slimheid* noemt, alsof ze die zelf niet heeft. Ik handhaaf mijn pokergezicht. 'Hoe dan ook,' vervolgt ze eindelijk, 'Laurel heeft eerwaarde Bishop een paar jaar geleden op heterdaad betrapt. En Laurel zou Laurel niet zijn als ze het niet aan iedereen vertelde. Het is een wonder dat hij niet op staande voet ontslagen is. Ik denk dat papa toentertijd niet meer in de kerkenraad zat, anders zou eerwaarde Bishop de laan uit zijn gestuurd. Maar ze besloten hem te houden. Ze zullen allemaal wel medelijden met hem hebben gehad, of iets dergelijks. Je kent ons anglicanen, Tal. We vinden het heerlijk om *compassie* met mensen te hebben. We zijn pas gelukkig wanneer we iemands zonden negeren om te laten zien hoe tolerant we wel niet zijn,' voegt mijn zus daaraan toe, die zich tot het katholicisme heeft bekeerd om met Howard te kunnen trouwen en, zegt Kimmer graag, sindsdien de leer van die kerk over geboortebeperking altijd heeft nageleefd.

'Dat wist ik niet.'

'Het was anders een aardig schandaaltje, Tal.' Ze maakt een fladderend handgebaar om dit te onderstrepen, schudt haar hoofd zoals ze deed toen ze nog lang, stijl haar had, en praat dan gehaast en gretig door, blij met de kans om me deelgenoot te maken van roddel die me blijkbaar is ontgaan. 'Heel wat mensen zijn hierom trouwens bij de kerk weggegaan. De Clintons zijn weggegaan. O, ze waren razend! En Bruce en Harriet Yearwood zijn weggegaan. Net als Mary Raboteau. Nee, wacht, die is gepensioneerd en naar Florida of iets dergelijks gegaan. Ik dacht aan mevrouw Lavelle – dat is nog iemand die bij de kerk is weggegaan. En je zou verwachten dat Gigi Walker zou zijn weggegaan, dat is zo'n preutse tante, maar ja, die zal haar redenen wel hebben gehad om te blijven.' Een merkwaardig lachje. Mijn zus is dol op veroordelen, zelfs wanneer niemand in de kamer weet wat ze veroordeelt. 'Ik kan maar niet geloven dat jij er niets van hebt gehoord, Tal.'

'Nee, het is me ontgaan.'

'Papa vond dat eerwaarde Bishop vrijwillig zou moeten opstappen, om iedereen alle ellende te besparen, begrijp je? Maar hij ging voor de gemeente staan en hield zo'n God-is-met-mij-nog-niet-klaar-preek, en daar was het zo'n beetje mee afgedaan. O, voor ik het vergeet.' Mijn zus is overeind gekomen. 'Ik heb brigadier Ames beloofd dat ik Warner Bishop zou bellen. Arme kerel, hij heeft niemand meer.' Mariah verdwijnt de hal in. Een ogenblik later hoor ik haar de trap op lopen, op weg naar de studeerkamer om het adresboek van de Rechter te zoeken. Ik sta versteld. Ik was ervan uitgegaan dat mijn zus maar wat zei toen ze beloofde dat ze de familie van eerwaarde Bishop gerust zou stellen, maar ik was vergeten hoe serieus ze beloften opvat. Toen we klein waren, rende ze telkens wanneer ik (of vaker nog, Addison) een belofte braken naar onze ouders om zich te beklagen. In het gezin Garland was het breken van een belofte zo'n beetje een overtreding die je voor de krijgsraad bracht. Onze moeder strafte ons dan, gewoonlijk door ons voor een paar uur kamerarrest te geven, maar mijn vader deed meestal iets veel ergers: hij riep ons bij zich in de kleine studeerkamer op de benedenverdieping die hij in die tijd gebruikte en stak een van zijn ondraaglijke preken af, ons de volle lading gevend met zijn kille, emotieloze afkeuring, terwijl we voor zijn bureau in de paradehouding stonden. *Beloften zijn de bouwstenen van het leven, Talcott, en vertrouwen is het cement. We bouwen niets in het leven als we geen beloften doen, en we halen neer wat anderen hebben gebouwd als we beloften doen en ze breken.* Iets in die geest. Hij deed zijn best de Gerechtelijke Commissie van de Senaat ditzelfde duidelijk te maken, toen hij zijn relatie met Jack Ziegler verklaarde: *Vriendschap is een belofte van toekomstige loyaliteit, loyaliteit ongeacht wat komen gaat. Beloften zijn de bouwstenen van het leven... Ik zal nooit een vriend in de steek laten, en ik verwacht dat mijn vrienden mij niet in de steek laten.*

Dat is een zeer edelmoedige opvatting, Rechter, maar het blijft een feit dat deze specifieke vriend van u was aangeklaagd wegens...

Als u mij toestaat, Senator, dit gaat niet om edelmoedigheid. Het gaat om wat voor soort wereld je wilt bouwen. Als je al wilt bouwen – of alleen wilt neerhalen.

Veel vrienden hebben hem natuurlijk wel degelijk in de steek gelaten, zodra ze hadden ingeschat dat hij eerder in de gevangenis dan bij het Supreme Court zou belanden.

Ik loop naar het aanrecht en was onze bekers af. Als het water niet meer loopt, hoor ik Mariahs stemgeluid de trap af zweven. Mariah, die warm en charmant kan zijn wanneer ze dat wil, zal waarschijnlijk een aanzienlijke troost zijn voor Warner Bishop, Freeman Bishops ongelukkige zoon, die nu directeur of iets dergelijks is op een reclamebureau in New York, en met wie mijn zus ooit op Jack en Jill en alle andere jongerengroepen uit onze kringen heeft gezeten. Lelijke, gedrongen, onhandige Warner Bishop, die zo dolgraag met Mariah uit wilde toen ze tieners waren, maar er nooit echt in slaagde haar belangstelling te wekken. Volgens Addison is Warner altijd in stilte verliefd op haar gebleven. O, dat gesloten wereldje van ons!

'Drugshandelaren,' mompel ik. Misschien, misschien ook niet. Wie het ook zijn geweest, ik hoef mijn ogen niet eens dicht te doen om de foto's voor me te zien van wat ze met eerwaarde Bishop hebben gedaan. Met zijn hand, zijn dij, en, gemakkelijk voorstelbaar, met andere delen van zijn lichaam die de brigadier misschien uit goedheid liever niet wilde laten zien.

Freeman Bishop, drugsgebruiker, kwam als een drugsgebruiker aan zijn einde. Hoe is het mogelijk dat ik dat als enige blijkbaar niet heb geweten?

Misschien heeft Mariah gelijk. Of misschien is ze mesjoche. Of misschien ben ik dat wel.

Misschien moet ik een zoenoffer brengen.

Terwijl ik mijn handen afdroog aan een keukenhanddoek met een afzichtelijk roodzwart patroon, aarzel ik even, me afvragend of het tijd is om het visitekaartje te gebruiken dat Jack Ziegler me op het kerkhof heeft gegeven. Maar dat is het niet: de hulp inroepen van een monster is na een moord wel het laatste waar ik behoefte aan heb. En dan weet ik precies wat ik moet geven. De herinnering aan mijn vaders preken heeft me op het idee gebracht. Ik denk dat Mariahs jacht op een verborgen aanwijzing vruchteloos zal zijn, maar ik wil niet dat ze me als haar vijand beschouwt. Wat ik zal aanbieden is niet zozeer een aanwijzing als wel een aandenken aan het soort man dat onze vader was – een aandenken dat mijn zus er misschien zelfs wel toe zal bewegen haar zoektocht te staken. Ik sta op en begeef me door de donkere gang naar de claustrofobische bibliotheek met zijn kersenhouten kasten op de eerste verdieping. Na een snelle, begerige blik op de Miró ga ik achter het bureau zitten en rol de stoel naar de boekenplank waar mijn vader zijn plakboeken bewaarde. Ik ga ze verscheidene minuten langs, totdat ik het verbaasd opgeef.

Mariah heeft het verplaatst, denk ik. Of iemand anders uit de eindeloze parade door het huis na afloop van de begrafenis: Mariahs kinderen, Howard Denton, Gewoon Alma, de onuitspreekbare au pair, mevrouw Rose, Sally, Addison, zijn blanke vriendinnetje, oom Mal, Dana Worth, Eddie Dozier, de werkster, een van de talloze neven en nichten, wie dan ook.

Het blauwe album met de krantenknipsels over aanrijdingen waarbij de dader is doorgereden, is verdwenen.

11

Een bescheiden voorstel

'Jouw vrouw en Marc Hadley zijn allebei kandidaat voor hetzelfde rechtersambt,' deelt Stuart Land me mee zodra ik heb plaatsgenomen in zijn ruime kamer, vanaf de mijne om de hoek.

'Dat meen ik ook te weten,' zeg ik, terugslaand maar respectvol blijvend.

'In Europa zou deze situatie natuurlijk onmogelijk zijn.'

'Welke situatie?'

'Daar hebben ze een professionele rechterlijke macht. Je werkt je geleidelijk op. Zij vinden het nogal ongepast, het Amerikaanse systeem, waarbij... amateurs... tot een hof van beroep benoemd kunnen worden.'

'We zitten nu eenmaal aan ons systeem vast.' Hoewel ik er vrij zeker van ben dat mijn vrouw daarnet beledigd is, dwing ik mezelf te glimlachen, omdat ik geen ruzie wil maken met Stuart Land, de grote anglofiel. Ik heb hier in het gebouw al genoeg vijanden. 'Tot dusverre heeft het redelijk goed uitgepakt. Niet meer dan één schandaal per decennium.'

Stuart trekt een wenkbrauw op bij mijn lichtzinnigheid. Dan haalt hij zijn schouders op, alsof hij wil zeggen dat het beneden zijn waardigheid is om op zulke onzin te reageren. 'Heb je nog nieuws? Over wie in het voordeel zou kunnen zijn?' Waarmee hij impliceert dat mijn bronnen beter zijn dan de zijne, wat onwaarschijnlijk is. Met de Republikeinen in het Witte Huis zou Stuart de banen in Washington waarschijnlijk voor het uitzoeken hebben gehad. Stuart Land, Lynda Wyatts voorganger als decaan, en de man die me ertoe overhaalde terug te keren naar mijn alma mater om er te doceren, is een van de conservatiefste leden van onze faculteit. In de vier jaar na zijn machtsverlies heeft Stuart geen tekenen van bitterheid vertoond jegens Lynda, Marc Hadley, Ben Montoya, Tish Kirschbaum of een van de andere hoogleraren die hebben samengespannen om hem af te zetten. Hij blijft het land doorkruisen op zoek naar geld voor de juridische faculteit, en onze oud-studenten, met name de oudere, rijkere onder hen, zijn nog steeds dol op hem en blijven hun portefeuilles en chequeboekjes trekken wanneer Stuart belt. Velen duiden hem zelfs nog steeds aan met 'de decaan', misschien omdat het er ooit op leek dat hij die baan tot zijn dood zou houden, en als Lynda jaloers is op hun affectie, dan weet ze dat goed te verbergen.

Het is onmogelijk om op intieme voet te komen met Stuart, hoewel de conservatievere hoogleraren met hem optrekken, en Lemaster Carlyle, die met iedereen overweg schijnt te kunnen, een maatje van hem is. Wat mij betreft, ik moet toegeven dat ik Stuart nooit echt heb gemogen. Maar ik heb hem altijd bewonderd, niet in de laatste plaats omdat hij het enige faculteitslid was dat nota bene getuigde in het voordeel van mijn vaders benoeming als rechter van het Supreme Court. Bovendien staat zijn integriteit buiten kijf, en ik was dan ook verbaasd en enigszins verontrust toen hij me nauwelijks een paar dagen na mijn terugkeer uit Washington opbelde om me te vragen een praatje te komen maken.

Aangezien ik om negen uur 's ochtends niets beters te doen heb dan in mijn kantoor te zitten kniezen, ging ik erop in.

Stuart Land is een druk baasje, wiens kostuums met vest, smalle streepjes en brede revers zouden kunnen worden omschreven als *gangsta*-achtig, ware het niet dat hij blank, kortgeknipt en aan de verkeerde kant van de zestig is. Zijn gezicht is rond en volstrekt emotieloos, zijn ogen zijn lichtgrijs en glinsteren van scherpe intelligentie, en het halve brilletje dat altijd op het puntje van zijn neus zit doet hem er eerder hyperkritisch dan professoraal uitzien. Zijn preutse mond heeft altijd een scherp, gevat, afkeurend woordje klaar. Bij de eerste of tweede ontmoeting neemt hij niemand voor zich in, maar langzamerhand komt er een bepaald charisma boven, en weinigen van onze studenten, zelfs de linksen onder hen, slagen erin de juridische faculteit te verlaten zonder te delen in die algemene, warme geestdrift die hij bij iedereen losmaakt.

Maar vanochtend is Stuart warm noch geestdriftig. Hij straalt geen charisma uit. Hij heeft me gebeld omdat hij me iets duidelijk wil maken en op de ware Stuart Land-manier doet hij dat het liefst met een aantal beminnelijke, omslachtige, maar zeer venijnige aanvallen – dezelfde stijl die hij in de collegezaal hanteert, en waarmee ik diverse malen aan het spit werd geregen in de tijd dat hij me verbintenissenrecht doceerde.

'Nee, Stuart,' meld ik plichtsgetrouw. Ik ben met mijn aandacht nog steeds half bij Washington, waar Mariah, die niet in staat was om Warner Bishop te bereiken, een boodschap voor hem heeft achtergelaten. Ik heb niets tegen haar gezegd over het ontbrekende plakboek. 'We hebben geen nieuws vernomen.'

'Marc ook niet. Ik heb begrepen dat hij erg van streek is over de hele toestand.'

'Het spijt me dat te horen.' Wat vagelijk waar is.

'Marc is geen slechte kerel, Talcott. Je moet hem gewoon leren kennen.'

'Ik heb helemaal niets tegen Marc. Ik mag hem wel.'

Stuart fronst alsof hij een leugen vermoedt. Hij trommelt met zijn vingers. 'Hij is natuurlijk niet de geleerde geweest die we hoopten te krijgen toen we hem in dienst namen. Dat writer's block, hè. Maar hij is echt een uitstekende collega, Talcott. Een fantastische docent. Een briljante geest. En toen we jou in dienst namen was Marc een van je vurigste pleitbezorgers.'

'Ik... had geen idee,' zeg ik naar waarheid. In tegenstelling tot sommige andere juridische faculteiten is de onze gefixeerd op vertrouwelijkheid, en met mensen praten over wie voor of tegen hen heeft gestemd, wordt beschouwd als iets wat het midden houdt tussen onethisch en schandelijk. Niettemin heb ik gehoord dat Theo Mountain mijn grootste promotor is geweest, en tijdens mijn eerste paar jaar op de faculteit waren hij en ik zeer goed bevriend. Hij was nooit echt mijn mentor – die heb ik eigenlijk nooit gehad – maar totdat mijn vaders krachtige opmars naar rechts Theo veranderde in een vittende criticus, brachten we veel tijd samen door. Stuart Land, de toenmalige decaan, was de man die me in feite overhaalde mijn werk als advocaat op te geven en naar Elm Harbor te komen om het eens als docent te proberen. Hij trof me op een goed moment: Kimmer en ik zaten net midden in een van onze vele perioden van verwijdering. Dat ze me negen maanden later naar deze stad volgde en op de koop toe met me trouwde, verbaasde mij evenzeer als onze vrienden en familie. En ik heb me altijd afgevraagd – hoewel beide partijen het ontkennen – of Stuart er op de een of andere manier de hand in heeft gehad dat mijn vrouw ervan overtuigd raakte dat de juridische praktijk in Elm Harbor niet zo'n provinciaals baantje was als ze in haar hoofd had.

'Marc is een bekwame man,' herhaalt Stuart. 'Zoals jouw vrouw een bekwame vrouw is.'

'Ja,' mompel ik, innerlijk bezwaar aantekenend tegen die vergelijking terwijl ik geduldig wacht op de rest. Stuart heeft een reden gehad om me hier uit te nodigen en ik weet dat hij op het punt staat me te vertellen wat die reden is. Ik heb nu alleen geen energie om me zorgen te maken over Marc Hadleys gevoelens, ook al heeft hij mijn aanstelling gesteund. De moord op eerwaarde Bishop, zo vlak na de dood van de Rechter, heeft mijn bron van sympathie wel zo'n beetje doen opdrogen. Twee avonden ruziën met Kimmer, die nog steeds op het standpunt staat dat er niets aan de hand is, heeft de rest van mijn emotionele zelf uitgeput. Toch is het belangrijkste dat ik Stuart duidelijk heb gemaakt waar: ik ben redelijk gesteld op Marc Hadley, die hier over het algemeen niet erg aardig wordt gevonden. Marc, die al achttien jaar jurisprudentie doceert aan de juridische faculteit, is in feite best een aardige kerel. Zijn zoon Miguel is een van Bentleys beste peuterschoolmaatjes, dus we gaan wel om met Marc en zijn tweede vrouw, Dahlia, zoals ouders dat doen: op de parkeerplaats van de school, op verjaardagsfeestjes, tijdens excursies naar de brandweerkazerne om de hoek. We zijn niet bepaald intimi, Marc en ik, maar we konden altijd wel goed met elkaar opschieten. En hoewel Lieve Dana Marc 'overgereputeerd' vindt – een befaamd worthisme – is hij naar mijn mening in alle opzichten even briljant als zijn legende beweert; je hoeft maar een paar minuten in zijn aanwezigheid door te brengen om je bewust te worden van dat fantastische brein dat zijn geweldige ideeën genereert. Maar als zijn intellect een legende is, dan is zijn onvermogen om wetenschap voort te brengen er ook een. Zijn academische standing is gebaseerd op zijn enige boek, dat vrij vroeg in zijn carrière werd gepubliceerd. Sindsdien heeft hij vrijwel niets gepubliceerd. Hij wekt de indruk bijna elk boek gelezen te hebben dat ooit geschreven is, over wat voor onderwerp dan ook, en staat bij elke gelegenheid met een citaat klaar, maar Marc zelf lijdt aan een van de grote writer's blocks, een waar monster in zijn soort, en overal wachten juridische tijdschriften nog steeds op artikelen die hij een decennium geleden heeft toegezegd. Eén verbijsterend moment betrap ik mezelf erop dat ik toch sympathiseer met Marc, die waarschijnlijk het gevoel heeft dat hij het rechterschap nodig heeft om te bewijzen dat zijn carrière niet is mislukt. Dan schud ik het af en ben ik weer bereid om voor mijn vrouw te vechten. 'Twee bekwame mensen,' herhaal ik, alleen om te laten zien dat ik de draad niet kwijt ben.

Stuart knikt, leunt achterover in zijn stoel en zet de toppen van zijn lange vingers tegen elkaar, om aan te geven dat hij op het punt staat een kleine preek af te steken. Ik bewonder Stuart, maar ik haat zijn preken.

'Ik vind het niet prettig wanneer leden van onze faculteit met elkaar concurreren,' zegt hij droevig, waarbij zijn toon te kennen geeft dat zijn mening ertoe doet. 'Het is niet goed voor onze collegialiteit. Het is niet goed voor de faculteit.' Hij wijst naar zijn wand van ramen, waarachter men spitsen en torens en de enorme, blokachtige bibliotheek kan zien, de gotische glorie van de eigenlijke campus. 'We zijn in de allereerste plaats een faculteit. Dat is wat het betekent om aan een universiteit verbonden te zijn. We zijn wetenschappers, en degenen van ons die een vaste aanstelling hebben, wat de universiteit Permanente Functionarissen noemt, worden verondersteld leiders te zijn op ons vakgebied. Geen politici, Talcott, maar functionarissen. Wetenschappers. Ieder van ons is belast met exact dezelfde verantwoordelijkheid: zich verdiepen in een gekozen discipline, en vervolgens zijn studenten datgene bijbrengen wat hij toevallig ontdekt. Alles wat van die taak afleidt is schadelijk voor onze gezamenlijke onderneming. Dat zie je toch wel in, hè?'

Mijn gevoel houdt het midden tussen verbijstering en woede. Stuart kiest toch niet de kant van de man die zijn val heeft bekokstoofd? Ik heb nooit het idee gehad dat Kimmer veel aanhangers zou hebben op de universiteit, maar ik was er wel van uitgegaan dat Stuart Land er één van zou zijn.

'Zie je dat in?' zegt hij nogmaals. Hij wacht niet om te zien of ik het inzie. Hij vervolgt zijn oratie en heft een vermanende wijsvinger. 'Weet je, Talcott, tijdens mijn vele jaren op deze faculteit ben ik vaak door deze of gene regering benaderd met de vraag of ik belangstelling had voor een presidentiële aanstelling. Een rechterschap. Waarnemend minister van Justitie. Een of andere functie bij een overheidsinstantie.' Hij glimlacht bij de zoete herinnering. 'Op een keer, tijdens een schandaal, hebben de mensen van Reagan me gevraagd of ik bereid zou zijn een ministerie te komen saneren. Maar ik heb het telkens afgeslagen, Talcott. Telkens weer. Het is namelijk mijn ervaring, mijn onveranderlijke observatie, dat een hoogleraar die is aangestoken door het politieke virus niet langer effectief is als wetenschapper. Het is niet meer zo dat hij de wereld bestudeert en doceert wat hij ontdekt. Hij is in feite bezig met zijn kandidaatsstelling voor een regeringsfunctie, en dat beïnvloedt alles, van de onderwerpen die hij kiest voor zijn geschriften tot de argumenten waarvoor hij bereid is zich in de collegezaal sterk te maken. Hij maakt zich er zorgen over dat hij een papieren spoor achterlaat en als hij er een heeft, besteedt hij zijn tijd aan het opruimen ervan. Je kunt je dus wel voorstellen dat wanneer twee leden van de faculteit tegelijkertijd aangestoken blijken te zijn door het politieke virus en met elkaar wedijveren voor precies hetzelfde plekje bij een gerechtshof, de nadelige gevolgen eh... verveelvoudigd zijn. Verviervoudigd.'

Ik kan dit niet langer op zijn beloop laten. 'Stuart, luister. Ik begrijp wat je bedoelt. Maar mijn vrouw is geen lid van de faculteit.'

'Nou nee, Talcott, daar heb je gelijk in. Dat is ze niet.' Hij knikt alsof hij dit al wist en ik, de langzamere denker, het me zojuist heb gerealiseerd. 'Formeel niet.'

'Zelfs niet informeel.'

'Nou, je vrouw mag dan niet tot de faculteit behoren, ze is wel familie. Ze maakt deel uit van de familie van de juridische faculteit.'

Ik moet daar bijna om lachen. In Kimmers ideale wereld zou ze de juridische faculteit niet eens hoeven zien, laat staan haarzelf als deel ervan beschouwen. 'Kom nou, Stuart. Wat ze ook is, het feit dat ze in de running is kan onmogelijk van invloed zijn op de manier waarop ze haar functie op de juridische faculteit vervult, als ze geen functie op de juridische faculteit heeft.' Ik weiger in Stuarts denkpatronen te vervallen, waarin de hele faculteit mannelijk is.

De staalgrijze ogen fixeren de mijne. 'Daarmee is de zaak niet helemaal afgedaan, Talcott. Dat jouw vrouw, zoals jij het uitdrukt, in de running is, zou van invloed kunnen zijn op jóú.'

'Op mij?'

'O, ja, Talcott, natuurlijk. Waarom is dat zo moeilijk te geloven? Jouw vrouw die rechter wil worden, jij die haar kansen niet in gevaar wilt brengen – waarom zou zo'n situatie niet leiden tot een overdaad aan behoedzaamheid van jouw kant?'

'Een overdaad aan...'

'Ben je de laatste tijd wel jezelf geweest?' Hij grinnikt om de klap te verzachten. 'De Talcott Garland die we kennen en graag mogen? Ik dacht het niet.'

Nu is het welletjes. 'Stuart, kom nou. Mijn vader is net gestorven. En daarna is de predikant die de begrafenis leidde...'

'Vermoord. Ja, dat weet ik. En het spijt me vreselijk.' Hij kromt zijn schouders, vouwt zijn kleine handen op het bureau. 'Maar Talcott, luister. Je bent de laatste tijd verstrooid. Een beetje ontregeld. Misschien ben je te snel teruggekomen.' Dan haalt hij tot mijn verrassing zijn schouders op. 'Maar dit doet helemaal niet ter zake...'

'Niet ter zake! Jij zei dat de concurrentiestrijd van invloed is op de manier waarop ik mijn werk doe!'

'En misschien ging ik wel buiten mijn boekje. Misschien gaat het me niets aan. Misschien was ik alleen aan het speculeren. Ik had de manier waarop jij je werk doet eerlijk gezegd niet in gedachten. Ik had Marc in gedachten.'

'Wat is er met Marc?' vraag ik gebiedend, nog steeds witheet van woede, ook al ben ik volslagen in de war. Zo-even vond Stuart nog dat ik verstrooid en ontregeld was. Nu gaat het hem opeens niets aan.

'Marc doet zijn werk niet goed. Ik denk dat de concurrentiestrijd misschien te veel voor hem is.'

'Waarom praat je dan met mij in plaats van met Marc?' Stuart zegt niets, maar kijkt me recht aan, nauwelijks knipperend met zijn ogen. Ik voel me een beetje licht in het hoofd, een eigenaardige déjà vu, al kan ik niet zeggen wat het is dat ik opnieuw beleef. Ik probeer het nogmaals. 'Heeft Marc je hiertoe aangezet? Heeft hij je gevraagd om met me te praten? Want als dat zo is...'

'Niemand heeft me waar dan ook toe aangezet, Talcott. De faculteit is mijn enige zorg.' Hij praat alsof hij nog steeds de decaan is. 'En ik weet dat jij, net als ik, het beste wilt voor de faculteit.'

'Je suggereert toch niet... Je denkt toch niet...' Ik zwijg, slik de oplaaiende rode woede weg en probeer het opnieuw. 'Ik bedoel, als je suggereert dat ik tegen mijn vrouw zou moeten zeggen dat ze zich uit het proces terug moet trekken, haar kans om federale rechter te worden op moet geven in het voordeel van de juridische faculteit of in het voordeel van Marc Hadley... nou, Stuart, het spijt me zeer, maar daar begin ik niet aan.'

'Het is best mogelijk, Talcott, dat het voordeel van de juridische faculteit en het voordeel van Marc Hadley in dit geval een en hetzelfde zijn.'

'Wat bedoel je met... O!' Heb ik toevallig al verteld dat Stuart Land sluw is? Ik had het eerder moeten inzien. Natuurlijk wil hij Marc helpen zijn gekoesterde rechterschap te verkrijgen. Waarschijnlijk had Marc geen finalist kunnen zijn zonder zijn hulp, want Stuart is misschien wel het enige lid van de faculteit aan wie de regering het zou toevertrouwen borg te staan voor de waarheid van Marcs eigen herhaalde bewering dat hij een politiek liberaal is maar een gerechtelijk reactionair. En waarom zou Stuart de ambitie helpen verwezenlijken van de man die het meest verantwoordelijk is voor zijn val? Omdat Stuart, als Marc rechter zou worden, eindelijk van hem af zou zijn; en decaan Lynda, zijn rivale, de hoeksteen zou verliezen die het draagvlak vormt van haar macht in de faculteit.

Stuart komt met een afgezaagde kwinkslag: 'Misschien zou Marc Hadleys vertrek bij de juridische faculteit en zijn toetreding tot de rechterlijke macht de kwaliteit van beide instituten verbeteren.'

Opnieuw kies ik mijn woorden met zorg. 'Ik begrijp jouw gezichtspunt, Stuart. Werkelijk waar. Maar Kimmer verdient deze zetel meer dan Marc. Ik ben niet van plan haar voor te stellen dat ze haar naam terugtrekt.'

Stuart knikt langzaam. Hij weet zelfs een glimlach te voorschijn te toveren. 'Goed. Het viel te proberen. Ik was er vrij zeker van dat je antwoord zo zou luiden. En dat respecteer ik in je. Maar je moet weten, Talcott, dat er mensen zullen zijn in dit gebouw die dat niet zullen doen.'

'Pardon?'

'Je hebt veel vrienden op deze faculteit, Talcott, maar je hebt ook... Nou ja, er zijn er ook die niet zo dol op je zijn. Dat zal toch niet als een verrassing komen.'

Het rode gordijn daalt eindelijk voor mijn ogen neer. 'Wat probeer je me te vertellen, Stuart? Zeg gewoon maar waar het op staat.'

'Het zou me niet verbazen, Talcott, als er bepaalde... druk... op je zou worden uitgeoefend, om te proberen je zover te krijgen dat je je vrouw ertoe overhaalt zich terug te trekken, zodat Marc de zetel krijgt. Dat is een bijzonder betreurenswaardig feit, maar het is wel een feit. Ik zou liever hebben dat de faculteit anders was, dat we onze collegialiteit behielden, maar wanneer iemand van ons met het politieke virus wordt besmet, gedragen we ons niet als Permanente Functionarissen, maar eerder als Tijdelijke Schoolkinderen.' Hij wacht tot ik grijns om zijn grapje, maar dat doe ik niet. 'Ik vrees, Talcott, dat sommigen van die schoolkinderen je misschien zullen proberen... over te halen.'

'Niet te gelóven. Niet te gelóven.'

'Ik zal er natuurlijk geen deel aan hebben, en ik zal met alle genoegen mijn invloed aanwenden om je te beschermen. Maar Talcott, je moet beseffen dat ik ook vijanden heb op de faculteit. Het zou kunnen dat mijn invloed kleiner is dan ik zou willen.' Hij zucht en slaagt erin te suggereren dat de faculteit een aangenamer plek zou zijn geweest als hij nog steeds de touwtjes in handen had gehad. Misschien is dat ook zo. Je kunt van Stuart Land zeggen wat je wilt, maar de enige ambities die hij ooit heeft gekoesterd, zijn voor de faculteit geweest.

'Ik begrijp het.'

Stuart aarzelt, en ik besef dat hij nog niet helemaal klaar is met zijn preek. 'Anderzijds, Talcott, als je per se deze weg wilt volgen, denk ik dat ik je in Washington misschien best van dienst kan zijn.'

'O?'

'Ik denk dat ik daar weleens enige invloed zou kunnen hebben, en als dat zo is, zal ik die met alle genoegen aanwenden om je vrouw een duwtje in de rug te geven.'

En dat brengt ons, begrijp ik, op het punt waar de hele bijeenkomst om draait. Omdat ik Stuarts subtiele politieke spelletjes zat ben, probeer ik het wat meer op de man af: 'En wat wil je dat ik doe als tegenprestatie voor jouw hulp?'

Stuart fronst en zet zijn vingertoppen weer tegen elkaar. Ik zet me schrap voor de volgende toespraak, maar in plaats daarvan staat hij op. 'Niet alles heeft een quid pro quo, Talcott. Doe niet zo cynisch. Toen je jong was en nog geen vaste aanstelling had, was je optimistischer. Ik denk dat de terugkeer van die pittige kerel een mooi ding zou zijn, zowel voor jou als voor de school.' Hij pakt het boek met Holmes' verzamelde verhandelingen weer op dat hij aan het lezen was toen ik binnenkwam, om me te kennen te geven dat ik kan vertrekken. Maar voordat ik me heb kunnen excuseren, komt hij met een herziene versie van zijn mening op de proppen. 'Het is natuurlijk mogelijk, Talcott, dat je later de kans zult krijgen om de faculteit een wederdienst te bewijzen. Als die gelegenheid zich voordoet, neem ik aan dat je hem zult benutten.'

'Ik... ik weet niet precies wat je bedoelt, Stuart.'

'Als het zover is, weet je het wel.'

In de gang krijg ik plotseling een koude rilling. Ik besef nu aan wie Stuart me deed denken tijdens zijn preek: Jack Ziegler, op het kerkhof, die me beloofde mijn gezin te beschermen, en als tegenprestatie van me vroeg hem alles te vertellen wat ik te weten kom over de *regelingen*.

Ik vraag me ongerust af of Stuart me hetzelfde vraagt.

12

Een expressebestelling

— I —

Elm Harbor werd in 1682 gesticht, gebouwd rond een handelspost bij de monding van de State River. De oorspronkelijke naam was Harbor-on-the-Hill, omdat het vlakke land bij het water maar heel smal is en de grond vanaf de haven snel oploopt; en ook vanwege de invloed van John Winthrops preek een halve eeuw daarvoor over de stralende stad op de heuvel. De vroede vaderen waren strenge congregationalisten, die naar de kust kwamen op zoek naar religieuze vrijheid en onmiddellijk wetten begonnen in te stellen om die ieder ander te verbieden. Aldus verboden ze onder meer blasfemie, papendom, het tonen van je enkels in het openbaar, idolatrie, woeker, je vader ongehoorzaam zijn, en zaken doen op de sabbatdag. Hoewel ze zouden hebben gegruwd van het idee dat ze weleens een gesneden beeld zouden kunnen aanbidden, legden ze hun stad aan in de vorm van een kruis door hem rond twee lange lanen te bouwen, een oost-westweg die in die dagen bekendstond als The East-West Road en nu als Eastern Avenue, en een noord-zuidweg die North Road werd genoemd, later The King's Road, en nu King Avenue.

De universiteit opende dertig jaar later zijn deuren, in wezen een school ter voltooiing van de opvoeding van streng congregationalistische mannen die – naast hun bijbel – retoriek, Grieks en Latijn, wiskunde en astronomie wilden studeren. De originele campus bestond uit twee houten gebouwen in de lange ovaal waar King Avenue een wijde bocht maakt om de kromming van de State River te volgen; dat waardevolle perceel aan de rivieroever is nu in het bezit van de medische faculteit. In de volgende drie eeuwen verspreidde de campus zich als een agressief kankergezwel door het gebied ten westen van King Avenue, het ene huizenblok binnendringend, zich uitzaaiend naar het andere, alles vernietigend wat in de weg stond of het aanpassend aan de doeleinden van de universiteit. Planken huizen zijn neergehaald, samen met fabrieken, scholen, winkels, logementen, kerken, herenhuizen, bordelen, taveernes, looierijen, en het ene blok huurhuizen na het andere. In plaats daarvan zijn er bibliotheken, laboratoria, collegezalen, kantoren, studentenhuizen en administratiegebouwen verrezen... en open ruimte. Heel veel open ruimte. De universiteit mag zichzelf graag omschrijven als Elm Harbors belangrijkste aanlegger van parklandschap, ook al durft niemand uit de stad een voet te zetten in een van de prachtige universitaire parken. De universiteit heeft musea en een aquarium gebouwd en het toonaangevende centrum van uitvoerende kunsten in de regio. Haar ziekenhuis is een van de beste ter wereld. De universiteit investeert in de gemeenschap, verschaft kapitaal om nieuwe huizen te bouwen en kleine ondernemingen te beginnen. Er is geen instituut in de omgeving dat meer werk verschaft.

Althans, dat beweren onze persberichten.

De universiteit koopt ook hele straten op, sluit ze af voor het verkeer, laat kolossale gebouwen neerzetten voor het parkeren van auto's, maar alleen de auto's van studenten en faculteitspersoneel, en vormt, met haar privé-veiligheidsdienst die volledig bevoegd is om arrestaties te verrichten, een eiland van relatieve rust, omgeven door een bijna zichtbare muur om de stadslui buiten te houden.

Elm Harbor zelf is demografisch complex. Ongeveer dertig procent van de inwoners is zwart, twintig procent is Latijns-Amerikaans, en de rest is blank – maar zo verschillend! We hebben Griekse Amerikanen, Italiaanse Amerikanen, Ierse Amerikanen, Duitse Amerikanen en Russische Amerikanen. De inwoners die door de Dienst Volkstelling met de natte vinger worden bestempeld als Latijns-Amerikaans zijn grotendeels van Puerto-Ricaanse afkomst, maar vele anderen kunnen hun familie terugvoeren tot Midden-Amerika – net als velen van onze zwarte inwoners, die overigens bijna evenredig verdeeld zijn in mensen van West-Indische afkomst en degenen wier oudste aanwijsbare wortels in het zuiden van Amerika liggen. De stad is hopeloos verdeeld langs deze vele lijnen, zoals we iedere drie jaar weer merken bij de gemeenteraadsverkiezingen, waarbij de gemeenteraad een eindeloos kibbelende regenboog is, en vaak wel vijf of zes verschillende etnische groeperingen burgemeesterskandidaten inzetten in de voorverkiezingen van de Democraten. (De plaatselijke Republikeinse Partij is een lachertje.) Er zijn maar twee dingen die Elm Harbors inwoners van meervoudige oorsprong verenigen: een gedeelde hekel aan de universiteit en een gedeelde droom dat hun eigen kinderen er op een dag naartoe zullen gaan.

Kimmer vindt het niet prettig om hier te wonen, en de universiteit, hoewel af en toe een cliënt, is een van de redenen.

En mijn eigen mening? Ik ben geen liefhebber van steden, en het komt me voor dat Elm Harbor, met zijn vele problemen, niet erger is dan alle andere. Wat ik door de jaren heen van mijn collega's heb geleerd – vooral van de grote conservatief Stuart Land en de grote liberaal Theo Mountain – is dat degenen van ons die tot de universiteitsgemeenschap behoren, een speciale, gezamenlijke verantwoordelijkheid dragen om verbeteringen te bewerkstelligen in wat Theo graag de metropool noemt. Ik weet dat het begrip verantwoordelijkheid tegenwoordig passé is, vooral het idee van verplichting ten opzichte van degenen die Eleonor Roosevelt minder gelukkig dan wijzelf placht te noemen, maar de Rechter voedde zijn kinderen ermee op, en we kunnen er geen van allen geheel van loskomen. De Rechter was van mening dat zijn sociale conservatisme dienstverlening vergde: als de rol van de staat klein zou zijn, moest de rol van vrijwilligers groot zijn. Dus houdt Mariah feestjes voor dakloze kinderen, geeft Addison les aan middelbare scholieren uit de binnenstad... en dien ik voedsel op.

— 11 —

De gaarkeuken waar ik soms als vrijwilliger werk, serveert elke werkdag om half één warme lunches aan vrouwen en kinderen in de kelder van een congregationalistische kerk één straat ten oosten van de campus, en dat is de volmaakte plek om het mysterie en de dood te vergeten, want de problemen waarmee de klanten van de gaarkeuken te kampen hebben, zijn veel diepgaander dan de mijne. Toen ik na het verbijsterende gesprek met Stuart Land in mijn kantoor zat om me voor te bereiden op mijn college onrechtmatige daad, werd ik me bewust van de roep van de gaarkeuken. Terwijl ik mijn achterdochtige studenten de ingewikkelde materie probeerde bij te brengen van comparatieve nalatigheid, wist ik dat ik er met de pet naar gooide en voelde telkens wanneer ik me had omgedraaid de vernietigende blik van Avery Knowland in mijn rug. Toen het college ten einde was, smakte ik mijn boeken neer in mijn kantoor en snelde het gebouw uit.

De gaarkeuken, besloot ik, is op dit moment de enige juiste plek voor me.

Dienstverlening, breng ik mezelf in herinnering terwijl ik de trappen afloop naar de kelder van de kerk. We worden allemaal geroepen tot daadwerkelijke dienstverlening. Niet alleen geld geven, preekt Theo Mountain graag, en ook niet strijden voor het veranderen van de wet, want Theo beschouwt de wet als een hopeloze zaak. Dienstverlening aan echte mensen, die pijn hebben en huilen en ons uitdagen.

De beheerder van de gaarkeuken, een Teutoonse weduwe van rond de zeventig die erop staat dat we haar Dee Dee noemen, groet me met een stuurse blik als ik een paar minuten voor openingstijd kom binnenstormen. Terwijl haar stok venijnig op de vinylvloer tikt, volgt Dee Dee me de keuken in, waar de rest van het personeel parten aan het snijden is van verscheidene geschonken pizza's, gisteren gebakken en nu kurkdroog. 'Om twaalf uur beginnen we alles klaar te zetten,' vaart ze tegen me uit met haar beschaafde stem terwijl ik een paar wegwerprubberhandschoenen aantrek. 'We verwachten dat iedereen er tegen kwart over twaalf is.'

'Ik moest college geven, Dee Dee. Het spijt me.'

'*College.*'

'Ja.' Ik probeer te bedenken hoe mijn charmante broer Dee Dee zou aanpakken. Niet al te best, durf ik te wedden.

Dee Dee, wier echte naam me vaak is meegedeeld en die ik nooit kan onthouden, is een kleine vrouw met een zorgvuldig gekamde, witblonde pony en brede, stevige schouders. Ze draagt gebloemde overhemdjurken, kniekousen en praktische schoenen. Haar lange, wasbleke gezicht lijkt uit een of ander flets gesteente te zijn gehouwen en haar verbazingwekkend heldere, blauwe ogen wekken bij niet-ingewijden de bedrieglijke indruk dat ze kan zien. Maar Dee Dee is stekeblind. Verder staat ze erop dat onze gasten (zoals zij ze noemt) met respect behandeld worden. We hebben kleurige katoenen tafelkleden, die Dee Dee zelf twee keer per week wast, vazen met bloemen op de tafels en strenge regels dat al het voedsel uit schalen moet worden opgediend, nooit uit pannen die zo van het vuur komen of schalen die zo uit de oven komen. Dee Dee staat erop dat onze gasten *Alstublieft* en *Dank u wel* zeggen en dat wij *Graag gedaan* zeggen. Vrijwilligers die onbeleefd zijn, krijgen één waarschuwing, waarna ze hier niet meer welkom zijn. Dee Dee heeft geen bevoegdheid om gasten te weren die onbeleefd zijn tegen de vrijwilligers, maar haar borende blik, verontrustend direct, houdt iedereen, met uitzondering van de ergste schizofrenen, in het gareel. Dee Dee, zoals ze zelf vrolijk toegeeft, heeft de wind eronder. Haar blindheid heeft geen invloed op haar vermogen om onmiddellijk, als door een soort telepathie, te weten welke vrijwilliger slordig is in het afpassen van porties lasagne en welke gast een paar extra appels in haar sweater probeert te moffelen.

Of wie er te laat is.

Dee Dee zet haar grote handen op haar smalle heupen en geeft me achterovergebogen, haar smalle lippen neergetrokken, de volle lading: 'Wil je zeggen dat college geven belangrijker is dan deze ongelukkige vrouwen te eten geven?' Dan glimlacht ze en geeft me een verbazingwekkend nauwkeurig schouderklopje, om me te laten weten dat ze voornamelijk schertst.

Voornamelijk.

Maar juist vandaag ben ik dankbaar voor haar gevatheid.

Ik neem mijn plaats in achter de toonbank, bij de saladeafdeling ditmaal. Een paar van de andere vrijwilligers zeggen me gedag. *Professor* noemen ze me, een soort grapje voor ingewijden, hoewel ik op de middelbare school dezelfde bijnaam had. *Hé, professor!* roepen zowel vrijwilligers als cliënten. *Hoe gaat-ie, prof?* Ik kom om talloze verschillende redenen naar de gaarkeuken. Een daarvan, het gemakkelijkst te begrijpen, is dienstverlening, de eenvoudige christelijke plicht om iets voor anderen te doen. Een andere is altijd weer de behoefte om herinnerd te worden aan de verscheidenheid van het menselijke ras in het algemeen en de donkerder natie in het bijzonder: want de studenten en docenten die zwart Amerika vertegenwoordigen op de universiteit, doorlopen in de regel voornamelijk het gamma van Oak Bluffs tot Sag Harbor. En misschien ben ik hier vandaag ook deels gekomen om boete te doen voor mijn gekoeioneer van Avery Knowland, wiens onbeschoftheid hem eigenlijk niet te verwijten valt. Maar zelfs dat is een te magere verklaring. Dit is misschien wel een van die dinsdagen waarop het gezelschap van deze vrolijke bende verkiesbaar is boven het gezelschap van mijn collega's, niet omdat er iets aan mijn collega's mankeert, maar omdat er iets aan mij mankeert. Er zijn dagen dat op het werk vertoeven iets wegheeft van bij de Rechter vertoeven, en het feit dat hij dood en begraven is, doet daar niets aan af. Op Oldie word ik omringd door mensen die de herinnering aan mijn vader als student koesteren: Amy Hefferman, zijn jaargenote; Theo Mountain, zijn docent; Stuart Land, die als student twee jaar na hem kwam; een paar anderen. Ondanks het schandaal dat zijn carrière verwoestte, hangt mijn vaders portret, zoals de portretten van al onze afgestudeerden die tot rechter zijn benoemd, aan de muur in de enorme leeszaal van de juridische bibliotheek, wat een van de redenen is waarom ik daar weinig tijd doorbreng. Soms word ik verstikt door de rol die ik moet spelen: *Was Oliver Garland echt uw vader? Hoe voelde dat?* Alsof ik voornamelijk op de campus ben om dienst te doen als tentoongesteld object. Ik had me nooit door de Rechter moeten laten overhalen om rechten te gaan studeren waar hij dat vóór mij ook had gedaan; ik begrijp niet wat me bezield kan hebben om te besluiten dat dit de juiste plek was om als docent te gaan werken.

171

Misschien het feit dat ik geen andere aantrekkelijke aanbiedingen had. Of dat mijn vader me opdroeg het te doen.

Ik was in de meeste opzichten een plichtsgetrouwe zoon. Mijn enige daad van rebellie was met Kimberly Madison trouwen, met wie ik op de juridische faculteit zat, terwijl mijn familie de voorkeur gaf aan haar zus, Lindy, met wie ik op de middelbare school zat. Kimmer weet natuurlijk heel goed hoe mijn ouders erover dachten, zoals ze me twee weken geleden in het steakrestaurant in K Street in herinnering bracht, en er zijn momenten waarop die wetenschap haar razend maakt, en andere momenten waarop ze tegen me zegt dat ze zou willen dat ik had gedaan wat er van me werd verwacht. Het probleem is dat ik nooit van Lindy heb gehouden, al dacht de Goudkust daar kennelijk anders over. En Lindy heeft nooit ook maar enige belangstelling voor mij gehad. Als dat wel zo was geweest, zou ik waarschijnlijk met haar zijn getrouwd, precies zoals mijn ouders wilden, en zou mijn leven anders zijn geweest – niet beter, gewoon anders. Ik zou Bentley bijvoorbeeld niet hebben gehad, wat onschatbaar veel erger zou zijn geweest. Andere dingen daarentegen zouden nog steeds hetzelfde zijn: de Rechter zou nog steeds aan een hartaanval gestorven zijn, en iedereen zou me nog steeds vragen welke regelingen hij had getroffen, en Freeman Bishop zou nog steeds vermoord zijn, en Mariah zou nog steeds verzot zijn op krankzinnige theorieën.

En ik zou nog steeds emotioneel uitgeput zijn.

Kimmer en ik hebben gisterochtend ruziegemaakt, niet over wat ze al dan niet met Jerry aan het uitspoken is, maar over geld. Elke herfst hebben we dezelfde ruzie, omdat de herfst blijkbaar de tijd is waarop we beseffen dat het in januari zo zorgvuldig vastgestelde budget een aanfluiting is geworden: in dat opzicht doen we het ongeveer net zo goed, of zo slecht als de federale regering. Staande in de deuropening van Kimmers inloopkast terwijl Kimmer, slechts gekleed in beha en onderrok, het powerkostuum voor die dag uitzocht, stelde ik haar voor om te bezuinigen. Ze vroeg waarop, zonder zich om te draaien. Ik wees haar ietwat behoedzaam op haar uitgaven aan kleding en sieraden. Geprikkeld legde ze uit dat ze bedrijfsadvocaat is en zich daarnaar moet kleden. Dus bracht ik de verstikkende leasebetalingen naar voren van haar witte BMW M5-Alpine, waarin ze door de stad scheurt terwijl ik rondtuf in mijn saaie, maar betrouwbare Camry. De auto bleek ook min of meer een vereiste van haar baan te zijn. Ik stelde voor om na te denken over verhuizen naar een kleiner huis. Terwijl Kimmer heupdraaiend haar rok aantrok, zei ze dat onze woning ook deel uitmaakt van haar professionele imago. Toen ik verslagen mijn hoofd schudde, keek ze over haar schouder naar me en glimlachte op de manier die ik het leukst vind. Toen verhoogde ze de inzet door me er bits aan te herinneren dat we het huis in Oak Bluffs nu vrij en onbezwaard bezitten: we zouden het kunnen verkopen om in één klap van al onze financiële zorgen af te zijn. Ik betaalde onverstandig genoeg met gelijke munt terug door te beweren dat het huis op de Vineyard noodzakelijk is voor mijn imago en dat het verkopen ervan zou neerkomen op het verwerpen van mijn erfgoed. Als elk jaar eindigde de woordenwisseling onbeslist.

Rob Saltpeter gaf me gisteren een standje toen ik met hem en Theo Mountain lunchte in een gelegenheid die Cadaver's heet, een verbouwde rouwkamer twee straten van de campus vandaan, een beetje prijzig, met obers die ervoor betaald worden om zich vreemd te gedragen. Rob opperde dat ik misschien te snel was teruggekomen, dat ik tijd nodig had om te helen. Hij stelde me voor het boek Job eens in te kijken. Theo Mountain, die nooit een blad voor de mond heeft genomen, zei dat het niet alleen uitputting was, en dat ik geen baat zou hebben bij 'het lezen van een paar bijbelverzen'. Hij zei dat ik misschien wel depressief was.

En waarschijnlijk heeft Theo gelijk. Ik bén depressief. En ik vind het bijna prettig. Een depressie is verleidelijk: zij beledigt en plaagt je, schrikt je af en trekt je aan, verleidt je met haar belofte van zoete vergetelheid, en overweldigt je dan met een bijna seksuele kracht, waarbij ze zich langs je afweer wurmt, je wil doet smelten, je vermoeide geest zo grondig binnendringt dat het moeilijk wordt je te herinneren dat je ooit zonder hebt geleefd... of je voor te stellen dat je misschien ooit weer zonder zult leven. Met alle slinksheid van Satan zelf overtuigt de depressie je ervan dat haar invasie geheel en al jouw idee was, dat je het altijd al hebt gewild. Ze vertroebelt het deel van de hersenen dat redeneert, dat weet wat goed en slecht is. Ze verovert je met haar warme, schuldbewuste, verfoeilijke genoegens, en, erger nog, ze wordt *vertrouwd*. Opeens blijk je onderworpen te zijn aan precies datgene waar je het bangst voor bent. Je werk verslonst, je vriendschappen verslonzen, je huwelijk verslonst, maar je hebt er nauwelijks erg in: depressief zijn is half verliefd zijn op ellende.

'Kap er dus mee,' zeg ik tegen het vertrek, tot schrik van een andere vrijwilliger, die op haar plek naast mij koekjes van vorige week uitstalt. Ik glimlach verontschuldigend naar haar perplexiteit en tijg weer aan het werk. *Misschien ben je depressief,* zei Theo, die, zo gaat het gerucht, in vijftig jaar op de faculteit nog nooit een collegedag heeft overgeslagen. Als gevolg van de merkwaardige vermenging van oude families uit Elm Harbor, zijn Theo en Dee Dee verre familie van elkaar, en het was Theo die me op een bijzonder moeilijk moment in mijn huwelijk de suggestie deed om ter bevordering van mijn gemoedstoestand als vrijwilliger in de gaarkeuken te gaan werken. *Ik heb er baat bij gehad,* verkondigde Theo, wiens vrouw sinds mijn studententijd al dood en begraven is.

Terwijl ik de salades in afgepaste porties op kleine papieren bordjes schep, recht ik mijn rug wat meer; en dankzij het dienstverlenen lukt het me een tijdje alles te vergeten.

– III –

Dee Dee gaat voor in een kort gebed en dan zijn we geopend. Ze zet muziek op: een draagbare cd-speler met grote, krakerige speakers. Ze heeft even geprobeerd haar zin door te drijven met klassieke muziek (haar smaak gaat niet verder dan de drie B's), maar ze is gezwicht voor de druk van tijd en plaats en draait nu soepele jazz en af en toe iets ruigers. We bedienen een ruig soort mensen. Bijna alle vrouwen zijn zwart. Er zijn er maar weinig die nog iets aan hun uiterlijk doen. De meesten verschijnen met geplet en klittend haar, in ongewassen sweatshirts en smerige jeans. Er zit vuil onder hun gebarsten, slecht gelakte nagels. Een handjevol heeft witte tanden, maar die van de meesten zijn lang geleden al van geel naar bruin verkleurd. Verscheidenen hebben drugsproblemen. Een paar zijn overduidelijk HIV-positief. De vrouwen slepen zich door de rij als vergeten geesten die naar de rivier de Styx sjokken. Ze zijn enthousiast noch terughoudend, fatalistisch noch verontwaardigd. Ze zijn grotendeels volslagen emotieloos. Ze grinniken niet, huilen niet, lachen niet, klagen niet. Ze zijn er alleen maar. In mijn studententijd durfden wij zogenaamde revolutionairen te beweren dat de onderdrukten op een dag als een machtig leger zouden opstaan om de kapitalisten te vellen, het systeem omver te werpen en een waarlijk rechtvaardige maatschappij te stichten. Welnu, hier heb je een stuk of wat van de meest onderdrukte mensen in Amerika, allemaal in de rij voor hun voedsel, en de grootste passie die ze nog weten op te brengen is om kort maar verhit ruzie te maken over wie de grotere portie heeft gekregen. De helft is misschien over twee jaar dood. Als de hoopvolle, onschuldige schoonheid er niet was van hun kinderen, die nog steeds een glimlach beantwoorden met een glimlach, zou ik het waarschijnlijk niet eens kunnen opbrengen om te komen.

Maar weinig vrouwen willen salade, hoewel een van hen me in het voorbijgaan heel openlijk een oneerbaar voorstel doet ('Geen salade, maar mmmm-*mmmm*, jóú zou ik wel lusten.'). Ik kan wel huilen.

Dit is wat conservatieven hebben teweeggebracht met hun bezuinigingen op de bijstand en hun onverschilligheid ten aanzien van de positie van degenen die niet zijn zoals zij, zeggen mijn collega's op de universiteit. Dit is wat de liberalen hebben teweeggebracht met het koesteren van de slachtoffermentaliteit en hun onverschilligheid ten aanzien van traditionele waarden als hard werken en het gezin, hield mijn vader zijn juichende toehoorders altijd voor. Tijdens mijn bittere momenten komt het me voor dat beide partijen er eerder in geïnteresseerd zijn de discussie te winnen dan het lijden van deze vrouwen te verzachten. *Dienstverlening.* Theo Mountain heeft gelijk. Er is geen ander antwoord dan dat.

'Talcott?'

Ik draai me om, het gebarsten houten saladecouvert nog in mijn handen.

'Ja, Dee Dee?'

'Talcott, er is iemand aan de deur die naar je vraagt.'

'Kan hij niet binnenkomen?'

'Zíj wil niet.' Er speelt een plagerige glimlach om Dee Dee's lippen, en even krijgen haar wangen kuiltjes die ooit spectaculair moeten zijn geweest.

'Een ogenblik.'

Ik ga terug naar de keuken om iemand te vinden die mijn ongeliefde plek wil overnemen. Ik doe mijn schort uit en gooi mijn handschoenen in de vuilnisbak. Nadat ik mijn jasje heb gepakt, volg ik Dee Dee die tikkend de betonnen trap oploopt naar de ingang, waar Romeo, de enige andere mannelijke vrijwilliger, de deur bewaakt. Romeo's huid heeft de zwartbruine kleur van een boomstam in een maanloze nacht. Hij is een man van onbestemde leeftijd, naar alle kanten uitgedijd. Hoewel een gedeelte van zijn omvang uit vet bestaat, is het merendeel dat niet. Romeo's vlezige handen zijn altijd in beweging, het resultaat van een zenuwstoring, maar met een dreigend effect. Hij is vaak een beetje traag, maar zijn vaag zuidelijke taaltje is nooit moeilijk te begrijpen. Ik weet niet waar Romeo vandaan komt of zelfs maar hoe hij werkelijk heet. Hij zat ooit op straat, zoals hij het formuleert – dat wil zeggen: hij verhandelde drugs – maar slaagde erin Jezus te vinden zonder eerst ongerieflijk in de gevangenis te belanden. Zijn ronde, gladgeschoren gezicht ziet er afgeleefd uit. Hij is veel vriendelijker dan hij lijkt; maar het is zijn voorkomen waar de kerk op vertrouwt om iedereen weg te jagen die van plan is inbreuk te maken op de regel dat alleen vrouwen en kinderen worden toegelaten.

'Ze is weg, juffrouw Dee Dee,' mompelt hij nu, terwijl de immense handen driftig over elkaar wrijven. 'Ze zei dat ze niet kon wachten.'

'Hoe zag ze eruit?'

'Een blanke meid,' zegt Romeo, terwijl Dee Dee ingespannen naar ons beiden luistert. 'Schoon,' voegt hij eraan toe, waarmee hij wil zeggen: *Niet als de vrouwen binnen.*

'Een blanke vrouw,' herhaal ik, me afvragend wie het was en hem tevens corrigerend met het automatisme dat voortkomt uit een leven op een politiek behoedzame campus.

'Nee, nee,' werpt hij tegen, 'een blanke *meid.*' Maar zijn nadruk verschaft weinig informatie: in Romeo's typologie moet je Dee Dee's leeftijd bereiken voordat je een vrouw wordt. Romeo knijpt zijn ogen half dicht, zoekend naar het juiste adjectief. 'Lief,' zegt hij ten slotte.

Lief is een van Romeo's woorden voor *aantrekkelijk.* Ik denk nu bij mezelf: *studente,* maar ik begrijp niet waarom een van mijn studenten mijn spoor tot hier zou volgen – of waarom ze, toen ze me gevonden had, niet wilde wachten tot ik bovenkwam.

'Heb je haar weleens eerder gezien, Romeo?' Dee Dee stelt de vraag die eigenlijk bij mij had moeten opkomen.

'Nee, juffrouw Dee Dee. O ja!' Zijn ogen flikkeren plotseling op. Een van die reusachtige handen zwaait omhoog en biedt een grote witte envelop aan. 'Ze zei dat iemand haar had betaald om dit aan de prof te geven.' Waarmee hij op mij doelt.

'Wat is het?' vraagt Dee Dee, haar vraag tot de prof richtend.

'Ik weet het niet,' beken ik. 'Een of andere envelop.' Ik neem hem van Romeo aan en bestudeer de voorzijde. Mijn volle naam en titel en mijn juiste adres op de juridische faculteit zijn netjes op de voorzijde getypt. Er zit geen postzegel op. Er staat geen retouradres op. Ik weeg hem in mijn hand, daarna knijp ik erin. Er zit iets kleins en hards in. Zoiets als een lippenstift. Ik frons mijn voorhoofd. Elke universiteit in het land heeft haar faculteiten gewaarschuwd geen brieven te openen van onbekende afzenders, maar ik ben altijd een dwarsligger geweest.

Trouwens, je moet toch ergens aan doodgaan.

'Heeft ze gezegd wie haar heeft betaald?' vraag ik, voornamelijk om tijd te rekken.

'Nee.'

Mijn frons wordt dieper. Iemand heeft iemand anders betaald om me een envelop te bezorgen – bij de gaarkeuken. Maar hoe kan iemand weten dat ik in de gaarkeuken zou zijn? Ik wist het zelf een uur geleden pas.

Heb ik het tegen iemand gezegd? Ik geloof het niet. Ik heb zelfs niemand gezien toen ik het gebouw verliet, afgezien van een paar willekeurige studenten. Heeft iemand me gevolgd? Ik schud mijn hoofd. Als Romeo niet eens weet wie de envelop heeft gebracht, zal ik er al helemaal nooit achter komen wie hem heeft gezonden. Als de persoon die hem heeft bezorgd een studente was, dan zijn daar wel zo'n drieduizend van op de campus, en nog eens vijfduizend op de staatsuniversiteit een paar kilometer verderop.

'Huh,' zeg ik intelligent.

Dee Dee haalt haar schouders op en kuiert weer naar beneden: ze heeft een lunch te verzorgen. Dus is Romeo mijn enige gezelschap als ik de brief openscheur – aan de zijkant, niet bij de flap, om geen onnodig risico te nemen – en de inhoud in mijn handpalm tik. Een papieren cilinder, bijna vijf centimeter lang, valt eruit. Geen briefje, niets op schrift, alleen dit piepkleine bundeltje. Er zit plakband omheen gewikkeld, in een slordige spiraal: iemand heeft behoorlijk wat moeite gedaan om datgene wat door het papier bedekt wordt te beschermen.

'Maak het eens open, prof,' zegt Romeo, als een kind op kerstochtend.

Ik pel het plakband er zo voorzichtig mogelijk af, maak het papier los en tref daarin de missende witte pion van mijn vaders handgemaakte schaakspel aan.

13

Een bekend gezicht

— I —

Het akelige is dat er niemand is aan wie ik het kan vertellen. Teruglopend naar de juridische faculteit terwijl de middag van begin november grijs en fris wordt, valt het me ineens op hoe... hoe *vriendenloos* ik mijn bestaan heb weten te maken. Ik passeer de koffiehuizen, kopieerwinkels en trendy kledingboetiekjes die je rond elke campus in Amerika schijnt aan te treffen. Ik passeer groepjes studenten die ondanks hun trots verkondigde diversiteit er steeds meer hetzelfde uitzien. En ook steeds meer hetzelfde dénken, want de verscheidenheid van de op de campus geaccepteerde meningen, over bijna elk onderwerp, neemt met het jaar bedroevend af. Ik passeer de aangrenzende, overvolle parkeerterreinen die het passief-agressieve antwoord vertegenwoordigen op het probleem van het campusverkeer: maak het parkeren hopeloos ongemakkelijk, heeft een of andere gezichtsloze bureaucraat verordonneerd, en de meeste studenten en werknemers zullen hun auto's thuis laten. De eindeloze zee van auto's die te lang geparkeerd staan bij de parkeermeters in Town Street en Eastern Avenue, vormt de weerlegging van het idee, maar een universiteitsbestuur is als een oceaanboot: hij kan niet snel en gemakkelijk keren, zelfs niet wanneer er ijs in zicht is.

Nu ik erover nadenk: dat kan ik evenmin.

Twee keer neem ik de pion uit mijn zak en bestudeer hem nauwkeurig, alsof hij elk moment een gedaanteverwisseling zou kunnen ondergaan. Ik zou eigenlijk de FBI of Cassie Meadows moeten bellen om een soort officieel verslag uit te brengen, maar ik heb er gek genoeg weinig zin in. Ik voel me op geen enkele manier bedreigd. De pion is geen waarschuwing. Hij is een boodschap. Ik zou graag wat tijd willen hebben om de betekenis ervan te doorgronden.

Wie zou ik in vertrouwen kunnen nemen? Addison niet. Hij houdt zich schuil, is onbereikbaar. Mariah ook niet, die zich over het onderwerp van de dood van de Rechter steeds gekkere dingen in het hoofd haalt en die, als ik haar zou opbellen, de pion tot het symbool van een kogel of van een fiool met gif zou transformeren.

'Niemand om het aan te vertellen,' mompel ik tegen de lucht.

Ik steek de kille campus over, hoofd omlaag, handen in de zakken van mijn versleten Burberry-regenjas. Terwijl ik de Oude Binnenplaats bereik, zoals hij wordt genoemd, waar de oudste overgebleven universiteitsgebouwen staan, ga ik verder met het doornemen van mijn dun gezaaide opties. Ik zou misschien met Kimmer kunnen praten, wanneer ze terug is uit San Francisco, waar ze voor de zoveelste maal gepaste ijver betracht met Gerald Nathanson, maar ik moest de zaak laten doodbloeden. Of misschien zou ik met Lieve Dana kunnen praten, die er een grapje van zou maken, of Rob Saltpeter, die...

Ik word gevolgd.

Eerst weet ik het niet zeker. De man in het groene windjack, met het verontrustend bekende gezicht, duikt op terwijl ik onder een van de vier stenen bogen doorloop die de grenzen van de Oude Binnenplaats markeren. Ik sta stil om een politicologe gedag te zeggen wier dochter bij Bentley op de peuterschool zit. Ze zegt iets over de bouw van het nieuwe kunstmuseum op de hoek, en we draaien ons allebei om om ernaar te kijken, en daar staat hij, enkele tientallen meters van ons vandaan, terzijde van een groep studenten. Hij doet geen poging zich te verbergen, maar beantwoordt mijn onderzoekende blik slechts door mij recht en waakzaam aan te kijken.

Zelfs op deze afstand ben ik er ontmoedigend zeker van dat ik weet wie hij is: McDermott, geen voornaam genoemd, de man die nog maar twee weken geleden in de woonkamer van mijn vaders huis in Shepard Street voorgaf een FBI-agent te zijn.

Maar eerst probeer ik mezelf ervan te overtuigen dat ik me zou kunnen vergissen, omdat hij, wanneer ik mijn vriendin op hem wijs, al verdwenen is, even spoorloos als mijn maandelijkse looncheque. Gewoon zenuwen, zeg ik bij mezelf zodra de politicologe is doorgelopen, maar dan krijg ik hem weer in het oog wanneer ik bij de stortbetonnen eentonigheid van de gebouwen van de sectie natuurwetenschappen aankom. Ditmaal bevindt hij zich vóór me, zit hij doodgemoedereerd de campuskrant te lezen op de trap van het biologiegebouw, zijn windjack over zijn schoot. De aardbeikleurige moedervlek gloeit op zijn hand terwijl hij een bladzij omslaat. Oké, hij is me even te slim af geweest. Een aardige truc, moet ik toegeven, maar ik ken de campus en hij niet. Zonder precies te weten door welk instinct ik me laat leiden, maar waarschijnlijk nog steeds met Freeman Bishop in het achterhoofd, besluit ik hem te mijden. Ik zal een kortere weg terug naar de juridische faculteit nemen en Cassie Meadows opbellen, of misschien direct contact opnemen met de FBI. Een smalle winkelpromenade tussen het biologiegebouw en het computercentrum verbindt de binnenplaats van de sectie natuurwetenschappen met de administratiegebouwen en ik sla met een scherpe bocht de winkelpromenade in, schiet dan tussen twee studenten door en snel de zij-ingang van het computercentrum in, met mijn faculteitsidentificatiekaart naar de puistige bewaker zwaaiend, die nauwelijks opkijkt van zijn tijdschrift *People*. In mijn eigen studententijd was computerwetenschap gehuisvest in een vervallen warenhuis op de ongemakkelijk grens tussen de campus en de armen van de stad, totdat een meer verlicht (dat wil zeggen ondernemingsgezind) universiteitsbestuur enkele tientallen miljoenen bij elkaar bracht voor deze nieuwe faciliteit. Ik werp een blik over mijn schouder: geen McDermott. Maar hij heeft me al eerder bij de neus genomen. Ik storm een gang door die wordt gevormd door schouderhoge tussenschotten die rijen terminals van elkaar scheiden, totdat ik de brandtrap bereik. Ik ren twee verdiepingen omhoog, buiten adem nu, en kom uit bij de faculteitskantoren. De professoren die ik passeer zijn allemaal mannen, allemaal blank, en allemaal hetzij kaal, hetzij met het haar tot op de schouders – er schijnt geen tussenweg te zijn. Ze richten sceptische blikken op me terwijl ik voorbijsnel: er is op de universiteit waarschijnlijk geen ander hoofdvak dat zo vrij is van de donkere natie als computerwetenschap (mogelijk met uitzondering van Slavische literatuur), en geen van hen verkeert ook maar een ogenblik in de veronderstelling dat ik hier thuishoor. Ik sla een hoek om en bereik de voetgangersbrug van gewapend glas die twee verdiepingen boven Lowe Street (de studenten noemen het de Low Road) de oversteek maakt naar de vakgroep natuurkunde, waar ik de lift neem naar de begane grond, en nogmaals op de trap uitkom.

McDermott is, zoals ik al voorspelde, verdwenen.

Ik trek mijn jas recht, hijs mijn broek op en buig me even voorover terwijl ik diepe, dankbare teugen schone herfstlucht naar binnen zuig. De spieren rond mijn ribben zenden een aanhoudende klacht uit. Mijn dijen zijn ook niet gelukkig. Mijn overhemd is doorweekt. Het is moeilijk te geloven dat ik op de middelbare school de achthonderd meter heb gelopen – ik liep hem slecht, maar ik liep hem, gedreven, absurd genoeg, door de behoefte de competitie aan te gaan met mijn atletische jongere zusje. Wat Kimmer voortdurend tegen me zegt is waar: ik moet wat aan mijn conditie doen, en een of twee keer per maand basketballen met Rob Saltpeter is niet genoeg. Toch weet ik terwijl ik de trap afdrentel een glimlach op te brengen over mijn kleine overwinning, hoewel ik geen idee heb wat McDermott hier op de campus doet.

Maar ik heb eigenlijk niets gewonnen, want zodra ik de binnenplaats van de sectie natuurwetenschappen verlaat en me door de Eastern Avenue richting juridische faculteit haast, waar ik absoluut van plan ben op zijn minst de campuspolitie te bellen, komt McDermott naast me lopen.

Geen sprake van inbeelding.

'Ik begrijp dat u naar me heeft gezocht,' zegt hij, en ik kan onder zijn monotone stemgeluid de trots horen van een man in de zestig die een twintig jaar jongere prooi met gemak kon bijhouden.

'Nee, eigenlijk niet,' mompel ik, gebruikmakend van mijn langere benen om hem voor te blijven. 'Het is de FBI – de echte – die naar u op zoek is. Ze willen u in de gevangenis stoppen.'

'Ja, dat weet ik. Daar zal ik wel iets aan moeten doen.' En wat me genoeg angst aanjaagt om me tot stilstand te brengen, is de ernst van zijn toon, die suggereert dat hij gelooft dat hij er inderdaad iets aan kan doen.

Ik keer me naar hem toe. 'Luister eens, meneer McDermott, of wat uw naam ook mag zijn. Ik wil niet met u praten. En het is maar dat u het weet, maar ik ben van plan om zodra ik weer op mijn kantoor ben de universiteitspolitie te bellen om ze te vertellen dat u gevaarlijk bent. Daarna zal ik de FBI bellen om ze te vertellen dat u me bent gevolgd.'

Hij knikt bedaard.

'Dat is best,' zegt hij, alsof hij me toestemming geeft. 'Dat kunt u doen. Maar ik volg u eigenlijk niet. Ik kwam enkel een boodschap afgeven.'

'Ik ben niet geïnteresseerd.' Ik begin me af te wenden. Hij legt zijn hand op mijn arm. Ik schud hem af. Maar hij heeft mijn aandacht weer.

'Professor Garland, luistert u eens...'

'Nee, u moet naar míj luisteren.' Ik doe een stap in zijn richting. Ik ben op zijn minst zeven centimeter langer dan hij, maar hij lijkt totaal niet geïntimideerd. 'U hebt me die pion gestuurd, hè? U hebt hem uit mijn vaders huis weggenomen en hem mij doen toekomen. Ik wil weten waarom.'

'Pion?'

'U hebt me de pion gestuurd, en nu volgt u me om te zien wat ik ermee doe.' Maar op hetzelfde moment dat ik de woorden uitspreek, klinkt het idee niet plausibel. Waarom zou hij denken dat ik een pion uit mijn vaders schaakset zou willen, of zou weten wat ik ermee moest doen? Ik merk dat ik al bijna overtuigd ben. Immers, als hij de pion had gestolen en hem toen bij mij had laten bezorgen in de gaarkeuken, waarom zou hij dan de aandacht op zich vestigen door zich te laten zien? Het klinkt als nog meer Mariah-achtige paranoia... behalve dan dat de pion echt in mijn zak zit en McDermott hier in levenden lijve voor me staat.

'Ik weet niet waar u het over hebt.' Hij lijkt oprecht, maar hij leek even oprecht toen hij me deed geloven dat hij in dienst was van de FBI. 'Ik weet dat ik niets kan doen om vertrouwen te wekken, maar ik wil dat u begrijpt dat ik geen vijand van u ben.'

'O, nee, iemand die de dag na mijn vaders begrafenis bij mij thuis komt en tegen me liegt is mijn nieuwe beste vriend.'

Hij sluit even zijn ogen, puft een lange ademtocht uit en kijkt me weer met die griezelig lege blik aan. 'Professor Garland, ik geef ruiterlijk toe dat ik niet zo schrander ben als u, en dat u me ongetwijfeld de hele dag kunt staan aftroeven. Prima. U hoeft me niet aardig te vinden, maar het is een feit dat we aan dezelfde kant staan. We willen allebei hetzelfde.'

'Mooi zo. Want wat ik wil is dat u me met rust laat.' Meestal doe ik niet zo kinderachtig, of zo smalend, maar nu ik mijn angst voor deze man heb overwonnen, ben ik een beetje van slag. Ik stel me voor dat het zo voelt om dronken te zijn.

Hij heft een vinger en zwaait er waarschuwend mee. 'Zoals ik al zei, u bent schrander. Maar uw vijandigheid is nergens voor nodig. We hebben in feite een gemeenschappelijk belang.'

Ik zet mijn stekels weer op. Ik heb het nooit op prijs gesteld *schrander* genoemd te worden, vooral niet door inwoners van de blankere natie. Het betekent nooit helemaal hetzelfde als *intelligent* of zelfs maar *slim*, maar impliceert zoiets als een primitieve dierlijke sluwheid. Misschien is het de semioticus in me die overdreven reageert door aan te nemen dat gesprekken raciaal beladen zijn; maar heel veel gesprekken zijn dat nu eenmaal.

'Ik ben niet vijandig tegen u,' kaats ik terug. 'Ik mag u gewoon niet.'

McDermott haalt zijn schouders op, als om aan te geven dat hij de afkeer van betere mannen dan ik heeft overleefd. 'Ik ben niet helemaal hiernaartoe gekomen om ruzie met u te maken,' deelt hij mee. Zijn spraak is vloeiender dan in Shepard Street, maar zijn accent is nog steeds moeilijk te plaatsen. Zuidelijk misschien, met een sausje van... weet ik veel. 'Ik ben gekomen om u te vertellen dat het me spijt dat u in deze hele toestand betrokken moest raken. Ik heb uw vader nooit ontmoet, maar ik had grote bewondering voor hem. Dus het spijt me dat mijn collega en ik zo snel nadat u uw vader had begraven met onze bedriegerij uw huis binnen moesten komen. Maar het was... noodzakelijk.'

We versperren het brokkelige trottoir. Studenten stromen aan weerszijden langs ons: terwijl ze het obstakel omzeilen worden hun groepjes opgebroken en opnieuw geformeerd.

'Noodzakelijk waarvoor?'

McDermott blaast zijn wangen op en ademt dan langzaam uit. Hij heeft zijn handen in de zakken van zijn windjack en hij ziet er nog frêler uit dan een paar minuten geleden; het komt bij me op dat hij misschien nog ouder is dan ik dacht. En dat maakt het alleen nog maar gênanter dat hij me zo gemakkelijk kon bijhouden.

'Ik ben een privé-detective,' zegt hij ten slotte. 'Ik spoor dingen op voor mensen. Daar verdien ik mijn brood mee. Mensen raken dingen kwijt en ze huren mij in om ze terug te krijgen.'

'Wat voor soort dingen?' onderbreek ik hem onverstandig genoeg.

'Dingen als... *dingen.*' Hij maakt een weids gebaar, alsof hij de campus in zijn beroepswereld wil opnemen. 'Juwelen, zeg maar. Vermiste personen. Papieren, misschien. Daarvoor kwam ik naar uw huis.' Hij knikt, krijgt de smaak te pakken van dit thema. 'Ik was op zoek naar papieren.'

'Papieren.'

McDermott kijkt even de straat in richting juridische faculteit en richt zich dan weer op mij. 'Ja, papieren. Ziet u, professor, uw vader is... wás... advocaat. Een van zijn cliënten heeft hem bepaalde papieren toevertrouwd. Zeer, zeer gevoelige papieren. Uw vader beloofde de cliënt dat de papieren veilig zouden zijn, dat hij zou regelen dat ze terugbezorgd zouden worden als hem iets zou overkomen. Dat zei hij, dat hij regelingen had getroffen om ze terug te bezorgen. Toen stierf hij. Dat spijt me. Maar hij stierf en de papieren kwamen niet terug. Daarom heeft zijn cliënt mij ingehuurd om ze op te sporen. Dat is alles.'

'Waarom kon de cliënt niet gewoon het kantoor bellen om het te vragen?'

'Ik heb geen idee.' Ik wacht, maar dat schijnt de hele verklaring te zijn. Het antwoord lijkt hem te bevredigen.

'Is uw cliënt op de hoogte van het feit dat u de wet overtrad in uw poging de papieren te vinden?'

'Mijn cliënten stellen geen onderzoek in naar mijn methoden. En ik geef niet toe dat ik de wet heb overtreden.'

'Zijn de papieren waardevol?'

183

'Alleen voor de cliënt.'
'Wat zijn het voor papieren? Wat staat erin?'
'Dat mag ik niet zeggen.'
'Wie is dan de cliënt?'
'Dat kan ik u ook niet vertellen.'
'U werkt voor Jack Ziegler, hè?'

Eindelijk komt er iets van emotie in zijn stem. 'Niet alles wat ik u in Washington heb verteld was onwaar. Jack Ziegler *ís* tuig. En voor tuig werk ik niet.' En het is heel vreemd, maar terwijl hij deze woorden uitspreekt, vang ik als door telepathie een heel flauw zweempje op van het woord *meer*.

'Oké, maar waarom ik? U was op zoek naar papieren die een cliënt aan mijn vader had gegeven. Waarom praat u niet met mijn broer en zus? Waarom bent u naar mij toe gekomen?'

'Het was het voorstel van de cliënt,' zegt hij effen.

'Uw cliënt heeft u opgedragen het aan mij te vragen? Waarom zou uw cliënt denken dat ik er iets van zou weten?'

'Ik heb geen idee, professor. Maar ik moest een poging wagen.'

Ik schud mijn hoofd. 'En waarom al dat gelieg? Waarom kwam u me niet gewoon vertellen wat u nodig had en om welke reden?'

'Misschien was dat een vergissing,' geeft de man toe wiens naam zeker geen McDermott is. Hij lijkt geen greintje onbehagen te voelen. Er komt zelfs een scheef grijnsje op zijn gezicht, dat hij nog niet eerder heeft laten zien, en ik zie opnieuw het roze litteken in de hoek van zijn lippen, als een wond van een messengevecht. 'Nogmaals, het spijt me dat u op zo'n gevoelig tijdstip werd lastiggevallen. Maar ik beloof u dit: u en uw gezin zijn volkomen veilig. En u zult me nooit meer zien.'

Het komt me voor dat er iets in zijn toon niet deugt, alsof hij een dubbele betekenis overbrengt. Waarom stelt hij me gerust als ik daar niet om heb gevraagd?

'Waar zijn we veilig voor?'

Opnieuw denkt hij hier lang over na, alsof hij probeert te bedenken wat hij kan onthullen. Hij neemt zijn toevlucht tot vaagheden: 'Voor wat er ook zou kunnen gebeuren.'

Dit bevalt me helemaal niet. 'En wat zou er dan precies kunnen gebeuren?'

'Van alles.' Zijn bleke, vermoeide ogen staren in de verte. Dan richt zijn blik zich weer op mij. 'Laat me u eens wat vertellen, professor. U wilt iets horen over pionnen? We zijn maar onbeduidende mannen, u en ik. De grote mannen strijden tegen elkaar, zelfs op dit moment, en wíj zijn hun pionnen. Wat wij leuk vinden of niet leuk vinden heeft daar niets mee te maken. Ik ben gemanipuleerd, u bent gemanipuleerd.'

'U maakt me nerveus,' beken ik.

'Ik probeer het tegendeel te doen. Ik probeer u gerust te stellen. Dus ik zal me wel weer moeten verontschuldigen.' Opnieuw verschijnt er even die scheve, roze grijns op zijn gezicht. 'Het spijt me. Dat meen ik. Ik ben niet uw vijand. In feite hebben we een gemeenschappelijke interesse, u en ik...'

'Nee, dat is niet zo.' Boosheid heeft me ten slotte bevrijd van mijn aanvankelijke geïntimideerdheid. Ik herinner me mijn tekst weer. 'We hebben niets gemeenschappelijk. Ik heb geen enkele reden om u te vertrouwen. Ik heb zelfs geen enkele reden om met u te praten. Dus als u me wilt verontschuldigen...'

'Oké, oké.' Hij steekt beide handen omhoog ten teken van overgave. 'Maar toch moet ik een klus opknappen. Toch moet ik die papieren vinden.'

'Niet als ik ze eerst vind,' flap ik er onverstandig uit.

Niet-McDermotts ogen verwijden zich van voldoening, alsof hij me eindelijk de reactie heeft ontlokt die hij beoogde. 'Ik hoop dat u ze vindt, professor. Dat meen ik.' Een knikje. 'En toch zou ik u, als dat zou kunnen, één ding willen vragen.' En ik weet meteen, zoals ook zijn bedoeling is, dat zijn hele bezoek uitsluitend ten doel heeft gehad mij deze ene vraag te stellen, hoe die ook luidt.

'Ik ben niet geïnteresseerd in wat voor vraag van u dan ook.'

'Hij gaat over uw vriendin Angela.'

Ik aarzel even, terwijl ik mijn nogal korte lijst met kennissen afga.

'Zo uit mijn hoofd denk ik niet dat ik een vriendin Angela heb.' Ik wacht nog steeds op de vraag, in de veronderstelling dat dit slechts de inleiding is; maar dan realiseer ik me dat de aankondiging van de vraag over Angela de vraag wás.

'Dank u,' zegt Niet-McDermott. 'Nu moet ik gaan. Ik zal u niet meer lastigvallen.'

'Wacht even... wacht.' Ik leg een hand op zijn arm en neem nota van een plotselinge schrik in zijn ogen. Net als Dana Worth vindt hij het niet prettig aangeraakt te worden.

'Ja?' Hij veinst een geduldige toon, maar de irritatie staat duidelijk in zijn ogen te lezen. Nu hij gedaan heeft waar hij voor kwam, wil de zogenaamde FBI-agent zich zo snel mogelijk van mij ontdoen.

Nou, ik ben ook geïrriteerd. Hij liegt tegen me in het huis van mijn vader, hij duikt midden in de campus op om me iets te vragen over iemand met de naam Angela, en ik weet nog steeds helemaal niets over hem.

'Luister eens. Ik heb uw vraag beantwoord. Als het u zo spijt, misschien kunt u dan op z'n minst één vraag voor mij beantwoorden.'

'Welke vraag?'

'Wat is uw echte naam?'

De man in het groene jack, de man wiens baan het is verloren dingen op te sporen, de man wiens leeftijd hem niet verhindert mij bij te houden, trekt verbaasd zijn dunne wenkbrauwen op. 'Om u de waarheid te zeggen,' zegt hij na opnieuw een pauze voor de reclame, 'ik geloof niet dat ik die heb.'

Hij zwaait opnieuw met die vinger naar me, wendt zich vervolgens af, duikt in een menigte studenten en verdwijnt.

— 11 —

Ik tril wanneer ik mijn kantoor bereik.

Ik ben niet bepaald een macho, maar ik ben ook niet voor een kleintje vervaard: Garland-mannen staan bekend, of worden misschien veracht, om hun koelheid.

McDermott heeft me bang gemaakt.

Ik weet dat de reden daarvan niet zozeer het mysterie is dat hem omgeeft of zijn vermogen om op te duiken wanneer hij het minst wordt verwacht, als wel wat er met Freeman Bishop is gebeurd. Brigadier Ames was ervan overtuigd dat de moord op geen enkele manier iets te maken heeft met mijn familie, maar...

Maar McDermott is hier.

De angst die door me heen golft terwijl ik aan mijn bureau zit, mijn handen samenknijp en probeer te besluiten welk telefoontje ik eerst zal plegen, is niet de fysieke angst voor wat er met mij zou kunnen gebeuren. Ik ben bezorgd over mijn vrouw en mijn zoon. Het feit dat McDermott buiten zijn boekje is gegaan om mij te verzekeren dat mijn gezin veilig is, heeft mijn bezorgdheid alleen maar doen toenemen. Ik heb de magische pion voorlopig uit mijn hoofd gezet. Ik heb een gezin te beschermen.

Ik besluit Bentley vroeg op te halen van de peuterschool, en ik bel om te vragen of ze ervoor willen zorgen dat hij klaarstaat. Ik voeg eraan toe dat ze hem in geen geval mogen toestaan met iemand anders dan mij of mijn vrouw weg te gaan. De leidsters zijn, zoals te verwachten, beledigd door het feit dat ik hun herinner aan hun eigen regels, gevoeliger voor hun eigen ego's dan voor de bezorgdheid van een ouder.

Maar goed, één telefoontje zit erop.

Vervolgens bel ik een van de FBI-agenten die me de dag na McDermotts bezoek hebben ondervraagd en me hebben gezegd contact met hen op te nemen als ik nog iets hoorde, een dikke, vrolijke man genaamd Nunzio. Ik krijg zijn voicemail en laat een boodschap achter, bel vervolgens de nummers van zijn pieper en zijn mobiele telefoon, die hij beide op zijn visitekaartje heeft gezet. Zijn mobiele telefoon geeft geen gehoor en ik laat mijn nummer achter op de pieper.

Nadenken.

Ik overweeg de campuspolitie te bellen en verwerp dat: wat zou ik hun precies moeten vragen om te doen?

De verstandigste optie die overblijft is oom Mal bellen, maar daar zie ik tegenop. Ik heb hem de afgelopen week twee keer gesproken, op zoek naar de laatste ontwikkelingen in het Bishop-onderzoek, en heb sterk de indruk gekregen dat hij me langzamerhand eerder tolereert dan naar me luistert: hij heeft tenslotte echt werk te doen waarvoor hij wordt betaald, en voortdurend toegeven aan de onwaarschijnlijke angsten van de zoon van zijn dode compagnon heeft waarschijnlijk een zware wissel getrokken op zijn welwillendheid. De tweede keer dat ik belde, stelde hij slapjes voor dat ik misschien contact op zou kunnen nemen met Meadows voor zulke 'routinekwesties' als deze. Op dit moment zit hij erg krap in zijn tijd, zei hij, en hij zal alleen kwesties behandelen die betrekking hebben op de mogelijke nominatie van mijn vrouw. Misschien is dat maar goed ook. Ik ben het beu hem om gunsten te vragen: één van de dingen die mijn vader ons bij herhaling inprentte was dat we niet de vergissing moesten maken die veel leden van de donkerder natie maken door hun hele leven met hun hoed in de hand bij machtige blanke mensen aan te kloppen.

Toch heb ik geen alternatief.

Ik heb net de hoorn van de haak genomen om Corcoran & Klein op te bellen wanneer Dorothy Dubcek, mijn moederlijke secretaresse, me belt om me te zeggen dat agent Nunzio aan de telefoon is.

'Ik sprak net met een vriendin van u,' zegt hij op zijn barse manier, zonder de moeite te nemen te vragen waarvoor ik gebeld heb. 'Bonnie Ames.'

Ik weet even niet over wie hij het heeft. Ik ben nooit een kei in namen geweest. Kimmer zegt dat ik gewoon onvriendelijk ben; Lieve Dana zegt dat het genetisch is en noemt het mijn 'sociale oriëntatie'; en Rob Saltpeter zegt dat het niet zo belangrijk is je namen te herinneren zolang we God maar eren in iedereen die we ontmoeten.

Robs antwoord heeft mijn voorkeur, maar Kimmer kent me het best.

'Bonnie Ames?' herhaal ik suf.

'Inderdaad, brigadier Ames. U hebt haar ontmoet.'

'O! Inderdaad.' Een stilte waarin we allebei op de ander wachten. Ik geef me het eerst gewonnen. 'En, eh, waar hebt u met haar over gesproken?'

Hij vervalt in politietaal: 'Ze verwittigde me dat ze een verdachte hebben opgepakt.'

'Wat?'

'In de zaak van de moord op Freeman Bishop.'

'O! Wie was het?'

'Een drugsdealer.'

'U maakt een grapje.' Kalmerende opluchting stroomt door me heen bij het besef dat het tóch niet McDermott was die de misdaad heeft begaan; even later maakt dit plaats voor een huiverachtige golf van schaamte. En toch: het was niet McDermott.

'De FBI staat geen grapjes toe.'

'Heel grappig.'

'Ze wil dat u haar belt. Wil u zelf de details verstrekken.' Hij ratelt haar nummer af, dat ik al heb. 'Waar belde u me voor?'

De plotselinge verandering van onderwerp brengt me even van mijn apropos. Mijn oorspronkelijke telefoontje lijkt mij plotseling minder dringend – maar agent Nunzio niet. Zodra ik hem vertel dat ik McDermott heb gezien, werkt hij in snel tempo een serie vragen af, waarbij hij alles nauwkeurig vastlegt, van de kleur van de schoenen van de nepagent tot de richting die hij insloeg toen hij wegging. Hij is niet tevreden met mijn antwoorden. Hij vraagt me of ik echt denk dat McDermott helemaal naar Elm Harbor is gereisd enkel om me te vragen of ik een vriendin genaamd Angela heb. Ik zeg hem dat het daar inderdaad alle schijn van heeft. Hij vraagt me of ik enig idee heb hoe McDermott op de gedachte zou kunnen komen dat ik een vriendin genaamd Angela heb, en ik geef toe dat ik geen idee heb. Hij vraagt me of ik in werkelijkheid een vriendin genaamd Angela heb, en ik zeg hem dat dat bij mijn weten niet het geval is. Hij vraagt me hem te bellen als me een vriendin met die naam te binnen schiet, en ik zeg hem dat ik dat zal doen.

'Het zou belangrijk kunnen zijn,' waarschuwt Nunzio me.

'Dat had ik zelf ook al bedacht.'

'Ik wil u niet verontrusten, professor Garland,' voegt hij eraan toe, onverwacht mededeelzaam. 'Als McDermott echt een soort privé-detective is, weet ik zeker dat we hem op zullen sporen, en dat we zijn klant ook op zullen sporen. Die kerels zijn een plaag, maar ik weet zeker dat hij ongevaarlijk is.'

'Hoe weet u dat?' vraag ik, scherper klinkend als gevolg van mijn eerdere nervositeit. Ik ben niet gerustgesteld door het feit dat McDermott ruwweg hetzelfde zei: *U en uw gezin zijn volkomen veilig... voor wat er ook zou kunnen gebeuren.* Ik heb het gevoel dat alle anderen cruciale kennis met elkaar delen die mij is onthouden. Toch is het gevolg van het feit dat Freeman Bishops moordenaar gearresteerd is, dat ik me veiliger voel... veiliger met betrekking tot mijn gezin. Een klein beetje, althans. 'Als u hem niet hebt gevonden, hoe weet u dan dat hij ongevaarlijk is?'

'Omdat we voortdurend met dit type geconfronteerd worden. Ze liegen om aan informatie te komen, ze volgen mensen, ze zeggen af en toe iets dubbelzinnigs. Maar dat is alles wat ze doen.' Een aarzeling. 'Tenzij u natuurlijk beschikt over een of ander bewijs van het tegendeel. Over McDermott, bedoel ik.'

'Nee.'

'U hebt me alles verteld?'

'Ja.' Net zoals bij mijn ontmoeting met brigadier Ames heb ik het gevoel dat ik verhoord word, maar ik heb geen idee voor wat.

'Goed dan, het is zoals ik zei.' De afronding. 'U hoeft zich nergens ongerust over te maken. U kunt doorgaan met... nou ja, met waar u ook maar mee bezig bent.'

'Agent Nunzio...'

'Zeg maar Fred.'

'Fred. Fred, luister. Jij bent in Washington. Ik ben hier. McDermott is hier. Ik zou liegen als ik niet zou toegeven dat ik, eh...'

'Dat u zich zorgen maakt.'

'Ja.'

'Dat begrijp ik. Maar mijn mogelijkheden zijn een beetje beperkt. En, nou ja, die McDermott heeft u toch niet bedreigd...'

'Nee, hij is alleen maar langsgekomen om een FBI-agent te spelen.'

Ik kan hem bijna horen denken, niet alleen logistiek, maar ook politiek: wie is wat verschuldigd aan wie en waarvoor.

'Weet u wat? Ik denk dat u zich echt geen zorgen hoeft te maken. Ik wil dat benadrukken. Maar als u zich daardoor beter zou voelen, zal ik een paar telefoontjes plegen. Het kantoor dat we in uw stad hebben is niet veel zaaks, maar ik zal zien wat ik kan doen. Misschien kan ik de politie nog wat extra rond uw huis laten patrouilleren totdat we McDermott hebben opgespoord.'

Ik weet dat ik gesust word, en ik weet ook dat er weinig reden is om me zorgen te maken, maar toch ben ik dankbaar.

'Ik zou het op prijs stellen.'

'Graag gedaan, professor.' Een stilte. 'O, en ik hoop dat het voor uw vrouw goed zal uitpakken.'

Pas nadat we hebben opgehangen realiseer ik me dat ik hem niet verteld heb over de pion. Maar misschien was dat ook nooit mijn bedoeling.

— III —

Dan blijft Bonnie Ames nog over.

Nu ze een voornaam heeft gekregen, is de brigadier minder intimiderend. Maar als ik haar te pakken heb gekregen, is ze zo kortaangebonden dat ik me afvraag waarom ze me eigenlijk heeft gevraagd te bellen. Ofwel ze voelt nog steeds de druk van oom Mal óf ze voedt een behoefte om zich te verkneukelen over hoe fout we wel niet zaten met onze verdenkingen. De arrestaties betreffende de 'martel-slachting' (zoals de verslaggevers het noemen) van eerwaarde Freeman Bishop werden eerder deze ochtend verricht, zegt ze: geen mensen van de Ku-Klux-Klan, geen skinheads, geen neonazi's, en ook geen nep-FBI-agenten, maar een crackdealer uit Landover, Maryland, een kleine jongen – een nul, noemt de brigadier hem – een tweeëntwintigjarige genaamd Sharik Deveaux, boevennaam Conan, en lid van een bende. Onder het luisteren naar haar verslag kijk ik vluchtig het verhaal op de website van USA Today door. Brigadier Ames schept er een speciaal genoegen in me te laten weten dat Conan zwart is, wat ik al had vermoed. 'Dus een raciaal motief is uitgesloten' – alsof ik het was, in plaats van de media, die een raciaal motief suggereerde. Meneer Deveaux, vervolgt de rechercheur, geeft toe dat hij de kostbare crack geregeld aan eerwaarde Bishop verkocht. Uiteraard ontkent hij de moord. Maar de andere *gangbanger* – het woord van de brigadier – zegt dat hij Conan heeft geholpen zich van het lijk te ontdoen toen de afschuwelijke daad eenmaal was begaan, en iemand anders heeft Conan erover horen opscheppen. 'En hij heeft een verleden van dit soort dingen,' voegt ze eraan toe zonder daar verder op door te gaan.

Heel even zie ik het gebeuren: Freeman Bishop, gebonden of gekneveld of op een andere manier in bedwang gehouden terwijl die twee zijn spartelende, hulpeloze lijf branden, snijden en doorsteken, het doel van de exercitie niets anders dan zijn wanhopige pijn, zijn geloof uiteindelijk op de proef gesteld op de ellendige pijnbank van snel naderende vergetelheid: *Tussen uw oordeel en onze zielen*. Op het moment dat het einde onverbiddelijk is, ontdekken we allemaal, gelovigen en agnostici, zondaars en heiligen, wat we werkelijk omhelzen, wat we werkelijk weten, wat we werkelijk zíjn. Wat zou ik, met mijn wankele en wisselvallige geloof, op dat moment worden? Die gedachten kunnen maar beter onderdrukt worden.

'Zal daar iets van overeind blijven in de rechtszaal?' vraag ik timide.

Brigadier Ames is eerder geamuseerd dan geërgerd. Het bewijs is overweldigend, verzekert ze me, maar zover zal het nooit komen. Vroeg of laat, zegt ze, zal Deveaux zich door zijn advocaat ervan laten overtuigen dat hij moet bekennen om de doodstraf te ontlopen.

'Worden moordenaars in Maryland geëxecuteerd?'

'Niet vaak. Maar meneer Deveaux was stom genoeg om eerwaarde Bishop in Virginia te doden. Hij is alleen maar naar de stad gereden om het lijk te dumpen.'

'Waarom?'

'Dat zou u hem moeten vragen. En laat het maar uit uw hoofd om dat ook echt te proberen.'

'Welke straf zou hij krijgen? Als hij zou bekennen, bedoel ik?'

'Levenslang onvoorwaardelijk is nog het beste waarop hij kan hopen. Want stel dat hij een rechtszaak in Virginia wil, dan zullen ze hem voor zoiets waarschijnlijk executeren.'

Haar terloopse confidentie is huiveringwekkend. 'En weet u zeker dat hij het heeft gedaan? Weet u het heel zeker?'

'Nee, hier proberen we mensen lukraak te arresteren. Vooral voor moord. Het bewijs rondmaken is van later zorg. Dat is toch wat ze doceren in de Ivy League?'

'Het was niet mijn bedoeling onbeleefd te zijn...'

'Hij heeft het gedaan, meneer Garland. Hij heeft het gedaan.'

'Dank u voor...'

'Ik moet er als een speer vandoor. Doe de groeten aan uw zus.'

Ik bel Mariah om haar deelgenoot te maken van mijn opluchting dat de moord op Freeman Bishop niets te maken had met de Rechter, maar de huishoudster (niet te verwarren met de au pair of de kok) vertelt me dat mijn zus weer naar Washington is gegaan. Ik bel haar mobiele telefoon en laat een bericht achter. Ik probeer Shepard Street, maar er wordt niet opgenomen. Misschien is het maar goed ook dat ik haar niet kan bereiken: ze zou me waarschijnlijk vertellen dat de arrestatie doorgestoken kaart is, onderdeel van een samenzwering. Dus probeer ik Addison in Chicago en tot mijn verrassing bereik ik hem inderdaad in zijn huis in Lincoln Park. Het nieuws stemt hem eerder droevig dan verheugd. Hij fluistert iets dat ik niet helemaal kan volgen over de hindoegod Varuna, laat een citaat van Eusebius vallen en waarschuwt me geen behagen te scheppen in de pijn van anderen, zelfs niet van degenen die zondigen. Wanneer ik eindelijk aan de beurt ben om wat te zeggen, verzeker ik hem dat ik in niets van dit alles behagen schep, maar Addison zegt dat hij op het moment geen tijd meer heeft om te praten, omdat hij een vliegtuig moet halen, wat waarschijnlijk een leugen is. Ik vermoed, op grond van geen ander bewijs dan het verleden, dat er een vrouw in zijn bed ligt. Misschien Beth Olin, hoewel twee weken voor mijn broer een lange tijd zou zijn om bij dezelfde vriendin te blijven.

'We zouden gauw eens bij elkaar moeten komen,' mompelt hij zo plechtig dat ik bijna denk dat hij het meent. 'Bel me de volgende keer dat je in het Midwesten bent.'

'Je belt me nooit terug.' De klagerige jongere broer.

'Mijn mensen zullen wel vergeten hebben de boodschappen door te geven. Het spijt me, Misha.' *Mijn mensen.* Dat zou Kimmer eens moeten horen.

'Er zijn eigenlijk een paar dingen waarover ik graag met je zou praten,' houd ik aan.

'Juist, juist. Moet je horen, broer, ik heb haast. Ik bel je later nog wel.'

En weg is Addison – misschien zijn zijn mensen gearriveerd om hem naar het vliegveld te brengen. Ik krijg niet meer de gelegenheid te zeggen dat ik de meeste boodschappen bij hem thuis achterlaat.

14

Verschillende soorten vrijheid van meningsuiting

— I —

Op dinsdagen ontmoet ik na de lunch de leden van mijn werkcollege Wettelijke Reglementering van Institutionele Structuur. De werkgroep beslaat een ruim gebied, van wettelijke voorschriften ten aanzien van effectenhandel tot canoniek recht en de regels waaraan de verkiezingen van de studentenraad moeten gehoorzamen, waarbij altijd het semiotische spel wordt gespeeld dat eruit bestaat te proberen erachter te komen waar elke regel naar verwijst, niet wat hij betekent, en hoe het verwijzende teken gerelateerd is aan het doel van het instituut. Dit curriculum trekt een paar van de slimste studenten van de juridische faculteit, en waarschijnlijk heb ik er meer schik in dan in alle andere colleges die ik geef. Vanmiddag is er een verrukkelijke, goedaardige aanvaring tussen twee van mijn favoriete studenten, de briljante zij het lichtelijk verwarde Crysta Smallwood, die nog steeds probeert uit te zoeken wanneer het ras van de blanke natie zal uitsterven, en de niet minder getalenteerde Victor Mendez, wiens vader, een Cubaanse emigrant, een machtige figuur is in de Republikeinse politiek, wat hem waarschijnlijk ter linkerzijde van Victor plaatst. Ik speel voor scheidsrechter terwijl Victor en Crysta over de werkgroeptafel heen bekvechten over de vraag of het verschijnsel ongewenste intimiteiten een falen van instituten of van individuen vertegenwoordigt. Wanneer ik ten slotte om vier uur, aan het einde van het college, het eindsignaal geef, ken ik Crysta in deze ronde de overwinning op punten toe. Crysta grijnst. Het tiental andere studenten lacht en slaat haar op de rug. Ik herinner hun eraan dat we elkaar volgende week niet zullen zien omdat ik dan in Washington ben op een conferentie, en spoor hen aan de eerste schetsen van hun scripties vóór ik terug ben bij mijn secretaresse in te leveren. Bij studenten van dit kaliber leidt dit niet tot gemor.

O, maar er zijn dagen dat ik lesgeven heerlijk vind!

Ik huppel de trap op naar het kantoor van Dorothy Dubcek, waar ik berichten en faxen verzamel, en storm dan naar beneden naar mijn eigen kleine hoekje van de juridische faculteit. Voor mijn kantoor roep ik schallend een vrolijke groet naar de ouder wordende Amy Hefferman, mijn Oldie-buurvrouw, die ooit een studiegenoot was van mijn vader. Ze knippert met haar vermoeide ogen en zegt dat decaan Lynda me zoekt, en ik knik alsof ik ervan onder de indruk ben. Eenmaal veilig binnen gooi ik alles op mijn bureau terwijl ik mijn voicemail check. Niets van belang. Een verslaggever met, wonderbaarlijk genoeg, een vraag over onrechtmatige daad, niet over de Rechter. American Express – ik ben weer eens te laat. En een van Lynda Watts assistentes: de decaan, zoals Amy meldde, wil me spreken, vermoedelijk over Kimmers competitie met Marc Hadley. Nee dank je. In plaats daarvan bel ik het kinderdagverblijf om me ervan te vergewissen dat Bentley het goed maakt, en de irritatie van de hoofdleidster sist door de telefoon. Ik glimlach om haar ergernis: zolang ze boos is, gaat het goed met m'n zoon.

Mijn stemming verrast me. Ik zou eigenlijk moedeloos moeten zijn. Het is een week na mijn ontmoeting met Niet-McDermott, een week nadat de pion bij mij in de gaarkeuken werd bezorgd, een week na de arrestatie van Sharik Deveaux. Vijf dagen geleden kwam Kimmer thuis uit San Francisco en kalmeerde me liefdevol. Ik zie spoken, mompelde ze, terwijl ze me teder kuste. Ik moet de dingen rationeel bekijken, zei ze, terwijl ze een lekkere maaltijd voor me kookte. Als de pion echt een boodschap was en niet iemands smakeloze grap, dan zal degene die hem heeft gezonden me vroeg of laat wel vertellen wat het betekent, fluisterde ze, hoofd op mijn schouder, terwijl we samen opbleven om naar een oude film te kijken. Waar zou je bang voor moeten zijn? vroeg ze me zacht terwijl we in de duisternis van onze slaapkamer lagen, verrassend behaaglijk samen. De moordenaar zit in de gevangenis, en McDermott, die is gekomen en gegaan, is als ongevaarlijk bestempeld door de FBI. Dag in dag uit heeft Kimmer dezelfde argumenten herhaald. Ze is zowel troostend als overredend geweest. Ik ben van angstig naar ongerust naar alleen maar bezorgd gegaan. Ik heb geprobeerd sereen te bereiken. Ik heb geprobeerd niet de verdenking te koesteren dat de eigenlijke reden waarom mijn vrouw wil dat ik me ontspan, is dat ze haar potentiële rechterschap op de rails wil houden.

Niets kan me echt deprimeren. Het weer is mooi geworden: temperaturen van rond de vijftien graden, en dat midden in een herfst in New England. Mijn stemming is tegelijk met de temperatuur beter geworden. Vandaag voel ik me voor het eerst sinds de dood van de Rechter weer echt een hoogleraar rechtsgeleerdheid. Ik heb het naar mijn zin in de collegezaal; en het lijkt erop dat dat ook geldt voor de studenten. (Behalve voor Avery Knowland die mijn college onrechtmatige daad minder geregeld bijwoont en die nauwelijks meer participeert. Ik moet iets aan hem doen.) Ik herinner me dat het eerder zo is dat ik dit beroep gekozen heb dan dat het beroep mij heeft gekozen, en dat ik er redelijk succesvol in ben geweest.

Ik neurie zelfs een stukje van Ellington terwijl ik me op de briefjes met boodschappen concentreer en ontdek dat een van de mensen op deze wereld die ik een warm hart toedraag, John Brown, geprobeerd heeft contact met me op te nemen. John, een studiegenoot die nu techniek doceert in Ohio State, is de meest stabiele man die ik ken. Ik bel hem meteen terug en hoop de details te horen van het bezoek dat hij met zijn vrouw en kinderen over een paar weken aan Elm Harbor zal brengen. We wisselen een paar beleefdheden uit, hij zegt me dat zijn gezin heel erg uitkijkt naar hun verblijf bij ons, en dan onthult hij de reden van zijn telefoontje: er is gisteren een FBI-agent bij hem langsgekomen die een antecedentenonderzoek deed voor een mogelijk 'hoge federale aanstelling' voor mijn vrouw. John wil weten wat dat allemaal te betekenen heeft, en waarom hij en zijn vrouw Janice de laatsten moeten zijn om dat te weten.

Het enige probleem is dat Mallory Corcoran me heeft verzekerd dat het antecedentenonderzoek nog niet is begonnen. De dag die zo vredig en vrolijk is begonnen, begint weer eens akelig te worden.

'John, moet je horen. Dit is belangrijk. Ga me alsjeblieft niet vertellen dat de agent die jou heeft ondervraagd McDermott heette.'

Mijn oude vriend lacht. 'Maak je geen zorgen, Misha. Het was niet Mcwatdanook. Ik weet vrij zeker dat hij zei dat zijn naam Foreman was.'

Ik probeer hem niet te alarmeren. Ik ontlok hem een paar details en onderdruk het holle gevoel in mijn maagkuil. Ik kan niet liegen tegen John. Ik vertel hem dat de man genaamd Foreman niet echt bij de FBI zit, dat hij een soort privé-detective is, en dat hij de wet overtreedt door het anders te doen voorkomen. Ik vertel hem dat de echte FBI waarschijnlijk met hem zal willen praten, omdat ze naar Foreman op zoek zijn. Ik wacht tot John koel tegen me gaat doen, maar in plaats daarvan vraagt hij of ik op de een of andere manier in de knoei zit. Ik zeg dat ik dat betwijfel. Ik beloof dat ik zal uitleggen wat ik kan wanneer hij en zijn vrouw ons komen bezoeken. Wanneer we eindelijk ophangen, leg ik mijn gezicht in mijn handen, voel ik het gewicht van depressie op mijn schouders drukken. Ik vraag me hoofdschuddend af hoe ik zo stom kan zijn geweest te denken dat het allemaal voorbij was.

En op dat moment, terwijl ik nog steeds aan mijn bureau zit, krijgt Mariah me te pakken om me het opwindende nieuws te vertellen over de manier waarop de Rechter werd vermoord.

— 11 —

'Kogelfragmenten,' herhaal ik, me ervan vergewissend dat ik mijn zus goed heb verstaan.

'Zo is het, Tal.'

'In het hoofd van de Rechter.'

'Juist.'

'Fragmenten die bij de autopsie op de een of andere manier over het hoofd zijn gezien.' Ik klik als een bezetene met mijn muis, in een poging de website te vinden die Mariah zo enthousiast beschrijft door de telefoon. Dit ontbrak er nog maar aan. Er zijn ongeveer elfhonderd dingen die ik op dit moment liever zou doen, maar, zoals Rob Saltpeter graag zegt, verplichtingen ten opzichte van de familie kunnen niet vergoed worden.

'Opzettelijk, Tal.' Mariah is plotseling ongeduldig. 'Niet per ongeluk. Ze wilden niet dat wij het wisten. Ze wilden niet dat iemand het wist.'

'En met zíj wordt in dit geval bedoeld...'

'Dat weet ik niet. Daarom denk ik dat we hulp nodig hebben.'

'En waarom was er dan helemaal geen bloed in het huis?' Ik ben er trots op dat ik een tamelijk intelligente vraag stel. De ruzie met Mariah heeft me in elk geval afgeleid van de mogelijkheid dat McDermott en Foreman nog steeds vrij rondlopen.

'Ze hebben het opgeruimd.'

Natuurlijk.

'Of het lijk verplaatst,' opper ik voor de grap, maar Mariah aanvaardt het kritiekloos.

'Precies! Er zijn tal van mogelijkheden.'

De universiteit investeert graag in zijn natuurwetenschappelijke secties, maar tot de goedkope technologie van de juridische faculteit behoren stokoude computers, en het downloaden van de vermeende foto's van mijn vaders autopsie duurt eindeloos. Ik moet opschieten omdat het bijna tijd is om Bentley op te halen van zijn peuterschool. Ik bracht dit naar voren tegen Mariah, die daarop zei dat haar nieuws maar een minuut zou duren. Nog steeds wachtend op de computer sta ik op en rek me uit. De afgelopen twee weken heb ik geluisterd naar de steeds wildere theorieën van mijn grote zus over wat er daadwerkelijk was gebeurd. Ondanks een ondubbelzinnig resultaat van de autopsie blijft Mariah volhouden dat zóveel machtige mensen de Rechter uit de weg wilden hebben dat een bepaalde combinatie van hen hem wel moet hebben omgelegd. Ze heeft zich ingelezen over drugs die hartaanvallen kunnen veroorzaken. Een paar dagen lang was het potassium-chloridevergiftiging: de medisch onderzoeker heeft niet goed gezocht naar naaldsporen. Toen was het blauwzuur: de medisch onderzoeker had de zuurstof-verzadigingstest niet gedaan. Telkens wanneer blijkt dat mijn zus het bij het verkeerde eind heeft, komt ze weer met wat anders. En als je aandringt, geeft ze bijna altijd toe dat haar bron een bepaalde internetsite is. Ik herinner me iets wat Addison, eigenaar van verscheidene sites, graag zegt over het Web: *Eenderde detailhandel, eenderde porno en eenderde leugens, onze hele lagere natuur in één snel bezoek.*

'Wat voor soort hulp denk je dat we nodig hebben?' vraag ik haar nu.

'Er zijn een heleboel mensen die willen helpen,' verkondigt Mariah blij, zij het cryptisch. 'Echt een heleboel mensen.' Ik trek een grimas, me afvragend wat er door haar hoofd is gegaan terwijl ze de hele dag met al die kinderen in haar paleis, zoals Kimmer het noemt, in Darien heeft gezeten. Mariah heeft waarschijnlijk dezelfde bizarre telefoontjes gekregen als ik: een verscheidenheid aan extreem rechtse organisaties die zich, telkens wanneer ze verliezen, wijden aan het aantonen van samenzweringen, vooral wanneer een van hun waardevolste aanwinsten zo prozaïsch wordt geveld. Echte mannen worden vermoord. Hartaanvallen zijn voor watjes.

'Wat willen ze precies doen, maatje?'

'Nou, ze gaan bijvoorbeeld advertenties in de kranten plaatsen om op te roepen tot een onderzoek.'

'Geweldig. Wanneer treden ze in de openbaarheid met dat briljante idee?' Hopend dat ik oom Mal of een van de andere meer verstandige Washingtonse kennissen van mijn vader zover kan krijgen het te voorkomen.

'Sla niet zo'n toon aan, Tal. Wacht maar tot je de foto's ziet.' Een pauze. 'Heb je er nou al naar gekeken?'

'Zo meteen.' Ik keer terug naar mijn stoel. 'Wanneer is de bekendmaking, Mariah?'

'Binnenkort,' mompelt ze, er niet langer van overtuigd dat ik een bondgenoot ben.

'Mariah, je weet... Oké, blijf aan de lijn.' Het downloaden is ten slotte voltooid, vier nogal bloederige foto's, en ik zie geen reden om te veronderstellen dat één ervan authentiek is. Drie van de vier laten niet het gezicht van het lijk zien, maar de bouw lijkt niet op die van de Rechter. De huidskleur evenmin, in alle gevallen te donker. De foto die onmiskenbaar mijn vader voorstelt is zo korrelig dat het niet duidelijk is waarom die er eigenlijk bij zit, welke samenzwering hij zou moeten bewijzen. Ik frons en buig me er dichter naartoe, terwijl ik mijn bril met een vinger omhoogduw op mijn neus. Op een van de foto's die niet en face zijn genomen, zijn inderdaad de zwarte spetters te zien waarover Mariah me belde. Ik neem aan dat het kogelfragmenten zouden kunnen zijn, als ik wist hoe kogelfragmenten eruitzagen. Alleen... wacht...

'Mariah.'

'Hmmm?'

'Mariah, ik denk... zou dat niet gewoon vuil op de lens kunnen zijn?'

'Zie je nou? Dat zei de medisch onderzoeker ook.'

Ik breng mezelf in herinnering dat Mariah mijn grote zus is en dat ik van haar hou. 'Mariah, maatje, je gaat me toch niet vertellen dat je de medisch onderzoeker daarnaar gevraagd hebt.'

'O, nee, Tal, natuurlijk niet.'

'Mooi zo.'

'Ik hoefde het niet te vragen. Haar verklaring staat in de krant van vanochtend.'

O, geweldig. In de krant. De Rechter zal zich wel omdraaien in zijn graf. Ik vraag me af of Kimmer het heeft gehoord. 'Nou, als de medisch onderzoeker zegt dat het gewoon stof was...'

'Hááwr kun je niet geloven.'

'Waarom niet?'

'Nou, om te beginnen is ze Democraat.'

Het punt is dat Mariah het nog meent ook.

Dus, terwijl ik op mijn horloge kijk, zeg ik wat ze wil dat ik zeg. 'Ik zal oom Mal bellen en hem vragen of hij er eens naar wil kijken.' Waarbij ik verzwijg dat de grote Mallory Corcoran mijn telefoontjes nauwelijks meer opneemt, wat betekent dat ik afgescheept zal worden met Cassie Meadows. Of dat Meadows me waarschijnlijk zelf beu is, en vast niet meer dan één telefoontje aan de zaak wil besteden.

Ik hoop dat het ook niet meer waard is.

— III —

Tot mijn verrassing heeft Meadows niet alleen tijd om te praten, maar bovendien goed nieuws: de FBI heeft de mysterieuze McDermott opgespoord. Hij is inderdaad een privé-detective, gevestigd in South Carolina. Hij heeft mensen lastiggevallen die mijn vader hebben gekend, vooral in Washington en omstreken, en hun naar een vrouw genaamd Angela gevraagd. Hij is goed bekend bij zijn plaatselijke sheriff, die hem beschouwt als vasthoudend en misschien een beetje achterbaks, maar beslist niet gevaarlijk. Hij heeft zelfs een ware naam, maar de FBI wil niet vertellen hoe die luidt.

'Waarom wilden ze het u niet vertellen?'

Ze aarzelt, want ze wil graag een Washingtonse speler zijn als Mallory Corcoran, en heeft er dus de pest aan toe te moeten geven dat ze geen toegang heeft tot bepaalde circuits. 'Ze zeiden dat we dat niet hoefden te weten,' bekent ze ten slotte.

'Zeiden ze ook waarom niet?'

Weer een aarzeling. 'Ik heb het niet gevraagd, om u de waarheid te zeggen. Misschien had ik moeten aandringen...'

'Het geeft niet.' Ik schets voor haar de essentie van het telefoontje van John Brown. 'Hebben ze u iets over Foreman verteld?'

'Foreman werkt voor hem. Hij is ook een soort privé-detective, en ja, meneer Garland, hij wordt ook als ongevaarlijk beschouwd.'

Eindelijk gun ik mezelf een zuchtje van verlichting. 'Verder nog wat?'

'Alleen dat de twee het rechtsgebied zijn ontvlucht. Ze hebben de Verenigde Staten verlaten. Ze hebben blijkbaar gehoord dat de FBI naar hen op zoek was en zijn naar Canada vertrokken.'

'Canada? Waar moet de FBI hen voor hebben, dat ze naar Canada zouden gaan?'

'Dit is wat ze me hebben verteld.'

Verbluft maar opgelucht herinner ik me waarom ik eigenlijk opbelde. Ik vertel Meadows over Mariah en haar kogelfragmenten. Meadows lacht.

'Wat is er zo grappig?' Ik werp een blik op mijn horloge, maak me zorgen over mijn zoontje dat op me wacht.

'Ik zal het toevoegen aan het dossier.'

'Welk dossier?'

'Meneer Corcoran heeft me een dossier laten openen voor dit soort dingen. We hebben elke krankzinnige brief, elke Internet-inzending, elk rechtervleugelpamflet, elke wilde theorie van talkshowgastheren en -vrouwen over

199

uw vader. Het is een heel dik dossier, meneer Garland.' Weer gegrinnik. 'We hebben er al een heleboel vermeende autopsiefoto's in zitten.'

'Maar wat is er dan zo grappig aan?'

'O, nou ja. Ik heb een heel subdossier van e-mails van uw zus.' Meadows dempt haar stem. 'Ik heb zelfs meneer Corcoran er niet mee lastiggevallen.'

'U hebt... contact gehad met Mariah?'

'Wilt u wel geloven dat ze me twee keer per week benadert?' Weer een lach, alleen is deze vreugdeloos. 'Ze zal wel in de veronderstelling verkeren dat ze, omdat ze de peetdochter van meneer Corcoran is en zo...' Meadows maakt haar zin niet af en slaat dan een ernstiger toon aan: 'Iemand moet iets aan haar doen, meneer Garland. Mijn vrienden op de Hill zeggen dat als ze hier niet mee ophoudt... nou ja, dat uw vrouw het dan wel kan vergeten.'

15

Twee ontmoetingen

— I —

Bentley! Thuis! Twee van mijn favoriete woorden!

Vanwege mijn lange telefoongesprek met mijn zus kom ik twintig minuten te laat om mijn zoon op te halen, en ik trotseer de niet-meevoelende blikken van de leidsters – allemaal blank – wier grimmige stilte me duidelijk maakt dat ze bereid zijn het departement voor Gezinshulp op te bellen om het Garland-Madisonteam aan te geven, omdat ze te vaak te laat en dus ongeschikt voor het ouderschap zijn. Ik put echter enige troost uit het feit dat Miguel Hadley er ook nog is, en zijn ouders dus net zo ongeschikt zijn als die van Bentley. Miguel, een mollig jongetje, is een verbazingwekkend pienter, maar nooit uitbundig kind. Vandaag lijkt hij nog ernstiger dan anders. Hij omhelst Bentley om hem gedag te zeggen. De school moedigt het aan dat jongens elkaar omhelzen, in dienst van een of ander vaag ideologisch doel – om ervoor te zorgen dat ze niet opgroeien tot het soort mannen dat bommen laat vallen op onschuldige burgers, misschien. Maar ik weet niet goed waarom de leidsters de moeite nemen. Het is veel waarschijnlijker dat universitaire kinderen opgroeien tot het soort mannen dat in het Witte Huis zit en anderen de opdracht geeft de bommen te laten vallen, tussen het omhelzen van hun kiezers door.

Terwijl ik op een afstandje sta te wachten tot de jongetjes klaar zijn met omhelzen (de school predikt dat wij onbetekenende ouders hen nooit met geweld mogen scheiden), staar ik uit het raam naar de parkeerplaats, in de hoop me door deze truc te kunnen onttrekken aan het obligate praatje met de leidsters die de staf vormen van de school. Ze zijn hopeloos goedbedoelend, op de manier van liberalen uit hun klasse, maar omdat ze geloven dat ze racisme (wat alleen conservatieven treft) zijn ontstegen, blijven ze in zalige onwetendheid van hoe hun neerbuigende elitarisme wordt ervaren door de paar zwarte ouders die zich de school kunnen veroorloven. Ook heeft het geen enkele zin hun daarvan op de hoogte te brengen: hun wanhopig oprechte verontschuldigingen zouden de zaak alleen nog maar verergeren, omdat die, zoals wel meer liberale verontschuldigingen, te kennen geven dat de leden van de donkerder natie zo zwak van karakter zijn dat er geen grotere zonde kan bestaan dan een van hen beledigen.

Blanke liberalen geloven natuurlijk dat zij zelf uit steviger hout gesneden zijn. Daarom verlenen ze zo vaak steun aan bepalingen die akelige opmerkingen van blanken over zwarten bestraffen, maar zien ze akelige opmerkingen van zwarten over blanken vlot door de vingers.

Ik schud mijn hoofd, worstelend tegen de boze rode richting van mijn overpeinzingen. Geeft iets van dit geschimp werkelijk weer wat ik geloof? Ik krab aan de vervagende omtrek van een bloemsticker in de hoek van het raam, me afvragend waarom deze leidsters, met hun sekte-achtige grijns waarmee ze elk zwart gezicht verwelkomen, de akeligste impulsen in me wakker roepen. En waarom ik alleen liberalen veroordeel. De raciale standpunten van conservatieven zijn geen haar beter; vaak zijn ze nog bedroevender. Hoe arrogant hun sympathie ook is, deze leidsters zijn niet het soort mensen dat met goedkope verf KKK op de kluisjes van zwarte middelbare scholieren kladdert of geld stuurt aan de Nationale Bond ter Begunstiging van Blanken. Wat is de bron van mijn vitriool? Is het mogelijk dat ik me, zij het vagelijk, een of ander woedend artikel of furieuze redevoering van de Rechter herinner? Merkwaardig, hoe moeilijk het tegenwoordig te onderscheiden is, alsof mijn vader, nu hij dood is, een groter deel van mijn geest bezit dan hij ooit tijdens zijn leven heeft gedaan.

Ik vraag me af of ik ooit van hem zal loskomen.

Terwijl ik in de hoek sta te broeden, wachtend tot de leidsters besluiten dat Bentley zijn anti-oorlog-, anti-macho-, pro-omhelsles voor die dag heeft geleerd, zie ik een trapezoïdale, zwarte Mercedes-minibus hobbelend over de kuilen in de oneffen parkeerplaats scheuren. Dahlia Hadley, Miguels moeder, is met haar gebruikelijke roekeloze haast gearriveerd. Ze komt jachtig binnen, een kleine, tengere wervelwind van glimlachjes en energie, en de leidsters, die zo van hun stuk zijn gebracht door mijn aanwezigheid, beginnen weer te stralen, omdat iedereen van Dahlia houdt; dat is een soort wetmatigheid.

'Talcott,' mompelt ze met veel ademgeruis, zodra ze naar haar zoon heeft gezwaaid, 'ik ben zó blij dat je er bent. Ik was van plan je te bellen. Heb je even?'

'Natuurlijk,' zeg ik, ervan overtuigd dat me iets onaangenaams te wachten staat.

Dahlia neemt mijn grote hand in haar kleine en trekt me naar een andere hoek van het lange vertrek, waar houten blokken kriskras door elkaar liggen; slordigheid die doorgaat voor jeugdige creativiteit.

'Het betreft iets wat ons béíden aangaat,' zegt ze, om zich heen kijkend.

Haar indigo jeans en bijpassende sweater zijn een beetje opzichtig, maar zo is Dahlia nu eenmaal. 'Weet je waar ik het over heb, Talcott?'

Natuurlijk weet ik dat, maar het staat me nog steeds vrij om te doen alsof ik het niet weet, want de *Elm Harbor Clarion*, die niet uitblinkt in het opsporen van nieuws dat geen betrekking heeft op gemeentelijke corruptie (die in onze fijne stad hoogtij viert), moet het obligate artikel over de finalisten voor de zetel bij het hof van beroep nog plaatsen. Maar ik besluit geen spelletjes te spelen.

'Ah... ik geloof het wel.'

Ze aarzelt, kijkt me vervolgens in de ogen en glimlacht weer. Dahlia Hadley is begin dertig, een hese Boliviaanse met hennakleurig haar aan wie zelfs Kimmer, hoe ze ook haar best doet, maar geen hekel kan krijgen. Marc en zij hebben elkaar ontmoet, betoogt Dahlia telkens wanneer er iemand wil luisteren, nádat Marcs eerste huwelijk op de klippen was gelopen. (Maar vóórdat hij zijn vrouw had verlaten, voegt Kimmer daar venijnig aan toe.) Marcs eerste vrouw was Margaret Story, een eminent historica die één jaar ouder was dan hij en met wie hij twee kinderen heeft gekregen. De jongste, Heather, is nu een studente op de juridische faculteit en de oudste, Rick, is een dichter die vaak in de *New Yorker* wordt gepubliceerd en in Californië woont. Margaret was zwaargebouwd, stil en afstandelijk, zelfs afschrikwekkend, terwijl Dahlia slank, luidruchtig en gulzig is en graag mag plagen. Maar ze is niet louter een trofee. Hoewel ze geen fulltime academische betrekking heeft (wat haar op de universiteit tot een tweedeklas burger maakt), bezit ze een doctoraat in biochemie van het Massachusetts Institute of Technology en is ze hard bezig, ondersteund door verscheidene beurzen uit het bedrijfsleven, in een of ander duister hoekje van het Natuurwetenschappengebouw, met het testen van onwaarschijnlijke remedies tegen onbekende ziekten, waarbij ze gepassioneerd honderden laboratoriumratten tegelijk doodt. De grootste bedreigingen voor de verpauperden zijn volgens Dahlia, die er een van is geweest, niet politiek, militair of economisch, maar biologisch van aard: de wetenschappelijke vooruitgang en de natuur laten beide voortdurend nieuwe microben in het ecosysteem vrij, en het zijn de armen die er gewoonlijk het eerst en het snelst door worden gedood. Dahlia gelooft dat rechtvaardigheid gevonden zal worden op de bodem van een reageerbuis. Op een keer is er een groep dierenrechtenactivisten haar laboratorium binnengedrongen. Ze smeten reageerbuisjes stuk, bevrijdden besmettelijke knaagdieren uit hun kooien en verspreidden gevaarlijke ziektekiemen. Het grootste deel van het personeel vluchtte, maar Dahlia stond haar mannetje en noemde de demonstranten racisten, waarmee ze hen eerst uit het veld sloeg en later overwon. De leider van de groep, die niet zo snel een weerwoord had, maakte alles nog erger door een onhandige analogie te schetsen tussen de situatie van de ratten en de situatie van de mensen die in de barrio's leven. Hij nam blijkbaar aan dat Dahlia, wier huid de roodbruine kleur heeft van woestijnklei, een Mexicaans-Amerikaanse was. Ze verbeterde hem woedend in twee talen. Toen de campuspolitie arriveerde was de leider nog moeizaam zijn solidariteit met het onderdrukte volk van Bolivia aan het uiteenzetten, dat, jammer voor zijn betoog, toevallig een democratie is.

Later getuigde Dahlia bij het proces. Ze vertelde over de experimenten die hij had verwoest, de mensen die misschien zouden sterven: een getuigenverklaring die normaal gesproken niet toelaatbaar zou zijn, maar de openbare aanklager wendde voor dat dr. Hadley alleen maar de schade omschreef, en de rechter ging ermee akkoord. Dahlia ontving veel scheldbrieven van mensen die meer van dieren dan van mensen houden, maar verwierf wel een aanzienlijke verhoging van de beurs van de farmaceutische maatschappij die haar onderzoek steunt.

Dahlia is een wijze vrouw.

'Dit is geen gemakkelijke tijd voor ons,' zegt ze nu, en dwaas genoeg vraag ik me opeens even af of ze me misschien niet toch terzijde heeft genomen om een ander onderwerp te bespreken, of Ruthie misschien dat wat vertrouwelijk is vertrouwelijk heeft gehouden en Marc niet heeft verteld dat zijn belangrijkste rivale voor de betrekking waarnaar hij hunkert mijn vrouw is – of, als ze het hem wel heeft verteld, of Marc het misschien geheim heeft gehouden voor zijn vrouw. Dahlia zelf beantwoordt mijn onuitgesproken vraag door bijna achteloos te zeggen: 'Weet je, Tal, de FBI valt inmiddels al onze vrienden lastig. Dat zal bij jou ook wel het geval zijn.'

'O, ja, inderdaad,' mompel ik, volkomen verrast, en nu gedwongen me af te vragen waarom er geen vrienden hebben gebeld om datzelfde nieuws mee te delen, afgezien van John Browns telefoontje over Foreman, wat natuurlijk niet meetelt. Misschien heeft de FBI geen bezoekjes afgelegd. Er zijn in ieder geval geen agenten – geen echte agenten – langsgeweest om met Kimmer en mij te praten. Hebben ze Marc ondervraagd? Als dat zo is, is de strijd waarschijnlijk al voorbij... en daarmee mijn huwelijk mogelijk ook.

'Marc is op het moment erg gespannen,' fluistert Dahlia. 'Hoe houdt Kimberly zich?'

'Hmmm? O, prima, prima.'

Miguel roept zijn moeder in het Spaans. Dahlia wendt zich half naar hem toe en zegt: '*En un minuto, querido,*' maar laat mijn hand niet los. Ze werpt een blik op de leidsters, die allemaal hebben toegekeken en nu allemaal nadrukkelijk hun ogen afwenden. Ze trekt me verder de hoek in. Kennelijk wil ze niet afgeluisterd worden. De leidsters vragen zich waarschijnlijk af van wat voor tête-à-tête ze getuige zijn. De meeste mensen beschouwen Dahlia als een bijzonder aantrekkelijke vrouw, maar ik vind haar trekken te zacht en onuitgesproken, en haar eerzucht veel te openlijk tentoongespreid, om haar echt mooi te kunnen noemen.

'Het is gewoon zo moeilijk om aan nieuws te komen,' zegt ze pruilend. 'Heb jij iets gehoord?'

En dan heb ik het door – en ben met stomheid geslagen. Marc weet niet meer dan wij. Al dat onhandige gehengel van Dahlia is een visexpeditie ten behoeve van haar man. Het is helemaal nog niet voorbij! Ik heb zin om hardop te lachen, zo groot is mijn opluchting. Maar ik houd mijn impulsen in bedwang, evenals, zoals gewoonlijk, mijn gelaatsuitdrukking.

'Geen woord, Dahlia.' Ik heb Marc deze afgelopen weken weinig gezien: niet meer dan een incidentele, gespannen groet terwijl we elkaar in de gang passeerden. Ik besluit zelf ook een onderzoekje in te stellen. 'We zullen het allemaal gewoon maar moeten afwachten.'

Dahlia lijkt het niet te horen. Ze kijkt weer naar me op. Ze glimlacht niet langer. 'Ken je Ruth Silverman?' Niet *Ruthie,* merk ik op.

'Ja, die ken ik.'

Dahlia sluit haar ogen even. Het gebaar heeft een meisjesachtige onschuld. Buiten, op de parkeerplaats, zijn een aantal vaders om het hardst de respectieve verdiensten van de Jets en de Giants aan het neerhalen. Ik wil deel uitmaken van hun universum, niet van dat van Dahlia.

'Ze was een studénte van Marc, moet je weten. Hij heeft haar haar báán bezorgd. Maar ze is zo ondankbaar. Ze wil ons helemaal niets zeggen.' Ze schudt haar hoofd. Aan de andere kant van het vertrek werpen de ongedurige leidsters steelse blikken in onze richting en geïrriteerde blikken op de klok. Het is zeer waarschijnlijk dat ze zich verbazen over onze, naar ze aannemen, intieme relatie, en zo snel mogelijk naar huis willen om het in geuren en kleuren aan hun echtgenoten, geliefden, vrienden te vertellen, omdat Elm Harbor, ondanks al zijn Ivy League-mondaniteit, niet meer dan een dorp is. *Je raadt nooit wie ik samen op school heb gezien!* Ik besef dat ik overgevoelig ben voor uiterlijke schijn, maar mijn verleden met Kimmer heeft me met die last opgezadeld. 'Marc zegt me telkens dat ze de plicht heeft om te zwijgen, maar ik ben grootgebracht met de opvatting dat je een bewezen dienst beantwoordt met een wederdienst.' Ze heeft mijn hand losgelaten. Ze knarst met haar volmaakte tanden en balt haar handen tot een vuist. Het valt me op dat haar nagels zo ver zijn afgebeten dat het vlees vuurrood is.

'Marc heeft gelijk, Dahlia. Ruthie... Ruth mag niet over haar werk praten.'

'Het is allemaal gewoon zo plotseling,' verklaart ze, waaruit ik opmaak dat Ruthie Marc eerder wél vertrouwelijkheden heeft onthuld, maar er om de een of andere reden mee is opgehouden. Dahlia's volgende woorden bevestigen mijn vermoeden. 'Drie weken geleden was Marc de leidende kandidaat. Dat heeft Ruth Silverman gezegd. Daarna vertelde ze ons dat de president ook andere namen in overweging nam, in het belang van *diversiteit.*' Ze benadrukt het woord op een manier die suggereert hoe weinig gewicht het in de schaal zou moeten leggen wanneer er iets waarachtigs op het spel staat. Vorig jaar heb ik de studenten behoorlijk in de war gebracht tijdens mijn werkcollege over Justitie en Maatschappelijke Bewegingen door ze de volgende propositie voor te leggen: *Iedere blanke die werkelijk gelooft in positieve discriminatie zou de gelofte moeten willen afleggen dat als zijn of haar kind wordt toegelaten tot een universiteit als Harvard of Princeton, hij of zij zich daar onmiddellijk schriftelijk mee in verbinding zal stellen om het volgende mee te delen: 'Mijn kind zal niet komen. Houdt u de plaats alstublieft vast voor een lid van een minderheidsgroepering.'* De consternatie onder mijn studenten bevestigde me in mijn overtuiging dat weinig blanken, zelfs onder de meest liberalen, positieve discriminatie steunen als het ze werkelijk iets kost. Ze houden er juist van omdat ze zichzelf kunnen wijsmaken dat ze iets ondernemen tegen rassenongelijkheid terwijl ze doen alsof de kosten niet bestaan. Maar dat valt hun niet te verwijten: wie gelooft er tegenwoordig nog in opoffering?

Diversiteit, denk ik nu. Een woord dat normaal gesproken zo betekenisloos is dat iedereen het kan onderschrijven zonder ergens mee in te stemmen, maar in dit geval is het ongetwijfeld een code voor Kimberly Madison. Dat zal Marc vast en zeker beseffen, en Dahlia klaarblijkelijk ook. Mijn vrouw staat er beter voor dan ik had gehoopt, beter dan Kimmer had gehoopt... als we al het andere maar in de doofpot kunnen houden. Er zweeft een beeld van

Jerry Nathanson voor mijn geestesoog, en ik onderdruk een oplaaiende boosheid op mijn vrouw, niet zozeer omdat ze haar geloften heeft gebroken, als wel omdat ze zo'n risico heeft genomen terwijl er zoveel op het spel staat.

'De president zal ongetwijfeld degene kiezen die naar zijn mening de beste rechter is,' zeg ik, hoewel in feite geen enkele president in de geschiedenis op die manier rechters heeft geselecteerd.

'Ik weet het niet,' zegt Dahlia – maar zij denkt dan ook dat Marc de beste rechter zou zijn. Het doet er niet toe dat hij zijn hele leven nog geen dag als advocaat heeft gewerkt. 'Eerlijk gezegd, Tal, is Marc... al een tijdje niet zichzelf.'

'Wat vervelend, Dahlia.'

'Het is niets voor hem om het partijtje van zijn zoon over te slaan,' vervolgt ze. Ze is op een bepaald moment van de ondervragende wijs in de bekennende wijs vervallen, maar ik weet niet precies wanneer. Ze merkt mijn verwarring op. 'Weet je nog? Afgelopen zondag. Miguels verjaardag.'

Dat weet ik nog. Ik moest Bentley naar het partijtje brengen omdat Kimmer, die onze zoon had beloofd dat ze er zou zijn, zondagochtend naar San Francisco moest vliegen. Mijn vrouw en ik hebben daar ruzie over gemaakt, zoals we over zoveel dingen ruziemaken. En ik herinner me ook dat Marc er niet was. Dahlia verontschuldigde hem: hij moest een conferentie bijwonen in Miami, zei ze, iets over Cardozo. Ik merkte zelfs toen dat ze er blijkbaar niet erg gelukkig mee was.

'Het spijt me.' Om maar iets te zeggen.

Dahlia staart naar het kwijnende bruine tapijt. Er glinsteren tranen in haar bruine ogen. 'Normaal gesproken is Marc zo liefdevol. Voor mij en voor Miguelito. Maar nu de spanning...' Ze schudt nogmaals haar hoofd. 'Hij is kortaangebonden geworden. Hij wil niet met me praten.'

Ik weet niet wat Dahlia ertoe heeft gebracht dit venster op het privé-leven van het gezin Hadley te openen, maar het is een last die ik niet wens te torsen. Helaas blijf ik mijn toevlucht nemen tot oppervlakkigheden. 'Het is voor iedereen een zware tijd,' onthul ik.

Dahlia luistert nauwelijks. 'Jij hebt geluk, Tal. Kimberly is jong. Als het haar dit keer niet lukt, dan is er altijd nog een volgende keer. Maar er is in Marcs leven zoveel dat niet is geweest wat hij had gehoopt dat het zou zijn. Al die werken die hij... niet heeft kunnen voltooien. Ik maak me zorgen over wat er met hem zal gebeuren als deze functie naar iemand anders gaat. Ik houd mijn hart vast...'

Dus daar stuurt ze op aan. *Voor Marc zal het een enorme klap zijn als hij deze functie niet krijgt, en Kimmer krijgt nog wel een kans, dus kun je er heel alsjeblieft voor zorgen dat je vrouw zich terugtrekt?* Over wanhopig gesproken! Ik herinner me dat Stuart erover klaagde dat Marc de laatste tijd zijn aandacht niet bij zijn werk heeft omdat hij zo van streek is... en opmerkte dat hij Kimmer in Washington zou kunnen helpen. Misschien heeft hij dat gedaan.

'Het is voor geen van ons gemakkelijk. Het zal allemaal wel de juiste afloop krijgen.' Een beetje ongevoelig misschien, maar hoe kan Dahlia Hadley nu vinden dat het mijn taak is om haar gerust te stellen?

Dahlia weigert het op te geven. 'Je begrijpt het niet, Talcott. Dit zijn niet gewoon zenuwen. Marc maakt zich zorgen. Ja, dat is het woord. Hij maakt zich zorgen, Talcott. Hij wil me niet vertellen waar hij over piekert. Zolang we samen zijn hebben we altijd alles met elkaar gedeeld, en nu houdt hij iets voor me achter. En het... vreet aan hem.' Ze schudt haar hoofd en maakt een vage handbeweging naar haar zoon, die samen met Bentley aan het tekenen is. 'Het verwoest mijn gezin, Talcott.'

Ik weet niet precies hoe ik daarop moet reageren, maar ik wil het juiste zeggen. Het besef dat het niet aan mij is om haar te troosten, is door de plotselinge onthulling van haar verdriet weggevaagd uit mijn geest. Misschien is Dahlia me helemaal niet aan het manipuleren. Misschien maakt ze zich werkelijk zorgen om haar man. Misschien is er werkelijk iets om bezorgd over te zijn.

'Het spijt me, Dahlia,' zeg ik ten slotte, terwijl ik een hand op haar schouder leg. 'Werkelijk waar.'

Ze grijpt mijn jasje vast en één angstaanjagend moment schiet haar hoofd naar voren, alsof ze het tegen mijn borst wil leggen. Dan verstijft Dahlia, niet zozeer uit boosheid als wel uit gêne: ze heeft zich door het gesprek laten meeslepen en bekommert zich te laat over wat de verbaasde leidsters wel niet zullen denken.

'O, Talcott, het spijt mij ook.' Ze staat weer rechtop, houdt niet langer mijn hand vast en veegt met een zakdoek haar neus af. Er zijn tranen op haar gezicht, maar ik heb niet gezien wanneer die begonnen. 'Het is niet juist om jou ermee te belasten. Neem je zoon mee naar huis en knuffel hem. Daar wordt alles beter van.'

'Doe jij dat ook, Dahlia. En maak je geen zorgen.'

'Jij ook niet. En dank je.' Nog steeds snuffend. 'Je bent een goed mens.' Ze zegt het alsof ze er niet veel tegenkomt.

Ik loop log naar de overkant van het vertrek om mijn zoon te halen. De leidsters doen een stapje opzij om de weg voor me vrij te maken: mijn heimelijke babbeltje met Dahlia heeft me in een beroemdheid veranderd.

Terwijl ik een slapende Bentley vastgesp in het autozitje dat hij waarschijnlijk al ontgroeid is, kijk ik achterom naar de school die ik begin te haten. Miguel en zijn moeder staan hand in hand in de deuropening. Dahlia, klaarblijkelijk weer de oude, babbelt met een van de leidsters en maakt haar aan het lachen. Miguel wuift hooghartig; echt een zoon van zijn vader. Terwijl ik de auto om de kuilen heen manoeuvreer, waarbij ik het chassis van de Camry maar drie of vier keer stoot, verbaas ik me over de veranderlijkheid van het lot. Als McDermott werkelijk naar Canada is gevlucht, en als Conan Deveaux werkelijk Freeman Bishop heeft vermoord, heeft Kimmer gelijk: dan wordt het tijd dat ik ophoud me zorgen te maken. Dan is het alleen nog een kwestie van mijn zus zover krijgen dat ze al die samenzweringsnonsens laat varen. Als Addison wil helpen, lukt me dat misschien wel.

Het lijk in de kast, breng ik mezelf jubelend in herinnering, terwijl scherpe herinneringen aan Jack Zieglers ziekelijke gezicht boven komen drijven in mijn bewustzijn. Marc maakt zich zorgen over het lijk.

— 11 —

Vijf minuten later draai ik de Camry de oprijlaan op van ons Victoriaanse huis met twaalf kamers in het hart van het faculteitsgetto. We zijn, zoals Kimmer me vaak voorhoudt, aan alle kanten omgeven door de juridische faculteit. Lieve Dana Worth woont twee straten verderop in Hobby Road, Tish Kirschbaum, onze obligate feministe, zit om de hoek, en Peter van Dyke, onze obligate fascist – dit zijn bijnamen uit Kimmers koker, niet uit de mijne – woont aan de overkant van de straat. Theo Mountains achtertuin grenst aan die van Peter. Binnen een toegevoegde radius van drie straten wonen nog vier faculteitsleden. De herenhuizen van Hobby Hill zijn ooit afzichtelijk duur geweest, alleen beschikbaar voor hoogleraren met de hoogste anciënniteit, en dan nog alleen voor degenen onder hen die geld in de familie hadden. Maar de huizenmarkt van Elm Harbor is nu al bijna vijftien jaar lang gunstig, en jongere hoogleraren in de financieel bevoorrechte faculteiten – rechten, medicijnen en handelswetenschappen – hebben de enorme huizen gekocht die ooit voorbehouden waren aan de kenners van Mencius en Shakespeare en de kromming van de ruimte.

Maar toch – thuis! Hobby Road nummer 41 is een massief, aan het einde van de negentiende eeuw gebouwd huis, met ruime kamers en hoge plafonds en een elegante lambrisering. Een huis om mensen in te ontvangen, hoewel we dat nooit doen. Een huis om hordes snaterende kinderen te bevatten, hoewel we er nooit meer dan één zullen hebben. Overal zijn vloeren aan het verzakken, panelen gebarsten en buizen aan het kreunen – maar dat zijn ónze vloeren, panelen en buizen. We zijn nog maar de derde zwarte familie die ooit in het deel van de stad heeft gewoond dat Hobby Hill heet, zestien vierkante blokken van elegantie, en de andere twee hebben lang voordat wij kwamen de goede zaak al in de steek gelaten. Ik weet niet hoeveel eigenaren ons huis in het bijzonder heeft gehad, maar het heeft hen allemaal overleefd, is zelfs opgebloeid. Iemand heeft van het souterrain een speelkamer gemaakt, iemand heeft de keuken gerenoveerd, iemand heeft een krappe garage toegevoegd waar Kimmer, ondanks mijn smeekbedes om de duurste van onze auto's te beschermen, haar BMW weigert te parkeren omdat ze bang is dat de smalle ingang krassen zal veroorzaken op de verblindend witte verf, iemand heeft onze vier gewone baden en twee zitbaden allemaal vernieuwd, waaronder die voor het dienstmeisje op zolder, als we maar een dienstmeisje hadden en ons konden veroorloven de zolder te verwarmen; maar ik vermei me in de gedachte dat het huis sinds de bouw nauwelijks is veranderd. Acht jaar nadat wij het hebben gekocht, prikkelt het me nog steeds om de voordeur in te gaan, omdat ik weet dat de oorspronkelijke bewoner lange tijd collegevoorzitter van de universiteit is geweest: een pietluttige geleerde in oude talen genaamd Phineas Nimm, die rond de tijd van de Eerste Wereldoorlog is gestorven. Toen hij iets meer dan honderd jaar geleden reageerde op een onderzoek van een onbekende hoogleraar van de Universiteit van Atlanta, genaamd W.E.B. Du Bois, schreef collegevoorzitter Nimm botweg dat een kleurling, ongeacht het niveau van zijn schoolprestaties, niet welkom zou zijn als student. Ik ontdekte als student een kopie van de brief in het universiteitsarchief en kwam er bijna toe hem te stelen. Na al die jaren geeft de ironie dat ik Nimms huis bezit me nog steeds een bittere genoegdoening.

In het afnemende daglicht trappen Bentley en ik nog een halfuur een balletje in de tuin, onder het goedkeurend oog van Don en Nina Felsenfeld, onze bejaarde buren, die, zoals iedere dag rond deze tijd, op hun afgeschermde veranda van een glas limonade zitten te nippen. Don was in zijn tijd een van de meest vooraanstaande experts op het gebied van deeltjesfysica, en Nina is nog steeds een expert in het verwelkomen van vreemden, de joodse traditie van *hesed*: binnen een uur na aankomst van de verhuistruck acht jaar geleden, stond ze met een blad met roomkaas-en-jamsandwiches voor de deur. Door de jaren heen heeft ze ons nog meer bladen gebracht, waaronder één drie weken geleden, na de dood van mijn vader, omdat ze is opgegroeid in het soort gezin waar, wanneer er iemand stierf, voedsel brengen iets was wat je als buren deed. Don en Nina zijn van mening dat er niets boven het gezin gaat, en Don, die me regelmatig tijdens een vriendschappelijk avondje schaken vernietigend verslaat, mag graag zeggen dat niemand ooit op zijn doodsbed heeft gewenst dat hij wat meer tijd aan zijn werk had besteed en wat minder aan zijn kinderen.

Kimmer vindt hen hinderlijke bemoeiallen.

En ze staan klaarblijkelijk op het punt zich opnieuw met ons te bemoeien, want zodra ik van oordeel ben dat mijn zoon te moe is geworden om verder te spelen en aanstalten maak om naar binnen te gaan, staat Don op en opent de deur naar zijn veranda. Hij gebaart dat ik naar de hoge, dikke heg moet komen die onze percelen scheidt. Ik knik, neem Bentley bij de hand en wandel naar de voorkant van het huis, de enige manier om aan de andere kant van de uitgedijde, prikkende heg te komen. Don en ik ontmoeten elkaar op het gazon van zijn voortuin, en hij talmt even, frummelend aan zijn pijp.

'Hoe gaat het met het kereltje?' vraagt hij ten slotte, op Bentley doelend.

'Het gaat prima met Bentley,' antwoord ik.

'Pima! Bemmy pima!' kweelt mijn fantastische zoon, terwijl hij zijn vrije hand naar die van Don uitsteekt. 'Durf jij!'

'Ja,' zegt Don, zo ernstig als het maar kan, terwijl hij de piepkleine uitgestoken vingers opslokt met de zijne. 'Ja, je bent een pima kereltje.'

Bentley giechelt en omhelst Dons knokige been.

Don Felsenfeld is een lange, akelig magere man, stijf en afstandelijk, de zoon van een joodse boer uit Vermont. In zijn hoogtijdagen wist hij naar verluidt meer over subatomische deeltjes dan wie ook ter wereld, en een afgezaagd mopje op de campus luidt dat hij tweemaal de Nobelprijs had moeten krijgen. Don, een gelegenheidssocialist en voltijdse atheïst, heeft ooit een populair boek geschreven waarvan de titel de draak stak met Einsteins beroemde en moeilijke zin: *De wetenschap van het ongeloof: hoe het universum dobbelt met God*, noemde hij het. Nu is hij tegen de tachtig, kleedt zich iedere dag in een kakibroek en hetzelfde blauwe vest, en besteedt het grootste deel van zijn tijd aan tuinieren of zijn pijp roken of beide.

'Het zijn een paar zware weken voor je geweest,' zegt Don. Geen glimlach, weinig woorden: hij mag dan joods zijn, Don Felsenfeld is ook op en top een New Englander.

'Dat zou je kunnen zeggen.'

'Nina is voor je aan het koken.'

'Ze is lief.'

'Ja, dat is ze.' Even staan we er beiden zwijgend bij, vol waardering voor zijn vrouw. Dan begint Don weer aan zijn pijp te prutsen, zoals hij ook doet vlak nadat hij een verwoestende aanval op het schaakbord heeft ontketend, en weet ik dat we eindelijk bij de kern van de zaak zijn. 'Luister, Talcott.' Dat doe ik. Allang. 'Zit je misschien in moeilijkheden?'

'Ik weet het niet. Ik geloof het niet.' Ik slik moeizaam, en denk: McDermott heeft hier rondgeslopen en vragen gesteld. Of Foreman. Of de echte FBI. 'Hoe kom je daarbij?'

Don kijkt me niet aan. Hij trekt nog steeds aan zijn pijp en lijkt zich sterk te interesseren voor een grasmus die over het trottoir hipt, op de een of andere manier achtergebleven toen de grote zwermen naar het zuiden migreerden.

'Het is best een lekkere herfst geweest, vind je niet?' vraagt Don langzaam. Ik knik verbijsterd. Heeft hij de vogel in gedachten? 'Het is mooi weer geweest, niet te koud. Aangenaam.'

'Ja, het is lekker geweest.'

'Een van de warmste sinds jij hier woont, trouwens.'

'Dat zou best kunnen.'

'Het soort herfstweer waarbij mensen 's nachts hun ramen openlaten om het briesje op te vangen.'

'Uh, precies.' Door de jaren heen hebben Don en ik allerlei uiteenlopende zaken uitputtend bediscussieerd, zoals het beleid van de universiteit inzake patenteigenaarschap van de faculteit, de respectieve verdiensten van John Updike en John Irving, de relatie tussen de tarieven van de vermogensaanwasbelasting en kapitaalvorming, de vraag hoe Bobby Fisher het zou hebben gedaan tegen de huidige lichting schaakkampioenen, en de kwestie of het Boek van Jesaja, waarvan christenen geloven dat het de geboorte en het geestelijk leiderschap van Jezus aankondigt, de komst van één of twee kinderen voorspelt. Maar we hebben nog nooit een langdurig gesprek gehad over het weer... wat me op de gedachte brengt dat me iets belangrijks te wachten staat.

'Weet je, Talcott, volmaakte huwelijken bestaan niet.'

'Dat heb ik ook nooit gedacht.'

'Jullie ramen stonden bij dit weer 's nachts open. Die van ons ook.'

Plotseling begint me iets te dagen. Ik kijk hem strak aan, maar zijn vriendelijke blik is nog steeds gevestigd op iets onbestemds. Ik weet wat er komen gaat, en ik weet dat Nina hem ertoe heeft aangezet – want net als de Rechter zou Don nooit uit eigen beweging over een emotie praten, of zelfs maar bekennen er een te hebben.

'Eh, Don, hoor eens...'

Op zijn vriendelijke, maar koppige manier walst de oude fysicus gewoon over me heen, net zoals hij dat bij het schaken doet. 'Stemmen dragen, Talcott. We moesten het een paar avonden geleden wel horen, of we nu wilden of niet. Jou en je vrouw, bedoel ik. Jullie waren behoorlijk aan het bakkeleien.'

Drie avonden geleden, herinner ik me nu: zaterdag. De enige wanklank in een verder liefdevolle week. Kimmer kondigde aan dat ze 's ochtends naar San Francisco zou vertrekken, en ik vroeg haar dom genoeg hoe het dan zat met haar belofte om Bentley naar Miguel Hadleys verjaardagspartijtje te brengen, zodat ik na de kerk naar de campus kon rijden om het staartje mee te pikken van Rob Saltpeters voordracht over de implicaties van kunstmatige intelligentie voor staatsrecht. Ze zei dat ze geen keus had, dat dit werk was. Ik zei dat dat van mij ook werk was. Ze zei dat dat niet hetzelfde was. Ze had een toezegging gedaan. Ik vroeg haar aan wie. Ze vroeg wat ik daarmee wilde zeggen. Ik zei dat ze dat wel wist. Zij vroeg wat ik dáármee wilde zeggen. Ik zei dat ik er niet over wilde praten. Zij zei dat ik degene was die er het eerst over begon. Ik begrijp wel hoe Don en Nina het konden horen: we spraken bepaald met stemverheffing. Kimmer in ieder geval.

'Het spijt me als we jullie hebben gestoord.'

'Laat maar zitten, Talcott.' Hij legt een hand op mijn schouder, van man tot man, zoals mijn vader altijd deed. Bentley, die de ernst van het gesprek aanvoelt, is weggekuierd. Hij buigt zich over het grasveld van de Felsenfelds en bestudeert Dons zorgvuldig onderhouden bloembedden, die nu voor het grootste deel bedekt zijn, met het oog op het komende koude weer. Ik heb geprobeerd mijn zoon ervan te weerhouden de bloemknoppen te plukken, maar Don en Nina lijken het niet erg te vinden. 'Ik wilde je alleen maar laten weten dat ik tot je beschikking sta als je ooit de behoefte hebt om te praten. Dingen doorpraten is soms de belangrijkste stap. Nina en ik hebben door de jaren heen zelf ook de nodige problemen gehad. We hebben de onze overwonnen, zoals jullie die van jullie zullen overwinnen als je je vrienden laat helpen.'

Even ben ik te vernederd om iets te kunnen zeggen: er zijn tenslotte *normen*, zei mijn moeder altijd vermanend, en niemand mag ooit het idee krijgen dat je ze niet naleeft. Wat betreft het uitpraten-idee: mijn vader spotte altijd met het idee van counseling, wat, zo zei hij, niet meer was dan het vertroetelen van wilszwakken. *Je zet een streep, Talcott. Plaats het verleden aan de ene kant, de toekomst aan de andere, en besluit aan welke kant je wilt leven. Blijf vervolgens bij je besluit.* In mijn familie waren problemen geheim; dus we hebben geen van allen ooit oefening gehad in wat je moest doen wanneer een buitenstaander ontdekte dat we er wel degelijk een hadden.

Toch lukt het me op de een of andere manier genoeg scherpzinnigheid bijeen te rapen om luchtig te antwoorden: 'O, Don, dankjewel, maar zaterdagavond, dat stelde niets voor. Je zou Kimmer eens moeten horen wanneer ze kwáád wordt.' Ik zou nog schalks hebben geknipoogd ook, maar ik heb nooit echt geleerd hoe dat moet.

Don glimlacht geforceerd en staart me aan zoals de Rechter dat ook altijd deed, wanneer ik een grapje maakte over cijfers of een vaste aanstelling of politiek of wat dan ook dat mijn vader belangrijk vond en ik liever niet besprak. Dons heldere, intelligente ogen drukken het onbarmhartige oordeel uit van een man die tijdens zijn zeven-plus decennia op aarde het altijd bij het juiste eind heeft gehad. Ik ben dol op Nina, maar niet op Don, waarschijnlijk omdat hij me te veel aan de Rechter doet denken. Dat mijn vader een Tory was, bij gebrek aan een beter woord, en Don juist het tegenovergestelde, doet niets af aan het feit dat er een essentiële overeenkomst in hun karakters is, vooral de sombere eigendunk die degenen die zo dwaas zijn om er de verkeerde politieke opvattingen op na te houden, beveelt om naar de duivel te lopen.

'Mocht je van mening veranderen, dan sta ik tot je beschikking,' zegt Don tegen me. En dat is ook iets wat de Rechter altijd zei. Maar ik veranderde nooit van gedachten, en hij stond nooit tot mijn beschikking.

16

De drie dwazen

– 1 –

Halverwege de week na Thanksgiving betrekken we officieel het huis op de Vineyard, na in Kimmers gestroomlijnde BMW naar Massachusetts en vervolgens via de Cape naar Woods Hole te zijn gereden, en met het autoveer te zijn overgestoken. Het veer, zei mijn vader altijd, belichaamt twee van de zegeningen van het eiland: de ene is dat het reisje over het water zo aangenaam en rustgevend is dat je op Martha's Vineyard aankomt in de stemming om je te ontspannen, de andere is dat de Steamship Authority, die de veerdienst exploiteert, het monopolie heeft op de concessies en maar een beperkt aantal schepen in de vaart heeft, wat betekent dat er maar een beperkt aantal auto's, en dus mensen, naar het eiland kan komen, vooral in het hoogseizoen van juli en augustus. Wanneer een van de kinderen, gewoonlijk Addison, fluisterde dat deze vreugde naar elitarisme riekte, antwoordde de Rechter vrolijk met een van zijn favoriete *bon mots*, hoogstwaarschijnlijk aan zijn eigen brein ontsproten: 'Deel uitmaken van de elite is de beloning voor hard werken en op de juiste manier leven.' (Waarmee hij natuurlijk impliceerde dat je, als je geen deel uitmaakte van de elite, niet hard genoeg werkte of niet op de juiste manier leefde.)

Ik heb de overtocht altijd heerlijk gevonden, en die van vandaag vormt geen uitzondering. Naarmate de Cape steeds verder achter me komt te liggen, voel ik ook mijn angsten en verwarring vervagen en in belangrijkheid afnemen, terwijl bij de boeg aan stuurboord de Vineyard steeds groter opdoemt, eerst een verre, grijsgroene glinstering, vervolgens een droomachtig visioen van bomen en stranden, en nu dichtbij genoeg om de afzonderlijke huizen te kunnen onderscheiden, allemaal grijsbruin, verweerd en prachtig. Ik slok de beeltenis ervan op als een alcoholist die na een periode van onthouding dankbaar weer aan de drank gaat, terwijl het veer gestaag over de golven dreunt, en een tiental automobilisten in het ruim wacht om in een giftige roes van genot het eiland op te denderen. (In het seizoen zouden het er honderd of meer zijn.) Bentley en ik staan bij de reling; mijn zoon roept naar de meeuwen die hoog in de zilte herfstlucht vliegen en daar schijnbaar bewegingloos blijven hangen terwijl ze hun snelheid aanpassen aan die van de boot, in de hoop zich vol te kunnen proppen met wat wij spilzieke mensen weggooien. Een kil, ver zonnetje laat zijn onverschilligheid op het water schijnen. Mijn zoon strekt zijn mollige handjes uit over de reling en in plaats van hem te frustreren, haak ik uit voorzorg een vinger achter zijn riem en probeer mezelf ervan te overtuigen dat hij echt al drie jaar is, de vier al bijna in zicht, en geen baby meer, maar niettemin het eerste en tevens laatste kind voor wie ik ooit vader zal zijn. Want Kimmer heeft geen zin om nogmaals zwanger te worden: dat heeft ze ijselijk duidelijk gemaakt, terwijl zoveel in ons huwelijk juist verhit verwarrend blijft. Ik weet dat het deels angst is, nadat we bijna hebben misgegrepen met Bentley; maar angst verklaart niet alles. Met een nieuw kind zou ze zich opnieuw binden aan een huwelijk waarover Kimmer onzeker blijft. Op mijn verlangen naar een groot gezin antwoordt ze terecht dat zij, niet ik, de baby moet baren – alleen zegt Kimmer altijd *foetus* en spant ze zich tot het uiterste in om het anderen ook te laten zeggen. Mijn vrouw, die nooit politiek betrokken is behalve wanneer ze het is, kan een anti-abortuscomplot ruiken voordat het gesmeed is. Afgelopen maart gaf Lieve Dana Worth, die van kinderen houdt maar er zelf nooit een zal krijgen, Bentley voor zijn derde verjaardag *Horton hoort een Wie* van Dr. Seuss, een van haar lievelingsboeken toen zij klein was, vertelde ze ons. Kimmer bedankte Dana, bladerde het boek in afgrijzen door en borg het weg op zolder zonder ooit de moeite te nemen het onze zoon voor te lezen. Ze verbood mij ook het hem voor te lezen. 'Een anti-abortustraktaat,' snoof ze, en toen ik vroeg waar ze het over had, glimlachte ze neerbuigend en citeerde de terugkerende refreinzin uit het boek: *Een mens is een mens, hoe klein hij ook is.* 'Waar zou het anders over kunnen gaan?' vroeg ze gebiedend.

Nu is het mijn beurt om te glimlachen. Waar ik in de rest van de wereld ook mee geconfronteerd word, ik leef telkens weer op door mijn verblijf op de Vineyard. En ik ben vastbesloten om dit verblijf vredig te maken. Vorige week had ik ruzie met Mariah, onze hevigste ruzie tot nu toe. Aangespoord door Meadows had ik de lange rit naar Darien gemaakt en mijn zus mee uit lunchen genomen. Ik probeerde zo voorzichtig mogelijk te opperen dat ze de voortdurende stroom van nieuwe samenzweringen die ze bedacht misschien wat kon indammen. Ik heb haar over het mogelijke rechterschap verteld, haar verteld dat haar gedrag een nadelige invloed had op Kimmers kansen, maar haar mijn bron niet onthuld. Ze diende me van repliek door te beweren dat het hele gedoe – mijn vrouw de kans geven rechter te worden, dit dreigen terug te trekken als Mariah zich bleef uitspreken – op zich al een samenzwering was, een manier om ons het zwijgen op te leggen. Ik zei haar dat dit me een beetje vergezocht leek, we hadden woorden, en plotseling was het weer helemaal als in die vreselijke dagen na het boek van Woodward. Alleen ditmaal erger, omdat de Rechter er niet meer is om ons door middel van zijn wil weer nader tot elkaar te brengen.

En dus voel ik me in plaats daarvan ellendig. Omdat ik me in de collegezaal niet meer kan concentreren, heb ik een paar weken verlof van de faculteit gevraagd, en decaan Lynda heeft dit met alle genoegen ingewilligd, omdat ze een hekel aan me heeft en omdat ze weet dat ik hierom bij haar in het krijt kom te staan. Stuart Land heeft ermee ingestemd mijn colleges onrechtmatige daad over te nemen tot ik terugkom, en heeft me al driemaal gebeld, verontrust over de wanorde van mijn lesprogramma en mijn kantoor, en met het aanbod ze beide op orde te brengen. Ik heb dat beleefd afgeslagen, omdat ik niet wil dat er iemand in de schimmige hoekjes van mijn leven gaat wroeten.

Eerder deze maand heb ik Freeman Bishops begrafenis bijgewoond, mijn tweede begrafenis in Trinity and St. Michael binnen twee weken. Een gastpriester, een lid van de blankere natie, leidde de kerkdienst, die maar door weinig rouwdragers werd bijgewoond. Ik zag een paar gezichten die ik me herinnerde van de dienst van de Rechter, en ik deed een vruchteloze poging om namen op te roepen in mijn gekwelde geest. Mariah woonde de dienst niet bij. Brigadier Ames was er echter wel, misschien in de verwachting dat er nog meer slechteriken zouden komen opdagen. Ik babbelde even met haar voordat ze een zijdeur uit glipte, en vernam alleen dat Conan nog steeds aan het onderhandelen was over het bepleiten van strafvermindering in ruil voor een schuldbekentenis, wat ik al wist van de website van de *Washington Post*.

Daarna, vorige week, was het tijd voor onze gebruikelijke gespannen Thanksgiving met Kimmers ouders, die nog steeds ongeduldig wachten tot ik hun onverbeterlijke dochter tem; blijkbaar beseffen ze niet dat Kimmer niet bepaald tembaar is. Vera en de Kolonel wierpen over tafel boze blikken naar me terwijl Kimmer en haar kinderloze zus Lindy zaten te roddelen en Bentley vreselijk zat te knoeien. Als mijn vrouw geen rechter wordt, heb ik zo het vermoeden dat mijn schoonouders mij daarvan de schuld zullen geven.

Maar ik heb vooral met toenemende gretigheid uitgekeken naar de reis van vandaag.

217

Eindelijk het veer!

Nu, terwijl ik mijn gezicht de zeewind in draai, het schip de aanzwellende golven doorklieft en me snel meevoert naar het eiland waarvan ik hou, ben ik in staat te glimlachen om Kimmers excentriciteit – en zelfs om Kimmer zelf, die ineengedoken bij de snackbar via haar mobiele telefoon een cruciaal gesprek staat te voeren. Misschien gaat het onderhoud over haar werk, misschien gaat het over haar kandidaatstelling, misschien gaat het over iets intiemers. Voor de verandering weiger ik me er iets van aan te trekken. Sinds ik haar het nieuws heb verteld over de ongerustheid in het gezin Hadley, is Kimmer teder en warm geworden, als om haar andere gedrag te compenseren, een schrille metamorfose die ik eerder heb meegemaakt en die, in tegenstelling tot die van Gregor Samsa, ogenblikkelijk kan omslaan; maar ik ben vastbesloten ervan te genieten zolang het duurt.

Dus nu zijn we dan eindelijk op het veer, de dag waarnaar ik heb uitgezien. Kimmer heeft van het veeleisende procederen om haar cliënten vooruit te helpen (en lobbyen om zichzelf vooruit te helpen) achtenveertig uur gestolen om met mij over de drempel te stappen van het huis dat nu van ons is, en ik ben haar dankbaar voor deze kruimeldiefstal. Ze had me ook kunnen dwingen alleen met Bentley, of zelfs helemaal in mijn eentje te gaan. Het feit dat ze dat niet heeft gedaan, vat ik op als een teken van aanhoudende wapenstilstand. Terwijl we de glorie van de Vineyard naderen, geloof ik opeens, tegen elke objectieve aanwijzing in, dat geluk mogelijk is. Zelfs met mijn vrouw. Daarom denk ik dat je er niet ver naast zit wanneer je trouw in een ongelukkig huwelijk omschrijft als een daad van geloof: geloof in de eindeloze mogelijkheden van het leven, wat een andere manier is, zou Rob Salpeter ongetwijfeld volhouden, om Gods gulheid te omschrijven. Dus sta ik glimlachend bij de reling, met mijn vinger achter de riem van mijn zoon die zich vooroverbuigt naar het opspattende water, naar de meeuwen roept en schaterlacht. Ik kijk om me heen naar mijn medepassagiers op het dek, die stuk voor stuk vast en zeker net zo genieten als ik terwijl we op ons eiland afsnellen, en mijn hart loopt over van liefde: liefde voor mijn kind, liefde voor mijn vrouw, liefde voor het begrip gezin alleen al, liefde voor...

En plotseling is zij daar.

Daar, op het dek, lang en fraai gespierd, in een spijkerbroek en een bomberjack, nog geen twintig stappen van me vandaan – de vrouw van de skeelerbaan. Het is in de verste verte niet mogelijk, het is een veel te groot toeval, ik moet me vergissen, mijn nukkige libido neemt een loopje met me... En toch weet ik dat zij het is. De skeelervrouw. De vrouw die ruim een maand geleden met me flirtte totdat ze mijn trouwring in het oog kreeg. De vrouw die de daaropvolgende paar weken door mijn dromen heeft gespookt. Ze staat in de buurt van de voorsteven, op een afstandje van de menigte, met haar gezicht in de wind, zodat ik alleen een stuk van haar donkerbruine profiel zie, maar die gladde, brede kaak en die bos onmogelijke krullen kunnen niemand anders toebehoren. Een flamboyant paarse weekendtas hangt aan één schouder en ze heeft een boek vast: iets authentieks, met harde kaft, dik, de titel in een andere taal, Frans, stel ik van een afstand aarzelend vast. Een editie van Molière, misschien. *Studente of docente?* vraag ik me af, vermoedend dat het antwoord *geen van beiden* is, want het boek wekt de indruk een rekwisiet te zijn. Ik ben dolblij haar weer te zien. Ik ben ontzet. Ik blijf bij de reling verbijsterd staan staren naar deze onaannemelijke verschijning, veel te schuchter om...

'Ik zou een moord plegen voor zo'n lichaam,' zegt Kimmer. Ik was zo afgeleid dat ik niet zeker weet hoe lang mijn vrouw al naast me staat, maar de spot in haar stem kwetst me net zo als altijd. Anderzijds ben ik natuurlijk wél schuldig. 'Wat een prachtige vrouw, hè?'

'Wie?' probeer ik, terwijl ik angstvallig mijn best doe me niet te snel om te draaien, voor het geval mijn vrouw tot de conclusie komt dat ik inderdaad in de richting staar die zij vermoedt. Ik heb Bentleys riem nog steeds stevig vast, en hij hangt nog over de reling, gebiologeerd door het kielwater. De skeelervrouw had wel uit steen gehouwen kunnen zijn.

'Die reusachtige *nzinga* daar,' antwoordt mijn erudiete Kimmer, die haar conversatie zo nu en dan graag kruidt met een Afrocentrische non sequitur. Ze wijst met de ene hand en houdt mijn arm vast met de andere. De mobiele telefoon is nergens te bekennen. 'Degene waar jij kennelijk je ogen niet vanaf kunt houden.' Kimmer lacht terwijl ik me langzaam in haar richting draai en blaft dan zachtjes als een hond. 'Liggen, jongen,' zegt ze, niet bepaald vriendelijk. Toch geen vredesverdrag dus.

'Kimmer, ik...'

'Hé, ze kijkt deze kant op. Misha, ze kijkt. Ze kijkt naar jóú. Draai je om en zwaai naar haar.' Ze pakt me bij de schouders en probeert me fysiek te dwingen dit te doen, maar ik verzet me.

'Kimmer, kom nou.'

'Schiet op, lieverd, straks is je kans verkeken.' Plagend, maar ook, zoals ze in het verleden zo vaak heeft gedaan, duidelijk makend dat ik verhoudingen zou moeten hebben als tegenwicht van de hare; dat ik verliefd zou moeten worden op iemand anders en haar zou moeten verlaten om haar de noodzaak te besparen me nog langer te kwetsen; dat mijn trouw tegenover haar geflirt niet aan te merken is als christelijke deugdzaamheid, maar als seculaire slapheid. We hebben hier al zo vaak over gekibbeld dat ze die oude ruzie alleen maar hoeft aan te stippen om alle kwelling weer naar mijn hart te laten stromen.

'Hou daarmee op,' sis ik, me een scherpere toon veroorlovend.

'Misha, schiet op!' lacht mijn vrouw, mijn gevoelens negerend. 'Ga snel gedag zeggen!' Dan dringt ze niet langer aan. Haar handen glijden van mijn schouders. 'Te laat,' mompelt ze zogenaamd droevig. 'Ze is weg.'

Ik kan er niets aan doen. Nu draai ik me wél om. De skeelervrouw is inderdaad weg. Haar plaats wordt ingenomen door twee plompe blanke meisjes die pindakaassnacks van Reese in hun mond proppen en de wikkels in zee gooien. De meeuwen blijven vlak bij hen in de lucht hangen, uit protest tegen de vervuiling of in de hoop een hapje mee te pikken. De skeelervrouw is net zo geruisloos verdwenen als ze is verschenen; als Kimmer niet bevestigd had wat ik met eigen ogen had gezien, zou ik misschien tot de conclusie zijn gekomen dat de skeelervrouw er helemaal niet was geweest.

'Ik dacht gewoon dat ze iemand was die ik ken,' zeg ik, wetend hoe ongeloofwaardig dat moet klinken.

'Of iemand die je graag zou leren kennen,' oppert mijn vrouw. Het dringt tot me door dat Kimmer, hoe vaak ze de laatste jaren ook het tegendeel heeft bewezen, jaloers is.

'Ik heb aan één vrouw genoeg,' breng ik haar in herinnering, in een poging het luchtig te houden.

'Ja, maar welke?'

Ik draai me weer in haar richting. Ze vindt het leuk om me op de kast te jagen, en hoewel ik me probeer te beheersen, slaagt ze er vaak in. Net als nu: 'Kimmer, ik heb je al vaker gezegd dat ik echt geen prijs stel op grapjes over... over mijn trouw.'

'Ach, liefje, ik plaag je alleen maar.' Een speelse kus op mijn neus. 'Hoewel, ik vind het best hoor, als je besluit dat je iemand anders wilt...'

'Ik wil niemand anders...'

'Zo zag het er een paar minuten geleden anders niet uit.'

'Kimmer, ik hou van jou. Alleen maar van jou.'

Mijn vrouw schudt haar hoofd en glimlacht triest. 'Tja, dan ben je óf gek óf dom...'

'Dat slaat nergens op,' zeg ik op de meest gekwetste Garland-toon.

'... óf misschien gewoon een masochist die het lekker vindt om zich door een vrouw te laten behandelen als...'

Deze onzin zou eindeloos door kunnen gaan, ware het niet dat Bentley ons redt. Nadat hij ruim twintig minuten alleen maar naar het langsstromende water heeft gekeken, heeft hij eindelijk door wat er aan de hand is. Terwijl hij zowel de hand van zijn moeder als de mijne vastgrijpt, draait hij zich om tot hij met zijn rug naar de reling staat. Wanneer hij zich van onze volle aandacht heeft verzekerd, glimlacht hij naar ons en verkondigt vol vreugde: 'Ik ben op bóót.'

We verliezen beiden onze vechtlust en even zijn we verenigd in een oprechte en hevige ouderlijke liefde voor onze zoon.

Dan gaat het moment voorbij en zijn we weer concurrenten. En Kimmer is me zoals gewoonlijk weer voor. 'Ja, je bent op een boot, schatje, ja, dat ben je,' mompelt ze en drukt een trotse, kronkelende Bentley tegen haar borst. 'Ja, zo is het, liefje, je bent op een boot, dat is heel goed; laten we nu maar naar binnen gaan om warm te worden. Mammie zal een cola voor je kopen.'

'Warme chólámewk, mammie, warme chólámewk!'

'Warme chocolademelk! Wat een geweldig idee, liefje, wat een geweldig idee!'

Zonder nog één woord tegen haar man te zeggen, draagt mijn vrouw, de toekomstige rechter, onze zoon de cabine in. Ik kijk haar na en lees twijfelachtige boodschappen af aan de manier waarop ze met haar heupen draait en haar rug recht. Zoals zo vaak op deze momenten van echtelijke frustratie begint er in mij iets primitiefs en lelijks te wringen en te wroeten. Er stijgt een afschuwelijke rode hitte op in mijn hoofd, een soort indigestie van het brein; zoals altijd heb ik baat bij een energiek maar geduldig wandelingetje om mijn demonen eronder te krijgen. Ik loop het dek tweemaal rond, en de overdekte zitruimte beneden eenmaal voordat ik me kalm genoeg voel om me bij mijn gezin in de kantine te voegen; onder al dat gewandel zie ik geen spoor van de skeelervrouw. En dat zit me dwars, niet alleen omdat ik haar nu al mis, maar ook omdat ik ervan overtuigd ben dat haar aanwezigheid aan boord geen toeval is. Ze is hier om dezelfde reden als op de skeelerbaan: omdat ze werd *gestuurd* – en heus niet door God.

— 11 —

Ocean Park is een brede, maar onregelmatige grasvlakte aan Seaview Avenue, de drukke straat die je oversteekt om de gammele trap te bereiken die naar het langzaam door erosie afslijtende strand voert dat in de volksmond bekendstaat als de Inktpot, in het vriendelijke water waarvan de donkerder natie zich generatieslang heeft vermaakt. Het huis waarin ik de zomers van mijn jeugd heb doorgebracht staat aan de overkant, waar de nette Victoriaanse huizen klein, opeengebouwd en te duur zijn. Aan het ene eind van het park, rechts als je op onze voorveranda met je gezicht naar het water staat, wordt de horizon gedomineerd door een rij prachtige oude huizen, stuk voor stuk veel groter dan de onze, voorzien van felgekleurde torentjes en chique windwijzers. Aan het andere eind, links, net niet te zien vanaf onze veranda, ligt de Steamship-Authoritywerf, waar 's zomers een aantal van de veerboten lossen; buiten het seizoen worden alle veerboten een paar kilometer verderop aan de kust, in Vineyard Haven, afgemeerd. Wat dichterbij liggen een prachtige, verweerde anglicaanse kerk, die zijn deuren 's zomers geopend heeft naar de zee en dus naar elke zondagse storm, en het stedelijke politiebureau, dat uitkijkt op een klein pleintje met een oud bronzen beeld, voorzien van een plaquette waarop om een mysterieuze reden van Yankee-logica de gesneuvelden van de geconfedereerden worden herdacht. Het beeld waakt over het uiteinde van Lake Avenue, de smalle, drukke straat die naar de Vliegende Paarden-carrousel leidt, wat voor Bentley het enige is wat telt.

Zoals zoveel huizen in Oak Bluffs heeft het zomerverblijf van mijn ouders een naam, aangebracht op een verschoten houten bord dat aan een van de palen langs de voorveranda hangt. Ons huis heet helaas VINERD HIUS, woorden die mijn zus Abby koos toen ze klein was, volkomen toevallig – ze schreef het op een tekening van het huis die ze op een regenachtige middag in Oak Bluffs in de keuken maakte met potloden uit de Crayola-64-doos – en het was mijn onaandoenlijke vader die ons een week later met het bordje verraste. Na de dood van Abby kon niemand in het gezin het over zijn hart verkrijgen de naam te veranderen. Wanneer we echter op deze zonnige herfstdag uit de witte BMW stappen, is het eerste wat mijn lieve Kimmer zegt dat het moment is aangebroken om ons ervan te ontdoen. Terwijl ze een slapende Bentley uit zijn autozitje trekt, vraag ik haar wat ze bedoelt: het bordje of de naam. 'Een van de twee,' zegt mijn vrouw, nog steeds met haar rug naar me toe. 'Of allebei.'

Mijn vader heeft ooit voorgesteld de naam te veranderen in 'De drie dwazen', een van zijn vele duistere schaakwoordspelingen, maar mijn moeder hield voet bij stuk; zolang ik me kan herinneren is mijn vader nooit tegen haar wensen ingegaan. Addison houdt vol dat het Claire Garland was die het besluit nam dat het tijd was om de benoemingsstrijd te staken toen de Rechter nog bereid was tot het bittere einde door te vechten. Mariah fluistert dat het Claire was die aanvoerde dat hij ontslag zou moeten nemen als rechter na de vernedering van de hoorzittingen, zodat hij zich publiekelijk kon uitspreken om zijn naam te zuiveren. En we weten allemaal dat het na de dood van Claire was dat de redevoeringen van mijn vader zo extremistisch en akelig werden als de meeste mensen zich ongetwijfeld zullen herinneren. Het is dus niet erg verwonderlijk dat mijn vader, zelfs na de dood van mijn moeder, haar nagedachtenis – en die van Abby – eerde door de bijnaam Vinerd Hius te behouden. Maar nu Vinerd Hius van mij is, of liever, van ons, denkt mijn vrouw daar anders over.

Ik blijf een lang moment in de smalle voortuin staan, de sleutel bungelend aan slappe vingers, en herinner me de heerlijke zomers op Martha's Vineyard uit mijn kindertijd, toen vrienden en familie voortdurend in en uit wervelden door de dubbele voordeur met zijn piepkleine glazen ruitjes, sommige roze, sommige azuurblauw, sommige ongekleurd, vastgehouden in raamwerkjes van naar binnen gekruld lood; ik herinner me de vele droeve en eenzame bezoekjes aan dit huis tijdens die eindeloze maanden dat mijn moeder, meestal alleen, in de voorslaapkamer op de eerste verdieping op sterven lag; en ik herinner me ook hoe gemakkelijk het werd om ervan af te zien hier terug te keren toen de Rechter eenmaal begon af te zakken naar megalomanie. Terwijl Kimmer druk doende is met Bentley en ik naar het zomerhuis van mijn jeugd kijk, merk ik dat ik moeite heb me te herinneren waarom het me nu eigenlijk met zoveel vreugde vervulde toen ik vernam dat de Rechter me dit krappe en ongelukkige omhulsel had nagelaten. Nu mijn ouders beiden dood zijn, zou het huis eigenlijk ook dood moeten zijn, rustig en neutraal; in plaats daarvan lijkt het bijna een levend wezen te zijn, demonisch bewust, boosaardig broedend op de tegenspoed van het gezin, in afwachting van de nieuwe eigenaars. Volkomen onverwacht raak ik verlamd van een emotie die veel primitiever is dan angst, een heldere, volstrekt overtuigende wetenschap, door me heen sidderend vanuit een of andere onnatuurlijke bron, dat alles op het punt staat afschuwelijk mis te gaan: ik ben bang dat mijn benen me niet naar de veranda zullen dragen, of mijn handen de sleutel niet kunnen bedienen, of de sleutel in het slot zal afbreken. In dat verschrikkelijke moment wil ik deze angstaanjagende erfenis en al zijn spoken verwerpen, mijn gezin bij de lurven pakken en zo snel mogelijk teruggaan naar het vasteland.

Zoals gewoonlijk is het wereldlijke Kimmer die me weer bij zinnen brengt.

'Kun je een beetje snel de deur openmaken?' vraagt ze liefjes. 'Sorry, maar ik moet ontzettend nodig pissen.'

'Dan hoef je nog niet zo vulgair te doen.'

'Wel als je anders niet in beweging komt.'

Ze heeft gelijk, op haar manier, en ik stel me aan. Ik glimlach naar haar en ze glimlacht bijna terug voordat ze zich inhoudt. Ik til de zware koffer op met mijn linkerhand en laat de sleutel op- en neerwippen in mijn rechter. Dan loop ik moedig de trap op, zonder acht te slaan op de demonen die in de schemer van het geheugen ronddartelen. Terwijl ik diep inadem, ban ik ze als een doorgewinterde geestenbezweerder uit mijn gedachten en rammel met de sleutel in het slot. Pas als het slot begint te draaien valt het me op dat er één van de kleine gekleurde ruitjes ontbreekt. Het is niet gebroken, maar gewoon weg, zodat je via de opening die door het smalle, grijze lood wordt begrensd het duister van het huis in kunt kijken. Ik frons, duw de deur wijdopen, en terwijl ik stokstijf blijf staan op de drempel van het huis waar ik al dertig jaar dol op ben, besef ik dat de kobolden zich niet allemaal hebben teruggetrokken. Ik probeer te slikken, maar lijk geen vocht te kunnen verzamelen in mijn keel. Mijn ledematen weigeren me naar voren te bewegen. Door een langzaam neerdalend gordijn van het diepste boze rood zie ik mijn knappe vrouw langs me glippen met een gefluisterd: 'Sorry, maar ik moet echt,' en voel ik dat ze Bentleys hand naar de mijne verplaatst.

Kimmer heeft drie stappen in het huis gezet voordat ook zij halt houdt en roerloos blijft staan.

'O, néé,' fluistert ze. 'O, Misha, o, néé.'

Het huis is een ravage. Meubels zijn omgegooid, de grond ligt bezaaid met boeken, kastdeuren zijn stuk, tapijten zijn in repen gesneden. Mijn vaders papieren liggen overal verspreid. De randen ervan rimpelen door het briesje dat via de open voordeur naar binnen komt. Ik werp een blik in de keuken. Er is wat serviesgoed op de grond stukgegooid, maar de troep valt hier nog mee, en de meeste borden staan gewoon opgestapeld op het aanrecht. Terwijl Kimmer met Bentley wacht in de voorkamer, dwing ik mezelf naar boven te gaan. Ik ontdek dat er in de vier slaapkamers nauwelijks iets overhoop is gehaald. Alsof het niet de moeite waard was, denk ik, terwijl ik met de telefoon in de hand bij het raam van de grootste slaapkamer sta en met de politiecoördinator praat. Terwijl ik uitleg wat er is gebeurd, kijk ik naar de BMW beneden, die illegaal geparkeerd staat langs het hek met dubbele reling dat de zuidkant van Ocean Avenue beveiligt, met open deuren en bagage die nog niet is uitgeladen. Er klopt iets niet. Ze hebben de bovenverdieping niet gesloopt. Die gedachte blijft door mijn hoofd wervelen. Ze hebben de bovenverdieping met rust gelaten. Alsof het voldoende was om de benedenverdieping te doorzoeken. Alsof... alsof...

Alsof ze hebben gevonden wat ze zochten.

Inmiddels eerder verbluft dan bang, ga ik weer naar beneden om me bij mijn vrouw en zoon te voegen, die zich in de woonkamer met grote ogen aan elkaar vastklampen. De politieagenten, die vanaf het verderop gelegen, schilderachtige hoofdbureau binnen enkele minuten ter plekke zijn, schrijven de verwoesting al snel toe aan plaatselijke vandalen, tieners, die zich helaas het grootste deel van de winter bezighouden met het vernielen van de huizen van de zomergasten. Niet alle tieners uit de Vineyard zijn vandalen; het zijn er zelfs niet veel, maar net genoeg om hinderlijk te zijn. De bijzonder vriendelijke agenten bieden ons uit naam van het eiland hun verontschuldigingen aan en verzekeren ons dat ze hun best zullen doen, maar waarschuwen ons ook dat we er niet op moeten rekenen dat de mensen die het gedaan hebben gepakt worden: vandalisme is vrijwel onmogelijk op te lossen.

Vandalen. Kimmer aanvaardt deze oplossing gretig, en ik ben ervan overtuigd dat de verzekeringsmaatschappij dat ook zal doen. En, wat belangrijker is, het Witte Huis. Kimmer belooft het beveiligingsbedrijf een hoop trammelant te bezorgen, en ik twijfel er niet aan dat ze haar woord zal houden. Vandalen, besluiten mijn vrouw en ik een paar uur later eensgezind, bij een pizza en limonade in een nabijgelegen restaurant, nadat de man die buiten het seizoen op het huis past langs is geweest om de schade in ogenschouw te nemen.

'Ik zal een paar telefoontjes plegen,' zei hij tegen ons toen hij 'tss tss' mompelend de ronde had gedaan.

Vandalen. Natuurlijk waren het vandalen. Het soort vandalen dat de ene verdieping van het huis vernielt en de andere negeert. Het soort vandalen dat stereo noch televisie pikt. Het soort vandalen dat het ultramoderne alarmsysteem van wijlen mijn paranoïde vader weet te omzeilen. En het soort vandalen dat rechtstreeks in verbinding staat met de geesten van de overledenen. Want ik vertel mijn vrouw noch de vriendelijke agenten iets over het briefje dat ik boven heb gevonden terwijl ik daar stond te wachten, het briefje dat was verzegeld in een eenvoudige witte envelop die was achtergelaten op de ladekast in de grootste slaapkamer, mijn juiste titel en volledige naam netjes op de voorkant getypt, het verbijsterende bericht erin geschreven in het kriebelige, puntige handschrift dat ik me herinner uit mijn jeugd, toen we trots onze schoolopstellen achterlieten op het bureau van de Rechter en wachtten tot hij ze na een dag of wat teruggaf, voorzien van zijn in de kantlijn met rode inkt geschreven commentaar, dat aantoonde dat onze docenten ezels waren om ons tienen te geven.

Het briefje op de ladekast is van mijn vader.

17

De koperen ring

— I —

Vele jaren geleden, toen ik als kind het stadje Oak Bluffs voor het eerst bezocht, raakte ik meteen in verrukking van het voorname oude houten gebouw aan de voet van Circuit Avenue waarin de Vliegende Paarden was ondergebracht, de carrousel die zichzelf afficheert als de oudste van Amerika en sinds 1876 onafgebroken in bedrijf is geweest. Het idee was om van de ritjes een spel te maken. Je zat schrijlings op je paard en boog je bij elke rondgang naar een stilstaande houten arm die kleine ringetjes uitreikte. Terwijl je voorbijging, greep je de ring aan het eind van de arm, en dan sprong er een nieuwe ring voor in de plaats. Bijna alle ringetjes waren van staal, maar de laatste in de arm was van koper. Een ruiter die zo gelukkig was de koperen ring te pakken te krijgen, won een gratis rit. Tijdens die eerste uitzinnige zomer bleef ik urenlang aan boord van de carrousel. Ik gaf mijn kwartjes één voor één uit, verloochende zelfs het strand om mijn dagen te vullen met het onder de knie krijgen van de trucjes van de oudere kinderen (waaronder de truc om twee of soms drie ringen tegelijk aan mijn dikke vingertjes te rijgen), betaalde voor ronde na ronde, en probeerde, bijna altijd tevergeefs, de koperen ring te grijpen en een gratis ritje te verdienen.

Als kind verkeerde ik in de veronderstelling dat de Vliegende Paarden de enige carrousel ter wereld was die op het lumineuze idee was gekomen de gelukkige ruiter die de koperen ring wist te pakken, te belonen met een gratis ritje. Toen ik ouder werd, kwam ik erachter dat dit niet zo was, dat het idee van het winnen van een prijs voor het pakken van een koperen ring eigenlijk nogal alomtegenwoordig, om niet te zeggen afgezaagd was. Verstandelijk ben ik lang geleden al in het reine gekomen met deze ontwikkeling. Emotioneel blijf ik het gevoel houden dat de koperen ring in Oak Bluffs de enige is die echt telt. De reden daarvan is misschien dat ons zomerhuis aan Ocean Park weinig meer dan een kinder-hink-stap-sprong van de carrousel verwijderd was. Ik groeide op met de Vliegende Paarden om de hoek, en met de vrijheid van een kind om erheen te gaan wanneer ik maar wilde, en nadat ik de lessen ervan had geleerd, heb ik sindsdien altijd gereikt naar de koperen ring.

Natuurlijk, de Vliegende Paarden van tegenwoordig zijn niet de Vliegende Paarden van mijn jeugd. De orgelmuziek bijvoorbeeld komt nu van cd's, en het gedrang van de mensenmassa's is nu zodanig dat je je niet langer kunt voorstellen er de hele dag ritjes te maken. Een paar van de houten rossen zijn hun staarten van echt paardenhaar kwijt. Maar een groot deel van de Vineyard lijkt dan ook toe te zijn aan een nieuw laagje verf, een borstelbeurt, een veeg van een bezem. Het eiland is niet meer zo netjes, en ook niet meer zo vriendelijk als het ooit was. En het gaat allemaal zo plotseling, zo plotseling. Knipper één keer met je ogen en een stoffige weg waar je vroeger tikkertje speelde is geplaveid en dichtgeslibd met verkeer. Knipper twee keer en op het lege terrein waar je je honkbalwedstrijden speelde is een gigantisch huis gebouwd. Knipper nog een keer en de uitgestrekte, droomachtige stranden van je jeugd hebben de helft of meer van hun zand aan de zee prijsgegeven. Knipper een vierde keer en de apotheek waar je moeder vroeger aspirine kocht wanneer je ziek was, is een boetiek. De Rechter weet de veranderingen aan demografische factoren – de *nieuwe mensen* was zijn benaming voor iedereen die het eiland later dan wij ontdekte. Ik probeer me echter te hoeden voor zulke generaliserende gevoelens, niet in de laatste plaats omdat ik niet al te veel als mijn vader wil klinken. Dus ik kijk om me heen en probeer mezelf voor te houden dat er tenslotte weinig echt is veranderd. En als er een paar snoepwikkels meer door de straten lijken te waaien dan ik me uit mijn jeugd herinner, mag ik graag denken dat dat alleen maar komt omdat de nieuwe mensen nog niet hebben geleerd hoe ze van een eiland moeten houden – niet omdat het ze niet kan schelen.

Normaal geproken zou ik op de derde dag van een verblijf op de Vineyard met mijn zoon bij de Vliegende Paarden zijn. Maar meestal verblijven we er in de zomer. Nu is het herfst, en de carrousel is gesloten voor het seizoen. Gelukkig biedt het eiland andere verstrooiingen. Gisteren, toen een haastig bijeengebrachte schoonmaakploeg Vinerd Hius weer een beetje op orde probeerde te brengen, zijn wij met zijn drieën het eiland op getrokken – dat wil zeggen, naar het meest westelijke punt – en hebben we een heerlijke middag gehad. We hebben in de kille novemberlucht op de zeer oude klippen bij Gay Head gewandeld, gepicknickt in onze met dons gevoerde parka's aan het volmaakte kiezelstrand in het vissersdorp Menemsha, en over de beboste achterafwegen van Chilmark gereden, in de buurt van het uitgestrekte landgoed dat ooit in bezit was van Jacqueline Onassis, zogenaamd niet op zoek naar de rijken en beroemden. We hebben gedineerd in een chic restaurant aan het water in Edgartown, waar Bentley de obers charmeerde met zijn koeterwaals. Hoeveel boze geesten we hebben uitgedreven weet ik niet zeker, maar de skeelervrouw, die misschien toch een fantoom is, was in geen velden of wegen te bekennen, en Kimmer heeft het rechterschap niet één keer ter sprake gebracht en heeft maar twee keer gebeld met haar mobiele telefoon. En ze heeft me vanochtend liefdevol gekust toen Bentley en ik haar bij het vliegveld afzetten voor haar terugvlucht naar het vasteland in een van de turbopropvliegtuigen die het eiland bedienen. Bentley en ik blijven nog omdat... nou ja, omdat we moeten. Kimmer heeft werk te doen, ik heb nog zo'n week verlof over, en Bentley heeft rust en ontspanning nodig. En er is ook een andere reden. In Oak Bluffs zal ik, anders dan in Elm Harbor, geen moment in de verleiding komen om mijn dierbare zoontje uit het oog te verliezen.

Op dit moment bereiden mijn zoon en ik ons voor om naar de speelplaats te gaan; of, om precies te zijn, Bentley staat klaar en wacht op me.

Ik sta minder klaar.

Ik zit aan de tafel in onze pas schoongemaakte keuken (vol plastic borden en kopjes uit een van de twee supermarkten op het eiland), het briefje van mijn vader opengevouwen op het bovenblad, en probeer de geheimen ervan te doorgronden. In de aangrenzende kamer kijkt Bentley naar Disney Channel, waggelt af en toe naar de keukendeur en roept: 'Papa, nou peeuwplaas. Jij zei peeuwplaas!' op de klaaglijke, verongelijkte toon die drukke ouders ineen doet krimpen van schuldgevoel. Waarop ik antwoord met het bekende: 'Ja, goed, nog even wachten, schat,' dat door elke drukke ouder met dezelfde gêne wordt gebruikt.

Gisternacht, toen mijn gezin onbehaaglijk sliep, Kimmer beschermend om onze zoon gekruld, dwaalde ik door Vinerd Hius, van de hal tot de kruipruimte op de vliering, op zoek naar iets, maar ik weet niet wat. Ik moet weten wat er aan de hand is. Ik moet een aanwijzing hebben.

Helaas blijft de meest voor de hand liggende aanwijzing, mijn vaders briefje, abracadabra:

Mijn zoon,
Er is zoveel dat ik met je zou willen delen. Helaas, op het moment kan ik
dat niet. Ik heb een goede vriend gevraagd dit briefje te bezorgen als mij

iets zou overkomen; als je mijn woorden leest, moet men aannemen dat dat het geval is. Mijn excuses voor het ingewikkelde van deze manier van contact, maar er zijn anderen die datgene wat alleen voor jouw ogen bestemd is, ook graag zouden willen weten. Weet dus het volgende: Angela's vriendje is, ondanks zijn verslechterende toestand, in het bezit van datgene waarvan ik jou kennis wil laten nemen. Je bent niet in gevaar, jij noch je gezin, maar je hebt weinig tijd. Je bent vast niet de enige die op zoek is naar de regelingen die alleen Angela's vriendje kan onthullen. En je bent misschien niet de enige die weet wie Angela's vriendje is.
 Excelsior, mijn zoon! Excelsior! Het begint!

Hoogachtend,
Je vader

Het handschrift is onmiskenbaar dat van mijn vader, evenals het bloemrijke, overdadige, zelfingenomen proza, zelfs het formele van de ondertekening. Geheel onverwacht dreigt de woede op mijn vader me plotseling te overweldigen. *Als je me het wilt vertellen, vertel het me dan!* ga ik tegen hem tekeer in mijn gekwelde geest, een toon die ik in werkelijkheid nooit zou hebben aangeslagen. *Maar hou op met die fratsen!* Jack Ziegler vroeg me op het kerkhof op hoge toon naar *de regelingen*. Nu weet ik eindelijk zeker dat mijn vader inderdaad regelingen heeft getroffen. Maar ik weet niet welke, en met deze hint, deze aanwijzing, deze post-mortembrief van mijn paranoïde vader, wat het ook mag zijn, kan ik helemaal niets beginnen.

Excelsior? Angela's vriendje, ondanks zijn verslechterende toestand? Wat heeft dat allemaal te betekenen?

Eén ding is duidelijk: Niet-McDermotts missie in Elm Harbor was niet zich te verontschuldigen, noch mij gerust te stellen, maar, zoals ik al vermoedde, erachter te komen of ik een Angela kende of niet – wat betekent dat hij en vermoedelijk ook Foreman op de een of andere manier op de hoogte zijn van de inhoud van deze brief. Ik vraag me af of de brief de reden was voor de verwoesting van de benedenverdieping, alleen kan ik niet helemaal vatten waarom ze in het huis zouden inbreken, om, na de brief gevonden te hebben, deze vervolgens weer achter te laten.

Of, nu we het daar toch over hebben, hoe die brief hier eigenlijk is terechtgekomen. McDermott, als hij hier al geweest is, zou hem vermoedelijk niet hebben bezorgd. De Rechter schreef dat hij *een goede vriend* had gevraagd hem te bezorgen als hem iets zou *overkomen*. Maar welke goede vriend zou in Vinerd Hius inbreken om hem af te leveren? Waarom hem niet naar mijn huis sturen of naar mijn kantoor brengen? Waarom hem niet bezorgen bij...

... de gaarkeuken?

Kan de pion met de brief in verband staan? Heeft mijn vader die bezorging ook geregeld? Ik probeer me te herinneren of ik me tegen mijn vader ooit heb laten ontvallen dat ik als vrijwilliger in de gaarkeuken werk, maar mijn geest biedt me alle antwoorden die ik maar zou kunnen willen: ja, ik heb het hem verteld; nee, ik heb het hem niet verteld; ja, ik heb erop gezinspeeld; nee, ik heb het geheim gehouden. Ik schud mijn hoofd in donkerrode woede. Als hij wilde dat ik in bezit kwam van de pion, zou hij de pion en de brief dan niet tegelijk hebben bezorgd?

Niet dat het wat uitmaakt. Want aan mijn vaders briefje heb ik eigenlijk helemaal niets.

Ik heb een vreselijk slecht geheugen voor namen, maar het is goed genoeg om er zeker van te zijn dat ik geen Angela ken, en ik heb geen idee wie haar vriendje zou kunnen zijn.

— 11 —

'Peeuwplaas nu nu *nu!* roept Bentley. 'Durf jíj!'

'Even wachten!' schreeuw ik terug, nog steeds piekerend over de brief. Hoe moet ik *Angela's vriendje* op het spoor komen, die in een *verslechterende toestand* is? Betekent dat dat de man met wie ik zou moeten praten ziek is? Misschien op sterven ligt? Is dat de reden waarom ik *weinig tijd* heb? Ik weet wie *de anderen* zijn, die *het ook zouden willen weten*, omdat ik er een paar van heb ontmoet, maar ik begrijp niet waarom de Rechter zoveel moeite doet me te verzekeren dat mijn gezin geen gevaar loopt, de vierde geruststelling van die aard die ik de afgelopen maand heb gekregen: eerst Jack Ziegler, dan McDermott, vervolgens agent Nunzio, nu wijlen mijn vader.

Ik schud mijn hoofd.

Ik probeer me beroemde Angela's voor de geest te halen: Lansbury? Bassett? Ik weet niet eens genoeg van hen om te weten of ze echtgenoten hebben, laat staan of ze vriendjes hebben – en, trouwens, mijn vader was niet bepaald kind aan huis in het Hollywood-wereldje. Ik heb mijn secretaresse het studentenbestand van de juridische faculteit al laten doorzoeken: drie Angela's, één zwarte, twee blanken, die ik geen van drieën college heb gegeven en van wie ik ook geen reden heb te veronderstellen dat mijn vader ze kende. Misschien is er een manier om een lijst samen te stellen van alle Angela's die mijn vader kan hebben ontmoet, maar niet zonder er een officieel iemand bij te betrekken – oom Mal bijvoorbeeld – of iemand die veel weet van de vrienden van de Rechter – Mariah, bijvoorbeeld – en ik kan me niet voorstellen dat ik een van hen deelgenoot maak van het briefje.

Nog niet.

Weinig tijd.

Ik glimlach bijna. De formulering zegt niets over Angela's vriendje, maar heel veel over de Rechter. Hij gebruikte die woorden vaak in zijn toespraken, in zijn pogingen zijn vrienden bij de Rechts-pacs uit te leggen waarom ze... nou ja, raciale diversiteit nodig hadden. De gemiddelde Amerikaan, hield hij zijn gretige publiek graag voor, is sociaal conservatief. De gemiddelde zwarte Amerikaan, voegde de Rechter er altijd aan toe, is zelfs nog conservatiever. *Kijk maar naar de gegevens over willekeurig welke kwestie,* donderde hij dan. *Bidden op school? Zwarte Amerikanen zijn daar meer voor dan blanken. Abortus? Zwarte Amerikanen zijn meer anti-abortus dan blanken. Schoolvouchers* Zwarte Amerikanen zijn daar grotere voorstanders van dan blanken. Homorechten? Zwarte Amerikanen zijn daar sceptischer over dan blanken.* Het applaus golfde door zijn (in overweldigende meerderheid blanke) publiek. Dan overdonderde hij ze met zijn daverende slotwoord: *Conservatieven zijn wel de laatsten die zich kunnen permitteren racist te zijn. Omdat zwart Amerika de toekomst is voor het conservatisme!* Ze gingen plat voor hem. Ik heb het nooit in eigen persoon gezien, maar ik zag het vaak bij C-SPAN. En elke Rechts-pac tegen wie hij sprak ging er dan opuit om te proberen zwarte leden te werven, omdat, hield hij vol, er *weinig tijd* is... en bijna altijd faalde die wervingspoging vervolgens... op een hopeloze manier. Want er waren een paar details die de Rechter buiten beschouwing liet. Zoals het feit dat het de conservatieven waren die zo'n beetje tegen elke burgerrechtenwet hadden gestreden die ooit voorgesteld was. Zoals het feit dat velen van de welgestelde mannen die be-

---

* *Schoolvouchers*: een programma dat voorziet in subsidies aan ouders van schoolgaande kinderen, met name in verpauperde stadskernen, om ze in de gelegenheid te stellen hun kinderen naar privé-scholen te sturen. Op het eerste gezicht lijkt dit eerder een typisch links, democratisch streven dan een conservatief stokpaardje. In de praktijk gaat het bij deze privé-scholen echter voornamelijk om christelijke scholen die religieuze scholing als belangrijkste taak zien. De democraten beschouwen *schoolvouchers* dan ook als een bedreiging van het principe van de scheiding van kerk en staat, en als een ondermijning van het systeem van openbaar onderwijs.

taalden voor zijn dure toespraken hem niet in hun sociëteiten wilden hebben.
Zoals het feit dat het de grote conservatieve held Ronald Reagan was die zijn
campagne begon met een praatje over statenrechten in Philadelphia, Mississippi, een locatie met een nare bijklank voor de donkerder natie, en die als
president belastingvrijstelling ondersteunde voor de vele academies in het
zuiden die aan rassenscheiding doen. De Rechter had er beslist gelijk in vol te
houden dat de tijd was aangebroken dat zwarte Amerikanen niet langer konden vertrouwen op de blanke liberalen, die zich er veel prettiger bij voelen
ons te vertellen wat we nodig hebben dan ons te vragen wat we willen, maar
hij kwam nooit op de proppen met een bijzonder overtuigende reden waarom we in plaats daarvan de conservatieven moesten gaan vertrouwen.

Maar mijn vader vertrouwde hen, en van de weeromstuit vertrouwden zij
hem. Ik dwaal de eetkamer weer in, waar de lange houten tafel gemakkelijk
plaats kon bieden aan ruim veertien personen en dat in mijn kindertijd ook
vaak deed. In de lange muur van de kamer is een open haard gebouwd die
voorzover ik me herinner altijd onbruikbaar is geweest. Boven de haard hangt
een uitvergrote versie van de door mijn vader gekoesterde *Newsweek*-coverstory van de week nadat zijn nominatie werd aangekondigd. HET UUR VAN
DE CONSERVATIEVEN luidt de kop, en, in een kleiner lettertype: *Een nieuwe richting binnen het hof?* Nou, het antwoord zou ja kunnen zijn – ja, er was
een nieuwe richting binnen het hof, maar mijn vader was niet voorbestemd
om een van de leiders ervan te worden. Ik bekijk de foto. De Rechter ziet er
doortastend, knap, slim en op alles voorbereid uit. Hij ziet er lévend uit. In
die tijd besloot de pers hem om de een of andere reden te mogen; maar je zou
nooit verliefd mogen worden op de krantenknipsels die over jezelf gaan, want
het is de aard van het beestje dat dezelfde journalisten die je tussen maandag
en vrijdag opbouwen, je in het weekend voor de lol afbreken. En plotseling
ben je berucht in plaats van beroemd; in plaats van een leven in overheidsdienst, heb je een leven in dienst van privé-bitterheid; en je maakt van je huis
een museum van wat had kunnen zijn. Opnieuw herinner ik me mijn vaders
nostalgische frase: *zoals het vroeger was*. De gewoonte van mijn familie om in
het verleden te leven lijkt me pathologisch, zelfs gevaarlijk. Als alle grootsheid
in het verleden ligt, wat is dan de zin van de toekomst? Er is geen weg terug,
en de Rechter, juist hij, had toch beter moeten weten dan zijn vakantiehuis,
zijn schuilplaats, zijn plek van respijt, in een schrijn voor zijn stukgeslagen
dromen te veranderen. Ik weet dat Kimmer een geschikt moment afwacht
om me te laten weten dat het tijd is om dit en de andere door Vinerd Hius
verspreide, zelfgenoegzame emblemen te verwijderen, ze op de vliering te be-

graven bij mijn oude honkbalplaatjesverzameling en Abby's speelgoedbeesten –

'Peeuwplaas nú!' kondigt Bentley aan vanuit de deuropening van de keuken, stampend met zijn voet. Ik kijk naar hem op, klaar om boos te worden, en glimlach in plaats daarvan. Hij draagt zijn donkerblauwe parka en heeft zelfs zijn sportschoenen verkeerd om aangetrokken. Hij sleept mijn windjack achter zich aan. O, wat hou ik van dit kind!

'Oké, schatje.' Ik vouw mijn vaders brief op, stop hem terug in de envelop en steek hem in mijn zak. 'Peeuwplaas nu.'

Bentley springt op en neer. 'Peeuwplaas! Durf jíj! Jij wíéf!'

'Jij ook wief.' Ik omhels hem en kniel neer om hem zijn schoenen op de goede manier aan te trekken, en, hoe kan het ook anders, onmiddellijk begint de telefoon te rinkelen.

Niet opnemen, zegt Bentley met zijn ernstige, kritische bruine ogen, want hij weet nog niet hoe hij de woorden moet zeggen. *Alsjeblieft, papa, niet opnemen.* En aanvankelijk overweeg ik de telefoon te negeren. Het is tenslotte hoogstwaarschijnlijk Cassie Meadows die uit Washington belt, of Mariah die uit Darien belt, of Niet-McDermott die uit Canada belt. Aan de andere kant, het zou Kimmer kunnen zijn met goed nieuws, of Kimmer met slecht nieuws, Kimmer die belt om te zeggen dat ze van me houdt, of Kimmer die belt om te zeggen dat ze niet van me houdt.

Het zou Kimmer kunnen zijn.

'Heel even nog,' zeg ik tegen mijn zoon, die me aankijkt met het soort hopeloze teleurstelling dat een psychiater in zijn toekomst ongetwijfeld bloot zal leggen. 'Het is vast mammie.'

Dus niet.

— III —

'Talcott? Dag, met Lynda Wyatt.'

De decaan. Geweldig.

'Dag Linda, hoe gaat het met je?' Ik zak als een plumpudding in elkaar, en ik weet dat mijn stem mijn teleurstelling verraadt.

'Met míj gaat het goed, Talcott. Maar hoe gaat het met jóú?'

'Goed hoor, Lynda, dank je.'

'Ik hoop dat je je vermaakt op de Vineyard. Ik vind het daar heerlijk in de herfst, maar de hemel mag weten wanneer ik en Norm de kans zullen krijgen naar ons huis te gaan.' Daarmee wil ze me eraan herinneren dat zij en haar man een reusachtig, modern huis bezitten aan de vijver in West Tisbury, het landinwaarts gelegen stadje waar veel kunstenaars en schrijvers hun zomers doorbrengen. Eigenlijk weet ik alleen van het bestaan van dat huis door de verhalen die mijn collega's op de juridische faculteit vertellen, omdat in alle jaren dat Lynda Wyatt en ik beiden onze vakanties op het eiland hebben doorgebracht, zij mijn gezin zegge en schrijve nul keer heeft uitgenodigd. (Ik heb haar op mijn beurt even vaak uitgenodigd, dus misschien ligt de schuld bij mij.)

'We vermaken ons prima,' geef ik toe, wanhopig glimlachend naar mijn zoon. Bentley kijkt me boos aan, waggelt naar een hoek van de keuken en gaat op de grond zitten.

'Nou, dat is fijn, heel fijn. Ik hoop dat je ook wat rust krijgt.'

'Een beetje,' zeg ik. 'En, waar bel je voor?' Ik jaag haar op, waarschijnlijk ben ik grof, maar me dunkt dat ik daar voldoende excuses voor heb.

'Nou, Talcott, ik bel eigenlijk om twee redenen. In de eerste plaats – en ik zou hier maar niet te veel belang aan hechten' – wat natuurlijk wil zeggen dat ze het juist heel belangrijk vindt – 'in de eerste plaats kreeg ik gisteren een hoogst eigenaardig telefoontje van een van onze oud-studenten die een van de commissarissen is van de universiteit. Cameron Knowland. Die ken je toch wel?'

'Nee.'

'Nou, hij is een heel goede vriend van deze faculteit geweest, Tal, een heel goede vriend. In feite hebben Cameron en zijn vrouw zojuist beloofd drie miljoen te doneren voor onze nieuwe juridische bibliotheek. Maar goed, hij zegt dat zijn zoon in jouw college nogal hard is aangepakt. Hij zei dat je hem voor gek hebt gezet of iets dergelijks.'

Ik kook al.

'Ik neem aan dat je Cameron hebt gezegd zich daar niet tegenaan te bemoeien.'

Lynda Wyatts stem is beminnelijk. 'Wat ik hem heb gezegd, Tal, is dat het waarschijnlijk is aangedikt, dat alle eerstejaars klagen. Ik heb hem gezegd dat jij niet het type bent dat een student tijdens een college mishandelt.'

'Ik begrijp het.' Ik grijp de telefoon stevig vast maar sta te zwaaien op mijn voeten. Ik ben verbijsterd door de zwakte van deze verdediging van een hoogleraar door een decaan van de juridische faculteit. Ik begin te gloeien en de keuken wordt steeds roder. Bentley slaat me nauwlettend gade, een hand bij zijn oor alsof hij een eigen denkbeeldige hoorn vasthoudt. Hij vormt zo nu en dan ook geluidloos woorden met zijn lippen.

'Ik denk dat het zou helpen,' vervolgt decaan Lynda sober, 'als je Cameron even zou bellen. Gewoon om hem gerust te stellen.'

'Waarover geruststellen?'

'O, Tal, je weet hoe die oud-studenten zijn.' Ze laat zich van haar charmante kant zien. 'Ze moeten voortdurend over hun bol geaaid worden. Ik wil me niet bemoeien met hoe je met je collegegroep omgaat' – waarmee ze bedoelt dat dat precies is wat ze wil – 'maar ik zeg alleen dat Cameron Knowland bezorgd is. Als vader. Stel je eens voor hoe jij je zou voelen als je hoorde dat een van Bentleys leidsters hem sloeg.'

Rood, rood, rood.

'Ik heb Avery Knowland helemaal niet geslagen...'

'Zeg dat dan tegen zijn vader, Tal. Dat is het enige wat ik vraag. Kalmeer hem. Van vader tot vader. Doe het voor de faculteit.'

Voor die drie miljoen dollar, zal ze bedoelen. Ze lijkt ervan uit te gaan dat het me iets kan schelen. Maar in mijn huidige toestand zou ik er geen bezwaar tegen hebben als die hele bibliotheek in de aarde zakte. Gerald Nathanson is daar vaak: het is er rustiger dan op zijn kantoor, zegt hij, en hij kan er meer werk gedaan krijgen. Een van de redenen dat ik daar niet kom, is dat ik wil vermijden hem tegen het lijf te lopen.

'Ik zal erover denken,' mompel ik, er niet zeker van wat ik de volgende keer zal doen bij het zien van het brutale smoel van Avery Knowland.

'Dank je, Tal,' zegt mijn decaan, die meteen weet dat dat alles is waarop ze mag hopen. 'De school waardeert alles wat je voor ons doet.' Voor óns – alsof ik een buitenstaander ben. Wat ik ook wel degelijk ben. 'En Cameron is een aardige vent, Tal. Je weet nooit wanneer je een vriend nodig zult hebben.'

'Ik zei al dat ik erover zou denken.' Ik laat wat ijzigheid in mijn stem doorklinken. Ik herinner me wat Stuart Land tegen me zei over druk die zal worden uitgeoefend, en ik vraag me af of dit telefoontje daartoe gerekend moet worden. Wat me ertoe brengt nog grover te worden: 'Je zei dat er twee dingen waren.'

'Ja.' Een aarzeling. 'Tja.' Weer een aarzeling. Ik stel me voor dat ze naar een bepaald soort commentaar toe wil over de competitie tussen Marc en Kimmer, langs de lijnen van wat Stuart probeerde. Alleen Lynda zal waarschijnlijk niet terugkrabbelen.

Ik heb gelijk... maar Lynda is subtieler dan ik.

'Tal, ik heb ook een telefoontje gehad van nog een oud-student. Morton Pearlman. Ken je Mort?'

'Ik heb de naam gehoord.'

'Nou, hij was je vier of vijf jaar voor. Hoe dan ook, hij werkt tegenwoordig voor de minister van Justitie. Hij belde om erachter te komen... hij wilde weten... of het wel goed met je gaat.'

'Of het wel goed met me gaat? Wat heeft dat te betekenen?'

Weer aarzelt decaan Lynda, en het komt bij me op dat ze aardig probeert te zijn, zoals een arts die naar woorden zoekt om uit te leggen wat de onderzoeken hebben uitgewezen. 'Hij zei dat je... eh... dat de FBI en diverse andere bureaus de laatste tijd veel telefoontjes hebben gekregen ten behoeve van jou. De meeste ervan, heb ik begrepen, in opdracht van jou. Telefoontjes over... o, dingen die met je vader te maken hebben. Vragen over de autopsie, over die priester die is vermoord door een drugsdealer, al dat soort zaken.'

In de daaropvolgende stilte flap ik er bijna uit dat mijn zus degene was, niet ik, die wilde dat die telefoontjes werden gepleegd, en die ze soms ook daadwerkelijk pleegde. Maar ik ben advocaat genoeg om op de rest te wachten. Dus zeg ik alleen maar: 'Ik begrijp het.'

'O ja? Ik kan er geen touw aan vastknopen.' Haar stem wordt harder. 'Moet je horen, we kennen elkaar al heel lang, Tal, en ik weet zeker dat je voor zo'n beetje alles wat je doet een goede reden hebt.' Met ontzetting neem ik nota van *zo'n beetje*. 'Maar ik heb het gevoel dat Mort op een aardige manier probeerde te vragen of je misschien wat rust zou kunnen gebruiken.'

'Wacht even. Wacht. De waarnemend minister van Justitie van de Verenigde Staten denkt dat ik gek ben? Is dat wat je me vertelt?'

'Beheers je, Tal, oké? Ik ben in dezen enkel de boodschapper. Ik weet niet wat je in je schild voert, en ik wil het ook niet weten. Ik herhaal alleen maar wat Mort me vroeg. En waarschijnlijk had ik het je niet eens mogen vertellen, omdat hij zei dat het vertrouwelijk was.'

Ik ontspan mijn vuist, zorg ervoor dat ik langzaam en duidelijk spreek. Ik zit nu niet in over Kimmer en haar rechterschap. Dat kan wachten. Ik zit in over de vraag of de FBI van plan is mijn zorgen niet langer serieus te nemen. 'Lynda. Dit is belangrijk. Wat heb je hem verteld?'

'Pardon?'

'Wat heb je Morton Pearlman verteld? Toen hij suggereerde dat ik rust nodig had?'

'Ik zei hem dat ik er zeker van was dat je het goed maakte, dat ik wist dat je een beetje van streek was, en dat je voor een paar weken van school was.'

'Dat zei je niet.'

'Jawel. Wat had je dan gedacht dat ik zou zeggen? Ik wilde niets bederven voor jou, maar... nou ja... Tal, ik ben bezorgd over je.'

'Bezorgd over me? Waarom ben je bezorgd over me?'

'Misschien... Tal, luister eens. Als je nog een paar weken wilt uitrusten voordat je terugkomt, weet ik zeker dat dat geen probleem zou zijn.'

Gedurende een ogenblik schiet me niets te binnen om te zeggen. Even ben ik overdonderd door de implicaties van haar machinaties. Simpel gesteld: als Morton Pearlman ervan kan worden overtuigd dat Kimberly Madisons echtgenoot een gek is, dan kan ze de zetel in het hof van beroep wel vergeten. Het is onmiskenbaar decaan Lynda's doel om me van dat etiket te voorzien en zo Marc te helpen zijn levensdoel te bereiken. En hoewel ik onder de indruk ben van de elegantie waarmee ze dat probeert te doen, maakt het me razend dat ze de verwikkelingen van mijn vaders dood op deze manier zou gebruiken – en dat ze zo'n lage dunk van me zou hebben dat ze hiermee weg denkt te kunnen komen. Tja, Stuart heeft geprobeerd me te waarschuwen.

'Nee, Lynda, dank je. Ik ben volgende week terug, zoals gepland.'

'Tal, je hoeft je echt niet te overhaasten. Je zou echt net zoveel rust moeten nemen als je nodig hebt.'

Ik wou dat ik wat politieker was. Ik wou dat ik glad was, als Kimmer: dan zou ik de woorden kunnen vinden om de situatie te bezweren. Maar ik ben politiek noch glad. Ik ben alleen maar boos, en ik ben een van die vreemde mensen die zich soms, in hun woede, de waarheid laten ontvallen.

'Lynda, luister. Ik waardeer je telefoontje. Ik begrijp waarom je niet wilt dat ik nu al terugkom. Maar ik ben volgende week terug.'

Haar toon wordt onmiddellijk ijzig. 'Talcott, ik stel je vriendschap op prijs, maar ik verafschuw je toon en je insinuatie. Ik probeer je te helpen in een moeilijke situatie...'

'*Lynda*,' begin ik, met de bedoeling haar duidelijk te maken dat we geen vrienden zijn en dat ook nooit zijn geweest, maar dan roep ik mezelf een halt toe, wrijf over mijn slapen en sluit mijn ogen, omdat de wereld felrood is en ik waarschijnlijk schreeuw en mijn zoon, die verontrust in de deuropening staat, terugdeinst. Ik glimlach met moeite naar hem, geef hem een kushandje en ga dan verder op wat naar ik hoop een redelijker toon is. 'Lynda, dank je. Echt. Ik waardeer je bezorgdheid. Maar het is voor mij hoe dan ook tijd om terug te keren naar Elm Harbor...'

'Je studenten hebben het anders erg naar hun zin met Stuart Land,' valt ze me wreed in de rede.

Ik dwing mezelf ertoe vriendelijk te antwoorden. 'Nou, reden temeer om terug te gaan. Ze zouden me nog eens kunnen vergeten.'

'Och heden, dat zouden we niet willen, wel?' Ze is woedend. Ik ben verbaasd. Ik ben degene die razend zou moeten zijn. Ik zeg niets; zelfs na al die jaren dat ik met de gevatte Kimberly Madison leef – of misschien wel als gevolg daarvan – ontbreekt het mij aan het zelfvertrouwen om met vrouwelijke boosheid om te gaan. 'Hoe dan ook,' besluit de decaan, 'we kijken er allemaal naar uit je weer onder ons te hebben.'

'Dank je,' lieg ik.

— IV —

'Het spijt me, lieverd,' zeg ik tegen Bentley terwijl we aan ons tafeltje zitten te wachten op onze cheeseburger.

'Peeuwplaas,' jammert mijn zoon. 'Gaan peeuwplaas.'

'Het is te laat, maatje,' mompel ik, in zijn haar woelend. Hij deinst terug. 'Zie je wel? Het is donker buiten.'

'Jij zei peéuwplaas! Durf jíj!'

'Ik weet het, ik weet het. Het spijt me vreselijk. Papa kreeg het druk.'

'Papa zei peéuwplaas.'

Zijn toon is begrijpelijkerwijs beschuldigend, want ik heb een van die ouderlijke zonden begaan die kinderen, in de onschuld van hun jeugdige integriteit, bijna niet kunnen vergeven: ik heb mijn belofte aan hem verbroken. We zijn helemaal niet naar de speelplaats gegaan. Want na mijn gebakkelei met decaan Lynda, toen ik mijn zoon in mijn armen had moeten nemen en de deur uit had moeten stormen, al was het maar om mezelf erop te wijzen wat echt van belang is, beging ik de vergissing de voicemail in mijn kantoor te checken. Ik vond twee bezeten berichten van een advocaat van een kantoor in New York dat me onlangs als adviseur had ingehuurd om een hebzuchtig bedrijf te helpen een constitutionele argumentatie in elkaar te zetten om nieuwe regelingen van overheidswege betreffende de verwijdering van giftig afval aan te vechten: niet bepaald de goede kant, maar hoogleraren rechtsgeleerdheid die dolgraag hun academische salarissen willen opschroeven nemen elk werk aan dat ze kunnen krijgen. Ik heb afgelopen week een schets van de hoofdpunten van de argumentatie gestuurd en nu had, volgens haar bericht, een van de compagnons van het kantoor een paar vragen. Ik besloot er een klein minuutje voor uit te trekken om haar terug te bellen, waarbij ik vergat dat advocaten, vooral degenen in grote advocatenkantoren, niets liever doen dan telefoneren. Haar lijst met vragen was ongeveer tien kilometer lang, en sommige ervan waren behoorlijk lastig. De eerstvolgende negentig minuten zat ik eraan vast (twee uur in rekening te brengen tijd voor zowel de advocaat als mijzelf – haar tarieven zijn hoger, maar ik heb geen overheadkosten), terwijl ik mijn arme zoontje volstopte met koekjes en fruit om hem relatief rustig te houden, en naar de novemberlucht keek waaruit het licht langzaam maar zeker verdween, en mezelf om de vijf minuten beloofde dat ik over nog eens vijf minuten klaar zou zijn.

Mezelf voor de gek hield.

Toen ik Bentley inlichtte dat het te laat was om naar de de speelplaats te gaan, viel hij letterlijk in tranen op de grond. Niets theatraals of manipulatiefs aan, niets onechts. Hij bedekte zijn gezicht eenvoudigweg met een hand en schrompelde ineen, als hoop die sterft.

Mijn pogingen om hem te troosten waren vruchteloos.

En dus paste ik dat andere droevige, verwennende trucje van de hedendaagse ouder toe: ik kocht hem om. We werkten ons in onze parka's en liepen de twee blokken van Vinerd Hius naar Circuit Avenue, het commerciële centrum van Oak Bluffs, een paar honderd meter van restaurants, boetieks en winkels met diverse snuisterijen die je in elke vakantieplaats aantreft. In de zomer hadden we kunnen gaan zitten in Mad Martha's ijssalon voor vanillemoutmelkdrankjes of hoorntjes aardbeienijs, maar de plaatselijke vestiging is gesloten voor het seizoen. In plaats daarvan zijn we naar de snoepwinkel van Murdick gegaan – de op één na favoriete plek op het eiland, op de ranglijst vlak onder de onvergelijkelijke Vliegende Paarden – om wat cranberrytoffees te kopen, een specialiteit van het huis. Toen zwierven we weer de straat op. Ik kocht de plaatselijke krant, de *Vineyard Gazette*, bij de Corner Store, en voor de maaltijd gingen we bij Linda Jean's zitten, een onopvallend populair restaurant met een pretentieloos aanzien en opmerkelijk goedkoop eten en, ooit, mijn vaders favoriete eetgelegenheid. 's Zomers kwam hij daar bijna dagelijks voor een warm broodje kreeft, maar alleen in de daluren, nooit wanneer het druk was in Linda Jean's, omdat de Rechter na zijn ondergang voortdurend bang was om herkend te worden.

Een paar jaar geleden, op de tiende verjaardag van mijn vaders vernedering, kwam *Time* met een verhaal over zijn leven na het verlaten van het rechtersambt. Het artikel, dat een dubbele pagina besloeg, liet zijn boze boeken nog eens de revue passeren, citeerde een paar van zijn politieke toespraken en gaf, voor het journalistieke evenwicht, enkelen van zijn oude vijanden de kans om nog een paar schoten op hem te lossen. Jack Zieglers naam werd drie keer genoemd, Addisons naam twee keer, de mijne één keer, die van Mariah helemaal niet, hoewel de naam van haar echtgenoot wel werd genoemd, wat haar scheen te mishagen. Een zijkolom vatte Greg Haramoto's leven na de hoorzitting samen. Net als mijn vader weigerde hij interviews. Maar het hoofdthema van het verhaal was dat mijn vader, ondanks de drukke werkzaamheden die zijn dagen kenmerkten, veel eenzamer was dan zelfs velen van zijn vrienden beseften. Het tijdschrift signaleerde dat hij steeds meer tijd doorbracht 'in zijn zomerhuis in Oak Bluffs', bijna altijd in zijn eentje, en hoewel *Time* het huis veel meer allure gaf dan het bezat ('een bungalowtje met vijf slaapkamers aan het water') en ook de naam ervan verkeerd had ('bij vrienden en familie bekend als eenvoudigweg 'Het huis op de Vineyard'), wist het artikel zijn levenswijze precies vast te leggen. Het stuk was met lichte, deprimerende ironie getiteld: 'De keizer van Ocean Park'. Ik was ontzet en Mariah was woedend. Addison konden we natuurlijk niet bereiken. Wat mijn vader betreft, hij schudde het van zich af, of deed alsof: 'De media,' zei hij in Shepard Street tegen mij, 'worden allemaal bestierd door liberalen. *Blanke* liberalen. Natuurlijk zijn ze eropuit om me te gronde te richten, want ik weet hoe ze zijn. Blanke liberalen hebben namelijk een afkeer van zwarte mensen die ze niet in hun macht hebben, Talcott. Mijn bestaan alleen al is een belediging voor hen.' En hij bepaalde zich weer tot de geruststellende pagina's van zijn *National Review*.

Wat mijn vaders angst om herkend te worden betreft: dat was, ik geef het toe, geen geringe zorg. In de nasleep van zijn mislukte benoeming werd hij zo nu en dan op vliegvelden of hotellobby's of zelfs op straat door vreemden aangeschoten. Sommigen wilden hem vertellen dat ze steeds vóór hem waren geweest, anderen wilden hem het tegenovergestelde vertellen, en ik denk dat hij beide soorten evenzeer verachtte; want mijn vader, wiens inkomen tijdens zijn laatste jaren voornamelijk afkomstig was van optredens in het openbaar, was en bleef een op zijn privacy gestelde man. Hij nodigde niemand uit zijn leven te delen. Een paar jaar geleden, toen de Rechter een weekend bij ons in Elm Harbor logeerde, kreeg een eenzame demonstrant hem op de een of andere manier in het oog, waarna hij twee dagen bijna onafgebroken over het trottoir voor ons huis heeft gepatrouilleerd met een bord dat de wereld het volgende verkondigde: RECHTER GARLEN HOORD IN DE BAK. Ik probeerde de man zover te krijgen ons met rust te laten. Ik probeerde hem zelfs om te kopen. Hij weigerde weg te gaan. De politie zei dat ze niets konden doen zolang hij van ons erf vandaan bleef en de ingang niet versperde, en mijn vader stond voor het raam van mijn studeerkamer, zijn ogen vonkend van haat, en mompelde dat als dit een abortuskliniek was geweest de demonstrant allang gearresteerd zou zijn – geen accurate verwoording van de wet, maar beslist een accurate verwoording van het verlangen van de Rechter om met rust gelaten te worden. Dit verklaart mede waarom hij in Oak Bluffs zijn maaltijden in het openbaar alleen op de rustige tijdstippen nuttigde. Linda Jean's is al heel lang een favoriete pleisterplaats voor mensen die graag beroemdheden willen zien, vooral tijdens de zomer: Spike Lee komt er vaak ontbijten, Bill Clinton placht er 's zondags na kerktijd vaak te brunchen, en in de tijden van weleer bestond de kans dat Jackie O met een ijsje langs het raam zou kuieren. Eén keer heeft mijn vrouw er Ellen Holly gesignaleerd, de baanbrekende zwarte actrice die gedurende vele jaren in de soap *One Life to Live* speelde, en zoals het Kimmer Madison betaamt, is ze overgewipt naar haar tafel om zich voor te stellen en wat te babbelen.

Maar wat Linda Jean's vooral zo aantrekkelijk maakt, is dat het het hele jaar door geopend is, wat niet geldt voor vele van de meer trendy restaurants van het eiland.

'Hé, maatje,' zeg ik nu tegen mijn prachtige zoon. Hij kijkt me ongemakkelijk aan. Terwijl hij op zijn cranberrytoffee zuigt, lijkt hij tevreden, zij het nog niet bereid me te vergeven. Het hondje dat mijn broer hem gaf, zit op de stoel naast hem, een papieren servet keurig netjes in de band om zijn nek gestopt. Heb ik altijd, zo vraag ik me af, zoveel van mijn zoon gehouden, en toch zo'n zuiver en stekend verdriet gevoeld?

'Jij zegt,' fluistert Bentley. Zijn grote bruine ogen zijn slaperig. Ik heb niet alleen mijn belofte gebroken, ik heb ook zijn dutje vergeten, en ik geef hem te laat te eten. Ik weet zeker dat er goede vaders in de wereld zijn; als ik er een zou kunnen ontmoeten, zou hij me misschien kunnen laten zien hoe het moet.

'Het spijt me,' begin ik, me erover verwonderend hoe laf het ouderschap is geworden in onze vreemde nieuwe eeuw. Ik kan me niet herinneren dat mijn ouders zich ooit verontschuldigd hebben wanneer het hun niet lukte me ergens mee naartoe te nemen waarop ik had gerekend. Kimmer en ik lijken het voortdurend te doen. De meesten van onze vrienden ook. 'Sorry, lieverd.'

'Durf mámmie,' antwoordt hij – misschien een verwachting, misschien een voorkeur, misschien een dreigement. 'Mammie kús. Durf jíj!'

Mijn hart draait zich om en mijn gezicht gloeit, want hij heeft de weinige woorden die hij kent zo leren gebruiken dat hij zijn schuldbeladen ouders er een steek mee kan bezorgen, maar ik hoef het weerwoord van mijn zoon niet te beantwoorden omdat onze cheeseburgers en limonade worden gebracht. Bentley valt gretig aan, helemaal vergeten wat hij probeerde te zeggen, en in mijn aanzienlijke opluchting neem ik een veel te grote hap van mijn cheeseburger en begin meteen te hoesten. Bentley schiet in de lach. Starend naar zijn glimlachende, met ketchup besmeurde gezicht, betrap ik mezelf erop dat ik zou willen dat Kimmer hier was om haar zoon te zien, om samen met ons te lachen, de oude Kimmer, de liefhebbende, tedere Kimmer, de geestige Kimmer, de gezellige Kimmer, de Kimmer die nog steeds zo nu en dan langskomt; en als die Kimmer eerder naar boven komt wanneer mijn vrouw Rechter Madison wordt, dan is het mijn plicht om alles te doen wat in mijn vermogen ligt om haar haar doel te helpen verwezenlijken. Des temeer reden om Marc en Lynda niet te laten winnen.

Plicht. Zo'n ouderwets woord. Toch weet ik dat ik mijn plicht moet doen, niet alleen jegens mijn vrouw maar ook jegens mijn zoon. En jegens dat steeds geheimzinniger concept dat gezin heet.

Ik hou van mijn gezin.

Liefde is een activiteit, niet een gevoel – zei een van de grote theologen dat niet? Of misschien was het de Rechter, die er maar op bleef hameren dat niet keuze maar plicht het fundament van een geciviliseerde moraal vormt. Ik kan me niet meer herinneren wie de zin heeft verzonnen, maar ik begin te begrijpen wat hij betekent. Ware liefde is niet het hulpeloze verlangen om het gekoesterde object van je vurige genegenheid te bezitten; ware liefde is de gediscplineerde generositeit die we van onszelf eisen ter wille van een ander wanneer we liever zelfzuchtig zouden zijn geweest; zo althans heb ik mezelf geleerd mijn vrouw lief te hebben.

Ik knipoog weer naar Bentley en hij grijnst terug, bedachtzaam op een Frans frietje kauwend. Ik vouw de *Vineyard Gazette* open – en verslik me bijna weer: PRIVÉ-DETECTIVE VERDRINKT BIJ HET STRAND VAN MENEMSHA schettert de kop. *Politie beschouwt dood als 'verdacht',* deelt de volgende regel ons mee. Vanaf de rechterkant van de pagina word ik aangestaard door een zeer slechte foto van een man die door de krant wordt geïdentificeerd als ene Colin Scott; maar ik kende hem ietsje beter als FBI-agent McDermott.

DEEL II

De Turton

De Turton – Een thema bij de compositie van schaakproblemen waarbij één wit stuk zich terugtrekt, om een tweede wit stuk de kans te geven zich ervóór te plaatsen, zodat ze beide de zwarte koning langs dezelfde lijn kunnen aanvallen.

18

Nog meer nieuws via de telefoon

— I —

'Weet u, hij kwam in werkelijkheid uit South Carolina,' zegt Cassie Meadows. 'En hij heette in werkelijkheid Scott.'
'O, zijn ze nu dus bereid ons te zeggen hoe hij heet? Aardig van ze.'
'Ik weet niet precies waarom ze ons dat niet eerder wilden zeggen.'
'Tja, nu hij dood is, hebben ze geen keus, nietwaar? Ik bedoel, zijn naam stond hier in alle kranten.' Het is maandag, vier dagen sinds ik de *Gazette* opensloeg en de foto van Colin Scott zag, drie dagen sinds ik op het eerste ochtendveer sprong en me ijlings naar huis begaf, naar een dodelijk bezorgde Kimmer. We stonden elkaar met zijn drieën zo lang te omhelzen op de oprijlaan dat ik eigenlijk veronderstelde dat mijn vrouw wilde dat ik haar tekst en uitleg gaf; maar ik vergiste me. Ze was gewoon blij, zei ze, om haar gezin terug te hebben. De rest zou moeten wachten. 'Ik heb niet bepaald het idee dat de FBI in dezen erg behulpzaam is,' zeg ik bitter tegen Meadows.
'Volgens meneer Corcoran doen ze wat ze kunnen.'
'Ik begrijp het,' mompel ik, hoewel dat niet zo is. Ik sta in mijn studeerkamer uit het raam te staren, zoals ik dat graag doe, wensend dat de lucht van eind november voldoende opklaart om een beetje zonneschijn op Hobby Road te laten vallen. Ik haal diep adem en leg me erop toe niemand de schuld te geven. Nog niet. 'Als de FBI zo behulpzaam is, hebben ze dan uitgelegd wat Scott in die boot aan het doen was?'
'O, hij hield u in de gaten, dat lijdt geen twijfel. Zo te horen schaduwt hij u al weken.'
'Geweldig.'
Meadows lacht, maar voorzichtig. 'Ik denk niet dat u over hem nog hoeft in te zitten, meneer Garland. Als u begrijpt wat ik bedoel.'

Ik laat een kort, instemmend geluid horen.

'De FBI denkt niet dat zijn vrienden er iets mee te maken hadden,' vervolgt ze, op conversatietoon. Ze lijkt het hele gedoe amusant te vinden. 'Dat waren gewoon vismaatjes uit Charleston. Een van hen – even controleren in mijn aantekeningen – juist, dreef een benzinestation. Blijkbaar heeft meneer Scott hun een verhaal op de mouw gespeld over de mogelijkheid om in New England buiten het seizoen te vissen, en gezegd dat hij wist waar ze een boot konden krijgen... Enfin, ze gingen met hem mee naar het eiland. Ze vertelden de politie dat Scott had gedronken, en toen hij overboord viel en ze hem niet konden vinden, zijn ze min of meer in paniek geraakt. Dus brachten ze de boot terug en gingen ervandoor.'

'Maar ze zijn teruggekomen.'

'Later, toen ze wat minder dronken waren. Maar dat was volgens mij pas nadat ze het verhaal in de krant hadden gezien.'

'En, beantwoordde een van hen aan het signalement van agent Foreman?'

'Ik vrees van niet.' Ze begint zowaar te lachen. 'Zijn vrienden waren beiden blank.'

'Huh.' Ik breng mezelf een kleine wijsheid in herinnering uit de dagen dat ik zelf als advocaat werkte: soms is het verhaal dat te mooi klinkt om waar te zijn, het verhaal dat waar is.

Meadows blijft feiten over me uitstorten. 'Hoe dan ook, de FBI deed een inval in Scotts kantoor in Charleston. En wat denkt u? Ze vonden zijn agenda's en wat dossiers, en het ziet ernaar uit dat hij u de waarheid heeft verteld. Iemand heeft hem inderdaad ingehuurd om papieren terug te krijgen die uw vader vermoedelijk in bezit had toen hij stierf. Helaas vermeldt de agenda niet wie hem inhuurde om dat te doen, of wat voor papieren het precies waren.'

'Heel handig,' mompel ik, plotseling erg eenzaam. Bentley is terug op zijn peuterschool, Kimmer is terug in San Francisco bij Jerry Nathanson, en ik moet me weer in de collegezaal wagen. Als er geen sprake was geweest van het mogelijke rechterschap van mijn vrouw, dan zou ik in de verleiding komen om toch op het manipulatieve aanbod van decaan Lynda in te gaan, en nog een paar weken weg te blijven. Overigens zou het aanbod natuurlijk nooit zijn gedaan als Kimmer geen kandidaat was geweest.

'Hmmmm?'

'Als hij de naam van de cliënt niet aan het papier wilde toevertrouwen...'

'O. O, ik begrijp het.' Enthousiast. 'U denkt zeker aan Jack Ziegler.'

'Dat klopt, ja.'

'Meneer Garland, over meneer Ziegler hoeft u zich geen zorgen te maken, hoor. Meneer Corcoran heeft me verteld dat u waarschijnlijk zou denken dat meneer Ziegler iets te maken had met... met het inhuren van meneer Scott. Meneer Corcoran heeft me gevraagd u te zeggen dat hij meneer Ziegler heeft gesproken, en dat meneer Ziegler ontkende meneer Scott te hebben ingehuurd, en meneer Corcoran zegt dat hij geneigd is hem te geloven.' Ik moet bijna glimlachen om de manier waarop Meadows struikelt over de noodzaak om iedereen 'meneer' te noemen, maar oom Mal runt nu eenmaal een zeer ouderwets advocatenkantoor. Ik vraag me af hoe lang hij nog aan deze kleine formaliteiten zal kunnen vasthouden, of het nieuwe type advocaat – zo iemand die zijn das achterwege laat omdat zijn dot-comcliënten dat ook doen – de stijl van Corcoran & Klein zal slikken. 'Hij heeft me ook gevraagd u te zeggen dat hij meneer Ziegler in '83 in zijn proces wegens meineed heeft verdedigd en meestal wel kan uitmaken of hij liegt of niet.'

'Hoe weet hij dat hij dat kan uitmaken?'

'Pardon?'

'Laat maar. Moet u horen. Zou ik met meneer Corcoran zelf kunnen spreken?'

'Hij zit in Brussel. Maar u kunt alles wat u nodig heeft via mij krijgen.'

Ik vraag me af of oom Mal me opzettelijk mijdt en me met Meadows afscheept om van me af te raken, of dat ik alleen maar zoals gewoonlijk overgevoelig ben.

'Hé, maar ik heb ook nog goed nieuws voor u,' zegt Meadows plotseling, immer opgewekt.

'Dat kan ik wel gebruiken.'

'Meneer Corcoran zegt dat het antecedentenonderzoek naar uw vrouw is begonnen. De FBI zal een dezer dagen dan ook een paar agenten sturen om haar te ondervragen. En ook met u te praten.'

'Ze is de stad uit.' Ik lig dwars om het dwarsliggen. Ik zou eigenlijk blij moeten zijn voor Kimmer.

'O, ik denk dat de FBI haar wel zal weten op te sporen.' Meadows lijkt te wachten tot ik iets zeg – *dank u*, misschien – maar ik ben in een van mijn felrode buien en heb moeite met goede manieren. 'Enfin, dat wilde meneer Corcoran u alleen maar laten weten,' besluit ze ontmoedigd.

Ondanks mijn pogingen om deze te onderdrukken, laat de Garland-opvoeding zich ten slotte gelden: 'Dat is geweldig nieuws, Meadows. Dank u.' Of misschien ben ik gewoon beleefd omdat het tot me is doorgedrongen dat ik haar hulp nogmaals nodig zal hebben.

'Ik had er niets mee van doen. En noem me alstublieft Cassie.'

247

'Oké, Cassie.'

'U bent beslist een interessante cliënt,' voegt ze eraan toe, en ik merk dat ze naar een haastig afscheid toewerkt, om zich weer aan serieuze zaken te kunnen wijden. 'Het is een hele ervaring geweest.'

'Wacht.'

'Hmmm?'

Ik neem even de tijd om de juiste woorden te kiezen. 'Het zit zo, Cassie, ik ben ergens benieuwd naar.'

'Waarom verbaast me dat niet?' Ik weet dat ze vriendelijk probeert te blijven, maar haar sarcasme is pijnlijk. Ik heb er een hekel aan om behoeftig over te komen.

'Omdat je goed bent in wat je doet,' mompel ik, om haar een beetje te vleien.

Het haalt niets uit. 'Wat wil je weten, Misha?' Heel zakelijk. Ze heeft geen reden me serieus te nemen, want er is heel veel dat ik nog moet onthullen. Ik heb nog niemand echt alles verteld. Kimmer niet, Meadows niet, oom Mal niet. Dus Meadows weet niets van *Angela's vriendje*, om nog maar te zwijgen van de merkwaardige herhaling van het woord *Excelsior*. Het probleem is dat ik met íémand moet praten.

'Nou... herinner je je dat Colin Scott zei dat hij naar papieren zocht die een cliënt had achtergelaten bij de... bij mijn vader?'

'Natuurlijk.' Ik heb de indruk dat Cassie Meadows' aandacht bij iets anders is, werk voor een betalende cliënt, ongetwijfeld.

'En dat jij me hebt verteld dat de FBI denkt dat dat waar is?'

'Mmmm-hmmm.'

'En ben je er ooit achtergekomen wie dat was?'

'Sorry?'

'Ben je er ooit achtergekomen welke cliënt die papieren heeft achtergelaten?'

'O. O, tja.' Ik heb het gevoel dat ik een delicate kwestie heb aangeroerd. 'Nou, Misha, ik kan je verzekeren dat we zorgvuldig zijn documenten aan het doornemen zijn.' Ik vraag me af of zij degene is die is aangesteld om de documenten *door te nemen*. Zo'n saaie en ondankbare taak voor een opklimmende advocate zou beslist haar irritatie verklaren. 'Het proces is vrijwel afgerond. We hebben geen enkele aanwijzing gevonden dat iemand jouw vader papieren zou hebben gegeven. Maar je moet begrijpen, je vader was een uitzonderlijk drukbezet man die in de regel niet, eh, de soort relatie had met de cliënten van het kantoor die tot gevolg zou hebben dat ze hem en hem alleen gevoelige documenten toevertrouwden.' Haar onzekerheid is zelfs via de telefoonlijn nog besmettelijk. Ik begrijp wat ze bedoelt, en het is wat ik al half verwachtte: voorzover Corcoran & Klein weten, hád de Rechter geen cliënten. En ik herinner me plotseling en droevig het moment op de begrafenis waarop Mallory Corcoran aan de beurt was om te spreken. Staande voor de weinige aanwezigen, zijn stem schor en vol tranen, bleef hij maar gewag maken van de *grootheid* van de Rechter, waarbij hij dat woord herhaalde tot ik me begon af te vragen of hij wilde suggereren dat die grootheid lang geleden al ter ziele was gegaan, misschien omdat het toenemende extremisme van mijn vaders politieke opvattingen het kantoor steeds meer in verlegenheid had gebracht, terwijl men ooit had gemeend dat zijn naam beslist zou schitteren op een briefhoofd dat toch al opgeluisterd werd door voormalige senatoren en kabinetsleden

Geen cliënten, merk ik op. De Rechter had geen cliënten. Ik knoop het in mijn oren, in mijn geheugenzakdoek, en dan neem ik nog een besluit.

'Heeft het kantoor toevallig ook cliënten met "Excelsior" in de naam?' vraag ik Cassie Meadows.

'Waarom vraag je dat?'

'O, zomaar een ingeving.'

'Wacht even,' zegt ze. Ik hoor het typen op een toetsenbord en het klikken van een muis, en vervolgens dat onmiskenbare *blunk!*-geluid dat Windows voortbrengt (tenzij je weet hoe je dat moet wijzigen) wanneer het niet kan vinden waar je naar zoekt. 'Nee.' Ze zwijgt, klikt opnieuw, typt, wacht. Nog een *blunk!* 'Zelfs niet in de vertrouwelijke dossiers.'

'Nou ja, het was maar een ingeving.'

'Ja, hoor. Die naam kwam gewoon ineens bij je op.'

'Nee, nee, het was gewoon iets... iets wat iemand over mijn vader heeft gezegd.' Ik ben nooit goed in liegen, en al helemaal niet wanneer ik geen tijd heb om na te denken.

'Oké, als jij het zegt.'

Fantastisch. Waar ik bezorgd was irritatie op te wekken, heb ik nu regelrechte scepsis, zo niet wantrouwen doen ontstaan. Niettemin kan ik maar één kant op en dat is voorwaarts, zoals de Rechter graag zei. 'Ik wil nog één laatste gunst vragen.'

'Dat heb ik vaker gehoord.'

'Ik meen het ditmaal.'

'Oké, Misha, oké.' Tijdens de afgelopen paar minuten is Meadows opeens mijn bijnaam gaan gebruiken, maar daar heeft ze nooit echt toestemming voor gevraagd. Misschien is *professor Garland* wat al te formeel, maar zelfs Mallory Corcoran, die me mijn hele leven al kent, noemt me *Talcott.* Ik heb haar niet verbeterd, omdat de gespreksnormen van tegenwoordig geen instrumenten bieden om iemand te vragen je op een formelere, in plaats van minder formele manier aan te spreken. 'Eén laatste gunst.' Ze lacht even, hoog en schril. 'En, uit wie moet ik ditmaal informatie peuteren? De Situation Room van het Witte Huis? De CIA?'

'Geen informatie. Ik moet eind deze week in Washington zijn voor een conferentie over herziening van onrechtmatige daad. Ik zou graag willen langskomen om een blik te werpen op mijn vaders oude kantoor.'

'Dat heeft geen zin, Misha. Ik weet niet waar je naar op zoek bent, maar de kamer is helemaal leeg. Er staat zelfs geen meubilair in. Ik geloof dat een van de partners op het punt staat erin te trekken.'

'Ik heb maar een paar minuten nodig. Maar als je denkt dat het een probleem zal opleveren, kan ik oom Mal bellen.' Ik gebruik de bijnaam om haar eraan te herinneren dat ik nog wel wat in de melk te brokkelen heb bij haar baas.

'Nee,' zegt ze onmiddellijk, 'het zal vast wel mogen. Bel me op de dag dat je wilt langskomen 's ochtends maar even op.'

Ik zeg dat ik dat zal doen. Omdat ik merk dat ze ongerust wordt, verzeker ik haar vervolgens dat ik haar geen gunsten meer te vragen heb. Dit is waarschijnlijk een leugen, en Meadows weet dat waarschijnlijk ook. Werden de lijken die zich beginnen op te stapelen niet zo gemakkelijk en snel weggepraat, dan zou ik haar misschien zelfs met rust laten. Of misschien ook niet. Er is tenslotte nog steeds het cryptische briefje van de Rechter dat ontcijferd moet worden, maar daar moet ik Meadows of oom Mal nog over vertellen. 'Ik zal proberen me te gedragen,' beloof ik haar.

Meadows lacht.

Nadat ik heb opgehangen, blijf ik besluiteloos zitten, me afvragend hoeveel ik nu werkelijk wil weten. Maar na het gebeurde op de Vineyard is het enige redelijke antwoord: *zoveel mogelijk.* Dus bel ik mijn basketbalmaatje Rob Saltpeter en vraag hem of hij een afspraak voor me wil proberen te maken voor het einde van de week, wanneer ik in Washington ben. Zijn contacten zijn in dit geval beter dan de mijne.

'Natuurlijk, Misha,' zegt Rob. 'Als ik je daarmee kan helpen.' Maar ik bespeur in zijn stem, net als in die van de meesten van mijn vrienden de laatste tijd, een emotie die ik nooit eerder ben tegengekomen.

Twijfel.

— 11 —

Een grijze herfstschemering daalt neer en ik sta bij het keukenraam te kijken naar mijn spelende zoon. Zo-even kwam het eindelijk bij me op om te proberen Gewoon Alma in Philadelphia te bereiken, die op haar verwarrende manier voorspelde dat men achter me aan zou gaan zitten. Maar niemand lijkt te weten hoe ze bereikt kan worden. Zelfs Mariah, die met iedereen contact houdt, heeft alleen een adres, geen telefoonnummer. Ik vraag me even af of onze gekke tante wel telefoon heeft. Ten slotte probeer ik een van haar kinderen, een maatschappelijk werker, die me vertelt dat zijn moeder van december tot maart altijd naar de eilanden gaat. Hij weigert me botweg een telefoonnummer te geven waarop ze bereikt kan worden, maar is wel bereid de boodschap door te geven dat ik haar zou willen spreken. Als hij iets van haar hoort, althans; hij verzekert me opgewekt dat dat weleens niet het geval kan zijn.

Ik schud mijn hoofd om de onbeleefdheid van de wereld, ook al heb ik laten zien dat ik zelf ook enigszins onbeleefd kan zijn. Het is vroeger wel voorgevallen dat ik, als ik toevallig het opengeslagen adresboekje van mijn vrouw tegenkwam op het tafeltje in de vestibule, erin begon te bladeren zonder de moeite te nemen haar toestemming te vragen, hier en daar pauzerend om me af te vragen of een bepaalde, onderstreepte naam een contactpersoon was die verband hield met haar carrière... of dat het iets anders was. Het is zelfs wel eens voorgekomen dat ik er een paar overschreef. Tegenwoordig is Kimmer 'gecomputeriseerd', waarbij ze haar adresboek heeft ingeruild voor een Visor Edge, en daarmee al dan niet moedwillig haar telefoonlijst ontoegankelijk heeft gemaakt voor de kritische blik van haar echtgenoot, die reddeloos analoog is. (Mijn vrouw beschuldigt me er soms goedmoedig van dat ik een 'analoge moraal' bezit.)

Of ze het nu toegeeft of niet, Kimmer is een behoorlijk grote ster bij het advocatenkantoor en in de juridische gemeenschap van de stad. Ze maakt veel meer uren dan ik, maar brengt dan ook tweederde van ons gezinsinkomen in, wat haar vanzelf een voordeelpositie geeft wanneer ik erop wijs dat haar extravagante uitgaven – vooral aan kleding, sieraden en de auto, maar ook aan dure cadeaus voor verwanten thuis – een aanslag zijn op onze toch al gehavende gezinsschatkist. Ze vindt blijkbaar dat ik mijn mond moet houden en niet mag klagen zolang het geld binnenstroomt. Kimmer houdt van haar werk als advocaat, maar onze gesprekken over haar baan voeren de laatste tijd niet verder dan *ik moet vanavond overwerken* of *ik heb een kort geding*.

Het doet me pijn om te beseffen hoe weinig ik van Kimmers beroepsleven weet, en hoezeer haar opgetogenheid over datgene waarmee ze haar brood verdient een bijkomende hindernis tussen ons is gaan vormen. Misschien is dat een reden waarom ik zo wantrouwig sta tegenover Jerry Nathanson, een van de meest vooraanstaande advocaten van de stad, en algemeen als onberispelijk beschouwd: wanneer mijn vrouw over haar werk met hem spreekt, schitteren haar ogen en gaat haar ademhaling sneller. Ik vraag me af of ze ook zoveel emotie vertoont wanneer ze op kantoor over mij spreekt.

Bentley, die een duif achternazit, struikelt over een boomtak. Ik blijf roerloos staan, de neiging bedwingend om naar buiten te snellen en hem te troosten, en inderdaad staat hij lachend weer op. Ik glimlach ook. Ondanks Kimmers luide bezwaren mag hij zich van mij sinds afgelopen september in zijn eentje in de tuin wagen. Bentley was verrukt. Zijn moeder, die er nog niet overheen is dat ze hem op de avond van zijn geboorte bijna verloor, wijst erop dat hij zou kunnen vallen en zich bezeren, maar ik ben er altijd een voorstander van geweest om kinderen op onderzoek uit te laten gaan, een van de talloze harde lessen van de Rechter, die preekte dat een paar breuken en blauwe plekken een klein offer waren voor een gevoel van verwondering en onafhankelijkheid. Een van mijn vaders favoriete, applaus ontlokkende uitspraken was dat de staat niet ten doel heeft een maatschappij te scheppen die risicovrij is. Zijn toehoorders uit het bedrijfsleven waren er dol op omdat het minder regulering van hun producten impliceerde. Zijn religieuze toehoorders waren er dol op omdat het de broosheid van onze materieel leven impliceerde. Zijn universitaire toehoorders waren er dol op omdat het aanzienlijke vrijheid in hun persoonlijke gewoonten impliceerde. Geen van zijn toehoorders besefte ten volle, vermoed ik, wat een belangrijke catharsis het voor mijn vader was om te geloven wat hij hun vertelde. En net als zijn meedogenloze conservatisme zelf, was dit alles terug te voeren op de dood van Abby.

Voordat Abby werd vermoord, was mijn vader al een gunsteling van conservatieven, maar alleen omdat hij, zoals iemand ooit tot mijn vaders woede zei, een 'redelijke neger' was – het soort zwarte met wie je misschien bereid zou zijn te onderhandelen. In de jaren zestig was de Rechter nog niet de onbuigzame, verstrooide, enigszins deprimerende man die u zich ongetwijfeld zult herinneren van zijn betreurenswaardige benoemingshoorzittingen. Zelfs na Abby's dood, heb ik vaak gedacht, zou zijn carrière niet zo'n bizarre wending hebben genomen als hij maar de emotionele bevrediging had gekend om haar moordenaar – dat was het woord dat de Rechter altijd gebruikte voor de na de aanrijding doorgereden automobilist, naar zijn maatstaven een rechtvaardige betiteling – om haar moordenaar opgepakt en bestraft te zien. Maar de politie heeft nooit een verdachte gevonden. Omdat mijn vader was wie hij was, werden mijn ouders regelmatig door een hoofdrechercheur van het laatste nieuws op de hoogte gebracht: een paar aanwijzingen, vertelde hij hun de ene slopende maand na de andere, maar niets concreets. De wet was het anker van mijn vaders geloof geweest, zoals dat gold voor vele burgerrechtenadvocaten uit de jaren vijftig en zestig, en het onvermogen van het enorme Amerikaanse rechtsapparaat om een sportauto te vinden die een klein meisje had vermoord, bracht hem aanvankelijk in verwarring en maakte hem vervolgens kwaad. Hij sarde journalisten, kleineerde de politie en huurde op aanraden van zijn vrienden een privé-detective in, een dure uit Potomac, wiens zogenaamde aanwijzingen minachtend door de politie van tafel werden geveegd, tot woede van mijn vader. Hij benaderde zonder schroom vrienden in het Witte Huis, vrienden op Capitol Hill, zelfs vrienden in het District Building, het haveloze bruine bouwsel dat in die tijd het onderkomen was van wat het stadsbestuur moest voorstellen, en kreeg alleen maar medelijdende condoleances ten antwoord. Hij loofde steeds hogere beloningen uit, maar alle telefoontjes die hij kreeg waren van rare snuiters. Volgens Addison heeft de Rechter zelfs een paar helderzienden geraadpleegd – 'maar niet de goede,' voegt mijn broer daaraan toe, de radiotalkshowkoning, die ongetwijfeld betere namen kon hebben verschaft.

Terwijl zijn ideeën in rook opgingen en zijn toorn toenam, sloot mijn vader zich steeds vaker op in zijn studeerkamer in Shepard Street. (Dit was voordat hij de muren op de bovenverdieping uitbrak.) Ik stond vaak zorgelijk bij de gesloten deur te luisteren, algauw vergezeld door Mariah, uit Stanford thuisgekomen voor de zomer, geen van beiden wetend of we iets zouden moeten ondernemen. We hoorden hem in zichzelf mompelen, mogelijk huilen, in ieder geval drinken. Hij bracht de middernachtelijke uren telefonerend door met de paar vrienden die hij nog had en die zijn telefoontjes begonnen te mijden. Hij at weinig. Hij kwam achter met zijn juridische werk. Hij pokerde niet meer met zijn maatjes. Mijn moeder zette de tanden op elkaar, zoals dat in haar klasse gebruikelijk was, en ontving gasten, vaak alleen, en vertegenwoordigde het gezin bij allerlei feestelijkheden, altijd alleen, maar wij kinderen waren doodsbang.

Toen de tijd was aangebroken voor onze jaarlijkse tocht naar Oak Bluffs, bleef Mariah, die een vakantiebaantje had in Washington, achter en moest ik wat ik werkelijk beschouwde als mijn vaders waanzin in mijn eentje zien te doorstaan. Ik was bezorgd dat het misschien besmettelijk of erfelijk zou zijn.

Mijn moeder had eindeloze, tranenrijke omhelzingen en wanhopige geruststellingen te bieden, maar geen verklaringen. Het werd september. Mariah ging terug naar Stanford en ik begon aan mijn laatste jaar op de middelbare school. Het huis in Shepard Street werd één grote stilte. Het gezin bevond zich in een neerwaartse spiraal, en niemand sprak erover. Ik nam geen schoolvriendjes meer mee naar huis, omdat ik me er zo voor geneerde. Sommige nachten bleef ik zelf weg. Tot mijn ergernis merkten mijn ouders het nauwelijks op. Er ging een jaar voorbij, anderhalf jaar. Ik vluchtte zelf ook naar de universiteit. Nu hadden mijn ouders alleen elkaar nog om troost bij te zoeken, en hun huwelijk – verzekerde mijn broer mij naderhand – heeft nooit zo op springen gestaan als toen. Ik bracht de meeste vakanties buiten Washington door. Ik had niet het gevoel dat ik werd gemist. En toen, heel plotseling, droogde de zee van melancholie waarin de Rechter aan het verdrinken was op. Ik heb nooit precies begrepen waarom. Het enige wat ik wist was dat de wil waarover hij tijdens onze hele kindertijd tegen ons had gepreekt, zich weer liet gelden: hij zette een streep, zoals Addison het later verklaarde, en plaatste Abby en haar mysterieuze dood aan de kant waar *Verleden* stond aangegeven. Hij kwam brullend zijn studeerkamer uit, als een pas uit de kooi gelaten dier, opnieuw ontvankelijk voor het leven en haar mogelijkheden. Hij begon te lachen en grappen te maken. Hij liep weer warm voor zijn oude streven om de snelste schrijver van het hof van beroep te zijn. Hij gaf zijn angstaanjagende nieuwe gewoonte om te drinken op, en hernam zijn vervelende gewoonte van vroeger om zich te bemoeien met het leven van zijn kinderen. Hij leek weer de oude te zijn en wilde niet toegeven dat zijn tijdelijke zwakte er ooit was geweest. Dus toen Oz McMichael, de chagrijnige gematigde politicus uit Virginia die eeuwig in de Senaat zat, zijn eigen zoon verloor ten gevolge van een aanrijding waarbij de dader was doorgereden, en durfde voor te stellen dat mijn vader toetrad tot zijn praatgroep van ouders wier kinderen op dezelfde manier gedood waren, weigerde de Rechter kortaf en – dit nog steeds volgens Addison – heeft hij zelfs nooit meer een woord tot hem gericht.

Een praatgroep, denk ik, starend naar mijn bedachtzame en nu slaperige zoontje. Nu Scott verdwenen is, moet ik misschien het vooroordeel van mijn familie jegens counseling maar eens opzijzetten en ermee beginnen. Ik heb de vorige zomer een stap in die richting gezet door tegen een predikant mijn hart uit te storten over mijn huwelijk – niet mijn eigen predikant, wat te riskant zou zijn geweest, maar een vriendelijke man die Morris Young heet en die ik via mijn vrijwilligerswerk heb ontmoet.

En Morris Young baatte. Enigszins.

Misschien, denk ik nu bij mezelf, misschien kunnen Kimmer en ik, als ik beloof dat ik de diverse mysteries die mijn vader achterliet niet langer zal proberen op te lossen, samen met counseling beginnen, en het huwelijk een kans van slagen geven. Het zal natuurlijk gemakkelijker zijn als de president haar kiest voor het hof van beroep, maar, geef ik somber toe, dat vooruitzicht lijkt onzekerder te worden met elke online-zot die een theorie verspreidt die net gek genoeg is om het verhaal in de belangstelling te houden.

– III –

Mariah belt terwijl Bentley in bad zit. Ik verricht de avonddienst met onze zoon omdat Kimmer, die er gewoonlijk energie uit put om voor hem te zorgen, weg is. Niet dat ik het erg vind om zo met hem bezig te zijn. O, nee! Sinds onze terugkeer uit de Vineyard kan ik het nauwelijks verdragen om Bentley uit het oog te verliezen – hoewel leven en werk dat noodzakelijk maken. Toch zou ik urenlang naar zijn 'Durf jij' kunnen luisteren, zelfs wanneer mijn hart ineenkrimpt van de hopeloze pijn van het mislukte verlangen om hem een normale jeugd te geven... wat men tegenwoordig ook onder normaal mag verstaan. Twee ouders die werkelijk van elkaar houden zouden een interessant en radicaal begin kunnen zijn, maar alleen al de suggestie dat het traditionele gezin wel eens goed voor kinderen kan blijken te zijn, beledigt zoveel verschillende kiezers, dat vrijwel niemand bereid is dit nog langer te opperen. En de consequentie daarvan is, zoals George Orwell wist, dat binnen een paar generaties niemand het zelfs nog denkt. Wat overleeft is alleen datgene wat we kunnen overbrengen. Ethische kennis die geheim blijft, zal uiteindelijk geen kennis meer zijn.

Al is het misschien nog wel ethisch.

Wanneer de telefoon gaat, is Bentley een delicaat experiment aan het uitvoeren waarbij hij zoveel mogelijk Playmobil-poppetjes in zijn felrode plastic boot propt om te zien of hij zal zinken. Soms zinkt hij. Soms niet. Soms kan hij er vijftien soldaatjes op stapelen en blijft de boot gemakkelijk drijven. Soms brengen minder dan twaalf hem al tot zinken. Bentley fronst terwijl hij er een wetmatigheid in probeert te ontdekken. Ik zie er ook geen, wat me plezier doet: hoeveel van het universum de natuurkundigen ook kunnen verklaren, sommige gebeurtenissen blijven chaotisch, zelfs willekeurig. Het zinken of drijven van Bentleys rode boot lijkt daar één van te zijn.

We leven zo'n groot deel van ons leven in chaos. De menselijke geschiedenis kan worden beschouwd als een eindeloze zoektocht naar grotere orde: alles, van taal tot religie tot rechtsgeleerdheid tot wetenschap, probeert structuur aan te brengen in het chaotische bestaan. De existentialisten, over wie soms ten onrechte wordt beweerd dat ze niet geloofden in een onderliggende orde, zagen de risico's en de dwaasheid van de obsessie om er een te scheppen. Hitler bewees het risico daarvan, net als talloze populistische tirannen die hem voorgingen. Ik breng mijn studenten bij dat het recht dat risico ook bewijst, wanneer we een fenomeen – menselijk gedrag – proberen te reguleren dat we niet eens begrijpen. Ik pleit niet tegen het recht, voeg ik daaraan toe terwijl ze in heftige verwarring aan het pennen zijn, maar tegen de naïeve aanname dat we het recht ooit echt goed kunnen toepassen. Omdat we in duisternis leven zijn we ertoe gedoemd het recht slecht toe te passen.

En dat is waarom ik, terwijl ik de balans van mijn leven opmaak, op dit moment liever mijn zoon in bad stop dan dat ik ook maar iets van het zinloze werk afmaak dat zich in mijn kleine studeerkamer op de benedenverdieping heeft opgestapeld. Op mijn bureau ligt de persklaar gemaakte versie van het achterstallige manuscript over procesvoering bij door groepen begane onrechtmatige daad dat ik in het snobistische juridische tijdschrift van de faculteit ga publiceren. Soms zou ik willen dat ik net zoveel moed had als mijn collega's Lem Carlyle en Rob Saltpeter, twee van onze echte supersterren, die drie jaar geleden in een gezamenlijke brief aan de *American Lawyer* aankondigden dat ze niet langer wilden schrijven voor juridische tijdschriften onder redactie van studenten, omdat ze er genoeg van hadden dat jongeren die nog niet eens afgestudeerd waren, zich aanmatigden beter dan hun professoren te weten hoe de wet luidt, om nog maar te zwijgen van hoe je moet schrijven. Omdat bijna alle juridische tijdschriften van het land onder redactie staan van studenten, betekent dit in de praktijk dat Lem en Rob, willen ze als wetenschappers serieus genomen worden, gedwongen zijn boeken te schrijven, wat hun geen van beiden moeite lijkt te kosten. Maar de meesten van ons ploeteren voort in de loopgraven en vullen de bladzijden van de juridische tijdschriften van het land met ideeën die, om te parafraseren wat iemand over de grote achttiende-eeuwse schaaktheoreticus François-André Philidor schreef, zich met duizelingwekkende snelheid bewegen tussen te geavanceerd om serieus genomen te worden en te ouderwets om van belang te zijn.

Ja, er zijn dagen dat ik het heerlijk vind om hoogleraar rechtsgeleerdheid te zijn; maar er zijn ook dagen dat ik het verafschuw.

— IV —

Bentleys hoofd schiet woedend omhoog bij het geluid van de telefoon, want hij weet dat dit gewoonlijk een voorbode is van ouderlijke verlating. Ik neem de draadloze telefoon altijd mee naar de badkamer wanneer hij in bad zit, een gewoonte die ik van Kimmer heb overgenomen, die de kans dat er een cliënt belt niet wil mislopen, wat haar in de gelegenheid stelt om met de hoorn schuin in haar hals Bentley af te drogen, hem zijn pyjama aan te trekken en ondertussen een gesprek te voeren, zodat ze nog een paar uur in rekening kan brengen terwijl ze haar moederlijke plichten vervult.

Ik probeer een tussenoplossing te vinden door met één hand op te nemen en met de andere Playmobil-mannetjes en vrouwtjes op de rode boot te stapelen.

'Heb ik je wakker gemaakt?' begint Mariah, een zogenaamd lollige opmerking die ze al maakt sinds de begintijd van mijn huwelijk met Kimmer, toen bellen na het avondeten altijd een risico was: de kans was groot dat we al in bed lagen, zij het niet slapend.

'Nee, nee, ik zit hier met Bentley. Hij zit in bad.'

'Doe hem maar de groeten.'

'Je krijgt de groeten van tante Mariah.'

Mijn zoon negeert me, schuift de Playmobil-boot opzij, laat zijn gezicht in het water plonzen en blaast bellen naar het wateroppervlak.

'Hij doet jou ook de groeten.'

'En, hoe gaat het met jullie?'

'O, goed, uitstekend,' zeg ik enthousiast, wetend dat Mariah niet belt om over koetjes en kalfjes te praten. We hebben onze ruzie van een paar weken geleden bijgelegd, maar ik doe boete door telkens wanneer ze belt naar haar te luisteren. Ik neem de draadloze telefoon mee naar de wastafel en vul een papieren bekertje met water. Dit kan weleens lang gaan duren.

'Enfin, Tal, ik zit in Washington en ik heb iets ontdekt dat je misschien wel zal interesseren.'

'Waarom verbaast me dat niet?'

We schieten beiden in de lach, kortstondig en gespannen, zoals de geforceerde hilariteit die pijn verbloemt. Terwijl ze aan haar zevende zwangerschapsmaand is begonnen, is mijn zus in de vijf weken sinds we de Rechter hebben begraven driemaal heen en weer geweest tussen Washington en Darien. Na mij jarenlang met een humeurig stilzwijgen te hebben bejegend, belt Mariah nu om de drie of vier dagen, waarschijnlijk omdat niemand anders wil luisteren naar de theorieën die ze zo snel herziet dat ze nu en dan halverwege een zin van identiteit lijken te veranderen. Haar man heeft het te druk, onze grote broer is te moeilijk te traceren, en haar vrienden... tja, ik vermoed dat haar vrienden niet opnemen als ze belt. Wat mij betreft, ik vind haar telefoontjes niet erg, zolang ze maar alleen met mij praat; als ik haar speculaties binnen redelijke grenzen kan houden of haar ervan kan weerhouden ze hardop te uiten, kan ik tegelijkertijd Kimmer en mijn grote zus van dienst zijn.

Trouwens, Mariah zou iets op het spoor kunnen zijn; Colin Scott is tenslotte niet naar Canada gegaan; hij is mijn gezin gevolgd naar de Vineyard, en daar gestorven. Of misschien ben ik gewoon net als mijn zus halsoverkop naar de uiterste grenzen van de fantasie aan het snellen.

Het telefoontje van vandaag is typerend. Mariah is weer in Shepard Street en is blijkbaar de halve nacht opgebleven om de papieren op zolder door te nemen. Dat is haar obsessie sinds de avond dat zij en Sally zijn gaan zoeken, na onze ontmoeting met brigadier Ames. Mariah zit er uren achter elkaar, omgeven door bergen contracten, brieven, souches, concepten van essays en redevoeringen, menu's, opgevouwen krantenknipsels die scheuren langs hun stokoude vouwranden, schema's van schaakstellingen, aantekeningen voor de boeken van de Rechter, recepten, niet-ingelijste prijzen en eerbewijzen, rekeningen van de man die elke winter de ramen van Vinerd Hius met planken afschermt, condoleancekaarten, programma's van vergeten Broadway-shows, akten, concepten van aan de vergetelheid ten prooi gevallen motiveringen uit zijn tijd als rechter, gedrukte spelregels van een verloren gewaand spel genaamd Totopoly, ongebruikte gele juridische blocnotes, foto's van onze moeder, gebonden edities van Trollope, memoranda van verscheidene assistenten, verouderde landkaarten van de Vineyard, creditcardkwitanties, zakagenda's, en kranten en tijdschriften in overvloed: oude nummers van de *Washington Post*, *Wall Street Journal* en *National Review*, een handvol vergeelde voorpagina's van de *Vineyard Gazette*, zelfs, verbazingwekkend genoeg, twee of drie beduimelde exemplaren van *Soldier of Fortune*. En te midden van dit alles, als een grimmige schildwacht die over de puinhoop waakt, zit mijn grote zus. Ze bestudeert geduldig alles wat ertoe behoort, stukje bij beetje. Ze zoekt naar een patroon. Naar een aanwijzing. Een antwoord. Ze hoopt iets te vinden wat de politie over het hoofd heeft gezien. Evenals de dienaren van Mallory Corcoran, die drie dagen na de begrafenis een middag in het huis hebben lopen zoeken naar alle vertrouwelijke papieren die op het kantoor thuishoorden. Mariah gelooft dat ze beter kan zoeken dan zij allemaal. Bij echte onderzoeksjournalistiek gaat het, denk ik, op die manier: het schiften van de details om meer details te vinden om een warboel te vinden, en dan in die warboel grote lijnen ontdekken, en die grote lijnen ten slotte duidelijk maken voor je lezers.

Ik heb onlangs de lage vliering van het huis in Shepard Street gezien, zijn sombere, stoffige schaduwen verlicht door het enige dakraam. Ik ben langsgegaan toen Kimmer, Bentley en ik in Washington waren voor onze naargeestige Thanksgiving. Je moet een smalle trap op achter de badkamer om de dakkamer, zoals de Rechter hem noemde, te bereiken, maar Mariah gaat de trap regelmatig op, en er is vrijwel geen hoekje van de vliering dat gevrijwaard is gebleven van haar onderzoekingen. Ik heb er ineengedoken gestaan, terwijl ik mijn blik liet dwalen over de stapels, waaiers en kruisen van papier, sommige onder glazen presse-papiers, geleend uit mijn moeders verzameling beneden, sommige tegen het enige, spits toelopende raam geschoven, sommige bijeengehouden door pinnen en gekleurd garen – rood voor dit, groen voor dat. Het is niet terecht om haar creatie een janboel te noemen. Mariah heeft me tijdens onze late telefoongesprekken de systematiek uitgelegd, of een poging daartoe gedaan, en ze heeft me het kleine zwarte compositieschrift beschreven waarin ze haar theorieën heeft geschetst en de samenhang heeft getekend die ze heeft aangebracht. *Mijn register*, noemde ze het tijdens een van de late telefoontjes. *Naast mijn gezin het waardevolste dat ik bezit.* Terwijl ik om me heen keek naar de chaos die Mariah ordelijk vindt, maakte ik me zorgen. Arthur Bremers appartement heeft er ongetwijfeld ooit net zo uitgezien als de vliering op dit moment. En dat van John Hinckley. En Squeaky Fromme*. Ik heb een paar gesprekjes gehad met Howard, die zegt dat hij zich zorgen begint te maken over zijn vrouw, dat hij haar nooit ziet; ze is vrijwel elk weekend in Washington. Ze neemt de kinderen vaak ook mee; soms propt ze hen allevijf in de Navigator, samen met de au pair van dat moment – ze ontslaat ze aan de lopende band – voor het gehossebos over de New Jersey Turn Pike. Marshall en Malcolm zijn oud genoeg om een beetje te helpen met het sorteren, maar de tweeling doet niets anders dan spelen en Marcus, die weldra zijn rol als peuter moet afstaan, dut in de oude slaapkamer van mijn zus

---

* Arthur Bremer: deed in 1972 een poging om George Wallace, de gouverneur van Alabama, te vermoorden.
John Hinckley: deed in 1981 een poging om Ronald Reagan te vermoorden.
Squeaky Fromme: Lynette Fromme, een lid van de Charles Manson-'familie'. Deed in 1975 een poging om president Gerald Ford te vermoorden.

op de eerste verdieping, onder toezicht van de au pair, die zelden Engels praat, tegen mij althans.

Wanneer Mariah me belt na een paar dagen op zolder te hebben gezeten, krijgen we gewoonlijk ruzie. Het gesprek begint altijd op dezelfde manier. Ze vertelt terneergeslagen fluisterend over haar ontdekkingen, altijd dingen die ik liever niet zou willen weten – een stokoude liefdesbrief aan de Rechter van een vrouw wier naam ons geen van beiden iets zegt, een prijs van zijn studentenvereniging voor de overwinning in een drinkwedstrijd, een aantekening in zijn agenda om een senator te ontmoeten wiens politieke opvattingen haar tegenstaan. Mijn zus hecht veel waarde aan zulke artefacten. Ze gelooft dat ze onze vader aan het reconstrueren is, dat zijn schijnbeeld haar een diepere waarheid zal onthullen die hij voor ons verborgen hield. Dat zijn schim voortleeft tussen de wrakstukken van zijn geschreven leven, en dat deze uiteindelijk zal spreken. Ik probeer haar duidelijk te maken dat dit gewoon waardeloze stukjes papier zijn, dat we ze zouden moeten weggooien, maar ik spreek tegen een vrouw wier huis van vijf miljoen dollar vrijwel geheel is getooid met foto's van haar onopvallende kinderen, en wier sentimentaliteit, zoals Kimmer ooit opmerkte, haar ertoe zou brengen de vuile luiers van haar kinderen te bewaren als ze maar een manier kon bedenken om dat netjes te doen. Ik opper voorzichtig tegen mijn koppige zus dat we onze vader bij leven al niet begrepen, en hem geen haar beter zullen begrijpen nu hij dood is, maar Mariah heeft, als enige van de kinderen van Claire en Oliver Garland, nooit toegegeven dat er dingen zijn die haar begrip te boven gaan, wat ongetwijfeld de reden is dat ze de enige van ons was die tienen kreeg op de universiteit. Ik probeer haar te zeggen dat we de Rechter beslist niet door middel van zijn papieren zullen leren kennen, maar Mariah blijft een journalist in hart en nieren met een doctoraal in geschiedenis, en mijn woorden prikkelen haar overtuiging. Dus wanneer ik het uiteindelijk niet meer kan verdragen om de zoveelste dramatische interpretatie aan te horen van een aanvraag voor een afwijking in het bestemmingsplan om de installatie mogelijk te maken van een ongebruikelijk septisch systeem in Vinerd Hius, zeg ik haar meestal dat ik al genoeg aan mijn hoofd heb, en dan snauwt ze terug dat het bloed kruipt waar het niet gaan kan, wat een van mijn moeders favoriete zegswijzen was, en wat Mariah vaak herhaalt, ook al beweerde ze als kind er een hekel aan te hebben. Mijn zus en ik praten vaker met elkaar dan in het verleden, maar, wapenstilstand of niet, we kunnen net zo slecht met elkaar overweg als altijd.

Wanneer ze me dan ook vertelt dat ze iets heeft ontdekt waar we over moeten praten, bereid ik me voor op het ergste – dat wil zeggen: het zinledigste, saaiste, triviaalste. Of het angstaanjagendste: nog meer gepraat over kogelfragmenten, waar ze het de laatste tijd niet meer over heeft gehad. Of het waarschijnlijkste: ze heeft over de dood van McDermott/Scott gehoord en wil uitleggen hoe dat in het complot past.

Wat er werkelijk over haar lippen komt, overrompelt me dan ook.

'Tal, wist jij dat papa een pistool bezat?'

'Een pistool?'

'Ja, een pistool. Wordt ook wel revolver genoemd. Ik heb het gisteravond in de slaapkamer gevonden, achter in een la. Ik was gewoon op zoek naar papieren, en toen vond ik dit pistool. Het zat in een doos, met... met een paar kogels, dus. Maar daar bel ik niet voor.' Ze zwijgt, waarschijnlijk om dramatisch over te komen, maar dat is helemaal niet nodig: ze heeft mijn volle aandacht. 'Tal, ik heb er vanmiddag iemand naar laten kijken. Een expert. Het is afgevuurd, Tal. Onlangs nog.'

19

Er worden twee verhalen verteld

— I —

'Het district Columbia heeft waarschijnlijk de strengste vuurwapenwet in het land,' verzekert Lemaster Carlyle me. 'Het is daar bijna onmogelijk een vergunning te krijgen.' Stilte. 'Aan de andere kant: Virginia ligt pal aan de overkant van de rivier, en er zijn in de beschaafde wereld weinig plaatsen waar je gemakkelijker aan een legaal pistool kunt komen. Mensen kopen ze daar en nemen ze overal mee naartoe.'

'Huh,' is mijn diepzinnige bijdrage.

'Dus, als een familielid van míj dat in Washington DC woonde, stierf en een pistool achterliet' – met zijn pesterige, zangerige accent van Barbados slingert hij mijn doorzichtige hypothese naar me terug – 'zou mijn vermoeden zijn dat hij het in Virginia had gekocht en de wetten van het district gewoonweg negeerde. Heel veel mensen doen dat.'

Ik knik langzaam. Mijn halfopgegeten gegrilde-kipsandwich, de specialiteit van het huis bij Post, is koud en taai geworden. Lemaster is een voormalige openbare aanklager en heeft verstand van deze zaken, maar zijn informatie klopt precies met mijn intuïtie. Opnieuw lijkt mijn vader op het randje van de wet te hebben geleefd. Ik zou liever wat minder van deze verontrustende juweeltjes van informatie blootleggen, maar het lijkt alsof ik maar niet kan ophouden ernaar te zoeken.

'Je moet het pistool natuurlijk inleveren.'

'Wat?'

'Het pistool. Het is nog steeds ongeregistreerd en zonder vergunning. Niemand kan het legaal in bezit hebben. Het moet ingeleverd worden.'

'O.' Lemaster Carlyle is een dermate integer persoon dat ik vermoed dat hij dit advies ook had gegeven als hij niet drie jaar hulpofficier van Justitie was geweest voordat hij zich tot de academische wereld wendde. Ik kijk toe terwijl hij met kleine hapjes van zijn garnalensalade eet. Hij lijkt nooit erg veel te eten, lijkt ook nooit een ons aan te komen. Zijn pakken zitten hem altijd als gegoten. Het is een kleine man met een reusachtig verstand, een paar jaar ouder dan ik. Hij heeft gestudeerd aan de juridische faculteit van Harvard en was in zijn tijd, voordat hij zich bij onze gelederen voegde, ook theologiestudent. Zijn gladde, magere gezicht, tegelijkertijd speels en wijs, heeft een rijke West-Indische, paarszwarte kleur. Zijn volmaakte vrouw, Julia, is even klein, donker en pienter als Lemaster zelf. Ze wonen met hun drie volmaakte kinderen in een van onze chiquere buitenwijken. Hij staat in de ongeschreven hiërarchie van onze faculteit mijlenver boven me en wordt aanbeden door iedereen in het gebouw en ook door de meeste oud-studenten, want hij is ook een bijna-volmaakt politicus. Hoewel hij zichzelf progressief noemt, heeft Lem bij de laatste paar verkiezingen republikeins gestemd, onder verwijzing naar het democratische verzet tegen schoolvouchers, wat hij beschouwt als de enige hoop voor de kinderen uit de binnenstad. Hij was medeoprichter en, voorzover ik weet, enig lid van een vergeten organisatie genaamd Liberalen voor Bush. De pagina's van de *New York Times* en de *Washington Post* zijn bezaaid met zijn pittige, sluitend beargumenteerde ingezonden stukken. Hij lijkt wel om de vijf minuten op de televisie te zijn. Er wordt ook over hem gezegd dat hij rusteloos is. Veel van onze collega's smeken hem geduldig te wachten tot hij Lynda Wyatt kan opvolgen en daardoor onze eerste zwarte decaan kan worden, maar het gerucht gaat dat de universiteit Lem net zo de neus uit komt als de meeste dingen die hij heeft veroverd, en dat hij ons binnenkort zal verlaten voor een fulltime betrekking bij een van de televisiezenders. Op de begrafenis van de Rechter schonken de mensen overdreven veel aandacht aan hem. Ik zou vaak willen dat ik Lemaster meer zou kunnen mogen, en hem minder zou benijden.

'En als de persoon die het pistool heeft gevonden het niet heeft ingeleverd?' dring ik aan.

Hij nipt van zijn water – niemand beweert hem ooit iets anders te hebben zien drinken – en schudt zijn slanke hoofd. Zijn kleine ogen glimlachen naar me boven een dunne snor. 'Het vinden ervan is geen misdaad. Het bezit ervan is een misdaad.'

Dan zal ik mijn zus aanraden het in te leveren. Zaak gesloten.

Alleen wrikt Lemaster Carlyle hem weer open. 'Dit familielid van jou, Talcott – weet je waarom hij dacht dat hij een pistool nodig had?'

'Nee.'

'De meeste mensen kopen ze voor zelfverdediging, zelfs mensen die ze illegaal kopen. Maar sommige worden natuurlijk aangeschaft om er misdaden mee te plegen.'

'Oké.'

Hij bet zijn lippen met de papieren servet en vouwt hem dan zorgvuldig op voordat hij hem op tafel legt, naast zijn bord. Hij heeft misschien vier hapjes gegeten. 'Als het een familielid van mij was, zou het me niet interesseren waar hij het pistool vandaan had of wat er met mij zou kunnen gebeuren als gevolg van het in bezit hebben ervan. Het zou me interesseren waarom hij het eigenlijk had gekocht.'

— 11 —

Wanneer ik weer in Oldie terug ben en naar het centrale trappenhuis loop, maak ik mezelf gedurende een dwaas moment wijs dat ik dit allemaal achter me wil laten. Maar ik ben niet langer op jacht naar de waarheid; de waarheid lijkt op jacht naar mij. Waarom wilde mijn vader een pistool? Om zichzelf te beschermen of om een misdaad te plegen, suggereerde Lemaster Carlyle. Geen van beide is verheugend nieuws. Waar was mijn vader bij betrokken? Ik denk aan Jack Ziegler op het kerkhof. Ik denk aan McDermott-Scott, ongevaarlijk geacht door zijn plaatselijke sheriff, maar niettemin dood, onder verdachte omstandigheden. Ik laat mijn schouders hangen. Kimmers rechterschap lijkt mijlenver weg. Ik word bevangen door een plotselinge drang om naar boven te stormen om Theo Mountain op te zoeken, want ik heb er behoefte aan opgemonterd te worden, maar ik moet voorkomen dat ik van mijn eenmalige mentor een permanente steun en toeverlaat maak.

Ik passeer een groepje studenten: Crysta Smallwood in verhitte discussie met verscheidene andere gekleurde vrouwen, zoals ze zich tegenwoordig noemen. Een paar woorden maken zich los van hun gebabbel: *dialectische tussenruimten* en *buitenstaanderspositie* en *gereconstrueerde ander*. Ik verlang terug naar de tijden dat studenten discussieerden over de regels van civiele rechtspleging of de verjaringswet, toen de toonaangevende juridische faculteiten van het land vonden dat het hun taak was recht te doceren.

Terwijl ik mijn kantoor nader zie ik Arnold Rosen, een van de grote liberale hard-liners van de faculteit, naar me toe komen glijden in zijn elektrische rolstoel. Hij glimlacht zijn flauwe, superieure glimlachje, en ik glimlach met tegenzin terug, want we zijn geen dikke vrienden. Ik heb bewondering voor

Arnies verstand en zijn vastbeslotenheid om aan zijn principes vast te houden, maar ik weet niet of hij wel iets in mij bewondert, vooral gezien het feit dat ik de zoon ben van de grote conservatieve held. Arnie is ongeveer tien jaar geleden van Harvard naar ons gekomen, dankzij Stuart Lands meesterlijke wervingscoup, en is naar verluidt Lem Carlyles enige concurrent voor de opvolging van decaan Lynda wanneer zij op een dag aftreedt.

Een tikje van zijn vinger op een hendeltje mindert de vaart van de rolstoel. Met zijn bleke ogen kijkt hij afstandelijk en kritisch naar me op. 'Goedemiddag, Talcott.'

'Hallo, Arnie.' Ik heb mijn sleutel in mijn hand, waarmee ik hopelijk het signaal geef dat ik op dit moment niet echt veel zin heb in een praatje.

'Ik heb dacht ik nog niet de gelegenheid gehad je te zeggen hoe het me spijt van je vader.'

'Dank je,' mompel ik, te moe om me te ergeren aan zijn hypocrisie. Arnie doceert juridische ethiek, geeft een verscheidenheid aan curricula over commercieel recht en is een uitmuntend wetenschapper, maar hij bewaart zijn echte enthousiasme voor de drie grote kwesties van het hedendaagse links: abortus, homorechten en een zeer strikte scheiding van kerk en staat. Een paar maanden geleden hield een oud-student van mij, Shirley Branch, de eerste zwarte vrouw die we hebben aangesteld, tijdens onze tweemaal per week plaatsvindende faculteitslunch een voordracht waarin ze uiteenzette dat de vorm van scheiding tussen kerk en staat die wij intellectuelen tegenwoordig vanzelfsprekend vinden te strikt is, dat de toepassing ervan bijvoorbeeld de burgerrechtenbeweging zou hebben geschaad. Arnie was het daar niet mee eens en suggereerde dat Shirleys opvatting ons terug zou voeren naar de tijd dat Amerika een christelijke natie was. Er volgde een tamelijk verhitte discussie tussen hen totdat Rob Saltpeter, de bemiddelaar, de situatie bezwoer met een ironische opmerking: *Het probleem met Amerika is niet dat het een christelijke natie is, maar dat het dat te vaak niet is.*

Rob heeft stijl, net als Lem.

'Moet je horen, Talcott,' mompelt Arnie, met zijn glimlach naar me opkijkend, 'een van onze collega's kwam onlangs bij me om over jou te praten.'

'Over mij? Hoezo over mij?'

'Nou, het was eigenaardig. Hij dacht dat je misschien een ethische regel had geschonden. Ik heb hem terechtgewezen, hoor, daar kun je van op aan.'

Ik sta te zwaaien op mijn benen. 'Welke regel? Waar heb je het over?'

'Je doet wat advieswerk voor een bedrijf. Iets wat te maken heeft met onrechtmatige daad met betrekking tot giftig afval, klopt dat?'

'Uh... ja. Ja, dat klopt. Nou en?'

'Nou, een collega vroeg me of het wel juist was te blijven schrijven over dat vakgebied wanneer je als advocaat betaald werd om een bepaald standpunt in te nemen.'

'Wat!'

'Je begrijpt natuurlijk het probleem. Juridische wetenschap wordt geacht objectief te zijn. Dat is onze mythe en daar klampen we ons aan vast. Dat moeten we wel, want anders zijn we verkeerd bezig. Dat is de reden waarom de faculteit zijn wenkbrauwen fronst over hoogleraren die te veel advieswerk doen.'

'Dat begrijp ik, maar...'

Arnie draait zijn rolstoel zo'n vijf centimeter naar achteren en maakt een wegwerpend gebaar. 'Maak je geen zorgen, Talcott. Het is een gangbare misvatting. Er bestaat geen regel tegen... er zijn geen ethische regels voor de beoefening van rechtswetenschap... en bovendien...'

'En bovendien zou ik mijn wetenschappelijke integriteit nooit op het spel zetten voor een bijverdienste!'

'Nou, dat zei ik ook.' Hij schudt zijn hoofd. 'Maar onze collega was heel zeker van zijn zaak. Ik heb de indruk dat dit muisje nog een staartje heeft.'

Ik kreun. Ongeloof, misschien, of gewoon boosheid. Is dit weer een staaltje van de druk waar Stuart het over had?

'Arnie, luister. Wie was het die naar je toekwam? Wie heeft dit aangekaart?'

Zijn hand wappert weer. 'Ah, Talcott, kon ik het je maar vertellen, maar dat kan ik niet.'

'Dat kun je niet? Waarom niet?'

'Beroepsgeheim.' Nog steeds glimlachend rijdt hij weg door de gang.

20

Het paleis van justitie

– I –

'Misha, fijn om je te zien.' Een omhelzing, omdat ik een man ben en hij ook. Mannelijke rechters zijn tegenwoordig bang om hun vrouwelijke griffiers te omhelzen, althans, dat zei mijn vader altijd. Maar sommige van zijn beweringen zoog hij uit zijn duim. 'Kom binnen, kom binnen.'

Wallace Warrenton Wainwright doet een stap opzij en gebaart dat ik hem moet vergezellen naar zijn privé-kantoor. De mollige zwarte bode die me vanaf het griffierskantoor hierheen heeft gebracht, is verdwenen. Als de deur naar het voorvertrek dichtgaat, ben ik met Wallace Wainwright onder vier ogen. Hij is een lange man, zeker één meter negentig, met schouders die eerder dik zijn dan gespierd, dunner wordend bruinwit haar en een bleek, bestudeerd ascetisme op zijn vriendelijke gezicht. Hij lijkt er te veel behagen in te scheppen dat hij zo slim is als hij is. Hij ziet er eerder uit als een monnik dan als een rechter – een franciscaner monnik, wel te verstaan – en als je naast hem zou zitten in een vliegtuig zou je Wallace Wainwright nooit aanzien voor een van de rechters van het Supreme Court van de Verenigde Staten. Maar zo zal hij de geschiedenis ingaan. Buiten deze ruime kamer zijn computers aan het gonzen en piepen, printers aan het snorren, en telefoons zachtjes aan het brommen – de geluiden, zoals rechter Wainwright het tumult ongetwijfeld zou omschrijven, van rechtvaardigheid in uitvoering. En misschien heeft het Supreme Court inderdaad af en toe rechtvaardig gehandeld, maar veel minder vaak dan de meeste mensen lijken te veronderstellen, want het is het grootste deel van zijn bestaan een volger, niet een veroorzaker van verandering geweest. Wij hoogleraren rechtsgeleerdheid praten en schrijven graag alsof het verleden anders is, alsof de rechters onlangs hun traditionele rol van het beschermen van de zwakken tegen de sterken hebben laten varen.

We praten en schrijven onzin.

Net als elk ander maatschappelijk instituut heeft het Supreme Court voornamelijk aan de kant gestaan van de ingewijden, een bewering die niet verrassend zou moeten zijn, omdat alleen de ingewijden de presidenten worden die de rechters nomineren, de senatoren die hen benoemen – of de kandidaten waaruit de genomineerden aanvankelijk gekozen worden. Liberalen wijzen op *Brown vs. de Onderwijscommissie* en *Roe vs. Wade* alsof ze daarmee de juiste rol van het Supreme Court in het staatsbestuur hebben aangeduid, terwijl ze niet meer hebben aangeduid dan een merkwaardig tijdperk in de geschiedenis waarin de rechters Amerika probeerden te veranderen in plaats van het probeerden te houden zoals het was. Het tijdperk kwam ten einde, en het Supreme Court verbleekte al snel als motor van sociale evolutie, wat de samenstellers van de grondwet waarschijnlijk zeer gelukkig zal hebben gemaakt. Madison en Hamilton waren tenslotte ook ingewijden.

Rechter Wainwright is zonder meer een ingewijde, want hij kent iedereen. Dat wil zeggen, iedereen die ertoe doet in Washington. Geen wonder dat hij, als enige van de rechters, mijn vaders begrafenis bijwoonde. Hij woont elke bruiloft in de stad bij, dus waarom dan niet elke begrafenis? Als ik de kamer rondkijk, naar zijn chique blauwe tapijt en nog chiquere houten bureau, valt mijn oog op zijn egowand, een collage van foto's van de rechter met iedereen, van Michael Gorbatsjov en Bob Dylan tot de paus. Er hangt een foto van een strenge Wainwright in een gala-uniform van de mariniers, en een andere lijst bevat zijn onderscheidingen. Er hangt een foto van een glimlachende Wainwright met een stel baby's op schoot: kleinkinderen, neem ik aan. Langs de overblijvende wanden staan solide houten boekenkasten met de honderden crèmekleurige banden van de Verslagen der Verenigde Staten, de officiële optekening van de besluiten van het Supreme Court, zelfs al slaat in dit digitale tijdperk geen advocaat van onder de dertig de boeken nog open, want de volledige inhoud ervan is ook on line beschikbaar (althans, dat geloven jonge advocaten helaas). Ik schud mijn hoofd, terwijl ik een vruchteloze poging doe om me mijn vader in dit prachtige kantoor voor te stellen, als alles anders was gelopen. Ik word overspoeld door fatalisme, het gevoel dat er niets gedaan had kunnen worden wat de onvermijdelijke uitkomst zou hebben veranderd.

Niets.

Wallace Wainwright, met zijn scherpe politieke inzicht, merkt mijn onzekerheid op, legt een hand op mijn elleboog en leidt me naar een blauwe pluchen bank. Hij neemt plaats op een harde houten stoel die er schuin tegenover staat. Over zijn schouder, door het hoge raam, is het Capitool te zien, de omvangrijke koepel ervan dofgrijs in de slordige motregen, die zo'n voorspelbaar onderdeel vormt van een decembermaand in Washington. Ondanks het weer geniet ik van de heerlijke onafhankelijkheid van de spijbelaar. Ik spijbel deze natte middag van de conferentie over herziening van onrechtmatige daad, die de onkosten van mijn bezoek aan de stad vergoedt; ik ben niet belangrijk genoeg om gemist te worden. Maar nu ik in Wainwrights kantoor zit, de afspraak geregeld door Rob Saltpeter die jaren geleden Wainwrights griffier was, weet ik niet goed hoe ik moet beginnen. Ik zit te draaien als een nerveuze eerstejaars die tegen zijn zin een rechtszaak moet navertellen.

Wallace Wainwright wacht. En wacht. Hij kan het zich veroorloven om naar believen te wachten of niet te wachten. Hij weet wie hij is. Hij bevindt zich op het hoogste niveau van de juridische wereld en hoeft op niemand meer indruk te maken. Zijn kostuum is muizig, vormeloos en bruin, eerder iets wat je aantreft in tweedehandswinkels in het zuidoosten van de stad, dan iets waarvan je verwacht dat een rechter van het Supreme Court het draagt. Zijn oude, smalle das zit scheef. Zijn blauwe overhemd is slecht gestreken en niet regelmatig ingestopt. Ondanks zijn imponerende naam heeft Wallace Wainwright, zoals de Rechter altijd enigszins verbaasd zei, geen bijzondere achtergrond. De familie Wainwright was, opnieuw volgens mijn vader, woonwagenuitschot uit Tennessee. Wallace, de middelste van vijf broers, doorliep liegend, hielen likkend en met geleend geld zijn universitaire vooropleiding, ging met een beurs naar de juridische faculteit van Vanderbilt en zond de eerste jaren dat hij als advocaat werkte zijn halve salaris naar huis, soms nog meer als er iemand uit zijn enorm uitgebreide familie geld nodig had voor een operatie of de aanbetaling voor een auto. Toch woont hij tegenwoordig in een klein, maar prijzig rijtjeshuis in Georgetown en heeft hij een reusachtig weekendhuis op het platteland, tien hectare met paarden waarop zijn dochters kunnen rijden, in de buurt van het stadje Washington, ook wel 'Little Washington' genoemd, midden in het jachtgebied van Virginia. Mijn vader schudde daar altijd zijn hoofd om, verbijsterd over het feit dat zijn voormalige collega behoorlijk boven zijn stand was getrouwd.

Rechter Wallace Warrenton Wainwright, de intellectuele reus.
De man van het volk.
De lieveling van de juridische academie.
De laatste van de grote liberale rechters.
En degene met wie mijn vader een band had die nog het dichtst in de buurt kwam van vriendschap, toen ze samen in het hof van beroep van de

Verenigde Staten zaten voor de rondgaande rechtbank van het district Columbia, wat de werkelijke reden is van mijn komst. Ondanks hun uitgesproken ideologische verschillen deelden de twee mannen de overtuiging dat hun geest verhevener was dan die van de andere rechters van het hof, een aanmatiging die niet zelden in hun afwijkende meningen weerspiegeld werd. De gedachte komt bij me op dat een hof wel een beetje op een juridische faculteit lijkt, op de mijne in ieder geval. Er is sprake van rangen, althans volgens degenen die zichzelf de hoogste rang toewijzen. Rechters Garland en Wainwright waren van mening dat zij een rang op zich vormden, tot grote ergernis, hoorde ik van Eddie Dozier, van de rest van het hof. Hoewel mijn vader misschien tien jaar ouder was dan Wainwright, gingen ze buiten de rechtbank ook op vriendschappelijke manier met elkaar om: ze golfden, pokerden en gingen af en toe vissen, in de tijd voordat het schandaal mijn vaders carrière verwoestte. Zelfs na die tijd probeerde Wainwright het contact te onderhouden, maar uiteindelijk – zo vertelde Addison me – vergde het te veel van mijn vader. De Rechter stond stil, tuimelde zelfs naar beneden, en zijn oude vriend Wallace was nog steeds de ladder aan het beklimmen. Toen de Democraten het Witte Huis heroverden, wist iedereen dat Wainwright de eerstvolgende vacature bij het Supreme Court zou vervullen.

Dat had iedereen goed gezien.

We blijven nog even zwijgend zitten, terwijl ik mezelf probeer te dwingen door te gaan. Maar de depressie die de afgelopen paar maanden heeft gekenmerkt, heeft me weer in zijn greep, vertraagt mijn verstand en doet mijn twijfels en angsten toenemen. Vanochtend ben ik bij Corcoran & Klein langsgeweest, waar Meadows me, zoals beloofd, rond liet kijken in mijn vaders lege hoekkantoor vlak bij dat van oom Mal. Mevrouw Rose, die onafgebroken assistente van de Rechter is geweest, is allang weg, met pensioen en verhuisd naar Phoenix. De kamer zelf was werkelijk leeg: na vernieuwing van het tapijt, het schilderwerk en de gordijnen zou zelfs de geest van de Rechter er niet meer rondhangen. Maar de inspectie was maar voor de schijn. Ik ben in werkelijkheid langsgegaan om met Cassie Meadows een kop koffie te drinken zodat ik haar onverdeelde aandacht kon krijgen en haar spontane reactie kon bestuderen wanneer ik haar vroeg of mijn vader zo'n mocht-er-iets-met-me-gebeuren-briefje had achtergelaten.

Meadows vertrok geen spier. Ze dacht erover na terwijl ze met een lange vinger tegen haar vrijwel onzichtbare lippen tikte. 'Als hij dat had gedaan, zou ik daar niet in gekend zijn. Zoiets zou eerder bij meneer Corcoran thuishoren dan bij mij.'

Het antwoord dat ik verwachtte. Het antwoord op mijn volgende vraag wist ik al voordat ik hem stelde: 'Nee, meneer Corcoran is er niet. Hij is voor een paar weken naar Europa vertrokken.'

— II —

'Fijn dat u me wilt ontvangen,' begin ik, me onhandig en kinderlijk voelend tegenover deze fysieke, menselijke herinnering aan alles wat mijn ambitieuze vader najoeg... en niet wist te bereiken.

'Onzin,' snuift Wallace Wainwright met een verstolen blik op zijn horloge – een Timex voor de man van het volk – voordat hij er goed voor gaat zitten in zijn ongemakkelijke stoel, waarbij hij zijn knokige benen over elkaar slaat, zijn grote handen over zijn knie vouwt en onmiddellijk met zijn been begint te schommelen. 'Ik vind het alleen jammer dat we zo lang niet de kans hebben gehad om bij elkaar te zitten.'

'Het is lang geleden,' beaam ik.

'Hoe gaat het met je mooie vrouw?' vraagt de rechter, hoewel ik vrij zeker weet dat hij Kimmer nog nooit van zijn leven heeft gezien. Hij is befaamd om een scheve, vriendelijke glimlach, en die vertoont hij nu. Er zijn geleerde artikelen geschreven over de betekenis daarvan. 'Ik heb begrepen dat je inmiddels een paar kinderen hebt. Of is het er maar één?'

'Alleen Bentley. Hij is drie.'

'Een heerlijke leeftijd,' zegt hij, de tijd vullend met dit soort koetjes en kalfjes. Ik weet niet of hij probeert me op mijn gemak te stellen of af te schepen. 'Ik kan me nog herinneren dat die van mij drie waren. Nou ja, niet allemaal tegelijk,' voegt hij er pedant aan toe. 'Maar ik herinner me hen allemaal afzonderlijk.'

'U hebt drie kinderen? Herinner ik me dat goed?'

'Vier,' verbetert hij me vriendelijk, waarmee hij mijn poging om te laten zien dat ik ook een sociaal wezen ben om zeep helpt. 'Allemaal meisjes,' zegt hij peinzend. 'Een intrigerende verscheidenheid van leeftijden.'

Hij wacht nog steeds.

Ik kan maar één kant op en dat is voorwaarts.

'Edelachtbare, ik wilde met u over mijn vader praten, als u daartoe bereid bent.' Hij trekt vriendelijk vragend zijn wenkbrauwen op en blijft wachten. 'Over de laatste paar jaar dat hij als rechter werkte. Vóór... nou ja, vóór wat er is gebeurd.'

'Natuurlijk, Misha, natuurlijk.' Charmant als altijd. Als eerbewijs aan zijn vriendschap met mijn vader heb ik hem jaren geleden gevraagd me aan te spreken met mijn bijnaam, en daar is hij nooit mee opgehouden. 'Dat waren moeilijke jaren. Ik kan me niet indenken hoe het voor jou geweest moet zijn, en het spijt me allemaal verschrikkelijk.'

'Dank u, edelachtbare. Ik weet wat uw vriendschap betekende voor de... voor mijn vader.'

Rechter Wainwright glimlacht opnieuw. 'Och, hij was een heel bijzonder iemand. Hij betekende veel voor me. Een gigant, een absolute gigant. De beste juridische vakman die ik ooit heb mogen kennen. Je zou wel kunnen stellen dat hij mijn mentor is geweest bij het rechterschap. Ja. Wat er is gebeurd... tja, het doet niets af aan mijn bewondering voor hem.' Een stilte, nu hij zijn toespraakje heeft gehouden. 'Ja. Goed. Wat zou je willen weten?'

Daar gaat-ie. 'Nou, ik was benieuwd... niet naar de dagen die volgden op wat er is gebeurd, maar naar de dagen daarvoor. Toen hij net was genomineerd. Rond die tijd. Wat er aan de hand was. Met inbegrip van wat er al dan niet aan de hand was met Jack Ziegler.'

'Weet je, dat is interessant. Interessant. Niemand heeft me daar iets over gevraagd, zelfs niet toen het Congres – de herhalingen en pauzes die hem tijd geven om na te denken zijn gekunsteld – al die onderzoeken verrichtte. Een paar journalisten misschien, die op de een of andere manier achter mijn privé-telefoonnummer waren gekomen. Met hén heb ik natuurlijk niet gepraat.' Net als de meeste rechters beschouwt Wallace Wainwright journalisten zoals het menselijk lichaam waarschijnlijk de E. colibacterie beschouwt: je weet dat je er wat van nodig hebt om alles goed te laten functioneren, maar ergens hoop je nog steeds dat iemand hem uitroeit. 'Er is een groot stilzwijgen geweest over je vader, Misha. Een stilzwijgen. Ja. Ik bedoel over hoe het in die dagen was in de rechtbank. En dat is misschien maar beter ook.'

Ik aarzel. Stoot hij me nu af of betrekt hij me erbij? Ik weet het niet. Ik kan het niet duiden. Dus druk ik mijn eigen programma door. 'Dat wil ik weten, denk ik. Hoe het was in de rechtbank. Hoe mijn vader in die dagen was.'

'Hoe het was.' Mijn zin herhalend, de zijne herhalend, slaat de rechter zijn benen opnieuw over elkaar en leunt achterover in zijn stoel. Hij kijkt nu niet naar mij maar naar het plafond, waarop hij misschien de golven en stromingen van het geheugen leest. 'Tja. Ja. Je moet niet vergeten dat je vader toen dit alles gebeurde, genomineerd was voor het Supreme Court.'

'Dat weet ik.'

Hij vangt mijn ongeduld op en corrigeert het geduldig. 'Nou ja, je weet het en je weet het niet. Je moet ook een besef hebben van hoe het is in een hof wanneer een van de rechters op promotie afstevent – of wanneer iedereen denkt dat hij dat doet, in elk geval. Dat heb ik verscheidene malen meegemaakt. Verscheidene malen. Ik was erbij toen het ging om Bob Bork. Om Oliver Garland. Om Doug Ginsburg.' Een wrange glimlach. 'Wanneer ik de namen op zo'n manier achter elkaar zet, zou je natuurlijk kunnen zeggen dat de Washington-kringen geen beste kans maken.'

Ik glimlach terug.

'Maar toch, ook al heeft geen van die genomineerden... eh... heeft geen van hen gezegevierd... was de sfeer ten tijde van de bekendmaking toch wel, tja, speciaal.'

'Op wat voor manier speciaal?' moedig ik hem aan.

'Tja,' zegt de rechter opnieuw. 'Tja, in het begin dus, toen Reagan bekendmaakte dat hij je vader nomineerde, toen was niemand heel erg verbaasd, maar toch hing er overal een soort van... een soort van opwinding. Je vader was altijd al wel een indrukwekkende figuur, maar nadat het nieuws bekend was geworden, werd hij min of meer... wanneer hij door de gang liep, of de rechtszaal in, of waar dan ook, was dat min of meer... tja, adembenemend, kun je zeggen. Adembenemend. Letterlijk, bedoel ik. Het was alsof hij licht uitstraalde en daarbij de zuurstof regelrecht uit de lucht brandde. Ik weet niet hoe je dat moet noemen. Magisch, misschien. Het was niet direct zo dat men voor hem kroop. Nee. Nu ik erover nadenk, was juist het tegenovergestelde het geval. Men deinsde een beetje terug, werd... mmmm, laten we zeggen, beschroomd, alsof hij naar een hoger bestaansniveau werd getild en de rest van ons stervelingen niet langer geschikt gezelschap vormde. Geen koning, maar... een kroonprins! Dat is de analogie. Er was zo'n... zo'n gloed. Alsof hij licht uitstraalde,' herhaalt hij.

Ik knik, in de hoop dat hij ter zake komt. Wainwrights juridische meningen zijn net zo fragmentarisch van aard, vol zwakke zinspelingen en onhandige metaforen. Hoogleraren rechtsgeleerdheid belonen hem voor deze literaire verwardheid door zijn geschriften stijlvol te noemen. Maar misschien maakt mijn eigen neiging tot kleurloosheid me wel jaloers.

'Tja. Je vader ging met dit alles heel goed om. Wíj, de andere rechters, en vooral de griffiers, mogen dan beschroomd zijn geweest, je vader was net zo beminnelijk als altijd.' Weer een glimlach, zacht, in herinnering verdiept, en ik vraag me af of hij me plaagt, want de Rechter had vele eigenschappen, waarvan sommige bewonderenswaardig, maar beminnelijkheid behoorde daar niet toe. 'Weet je, terugkijkend denk ik dat je vader veel tijd had om zich erop voor te bereiden, om erover na te denken hoe hij zich zou gedragen als de bliksem insloeg. Je herinnert je misschien wel dat het niet bepaald een verrassing was. Je vader was een van de finalisten, het stond in alle kranten, en bovendien had men het in 1980 al over je vader, vlak na de verkiezingen. Ja. Vlak na de verkiezingen. Nu ik erover nadenk, toen Reagan gekozen werd, werd een of andere rechtse rakker – sorry, ik wil je vader niet beledigen –, iemand uit zo'n vreselijk conservatieve denktank, in de krant geciteerd betreffende je vader als mogelijke opvolger van rechter Marshall. Hij zei iets beledigends, iets in de trant van: "Ik hoop dat Thurgood Olivers plaats warm houdt." Woorden van die strekking.'

Ik was de sfeer van die tijd vergeten, maar het verhaal van rechter Wainwright brengt alles stormenderhand terug in mijn herinnering. Ik herinner me zelfs voor het eerst in jaren het citaat waar hij het over had. Ik was er woedend over, net als bijna alle anderen die ik kende, mijn vader incluis. Woedend over bijvoorbeeld de aanmatiging dat er in het Supreme Court maar één zwarte rechter per keer zou kunnen zitten. En over de aanmatiging dat de spreker zowel mijn vader als de grote Thurgood Marshal mocht tutoyeren. En dan die racistische keuze – iets anders kun je het niet noemen – om beide juristen bij hun voornaam te noemen. Ik kan me geen enkel gelijksoortig citaat herinneren in de trant van 'ik hoop dat Lewis Bobs plaats warm houdt' – niet wanneer de rechter van het Supreme Court en de potentiële genomineerde beiden blank zouden zijn geweest. Gedurende een merkwaardig, stralend, opofferend moment dacht mijn vader erover aan te kondigen dat hij uit respect voor rechter Marshall buiten beschouwing gelaten wilde worden als toekomstig lid van het Supreme Court, totdat oplaaiende ambitie opnieuw zegevierde.

'Dat weet ik nog,' is alles wat ik nu zeg.

'Het was een afschuwelijke opmerking, Misha, afschuwelijk, en je vader was woedend. Maar ja, dat Supreme Court... er heerst decennialang al een circussfeer rond de nominaties. In ieder geval vanaf de tijd van Brandeis. Misschien zelfs de tijd van Salmon Chase of van Roger Taney. Je weet natuurlijk wat een opschudding hun nominaties hebben veroorzaakt! Nou ja, ik ben nu erg aan het afdwalen en ik weet dat ik je verveel. Je wilde niet weten hoe de stemming was rond het gerechtsgebouw. Dat weet je al. Je wilde weten... tja, hoe je vader was rond die tijd, nietwaar?'

'Ja. Alles wat u me erover wilt vertellen.'

'Mmmm.' Wainwright heeft een nieuwe tic. Hij zit onophoudelijk aan zijn terugwijkende haar te frunniken en met de vingers van zijn andere hand op de stoelleuning te trommelen. Het is eigenlijk een tamelijk indrukwekkend staaltje van coördinatie om deze twee handelingen tegelijkertijd uit te voeren, zoals de jongleur die tevens op een bal danst. 'Luister, Misha, zoals ik al zei had je vader... iets stralends. Maar niet altijd. Zelfs voordat het schandaal naar buiten kwam, kwam het wel voor dat ik Oliver op een onbewaakt ogenblik betrapte, en dat hij dan... gespannen leek, dat is het goede woord, denk ik. Bezorgd om iets. Ja. We kwamen elkaar bijvoorbeeld tegen in de lift voor de rechters en dan zag hij er zo gespannen uit dat ik vroeg wat er aan de hand was. Ik wees hem erop dat hij in de zevende hemel hoorde te zijn. Ja. En dan haalde hij zijn schouders op en mompelde dat er in die hoorzittingen van alles boven water kan komen. "Kijk maar naar Fortas," zei hij op een avond toen we samen afdaalden naar de garage. "Die man neemt volkomen legaal geld aan van een stichting en dan richten ze hem daarom te gronde."' Wainwright vertrekt zijn mond van preutse afkeuring. 'Niet dat legaliteit het probleem was bij Fortas, natuurlijk. Hij nam geld aan van... nou ja, een twijfelachtige figuur.' Dan gaat hij rechtop zitten. 'Ik zie wel enige overeenkomst.'

Ik ben verbijsterd. 'U zegt toch niet... mijn vader heeft toch geen...'

'Geld aangenomen? O, nee, nee, niets van dien aard. Het spijt me, Misha, die indruk wilde ik niet wekken.' Wainwright begint nota bene te lachen. 'Jouw vader en geld aannemen. Dat is echt lachwekkend. Ik weet dat daarover akelige geruchten de ronde deden, maar ik ken je vader redelijk goed, ik heb door de jaren heen letterlijk honderden rechtszaken samen met hem behandeld. Ik zou het hebben geweten. We zouden het allemaal hebben geweten. Geen denken aan. Absoluut niet. Wat een zot idee. Ik probeer alleen maar uit te leggen dat je vader nerveus was, dat hij dacht dat er iets boven water zou komen, iets volkomen onschuldigs dat tot iets volstrekt anders zou worden verdraaid.'

'Had u toentertijd enig idee wat dat kon zijn geweest?'

'Nee, nee. Waarom zou ik? Je vader was – hoe luidt die ouderwetse formulering ook alweer? – o ja, een door en door rechtschapen man. Een onberispelijk cv, een fantastisch huwelijk, leuke kinderen. Een voorbeeldige carrière. Niemand zou ooit hebben gedacht dat deze man een schandaal over zich heen zou kunnen krijgen. Je vader was een groot man, Misha, wat er ook is gebeurd. Zijn grootheid moet je in gedachten houden.'

Ik weet dat hij me probeert gerust te stellen, maar ik vind zijn zelfingenomenheid ontmoedigend. Op de dag van de begrafenis sprak Mallory Corcoran ook al over de grootheid van mijn vader, en ik had het gevoel dat hij in het verleden bedoelde. Ik vraag me nu af of Wallace Wainwright hetzelfde bedoelt. Gedurende een moeilijk moment zit het me dwars, Wainwrights zelfingenomenheid. Het zit me dwars, dat weet ik heel goed, omdat hij blank en onaanraakbaar is. Was de Rechter ook zo zelfingenomen? Zou hij net zo zelfingenomen zijn geweest als hij benoemd was? Ja, ik denk dat hij dat was, en ja, ik denk dat hij dat zou zijn geweest, zij het dat hij zich nóg akeliger zou hebben gedragen. Maar het zou anders zijn geweest. En niet omdat hij mijn vader is – was. Na al die pijnlijke eeuwen is er nog steeds een gat, een kloof, een gapende afgrond tussen de zelfingenomenheid van een succesvolle blanke en de zelfingenomenheid van een succesvolle zwarte. Ik denk dat blanken het eerste beter kunnen verdragen. Maar zwarten niet. Deze zwarte in ieder geval niet.

Toch moet ik me vastbijten in datgene waar het mij om gaat. Ik ben hier niet om Wallace Wainwright te beoordelen. Ik ben hier om informatie te vergaren. Ik ben hier vanwege *de regelingen*. Omdat er *weinig tijd* is. Omdat ik het moet weten.

— III —

'Rechter Wainwright, als u het niet erg vindt, zou ik u iets willen vragen over wat er gebeurde... eh, nadat het schandaal naar buiten kwam.'

'Natuurlijk.' Hij legt zijn handen om zijn knie, zodat hij er precies uitziet als een alerte schooljongen. Maar zijn generositeit lijkt geforceerd, alsof ik een wond open, en misschien doe ik dat ook.

'Herinnert u zich de veiligheidslogboeken uit de hoorzittingen? Hoe daar al die bezoeken van Jack Ziegler in waren geregistreerd?'

Hij knikt langzaam. 'Ik had het me liever niet herinnerd. Het was een triest moment.'

Als het voor u al triest was, zeg ik bijna, *kunt u nagaan hoe wij ons erbij voelden.* Tot de logboeken opdoken, denk ik dat ik mijn vaders ontkenningen, onder ede, van Jack Zieglers bezoeken grotendeels geloofde. Ik was bereid om voetstoots aan te nemen dat Greg Haramoto meineed pleegde, of dat nu ingegeven werd door een bizarre geestelijke ziekte of louter perversiteit. Zelfs nadat de Democraten plotseling met de logboeken op de proppen waren gekomen, toen mijn moeder niet langer met ons over de kwestie wilde praten, zaten Mariah en ik 's avonds nog uren bij elkaar, discussiërend over de vraag of de verslagen (zoals mijn zus opperde) op de een of andere manier vervalst konden zijn.

Ik kan weinig hiervan aan Wallace Wainwright vertellen. 'Ja, dat was zo. Een erg triest moment. Maar ik wil u dit vragen. Gelooft u dat mijn vader loog toen hij zei dat hij Jack Ziegler niet in de rechtbank had ontmoet?'

Wainwright is nu beslist nerveus; dit is een terrein dat hij liever niet wil betreden; en het dringt te laat tot me door hoezeer hij op mij lijkt, want ik heb er ook een hekel aan om iemand onaangenaam nieuws te brengen. Terwijl ik wacht zie ik tot mijn verbazing een foto die ik eerder over het hoofd had gezien: Wainwright en mijn vader die in een klein bootje staan en de door hen gevangen vis tonen. Dat hij deze foto zou laten hangen, in het Supreme Court nog wel, raakt me diep. Ik besef met een golf van warmte dat zijn genegenheid voor mijn vader niet geveinsd is; dat Wallace Wainwright hem nooit de rug heeft toegekeerd zoals andere vrienden dat deden; en dat hij naar de begrafenis kwam omdat we een man begroeven die hij bewonderde. Hij zal uit eigen vrije wil nooit een kwaad woord over mijn vader zeggen. Dus nog voordat de rechter begint te spreken, weet ik al ongeveer wat hij zal gaan zeggen. 'Misha, je moet begrijpen dat je vader zich in een moeilijke positie bevond. Een moeilijke positie. Ja. Blijkbaar had hij weinig acht geslagen op de bezoeken aan de rechtbank. Vergeef me. Het was de allereerste keer dat ik Oliver overdonderd zag. Hij kon nauwelijks geloven dat men er zo'n toestand van maakte. Voor hem – voor je vader – waren de bezoeken gewoon daden van vriendschap, gelegenheden om zijn maatje van de universiteit dat zich in de nesten had gewerkt, te troosten. Weet jij nog wat je vader altijd over vriendschap zei? Iets met bouwstenen...'

Ik heb de woorden paraat: '*Vriendschap is een belofte van toekomstige loyaliteit, loyaliteit ongeacht wat komen gaat. Beloften zijn de bouwstenen van het leven en vertrouwen is het cement.*'

'Ja, dat is het. Bouwstenen en cement.' Opnieuw die scheve glimlach, die hem de engelachtige aanblik geeft waar zijn fans zo dol op zijn. 'Dus je begrijpt wat ik bedoel. In de ogen van je vader was alles zo vreselijk oneerlijk. Op de televisie, ten overstaan van de natie, onder de kritische blik van de media, kwamen de bezoeken onheilspellend over. Maar in de ogen van je vader waren het onschuldige gebaren van vriendschap. Onschuldig. Ja. Ik denk dat hij eenvoudigweg besloot dat ze niet op een zinnige manier verklaard konden worden – dat wil zeggen, niet op een manier die tijdens de hoorzitting als zinnig zou worden beschouwd. Natuurlijk ontkende hij de ontmoetingen dan ook. Jij bent een semioticus. Je weet wat ik probeer te zeggen. Ja. Je vader bedoelde niet dat er geen ontmoetingen hadden plaatsgevonden. Hij ontkende de ontmoetingen zoals zijn critici ze uitlegden, niet zoals hij ze zelf opvatte.

Als de vraag was geweest: "Hebt u uit loyaliteit en vriendschap Jack Ziegler ontmoet en hem in een periode dat hij het zwaar had een hart onder de riem gestoken?" – meer iets in die geest – nou, dan denk ik dat Oliver misschien wel een aanvaardbaarder antwoord had gegeven.' Hij ziet iets aan mijn gezicht. 'Het spijt me, Misha, ik weet dat dit niet bepaald het antwoord is dat je wilde.'

'Ik wil het gewoon begrijpen. U zegt dat mijn vader loog. Wanneer je het terugbrengt tot de essentie komt het daarop neer, nietwaar? Dat hij onder ede loog?'

Wainwright zucht. 'Ja, Misha. Het spijt me. Ik denk inderdaad dat je vader loog.'

'Dus Jack Ziegler was in het gerechtsgebouw bij... nou ja, hoeveel gelegenheden het dan ook geweest mogen zijn.'

'Drie, meen ik.' Greg Haramoto wist maar van één bezoek. De logboeken van het gerechtsgebouw lichtten de natie in over de andere.

'Dat klopt geloof ik, ja. Drie ontmoetingen, allemaal na werktijd.'

'Ja. Na werktijd.'

Nu is het mijn beurt om iets aan zijn gezicht te zien. Hij slaat even zijn ogen neer. Ik heb geen idee wat hem dwars zou kunnen zitten. En dan gaat me een licht op. 'U wist het,' zeg ik zachtjes en verwonderd.

'Pardon.'

'O, nee. U wist het. U... u hebt ze samen in de hal gezien of iets dergelijks. Misschien bent u na werktijd bij mijn vaders kantoor langsgegaan en was Jack Ziegler daar. Maar op de een of andere manier... op de een of andere manier wist u het, hè? U wist dat mijn vader Jack Ziegler ontmoette.'

Hij richt zijn blik op het verste raam, alsof het uitzicht op de heuvelafwaarts gelegen Library of Congress hem zal bevrijden uit het dilemma waar hij zichzelf voor heeft gesteld. 'Dit is vertrouwelijk. Je bent toch geen memoires aan het schrijven of een essay voor *The Atlantic* of iets dergelijks, hè?'

'Het is vertrouwelijk,' zeg ik instemmend. Ik zou vrijwel overal mee instemmen om hem maar aan het praten te houden.

'Als je me citeert, zal ik het ontkennen.'

'Dat begrijp ik.'

Wallace Wainwright zucht. 'Ja, Misha, ik wist het,' zegt hij tegen de muur. 'Ik heb ze samen gezien, zoals je zei. Niet in de gang. In de lift. De privé-lift voor rechters. Laat op de avond. Het zal omstreeks tien uur zijn geweest. Misschien later. Ik lette niet op de tijd, omdat ik er niet zoveel... zoveel belang aan hechtte toen het gebeurde. Enfin, je zult je wel herinneren dat mijn kantoor en dat van je vader op dezelfde verdieping lagen. Ik liet de lift komen en toen hij er was, bleek je vader erin te staan met een man die ik aanvankelijk niet herkende. Ze leken beiden verbaasd me te zien. Achteraf vermoed ik dat je vader dacht dat alle andere rechters het gebouw verlaten hadden, zodat de privé-lift een goede manier was om meneer Ziegler snel het gebouw in te krijgen en tegelijkertijd de kans dat iemand het zou zien tot een minimum te beperken. Ik weet het niet. Hoe dan ook, daar stonden we dan, stomverbaasd. Stomverbaasd. Maar Oliver was nooit snel van zijn stuk gebracht. Hij stelde ons aan elkaar voor. Hij omschreef zijn metgezel als zijn kamergenoot op de universiteit, meen ik, en aanvankelijk hechtte ik geen belang aan de naam.'

'Aanvankelijk?'

'Misschien was ik die avond wat traag van begrip. Het drong een paar dagen later opeens tot me door. Dat de man in de lift niet gewoon een willekeurige Jack Ziegler was – dat hij dé Jack Ziegler was. Iemand die beschuldigd was van moord, van afpersing, van ik weet niet wat. Zomaar in het gerechtsgebouw, met een federale rechter nog wel. En daar hield ik op zijn minst een onbehaaglijk gevoel aan over. Bovendien wist ik niet wat ik moest doen. Totaal niet. Misschien had ik rechtstreeks met je vader moeten praten. Misschien had ik de zaak met de president van de rechtbank moeten bespreken. Toen puntje bij paaltje kwam, heb ik me niet bewonderenswaardig gedragen. Ik heb tegen niemand iets gezegd. Ik denk dat ik ervan uitging dat je vader wel zijn redenen zou hebben. Ik respecteerde hem tenslotte, ik beschouwde hem als een bijzonder integer man. Dat doe ik nog steeds.'

'Ook al heeft hij onder ede gelogen.'

'Dat was een vreselijke, vreselijke fout van zijn kant, Misha. Om heel eerlijk te zijn, vond ik het diskwalificerend. Onder ede liegen! Ik heb je daarnet al verteld dat ik het begreep, maar je mag geen moment denken dat ik het goedkeurde. Volstrekt niet. Je vader deed er goed aan zich terug te trekken. Dat was een eerzaam besluit. Dat zou het in ieder geval zijn geweest als je vader maar... enig berouw had getoond. Berouw. Ja. Je vader... ik weet, Misha, dat dit moeilijk voor je is. Maar het blijft een feit dat hij nooit leek te aanvaarden dat hij iets verkeerds had gedaan, hetzij door een man die op het punt stond voor moord terecht te staan het gerechtsgebouw binnen te halen, hetzij door er onder ede over te liegen. Helaas kon je vader, zoals zoveel verslagen genomineerden, aan niets anders denken dan aan de beweegredenen van degenen die erachter waren gekomen dat de bezoeken hadden plaatsgevonden. En nu moet ik me opnieuw verontschuldigen. Je komt hier om gerustgesteld te worden en ik heb een toespraak gehouden, en nog een pijnlijke ook.'

'Nee, dat geeft niet. Ik weet dat mijn vader heeft gelogen.' Een stilte. 'Maar er is één ding dat ik niet begrijp. Als u het al zo lang, vanaf de tijd dat het gebeurde, wist van Jack Ziegler, waarom hebt u er toen de kwestie ter sprake kwam tijdens de benoemingshoorzittingen dan met niemand over gesproken?'

Hij antwoordt zo snel dat ik weet dat hij mijn vraag heeft voorzien. 'Niemand heeft me er ooit naar gevraagd. De FBI is namelijk nooit langsgekomen om de andere rechters te ondervragen.'

'U had de informatie vrijwillig kunnen verstrekken. U had Greg Haramoto zoveel leed kunnen besparen.'

'O, Misha, werkelijk! De ene rechter die de andere verraadt. Ondenkbaar. Zoiets doe je gewoon niet. Bovendien is het niet naar de geest van de grondwet. De wetgevende macht doet uitspraak over de geschiktheid van de genomineerden voor de rechterlijke macht. Het zou me niet hebben gepast om als lid van de derde macht te proberen een benoemingshoorzitting in welk opzicht dan ook te beïnvloeden.'

Ik mag Wallace Wainwright wel, misschien omdat mijn vader hem ook mocht, maar zijn zelfverzekerdheid verbijstert me, zowel in zijn persoon als in zijn meningen, die vaak de suggestie wekken dat een wet wel ongrondwettig moet zijn, omdat deze hem toevallig niet bevalt.

'Dat stel ik op prijs,' zeg ik na een ogenblik, al ben ik daar volstrekt niet zeker van. Ik vraag me af of Wainwright zich niet juist afzijdig heeft gehouden van mijn vaders ellende om zijn eigen kansen veilig te stellen. Ik weet niet of het ondenkbaar is dat de ene rechter de andere verraadt, maar het zou er vast en zeker voor geen van beiden gemakkelijker op worden om dan nog bij het Supreme Court te komen. 'Maar er is nog iets waar ik duidelijkheid over moet hebben.'

'Natuurlijk,' zegt Wainwright, zijn ongeduld onderdrukkend.

'Wanneer mijn vader... wanneer hij Jack Ziegler ontmoette. Dat was 's avonds.'

'Ja. Vrij laat, zoals ik al zei.'

'Was dat niet ongewoon? Dat mijn vader zo laat nog in het gerechtsgebouw was?'

'Ongewoon?' Hij glimlacht. 'Nee, Misha, helemaal niet. Ik maakte ook lange dagen, maar dat stelde vergeleken bij Oliver niets voor. Je moet in gedachten houden wat voor iemand je vader was. Wat voor rechter. Hij was wat je noemt een Pietje Precies. Ik kan me één mondelinge gedachtewisseling herinneren, een appèl van een of andere criminele veroordeling, waarbij de advocaat van de veroordeelde de vergissing beging om op je vaders ijdelheid te werken, door een afwijkende mening van je vader te citeren die deze tijdens zijn eerste jaren als rechter had geschreven. Je vader vroeg hem: "Weet de verdediging hoe vaak deze kwestie voor dit hof is gekomen sinds ik die woorden heb geschreven?" De arme man wist het niet. Je vader zei: "Zeventien keer. Weet u hoe vaak het hof die benadering heeft verworpen? Zeventien keer. En weet u hoeveel van die meningen ik heb geschreven?" O, die arme advocaat! Hij deed wat elke eerstejaars rechtenstudent op het hart wordt gedrukt nooit te doen: hij sloeg er een slag naar. Hij zei: "Zeventien, edelachtbare?" En zo liep hij regelrecht in de val, begrijp je. Je vader zei: "Geen enkele. Ik houd me aan de opvattingen die u citeerde," en de hele rechtszaal barstte in lachen uit. Maar de advocaat en je vader niet. Hij maakte geen grapje, hij leerde hem een lesje. En hij kon het niet laten er een tweede spitse opmerking aan toe te voegen. "Mijn opvattingen doen er niet toe, raadsman. In een federaal hof van beroep moet u de wet citeren van de rondgaande rechtbank, niet de opvattingen van de individuele rechters. Misschien herinnert u zich dat nog van de juridische faculteit."'

Ik sluit mijn ogen even. Ik kan me gemakkelijk voorstellen dat de Rechter zijn gevatheid op zo'n akelige manier aanwendde, want dat deed hij voortdurend.

Wainwright is nog niet klaar.

'Maar Misha, meestal deed je vaders voorliefde voor details niemand kwaad. Bijvoorbeeld: telkens wanneer er een zaak voorkwam die, laten we zeggen, betrekking had op milieuvoorschriften, stond hij erop om de hele regelgeving zelf te lezen, in plaats van het aan zijn griffiers over te laten, zoals de meesten van ons zouden doen. En dan hebben we het over regelgeving die meer dan twintigduizend bladzijden kon beslaan. Hij zei altijd: "Als ik Trollope kan lezen, kan ik dit ook lezen." Of stel dat er een zaak was waarin een van de partijen onmiskenbaar een lege B.V. was, geregistreerd in, laten we zeggen, de Kaaimaneilanden of de Nederlandse Antillen. Dan eiste je vader dat de onderneming een lijst indiende – verzegeld, natuurlijk – van haar feitelijke eigenaren, niet alleen de lege hulzen binnen de lege hulzen waarin ze verborgen waren. Of stel dat een van de partijen een maatschappelijke belangengroepering was. Dan eiste hij een lijst van donateurs.'

In weerwil van mijn missie ben ik gefascineerd. 'Kon hij dat doen?'

'Nou, niet in zijn eentje. Daar zou een rechterlijk bevel voor nodig zijn van de commissie die de zaak behandelt. Aangezien de commissie drie rechters telde, zouden er twee met het verzoek moeten instemmen. Maar het was unaniem, althans in elke zaak die ik me kan herinneren. Dat zal wel een kwestie van hoffelijkheid zijn geweest van rechters onderling.'

'En droegen de ondernemingen of wat het ook waren die gegevens dan inderdaad over?'

'Wat konden ze anders doen? In beroep gaan bij het Supreme Court? Stel dat de rechters daar enige aandacht besteedden aan een verzoek om schorsing – wat zeer onwaarschijnlijk is – en stel dat ze het inwilligden – wat nóg onwaarschijnlijker is – wat zou een onderneming dan in werkelijkheid met het beroep hebben bereikt? Dat zal ik je vertellen. Ze zouden in ieder geval één rechter tegen de haren in hebben gestreken, en misschien wel twee of drie. Zelfs als de schorsing werd ingewilligd, zodat de documenten of wat het ook waren niet onthuld hoefden te worden, dan zou de onderneming nog steeds terug moeten naar dezelfde jury van drie rechters voor de behandeling van de zaak. En wie wil er nu pleiten ten overstaan van drie rechters die je net heel kwaad hebt gemaakt door in beroep te gaan tegen een rechterlijk bevel dat in hun ogen heel onschuldig was?' Hij verkneukelt zich zachtjes grinnikend bij de herinnering. 'O, maar het was zo amusant om hem aan het werk te zien, je vader! En zo'n uitstekende rechter! Zo'n uitstekende rechter.'

Maar ik weet wat hij in werkelijkheid denkt, net als ik: *Zo zonde. Zo zonde.* Terwijl ik naar Wainwrights treurige gezicht kijk, kom ik even in de verleiding om hem te vragen of hij mijn vader ooit het woord *Excelsior* heeft horen noemen, of misschien een vrouw genaamd *Angela*, die een *vriendje* zou kunnen hebben. Ik vraag me af of hij wist dat mijn vader een pistool bezat. Of waarom hij er een nodig zou hebben. Maar ik kan me er niet echt toe zetten deze vragen te stellen, misschien omdat ik me te veel zou voelen als... nou ja, die naamloze verslaggever in *Citizen Kane*, die 'Rosebud' probeerde op te sporen. Dus ga ik over op de enige vraag waarvoor ik in feite gekomen ben.

'Rechter Wainwright' – het valt me op dat hij, in weerwil van onze lange familievriendschap, me niet heeft gevraagd hem op een andere manier aan te spreken – 'dit is... dit is niet gemakkelijk.' Hij maakt een grootmoedig gebaar. Ik ga verder. 'Een paar minuten geleden maakte u een opmerking over... eh, geld...'

'Laat ik je voor zijn, Misha. Je vraagt je af wat de pers zich een paar jaar na de hoorzittingen ook heeft afgevraagd: of er behalve vriendschap nog iets anders was tussen je vader en Jack Ziegler, nietwaar? Hetzelfde wat al die commissies van het Congres wilden weten. Je vraagt of ik denk dat je vader zijn oude kamergenoot kleine diensten bewees als rechter. Je vraagt of hij, afgezien van het geld, een corrupte rechter was.'

Nu de woorden zijn uitgesproken, lijken ze minder angstaanjagend. Ik kan het antwoord aan. 'Ja, meneer. Ja, dat is precies wat ik me afvraag.'

Rechter Wainwright fronst zijn voorhoofd en trommelt met zijn vingers op tafel. Hij slaat niet echt zijn ogen neer, maar werpt een blik op de rechterwand, zijn egowand, waar die foto van hem en de Rechter tijdens het vissen me blijft verbazen, want je zou denken dat een politiek dier als Wallace Wainwright hem lang geleden al zou hebben verwijderd. Dan herinner ik me dat hij mijn vader een referentie aanbood toen de hoorzittingen hun pijnlijke wending namen, en zelfs bereid was om persoonlijk getuigenis af te leggen van de eerlijkheid van de Rechter, ongeacht de schade die dit zijn eigen carrière zou kunnen toebrengen. Hoewel mijn vader dankbaar was, wees hij zijn voorstellen resoluut van de hand. Maar mijn genegenheid voor Wallace Wainwright welt bij deze herinnering opnieuw op.

De rechter blijft peinzen. Ik geef hem rustig de tijd. Ten slotte draait hij zijn kalende hoofd weer naar me toe en er speelt een glimlach om zijn mond. 'Nee, Misha. Het antwoord is nee. Al die speurders, al die commissies, al die journalisten hebben geen van allen iets kunnen vinden. Dat moet je goed onthouden. Ze vonden niets. Helemaal niets. Dat komt omdat er ook niets te vinden was. Je vader was een bijzonder integer man, Misha, zoals ik al heb gezegd. Dat moet je niet uit het oog verliezen, ongeacht wat hij misschien gedaan heeft.' Ik besef dat hij het heeft over de politieke opvattingen van mijn vader en zijn latere carrière als spreker, niet over het schandaal. 'Denk alsjeblieft nooit dat je vader iets deed wat strijdig was met de rechterlijke ethiek. Beschouw hem alsjeblieft niet als corrupt. Zet dat meteen uit je hoofd. Je vader zou zijn oordeel over een zaak evenmin verkopen als... als' – een stilte terwijl hij zoekt naar de juiste vergelijking, dan een schalkse glimlach om me te laten weten dat hij erop is gekomen – 'als ik, natuurlijk,' eindigt hij met een glimlach die zelfkritiek verraadt, misschien omdat hij zich realiseert dat hij zijn eigen imago als tamelijk extreem egoïst volmaakt heeft bevestigd.

Ik ben bijna klaar. Er moet nog één onduidelijkheid opgehelderd worden.

'Dus als mijn vader zo'n integer en intelligent man was' – hier aarzel ik: heeft Wainwright eigenlijk wel gezegd dat mijn vader slim was? Ik kan het me niet herinneren, en wanneer blanke intellectuelen het over zwarte hebben, is het belang van die kwestie niet gering – 'als hij zo eerlijk en zo slim was, waarom nam hij Jack Ziegler dan mee het gerechtshof in? Hij had hem waar dan ook kunnen ontmoeten. Thuis. Op een golfclub. Op een parkeerplaats. Waarom zou je dat risico nemen?'

Wainwrights ogen worden zacht en afstandelijk, en het trieste glimlachje keert terug. Wanneer hij ten slotte spreekt, denk ik aanvankelijk dat hij een andere vraag beantwoordt dan die welke ik net heb gesteld, maar dan besef ik dat hij moet schetsen wat eraan is voorafgegaan.

'Weet je, Misha, ik heb nooit iets tegen je vader gezegd over de kwestie-Jack Ziegler. Maar hij zei er iets over tegen mij. We waren samen aan het dineren, zo'n zes of acht maanden nadat hij... ontslag had genomen als rechter. Ja. Hij was toen nog niet die... eh, boze polemist die hij weldra zou worden. Hij was nog steeds wanhopig. Verward, denk ik. Ja. Verward. Hij kon nog steeds niet begrijpen hoe alles voor hem zo snel kon zijn veranderd. En hij vroeg me – de enige keer dat hij me ooit om raad vroeg! – hij vroeg me wat ik in zijn plaats zou hebben gedaan. Wat Jack Ziegler betreft. Ik zei hem dat ik niet wist hoe ik met die vragen zou zijn omgegaan. Ik denk dat ik diplomatiek probeerde te zijn. Toen merkte ik dat ik hem verkeerd begrepen had. "Nee, nee," zei hij. "Niet de hoorzitting. Eerder. Als hij je vriend was geweest. Zou jij hem in de steek hebben gelaten?" Het drong tot me door dat hij het had over de bezoeken aan het gerechtsgebouw. En ik vroeg me hetzelfde af als jij. Ik zei hem dat als ik het gevoel had dat ik een vriend die in moeilijkheden zat moest ontmoeten, en er zelfs maar een zweem van een schandaal was rond die vriend, dat ik het op een besloten plek zou doen. Je vader knikte. Hij maakte een bijzonder trieste indruk. Maar dit is wat hij zei, Misha: "Ik had geen keus." Iets in die geest. Ik vroeg hem wat hij bedoelde, waarom hij Jack Ziegler mee moest nemen naar zijn kantoor, maar hij schudde alleen zijn hoofd en veranderde van onderwerp.' Een stilte voordat hij me het laatste restje van de waarheid vertelt. 'Hij was zichzelf niet die avond, Misha. Hij wist waarschijnlijk niet wat hij zei.' Wainwright zwijgt abrupt. Ik vraag me af of hij op het punt stond me te vertellen dat mijn vader weer aan de drank was. Hij vouwt zijn handen samen over zijn mond, opent ze weer en glimlacht droef. 'Onthoud zijn grootheid, Misha. Dat is wat ik probeer te doen.'

Plotseling word ik op onverklaarbare wijze woedend. Op de Rechter om zijn cryptische briefje, op oom Mal omdat hij mijn telefoontjes niet aanneemt, op wijlen Colin Scott omdat hij me heeft gekweld, op Lynda Wyatt en Marc Hadley en Cameron Knowland en alle anderen die me tot dit punt hebben gebracht. Maar op het moment ben ik vooral boos op Wallace Warrenton Wainwright.

'Ik wil mijn vader onthouden zoals hij werkelijk was,' zeg ik kalm. Ik voeg er niet aan toe: ik moet er alleen eerst nog achter komen wie hij was.

Tien minuten later verlaat ik het gebouw door de hoofdingang en loop ik de steile marmeren trap af langs huiverende kluitjes toeristen die staan te wachten om een kijkje te kunnen nemen in de tempel van ons nationale orakel. Ja, rechter Wallace Wainwright is een extreem egoïst, maar het is nu juist dat ego waar ik op reken. Als Wainwright bereid is mijn vader in zijn eigen verheven gezelschap te plaatsen, dan gelooft hij ongetwijfeld wat hij zegt.

Kort en goed: de Rechter heeft zijn oordeel niet verkocht aan Jack Ziegler en zijn vrienden.

Maar wat deed hij dan wel? Ik weet wat Wainwright me op het einde probeerde te vertellen, ook al kon hij het niet helemaal zo formuleren: hij denkt dat de Rechter oom Jack heeft meegenomen naar zijn kantoor omdat hij wilde dat iemand hen samen zag. Kortom: hij wilde betrapt worden. Maar als Wainwright daar gelijk in heeft, *waarop* wilde mijn vader dan betrapt worden?

21

Een ritje om de rotonde

De conferentie over herziening van onrechtmatige daad is in het Washington Hilton Hotel and Towers, gelegen aan Connecticut Avenue, een paar straten ten noorden van Dupont Circle. Na mijn ontmoeting met rechter Wainwright ga ik niet meteen terug naar het hotel; ik ben wanhopig op zoek naar afleiding. In plaats daarvan laat ik me door een taxi afzetten in Eye Street om de boekhandelaar op te zoeken die ik de laatste keer dat ik in de stad was heb bezocht; de man herinnert zich mij niet alleen, hij verzekert me bovendien dat hij op het spoor is van het pamflet van Fischer waar ik destijds naar vroeg. We babbelen over nog wat andere dingen en dan slenter ik een eindje verder naar L Street om even snel bij Brooks Brothers binnen te wippen, in een vergeefse poging de perfecte stropdas te vinden bij een gele zijden blazer die Kimmer voor me heeft gekocht tijdens haar laatste reisje naar San Francisco – de zoveelste trofee voor de tweede plaats om aan mijn verzameling toe te voegen. Ik koop enkele paren sokken en roep dan een taxi aan om naar het hotel terug te keren om op tijd te zijn voor de namiddagpanels.

Terwijl de taxichauffeur afslaat en noordwaarts Twentieth Street in rijdt, leun ik achterover en probeer me te ontspannen. Ondanks de spanning in mijn spieren, slaag ik er zelfs in een beetje weg te doezelen, want tegenwoordig ben ik genoopt waar ik maar kan de kans te benutten om een uiltje te knappen.

Dan slaat de taxi rechtsaf New Hampshire Avenue in, en plotseling zegt de chauffeur: 'Ik niks mee te maken, meneer, maar weet u dat auto achter ons volgen?'

Klaarwakker draai ik me snel om.

'Welke auto?'

'Kleine groene auto. Daar. Ziet u?'

Ik zie hem, twee of drie auto's achter ons, een doorsnee Amerikaanse sedan.

'Hoe weet u dat die ons volgt?'

'Nadat ik u oppikken, ik sla af om taxi in goede richting te krijgen.' Om een hoger tarief te kunnen vragen, bedoelt hij; in Washington, waar je geen meters hebt, wordt de hoogte van het tarief uitsluitend bepaald door de hoeveelheid tariefzones waar de taxi doorheen rijdt, en chauffeurs kiezen vaak liever de ene straat dan de andere om een zonegrens over te gaan. 'Groene auto ook afslaan. Ik weer rechtsaf slaan, hij ook weer rechtsaf slaan. In mijn land ik zie auto's dat vaak doen. Auto's van geheime politie.'

Geweldig.

Ik denk snel na. Ik weet niet precies wie me zou kunnen volgen nu Scott dood is, maar omdat ik terug ben in Washington, kan ik de foto's van wat iemand met Freeman Bishop heeft gedaan niet helemaal van mijn netvlies wissen. Conan of geen Conan, arrestatie of geen arrestatie, ik krijg een koude rilling.

Denk na!

Over ongeveer dertig seconden zal mijn taxi terechtkomen in de zenuwslopende verwarring van Dupont Circle, waar alleen de grootste dwazen van buiten de stad of de meest ervaren Washingtonse autobestuurders zich ooit wagen, omdat je razendsnel en efficiënt van rijstrook moet wisselen, afhankelijk van welke van de vele op de rotonde uitkomende straten je van plan bent te nemen, en tegelijkertijd tegen de klok in moet sturen om in het rond te rijden in plaats van rechtdoor, terwijl je voortdurend andere automobilisten die net zo verbijsterd zijn als jij moet ontwijken, om nog maar te zwijgen van de voetgangers die van het ene wanstaltige betoneiland naar het volgende schieten. Ik kijk nog steeds achterom naar de groene auto. De bestuurder is een grijze vlek in het raam; er lijkt ook een andere passagier te zijn, maar dat valt moeilijk uit te maken.

Waarschijnlijk vergist mijn chauffeur zich.

Maar misschien ook niet. Misschien wil iemand zien waar ik naartoe ga. Niet erg plausibel, dat weet ik, maar de groene auto is er evengoed. En wie het ook is, ik merk dat het me helemaal niet bevalt.

'Wanneer u op Dupont Circle komt, neemt u dan maar de rijstrook voor Massachusetts Avenue.'

'Welke richting?'

'Eh, het zuiden of oosten, wat het ook is – richting het Capitool.'

'U zei Washington Hilton. Connecticut Avenue.' We moeten bij het laatste stoplicht voor de Circle stoppen. De groene sedan is nu maar twee auto's achter ons. De passagiersstoel is beslist bezet.

'Hoeveel is het tarief naar het Hilton?'

Hij noemt een bedrag.

Ik tuur in mijn portefeuille, haal er een biljet van twintig dollar uit en laat het met een grimas over de stoel vallen. Hij begrijpt meteen dat hij het wisselgeld mag houden.

'Sla Massachusetts in, neem dan de eerste straat rechts, achter dat grijze gebouw. Dat daar op de hoek.' Ik wijs. Ik ken het gebouw goed, aangezien ik er ooit als advocaat in een advocatenkantoor heb gewerkt, in de tijd dat Kimmer en ik aan het rotzooien waren achter de rug om van haar eerste echtgenoot, zogenaamd geheimhoudend wat iedereen al wist. De chauffeur zegt niets. Hij vraagt zich ongetwijfeld af waarom ik op de loop ben voor de groene auto. Ik vraag me dat trouwens ook af. Maar toch maak ik mijn plan, voor het geval ik niet gek blijk te zijn. 'Houdt u het wisselgeld maar,' zeg ik hem. Geen reactie. 'Wanneer u op Massachusetts komt, geef dan vol gas,' vervolg ik. 'Sla daarna Eighteenth in, ook in razende vaart.' De behoedzame ogen van de chauffeur ontmoeten de mijne in de spiegel. Dit bevalt hem niet. Hij associeert auto's die andere auto's volgen met de politie. In zijn land, waar dat ook mag zijn, zijn de politiemannen de slechteriken. Hier in Amerika...?

'Moet u horen,' zeg ik, terwijl ik er nog een twintigje uit mijn slinkende voorraad contanten aan toevoeg. 'Ik ben geen misdadiger, en de mensen in die auto zijn niet van de politie, oké?'

De chauffeur haalt zijn schouders op. Hij wil zich niet op iets laten vastleggen. Maar hij biedt niet aan mij mijn geld terug te geven.

Het licht springt op groen en de taxi schiet zo plotseling naar voren dat ik vanavond waarschijnlijk bij de Eerste Hulp zal zitten om behandeld te worden voor whiplash. Ineengedoken kijk ik achterom. Terwijl mijn chauffeur zich door het verkeer slingert, volgt de groene auto. Ik kijk voor me. Mijn chauffeur is niet de rijstrook voor Massachusetts Avenue op gegaan! Hij heeft besloten niet mee te werken! Ik zit te zinnen op nog een argument om naar voren te brengen, wanneer de taxi zonder waarschuwing, voor het oog van verscheidene ontstelde, toeterende automobilisten, over de verhoogde band de rijstrook voor Massachusetts op dendert. Een handjevol voetgangers zoekt een veilig heenkomen. Terwijl de groene auto verder achteropraakt, vraag ik me vluchtig af wat mijn chauffeurs beroep was dat hem naar Amerika deed vluchten, met in zijn bagage zoveel gedetailleerde kennis van hoe de politie van zijn land achtervolgingen uitvoert.

En hoe je eraan kunt ontsnappen.

Waarschijnlijk kan ik het maar beter niet weten.

We scheuren de ingewikkelde kruising door en slaan met een scherpe bocht Massachusetts in. De groene auto zit vast bij een stoplicht, en op de verkeerde rijstrook. Het portier aan de passagierskant zwaait open op het moment dat wij de hoek omslaan achter het grijze gebouw.

'Minder even wat vaart,' zeg ik tegen de chauffeur zodra de groene auto uit zicht is. Ik weet dat hij ons elk moment in kan halen, en de passagier, die zich tussen stilstaande auto's door kan wurmen, nog eerder. Ik heb maar een paar seconden. Ik schuif de chauffeur nog een biljet toe, van tien dollar: ik heb geen twintigjes meer.

Hij schudt zijn hoofd, maar hij mindert vaart. Ik duw het portier open en spring gebukt uit de nog rijdende auto. 'Nu rijden!' roep ik, terwijl ik het portier dichtsla.

Dat hoef ik hem geen twee keer te vertellen.

Terwijl de taxi gierend de volgende hoek omslaat, ben ik al de smalle steeg ingeschoten die de achterkant van mijn voormalige kantoorgebouw scheidt van een oud herenhuis ernaast, waarin een of ander particulier instituut gevestigd is. De steeg loopt dood op de dienstbode-ingang van het gebouw. Camera's waarvan het te betwijfelen valt of ze wel functioneren, bewaken het tafereel. Ik ga op mijn hurken achter een vaalgroene afvalcontainer zitten en op hetzelfde moment snelt mijn achtervolger langs, nu te voet. Mijn ogen verwijden zich, en ik onderdruk een plotselinge beving in mijn ledematen. Ik wacht, want mijn instinct zegt me dat het nog niet achter de rug is. Ik kijk op mijn horloge. Er verstrijken drie minuten. Vier. Het steegje stinkt naar oude vuilnis en verse urine. Ik merk nu pas dat ik gezelschap heb: een dakloze man, zijn bezittingen om hem heen opgehoopt in plastic zakken, ligt diep in slaap bij het laadplatform van het kantoorgebouw. Ik blijf de straat in het oog houden. Eindelijk glijdt de groene auto langzaam voorbij, terwijl de onzichtbare bestuurder waarschijnlijk heggen en portieken controleert – en steegjes. Ik vraag me af waarom ze niet achter de taxi aanzitten. Ze moeten me hebben zien uitstappen. Ik laat me nog verder in het duister wegzakken. De groene auto is verdwenen. Ik wacht nog steeds. Een plotse beweging boven op de afvalcontainer trekt mijn aandacht, maar het is slechts een schurftige zwarte kat, die aan iets smerigs knaagt. Ik ben niet bijgelovig. Dat denk ik althans niet. Ik wacht. De dakloze man mompelt en snurkt, een raspend alcoholisch geluid dat ik me herinner van de tijd dat de Rechter de deur van zijn studeerkamer afsloot. Er verstrijken tien minuten. Meer. En warempel, de passagier uit de auto loopt me weer voorbij, na blijkbaar helemaal de hoek om te zijn gegaan. De groene auto duikt weer op. Het portier zwaait open. Ze lijken te ruziën. De passagier wijst de straat in, globaal in de richting van mijn schuilplaats, haalt dan de schouders op en stapt in de auto. De auto rijdt weg. Ik wacht nog steeds. Ik blijf nog bijna een halfuur op mijn hurken in het steegje zitten voordat ik te voorschijn glip en me in de stroom voetgangers meng. Dan sluip ik het steegje weer in en stop ik mijn andere tiendollarbiljet in de zak van de dakloze.

Meer gewetensgeld.

Terug op het trottoir steek ik Massachusetts Avenue over en slenter ik Dupont Circle in, waar ik halt houd bij de stenen schaaktafels, zogenaamd om naar de partijen te kijken, maar in werkelijkheid mijn nek uitstrekkend om te kijken of ik de groene auto of de stiekeme passagier ervan kan zien. Ik zwerf van de ene tafel naar de andere, vluchtige blikken werpend op de stellingen op de borden. De spelers vormen een ware regenboog, een willekeurige mengeling van leeftijden, rassen en talen. Er lijken niet veel sterke spelers tussen te zitten, maar aan de andere kant besteed ik ook niet veel aandacht aan hun partijen. Een gekke oude man schreeuwt naar een jongere vrouw die hem zojuist heeft verslagen. De vrouw, die er ongeveer net zo gezond uitziet als mijn klanten in de gaarkeuken, draagt een haarnetje en een bril waarvan de poten zijn vastgeplakt met pleisters. Ze wijst met een trillende vinger naar haar verslagen tegenstander. Hij slaat die opzij, zijn bruinige tanden ontblotend. De bemoeiallen kiezen een kant. Andere partijen raken hun publiek kwijt. De menigte rond de stenen tafel schreeuwt zich schor. Advocaten met mobiele telefoons op hun heupen en slanke fietskoeriers duwen elkaar opzij terwijl iedereen een zo goed mogelijk plaatsje probeert te bemachtigen om het verhoopte handgemeen te kunnen zien. Ik ga op in de menigte en probeer in alle richtingen tegelijk te kijken. Ik kan me niet herinneren wanneer mijn zintuigen zo open zijn geweest, zo absorberend. Ik ben niet eens bang. Ik ben opgewonden. Elke kleur van elke tak van elke boom is zo fris en helder dat ik de kleur ervan bijna kan ademen. Ik heb het gevoel alsof ik het gezicht van elk van de honderd voetgangers die elke minuut door het park wandelen, kan bestuderen. Er verstrijkt nog een halfuur. Geen spoor van de groene auto, geen spoor van de passagier. Vijfenveertig minuten. Uiteindelijk glip ik weg en loop ik noordwaarts richting het Hilton.

Dan verander ik van gedachten. Ik moet eerst nog ergens langs, want ik heb een nieuwe vraag, en ik weet waar ik die moet stellen. Ik zoek een bank, vind een geldautomaat en neem nog eens honderd dollar op van onze slinkende lopende rekening. Ik zal het op de een of andere manier aan Kimmer uitleggen. Ik vind een telefooncel en pleeg snel een telefoontje. Dan roep ik weer een taxi aan en geef de chauffeur instructies.

We rijden het Hilton voorbij en slaan dan in oostelijke richting Columbia Road in, waarbij we door de luidruchtige, kleurrijke, etnisch gecompliceerde buurt van Adams-Morgan rijden, waar ik, toen ik rechten studeerde, verscheidene jaren in een piepklein appartementje heb gewoond met mijn boeken en mijn schaakset en een onopgesmukte matras op de vloer, op een dieet levend dat bijna geheel bestond uit appelsap en Jamaicaanse vleespasteitjes van de winkel op de hoek, totdat ik op aandringen van Kimmer naar een veel duurder appartement verhuisde in een vreselijk modern gebouw een eind verder aan Connecticut Avenue. Terwijl ik achter in mijn vierde taxi van vandaag zit, schud ik treurig mijn hoofd, want ze was nog steeds met André Conway getrouwd toen ze begon te klagen over hoe ik woonde. De taxi rijdt voorbij mijn oude gebouw en ik word week van sentimentaliteit. We komen in Sixteenth Street, waar we in noordelijke richting afslaan naar het hart van de Goudkust. Onderweg blijf ik alert op elk spoor van de groene auto of de passagier die te voet naar me zocht.

Een bekende passagier. De passagier van mijn dromen.

De skeelervrouw.

22

Gesprek met een kolonel

— I —

Vera en de Kolonel waren verrast iets van mij te horen, niet in de laatste plaats omdat ik, hoewel ze er al tien jaar om smeken, zelden zomaar langskom wanneer ik voor zaken in de buurt ben. Het bescheiden huis in Sixteenth Street is midden in de Goudkust gelegen; het grotere huis van de Rechter, tegenwoordig dat van Mariah, ligt op de grens met de blankere natie, net als zijn carrière.

Mijn schoonouders begroeten me uitbundig terwijl ze de honden naar de achtertuin verbannen omdat ze weten dat ik last heb van allergieën, een feit dat Kimmers vader me kwalijk neemt, want hij is van mening dat het een fundamenteel gebrek aan hardheid verraadt. Te oordelen naar het aantal omhelzingen dat we uitwisselen, geloof ik bijna dat ze blij zijn me te zien. Dan herinner ik me het kille diner met Thanksgiving twee weken geleden in ditzelfde huis; ik houd mezelf voor dat de stemming van de Madisons de neiging heeft om, meestal van het ene op het andere moment, om te slaan. Ze leiden me de kleine huiskamer in aan de achterzijde van het huis, een verbouwde zonneveranda, de inrichting ervan een verstikkende mengeling van goedkope souvenirs uit havens over de hele wereld en foto's en eervolle vermeldingen uit de tijd dat de Kolonel een leider van mannen was, zoals hij zichzelf graag omschrijft. Vera zet kaas en crackers voor ons neer en vraagt wat we willen drinken. De Kolonel haalt zijn neus op voor het bord en stuurt haar terug naar de keuken voor een schaal noten.

Op de boekenplanken staan hele series foto's van Kimmer en haar zus Lindy — Marilyn is haar geboortenaam — te pronken, vanaf de babytijd tot nu, en je kunt zelfs in de vroege tienerjaren al iets van een arrogante uitdagendheid zien in de manier waarop de vlezige Kimmer naar de camera staart, terwijl ranke Lindy al vroeg terughoudender, minder open is. De

Madisons zijn, net als de rest van onze kring, altijd verbaasd geweest over mijn kennelijke voorkeur voor Kimmer. Haar ouders herinneren zich ongetwijfeld dat ik hun beide dochters het hof maakte, zij het niet beide tegelijk. Wat ze zich niet realiseren, is dat alleen Kimmer op mijn avances inging.

Vera komt terug met de noten en de drankjes.

We zitten omringd door bric à brac en chintz, de Madisons al even nerveus als ik, veinzend dat we het enorm naar onze zin hebben, dat we dit elke dag doen. De Kolonel drinkt whisky puur. Een sigaar smeult in een asbak die is gepikt van een cruiseschip, want de Madisons lijken om de haverklap een bootreis te maken. Vera nipt witte wijn. Ik houd me bij mijn gebruikelijke gemberbier. Ik weet nooit goed hoe ik een conversatie moet beginnen met mijn schoonouders, wier sceptische ogen en knorrige manier van doen bij mij dikwijls de vraag doen rijzen of ze me misschien verwijten dat ik Kimmers huwelijk met André Conway op de klippen heb laten lopen. Misschien geloven ze dat hun dochter, als de infame en sluwe Talcott Garland niet op het toneel was verschenen, een trouwe echtgenote zou zijn geweest, en dan zouden ze een schoonzoon hebben gehad die films maakt en altijd op de televisie is in plaats van een die rechten doceert en altijd in zijn kantoor zit. Ze stellen een paar vragen over Kimmer, enkel voor de vorm, maar het onderwerp is heikel en we gaan snel op iets anders over. De Kolonel vraagt hoe het tegenwoordig in Elm Harbor is, want hij heeft gehoord dat speculanten de vervallen buurten opkopen, en hij vraagt zich af of hij daarop moet inspelen; Miles Madison bezit, als je hem mag geloven, lege huizen in de helft van de steden aan de oostkust, in afwachting van een stijging van de onroerendgoedprijzen. Op sommige plekken heeft die plaatsgevonden. Kimmer getroost zich altijd veel moeite om uit te leggen dat haar vader geen huisjesmelker is, aangezien hij geen huurders heeft in de in verval rakende gebieden waar hij koopt.

Wanneer we uitgepraat zijn over het onderwerp onroerend goed in Elm Habor, informeert Vera, voortreffelijk gastvrouw als ze is, beleefd naar de juridische faculteit – ze heeft Lemaster Carlyle natuurlijk vrij vaak op de televisie gezien en vraagt wat voor iemand hij is, en ik word een beetje nijdig maar antwoord beleefd. Wanneer mijn schoonouders vervolgens naar de prachtige Bentley vragen, worden ze uitbundig, want Lindy, in haar jeugd de lieveling van de Goudkust, heeft één ongelukkig huwelijk achter de rug en heeft hun nog geen kleinkind gegeven. Nu is ze gewoon de zoveelste ongetrouwde zwarte vrouw van in de veertig die hoopt dat de bliksem eens zal inslaan, een patroon dat maar al te gangbaar is in de donkerder natie, aangezien gemengde huwelijken, geweld, gevangenis, drugs en ziekte er gezamenlijk toe bijdragen dat de voorraad begerenswaardige mannen wordt uitgedund.

Dan is het tijd om ter zake te komen, en Vera heeft in de gaten met wie ik zaken wil doen. 'Ik zal jullie mannen alleen laten,' mompelt ze en trekt zich terug. Ze voegt zich altijd naar haar man, hoewel ze in andere opzichten net als haar dochter is: niet op haar mondje gevallen, weinig talent voor bescheidenheid.

'Zo, Talcott,' zegt de Kolonel hartelijk, zwaaiend met de Cubaanse sigaar in zijn krachtige hand. Hij heeft mij er ook een aangeboden, maar ik heb bedankt. In tegenstelling tot André rook, drink en vloek ik niet; dientengevolge beschouwt de Kolonel me als minder mannelijk. Zijn gladde, haarloze schedel glimt. 'Wat kan ik voor je doen?'

Ik aarzel even terwijl mijn gedachten absurd genoeg als in een draaikolk terugkeren naar mijn vlucht rond Dupont Circle een uur geleden. Ik vraag me gedurende een dwaas ogenblik af of de skeelervrouw misschien buiten in de struiken bij het raam op de loer ligt, misschien met een richtmicrofoon die stemmen kan oppikken uit trillingen in het vensterglas. Ik dwing me ertoe met mijn gedachten in de kamer terug te keren en ontmoet de uitdagende blik van de Kolonel.

'Mijn vader bezat een pistool,' zeg ik plompverloren. Zijn vergeelde ogen verwijden zich enigszins, de ingewikkelde bewegingen van zijn sigaarhand worden extravaganter, maar hij toont geen andere reactie. Dus ga ik verder. 'Ik heb nagegaan... ik heb gehoord dat je er in Virginia makkelijk aan kunt koment.'

'Klopt. Ik heb er een paar gekocht.'

'Dat is nou juist het punt. Ik geloof niet dat hij het daar heeft gekocht.'

'O nee?'

'Ik kan me gewoon niet voorstellen dat mijn vader midden in de nacht stiekem de Memorial Bridge over is gereden met een illegaal pistool in de kofferbak. Dat zou gewoon... niks voor hem zijn geweest.'

Een flauwe glimlach plooit zijn dikke gezicht. Hij drinkt zijn glas leeg, blikt om zich heen op zoek naar zijn vrouw om haar nog een glas te laten inschenken, herinnert zich dan dat ze de kamer heeft verlaten en gaat naar de bar om het zelf te doen. Hij zwaait met de gemberbierfles vaag in mijn richting, maar ik schud mijn hoofd. 'Je hebt waarschijnlijk gelijk,' mompelt hij terwijl hij terugloopt naar zijn leunstoel.

'Niet dat hij niet illegaal een pistool in bezit zou hebben gehad. Maar hij zou niet het risico hebben genomen gepakt te worden.'

'Mmmm.'

'Aan de andere kant, u hebt een aardige verzameling pistolen in het souterrain.'

'Het is geen slechte verzameling,' stemt mijn gastheer in, die vele malen vergeefs heeft geprobeerd mij voor zijn hobby te interesseren.

'Welnu, ik dacht het volgende. Als mijn vader een pistool nodig had, zou ik me kunnen voorstellen dat hij er een van u zou lenen.'

De glimlach wordt breder. 'Dat zou ik me ook kunnen voorstellen.'

Eindelijk adem ik uit. 'Dus wat ik me eigenlijk afvroeg was... wanneer hij u precies om een pistool heeft gevraagd en wat hij daarvoor als reden opgaf.'

De Kolonel gaat er eens lekker voor zitten. Hij inhaleert, blaast een paar ringen uit, maar niet naar mij. 'Ik zou zeggen dat het... o, een jaar geleden was. Misschien iets langer. Zeg maar vorig jaar oktober, omdat we net terug waren uit...' Hij draait zijn hoofd enigszins en schreeuwt: 'Vera! Waar zijn we afgelopen oktober naartoe geweest?'

'St. Lucia!' schreeuwt ze terug uit de aangrenzende kamer, boven de televisie uit. Vera's Jamaicaanse accent is in de loop der jaren lichter geworden; dat van de Kolonel is bijna niet meer te bespeuren.

'Nee, niet deze oktober. Vorig jaar oktober.'

'Stille Oceaan!'

'Dank je, schat.' Hij grijnst schaapachtig. 'Oude grijze massa is niet meer wat die geweest is. Ja, net terug uit de Stille Oceaan. Volgens mij hebben we jullie toen uitgenodigd...'

'Nee.'

'Nee? Misschien was het dan Marilyn. Maar ik zou zweren dat we Kimberly hebben gebeld. Had jij geen verlof van de juridische faculteit of iets dergelijks? We dachten dat jullie vrij zouden zijn.' Hij ziet het antwoord op hetzelfde moment als ik: ze hebben Kimmer uitgenodigd, en zij heeft bedankt zonder de moeite te nemen mij erin te kennen. Misschien heeft ze zelfs gelogen tegen haar ouders en gezegd dat ik degene was die niet wilde. Twee weken lang letterlijk opgescheept zitten met haar vader, moeder en echtgenoot zou voor mijn vrouw de hel op aarde zijn. Hij praat snel verder om zijn faux pas te verbergen. 'Nou ja, we waren, eh, zeg maar vier, vijf dagen terug toen Oliver belde. Hij kwam hier 's avonds naartoe. Zat precies waar jij nu zit en vroeg of hij me onder vier ogen kon spreken. Hij was niet het type dat er doekjes om windt' – hij kijkt me recht aan, alsof hij wil zeggen dat ik dat wel ben – 'en hij zei me wat hij wilde.'

'Wat zei hij precies?'

'Hij zei dat hij zich op zijn leeftijd een beetje zorgen begon te maken over veiligheid, en of ik kon helpen.'

'Veiligheid? Zijn eigen veiligheid?'

De Kolonel knikt, blaast weer ringen uit. Ik ben bruusk, op de manier die ik me half herinner van mijn tijd als advocaat, maar het komt weer boven, zoals je ook fietsen nooit verleert. Kimmers vader lijkt het niet erg te vinden ondervraagd te worden. Hij amuseert zich. Zijn oogjes glinsteren. 'Dat was wel mijn indruk. Hij was in zekere zin...' Plotseling draait hij zich om in zijn stoel, waarbij het licht een andere hoek uitzoekt om van zijn kale hoofd te weerkaatsen. 'Vera! Hé, Vera!'

Ze is meteen in de kamer, handen gevouwen bij haar middel. Ze heeft waarschijnlijk staan luisteren vanuit de alkoof.

'Ja, liefje?'

'Die vervloekte sigaar is niks. Wees eens lief en ga naar mijn bureau beneden om een nieuwe te halen.'

'Natuurlijk, lieverd.' Ze gaat meteen naar de souterraintrap, en ik word voor de zoveelste keer met mijn neus op datgene gedrukt waartegen Kimmer in opstand kwam. Maar ik weet ook dat er niets mankeert aan de sigaar, dat de Kolonel haar gewoon wegstuurt.

'Wat een schat,' mompelt hij, terwijl hij haar nakijkt. 'Je bent een schat!' roept hij, maar ze is buiten gehoorsafstand, en dat is juist waarop hij wacht. Hij buigt zich naar me toe en komt plotseling helemaal ter zake. 'Luister, Talcott, ik weet niet precies wat er in godsnaam aan de hand was. Ik heb je vader mijn hele leven nog nooit bang gezien, en ik ken hem... sorry, heb hem twintig jaar gekend. Maar hij was lijkbleek, neem me niet kwalijk dat ik het zo zeg. Hij wilde me niet vertellen waarom hij het pistool nodig had, alleen maar dat hij het snel nodig had.'

'U hebt het hem gegeven? Zonder vragen te stellen?'

'Ik heb hem heel wat vragen gesteld, ik kreeg alleen geen antwoord.' Een bulderende lach. Hij heeft al vaker watjes op hun nummer gezet. Dan weer de serieuze toon. 'Luister, Talcott. Ik heb hem ontmoet voordat we onze cruise gingen maken en toen ging het goed met hem. Na onze terugkomst heb ik hem opnieuw ontmoet en toen was hij... o, god, hij was doodsbang, Talcott.'

Ik probeer me de Rechter doodsbang voor te stellen. Ik krijg het niet voor elkaar.

Miles Madison praat nog steeds, zijn stem laag en vast. 'Dus wat hem ook bang heeft gemaakt, het is gebeurd toen we weg waren. Ik heb het over oktober vorig jaar, ongeveer een jaar voor hij stierf, en het heeft hem echt de stuipen op het lijf gejaagd. Als je erachter komt wat er is gebeurd, zul je ook weten waarom hij een pistool nodig had.' Hij wendt zijn hoofd met een ruk opzij, want hij is uitzonderlijk alert, zoals hij ook geweest moet zijn in zijn tijd bij de infanterie. 'Vera! Dank je voor de sigaar, schat!'

'De sigaar die je had lijkt me anders goed genoeg,' brengt ze naar voren terwijl ze de asbak leegt in een prullenbak waarop een kaart van het Caraïbische gebied is afgebeeld.

Hij grijnst schaapachtig naar haar. 'Vervloekte importsigaren. Geen kwaliteitscontrole.' Hij draait zich weer om en kijkt me met een knipoog aan. 'Talcott en ik zijn net een vriendschappelijke weddenschap aangegaan voor een partijtje poule.'

Maar niemand kan de Kolonel bij het poulespel verslaan. Hij speelt vals.

— 11 —

Vera en de Kolonel vragen me uiteindelijk te blijven eten. Ik wil ervandoor, maar het zou grof zijn hun gastvrijheid af te slaan. Tegen de tijd dat ik in het Hilton terugkom, zijn er ongemerkt bijna vier uur verstreken. Het is tegen achten en de straten van Washington zijn in een diepe voor-winterse duisternis gedompeld. Ik heb de laatste dag van de conferentie gemist, maar ik weet zeker dat ik niet werd gemist.

De lobby is vol burgers van de donkerder natie, de meesten van hen in avondkleding: zwarte smokings met felgekleurde en opvallende sjerpen voor de mannen, glinsterende avondjaponnen van diverse lengten voor de vrouwen. Ze gaan met de roltrappen op en neer en nemen poses aan voor afwezige camera's. De jetset! Niemand lijkt ook maar een onsje overgewicht te hebben. Elke patentleren schoen is volmaakt gepoetst. Elke haar op elk hoofd lijkt precies op zijn plaats te zitten. Elke neus is in de lucht. Het soort mensenmenigte waar mijn ouders dol op waren. En de Madisons.

Ik vraag me af op wat voor evenement ze wachten. In mijn alledaagse grijze pak, zweterig van het kortstondige rennen en nog zweteriger van de lange wandeling, voel ik me een vreemde eend in de bijt, alsof ik op een niveau besta dat ver onder het door deze stralende menigte bewoonde paradijs ligt. Te oordelen naar de sceptische blikken die ze in mijn richting werpen, hebben enkelen van de welgestelden die hier in de lobby zijn samengekomen dezelfde gedachte: dat deze slonzige man die in zijn grijze pak langssluipt niet, zoals mijn moeder vroeger placht te zeggen, tot ons soort neger behoort. Hoewel het absurde Amerikaanse systeem van volkstelling naar ras al deze vertegenwoordigers van de beau monde als zwart zou beschouwen, hebben de meesten van hen huidskleuren die bleek genoeg zijn om te slagen voor de papieren-zaktest waarover Mariah in haar studententijd, toen ze ervoor zakte, terecht razend was, hoewel hij vermoedelijk niet langer in gebruik is: *Als je huid donkerder is dan deze papieren zak, kun je niet toetreden tot onze meisjesstudentenvereniging.* O, wat zijn we toch een zieke mensen! Plotseling word ik bevangen door een verdrongen gevoel dat opwelt uit een of andere rottende bron diep vanbinnen, een golf van koude, bittere haat tegen de manier waarop mijn ouders leefden, tegen hun exclusieve kleine kringetje en zijn gebruikelijke wrede vooroordelen over iedereen daarbuiten. En ook haat tegen mezelf, tegen al die keren dat ik inderdaad antwoord gaf op hun hatelijke vraagjes over waar deze vriend van mij studeerde, wie de ouders van die vriend waren, en soms, waar de óúders hadden gestudeerd. Addison begon naarmate hij ouder werd onze vader en moeder steeds meer van repliek te dienen; Mariah en ik hebben dat nooit gedaan; en misschien heeft hij een onafhankelijkheid van geest behouden die mijn zus en ik zijn kwijtgeraakt. De lobby tolt gedurende een ogenblik rood om me heen, en ik merk dat ik me afvraag, zoals ik in mijn nationalistische studententijd deed, wie de echte vijand is, want degenen onder ons die zich beschouwden als de radicale voorhoede van de strijd voor een betere toekomst bleven de halve nacht op om de zwarte bourgeoisie te vervloeken. E. Franklin Frazier had gelijk: ik zie mijn vader met zijn kille intellectuele geamuseerdheid over 'die andere negers', en mijn moeder met haar elitaire vrouwenbonden en sociëteiten als representanten van een zwarte imitatie van een blanke maatschappij, die in hun wanhopige zoektocht naar status uiteindelijk zelfs de raciale houding van de grotere wereld nabootsten. Ik ben zo verbijsterd door de visioenen die boos door mijn geest pulseren dat ik even niet in staat ben te spreken of iets anders te doen dan toe te kijken hoe deze mooie mensen om me heen wervelen.

En dan laat het gedeelte van mij dat de incidentele hoogdravende wijsheden van de Rechter voetstoots aannam, zich weer gelden. Deze gedachten, roep ik mezelf tot de orde, zijn onwaardig, een afleiding, en niet helemaal billijk; bovendien heb ik nu dringender zaken aan mijn hoofd. Dus onderdruk ik de visioenen.

Voorlopig.

Ik loop voetje voor voetje door de lobby, terwijl ik mijn buik intrek en mijn ogen op de roltrappen gericht houd, maar ik betrap me erop dat ik tegelijkertijd, bijna onwillekeurig, de opgetogen menigte afzoek op glimpen van de skeelervrouw – en trouwens ook op glimpen van de collega van wijlen Colin Scott, de vermiste Foreman. Ik vraag me af waarom de skeelervrouw me achtervolgde. Ik vraag me af waarom ze zo naarstig naar me zocht, en waarom ik meteen besloot weg te rennen. Ik kwam serieus in de verleiding om uit mijn schuilplaats te voorschijn te springen en de confrontatie met haar aan te gaan, want ik was toen niet in staat, en ben nu nog steeds niet in staat, te geloven dat de skeelervrouw me iets had willen aandoen. Misschien houd ik mezelf voor de gek. Ik blijf haar gezicht voor me zien: niet een gezicht waar de geconcentreerde boosheid van de mislukte zoektocht van vanmiddag vanaf te scheppen valt, maar een dat straalt met de flirterige, tandenrijke grijns van onze eerste ontmoeting. Ik schud mijn hoofd. Proberen het te ontraadselen is vechten tegen de bierkaai.

Net als proberen te ontraadselen waarom de Rechter zo bang was dat hij een pistool aanschafte.

In de richting van de cadeauwinkel bespeur ik twee hoogleraren rechtsgeleerdheid van het symposium, leden van de blankere natie, die er nogal verloren uitzien in hun flanellen pantalons en tweedjasjes terwijl ze met ongeruste ogen het donkere conclaaf bestuderen. Ze zwaaien naar me alsof ze opgelucht zijn op een bevriend gezicht te stuiten in een lobby die plotseling lijkt op de modeshow van *Essence*, en ik glimlach terug maar besluit niet naar hen toe te gaan voor het gebruikelijke avondrondje academische post-conferentieroddel, wat me op de een of andere manier het gevoel zou geven dat ik mijn eigen soort verloochende. Ik besluit in plaats daarvan naar boven te gaan om te schaken op mijn laptop tot ik slaperig word, want zo breng ik de meeste avonden door wanneer ik van huis weg ben, en ook veel avonden wanneer ik dat niet ben. Ik baan me zigzaggend een weg door de vrolijke menigte, waarbij ik probeer met niemand in botsing te komen, wat me zo nu en dan lukt, en knik af en toe naar een vaag bekend gezicht. Ik heb de schacht van de roltrap bijna bereikt wanneer een gestalte met aangenaam ronde vormen, gehuld in een buitensporig strakke paarse japon, zich losmaakt van een kring lachende vrienden en resoluut op me afstapt.

'Tal! Ik had geen idee dat je in de stad was!'

Met grote ogen vol ongeloof zie ik Sarah Catherine Stillmann née Garland voor me opduiken.

'Sally?' weet ik uit te brengen. 'Wat doe jíj hier?'

'Wat ik hier doe?' Nicht Sally giechelt, geeft een tikje op mijn wang en neemt mijn hand in haar beide handen. Haar palmen zijn vochtig. Haar ogen zijn een tikkeltje verwilderd van welk spul het ook is dat ze deze week misbruikt. Ze draagt haar haar nu in lange, met kralen versierde vlechten, sommige zwart, sommige lichtbruin, de meeste zo nep als wat. 'Ik ben hier voor de geldinzameling. De vraag waar het om gaat, liefje, is wat jíj hier doet? En waar is in godsnaam je smoking?' Ze tikt met geveinsde afkeuring op mijn wollen jasje.

'Eh, ik ben hier niet voor de geldinzamelingsactie. Ik ben hier voor de conferentie over herziening van onrechtmatige daad.' Ik sta te wauwelen maar lijk niet te kunnen ophouden. 'Het is gewoon een stelletje hoogleraren rechtsgeleerdheid bij elkaar. Ik heb gisteren een lezing gehouden.' Ik maak een vaag handgebaar naar het trappenhuis in de richting van het vertrek waar de bijeenkomst was. Ik weet zeker dat ze geen idee heeft waar ik het over heb.

Sally staat me onderzoekend aan te staren. Haar ogen glanzen vochtig. 'Voel je je wel in orde, Talcott? Je ziet er niet best uit.'

'Ik voel me prima. Luister eens, Sally, het is leuk je te zien, maar ik moet nu echt gaan.'

Ik wacht gedurende wat wel een eeuwigheid lijkt maar waarschijnlijk maar twee seconden is, en dan antwoordt ze me en negeert ze mijn kordate poging om te ontsnappen door haar eigen boodschap over te brengen: 'Ik ben zo blij dat ik je tegen het lijf ben gelopen, Tal. Ik dacht er al over je te bellen.' Sally gaat op haar tenen staan – geen gemakkelijke opgave met zulke hoge hakken – om in mijn oor te fluisteren: 'Tal, moet je horen. Ik moet met je praten over waar ik die agent McDermott eerder had gezien.'

Na de gebeurtenissen van de afgelopen paar uur duurt het een ongemakkelijk ogenblik voordat ik me herinner dat McDermott de naam was die door wijlen Colin Scott werd gebruikt; dat Sally me op de dag dat ik hem ontmoette vertelde dat ze dacht dat ze hem ergens van kende.

Opeens heb ik genoeg van theorieën. Mijn vader is dood maar laat briefjes voor me achter, mijn vrouw doet de hemel mag weten wat, en ik word gevolgd door een mysterieuze vrouw die op de Vineyard was toen Scott/McDermott verdronk. Het menselijke verstand kan maar een bepaalde hoeveelheid informatie opnemen, zeker onder spanning. En ik heb mijn limiet bereikt.

'Dat waardeer ik, Sally, maar ik geloof niet dat dit het juiste moment of de juiste plaats is...'

Ze valt me in de rede, waarbij haar van wijn doordrenkte adem kietelend langs mijn wang strijkt.

'Ik zag hem in het huis, Tal. In Shepard Street. Jaren geleden.' Een stilte. *'Hij kende je vader.'*

23

De dubbelzinnige figuur

— I —

'Het was in de zomer,' begint Sally, nippend van een flesje bier uit de minibar. Ik zou haar liever gewoon water hebben gegeven, of koffie misschien, maar pittige vrouwen het hoofd bieden is nooit mijn sterkste punt geweest. 'Misschien een jaar of twee na de dood van Abby. Mariah zat op de universiteit. Jij misschien ook, maar dat kan ik me niet herinneren. Maar ik weet waar ik hém zag. Wat dat betreft ben ik zeker.'

Ik wacht tot mijn nicht met het verhaal op de proppen komt. Ze ligt languit op een van de twee tweepersoonsbedden in mijn hotelkamer. Ik zit aan het minuscule bureautje, de stoel in haar richting gedraaid. We hebben eten besteld van de roomservice, omdat Sally zei dat ze de hele dag nog niet had gegeten. Ik had deze ontmoeting liever niet in mijn kamer gehad – ze heeft tenslotte een zekere reputatie – maar één blik op haar in de lobby maakte duidelijk dat ze niet in de conditie verkeerde om in een openbare gelegenheid te zitten. Toch heb ik diverse excuses geprobeerd om niet met haar te hoeven praten. Sally heeft ze allemaal weggewuifd. Er lag een stapel werk op me te wachten? *O, maar dit zal niet lang duren.* Haar kinderen? *O, ze zijn voor een paar dagen bij mijn moeder.* En de immer jaloerse Bud? *O, hij laat zich niet zo vaak meer zien.* Dus zijn we hierheen gegaan, en mijn gezette, opvallende, opzichtig geklede nicht, met een vlammend paarse japon die veel te kort is, trapte meteen haar schoenen uit en eiste een drankje.

Als ik het verhaal ooit wil horen, is dit de enige manier.

'Het was in jullie huis,' zegt ze. 'In Shepard Street. Het was 's avonds laat. Ik denk dat ik al zowat sliep. Totdat... totdat ik gewekt werd door het geluid van een ruzie.'

'Waar was ik?'

'Waarschijnlijk was je op de Vineyard. Jij en je moeder. Misschien Mariah ook. Maar je vader niet. En Addison ook niet. Daarom was ik bij jullie thuis. Ik ging, eh, min of meer met Addison.' Sally is een vrouw met een zeer donkere huidskleur, maar toch bloost ze. Op bed liggend draait ze zich weg, alsof het gemakkelijker is haar verhaal te vertellen als ze kan doen alsof ze alleen is. En meteen steekt ze van wal met een uitweiding waarin Misha de boosdoener is: 'Ik weet dat het verkeerd was wat ik vroeger met Addison deed, Tal, dus dat hoef je me niet te vertellen. Het is voorbij, ja? Het is al eeuwen voorbij. Ik weet dat jij het nooit hebt goedgekeurd. Dat heb je me altijd laten weten. O, je hebt nooit een woord gezegd, maar je bent altijd, in de familie bedoel ik, zo'n beetje als je vader geweest – je hebt al die regels en zo, en wanneer iemand zich daaraan niet houdt, word je niet kwaad, maar krijg je zo'n afkeurende blik. Alsof iedereen moreel jouw mindere is. Ik háát die blik. Iedereen haat die, Tal. Je broer, je zus, iedereen.' Ik kom bijna in het geweer, maar hou mezelf voor dat Sally waarschijnlijk iets heeft geslikt, dat ze beslist niet zichzelf is: een wetenschap die de scherpte van haar woorden er niet minder op maakt.

'Mijn vader haatte het ook,' zegt ze. 'Jouw oom Derek, bedoel ik' – alsof ik niet zou weten wie haar vader is, of was. 'Hij haatte het wanneer oom Oliver op die manier naar hem keek, en oom Oliver keek heel vaak op die manier naar hem. Omdat hij mijn vaders, je weet wel, zijn politieke overtuigingen haatte. Hij dacht dat mijn vader een communist was.'

Ik waag mijn tweede onderbreking: 'Sally, je vader wás ook een communist.'

'Weet ik, weet ik, maar hoe ging dat oude grapje ook alweer? Uit zijn mond klonk het zo schunnig.' Ze lacht piepend terwijl ze deze zin herhaalt, hoewel dat onmogelijk de hele grap kan zijn, en dan ineens huilt ze. Welke drug ze ook gebruikt, hij schijnt haar ernstige stemmingswisselingen te bezorgen. Of misschien is er geen sprake van drugs en is ze gewoon ongelukkig. Hoe het ook zij, ik besluit haar te laten uithuilen. Ik heb haar eigenlijk geen troostende woorden te bieden, en mijn armen om haar heenslaan op het bed is uitgesloten.

'Zie je, Tal,' herneemt ze na een paar minuten, 'jij denkt dat de wereld bestaat uit simpele morele regels. Jij denkt dat er op de wereld maar twee soorten mensen zijn, mensen die de regels gehoorzamen en mensen die de regels schenden. Je denkt dat je heel anders bent dan oom Oliver, maar je bent net als hij. In een paar goede opzichten, zeker, maar ook in een paar minder goede. Je kijkt neer op mensen die je in moreel opzicht als je minderen beschouwt. Mensen als je broer. Mensen als ik.'

Nu weet ik weer waarom Kimmer en ik niet met Sally omgaan: je moet tien minuten lang haar beledigingen doorstaan voordat je zoiets als een normale conversatie met haar kunt voeren. Dus ik knarsetand en houd mijn mond, mezelf voorhoudend dat ze niet gezond is.

Trouwens, wat ze over me zegt klopt waarschijnlijk.

'Maar goed, dat is dus de reden dat ik het je niet eerder heb verteld. Over McDermott, bedoel ik. Ik deed zo'n beetje alsof ik het niet meer wist, maar dat was niet zo. Ik wist op het moment dat ik hem zag wie McDermott was. Ik had waarschijnlijk iets moeten zeggen, maar ik wist dat ik je dan zou moeten vertellen waarom ik die nacht in het huis was, en ik wilde die afkeurende blik niet zien.' Ze draait zich lang genoeg naar me toe om me boos aan te kunnen kijken, en ik laat mijn gedachten gaan over de manier waarop het geloof in goed en kwaad het project van menselijke communicatie kan dwarsbomen. 'Zie je, Tal, dat was de reden dat we altijd stiekem moesten doen, omdat mensen zoals jij en oom Oliver...'

Ze stokt. Er gaat een huivering door haar heen. Weer een snik? Nee, een herinnering, een beeld van vroeger dat ze liever op een afstand wil houden.

'Het is verleden tijd,' mompel ik in een poging haar af te leiden. Als Sally naar een verontschuldiging vist, heeft ze pech gehad, want ik kan niet veinzen dat er niets verkeerds was aan wat zij en Addison deden.

Sally weet wat ik denk. 'Zelfs Mariah is niet zo erg als jij, Tal. Want weet je? Wanneer Mariah in Washington is, belt ze me altijd op. We hebben het heel gezellig samen...'

'Ze heeft me verteld dat je haar hebt geholpen bij het doorzoeken van de papieren van de Rechter.'

Sally hinnikt. 'Heeft ze je dat verteld? Nou, ja, dat doen we soms inderdaad, maar dat is niet wat ik bedoel. Ik bedoel dat we het gezéllig hebben. We praten. Ze luistert naar me, Tal. We gaan naar clubs, moet je weten. Je zus vindt het leuk om af en toe plezier te maken. Heel anders dan jij. En ze veroordeelt me ook niet voortdurend zoals jij. Ze neemt mensen gewoon zoals ze zijn. Dat is dus de reden dat ik het je niet heb verteld, Talcott. Omdat je zo bent. Omdat Addison er ook bij betrokken is. Ik bedoel, ik en Addison. Je bent net als je vader,' herhaalt ze. Ik ben bezig het een en ander te herkauwen, want ik kan niet loskomen van het beeld van mijn zus die in een club – het soort club waar Sally van houdt – *plezier maakt*. Als je Mariah zo ziet, zou je niet denken dat ze een fuifnummer was; het enige zwarte lid van de plezierjachtclub is meer haar genre. Mijn nicht daarentegen is op zichzelf al anderhalve fuif.

'Jij zou dat met Addison nooit kunnen begrijpen,' vervolgt Sally, haar stem opgewonden en boos en vol van 's levens gebroken beloften. 'Jij zou nooit kunnen begrijpen wat we hadden. Oké, het was verkeerd. Maar het was *speciaal* – alsof ik haar heb tegengesproken. 'We waren geliefden, Tal. Het was niet alleen maar seks, het was liefde. Nou, is dat grof genoeg voor jou?'

Ze heeft zich opgericht op haar elleboog, ogen gloeiend van strijdlust. Haar stemming schommelt inderdaad, en ze zegt alles wat bij haar opkomt.

'Ik veroordeel je niet, Sally,' lieg ik behoedzaam, mijn toon zo neutraal mogelijk. 'Ik wil alleen maar weten wat je je herinnert over McDermott.'

'Je veroordeelt me wél.'

'Ik ben alleen maar blij dat het verleden tijd is,' verzeker ik haar. Maar ik vraag me verwonderd af hoe een beschaafde wereld een deugd kan maken van het niet hebben van een oordeel, en dat aan kinderen kan bijbrengen, het van de kansel kan prediken.

'Weet je wat het is, Tal? Je bent een huichelaar. Misha. *Mikhail.* Een huichelaar.' Een hardere lach. 'Mijn vader heeft je die bijnaam gegeven, voor het geval je dat vergeten bent, en je behandelt zijn dochter nog steeds als oud vuil.' Mijn nicht plofts weer terug op het bed, waarbij haar vlechten als een zwarte halo rond haar hoofd komen te liggen. Aan de tirade lijkt een einde te zijn gekomen.

De ober van de roomservice is zo verstandig dat moment te kiezen om binnen te komen. Wanneer Sally geen moeite doet van het bed te komen, teken ik de rekening in de gang, waarbij ik het zicht van de ober op de kamer belemmer, en rijd het karretje zelf naar binnen.

Gedurende een paar minuten eten we zwijgend: champignonsoep en een clubsandwich voor mij, garnalencocktail en filet mignon voor Sally. Omdat ik nog maar een uur geleden een stevige maaltijd tot me heb genomen bij mijn schoonouders, zou ik niet weer zo snel moeten eten, maar over het algemeen merk ik dat ik geneigd ben al te toegeeflijk te zijn voor mezelf, wat misschien mijn uitdijende taille verklaart. Kortom, ik eet te veel; wanneer ik nerveus of gestrest ben, is mijn wil om weerstand te bieden nog zwakker. Ik ben helaas als Mark Twain, die ooit zei dat hij bij sommige gelegenheden meer at dan anderen, maar nooit minder. Sally en ik zitten tegenover elkaar op de twee bedden met de tafel tussen ons in. Ze eet snel, zonder enige finesse, louter een lichamelijk verlangen vervullend. Het voedsel lijkt haar te doen herleven, of misschien is de drug, als daar al sprake van is, uitgewerkt; wat de reden ook is, wanneer ze haar mond weer opendoet, is ze weer de flirt die ze van oudsher is.

'Het spijt me dat ik het duurste op het menu heb genomen, Tal, maar mannen betalen niet zo vaak een etentje voor me, dus ik dacht, wat kan het ook schelen, haal eruit wat erin zit.'

'Laat maar zitten.'

'Soms verwacht een man natuurlijk wel een tegenprestatie.'

'Het enige wat ik verwacht is iets te vernemen over meneer McDermott.' Ik houd mijn gezicht zo goed mogelijk in de plooi.

'Weet je zeker dat dat het enige is wat je wilt?' Koket, alsof de intimiteit van het heimelijk samen eten met een man in een hotelkamer haar het recht heeft gegeven zich te misdragen. 'De meeste mannen denken aan andere dingen.'

'Ik ben niet de meeste mannen.'

'Kom op, Tal, gun je jezelf nou nooit eens ontspanning en plezier?'

'Alleen op dinsdagen en om de zaterdag.'

Dit brengt tenminste een echte glimlach op haar gezicht. 'Oké, Tal,' zegt ze. 'Laten we vriendschap sluiten.'

'Oké.'

'Luister, het spijt me wat ik daarnet gezegd heb.' Hoewel ze niet klinkt alsof het haar héél erg spijt. Ze trekt haar stevige benen onder zich op. 'Het lijkt gewoon wel alsof ik mezelf vanavond niet in bedwang kan houden. Ik denk dat dat mijn makke is, ik zeg altijd wat ik denk. Althans, wanneer ik met een man ben.'

'Dat is niet noodzakelijkerwijs een makke.' Maar haar gebruik van het woord *met* bevalt me niet.

'Nou, nee, niet als de man met wie ik ben het toevallig leuk vindt wat ik denk.' Een pauze, alsof ze nadenkt over een rake slotzin. 'En als het hem niet bevalt? Dan kan hij naar de hel lopen.'

Weer lacht ze, een licht, trillend geluid: er is niets hatelijks in haar woorden. Sally heeft geen hekel aan mannen, al heeft ze geen goede ervaringen met hen. Ze vindt hen vermakelijk. Ons. Het komt bij me op dat je met Sally, als ze geen melancholieke bui heeft, waarschijnlijk veel lol kunt hebben. Ik begin in te zien waarom Addison, en zoveel andere mannen, mijn zwaarlijvige nicht aantrekkelijk hebben gevonden. Verleden jaar heb ik een tentoonstelling in het universiteitsmuseum gezien van een stel van die tekeningen die populair waren in het begin van de twintigste eeuw, tekeningen die glimlachende honden lijken voor te stellen totdat je ze omkeert en ze in kwaaie katten veranderen, of van een mooie vrouw in een ongelukkige sultan veranderen, enzovoort. 'Dubbelzinnige Figuren' heette de tentoonstelling. Sally is een van die dubbelzinnige figuren: op het eerste gezicht lijkt ze losbandig, te dik, hopeloos, pillen slikkend, zielig; zie je haar vanuit een andere gezichtshoek, dan is ze brutaal, sexy, gevat. Ik zie haar, op dit moment, uit die tweede gezichtshoek, wat betekent dat ik als de donder moet zorgen voor wat discipline in onze conversatie.

'Wat die McDermott betreft...'

'Ja, meneer!' Met een snelle handbeweging geeft ze een schertsend saluut. 'Tot uw orders, meneer!'

En dan vertelt ze me het verhaal.

– II –

We zijn klaar met het dessert: de vruchtensalade voor mij, tiramisu voor Sally. Ik heb het karretje van de roomservice weer de gang op gereden. Sally ligt languit op bed, steunend op haar elleboog, met één teen het tapijt aanrakend. Ik zit weer achter het bureau, mijn handen gevouwen in mijn schoot, wachtend tot ze van wal steekt.

'Ik was in het huis in Shepard Street, zoals ik al zei. Ik weet niet of je het je nog herinnert, maar in die tijd woonden papa, mama en ik in Southeast. Hij werkte toen in die kleine privé-bibliotheek. Dat herinner je je nog wel.' *Inderdaad: Was u zich ervan bewust, Rechter Garland, dat de bibliotheek waar uw broer werkte een bekend communistisch bolwerk was?* En, onvermijdelijk: *Nee, senator, daar was ik me niet van bewust. Mijn broer en ik gingen weinig met elkaar om.* Dan de omschakeling naar de melodramatische toonaard: *Dat moet een bron van verdriet zijn geweest, Rechter.* Mijn vader op zijn koelst, maar ook zijn ontwapenendst: *Ik hield van mijn broer, senator, maar onze meningsverschillen waren behoorlijk groot. Communisme is iets heel, heel verschrikkelijks – minstens zo erg als racisme. Misschien in bepaalde opzichten erger. Ik kon geen deel uitmaken van zijn wereld. Hij kon geen deel uitmaken van de mijne. Ik zal wel niet de beste broer ter wereld zijn geweest, en als ik mijn broer heb gekwetst, spijt me dat zeer. Ik denk dat we allebei dachten dat de ander heel gevaarlijk was. Maar ik geef toe dat ik er niet veel over nadenk.* Waarmee hij dit soort vragen volkomen van tafel veegde.

'Dat herinner ik me,' zeg ik zacht.

'Enfin, ik nam in die tijd altijd een bus – was het de S4? – naar jullie huis. Je weet wel, om Addison te zien. Ik bedoel, als hij toevallig in de stad was. Ik ging nooit als je ouders er waren, of als jij en Mariah er waren. Ik ging eigenlijk alleen om Addison onder vier ogen te zien.' Een schaapachtig grijnsje. 'In werkelijkheid vertelde ik ook mijn ouders nooit waar ik naartoe ging. Papa was al net zo erg als oom Oliver – die afkeurende blik, bedoel ik. Misschien hebben alle mannen in jouw familie die frons. Ik bedoel, behalve Addison.'

Ik overweeg naar voren te brengen dat we afkeurend waren omdat er iets afkeurenswaardigs wás, dat een seksuele relatie tussen volle neven en nichten incest is. Maar Sally zou me er waarschijnlijk op wijzen dat zij en Addison geen bloedverwanten zijn. Of misschien zou ze me het voorbeeld van Eleanor en Franklin Delano Roosevelt voorhouden; en ik zou antwoorden dat ze in tegenstelling tot de gangbare opvatting in werkelijkheid achterneef en -nicht waren, wat inhoudt dat ze eigenlijk verre familie van elkaar waren, met hun laatste gemeenschappelijke vooroude zo'n vijf generaties terug; en de conversatie zou vanaf dat punt in een neerwaartse spiraal komen.

Trouwens, ze heeft al toegegeven dat het verkeerd was wat ze deden.

Ik zeg: 'Krijg ik nou nog iets te horen over McDermott?'

'Wat ben je toch vreselijk doelbewust.' Ze lacht en gaat weer op het bed liggen, ditmaal met haar zware knieën in de lucht. 'Het punt is, Tal, je moet begrijpen dat ik nooit in dat huis zou zijn geweest als ik had geweten dat je vader er zou zijn. Ik zou Addison ontmoeten en we zouden alleen zijn. Je vader... nou ja, hij zou weg zijn.' Ze doet haar ogen dicht, fronst. 'Maar niet op de Vineyard. Ik denk... ik denk dat hij verondersteld werd op een of ander rechterscongres te zijn.'

'Waarschijnlijk de Rechtersconferentie,' mompel ik.

'Huh?'

'De Rechtersconferentie. De groep van federale rechters. Die hebben tijdens de zomer een vergadering. Daar was hij waarschijnlijk.'

Ze schudt haar hoofd. 'Misschien werd hij daar verondersteld te zijn, misschien heeft hij tegen *tante Claire* gezegd dat hij daar zou zijn, maar hij wás in Washington.'

Ik bijt op mijn tong. Als Sally de waarheid spreekt, heeft ze de Rechter betrapt op een leugen tegen mijn moeder. Tot op dit moment zou ik hebben gezworen dat dat onbestaanbaar was.

'Enfin, ik wist niet dat je vader in de buurt was. Ik zou Addison zien. We waren allebei net van school, allebei in de stad tijdens de zomer, en hij woonde thuis. Net als ik. En hij belde me op en zei dat iedereen een paar dagen weg was, zodat we... zodat we een tijdje samen konden zijn, als ik wilde. Nou, ik wilde wel.'

Terwijl ik knik en geen commentaar geef, bespeur ik iets achter Sally's woorden: het is van Addison uitgegaan. Hij was een jaar jonger dan zijn nicht, maar vanaf het begin, zelfs op de Vineyard, was mijn broer de verleider en niet, zoals de familiefolklore het wil, andersom; en een deel van haar haat hem daarom.

'Enfin,' zegt Sally, 'ik zei tegen mijn ouders dat ik met een stel vriendinnen uitging of iets dergelijks en dat ze niet voor me hoefden op te blijven. Toen stapte ik op de bus, even kijken, het moet wel bus 30 of 32 zijn geweest, en stapte vervolgens over op de S4' – ze wil dat ik uit dit alles opmaak dat ze er heel wat voor over had om haar liefje te zien – 'en, nou ja, enfin, ik kwam aan in Shepard Street en ging naar het huis, en daar was Addison...'

Ze wacht even om te zien of ik een reactie toon. Als ik dat niet doe, gaat ze verder.

'Enfin, na een tijdje val ik in slaap. Ik weet niet hoe laat het was. Ik weet dat het donker was toen ik gewekt werd door stemmen. Niet luid. Min of meer fluisterend. Maar wel boos. Ik bedoel: ze waren aan het bekvechten, en misschien probeerden ze zachtjes te bekvechten, maar ik hoorde ze wel. Ik realiseerde me dat er iemand anders in het huis was, en ik werd een beetje bang. Dus ik draaide me om om Addison te wekken, maar hij was er niet. Dus ik dacht: het zal Addison wel zijn die met iemand aan het bekvechten is. Ik dacht dat die iemand oom Oliver wel zou zijn, wat waarschijnlijk zou inhouden dat we betrapt waren, wat inhield dat we ernstig in de penarie zaten. Ik trek dus mijn kleren aan. Ik had in mijn hoofd dat ik via de achterdeur ertussenuit zou knijpen. Ik ben in mijn leven heel wat keren via de achterdeur ertussenuit geknepen, nietwaar?' Weer een van die vreugdeloze lachjes. Het heeft geen zin te antwoorden; de vraag is duidelijk retorisch, en we weten allebei wat het antwoord is.

'Addisons slaapkamer was op de tweede verdieping,' vervolgt ze terwijl ze op haar zij rolt en nu met haar gezicht naar me toe ligt, hoewel haar ogen nog steeds gesloten zijn. 'Aan het einde van die lange gang. De oude dienstbodekamer, geloof ik. Je weet wel, laag plafond, gevels zoals bij Nathaniel Hawthorne*.' In feite weet ik heel goed hoe het huis eruitziet omdat ik erin ben opgegroeid, maar ik heb geen zin om de stroom te onderbreken nu ze het verhaal aan het vertellen is. 'De ruzie was helemaal beneden in de hal, twee verdiepingen lager, maar ik hoorde het toch. Ik denk dat het een effect was van de buizen of zo.'

---

* Verwijzing naar de roman *The House of the Seven Gables* ('Het huis met de zeven gevels') uit 1853 van Nathaniel Hawthorne (1804-1864).

Nu is het mijn beurt om terugdenkend te glimlachen. Het huis in Shepard Street heeft ouderwetse verwarmingsroosters, metalen schermen over wat eigenlijk gaten in de muur zijn met kokers erachter, overgebleven, neem ik aan, van de tijd dat het hele huis verhit werd door één kachel. Wij hadden natuurlijk radiatoren, maar die werden pas enige tijd nadat het huis was gebouwd, toegevoegd. De heteluchtkanalen zelf werden nooit verwijderd. Mijn ouders hebben zich nooit gerealiseerd dat geluiden van de begane grond, vooral van de gang, als vanzelf hun weg naar de bovenste verdieping vonden, waar Addison en ik sliepen. Misschien was er een of ander gemeenschappelijk luchtgat: ik ben er nooit achtergekomen hoe dat oude kanalenstelsel in elkaar zat. In elk geval konden mijn broer en ik altijd horen wat er daarbeneden aan de hand was.

'Hoe dan ook,' herneemt Sally, 'ik kleedde me aan en ging de trap af. Ik was van plan ertussenuit te knijpen, maar ik wilde eerst zien wat al die drukte te betekenen had. Ik bedoel dat ik de achtertrap afging. De dienstbodetrap.'

We lachen allebei, hoewel er niets grappigs aan is. Ik werp een blik op de digitale klok op het nachtkastje. Het is bijna tien uur.

'Ik ging dus naar de eerste verdieping en ging daar de gang op. Herinner je je dat daar zo'n lange overloop is die rond de hele hal loopt, hoe noem je die ook alweer?'

'De galerij.'

'O ja. En de galerij heeft zo'n, eh, zo'n... balustrade is het woord geloof ik, en eh, die houten palen... hoe heten die ook alweer? Spijlen? Pilaren? Hoe ze ook heten, je weet wel, die palen die de balustraden overeind houden. Ze zijn heel breed. Bijna zo breed dat je je erachter kunt verstoppen.'

'Vooral voor een kind.' Ik glimlach vluchtig bij de herinnering aan hoe Addison, Mariah, Abby en ik toen we klein waren graag verstoppertje speelden en ik me altijd daarboven op de galerij verstopte. Een van de dingen die ik al snel ontdekte was dat als de lampen in de hal aan en in de gang uit waren, en degene die 'm was zich beneden in de hal bevond, hij – of zij – niet kon zien dat ik me in de galerij schuilhield.

'Nou ja,' zegt Sally bits, 'ik ben nooit echt heel dun geweest, maar ik kon me daar toch verstoppen. Die nacht tenminste wel.' Ze verroert zich: de herinnering begint haar dwars te zitten. Misschien is haar morele gevoel wakker geschud. Maar ze houdt niet op met praten. 'Enfin, alleen in je vaders studeerkamer brandde licht. Dat is het gedeelte dat ik me het best herinner. Het was zo donker in de hal, alsof oom Oliver... o, alsof hij iets deed dat in het donker moest gebeuren. Ik weet dat het idioot klinkt, Tal, maar zo voelde het wel. En de stemmen die ik hoorde kwamen uit de studeerkamer. Ik kon niet horen wat je vader zei, ik denk omdat hij zijn stem probeerde te dempen, maar de andere man schreeuwde: "Zo wordt het spel niet gespeeld." Iets dergelijks.'

'Zei hij "het spel"?'

'Ik zei dat hij dat zei, ja.' Ze tuit haar lippen, niet zo fraai als ze waarschijnlijk denkt, en vervolgt: 'Nou ja, hoe dan ook, die andere man, de man die schreeuwde, kwam de gang op en hij wees naar je vader, met zijn wijsvinger zwaaiend alsof hij boos was of zoiets. Zo zag ik de moedervlek, toen zijn hand in het licht bewoog. Het was McDermott, of wat zijn naam in het echte leven ook is. Was.'

Dus Sally weet dat hij dood is. Wat betekent dat Mariah het waarschijnlijk ook weet. Wat betekent dat iedereen het weet. Misschien is dat de reden dat Sally heeft besloten haar stilzwijgen te verbreken. Ik zeg: 'Zijn naam was Colin Scott.'

'Goed, Colin Scott. De man die dus de week na het overlijden van je vader in de woonkamer was. Twintig jaar geleden stond hij daar gewoon in de gang met je vader te praten. Ik zweer het je. En hij zei iets in de trant van: "Er zijn regels voor dit soort zaken." Iets in die trant. En toen hoorde ik oom Olivers stem. Je weet wel, zijn prekende toon: "Er zijn geen regels waar het een" – en toen zei hij een woord dat ik niet goed kon verstaan – "betreft." Het was alsof hij zachter ging praten bij dat woord dat ik heb gemist. Niet omdat hij dacht dat er iemand luisterde. Het was een soort hijgend geluid. Maar ik heb het wel een beetje gehoord, Tal, en ik denk... ik denk dat het klonk als *dollar*. Zoals: "Er zijn geen regels waar het een dollar betreft."'

'Ze waren aan het bekvechten over geld?'

'Ik weet het niet. Misschien heb ik het niet helemaal bij het rechte eind. Maar zo klonk het wel. En die andere man, die schudde van nee. En toen kwam oom Oliver in het licht staan, en zijn gezicht, zijn gezicht was wóést, het was gewoon eng. Ik dacht dat hij had gedronken.'

'Dat zou best kunnen.' Ik kan op het moment geen reden bedenken waarom McDermott/Scott en mijn vader over geld zouden hebben geruzied. 'Hij dronk veel na Abby's dood.'

'Ik weet het, Tal. Dat herinner ik me. Het spijt me.'

'Geeft niet. Het is lang geleden.' Ik vraag me af hoe we van dit zijpad af moeten komen.

'Ons gezin had ook problemen.'

Ik knik alleen maar. Garlands praten niet over opgroeien of over iets anders dat onmogelijk veranderd kan worden. Maar Sally laat zich niet van de wijs brengen.

'Niemand heeft een jeugd zoals hij zich die wenst, weet je? We kiezen onze ouders niet uit. We kiezen ook de problemen van onze ouders niet. Als je dat inziet ben je al een heel eind.' Een New Age-feelgood-opmerking waarin ik geen betekenis kan ontdekken.

'Ik wil alleen maar het verhaal horen, Sally. Ik wil alleen maar weten wat er is gebeurd met mijn vader en... en de man met wie hij aan het bekvechten was.'

Sally kijkt me lang aan, provocerend en verontrustend. Ik wil deze vrouw niet in mijn hoofd. Ik wil haar zelfs niet in mijn kamer. Maar ik moet de rest weten.

'Enfin, ze stonden elkaar aan te staren alsof ze zouden gaan vechten of zoiets. En toen zei oom Oliver, tamelijk luid, bijna schreeuwend: "Ik ben het zat om me aan de regels te houden." De andere man schudde enkel zijn hoofd. Ik denk dat hij wilde dat oom Oliver zich gedeisd hield. En hij zei zoiets als: "Zo doen we dat niet." En toen werd je vaders stem heel zacht en kil, en hij zei: "Voor Jack zou je het doen."'

'Waarmee hij Jack Ziegler bedoelde.'

'Dat denk ik. Ik weet het niet zeker. Hij heeft niet de hele naam genoemd, maar ik denk dat hij hem bedoelde.'

Ik wrijf met een hand over mijn gezicht. Een paar momenten geleden was de kamer te klein. Nu lijken de muren terug te wijken, of misschien krimp ik wel. Ik voel me verloren en draaierig: dit is een beetje te veel, een beetje te snel. Ik verman me en stel een advocatenvraag om tijd te winnen.

'Weet je zeker dat het dezelfde man was? Dezelfde man die de dag na de begrafenis naar het huis kwam?'

Tot mijn opluchting leidt mijn scepsis niet tot een uitbarsting. 'Ik weet het zeker, Tal.' Ze ontspant zich weer, gaat verliggen op het bed. Ik zie dat ze zo'n beetje aan het eind van haar Latijn is. Toch somt ze als een goede getuige haar argumenten op. 'Ik herinner me zijn stem. Die was zo koud en boos. Ik herinner me de moedervlek op zijn hand van het moment dat hij met zijn wijsvinger tegen oom Oliver zwaaide. Ik herinner me het grote witte litteken op zijn lip. En ik herinner me nog iets anders. Het geknield op de grond zitten daarboven was niet erg comfortabel, dus ik bewoog me een beetje, waarbij een van de vloerplanken kraakte. En die andere man, McDermott, draaide zijn hoofd bliksemsnel om en keek recht naar waar ik me verstopte. Zijn ogen waren, ik weet het niet, als die van een roofdier dat op zijn prooi loert.

311

Ik wist zeker dat hij me zou zien. Ik was báng, Tal.' Ze gaapt en huivert dan. 'Het was dezelfde man, Tal. Ik zou het zweren op een stapel bijbels.'

Ik neem hier flegmatisch kennis van, rekening houdend met de mogelijkheden van vergissing, wensdenken of valse herinneringen. Of gewoon liegen.

'Geen regels waar het een dollar betreft? Zei hij dat?'

'Dat zei hij,' bevestigt Sally. Haar vertrouwen in haar herinnering groeit met de seconde. Advocaten zien dat vaak bij getuigen. Soms betekent het dat ze het echt bij het juiste eind hebben; soms betekent het dat ze vertrouwd zijn geraakt met een versie die ze ter plekke in elkaar hebben geflanst.

Sally gaapt weer. Ik kan zien dat ze inzakt.

'En, wat gebeurde er daarna?'

'Hmm? Wat?'

'Na de woordenwisseling die je hebt gehoord.'

'O. Nou, dat was het wel zo'n beetje. McDermott of Scott of hoe hij ook mag heten, nou ja, hij wendde zijn blik af van de galerij en keek weer naar je vader met een vinger tegen zijn lippen, waarna ze een paar minuten fluisterend overlegden, en toen knikten ze beiden en schudden elkaar de hand. Ze... blijkbaar waren ze niet meer boos. Toen liep oom Oliver met hem mee door de hal en opende de deur, en ik ging de achtertrap af, en ik denk dat je vader weer terugging naar zijn studeerkamer.' Ze gaapt weer.

Ik zit er een paar minuten zwijgend bij. Sally heeft haar onderarm over haar ogen gelegd. Ik heb geen reden te geloven dat Sally iets van dit alles heeft verzonnen. Sally is geen leugenaar; zoals ze tegen me zei: ze zegt alles wat ze op het hart heeft. Dus Scott heeft mijn vader gekend, heeft hem meer dan twintig jaar geleden gekend, heeft ons huis op een zomeravond bezocht toen de Rechter mijn moeder had voorgelogen door te zeggen dat hij naar de Rechtersconferentie ging, heeft woorden met hem gehad in de hal over dollars en regels en wat hij zou kunnen doen voor Jack Ziegler. Ik merk dat mijn irritatie toeneemt – niet vanwege mijn vader, maar omdat Sally dit achtergehouden heeft. Omdat ze het uit angst voor mijn afkeuring niet eerder heeft verteld. Ik kijk nu vluchtig naar haar. Mijn irritatie smelt weg. Ze heeft een hard leven gehad, Sally, maar slaagt er op de een of andere manier toch in de energie te vinden voor een glimlach. Zoals nu, glimlachend met haar ogen dicht, en zich toch bewust, dat weet ik zeker, van mijn kritische blik. De manier waarop ik warmloop voor haar bevalt me niet. De woorden van de Rechter komen weer bij me boven: *Niemand kan de verleiding voortdurend weerstaan. Het is de kunst die te mijden.*

Mijden. Juist. Ik moet overwegen Sally hier met zachte dwang weg te krijgen. Haar jurk is erg gekreukt, haar dure vlechtenkapsel is een bruine puinhoop. Ze zal wel een fraaie aanblik bieden als ze weer naar beneden gaat. Ik betrap mezelf erop dat ik hoop dat degenen die haar zien, zullen denken dat ze uit de kamer van iemand anders wegsluipt.

En dan realiseer ik me dat er een deel van het verhaal ontbreekt.

'Waar was Addison eigenlijk?' vraag ik. Geen reactie. Luider: 'Sally?'

'Mmmm?'

'Addison, Sally. Waar was mijn broer toen dit allemaal plaatsvond?'

'Hmmm? Addison?' Ze hinnikt. 'Zie je, tja, dat is het hem nou juist.' Ze draait zich op haar andere zij, met haar gezicht van mij af. Haar stem is traag. De drug? De drank? Uitputting? Allemaal samen, vermoed ik. 'Dat is het hem nou juist,' zegt ze weer. 'Je weet dat de dienstbodetrap naar de kleine gang achter de keuken leidt, hè? Nou, toen ik daar kwam, was de keuken donker, maar ik was bang om het licht aan te doen omdat ik niet wilde dat oom Oliver me betrapte, snap je? Ik wilde naar buiten gaan via de bijkeuken. Nou, ik deed ongeveer twee stappen en stootte toen mijn scheen tegen een kruk, en ik zal wel een beetje te veel lawaai gemaakt hebben of zoiets, want vóór ik wist wat er gebeurde was er een hand over mijn mond. Ik probeer te schreeuwen, ik probeer te bijten, ik probeer te schoppen, ik ben doodsbang, en natuurlijk is het jouw vervloekte broer.' Ze valt even stil. Schudt haar hoofd. 'Addison,' mompelt ze. 'Addison, Addison, Addison.' Haar mantra. '*Addison.*' Dan niets meer.

'Sally? Sally, wat was er met Addison? Wat gebeurde er in de keuken?'

'Hmmm? Keuken?'

'Van mijn vaders huis. Toen Addison zijn hand over je mond legde.'

'O. O, ja. Nou. Hij zei dat ik stil moest zijn, en ik vroeg hem of hij de hele tijd in de keuken was geweest, en hij vroeg mij welke hele tijd, en ik zei de tijd dat je vader aan het bekvechten was met die blanke man, en hij zei welke blanke man, en ik zei de man die met oom Oliver aan het praten was, en hij zei dat hij niet wist waarover ik het had, en ik probeerde met hem te kibbelen, maar toen zei hij dat we moesten maken dat we wegkwamen. Dus we gingen de keukendeur uit, en, nou ja, dat was dat.'

Ik heb het gevoel dat me hier iets is ontgaan.

'Sally, luister eens. Word eens wakker. Sally, geloofde je hem? Geloofde je Addison? Dat hij niets had gehoord?'

Weer dat gehinnik. '*Addison* geloven? Neem je me in de zeik? Die nikker heeft me zijn hele leven nog nooit ergens de waarheid over verteld.' Sally's taalgebruik wordt steeds minder beschaafd naarmate de vermoeidheid toeslaat. 'Hij zou verdomme ik weet niet wat zeggen om te krijgen... te krijgen wat hij wil. Om aan zijn gerief te komen.' Een kort gegiechel.

'Sally. Sally, luister. Alsjeblieft. Dit is belangrijk, oké? Denk je dat Addison de woordenwisseling heeft gehoord?'

'Natuurlijk heeft hij die gehoord.' Een blaffend geschater. Sally beschikt over een opmerkelijk repertoire aan lachgeluiden.

'Weet je het zeker?'

'Nou en of ik het zeker weet.' Nog een gaap, langduriger nu. Ze is óp. 'Hij vertelde het me toen ik hem belde om hem te vertellen wat... dat dezelfde man de dag na de begrafenis bij jou thuis was.'

Wát!

'Wanneer was dat?'

'O, dat weet ik niet.' Slaperig. 'Een week later. Misschien twee.'

Natuurlijk.

Hij had het gehoord. En hij heeft niets gezegd. Hij heeft zich, zoals altijd, niet in de kaart laten kijken. Mijn familie! Het enige waartoe we in staat zijn, is geheimen bewaren! Addison heeft de woordenwisseling tussen mijn vader en Colin Scott twintig jaar geleden in Shepard Street gehoord; hij wist dat het dezelfde man was die voorgaf dat hij FBI-agent McDermott was, omdat Sally, zijn voormalige minnares, het hem ongeveer een week na de begrafenis had verteld. En hij heeft het mij nooit verteld. Ik wil wedden dat hij het Mariah ook niet heeft verteld, want die zou de informatie aan haar samenzweringstheorie hebben toegevoegd en het meteen aan mij hebben overgebriefd.

'Sally?'

Enkel gesnurk.

Ik zucht en nestel me in de stoel. Uitgeput dommel ik meteen in en droom een vreselijke droom van verdoemenis.

Mijn ogen knipperen open. Een moment van desoriëntatie, en dan komt alles weer op me af. Ik vecht nog steeds tegen de bierkaai, mijn nicht ligt nog steeds op het bed te slapen en het is nu ver over elven.

'Sally, hé, wakker worden. Sally, je moet weg. Sally!'

Meer gesnurk. Van het harde, alcoholische soort. Het soort gesnurk dat ik 's avonds altijd uit de studeerkamer van de Rechter hoorde komen in de afschuwelijke tijd na de dood van Abby; misschien het soort gesnurk dat Addison hoorde toen hij terugkwam naar het huis nadat hij Sally had thuisgebracht in de nacht dat Colin Scott ruziemaakte met mijn vader. Of misschien had hij haar alleen maar naar de S4-bus gebracht.

Mijn broer, de koning van het nachtelijke gesprek. O, natuurlijk heeft Sally zijn nummer. Doe iets, zeg iets.

'Sally? Sally, wakker worden. Kom op, Sally!'

Ik sta op en loop naar het bed. Slapend, door haar open mond ademend, haar kleine vuisten gebald bij haar keel, biedt Sally Stillman een kwetsbare aanblik; het is nu niet moeilijk de snoezige tiener te zien die ze ooit was, toen ik haar en Addison bespioneerde in Vinerd Hius. Ik raak Sally's blote schouder aan, waarbij ik mijn vingers iets te lang laat liggen. Haar vlees is warm en gevaarlijk levend.

'Hé, Sally, kom op.'

Ze mompelt iets en draait zich weg van mijn hand. Ik betwijfel of ik haar kan wekken, in elk geval niet zonder haar heen en weer te schudden, wat ik niet van plan ben. De gebeurtenissen van de afgelopen paar weken zijn me niet in de koude kleren gaan zitten, en wat ik het liefst wil is tegen Sally's omvangrijke lichaam aankruipen, mijn armen om haar heen slaan en mezelf in haar warmte verliezen.

Ik ben zo ontzettend moe. Van zo ontzettend veel dingen. Van me zorgen maken over samenzweringen, van op de loop gaan voor fantomen, van ruziemaken met mijn vrouw. Zo moe. En zo eenzaam.

Ik besluit Sally te laten blijven. Zelfs al zou ik haar wakker kunnen krijgen, ik kan haar moeilijk in deze toestand naar huis sturen. En dat betekent dat ze hier in mijn hotelkamer zal moeten blijven om haar roes uit te slapen.

Voor haar eigen bestwil.

Verleiding. Het is de kunst die te mijden.

'Zo gemakkelijk is het niet, papa,' mompel ik, terwijl ik behoedzaam op de rand van het verkreukelde bed ga zitten waarop mijn nicht doorsluimert, onwetend van mijn nood. Ik houd mezelf voor dat ik een getrouwd man ben, maar de kamer lijkt zo vreselijk klein, het bed zo vreselijk groot. Mijn keel is droog. Mijn vingers reiken onwillekeurig nogmaals naar haar ronde, uitnodigende schouder.

Dan vallen ze terug.

Mijden.

Ik ga naar de kast voor een extra deken, die ik over Sally's slapende gestalte drapeer. Ik doe mijn stropdas af, glijd uit mijn schoenen en loop terug naar de bureaustoel om te waken.

Wat een puinhoop.

24

De diagnose

— I —

Als je door Seventh Street in de buurt van Howard University rijdt, ontdek je een klein, opmerkelijk complex universiteitsdorp, verborgen in het hart van Washington. Het is maar een paar huizenblokken lang, dus je ziet het gemakkelijk over het hoofd, maar het is er wel. Het heeft snackbars in plaats van delicatessenzaken, eethuizen met een zuidelijke keuken in plaats van pizzasalons, maar je vindt er ook de gebruikelijke, verspreide kantoorgebouwtjes, flatgebouwen, en fotokopieerzaken. Natuurlijk omvat dit universiteitsdorp ook een ongezonde hoeveelheid dichtgetimmerde ramen, van onkruid vergeven, braakliggende terreinen en door prikkeldraad omgeven pakhuizen. Maar als je verder wilt kijken dan de dure brochures die mijn eigen universiteit verstuurt, heeft ook Elm Harbor veel van zulke armzalige kenmerken; en als we die beter verhullen, komt dat alleen omdat we meer geld hebben om camouflage te kopen.

Het is de smalle Seventh Street waarheen ik me op de laatste dag van de conferentie begeef om, zoals Kimmer me plaagde toen ik het haar vertelde, te gaan lunchen met een andere vrouw. De vrouw in kwestie is Lanie Cross – officieel dokter Melanie Cross, maar ze vroeg de kinderen Garland altijd of ze haar Lanie wilden noemen, tot grote ergernis van mijn ouders. Zij en haar overleden man, Leander Cross, een prominent chirurg van de donkerder natie, waren in mijn jeugd misschien wel de meest vooraanstaande gastvrouw en gastheer van het borrelcircuit van de Goudkust, een circuit waarin mijn ouders zich vaak bewogen, omdat je dat in die dagen hoorde te doen: op vrijdag een luisterrijk diner in het ene huis, op zondag een champagnebrunch in het andere, caterers, koks, zelfs tijdelijke butlers paraat terwijl de crème de la crème van zwart Washington zich uitleefde in een waanzinnige imitatie van de dwaasheid van blanken. Maar toch was het eigenlijk zo gek nog niet. In vroeger tijden, zei mijn moeder altijd, waren er in Amerika maar een paar honderd zwarten die ertoe deden, en ze kenden elkaar allemaal. Een tikkeltje snobistisch, maar ook een intrigerende bewering. Die uitgaanswereld, zo onverklaarbaar verkwistend en pretentieus in de ogen van zijn critici, verfriste en versterkte degenen die erdoorheen wervelden, gaf ze de kracht om de confrontatie aan te gaan met zoveelste dag, de zoveelste week, de zoveelste maand, het zoveelste jaar dat ze hun overvloedige talenten verkwistten in een natie die niet bereid was hen voor hun bekwaamheden te belonen.

Als kind vond ik het heerlijk om op zaterdagochtend vroeg naar beneden te komen wanneer mijn ouders de avond daarvoor gasten hadden ontvangen. Ik zwierf door de nog niet schoongemaakte kamers, snuffelde aan de glazen, liet de tafelschikkingskaartjes door mijn handen glijden, zocht naar nieuwe krassen op de reusachtige, glanzende, rozenhouten eettafel in de eetkamer. Terwijl mijn ouders uitsliepen van hun gefeest, maakten mijn broer, zus en ik er soms een spel van. Dan gingen we aan tafel zitten, hieven ons glas om een dronk uit te brengen op een manier die ons scherpzinnig voorkwam, en probeerden er door middel van dit toneelstukje achter te komen wat al die volwassenen nu eigenlijk tot diep in de nacht déden, dat ze aldoor zo schor lachten en vrolijk elkaars namen riepen, terwijl wij ineengedoken in het trappenhuis zaten te luisteren en ervan probeerden te leren. Er zijn sindsdien ruim dertig jaar voorbijgegaan, en ik vraag me nog steeds af wat het geheim was, want de onuitgesproken magie van integratie heeft de geest van die lange, vrolijke avonden doen verdwijnen. Weliswaar is er nog steeds vermaak en zijn er zelfs nog steeds feesten, maar iets van het karakter ervan is verloren gegaan, de rol die ze speelden bij het schragen van de gemeenschap is minder duidelijk geworden, misschien omdat de gemeenschap zelf de geest begint te geven. Kimmer en ik wonen in een buurt die, afgezien van ons, geheel blank is, en maar weinig van de vrienden uit mijn puberteit wonen zelfs maar in de nabijheid van de Goudkust, tenzij je de chiquere voorsteden van Washington zelf meetelt.

Lanie Cross is verbonden met dat vroegere tijdperk. Ze leeft in zekere zin tussen die twee werelden van toen en nu. Misschien is het haar leeftijd. Haar vader was van de generatie van mijn vader, maar Lanie zelf was zo'n vijftien jaar jonger – niemand spreekt erover dat ze trouwden toen ze een studente van hem was op Howard – zodat ze nu achter in de vijftig moet zijn. Ze is een grote, knappe vrouw, met lange botten in elk deel van haar lichaam, van haar benen tot haar kaken, en een huid die zijn gladde bruine schoonheid behoudt, ook al beginnen er rimpeltjes in haar gezicht te verschijnen. Haar grijze ogen schitteren speels van energie en intelligentie. Toen ik een kind was, waren alle jongens verliefd op haar.

Zoals al haar werkdagen is deze drukbezet, en wanneer ik haar praktijk opspoor in een van die gewitte, vierkante, voor professionele doeleinden bestemde laagbouwcomplexen, vraagt haar strenge maar beleefde receptioniste, ook een vrouw op leeftijd, een West-Indische, of ik even wil wachten. Ik ga op een harde houten bank tussen haar patiënten zitten, vrouwen variërend in leeftijd van de vroege tienerjaren tot aanzienlijk ouder dan ik. Allen behoren tot de donkerder natie. De meesten lijken, naar hun manier van doen of hun kleding te oordelen, redelijk welgesteld, want Lanie Cross heeft nog steeds een clientèle uit vroeger tijden. Maar enkelen vertonen tekenen van verarming, en enkelen lijken niet veel meer dan een paar economische sporten boven de vaste klanten van de gaarkeuken te staan. Naar verluidt behandelt Lanie hen zonder onderscheid, en ik koester zoveel genegenheid voor haar dat ik graag zou willen geloven dat het waar is.

Lanie was verbaasd van me te horen toen ik haar een week geleden belde, wat ook wel voorstelbaar is bij een plotselinge vriendschapsverklaring van iemand met wie ze waarschijnlijk in geen vijf jaar een woord heeft gewisseld, afgezien van een symbolische omhelzing bij de begrafenis. Ik wist haar thuis te bereiken, na het geheime nummer van de sociabele Mariah te hebben verkregen, en ik hoorde op de achtergrond een kind huilen. Lanie vertelde me dat haar dochter en schoonzoon op bezoek waren, en ik deed een vergeefse poging om te herinneren hoeveel kinderen ze had. (Het bleken er drie te zijn, allemaal geadopteerd: Lanie en haar man konden geen kinderen krijgen op de ouderwetse manier.) Toen ik uitlegde dat ik over mijn vader wilde praten, werd ze nog voorzichtiger. Uiteindelijk stemde ze erin toe met me te gaan lunchen, vermoedelijk omdat ze even benieuwd is naar wat ik haar kan vertellen als ik ben naar wat zij mij kan vertellen. Haar overleden man was, behalve een oud golf- en pokermaatje, een van de twee echte vertrouwelingen van mijn vader – de andere was mijn moeder – tijdens de moeilijke tijd nadat Greg Haramoto naar voren was getreden. Addison heeft me ooit verteld dat de twee doktoren Cross een uitzonderlijk hechte band hadden. Ik hoop maar dat dit waar blijkt te zijn.

— 11 —

Ik heb een taxi naar Lanies kantoor genomen, dus we gaan met haar compacte en praktische Volvo, waarin ze al reed ten tijde van mijn vaders hoorzittingen, naar Adams-Morgan, mijn oude buurt. Ze heeft een Cubaans restaurant uitgekozen waar ze weg van is en dat ze al een tijd niet heeft bezocht. Lanie is zoals altijd goed gekleed, in een slank makend donkerblauw broekpak en een enkellange jas van vicuña die mijn maandsalaris moet hebben gekost. Ze moet om twee uur terug zijn in haar praktijk, zegt ze, dus we zullen moeten opschieten.

Tijdens de angstvallige rit door de stad – ik was vergeten dat Lanie net zo behoedzaam rijdt als de keuze van haar auto doet vermoeden – wisselen we de beleefdheden uit die je kunt verwachten van twee kennissen die elkaar een half decennium nauwelijks hebben gesproken, en die nooit erg goed bevriend zijn geweest. Ik houd ook in de gaten of ik een groene sedan zie die zo gewoon is dat hij zou kunnen opvallen, maar er rijden te veel gewone auto's rond. Lanie, zich niet bewust van mijn waakzaamheid, merkt op dat ze vorige maand mijn schoonouders nog heeft gezien tijdens een etentje en dat ze er gezond genoeg uitzagen om het eeuwige leven te hebben. Dan beseft ze hoe ik dat zou kunnen opvatten en verdoezelt ze haar verspreking met verhalen over haar kinderen: de oudste, haar zoon, maakt carrière in de luchtmacht en sleept zijn vrouw en drie kinderen de hele wereld over; de op één na oudste, een dochter, een gescheiden vrouw die in haar eentje een zoontje grootbrengt, is sinds kort hoogleraar geschiedenis hier in Howard; en de jongste, ook een dochter, is huisvrouw in New Rochelle, waar ze drie kinderen grootbrengt terwijl haar man, 'die iets met obligaties doet', op en neer reist naar Manhattan. Lanie is trots op haar kinderen en vindt het heerlijk om zeven kleinkinderen te hebben, en ik herinner me met onbehagen hoe sommigen van ons de kinderen Cross altijd plaagden om hun onvoorwaardelijke toewijding aan hun ouders, aangezien het Vijfde Gebod voor de meesten van ons niet meer dan een verzameling dwaze woorden was die in het lokaal van de zondagsschool aan de muur hing. Maar als wij geadopteerd waren geweest door twee dermate liefhebbende en ruimhartige ouders als de Crosses, zou ik ze ook altijd op de eerste plaats laten komen.

Omstreeks de tijd dat onze aperitiefjes op raken, is het ten slotte Lanie zelf die het gesprek op het onderwerp brengt waar het allemaal om te doen is. 'Maar goed, je zei dat je over je vader wilde praten.'

'Nou ja, over zijn relatie met jouw echtgenoot.'

'Relatie?' Lanie, haar waterglas in haar magere hand, ziet er geamuseerd uit.

Ik bloos een beetje. 'Wat ik bedoel is, dat ik alles wil weten wat je wilt loslaten over wat je man over mijn vader heeft verteld.'

'Wat Leander me over je vader heeft verteld?'

'Ja.'

'Alles?' Haar ogen fonkelen. Dit was ik van Melanie vergeten, haar ondeugende manier van communiceren met mannen door alles wat ze tegen haar zeggen als een vraag te herhalen. Ik dacht dat ze dat nu wel ontgroeid zou zijn, maar het is misschien iets instinctmatigs bij haar, niet zozeer flirterig als wel behoedzaam. Ze vindt het prettig om mannen van de wijs te brengen, wat haar in staat stelt zelf op haar hoede te blijven.

'Niet alles. Maar als je terugdenkt aan de tijd... nou ja, de tijd dat mijn vader genomineerd was voor het Supreme Court en al die moeilijkheden had. Mijn vader heeft niet veel mensen om advies gevraagd, maar ik weet dat hij dokter Cross heeft geraadpleegd. Alles wat je me kunt vertellen over wat je man jou heeft verteld... dat is wat ik graag zou willen weten.'

Lanie strijkt haar korte pony van haar voorhoofd en neemt peinzend een paar hapjes van haar *bistec empanizado*. Ik leun achterover en nip van mijn Pepsi-Light, wachtend tot ze een besluit heeft genomen. Ik weet niet waarom iedereen met wie ik praat niet bepaald toeschietelijk overkomt. Misschien raak ik gemeenschappelijk zeer.

'Er valt niet zoveel te vertellen,' zegt ze ten slotte. Ze glimlacht nerveus en toont daarbij een stel volmaakte kronen. 'Leander nam me minder in vertrouwen wat betreft je vader dan iedereen denkt. Veel minder.'

Ik knoop het vreemde woord *iedereen* in mijn oren terwijl ik aanmoedigend knik. 'Alles wat je je kunt herinneren.'

'Het waren niet de gemakkelijkste tijden,' waarschuwt ze.

'Dat begrijp ik, maar... er zijn dingen die ik gewoon moet weten.'

'Dingen die je móét weten?'

'Toen zijn nominatie... toen alles in duigen viel, heeft hij maar met weinig mensen gesproken. Ik weet dat hij met dokter Cross heeft gesproken. Met jouw man. Ik wil gewoon weten waar ze het over hebben gehad. En hoe... laten we zeggen hoe mijn vader gestemd was.'

Lanie houdt de boot nog steeds af. Misschien heeft haar man haar opgedragen er niet over te praten. 'Waarom is het zo belangrijk voor je, Talcott? Heeft dit iets te maken met Kimmers rechterschap?'

Ai! Ik herinner me Mallory Corcoran: *Zijn er dan helemaal geen geheimen*

meer in deze stad? Nee dus, zoals mijn vader ook ondervond. Ik kies mijn woorden behoedzaam. 'Nee, het is vanwege andere dingen die gebeurd zijn.'
'Die privé-detective, bedoel je. Degene die verdronken is.'
Nog eens ai! 'Eh, ja. Misschien. Ik ben er niet zeker van.'
'Hij heeft geprobeerd me te ondervragen, moet je weten. Hij heeft een paar mensen van vroeger gesproken. Ik denk dat ze hem geen van allen veel hebben verteld.' Waarover? wil ik vragen, maar Lanie onderbreekt haar verhaal niet, en ik wil haar niet in de rede vallen. 'Niet dat een van hen overigens veel te vertellen had. Hij was op zoek naar papieren of zoiets. Ik weet niet precies hoe het zat, want ik weigerde met hem te praten. De brutaliteit!' Ze fronst hoofdschuddend haar wenkbrauwen. 'Ik heb begrepen dat hij nog erger was dan een politieagent. Oudere mensen thuis lastigvallen, hen intimideren, dat doet maar. Grace Funderburke moest haar hond tegen hem ophitsen, heb ik gehoord. Carl Little zei tegen hem dat hij zijn pistool ging halen, al heeft Carl het ding waarschijnlijk al een kwart eeuw niet afgeschoten. En men zegt dat hij het die arme Gigi Walker zo moeilijk maakte dat ze in tranen was toen hij vertrok.'
'Waarover maakte hij het haar zo moeilijk?' vraag ik gefascineerd.
Lanie maakt een geprikkelde indruk. 'Dat heb ik je al gezegd, Talcott, dat weet ik niet precies. De FBI is langsgeweest en heeft hun er allemaal over ondervraagd. Ik denk dat hij een of andere wet heeft overtreden. Maar voorzover ik begrepen heb, ging het om wat ik je heb verteld: papieren. Papieren die je vader kennelijk had achtergelaten toen hij stierf. Ik weet het niet.' Ze haalt opnieuw haar schouders op, omstandig ditmaal, om het onderwerp te beëindigen. 'Ik heb niet met hem gepraat,' brengt ze me in herinnering.
Ik neem even de tijd en breng om dat te verhullen een vork vol rijst en bonen naar mijn mond. Als Lanie zich niet door Colin Scott wilde laten ondervragen, wie is dan die *iedereen* die dacht dat haar man haar in vertrouwen zou hebben genomen? Bedoelt ze gewoon haar vrienden in Sixteenth Street? Of is er een niveau waartoe ik nog niet ben doorgedrongen?
Eén ding weet ik zeker: ik ben bij de juiste persoon beland.
'Lanie, laten we het over mijn vader hebben, niet over die detective.'
'Zoals je wilt.'
'Ik moet weten wat je man je heeft verteld. Alsjeblieft. Alles wat je je kunt herinneren.'
'Je hebt me nog niet verteld waarom, Talcott.'
Dat heb ik inderdaad niet gedaan. Ik besef dat ik wel met iets goeds moet aankomen. Als Melanie Cross al vijftien jaar of meer niet over deze zaken

heeft gesproken, heb ik geen reden om te veronderstellen dat ze nu bereid is alles op te biechten alleen omdat ik het vraag.

'Omdat ik denk dat mijn vader heeft gewild dat je het me vertelt,' zeg ik.

Dit wekt haar belangstelling. Haar wijze ogen kijken me even aan en ze trekt vragend en twijfelend haar dunne wenkbrauwen op.

'Hij heeft een briefje voor me achtergelaten,' leg ik uit.

— III —

Lanie Cross vraagt me niet wat er in het briefje stond. Ze knikt alleen met haar slanke hoofd, berustend misschien. 'Tal, dit zou voor jou weleens moeilijk te verdragen kunnen zijn.'

'Dat weet ik, maar ik denk dat ik het moet horen.'

'Je bedoelt dat je het wilt horen.'

'Ik geloof niet dat er hierbij nog sprake is van willen.'

Ze is er niet blij mee. 'Tal, begrijp wel dat mijn Leander een chirurg was, geen psychiater. Maar... nou ja... oké. Je wilt praten over wat er na de hoorzittingen is gebeurd? Prima. Dat zal ik je vertellen.' En dat doet ze ook, recht voor zijn raap, zonder franje. 'Leander heeft me verteld dat hij dacht dat je vader een inzinking had.'

'Een inzinking? Wat houdt dat in, een inzinking?'

'Je weet wat dat inhoudt. Een zenuwinzinking. Hij... Toen al die verhalen over Jack Ziegler naar buiten begonnen te komen, belde Oliver Leander regelmatig midden in de nacht op – misschien wel twee- of driemaal tijdens die eerste week. Om twee uur 's nachts ging dan de telefoon en Leander griste de hoorn van de haak, terwijl ik naar hem lag te kijken. Hij fluisterde een paar woorden, verbleekte vervolgens, en ik kon zien dat hij de juiste dingen probeerde te zeggen, probeerde te troosten, maar na een tijdje kon hij er geen woord meer tussen krijgen. Na afloop vertelde Leander me altijd dat het Oliver was, en dat hij zat te huilen aan de telefoon. Het spijt me, maar dat is wat hij zei. Dat hij zat te huilen en voortdurend dingen zei als: "Hoe kon hij me dit aandoen?" Waarbij hij op die griffier doelde, zei Leander, degene die tegen hem heeft getuigd. Of hij zei: "Ik heb alles gedaan wat ik moest doen, ik heb mijn werk goed gedaan, hoe kon hij me in deze positie brengen? Bestaat er dan niet meer zoiets als loyaliteit?" Zulk soort dingen. Leander werd een beetje bang van hem. Omdat hij op zo'n manier tekeerging over zijn griffier, maar ook omdat... nou ja, Leander vond dat hij weer dronken klonk.'

'Dronken! Maar... maar hij was met drinken gestopt toen... hij was al jaren daarvoor met drinken gestopt.'

Lanie schudt haar hoofd, de grijze ogen ernstig en meevoelend, zoals ze dat waarschijnlijk ook zijn wanneer ze een patiënte meedeelt dat ze kanker aan de eierstokken heeft. 'Ik denk dat hij weer was begonnen. Dat was althans wat mijn Leander dacht. En...'

'Wacht. Wacht even. Als hij dronk, zou ik dat geweten hebben.'

'Hoezo?'

'Nou, om te beginnen ben ik tijdens die hele toestand overgekomen uit Elm Harbor. Let wel, mijn vader heeft er helemaal niet met me over gepraat. Ik weet niet eens zeker of hij me wel in de buurt wilde hebben.' Plotseling heb ik een brok in mijn keel. Ik heb hier nooit aan terug willen denken, had nooit verwacht dat te doen. 'Hij... hij heeft er helemaal niet met me over gepraat,' herhaal ik, in een poging de draad weer op te pakken. 'Evenmin als... evenmin als mijn moeder. Ik denk dat ze niet... dat ze niet het soort mensen waren die veel praatten over, eh, gevoelens. Problemen. Dus toen dit allemaal gebeurde, toen zijn nominatie mislukte, konden wij... wij kinderen hen niet aan het praten krijgen. Maar dan nóg, drinken... als hij dronk...' Ik stok, mijn ogen wazig en prikkend. Ik herinner me de onsubtiele toespelingen van Wallace Wainwright tijdens onze ontmoeting van gisteren: *Hij was zichzelf niet. Hij wist niet wat hij zei.* Misschien was ik de enige die niet besefte dat mijn vader, in zijn pijn en vernedering, weer naar de fles was gaan grijpen.

Melanie Cross weet als arts heel goed dat er momenten zijn dat je niet probeert je patiënten te troosten, en ze zwijgt. Ze wacht. Gedurende een verschrikkelijk moment beleef ik opnieuw de plotselinge keldering van vreugde naar afgrijzen, van een huishouden dat een chaos was van telefoontjes, vrienden en telegrammen omdat de Rechter op het punt stond toe te treden tot het Supreme Court, naar de eenzame, dappere, hopeloze dodenwake toen vrienden verdwenen en de telefoon stilviel – met uitzondering van de zielloze media – zodra het duidelijk werd dat niet alleen de nominatie, maar ook mijn vaders carrière tot de ondergang was gedoemd. Ik was toentertijd bezig met mijn derde en laatste jaar op de juridische faculteit, en ik verzuimde colleges voor de eerste glorieuze dagen van de hoorzitting. Iets meer dan twee weken later zat ik weer in de rechtszaal, achterin, toen Greg Haramoto's getuigenverklaring en een vloedgolf van ondersteunend bewijsmateriaal mijn vaders verklaringen van onschuld overspoelden. Na die eerste, heerlijke ochtend bleef ik nog wat na in het huis aan Shepard Street, terwijl mensen die mijn vader het beste toewensten en mensen die graag tot de hogere kringen wilden behoren, de deur platliepen, en mijn ouders, die op hun koninklijkst en charmantst waren, deze bewieroking aanvaardden als iets wat hun toekwam. Maar toen ik, nadat de dijk was doorgebroken, wilde helpen, werd het duidelijk dat mijn ouders eigenlijk geen van beiden wisten wat ze met me aanmoesten.

'Ik heb niet veel tijd thuis doorgebracht,' zeg ik ten slotte. 'Ik zat nog op de juridische faculteit.'

'Dat weet ik nog,' zegt Lanie, die bij de herinnering warm en met een roddelachtige ondeugendheid glimlacht. 'Jij en Kimmer gingen toen nog maar net met elkaar, niet?'

Ik aarzel, want Lanie heeft, misschien onopzettelijk, een kleine valstrik voor me gelegd. In 1986, ten tijde van mijn vaders nominatie, waren Kimmer en ik studiegenoten, meer niet, en gingen we allebei – formeel gesproken dan – met iemand anders. In werkelijkheid waren we in het *o-nee-we-moeten-hiermee-ophouden-denk-aan-Kathy*-stadium van het opnieuw aanwakkeren van wat ooit een zeer gepassioneerde relatie was geweest; zoals de meeste jonge volwassenen van die tijd – en ook van deze tijd, trouwens – liepen we weg met het gevaarlijk tegen de moraal van het beschaafde leven indruisende idee dat het niet alleen ons recht was, maar ook onze plicht om toe te geven aan onze instincten. Op de een of andere manier is die neiging altijd het leidmotief geweest van onze wederzijdse aantrekking: driemaal, misschien wel vaker, al naargelang de manier waarop je telt, zijn we in elkaars armen beland op een moment dat in ieder geval één van ons iemand anders toebehoorde.

Omdat ik niet bereid ben Lanie te onthullen wat iedereen al weet, besluit ik maar weer eens dat een afleidend antwoord het beste is. 'Je zou weleens gelijk kunnen hebben. Over het drinken van mijn vader, bedoel ik. Ik woonde niet thuis. Als mijn vader laten we zeggen 's nachts dronk... dan zou ik daar uiteraard niets van weten.'

'Het spijt me, Tal.'

'Nee, het geeft niet. Het is... geloofwaardig.'

'Weet je, Tal, mijn man heeft geprobeerd... de eerste keer, na Abby... hij heeft geprobeerd je vader zover te krijgen dat hij hulp ging zoeken voor zijn drankprobleem. Maar Oliver bleef dat weigeren. En hij is er natuurlijk wel uit zichzelf mee opgehouden.' Ze trommelt met haar nagels op de tafel. 'Leander zei dat je vader altijd een beetje beledigd leek wanneer hij het idee van behandeling ter sprake bracht.'

'Dat zit er wel in, ja.' Ik slaak een zucht, treurig gestemd bij de herinnering. 'Hij beschouwde counseling en therapie als een laatste toevlucht voor wilszwakken.'

'Alcoholisme is een ziekte...' begint de dokter in haar onwillekeurig.
Lachend steek ik mijn handen op ten teken van overgave. 'Hé, mij hoef je niet te overtuigen. Ik weet dat het een ziekte is en ik weet dat er een erfelijke aanleg bij komt kijken, en dat zijn twee van de redenen waarom ik het spul niet aanraak.' Dan word ik weer somber. 'En als het een ziekte is en mijn vader er nooit voor behandeld is... tja, dan wil ik wel geloven dat hij er weer mee begonnen was.' Ik speel met mijn eten, want de eetlust is me vergaan. Dit is allemaal niet waarvoor ik gekomen ben. Het enige wat ik heb gedaan is de nooit geheel genezen wonden van die slopende dagen openrijten. Maar ik dring aan. 'Is dat alles wat je man je heeft verteld? Het drinken? Die... die gekke telefoontjes?'

'Eh, nee. Er was meer.' Lanie klakt nadenkend met haar tong. Ze staat op het punt opnieuw iets te ontsluieren en vraagt zich klaarblijkelijk af of ze dat wel moet doen. 'Bijvoorbeeld... het schaken,' zegt ze ten slotte.

'Het schaken? Hoezo?'

Lanie rimpelt nadenkend haar sterke voorhoofd. Ze strijkt haar haar weer weg, stopt een paar happen salade in haar mond. Ik wacht terwijl ze van haar water nipt. 'Leander had de gewoonte om 's avonds bij je vader langs te gaan, zowel tijdens die hele toestand als... als daarna. Hij belde niet altijd van tevoren op...'

'Omdat hij wilde nagaan of mijn vader dronk,' opper ik.

'Dat zal gedeeltelijk wel het geval zijn geweest. Maar je moet ook bedenken, Tal, dat ze van een andere generatie waren. Onaangekondigd langsgaan was iets wat vrienden deden. Het was niet als tegenwoordig; nu is geen enkel huis ooit netjes of geschikt voor gasten, dus bel je eerst zodat je vrienden alles kunnen schoonmaken. De huizen van de mensen, het leven van de mensen, alles was in zekere zin... opener. Niet dat niemand geheimen had, maar er heerste een soort gevoel dat... dat... dat je vrienden je mochten zien zoals je was. Je begrijpt wel wat ik bedoel.'

'Ja.' Ik glimlach even, hopend dat Lanie een beetje opschiet, want het is kwart voor één en ik weet dat ze om twee uur een patiënt heeft. Of misschien zijn het mijn eigen heimelijke herinneringen aan de buurt die deze onverwachte drang om voort te maken teweegbrengen. Wat verderop in Columbia Road ligt het appartement waar ik eind jaren tachtig woonde, en waar Kimmer, hoewel ze getrouwd was met André, soms sliep. Het kan best zijn dat we een paar stiekeme maaltijden hebben genuttigd in ditzelfde restaurant.

'Enfin. Leander ging dus langs en trof je vader gewoonlijk in zijn kleine studeerkamer aan – je weet welke kamer ik bedoel – waar Oliver zijn schaakspel had uitgestald, dat spel waarop hij zo trots was, hij pronkte altijd met de stukken, en dan zat hij in zijn eentje te schaken.' Ze trekt een gezicht. 'Nee, dat klopt niet. Even denken. Ik weet niet veel over schaken, dus het valt niet mee om het me goed te herinneren. Nee. Hij was niet aan het schaken. Hij probeerde... hij was schaakpuzzels aan het maken...'

'Problemen.'

'Hmmmm?'

'Schaakproblemen. Mijn vader mocht graag... Dat noemen ze *componeren*. Hij mocht graag schaakproblemen componeren. Dat zou je zijn hobby kunnen noemen.'

'Juist!' Haar gezicht klaart op. 'Want ik herinner me dat Leander me vertelde dat hij dacht dat het een geweldige therapie was, dat het erg ontspannend voor je vader zou moeten zijn, alleen... alleen...'

'Alleen wat?' Mijn geduld en mijn tijd zijn aan het opraken en ik zou willen dat ze gewoon maar zei waar het op staat.

Ze kijkt me recht in de ogen. Ze heeft mijn gemoedstoestand aangevoeld en is bereid me onverbloemd de waarheid te vertellen. 'Leander vond dat Oliver erdoor geobsedeerd was geraakt. Door die schaakproblemen die hij aan het componeren was. Hij wilde zelfs niet meer golfen, omdat hij altijd achter zijn schaakbord zat. Hij ging nauwelijks nog naar de pokeravondjes. Ik heb het nu over de maanden na de... na het probleem met zijn nominatie. Dus ging Leander naar Shepard Street om hém te bezoeken. Je moeder liet hem binnen en hij liep vanzelf door naar de studeerkamer, en wanneer hij de kamer binnenging, Olivers beste vriend, kwam Oliver niet eens vanachter zijn schaakbord overeind. Soms keek hij zelfs niet eens op. Hij had het er steeds maar over dat zelfs het schaakspel doorgestoken kaart was: wit begon, wit won gewoonlijk, zwart kon alleen maar reageren op wat wit deed, en zelfs als zwart volmaakt speelde moest hij toch nog wachten tot wit een fout maakte voordat hij ook maar enige hoop kon hebben op winnen – dat soort dingen.' Lanie fronst en herinnert zich nog iets belangrijks. 'Maar... maar ik meen me te herinneren dat Leander zei dat het daarom was dat Oliver graag mocht – wat was het woord ook alweer? – componeren. Hij mocht graag problemen componeren omdat er een speciaal soort probleem bestond, waarbij zwart eerst begon...'

'Helpmatproblemen heten dat,' zeg ik, hoewel deze kant van het schaken me nooit zo heeft geïntrigeerd. Maar er begint me langzaam iets te dagen. 'Zwart begint bij een helpmat, en zwart en wit werken samen om de zwarte koning schaakmat te zetten.'

Lanie trekt een dunne wenkbrauw op om te tonen wat ze hiervan denkt. 'Oké, dat kan zijn. Maar Talcott, waar het om gaat is dat je vader, nou ja, bleef herhalen dat dit zijn verlossing zou zijn, dat hij op het ene gebied niet kon winnen, maar wel op het andere. En... let wel, ik kan me dit niet zo goed herinneren... maar Leander zei dat je vader een bepaald schaakprobleem aan het uitwerken was, iets wat nooit eerder gedaan was, en hij dacht dat als hij het zou kunnen oplossen... of componeren, dus... het zijn mislukte nominatie voor het Supreme Court zou goedmaken. Iets met een paard? Dubbel... nog iets. Ik weet niet meer hoe het heette. Schaken is niets voor mij. Maar Leander zei dat het leek alsof je vader er zo... zo op gebrand was het te volbrengen, er zo door geobsedeerd was, dat hij in ieder geval een tijdlang niet veel aandacht aan iets anders leek te besteden. Zelfs zijn werk begon eronder te lijden, volgens Leander. Alles werd ondergeschikt gemaakt aan... het componeren van zijn schaakprobleem. Daarom dacht mijn man dat Oliver een... een soort inzinking had. Althans, dat was wat Leander zei.' Ze kijkt op haar horloge, en ik weet dat onze tijd erop zit.

Terug in Columbia Road is de oude vertrouwde Lanie weer dokter Melanie Cross en heeft ze plotseling ook veel haast om van me af te komen. Ik wil haar vragen of ze ooit heeft gehoord dat mijn vader een pistool nodig had, of weet wat hem een jaar voor zijn dood angst kon hebben aangejaagd, maar ik weet niet hoe ik die vragen moet formuleren zonder dat ze absurd klinken. Ik loop met haar mee naar haar Volvo. Ik rijd niet met haar naar Howard terug, want mijn hotel ligt onder aan de heuvel, een wandelingetje van tien minuten. Ik houd het portier voor haar open, en terwijl zij aan het babbelen is over hoe leuk het wel niet zou zijn om Bentley en haar kleinkinderen samen te brengen, en hoe jammer het is dat we elkaar niet wat vaker zien, en ik op alle juiste momenten knik, breekt de gedachte die zich naar mijn bewustzijn aan het worstelen was, plotseling door.

'Lanie?'

'Hmmm?' Half in de Volvo en half erbuiten, kijkt ze verbaasd en een tikje geërgerd op. In haar hoofd is ze al terug in haar spreekkamer, ontslagen van conversatie die voor haar bijna net zo pijnlijk is als voor mij.

'Lanie, nog één ding. Dat schaakprobleem dat mijn vader volgens je man aan het uitwerken was... dat probleem waarvan hij dacht dat het alles ten goede zou keren als hij het maar kon oplossen?'

'Wat is daarmee?'

'Kun je je nog eens proberen te herinneren hoe dat heette? Je zei... Dubbel nog wat?'

'Ik weet niet veel van schaken, Tal.' Ze glimlacht om haar ongeduld te verbergen. 'Dat heb ik je al gezegd.'

'Dat weet ik, dat weet ik, het spijt me. Maar kun je je iets herinneren wat je man erover gezegd zou kunnen hebben? Alsjeblieft. Ik weet dat je haast hebt, maar dit is belangrijk.'

Ze vertoont weer de bekende frons, haar ogen afwezig. Dan schudt ze haar hoofd. 'Het spijt me, Tal, het is te lang geleden. Ik weet het niet. Ik weet dat Leander een naam heeft genoemd, hij zei dat je vader het altijd bij de naam aanduidde – het schaakprobleem, bedoel ik. Maar het spijt me, ik kan het me echt niet herinneren. Eigenlijk zou ik het nog moeten weten, want Leander praatte er zoveel over, omdat je vader er zoveel over praatte. Even zien. Misschien "Dubbel Excellent"? Of "De Drievoudige Exceptie"? Iets in die geest.' Ze kijkt me weer aan, door en door de dokter, door en door gehaast. 'Bedankt voor de lunch, Tal, maar ik moet er echt als een speer vandoor.'

'Ik weet het,' mompel ik, plotseling ontmoedigd. Ik herinner me het nu allemaal. Het probleem dat de Rechter hoopte te componeren. Het probleem waarover hij, toen ik veel jonger was, van tijd tot tijd met me praatte, al verveelde ik me dood bij zijn uitleg. Had ik me er nu maar meer van herinnerd. 'Bedankt voor de moeite. En voor je tijd.'

'Graag gedaan.' Lanie Cross fleurt op terwijl ze met een snelle beweging van dunne armen en benen in de auto glijdt. Ik doe het portier stevig achter haar dicht. Ze draait het raampje naar beneden. 'O, ik herinner me nog iets. Leander vertelde me dat je vader voortdurend zei dat hij het zat was dat wit altijd won. Hij wilde het zo regelen dat in plaats daarvan zwart zou winnen.'

'Bedoel je het schaakprobleem? Dat zwart zou winnen?'

'Ik geloof het wel. Het spijt me, ik herinner me verder niets.' Ze schenkt me een gekwelde glimlach. 'Dus Tal, laten we de gezinnen nu echt eens samenbrengen, misschien komende zomer, op de Vineyard.'

'Dat zou leuk zijn,' zeg ik zachtjes, maar ik ben met mijn gedachten ergens anders.

Ik kijk toe hoe de Volvo in het krioelende verkeer verdwijnt en denk aan mijn vader, die, buiten zinnen van angst en woede na de mislukking van zijn nominatie, de ene avond na de andere in zijn kleine studeerkamer zat, de toenaderingspogingen van zijn oudste vriend negeerde, dronken werd en de rest van zijn wereld rondom hem liet instorten, terwijl hij alles probeerde te herstellen door een speciaal soort schaakprobleem te componeren dat bekendstaat als de Dubbele Excelsior.

25

Een bescheiden verzoek

— I —

'Ik zou u om een gunst willen vragen,' mompelt eerwaarde doctor Morris Young.
'Natuurlijk,' zeg ik zacht, want dr. Young straalt een rust uit die kalmerend werkt op degenen die hem omringen en een macht die tot gevolg lijkt te hebben dat iedereen ja zegt.
'Ik hoop dat ik je niet in verlegenheid zal brengen.'
'Het ligt eraan wat de gunst inhoudt.'
Morris Young glimlacht. Wanneer hij blij is, lijkt het alsof zijn pokdalige, oranjebruine gezicht zacht gerond is en warme zonnestralen werpt op een ieder die in zijn nabijheid verkeert. Wanneer hij boos is, is datzelfde gezicht één en al harde vlakken, rechte hoeken en onverbiddelijkheid. Zijn haar is dun en grijs; zijn ogen zijn niet langer scherp, ook al worden ze geholpen door zijn bril met dikke glazen; zijn lippen steken onbeschaamd naar voren, ook al is hij zo nederig als maar kan. Hoewel hij een fors postuur heeft, draagt hij in het openbaar niets anders dan zwarte wollen pakken met vest, witte overhemden en donkere dassen, waarmee hij teruggrijpt op een eerdere generatie predikanten. Hij is begin zeventig, maar bezit alle evangeliserende energie van het tijdperk van 'gespierd' christendom. Hij is predikant van de Temple Baptist Church, waarschijnlijk het machtigste instituut van de gehavende buitenpost van de donkerder natie in de verdeelde stad Elm Harbor, wat hem volgens velen de meest invloedrijke man van de stad maakt.

Hij is ook, mogelijk met uitzondering van mijn collega Rob Saltpeter, de meest hoogstaande man die ik ken. Daarom koos ik hem als counselor toen ik de vorige zomer in een depressie over de staat van mijn huwelijk was weggezakt. En daarom heb ik besloten dat ik hem opnieuw moet zien.

Toen ik vorig weekend uit Washington terugkeerde, kreeg ik een eindeloze tirade over me heen: *Of het nog niet voldoende is om mijn zus te begeren, moet je nu ook de nacht doorbrengen met die dikke slet van een nicht van je!* Blijkbaar heeft iemand me met Sally naar boven zien gaan en dat tegen iemand anders verteld, die het weer tegen iemand anders heeft verteld, zodat het nieuws in nog geen halve dag Elm Harbor bereikte. En zoals elke getrouwde man in Amerika die in deze situatie terecht is gekomen, maakte ik een sussend gebaar en hield vol: *Er is niets gebeurd, liefje, echt niet* – wat in mijn geval nog waar is ook. Kimmer was volstrekt onverzoenlijk: *Nou en? Iedereen denkt dat er wél iets is gebeurd, Misha, en dat is bijna net zo erg!* Ik was gegriefd door het besef dat Kimmer minder geeft om wat ik zou hebben gedaan dan om wat men denkt dat ik zou hebben gedaan; dat mijn vrouw, die me lang geleden bevrijdde uit de vernietigende gevangenis van de verwachtingen van mijn ouders, me in haar eigen, hermetisch afgesloten kerker heeft opgesloten.

Ik bespaarde Kimmer de details van de treurige ontknoping van mijn nacht met Sally. Ik was dus zo laf om niet te vermelden dat ik de halve nacht had opgezeten in de ongemakkelijke houten stoel, de neiging bedwingend om me uit te strekken op het andere bed, om te voorkomen dat Sally wakker zou worden en de situatie verkeerd zou opvatten. Ik heb mijn vrouw niet verteld dat ik 's ochtends plotseling wakker werd, nog steeds in dezelfde houding, met het gevoel alsof mijn lichaam de hele nacht verwrongen in een middeleeuws martelwerktuig had gezeten, mijn mond plakkerig en verdoofd, mijn hoofd bonkend, de vage lust van de nacht daarvoor een verre, nauwelijks aannemelijke herinnering. Mijn nicht sliep nog, inmiddels regelmatig ademend, en in het onbarmhartig felle daglicht was ze gewoon weer saaie, dikke Sally Stillman. Het kostte me geen moeite haar bij de schouder wakker te schudden. Ze was niet langer gevat of schattig of brutaal: haar ogen waren rood en gezwollen, ze was paniekerig, slonzig en niet alleen bang om te laat op haar werk te komen, maar ook om door Bud te worden betrapt, die blijkbaar een grotere rol speelt in haar leven dan ze wilde toegeven. Ze wist niet hoe snel ze de kamer uit moest komen. Helaas hing haar jas beneden in de garderobe. Om haar verkreukelde jurk te bedekken, leende ik haar mijn versleten Burberry, die ze beloofde per expresse terug te sturen. Ze bracht een paar minuten in de badkamer door om haar gezicht bij te werken, zoals ze het uitdrukte, en weg was ze. Het staat nog te bezien of ze mijn reputatie heeft meegenomen.

Niettemin gaat mijn leven gewoon verder. Voorwaarts en opwaarts, zou je kunnen zeggen, gezien de nadruk die mijn vader legde op het woord *Excelsior*. Eerder vanochtend heb ik in Oldie een korte en respectvolle sessie met twee rustige rechercheurs van de FBI uitgezeten, ditmaal in verband met het antecedentenonderzoek van mijn vrouw. Kimmer, die tweemaal is ondervraagd, is opgewonden. Ze denkt dat de voortekenen toch wel gunstig zouden kunnen zijn, als we maar, zoals ze het uitdrukt, op dezelfde lijn blijven. Tijdens het ontbijt heeft ze zorgvuldig met me gerepeteerd wat ik wel en niet mag zeggen. Ze wil geen woord meer over de *regelingen* in het officiële verslag. Ik was te moe om erover te bekvechten, bovendien wil ik echt dat ze krijgt wat ze wil. Dus hield ik me aan het draaiboek.

'We kennen elkaar al heel lang, Talcott,' zegt dr. Young nu, naar voren leunend om zijn handen samen te vouwen op zijn onberispelijke bureau. Zijn kantoor in de kelder van de kerk is krap en bedompt, het ventilatiekanaal van de verwarming luidruchtig. Ik transpireer. Dr. Young niet. Zijn das is perfect gestrikt, zijn overhemd kraakhelder, ook al is het laat in de middag. 'Hoe lang al?'

'Sinds de tijd dat de jongens me voor gek zetten.'

Hij grinnikt. 'Ze hebben je niet voor gek gezet, Talcott. Een man kan alleen zichzelf maar voor gek zetten. Het enige wat ze deden was je behandelen zoals ze iedere buitenstaander behandelen. En' – hij steekt een mollige hand omhoog om te voorkomen dat ik hem onderbreek – 'en reken maar dat ik het hun heb ingepeperd. Je weet wat we in het programma onderwijzen: dat ieder mens die we ontmoeten, of hij nu blank, zwart, bruin of geel is, rijk, arm of er tussenin, politieagent of drugshandelaar, of hij ons nu helpt of kwetst, dat iedere persoon die we ontmoeten geschapen is naar het beeld van God, en het daarom onze taak is dat beeld bij elke ontmoeting te zoeken.'

'Dat komt me bekend voor, dr. Young.' Nu is het mijn beurt om te glimlachen.

'Ik weet het, ik heb de neiging om in herhalingen te vervallen. Maar je begrijpt hoe dat met de jongens gaat.'

'Ik begrijp het,' zeg ik, en op dit moment zou ik het veel liever hebben over de jongens in zijn Geloof en Levensvaardigheden-programma dan over wat dan ook, maar op een bepaald moment moeten we het toch hebben over... tja, over mijn huwelijk. Ik probeer kalm en geduldig te zijn, terwijl Kimmer met wanhopige bezorgdheid in haar ogen maar blijft aandringen. En dr. Young helpt, op zijn joviale, evangelische manier. Het helpt ook dat hij me aan de jongens in zijn Geloof en Levensvaardigheden-programma herinnert.

'We hebben enige vooruitgang geboekt,' mompelt de predikant, en ik weet aanvankelijk niet precies of hij het nu over mij of over de jongens heeft. Hij buigt zich opnieuw naar me toe, zijn bruine ogen vlammend. 'Maar je moet begrijpen, Talcott, het enige wat deze jongemannen van de wereld hebben geleerd is wantrouwen. Weet je hoeveel van hen ooit hun vaders zien? Ongeveer één op de tien. Weet je hoeveel van hen vaders, broers of boezemvrienden hebben die drugs verhandelen? Ongeveer negen op de tien. De helft is al eens gearresteerd. Sommigen hebben in de gevangenis gezeten. Niet één van hen heeft het langer dan een paar maanden in een echte baan uitgehouden. Ze hebben geen idee wat een baan is. Ze denken dat de baas hen afkamt wanneer hij zegt wat ze moeten doen. Ze vinden klanten alleen maar lastig. Ze zijn nauwelijks opgeleid. De scholen hebben hen in de steek gelaten. Hun moeders zitten in de val van de bijstand, maar wat moeten hun moeders anders? Dus vechten de jongens terug. Ze haten blanken, en ze zijn ook bang voor hen. Succesvolle zwarten' – hij wijst met een mollige vinger naar mijn borst – 'haten ze ook, maar die vrezen ze niet. Ze haten de hele wereld, Talcott, omdat die hen in de steek heeft gelaten en hun moeders in de steek heeft gelaten en hun moeders moeders in de steek heeft gelaten. Hoe kunnen zij God in anderen zien? Ze zien God niet eens in zichzelf.'

'Ik geloof dat u het hier al eens over heeft gehad.'

Morris Young knikt tevreden. Zijn gezicht ontspant zich weer tot zijn gebruikelijke uitdrukking van roerloze sereniteit. Ik ken hem een jaar of zes, sinds hij me uitnodigde om een praatje te komen houden voor een paar van de jonge zwarte mannen in zijn programma voor randgroepjongeren. Ik had een lezing van een halfuur voorbereid over een paar van de helden van de burgerrechtenbeweging. Het was een ramp. De jongere jongens dommelden in; de pubers zaten achter hun hand te fluisteren; de oudere tieners, een en al goud en pose, zaten zich demonstratief te vervelen. Niet één van hen leek ook maar enigszins geïnteresseerd in iets wat buiten hun eigen onmiddellijke ervaring viel. Toen de tijd er tot mijn opluchting op zat, schudde dr. Young zijn hoofd en zei: *Welkom in de echte wereld.* Een paar maanden later haalde ik mijn collega Lemaster Carlyle, de voormalig openbaar aanklager, over om voor dezelfde jongens een praatje te houden over het strafrechtspraaksysteem. Ik stond achter in het vertrek en keek toe hoe hij hen overal bij betrok, van de manier waarop de jury naar hen kijkt (*Ze verklaren je in twee minuten schuldig als je op dezelfde manier de rechtszaal inloopt als je hier naar binnen liep*) tot hoe je kunt vermijden neergeschoten te worden door de politie (*Wanneer je gewoon 'Ja, meneer' en 'Nee, meneer' zegt en je handen daar houdt waar hij ze kan zien, heb je veel meer kans om in leven te blijven dan wanneer je 'Je verpest mijn uitzicht' zegt, ook al staat hij pal voor je neus).* Ik zou niet willen zeggen dat Lems optreden boeiend was, maar hij viel meer in de smaak van de jongemannen dan ik ooit zou doen. Sindsdien heb ik ten minste tweemaal per jaar een praatje gehouden voor de jongens; Lem Carlyle, de ster van het avondlijke televisienieuws, daarna nog maar één keer. Maar hij is degene die ze zich herinneren.

Ja, oké, ik ben jaloers.

Nu, zittend in de kelder van de kerk, wissel ik nog wat beleefdheden uit met dr. Young en wacht tot hij terzake komt. Hij heeft me op een passende manier getroost over het verlies van mijn vader en de dood van Freeman Bishop, van wie hij wist dat hij mijn familiepredikant was, zoals hij van elke zwarte Amerikaan in de stad alles lijkt te weten. Hij heeft naar mijn vrouw en zoon gevraagd, en ik heb naar zijn vrouw en drie dochters gevraagd, van wie de oudste eerstejaarsstudente rechten is aan de staatsuniversiteit. Ik heb dr. Young altijd bewonderd om het feit dat hij niet mijn hulp heeft ingeroepen om zijn dochter op onze juridische faculteit te krijgen, en de manier waarop hij beleefd maar vastberaden het aanbod afsloeg dat ik hem ongevraagd deed. *De Heer heeft Patricia bepaalde talenten gegeven, en ze zal zo ver komen als haar talent en prestaties haar zullen brengen, de Heer zij geprezen,* was alles wat hij zei.

We hebben haar afgewezen.

'Zo,' mompelt de goede eerwaarde, 'we moesten maar eens terugkomen op je ruzie met je vrouw.'

'Alstublieft.'

'Je bent het er toch wel mee eens, Talcott, dat het niet zo verstandig is wat je gedaan hebt?'

'Ja.'

'Een vrouw op je hotelkamer,' mompelt hij.

'Ik zie wel in dat het een vergissing was. Ik heb niet goed nagedacht.'

Hij knikt. 'Weet je Talcott, ik ken een man, een goed christen, een predikant met wie ik mijn hele leven al bevriend ben, die nooit alleen is met een andere vrouw dan zijn echtgenote. Geen moment. Als hij op reis is, staat hij erop dat een man hem van het vliegveld ophaalt. Als hij een vrouwelijke parochiaan raad moet geven, zorgt hij altijd dat zijn vrouw of een vrouwelijke diaken erbij is. Altijd. Op die manier is er nooit zelfs maar een zweem van een schandaal.'

Ik probeer niet te glimlachen. 'Ik denk niet dat dat in mijn wereld goed zou gaan. Men zou het seksediscriminatie noemen.'

'Een vreemde wereld.' Hij lijkt op het punt te staan nog wat te willen zeggen, maar besluit er niet op door te gaan. 'Maar, zoals ik zei, de boosheid van je vrouw is gemakkelijk te begrijpen, nietwaar? Je hebt haar gekwetst, Talcott, je hebt haar reputatie geschaad...'

Plotseling kan ik me niet langer inhouden. 'Haar reputatie! Zij is de enige die verhoudingen heeft, niet ik! Ze heeft het recht niet om boos te worden alleen maar omdat... alleen maar omdat men dénkt dat ik een verhouding heb gehad!'

'Talcott, Talcott. Boosheid is geen recht. Het is een emotie. Het komt voort uit onze angst of onze pijn, waar wij gebroken wezens een overdaad van hebben. De zonden van je vrouw, haar zwakheden, geven jou niet het recht haar nog meer pijn te bezorgen. Je bent haar mán, Talcott.' Hij vouwt zijn handen samen en kromt zich boven zijn bureau, en ik reageer daarop door dichterbij te gaan zitten. 'Je weet, Talcott, dat ik je uit naam van de jongens vrij vaak om een gunst heb gevraagd, en je bent altijd meer dan genereus geweest.'

Ik trek een gezicht. Een van de gunsten was samen met drie of vier andere volwassenen de jongens vergezellen tijdens een uitstapje naar het strand, een gebeurtenis die bevestigde dat ik volstrekt geen gezag over hen heb. Een andere gunst was dat ik de vorige lente mijn beroemde student Lionel Eldridge, de voormalige basketbalster die bekendstond als Sweet Nellie, overhaalde om een praatje te houden voor de jongens. Daar moet ik sindsdien voor boeten, want Lionel denkt kennelijk dat hij, nu hij me een dienst heeft bewezen, ontslagen is van de plicht om zijn afsluitende paper voor het werkcollege van de vorige lente te voltooien.

'Dank u, dr. Young, het was het minste wat ik kon doen.'

'Je verzamelt schatten in de hemel, God zij geprezen. Je bent een goed man, en de Heer heeft belangrijk werk voor je.'

Ik knik zonder iets te zeggen. Hoewel elke gelovige christen begrijpt dat God ons leidt, wordt dat door steeds minder van hen benadrukt. Een God die zich actief in de wereld mengt maakt ons onzeker. In de regel zien we onze God liever terughoudend en enigszins plooibaar, bereid om zich naar elk nieuw menselijk idee te voegen. Een God met een eigen wil is te angstaanjagend. Trouwens, hij zou onze bevrediging van onmiddellijke begeerte weleens in de weg kunnen staan. Dat schreef mijn vader althans ergens.

'Maar deze volgende gunst... tja, dit is een gunst waarvan ik wil dat je die jezelf bewijst.' Dr. Young leunt opnieuw achterover in zijn stoel. 'Zie je, Talcott, toen je voor het eerst bij me kwam voor counseling, zei je dat je dacht dat je vrouw een verhouding had. Je wilde dat ze meekwam voor counseling, ze weigerde, en ten slotte kwam je alleen. Weet je nog? En toch, God zij geprezen, zijn jullie nog steeds bij elkaar, en jij Talcott, jij hebt je er persoonlijk toe verplicht bij je vrouw te blijven tot de dood jullie scheidt, zoals de Heilige Schrift voorschrijft.'

'Ja.'

'Of tenzij zíj jou verlaat.'

Ik slik. 'Ja.'

'Jullie zijn één vlees, Talcott, jij en je vrouw. Zo gaat dat bij het christelijke huwelijk.'

'Dat weet ik.'

'Dus misschien is het tijd om je hand over je hart te strijken en haar vergiffenis te schenken.'

'Haar vergiffenis te schenken voor...'

'Voor de zonde van ontrouw die ze tegen jou heeft begaan, Talcott. Of die nu echt of ingebeeld is.'

Een onverwacht schot. En hij grinnikt terwijl hij het afvuurt. 'Wat wilt u... wanneer u *ingebeeld* zegt, impliceert u dan dat ik... eh...'

Hij vouwt zijn plompe handen samen op zijn schoot en laat zijn stoel van de ene naar de andere kant draaien. 'Talcott, je bent in de zomer bij me gekomen en hebt me toen gezegd dat je vrouw een verhouding had met een collega. Maar voorzover ik het kan beoordelen, heb je daar geen feitelijk bewijs voor.'

'Geen bewijs waar in een rechtbank iets van overeind zou blijven, maar... nou ja... een echtgenoot weet dat soort dingen gewoon...'

'Talcott, Talcott. Luister. Je hebt me verteld dat ze vaak overwerkt. Je hebt me verteld dat ze vaak niet achter haar bureau zit wanneer je haar belt, soms urenlang niet. Ze gaat vaak samen met haar baas de stad uit, en ze heeft kennelijk veel besprekingen met hem wanneer ze op reis zijn. Waarom is het niet mogelijk, Talcott, dat ze gewoon een hardwerkende advocaat is, die verknocht is aan haar werk en het vertrouwen geniet van haar baas? Als een man net zoveel uren maakte bij hetzelfde advocatenkantoor en dezelfde dingen deed, zou je dan aannemen, Talcott, dat hij een verhouding had met de baas?'

Ik heb er een hekel aan om op zo'n manier in het nauw gedreven te worden, maar dr. Young is een expert. 'U vergeet die stiekeme telefoontjes...'

'Nee, Talcott, dat ben ik niet vergeten. Volgens jou gaat de telefoon wanneer je aan het avondeten zit of in bed ligt, en als je vrouw dan opneemt zegt ze: "Sorry, Jerry, ik kan nu niet praten." En wanneer je haar vraagt wat dat allemaal te betekenen had, zegt zij zoiets als: "O, ik wilde de tijd die we samen hebben gewoon niet onderbreken."'

'Precies.'

'Eén interpretatie is dat zij en Jerry – of wie er dan ook werkelijk aan de andere kant van de lijn was – inderdaad een overspelige relatie onderhouden. Maar een andere interpretatie is dat ze je gewoon de waarheid zegt. Ze wil dat beetje kostbare tijd dat ze heeft met jou en je zoon niet verpesten door een uitgebreid telefoongesprek te voeren.'

Ik schud mijn hoofd, ervan overtuigd dat het niet zo eenvoudig kan zijn, maar word toch plotseling door twijfel bevangen. 'Ik... u zou Kimmer moeten kennen. U zou moeten weten wat voor iemand ze is. Ze is volkomen verknocht aan haar werk. Ze zou niet aarzelen om onze tijd thuis te onderbreken voor een zakelijk telefoontje.'

'Talcott, Talcott.' Hij glimlacht op zijn vaderlijke manier. 'Misschien voelt je vrouw in jullie huwelijk dezelfde spanningen als jij. Misschien denkt ze dat het gedeeltelijk haar schuld is, omdat ze zo in beslag wordt genomen door haar werk. Misschien probeert ze het op haar manier goed te maken.'

'Ik weet het niet...'

'En dát bedoel ik nu, Talcott.' Hij springt er bovenop, als een ervaren procesvoerder. 'Dat bedoel ik nu precies. Je weet het niet!' Hij buigt zich, opgewonden nu, over zijn bureau, wat geen gemakkelijke opgave is voor een man van zijn omvang. 'Je weet niet zeker of ze je ontrouw is met haar baas. Je weet niet zeker of ze überhaupt een buitenechtelijke verhouding heeft gehad. Met uitzondering van die ene, natuurlijk.'

'Welke?'

'Iets meer dan tien jaar geleden, Talcott, in Washington DC. Toen ze met André getrouwd was. Ik bedoel de verhouding die ze met jou heeft gehad.'

Ik knipper met mijn ogen. Dit schot was raak, zoals ook de bedoeling was. Men zegt dat dr. Young gebokst heeft toen hij in de jaren vijftig in het leger zat, en ik geloof het graag, want hij heeft de geest van een bokser, het vermogen om weg te duiken en te stoten, te stoten en weg te duiken, en uiteindelijk een rechtse directe uit te delen.

'Ik... ik begrijp niet wat dat ermee te maken heeft.'

'Misschien niets. Misschien alles. Misschien neem je gewoon aan dat je vrouw jou met iemand anders zal aandoen wat jullie samen haar eerste man hebben aangedaan.'

Nog een klap die aankomt! Ik hang draaierig in de touwen, terwijl de herinneringen met een duizelingwekkende snelheid door mijn geest buitelen. Kimmer en ik gingen met elkaar in het eerste jaar dat we rechten studeerden en in de zomer maakte ze het uit omdat ze een van onze jaargenoten interessanter vond. In het derde jaar raakte het weer aan, maar drie maanden voordat we afstudeerden maakte ze het uit, opnieuw voor een andere student, hoewel niet dezelfde. In Washington ging ze twee jaar lang behalve met mij ook nog met twee andere mannen, waarna ze dat aantal terugbracht tot twee, waartoe ik niet behoorde. Een jaar later trouwde ze met een van de finalisten, André Conway, voorheen Artis, productieassistent bij een televisiestation, die ervan droomde een belangrijk documentairemaker te worden. Intussen was ook ik met mijn leven verdergegaan. Mijn nieuwe vriendin, Melody Merriman, journaliste en lid van de donkerder natie, ging ervan uit dat ze met me zou trouwen. Ik denk dat ik er ook van uitging dat ik met haar zou trouwen. Toen, nadat ze iets meer dan een jaar getrouwd was, begon Kimmer een gepassioneerde buitenechtelijke verhouding met... mij. Kimmer liet Artis-André in de steek en ik liet Melody in de steek, wat een schandaal teweegbracht, en toen Stuart Land een paar maanden later belde om te vragen of ik al geïnteresseerd was in doceren, besloot ik het werk als advocaat waar ik zo van hield, in de stad die ik haatte, op te geven. Mijn vader was opgetogen, maar ik wist helemaal niet zeker of ik wel hoogleraar wilde worden: mijn vlucht naar Elm Harbor was waarschijnlijk evenzeer ingegeven door mijn behoefte om aan de roddelmolens van de Goudkust te ontsnappen als door mijn verlangen naar het academische leven. Maar ik koesterde ook de hoop dat Kimmer me zou volgen en door middel van deze positieve daad zou tonen dat ze zich inzette voor onze toekomst.

Tot mijn verbazing kwam ze. Tot mijn verbazing trouwden we. Kimmer stelde het stichten van een gezin uit tot ze vreesde dat haar biologische klok weleens helemaal zou kunnen ophouden met tikken. Toen schonk God ons Bentley.

En in wat binnenkort negen jaar huwelijk is, heb ik nauwelijks meer stilgestaan bij wat Kimmer en ik André Conway hebben... *aangedaan*, was het woord dat dr. Young gebruikte. Of wat ik Melody Merriman heb aangedaan, trouwens. Dat zal dr. Young ongetwijfeld binnenkort ter sprake brengen.

Ik ga moeizaam verder. 'Dus... u suggereert dat ik... dat ik gewoon aan het projecteren ben...'

Dr. Young heft een hand. 'Talcott, luister naar me. Luister goed. Heb je de Heer gevraagd jou en je vrouw vergiffenis te schenken voor het onrecht dat jullie de eerste man van je vrouw hebben aangedaan?'

Ik knik langzaam, de waarheid erkennend. 'Ja. Vele malen.' Ik sluit mijn ogen even. Het ventilatiekanaal van de verwarming laat een kort, boos gehuil horen. 'Maar om eerlijk te zijn, weet ik niet of ik... of ik mezelf wel vergiffenis heb geschonken.'

Morris Young is te ervaren om zich door een therapeutische bekentenis te laten afleiden. 'Daar kunnen we beslist aan werken, Talcott. Maar op het moment ben ik meer geïnteresseerd in de vraag of jij je vrouw vergiffenis kunt schenken.'

'Voor deze... ingebeelde zonde van ontrouw?'

Hij schudt zijn dikke hoofd. De telefoon op zijn bureau begint te schetteren, maar hij negeert hem. 'Voor wat ze haar eerste echtgenoot heeft aangedaan.'

Ik doe mijn mond open, sluit hem weer, en probeer het nogmaals. 'Denkt u dat ik boos ben op Kimmer omdat... omdat ze André bedrogen heeft met mij?'

'Boos? Dat zou ik niet weten. Ik vraag me alleen wel af of je haar niet op de een of andere manier op dat moment in de tijd bevroren hebt. De enige Kimberly die jij kunt waarnemen is, om het botweg te zeggen, de echtbreekster.' De telefoon is opgehouden met rinkelen. 'In jouw ogen is ze in een bepaald gedragspatroon blijven steken. Maar het christelijke leven is een leven van voortdurende groei. Misschien moet je haar de kans geven om te laten zien dat ze gegroeid is.'

'Denkt u dat ze zo veranderd is?'

'Heb jij je vrouw ooit bedrogen?'

'Nee! Dat weet u best.'

'Dus jij bent wel veranderd, Talcott. Zie je dat niet in? En misschien is je vrouw evenzeer tot verandering in staat als jij. Misschien niet met dezelfde snelheid. Maar wel hetzelfde vermogen.'

Het begint me te dagen. Langzaam maar zeker begint het me te dagen. 'Denkt u dat ik... op haar neerkijk?'

'Ik denk, Talcott, dat jouw echtelijke trouw af en toe een muur tussen jullie vormt. Misschien heb je gelijk en is zij ontrouw geweest. Goed, hoe heb je daarop gereageerd? Misschien heb je je eigen deugdzaamheid gebruikt om je vrouw op een afstand te houden. Vergeet niet, Talcott, dat haar zonden alleen maar anders zijn dan de jouwe – niet noodzakelijkerwijs erger. En dat je hebt beloofd haar in voor- en tegenspoed lief te hebben.' Hij zwijgt om dit te laten bezinken. 'Begrijp me goed. Ik pleit je vrouw niet vrij. Het kan best zijn dat ze een buitenechtelijke verhouding heeft met de heer Nathanson. Of met iemand anders. Maar Talcott, op dit moment is je eigen gedrag van belang. Als je vrouw dwalende is, zal er een moment komen dat je haar moet aanspreken op haar gedrag. Maar nu zou ik je om een eenvoudige dienst willen vragen: dat je tot de volgende keer dat we elkaar ontmoeten Kimberly probeert te behandelen zoals je zelf behandeld zou willen worden. Je herinnert je de gulden regel toch wel? Mooi. Jij denkt dat je vrouw je het voordeel van de twijfel zou moeten gunnen. Misschien zou je haar dezelfde gunst kunnen bewijzen. Kimberly is je vróúw Talcott, geen verdachte bij een of andere misdaad. Het is niet je taak om haar op leugens te betrappen. Het is niet je taak om te bewijzen dat jij beter bent dan zij. Het is je taak om haar zo goed mogelijk lief te hebben. De Schrift zegt dat de man het hoofd is van zijn vrouw, maar we worden er ook voor gewaarschuwd dat hij op een speciale manier hoofd is: "evenals Christus het hoofd is zijner gemeente". En hoe heeft Christus zijn gemeente lief, Talcott? Onvoorwaardelijk. Vergevingsgezind. En opofferingsgezind. Dat is de verantwoordelijkheid van de man, Talcott, vooral wanneer je eigenlijk niet weet of je vrouw je onrecht heeft aangedaan. Jullie hebben samen haar eerste echtgenoot onrecht aangedaan, en het kan zijn dat jij haar nu onrecht aandoet, met je achterdocht. Dus de gunst die ik van je zou willen vragen, is dat je tot onze volgende ontmoeting je uiterste best doet om je vrouw op die manier lief te hebben. Onvoorwaardelijk. Vergevingsgezind. Opofferingsgezind. Kun je die woorden voor me nazeggen, Talcott?'

'Onvoorwaardelijk,' zeg ik onwillig. 'Vergevingsgezind,' zeg ik ongelukkig. 'Opofferingsgezind,' zeg ik berustend.

De glimlach van dr. Young is nog breder dan anders. 'Wees niet bang, Talcott. De Heer zal je de kracht geven om te doen wat je moet doen. Laten we samen bidden.'

En dat doen we.

— II —

Decaan Lynda onderschept me terwijl ik haastig de trap oploop naar Oldie. Ik heb haar sinds mijn terugkeer uit de Vineyard ontweken, hoewel dit heeft betekend dat ik ben weggebleven van faculteitsbijeenkomsten, workshops en lezingen. Ik weet niet precies of ik nu gedreven word door gêne, boosheid, angst, of een emotie die ik nog moet ontdekken. Wat het ook is, de bescherming ervan is zojuist verlopen.

'Talcott. Mooi. Ik hoopte al een tijdje dat ik je tegen het lijf zou lopen.'

Ik kijk naar haar op, zij kijkt op me neer. Ze wordt vergezeld door Ben Montoya, haar lange, rusteloze factotum, die zowel bij de juridische faculteit als bij de vakgroep antropologie werkt. Het gerucht deed de ronde dat Ben de logistieke genius was achter de coup die Stuart Land ten val bracht, en naar verluidt blijft hij Lynda's instrument bij de wreedste taken van haar decaanschap. Met zijn drieën staan we op de trap terwijl de eerste sneeuw van het seizoen zachtjes om ons heen dwarrelt. Bens achterdochtige ogen turen naar me vanuit de omhooggeslagen kraag van zijn reusachtige parka.

'Dag, Lynda.' Ik vertraag mijn pas maar blijf niet staan. 'Dag, Ben.'

'Talcott, wacht even,' beveelt mijn decaan.

'Ik heb spreekuur.'

'Ik heb maar een minuutje nodig. Ben, ga jij maar vast, ik haal je wel in.' Met een laatste dreigende blik beent hij weg zoals hem opgedragen is, handen diep in zijn zakken.

Dan zijn we onder vier ogen.

Decaan Lynda, een vitale vrouw met grijzend, onmodieus lang haar, slaat haar armen over elkaar, klakt met haar tong en schudt haar hoofd. Ze draagt een lichte overjas over een van haar ouderwetse omajurken. Een zwarte baret staat ondeugend schuin op haar hoofd. Ze geniet van haar reputatie als excentriekeling.

'We zijn op weg naar een bespreking met de collegevoorzitter over het budget,' legt Lynda uit.

'Aha. Nou, succes ermee.' Ik ga de volgende trede op naar het gebouw, maar de decaan doet me met een gebaar verstarren. Ik ben er plotseling zeker van dat ze me gaat vragen of ik niet bezig geweest ben mijn geloofwaardigheid als wetenschapper te grabbel te gooien ten behoeve van een cliënt.

'Talcott, Talcott,' mompelt ze, terwijl haar felblauwe ogen me kritisch opnemen vanachter haar bril met stalen montuur. 'Wat moet ik nu met je aan?'

'Wat bedoel je?'

'Ik heb begrepen dat je vorige week weer een college hebt afgezegd.'

'Ik was in Washington, Lynda. Op een conferentie over onrechtmatige daad. Dat wisten de studenten al weken van tevoren.'

Decaan Lynda is niet te vermurwen en tuit afkeurend haar dunne lippen, mogelijk vanwege het weer, maar eerder vanwege mij. 'Hoeveel colleges heb je dit semester dan alles bij elkaar gemist? Volgens Ben zijn het er iets van zeven of acht.'

'Die goeie ouwe Ben.'

'Hij is mijn plaatsvervangende decaan, Talcott. Hij doet gewoon zijn werk.' Ze veegt sneeuw van haar revers. 'Als een lid van mijn faculteit onderpresteert, moet ik dat weten.' Míjn plaatsvervangende decaan. Míjn faculteit. Ik heb me niet eerder gerealiseerd hoezeer ze me aan Mallory Corcoran doet denken.

'Lynda, jij... jij bent degene die me heeft gezegd een tijdje vrijaf te nemen.'

'En dat heb je gedaan ook, niet?' Ze begint weer met haar tong te klakken. 'Ik moet zeggen, Talcott, dat ik me een beetje zorgen over je begin te maken.'

'Zorgen... over mij?'

Ze knikt zwijgend, wachtend tot een groepje lachende studenten ons is gepasseerd. Ze zijn allemaal blank, de sterren van het juridische tijdschrift, de favorieten van de faculteit, die de meest begerenswaardige rechterlijke griffierfuncties zullen krijgen en het aanbod om hier als docent terug te keren. 'Je moet toegeven, Talcott, dat je gedrag enigszins grillig is geworden.'

Tot mijn afgrijzen besef ik dat ze ons gesprek van de Vineyard voortzet en zich nog steeds sterk maakt voor Marc Hadley. Ik slaag erin mijn kalmte te bewaren, maar alleen omdat ik zojuist bij dr. Young ben geweest. 'Ik laat me dit niet door jou aandoen, Lynda.'

De blauwe ogen, bleek als de ochtend, bezweren haar onschuld, evenals de hand op haar hart. 'Ik doe je helemaal niets aan, Talcott. Ik maak me zorgen over wat je jezelf aandoet.' Ze geeft een klopje op mijn arm. 'Je bent familie, Talcott, dat weet je. Ik heb het beste met je voor.'

'Aha.'

'Je klinkt sarcastisch. En waarom dan wel?'

'Omdat je vastbesloten bent aanmerkingen te maken op alles wat ik zeg?'

Haar ogen, plotseling zo hard als diamanten, schieten blauwe vonken. Lynda Wyatt is een vrouw die je niet tegen de haren in moet strijken, en dat heb ik inmiddels tweemaal gedaan. 'Dat is onterecht, Talcott. Ik probeer alleen maar te helpen.'

Ik wil me beheersen, maar ik kan de verleiding niet weerstaan: 'Is dat zo, Lynda? En wie probeer je precies te helpen?'

Voor het eerst in al die tijd dat ik haar ken, is Lynda sprakeloos. Haar mond vormt een kleine rode o van gekrenktheid en er komt een woedende blos op haar wangen. Haar handen bewegen zich naar haar heupen. Zonder op haar weerwoord te wachten, glimlach ik en schiet langs haar heen het gebouw in.

Terwijl ik gejaagd door de hal been, ontstemd over mijn eigen onbeleefdheid en een beetje bang dat Lynda achter me aan zal komen stormen om me mee te delen dat mijn vaste aanstelling is ingetrokken, zie ik in een hoekje bij de trap mijn student Lionel Eldridge, de voormalige basketbalspeler, tegen een muur geleund staan, boven een lid van de blankere natie uit torenend dat met bewonderende ogen naar hem opkijkt. Zijn bewonderaarster, zie ik tot mijn verbazing, is Heather Hadley, Marcs dochter uit zijn eerste huwelijk, die je gewoonlijk aantreft in het gezelschap van haar onzekere vriendje Paul. Ik knipper met mijn ogen om me ervan te vergewissen dat ik het goed zie. Ik heb de aantrekkingskracht van de man die ooit bij miljoenen basketbalfans bekendstond als Sweet Nellie nooit begrepen, hoewel zelfs Kimmer, wier advocatenkantoor ik vorige zomer bijna heb moeten smeken hem aan te nemen, toegeeft dat hij prachtig is. Het gerucht gaat – volgens Lieve Dana althans – dat de jonge meneer Eldridge op seksueel gebied behoorlijk heeft huisgehouden onder de studenten. Nu ik zie dat Heather zo duidelijk in de ban van Lionel is, sta ik mezelf een ogenblik van kleingeestige speculatie toe, waarbij ik me afvraag hoe Marc, met zijn zelfverzekerde liberalisme, zou omgaan met een verhouding tussen zijn geliefde, briljante Heather en de getrouwde, in academisch opzicht onbeduidende en zeer zwarte Sweet Nellie.

Ik loop met een bocht om hen heen, op weg naar de trap. Lionel krijgt me in het oog en schenkt me de glimlach die ondanks de knieblessure die hem ertoe dwong na zeven optredens in het NBA-sterrenteam vroegtijdig te stoppen, nog steeds miljoenen dollars aan steunbetuigingen waard is. Ik glimlach niet terug. Ik zwaai niet. Sweet Nellie mag dan tijdens zijn carrière een gemiddelde van negentien punten per wedstrijd hebben gehad – dat stond in zijn toelatingsaanvraag en zijn cv – maar in Oldie is hij gewoon een student die me een paper schuldig is.

Op de trap kom ik Rob Saltpeter en Lemaster Carlyle tegen, boeken onder hun arm, op weg naar beneden om college te gaan geven. Rob, die tijdens zijn colleges gebruikmaakt van PowerPoint, heeft ook zijn laptop bij zich. Hij begroet me zoals gebruikelijk uitbundig, maar Lem glimlacht alleen kort en duikt net zo snel langs mij als ik langs Lionel dook. Hij is anders altijd zo vriendelijk, bloemrijk zelfs. Ik kijk hem een paar seconden na, mijn hoofd vol angstige gedachten, totdat ik mijn geest dwing terug te keren bij het huidige probleem van Lionel en Heather. Terwijl ik de deur van mijn kantoor van het slot doe, vraag ik me peinzend af of dit het lijk in de kast zou kunnen zijn waar Jack Ziegler over sprak, en dat Marc Hadley, en in het verlengde daarvan Dahlia, blijkbaar zorgen baart. Gaan er geruchten over een buitenechtelijke verhouding tussen Heather en Lionel? Alles is mogelijk, maar dit lijkt me een onwaarschijnlijke kandidaat voor een schandaal. Zelfs in Washington, waar in de benoemingstijd vrijwel alles een geoorloofd doelwit is, is nog niemand op de strategie gekomen om het liefdesleven van de kinderen van de genomineerden uit te spitten. Maar toch...

O, schei toch uit.

Ik heb het te druk voor deze onzin, houd ik mezelf voor, terwijl ik in mijn bureaustoel plof. Ik moet een belangrijke tekst voltooien. Als ik heel diep nadenk, herinner ik me misschien zelfs wel waar het over gaat. Ik ben nog steeds druk bezig mezelf neer te halen wanneer Cassie Meadows belt, om me op de hoogte te brengen van de laatste ontwikkelingen.

'Meneer Corcoran schat in dat de kansen van je vrouw ongeveer fiftyfifty zijn,' zegt ze, waar ik niet veel mee opschiet. Met de rest lijkt ze moeite te hebben. 'Hij denkt dat ze gunstiger zouden kunnen worden als... nou ja, als... als er een einde komt aan die *zoektocht* van jou.' Ze zwijgt even, en flapt er dan de rest uit: 'Ik ben in feite een beetje uit de gratie. Hij was boos omdat ik... eh, je moet dit niet verkeerd opvatten... zoals hij het uitdrukte... hij zei dat ik jouw ideeën te serieus nam. Hij zei... ik hoor je dit waarschijnlijk niet te vertellen... hij zei dat het het advocatenkantoor een slecht aanzien geeft.'

Ik zorg ervoor dat mijn stem heel koel blijft. 'En waarom heeft *meneer* Corcoran me niet zelf gebeld?'

'Ik weet het niet. Misschien had hij het druk.' Maar ik weet waarom. Door Meadows te belasten met de taak mij op mijn nummer te zetten, kan oom Mal later zo nodig ontkennen dat hij ooit ook maar enigszins verontrust was. Tegelijkertijd straft hij Cassie door haar tot de boodschapper van slecht nieuws te maken. 'Hoe dan ook, hij zei dat er over je gepraat wordt en... en, nou ja, dat je vrouw er bepaald niet bij gebaat is.'

'Aha.'

'Hij wil denk ik dat je zegt dat je ermee ophoudt.'

'Dat zal best.'

Ze slaakt een zucht, misschien uit opluchting: ze heeft een lastige boodschap overgebracht aan de cliënt en heeft het er levend afgebracht. 'Dus wat ga je nu doen?'

'Ik ga schaken,' zeg ik tegen haar.

— III —

Er komen een paar studenten op mijn spreekuur. Tussen de besprekingen door blijf ik aan mijn bureau zitten en probeer ik de boosheid uit mijn ziel te bannen. Wanneer ik eindelijk zover ben om er voor vandaag een punt achter te zetten, gaat de telefoon opnieuw en maak ik uit de nummerweergave op dat het telefoontje uit Washington komt. In de overtuiging dat het oom Mal is, neem ik bijna niet op; dan besluit ik dat het niet uitmaakt.

Het is FBI-agent Nunzio.

'Ik wilde u even laten weten dat we dat pistool hebben weten te traceren,' zegt hij na een paar norse beleefdheden. Het was mijn idee om de FBI in te lichten over Mariahs ontdekking; het vergde heel wat overredingskunst haar over te halen ermee akkoord te gaan. Na mijn gesprek met Kimmers vader wilde ik Nunzio afzeggen, maar ik wist niet goed hoe, dus hoopte ik gewoon maar dat de Kolonel zo verstandig was geweest om geen sporen achter te laten toen hij de Rechter het pistool gaf. 'Het is een Glock, een speciaal politiepistool, en maakte deel uit van een zending die zo'n vier jaar geleden in New Jersey van een vrachtwagen is gevallen.'

'Van een vrachtwagen gevallen?'

Nunzio lacht. 'Dat is gewoon een politiemanier om te zeggen dat het spul gestolen was, professor. Een aantal van de vermiste Glocks zijn bij verscheidene duistere figuren aangetroffen. Ik neem niet aan dat u enig idee heeft hoe er één in uw vaders slaapkamer terecht is gekomen? Nee, dat dacht ik al,' vervolgt hij zonder onderbreking. Ik hoor een toetsenbord ratelen. 'Vingerafdrukken. Voorzover wij kunnen vaststellen was het pistool nieuw en schoon toen uw vader het kreeg. Drie stel vingerafdrukken. Die van uw vader. Die van uw zus, die het pistool heeft gevonden. Het derde stel is afkomstig van een schietinstructeur bij een schietclub in Alexandria. Uw vader blijkt zich een jaar voor hij stierf bij de club te hebben aangesloten en schietlessen te hebben genomen. Hij vatte het een tijdje heel serieus op, liet het vervolgens enigszins verslappen en begon er weer mee in september. De laatste keer dat hij er was, was een paar dagen voor hij stierf. Dat is kennelijk het moment waarop het pistool voor het laatst is afgevuurd.'

'Ik stel dit op prijs,' zeg ik, hoewel ik vagelijk teleurgesteld ben. Ik weet niet precies waar ik op hoopte, maar dit is te prozaïsch.

'Tussen twee haakjes, uw vader had geen vergunning voor Washington, wat het bezit van het pistool binnen de stadsgrenzen illegaal maakt. Maar ik neem aan dat dat er nu niet meer toe doet.' Ik zeg niets. Nunzio vult de leemte op met een volgende vraag. 'Maar wat zijn u en uw zus trouwens aan het uitvoeren? Nemen jullie die dingen serieus?'

'Welke dingen?'

'Dat naspeuren van zaken betreffende uw vader, en zo.'

Ik ben plotseling op mijn hoede, maar het intrigeert me ook dat hij Mariah en mij op één hoop gooit. 'Ik wil gewoon de waarheid weten,' zeg ik moedig, zij het enigszins dom. 'Over mijn vader, bedoel ik.'

'Tja, eigenlijk willen we allemaal onze vaders wel beter leren kennen, niet?' Agent Nunzio lacht niet onvriendelijk. 'Ik zou in ieder geval wel willen dat ik de mijne beter had gekend. Nou, succes ermee.'

Ieder ander zegt tegen me dat ik me moet terugtrekken. Maar de FBI wil kennelijk dat ik doorga. En dat is maar goed ook, want ik ben niet van plan ermee op te houden.

26

Sam Loyds uitdaging

De schaakclub van Elm Harbor komt elke donderdag bijeen in een antiquarische boekhandel die het eigendom is van een boosaardige oude man genaamd Karl. De winkel, die zaken doet onder de misleidende naam Webster & Sons – er is nooit een Webster geweest, dus hij had ook geen zonen; Karl is altijd de eigenaar geweest en gelooft dat New Englanders eerder boeken kopen in een winkel die een Angelsaksische herkomst suggereert –, kronkelt met scherpe bochten door de eerste verdieping van een twee verdiepingen hoog gebouw met een bakstenen voorgevel even voorbij de noordelijke rand van de campus, in de buurt van Henley Street, de ongemarkeerde maar wijd en zijd geaccepteerde grens tussen de overweldigend blanke universiteitsgemeenschap en de niet vertrouwde, en dus per definitie gevaarlijke, zwarte-en-bruine wereld ernaast. Op de begane grond is een Indiaas restaurant gevestigd dat goede zaken doet met studenten, en wanneer je grasduint tussen de boeken of zit te schaken, word je omringd door de op de ogen slaande lucht van goedkope curry. De tweede verdieping bestaat uit krappe appartementen, waaronder dat van Karl. Waarschijnlijk is Karl de eigenaar van het hele gebouw, maar niemand weet dat. Je bereikt de winkel door de juiste bel in te drukken, dan een glazen deur te openen, waarbij je moet oppassen voor de diagonale barst die daar al sinds mijn studententijd zit, en ten slotte een smalle trap op te klimmen die ongetwijfeld alle veiligheidsvoorschriften die sinds de negentiende eeuw van kracht zijn, met voeten treedt: geen leuningen, ongelijkmatige stootborden die de neiging hebben plotseling los te schieten, een onmogelijk scherpe bocht halverwege, en de enige bruikbare verlichting het kale peertje op de overloop, met een wattage van misschien veertig.

Ik weet niet waar Karl vandaan komt, maar ik weet wel dat zijn door en door kwaadaardige karakter hem als een kanker dun en kaal heeft gehouden, zich kennelijk voedend met Karls eigen vlees, want Karl eet alles wat hem onder ogen komt. Zijn gezicht is een eigenaardige omgekeerde driehoek, met onderaan een dubbele kin ondanks zijn voor het overige totale gebrek aan lichaamsvet. De pupillen van zijn ogen zijn kleurloos en bleek, als de ogen van een albino. Het haar dat hij nog heeft is opgehoopt in dunne sneeuwachtige vleugels aan beide kanten van zijn platte hoofd. In mijn studententijd was Karl een verschrikking, niet aan het bord, zoals schaakspelers graag zeggen, want hij kon slechts bogen op een middelmatige speelsterkte, maar in de schaakclub zelf. Als je een paar druppels Coca-Cola op zijn groezelige houten tafels morste, werden die bleke, lidloze ogen donker en monsterlijk, en Karl slingerde je dan gedurende anderhalve minuut obsceniteiten naar het hoofd, zich niets aantrekkend van de spelers die zich probeerden te concentreren. Als je je eens liet ontvallen dat een pindakoekje oud smaakte – hij zorgde altijd voor versnaperingen, en daar werd je meestal misselijk van – mompelde hij: 'Aha', en begon dan in de kamers rond te stommelen met een vuilnisbak onder zijn arm om al het eetbare en drinkbare, zelfs het voedsel dat je zelf mee naar boven had genomen, weg te maaien. Karls commentaren over de partijen die nog aan de gang waren, of de partijen die net waren beëindigd, waren altijd doorspekt met zijn hooghartig beledigende kleedkamerhumor – herenkleedkamerhumor, wel te verstaan, en hoe rauwer hoe beter; hij was een meester in het vergelijken van schaakstukken met lichaamsdelen, en van de stellingen op het bord met diezelfde delen aan het werk. Wat vrouwen betreft: zij zouden naar Karls mening helemaal niet mogen schaken; wanneer een studente zo ongelukkig was haar weg te vinden naar de club, was Karl minzaam en charmant, een toonbeeld van Oude-Wereldhoffelijkheid. Vervolgens liet hij gedurende het hele bezoek zijn wellustige blik op haar rusten – echter nooit op haar gezicht. Karls kruipende, griezelige blik is als een levend wezen, een verslindende natuurkracht; je kunt zijn gulzige, jaloerse hardnekkigheid zelfs voelen wanneer hij op iemand anders is gericht. Van de zeer weinige vrouwen die in mijn studententijd in de club verzeild raakten, keerde er bijna niemand terug. Eén dapper jong tienermeisje, een wiskundestudente, een Russische émigrée wier jongere broertje tegenwoordig een van Amerika's betere spelers is, wist Karls wrede, kritische blik acht weken achtereen daadwerkelijk te weerstaan voordat hij er uiteindelijk in slaagde haar te verdrijven.

En toch was er toen, en is er nu nog steeds, geen andere plek in de stad waar je met anderen kunt schaken.

Als beginnend student was ik niet weg te slaan van de schaakclub; tijdens mijn rechtenstudie zorgde ik ervoor dat ik er ten minste één keer per maand naartoe ging; maar tijdens de tien jaar dat ik aan de faculteit ben verbonden, ben ik er maar één of twee keer per jaar binnen geweest. Elke keer vindt Karl een manier om me met dezelfde kwaadaardig wrede hartelijkheid te behandelen die ik me zo pijnlijk herinner van mijn studententijd, want zijn racisme, al is dit misschien niet zo diep ingebakken als zijn seksisme, heeft niettemin de slingerbeweging weten te overleven die de universiteit heeft gemaakt van integratie naar etnisch tribalisme naar diversiteit naar multiculturalisme naar hoe we de ongebreidelde viering van het zelf ook noemen waarmee de universiteiten van het land vastbesloten lijken te zijn de nieuwe eeuw te verwelkomen. Wanneer ik vlak voor aanvangstijd de deur binnenloop, ben ik dan ook nauwelijks verbaasd dat Karl, die druk bezig is crackers van de vorige maand neer te zetten, zich snel omdraait, zijn te wijde broek optrekt, en buldert: 'Wel, wel, kijk eens wie daar mijn deuropening weer verdonkert! Na al die tijd! Vat je hem, doctor? Mijn deuropening verdonkert!'

Als het aan mij lag zou ik hem net zo lang aankijken tot hij zijn ogen neersloeg, maar Karl heeft geen tijd voor zulke spelletjes en heeft zijn werk weer opgevat. Twee tieners uit de buurt, een van hen een onvervalste rijzende ster, spelen in de hoek partijtjes snelschaak – vijf minuten per spel – en begeleiden hun razendsnelle zetten met het taaltje van de Lower East Side van Manhattan van omstreeks 1950, dat op de een of andere manier overal in de Verenigde Staten de vaste tweede taal van schakers is geworden: 'Schlemiel die je bent! Nebbisjventje! Mesjoche hond! Dat had je niet gezien, hè? Sjappie, sjappie, mat! Je had je koning wat meer luft moeten geven!' Uit de mond van veertienjarige blagen van de Ivy League-faculteit klinkt het eigenlijk heel grappig, en ik doe soms ook een duit in het zakje om het gekwebbel gaande te houden, maar vanavond is het mij om Karl begonnen. Dus ik zeg rustig: 'Ja, Karl, ik vat hem.' En Karl draait zich naar me toe en trekt een sneeuwwitte wenkbrauw op, alsof hij zeggen wil dat hij iets beters had verwacht.

'O ja? Zo? Goed. En, wat wil je? Een partijtje? Ja? Liebman daar is beschikbaar, of hij zal dat zijn zodra Aidoo klaar is met het afsnijden van zijn ballen. Hier, neem een cracker, doctor.' En hij houdt me de gevlochten schaal voor. *Doctor* noemt hij me altijd, zijn spottende toon nog zo'n onsubtiele belediging van hem, maar het kan me niet deren omdat ik weet dat het jaloezie is.

'Nee, dank je.'

'Vertrouw je mijn crackers niet? Zijn ze misschien te oud voor je?'

'Ze zijn prima, Karl.'

'Neem er dan een, doctor.' Hij steekt de schaal weer uit. 'Ga je gang.'

'Nee, dank je.'

'Ik sta erop.'

Ik schud mijn hoofd. Bij Karl is alles ruzie. Alles heeft hem gefrustreerd. Ze zeggen dat er ergens een boze ex-vrouw is, ergens anders nukkige zonen en dochters, een of twee kleinkinderen die hij nooit ziet, en een leerstoel in politieke economie die hij heeft achtergelaten toen hij dertig jaar geleden uit Oost-Europa is gevlucht, maar Karl doet geruchten ontstaan zoals de zomerzon warmte: je moet oppassen en je met scepsis als zonnebrandmiddel beschermen, anders loop je het gevaar te verbranden.

'Dank je,' zeg ik tegen hem, 'maar ik heb geen honger.' Hij staart me met bleke ogen afwachtend aan. Hij weet dat ik iets wil; hij kan hoop in anderen ruiken, en zal er alles aan doen om die de kop in te drukken. Maar ik kan maar één kant op en dat is voorwaarts. 'Eigenlijk heb ik een vraag die een beroep doet op je deskundigheid.'

'Mijn deskundigheid,' herhaalt hij terwijl hij met benige vingers over zijn gladgeschoren kin wrijft. 'Ik was me er niet van bewust dat ik beschikte over enige *deskundigheid* waar een professor van jouw statuur iets aan zou kunnen hebben.'

Hij blijft me maar belachelijk maken, maar ik laat me niet van de wijs brengen. Karl stelt als schaker niet veel voor, maar hij is een briljant probleemcomponist die talloze nationale en internationale titels op zijn naam heeft staan voor het componeren en oplossen van schaakproblemen. Hij is de enige persoon die ik ken die waarschijnlijk het antwoord heeft op de vraag die mij nu bezighoudt.

Maar de simpele ervaring van het in de schaakclub zijn, heeft een kalmerende uitwerking op mijn gehavende zenuwen: het gekletter van stukken die neergesmeten worden, het getik van de schaakklokken, het boegeroep van de winnaars en de excuses van de verliezers: een schitterende symfonie van het titanische, gespannen en uiteindelijk toch ontspannende gevecht van geest tegen geest. En ontspanning heb ik nodig, een tijdje vrijaf van... nou ja, juist van de beslommeringen die me naar Karls deur hebben gebracht.

Ik vraag hem of we kunnen gaan zitten, en hij leidt me naar een hoek waarvandaan hij de ingang nog steeds in het oog kan houden om degenen die binnenlopen belachelijk te maken. We gaan zitten onder een goedkope uitvergroting van een boekomslagfoto van Emanuel Lasker met daarop een slordig nagemaakte handtekening van de grote kampioen – *voor Karl*, enzovoort – hoewel Karl een peuter moet zijn geweest toen Lasker stierf. Misschien was het opgedragen aan een andere Karl. Ik vraag me af of hij echt gelooft dat iemand erin zal trappen, of dat hij het als grap bedoelt.

'En... wat wil je?' vraagt Karl boos terwijl hij eindelijk gaat zitten, nadat hij twee keer van zijn stoel is opgesprongen om leden die de drempel overgaan het gevoel te geven dat ze niet welkom zijn. Hij gebaart naar me met zijn vingers. 'Wat voor deskundigheid?'

'Het heeft te maken met een schaakprobleem,' begin ik.

'Zo! Een probleem! Zet het alsjeblieft voor me op,' beveelt hij me, naar een bord gebarend, en ik bespeur zijn heimelijke genot dat ik hem daadwerkelijk iets vraag over een onderwerp waarvan hij meer weet dan ieder ander.

'Nee, nee, het is geen probleem waar ik niet uitkom. Het is... nou ja, het is meer een sóórt probleem.'

'Wat voor sóórt probleem?' informeert hij poeslief, want nabauwen is van zijn gaven nog de minst verspilde.

'Ik wil iets weten over... wel, het staat me voor de geest dat je jaren geleden, in mijn studententijd, lezingen gaf over schaakproblemen...'

'Toen er nog mensen waren die zich interesséérden voor schaakproblemen. Toen schaken nog een kunst was, niet de vervloekte computergestuurde *wetenschap* die het geworden is. Vroeger gaven we meer om schoonheid dan om overwinning. Deze kínderen' – hij maakt een handgebaar naar het volstromende vertrek, waar het jongste kind op de middelbare school zit – 'tja, die hebben daar geen benul van. Geen enkel. Het enige wat ze willen is winnen. Dat is onze cultuur. Amerika bederft het schaakspel, zoals het alles bederft. Kunst? Welke kunst? Winnen, het enige waar jullie Amerikanen aan kunnen denken is winnen. Winnen en rijk worden. Jullie land is te jong om zoveel macht te hebben. Te onvolwassen. Maar vanwege jullie macht luistert iedereen. Iedereen. Jullie leren de hele wereld dat maar één ding telt!'

Terwijl ik naar deze preek luister komt de gedachte bij me op dat Karl en mijn vader waarschijnlijk goed met elkaar hadden kunnen opschieten, maar ik moet hem onderbreken, want anders zal hij de rest van de avond tegen me blijven preken.

'Ja, Karl, ja, precies.' Woord voor woord verhef ik mijn stem om zijn aandacht te trekken. 'Ik wil praten over schaken als kunst.'

'Mooi! Mooi! Eindelijk vind ik een man van cultuur!' Zijn woorden vullen het vertrek en een paar schakers kijken geïrriteerd op, maar niemand berispt hem. Volgens één van de vele geruchten heeft Karl ooit een student die hem van repliek diende, bij zijn kladden gepakt en van de trap gesmeten.

'Dank je,' mompel ik, er niet zeker van of hij een antwoord verwacht.

'En, waarmee kan ik je van dienst zijn?' vraagt hij streng, zijn lippen gekruld in een onaangename grijns.

'Een van die lezingen die je gaf ging over een soort thema in schaakproblemen dat de Excelsior wordt genoemd. Herinner je je dat?'

'De Excelsior,' snauwt hij. 'Een helpmat. Een dwaas idee. Sam Loyds uitvinding. Hij verzon het als een grap, en nu nemen we het allemaal serieus. Omdat we geen geheugen hebben.' Hij schudt zijn spichtige hoofd. 'Zo. De Excelsior. Wat wil je daarover weten?'

Ik aarzel en probeer mijn vraag zo in te kleden dat ik er zijn interesse mee wek in plaats van zijn hoon. De helpmat is een ongewoon soort schaakprobleem waarin zwart eerst aan zet is in plaats van wit en de twee kanten samenwerken om, na een van tevoren vastgesteld aantal zetten, zwart schaakmat te zetten. Sam Loyd, die aan het eind van de negentiende eeuw leefde en werkte, was een journalist en goochelaar die vele spelletjes en puzzels heeft verzonnen die tot op de dag van vandaag populair zijn. Hij was ook een van de grote ontwikkelaars van de kunst van het schaakprobleem... en een van de helden van mijn vader. *Sam Loyd heeft alles op zijn kop gezet*, placht de Rechter te zeggen, die er zo nu en dan van droomde hetzelfde te doen, maar dan in het recht. *Hij leerde ons allen dat de stukken slimmer waren dan iedereen dacht.*

'Ik herinner me dat Sam Loyd de Excelsior heeft uitgevonden,' zeg ik tegen Karl. 'Zoveel herinner ik me nog wel van je fascinerende lezing.' Een beetje stroop om de mond smeren kan geen kwaad. 'Maar ik geef toe dat ik me niet meer, eh, precies herinner wat de Excelsior was. En vooral' – eindelijk laat ik het achterste van mijn tong zien – 'vooral of er iemand werkte aan een probleem dat de Dubbele Excelsior met het paard wordt genoemd...'

Karl valt me in de rede. Hij heeft genoeg van het geluid van mijn stem, zoals hij genoeg heeft van elk stemgeluid dat niet uit zijn mond komt. Hij prefereert zijn eigen antwoorden boven de vragen van anderen, zelfs als niemand hem iets heeft gevraagd. Het is niet moeilijk te geloven dat hij ooit professor is geweest; hij zou uitstekend passen in de juridische faculteit. Hij spreekt nu snel en afgemeten, alsof ik zijn tijd verspil.

'De Dubbele Excelsior met het paard is een beroemde schaakuitdaging, doctor, en een verrukkelijke bovendien. Het enige probleem is dat hij toevallig onmogelijk is. Moet je luisteren.' Hij buigt zich dicht naar me toe en wijst met een benige wijsvinger alsof hij me wil betoveren. 'Het Excelsior-thema verloopt volgens heel duidelijke en heel dwaze regels. In een Excelsior begin je met een witte pion op zijn uitgangspositie en doe je er precies vijf zetten mee, bij de eerste zet twee velden vooruit, dan één veld bij elk van de vier volgende zetten, zodat hij uitkomt op het achtste veld. En hoewel het bij jou allemaal ongetwijfeld is weggezakt, doctor, weet je vast nog wel wat er gebeurt wanneer een pion het achtste veld bereikt, hè?'

'Hij promoveert,' mompel ik geïrriteerd, als een kind dat zijn eerste les krijgt.

'Precies, Precies, hij promoveert, hij wordt een ander stuk – meestal een dame, dat weet iedereen, maar hij kan ook een ander stuk worden, wat de speler maar wil. Dat is het punt bij de Excelsior – de pion kan tot elk ander stuk promoveren. Hij wordt geen dame. Hij wordt iets anders. We zullen dit onderpromotie noemen. Heb je weleens van die term gehoord?'

'Ja.'

'Mooi zo. Want de gewone Excelsior is namelijk kinderspel, doctor, zo eenvoudig, dat als je bezig bent problemen op te lossen en je ziet de woorden *Helpmat in vijf zetten*, je meteen een pion zoekt om mee te gaan schuiven. Als je alleen schaakmat kunt forceren door vijf zetten te doen met een pion en die te laten onderpromoveren – nou, dan heb je je Excelsior.'

'Ik begrijp het.' Maar zijn schoolmeesterachtigheid begint me de keel uit te hangen, en ik vraag me af of ik aan een vruchteloze onderneming ben begonnen.

'Mooi zo. Want, doctor, de Dubbele Excelsior – tja, dat is alleen een uitdaging voor de vergevorderde componist.'

'Hoezo?'

'Ben je vergeten wat ik daarnet heb gezegd? Dat het bij een helpmat zwart is die de eerste zet doet en dat de twee kanten samenwerken om zwart schaakmat te zetten? De Excelsior vereist vijf zetten. De Dubbele Excelsior ook. Maar er is één verschil. Bij de Dubbele Excelsior moeten beide kanten alle vijf de zetten met maar één pion doen, en bij de vijfde zet moeten beide kanten – eerst zwart, dan wit – tot hetzelfde stuk promoveren. Dus als we een Dubbele Excelsior hebben met een toren, begint zwart, doet vijf zetten, en bij de vijfde zet wordt de pion een toren. En wit is na zwart aan zet, doet vijf zetten, en bij de vijfde zet wordt de pion een toren. En na wits vijfde zet wordt zwart schaakmat gezet – maar behalve deze vijf zetten van beide kanten met op de vijfde zet een promotie tot hetzelfde stuk, mag er geen andere speelwijze mogelijk zijn die tot mat leidt. Volg je me nog, doctor?'

'Ik volg je.'

'Dus een Dubbele Excelsior met het paard zou betekenen dat de enige manier waarop wit in vijf zetten mat kan geven, eruit bestaat dat beide spelers precies vijf zetten doen met een enkele pion, waarna beide spelers de pion laten promoveren tot paard en zwart schaakmat wordt gezet.'

'Maar je zei dat dat onmogelijk is...'

'Dat is juist.' Ik heb eindelijk zijn pedagogische snaar geraakt, en hij is haast geduldig nu hij de gelegenheid heeft om echt iets te doceren. 'Je moet begrijpen dat de andere Dubbele Excelsiors zijn gedemonstreerd. Beide spelers laten hun pion promoveren tot toren? Dat is gedaan. Beiden laten hun pion promoveren tot loper? Ja. Maar niemand is het gelukt om het uit te voeren met het paard. Dertig, veertig jaar geleden kwam een schaakpublicist met een uitdaging, en loofde een aanzienlijke geldprijs uit voor degene die de Dubbele Excelsior met het paard succesvol kon demonstreren. Maar de uitdaging is nooit beantwoord. Tal van probleemcomponisten hebben het geprobeerd, maar niemand is het gelukt, zelfs niet met behulp van computers. Dus de meesten van ons zijn tot de conclusie gekomen dat het onmogelijk is.'

Ik frons en probeer het tot me door te laten dringen. Mijn vader probeerde een schaakprobleem op te lossen dat in de wereld van de probleemcomponisten als onmogelijk wordt beschouwd. Zijn onsterfelijkheid? Ik denk het niet: zijn geest was daar te subtiel voor, tenzij het zo eenvoudig was als Lanie Cross suggereerde, dat hij een zenuwinzinking had en niet meer helder kon denken. Maar ik weet het nog zo net niet. Ik denk dat de Rechter meer gewild zou hebben. O, hij heeft misschien wel de ordinaire ambitie gehad het probleem te componeren dat nog door niemand was opgelost. Hij heeft misschien wel gedroomd dat hij degene was die het voor elkaar zou krijgen. Maar de reden dat hij in zijn briefje aan mij het woord *Excelsior* schreef...

'Karl?'

'Ja, doctor?' De spottende toon is terug. Karls aandacht is weer afgedwaald naar het plotseling volle vertrek, en dus naar zijn normale plicht om mensen het leven zuur te maken. 'Is er een probleem? Was de uitleg te ingewikkeld? Of vind je het misschien vervelend dat aan het eind zwart in plaats van wit schaakmat wordt gezet?' Hij lacht. 'Maar in schaakproblemen is het altijd zwart die aan het eind schaakmat wordt gezet, nietwaar?' Grinnikend maakt hij aanstalten om op te staan.

'Wacht,' zeg ik, scherper dan ik bedoeld had, alsof hij een student is.

Karls ogen verwijden zich. Er zijn maar heel weinig dingen die hem verrassen, maar mijn toon verrast hem. Nu ik opnieuw zijn volle aandacht heb, neem ik de tijd. Iets wat hij daarnet zei – *het is altijd zwart die aan het eind schaakmat wordt gezet* – was dat het? In de Dubbele Excelsior wordt zwart inderdaad schaakmat gezet, maar... maar Lanie Cross zei... wacht...

'Karl, luister eens. Bij de Dubbele Excelsior met het paard – ik bedoel als jijzelf zou proberen er een te construeren – welke pion zou je dan gebruiken?'

'Huh?'

'De pion die aan het eind een paard wordt. Het paard dat schaakmat geeft. Het moet toch ergens beginnen? Dus... welke is het, een torenpion, een loperpion?'

'O, ik begrijp het. Het is de paardpion van de witte dame.'

Hiermee bedoelt hij de pion die aan het begin van het spel op het veld rechts voor het paard staat dat twee velden links van de dame staat.

'Waarom?'

'In theorie zou het geen verschil mogen maken. Je zou elke pion kunnen gebruiken om het thema te demonstreren. Maar toen Sam Loyd het origineel ontwikkelde, gebruikte hij de paardpion van de dame. Dus een serieuze componist van een Dubbele Excelsior zou het origineel eren door dezelfde pion te gebruiken.'

'De... eh, de paardpion van de *witte* dame.'

'Uiteraard de witte.'

'Maar de paardpion van de witte dame zou het tweede stuk zijn dat verplaatst mag worden. Zwart begint.'

'U hebt weer gelijk, doctor. Natuurlijk waren er in vroeger tijden enkele probleemcomponisten die helpmatten ontwierpen waarin wit begon en wit aan het eind schaakmat werd gezet.' Hij knijpt in zijn halskwabben alsof hij ze wil doen krimpen. 'Maar een ware kunstenaar zou het niet op die manier doen. Nu niet meer. Een componist moet de regels volgen. Het is zwart die moet verliezen.'

'Maar als iemand het probleem zo wilde ontwerpen dat zwart zou winnen...'

'Dat zou stom zijn. Tijdsverspilling. Onartistiek.'

'Maar welke pion zou dan als eerste worden verplaatst?'

Ondanks zichzelf is Karl geïnteresseerd. Hij zucht om te bewijzen dat dat niet zo is. 'Elke pion zou natuurlijk voldoen. Maar de ware kunstenaar zou opnieuw de paardpion van de witte dame gebruiken. Alleen zou het nu de zwarte pion zijn, als tweede in stelling gebracht, die bij de vijfde zet mat zou geven.'

Hij is weer overeind gekomen, verrassend licht en luchtig, en gaat met een sprongetje naar de smalle houten boekenkast die in de hoek staat. Niemand mag aan de oude boeken komen, waarvan vele in het Duits of Russisch. Hij kiest een band uit en duwt hem tot mijn verrassing in mijn handen. 'Hier.' Hij knikt met enig enthousiasme. 'Er staan veel voorbeelden in van het Excelsior-thema. Houd het maar zolang als je wilt.' Dit verbijsterende en onkarakteristieke staaltje generositeit doet een plechtig stilzwijgen neerdalen op het tiental leden dat vanavond is gekomen.

Ik weet onmiddellijk dat ik niets aan het boek zal hebben. Datgene waar ik voor kwam, heb ik al.

'Dank je, Karl, maar dit... het is niet nodig.'

'Onzin. Maar we moeten het boek natuurlijk beschermen. Hier.' Hij overhandigt me een oude, gescheurde manilla envelop. 'Je vervoert het hierin.'

'Karl, ik...'

Hij steekt een waarschuwende wijsvinger omhoog. 'Ik heb in al mijn jaren in jullie fraaie stad misschien drie of vier boeken uitgeleend. Je bent me dank verschuldigd.'

En hij heeft gelijk. Hij heeft als altijd de touwtjes in handen, maar hij probeert te helpen. Ik ben hem dank verschuldigd. 'Dank je,' zeg ik, en ik meen het.

Maar Karl is nu in verlegenheid gebracht, begrijpt misschien niet goed wat hem tot een dergelijke vriendelijkheid heeft bewogen. Ik vermoed dat het eenvoudig zijn vreugde was iemand te vinden – in deze onbeschaafde tijden, zoals hij zou zeggen – die daadwerkelijk belangstelling toonde voor het gebied van het schaken dat hij het beste kent, een gebied waar bijna niemand in geïnteresseerd is. Ik houd mezelf voor ogen hoe leeg het leven is dat hij leidt, en ik glimlach van dankbaarheid en zie op hetzelfde moment zijn gezicht weer verzuren. Ik weet dat hij me weg zal sturen met een nieuwe belediging, en ik weet hoezeer hij dat nodig heeft.

'Maar vergeet niet wat ik tegen je zei, doctor.' Zijn brutale lach is terug. 'De Excelsior moet ermee eindigen dat de witte pion promoveert en schaak geeft. Zwart begint in de helpmat, weet je nog, maar het is aan het eind nog steeds wit die mat geeft. Altijd wit.' Hij zwijgt en kijkt me achterdochtig aan, alsof hij er niet meer zeker van is dat ik voor rechtmatige zaken naar zijn club ben gekomen. Hij buigt zich naar me toe, waarbij hij zijn kleine vuisten vóór me op de tafel plant. 'We kunnen de wereld niet veranderen boven het schaakbord, hè, doctor?' Grinnikend omdat het hem is gelukt het laatste woord te hebben, slentert Karl weg om iemand anders te gaan kwellen.

Ik ben blij dat ik van hem af ben. Ik blijf nog een halfuur rondhangen waarin ik naar een paar partijen kijk en een paar partijen speel, en dan glip ik met Karls boek in zijn beschermende envelop naar buiten, de vrieskoude nacht in.

Excelsior, schreef mijn vader, en hij herhaalde het woord. *Het begint!* Noch de populaire Addison, noch de sociale Mariah hadden veel belangstelling voor schaken toen we kinderen waren; alleen de boekenwurm Talcott. En dat betekent dat de Rechter mij, maar alleen mij, wilde laten weten dat hij naar de Dubbele Excelsior verwees. Helaas weet ik nog steeds niet waarom hij het me wilde laten weten. Karl heeft me verteld hoe de Excelsior in zijn werk hoort te gaan, en Lanie zei dat mijn vader wilde dat zwart won. Maar ik vecht nog steeds tegen de bierkaai. Ik weet zeker dat er iets is wat me in het oog zou moeten springen, maar dat gebeurt niet. Ik weet niet hoe het geheimzinnige schaakprobleem dat de Rechter dolgraag als eerste wilde componeren iets te maken zou kunnen hebben met *Angela's vriendje* of *de regelingen*. Misschien maakte de witte pion die me in de gaarkeuken werd bezorgd ook deel uit van een compositie, een compositie met stukken die leven, ademen en pijn lijden. Als dat zo is, dan was mijn vader vast en zeker de componist. Hij was er ongetwijfeld van overtuigd dat ik het verband zou zien, en de laatste ongrijpbare aanwijzing ligt vast en zeker in die overtuiging. En dat leidt tot een vraag die ik tot nu toe nog niet in overweging heb genomen: als ik de ontbrekende witte pion heb, wie heeft dan de eveneens ontbrekende zwarte?

Ik loop nog steeds over deze problemen te piekeren, als ik me realiseer dat ik word gevolgd.

27

Een pijnlijke ontmoeting

– I –

Ditmaal zijn het er twee.

Ik weet al een tijdje dat ik word geschaduwd. Niet alleen door de skeelervrouw in een groene auto in Washington, maar ook door andere mensen, op andere tijdstippen. Hoe lang ik het al weet? Uren. Dagen. Weken. Het is nooit iets concreets, alleen maar zwemen, impressies, een gezicht waar ik te vaak een glimp van opvang, in het holst van de nacht stratenlang dezelfde auto in de achteruitkijkspiegel, een tred die zich te snel aanpast aan de mijne. Toen ik het niet langer aan paranoia kon toeschrijven, trooste ik mezelf met de woorden van Jack Ziegler op het kerkhof en wijlen Colin Scott twee weken later: dat mijn gezin en ik geen gevaar te duchten hebben van wat er ook mag komen. Met andere woorden: ik heb mezelf toegestaan gerustgesteld te worden.

Nu vraag ik me af of ik een vergissing heb begaan.

Toen ik de schaakclub ten slotte verliet, was het bijna tien uur, en ik haastte me de gevaarlijke trap af, me afvragend wat ik tegen Kimmer zou zeggen.

Tegen de tijd dat ik de rand van de campus bereikte, liepen de mannen achter me.

Terwijl ik de donkere binnenplaats oversteek met Karls pakje onder mijn arm en gejaagd de kortste weg neem naar de juridische faculteit – het steegje tussen het computercentrum en een van de studentenhuizen; een straat; daarna het steegje tussen het administratiegebouw en een ander studentenhuis – probeer ik erachter te komen waarom de twee vaag zichtbare figuren die ongeveer één straat achter me lopen, zoveel onheilspellender overkomen dan de andere bespieders van de afgelopen tijd, die niet veel meer zijn geweest dan spookachtige achtergrondimpressies. Misschien is het de gedegenheid van deze nieuwkomers, de zelfverzekerde, agressieve tred die geen moeite doet zijn bedoelingen te verhullen. Óf ze zijn niet erg bedreven in verborgen blijven, óf ze willen dat ik weet dat ze achter me aan zitten.

Beide mogelijkheden jagen me angst aan.

De campus is zo laat op de avond bijna uitgestorven. Ik passeer af en toe een student en hoor vaag muziek achter de tegen de kou gesloten ramen van de studentenhuizen. Ik zet er de pas in terwijl ik op de eerste van de twee steegjes afsteven. Ik zie het niet, maar voel dat de twee mannen sneller gaan lopen om me bij te houden.

Het computercentrum heeft een bewaakte ingang, dankzij een betreurenswaardig incident drie jaar geleden dat draaide om een grap van de studentenvereniging en verscheidene liters sinaasappelsap, en ik overweeg om naar de bewaker te gaan en om hulp te vragen, maar wat zou ik moeten zeggen? Dat ik, een hoogleraar, denk dat ik achtervolgd word? Dat ik bang ben? Een Garland zou zoiets nooit doen, en al helemaal niet op grond van zulk mager bewijsmateriaal. Ik loop langs het gebouw, kom bij het zebrapad op Montgomery Street weer te voorschijn en werp een blik over mijn schouder. Aan de andere kant van de steeg zie ik hoogstens één achtervolger mijn kant op komen. Misschien is mijn verbeelding dan toch op hol geslagen.

Wanneer ik de straat overgestoken ben en op de tweede steeg af wil lopen, valt mijn oog op het pakje in mijn hand. Het boek dat Karl me heeft gegeven. De verfomfaaide, oude envelop. Het begint me langzaam te dagen.

Het sleutelwoord is *oud*.

Iemand heeft overhaaste conclusies getrokken.

Ik kijk achterom. Mijn stalker houdt zich op aan de overkant van de straat en staart me recht aan. Hij staat onder een straatlantaarn en ik kan hem duidelijk zien. Aanvankelijk raak ik bevangen door een hallucinatie die zowel geruststellend als schrikwekkend is, want de man die me achternazit lijkt op Avery Knowland. Ze hebben alleen niets gemeen behalve een slordige paardenstaart, en in de lichtkegel kan ik zien dat het haar van mijn achtervolger gladder en donkerder is dan dat van mijn arrogante student. Bovendien is de man die me over de halve campus heeft achtervolgd kleiner, gespierder en dikker rond het middel, en is zijn blozende gezicht in bezit genomen door een warboel van donkergrijs haar. Zijn felle, rode ogen hebben een verwilderde uitdrukking, alsof hij high is van iets. Hij draagt een leren jack en ik zie hem moeiteloos voor me in een motorrijdersbar.

Bij de ingang van de steeg aarzel ik. Hij steekt de straat over en komt recht op me af. Misschien is het toeval. Misschien is hij helemaal niet in me geïnteresseerd. Anderzijds is de man die me aan Avery Knowland doet denken nu minder dan vijftien meter van me vandaan, en ik moet een beslissing nemen. Hij loopt nog steeds op me af en lijkt geen eerbare bedoelingen te hebben. De adrenaline stroomt inmiddels door mijn aderen.

Mijn koortsachtige waandenkbeelden ten spijt, zou ik het toch nog bij het verkeerde eind kunnen hebben. En mocht ik het bij het rechte eind hebben, dan lukt het me nog wel om via de steeg bij de juridische faculteit te komen voordat mijn achtervolger me kan bereiken, tenzij hij een Olympische sprinter is.

Dus snel ik de ruimte in tussen het administratiegebouw en twee onderling verbonden gotische bouwsels aan de andere kant, eerst de universiteitsbibliotheek, dan een studentenhuis. De steeg is eigenlijk de helling van een grasrijke heuvel met op de top de glazen plechtstatigheid van het administratiegebouw en aan de voet het bibliotheek-studentenhuiscomplex. De bibliotheek wordt zoals gewoonlijk gerenoveerd en er staat een steiger langs de hele wand die aan de steeg grenst. Ik vertraag mijn pas even en tuur de steiger in, me afvragend of een andere bespieder zich hier zou kunnen schuilhouden, maar het is te donker heuvelafwaarts en ik kan niets zien.

Ik kijk weer voor me en houd halt.

Eerst werd ik achtervolgd door twee mannen, toen door één. Nu heb ik zijn metgezel gevonden. Hij is aan de andere kant van de steeg, midden op mijn pad naar de juridische faculteit, en komt op me af. Ik weet niet hoe hij wist dat ik deze steeg zou nemen, maar ik weet per slot van rekening ook niet hoe ze wisten dat ik op de schaakclub zou zijn. Er zijn talloze hiaten, maar dit is niet het moment om ze op te vullen.

Ik kijk achterom. De man met het slordige gezichtshaar nadert nog steeds.

Ik kijk ontzet om me heen. De universiteit is zo veiligheidsbewust geworden dat zijn open ruimten volstrekt onveilig zijn. Ik kan me niet in een studentenhuis verschuilen, omdat ik niet in het bezit ben van de elektronische sleutel om de deur te openen. Ik kan me niet in de bibliotheek verschuilen, omdat de enige ingang die 's nachts open is aan de voorkant ligt. Ik kan me niet in het administratiegebouw verschuilen omdat het tot de ochtend afgesloten is. Misschien had ik deze kortere weg beter niet kunnen nemen, maar de criminaliteit op de campus wordt overdreven: dat staat in alle officiële publicaties van de universiteit.

De man aan de andere kant van de steeg die me de weg verspert, blijft langzaam naderbij komen, een donkere veeg tegen het verkeer op Town

Street verderop. Achter me beginnen de voetstappen van mijn achtervolger zich te versnellen. Hij weet dat ik in de val zit.

Ik houd mezelf voor dat ik geacht word onkwetsbaar te zijn, maar het komt bij me op dat Jack Ziegler weleens minder invloed zou kunnen hebben dan iedereen denkt; of dat in ieder geval één van de verscheidene partijen die strijden om datgene wat mijn vader heeft achtergelaten, misschien geen weet heeft van zijn verordening, of bereid is deze te trotseren.

Ik draai snel om mijn as. Eén man voor me, één achter me. Rechts van me het gevaarte van de bibliotheek, in de steigers. Links het administratiegebouw. En dan zie ik...

... een blauw licht...

Naast de afgesloten achteringang van de bibliotheek, vlak naast de steiger, staat een praatpaal. De universiteit heeft ze overal laten neerzetten. Doe het voorpaneel open en de campuspolitie geeft antwoord, of je nu in de microfoon spreekt of niet.

Ik ren die kant op.

En hoor datgene waar ik het allerbangst voor ben.

'Wacht, professor!' roept de man achter me. 'Professor Garland! Stop!'

Ze weten hoe ik heet.

En dan hoor ik iets dat nog erger is: 'Laat hem niet ontsnappen!'

Plotseling rennen de twee mannen naar me toe.

Ik bereik de praatpaal en ruk het voorpaneel open. Binnenin zie ik nóg een blauw licht, een toetsenpaneeltje en de microfoon. De luidspreker barst uit in geruis, waarschijnlijk een politiecoördinator die een vraag stelt. Wanneer ik op het punt sta te antwoorden, worden mijn benen onder me weggeschopt.

Ik smak tegen het trottoir en wanneer ik me probeer om te draaien, komt er een voet door het duister aanschieten om me hard en pijnlijk in de ribben te treffen. Ik kreun, maar ga moeizaam op mijn knieën zitten, terwijl ik me mijn karatetraining van de middelbare school voor de geest probeer te halen. Een vuist komt met kracht op mijn gezicht neer. Ik wankel achterover en verlies het pakje. Dezelfde vuist treft me opnieuw, ditmaal tegen mijn schouder, die gevoelloos en slap wordt door de kracht van de slag. Ik smak weer tegen de grond. Een van de mannen knielt naast me neer, rukt mijn hoofd aan de haren omhoog en bijt me toe: 'Wat zit er in het pakje?' Dan zoeft de vuist weer door de lucht en raakt mijn oor, wat een pijnexplosie veroorzaakt die heviger is dan ik ooit voor mogelijk had gehouden. 'Wat zit er in het pakje, professor?'

'Een boek,' mompel ik, klauwend in de aarde, in een poging om op te staan.

Nog een dreun, ditmaal op mijn oog. De nacht flitst groen op. Mijn gezicht lijkt te splijten en uiteen te spatten, en de pijn is een ijzig lemmet langs mijn wang.

'Help hem op de been,' beveelt dezelfde bijtende stem, en de andere man trekt me gehoorzaam overeind.

'De politie komt eraan,' mompel ik.

Er valt een stilte terwijl ze elkaar aankijken. Dan schiet die ijzeren vuist opnieuw uit en raakt me ditmaal in de ribben, op dezelfde plek waar ik getrapt ben, en mijn hele lichaam zingt het uit van de pijn. Nog een dreun, ditmaal in de maag. Ik klap dubbel. Een hand probeert mijn schouder te grijpen. Ik pas een beweging toe die ik me nog net weet te herinneren uit mijn zelfverdedigingscursus: ik duik naar beneden, kom met kracht omhoog en maak me schuddend los uit de greep. Dan draai ik me om en strompel de heuvel af naar de voet van de bibliotheeksteiger. Ik hoor de twee mannen met elkaar fluisteren, misschien ruziën over wie de achtervolging zal inzetten over het bouwterrein. Ik kijk niet achterom. Een lage metalen slagboom verspert me de weg naar de steiger, om me te waarschuwen dat ik het terrein niet mag betreden. Maar gezien de alternatieven denk ik dat ik dat maar wel moet doen. Achter de slagboom staat een schuin geplaatste ladder, precies één verdieping hoog. Er staan talloze van dergelijke ladders tegen de steiger, langs de hele zijkant van de bibliotheek, met op elke verdieping een overloop voor de bouwvakkers. Ik klem me aan de slagboom vast omdat ik duizelig en misselijk ben van de klappen. Moeizaam slikkend, vechtend tegen de golven van angst, werp ik een blik over mijn schouder. Eén van de twee mannen komt de heuvel af. De andere is verdwenen, wat me zorgen zou baren als ik daar tijd voor had. Ik klim onhandig over de slagboom en bereik de ladder precies op het moment dat mijn achtervolger de heuvel af begint te rennen. Mijn ribben doen zeer van de schoppen en vuistslagen, en mijn gezicht lijkt wel van pulp en tweemaal zo groot als anders, maar ik weet het tweede niveau te bereiken. Mijn hoofd bonkt. Ik zak in elkaar tegen de ladder die naar het derde niveau voert, omdat mijn armen er plotseling de brui aan geven en weigeren me nog verder omhoog te trekken.

Van beneden af kruipt een hand omhoog en grijpt mijn linkerenkel vast. De hand trekt, uit alle macht, en ik plof neer in een zittende houding.

Zijn hoofd verschijnt, en ik zie iets in zijn hand glinsteren: een boksbeugel misschien of een klein mes. Al die mooipraterij over dat me niets kan overkomen, en nu dit! Ik verzamel het beetje kracht dat ik nog over heb, trek mijn rechterbeen in, zet mezelf schrap tegen de ladder en schop uit alle macht naar voren. Ik raak vlees: zijn gezicht? Zijn hand? Hij schreeuwt het uit van de pijn en laat mijn enkel los terwijl zijn hoofd weer naar beneden schiet en uit het gezicht verdwijnt. Ik dwing mezelf overeind te komen en ondanks mijn tegenstribbelende schouders mijn klim voort te zetten. Mijn achtervolger lijkt me niet achterna te komen, maar ik heb me de laatste tijd wat al te vaak vergist. Ik houd mijn voeten louter op wilskracht in beweging, de ene voor de andere, en weet zo het derde niveau te bereiken en daarna het vierde. Ik stop even en kijk naar beneden. Het vierde niveau van de steiger lijkt duizelingwekkend hoog. Ik ondersteun mezelf met behulp van de donkere metalen reling. Ik kan verscheidene blokken van de campus zien. Ik kan de juridische faculteit zien. Ik zie de man die me achternazat niet, zelfs niet recht onder me. Ik ben bijna aan het eind van mijn Latijn maar wil geen enkel risico nemen. Hij zou tenslotte uit het zicht op de ladder onder me kunnen staan. Ik dwing mezelf nog één niveau hoger te gaan, en blijf vervolgens op de vijfde overloop hijgend tegen de reling geleund staan. Ik hoor stemmen, luider ditmaal, en ik zie zaklantaarns aan het eind van de steeg. Ik kan geen details onderscheiden, want het is nog steeds donker daar en de lichtbundels verblinden me terwijl ze langzaam naderen en dan schuin omhoog gaan, naar de steiger.

Ik duik achter de ladder, maar te laat.

De lichtbundels hebben me te pakken.

Toch probeer ik me terug te trekken in de schaduw, ware het niet dat er geen schaduw meer over is, omdat de verlichting van beneden te fel is, als een zoeklicht.

En van beneden komt een versterkte stem: 'Dit is de universiteitspolitie. Kom van de ladder af, heel langzaam, en zorg dat uw handen zichtbaar blijven.'

Pijn lijdend maar opgelucht volg ik de instructies nauwkeurig op en daal voorzichtig de ladder af, mijn bevende voeten af en toe onwillig, tijdens mijn afdaling gevolgd door het licht, waar zich een tweede, veel feller licht bij voegt, zodat er nu waarschijnlijk ook een patrouillewagen in de steeg moet zijn; of, naar het geluid te oordelen, meer dan één. Ik kan me niet herinneren dat ik ooit zo blij ben geweest om de politie te zien.

Vastbesloten om ten overstaan van mijn redders geen zwakte te tonen, sla ik de laatste paar sporten over en spring ik op de grond, waarbij ik bijna opnieuw val, voordat ik me omdraai naar het felle licht. Ik knipper hevig met mijn ogen, die ik bescherm met mijn hand, en word me er voor het eerst van bewust hoe ik eruit moet zien: een verfomfaaide man in een donker windjack die in het holst van de nacht aan de zijkant van de bibliotheek omhoogklimt, onmiskenbaar zo schuldig als wat.

'Goed, meneer,' zegt een zware blanke stem vanachter het licht. De manier waarop de agent het woord *meneer* uitspreekt, is wel niet echt spottend genoeg om een regelrechte belediging te vormen, maar het komt beslist in de buurt. 'Laten we onze handen maar voor ons houden, ja?'

'Oké, maar ze ontkomen...'

'Blijf alstublieft staan, meneer.'

Blijkbaar weet de agent niet dat ik een van de hoogleraren ben, dus ik besluit hem in te lichten.

'Agent, ik kan u maar beter vertellen dat ik doceer...'

'Wilt u niet praten, meneer? Loop alstublieft naar me toe, langzaam, handen naar voren, handpalmen naar mij toe.'

Ik wijs naar het einde van de steeg. 'Maar ik doceer op de...'

'Handen stilhouden!'

'Maar ik ben niet degene die...'

'Blijf alstublieft staan waar u bent, meneer. Handen naar voren. Goed. Mooi zo.'

Ik doe wat me gezegd wordt, en steek mijn onschuldige, bevende handen naar voren zodat de agenten ze kunnen zien. Ik wil kalm blijven, zoals het een Garland betaamt. Maar dat ben ik niet. Ik ben bang. Ik ben ziedend. Ik ben vernederd. De kille nacht van Elm Harbor brandt felrood. Ik voel een merkwaardige slapte in mijn kruis en ondanks al mijn pijn een wonderbaarlijke golf van kracht in mijn ledematen: de vecht-of-vluchtreflex is kennelijk volledig geactiveerd. Ik kan nu de twee agenten onderscheiden, beiden variaties op de blanke huidskleur, terwijl ze me in een grote boog naderen. Ze hebben geen van beiden daadwerkelijk een pistool getrokken, maar hebben elk hun hand op hun heup en hun holster is losgegespt, en ze houden allebei van die lange politiezaklantaarns hoog in de lucht, waarbij de handvatten tot ver buiten hun vuisten uitsteken, zodat ze ze als knuppels kunnen gebruiken zonder hun greep aan te passen. De agenten bewegen zich langzaam, maar niet zonder vastberadenheid. Ik kan mijn ogen niet van de zaklantaarns afhouden. Ik heb verhalen gehoord over dit soort dingen maar heb het zelf nooit meegemaakt. Even voorzie ik een tweede aframmeling, ditmaal door de campuspolitie. Er komt een blos van schaamte op mijn wangen, alsof ik betrapt ben terwijl ik op het punt stond een afschuwelijke daad te begaan. Ik voel me nota bene *schuldig*, aan wat ze maar willen. Zonder me te verroeren bekijk ik de agenten terwijl zij mij gadeslaan. Hun traagheid heeft een bepaald doel, besluit ik: ze proberen al wachtend een dwaze zet of een lollige opmerking of een nerveus lachje uit te lokken, wat misschien een excuus zou zijn om toe te slaan met die zaklantaarns. Het kan ook zijn dat ze gewoon een zware en gevaarlijke baan hebben en liever geen enkel risico nemen. Hoe dan ook, ik heb me nog nooit zo hulpeloos gevoeld, zo onmachtig mijn lot te beïnvloeden, als op dit moment. Aan mijn vaders voeten leerde ik wilskracht te koesteren. Hij was altijd volstrekt meedogenloos jegens degenen die het volgens hem ontbrak aan wilskracht. Maar nu word ik geconfronteerd met een moment waarop mijn wil volstrekt irrelevant is. Ik heb de wrede raciale verdeeldheid van onze natie nog nooit op zo'n ingrijpende manier aan den lijve ondervonden. Ik vraag me af wat de Rechter zou hebben gedaan.

Een van de agenten wenkt me. 'Doe een stap naar voren. Mooi. Leun nu voorover, zet uw handen tegen de muur, op die plek, voeten uit elkaar, mooi.'

Ik schik me naar hen. Er valt licht uit een paar ramen van het studentenhuis aan de andere kant van de steeg en het elektronisch afgesloten hek zwaait open: opgewonden studenten komen goedkeurend de etnische zuivering van de campus gadeslaan.

'Mooi zo, meneer, prima, mooi zo,' zegt de agent die tot dusverre het woord heeft gevoerd. 'Zo, eens even kijken wat we hier te pakken hebben.'

Mijn stem is ijzig. 'U hebt dus een hoogleraar te pakken. Ik ben degene die alarm heeft geslagen.' Ik zwijg, hijgend van woede, wensend dat ik hun gezichten kon zien achter de felle zaklantaarns. 'Ik werd aangevallen.'

'Kunnen we een identiteitsbewijs te zien krijgen, meneer?' vraagt dezelfde agent, en ditmaal klinkt het *meneer* alsof hij me misschien wel gelooft.

'Dat mag u zien,' zeg ik met pedante nadruk.

Op dat moment, als ik eindelijk mijn portefeuille te voorschijn mag halen om te bewijzen dat ik ben wie ik beweer te zijn, valt mijn oog op de plek waar de mishandeling plaatsvond. Ik besef dat ik naar de schaakclub terug zal moeten om opnieuw Karls geschimp te ondergaan, wanneer ik hem uitleg hoe iemand me midden op de campus in elkaar heeft geslagen en zijn oude schaakboek heeft gestolen.

— 11 —

Drie over half drie 's nachts. Ik zit in mijn studeerkamer met uitzicht op Hobby Road, een honkbalknuppel naast mijn rechterhand, en probeer te bedenken wat er fout is gegaan. Toen ze er eenmaal van overtuigd waren dat ze zich hadden vergist, hebben de politieagenten me naar de Eerste Hulp van het universiteitsziekenhuis gebracht, waar een jonge co-assistent een oud Broadway-melodietje neuriede terwijl hij mijn gezicht hechtte en mijn gekneusde ribben verbond. Een uur later verliet ik het ziekenhuis met Kimmer en Bentley. Mijn vrouw, die al doodongerust was, werd ontnuchterd – om niet te zeggen angstig – van mijn aanblik. Niettemin wist ze een zekere vriendelijkheid op te brengen en was de hele weg naar huis teder en zorgzaam, waarbij ze mijn gehavende gezicht kuste en me verzekerde dat alles goed zou komen, hoewel ik daar niet om had gevraagd. Maar misschien is het Kimmer zelf die gerustgesteld moet worden, want als je man voor de universiteitsbibliotheek in elkaar geslagen en bijna gearresteerd wordt, is dat niet bevorderlijk voor je kansen op het rechterschap. Ik heb mijn vrouw niet gekend in de bijzonderheden van de mishandeling. Ik heb haar alleen verteld dat ze Karls boek met schaakproblemen hebben gestolen. Me dunkt dat ze al genoeg zorgen heeft. Ik zal het mettertijd allemaal wel uitleggen.

En Bentley! Mijn gelukkige, ondeugende zoon, die zo geschokt was door de aanblik van zijn vader dat hij ineenkromp en zodra we hem in zijn autozitje hadden vastgegespt, in slaap viel. Ik zou alles willen inruilen voor de kans om hem zijn kindertijd terug te geven; de afgelopen paar weken zijn voor hem ongetwijfeld zwaarder geweest dan voor Kimmer en mij. Op dit moment, terwijl ik onderuitgezakt aan mijn bureau zit met één oog op de straat en het andere op het internet, waarop ik niet zozeer surf als wel van de ene chatroom naar de andere strompel, zou ik willen dat ik wist wat mijn vader achterliet en wie het precies zijn die dat wilden weten, zodat ik hun wat het ook is zou kunnen geven om mij en mijn gezin uit de penarie te krijgen.

De regelingen: waar bestaan die uit? De Excelsior: waarom schaken?

Het verdwenen plakboek, de opgedoken pion, het pakje dat bij de gaarkeuken werd bezorgd, ongezond veel raadsels.

Of neem veiligheid. *U en uw gezin zijn volkomen veilig.* Ja, hoor. Zeg dat maar tegen die twee mannen die me vanavond achterna hebben gezeten. Ik zou ze graag opnieuw ontmoeten. Op mijn voorwaarden. Ik kom overeind in de kleine kamer, pak als een slagman de honkbalknuppel beet, zwaai er soepel mee alsof ik een hard toegeworpen bal wil raken en sloop bij de doorzwaai op een paar centimeter na mijn computer. In feite heb ik nooit meer iemand uit kwaadheid geslagen sinds een onbesliste schermutseling op de speelplaats toen ik in de zesde klas van de lagere school zat en de bullebak van de school, die razend op me was vanwege een of andere geestige opmerking, een serieuze poging deed om me buiten westen te slaan. Terwijl ik de knuppel nu wat voorzichtiger heen en weer zwaai, laat ik staande in het duister mijn herinneringen de vrije loop. Herinneringen aan gelukkiger tijden, toen Abby nog leefde. De bullebak, een boze, blanke, jongen van nog geen dertien die Alvin heette, meen ik, mikte op mijn neus, maar miste en spleet in plaats daarvan mijn lip open. Van pijn en angst om me heen maaiend, raakte ik hem op mijn beurt vol op de kaak, wat hem eerder verbijsterde dan pijn deed, en vervolgens deelde ik hem midden in zijn verbijstering een harde rechtse uit, waardoor hij kreunend neerging. Ik deinsde terug, en toen krabbelde Alvin weer op, haalde me onderuit, en lagen we op de grond, in het wilde weg naar elkaar meppend, zoals dat bij zoveel schoolpleingevechten gebeurt, totdat we door een leraar werden gescheiden. Maar o, wat heeft de Rechter me daarom berispt! Niet omdat ik had gevochten, maar omdat ik niet had afgemaakt waaraan ik begonnen was. Hij kwam met het afgezaagde gezegde: Wie A zegt, moet ook B zeggen. Met een bullebak vechten om de strijd onbeslist te laten eindigen, is nooit afdoende. Toen mijn driedaagse schorsing afgelopen was, keerde ik op mijn hoede terug naar school, me afvragend of Alvin niet ergens op de loer lag. Alvin. Ja. Ik ga weer achter mijn bureau zitten en leg de knuppel op de grond. Dat is waar het gevecht misschien wel om begonnen was, zijn naam, want hij eiste dat we hem Al noemden, en ik ben nooit iemand geweest die me door anderen de wet liet voorschrijven – althans niet door andere mannen. Het bleek dat ik niet meer met Alvin hoefde te vechten. Hij keerde niet meer naar school terug, toen niet, en later ook niet. Ik glimlach en laat mijn stoel van het bureau af naar het raam toe draaien, waar de straat rustig en leeg is. Het was een van mijn heldhaftige momenten, want op school deed het gerucht de ronde dat het de aframmeling van Al door het onderdeurtje Tal Garland was, ook wel minachtend 'Poindexter' genoemd, die hem van school had verdreven. De bullebak was verdwenen en ongeveer een week lang was ik zelfs populair, een ongewoon fenomeen dat zich in mijn leven nooit meer heeft herhaald. Natuurlijk had ik me nauwelijks kunnen handhaven in het handgemeen en was de waarheid prozaïscher. Het bleek dat de arme Al tijdens zijn eigen gedwongen vakantie iets schandelijks had uitgehaald met een auto die niet van zijn familie was, en naar een 'speciale' school zou worden gestuurd – in die tijd een eufemisme voor de vakscholen, waarvan vele weinig meer waren dan opslagplaatsen voor de ongewensten, de ongewassenen, de onwilligen... de... de....

De telefoon gaat.

Met een ruk gaan mijn ogen open en automatisch reik ik naar de honkbalknuppel. Ik staar ongelovig naar het apparaat dat me uit mijn sluimering heeft gewekt, draai me vervolgens om naar de klok. Het digitale schermpje met rode cijfers is nauwelijks zichtbaar achter een stapel boeken op mijn bureau. Niemand heeft me ooit om negen voor drie 's nachts gebeld met goed nieuws. Ik zie dat het nummer geblokkeerd is voor nummerweergave.

Geen goed teken.

Toch gris ik, als de telefoon voor de tweede keer overgaat, de hoorn van de haak om mijn vrouw niet wakker te maken. Mijn hart klopt te snel, ik houd de honkbalknuppel te stevig vast en heb mijn blik weer op de straat gericht, alsof het gerinkel van de telefoon het signaal is voor een aanval op het huis.

'Ja?' vraag ik zachtjes maar gebiedend, want ik ben niet van plan om te doen alsof ik het leuk vind dat ik in de kleine uurtjes word gebeld. Trouwens, mijn adrenaline stroomt nog volop en ik ben een beetje bang... om mijn gezin.

'Spreek ik met professor Garland?' vraagt een kalme mannenstem.

'Ja.'

'Het probleem is uit de weg geholpen,' stelt de stem me gerust, op een zwoele, bijna hypnotiserende toon. 'Wat er eerder op de avond is gebeurd spijt me zeer, maar alles is nu in orde. Niemand zal u verder lastigvallen. U en uw gezin zijn veilig, zoals beloofd.'

'Wat? Met wie spreek ik?'

'En natuurlijk kunt u maar beter met niemand over dit telefoontje praten.' Ik kan niemand bedenken met wie ik erover zou durven praten. Anderzijds...

'Stel dat mijn telefoon afgeluisterd wordt?'

'Dat is niet zo. Goedenavond, professor. Welterusten.'

Ik hang op, vervuld van een verwarde mengeling van verbluftheid, opluchting en een nieuwe, diepere angst.

Alles is in orde. Het probleem is uit de weg geholpen. Niemand zal u verder lastigvallen.

Misschien een telefoontje van een gek, misschien een flauwe grap, of misschien, heel misschien is het iets veel ergers.

Misschien is het de waarheid.

Huiverend loop ik de trap op, me afvragend of ik hoorde wat ik meende te horen vlak voordat ik ophing: de vage klik toen mijn vrouw, in een poging geen geluid te maken, de hoorn van het extra toestel op de bovenverdieping weer op de haak legde.

28

Twee nieuwsberichten

'Ik hoor dat je wat problemen had,' zegt de grote Mallory Corcoran, die zich eindelijk heeft verwaardigd weer met me te spreken. Het is zelfs zo dat hij ditmaal mij heeft opgebeld in plaats van andersom.

'Dat kun je wel stellen.' Met de draadloze telefoon loop ik door de gang en wrijf over mijn gekneusde gezicht, treurig glimlachend naar mijn beeld in de smalle goudgerande spiegel die tegenover de eetkamer hangt, een monsterlijk artefact dat Kimmer ter gelegenheid van haar eerste huwelijk heeft gekregen van een verre tante. Het is 's ochtends na elven, maar Bentley is nog steeds boven in zijn slaapkamer, uitslapend na de uitputting van gisteravond. Een van de grote voordelen van het academische leven is dat het mogelijk is een ochtend vrij te nemen voor zulke kleine dingen als liefde geven aan een kind.

'De politie faxt Meadows een kopie van het rapport. Wil je dat ik iets voor je doe? Kan ik je ergens mee van dienst zijn?'

'Ik denk het niet, oom Mal. Ik mankeer niets. Ik ben alleen een beetje van streek.'

'Weet je het zeker?'

'Ik weet het zeker,' mompel ik terwijl ik voor het keukenraam sta en naar buiten kijk naar de striemende regen die onze kleine maar kindervriendelijke achtertuin onder water dreigt te zetten. De tuin wordt aan twee zijden omsloten door heggen, aan de derde zijde door een hoog houten hek, en dan is er ons eigen huis dat de vierde muur vormt. We laten Bentley daar zoveel tijd doorbrengen als hij maar wil, vaak zonder toezicht. 'Ik denk dat ik de zaken... aardig onder controle heb.'

'Heb je enig idee wat ze wilden?'

Ik aarzel. Ik heb de politie verteld dat de twee mannen het pakje hebben ontvreemd, maar niet dat ze maar bleven vragen naar *de regelingen* terwijl ze me afranselden. Ik heb niemand verteld over het telefoontje midden in de nacht, en de licht slapende Kimmer heeft er niet naar gevraagd.

Om de een of andere reden geloof ik het telefoontje. Het maakt gewoon een... plausibele indruk, misschien.

'Ik weet het niet, oom Mal,' verzucht ik. De pijn is terug, waardoor mijn stem wordt verzwakt, maar het is nog te vroeg voor de volgende pijnstiller. 'Ik weet het eigenlijk niet.'

'Zo te horen gaat het niet zo goed met je.'

'O, dat is alleen maar mijn kaak.'

'Hebben ze je kaak gebroken?' Verontrusting. Ongeloof. Maar ook enige geamuseerdheid, de toon van een man die het allemaal heeft meegemaakt.

'Nee, nee, niets van dien aard. Het doet alleen maar pijn, dat is alles.'

'Hum.' Mallory Corcoran heeft duidelijk zijn twijfels over de juistheid van mijn beweringen. Ik neem hem dat niet echt kwalijk, maar de ergste pijn die ik lijd is niet fysiek. Vanochtend heb ik met pijnlijke botten en al een ontbijt voor Kimmer en mij klaargemaakt en vervolgens geprobeerd om haar zover te krijgen stil te zitten luisteren naar het hele verhaal. Ik was van plan haar alles te vertellen, alles wat ik weet, alles wat ik heb vermoed, alles waar ik me zorgen over maak. Prachtig gekleed voor haar werk in een marineblauw mantelpak met een krijtstreepje, schudde mijn vrouw vermoeid haar hoofd. *Ik wil het niet horen, Misha, oké? Ik vertrouw je, echt waar, maar ik wil het niet horen.* Ik protesteerde, maar ze schudde weer haar hoofd. Ze legde haar vingers zachtjes op mijn lippen. Haar ogen, ernstig, vragend en bezorgd, waren strak op de mijne gericht. *Ik wil je alleen drie vragen stellen,* zei ze. *Ten eerste: is onze zoon in gevaar?* Ik had de halve nacht, zelfs nog na het telefoontje, over dezelfde vraag nagedacht, dus ik had mijn antwoord klaar. Ik zei haar wat waar is, dat ik zeker weet dat hij geen gevaar loopt. Ze accepteerde dat en vroeg toen: *Loop ik gevaar?* Weer zei ik haar: nee, natuurlijk niet. Me nog steeds plechtig aankijkend vroeg Kimmer me toen wat ze eigenlijk de hele tijd al had willen vragen: *Loop jij gevaar?* Ik dacht daar even over na en schudde toen mijn hoofd. *Ik denk het niet.* Ze fronste. *Je bent er niet zo zeker van.* Ik haalde mijn schouders op en zei haar dat ik er zo zeker van was als ik maar kon zijn. En Kimmer knikte, kwam in mijn armen, kuste me even en legde toen haar hoofd op mijn schouder en zei me dat ik niet moest vergeten dat ik een gezin heb dat me nodig heeft. *Je doet wat je denkt dat je moet doen, Misha, maar denk aan wat er gisteravond is gebeurd en vergeet je andere verplichtingen niet.*

Toen ging ze naar haar werk, mij met een onverwachte glimlach op mijn gezicht achterlatend.

Later in de ochtend kwamen Don en Nina Felsenfeld van hiernaast langs met stoofschotels en goedheid, waarbij ze me bijna smoorden met hun opgewonden bezorgdheid, hoewel het ook hartverwarmend was. Ik heb geen idee hoe ze erachter zijn gekomen wat er gisteravond is voorgevallen, maar Elm Harbor is, zoals mijn vrouw me telkens weer voorhoudt, een heel klein stadje.

'Nou, als je iets te binnen schiet waarmee de firma je van dienst kan zijn,' zegt oom Mal met geforceerde jovialiteit, 'moet je niet aarzelen contact op te nemen.'

Hij bedoelt met Meadows. Hij heeft alweer genoeg van me, zoveel is wel duidelijk.

'Dat is goed.' Ik dwing me ertoe dat te zeggen. 'En bedankt voor het telefoontje.'

Mallory Corcoran begint zowaar te lachen. 'O, Talcott, wacht even. Niet ophangen. We zijn nog niet toegekomen aan de reden waarom ik je belde. Ik wilde je namelijk toch al bellen, nog voordat ik hoorde wat er is gebeurd.'

'Hoezo? Is er iets mis?'

Opnieuw worden mijlen overbrugd door een bulderende lach. 'Nee, nee, alles is in orde. Luister, Talcott, het gaat om dat rechtersgedoe. Je vrouw heeft vast een geheime bewonderaar.'

'Een geheime bewonderaar?'

'Zo is het.'

'En dat betekent?' vraag ik ongemakkelijk. Ik denk niet langer aan de overval van gisteravond, maar zit er nu over in dat het Witte Huis iets heeft ontdekt over mogelijke buitenechtelijke activiteiten van mijn vrouw, activiteiten ten aanzien waarvan ik dr. Young heb beloofd haar het voordeel van de twijfel te gunnen. Dan realiseer ik me dat oom Mal suggereert dat Kimmers kansen stijgen, niet dalen.

'Mijn bronnen vertellen me dat de mensen van de president een beetje een afkeer beginnen te krijgen van professor Hadley. Hij is nog niet uit de race, maar hij wankelt. De Republikeinen zagen hem als een type Felix Frankfurter, die grote politieke liberaal die ook een gerechtelijk conservatief was, want dat kun je opmaken uit het weinige wat hij heeft geschreven. Ze hielden van die combinatie, bedachten dat ze zo tegelijkertijd de Democraten gunstig konden stemmen en hun eigen rechtervleugel versterken. Zo heeft iemand het hun althans voorgespiegeld.'

'Ik begrijp het.'

'Niet eens zo'n slecht idee. De president heeft een aantal keiharde benoemingsgevechten achter de rug, en ik denk dat hij een soepele benoeming nu wel op prijs zou stellen.'

'Ongetwijfeld.' Ik ben met de draadloze telefoon mijn studeerkamer binnengelopen, onderwijl afwezig mijn gekneusde ribben masserend. Het raam aan de voorkant toont dezelfde eindeloze regen als dat aan de achterkant. Hobby Road ligt er zo goed als verlaten bij, zoals meestal halverwege de ochtend, want de kinderen zijn naar school en de ouders zijn op hun werk of in de supermarkt of naar aerobics of waar ouders tegenwoordig ook heen gaan.

'Dat was althans het idee,' vervolgt hij. 'Maar ik hoor dat iemand hun afschriften heeft verstrekt van de praatjes na het diner die professor Hadley hier en daar heeft gehouden, en nu denken ze dat ze een cryptoliberaal boven aan hun lijst hebben staan. Hij mag die dingen dan misschien niet publiceren, maar, nou ja, sommige van zijn ideeën lijken behoorlijk opgefokt.'

'Ik begrijp het,' zeg ik langzaam.

'Terwijl in het geval van Kimmer... wel, Talcott, gezien je vader... laten we maar zeggen dat de president een rechterflank te vriend moet houden, en het nomineren van de schoondochter van Oliver Garland zou een zeker... cachet hebben. Bovendien is ze zwart. Een zwarte vrouw. Drie vliegen in één klap.'

'We mochten het eens vergeten.'

'Je klinkt geërgerd, Talcott.'

'Nee, nee.' Het valt oom Mal niet uit te leggen hoe zijn laatste opmerkingen me hebben gestoken, en hoe ze mijn vrouw nog meer zouden steken als ik ze met haar zou bespreken, wat ik niet zal doen. Een Garland-huwelijk zonder geheimen zou waarschijnlijk te gelukkig zijn, en dat zou de familie nooit kunnen verdragen. 'Nee, maar... u zei dat iemand hun afschriften verstrekt?'

'Iemand uit Elm Harbor, heb ik gehoord.'

'Uit Elm Harbor?'

'Van de universiteit.' Zijn stem klinkt nu harder.

'O. O, ik begrijp het.' Ik houd mijn toon neutraal. Het is duidelijk dat oom Mal denkt dat ik de verstrekker ben, en uit zijn houding proef ik dat hij het van slechte smaak vindt getuigen dat een man zijn connecties in Washington gebruikt om de kandidatuur van zijn eigen vrouw voor het rechterschap te promoten. Alhoewel, als hij even de tijd zou nemen om erover na te denken, zou hij zich herinneren dat ik geen andere connecties in Washington heb dan degene met wie ik op het moment spreek.

'Maar het punt is, Talcott, dat het een averechts effect kan hebben wanneer iemand op deze manier in een kwaad daglicht wordt gesteld.'

'Een averechts effect?'

'Wat ik bedoel is het volgende: degene die het Witte huis die afschriften verstrekt, slaagt er misschien in professor Hadley zodanig te beschadigen dat hij de zetel niet krijgt, maar er is geen enkele garantie dat de kandidaat van de verstrekker de zetel wel krijgt. Dit soort zaken kunnen schadelijk zijn. Als A met modder gooit naar B, wil het weleens gebeuren dat A en B beiden zo bevuild raken dat er korte metten wordt gemaakt met hun...'

'Ik snap het.'

'En zelfs als het geen averechts effect zou hebben, als het goed zou uitpakken, dan nog is het gewoon verkeerd.'

Verkeerd. Kijk, daar hebben we nu een woord dat in de nieuwe eeuw waarschijnlijk geen lang leven beschoren zal zijn. 'Daar ben ik het mee eens.'

'Als ik jou was zou ik een manier zien te vinden om daar een eind aan te maken.'

'Oom Mal, ik ben het niet!' flap ik eruit, en ik voel me net als gisteravond, de onschuldige zwarte man die schuldig lijkt in de ogen van de blanke macht.

'Dat heb ik ook nooit gesuggereerd,' psalmodieert hij vroom.

'Wilt u het hun zeggen?'

'Wie wat zeggen?'

'Het Witte Huis zeggen dat ik de boosdoener niet ben.'

'Nou, als je erop staat,' mompelt hij twijfelend, suggererend dat hij er niet zeker van is dat ze hem zouden geloven of dat ze hem zouden moeten geloven.

'Alstublieft.'

'Ik zal het doen,' zegt hij, maar hij bedoelt dat hij het niet zal doen. 'Hoe dan ook, blijf in contact.'

'Juist.'

'Goed. Daar zijn we hier voor. O, en laat het ons weten als het kantoor iets voor je kan doen.'

'Natuurlijk,' zeg ik.

Stuart, denk ik terwijl ik ophang. Die opgeblazen idioot, Stuart Land.

29

Een plezierige avond

− I −

'Gaat het een beetje, Tal?' vraagt Shirley Branch en zoent me op de wang terwijl ik over de drempel van haar koopflat stap. Ze tuurt deelnemend naar de nog steeds zichtbare blauwe plek onder mijn oog. Buiten zet de vochtige winterwind van New England zijn jaarlijkse decemberdiscussie voort met degenen die warmte prefereren. 'Ik hoorde dat je bijna gearresteerd bent. Geef mij je jas maar. Waar is je vrouw?' De vragen tuimelen over elkaar heen, want Shirley bezit het soort wanordelijke briljantheid die zichzelf niet kan bijhouden.

Ik schud mijn hoofd en geef Shirley mijn parka aan, terwijl ik de eerste vraag zo ongeveer voor de tiende keer in de afgelopen twee dagen beantwoord en de tweede zo ongeveer voor de honderdste keer in het afgelopen jaar. Nee, ik ben niet bijna gearresteerd, zeg ik; een klein misverstand, meer niet. En Kimmer kon niet naar het etentje komen omdat de oppas griep heeft gekregen, wat inderdaad zo is, hoewel Kimmer wel een ander excuus gevonden zou hebben als de oppas gezond was geweest. Een etentje met de juridische faculteit is voor mijn vrouw zoiets als uitgerekt worden op de pijnbank, maar dan zonder de gunstige uitwerking op de gezondheid. Kimmer, die op verrassende momenten besluit dat ze mijn gezelschap op prijs stelt, opperde dat ik thuis zou moeten blijven, maar toen ik zei dat me dat een heel goed idee leek, veranderde ze van gedachten en somde dezelfde argumenten op die ons er juist toe overgehaald hadden Shirleys uitnodiging voor het zaterdagse etentje te aanvaarden: Shirley is de eerste zwarte vrouwelijke hoogleraar van de faculteit, en er bestaat zoiets als solidariteit, zelfs in deze versplinterde tijden. Shirley is studente en onderzoeksassistente van mij geweest, en er bestaat zoiets als loyaliteit, zelfs in deze zelfzuchtige tijden.

Maar ik denk dat de werkelijke reden waarom Kimmer wilde dat ten minste een van ons zou gaan, was dat we dan in staat waren Marc Hadley te bespioneren, die ook op de gastenlijst staat. Kimmer en Marc zijn niet in dezelfde ruimte geweest sinds ze mededingers zijn geworden voor de vacature bij het hof van beroep, en Marc heeft op de juridische faculteit mijn pad nauwelijks gekruist, niet in de laatste plaats omdat ik zo vaak weg ben geweest. Ik denk dat Kimmer, die veel minder geïntimideerd is door mijn collega's dan ze denkt, besloot dat het tijd was om hem de maat te nemen.

Totdat bleek dat we geen oppas hadden: toen stuurde ze me alleen op pad.

'Heb je Cinque gezien?' vraagt Shirley hoopvol met haar vriendelijke Mississippi-accent. Cinque is de zeer ontzagwekkende naam van de niet zo ontzagwekkende terriër die haar af en toe in strijd met talrijke universiteitsregels begeleidt naar haar kleine kantoor. 'Hij is op de een of andere manier ontsnapt.'

'Ik ben bang van niet,' zeg ik.

'Ben je echt wel in orde, Tal? Ik weet niet of je iedereen eigenlijk wel kent. Je hebt eerwaarde Young al eens ontmoet, niet? Nee? O, toch wel? Hij is mijn dominee. Je oog ziet er vreselijk uit. Weet je zeker dat je Cinque niet hebt gezien buiten? Hij is niet echt een winterhond.'

'Hij maakt het vast uitstekend, Shirley,' mompel ik, en zij haalt haar schouders op en probeert te glimlachen.

Ik glimlach zo goed als ik kan terug. De pijn in mijn ribben is minder geworden, maar de hechtingen in mijn wang jeuken vreselijk. Stuart Land blijkt een paar dagen weg te zijn – naar Washington, nota bene – dus ik heb niet de gelegenheid gehad hem te berispen voor zijn pogingen om Marc Hadley te dwarsbomen, als Stuart inderdaad de boosdoener is. De vreemde met de zwoele stem heeft niet opnieuw gebeld met nog meer geruststellingen, maar ik heb niet meer het gevoel dat ik word gevolgd. Als de zaken er anders voorstonden, zou ik waarschijnlijk niet naar het etentje zijn gegaan.

Ik ben een van de laatste gasten. Marc en Dahlia Hadley zijn er al, evenals Lynda Wyatt en haar slaperige echtgenoot, Norm, de architect. En de doortrapte oude Ben Montoya, Lynda's sterke rechterhand, wiens vrouw net als de mijne invalt voor een oppas die griep heeft. Lem Carlyle en zíjn vrouw worden iets later verwacht, na de balletvoorstelling van hun dochter. Vier van de machtigste mensen van de faculteit, en ik. Shirley was tien jaar geleden mijn studente in het eerste college onrechtmatige daad dat ik ooit gaf. Pas over drie jaar komt ze in aanmerking voor een vaste aanstelling, maar ze weet al wiens gunstige oordeel ertoe doet. En ze is wereldwijs genoeg om te begrijpen dat evaluaties van haar wetenschappelijke prestaties, hoe we dat ook proberen tegen te gaan, altijd beïnvloed zullen worden, althans een beetje, door de mate waarin degenen die haar evalueren haar als persoon mogen.

Drie gasten hebben geen directe band met de universiteit. Mijn voormalige adviseur eerwaarde dr. Morris Young wordt vergezeld door zijn stille vrouw, Martha, die bijna even mollig is als hij. Ze is overigens alleen stil buiten de kerk, want haar stem is de luidste, zij het misschien niet de beste, in het koor dat in de hele staat optreedt. De andere is de graatmagere Kwame Kennerly, een schaamteloos berekenende politicus met voortijdig dunner wordend haar en een schitterende sik, en met een reputatie van volksmenner, betrokken maar nooit echt betrapt bij verscheidene gemeentelijke schandalen. Tegenwoordig doet hij dienst, zoals Kimmer graag zegt, als de speciale assistent van de burgemeester, belast met de taak de minderheidsgemeenschap onder de duim te houden, hoewel de naam van zijn functie 'waarnemend stafchef' luidt. Hij is ook, besef ik terwijl hij zijn arm om haar slanke middel slaat, Shirleys vriendje. En de gedachte komt bij me op dat Shirley niet alleen haar banden met de invloedrijkste professoren op de juridische faculteit verstevigt, maar ook die met twee van de invloedrijkste figuren in de zwarte gemeenschap van de stad.

Kortom, ze kent het klappen van de zweep; ik, haar ex-docent, straal.

Kwame Kennerly, die vlak achter Shirley staat met een wijnglas in zijn hand, is tamelijk onbeschoft wanneer Shirley me aan hem voorstelt, vermoedelijk omdat hij me verwijt dat ik de zoon van mijn vader ben, een houding die ik vaak tegenkom bij activisten van links. (Die van rechts staan altijd te dringen om me de hand te schudden, met even weinig reden.) Ik zie Kwames naam vaak in de *Clarion*, want hij is een van die opkomende politici die het klaarspelen om overal tegelijk te zijn, maar ik heb hem nooit ontmoet. Hij is een lange, pezige man wiens grote, glanzende ogen het met je oneens zijn, nog voordat je je mond hebt opengedaan. Voor deze gelegenheid, misschien omdat Shirley aan het water woont, pronkt hij met een marineblauwe blazer met koperen knopen, hoewel die uit de toon valt, het soort overtreding waartegen mijn moeder altijd fulmineerde. Als om het geheel wat evenwichtiger te maken draagt hij een ronde pet van feloranje Ghanese *kente*. De bonte kleurenpracht – de pet, de blazer, zijn donkere huid, zijn zwarte baard – heeft waarschijnlijk een tamelijk intimiderend effect op de aanwezige blanke liberalen. Als hij zich al een vreemde eend in de bijt voelt, is hij vastbesloten dat niet te laten merken.

Shirley Branch woont in een grillig gebouwd koopflatcomplex aan Elm

Harbors smalle en met zeewier vervuilde strand. Haar appartement van één verdieping is niet erg groot: een slaapkamer die kennelijk ook fungeert als haar studeerkamer, een keuken ter grootte van een kast, één badkamer en een langgerekte ruimte die dienstdoet als woonkamer én eetkamer, hoewel de eettafel, waaraan twaalf personen kunnen zitten, de halve ruimte inneemt. Voor hetzelfde geld (zo heeft ze me ontelbare keren verteld) had ze een huis met drie slaapkamers aan de andere kant van het complex kunnen kopen, maar dan zou ze haar spectaculaire uitzicht op het water niet hebben gehad. 'Ik heb niet veel ruimte nodig,' zegt ze graag, 'omdat ik toch maar alleen ben met Cinque.' Cinque, voor alle duidelijkheid, is Shirleys derde hond met dezelfde naam, een naam die helemaal teruggaat tot haar studententijd: ze heeft ons er allemaal met nadruk op gewezen dat ze de naam al had gekozen lang voordat Steven Spielberg hem beroemd maakte.

Wanneer je in Shirleys appartement zit en uit de glazen deuren staart, over het balkon naar het strand en het gladde zwarte water op nog geen vijftig meter afstand, word je bijna terugverplaatst naar Oak Bluffs.

Bijna.

Shirley is een slanke vrouw met platvoeten, een lang, triest gezicht en vooruitstekende tanden – wat we, toen ik klein was, een paardengezicht noemden. Haar ogen zijn een beetje te ernstig, haar gladde kapsel is een beetje te veel platgeperst, haar bewegingen zijn een beetje te druk: zelfs als studente had ze de neiging te overdrijven. Haar werk gaat voornamelijk over ras, en ze is hardnekkig, agressief, bijna tastbaar links. Als je Shirley mag geloven, heeft geen enkel probleem waar Amerika of de wereld mee te kampen heeft een andere oorzaak dan blank racisme. Ze heeft een scherp en energiek verstand, ze houdt van schrijven, maar haar wetenschappelijke werk mist volgens mij een zekere subtiliteit, aandacht voor de nuance, zorgvuldige afweging van alternatieven – ze is, in één woord, eigenwijs, wat waarschijnlijk een van de redenen is waarom we bijna besloten haar niet aan te stellen. Marc Hadley leidde de oppositie.

Ik vraag me af of Shirley dat weet.

Ik loop de ruimte in die de functie vervult van zowel woonkamer als eetkamer – leunstoel en tweezitsbankje aan de ene kant, eettafel met glazen bovenblad aan de andere – en zie dat Marc al aan het oreren is, want een publiek is voor hem even onweerstaanbaar als een schandaal voor de pers. Shirley haalt bijna verontschuldigend haar schouders op terwijl ze mijn jas ophangt in de volle kast bij de voordeur. Lynda Wyatt glimlacht vrolijk naar me terwijl ik binnenkom, haar glas heffend als een ironisch saluut: ze probéért me aardig te vinden, dat moet ik haar nageven. Marcs begroeting is zo plichtmatig dat het eigenlijk een afwijzing is, maar hij is druk bezig college te geven, hij zit er nu helemaal in, bezeten gesticulerend met zijn in tweed gehulde armen terwijl hij de gasten vermaakt met zijn nieuwste theorie. Sociabele Dahlia doet haar best zijn grofheid goed te maken door me te omhelzen als een broer die ze in jaren niet heeft gezien en te vragen naar mijn gezin. Oude Ben Montoya, schriel maar nog steeds sterk, legt een krachtige hand op mijn schouder en fluistert dat hij heeft gehoord dat ik ben gearresteerd. Ik draai me met een boze blik om, niet naar Ben, maar naar Shirley, die zenuwachtig grijnst en haar schouders ophaalt alsof ze zeggen wil: *Het is niet mijn schuld – ik ben niet de oorzaak van geruchten, ik verspreid ze alleen maar.*

Mijn blik blijft ten slotte rusten op Marc zelf, de rivaal van mijn vrouw, een man met wie ik me ooit tamelijk verbonden heb gevoeld: Broer Hadley, zoals Lieve Dana Worth hem graag noemt, of Jonge Marc, zoals de ondeugende Theo Mountain hem liever noemt, want Marc bezit het soort aanwezigheid dat scherts opwekt. Hij ruikt, zoals altijd, naar de nogal onaangename frambozentabak waar hij een voorkeur voor heeft, want een gebutste oude pijp is een van zijn vele aanstellerijen. Hij negeert de in de staat onlangs uitgevaardigde wet die het roken in gemeenschappelijke ruimten van kantoorgebouwen verbiedt, omdat hij voor zichzelf al heeft besloten dat de wet niet in overeenstemming is met de grondwet, en niemand lijkt ertoe bereid hem ter verantwoording te roepen, dus vergezelt de pijp hem door heel Oldie, hoewel me opvalt dat hij hem in Shirleys huis niet heeft opgestoken. Marc wordt, geheel terecht, beschouwd als een van de knapste koppen op de faculteit, een reputatie die kennelijk zijn onvermogen rechtvaardigt om het grijsblonde haar dat over zijn oren valt af te knippen of te kammen, alsmede zijn onvermogen om zich meer dan een of twee keer per week te scheren of een das om te doen of zijn schoenen te poetsen. Hij doceert jurisprudentie, hij doceert strafrecht en hij geeft geleerde werkcolleges over de levens van grote rechters en de aanstaande dood van het recht zelf. Studenten hebben ontzag voor hem. Zijn meeste collega's bewonderen hem. Enkelen van ons mogen hem. Ondanks zijn ego is hij een aardige man die altijd bereid is een deel van zijn tijd en talent te geven aan hen die met hun loopbaan beginnen, en hij zou een vooraanstaande academische ster zijn als hij niet één tekortkoming had waarvan ik al eerder gewag heb gemaakt: hij schrijft eenvoudigweg niet. Zijn wetenschappelijke reputatie berust niet alleen op zijn enige boek – *De constitutionele geest*, bijna twintig jaar geleden gepubliceerd – maar ook nog eens op maar één sprankelend hoofdstuk daaruit, Hoofdstuk Drie, altijd op die manier geschreven, met hoofdletters, soms zonder verdere vermelding: *Maar Hadleys Hoofdstuk Drie heeft dat argument al weerlegd*, zou een sympathiserende wetenschapper kunnen betogen. In het beroemde Hoofdstuk Drie kwam Marc met wat algemeen wordt gezien als de beste analyse die ooit is gegeven van Benjamin Cardozo's rechterlijke stijl, en gebruikte die om een kritiek te formuleren op de constitutionele theorie die tot op de dag van vandaag in zwang is. Zelfs Dana Worth, die Marc veracht, geeft in haar nuchtere momenten toe dat ze geen ander boek – geen ander hoofdstuk – kent, in de afgelopen halve eeuw geschreven door een rechtsgeleerde, dat zo invloedrijk is. Het boek was een vernietigende aanval op wat rechterlijk activisme is gaan heten, geschreven door een verklaarde liberaal, maar een die zichzelf van de oude stempel noemt, die wat hij noemt het democratische liberalisme van het zich verenigen van gewone mensen verkiest boven het bureaucratische liberalisme van procesvoering en wetgeving.

Een duizelingwekkend denker en goed docent, mijn voormalige vriend Marc Hadley, maar ik hoop dat hij hoogleraar rechtsgeleerdheid blijft.

Ten slotte stem ik af op Marcs college. Hij praat zoals gewoonlijk te snel, maar ik vat de essentie. 'Zie je, als *Griswold* het bij het rechte eind heeft – als beslissingen over geboortebeperking gemaakt moeten worden door vrouwen en hun doktoren – dan is het huwelijk op zichzelf achterhaald. Ik bedoel *constitutioneel* achterhaald. Je hoeft alleen maar te kijken naar de bevindingen van geschiedenis en antropologie en je zult ontdekken dat Freud het altijd al bij het rechte eind blijkt te hebben gehad. Verdedigers van het traditionele huwelijk, vooral degenen die betogen dat de huwelijkse relatie iets *natuurlijks* is, wijzen erop dat die in bijna elke cultuur die we ooit hebben ontdekt in een bepaalde vorm bestaat. Maar wat bewijst dat? Alleen maar dat elke cultuur zich geconfronteerd heeft gezien met hetzelfde probleem. Het huwelijk ontwikkelde zich om het maatschappelijke probleem op te lossen van de regulering van de menselijke drang om zich voort te planten, wat de sterkste drang is die de mens kent, afgezien van de drang van de zwakkeren van geest om bovennatuurlijke wezens uit te vinden die ze kunnen vereren omdat ze zo bang zijn voor de dood.' Hij grinnikt even om de klap te verzachten die hij meent te hebben uitgedeeld. Dan herneemt hij zijn betoog. 'Zie je, het huwelijk gaat, historisch gezien, over niets anders dan voortplanting en economie – dat wil zeggen: kinderen en geld. Getrouwde stellen krijgen kinderen en brengen ze groot. De echtelijke eenheid verdient, consumeert en verwerft eigendom. Dat is alles. Voor het overige is de huwelijkswetgeving overbodig. Maar door de huidige ontwikkeling van de technologie en van de beschaving is voortplanting niet langer een zaak van het huwelijk. Ongetrouwde vrouwen planten zich voort zonder dat er een maatschappelijke sanctie op staat. Getrouwde vrouwen zien ervan af zich voort te planten zonder dat er een maatschappelijke sanctie op staat. En er staat niet alleen geen sanctie op, er is een constitutioneel recht. Dus je ziet dat we een gebied van wetgeving hebben dat geheel gebouwd is op een maatschappelijke afspraak die niet langer geldt. Eenmaal losgemaakt van voortplanting wordt het huwelijk irrationeel. De huwelijkswetgeving is dus niet op een redelijke wijze gerelateerd aan een legitiem staatsdoel, wat volgens de grondwet de fundamentele standaard is waaraan elk statuut moet voldoen. En daar hebben we het. Huwelijkswetgeving is inconstitutioneel.'

Hij zwijgt en kijkt in de overvolle ruimte om zich heen alsof hij applaus verwacht.

Niemand zegt iets. Marc kijkt vergenoegd, misschien in de veronderstelling dat hij zoveel indruk op ons heeft gemaakt dat we te zeer van ontzag zijn vervuld om te kunnen antwoorden. Ik kan alleen voor mezelf spreken, maar ik zwijg omdat ik overweeg of ik mijn dokter om een gehoortest moet vragen: ik kan niet geloven dat ik al deze onzin goed heb verstaan. Marc zal hier nooit iets van opschrijven, en op dit punt bewijst zijn writer's block hem een slechte dienst: het lijkt hem roekeloos te hebben gemaakt, want het feit dat niets van wat hij zegt vastgelegd zal worden op een of ander duurzaam medium stelt hem in staat om, als hij er ooit naar wordt gevraagd, zijn woorden te ontkennen, vol te houden dat zijn betoog verkeerd werd geïnterpreteerd of te beweren dat hij aan pure speculatie deed. Het huwelijk als inconstitutioneel! Ik vraag me af of het Witte Huis op de hoogte is van deze krankzinnige theorie, of het een van de verhalen is die Stuart heeft doorgegeven – aangenomen dat het Stuart is die hem probeert te dwarsbomen, want dat moet ik nog natrekken. Ik vraag me af hoe het in de pers zou worden gebracht. (Niet dat ik ooit met een verslaggever zou praten, maar Marc heeft vijanden. Ik zou bijvoorbeeld Dana Worth over Marcs idee kunnen vertellen, en zij zou het zonder scrupules doorvertellen aan welke journalisten zij en Alison maar kunnen vinden in hun digitale zakplanners.)

Marc gaat verder.

'Ik zeg niet dat privé-instituten, zoals religieuze organisaties, als ze dat willen hun zonderlinge ceremonies niet kunnen blijven opvoeren en niet tegen de gelovigen kunnen blijven verkondigen dat dit of dat stel, van welke aard dan ook, wordt getrouwd voor het aangezicht van hun specifieke god. Maar dat is alleen maar een uitoefening van hun fundamentele religieuze vrijheid, zoals die gegarandeerd wordt door het Eerste Amendement. Het punt is dat de staat er op geen enkele manier bij betrokken zou moeten worden, of het nu is door toestemming te geven voor deze zogenoemde huwelijken, of door van staatswege speciale voordelen toe te kennen aan degenen die in het huwelijk treden, of door voor te geven in plaats van deze privé-instituten te beslissen hoe en of deze huwelijken eindigen. *Griswold* houdt ons voor dat voortplanting de staat niet aangaat. Dus gaat het huwelijk de staat niet aan.'

Ben Montoya, de grote liberaal, knipoogt naar me, een verwarde grijns op zijn gezicht. Hij is zo nu en dan Marcs sparringpartner, want ze staan lijnrecht tegenover elkaar bij beslissingen als *Roe vs. Wade*. (Marc zou zeggen dat hij persoonlijk voor abortus is maar dat hij gelooft dat de staat de macht heeft daar niet mee in te stemmen.) Vanavond echter discussieert Ben niet met Marc. Lynda Wyatt ook niet, hoewel ze vlak naast hem staat. Lynda heeft in haar tijd zowel familierecht als constitutioneel recht gedoceerd en zou dus in staat moeten worden geacht enkele van Marcs vergissingen te corrigeren, maar ze kijkt omlaag naar het zeegroene tapijt. Ik heb nooit iets begrepen van deze uitwerking die Marc op mensen heeft. Kwame Kennerly kijkt woedend. Hij heeft veel van zijn aanzienlijke energie gestoken in het stimuleren van het trouwen onder de jonge zwarte Amerikaanse mannen in de binnenstad, van wie de meesten lijken te zijn vergeten hoe dat in zijn werk gaat. Aan de andere kant blijft hij een betrekkelijke nieuweling in de stad Elm Harbor, die nog steeds aan zijn politieke draagvlak aan het bouwen is, en hij is nog niet helemaal bereid een representant van de gehate en benijde universiteit uit te dagen, vooral niet iemand die zoveel geld voor Democratische kandidaten bijeenbrengt. Dr. Young kijkt verward, maar niet geïntimideerd. Hij schudt een paar keer zijn hoofd, zijn vlezige lippen afkeurend getuit. Hij zegt geen woord. Ik heb de indruk dat hij zijn kans afwacht door Marc net zolang klappen te laten uitdelen tot hij erbij neervalt. Wat mij betreft, tja, ik pieker er niet over mijn mond open te doen; dus ik stel mezelf tevreden met te wensen dat Dana hier was om Marc de mond te snoeren. Alleen Norm Wyatt heeft de brutaliteit om in openlijk ongeloof met zijn ogen te rollen, maar hij denkt grofweg hetzelfde over de juridische faculteit als Kimmer.

'Welnu, als je mijn theorie toepast op het huwelijk tussen twee personen van hetzelfde geslacht...' vervolgt Marc in snel tempo, maar Shirley kiest wijselijk dit moment om aan te kondigen dat de maaltijd wordt opgediend.

Marcs publiek laat hem opgelucht in de steek, blijkbaar tot zijn verwarring, want zijn handen zijn nog steeds aan het gebaren als de meeste gasten zich naar de tafel hebben gekeerd. Shirley wijst ons onze plaatsen. Voordat ik ga zitten neem ik een momentje om uit de glazen schuifdeuren te kijken, over haar balkon heen naar het strand en de zachtjes bonkende branding, en ik vraag me af of Kimmer en ik ook ruimte zouden hebben opgeofferd voor deze schitterende nabijheid.

Ik zit in het midden van een van de lange zijden van de tafel, ingeklemd tussen dr. Young aan mijn rechterhand en Dahlia Hadley aan mijn linker. Tegenover me zit decaan Lynda, geflankeerd door Kwame Kennerly aan de ene kant en een lege stoel voor Lem Carlyle aan de andere.

'Heb je dat blauwe oog aan de politie te danken?' vraagt Kwame Kennerly zonder enige inleiding, zijn hoofd schuin naar achteren houdend als om een beter zicht te krijgen. Ik vraag me af of dit verhaal ooit de wereld uit zal gaan.

'Nee.'

'Aan wie dan wel?'

'Iemand anders,' mompel ik grof. Echt de zoon van mijn vader vanavond.

Kwame laat zich niet van de wijs brengen. 'Níét de politie? Weet je het zeker?'

'Ik weet het zeker, Kwame. Ik was erbij toen het gebeurde.'

Met ironie kom ik nergens. 'Ik heb gehoord dat je gearresteerd bent.'

'Nee, dat is niet zo.'

'Hebben ze je niet onder schot gehouden?' Hij knippert woedend met zijn ogen.

'Niemand heeft wie dan ook onder schot gehouden.'

Kwame Kennerly strijkt over zijn baardje terwijl hij over zijn volgende zet nadenkt. Hij laat zich niet uit het veld slaan door een beetje onbeschaamdheid. Ik mag dan de zoon zijn van wijlen gehate Oliver Garland, ik ben ook een zwarte man die misschien door de politie in elkaar geslagen is; bovendien is het verhaal te sappig om te negeren. Decaan Lynda luistert met meer dan een half oor.

'Maar je hebt wel narigheid gehad met de politie, hè? Met de blánke politie?'

'Het was allemaal een misverstand,' verzucht ik. 'Ik werd aangevallen en beroofd, ik heb alarm geslagen, en toen ze kwamen dachten ze dat ik de dader was in plaats van het slachtoffer. Maar nadat ik hun mijn identiteitskaart van de universiteit had laten zien, verontschuldigden ze zich en lieten me gaan.'

'Stádspolitie?'

'Campuspolitie.'

'Dat dacht ik al. Daar hebben ze een handje van.' Hij wacht niet op mijn antwoord. 'Een zwarte man midden op de campus, hè? Twee straten van de faculteit vandaan waar jij wérkt. Als je blank was, zou er nooit een *misverstand* zijn geweest.'

Ik verspil er geen tijd aan me af te vragen hoe Kwame aan de details van mijn ontmoeting komt, want het is zijn vak om aan details te komen. Ik verspil er echter wel tijd aan met hem te discussiëren, ook al valt er op zijn analyse niets af te dingen. 'Ik was niet alleen maar aan het lopen, ik...' Ik aarzel en werp een vluchtige blik op mijn decaan, maar ik kan maar één kant op en dat is voorwaarts. 'Ik was de bouwsteigers bij de bibliotheek aan het beklimmen. Je kunt wel begrijpen waarom ze argwaan koesterden.'

'Maar op je eigen campus, waar of niet?' houdt hij aan, met zijn bebaarde hoofd knikkend alsof hij dit elke dag ziet gebeuren, wat vermoedelijk ook zo is.

'Ja.'

'En de daders waren blank. Al was de politie komen opdagen terwijl je in gevecht was met de daders, dan nog zouden ze hebben gedacht dat jíj de boosdoener was.'

'Dat zou best eens kunnen.'

'Dat bedoel ik nu!' roept hij uit tegen Lynda Wyatt, misschien teruggrijpend op een eerdere discussie.

'Ik weet het, ik weet het,' zegt mijn decaan haastig.

'Het is zijn éígen campus, maar het is een blánke campus! Zie je, dat is de belangrijkste taak van de politie in een stad als deze: ons op onze plaats houden.'

'Mmmm,' zegt decaan Lynda, die in snel tempo eet.

'Zwarte mannen zijn een *bedreigde soort* in dit land.' Hij spreekt het uit als een citaat uit een encyclopedie en wijst dan naar me alsof ik het belangrijkste bewijsstuk ben. 'Ongeacht wie hun váders zijn.'

De aardappelpuree komt onze kant op en Kwame moet even pauzeren om een gezonde portie op zijn bord te scheppen. Hij doet er wat jus op uit een kleine terrine en pakt dan behendig de draad weer op.

'De jácht op onze jonge mannen is open!'

'Zo jong ben ik niet,' onderbreek ik hem, wanhopig op zoek naar een lichte toon.

'Maar toch mag je van geluk spreken dat je nog leeft. Nee, ik meen het. We weten allemaal waartoe de politie in staat is.' Hij knikt nog steeds krachtig. Hij wendt zich weer tot decaan Lynda. 'Begrijp je wat ik bedoel?'

'O, ja. En we zijn allemaal heel blij dat je geen letsel hebt opgelopen, Talcott.' Haar glimlach vertoont alle tekenen van oprechte bezorgdheid. Ik realiseer me dat ze allebei denken aan een geval twee jaar geleden in het naburige totaal blanke stadje Canner's Point, net omstreeks de tijd dat Kwame Kennerly in Elm Harbor kwam. Een zwarte tiener werd doodgeschoten door twee politieagenten toen hij met de handen omhoog uit zijn gestolen auto kwam na een achtervolging van een kwartier die eindigde toen hij tegen een avondwinkel op knalde.

Maar dat was anders, wil ik zeggen met de stem van de Rechter, maar ik slik het net op tijd in, want de Rechter had het meestal bij het verkeerde eind.

'Het is met een sisser afgelopen,' zeg ik in plaats daarvan tegen Kwame, wensend dat hij zou ophouden.

'Je zou dit door mij moeten laten afhandelen.'

'Nee, dank je.'

'Ik bedoel, ik zou de hoofdcommissaris kunnen bellen, nietwaar? Dit soort treiterij is op dit moment toevallig een belangrijk issue. De burgemeester is heel bezorgd.'

Dat ontbrak er nog maar aan: een soort officieel onderzoek. Ik kan me niet permitteren een *issue* te worden. Het zou niet alleen precies datgene zijn wat de balans van Kimmer en Marc weer in het voordeel van Marc zou doen doorslaan – *Zie je wel? We hebben toch gezegd dat haar echtgenoot labiel is!* – maar, wat nog erger is, het zou veel aan het licht kunnen brengen dat ik niet bereid ben te onthullen.

'Dat zal niet nodig zijn.'

'Ik denk dat de hoofdcommissaris er eens naar moet kijken,' zegt Kwame koppig.

'Nee, dank je,' herhaal ik, 'en bovendien heb ik je gezegd dat het campuspolitie was, geen stadspolitie.'

'Dat wéét ik. Maar de hoofdcommissaris heeft de leiding over beide. Dat staat in de staatswet.'

Juist. En de universiteit moet de wetten aangaande de ruimtelijke ordening in de stad ook gehoorzamen, maar doet dat niet als ze dat niet wil.

'Ik wil me er gewoon overheen zetten,' zeg ik tegen Kwame, terwijl ik me opzettelijk van hem afwend om met de betoverende Dahlia Hadley te praten. In zijn onhandige rassen-ophitserij bedoelt Kwame het eigenlijk goed; sterker nog, hij begint zinnige dingen te zeggen. Shirley, aan het andere eind van de tafel, merkt de spanning en fronst, want ze houdt van controverse tijdens haar etentjes zolang het maar niet persoonlijk wordt.

Dahlia lijkt serener dan de laatste keer dat ik haar heb gezien, misschien omdat zij en Marc tot de slotsom zijn gekomen dat het kleine incident bij de bibliotheek zijn kansen voor de nominatie alleen maar kan vergroten. Marc komt uit een familie met geld – heel veel geld. Een van zijn oudtantes was naar verluidt een halve Vanderbilt of Rockefeller of zoiets – de geruchten variëren – en er is een staatspark vernoemd naar zijn lang geleden overleden oom Edmund, wiens liefdadigheid legendarisch was. Marc is eraan gewend zijn zin te krijgen.

'Ik ben blij dat je geen ernstig letsel hebt opgelopen,' mompelt Dahlia met haar stroperige stem.

'Dank je.'

'Je moet op jezelf passen, Talcott. Je gezin heeft je nodig, dat is belangrijk.'

'Ik weet het, ik weet het.'

'De pion is belangrijk in dit soort schaken.'

Ik sper mijn ogen open. In elke paranoïde fantasie is er een moment dat rondom je de waarheid plotseling witgloeiend oplaait: ja, de wereld is een gesloten front, en ja, iedereen staat aan de andere kant.

'Wat zei je daar?' Mijn stem is geknepen, bijna verstikt.

Dahlia krimpt ineen. 'Ik... ik zei: bijzonder belangrijk in dit soort zaken.'

Ik realiseer me dat ik zweet. Ik bedek mijn ogen even. 'O. Oké. Sorry. Ik geloof... ik geloof dat ik je niet goed verstond.'

'Ik geloof het ook.'

'Neem me niet kwalijk, Dahlia.'

Dahlia deinst een paar centimeter terug, alsof ik een oneerbaar voorstel heb gedaan. Haar gezicht blijft hard en beledigd terwijl ze streng zegt: 'Ik denk dat je misschien meer rust nodig hebt dan je neemt, Talcott.'

'Het spijt me. Het was niet mijn bedoeling om... om mijn stem te verheffen.'

'Je lijkt vermoeid. Je zou je niet zo snel moeten opwinden,' voegt ze er behulpzaam aan toe en wendt zich dan naar haar linkerzijde om met Norm Wyatt te babbelen.

Wanneer ik opkijk naar het andere eind van de tafel, zit mijn voormalige vriend Marc Hadley me woedend aan te kijken.

– 11 –

Tijdens het grootste deel van de maaltijd lijkt iedereen om me heen iemand anders veel interessanter te vinden om mee te praten. Lynda Wyatt, die zich inbeeldt dat ze met haar charme iedereen tot willekeurig wat kan bewegen, lijkt haar handen vol te hebben aan Kwame Kennerly, en Dahlia Hadley, die sinds mijn stemverheffing geen woord meer tegen me heeft gezegd, discussieert met Lynda's echtgenoot Norm over monumentenzorg. (Zij is voor, hij is tegen.) Marc Hadley brengt Shirley de finesses bij van de scheiding van kerk en staat, waarover zij heeft geschreven en hij niet. Lemaster en Julia Carlyle, beiden slank en sierlijk, zijn eindelijk gearriveerd, nadat het optreden van hun dochter goed is verlopen; tegenover elkaar aan de tafel gezeten, hebben de twee, zoals gewoonlijk, voornamelijk oog voor elkaar. Ik heb geprobeerd een woordje te wisselen met Lem, gewoonlijk een sprankelend causeur, maar hij heeft me met weinig meer dan gebrom geantwoord, alsof hij het niet kan verdragen met me te praten; en ik vraag me opnieuw af of zijn veranderde houding alleen in mijn verbeelding bestaat of dat mijn ster bij de juridische faculteit werkelijk zo snel is verbleekt.

Maar dr. Young, die kort tevoren zonder oecumenische pretentie is voorgegaan in een gebed voor het eten, heeft besloten mij de oren van het hoofd te kletsen over de moord op Freeman Bishop, die niet aan de orde is gekomen tijdens onze counselingsessies. Hij heeft vrij uitvoerig een verhaal van zijn grootvader naverteld, over een lynchpartij rond negentienhonderdzes in Georgia waarbij een zwarte priester overal op zijn armen en benen met een hete kool werd gebrand en vervolgens in zijn achterhoofd werd geschoten toen hij weigerde te praten over zijn inspanningen om de fabrieksarbeiders te organiseren.

'Je ziet,' zegt dr. Young, die op zijn stokpaardje komt, 'Satan verandert nooit. Dat is zijn grote zwakte. Dat is waar de gelovige in het voordeel is, God zij geprezen. Satan is een gewoontedier. Hij is sluw, maar niet intelligent. Satan is altijd dezelfde, en zijn onderdanen, degenen die hem ten prooi zijn gevallen, gedragen zich altijd hetzelfde. Als Hitler de joden naar de vernietigingskampen liet wegvoeren, kun je er zeker van zijn dat een andere verdorven leider in onheugelijke tijden de onnozele kinderen afslachtte omdat ze anders waren. Je ziet het tegenwoordig leiders over de hele wereld opnieuw doen! Zwarten, blanken, gelen, bruinen, mensen van allerlei huidskleuren die mensen van allerlei huidskleuren afslachten! Omdat Satan altijd hetzelfde is. Altijd! Satan is dom. Sluw, ziet u, maar niet intelligent, God zij geprezen. Dit is Gods geschenk aan ons, dat Hij Satan ertoe dwingt dom te blijven. Waarom is Satan dom? Zodat we hem, als we alert zijn, kunnen herkennen. Aan zijn tekenen zullen we hem herkennen! Want Satan, domme Satan, valt ons altijd op dezelfde manieren aan. Als de oude methoden niet meer voldoen, kan hij niets nieuws bedenken, God zij geprezen. Dus gaat hij maar weer iemand anders aanvallen. Hij valt ons aan met seksuele begeerte en andere verzoekingen die het lichaam verstrooien. Hij valt ons aan met drank en drugs en andere verzoekingen die de hersens benevelen. Hij valt ons aan met rassenhaat en geldzucht en andere verzoekingen die de ziel uit balans brengen.'

Dr. Youngs preek klinkt nu luider, en de hele tafel luistert ernaar, zelfs Marc, die het niet kan uitstaan dat de aandacht in een kamer op iemand anders is gericht dan hemzelf.

'Je ziet dus wat Satan doet. Hij valt het lichaam aan. Hij valt de hersens aan. Hij valt de ziel aan. Lichaam, geest en ziel – dat zijn de enige delen van de mens die Satan weet aan te vallen, God zij geprezen. Als je ze tegen Satan beschermt, dan ben je veilig. Als je je lichaam beschermt, bescherm je de *tempel* van de Heer, want je wordt geschapen naar Gods beeld. Als je je geest beschermt, bescherm je het *gereedschapshuis* van de Heer, want God laat zijn wil op aarde geschieden via sterfelijke mensen. En als je je ziel beschermt, bescherm je de *opslagplaats* van de Heer, want God vult onze zielen met Zijn macht om ons te helpen Zijn werk op aarde te doen.'

Marc Hadley, auteur van het beroemde Hoofdstuk Drie, kan dit niet langer verdragen. Hij onderbreekt hem.

'Morris...' begint hij.

'Zeg maar dr. Young,' zegt dr. Young effen.

'Dr. Young – het ergert Marc dat hij hem zo moet aanspreken omdat het ongetwijfeld een doctoraat in de theologie betreft, waarschijnlijk aan een onbekend seminarie – 'laat ik u er in de eerste plaats op wijzen dat mijn vrouw en ik vrijdenkers zijn. Wat religie betreft zijn we sceptici,' vertaalt hij onnodig. Het grootste deel van de tafel kijkt naar Marc, maar ik kijk naar Dahlia, wier kleine mond zich van afkeer vertrekt voordat ze haar blik afwendt en uit het raam naar de branding kijkt. Ik vraag me af of ze boos is op haar man omdat hij zich in de discussie mengt, of omdat hij het woord *wij* gebruikt en vergeet te vermelden dat zij een heel serieuze rooms-katholieke is die haar zoon elke zondag meeneemt naar de mis. 'We zijn geen atheïsten,' gaat Marc gejaagd voort, 'omdat er geen bewijs is dat God niet bestaat, maar we staan sceptisch tegenover de waarheidsaanspraken van alle religies, omdat er geen bewijs is dat God wel bestaat. Of dat Satan bestaat. Ten tweede...'

'Nou, laten we eerst het eerste punt maar eens behandelen.' De dominee glimlacht. 'U weet dat een zeer grote denker genaamd Martin Buber ooit schreef dat er geen atheïsten zijn, omdat de atheïst elke dag met God moet worstelen. Misschien is dat de reden dat de Schrift ons zegt: "De dwaas zegt in zijn hart: Er is geen God."'

'Ik herinner me dat niet in Buber,' zegt Marc Hadley, die er de pest aan heeft iets te horen te krijgen wat hij nog niet weet.

'Het staat in *Tussen mens en mens*,' komt Lemaster Carlyle, die een blauwe maandag theologie heeft gestudeerd, kalm tussenbeide, daarmee de hele tafel verrassend. 'Een schitterend boek. Mensen die *Ik en Gij* hebben gelezen en denken dat ze Buber kennen, hebben er slechts aan geroken.' Een steek onder water naar arme Marc, in de juridische faculteit zoiets als een insiderssport.

Dr. Young wijst met een grijze vinger naar Lem. 'U hebt gelijk, professor Carlyle, maar u hebt ook ongelijk. Waar het om gaat is niet of je Buber hebt gelezen, en evenmin gaat het erom welke Buber je hebt gelezen. Waar het om gaat is of je weet wat er op het spel staat. Toen ik op Harvard bezig was mijn doctoraat te halen, had ik een hoogleraar filosofie, een atheïst, die ons erop placht te wijzen waar het in religie om draaide: "God wil niet je geest," zei hij altijd, "maar je ziel." Want God heeft de menselijke geest uitgevonden, maar hij komt die geest binnen via het menselijke hart. Mijn professor placht te zeggen: "God wil niet dat je de bijbel leest en vervolgens zegt: *Wat een mooi boek!* Hij wil dat je de bijbel leest en zegt: *Halleluja, ik geloof!*"'

Met genoegen heb ik Marcs mond zien openvallen, wat niet vaak gebeurt, maar sinds de eerwaarde de woorden *doctoraat* en *Harvard* aaneenreeg, hangt Marcs mond open. Morris Young heeft diepten waar Marc Hadley, in zijn deftige liberale racisme, geen idee van had.

Ondertussen plooit het pokdalige gezicht van de predikant zich bij de herinnering tot een glimlach. 'Dat was in de jaren vijftig, natuurlijk, een tijd waarin er van de filosofen, zelfs de atheïstische filosofen, werd verwacht dat ze de bijbel kenden. Ten slotte is de bijbel verreweg het invloedrijkste boek geweest in de westerse geschiedenis, God zij geprezen, waarschijnlijk in de geschiedenis van de hele wereld. Welnu, hoe kan iemand pretenderen die wereld te begrijpen of te verklaren zonder het boek te begrijpen dat die wereld heeft opgebouwd? Maar wanneer je de bijbel leert kennen, leer je God kennen. Dus de atheïst die waarlijk heeft geprobeerd de wereld te begrijpen, zal al dichter bij God zijn dan vele christenen, omdat hij het woord van God zal kennen. De Heer schept vele wegen die naar Zijn huis leiden, en hij zal, in de volheid des tijds, zelfs velen van hen die geloven dat ze niet geloven tot zich doen komen; want door te worstelen met God zijn ze al halverwege het geloof.'

'Amen, eerwaarde,' zegt Kwame Kennerly. Shirley kijkt hem stralend aan.

Ondertussen doet Dahlia Hadley ook een duit in het zakje. 'Maar loopt de atheïst geen risico? Hij zóú tot God kunnen komen, maar hij zou ook weleens níet tot God kunnen komen.' Wanneer ik vluchtig opkijk, kan ik nog net zien hoe ze bekoorlijk glimlacht naar Marc, maar voor degenen die de moeite nemen om goed te kijken, is vlak onder het meisjesachtige oppervlak van haar gezicht opwellende woede zichtbaar.

Dr. Young heeft haar woede in de gaten. Hij heeft alles in de gaten. Hij knikt met zijn zware hoofd. 'Dat is waar, liefje, dat is waar, dat is waar.' Zijn dreunende stem heeft iets zangerigs gekregen. 'De Heer opent de hemelpoort voor de ellendigste zondaar, maar de zondaar moet er nog wel door naar binnen stappen. En de menselijke geest, die glorieuze schepping, heeft er een handje van obstakels op te werpen. O, ja. De Heer houdt de deur open en de geest zegt: "Dat is niet de Heer!" of: "Dat is niet de deur!" of: "Ik verzamel liever schatten op aarde!" Dat zijn de raadgevingen van Satan, die altijd dezelfde is, weet u nog, God zij geprezen, sluw maar niet intelligent. Vele mensen luisteren liever naar Satans raadgevingen, verwerven liever wat de zondige wereld knarsetandend afstaat dan dat ze aanvaarden wat God hun overvloedig schenkt. En we weten allemaal wat het evangelie over zulke mensen zegt: "Voorwaar, Ik zeg u, zij hebben hun loon reeds."'

Marc Hadley wil hem weer onderbreken, maar Shirley Branch, die naast hem zit aan het hoofd van de tafel, heeft de vermetelheid een hand op zijn arm te leggen om hem te doen zwijgen.

In plaats daarvan neemt Ben Montoya het woord: 'Er zijn toevallig mensen die uw religieuze overtuigingen niet delen, eerwaarde,' verklaart hij grof maar correct. 'Hebt u aan hun rechten gedacht?'

Dr. Morris Young glimlacht naar hem over de tafel. 'O, professor Montoya, dat soort zaken gaan mij niet aan. Rechten zijn een zaak van de mensen. God is een God van liefde. Je hebt je naaste niet lief door je naaste een recht te geven. Je geeft de arme man of de zwarte man een recht en je hebt het gevoel dat je je plicht jegens hem hebt gedaan. Je hebt misschien zelfs het gevoel dat hij je nu dank verschuldigd is. Maar als je hem om te beginnen had liefgehad, zou de vraag van recht nooit zijn gerezen.'

Lem Carlyle komt opnieuw vriendelijk tussenbeide door een punt van overeenkomst te zoeken, zoals het een decaan in spe betaamt. 'Maar het christendom leert dat de mensen zijn gevallen. Dat we van nature zondig zijn. Dus het christendom rechtvaardigt de staat zelf als voorbeschikt door God om de orde te handhaven onder deze gevallen schepsels. Is niet dat de reden waarom we rechten hebben, in de christelijke denkwijze – omdat we weten dat we te zwak zijn om in liefde voor elkaar te leven, zoals God het liever zou zien?'

Dr. Young knikt welwillend, maar niet met instemming. 'Het probleem met rechten,' zegt hij, 'is dat je, zodra je ze hebt, denkt dat je iets van waarde hebt. Maar alles van werkelijke waarde komt van de Heer. Wanneer je een mens een recht geeft, is het te gemakkelijk om te vergeten hem lief te hebben.'

Lynda Wyatt voelt aan wat hij bedoelt: 'Dus compassie is belangrijker dan rechten.'

'Rechten zijn een zaak van de mensen,' stemt dr. Young in. 'Onze naaste liefhebben, zich tot elkaar wenden in liefdadigheid en nederigheid, is een geschenk dat we teruggeven aan de Heer.'

En dan zie ik het. De kans om te ontsnappen aan het web dat mijn slimme vader bij zijn dood om mij en mijn gezin heeft geweven. Iedereen is op zoek naar de schatten van de aarde, zoals Morris Young suggereerde. De schatten van de aarde. De *aarde*. Er knaagt een herinnering aan me, een ongemakkelijke middag met de Rechter vele jaren geleden, uitgerekend op de campus. De witte pion. De Excelsior. De aarde. Misschien, heel misschien, kan ik het allemaal in elkaar laten passen.

'Amen, eerwaarde,' echo ik, terwijl er eindelijk een sprankje hoop door mijn gekwelde hoofd flitst.

— III —

Ben Montoya en ik verlaten tegelijkertijd het diner en zoeken ons door de korstige sneeuw behoedzaam een weg naar de parkeerplaats. Hij heeft zijn vertrek zo volmaakt getimed dat ik zeker weet dat hij me ergens over wil spreken.

Ik heb gelijk.

Ben begint met een schijnbeweging. 'Denk je dat hij al die dingen echt gelooft?'

'Wie? Welke dingen?'

'Eerwaarde Young. Al die dingen over Satan.'

Ik kijk hem aan. 'Ik twijfel er niet aan of dr. Young gelooft er elk woord van. Ik geloof het ook.'

Ben schudt zijn hoofd maar zegt niets. Er valt een stilte terwijl we door de sneeuw kraken, elk van ons alleen met zijn gedachten: Ben is ongetwijfeld bevestigd in zijn mening dat ik niet goed bij mijn hoofd ben, en ik zie de diepe waarheid in van wat ik daarnet heb vermeld. Maar de eigenlijke reden waarom Ben me naar buiten is gevolgd, heeft niets te maken met theologie of metafysica.

'Eh, Talcott,' mompelt hij opdringerig na een paar seconden stilte, en ik weet dat we bij het hoofdprogramma zijn beland.

'Hmmm?' Ik kijk niet in zijn richting. Het voetpad naar de parkeerplaats voor bezoekers voert tussen twee rijen doorsnee wooneenheden. Langs de randen van de dichtgetrokken gordijnen of jaloezieën flitsen kleurrijke televisiebeelden. Ik hoor vlagen gelach, discussie, muziek. Maar mijn aandacht is vooral gericht op de stoep vóór me, waar de ijzel van vanmiddag nog niet is weggeruimd. De woningbouwvereniging solliciteert naar een kort geding, mocht iemand uitglijden en vallen.

'Talcott, kan ik even met je praten?'

'We zijn aan het praten, Ben. Dat is wat we nu aan het doen zijn: praten.' Ik denk dat ik Ben aardiger zou vinden als hij niet de handlanger van decaan Lynda was in zoveel van de diverse onbetamelijke dingen die een decaan moet doen; of als ik ook een ingewijde was; of als ik eenvoudigweg een beter mens was.

Ben schiet in de lach. Hij is denk ik rond de zestig, zijn haar boven op zijn schedel is dun en behoorlijk grijs, zijn ogen met dikke wallen eronder kijken me behoedzaam maar beschuldigend aan vanachter dikke brillenglazen. Hij loopt met de zelfverzekerde, kordate pas van een man met grote en geïrriteerde haast. Hij is van huis uit antropoloog en heeft belangrijk werk gedaan over de manier waarop contracten en eigendom worden behandeld in bepaalde, op eilanden in de Stille Oceaan voorkomende maatschappijen die geen traditie kennen van het doen van beloften.

'Talcott, ach, je weet wel, de decaan, nou ja, zij zou nooit iets zeggen, maar...'

'Maar?'

'Lynda zit erg met jou in haar maag, Talcott. Dat moet je je realiseren.'

We zijn uitgekomen bij het slecht geploegde parkeerterrein voor bezoekers. Mijn armzalige Camry staat afgelegen in een hoek, maar we blijven staan en kijken elkaar aan, misschien omdat we vlak naast Bens klassieke Jaguar XKE staan, of misschien vanwege hetgeen hij daarnet tegen me heeft gezegd.

'Hoezo?'

Hij knippert met zijn ogen achter die krachtige brillenglazen. 'O, nou, je weet wel. Door de manier waarop je je de laatste tijd gedraagt. En die toestand met jou en Marc...'

'Er is geen toestand met mij en Marc.'

'Je weet wat ik bedoel.'

'Ik betwijfel of ik dat weet.' Ik neem hem van het hoofd tot de voeten op, mijn drift vlamt rood op, en Ben doet snel een stap achteruit alsof hij een klap verwacht. 'Als Lynda met me wil praten, weet ze waar ze me kan vinden.'

'Ik betwijfel of ze wel met je wil praten, Talcott.' De opdringerige toon is terug. Ben is een expert in het neerkijken op anderen, niet alleen omdat hij zo lang is. 'De decaan is te beleefd om iets tegen je te zeggen, maar ik heb begrepen dat je de laatste keer dat jullie met elkaar spraken beledigend tegen haar bent geweest.'

'Beledigend? We... we hadden alleen een meningsverschil, ik was niet...'

Hij walst over me heen. 'Dan is er nog dat gedoe met de politie eerder deze week. Ik weet dat je niet bijna gearresteerd werd, maar het liep wel, eh, een beetje uit de hand. We moeten denken aan het imago van de juridische faculteit, Talcott. We kunnen het niet gebruiken dat een professor benzine gooit op de raciale vuren in deze stad...'

'Ben...'

'Nee, nee, ik zeg niet dat je het met opzet doet. Maar de mensen gaan het gebeurde allicht benutten om er politieke munt uit te slaan' – hij bedoelt Kwame Kennerly – 'en, nou ja, we kunnen het niet gebruiken dat faculteitsleden dit soort dingen uitlokken, al is het onopzettelijk. En dat is nog niet alles, Talcott. Lynda zegt ook dat je de faculteit drie miljoen dollar kost...'

'Hé, wacht even! Wacht even!' Het begint weer te sneeuwen en het gaat harder waaien. De toestand van de wegen zal in een mum van tijd verraderlijk zijn, en we zouden allebei spoorslags naar huis moeten rijden, maar ik wil me ervan vergewissen dat ik de boodschap goed heb begrepen, want ik weet dat die van Lynda afkomstig is, niet van Ben. 'Je gaat me toch niet vertellen dat Cameron Knowland zijn geld terugneemt? Omdat zijn verwende blaag van een zoon boos is op een professor?'

Ben houdt zijn handen naar me op in een gebaar van overgave. Hij is teruggedeinsd tot bij het portier van zijn Jaguar. 'Ik weet niet wat Cameron doet. Ik ben niet op de hoogte van alles wat de decaan weet. Ik wil alleen dat jij weet dat ze met jou in haar maag zit, en... nou ja, ik denk dat het een goed idee zou zijn als je...eh... je beste beentje zou voorzetten...'

'Probeer je me ergens voor te waarschuwen, Ben? Zit ik op de een of andere manier echt in de problemen, of is dit gewoon een kwestie van tegen de haren instrijken?'

Ben heeft het portier van zijn auto geopend. Nu hij zijn boodschap heeft afgegeven, lijkt hij het gesprek niet te willen voortzetten. 'Ik denk gewoon dat je voorzichtig zou moeten zijn, dat is alles. Je zou om de goede naam van de faculteit moeten denken.'

'In plaats van denken aan wat? Ik vat het niet. Ben, wacht.' Hij zit nu in de auto, klaar om het portier achter hem dicht te trekken. 'Wat probeer je me te vertellen? Gaat dit echt over mij, of gaat dit over Kimmer en Marc?' Ik herinner me de waarschuwing van Stuart Land dat er druk zou worden uitgeoefend. 'Kom op, Ben, vertel het me.'

'Er valt niets te vertellen, Talcott.' Zijn felle ogen zijn strak naar voren gericht, alsof hij boos op me is vanwege een belediging die ik nog moet begaan.

'Maar wacht even. Wacht. Ik begrijp niet wat je wilt vertellen.' Ik leg mijn hand op het portier, zodat hij hem niet kan dichttrekken. 'Zit ik in de problemen?' vraag ik weer.

'Ik weet het niet, Talcott. Zít je in de problemen?' Terwijl ik mijn best doe een slim antwoord te bedenken, wijst hij met zijn kin. 'Zou je je hand van mijn auto willen halen?'

'Ben...'

'Goedenavond, Talcott. Groeten aan je gezin.'

En weg is hij.

Duizelend storm ik bijna terug naar het feest om Lynda Wyatt ter verantwoording te roepen, haar te vragen wat de werkelijke boodschap is. Maar dat zou zinloos zijn. Lynda zou alles ontkennen. Dat is de eigenlijke reden om er een crisismanager op na te houden: alles wat hij zegt kan ze ontkennen en toch kan de boodschap overkomen.

Er zijn dagen dat ik deze plaats haat.

Ik spoed me door de sneeuw naar mijn eigen auto, wensend dat ik de hele kliek achter me kon laten. Niet alleen Lynda Wyatt en Ben Montoya en de anderen van de juridische faculteit, maar ook oom Mal en de Washingtonse kliek. Ik wou dat ik mijn gezin bij de kladden kon pakken om naar de heuvels te gaan – of, als dat niet lukt, naar Oak Bluffs. Daar wonen tenslotte het hele jaar door een paar duizend mensen. We zouden een manier kunnen vinden om dat voor elkaar te krijgen. We zouden een pension kunnen drijven. Of een bord kunnen ophangen en samen een advocatenkantoor beginnen. We zouden het kunnen doen.

Niet dat Kimmer zou gaan.

Nog steeds trillend van boosheid over mijn confrontatie met Ben steek ik mijn sleutel in het slot – mijn taaie kleine Camry is te oud om een sleutelloos ontsluitingssysteem of een alarm te hebben – en merk dan dat het portier al ontsloten is.

Ik moet het zo hebben achtergelaten, want niemand neemt de moeite een autoslot open te peuteren om vervolgens de auto te laten staan. En om te beginnen zou niemand een twaalf jaar oude auto stelen.

Maar wanneer ik het portier opendoe en het daklicht aanspringt, realiseer ik me dat er wel degelijk mensen zijn die in auto's inbreken en niets meenemen, zoals er ook mensen zijn die in vakantiehuisjes inbreken en hetzelfde doen.

Sommige mensen peuteren sloten open om iets te bezorgen.

Midden op de bestuurdersstoel ligt het schaakboek dat is gestolen door de twee mannen die me in elkaar hebben geslagen.

30

De bekende personen

— I —

'Ik heb gehoord dat je ruzie hebt gehad met Stuart Land,' zegt Dana Worth, die als eerste op de hoogte is van de meeste dingen die rond Oldie gebeuren, met inbegrip van enkele die niet zijn gebeurd. Ze zit op de rand van haar bureau, handen op het bovenblad, de zolen van haar schoenen plat tegen de zijkant gedrukt, haar kleine lijf in een houding die zo karakteristiek worthiaans is dat de studenten deze bijna elk jaar door iemand laten nadoen in de satirische voorstelling die ze vlak voor hun afstuderen op de planken brengen. Ik zit op de lange, degelijke sofa die ze in een winkel met tweedehands meubelen heeft gevonden en opnieuw heeft laten bekleden.

'Niet echt ruzie. Eerder... een frank en vrije uitwisseling van opvattingen.'

'Waarover?'

'Ik heb hem ervan beschuldigd dat hij Marcs kandidatuur te gronde probeert te richten. Ik heb hem gezegd dat het een averechts effect heeft, dat het Kimmer ook zou kunnen schaden.' Ik wrijf over mijn jeukende wang terwijl ik terugdenk aan de uitdrukking op zijn gezicht, de verrassing waarvan ik bijna zou zweren dat die echt was. 'Hij zei dat hij niets van dien aard deed.'

'Misschien is dat ook zo.'

'Hij is net terug uit Washington, Dana.'

'Doe niet zo gek, liefje. Ik weet zeker dat hij daar niet was ten behoeve van je vrouw. Hij was daar gewoon om een of ander constitutioneel onheil te bekonkelen met zijn maatjes van de rechtervleugel. Stuart gaat nooit ergens heen ten behoeve van iemand anders dan Stuart.'

'En de juridische faculteit.'

'En de juridische faculteit,' stemt ze in, minder overtuigd. Ze springt van het bureau en begint met grote passen door de kamer te lopen. Haar ruime kantoor ligt op de tweede verdieping van Oldie, vlak naast dat van Theo Mountain, en het gerucht gaat dat zij tweeën onophoudelijk roddels uitwisselen. Alles aan haar kantoor is precies goed, van het obsessief nette bureau tot de verzameling planten in het raamkozijn tot de boekenplanken waar de boeken in alfabetische volgorde op auteur staan gerangschikt. Ik ga ook staan en loop naar het raam waar ik neerkijk op de trap aan de voorkant van het gebouw en de granieten muur van de hoofdcampus aan de overkant van de straat. Ik kan de steeg zien waar ik een paar dagen geleden in elkaar ben geslagen. Het is maandag, negen dagen voor kerst. De colleges zijn eindelijk achter de rug en de faculteit begint leeg te lopen, maar de studenten moeten nog een paar dagen in de stad blijven voor hun laatste tentamens. Ik voor mij heb me gedekt gehouden en geweifeld over mijn volgende stap. Ik heb het vreselijke gevoel dat er bijna geen tijd meer is.

'Enfin, Dana, jij hebt me gebeld...'

'Ik weet het.' Een stilte. 'Ik wilde me ervan vergewissen dat je in orde bent.'

Ik knik zonder me om te draaien. Onze vriendschap is in de weken na de moord op Freeman Bishop gerijpt. Ik ben er niet zeker van dat ik ooit weer zo goed met haar bevriend raak als Kimmer en ik vroeger waren met Dana en Eddie, maar Dana lijkt vastbesloten om op te lappen wat ze kan. Ik vind haar inspanningen ontroerend. In tegenstelling tot andere leden van de faculteit die mijn gedrag van de laatste tijd grofweg op dezelfde manier lijken te beoordelen als decaan Lynda, is Dana naar me toe gedreven. Verstotenen, zei ze me een paar dagen geleden, moeten bij elkaar blijven. Toen ik Dana erop wees dat zij geen verstotene is, herinnerde ze me eraan dat ze de leiding heeft over de lokale tak van de Anti-abortusvereniging van Homoseksuelen. *Iedereen haat ons om het een of ander*, zei ze, tamelijk vergenoegd.

'Ik ben in orde,' verzeker ik haar.

'Mooie hechtingen. Staan je goed.'

'Dank je.'

'Ik heb lopen denken over wat je is overkomen.'

'Wat me is overkomen?'

'Je bijna-arrestatie...'

Ik draai me eindelijk weer om naar de kamer. 'Ik ben niet bijna gearresteerd.'

'Ik weet niet hoe je het anders moet noemen.'

'Het was een misverstand, dat is alles.'

De grote vrijheidsgezinde grijnst. 'O, juist ja, het soort misverstand waarbij ze je op een haar na doodslaan.'

'Niemand heeft me geslagen,' zeg ik scherp, plotseling bezorgd over welke geruchten mijn oude vriendin misschien aan het verspreiden is, want bij Dana, zoals ze graag zegt, kun je er absoluut van op aan dat ze hetgeen je haar vertelt aan niet meer mensen doorvertelt dan jij het hebt verteld.

'De mannen die je achternazaten wel.'

'Dat is waar.'

'Nou, Misha, daarover wilde ik met je praten.' Ze is nog steeds voortdurend in beweging en zwaait met haar armen alsof ze zich in evenwicht moet houden. Ik vraag me af of ze ooit in rust is. 'De mannen die je achternazaten.'

'Wat is daarmee?'

'Nou ja, ze hebben het schaakboek toch gestolen?'

'Eh, klopt.' Ik heb haar niet verteld dat het weer is opgedoken. Toch heb ik Dana meer van het verhaal verteld dan wie dan ook, misschien omdat Dana, in tegenstelling tot mijn andere kennissen, daar voortdurend op aandringt.

'En begrijp je waarom?' Ze staat nu naast me bij het raam, uitkijkend over de campus waar studenten haveloos door de koude regen sjokken. Ze glimlacht. Lieve Dana Worth heeft plezier in dit karwei.

Ik draai me om, om samen met haar het tafereel te bekijken. Ik heb het antwoord geraden; zij ook? 'Zeg jij het maar.'

'Omdat, Misha, liefje, ze dachten dat het was waar ze naar zochten.'

'Huh?'

'Mijn hemel, we zijn vandaag een beetje traag, hè? Ten eerste: je zei dat ze je volgden. Ten tweede: je zei dat ze je vroegen over de regelingen, net als Jack Ziegler op het kerkhof.' Dana is dol op het maken van lijstjes, meestal voor de vuist weg. 'Ten derde: ze vroegen je wat er in het pakje zat. En ten vierde: ze hebben je in elkaar geslagen en zijn er met het boek vandoor gegaan.'

'Juist.'

'En waarom juist die avond? Waarom hebben ze van alle avonden dat ze achter je aan konden zijn gegaan juist die avond uitgekozen?'

'Ik weet het niet.'

'Omdat je iets deed of zei wat hen op de gedachte bracht dat dit het was, dat dit was waar het om ging.' Ze schommelt haar hoofd heen en weer als een bokser, tevreden over haar eigen gevolgtrekking. 'Dus het enige wat je hoeft te doen, is bedenken wat je hebt gedaan om ze zover te krijgen.'

Maar ik weet al wat ik heb gedaan. Ik ging naar de schaakclub. De mannen die me zijn gevolgd moeten voor iemand hebben gewerkt die, net als wijlen Colin Scott, wist wat er in de brief van de Rechter stond. Iemand die erachter is gekomen wat Excelsior betekende, en dat betekent iemand die wist dat mijn vader een schaakprobleemcomponist was. Iemand die misschien heeft gezegd: *Als hij ooit in de buurt komt van een plek die met schaken te maken heeft, houd hem dan extra goed in de gaten. Mocht hij met iets naar buiten komen, pak het dan van hem af, op welke manier dan ook.* Iemand... iemand...

'En Jack Zieglers belofte dan dat niemand me iets zou aandoen?'

'Iemand is daar niet van op de hoogte,' zegt ze.

Ik frons. Ik heb haar niet verteld over het telefoontje dat ik 's nachts om negen voor drie kreeg. Dat heb ik nog niemand verteld. Vroeg of laat zal ik dat moeten doen. Zodra ik uitgezocht heb wie in de omgeving van het gebouw mij in de gaten zou kunnen houden. Gedurende een angstig moment komt de gedachte bij me op dat het weleens Lieve Dana zelf zou kunnen zijn.

'Een dubbeltje voor je gedachten,' mompelt ze.

'Ik ben een lijst met vijanden aan het opstellen,' antwoord ik.

'O, Misha, dat moet je niet zeggen. Het klinkt typisch nixoniaans.'

'Vind je ook niet?' zeg ik met een knipoog. 'Nixon was mijn vaders held.'

'Niemand is volmaakt. Behalve Lemaster Carlyle.' Dana grinnikt. Ze heeft deze zin vaker gebruikt. Maar ik vind hem minder grappig dan voorheen.

'Over Lem gesproken,' hoor ik mezelf vragen, 'heeft hij de laatste tijd niet een beetje... een *vreemde* indruk op je gemaakt?'

'Hij is altijd vreemd.'

'Nee, ik bedoel... ik weet het niet, ik vind hem de laatste tijd zo... afstandelijk.'

'Hij is altijd afstandelijk.'

'Wat ik bedoel is dat hij minder vriendelijk is. Alsof hij me probeert te mijden.'

'Jeetje, ik zou niet weten waarom. Hij wil alleen maar decaan worden.'

Ik geef me over, behoorlijk gefrustreerd. Op haar pesterig directe manier herinnert Dana me eraan dat ik op dit moment bij niemand op de juridische faculteit in de gunst sta, behalve misschien bij haar. Het is pijnlijk om te horen, maar ze zou weleens gelijk kunnen hebben wat Lem betreft. Dan komt er een andere gedachte bij me op. Dana de roddelaarster weet natuurlijk alles. 'Tussen twee haakjes, en ik weet dat het mij niets aangaat, maar heb je geruchten gehoord over, eh, een soort van relatie tussen Lionel Eldridge en Heather Hadley?'

Lieve Dana lijkt geschrokken. Dan wordt haar gezicht langzaam verzacht door een bijna katachtige glimlach. 'Nee, dat zal me wel ontgaan zijn. Maar zou dat even verrukkelijk zijn! Ik moet echt mijn licht eens gaan opsteken.'

Er zijn vele manieren om een gerucht te laten ontstaan, zeg ik zuur bij mezelf.

— 11 —

Als ik uit Dana's kantoor kom, stuit ik op Theophilus Mountain, die bezig is zijn deur van het slot te doen met dezelfde omslachtige aandacht die hij besteedt aan autorijden, lopen en lesgeven, zaken die hij stuk voor stuk niet meer bijzonder goed kan. Onder zijn arm draagt hij een ouderwetse ringband en een roodzwart casusregister, dus hij komt net terug van college. Ik groet hem op het moment dat hij er eindelijk in slaagt het slot open te krijgen.

De ouder wordende Theo draait zich stijf om, als een etalagepop op een standaard, en glimlacht welwillend.

'Hé, hallo, Talcott.'

'Dag, Theo. Heb je even?'

Hij fronst alsof dit een moeilijke vraag is. 'Ik denk het wel,' stemt hij toe, zijn hand nog steeds op de klink. Op zijn tweeëntachtigste is Theo niet meer wat hij was in mijn vaders studententijd, of zelfs in de mijne. Een paar dagen geleden kwam hij er eindelijk toe zijn condoleances aan te bieden met het overlijden van mijn vader, eigenaardig laat, maar hij heeft zich nooit veel aangetrokken van de verwachtingen van anderen. Van de beroemde gebroeders Mountain is hij de enige overlevende; de andere twee zijn Pericles, die aan de Universiteit van Los Angeles doceerde, en Herodotus, die aan de Universiteit van Columbia doceerde. Ze werden ooit beschouwd als de drie grootste kenners van het constitutioneel recht van de eeuw. Perry is enkele tientallen jaren geleden overleden, Hero pas verleden jaar. Alle drie behoorden ze tot de gevierde liberalen van de eeuw, en Theo houdt de fakkel brandend. In zijn colleges constitutioneel recht behandelt Theo weinig zaken waarover na 1981 vonnis is gewezen, 'toen die schoft van een Reagan de macht overnam en alles naar de bliksem ging'. Hij doceert zijn verbijsterde studenten niet wat het recht is, of zelfs maar wat het zou moeten zijn, maar wat hij zou wensen dat het nog steeds was. Een paar jaar geleden heeft hij een rechter van het Supreme Court die ooit zijn student was een brief geschreven en hem beschuldigd van: 'idioot redeneren ten dienste van je immorele reactionaire campagne.' Hij gaf de brief vervolgens vrij aan de pers, een daad die hem een met gescheld en getier gevuld optreden bij *Larry King Live* opleverde. Theo is altijd bereid ge-

weest wat dan ook tegen wie dan ook te zeggen. En dat doet hij nu tegen mij:
'Je ziet er vreselijk uit. Heeft de politie je dat aangedaan?'
'Natuurlijk niet.'
'Ik heb gehoord dat je bijna bent gearresteerd.'
Ik vraag me af of ik de rest van mijn carrière aan dit verhaal zal vastzitten.
'Nee, Theo, ik ben niet bijna gearresteerd. Het was gewoon een misverstand.'
'O.' Er klinkt twijfel door in zijn stem.
'Theo, ik wilde je wat vragen over mijn vader.'
'Wat dan?'
Ik aarzel terwijl er een paar studenten langslopen, die in een discussie zijn verwikkeld over wat Hegel gezegd zou hebben over een bepaalde regel van de beurscommissie. Wanneer ze buiten gehoorsafstand zijn, ga ik verder. 'Je hebt hem gekend toen hij student was. En daarna.'
Theo knikt terwijl hij nog steeds in de deuropening staat. 'We waren tamelijk goede vrienden, totdat hij het spoor bijster raakte. Neem me niet kwalijk.'
'Met het spoor bijster bedoel je...'
'Na zijn hoorzittingen.' Hij maakt een vaag handgebaar. 'Heel veel mensen in dit gebouw hebben petities tegen zijn benoeming ondertekend, Talcott. Nou ja, dat weet je wel. Jij was hier destijds niet, maar je herinnert je het wel.'
'Ik was student, Theo, dus ik herinner het me.'
'Nou, herinner je dan ook maar dat ik niet heb getekend.' Hij spreidt zijn hand op zijn borst. Zijn overhemd ziet er zoals gewoonlijk uit alsof het niet helemaal goed gewassen is. 'Ik was het over niet veel dingen met hem eens, maar we waren vrienden. Zoals ik al zei, totdat hij het spoor bijster raakte.'
'Tja, wat ik me afvraag is... toen jullie niet meer goed bevriend waren... of, eh, hier op de faculteit iemand is met wie mijn vader wel goed bevriend zou zijn geweest. Iemand die hij zou hebben vertrouwd.' Ik zwijg. Het is typerend voor mijn familie dat ik een buitenstaander moet vragen wie de vrienden van mijn vader waren op de faculteit waar ik nota bene doceer. 'Iemand die hij misschien confidenties zou hebben toevertrouwd.'
Theo's slordige baard splijt zich in een grijns. 'Nou, Stuart Land is beslist een Reagan-gezinde zak.'
Is dit de non sequitur die het lijkt? Misschien niet. 'Met andere woorden: hij vertrouwde Stuart Land.'
'Ik weet niet of je vader Stuart wel gekend heeft, maar het zou me niet verbazen. Al die neoconservatieven zoeken elkaar op. Neem me niet kwalijk.'

399

Hij kantelt zijn hoofd even naar achteren en staart fronsend naar het plafond. 'Wie nog meer? Ik denk dat hij Lynda Wyatt moet hebben gekend van al zijn werk voor de oud-studenten. En ik denk dat hij Amy Hefferman vrij goed kende. Amy was zijn jaargenote.'

Ik schud mijn hoofd. Arme Amy, de alom geliefde Prinses der Procesvoering. Ik was bijna vergeten dat zij en mijn vader samen rechten hebben gestudeerd. Door de jaren heen leek mijn vader nooit genoeg te krijgen van wrede grapjes ten koste van haar, allemaal over haar intellect. *De op één na grootste derderangsgeest in het gebouw*, zei hij vaak over haar studententijd, zijn hoofd schuddend van verbazing over het feit dat ze later gevraagd werd om er te doceren. Zijn evaluatie van haar werk op de faculteit was weinig anders en grensde zo nu en dan aan misogynie. *Warrig*, noemde hij haar werk, of *niet serieus*. Zoals zo vaak was de Rechter vreselijk onrechtvaardig; maar de demonen die hem ertoe dreven Amy Hefferman af te serveren zouden hem ook beletten haar de gedetailleerde geheimen toe te vertrouwen die hij mij wilde laten ontsluieren. 'Amy niet,' zeg ik somber.

Theo knijpt zijn ogen tot spleetjes. Hij is niet meer zo vlug van begrip als hij geweest is, maar hij is niet gek. 'Wat Amy niet? Voer je iets in je schild, Talcott?' Hij klinkt niet afkeurend. Als ik iets in mijn schild voer, wil hij daar waarschijnlijk in gekend worden. Hij buigt zich naar me toe en fluistert met een afschuwelijke adem: 'Gaat het om Stuart Land? Zit hij op de een of andere manier in de problemen?'

'Eh, niet dat ik weet.'

'Jammer.' Theo doet eindelijk zijn deur open en stapt zijn kantoor binnen dat, hoewel lang en met een hoog plafond, zo vol staat met enorme stapels boeken en papieren dat een bezoekje daarbinnen iets weg kan hebben van een expeditie in een grot. Hij nodigt me niet uit hem te volgen. 'Ik heb je vader niet echt meer op de voet gevolgd, Talcott. Niet sinds...'

'Hij het spoor bijster is geraakt,' maak ik de zin voor hem af.

'O, dus het is jou ook opgevallen?' Theo's toon is somber. 'Hij was een goede man, je vader. Zijn politieke opvattingen waren niet de mijne, maar het was een goede man. Todat je zus overleed. Toen ging het allemaal bergafwaarts.'

'Wacht even, Theo. Wacht. Nadat mijn zus was overleden?'

'Juist.'

'Maar eerder zei je dat hij het spoor bijster raakte na de hoorzittingen.'

Theo knippert met zijn ogen. Is hij vergeten wat hij heeft gezegd? Is hij verward of gewiekst? 'Nou ja, ik weet niet precies wanneer het gebeurde, maar hij raakte het spoor bijster.' Dan worden zijn ogen weer helder. 'Maar als het niet Stuart is bij wie je moet zijn, dan moet je waarschijnlijk bij Lynda zijn.'

'Denk je werkelijk dat mijn vader Lynda Wyatt zou hebben vertrouwd?' Op het moment dat ik deze woorden zeg, realiseer ik me dat Lynda wist dat ik op Shirleys etentje zou zijn. Zou ze vanuit haar kantoorraam hebben kunnen zien dat ik al die weken geleden naar de gaarkeuken ging? Zou ze hebben kunnen weten dat ik afgelopen donderdag van plan was naar de schaakclub te gaan? Ik begrijp niet hoe, maar ik begrijp zoveel dingen niet die een feit zijn, zoals waarom Kimmer met me is getrouwd.

'Meer dan hij mij zou hebben vertrouwd, dat kan ik je wel vertellen.' Een grijns breekt door in zijn dikke witte baard, en hij lacht hardop tegen de tijd dat hij de deur in mijn gezicht dichtdoet.

— III —

Terug in mijn kantoor handel ik een telefoontje af van een vrouw genaamd Valerie Bing, die twee jaar na Kimmer en mij aan de juridische faculteit ging studeren en nu op een advocatenkantoor in Washington werkt. Zij en Kimmer zijn een paar straten van elkaar vandaan opgegroeid en zijn zowel vriendinnen als collega's gebleven, die een aantal zaken samen hebben behandeld. Valerie zegt dat de FBI met haar is komen praten als onderdeel van een antecedentenonderzoek. De rechercheurs hebben haar ongetwijfeld de eed van geheimhouding afgenomen, maar Valerie, voor wie roddel voedsel is, geeft me een woordelijk verslag van het vraaggesprek. Geen vragen over *de regelingen*, maar ze vroegen Valerie wel of ze mijn vrouw ooit gewag had horen maken van Jack Ziegler, hetgeen ik onmiddellijk besluit niet aan Kimmer door te geven.

Zodra ik ophang gaat de telefoon weer, en even later ben ik bezig een vertegenwoordiger van het agentschap dat de lezingentournees van de Rechter boekte, af te wimpelen. Als ik een paar van zijn afspraken met de Rechts-pacs overneem, zal het agentschap me naar het schijnt de helft van mijn vaders honorarium garanderen. Ik staar een ogenblik woedend naar de telefoon en zeg hem dan dat ik niet geïnteresseerd ben. Hij onderbreekt me om me erop te wijzen dat mijn vader veertigduizend dollar per overeenkomst kreeg, soms meer. Ik sta versteld. Zoals zoveel babyboomers leven Kimmer en ik op te grote voet, hebben we chronisch schulden, zijn onze creditcards tot aan de limiet benut, onze betalingen te laat. Misschien is twintigduizend dollar een middaginkomen voor Howard Denton, Mariahs man die investeringsbankier is, maar voor mij is het een enorm bedrag. De man blijft maar praten. Hij zegt dat het zou kunnen leiden tot televisieoptredens, een contract voor een boek, noem maar op.

Het enige wat ik zou moeten doen, is de dingen zeggen die mijn vader zou hebben gezegd.

Ik ben bang dat ik op dit moment niet beschikbaar ben voor een ontuchtige verhouding, wil ik tegen hem zeggen, maar in plaats daarvan bepaal ik me tot een eenvoudig 'Nee, dank u.'

Hij zegt dat hij me driekwart van mijn vaders honorarium zal kunnen geven.

Ik herhaal mijn weigering.

Maar hij geeft het niet op. Hij zegt dat ik niet beslist voor mijn vader zou hoeven spreken. Ik zou kunnen spreken waarover ik maar wilde, de meningen naar voren kunnen brengen die ik wilde. Enkelen van zijn klanten, voegt hij eraan toe, vinden het een bijzonder opwindend idee mij te laten komen. Het enige wat ze vragen is een lezing voor een kleine groep, een diner met mensen die grote fans van mijn vader zijn, een paar herinneringen aan mijn vader, inzichten in zijn denkwijze. Slechts twee of drie afspraken, mompelt hij.

Voor twintig- tot dertigduizend dollar per stuk.

Een ondermijnende worm van verzoeking kruipt door me heen, opwindend en warm, terwijl ik weer aan onze schulden denk. Dan herinner ik me wat Morris Young de vorige avond over Satan zei, en ik roep de conversatie nogal grof een halt toe. 'Mijn *nee* betekent *nee*,' zeg ik tegen hem.

Hij zegt dat hij het over een maand of twee nog eens zal proberen.

Een uur later belt Gewoon Alma me eindelijk terug. Ze is nog steeds op de eilanden, wat dat ook moge betekenen. Ik ben vergeten waarom ik haar eigenlijk heb gebeld, dus vraag ik haar in plaats daarvan of ze het naar haar zin heeft. Ze klaagt dat de mannen geen partij voor haar zijn. Ik kan me daar wel iets bij voorstellen.

Dan weet ik het weer en zeg: 'Alma? Weet je nog van die keer in Shepard Street? Vlak na de begrafenis?'

Over de krakerige lijn erkent ze dat ze dat nog weet.

'Je zei me dat de mensen... achter me aan zouden komen. Weet je nog?'

'Dat heeft je papa me verteld. Hij zei dat de mensen altijd achter het hoofd van de familie Garland aanzaten.'

'Zei hij ook... welke mensen?'

'Zeker. De blanke mensen,' zegt ze meteen, en mijn theorie valt in duigen. Ik dacht dat de Rechter misschien iets van zijn geheim met Gewoon Alma had gedeeld. In plaats daarvan volgen nog meer onsamenhangende uitingen van zijn gekwelde geest, waarin alles wat hem overkwam de schuld was van iemand anders.

'Ik begrijp het.'

Alma is nog niet klaar. 'Zoals de blanken achter Derek aanzaten.'

'Zijn broer Derek? De communist?'

'Ken je soms een andere Derek? Ik zal je eens wat vertellen, Talcott. Je papa heeft zijn broer nooit gemogen, tot na diens dood niet. Zelfs toen ze kinderen waren, heeft hij hem nooit gemogen. Nooit.'

'Dat weet ik, Alma.' Ik probeer een eind te maken aan dit gesprek, maar Alma walst over me heen.

'Het voornaamste was, Talcott, dat je papa vond dat Derek te veel over de blanken klaagde. Tja, uiteindelijk namen de blanken je papa ook te grazen. Hij begon dan ook te denken dat Derek misschien toch gelijk had gehad. Hij zei altijd dat hij wenste dat Derek er nog was, zodat hij hem kon zeggen hoe het hem speet.'

'Zei mijn vader dat hij spijt had?' Ik probeer me tevergeefs één moment in mijn leven te herinneren dat de Rechter zich verontschuldigde. 'Waar had hij spijt van?'

'Hij had er spijt van dat hij zich met hem gebrouilleerd had. Hij zei dat alles daarna verkeerd was gegaan.'

'Zoals?'

'Lieve hemel, Talcott, hoe weet ik dat nou. Hij zei gewoon dat hij spijt had. Door wat de blanken hadden gedaan. Ik denk dat hij misschien gewoon zijn broer miste.'

Er komt een vraag bij me op. 'Alma? Toen mijn vader erover praatte dat hij zich met zijn broer had gebrouilleerd – doelde hij toen op iets in het bijzonder?'

'Ik denk op het tijdstip dat je vader besloot rechter te worden en al die dingen meer. Hij moest op de een of andere manier alle bagage achterlaten.'

'Was Derek bagage?'

'Je vader miste hem gewoon, Talcott, dat is alles.'

Zo komen we nergens. Ik moet weg. Gelukkig moet Alma ook weg. We hebben het erover dat we elkaar in de zomer weer zullen zien, maar dat zal niet gebeuren.

— IV —

Avond over Hobby Road. Ik houd weer eens mijn eenzame wake vanaf het raam aan de voorkant. Ik weet niet wat ik verwacht. Rond elven verbeeld ik me dat ik in de duisternis aan de overkant van de straat een man zie die het huis bespiedt, een heel lange man die zwart zou kunnen zijn, hoewel dat door de schaduwen moeilijk valt uit te maken: Foreman? Misschien een hallucinatie, want als ik weer kijk, is hij verdwenen. Een halfuur later dendert er een pick-up door de straat, en ik verzin een gedetailleerd verhaal over bewaking, elkaar afwisselende auto's, legioenen bespieders.

Idioot natuurlijk, maar ik ben een paar avonden geleden echt in elkaar geslagen, en iemand heeft me echt opgebeld en me gezegd dat ik me geen zorgen hoefde te maken, dat overal voor werd gezorgd.

Máák je dan ook geen zorgen meer!

Ik heb geprobeerd met Kimmer te praten over wat er de laatste tijd is gebeurd, maar ze weigert nog steeds te luisteren, behalve om zich ervan te vergewissen dat ik echt geloof dat we allemaal veilig zijn. Ik lijk er maar niet in te slagen de muur te doorbreken die tussen ons is verrezen. Het is alsof ik als slachtoffer van mishandeling hard bewijs ben geworden van wat mijn vrouw, die nog steeds hoopt op het rechtersambt, liever ontkent: dat er iets aan de hand is, en dat het niet langer een optie is het te laten rusten, het te laten doodbloeden.

Ik schud mijn hoofd. Ik log in op de Internet Chess Club en speel vier snelschaakpartijtjes met iemand uit Denemarken, waarvan ik er drie verlies. En nog steeds heb ik het gevoel, een gevoel dat me nu al weken vergezelt, dat proberen het al redenerend op te lossen vechten tegen de bierkaai is: ik sla driftig om me heen, maar voer een hopeloze strijd.

De slaap is plotseling heel aantrekkelijk.

Ik ren naar boven en neem even een kijkje bij Bentley, wiens slaapkamer voornamelijk versierd is met diverse Disney-achtige plaatjes van Hercules, die naar het schijnt een glimlachende blonde ariër was met de grootste tanden ter wereld. *Herkes* noemt onze zoon zijn favoriete held. Ik trek zijn Herkes-dekens recht bij het licht van de straatlantaarn, controleer zijn Herkes-nachtlampje, geef een kus op zijn warme voorhoofd en ga dan de gang door om me bij mijn slapende vrouw te voegen in de grote slaapkamer achter in het huis. Ik kleed me uit in de badkamer terwijl ik me met enige weemoed de tijd herinner toen Kimmer en ik briefjes, en soms een bloem, voor elkaar achterlieten op de kaptafel; WEK ME schreven we als amoureuze uitnodiging. Ik herinner me niet wanneer we ermee ophielden, maar ik weet nog wel dat Kimmer mijn briefjes al weken negeerde voordat ik me realiseerde dat ze ze zelf niet meer achterliet. Ik vraag me af of mijn vader in zijn laatste jaren iemand had die voor het naar bed gaan een briefje of een bloem voor hem achterliet, en het komt bij me op dat ik niets weet van zijn romantische leven, als hij dat al had na de dood van mijn moeder. Alma suggereerde dat de Rechter eenzaam was, en terugkijkend moet ik erkennen dat dat waarschijnlijk zo was. Zo nu en dan verscheen hij bij een belangrijk diner of een opening van een theater met een of andere beroemde conservatieve vrouw aan zijn arm, onveranderlijk een lid van de blankere natie, maar hij slaagde er altijd in de indruk te wekken dat het hier ging om wederzijds nuttige escortes, niets romantisch of seksueels. Ik weet van geen vriendin: als hij er een had, hield hij haar goed verborgen.

Ik besluit dat ik het niet wil weten.

De briefjes: tegenwoordig laat Kimmer op mijn kussen alleen uit populaire tijdschriften gescheurde artikelen achter, waarin hulp wordt geboden bij het omgaan met de dood van een dierbare, want ze gelooft dat ik onvoldoende, of misschien op de verkeerde manier, heb gerouwd. Er bestaat geen serieus wetenschappelijk bewijs dat het rouwproces daadwerkelijk uit de vijf beroemde stadia bestaat, maar een complete industrie van counselors verdient een fortuin door vol te houden dat het zo is.

'Ga naar bed,' maan ik mezelf, want straks vergeet ik nog waarom ik naar boven ben gegaan.

Ik werp een blik uit het raam van de badkamer op de achtertuin. Alles lijkt vredig te zijn. Ten slotte keer ik terug naar de slaapkamer en kruip tussen de lakens. *Ik heb er zo'n spijt van,* fluister ik tegen mijn slapende vrouw, maar alleen in mijn hoofd. *Het was niet mijn bedoeling dat het zo zou gaan.* Ik lig roerloos, zeg mijn gebeden en staar dan in de duisternis naar het plafond, terwijl ik een halve meter van me vandaan mijn vrouw eerder bespeur dan voel, omdat ik mijn arm niet naar haar durf uit te strekken voor de troost die ik zo graag wil geven en krijgen. Mijn geest weigert zich in de slaap te nestelen en belaagt zichzelf nog steeds met alle schuld die ik op mezelf kan laden, en dat is behoorlijk wat. Ik draai me weer naar Kimmer toe. *Waar ben je vanmiddag drie uur lang geweest?* vraag ik haar in mijn hoofd: want ze was niet op haar kantoor en ze heeft haar mobiele telefoon niet opgenomen. Dat is al vaker voorgekomen. Het zal weer gebeuren. *Hoe zijn we zover gekomen, liefje?*

Ik probeer een andere houding, maar de slaap weigert te komen, en de antwoorden waar ik naar hunker blijven me als altijd ontglippen. Ik voer weinig meer uit. Mijn reputatie is aan het afbrokkelen. Ik begin bekend te staan als de gekke hoogleraar rechtswetenschap die colleges overslaat, krankzinnige beschuldigingen doet, en midden op de binnenplaats in elkaar geslagen wordt.

En geen mens, zeker geen echtgenote, om me te troosten in mijn depressie en verdriet.

Ah, Kimmer, Kimmer! Waarom doe je... wat je doet? Weer herinner ik me, ongemakkelijk, onze relatie zoals die in het begin was, toen elke ochtend al mijn wensen vervuld waren als ik mijn ogen opende en in Kimmers glimlachende gezicht keek. Ik hoor een trein langsdenderen, maar het is slechts het bloed dat bonkt in mijn hoofd. Ik open mijn ogen, maar het gezicht van mijn vrouw is verborgen. Het bed is plotseling te omvangrijk, de afstand tot Kimmer te groot. Ik draai me naar de ene kant, dan naar de andere, dan weer terug terwijl mijn vrouw zich naar me toedraait en iets onverstaanbaars mompelt. Ik wou dat ik kon geloven dat ze in haar halfslaap tegen me zei dat ze van me hield. Ik wou dat ik mijn hand naar haar durfde uit te strekken voor troost. Ik wou dat ik wist waarom ik het gevoel heb dat ik voor de gek ben gehouden door krachten die groter zijn dan ik.

U en uw gezin zijn volkomen veilig.

Nou ja, hij heeft niets gezegd over vernedering of de ineenstorting van mijn carrière.

Verlangend naar het afwerende lichaam van mijn vrouw, ken ik de wanhoop van de statenloze vluchteling die bidt dat hij tegen alle verwachtingen in weer in zijn door oorlog verscheurde land mag terugkeren, een koud, onvriendelijk gebied waaruit hij is buitengesloten. Maar daarginds in de duisternis voel ik de grimmige barricaden die ik niet kan zien. Wanneer een van mijn voeten een van de hare aanraakt, verroert Kimmer zich en schuift ze haar been opzij, zelfs in haar slaap mijn aanwezigheid verwerpend. Gedurende een lang ogenblik overweeg ik haar te wekken om net zo lang met haar te discussiëren tot ik weer kan terugkeren naar mijn thuisland, of misschien om het af te smeken. In plaats daarvan draai ik me weg van de grens van het weelderige en zinnelijke land dat me ooit verwelkomde, sluit mijn ogen en hoop dat ik niet zal dromen.

31

De week van de Browns

— I —

'Dat is een interessant verhaal,' zegt John Brown.
'Het is geen *verhaal*.'
'Maar het blijft interessant.' Hij gaat midden op de oprijlaan staan, doet een worp met de basketbal en mist grandioos. Ik grijp de terugkaatsende bal, dribbel naar de rand van het gras en probeer een sprongworp.
Zoef. Ik wijs naar hem. Hij lacht, slaat mijn vinger weg en geeft me vervolgens een high-five.
Het is vrijdagmiddag, drie dagen na Kerstmis, hoewel Kimmer er soms op staat om ook Kwanzaa* te vieren. Twee avonden geleden is er ruim zeven centimeter sneeuw gevallen, maar het onvoorspelbare weer van Elm Harbor is omgeslagen, en het is warm genoeg geworden voor deze zaterdagse barbecue. Het modderige overblijfsel van de sneeuwstorm spettert en smelt onder onze voeten. Niet helemaal een witte kerst, maar het scheelde niet veel.
De Kerstmissen van mijn jeugd waren verheven en vreugdevolle aangelegenheden, waarbij het huis in Shepard Street door mijn moeder werd versierd met vers geplukte kransen, kerststerren en maretak. In de twee verdiepingen hoge hal stond een boom van intimiderende omvang te schitteren, de benedenverdieping was vol luidruchtige familieleden en vrienden, die we in de dagen daarna met een tegenbezoek zouden vereren. Wij kinderen volgden soezend de nachtdienst in Trinity and St. Michael en stonden de volgende ochtend vroeg op om te ontdekken dat de gigantische boom als bij toverslag

---

* Kwanzaa: oogstfeest dat van 26 december tot 1 januari wordt gevierd onder leden van sommige Afro-Amerikaanse organisaties.

omgeven was door een kleine berg van geschenken. Hoewel we wisten dat in het grootste deel van de feestelijk verpakte pakjes kleren en boeken zouden zitten, stelden we ons altijd voor dat ze prachtig speelgoed bevatten, en bij sommige was dat ook zo. En de Rechter – in die tijd nog gewoon papa – zat dan met badjas en slippers aan in zijn favoriete leunstoel, de pijp die hij toen rookte tussen zijn tanden geklemd, met volle teugen te genieten van onze liefde en dankbaarheid, ons over de rug wrijvend terwijl we zijn sterke benen omarmden.

In Hobby Road nummer 41 is Kerstmis altijd een bezadigder aangelegenheid geweest, waarbij Kimmer en ik obligate pakjes uitwisselen voor het kleine kunstboompje waar mijn praktische vrouw een fel voorstander van is, wijzend op de tijd, moeite en wat zij het risico noemt – *Water en elektriciteit samen? Vergeet het maar!* – van een echte boom. Nu Bentley met zijn drie jaar en negen maanden oud genoeg is om het hele gedoe te kunnen waarderen (hoewel hij de indruk wekt dat het vooral de kerstman is, en niet Jezus, die hij waardeert), probeerden Kimmer en ik er dit jaar allebei een beetje meer werk van te maken. Het was een waar genot om samen op kerstavond de cadeaus voor onze zoon in te pakken, en toen we later in bed lagen te luisteren naar de wind, kuste mijn vrouw me op mijn wang en zei tegen me dat ze blij was dat we nog bij elkaar waren. Ik heb er de laatste paar weken alles aan gedaan om mijn belofte aan Morris Young na te komen door mijn vrouw met liefde in plaats van achterdocht te behandelen, en ze heeft daar met een luchtigere, opgewektere stemming op gereageerd. Ik heb het onverwachte maar geruststellende gevoel dat ze de man met wie ze een verhouding had, wie het ook was, achter zich heeft gelaten, misschien als een nieuwjaarsvoornemen, of zelfs een kerstcadeau voor haar man. Tegelijkertijd heb ik benedendeks geprobeerd een manier te bedenken om verder te gaan met het opruimen van de puinhoop waarin ik door toedoen van de Rechter ben beland.

John Brown iets vertellen van wat zich heeft afgespeeld, zoals ik de vorige maand had beloofd te zullen doen, lijkt me een verstandig begin.

'En, wat denk jij dat ik het beste kan doen?' vraag ik John terwijl ik opnieuw een worp doe. De bal kaatst met een metalig geluid af op de ring van de basket en klettert op zijn donkerblauwe Town & Country-minibusje. Hij pakt de bal voordat deze mijn roestige maar betrouwbare grill omver kan gooien, waarin oranje vlammen boven pas aangestoken houtskool dartelen.

'Niets. Laat het maar aan de FBI over. Er valt niets te doen. Interessante worp.' Laconiek als altijd. John vindt het niet nodig om twee woorden te gebruiken wanneer één volstaat, en zal nooit twee lettergrepen vervangen door drie wanneer hij het met twee af kan. We hebben op de basket staan werpen zodat we kunnen praten zonder te hoeven vrezen dat iemand ons stoort. John heeft er bij me op aangedrongen de autoriteiten alles te vertellen, maar ik heb me nergens op vastgelegd. 'Je hebt een expert nodig, Misha. En zij zijn de experts.'

Ik knik bedachtzaam. Ik ben niet het soort man dat gemakkelijk vriendschap sluit met andere mannen, maar mijn relatie met John is merkwaardig duurzaam gebleken. Ik ken hem en zijn vrouw Janice al vanaf de tijd dat we allemaal eerstejaarsstudenten waren, Janice de meest gewilde van de zwarte vrouwen in de groep, John met gemak de leergierigste van de zwarte mannen. Nu is John elektrotechnisch ingenieur, wat hij altijd al van plan was geweest, en is Janice fulltime moeder, wat zij altijd al gewild heeft. Nu hij bij de Universiteit van Ohio State werkt en ze in Columbus wonen, zien we ze maar een paar keer per jaar, gewoonlijk bij aanvang van een collegevrije periode. Het zijn fantastische mensen. Kimmer vindt ze ook aardig: *Hoewel jij ze hebt ingebracht,* zegt ze vaak schertsend.

'Ik weet het niet,' zeg ik ten slotte, de Hamlet van Hobby Road.

John trekt zijn wenkbrauwen op. 'Wat, vertrouw je de FBI niet?' Weer een worp. De bal huppelt over de ring van de basket, valt er vervolgens doorheen, stuitert op het trottoir en rolt de natte sneeuw in die nog steeds het grootste deel van het gazon aan het oog onttrekt.

'En als de FBI er nu bij betrokken is?' vraagt Mariah scherp achter onze rug, ons overrompelend. 'Hoe kunnen we het aan de FBI overlaten?'

Ik glimlach onzeker. Ik weet niet hoe lang mijn zus heeft staan luisteren. Ik heb haar niets verteld over de pion of het briefje, terwijl ik John zojuist wel van beide zaken op de hoogte heb gebracht. Hij geeft een knikje: hij zal zijn mond houden.

John wendt zich tot Mariah. 'Je moet toch iemand vertrouwen,' zegt hij, wat waarschijnlijk een code is voor: *Als je eenmaal op die toer gaat, kun je net zo goed naar een van die survivalkampen in Montana verhuizen.* John heeft een respect voor autoriteit dat ik graag zou willen delen, maar de gebeurtenissen van de afgelopen paar weken hebben mijn vertrouwen in vele menselijke instituties geschaad.

Ik gooi de basketbal naar mijn zus: 'Kom op, maatje, gooi jij eens.'

Ze vangt hem soepel op en gooit hem op deze korte afstand hard genoeg terug om me naar adem te doen happen.

'Nee, dank je.'

'Je vond het vroeger zo leuk om een partijtje te spelen.'

'Ik vond vroeger zoveel dingen leuk.'

Ik kijk even naar John, die plotseling belangstelling toont voor de papieren sticker aan de zijkant van de paal waar de basket aan hangt, dichtbedrukt met waarschuwingen in kleine letters, in de ijdele hoop dat de fabrikant niet aansprakelijk zal worden gesteld wanneer een kind erin slaagt het ding om te kieperen. Ooit heeft John het universiteitsziekenhuis behoed voor een mogelijke aansprakelijkheidsclaim: toen Kimmer en Bentley beiden aan de dood waren ontsnapt, kwamen John en Janice onmiddellijk per vliegtuig over. Janice omhelsde me terwijl ik huilde, maar het was John die me als wetenschapper en christen ompraatte en me tot het inzicht bracht dat ik dankbaar zou moeten zijn dat de doktoren mijn gezin hadden gered, niet boos omdat ze dat bijna niet hadden gedaan.

'Kop op, Mariah,' zeg ik zachtjes, terwijl ik een hand uitsteek. 'Niet zo somber.'

'*Niet zo somber,*' herhaalt ze. 'Alsof er niets is om somber over te zijn.'

Ik slaag erin niet te kreunen. Als ze in zo'n stemming is, zal Mariah alles verpesten.

John en Janice en hun kinderen zijn in Elm Harbor voor ons gebruikelijke samenzijn, altijd tijdens de rustige week voor het nieuwe jaar aanbreekt, soms in Ohio, meestal hier. Kimmer en ik hebben gisteren gevierd, als je dat woord zou kunnen gebruiken, dat we negen jaar getrouwd zijn; John en Janice, die zeven jaar langer getrouwd zijn, zullen hun huwelijk morgen vieren; het zijn de vrijwel overeenkomstige trouwdata die de traditie zes of zeven jaar geleden in het leven hebben geroepen. Gewoonlijk is ons jaarlijkse samenzijn een heerlijk luidruchtige aangelegenheid, maar ditmaal is hij heel ernstig van aard, niet alleen vanwege de dood van mijn vader, maar ook vanwege de stemming in mijn gezin, want ook al knijpt Kimmer er niet langer tussenuit, haar man liefhebben doet ze nu ook weer niet. De Browns geloven dat elk huwelijk net zo volmaakt kan zijn als het hunne en voelen zich vaak ongemakkelijk in aanwezigheid van de levende weerlegging van hun theorie; maar ze zijn goede vrienden en weigeren de droom op te geven dat ons huwelijk te redden is.

Mijn zus is op het laatste moment toegevoegd aan de Week van de Browns, zoals we deze gelegenheden graag noemen. Kimmer reageerde verrassend mild op het nieuws dat Mariah zich bij ons zou voegen, maar het was de mildheid die we reserveren voor geesteszieken. *Natuurlijk Misha, ze is tenslotte je zus,* mompelde ze, terwijl ze mijn hand streelde. *Ik begrijp het wel, heus* – een nadruk waarmee ze erin slaagde duidelijk te maken dat ze dat niet doet. Ik weet niet precies of ik het zelf wel begrijp. Eerlijk gezegd heb ik liever niet dat Mariah tijdens de Week van de Browns bij ons op bezoek komt, al is het maar voor een dag. (Ze is alleen; haar kroost heeft ze in Darien achtergelaten bij de au pair. Howard zit in Tokio, geloof ik.) Haar onrustige aanwezigheid zal de gemoedelijke sfeer tussen onze twee gezinnen, de Browns en de Madison-Garlands, ongetwijfeld verstoren. Ik had Mariah liever op een ander moment ontmoet, alleen, maar ze weigert haar nieuws, wat het ook moge zijn, via de telefoon te bespreken, misschien omdat ze bang is afgeluisterd te worden, en vandaag blijkt de vroegste datum te zijn waarop we allebei een gaatje hebben.

Janice en Kimmer staan in de keuken te koken, samen te zweren en Mariah af te katten. John en ik verdelen onze tijd tussen de oprijlaan en de tuin, morrelend aan de grill waarop we van plan zijn zo dadelijk een paar dure steaks te verbranden, en op dit moment ogenschijnlijk goedgelovig luisterend naar Mariahs onsamenhangende verhalen. Bij de hoge heg die ons perceel scheidt van dat van de Felsenfelds, speelt Bentley vrolijk met Johns jongste dochter Faith, die drie jaar ouder is dan hij. Ze zijn samen iets knaps en mysterieus aan het doen met Faiths Nigeriaanse Barbie en haar knalroze Barbie-sportauto, waaraan een wiel ontbreekt. Faiths zus, Constance, is inmiddels negen en zulke bezigheden dus ontgroeid; de vorige keer dat ik haar zag zat ze lusteloos aan de keukentafel Boggle te spelen op haar moeders laptop. Ze zeurt om de nieuwe versie van Riven, die alle andere kinderen op school al hebben, maar haar evangelische ouders zijn ertegen. Hun oudste kind, Luke, is vijftien, en hij zit ergens in huis met zijn neus in een boek van Agatha Christie.

'Soms staat de FBI aan de verkeerde kant,' houdt Mariah vol. 'Ik bedoel, kijk wat ze dr. King aangedaan hebben.'

John en ik kijken elkaar even aan. John is een kleine, taaie man die is opgegroeid in een wijk met sociale woningbouw in de hoofdstad van de staat, en die er met behulp van een beurs in is geslaagd op Elm Harbor te komen. Zijn donkere huid lijkt in het afnemende licht nog zwarter, maar zijn ogen zijn helder en bezorgd.

'Dat is één ding waarover ik met je wilde praten, Tal,' vervolgt mijn zus, tussen ons in lopend zodat we ons basketbalpartijtje pas kunnen vervolgen als we haar hebben laten uitspreken. Ze is vandaag niet met de Navigator gekomen, maar met haar Mercedes – mannie heeft er zelf ook een – en draagt een chic, bruin, Anne Klein-achtig broekpak, waarschijnlijk het juiste tenue voor een cocktailparty in de herfst in Darien, maar niet bepaald wat wij gewoonlijk dragen bij familiebarbecues in december in Elm Harbor. Ik twijfel er niet aan of Kimmer is Janice op dit moment in de keuken precies hetzelfde duidelijk aan het maken. 'We moeten beslissen wat we gaan doen.'

'Waaraan, maatje?' vraag ik vriendelijk.

'Aan de hele toestand.'

John doet opnieuw een worp en mist. De terugkaatsende bal komt met een boog in mijn handen terecht. Ik hef de bal alsof ik een worp wil doen, maar Mariah pakt hem af en stopt hem onder haar arm, een ouder die een kind corrigeert. Geen basketbal meer, geeft ze te kennen, tot we haar hebben laten uitspreken.

'Je weet toch nog wel dat Sally en ik papa's papieren hebben doorzocht? Goed, ik zal je vertellen wat we hebben gevonden, dan zul je wel inzien waarom we iets moeten doen.'

Ik val haar bijna in de rede, maar vang Johns blik op en houd me in. Hij wil klaarblijkelijk dat ze haar hart lucht, en ik besluit zijn voorbeeld te volgen. Als een goede advocaat weet John wanneer je suggestieve vragen moet vermijden en de cliënt moet laten bazelen.

'Oké, laat maar horen.'

Mariah gooit de basketbal op het besneeuwde gras, loopt naar haar fonkelende, zeegroene auto, rommelt wat bij de voorbank, en haalt een glanzende bruine aktetas te voorschijn, die ze vervolgens op de motorkap zet. 'Wacht even,' zegt ze, terwijl ze de cijfercombinatie instelt en het deksel opent. Een aktetas die op slot zit, merk ik half geamuseerd en half verontrust op. Ik werp een blik op de achtertuin, bezorgd om de houtskool. Mariah komt terug met verscheidene mappen. Terwijl ze de mappen doorbladert, herinner ik me het register met de zwart-witte kaft, waarin ze het bewijs van samenzwering vastlegde. Ik plaag haar ermee dat de omvang van haar ontdekkingen op de vliering het boek is ontgroeid.

'Nee, ik kan het gewoon niet vinden,' zegt ze verstrooid.

'Misschien hebben de slechteriken het gestolen.'

Mariah vat deze opmerking serieus op en wijst naar de aktetas. 'Daarom heb ik er nu een slot op.' Voor ik dit kan verwerken, steekt ze me een van de mappen toe. 'Bekijk deze eens,' verzoekt ze.

Ik pak de map aan en John en ik bestuderen het netjes getypte maar vervaagde etiket: DETECTIVERAPPORT – ABIGAIL staat erop. Ik ben plotseling opgewonden. Maar de map is leeg.

'Waar is het rapport?' vraag ik.

'Dat probeer ik je nou juist te vertellen, Tal. Het is er niet. Vind je dat niet een beetje merkwaardig?'

'Een beetje.' Maar ik denk bij mezelf dat er twee miljoen redenen zouden kunnen zijn waarom het rapport ontbreekt, en één daarvan is dat Mariah het zelf heeft weggenomen of de lege map zelfs heeft geschapen als een rekwisiet voor haar verbeelding.

Anderzijds is dat plakboek wel degelijk verdwenen, en heeft een betoverde pion vanaf de Goudkust zijn weg gevonden naar een gaarkeuken in Elm Harbor, en is een boek dat gestolen was door de mannen die me in elkaar hebben geslagen, weer opgedoken op de stoel van mijn auto. Er zijn dus nogal wat dingen mogelijk.

'En toen herinnerde ik me het opeens. Toen papa het detectiverapport kreeg, droeg hij het over aan de politie. Herinner je je dat nog? In de hoop dat ze iets zouden ondernemen.'

Ik herinner me het nog, met hernieuwde pijn. De Rechter was zo met zichzelf ingenomen: hij had een privé-detective ingehuurd, was met nieuwe aanwijzingen op de proppen gekomen. Hij had een chic iemand ingehuurd, verzekerde hij ons, uit Potomac, wat zelfs in die tijd een exclusief stadje was. Iemand, zo zei de Rechter, die hoog aangeschreven stond en erg duur was. Hij leek er trots op te zijn dat hij zoveel betaalde.

'Villard,' mompel ik. 'Zo heette hij toch? Huppeldepup Villard.'

'Inderdaad.' Mariah glimlacht. 'Jonathan Villard.' Ik schud mijn hoofd, want ik hoopte half dat ze me zou corrigeren door te zeggen dat de naam van de detective in werkelijkheid Scott was. Maar mijn geheugen vult het verhaal moeiteloos aan. Toen de Rechter het rapport ontving, schudde hij zijn depressie af en vertelde het gezin dat hij er zeker van was dat we het weldra zouden meemaken dat de moordenaar gestraft werd. Dat zei hij altijd: *de moordenaar*. En vervolgens maakte hij zich op om te wachten. En te wachten. En te wachten. Waarbij de wanhoop opnieuw toesloeg.

'De politie heeft nooit iets met zijn aanwijzingen gedaan,' zeg ik zachtjes, net zo goed tegen mezelf als tegen John of mijn zus. Ik kan haar niet bijhouden en vraag me nog steeds af wat er in werkelijkheid met haar register is gebeurd. Eerst verdwijnt het plakboek, dan het register. Een kil briesje beroert de heggen. 'En als ze wel iets gedaan hebben, dan hebben ze nooit wat gevonden.'

'Inderdaad,' zegt Mariah, een trage leerling feliciterend met het feit dat hij het eindelijk snapt. 'Maar ze hadden een kopie van het rapport. Dus heb ik oom Mal gebeld en met die vrouw, Meadows, gepraat. Ik heb haar gevraagd of ze aan een kopie uit de politiedossiers kon komen. Ze zei dat het wel een poosje kon duren, omdat ze in het archief moesten gaan zoeken of zoiets. Een paar dagen later belde ze me terug, en wat denk je? De politie heeft ook geen kopie van het rapport.'

'Het wordt steeds merkwaardiger,' geef ik toe. John had net zo goed een standbeeld kunnen zijn, gezien zijn bijdrage aan de conversatie. Dan krijg ik plotseling een idee. 'Maar ik wil wedden dat je een kopie kunt krijgen van Villard zelf. Hij moet nog wel ergens te vinden zijn.'

Mariah ziet er bijna opgewekt uit. 'Jullie advocaten hebben kennelijk allemaal dezelfde manier van denken. Meadows heeft dat geprobeerd, Tal, en wat denk je? Villard is vijftien jaar geleden aan darmkanker overleden.'

De woorden ontglippen me zonder dat ik erbij nadenk: 'Weet je dat zeker?'

'Natuurlijk weet ik het zeker, Tal, ik ben niet achterlijk. Meadows heeft zelfs een kopie van zijn medische dossier. Hij was echt ziek, en hij is echt dood.'

'O.' Ik ben een beetje ontmoedigd: tot het nieuws over de kanker wilde ik nog wedden dat Villard de zoveelste alias was van Colin Scott. Dan leef ik op: 'Maar ook al is hij dood, zijn onderzoeksdossiers moeten nog wel ergens zijn...'

'Vast wel, maar niemand weet waar. Dat wil ik maar zeggen. Kijk nu hier eens naar,' vervolgt Mariah, als een advocaat die een zaak onderbouwt of een goochelaar die het publiek behaagt. Uit een andere map trekt ze een paar bladzijden die van een gele juridische blocnote zijn afgescheurd. Ik herken onmiddellijk mijn vaders kriebelige handschrift. Ze gaat voorzichtig met de papieren om, alsof ze bang is dat ze zouden kunnen ontbranden. 'Dit is alles wat ik over het rapport kan vinden,' legt ze uit.

Ik lees de bladzijden vluchtig door. Ze zien er gekreukeld uit, alsof ze verschillende malen opgevouwen zijn. De inkt is oud en vlekkerig; RAPPORT VAN V is bovenaan neergekrabbeld, gevolgd door een kolom met schijnbaar lukrake notities: *nummerbord van Virginia?... Moet schade aan de voorbumper zijn, V heeft winkels al gecheckt... Politiewerk volgens V ondeugdelijk wat betreft verf etc... Geen identificatie automobilist, geen identificatie passagier...* Ik stok, en lees de laatste regel nog eens over.

'Passagier?' vraag ik.

Mariah knikt. 'Er zat nog iemand in de auto die Abby heeft gedood. Interessant, niet?'

'Daar heeft de Rechter nooit iets over gezegd,' zeg ik afwezig, me iets anders herinnerend. 'En mama ook niet.'

Mariah is nu opgewonden. 'Deze aantekeningen zaten opgevouwen achter in een van zijn schaakboeken. Ik neem aan dat degene die het rapport heeft weggenomen dat niet wist.' Ik sta op het punt te vragen welk boek ze bedoelt, me afvragend of het geheime boodschappen bevat, maar Mariah speelt haar volgende troef al uit. 'En bekijk dit eens.' Er komt een manilla envelop uit haar aktetas. Ze overhandigt hem aan mij. Ik maak de flap open en trek een bundel cheque-afschriften uit de envelop. In één oogopslag zie ik dat mijn vermoeden wordt bevestigd: ze zijn afkomstig uit de periode waarin de privé-detective met de zaak bezig was. 'Bekijk ze eens,' draagt ze me op.

'En waar moet ik precies op letten?' vraag ik, terwijl John in belangstellende stilte toekijkt.

'De naam Villard! Papa zei dat hij duur was, niet?'

'Eh, inderdaad. Ja.' Hij zei het nog vol trots ook: alleen het beste was goed genoeg om Abby's moordenaar op te sporen, suggereerde hij daarmee.

'Goed. Kijk nu eens naar de lijst van cheques.' Ik kijk ernaar, nog steeds niet begrijpend waar ze heen wil. 'Tal, dit zijn alle cheques die papa heeft uitgeschreven in de vier jaar nadat Abby stierf. Er zit geen enkele cheque bij die is uitgeschreven aan iemand die Villard heet, en er zit geen enkele cheque bij die is uitgeschreven aan iets wat een detectivebureau zou kunnen zijn.'

'Dan was hij gewoon slordig. Hij heeft de cheque niet geboekstaafd.'

'Ik heb alle geperforeerde cheques, Tal. En je weet hoe papa was. Alles is perfect georganiseerd. Ik heb het voor alle zekerheid nageteld. Er ontbreekt er niet één.'

Er komt me een verontrustend beeld voor ogen van Mariah die op de vliering over een calculator gebogen zit waarop ze getallen intikt om als een bezetene de aftreksommen van de Rechter te controleren, terwijl haar kinderen door het hele huis rennen en Sally doende is met... nou ja, met wat het ook is dat Sally doet wanneer ze samen zijn.

'Dan betaalde hij contant.' Maar dit komt mij ook vreemd voor.

'Nee,' zegt Mariah, zwaaiend met een nieuwe map. Ze is nog altijd even vaardig in het doen van onderzoek. 'Dit is een lijst van alle geldopnamen die in die jaren van papa's rekeningen zijn afgeschreven, en er is er niet één bij, Tal, niet één die toereikend is om meer dan alleen levensmiddelen te betalen.'

'Zijn effectenrekeningen...'

'Kom nou, Tal. In die tijd hád hij helemaal geen effectenrekeningen. Daar had hij het geld niet voor. Dat kwam pas later.' Nadat hij ontslag had genomen als rechter, bedoelt ze.

'Dus wat wil je beweren? Dat er nooit een detective is geweest?' Ik schud mijn hoofd, terwijl ik aan de nevels van pijnlijke herinnering probeer te ontsnappen. John staat toe te kijken als een omstander bij een auto-ongeluk, gefascineerd door het bloedbad, maar niet in staat te helpen. 'Dat die Villard een... hersenspinsel was van de Rechter?'

'Nee, Tal. Luister. Natuurlijk bestond Villard echt. Nee, wat ik wil beweren is dat *iemand anders de detective betaalde*. Begrijp je dat dan niet? Ofwel papa leende het geld, ofwel – nou ja, weet ik veel. Maar het geld was afkomstig van iemand anders. En als we erachter komen wie die persoon is, zullen we er ook achter komen wie papa heeft vermoord.'

Ik geloof dit allemaal niet echt, maar verwerpen doe ik het ook niet helemaal. Gevoelsmatig ben ik op dit moment niet in staat om rationele oordelen te vellen.

'En jij denkt dat die persoon...' De rest laat ik open, het antwoord uitlokkend dat wij beiden al kennen.

'Het was Jack Ziegler, Tal – wie anders? Kom op. Het moet oom Jack wel geweest zijn. Daar heb ik van begin af aan gelijk in gehad, Tal. Papa was bang voor oom Jack. Daarom bezat hij dat pistool. Maar hij schoot er niets mee op. Jack Ziegler heeft hem gedood en het rapport meegenomen.'

Dus Mariahs samenzweringstheorie is, zoals ik al vermoedde, niet veranderd. Toch komt het me voor dat mijn zus misschien wel iets op het spoor is, of ze dat nu beseft of niet. In haar reconstructie ligt namelijk een eenvoudige waarheid besloten die me beangstigt... die me beangstigt omdat ik op de hoogte ben van een paar feiten waarvan zij niet op de hoogte is.

'Maar wacht even. Ik begrijp nog steeds niet waarom Jack Ziegler het zou hebben gedaan.' Ik begrijp het natuurlijk heel goed. Ik maak waarschijnlijk alleen maar tegenwerpingen om het gesprek op gang te houden.

'Dat begrijp je wel! Er stond iets in het rapport dat niemand van hem mocht weten, dus moest hij de enige kopie in handen zien te krijgen. Waarom zou hij papa anders in huis hebben gedood?'

'Waarom liet hij dan die lege map achter?' werp ik tegen.

'Ik weet niet alles! Daarom heb ik jouw hulp nodig!'

Er valt me iets in. 'Die openbare oproep tot een onderzoek waar je het over had...'

'Dat heeft iemand hun uit het hoofd gepraat, Tal. Iemand heeft hen benaderd, snap je? En aan Addison heb je niets,' voegt ze er geheimzinnig aan toe, terwijl ik me nog aan het verheugen ben over het feit dat iemand het hen uit het hoofd heeft gepraat. 'Jij en ik zijn de enigen die er nog iets om geven. Dus moeten jij en ik bewijzen wat er werkelijk is gebeurd.'

'We hebben te weinig gegevens.'

'Precies! Daarom moeten we samenwerken! O, Tal, snap je het niet?' Ze wendt zich tot John Brown. 'Jij begrijpt het, John. Dat weet ik. Leg het hem uit.'

'Tja,' begint John. 'Misschien zou het beter zijn als...'

Een onderbreking. De twee andere vrouwen, de brede, lichtgekleurde Kimmer en de donkere, slanke Janice komen naar buiten met de steaks, die gekruid en wel zijn, klaar voor de grill. Er zijn maïskolven verpakt in zilverpapier en een klein bord met gesneden groente, die ook even boven de vlam zal worden gehouden. En twee cola's, want John en ik drinken allebei geen alcohol: John uit religieuze overtuiging, ik simpelweg uit angst, gezien mijn vaders verleden. We bewonderen plichtsgetrouw het eten, wat er inderdaad vreselijk lekker uitziet. Er volgt wat ritueel geplaag over het feit dat de mannen het zo druk hebben met basketballen dat ze nog niet eens voor een fatsoenlijk vuurtje hebben kunnen zorgen. Kimmer is nog steeds boos op me vanwege Mariahs aanwezigheid, maar in het bijzijn van onze vrienden gedraagt ze zich fideel. Gisteravond heb ik haar eindelijk verteld over het telefoontje van het agentschap betreffende mijn vaders afspraken voor redevoeringen; ze was woedend over hun aanmatiging, en daar werd ze me dierbaarder door. *Je bent je vader niet, en ze hebben het recht niet te doen alsof dat wel zo is!* Ik zei haar dat ik al had geweigerd, en ze zei dat ik daar goed aan had gedaan. Als ze me ooit terugbellen, zal ik opnieuw weigeren.

'Zal ik ze dan maar op de grill leggen?' vraagt Kimmer, handen op haar heupen, in gespeelde ergernis.

'Nee, schat.'

'Aan het werk dan, jullie.' Ze slaat me speels op mijn achterste. Verrast begin ik haar te kietelen. Ze grijnst en duwt me van zich af. 'Aan het werk!' herhaalt ze.

'Mariah, we kunnen in de keuken wel wat hulp gebruiken,' voegt Janice daar tot verbazing van mijn zus aan toe, want ze heeft tot nu toe het gevoel gehad dat ze het vijfde wiel aan de wagen is.

Mariah richt haar gemelijke blik op mij. 'Denk er maar over na,' zegt ze. Kimmer en Janice lopen terug naar het huis, met de mokkende Mariah in hun kielzog.

'Die zus van jou is me er een,' mompelt John terwijl we de tuin weer inlopen.

'Hmmm? O. Het spijt me.' Het duurt even voordat ik me weer kan richten op het gesprek, want ik ben er nog steeds enigszins door bedwelmd dat ik op zo'n goede voet sta met mijn vrouw, ook al is het voor de schijn.

'Mariah is... nou ja, ze is in de war sinds onze vader is gestorven. Ik wil je bedanken, jou en Janice, omdat jullie zo aardig voor haar zijn.'

'Janice is voor iedereen aardig.' Alsof hij dat zelf niet is.

'Dat is zo.'

'Ik weet niet hoe ze het voor elkaar krijgt.' Hij schudt zijn hoofd, maar er klinkt trots door in zijn stem: hij houdt erg veel van zijn vrouw, en ze houdt duidelijk ook veel van hem. Ik probeer me te herinneren hoe dat ook weer is, om tot de conclusie te komen dat ik dat gevoel nooit heb gehad. 'Toch zou Mariah weleens gelijk kunnen hebben,' voegt John daar peinzend aan toe.

'O, kom nou. Je denkt toch niet dat er geknoeid is met de uitslag van de autopsie?'

'Nee, ik bedoel niet wat betreft de autopsie. En ook niet wat betreft het feit dat je vader vermoord zou zijn.' John haalt zijn schouders op. 'Maar wat ik zeg is dat ze weleens gelijk zou kunnen hebben wat die privé-detective betreft. Dat iemand anders hem betaald heeft.'

'Dat meen je niet.'

'Je denkt toch niet dat hij gratis heeft gewerkt? Mariah zei dat hij duur was.'

'Hmmmf.' Mijn gebruikelijke intelligente reactie.

John wacht terwijl ik de steaks onderzoek en ze één voor één op de lange grill leg. Hij draagt een wijde, schone spijkerbroek en een windjack van de New York Athletic Club over een wit, net overhemd. Zijn schouders zijn opmerkelijk breed voor zo'n kleine man, maar het beginnende buikje wijst erop dat hij niet regelmatig meer naar de sportschool gaat.

'Voeg haar verhaal bij het jouwe, Misha.' John balanceert op de ballen van zijn voeten, zijn handen op zijn rug, en laat het werk aan mij over. 'De combinatie is interessant.'

'Hmmmf,' zeg ik nogmaals. Ik wil niet dat John Mariah serieus neemt.

'Misschien is het dat rapport waar die zogenaamde FBI-kerels op uit waren.' Wanneer ik hier niet op reageer, mompelt John: 'Je heb haar toch wel alles verteld, hè?'

'Nee.'

'Ze weet zeker niets van dat briefje van je vader? Of de pion?'

'Nee.'

'Ze is je zus, Misha. Je hoort haar eigenlijk deelgenoot te maken van die dingen.'

Ik kijk hem aan. 'Weet je wel hoe ze zich de laatste tijd gedraagt?'

John is er nauwelijks in geïnteresseerd. Hij kijkt niet meer naar mij of de steaks, maar staart in plaats daarvan in de verte, naar de bomen achter de omheining die de grens aangeeft tussen ons perceel en de hectare die het eigendom is van de directeur van de First Bank van Elm Harbor. Zou ik mijn vriend vervelen? 'John?'

'O, sorry. Ik luister. Ga door.'

'Je moet begrijpen hoe Mariah is. Het is niet alleen maar dit. Ze, eh, ze is altijd eh... licht ontvlambaar geweest. Ze heeft altijd de neiging gehad om te hard van stapel te lopen. Ik bedoel, ze is dan wel slimmer dan ik, maar ze is niet altijd eh... voor rede vatbaar. Ze... ik denk dat ze een beetje emotioneel is, begrijp je?'

'Ja.' Afwezig. Hij blijft de omheining bestuderen.

'Ik heb bijvoorbeeld een vriend, Eddie Dozier. Herinner je je Dana? Dana Worth? Ik heb je over haar verteld, hè? Nou, Eddie is haar ex-man. Hij is zwart, maar behoorlijk rechts. Houdt zich bezig met dat antiregeringsgedoe. Hoe dan ook, Dana heeft me onlangs verteld dat Eddie en Mariah elkaar hebben gesproken en dat hij degene is die haar ervan heeft overtuigd dat er geknoeid is met de uitslag van de autopsie. Je weet wel, die vlekjes op de foto. Ik heb geprobeerd haar over te halen niet meer met hem te praten, maar ze wil gewoon...'

'Misha.' Zachtjes.

'... nergens naar luisteren. Ik weet het niet. Ik moet een manier vinden om haar zover te krijgen ermee op te houden, dit hele gedoe op te geven, voordat het uit de...'

'Misha!'

'Wat is er?' zeg ik, geërgerd dat John, die nooit iemand in de rede valt, me heeft onderbroken.

'Misha, er is iemand in het bos. Op de heuvel. Draai je niet om.'

Als van heel ver weg hoor ik mijn stem kalm antwoorden met het Evangelie volgens Kimmer: 'Dat is gewoon mijn buurman. Dat heb ik je toch verteld, daar woont de bankdirecteur...'

Johns lachje is koel. 'Dat lijkt me stug, tenzij de bankdirecteur lang en zwart is. Trouwens, hij heeft een verrekijker. Hij staat ons in de gaten te houden.' Stilte. 'Misschien is het die Foreman.'

Ik draai me ten slotte toch om. Ik kan er niets aan doen.

'Ik zie niemand,' fluister ik.

'Hij is weg. We hebben hem zeker bang gemaakt.'

419

— 11 —

John Brown is een van de meest evenwichtige mensen die ik ken. Hij is niet geneigd tot hallucineren. Als hij zegt dat er iemand was, dan was er iemand.

We delen onze verbijsterde vrouwen mee dat we iets moeten gaan onderzoeken. Dan laten we de steaks achter en gaan we het bos in. Ik zou me eigenlijk zorgen moeten maken – de bespieder, als hij er al was, moet Foreman wel zijn geweest – maar als wijlen meneer Scott al onschuldig is gebleken, hoe gevaarlijk kan zijn handlanger dan nog zijn? Bovendien word je aanzienlijk moediger als je deel uitmaakt van een team.

'Hier,' mompelt John, wijzend naar de plek waar de man die hij zag volgens hem heeft gestaan, tussen twee kale bomen. Maar we vinden niet meer dan een paar sporen in de smeltende sneeuw en we zijn geen van beiden buitenmens genoeg om te kunnen vaststellen hoe lang ze daar al zijn, of zelfs waar ze heen voeren, want ze verdwijnen al snel in de doornstruiken. Mijn oude vriend en ik kijken elkaar aan. Hij schudt zijn hoofd en haalt zijn schouders op. De boodschap is me duidelijk: we bevinden ons op verboden terrein en kunnen hier niet lang treuzelen.

'Wat denk jij?' vraag ik.

'Ik denk dat we hem zijn misgelopen.'

'Dat denk ik ook.'

'Maar als hij zo snel bang is, Misha, denk ik niet dat hij gevaarlijk is.'

'Ik ook niet. Toch zou ik wel graag willen weten wie hij is.' Ik wil hier niet langer blijven. Een buurman zou twee zwarte mannen door het bos kunnen zien sluipen en daar de verkeerde conclusies uit trekken, en ik heb mijn obligate aanraking met de politie die eens in de tien jaar plaatsvindt al achter de rug.

'Je denkt niet dat het die Foreman was?'

Ik draai me naar hem toe. 'Jij hebt hem gezien. Ik niet.'

John fronst zijn voorhoofd. Hij is teleurgesteld in me. 'Ik geloof dat je me niet alles vertelt, Misha.'

'Ik weet niet wat ik volgens jou verzwijg.'

Zijn stem blijft vriendelijker dan de mijne. 'Met je vrienden moet je niet sollen.'

'Dat doe ik ook niet,' snauw ik. John haalt zijn schouders op. Als we ons opmaken om naar mijn perceel terug te gaan, horen we in de aangrenzende straat die evenwijdig aan Hobby Road loopt een auto grommend tot leven komen. We rennen het modderige terrein over en bereiken het trottoir net op tijd om een kobaltblauwe Porsche in de verte te zien verdwijnen. Maar dit is het chique deel van de stad, en zo'n auto zou aan wie dan ook kunnen toebehoren.

Niettemin lijkt de bestuurder zwart te zijn, en wij zijn het enige zwarte gezin op Hobby Hill.

'Ik denk dat je iemand moet bellen,' zegt John.

'Dan kom ik belachelijk over,' verzucht ik, denkend aan Meadows' waarschuwing dat de potentiële nominatie van mijn vrouw in gevaar zou kunnen komen. Maar ik weet dat ik maandag toch zal bellen, al was het maar om het zekere voor het onzekere te nemen, en dat Cassie Meadows in Washington met haar ogen zal rollen en de zoveelste aantekening zal maken in het samenzweringsdossier.

Ik weet nóg iets, iets waar ik mijn vriend geen deelgenoot van maak terwijl we de besneeuwde, met bladeren bezaaide heuvel afsjokken. In Mariahs wilde verhalen lag een vitaal stukje nuchtere informatie besloten, een nieuw en verontrustend feit waar ze te luchtig aan voorbijging omdat ze zocht naar een heroïsche samenzwering ter beëindiging van mijn vaders leven.

Ik weet wie het ontbrekende rapport heeft gelezen.

32

Een deel van het antwoord

— I —

Het heldere, ijskoude zeewater klotst tegen mijn sportschoenen terwijl ik op het zand zit met mijn armen om mijn knieën en door de nevels van Menemsha Bight naar Vineyard Sound staar. De middagzon die laag aan de hemel staat ontsteekt stralende gouden driehoekjes in de golven vóór me. Links van me ligt een lange pier die uit reusachtige stenen is opgetrokken, een favoriete plek van zomergasten die van vissen houden. Rechts dringt de landtong ver het water in, en verspreid op de punt ligt een handjevol huizen, vanaf deze afstand onverstoorbaar, afgelegen en ruim. De dakspanen ervan zijn verweerd tot dat prachtige grijsbruin van New England. Een groepje vissersbootjes dobbert langs de horizon op weg naar huis als het werk er eindelijk op zit. En daarginds ergens is de plek waar Colin Scott, die ik heb gekend als FBI-agent McDermott, overboord sloeg.

De vraag is wie hem heeft geduwd, want ik geloof niet meer dat hij viel.

Als ik dat al ooit heb geloofd.

Nadat John en ik Foreman achterna hadden gezeten door het bos, heb ik mijn besluit genomen. Ik wachtte tot de Browns waren vertrokken en pakte toen, op de eerste werkdag van het nieuwe jaar, de telefoon en worstelde me langs Cassie Meadows en diverse secretaresses tot ik eindelijk Mallory Corcoran te pakken kreeg. Ik vertelde hem over het schaakboek dat me afhandig was gemaakt en was teruggebracht. Ik vertelde hem over de pion die bij de gaarkeuken was bezorgd. En ik vroeg hem op de man af of hij iets van deze dingen wist.

Hij stelde me een perfecte advocatenvraag: *Waarom zeg je 'deze dingen'? Zeg je daarmee dat je denkt dat ze op de een of andere manier met elkaar in verband staan?* Geen antwoord, enkel een vraag.

En ik wist dat ik hem niet meer kon vertrouwen. Bizar. Ik vertrouw een niet thuis te brengen stem die me om negen voor drie 's nachts door de telefoon verzekert dat er geen gevaar meer valt te duchten, maar ik vertrouw niet de compagnon van mijn vader die twee dagen lang achter hem zat in de zaal van de hoorzitting toen de zaken de verkeerde kant op gingen, en hem vervolgens, nadat hij het rechterschap eraan had gegeven, van een baan en een riant salaris voorzag.

Dus waarom ben ik hier teruggekomen? De hemel mag het weten, mijn reisjes zijn een aanslag op ons budget. Omdat ik weer in geldzorgen zat, heb ik uiteindelijk geen nee gezegd tegen de man van mijn vaders lezingenagentschap toen hij, hardnekkig als altijd, veel eerder terugbelde dan hij had beloofd. Ik heb ook geen ja gezegd, maar ik heb hem de gelegenheid gegeven mijn hoofd nog eens te vullen met het verleidelijke visioen waarin ik voor drie dagen werk bijna honderdduizend dollar verdien. Plus eerste klas vliegen, voegde hij eraan toe.

Ik zei hem dat ik erover zou denken.

Mijn voeten maken een knerpend geluid wanneer ik overeind kom en naar het water schuifel, snakkend naar de verrukkelijke schok van koud verstuivend water op mijn gezicht. Ik ben iets meer dan een uur op dit kiezelstrand geweest: lopend, zittend, biddend, denkend, over stenen springend, maar vooral malend over de feiten. Ik heb een paar strandjutters gezien, mensen die er het hele jaar door zijn, maar heb me niet met hen ingelaten. Ik moet nadenken – en moed verzamelen.

Eerlijk gezegd weet ik niet precies wat ik hier op de Vineyard kom doen. Ik weet alleen dat ik donderdag heel vroeg wakker werd in de overtuiging dat ik terug moest gaan, al was het maar voor één dag. Kimmer, die al op was, zat in niets anders dan een lang T-shirt aan de keukentafel te werken aan een resumé. Terwijl ik in de gewelfde deuropening stond, keek ik toe hoe haar sterke lichaam zich bewoog onder het wijde witte katoen. Ik gunde mezelf tien tot twintig seconden fantasie, sloop toen achter haar rug naar haar toe en kuste haar op haar achterhoofd. Kimmer duwde haar bril op haar neus omhoog en glimlachte, maar bood haar lippen niet aan. Ik ging naast haar zitten, pakte haar hand en zei haar dat ik moest gaan. Ze leek er niet verdrietig onder. Ze kreeg geen driftbui. Ze maakte niet eens ruzie. Ze knikte slechts ernstig en vroeg wanneer.

Vandaag, zei ik. Vanmiddag.

'Dan mis je de Stadslamentatie,' zei Kimmer met een stalen gezicht – want dat is onze privé-benaming voor een interkerkelijke dienst die op de eerste zondag in januari wordt gehouden en waarop de leiders van de gemeente Elm Harbor samenkomen en bidden om verzoening die de grenzen overschrijdt van ras, sekse, klasse, religie, seksuele geaardheid, nationaliteit, thuis gesproken taal, handicap, opleiding, huwelijkse staat, woonomgeving en wat er die week maar populair is. Onlangs hebben de organisatoren 'verbondenheid aan een instituut' erbij gegooid – duidelijk een verwijzing naar het wijdverbreide geloof in de gemeente dat universiteitstypes neerkijken op alle anderen. Kimmer gaat erheen omdat iedereen in de stad die iemand is erheen gaat, onder wie een flink deel van de faculteit en verscheidenen van haar compagnons bij Newhall & Vann; ze gaat kortom om te netwerken. Ik ga omdat Kimmer gaat.

'Tja, dat is waar...'

Kimmer legde me het zwijgen op. Ze stond op en spreidde haar armen, voor een omhelzing, dacht ik aanvankelijk verheugd. Maar toen sloot ze haar ogen, draaide haar handen naar me toe, haar vingers ver uiteen gespreid, hield haar hoofd achterover en psalmodieerde plechtig: 'Moge Degene die of Datgene wat de hand kan hebben gehad in onze schepping...' – een griezelig precieze nabootsing van de alomvattende maar zonder meer godslasterlijke aanroeping, vorig jaar, door de nieuwe universiteitspastor, afkomstig van een universiteit aan de Westkust, waar haar bestudeerde voorbehoud met betrekking tot het feitelijke bestaan van God blijkbaar meer aansloeg dan hier.

Toen verdween de ernstige uitdrukking op het gezicht van mijn vrouw en proestte ze het uit. Ik lachte ook, en gedurende een dwaas moment was het weer als vroeger. Kimmer kwam in mijn armen, drukte me zowaar tamelijk hard tegen zich aan, kuste me op mijn mondhoek en zei dat ze begreep wat me dreef, en dat ik, als ik dat nodig vond, moest gaan. Meestal smelt ik helemaal weg wanneer mijn vrouw me kust met zacht geopende lippen, maar ditmaal zette ik mijn stekels op, want Kimmer was vriendelijk bemoedigend, zoals we zijn met geesteszieken. Ze gelooft alleen in mijn dwangneurose, niet in mijn versie van de feiten.

Ik ging naar boven om te pakken en liet een nog steeds kwetterende Kimmer in de keuken achter.

Bentley knikte ernstig toen ik hem vertelde dat papa voor een paar dagen weg zou gaan, en hij gaf me vlak voor ik de deur uitging slechts één goede raad mee: 'Durf jij,' fluisterde hij.

Ik doe mijn best, zoon.

— 11 —

Ten slotte is het tijd om in beweging te komen. Ik loop over de enige zanderige straat die van het strand naar het rustige dorpje Menemsha voert en neem een kijkje achter elk restaurant met gesloten luiken en elke viswinkel tot ik stuit op Manny's Menemsha Marine, dat niet meer blijkt te zijn dan een gehavende houten keet, ooit wit geverfd, enkele tientallen meters van het dichtstbijzijnde dok. De twee kleine ramen zijn verzegeld. Het verzakkende dak bestaat uit zink. Het gebouwtje lijkt maar net groot genoeg om je erin te keren. Nergens in de buurt elektriciteits- of telefoondraden te bekennen. Maar Manny's is volgens de *Gazette* de plaats waar Colin Scott en zijn twee vrienden hun boot huurden. Ik vraag me af waarom ze dit hebben uitgekozen. Het is nauwelijks te onderscheiden van alle andere bootverhuurbedrijven die rond de haven verspreid liggen; en stuk voor stuk, Manny's incluis, schijnen ze een zorgvuldig met de hand geschreven zwartwitbordje met de tekst GESLOTEN VOOR HET SEIZOEN prominent op de deur te hebben hangen.

Misschien was hun keus willekeurig, alleen kan ik me niet voorstellen dat Colin Scott iets willekeurigs doet.

Ik klop. Het hele gebouwtje schudt. Ik trek aan het stokoude hangslot, loop vervolgens tweemaal om de keet heen, eerst met de wijzers van de klok mee, dan ertegenin, en span mijn ogen in om door het ene groezelige raampje te gluren. Ik doe een stap achteruit, plaats mijn gehandschoende handen op mijn heupen en probeer te bedenken of ik eigenlijk wel een plan heb. Had ik soms gedacht dat Manny me hier in eigen persoon met een brede glimlach van opluchting zou verwelkomen? *Ja, ik zit al een tijdje te wachten tot iemand me zou vragen over die moedervlek!* Nou, dat is dus niet zo – maar als de verhuurservice gesloten is voor het seizoen, hoe zijn Scott/McDermott en zijn vrienden dan aan een boot gekomen? Ik draai ongemakkelijk in een kringetje rond in een poging te bedenken wat ik moet doen, en dan zie ik een magere blanke man van in de twintig, hard toe aan een scheerbeurt, gekleed in een oud kaki uniform en een dikke trui tegen de kou van januari, die naar me staat te kijken vanaf het harde zandpad tussen de keet en de weg. Hij draagt een kleine rugzak. Ik heb geen idee hoe lang hij daar al heeft gestaan, en even bekruipt me de heimelijke angst voor een onrechtmatige arrestatie die elke zwarte man in Amerika ergens diep vanbinnen koestert, vooral degenen die bijna onrechtmatig zijn gearresteerd: heeft hij me aan het slot zien rukken?

'Ze zijn er niet,' zegt de man behulpzaam en hij grijnst om me zijn bijzonder slechte gebit te tonen. Het klinkt eigenlijk meer als *Ze zain er niet.* Alsof hij evenzeer thuishoort in Maine als op de Cape.

'Waar is Manny?' vraag ik.

'Weg.'

'Wanneer is hij er weer?'

'O, april. Mei.' Hij begint weg te lopen.

'Wacht!' roep ik, terwijl ik hem achterna snel. 'Wacht even, alstublieft.'

Hij draait zich langzaam om en kijkt me aan. Hij monstert mijn kleren. Ditmaal geen glimlach. Zijn donkergroene coltrui ziet er afgedragen uit. Zijn sportschoenen zijn opengebarsten. Ik draag een gevoerd jack met het kleine Polo-merkje erop en een designerspijkerbroek. Ik heb plotseling het eigenaardige gevoel dat ik op de verkeerde plaats en in de verkeerde tijd ben, een zwarte kapitalist die een bezoek brengt aan de blanke arbeidersklasse. Het is de omgekeerde wereld, alsof de gekwelde raciale geschiedenis van het hele land op zijn kop is gezet. De blik van de jongeman is minachtend. Zijn kleurloze haar is achterovergetrokken in een ongewassen knoet. Het vuil onder zijn gebroken nagels ziet er permanent uit, een verkondiging aan de wereld dat hij werkt voor zijn brood. Ik kook van woede onder zijn kritische blik. Ik heb verdiend wat ik bezit, ik heb geen brood van zijn tafel gestolen, deze kerel heeft niet het recht om me te veroordelen – en toch schiet me niets te binnen om ter verdediging van mezelf aan te voeren.

'Wat is er?' vraagt hij.

'Hoe lang is Manny al weg?'

'Hij gaat altijd weg in deze tijd van 't jaar.' *Van 't joar.* Hij beantwoordt een enigszins andere vraag, en wil dat ik dat weet.

'Luister. Het spijt me.' Ik weet niet precies waarom ik me verontschuldig, maar het lijkt me juist. 'Eh, is dit niet de plek, eh, waar die man die in november is verdronken zijn boot had gehuurd?'

Hij laat me wachten.

'Bent u een verslaggever?'

'Nee.'

'Politie?'

'Nee.' Ik zoek naar woorden. Ik heb me altijd dood geërgerd aan Yankee-gereserveerdheid, maar deze man is belachelijk. 'Ik wilde Manny spreken omdat ik het bericht in de krant heb gelezen, en ik denk... ik denk dat de man die verdronk iemand was die ik kende.'

'U zou hem op kunnen bellen.' *Kun'n bel'n.*

'Weet u zijn nummer?' vraag ik gretig.

'Hoe zou ik het nummer van uw vriend moeten kennen?'
Juist ja, ik ben dus de dorpsgek. Ik dacht dat hij Manny bedoelde. Er dendert een pick-up langs met een soort maritieme uitrusting hotsend achterin, en de jongeman springt behendig aan de kant. Maar ik bespeur het begin van een glimlach op zijn gebronsde gezicht en ik realiseer me dat hij me voor de gek houdt.
Min of meer, althans.
'Hoor eens, het spijt me. De man die volgens mij is verdronken... ik kende hem niet zo goed. Ik heb wat, eh, zaken met hem gedaan. Ik wil alleen maar nagaan of het dezelfde man betreft. Het enige wat ik probeer uit te zoeken is of er een manier is om in contact te komen met Manny.'
Hij krabt over zijn arm en brengt ons dan terug bij af: 'Manny is weg.'
'Weg? U bedoelt vertrokken van het eiland?'
'Naar Florida, geloof ik.'
'Weet u waar in Florida?'
'Nee.'
Gedurende enkele seconden luisteren we samen naar de krijsende meeuwen.
'Zou iemand hier in de buurt het weten?'
'Zult u hun moeten vragen, denk ik.'
'Enig idee wie ik het zou moeten vragen?'
'Nee.'
Alsof je tanden uittrekt. Van een pitbull. Zonder verdoving.
En dan maak ik een optelsom van zijn gereserveerdheid, zijn minachting, zijn voor de hand liggende overtuiging dat ik rijk ben en het feit dat hij nog niet is weggelopen, en realiseer me waarop hij wacht. Nou ja, waarom niet? Ik geef mijn kennis ook niet gratis weg. Terwijl ik mijn portefeuille uit mijn jack te voorschijn haal en het schamele bedrag in ogenschouw neem, voel ik dat zijn interesse wordt gewekt. Ik heb iets meer dan honderd dollar contant. Ik trek er drie briefjes van twintig uit, me afvragend hoe ik dit tegenover Kimmer moet verantwoorden wanneer ze deze maand de boekhouding doet, want ze is de laatste tijd heel erg op de centen, in een poging genoeg geld opzij te leggen om haar luxe BMW M5 te vervangen door een nog luxere Mercedes SL600, die volgens haar beter past bij haar positie.
'Luister,' zeg ik terwijl ik met de biljetten wuif zodat hij ze duidelijk kan zien, 'dit is heel belangrijk voor me.'
'Dat wil ik wel geloven.' Hij neemt het geld meteen aan. Hij lijkt niet beledigd, wat ik vreesde dat hij zou zijn. 'U bent een advocaat, hè?'

'Min of meer.'

'Dacht ik al.' *Docht ik al.* Maar hij staat nu tenminste aan mijn kant. De biljetten zijn verdwenen, hoewel ik zijn hand niet naar zijn zak heb zien gaan.

'Wanneer is Manny vertrokken?' vraag ik.

'Drie weken geleden. Misschien vier. Vlak na al het tumult.'

'En weet u zeker dat hij naar Florida is gegaan?'

'Hij zei dat hij daarheen ging.'

Hij wacht. Er is iets waarvan hij verwacht dat ik het hem zal vragen; hij heeft het geld zo snel aangenomen omdat hij de waarde kende van wat hij te verkopen had. Ik kijk naar Manny's keet, en naar de andere langs het water, stuk voor stuk gesloten, de boten aan wal getrokken en bedekt met zeildoek. Een paar meeuwen pikken in het zand, op zoek naar ontbijt.

'Gaat hij meestal naar Florida omstreeks deze tijd van het jaar?' vraag ik, enkel om het gesprek gaande te houden.

'Weet ik niet. Ik denk het niet.'

Oké, dat was niet de goede vraag.

'Heb je de mannen die de boot huurden gezien?'

'Ik ben bang van niet.'

Oké, dat was evenmin de goede vraag. Ik laat mijn ogen weer over Manny's piepkleine keet dwalen. Misschien heb ik het mis. Misschien heeft hij geen...

Wacht eens even.

... stuk voor stuk gesloten...

Ik heb het.

'Luister,' zeg ik, 'was Manny's vijf weken geleden gesloten? Toen die man verdronk?'

'Ja.'

'Ik bedoel, was hij gesloten toen, eh, de man die is overleden en zijn vrienden de boot huurden?'

'Ja.' Ik bespeur weer die flauwe glimlach. Eindelijk zijn we aangekomen op het punt waar mijn nieuwe vriend al vanaf het moment dat hij me door Manny's raampje zag gluren, dacht te belanden.

'Dus... wat is er gebeurd? Heeft hij de zaak speciaal voor hen geopend?'

'Zoals ik het heb gehoord, hebben ze hem heel veel geld betaald. Ze zijn, eh, zeg maar rond twaalf uur 's middags naar zijn huis gereden – hij woont aan die weg. Ze zeiden tegen hem dat ze een van zijn boten nodig hadden, beloofden hem een bom duiten te geven als hij de zaak speciaal voor hen zou openen. En dat heeft hij gedaan.'

'Waarom zijn ze naar zijn huis gegaan?'
'Omdat zijn zaak dicht was.'
O, die Vineyarders!
'Nee, ik bedoel, hoe wisten ze waar hij woonde?'
'O. Nou, zoals ik het heb gehoord, komt een van die gozers die de boot huurden hier elke zomer en huurt dan bij Manny.'
Dit was dan eindelijk iets nieuws.
'Weet u wie van hen?'
'Zoals ik het heb gehoord, was het die lange gozer, hij leek wel wat op u.'
'Op mij?'
'Jazeker, op u.' Nu glimlacht hij breed. 'Een zwarte gozer.'

– III –

De rit van Menemsha naar Oak Bluffs is te lang en nogal saai, zelfs in het hoogseizoen, met kilometerslang voorbijflitsende dichtbegroeide bomen, zo nu en dan onderbroken door een onverharde oprijlaan, meestal compleet met een gebutste brievenbus en een spiksplinternieuw bordje VERBODEN TOEGANG. In de late herfst zijn de bomen aanzienlijk kaler, de uitzichten meer bruin dan groen, en de reis zelf nog eenzamer en troostelozer. In dit deel van het jaar kun je vele van de huizen zien die normaal gesproken verborgen liggen in de bossen, maar ze zijn afgesloten en leeg, een gemakkelijke prooi voor willekeurig welke inbreker of vandaal, als er geen geraffineerde alarmsystemen zouden zijn die het kleine maar efficiënte politiekorps van het eiland op de been brengen.

Overigens heeft ons alarm Vinerd Hius niet helpen beschermen tegen de invasie van wijlen meneer Scott.

Mijn vaders alarm, verbeter ik mezelf stilzwijgend – althans op dat moment, want er werd ingebroken voordat Kimmer en ik het huis in bezit namen.

Wacht eens even.

Mijn váders alarm.

Ik leg weer een kleine knoop in mijn geheugenzakdoek, want ik weet dat ik heel dicht in de buurt ben van een belangrijke aanwijzing die me zal blijven ontglippen als ik ernaar zoek, maar ik ben ervan overtuigd dat hij me onverwacht zal invallen zolang ik maar aan iets anders denk.

Dus besteed ik aandacht aan het natuurschoon, hoewel het niet bijzonder mooi is. De hemel is troosteloos grijs. Kale bomen schieten langs de auto als een leger skeletten dat in looppas marcheert. En Meadows heeft me valse informatie gegeven, ofwel omdat ze loog, ofwel omdat ze werd voorgelogen. Ze heeft me verteld dat Scotts vrienden blank waren. Mijn nieuwe vriend, die niets te winnen had met het verzinnen van een slim verhaal, zegt dat een van hen zwart was. Bewegende beelden op het scherm van mijn verbeelding: een mysterieuze woordenstrijd tussen de man wiens naam niet McDermott was en de man wiens naam vermoedelijk niet Foreman is, een gevecht in de boot, de derde man – wie dat ook was! – kiest de kant van Foreman, en Scott wordt overboord gegooid. En welke onenigheid zou mogelijkerwijs tot moord kunnen leiden?

De regelingen, natuurlijk.

Iets wat mijn vader had, of organiseerde, maakte iemand zo bang dat hij, of zij, of het, of men bereid zou zijn te doden om...

Nee, nee, nee, dat gaat te ver, ik begin al net zo te denken als Mariah. Trouwens, een vreemde heeft me midden in de nacht opgebeld om me te vertellen dat mijn gezin en ik veilig zijn.

Misschien kreeg de arme Colin Scott niet zo'n garantie.

Aan de andere kant zat mijn vader duidelijk ergens over in. Hij was in het bezit van een pistool. En hij had een instructeur. Hij nam schietles.

Ik schud mijn hoofd terwijl de eenzaamheid van North Road in de winter me naar de keel grijpt. Ik passeer een handjevol zeer vastberaden fietsers in felgekleurde jerseys, vervolgens twee robuuste vrouwen te paard, zelfs een enkele tegenligger, maar voor het overgrote deel heb ik de weg voor mezelf.

Maar dan niet meer.

Achter me op de smalle weg komt met een enorme vaart een soort terreinwagen aanrijden, groot en intimiderend, diepblauw, getinte ramen. Een Chevy Suburban, stel ik vast terwijl hij ronkend tot aan mijn bumper rijdt. Misschien heb ik dezelfde auto gezien in Menemsha. Misschien ook niet. Hij blijft ergerlijk dicht achter me rijden. Ik heb er een hekel aan als auto's aan mijn bumper kleven, maar op dit gedeelte van de weg kun je niet inhalen, dus zit ik vast. Ik probeer harder te rijden, kom boven de negentig op de bochtige weg, maar de automobilist blijft aan mijn bumper kleven. Ik probeer vaart te minderen, maar de claxon van de Suburban schettert geïrriteerd en de koplampen flitsen.

'Wat wil je dat ik doe?' mompel ik, zoals we tegen andere automobilisten praten, alsof ze ons kunnen horen, maar meestal heimelijk opgelucht dat dat niet zo is.

Ik besluit van de weg af te gaan om de idioot te laten passeren. Het probleem is dat er geen berm is, dus ik moet wachten op een afslag. Ik minder vaart, want mocht zich een zijweg aandienen dan wil ik die niet missen.

De Suburban flitst weer met zijn koplampen maar laat mijn bumper niet los.

Om redenen die ik niet helemaal kan verklaren, voel ik me afglijden van ergernis naar angst, hoewel ik nog veel banger zou zijn als de auto die me achternazat een groene sedan was. Misschien ben ik al te waakzaam geworden, een nawerking van de aframmeling die ik heb gehad.

Ik zie een paar grote vijvers aan de rechterkant van de weg, wat betekent dat ik nu in West Tisbury ben, de locatie van de zomerse boerenkermis waar Abby een miljoen jaar geleden al die prijzen won, toen iedereen nog leefde. Door aan mijn kleine zus te denken komt er een beeld bij me op van een vlammende botsing, en het verlangen, misschien irrationeel, die Suburban af te schudden. Ik probeer me de geografie van het eiland te herinneren. Het meeste verkeer zal in deze tijd van het jaar links aanhouden, in de richting van Vineyard Haven. Dat geldt ook voor de Suburban, vermoed ik, als hij me niet achtervolgt. Er is maar één manier om daarachter te komen. Er komt dadelijk aan de rechterhand een scherpe afslag: de South Road, die ik kan inslaan naar de Edgartown Road, waar een afslag naar links me naar het vliegveld zal brengen en uiteindelijk naar Edgartown... een druk deel van het eiland. En drukte is waar ik plotseling naar snak.

Ik zie de kruising voor me. Ik geef gas, doe mijn linker knipperlicht aan en sla dan op het allerlaatste moment plotseling scherp rechtsaf de South Road op. De achterkant slingert, de voorwielen gieren klaaglijk, en dan is de kleine Camry weer onder controle.

Achter me doet de logge Suburban mijn manoeuvre met verachtelijk gemak na.

Gedurende een dwaas ogenblik dansen er beelden van Freemans verminkte lichaam door mijn hoofd. En van Colin Scott, overboord gegooid. Dan wijs ik mezelf erop dat ik verdorie nog aan toe op de Vineyard ben, waar ik meer dan dertig jaar lang mijn zomers heb doorgebracht. Misschien is de leviathan achter me slechts een onbesuisde automobilist, geen... nou ja, wat het andere ook was waar ik over inzat.

Twee minuten later schiet ik, met de Suburban nog steeds aan mijn bumper, voorbij een handjevol winkels en huizen dat het centrum vormt van West Tisbury, maar er is niemand op straat. De zon is aan het zakken, de bomen werpen lange, naargeestige schaduwen en het lege stadje ziet eruit als een filmset. Ik sla linksaf de Edgartown Road in en de Suburban blijft een paar autolengtes achter me.

Opnieuw worden we aan beide kanten ingesloten door de bomen. De dag is plotseling donkerder: misschien is er onweer op komst. De Suburban kleeft nog steeds aan mijn bumper. Ik weet niet precies hoe ver het vliegveld is. Vijf kilometer, denk ik, misschien zes. Het vliegveld van Martha's Vineyard stelt niet veel voor, maar er zijn daar beslist mensen, en op dit moment klinkt me dat als muziek in de oren.

Het vliegveld is dus mijn nieuwe doel.

Ik zal het nooit bereiken.

Terwijl ik een kleine helling oprijd, ronkt de Suburban weer dicht achter de Camry aan, en nu is hij nog geen halve meter van me vandaan.

De weg daalt in een diepe geul, we zijn tijdelijk vanuit beide richtingen onzichtbaar, en op dat moment is mijn irritatie er de oorzaak van dat ik een vergissing bega. In een poging te bewijzen dat ik me niet laat intimideren, en om te voorkomen dat ik van de weg af raak wanneer ik de voet van de heuvel bereik, minder ik nog meer vaart en laat ik de snelheidsmeter onder de dertig zakken.

De Suburban botst tegen me op.

De botsing is niet hard, maar de schok is groot genoeg om mijn nek naar achteren te doen klappen. Op het moment dat mijn hoofd weer naar voren schiet, bijt ik op mijn tong.

Wanneer ik instinctief op de rem ga staan, schampt de Suburban mijn auto opnieuw, deze keer schuin, zodat de achterkant een beetje zwenkt en de voorwielen slippen, bijna alsof de grotere auto me van de weg af wil drijven, het bos in.

Ik weet me bijtijds te herinneren dat ik in de richting van het slippen moet sturen in plaats van er tegenin te gaan, en zo voorkom ik dat ik de Camry helemaal in het rond laat tollen, maar ik moet nog zes tot negen meter afleggen, helemaal tot de bodem van het kleine dal tussen de laatste heuvel en de volgende, voordat ik alles weer onder controle heb.

De Suburban glijdt achter me aan de heuvel af. We stoppen allebei, zomaar midden op de weg.

Ik neem even de tijd om na te gaan of alles aan mijn lichaam nog functioneert. Ik proef bloed in mijn mond. Mijn nek is één en al pijn. Mijn angst is verdwenen. Ik ben woedend, het daglicht verschiet helemaal tot rood, maar ik zorg ervoor dat ik mijn woede onder controle krijg, dat ik mijn hoofd koel houd zoals het een Garland betaamt, terwijl ik in het handschoenenkastje rommel en denk: *Kop-staartbotsing, altijd de fout van de automobilist achter je, en dat is maar goed ook, want gedeukte bumpers zijn kostbaar, vooral op buitenlandse modellen, en waar is in vredesnaam mijn verzekeringskaart?*

De andere automobilist is al uit zijn voertuig gestapt en staat voorovergebogen de schade aan onze bumpers op te nemen. Ik doe het portier open en loop naar achteren om me bij hem te voegen, mezelf inprentend kalm te blijven, en ontdek dan dat de automobilist die tegen me op is gebotst een vrouw is. Ze kijkt niet eens naar me op en zo sta ik tegen de rug aan te kijken van een zeer lange vrouw in een gele kasjmieren overjas. Ik zie voor het eerst dat ze een lid is van de donkerder natie, een feit dat me, door een of andere bizarre kronkel van raciale psychologie, nota bene geruststelt. De semioticus in me toont even belangstelling voor de symbologie, maar ik leg hem het zwijgen op.

'Neem me niet kwalijk,' zeg ik, een beetje minder krachtig dan ik van plan was, maar ik heb het nooit gemakkelijk gevonden om hard op te treden tegen vrouwen. 'Hé,' voeg ik eraan toe wanneer ik genegeerd word. En dan valt mijn oog op de bekende bos afschuwelijk platte bruine krullen.

De bestuurder van de Suburban komt overeind, draait zich langzaam in mijn richting en glimlacht met veel tanden terwijl mijn mond openvalt van verbazing.

'Hallo, kanjer,' zegt de skeelervrouw. 'We moeten maar eens ophouden elkaar op deze manier te ontmoeten.'

33

Een nuttig praatje

— I —

De skeelervrouw blijkt een voornaam te hebben, maar geen achternaam, want meer dan 'Maxine' wil ze niet kwijt. Ze heeft ook een tafel voor twee personen gereserveerd voor de lunch in een knusse herberg waar ik nog nooit van heb gehoord, in een van de verwarrende zijstraatjes van Vineyard Haven. Ik kan geen specifieke reden bedenken om haar uitnodiging af te slaan, vooral omdat ik geen moeite doe om er een te berde te brengen. Dus rijdt Maxine in de Suburban, die van onze botsing geen krasje lijkt te hebben overgehouden, en volg ik haar in de Camry, waarvan de achterbumper zwaar gehavend is.

Vineyard Haven is de gangbare maar onofficiële naam van de stad Tisbury, of andersom — meer dan dertig zomers op het eiland en ik kan er nog steeds geen wijs uit. Het woord *pittoresk* dreigt versleten te raken, vooral wanneer het wordt gebruikt om de kustplaatsjes van New England te beschrijven, maar de smalle, bekoorlijke wirwar van straatjes van Vineyard Haven, elk met witte planken huisjes, winkels en kerken erlangs, komt dit eerbetoon wel degelijk toe. Het stadje lijkt op een filmset, zij het dat geen regisseur een stadje zou durven scheppen dat zo levendig is en vol bedrijvigheid, te midden van schitterende loofbomen en met prachtige uitzichten op het water vanaf... tja, vanaf vrijwel elk punt. Normaal gesproken brengt een uitstapje naar Tisbury een glimlach op mijn gezicht, omdat het zo schaamteloos volmaakt is. Maar vandaag, terwijl ik mijn bumper voortsleep door Main Street, ben ik me te ingespannen aan het afvragen wat er aan de hand is.

Ik neem aan dat ik daar weldra achter zal komen.

'Het spijt me van je auto,' mompelt Maxine zodra we zitten. De eetzaal heeft maar een stuk of twaalf tafels, allemaal met uitzicht op een grimmig kerkhof, de daken van heuvelafwaarts gelegen huizen en het onvermijdelijke blauwe water daarachter. Tien tafels zijn leeg.

'Mij spijt het des temeer.'

'Kom op, kanjer, een beetje vrolijker.'

Ze schenkt me dezelfde aanstekelijke glimlach die ik voor het eerst op de skeelerbaan zag, de dag nadat we de Rechter hadden begraven. Haar kleding, ze draagt een bruin broekpak en een kleurrijke sjaal, is al even onconventioneel als haar haar. Ik merk dat ik haar een stuk aardiger vind nu ze een naam heeft, hoewel ik ervan uitga dat ik vroeg of laat zal ontdekken dat Maxine, net als bijna alle anderen die ik sinds de dood van mijn vader heb ontmoet, evenveel verschillende namen heeft als ze behoeft.

'Ik heb liever dat je me niet meer zo noemt,' mompel ik, weigerend me uit de tent te laten lokken.

'Waarom? Je bent écht knap.' Hoewel dat niet echt zo is.

'Omdat ik écht getrouwd ben.'

Maxine tuit geamuseerd haar lippen maar houdt erover op, een klein gebaar waarvoor ik dankbaar ben. Ik vind het gewoonlijk vreselijk om met een andere vrouw dan de mijne uit te gaan, omdat ik doodsbenauwd ben dat iemand ons samen zal zien en daar de verkeerde conclusie uit zal trekken. Ik ga er prat op dat ik de reputatie heb trouw te zijn, en ik geloof in het ouderwetse idee dat volwassenen de verantwoordelijkheid hebben om hun verplichtingen na te komen – iets wat ik evenzeer van mijn moeder als van de Rechter heb geleerd. Maar nu ik hier met de mysterieuze Maxine zit, merk ik dat het me koud laat of iemand zal denken dat we een stel zijn.

Daarom moet ik dit voorzichtig aanpakken.

'Als ik je geen kanjer mag noemen,' verzucht ze, 'hoe wil je dan *liever* genoemd worden?'

Ik wil geen intimiteit met deze vrouw. Of liever, wat ik wil is irrelevant, aangezien ik écht getrouwd ben. 'Nou, gezien het leeftijdsverschil zou je me waarschijnlijk professor Garland moeten noemen, of meneer Garland.'

'Jasses.'

'Wat?'

'Ik zei... jasses, professor Garland.' Ze laat me even die kuiltjes in haar wangen zien. 'En zóveel ouder dan ik ben je ook weer niet.' Ze glimlacht.

Ik ben geneigd terug te glimlachen. 'Waarom achtervolg je me?' vraag ik, in een poging het gesprek niet te laten ontsporen.

'Voor het geval je van mening verandert over die skeelerles.'

Ze lacht. Ik niet.

'Kom op. Ik meen het, Maxine. Ik moet weten wat er aan de hand is.'

'Daar kom je vroeg of laat wel achter.' Haar brede, levendige gezicht gaat schuil achter de menukaart. 'Ik heb gehoord dat ze de beste krabtaartjes hebben van de hele Vineyard,' voegt ze eraan toe terwijl de ober nadert, maar dat is iets waar de helft van de restaurants op het eiland aanspraak op maakt.

Niettemin bestellen we allebei de krab, kiezen we allebei de rijst, vragen we allebei om de salade met de dressing van het huis, en besluiten we allebei ons maar te houden bij het mineraalwater waarvan we al nippen. Ik weet niet precies wie van ons de ander nadoet, maar ik wou dat hij of zij daarmee ophield.

'Maxine,' vraag ik zodra de ober verdwenen is, 'wat doen we hier?'

'Vroeg dineren.'

'Waarom?'

'Omdat we moeten praten, kanjer. Sorry, sorry. Ik bedoel professor Garland. Nee, ik bedoel Misha. Ik zou ook Talcott kunnen zeggen. Tal? Zo noemen ze je toch? Trouwens, heeft iemand je weleens gezegd dat je te veel namen hebt?' Opnieuw gelach. Maxine, hoeveel namen zíj ook mag hebben, is veel te gemakkelijk in de omgang.

Ik laat me niet afleiden. 'Je dacht gewoon: ik rijd hem aan zodat we kunnen praten?'

Opnieuw die vrolijke grijns. 'Nou ja, het heeft wel je aandacht getrokken, niet? O ja, voordat ik het vergeet.' Maxine maakt de grote bruine handtas open, en hoewel mijn vermoeide ogen een loopje met me zouden kunnen nemen, ben ik er vrij zeker van dat ik een pistool in een holster zie voordat ze een envelop te voorschijn haalt en de tas weer dichtknipt. Ze glimlacht nog steeds terwijl ze de envelop op tafel legt. Hij is zo dik als een telefoonboek. 'Alsjeblieft.'

'Wat is dat?' Ik heb niet bijzonder veel zin om het ding aan te raken, nog niet.

'Nou ja, ik heb je bumper vernield, en het is nu ook weer niet zo dat ik je mijn verzekeringsbewijs kan laten zien.'

Ik schud mijn hoofd om de onwerkelijkheid van het moment, pak de envelop en werp er een blik in. Ik zie een bundel biljetten van honderd dollar. Een enorme hoeveelheid. Niet nieuw ook: behoorlijk beduimeld.

'Hoeveel is dit?'

'Eh, vijfentwintigduizend dollar, geloof ik.' Ze slaagt er niet helemaal in zo onverschillig te klinken als ze zou willen. 'Zo ongeveer, in ieder geval.

Voornamelijk in honderdjes.' Opnieuw die ondeugende grijns. 'Ik weet dat reparaties aan buitenlandse auto's duur kunnen zijn.'

Ik laat het geld op tafel terugvallen. Er is hier iets heel vreemds aan de hand. 'Vijfentwintig... duizend?'

'Hoezo, is het niet genoeg?'

'Maxine, voor misschien een tiende van dat bedrag zou ik je mijn auto verkópen.'

'Ik wil je auto niet.' Ze begrijpt me moedwillig verkeerd en tikt met haar vinger op de envelop. Haar ongelakte nagels zijn erg kort geknipt. 'Ik héb al een auto. Neem dat geld nou maar, liefje.'

Ik schud mijn hoofd en laat het geld liggen waar het ligt.

'Waar is het in werkelijkheid voor bedoeld?'

'De schade, kanjer. Neem het nou maar.' Ze houdt haar hoofd schuin. 'Trouwens, je weet nooit of je op een keer niet wat extra contanten kunt gebruiken.'

Kennelijk is iemand op de hoogte van onze schulden, een feit dat me irriteert.

'Maxine... van wie is dit geld?'

'Van jou, dommie.' O, wat een glimlach heeft die Maxine! Ik weet met moeite mijn kalmte te bewaren.

'Wat ik bedoel is, hoe kom je eraan?'

Ze wijst. 'Ik heb het uit mijn tas gehaald.'

'Hoe is het in je tas terechtgekomen?'

'Ik heb het erin gestopt. Denk je dat ik zomaar iedereen in mijn tas laat komen?'

Ik zwijg even, terwijl ik me voor de geest haal wat ik in de jaren dat ik als advocaat werkte heb geleerd. Bij een getuigenverklaring moet je de vragen zorgvuldig formuleren. De meeste moeten met *ja* en *nee* beantwoord kunnen worden. Leid de getuige via de *ja*'s naar het punt waar je haar wilt hebben.

'Iemand heeft je dat geld gegeven, klopt dat?'

'Dat klopt.'

'Aan jou gegeven zodat jij het aan mij kon geven?'

'Misschien.' Ze is schalks, niet behoedzaam, wat nauwelijks verrassend is, gezien het feit dat ik niet bij machte ben haar te dwingen antwoord te geven.

'Wie was die persoon die je het geld gegeven heeft?'

'Dat zeg ik liever niet.' Maar met een brede grijns om het vriendelijk te laten overkomen.

'Was het Jack Ziegler?'

'Nee. Sorry.'

Ik denk na, terwijl ik toekijk hoe Maxine van haar Perrier nipt. 'Heeft de persoon die je het geld gegeven heeft je gezegd waar het werkelijk voor bedoeld was?'

'Uh-huh.'

'En waar is het geld werkelijk voor bedoeld?'

'Voor je auto.' Ze wijst naar het raam. 'Voor het geval er iets mee zou gebeuren.'

Oké, ik geef toe dat ik nooit een erg goede advocaat ben geweest. Misschien ben ik daarom wel hoogleraar rechtsgeleerdheid geworden.

'Je was dus van begin af aan van plan me aan te rijden?'

'Eh, ja. Waarschijnlijk wel. Ik bedoel, ik had het natuurlijk wat delicater aan kunnen pakken.' Ze haalt haar schouders op, een substantieel gebaar bij een vrouw van één meter tachtig, waarmee ze me misschien te kennen geeft dat er volstrekt niets delicaats aan haar is. 'Ik bedoel, je weet wat ze zeggen. Ongelukken kunnen mensen samenbrengen, nietwaar?' Ze houdt haar hoofd nu schuin naar de andere kant en knippert met haar ogen. Komedie, maar niet ineffectief.

'Natuurlijk, zo ga ik altijd te werk om mensen te ontmoeten. Ik rijd ze aan en neem ze mee uit lunchen.'

'Nou ja, het werkte wel.'

Oké, ik ben nog steeds een getrouwd man en er bestaat nog steeds te veel geheimzinnigheid en we hebben nu wel genoeg geflirt. Ik buig me over de tafel. 'Maxine, dat slaat nergens op, en dat weet je best. Ik moet echt weten wat er aan de hand is. Ik moet weten wie je bent. Ik moet weten wát je bent.'

'Wat ik ben?' Haar ogen glanzen. 'Wat denk je dat ik ben?'

'Je bent iemand die... maar blijft opduiken. Het is alsof je weet waar ik zal zijn voordat ik het zelf weet.' Ik breng een hap salade naar mijn mond, kauw er even op, slik door. 'Je stond me bijvoorbeeld op te wachten bij de skeelerbaan.'

'Misschien.'

'Je was er anders als eerste. Ik zou graag willen weten hoe je wist dat ik daar naartoe ging.' Er valt me een afschuwelijke gedachte in. 'Heb je afluisterapparatuur in mijn vaders huis geplaatst?'

Maxine reageert bedaard. 'Misschien was ik wel niet als eerste bij de skeelerbaan. Misschien had ik gewoon als eerste mijn skeelers aan.' Ze neemt een hapje van een soepstengel. 'Ga maar na. Hoe lang was je bij de baan voordat je me zag? Twintig minuten? Een halfuur? Tijd genoeg om me in de gelegenheid te stellen je daarheen te volgen, skeelers te huren en in de menigte op te gaan.'

'Dus je bent me inderdaad daarheen gevolgd.'

Tot mijn verrassing geeft ze een antwoord dat ik voor eerlijk houd. 'Natuurlijk. Je bent vrij makkelijk te volgen.'

Dat irriteert me om de een of andere reden. Heel even maar. 'Dat kun jij weten. Je bent me – mijn gezin en mij – in november naar de Vineyard gevolgd. En je bent me in Washington gevolgd.'

'Niet bepaald op de goede manier.' Ze giechelt, en ditmaal trillen mijn mondhoeken. 'Ik raakte je bij Dupont Circle kwijt. Dat was een geslaagde truc, wat je deed met die taxi. Als ik mijn werk zo slecht blijf doen, raak ik mijn baan nog kwijt.'

Een opening die groot genoeg is voor een truck. En ongetwijfeld bedoeld om mij er regelrecht doorheen te laten rijden.

'En wat *is* je baan precies?'

Alle vrolijkheid verdwijnt van Maxines gezicht, hoewel haar ogen vurig en alert zijn. 'Jou overhalen.'

'Mij overhalen tot wat?'

Ze zwijgt, en ik kan zien dat ze het hele spelletje heeft meegespeeld om precies op dit punt te belanden. 'Vroeg of laat zul je ontdekken welke regelingen je vader heeft getroffen. Wanneer je dat doet, is het mijn taak om je over te halen ons datgene te geven wat je ontdekt.'

'Wie zijn *ons?*'

'We zijn wat je noemt de goeden. Ik bedoel, geen *lieverdjes*, we zijn geen heiligen of zo, maar we zijn beter dan sommige anderen aan wie je het zou kunnen geven.'

'Ja, maar wie ben jij?'

'Laten we zeggen... een geïnteresseerde partij.'

'Geïnteresseerde partij? Geïnteresseerd in wat?'

Ze beantwoordt een enigszins andere vraag. 'Wat je ook doet, geef het niet aan je oom Jack. In zijn handen is het een wapen. Het is gevaarlijk. In onze handen – verdwijnt het, en is iedereen blij.'

— 11 —

Maxine blijkt gelijk te hebben. De krabtaartjes zijn zalig, want de chef-kok is erin geslaagd ze vlokkerig en licht te houden zonder dat ze de vissige smaak hebben gekregen die erop duidt dat ze niet helemaal gaar zijn. De saus is pittig maar niet opdringerig. Als bijgerecht krijgen we lange, getande aardappeldriehoekjes die gefrituurd ogen, maar niet zo smaken. De ober is behulpzaam en aanwezig wanneer we hem nodig hebben zonder dat hij voortdurend om ons heen hangt, en hij heeft blijkbaar niet de behoefte ons toe te vertrouwen hoe hij heet. Kortom, het is een goed restaurant, alleen via zijweggetjes te bereiken, ver weg van Oak Bluffs en Edgartown, voornamelijk bekend bij de welgestelde mensen die verder weg op het eiland een tweede huis hebben, maar onzichtbaar voor toeristen en, wat net zo belangrijk is, voor reisgidsen.

Maxine en ik praten, onwaarschijnlijk genoeg, over onze jeugd. De envelop vol contant geld is weer in haar bodemloze tas verdwenen, als door een goocheltruc. Maxine heeft tot dusverre geweigerd haar korte uiteenzetting van de reden waarom ze me volgt nader toe te lichten, door al het dialectische gepor van mijn kant te pareren met haar hartelijke glimlach en aanstekelijke lach. Maar in tegenstelling tot mijn soortgelijke hopeloze poging om informatie los te peuteren uit wijlen meneer Scott, roept deze poging voornamelijk een speels gevoel bij me op; en misschien nog wel iets meer ook. Ik amuseer me veel beter met deze mysterieuze vrouw dan een getrouwd man eigenlijk zou mogen doen, vooral wanneer je in aanmerking neemt dat ze net tegen mijn auto is opgereden om mijn aandacht te trekken, dat ze heeft geprobeerd me om te kopen, dat ze een pistool in haar schoudertas heeft, en dat ze op het eiland was toen mijn andere achtervolger, Colin Scott, in het water verdween.

'Zelfs op de middelbare school was ik altijd langer dan de meeste jongens,' zegt ze, 'dus ik werd niet vaak mee uit gevraagd, want de meeste jongens houden niet van langere meisjes.' Ze vist naar een compliment dat ik besluit niet te geven. Dus praat ze verder.

Het blijkt dat Maxine gepokt en gemazeld is in het universiteitsleven, met ouders die beiden doceerden aan oude zwarte universiteiten in het Zuiden. Ze weigert precies te zeggen welke.

'Dus ik vond het wel leuk een opdracht te krijgen die nog een academicus betrof.'

'Ben ik een opdracht?'

'Nou ja, maar geen opgave, Misha.'

Weer gebruikt ze mijn bijnaam. Dan verbaast ze me door te vragen hoe ik daaraan kom. Ik verbaas mezelf door te antwoorden. Ik vertel het verhaal niet vaak, maar nu vertel ik het. Ik vertel haar hoe mijn ouders me in hun wijsheid Talcott hebben genoemd, naar mijn moeders vader. En hoe ik door het schaken deze naam heb veranderd. Mijn vader heeft me in mijn jeugd tijdens een zomer in de Vineyard leren schaken. Hij heeft geprobeerd het ons allemaal te leren, benadrukkend dat het ons denkvermogen zou verbeteren, maar de andere kinderen hadden er minder belangstelling voor, misschien omdat ze al aan het rebelleren waren. Schaken was een van de weinige dingen die de Rechter en ik gemeen hadden toen ik jonger was en misschien ook wel toen ik ouder was, want we leken het nooit over veel dingen eens te zijn.

Ik kan me niet precies herinneren hoe oud ik was ten tijde van mijn eerste lessen, maar ik herinner me wel de gebeurtenis die tot mijn omdoping leidde. Ik zat met mijn oudere broer te schaken op de krakende veranda van Vinerd Hius toen mijn oom Derek, de grote communist die mijn vader tijdens de hoorzittingen min of meer verloochende, dronken naar buiten kwam stommelen, terwijl hij met zijn dikke, tabaksgeel verkleurde vingers zijn tranende ogen beschermde tegen het ochtendlijke zonlicht. De Rechter las hem altijd de les over deze zwakheid, zonder te vermoeden dat dezelfde neiging tot alcoholisme, misschien een erfelijk trekje, hem in een periode van depressie ook zou verstrikken. Want Derek, die inmiddels bitter gestemd was over de mogelijkheid van een revolutionaire beweging onder de Amerikaanse arbeiders, was vreselijk ongelukkig, zoals we altijd konden bespeuren in de bezorgde blikken van zijn vrouw, Thera. Nu stond mijn oom zwaaiend op zijn benen naar het schaakbord te kijken. Ondanks ons leeftijdsverschil was ik Addison overtuigend aan het verslaan, want dit was het enige gebied waarop ik gewoonlijk zijn meerdere was. Oom Derek tuurde naar ons beiden, blies zijn vale wangen op, waarbij hij alcoholdampen uitademde die krachtig genoeg waren om ons kinderen duizelig te maken, grijnsde akelig, en mompelde: 'Zo, jij bent nu zeker *Michaël* Tal' – aangezien de Letse tovenaar Michaël Tal één kortstondig historisch moment wereldkampioen schaken was geweest, en aangezien oom Derek bijna zijn hele leven lang een bewonderaar was geweest van vrijwel alles wat Russisch was, en, als gevolg daarvan, mijn vader voortdurend in verlegenheid had gebracht. Maar Addison en ik wisten niets van de schaakwereld in het algemeen, en hadden in elk geval nog nooit van de grote Tal gehoord. We keken elkaar verward aan. We waren altijd een beetje bang voor oom Derek, en mijn vader, die hem gestoord vond, zou liever helemaal geen contact meer met hem hebben gehad, maar mijn moeder, die familie belangrijk vond, hield haar poot stijf. 'Nee,' zei mijn oom, tegen het felle licht in turend. We draaiden ons hoofd weer in zijn richting. 'Nee, niet *Michaël* – gewoon *Misha*. Zo werd Tal door de Russen genoemd. Je bent een jonge knul, dus laten we je Misha noemen.' Hij lachte, een afschuwelijk, waterig geluid, dat gepaard ging met een diep uit zijn borstkas komend gegorgel, omdat hij toen al ziek was, hoewel hij het nog een paar jaar kwakkelend vol zou houden. Hij schuifelde naar de rand van de veranda, hulpeloos hoestend met een vol en vochtig timbre dat in mijn kinderoren weerzinwekkend klonk, want het vergt vele jaren op Gods aarde om erachter te komen dat iets wat echt menselijk is, nooit echt afstotend kan zijn.

Ik zou de naam hebben laten varen, maar Addison, die een hekel had aan schaken, vond het wel aardig klinken en begon me Misha te noemen, vooral toen hij eenmaal ontdekte hoezeer ik me eraan ergerde, en zijn vele vrienden volgden hem na. Uit zelfverdediging leerde ik de bijnaam waarderen. Tegen de tijd dat ik naar de universiteit ging had ik me de naam helemaal eigen gemaakt.

'Maar de meeste mensen noemen je nog steeds Tal,' zegt de skeelervrouw wanneer ik uitgepraat ben. 'De naam Misha is voorbehouden aan... mmmm, je meest intieme vrienden.'

'Heb je soms een dossier over me?'

'Iets dergelijks.'

'Terwijl jullie de goeden zijn? Zij het geen lieverdjes?'

Ze knikt en ditmaal lach ik met haar mee, heel gemakkelijk zelfs, niet omdat een van ons beiden iets amusants heeft gezegd, maar omdat de situatie zelf absurd is.

De ober is terug. We verdiepen ons in het bestellen van het toetje: Pêches Ninon voor de dame, vanille-ijs zonder iets erop of eraan voor de heer. Hij knikt goedkeurend bij Maxines bestelling, fronst bij de mijne. Maxine grijnst samenzweerderig, alsof ze wil zeggen: *Ik herken een nerd uit duizenden, maar voor mij ben je goed zoals je bent.* Misschien betekent haar grijns dat helemaal niet, maar ik bloos niettemin.

We hervatten ons gesprek. Maxines gezicht, dat daarnet nog ondeugend was, wordt somber meevoelend. Ze heeft me op de een of andere manier op de avond gebracht dat Abby stierf, en ik beleef opnieuw het afschuwelijke moment dat mijn elegante moeder met trillende hand in de keuken de telefoon opnam, die afschuwelijke jammerkreet slaakte en tegen de muur in elkaar zakte. Ik vertel haar hoe ik in mijn eentje in de gang door de keukendeur naar binnen stond te gluren en toekeek hoe mijn moeder jammerde en met de telefoon tegen het aanrecht sloeg, veel te bang om haar te troosten, omdat Claire Garland, net als haar man, een zekere emotionele afstandelijkheid aanmoedigde. In mijn volwassen leven heb ik dit verhaal alleen maar aan Kimmer verteld en, minder uitgebreid, aan Dana en Eddie, jaren geleden, toen zij tweeën nog getrouwd waren en Kimmer en ik nog gelukkig waren. Ik heb het nauwelijks aan mezelf verteld. Ik ben verbaasd en een beetje geërgerd wanneer ik ontdek dat mijn stem hapert en mijn wangen vochtig zijn.

— III —

We zijn nu samen aan het wandelen, een aangenaam ommetje in de verfrissende lucht van een winteravond op de Vineyard. We slenteren langs de uitgestorven waterkant van Oak Bluffs, zo op het oog een gelukkig stel, en passeren de lege aanlegplaatsen tegenover het Wesley Hotel, een zich elegant naar diverse richtingen uitstrekkende Victoriaanse kolos die op het terrein is gebouwd van een ouder hotel met dezelfde naam dat door brand is verwoest. Het gladde water van januari klotst knus tegen de zeedijk. Een paar voetgangers passeren ons, op weg naar de stad, maar de haven, net als de rest van het eiland buiten het seizoen, heeft het karakter van een onvoltooid schilderij.

'Ik kan je niet alles vertellen, Misha,' zegt Maxine, terwijl haar handtas, met pistool en al, vrolijk aan haar schouder bungelt. Ze heeft haar arm door de mijne gestoken. Ik ben er vrij zeker van dat ze me zou toestaan haar hand vast te houden als ik het daarop aanlegde.

'Vertel me zoveel je kunt.'

'Het is misschien gemakkelijker als jij mij vertelt wat je denkt. Misschien kan ik je dan zeggen of je warm of koud bent. En wat ik je niet kan vertellen zou je zelf kunnen uitpuzzelen.'

Ik denk hier onder het wandelen over na. Na het diner stonden we een beetje te dicht bij elkaar op de parkeerplaats, beiden bevangen door die vreemde tegenzin om van elkaar te scheiden die kenmerkend is voor nieuwe geliefden en voor mensen die de kost verdienen met het volgen van andere mensen. Het was Maxine die voorstelde om naar Oak Bluffs te rijden, hoewel ze me weigert te zeggen waar ze logeert. En dat deden we dus, de Suburban nogmaals achter me aan, langs de haven van Vineyard Haven, de heuvel op die de twee stadjes van elkaar scheidt, en weer naar beneden, naar het stadscentrum.

We parkeerden allebei aan de waterkant, tegenover het Wesley. Ik twijfel er niet aan of Maxine weet precies waar ik woon, maar ik wil haar niet in de buurt hebben van Vinerd Hius.

Laten we het houden op overdreven echtelijke voorzichtigheid.

'En, kanjer?' dringt ze aan. 'Gaan we het spelletje nog doen of niet?'

'Oké.' Ik haal diep adem. Met het invallen van de duisternis is de lucht ijskoud geworden. 'Allereerst denk ik dat mijn vader betrokken was bij... iets waar hij beter niet bij betrokken had kunnen zijn.' Ik werp een steelse blik op Maxine, maar ze kijkt naar het water. 'Ik denk dat hij het op de een of andere manier geregeld heeft dat ik na zijn dood informatie toegespeeld kreeg. Of iemand denkt dat hij dat geregeld heeft.'

'Mee eens,' zegt ze zacht, en voor het eerst tijdens deze krankzinnige zoektocht, beschik ik over een feit.

'Ik denk dat Colin Scott op zoek was naar die informatie. Ik denk dat hij me volgde in de hoop dat hij mijn vaders... regelingen zou vinden.'

'Mee eens.'

We lopen verder, in de richting van East Chop, een brede blootliggende aardlaag bezaaid met huizen die met dakspanen zijn bedekt, eerder Cape Cod-achtig dan Victoriaans, vele ervan op hoge kliffen met uitzicht op het water, de meeste aanzienlijk duurder dan de huizen die dichter bij de stad liggen. Kimmer en ik zijn korte tijd verliefd geweest op een schitterend huis aldaar, met drie grote slaapkamers en een achtertuin die aan het strand grenst, maar we beschikten niet over de twee miljoen dollar om het te kopen. Misschien maar goed ook, in het licht van wat er in de jaren daarna met ons is gebeurd.

'Andere mensen hebben ook belangstelling voor de regelingen,' opper ik.

'Mee eens,' mompelt Maxine, maar wanneer ik aandring, weigert ze in bijzonderheden te treden.

Ik staar naar East Chop Drive, die naar de oude vuurtoren voert en naar wat vroeger de Hooglanden heette. Aan de voet van de kliffen ligt een privé-strandclub. Midden in de Chop ligt een privé-tennisclub. Al heeft East Chop nog zo'n frisse New Englandse schoonheid, het doet blanker aan dan de rest van Oak Bluffs. Weinigen van de zomergasten lijken zich ervan bewust te zijn dat East Chop ooit het hart was van de zwarte kolonie van het eiland.

'Colin Scott kende mijn vader.'

'Mee eens.'

'Hij werkte voor mijn vader. Mijn vader... betaalde hem om iets te doen.'

Stilte.

Ik ben teleurgesteld, want ik probeerde er voor de laatste maal achter te komen of Colin Scott en Jonathan Villard een en dezelfde persoon waren, wat Scotts aanwezigheid in de hal in Shepard Street, ruziënd met mijn vader, zou verklaren. Maar blijkbaar niet.

Ik aarzel en gooi het dan over een andere boeg. 'Weet jij wat mijn vader voor me heeft achtergelaten?'

'Nee.'

'Maar je bent op de een of andere manier wel bekend met... de aanwijzingen.'

'Ja. Maar we weten niet precies wat ze betekenen.'

Ik probeer een andere intelligente vraag te bedenken. We zijn in een parkje vol bruin gras. Vóór ons rijst East Chop op, het centrum van Oak Bluffs ligt aan onze rechterhand. Af en toe rijdt er een auto voorbij op East Chop Drive, die het park van de haven scheidt.

'Wat een heerlijk eiland is dit,' zegt Maxine onverwacht, terwijl ze met beide handen losjes mijn arm beetpakt, haar blik op het verre, glinsterende water gericht.

'Dat vind ik ook.'

'Hoe lang kom je hier al? Dertig jaar? Ik kan me niet voorstellen – ik bedoel, wij hadden niet zoveel geld.'

'We zijn eigenlijk altijd gewoon zomergasten geweest,' leg ik uit, me afvragend of Maxine het onderscheid wel begrijpt. 'En het was vroeger niet zo duur.'

'Maar je familie had wel geld.'

'We behoorden gewoon tot de middenklasse. Maar jij ook. Een stel professoren.'

'Ze kregen niet veel betaald. Trouwens, mijn vader was wat je noemt een gokker om het grote geld. Hij was er alleen niet erg goed in.'

'Dat spijt me.'

'Dat hoeft niet. Hij hield van ons. We woonden in een groot oud huis op de campus met ongeveer vijf honden en tien katten. Soms hadden we ook vogels. Onze ouders hielden van dieren. En, zoals ik al zei, ze hielden van ons.'

'Ons?'

Ze trekt haar neus op. 'Vier broers, één zus, nieuwsgierig Aagje. Ik ben de jongste en langste.'

'Degene die niet mee uit werd gevraagd.'

'Tja, ik had geen eigen auto, dus ik kon niet op iemand inrijden.' Geen briljant grapje, maar we lachen er allebei toch om.

Een kameraadschappelijke stilte terwijl we samen uitkijken over het water. Een jacht, een onverwachte aanblik in deze tijd van het jaar, tuft net de haven uit, veel te snel, maar zo zijn booteigenaren nu eenmaal. Er zijn maar weinig huizen waar licht brandt. De meeste zijn afgesloten voor het seizoen.

De voorspelde storm is uitgebleven, en de nachthemel is helder, koud en volmaakt.

De behoefte om Maxine in mijn armen te nemen heeft me de hele middag al bekropen en is plotseling erg hevig. Ik smoor hem met een stortvloed van zinloze vragen.

'Je praat behoorlijk accentloos voor iemand uit het Zuiden.'

'O.' Ze knikt maar draait zich niet naar me toe. 'Ik ben ook in Frankrijk opgevoed, en ik geloof dat ik daar nu wel genoeg over heb gezegd.'

Kennelijk word ik verondersteld op een ander onderwerp over te gaan. Ik voel me als een incompetente gigolo op een cocktailparty.

'Hoe ben je eigenlijk in dit werk gerold?'

Maxine kijkt me weer zijdelings aan. 'Welk werk bedoel je?'

'Je weet wel. Mensen achtervolgen.'

Ze haalt haar schouders op en werpt me een geïrriteerde blik toe. Misschien is ze verstoord omdat ik de stemming heb verbroken. Soms moeten echtgenoten hun huwelijk beschermen tegen hun eigen lagere instincten. 'Beschouw het alsjeblieft niet als *achtervolgen*, Misha. Beschouw het als *helpen*.'

'Helpen? In welk opzicht help je me dan?'

Maxine laat mijn jasje los en draait zich naar me toe. 'Nou, om te beginnen kan ik je vertellen wanneer je door andere mensen gevolgd wordt.'

'Andere mensen? Zoals Colin Scott, bedoel je?'

'Inderdaad.'

Ik denk hier even over na, en kom dan met de voor de hand liggende tegenwerping. 'Maar hij is dood.'

'Inderdaad,' zegt ze instemmend, en laat dit volgen door de huiveringwekkendste woorden die zich laten denken: 'Maar vergeet niet dat hij een partner had.' Er valt opnieuw een stilte. We lopen weer terug naar het Wesley, na stilzwijgend te hebben besloten rechtsomkeert te maken, in meerdere opzichten. Dan doet Maxine er nog een schepje bovenop. 'En er zouden ook nog anderen kunnen zijn.'

'Anderen?'

Ze wijst naar de heuvel waar we vanaf zijn gekomen. 'Toen we daarboven waren, zijn we tweemaal gepasseerd door dezelfde man op een fiets. Misschien reed hij alleen maar de heuvel op en af. Het kan ook zijn dat hij ons volgde. Dat valt niet uit te maken.' Ze draait zich om en wijst naar Vineyard Haven achter ons. 'En één straat verder dan het restaurant stond een donkerbruine Chrysler minibus geparkeerd. Op dit moment staat een dergelijke auto bij de haven geparkeerd. Het is niet dezelfde auto, want hij heeft een ander nummerbord en de auto bij het restaurant had een aardig deukje in zijn bumper. Je kunt het nummerbord verwisselen, je kunt ter vermomming deuken aanbrengen, maar het is behoorlijk lastig om ze er zo snel weer uit te krijgen. Dus is het niet dezelfde auto. Maar het had evengoed wel zo kunnen zijn. Begrijp je wat ik bedoel? Zulke dingen zullen jou niet opvallen. Jij bent er niet op getraind. Ik wel.'

Dit venijnig gedetailleerde relaas heeft me duizelig gemaakt. Denkt Maxine soms dat ze me geruststelt? Ik vestig mijn blik op het water, waar het jacht dat me daarnet was opgevallen om de landpunt heen vaart. Wanneer het stille seizoen eenmaal is aangebroken, zie je nauwelijks boten in de haven van Oak Bluffs, en ik vraag me af aan wiens kant deze staat.

'Wat wil je daarmee zeggen? Zijn we soms een team?'

'Ik laat je alleen maar zien hoe ik kan helpen.'

'Dus je blijft me op de hielen zitten?' Ik slaag er niet echt in de superieure toon aan te slaan die ik voor ogen had. 'Om me te behoeden voor alle slechteriken?'

Maxine kan hier niet om lachen. Ze draait zich naar me toe en pakt nogmaals met haar sterke handen mijn schouders beet. 'Misha, luister. Misschien zijn er wel heel veel mensen geïnteresseerd in de mogelijke regelingen die je vader heeft achtergelaten. En ze zullen zich er niet allemaal tevreden mee stellen om op je auto in te rijden en je mee uit lunchen te nemen. Ze kunnen je niets aandoen. Maar ze kunnen je wel degelijk angst aanjagen.'

We wachten beiden tot dit is bezonken.

'Is mijn gezin in gevaar?' Ik denk bij mezelf: *Jamaica, bel Kimmer en zeg haar dat ze met Bentley bij haar familie in Jamaica moet gaan logeren.*

'Nee, Misha, nee. Geloof me, niemand zal je gezin iets aandoen. Dat heeft meneer Ziegler gegarandeerd.'

'En meer is er niet nodig?'

'In mijn wereld niet.'

Dat wist ik natuurlijk wel. Ik heb het alleen nooit echt geloofd. Het is één ding om in de krant over de macht van oom Jack te lezen, maar het is iets heel anders om het aan den lijve te ondervinden: een beschermende cocon rondom mij en mijn gezin.

'Wat probeer je dan te zeggen?'

'Het is de *informatie* die gevaarlijk is, Misha.' Het gesprek is weer terug bij het uitgangspunt. 'Wanneer die in de verkeerde handen valt – dat is het gevaar.'

'En daarom vind jij dat ik de informatie beter aan jou kan geven – wie je ook bent – dan aan Jack Ziegler.'

'Ja.'

'Werk je voor... eh, de regering?' Ze schudt glimlachend haar hoofd. 'O nee, dat is waar ook, je werkt voor de goeden-al-zijn-het-geen-lieverdjes.'

'Als het erop aankomt, zullen noch wij, noch Jack Ziegler in de hemel komen, maar ja, dat klopt zo ongeveer wel.'

'Behalve dan dat jij me stiekem volgt en oom Jack me beschermt.'

'Misschien volgt hij je ook wel. Misschien bescherm ik je ook wel.'

'Ik heb geen enkel teken gezien...'

'Weet je nog hoe hij zich op het kerkhof gedroeg, Misha? Was dat de manier waarop een man zich gedraagt wanneer er voor hem niets op het spel staat?'

'Op het kerkhof? Je was toch niet op het kerkhof...'

'Jazeker,' zegt Maxine glimlachend, verrukt dat ze me weer een slag voor is. 'Ik was ook bij de begrafenis. Ik zat op de achterste rij met een stel familieleden van je. Ze dachten allemaal dat ik iemands nicht was.' De glimlach wordt flauwer en ik bespeur nu vermoeidheid: ze is het zat een rol te spelen, ze is het flirten zat, ze is het werk zat. 'Je hebt me zelfs omhelsd bij het graf,' voegt ze er zacht aan toe. 'Het was een prettige omhelzing.'

Ik ben enigszins verbaasd, en dat was ook Maxines bedoeling. Maar ik laat me niet afschrikken.

'Je heb me nog steeds niet verteld waarom ik de... de informatie aan jou moet geven. Dat wil zeggen: als ik die ooit vind.'

'Je wilt me niet op mijn woord geloven? Ik bedoel, ik heb je nog wel op krabtaartjes getrakteerd.'

'Én mijn auto vernield.'

'Alleen de bumper. En ik heb aangeboden het te vergoeden.'

Wanneer ik er het zwijgen toe doe, blijft Maxine staan en grijpt opnieuw mijn arm. We zijn op de parkeerplaats van de kleine winkel die vrijwel alles verkoopt, van cornflakes tot goede wijn tot de stickertjes die je in staat stellen je vuilnis op de stoep te zetten om het te laten ophalen.

'Luister, Misha. Ik ben je vijand niet. Dat moet je geloven. Ik heb je gezegd dat de mensen met wie ik werk geen heiligen zijn. Je zou ze misschien niet te eten vragen. Maar je moet me geloven wanneer ik zeg dat, als ze in handen krijgen wat Angela's vriendje weet, wat dat ook zal blijken te zijn, ze dat zullen vernietigen. Als Jack Ziegler het in handen krijgt, zal hij het gebruiken. Zo simpel is dat.' Haar ogen lijken te gloeien in het donker. 'Je moet teruggaan om het te zoeken, Misha. De aanwijzingen zijn er. Het punt is alleen dat niemand anders ze kan ontcijferen. Ik denk dat je vader ervan uitging dat jij meteen zou weten wie Angela's vriendje was. Je vader was een intelligent man. Een voorzichtig man. Als hij ervan uitging dat je het wist, dan weet je het. Je weet alleen niet wat je weet.'

Ik schud gefrustreerd mijn hoofd. 'Maxine, ik moet zeggen dat ik geen idee heb waar mijn vader het over had. Ik denk dat hij zich vergist heeft.'

'Dat mag je niet zeggen! Dat mag je nóóit zeggen!' Maxine lijkt angstig en kijkt om zich heen alsof ze verwacht te ontdekken dat er iemand meeluistert.

'Je heb wel degelijk een idee. Je vader heeft zich absoluut niet vergist.' Ze schreeuwt bijna terwijl ze me verbetert.

Ik haal haar hand van mijn pols. 'Ik ben te moe voor dit alles. Ik denk dat ik misschien wel... ik denk erover de zoektocht op te geven.'

Haar ogen worden groter en zo mogelijk nog verschrikter. 'Je kunt nu niet ophouden, Misha. Dat kan gewoon niet. Jij bent de enige die kan uitzoeken wat de regelingen zijn. Dus moet je het doen. Je móét. Alsjeblieft.'

Alsjeblieft?

'Ik begrijp het.' Ik houd mijn toon neutraal. Ik wil niet dat ze beseft dat deze plotselinge overgang naar smeken angstaanjagender is dan alles wat ze verder ook maar heeft gezegd. Maar Maxine bespeurt mijn gemoedstoestand; ik zie het in haar intelligente gezicht; en ik kan zien dat ze besluit het erbij te laten.

'Ik denk niet dat we elkaar nog zullen zien, Misha. Dat wil zeggen: ik denk niet dat jij mij nog zult zien. Als ik mijn werk goed doe, althans. Ik zal je in de gaten houden, maar je zult niet weten wanneer. Gedraag je dus normaal, en ga ervan uit dat ik er ben om je te helpen.'

'Maxine, ik...'

'Het spijt me van het geld,' gaat ze haastig verder. 'Dat was onhandig. En het was beledigend. Het was niet om je bumper te laten repareren. En ik had nog veel meer in mijn tas, voor het geval dat. Dat heb ik nog steeds.' Haar toon is weemoedig.

'Voor het geval wat?'

'We hadden gehoord dat iemand anders de regelingen van je probeerde te kopen. Misschien onder het mom van afspraken voor redevoeringen, of zoiets.' Ik krijg een koude rilling, maar zeg geen woord. 'Enfin, het was dus in feite de bedoeling dat ik... nou ja, dat ik je omkocht, Misha. Het spijt me, maar het is zo. We weten dat je financieel enigszins in de knel zat. En, eh, ook wat je gezinssituatie betreft. Het was de bedoeling dat ik je omkocht met geld of... of, nou ja, met wat dan ook.' Nu is het haar beurt om te blozen en haar ogen neer te slaan en mijn beurt om een warmte te voelen opkomen die ik liever de kop in zou drukken.

'En wat moest ik in ruil daarvoor doen?' vraag ik na een ogenblik. We zijn weer bij onze auto's aangekomen. Ze haalt haar sleutels uit haar jaszak en drukt op het knopje. De lichten van de Suburban flikkeren, het alarm slaat met een piepje af en de portieren gaan open. Ik pak haar arm beet. 'Maxine, wat moest ik in ruil daarvoor doen?'

Ze verstijft bij mijn aanraking. Ze is plotseling doodongelukkig. Ik weet niet of het gewoon toeval is dat elke vrouw die ik tegenkom neerslachtig lijkt, of dat ik hen zo maak.

'Wat moest ik in ruil daarvoor doen?' vraag ik voor de derde keer, terwijl ik mijn hand weghaal. 'Het onbekende aan jou geven, in plaats van aan oom Jack?'

Maxine heeft het portier open en staat met één voet op de treeplank. Ze geeft antwoord zonder zich om te draaien.

'Ik weet dat je leven de laatste tijd niet makkelijk is geweest, Misha. Veel mensen zouden besluiten de jacht op dit punt te staken. We hadden gehoord dat je weleens met die gedachte zou kunnen spelen.' Ze aarzelt. 'Ik kan het, denk ik, het beste zo formuleren: het was de bedoeling dat ik al het mogelijke zou doen om je zover te krijgen dat je het niet opgaf. Je te overreden met het zoeken door te gaan. Maar ik denk niet dat je omgekocht hoeft te worden. Ik denk dat je zo iemand bent die niet kan loslaten. Je zult naar hem blijven zoeken omdat je wel moet.'

'Naar wie blijven zoeken?'

'Naar Angela's vriendje.'

'En dan? Maxine, wacht. En dan? Als ik hem vind en hij me vertelt wat mijn vader wilde dat hij me vertelde, wat moet ik dan doen? Ik bedoel, stel dat ik akkoord ga met je? Hoe speel ik je de informatie dan toe?'

Maxine zit inmiddels in de Suburban en staat op het punt het portier voor mijn neus dicht te trekken. Maar ze draait zich om, kijkt me recht in mijn ogen. Ik kan de mengeling zien van uitputting, irritatie, en zelfs een beetje treurigheid. Deze dag is niet helemaal verlopen zoals haar voor ogen had gestaan.

'Ten eerste, kanjer, moet je hem vinden,' zegt ze.

'En dan?'

'Dan vind ik jou wel. Dat beloof ik.'

'Maar wacht even. Wacht. Ik heb geen ideeën meer. Ik weet niet waar ik moet zoeken.'

De skeelervrouw haalt haar schouders op en start de auto. De motor komt explosief tot leven. Ze kijkt me weer aan, met een heldere en strakke blik. 'Je zou bij Freeman Bishop kunnen beginnen.'

'Freeman Bishop?'

'Ik denk dat hij een vergissing was.'

'Wacht. Een vergissing? Wat voor vergissing?'

'Een akelige, kanjer. Een akelige.' Maxine trekt het portier dicht en zet de Suburban in zijn achteruit. De auto rijdt met toenemende snelheid de heuvel op, richting Vineyard Haven. Ik kijk hem na tot de achterlichten de bocht om gaan.

Ik ben alleen.

34

Een verhaal ontknoopt zich

— I —

Ik word de volgende ochtend vroeg wakker, alleen in Vinerd Hius, beschaamd over het feit dat ik zo'n groot deel van de nacht rusteloos heb liggen woelen, niet in staat om te slapen, verlangend naar gezelschap, maar niet naar mijn vrouw. Ik trek mijn ochtendjas aan en stap op het balkonnetje aan de zijkant van de grootste slaapkamer. De straten zijn leeg. De meeste andere huizen aan Ocean Park zijn afgesloten voor het seizoen, maar enkele vertonen tekenen van activiteit, en een jogger, die al vroeg buiten is in de frisse lucht, zwaait vrolijk.

Ik zwaai terug.

In de keuken rooster ik een Engelse muffin en schenk vruchtensap in, want ik heb de provisiekast niet gevuld toen ik kwam, in de verwachting dat ik hier maar een paar dagen zou blijven. Ik neem mijn ontbijt mee naar de kleine televisienis bij de hal, waar ik drie decennia geleden Addison en Sally zag stoeien. Simpeler tijden.

Je zou bij Freeman Bishop kunnen beginnen... Ik denk dat hij een vergissing was.

Een vergissing? Wat voor vergissing? Wiens vergissing? De mijne? Die van mijn vader? Vragen die ik de skeelervrouw naar het hoofd slinger, ook al is ze er niet om ze te beantwoorden.

En hoe kan een dode man me helpen Angela's vriendje te vinden?

Ik kan niet stilzitten. Ik dwaal van de ene kamer naar de andere, waarbij ik een blik werp in de logeerkamer, opgeknapt met rood behang en rode stof op het bed en de stoelen, de kamer waar mijn moeder stierf; vervolgens in de badkamer die tevens dienst doet als washok, met de goedkope linoleumvloer die al oud was toen mijn ouders het huis kochten; loop terug naar de kleine keuken, waar ik nog wat sap inschenk, en ga ten slotte de eetkamer in, waar de uitvergrote omslag van *Newsweek* van mijn vader nog steeds boven de onbruikbare haard hangt. HET UUR VAN DE CONSERVATIEVEN. Zoals het vroeger was, zou de Rechter zeggen. Toen alles nog rozengeur en maneschijn leek te zijn. Ik herinner me hoe mijn vaders nominatie de eenheid van de Goudkust op de proef stelde, hoe vrienden voor het leven niet meer met elkaar praatten toen ze lijnrecht tegenover elkaar bleken te staan. Maar misschien kwam versplintering vaker voor in onze gelukkige kleine gemeenschap dan ik vermoedde. Vertelde Mariah niet dat de gemeente van Trinity and St. Michael in tweeën spleet toen Freeman Bishops cocaïnegebruik aan het licht kwam? En als...

Wacht eens even.

Wat zei Mariah ook alweer? Iemand die zou zijn vertrokken ware het niet... ware het niet...

Ik loop snel terug naar de keuken en gris de telefoon van de haak. Voor de verandering slaag ik erin Mariah meteen te bereiken. Terwijl ik haar pogingen om me te overspoelen met het laatste samenzweringsnieuws dat ze bijeen heeft gesprokkeld op het Internet de kop indruk, stel ik terloops de cruciale vraag:

'Luister eens, maatje, was er niet iemand over wie jij zei dat ze de kerk zou hebben verlaten vanwege eerwaarde Bishops drugsgebruik, ware het niet dat ze zo haar redenen had?'

'Jazeker. Gigi Walker. Je kent Gigi nog wel. Addison ging vroeger met haar jongere zusje, weet je wel? Nou ging Addison vroeger natuurlijk met iedereen, dus dat is wel niet zo'n...'

'Mariah, luister. Wat bedoelde je toen je zei dat ze zo haar redenen had?'

'O, Tal, waarom ben jij altijd de laatste die iets hoort? Er is járenlang flink gekletst over Gigi en eerwaarde Bishop. Dit speelde nadat zijn vrouw gestorven was, en nadat haar man haar had verlaten, dus het was ook weer niet zó'n schandaal, maar toch. Papa zei dat hij niet had verwacht dat een geestelijke...'

Ik onderbreek haar opnieuw. 'Oké, oké. Gigi. Dat is een bijnaam, hè?'

'Inderdaad.'

'En haar echte naam is...'

Voordat mijn zus antwoordt weet ik al wat ze gaat zeggen. 'Angela. Angela Walker. Waarom wil je dat weten?'

Mariah babbelt verder, maar ik luister niet. De telefoon trilt in mijn handen.

Geen wonder dat Colin Scott, volgens het verhaal van Lanie Cross, Gigi Walker het vuur zo na aan de schenen legde dat ze huilde. Hij wist wat ik nu ook weet, maar hij wist het eerder.

Ik heb Angela's vriendje gevonden.

Maar iemand anders heeft hem het eerst gevonden, en daarom is hij nu dood en kan hij me niets vertellen.

— II —

Ik kan agent Nunzio niet bereiken. Brigadier Ames weigert naar mijn theorieën te luisteren, en dat kan ik haar nauwelijks kwalijk nemen. Ze stelt voor dat ik, als ik werkelijk kan aantonen dat ze de verkeerde man in hechtenis heeft, haar daarvan in kennis stel. Zo niet, dan moet ik haar met rust laten en haar haar werk laten doen. Het probleem is dat ik me op het gevaarlijke middenplan bevind. Als ik zittend in de keuken van Vinerd Hius probeer te bedenken hoe ik haar zover kan krijgen dat ze me serieus neemt, loop ik vast. Ik denk dat ik weet wie Freeman Bishop heeft gemarteld tot de dood erop volgde, en waar deze persoon op uit was, maar ik ben bepaald niet in de positie om dat te bewijzen. Bonnie Ames daarentegen heeft een getuige die wil verklaren dat Conan opschepte over wat hij heeft gedaan, een voorgeschiedenis van gewelddadig gedrag wat haar verdachte betreft, en bewijs dat Freeman Bishop Conan nog geld verschuldigd was voor drugs.

Ik weet niet hoe Colin Scott al dat bewijs heeft gefabriceerd, maar dat hij dat heeft gedaan, daar twijfel ik niet aan. De arme Freeman Bishop viel buiten Jack Zieglers bevel dat de familie niets mocht overkomen. Dus heeft Scott hem gemarteld om erachter te komen wat Freeman mij moest vertellen, en, zoals de brigadier grimmig opmerkte toen Mariah en ik haar bezochten, het is onwaarschijnlijk dat de priester iets achterhield. En dat is nu het probleem, bedenk ik terwijl ik ophang en nogmaals door het huis begin te dwalen. Als eerwaarde Bishop Colin Scott alles heeft verteld, waarom vond Scott het dan nog nodig om me te volgen? Als hij me volgde, was hij blijkbaar niet te weten gekomen waar mijn vader had verborgen... wat hij ook maar te verbergen had.

Dat betekent dat Freeman Bishop het hem niet heeft verteld.

Dat betekent dat Freeman Bishop het niet heeft geweten.

Ik denk dat het een vergissing was. Een akelige.

Nu begrijp ik waar Maxine het over had. Freeman Bishop is vermoord omdat Colin Scott dacht dat hij het vriendje van Angela was. En dat wás hij ook. Hij was alleen niet het vriendje van Angela dat mijn vader bedoelde.

Hoe dan ook, ik voor mij ben van mening dat het de Rechter was die hem de dood heeft ingejaagd.

35

Het lijk in de kast

— I —

'Je raadt nooit wat er is gebeurd,' deelt een opgewekte Dana Worth me mee terwijl ze onuitgenodigd mijn kantoor binnenstapt.

'Dat klopt,' zeg ik gemelijk, nauwelijks opkijkend van de drukproeven die ik bezig ben te corrigeren met een gebroken rood potlood. Sinds mijn terugkeer uit de Vineyard heb ik niet de energie gehad om veel werk te doen. Het is aan het eind van de tweede week van januari en de straten van Elm Harbor liggen vol vuile sneeuw. Het lentesemester begint officieel op maandag, maar de details van het leven op de juridische faculteit kunnen mijn aandacht niet vasthouden. Er zijn studenten binnen komen lopen met excuses dat ze hun papers niet op tijd af hebben gekregen. Ik heb geen woorden vuil gemaakt aan een reprimande. De bibliotheek wil nog steeds het boek terug dat ik verkeerd heb teruggezet. Eerder op de dag belde Shirley Branch op, nog steeds gedeprimeerd over haar vermiste hond. Ik heb haar geprobeerd te troosten, zoals het een mentor betaamt, ook al kwam ik in de verleiding tegen haar te zeggen – het scheelde maar een haar – dat ik maar naar één vermist voorwerp tegelijk kan zoeken. Op de Vineyard smeekte Maxine me de speurtocht naar *de regelingen* voort te zetten, maar ik weet niet zeker of ik daartoe wel in staat ben. Te veel spoken zitten me nu op de hielen.

Gisteravond werden we omstreeks halftwaalf gewekt door de telefoon, en Kimmer, die aan die kant van het bed slaapt, nam op, luisterde ongeveer drie seconden en overhandigde me zwijgend de hoorn: weer Mariah, die belde om een feit te onthullen dat ze tot dan toe verborgen had gehouden. Terwijl mijn vrouw de deken over haar hoofd trok, vertelde mijn zus me wat ze de arme Warner Bishop had weten te ontlokken toen ze tijdens een gezellig etentje in New York eindelijk met elkaar hadden gepraat. Wat Mariah vertelde bevestigde mijn vrees. Warner schijnt tegen de politie te hebben gelogen. Op de avond dat hij stierf, meldde Freeman Bishop, precies zoals Sergeant Ames zei, zijn kerkenraad dat hij iets later op de vergadering zou komen omdat hij een verward gemeentelid geestelijke bijstand moest verlenen. Maar hij vertelde zijn zoon, die toevallig vlak voor hij wegging opbelde, een ander verhaal. Eerwaarde Bishop zei dat hij later zou komen omdat hij een FBI-agent moest ontmoeten die eerder die dag bij de kerk was langsgekomen, een clandestiene ontmoeting had geregeld om over een niet nader genoemd gemeentelid te praten, en hem een eed van geheimhouding had afgenomen. Waarom had Warner dit feit verborgen gehouden voor de politie? *Omdat hij bang was*, zei Mariah. Voor wie? *Voor degene die zijn vader had vermoord.* Ze raakte enthousiast. *Ik had je dit eerder willen vertellen, Tal, toen ik bij jou thuis was. Maar je zat me daar aldoor zo af te kammen, dat ik je niet echt vertrouwde. Nu doe ik dat wel.* Ik probeerde me te herinneren of ik echt zo wreed was. Voordat ik erachter kon komen of Mariah van me verwachtte dat ik mijn excuses aanbood, was ze al bij het volgende punt van haar resumé. *Begrijp je nu waarom ik de FBI niet vertrouw?* Maar ze wist net zo goed als ik dat de echte FBI niets uitstaande had met wat Freeman Bishop is overkomen.

'Misha, kom op, opletten.' Lieve Dana schuift een stapel papieren aan de kant – waar *ík* ze wil hebben is niet van belang – en wipt op de rand van mijn bureau. Haar voeten komen niet op de vloer. Ze neemt haar beroemde houding weer aan, zolen plat tegen de zijkant. 'Dit is goed nieuws. Dit is *belangrijk.*'

Ik leun achterover in mijn oude stoel en hoor het vertrouwde kraken van de gebroken steunpunten. Mijn ervaring leert me dat mijn gelegenheidsvriendin niets zo opwindend vindt als faculteitspolitiek, dus ik bereid me voor op een eindeloos verhaal van triomf of tragedie, op de een of andere manier gerelateerd aan de vraag wie er wel of niet benoemd zal worden op de faculteit, een kwestie, hoewel ik dat niet aan Dana heb laten weten, die me eigenlijk niet meer interesseert.

'Ik luister,' zeg ik.

Er verschijnt even een ondeugende glimlach op Dana's gezicht, de glimlach die ze reserveert voor het plagen van oude vrienden en voor het lokken van nieuwe studenten. Ze draagt een donkere trui en een beige broek die een twaalfjarige zou passen, maar de scherpe vouw duidt op een product dat alleen twaalfjarigen die in Beverly Hills wonen zich kunnen permitteren. 'Het heeft eigenlijk meer te maken met die vrouw van je dan met jou.'

'Ik luister nog steeds.' Ik kan me niet voorstellen welk aspect van Kimmers leven Dana zo fascinerend zou vinden, maar ik ben altijd bereid om te leren.

'Dit is goed nieuws, Misha.'

'Dat zal best.'

'Je bent helemaal niet gezellig, weet je dat?'

'Dana, ga je me het nu nog vertellen of niet?'

Ze tuit even haar lippen, niet gewend aan deze nieuwe, minder speelse Misha Garland, maar besluit, zoals Dana altijd doet, dat haar roddel te sappig is om verzwegen te blijven.

'Nou, je raadt nooit wie de afgelopen twee uur in decaan Lynda's kantoor heeft gezeten.'

'Klopt.' Ik richt mijn aandacht weer op de proeven.

'Klopt?'

'Klopt, ik raad het nooit. Vertel het me dus gewoon maar.'

Dana trekt een gezicht en wacht tot ik dat opmerk, en steekt dan van wal. 'Ik zal je een hint geven, Misha. Ze gebruikten haar beide telefoonlijnen – die persoon en Lynda, bedoel ik – en ze waren zo'n beetje iedereen in Washington aan het bellen, in een poging ze ervan te overtuigen dat hij het wereldberoemde Hoofdstuk Drie van zijn enige boek niet heeft geplagieerd.'

Mijn stoel kantelt met een verbaasd geknars naar voren. Gedurende één schitterend ogenblik verdampen de zorgen over mijn vader en zijn regelingen, Freeman Bishop en de skeelervrouw.

'Je bedoelt toch niet...'

'Ik bedoel dat wel. Collega Hadley.'

'Je meent het niet. Je méént het niet.'

'Ik meen het wel. Hoofdstuk Drie, weet je wel, dat hij altijd citeert, dat iederéén altijd citeert? Nou, dat blijkt hij te hebben gekopieerd uit een ongepubliceerde paper van niemand anders dan Perry Mountain.'

'Marc heeft Theo's broer geplagieerd? Márc? Ik geloof het niet.'

Dana is teleurgesteld door mijn scepsis; ze had hoeragroep gewild. 'Waarom vind je dat zo moeilijk te geloven? Denk je dat Marc een soort toonbeeld van deugd is? Denk je dat hij niet net als iedereen oplicht en steelt?'

'Nou, nee, ik geloof alleen niet dat Marc de ideeën van iemand anders ooit goed genoeg zou vinden om ze voor die van hem te laten doorgaan.'

Dit levert me de begeerde Lieve Dana Worth-grijns van goedkeuring op.

'Nou, mocht je het zijn vergeten: collega Hadley heeft het grootste writer's block in de geschiedenis van de westerse beschaving. Dus misschien is het beter de ideeën van een ander te stelen dan helemaal nooit te publiceren, hè?'

Ik schud mijn hoofd. Dit gaat allemaal te snel. Kimmers pad is plotseling vrij...

Alleen... alleen...
'Dana, wat zou Marc precies gedaan hebben?'
'Nou, dit is het aardige ervan, liefje.' Ze wipt van mijn bureau en begint de vertrouwde kring uit te slijten in mijn tapijt. 'Het schijnt dat een student de archieven op de Universiteit van Los Angeles aan het doornemen was, je weet wel, om de oude mappen weg te gooien...'

— 11 —

'... en daarbij op een paar papers stuitte van niemand anders dan Pericles Mountain,' zeg ik minuten later door de telefoon tegen Kimmer, nadat ik haar door haar secretaresse uit een vergadering heb laten roepen zodra Dana mijn kamer had verlaten om het slechte nieuws op de gang te verspreiden. Ik bespeur een toenemend ongeduld bij mijn vrouw terwijl ik het verhaal herhaal dat Dana me heeft verteld. Ongeduld, maar ook opwinding. 'En hij zit daar dus op een kelderverdieping van de juridische faculteit van de Universiteit van Los Angeles die spullen door te lezen, zoals studenten doen wanneer ze liever niet zouden werken, en het toeval wil dat hij net bij een van zijn colleges het boek van Marc Hadley had gelezen. Zijn oog valt op deze kladversie, en het taalgebruik lijkt er zo sterk op dat hij zich begint af te vragen of dit soms een vroege kladversie van het boek is. Misschien kan hij het de volgende week in het werkcollege laten zien, kan hij iedereen verrassen door hun te vertellen wat de grote Marc Hadley overwóóg te zullen schrijven voordat hij van gedachten veranderde.' We lachen allebei. Kimmer is zo verrukt door het nieuws dat we bijna gelukkig zijn samen. 'Alleen, als hij wat beter kijkt, blijkt het geen kladversie van *De Constitutionele geest* te zijn. Het is slechts een kladversie van een paper die Perry Mountain schreef. Hij staat op het punt hem weg te gooien, maar het overeenkomstige taalgebruik laat hem niet los. Dus redt hij het geschrift van de recyclingbak en neemt het mee naar zijn appartement en een paar dagen later vergelijkt hij het met het boek, en ja hoor, het is bijna woord voor woord hetzelfde. Dus de volgende dag vertelt hij het zijn professor, en de ene professor vertelt het aan de andere, en nou ja, dit is het resultaat.'
'Ik geloof het niet,' zegt mijn vrouw vol verbazing, hoewel ze het duidelijk wel gelooft. 'Weet je wat dit betekent, Misha? Ik kan het niet geloven.'
'Ik weet wat het betekent, liefje.'
'Hij zal zich moeten terugtrekken, hè? Er zit niets anders op.'

Ze is bijna uitgelaten, een Kimmer die ik nog nooit heb gezien.

'Ik denk dat je gelijk hebt. Hij zal zich moeten terugtrekken. Gefeliciteerd, edelachtbare.'

'O, lieverd, dit is zo geweldig.' Het valt me ineens op dat Kimmer iets te veel behagen schept in de tegenspoed van haar rivaal – of liever, in zijn misstap – en het valt haar kennelijk ook op. 'Ik bedoel, het spijt me voor Marc en zo, en als ik de baan krijg, dan had ik hem niet op deze manier willen krijgen. Dit is gewoon...' Een stilte. Ik kan bijna horen hoe haar stemming begint om te slaan, ook al is er geen andere reden dan dat ze wispelturig is. 'Heb je Mallory gesproken?'

'Alleen jou.'

'Ik ben benieuwd wat de mensen in Washington zeggen.'

'Ik zal hem bellen zodra we hebben opgehangen,' beloof ik.

'Ik denk dat ik zelf ook een paar telefoontjes ga plegen.' Ik weet niet precies waarom dit me meer omineus dan optimistisch in de oren klinkt.

'Het is behoorlijk verbijsterend,' zeg ik, alleen maar om het gesprek gaande te houden.

'Maar ik vat het niet.' Kimmer komt met een tegenwerping omdat ze denkt dat mensen rationele wezens zijn. 'Ik begrijp niet waarom hij zo stom zou zijn. Marc, bedoel ik.'

'Tja, we maken allemaal fouten.'

'Dit is wel een heel grote fout.' Terwijl ze hierover nadenkt, houdt haar stemmingswisseling aan en vormen zich wolken van twijfel. Ik kan het in haar stem horen. 'Het is gewoon onzinnig, Misha. Waarom zou Marc het kopiëren? Zou hij niet bang zijn dat hij tegen de lamp zou lopen?'

'Nou, dit is het interessante ervan. Het blijkt dat Perry Mountain ziek werd en het artikel nooit heeft gepubliceerd. *De constitutionele geest* kwam drie jaar na Perry Mountains dood uit.'

Sceptische Kimmer laat zich niet overtuigen. Haar goede humeur begint beslist te verdwijnen. 'En niemand heeft het gemerkt? Perry heeft niemand anders een kladversie gestuurd? Theo, misschien? Ik bedoel, je zou toch denken dat Theo vanaf de dag dat het boek werd gepubliceerd luid misbaar zou hebben gemaakt.'

Ik frons. Ik heb niet aan deze mogelijkheid gedacht. Ik zeg haar dat ik Dana zal bellen om mijn licht op te steken.

'*Dana* is je bron voor dit alles?' sputtert Kimmer. Denk ik mijn vrouw het nieuws te brengen dat ze het liefst wil horen, is het me in plaats daarvan gelukt haar boos te maken. 'Ik bedoel, Misha, ik weet dat ze je maatje is en zo, maar het is niet bepaald iemand die zich altijd aan de feiten houdt.'

'Kimmer...'

'En ze kan Marc niet uitstaan,' voegt mijn vrouw eraan toe, alsof ze dat zelf wel kan. 'Dus misschien is ze een beetje vooringenomen.'

'Aan de andere kant weet ze altijd wat zich hier afspeelt.'

'Het spijt me, Misha.' Mijn vrouw is weer haar oude, kille zelf, argwanend tegenover alles en iedereen. 'Ik heb gewoon het gevoel dat ik word belazerd.'

Ik probeer het luchtig te houden. 'Het zou wel een vreselijk omslachtige manier zijn om jou te belazeren, liefje.'

Een stilte terwijl ze hierover nadenkt. 'Ik geloof dat je gelijk hebt,' geeft ze met tegenzin toe. 'Maar ik moet je wel zeggen, lieverd, dat het een bijzonder vreemde indruk maakt.'

Pas nadat ik sip heb opgehangen en terugkeer naar mijn onvoltooide drukproeven, besef ik dat Kimmer weleens gedeeltelijk gelijk kan hebben.

Het lijkt inderdaad op doorgestoken kaart.

Maar mijn vrouw is niet degene die belazerd wordt.

— III —

'Natuurlijk weet ik daarvan,' zegt Theophilus Mountain tegen me, terwijl er een brede glimlach opduikt uit een onverwacht dal in zijn baardlanderijen. 'Dacht je dat me dat niet zou zijn opgevallen?'

Zoals gewoonlijk na gekibbel met mijn vrouw voel ik me traag, mijn hoofd gevuld met dons in plaats van met gedachten. Ik begrijp niet helemaal wat Theo bedoelt.

'Wist je dat Marc Hoofdstuk Drie van... van je broer had gekopieerd? Heb je dat al die jaren geweten? En je hebt er niets aan gedaan?'

Theo lacht terwijl hij met zijn gekromde lichaam gaat verzitten in zijn houten bureaustoel. Hij vindt het heerlijk getuige te zijn van de totale nederlaag van Marc Hadley, een van zijn vele vijanden. De meesten die Theo veracht, haat hij om hun politieke opvattingen; Stuart Land bijvoorbeeld. Maar de ambitieuze Marc Hadley koestert zorgvuldig het imago van de wetenschapper die niet gedreven wordt door politiek; vanwege die arrogantie haat hij Marc. Vanaf de dag dat hij een kwart eeuw geleden naar Elm Harbor kwam om constitutioneel recht te doceren, is Marc Hadley nooit door het stof gegaan voor Theophilus Mountain zoals de jongelui op zijn vakgebied dat plachten te doen... en zoals niemand dat nu meer doet. Tegenwoordig gaat iedereen door het stof voor Marc Hadley. Theo heeft Marc nooit vergeven dat hij de regels heeft veranderd.

'Ik heb daar nooit de zin van ingezien,' zegt Theo. Hij begint te ijsberen in zijn enorme kantoor, dat helemaal aan het eind van de eerste verdieping ligt en uitkijkt op de hoofdingang van Oldie. Theo Mountain, zeggen de gevatte lieden, ziet de nieuwe leden van de faculteit de deur binnengaan en de oude naar buiten gedragen worden; maar Theo zelf lijkt onsterfelijk. Het kantoor waar hij zetelt is ook onsterfelijk, een legende op de juridische faculteit, een ongelooflijke rotzooi van stapels paperassen tot halverwege het plafond die bijna de gehele oppervlakte bedekken. Toegegeven, mijn kantoor is ook rommelig, zoals vele in het gebouw dat zijn, maar dat van Theo is ontzagwekkend, een meesterwerk, een monument voor een waar genie van wanorde. Je kunt er alleen gaan zitten door wat van de troep opzij te schuiven. Het lijkt Theo nooit iets te kunnen schelen waar je neerlegt wat je verplaatst of welke stapels je omgooit tijdens het leegmaken van een stoel; hij gooit nooit iets weg maar kijkt ook nooit om naar de dingen die hij bewaart. Naar verluidt heeft hij exemplaren van alle faculteitsmemo's vanaf het begin van de twintigste eeuw. Soms denk ik dat dat best eens zou kunnen.

'Ik heb daar nooit de zin van ingezien,' herhaalt hij terwijl hij naar zijn archiefkast loopt en in schijnbaar willekeurige volgorde laden openrukt. 'Marc was toen jonger en een grotere idioot dan hij nu is, en hij was ervan overtuigd, zoals jullie dat allemaal zijn wanneer jullie hier voor het eerst komen, dat hij zo'n beetje alles wist wat je maar kon weten. Op een dag gingen we samen lunchen en spraken we over Cardozo. Toen bleek dat hij helemaal niet veel over Cardozo wist.' Theo heeft achter in een van de laden iets gevonden wat hem boeit. Hij buigt zich voorover en steekt zijn hoofd erin, net als een stripfiguur, en ik verwacht al half dat zijn bovenlichaam zal verdwijnen en vlak daarna zijn voeten erin zullen tuimelen.

'Moet ik je helpen?'

'Ben je gek?' Hij is weer onder de levenden, een dikke manilla envelop in zijn vlezige handen geklemd. Zijn lach doet zijn baard wapperen. 'Enfin, ik vertelde hem over die paper die mijn broer had geschreven, waarin hij betoogt dat, eh, Cardozo's rechterlijke methode in feite het model was voor bijna alle belangrijke constitutionele arbitrage vanaf de jaren veertig van de twintigste eeuw.'

'Marcs theorie,' mompel ik.

'Pérry's theorie,' corrigeert Theo me met vriendelijke opgeruimdheid. 'Marc vroeg me of hij een kopie van de paper kon zien. Nu was mijn broer niet iemand die zijn papers aan anderen liet lezen, behalve natuurlijk aan mij en Hero. Dus het zou geen zin hebben gehad het aan Perry te vragen. Maar ik mocht Marc wel, ik dacht dat hij wel wat in zijn mars had, en ik leende hem mijn kopie uit.' Hij gooit de map over het bureaublad heen naar me toe, en nog voor ik hem open, weet ik dat ik in mijn hand het bewijs heb van Marc Hadleys plagiaat: Pericles Mountains ongepubliceerde manuscript over Cardozo, de onvermelde bron voor het derde hoofdstuk van Marcs boek, het ene grote idee waarvoor hij alle prijzen heeft gewonnen die de academie voor rechtswetenschap maar te bieden heeft.

Ik blader door de vergeelde pagina's. Ik zie hier en daar aantekeningen in Theo's handschrift, doorhalingen, vraagtekens, invoegingen, koffievlekken. 'Weet je zeker...'

'Dat Marc het heeft gekopieerd? Natuurlijk weet ik dat zeker. Lees het maar, dan zie je het zelf.'

'En jij wist het toentertijd al? Toen het boek uitkwam?'

'Jazeker.'

Ik stel Kimmers vraag: 'Waarom heb je er dan niets aan gedaan?'

'Wat dan bijvoorbeeld?'

'Het... openbaar maken bijvoorbeeld.'

Theo fronst even, alsof hij zelf het antwoord niet weet. Maar hij weet het wel. Dat kan ik lezen in zijn waakzame, berekenende ogen. Theo heeft alles al meegemaakt, en toch lijkt het leven hem nooit te vervelen. Wanneer hij opnieuw glimlacht, is zijn blik zo sluw dat ik er bang van word. 'Nou ja, ik zou niet direct willen zeggen dat ik níéts heb gedaan.'

'Wat zou je dan wel zeggen dat je hebt gedaan?'

'Ik zou zeggen dat ik het tegen Márc heb gezegd.'

'Waarom zou je het alleen tegen Marc zeggen en verder tegen niemand...' begin ik. Dan stok ik. Ik begrijp het. O, dit is zo typerend voor Theo! Natuurlijk heeft hij het tegen Marc gezegd! Hij heeft het tegen Marc gezegd om zijn jonge, arrogante collega de volgende paar decennia met het plagiaat te kunnen chanteren. Hij heeft het niemand anders verteld omdat hij Marc aan zich verplicht wilde hebben. En omdat Theo, besef ik nu, mijn vroegere mentor, het soort heimelijke, jaloerse hater is dat de wetenschap van Marcs bedrog liever voor zichzelf houdt dan het te delen met de wereld. Als alle anderen zouden weten dat Marc Hadley een leugenaar en een bedrieger was, zou dat in feite Theo's plezier eerder hebben vergald dan vergroot.

Bovendien kon hij, door het geheim voor zichzelf te houden, op dit verrukkelijke moment wachten om Marcs kaartenhuis om te kiepen. Als hij inderdaad betrokken was bij het omkiepen.

'Ik wilde niet dat Marc in moeilijkheden kwam,' zegt Theo op de vrome toon van een man die zijn hele leven nog nooit een collega heeft veracht. De nagedachtenis van zijn broer, zo lijkt het, kon Theo geen zier schelen; wat hem interesseerde was Marc laten lijden. 'Maar ik wilde hem ervan bewust maken dat ideeën helemaal niet zo gemakkelijk te verhullen zijn. Ik wilde dat hij zich ervan bewust was dat ik het wist. Ik wilde dat hij het niet nog eens zou doen. En, nou ja, je weet wel wat er is gebeurd. Iedereen weet het.'

Ik vat het niet. Dan wel. 'Zijn writer's block.'

'Precies.' Theo kraait bijna van plezier. 'Ik vermoed dat ik hem zo bang heb gemaakt dat hij geen ander boek meer schrijft.'

Of hij heeft hem bevolen dat niet te doen, zodat zijn arrogante collega jarenlang mensen zou moeten horen mompelen over zijn verspilde mogelijkheden.

'Waarom zou je zoiets doen?' flap ik eruit.

'Mensen als Marc Hadley verdienen niet beter.'

'Maar waarom zou hij denken dat hij ermee weg kon komen?'

'Marc dacht dat hij slim was. Hij vroeg me, misschien een halfjaar nadat Perry was gestorven, of ik me diens paper over Cardozo herinnerde. Ik vertelde hem dat ik me er geen woord van herinnerde, dat ik het zelfs nooit had gelezen.' Theo's vrolijke ogen twinkelen. 'Dat was een leugen.'

Het wordt tijd dat ik opstap. Ik heb genoeg van Theo. Ik had een vermoeden van zijn vermogen tot haat, maar had dit wrede trekje niet voor mogelijk gehouden. Arme Marc kan zijn nominatie voor het rechterschap wel vergeten: dat is het belangrijke actuele nieuws in deze stroom herinneringen. Dana's verhaal is volkomen juist. De aantijging van plagiaat is in het hedendaagse klimaat onoverkomelijk, ook al zou het niet waar blijken te zijn – en, aangezien ik het manuscript van Perry Mountain niet heb gelezen, waarschuw ik mezelf behoedzaam, kan ik er nooit zeker van zijn. Het hele verhaal zou een verzinsel kunnen blijken te zijn. Of een misverstand. Maar ik betwijfel het. De zorgelijke lijnen in het gezicht van Dahlia Hadley die middag bij de peuterschool waren te duidelijk; toen ze zei dat er iets aan haar man knaagde, sprak ze de simpele waarheid. Marc zat er niet over in dat mensen zouden ontdekken dat zijn dochter met Lionel Eldridge sliep; hij zat in over zijn eigen vreselijke vergissing van twee decennia geleden. Terwijl ik in Theo Mountains met paperassen bezaaide kantoor zit, merk ik dat ik licht in het hoofd word. Marc is uit de gratie. Kimmer is in de gratie. De president wil kwaliteit en diversiteit, volgens Ruthie Silverman, en mijn vrouw brengt beide met zich mee: tenzij er iets opduikt in haar antecedentenonderzoek zal mijn vrouw federaal rechter worden.

En misschien zal mijn huwelijk gered worden, ondanks de intriges van wijlen mijn vader.

Ik geef Theo zijn verfomfaaide oude map terug en dank hem voor zijn tijd. Theo grist hem uit mijn hand en begraaft hem opnieuw in zijn archiefkast, hoewel niet in dezelfde la waaruit hij hem eerst te voorschijn had gehaald.

Bij de deur komt er nog een gedachte bij me op.

'Theo, vind je niet dat het bijzonder goed uitkomt, dat dit allemaal precies op het juiste moment aan de orde komt om Marc de genadeslag te geven?'

'Jazeker.' Hij glimlacht bij een herinnering. 'Het doet me denken aan wat rechter Frankfurter naar verluidt zei toen hij het nieuws hoorde van de dood van opperrechter Vinson vlak voordat de zaak van Brown tegen het ministerie van Onderwijs opnieuw voorkwam in het Supreme Court: "Dit is de eerste aanwijzing die ik ooit heb gehad dat er een God is."'

Theo hinnikt als een bezetene. Ik wacht tot hij bijgekomen is en stel dan de andere vraag die me bezighoudt: "Theo, je weet zeker niet hoe het nieuws naar buiten is gekomen, hè? Ik bedoel over het... vermeende plagiaat.'

'Geloof me, Talcott, het is onvervalst plagiaat.' Hij glimlacht om zijn eigen woordspeling. 'Wat nu, denk je dat ik uit de school heb geklapt? Nou, dan heb je het mis. Naar ik heb gehoord, was het een student aan de Universiteit van Los Angeles. Dat heb ik je verteld.'

'Maar geloof je dat verhaal?'

Theo is eindelijk geïrriteerd. 'Tal, kom op. Soms krijg je écht goed nieuws. Probeer die momenten te waarderen. Ze komen niet zo vaak voor.'

'Dat zal wel niet,' mompel ik terwijl ik hem bij het weggaan een hand geef, omdat Theo van de generatie is die zulke beleefdheden op prijs stelt. Maar ik ben met mijn hoofd niet in dit kantoor, of zelfs maar in dit gebouw. Mijn gedachten zijn op het kerkhof, op de dag dat we mijn vader begroeven, toen een ziekelijke oude man genaamd Jack Ziegler tegen me zei dat ik tegen Kimmer moest zeggen dat ze zich geen zorgen hoefde te maken over Marc Hadley. *Ik denk dat hij geen uithoudingsvermogen heeft.* Waren dat niet de woorden? *Hij heeft een aardig groot lijk in de kast. Dat moet er vroeg of laat wel uit vallen.*

Dat kun je wel stellen.

36

Het verhaal van een broer

— I —

Op de rustige zondagmiddag voordat de colleges weer beginnen krijg ik Addison eindelijk te pakken. Ik heb hem sinds Mariahs bezoek zo nu en dan gebeld, en hem zowel op kerstdag als nieuwjaarsdag proberen te bereiken. Ik heb boodschappen achtergelaten op zijn antwoordapparaat thuis en bij zijn producer in de studio. Ik heb zijn mobiele telefoon geprobeerd. Ik heb e-mailtjes verstuurd. Ik heb geen enkele reactie gekregen. In een vreselijke opwelling heb ik zelfs Beth Olin, de dichteres, opgespoord, die in Jamestown, New York, blijkt te wonen, maar toen ze hoorde wie ik was en wat ik wilde, hing ze op, waarmee de vraag of ze nog bij elkaar zijn, beantwoord was. Ik heb zelfs overwogen een van zijn ex-vrouwen op te bellen, maar mijn brutaliteit heeft zijn grenzen.

'Ik ben weg geweest,' zegt hij nu tegen me terwijl ik in mijn studeerkamer een tonijnsandwich zit te eten en naar een nieuwe vlaag midwintersneeuw kijk die door de straat waait. Er is voorspeld dat er nog eens tien tot twaalf centimeter sneeuw zal vallen, maar Kimmer is toch naar kantoor gegaan. Addison klinkt uitgeput. 'Sorry.'

'Weg naar een plek waar je mobiele telefoon niet werkt?' vraag ik knorrig.

'Argentinië.'

'Argentinië?'

'Heb ik je dat nooit verteld? Ik heb naar grond gekeken. Ik ben daar de afgelopen twee jaar, ik weet het niet, zeven of acht keer geweest. Ik denk erover daar een huis te bouwen.' Om in te wonen tot de Democraten weer in het Witte Huis zijn, zeker. 'En ik had het zo naar mijn zin dat ik dacht: ik blijf nog een paar dagen. De dagen werden weken en... nou ja, hoe dan ook, ik ben terug.'

Dagen werden weken?
'Maar... wat heb je gedaan? Vrijaf genomen van het programma?'
'Het programma begint eerlijk gezegd een beetje sleets te worden. Ik denk dat ik maar weer eens aan het boek moet gaan werken.' Addison zegt iets dergelijks om de paar jaar, maar het betekent altijd alleen maar dat hij op het punt staat van baan te veranderen. Niemand die ik ken heeft hem ooit daadwerkelijk een zin op papier zien zetten.

'Dat zou fantastisch zijn,' kom ik hem loyaal tegemoet. 'Dat boek schrijven, bedoel ik.'

'Ja.'

'Het is een geschiedenis die opgeschreven moet worden.'

'Ja.' Het is niet alleen uitputting waardoor de stem van broer bedrukt klinkt, besef ik. Ik bespeur ook berusting. Ik vraag me af waarin hij berust. 'Hé, moet je horen, broertje. De FBI is bij me geweest om met me te praten. Over *je vrouw*.' Een kort gegrinnik. 'Alsof ik ook maar iets van haar weet.'

'Het is haar antecedentenonderzoek, Addison. Ze moeten met iedereen praten.'

'Dat weet ik. Ik weet alleen niet waarom háár vervloekte antecedentenonderzoek zoveel vragen moet bevatten over míjn vervloekte geld.' Maar ik weet zeker dat Addison, net als ik, zich het beschamend oppervlakkige onderzoek van de Rechter herinnert. Naar verluidt zijn de procedures sindsdien strenger geworden. 'Maar goed, je hebt een heleboel boodschappen achtergelaten. Dat moet wel iets belangrijks zijn.'

Ik heb tijd genoeg gehad om erover na te denken hoe ik dit moet aanpakken. Ik werk naar de dringender kwestie toe door met de minder dringende te beginnen.

Dus vertel ik mijn broer over Mariahs bezoek en het ontbrekende rapport van Jonathan Villard. Ik leg hem uit dat er nergens een exemplaar te vinden is, ook niet in het archief van de politie, waar Meadows bot ving. Ik vertel hem over de twee pagina's met aantekeningen in het handschrift van de Rechter. Het enige wat we uit de aantekeningen kunnen opmaken, is dat er in de auto die Abby doodde twee mensen zaten.

'Huh,' is Addisons enige commentaar. Dan voegt hij er verbaasd aan toe: 'Wat een vorderingen hebben jullie gemaakt, zeg,' en op dat moment weet ik dat ik gelijk heb. Mijn broer zwijgt weer, maar ik wacht tot hij weer gaat spreken. Ten slotte stelt hij de vraag waar hij ongetwijfeld het meest mee zit: 'En, waarom vertel je me dit?'

467

'Je weet best waarom,' zeg ik zacht. Terwijl ik op zijn antwoord wacht, kan ik de televisie in de woonkamer horen, waar Bentley naar een spiksplinternieuwe video zit te kijken die John en Janice Brown, zijn peetouders, hem met kerst hebben gegeven. Twee avonden geleden hebben Kimmer en ik de jaarlijkse, na de vakantie plaatsvindende fuif van de broederschap van Lemaster Carlyle bijgewoond, samen met een paar honderd andere welgestelde leden van de donkerder natie, en hebben we tot in de kleine uurtjes de *electric slide*, de *cha-cha slide*, en een gloednieuwe uitvinding die bekendstaat als de *dot-com slide* gedanst. Misschien hebben we toch wel enigszins een sociaal leven.

'Nee, ik weet niet waarom,' zegt mijn grote broer. Zijn stem klink nu knorrig.

'Omdat jij weet waar het rapport is.'

'Wát?'

'Je weet waar het is. Of je weet wat erin stond.'

'Hoe kom je daarbij?' Addison klinkt eerder bang dan geïrriteerd. 'Ik weet daar niets van af.'

'Ik denk van wel. Herinner je je de dag dat we de Rechter begroeven? Toen je daar bij het graf stond en ik naar je toe kwam om met je te praten? Weet je nog wat je zei? Je zei dat je je afvroeg of we ooit de *mensen* zouden vinden die in de auto zaten die Abby doodde. Dat is wat je zei: *de mensen*.'

'Je hebt me verkeerd verstaan,' zegt hij na een stilte.

'Volgens mij niet. Er is geen enkel woord dat ik met *de mensen* zou kunnen verwarren. Geen woord in het enkelvoud.' Stilte. 'Al die jaren, Addison, heeft iedereen in de familie het erover gehad dat we de *bestuurder* van de auto moesten vinden. Mama zei dat altijd voordat ze stierf. En papa. En ik en Mariah, en jij ook. Maar op het kerkhof wist je dat er twee mensen in de auto zaten. Ik denk dat je dat wist omdat je het rapport had gelezen.'

'Dat is een beetje mager,' deelt Addison mee, maar ik kan horen dat hij met zijn hart niet bij de ruzie is die hij probeert uit te lokken. 'Misschien heb ik me alleen maar versproken. Misschien giste ik. Je kan er niets uit concluderen.'

'Kom nou, Addison, hou me niet voor de gek. Je weet dat ik gelijk heb. Ofwel de Rechter gaf je een kopie of je hebt het gewoon uit zijn archief gehaald. Maar ik weet dat je het hebt gelezen. En ik zou graag willen weten wat erin staat.'

Weer een stilte, ditmaal langer. Ik hoor iets op de achtergrond wat een stem zou kunnen zijn, en dan Addisons gefluisterde antwoord. Hij lijkt tegen iemand te zeggen nog even geduld te hebben. Misschien iemand die met hem mee is geweest naar Argentinië. Of iemand die niet mee is geweest.

Dan is mijn broer weer aan de lijn.

'Verdomme,' zegt hij.

— 11 —

Addison is hier niet gelukkig mee. Ik maak het hem maar moeilijk. Hij zou liever lezingen houden op een universiteitscampus of naar onroerend goed kijken in Zuid-Amerika of bezig zijn met zijn talkshow, ook al begint die een beetje sleets te raken – alles beter dan emotioneel kostbare tijd doorbrengen met een familielid. Alle drie de kinderen van het gezin Garland zijn in hun volwassen leven op de vlucht geweest voor onze vader, maar Addison is het verst gevlucht, wat misschien de reden is waarom hij degene was van wie de Rechter het meest hield. Tot voor een paar maanden heb ik Addison altijd bewonderd, maar de manier waarop hij me de laatste tijd mijdt, heeft mijn broederlijke toewijding op de proef gesteld.

'Luister eens, broer, ik heb geen kopie van het rapport. Ik heb nooit een kopie gehad. Ik heb het slechts één keer gelezen.' Weer een stilte, maar hij kan geen uitweg vinden. 'Papa heeft het me laten zien.'

Ik haal diep adem. Addison klinkt zo nerveus dat ik niet zeker weet of ik ook maar een woord kan geloven van wat hij zegt. 'Oké. En, wat stond erin?'

'Je wilt er niets meer over weten, Misha.' Addisons stem wordt killer.

'Echt niet.'

'Dus wel.'

'Je bent gek. Je bent al net zo gek als hij was.'

Hij bedoelt waarschijnlijk de Rechter, maar ik denk dat er nog heel veel andere kandidaten zijn. Anderhalve week geleden werd ik eindelijk teruggebeld door FBI-agent Nunzio. Zonder Maxine te noemen zei ik tegen hem dat ik dacht dat eerwaarde Bishop bij vergissing was vermoord. Hij bedankte me koeltjes voor het idee en beloofde me niet erg enthousiast het te zullen onderzoeken. Had slechter gekund.

'Ik wil alleen maar de waarheid weten,' zeg ik kalm tegen mijn broer.

Addison zucht. 'Ik begrijp je niet, Tal. Je bent een christen, nietwaar? En volgens mij staat ergens dat je van je leven een werk van vergeving moet maken, niet een werk van wraak.'

Zo word ik nog verder het bos in gestuurd. Ik dacht dat Maxine me perplex had achtergelaten, maar hiermee wordt toch wel een soort record gevestigd voor het meest Delfische antwoord.

'Ik zoek helemaal geen wraak.'

'Nou, ja, dat zeg jij. Maar misschien is dat gelul.' Addison houdt van het vulgaire, ik denk omdat hij gelooft dat het zijn voor het overige beschaafde Garland-taalgebruik een authentiek zwart tintje geeft. In werkelijkheid klinkt het geforceerd, als een kind dat met een nieuwe woordenschat speelt. 'Je dénkt misschien dat je geen wraak wilt, maar misschien heb je ongelijk. Je weet eigenlijk niet wat er in je hart is dat je ertoe aanzet zo te handelen. Je moet God vragen je hart te helen, broertje.'

Ik ben al een hele tijd opgehouden met eten. De eetlust is me vergaan in de poging me door alle verbale rook die Addison van al die kilometers afstand naar me toe blaast, heen te worstelen; en te begrijpen waarom hij dat doet.

Addison citeert ondertussen uit de Schrift. '"Zegen wie u vervolgen," zegt Paulus ons in Romeinen 12. Herinner je je nog? "Vergeld niemand kwaad met kwaad." En als je het verhaal leest van Simson...'

Ik onderbreek hem, iets wat ik sinds onze kindertijd vrijwel niet meer heb gedaan. 'Ik probeer geen kwaad met kwaad te vergelden, Addison. Kom op. Ik probeer niemand wat dan ook aan te doen. Ik probeer alleen maar uit te zoeken wat er aan de hand is.'

'Ja, dat zég je. Maar het zou kunnen dat er rottigheid is waardoor je, als je ervan wist, iemand inderdaad wel rauw zou lusten.'

'Addison, alsjeblieft. Ik ben er niet op uit iemand schade toe te brengen.' Want de gedachte komt bij me op dat de wraak waar mijn broer het over heeft weleens met hemzelf te maken kan hebben. 'Ik hoef alleen maar te weten wat er in het rapport stond.'

'Nee, dat is niet zo. Geloof mij nou maar. Je hoeft het niet te weten, je wilt het niet weten. Je wilt het verleden het verleden laten, broertje, en de toekomst tegemoet gaan. Je wilt je vrouw en gezin liefhebben en zorgdragen voor het reilen en zeilen thuis. Je wilt de wereld tegemoet treden met heel veel vergeving in je hart. Maar je wilt absoluut niet weten wat er in het rapport stond.'

'Waarom niet?'

'Verzoeking. Wil je in verzoeking geleid worden? Want dat rapport stond vol verzoeking tot zonde, geloof me.'

Dat stuurt me nog verder het bos in. Maar ik ben al tot hier gevorderd. Ik blijf aandringen.

'Addison, alsjeblieft. Vertel me tenminste wanneer papa het je heeft laten zien.'

Weer een stilte terwijl de radertjes in dat subtiele, manipulatieve brein ronddraaien. 'Zeg maar een jaar geleden. Iets meer. Ja. Afgelopen herfst.'

Ik heb het gevoel dat hij de waarheid inkleurt, er schaduwen in aanbrengt, haar ombuigt in een comfortabele richting, zoals getuigen dat vaak doen. Ik besluit me op te maken voor een lang spel, waarin ik mijn eigen ongeduld verberg, terwijl ik het zijne laat toenemen. Aangezien ik in mijn tijd een stuk of wat getuigenverklaringen heb afgenomen, weet ik dat het goed is om met omtrekkende bewegingen op de hoofdzaak af te gaan, en als je daar bent aangekomen, te doen alsof het je verveelt.

'Weet je waarom hij het je heeft laten zien?'

'Niet precies.'

'Kun je me dan vertellen hoe hij ertoe kwam het je te laten zien?'

Weer laat mijn broer me wachten. Ik begrijp niet waar hij zo over inzit, maar ik kan de uitwerking ervan door de telefoon heen voelen. 'Zoals ik al zei,' begint hij, 'was het misschien anderhalf jaar geleden. Papa belde me op. Hij zou naar Chicago komen om een toespraak te houden, en hij wilde weten of we samen iets konden gaan eten of iets dergelijks. Ik zei: ja, natuurlijk, wat u maar wilt. Ik bedoel, ik deel zijn politieke opvattingen niet, begrijp je, maar hij was nu eenmaal mijn vader, hè? Dus we gingen eten in zijn hotel. Een van die chique kleine privé-gelegenheden in de binnenstad. Niet in de eetzaal, maar boven in zijn suite. Hij had uiteraard een suite. Gigantisch. Twee slaapkamers, alsof hij die nodig had. Maar al die rechtervleugelgekken voor wie hij altijd sprak, hielden nu eenmaal van hem. Ze beknibbelden nooit op de kosten. Luister. Hij kreeg van die enorme honoraria, niet? Dertig-, veertigduizend dollar per keer. Soms meer. Waarom? Omdat zijn publiek dan terug kon gaan naar de golfclub om aan hun golfmaatjes te vertellen dat een zwarte man het eens was met hun rechtervleugelgekte, wat betekende dat ze gelijk hadden, niet?' Ik heb nooit eerder zo'n vijandigheid in zijn stem gehoord. Of misschien heb ik me nooit helemaal gerealiseerd hoezeer Addison de Rechter haatte.

'Enfin, we eten dus boven in zijn suite. Hij zegt dat hij niet wil dat iemand hoort waar we het over hebben. Dus ik maak er een grapje over en zeg: "Maar als ze nu eens afluisterapparatuur in je suite hebben geplaatst?" En hij kan er niet om lachen. Hij neemt het heel serieus. Hij kijkt me aan en zegt: "Denk je dat ze dat gedaan zouden kunnen hebben?" Of zoiets. En ik denk bij mezelf: uh-oh. Dus ik zeg tegen hem dat het maar een grapje was, en hij zegt dat hij al een keer van suite is veranderd voor het geval dat. En ik zeg tegen hem, ja, dat was een slimme zet, maar ondertussen denk ik dat hij, je weet wel, dat hij misschien... nou ja, je weet wel. Dat er misschien iets loos is, of zo. Weet je zeker dat je dit wilt horen?'

'Ja.' Mijn stem klinkt geknepen.

'Oké. Je hebt erom gevraagd. We gaan aan tafel – de suite had zoiets als een eetruimte. En hij heeft een paar mappen bij zich, en ik denk: we gaan het hebben over de familiefinanciën. Je weet wel, in de trant van: *Als me iets overkomt, is hier al het geld.* En hij heeft zo'n bloedserieuze gelaatsuitdrukking, het gezicht dat hij altijd trok wanneer hij ons op een van zijn preken onthaalde over goed en kwaad, je beloften gestand doen, al die flauwekul waar hij ons mee om de oren sloeg. En hij raakt helemaal opgewonden en zegt tegen me, hij zegt: "Zoon, we moeten over iets belangrijks praten," en ik denk bij mezelf, ja, ik had gelijk. Hij zegt dat het me misschien rauw op het dak zal vallen, en ik ga alleen maar rechtop zitten en knik, en hij zegt dat er een deel van zijn leven is waar hij nooit echt met het gezin over heeft gesproken, en ik knik, en hij zegt dat hij zich tot mij heeft gewend omdat ik het oudste kind ben, en ik knik weer.'

Mijn gezicht gloeit bij deze woorden – de oude, vertrouwde jaloezie over Addisons bevoorrechte plekje in het hart van de Rechter – maar ik ben voor de verandering zo verstandig om mijn mond niet open te doen.

'En nu denk ik dus dat hij me gaat vertellen over het geld, maar in plaats daarvan opent hij de map en trekt er een bundeltje papieren uit, vijf of zes pagina's, en hij zegt tegen me: "Ik wil dat je dit leest. Je moet het weten." Ik vraag hem wat het is. Ik denk dan nog dat het zoiets als een investeringsplan is. En hij zegt tegen me: "Dit is het rapport van Villard." En dus vraag ik hem wie Villard is. Ik hield me niet van de domme, ik wist het echt niet meer. En hij wordt kwaad en zegt: "Zoon, ik zei dat je het moest lezen, lees het dus gewoon maar." Je weet hoe hij kon zijn. "Lees het gewoon maar." Dus dat deed ik.'

Addison slaat dicht. Hij heeft niet het gevoel dat hij een verhaal niet afmaakt. Ik vroeg hem hoe hij het rapport kreeg te lezen en hij heeft het me verteld.

'Heeft hij gezegd waarom hij het je wilde laten lezen?'

'Hij had een of ander verhaal. Ik weet het niet. Iets wat hem bang had gemaakt.'

'Hem bang had gemaakt?'

'Ik weet het ook niet, begrijp je? Ik bedoel, ik heb eigenlijk niet zo goed geluisterd. Het interesseerde me niet.'

'Interesseerde je niet? Addison, hij was je vader!'

'Nou en? Moet je horen. Ik zou je het een en ander kunnen vertellen dat je niet zou willen weten over... over onze vader. Dat benoemingsgedoe heeft hem zo ongeveer gevloerd. Dat hebben jullie nooit beseft, jij en Mariah, maar jullie waren niet degenen die hij 's nachts vaak opbelde, dronken – ja, hij begon weer te drinken. Dat wist je niet, hè?'

Ik weet het natuurlijk wél, omdat Lanie Cross het me heeft verteld, maar nu mijn broer lijkt te willen praten, ben ik niet van plan zijn woordenstroom te onderbreken.

'Dus, ja, hij belde me vaak midden in de nacht op, huilend over dit of dat. Omdat ik de *oudste* was. "Ik zou dit niemand anders toevertrouwen dan jou, zoon." Dat zei hij altijd. Alsof het een grote eer was dat hij me om twee uur 's nachts uit bed belde om me te vertellen hoe hij het verdiende te sterven voor zijn zonden, hoe ze hem op een dag zouden vermoorden, waarbij je je niet hoefde af te pijnigen over de vraag wie die *ze* waren. Dus, ja, papa was paranoïde, snap je? Hij dacht dat de hele wereld het op hem voorzien had. Eerlijk gezegd was hij zo gek als een deur. Is dat wat je wilt horen, broertje? Is dat duidelijk genoeg voor je? Ja, geweldig, dus hij kwam met een verhaal over hoe iemand hem kwam opzoeken en dat hij nu echt in de penarie zat en dat hij wilde dat ik naar de papieren keek. En ik, ik zit daar in zijn hotel en probeer te bedenken hoe ik door dat rapport te lezen hem uit de penarie zou kunnen krijgen. Niet dat het me echt wat kon schelen. Ik had schoon genoeg van hem, schoon genoeg van al die onzin die ik door de jaren heen van hem heb moeten slikken...'

Addison roept zichzelf een halt toe. Garland-mannen kunnen dat, alsof ze een knop omdraaien. Dat is ongetwijfeld een van de redenen dat onze vrouwen ons gaan haten.

'Misschien had ik het mis,' vervolgt hij op een mildere toon. 'De Rechter kwam naar me toe om hulp te vragen en ik wees hem af. Dat was verkeerd, in elke religie die ik ken. En zo over hem praten als ik nu doe, is ook verkeerd.' Weer een stilte. Ik stel me hem voor in zijn huis in Chicago, ogen gesloten, want hij fluistert iets wat klinkt als een gebed, misschien om vergeving, misschien om kracht, misschien voor de schijn.

'Addison.' Het gefluister houdt aan. 'Addison!'

'Je hoeft niet te schreeuwen, Misha.' De brutale grote broer is terug. De woedende, bijna onverstaanbare Addison van twee minuten geleden is weg, een boze geest die is uitgedreven. 'Heb je weleens gehoord van die fantastische uitvinding, de telefoon? Daarbij kun je op een normale toon praten, want ook al zit de persoon aan de andere kant van de lijn helemaal in Chicago, dan ben je nóg goed verstaanbaar.'

'Oké, oké, het spijt me. Maar luister eens. Hoe luidde het verhaal? Wie was hem komen opzoeken? Je zei dat iemand hem bang had gemaakt...'

'Tja, weet je, ik denk dat ik over dat gedeelte beter niet kan praten. Ik bedoel, de Rechter heeft me min of meer laten beloven dat ik het niet zou vertellen.'

Ik peins. Ik ben dichtbij, zo dichtbij, en Addison is nooit goed geweest in het bewaren van geheimen, behalve wanneer hij het ene vriendinnetje voor het andere moest verbergen. Er moet een manier zijn om dit geheim los te peuteren. Ik ben in elk geval vastbesloten het te proberen. Ergens diep vanbinnen, op de plek die Garland-mannen nooit onthullen, begint mijn woede op te laaien. Gedeeltelijk woede jegens mijn broer, omdat hij me deze kunstjes flikt, maar voornamelijk woede jegens mijn vader, omdat hij zijn oudste zoon in vertrouwen nam, de onbetrouwbare activist, in plaats van zijn tweede, de advocaat. *Als je Addison in vertrouwen wilde nemen,* had ik graag tegen hem willen kunnen schreeuwen, *waarom heb je het in vredesnaam dan niet zo geregeld dat de pion en het briefje bij hem werden bezorgd in plaats van bij mij?*

Niet dat ik ooit tegen de Rechter zou schreeuwen.

Dan herinner ik me hoe Addison, als enige van de kinderen, met onze vader ruziede. Wanneer de Rechter aan tafel het woord nam om een van zijn preken te houden over wat je moest doen en wat je moest vermijden, zaten Mariah en ik altijd plichtsgetrouw te luisteren, terwijl we met onze lippen geluidloos alle juiste antwoorden vormden: *Ja meneer, Nee meneer, Wat u zegt, meneer* – en Addison keek hem, zelfs als tiener, altijd recht in de ogen en zei dan: *Gezeik, papa.* Hij kreeg natuurlijk een week lang huisarrest, maar we konden de trots zien in zijn mooie ogen, en zelfs in die van de Rechter. *Ik mag de gotspe van die jongen wel,* zei hij dan tegen onze moeder, *zelfs als die verkeerd is gericht.*

Nou, zijn gotspe heeft hem heel ver gebracht. Laten we eens zien hoever.

'En, wat is er met het rapport gebeurd?'

'Hoe bedoel je?' Strijdlustig.

'Heb je het gelezen? Nam papa het weer mee?'

Addisons stem is plotseling traag. 'Nee, ik nam het mee. Ik beloofde hem ernaar te zullen kijken.' Ik hoor zijn onregelmatige ademhaling terwijl hij zijn boosheid probeert te beheersen. 'En het is weg, Misha. Je hoeft het niet eens te vragen. Ik heb het weggedaan.'

'Hoe? Bedoel je dat je het hebt weggegooid?'

'Het is weg. Dat is alles.'

Ik geloof hem. Wat er ook stond in Villards rapport, Addison wilde niet dat iemand het zou zien. En hij is niet van plan mij te vertellen waarom.

'Oké, Addison. Vergeet nou maar wat er met dat rapport is gebeurd. Vergeet waarom de Rechter bang was geworden. Laat me je de andere reden vertellen waarom ik je heb proberen te bereiken.' Addison, allicht opgelucht dat ik van onderwerp verander, heeft geen bezwaar. 'Ik wil je wat vragen over iets waarover de Rechter je geen eed van geheimhouding kan hebben laten afleggen, omdat hij er niet van af wist.'

'Brand maar los,' zegt hij toegeeflijk, vermoedend dat ik door mijn munitie heen ben.

En dus vertel ik hem over mijn ontmoeting met Sally. Ik beschrijf de nacht dat zij tweeën samen in het huis waren en de liefde bedreven, en dat ze werden onderbroken door de woedende woordenwisseling tussen de Rechter en Colin Scott.

'Ja,' zegt hij als ik uitgesproken ben. 'Ja, Sally heeft me verteld dat ze met jou heeft gesproken en min of meer uit de school heeft geklapt. Het arme kind.'

'Addison...'

'Je moet begrijpen, Misha, Sally heeft een moeilijke periode achter de rug. Heb je enig idee hoe vaak ze het afkickcentrum in en uit is geweest? Soms maakt ze de dingen een beetje mooier dan ze zijn, snap je? Het hoeft niet zo te zijn gegaan als zij het doet voorkomen.'

Hij heeft het over de seks, niet over de woordenwisseling.

'Addison, dat is prima. Dat van jou en Sally kan me niet schelen. Echt niet.'

Een leugen, maar ik zie de zin er niet van in hem erop te wijzen hoe fout hij was, vooral niet nu ik hem klem heb gezet. 'Wat me wel kan schelen is waar de Rechter en Colin Scott over spraken. Sally zei dat jij een deel van hun gesprek hebt gehoord. Dat is wat ik moet weten. Wat je hebt gehoord.'

Stilte.

'Kom op, Addison. Je hebt vast alles gehoord. Of het meeste.'

'Ik heb het meeste gehoord,' geeft hij eindelijk toe, 'maar ik kan je daar niets over zeggen, Misha. Echt. Ik kan het gewoon niet.'

'Kun je dat niet? Wat bedoel je daarmee? Addison, de Rechter is niet jouw eigendom. Hij was ook mijn vader.'

'Ja, maar er zijn dingen over een vader die...' Hij aarzelt, probeert het dan opnieuw. 'Luister, Misha. Er zijn dingen die je echt niet wilt weten, geloof me. Over papa. Ik weet dat je denkt dat je het wel wilt weten, maar dat wil je niet. Ik bedoel... luister, broertje, hij heeft slechte dingen gedaan, ja? Dat doen we allemaal, maar papa... nou ja, je zou het niet geloven als ik het je zou vertellen, en ik ga het je niet vertellen. Geen sprake van.' Weer een stilte. Hij bespeurt misschien mijn pijn. Of mijn verbijstering. Of mijn simpele behoeftigheid. Hij gromt: Addison kan de pijn van een ander mens werkelijk niet verdragen, een element van zijn persoonlijkheid dat ik altijd heb gewaardeerd en benijd. Soms denk ik dat het dit aspect van zijn karakter is en niet louter vleselijke begeerte, dat mijn broer tot ongeremde promiscuïteit heeft gebracht. Hij kan geen nee zeggen. Misschien verklaart dat waarom hij zo vaak maanden of jaren achtereen uit het gezin verdwijnt: om geestelijk gezond te blijven, moet hij een manier zien te vinden om te weigeren wat anderen, in hun behoeftigheid, van hem eisen.

Ik maak schaamteloos misbruik van zijn zwakte.

'Addison, kom op. Je moet me iets vertellen. Ik word gek als ik niet een of andere aanwijzing heb van wat er aan de hand is. Van wat er die nacht is gebeurd.' Ik demp mijn stem. 'Luister, Addison, ik kan nu niet in details treden, maar dit vernietigt mijn leven.'

'Kom nou, broertje.'

'Serieus. Herinner je je nog het moment dat oom Jack op het kerkhof kwam? Vanaf dat moment... nou ja, je zou nooit geloven wat zich allemaal heeft afgespeeld. Maar het verwoest mijn huwelijk, Addison, en het maakt me gek. Dus alsjeblieft, wat je me ook maar kunt vertellen. Ik moet het weten.'

Mijn broer verzinkt weer in een lang gepeins. Ik zou eigenlijk nog een artikel moeten afmaken, proberen weer te stijgen in de achting van mijn collega's, maar ik ben bereid de hele middag te wachten om dit ene antwoord te krijgen. En Addison, hij zij gezegend, lijkt de waarheid van mijn behoefte te beseffen, en zo weet medelijden aan hem te ontlokken wat discussie niet zou zijn gelukt.

'Nou goed, Misha. Je hebt gelijk. Luister. Weet je wat? Ik kan je misschien één klein feit vertellen, maar daar laat ik het dan ook bij, broertje. Serieus. Dit is zoiets als een heilige plicht.'

'Ik weet het, Addison. En ik respecteer dat.'

Het zwijgen van mijn broer wijst op een zekere argwaan, en waarom ook niet? Ik lieg of het gedrukt staat. Addison laat me nog steeds wachten. Zelfs nu hij vijftienhonderd kilometer van mij vandaan in zijn huis in Chicago zit met mijn geestelijke gezondheid in zijn grote handen, weet hij wel raad met stiltes. Ik probeer geduldig te zijn, probeer niets verkeerds te zeggen, probeer helemaal niets te zeggen, omdat ik de breekbaarheid van het moment respecteer. Onder de stilte van mijn broer bespeur ik verbijstering, zelfs woede. Hij heeft me nooit iets willen vertellen; hij wilde me mijn zoektocht uit het hoofd praten. Hij heeft gefaald, en daar is hij woedend over.

Ik bespeur ook iets anders, iets waarvan ik aan het begin van ons telefoongesprek een zweem opving en wat ik nu kan bevestigen. Mijn broer is bang. Wist ik maar waarvoor.

Eindelijk verwaardigt hij zich te spreken: 'Eén feit, Misha, dat is alles. Vraag me alsjeblieft niet je nog meer te vertellen, want dat doe ik niet. Eén feit, en daarna beantwoord ik geen vragen meer.' Hij klinkt als een politicus die weigert over zijn privé-leven te praten.

'Eén feit. Ik begrijp het.'

'Oké. Luister. Toen Colin Scott die nacht in Shepard Street was, hè? Ja, Sally heeft gelijk, ik heb het allemaal gehoord. Elk woord.' Mijn broer slaakt een diepe zucht. 'Sally heeft je verteld dat ze papa hoorde zeggen: "Er zijn geen regels waar het een dollar betreft", klopt dat?'

'Klopt.'

'Nou, ik heb het ook gehoord. En ik stond er een stuk dichterbij.' Een laatste stilte. Misschien probeert hij een uitweg te vinden, een zin, een argument, een waarschuwing die me zal doen stoppen. Blijkbaar kan hij er geen bedenken. 'Sally had het zoals gewoonlijk mis, broertje. Het woord dat papa gebruikte was niet *dollar*. Het woord was *dochter*.'

Klik. Ingesprektoon.

– III –

Morris Young maakt later op die avond tijd voor me vrij, omdat hij merkt dat ik wanhopig ben. We ontmoeten elkaar rond achten bij zijn kerk, en hij hoort me geduldig aan. Wanneer ik ben uitgesproken, geeft hij me geen raad. In plaats daarvan vertelt hij me een verhaal.

'In het Oude Testament – in Genesis – staat het verhaal van Noach.'

'De zondvloed?'

Zijn pokdalige gezicht verzacht. 'Nee, nee, natuurlijk niet de zondvloed. Het verhaal van Noach behelst veel meer dan de zondvloed, Talcott.'

'Weet ik.' Maar niet heus.

'Daar twijfel ik niet aan. Je herinnert je ongetwijfeld het relaas, in Genesis 9, van de keer dat Noach dronken werd en naakt in zijn tent lag. Zijn zoon Cham ging naar hem zoeken en vond hem naakt en ging het zijn broers Sem en Jafeth vertellen... herinner je je nog? En Sem en Jafeth gingen achterwaarts de tent binnen zodat ze hun vader niet naakt zouden zien en bedekten hem. Toen Noach wakker werd vervloekte hij zijn zoon Cham. Want Cham had geen respect voor zijn vader. Hij wilde zijn vader naakt zien. Wilde dat zijn broers het ook zagen. Wat is dat voor zoon, Talcott? Begrijp je het verhaal? Zonen horen hun vaders niet naakt te zien. Een zoon hoort niet alle geheimen van zijn vader... of alle zonden van zijn vader te kennen. En als hij ze wel kent, hoort hij dat niet te vertellen. Begrijp je, Talcott?'

'Denkt u dat ik zou moeten stoppen? Dat ik niet zou moeten proberen uit te zoeken wat mijn vader werkelijk in zijn schild voerde?'

'Ik kan je niet vertellen wat je moet doen, Talcott. Maar ik kan je wel vertellen dat de Heer van je vraagt je vader te eren. Ik kan je vertellen dat zonen die op zoek gaan naar de zonden van hun vader, ze beslist zullen vinden. En ik kan je vertellen dat de bijbel ons leert dat zulke zonen bijna altijd schipbreuk lijden.'

37

Een paar historische aantekeningen

Het grootste ego van de faculteit behoort niet toe aan Dana Worth of Lemaster Carlyle of Arnie Rosen of zelfs maar aan de onlangs vernederde Marc Hadley; nee, mijn Oldie-buurman Ethan Brinkley heeft het alleenbezit. Kleine Ethan gaat bij voorbaat prat op zijn succes, volgens Lieve Dana Worth, de meest gevatte persoon van de faculteit. Op die manier, zegt Dana, gaat hij de stress uit de weg van de onzekerheid of hij het ooit daadwerkelijk zal behalen.
 Door de jaren heen heeft Ethan iedereen die naar hem wil luisteren en heel wat mensen die daar liever van afzien, verteld over de geheime appendices die hij in zijn kantoor heeft opgeslagen: fotokopieën van honderden dossiers en rapporten die hij op de een of andere manier heeft verzuimd in te leveren toen zijn taak bij de staf van de Inlichtingencommissie erop zat. Kleine Ethan, zoals Theo Mountain hem laatdunkend noemt, houdt ervan om gesprekken te kruiden met kostelijke roddels uit de dossiers; de identiteit van de minnaressen van John Kennedy bijvoorbeeld, of het merk van Fidel Castro's eau de cologne. Soms is het een beetje alsof je met een ontluikende J. Edgar Hoover te maken hebt. Stuart Land heeft Ethan recht in zijn gezicht gezegd dat hij in de gevangenis thuishoort, en Lem Carlyle, de voormalig openbaar aanklager, heeft erover gedacht hem aan te geven, maar tot dusverre heeft niemand echt het lef gehad iets te doen, zelfs niet toen Kleine Ethan, die zo'n verleidelijke kabouter kan zijn, tijdens de impeachmentprocedures van Clinton geregeld te gast was op de televisie, en vurig pleitte voor terugkeer van de integriteit bij de federale regering.
 Ethan heeft behoorlijk wat ambitie, maar geen greintje ironie of schaamte. Zo komt het dat ik, op de eerste middag van het voorjaarssemester, nog geen week nadat Marcs hoop op het rechterschap is vervlogen zodat Kimmer het voor het grijpen lijkt te hebben, en één dag na mijn afmattende gesprek met Addison, voor Ethans deur sta, recht tegenover de mijne in de duistere

gang. Ik ben zenuwachtig, deels omdat Ethan en ik bepaald geen vrienden zijn, maar vooral omdat hetgeen ik van plan ben hem te vragen enigszins netelig is. Nee, laat ik eerlijk zijn: wat ik hem wil vragen is waarschijnlijk strijdig met de wet.

Overigens is illegaliteit niet iets waar Ethan erg mee zit.

'Misha!' buldert hij wanneer ik zijn kantoor binnenstap. De kleine man springt achter zijn bureau vandaan om me een ingestudeerde, krachtige handdruk te geven. Ik heb Ethan nooit gevraagd me bij mijn bijnaam te noemen, die is voorbehouden aan een handjevol intimi, maar hij heeft Dana hem horen bezigen en is hem daarna zelf gaan gebruiken, veronderstellend, zoals verkopers en politici dat overal doen, dat zijn keuze om me te noemen zoals hij wil in plaats van zoals ik wil, op de een of andere manier onze intimiteit versterkt.

In feite vind ik het beledigend, maar zoals zo vaak houd ik dat voor me, in de overtuiging dat er ooit een tijd van afrekening zal komen.

Er volgen wat beleefdheden terwijl Ethan me naar een harde houten stoel gebaart. Zijn kantoor heeft de omvang van een grote kast, en zijn twee vrij kleine ramen aan de lange muur kijken alleen maar uit op de volgende vleugel van het gebouw. Maar het weidse uitzicht en de vierkante meters zullen mettertijd wel komen, gelooft Ethan, wiens ambitie een zeker geduld kent, zodat hij in staat is de dingen op de lange termijn te bekijken. *De dag zal komen*, heeft Ethan me op een onbewaakt ogenblik verteld, ver voordat bij stemming werd bepaald dat hij een vaste aanstelling kreeg, *dat ik hier heel wat in de melk te brokkelen heb.*

De airs heeft hij al, mompelde Dana toen ik deze *bon-mot* doorvertelde.

Ethan voelt mijn stemming aan. Zijn gezicht is beheerst en meevoelend terwijl hij op de stoel naast me gaat zitten. Dat is nog zo'n zet die de politicus verraadt: hij gaat niet tegenover me achter zijn bureau zitten, misschien omdat hij denkt dat dat te formeel overkomt. Alles wat Ethan doet is opzettelijk, bedoeld om zich bij mensen geliefd te maken, en dat lukt meestal ook. Sommigen zeggen dat hij al bezig is zich kandidaat te stellen voor het decaanschap, klaar om voor die positie de degens te kruisen met Arnie Rosen en Lem Carlyle wanneer Lynda Wyatt besluit met pensioen te gaan. Het verbaast me dat men denkt dat hij zo laag mikt.

Ethan is een atletisch en slim mannetje, met warrig bruin haar en onschuldige bruine ogen. Hij draagt meestal versleten schoenen en tweed blazers die net gekreukt genoeg zijn om de mensen ervan te verzekeren dat hij één van hen is, maar zijn gekreukte blazers kosten wel duizend dollar per stuk. Zijn blik wijkt nooit van het gezicht van de persoon tegen wie hij praat of naar wie hij luistert, maar de stand van zijn kleine mond en de diepe fronsende lijnen op zijn voorhoofd geven je de indruk dat het allemaal show is, dat hij achter die argeloze ogen aan het calculeren is, zet en tegenzet, als een schaakspeler die zijn reactie uitwerkt terwijl jouw klok staat te tikken.

'En, Misha, wat kan ik voor je doen?' vraagt Ethan, terwijl zijn bruine ogen twinkelen, alsof ik niet vijf jaar langer meeloop dan hij.

'Ik heb informatie nodig waar jij misschien over beschikt.'

Hij glimlacht bijna: Ethan is het gelukkigst wanneer hij anderen helpt, niet omdat het zijn passie voor charitatieve werken opwekt, maar omdat de mensen die hij helpt bij hem in het krijt komen te staan. Kleine Ethan is zo snel hij maar kan door de hele faculteit zijn sporen aan het achterlaten, door extra cursussen te geven, elke workshop bij te wonen, zich op te werpen om commissieverslagen te schrijven waar geen enkele hoogleraar die goed bij zijn verstand is aan zou beginnen, zelfs door op te komen dagen bij de eindeloze recepties voor bezoekende staatssecretarissen van Justitie uit spiksplinternieuwe landen waar nog nooit iemand van heeft gehoord.

'Misha, je kent me toch: voor een maatje is geen enkele moeite me te veel.'

Ik knik en verman me, want ik waag een sprong, een sprong waarover ik sinds mijn terugkeer uit de Vineyard heb nagedacht en die vaste vorm kreeg door wat mijn broer me vertelde. Dus uit ik met een schietgebedje de naam: 'Colin Scott.'

Ethan fronst even, niet uit afkeer, maar uit concentratie. Zijn geheugen maakt deel uit van zijn snelgroeiende legende. Onze studenten zijn verbijsterd door zijn vermogen om lange passages uit rechtszaken te citeren zonder de moeite te nemen in een boek of aantekeningen te kijken, een truc die de meeste academici machtig zijn, maar die Ethan met een schalkse zwier voor het voetlicht brengt. En eerlijk gezegd heeft hij dat kunstje veel eerder in zijn carrière onder de knie gekregen dan de meesten van ons.

'Er gaat wel een lampje branden,' geeft Ethan toe. De meevoelende blik is terug. 'Wat is er met hem?'

Ik maak een gebaar naar zijn angstvallig geordende en zorgvuldig afgesloten kasten. 'Ik wil alles weten wat jij over hem weet.'

'Hij is dood.'

'Dat weet ik. Ik was op de Vineyard toen dat gebeurde.'

'O ja? Is het werkelijk? Wel, wel!' Hij staat op om naar de kast te lopen, maar slaat me in het voorbijgaan op de rug, op de een of andere manier suggererend dat we allebei de oorlog in zijn geweest, maar dat ik de enige ben die in de vuurlinie heeft gestaan. Ik vind het gebaar niet eens vervelend, want het geeft aan wat ik deels heb gehoopt, deels heb verafschuwd: dat Colin Scott ergens diep in de dossiers van de Benoemingscommissie voor de Inlichtingendienst wordt genoemd. En dat verklaart onder andere waarom de FBI zijn naam zo schoorvoetend prijsgaf aan Meadows.

'Colin Scott,' mompelt hij, terwijl hij aan het combinatieslot draait op een van de zwarte metalen gedrochten die langs de muur tegenover me staan. 'Colin Scott. Je moet hier ergens zijn.' Hij doet net alsof hij langzaam door de dossiers bladert, maar ik twijfel er niet aan of hij weet precies waar hij datgene wat hij over Scott weet kan vinden, misschien omdat hij zo'n goed geheugen heeft, misschien omdat hij het dossier er onlangs nog uit heeft gehaald om de informatie over Scotts dood toe te voegen.

'Wat denk jij van die geschiedenis met Marc?' vraagt Ethan over zijn schouder terwijl hij in de la blijft rommelen. 'Denk je dat het waar is?'

'Ik weet het niet.' Ik houd mijn stem neutraal. Na met Theo gesproken te hebben, weet ik vrijwel zeker dat Marc precies heeft gedaan waarvan hij beschuldigd is, ook al heeft hij zich nog niet officieel uit de verkiezingsstrijd teruggetrokken. Maar ik zou graag willen weten welke kant Ethan, de grote politicus, van plan is op te springen. Ethan, die waarschijnlijk niets van de kandidatuur van mijn vrouw weet, is van nature neutraal. Sinds hij zich bij ons heeft gevoegd is hij controverses uit de weg gegaan zoals een kat water uit de weg gaat. Hij debatteert bij voorkeur over slechts twee soorten voorstellen: die welke unaniem aangenomen worden, en die welke zonder stemming ingetrokken worden.

'Het is een lastig parket,' zegt Ethan instemmend. 'Misschien moeten we eerst al het bewijs maar eens zien, hè?'

'Misschien wel.'

'Laten we geen overhaaste conclusies trekken. Dat is bijzonder onwetenschappelijk,' zegt hij vermanend. 'Hebbes,' voegt hij daaraan toe, terwijl hij met een manilla map in zijn hand zijn rug recht, en gedurende één dwaas ogenblik verbeeld ik me dat ik nog steeds in Theo's kantoor ben terwijl hij het bewijs van Marc Hadleys zonde te voorschijn haalt.

'Colin Scott?'

Ethan knikt. 'Eén en dezelfde.' Hij loopt weer naar mij terug, maar ditmaal gaat hij op de hoek van zijn bureau zitten, dat net als de rest van het kantoor zo netjes is dat het een toevallige bezoeker niet kwalijk valt te nemen als hij denkt dat hier niet gewerkt wordt. De obligate foto's van zijn vrouw en dochtertje staan zo volmaakt op één lijn dat hij een liniaal gebruikt moet hebben. De gesigneerde foto's van prominenten uit Washington zijn veel groter.

'Tja, Misha, nu zitten we met een probleempje,' begint hij verontschuldigend, en ik weet dat er een preek over vertrouwelijkheid gaat komen, want hoewel Ethan Brinkley geen noemenswaardig ethisch besef heeft, heeft hij er zoals alle politici een handje van te doen alsof hij er ruimschoots over beschikt. 'Deze informatie behoort formeel gesproken de federale regering toe. Als ik je dit blad papier zou laten zien, zouden we allebei in de gevangenis kunnen belanden.' Ethans onverstoorbare gezicht zwelt van trots bij het idee dat hij zo'n gevoelig document in zijn macht heeft, ook al heeft hij het gestolen.

'Dat begrijp ik.'

'Maar ik kan je wel vertéllen wat erin staat.'

'Oké.' Ik zie wettelijk gezien geen verschil tussen die twee scenario's, en ik betwijfel of Ethan dat wel doet, hoewel hij ongetwijfeld voor de kamer van inbeschuldigingstelling onder ede zal verklaren dat hij meende niet van de voorschriften af te wijken: *Als ik de woorden die op de bladzijde staan niet letterlijk oplees, als ik alleen maar samenvat of parafraseer, geef ik niet precies de inhoud van het document prijs, en val ik dus buiten de wettelijke verbodsbepalingen.* Dergelijke juridische haarkloverij maakt het publiek gewoonlijk kwaad, maar het is vaak een goede manier om te ontkomen aan aansprakelijkheid voor een wetsovertreding. Politici zijn er dol op, behalve wanneer een lid van de andere partij het doet. Wij hoogleraren rechtsgeleerdheid brengen het onze studenten dagelijks bij alsof het een deugd is.

'Colin Scott, Colin Scott,' zegt hij peinzend, terwijl hij doet alsof hij het allemaal voor het eerst leest. 'Niet bepaald een aardig iemand, onze Colin.'

'O? Hoezo niet aardig?'

Ethan laat zich niet opjagen. Hij heeft er een hekel aan om zelfs maar voor even niet in de schijnwerpers te staan en is voortdurend aan het repeteren voor de grote kans die eraan zit te komen.

'Hij werkte natuurlijk voor de FBI. Nou ja, dat wist je al.' Ik wist het niet, niet zeker in ieder geval, en zelfs oom Mal, die alles weet, achtte het niet raadzaam het me te vertellen, maar als het een volslagen verrassing zou zijn geweest, zou ik hier niet zitten. Niettemin valt de benoeming opnieuw in het nadeel uit van Mallory Corcoran. 'Lange tijd,' vervolgt Ethan. 'Mmmm. Stationering in het buitenland... Tja, ik denk dat ik je dat niet mag vertellen. Hij was er al bij in de oude tijd, toen ze zich bedienden van wat bekendstond als het Plannencommissariaat. Ik zie dat je er nog nooit van hebt gehoord. Aardig eufemisme, niet? Tegenwoordig noemen ze het Operaties. De mensen die eropuit worden gestuurd om overzees *dingen te doen*. Wel, wel.' Hij is nog steeds zijn bladzijden aan het bestuderen. 'Dit vond plaats in de jaren zestig, Misha. Grote hiaten, behoorlijk grote. Niet ongebruikelijk voor de heren van Plannen. De volle omvang van zijn activiteiten is me niet bekend. Maar hij was onbetrouwbaar, en de FBI heeft hem gedumpt. Dit vond waarschijnlijk plaats... ja, na de Church-hoorzittingen. Nieuwe bezems en zo. Hij was van de oude stempel. Een gevaarlijk man om in de buurt te hebben.'

'Waarom gevaarlijk?'

Maar de kabouterachtige Ethan geeft er de voorkeur aan zijn kostbare verrassinkjes één voor één uit te delen en op een reactie te wachten. 'Je weet waarschijnlijk wel dat Colin Scott niet zijn ware naam was.'

'Eigenlijk wist ik dat niet, maar ik kan niet bepaald zeggen dat het me verbaast.' Wanneer ik bij Ethan in de buurt ben, lijk ik te vervallen in dezelfde opgeblazen constructies die zijn enige middel van communicatie zijn.

'Het is natuurlijk één van zijn namen,' gaat Ethan voort. 'Hij heeft er verscheidene. Tjonge. Mmmm, ja. Scott was namelijk de naam die ze hem gaven, samen met een nieuwe identiteit, nadat hij uit de FBI was gegooid. Ze zorgden ervoor dat hij voor zichzelf kon beginnen, even kijken, ja, hij opende een klein detectivebureau in South Carolina. Nou ja, dat wist je al. Maar South Carolina was niet zijn eerste pleisterplaats na de FBI, en Scott was zijn tweede nieuwe naam. Kennelijk hebben een paar oude vrienden, niet van het aardige soort, zijn oude naam doorzien. Zijn oude nieuwe naam, bedoel ik.'

'Je bedoelt vijanden.'

'Eh, ja.' Het ergert Ethan dat ik zijn verhaal heb onderbroken. Hij schept er genoegen in me te tergen.

'Wat was zijn ware naam?'

'O, Misha, als het aan mij lag zou ik je dat natuurlijk wel vertellen, maar je weet, nationale veiligheid en zo. Sorry, maar regels zijn regels,' verontschuldigt hij zich gewichtig. Opeens is dit mysterie vol mensen die me inzicht zouden kunnen geven in wat er aan de hand is, maar die met hun principes gaan schermen om hun weigering te verklaren.

'Wat deed hij bij de FBI?' vraag ik, eigenlijk alleen maar om het gesprek gaande te houden; om de waarheid te zeggen zijn mijn ideeën nu wel zo'n beetje uitgeput.

'Hij zweefde.' Ethan glimlacht om mijn wezenloze blik. Hij is dol op jargon. 'Hij zat in Plannen, zoals ik je al heb verteld, maar hij werkte ook voor Angleton, die de contraspionage leidde totdat hij doordraaide. Hij heeft later nog iets paramilitairs gedaan in Laos, had veel contacten in de Shanstaat* – nou ja, laat ik je niet vervelen met zulke details. Waar het om gaat is: als er ook maar een zweempje communisme ergens was, een vuurtje dat geblust moest worden, dan was meneer Scott zo iemand die ze belden. Let wel, hij was geen fanaticus. Geen Bircher of iets dergelijks. Dat soort gaat in de regel de politiek in, niet de inlichtingendienst, en om de waarheid te zeggen, de inlichtingendienst heeft hen liever ook niet. Nee, onze meneer Scott was eerder zo'n speerdrager. Een van die technocraten, laten we hem zo noemen. Helemaal erop gericht de klus te klaren. Het soort dat orders opvolgt, ook al zijn die orders, laten we zeggen, niet het soort dingen die het daglicht kunnen verdragen. Een gevaarlijk man, zoals ik al zei, precies om die reden. Hij had zijn beste tijd natuurlijk gehad. Een dinosaurus. Een relikwie uit een tijdperk waarvan we het einde niet bepaald betreuren.' Waarbij hij suggereert dat *we* zijn dood ook niet bepaald betreuren, wie *we* ook mogen zijn.

En hij suggereert nog iets, iets wat ik vrijwel vanaf de avond dat oom Mal me voor het eerst vertelde dat McDermott een bedrieger was, heb gevreesd maar heb weggestopt; een vrees die ruw ontwaakte toen ik Sally's verhaal hoorde; een vrees die zich naar buiten klauwde toen Addison eenmaal had verklaard dat *dollar* in feite *dochter* was.

'Je beweert dus dat hij... eh, mensen heeft vermoord.'

'Dat kan ik natuurlijk niet bevestigen,' zegt Ethan nuffig. 'Laten we gewoon maar zeggen dat hij een gevaarlijk man is, of liever, was.'

Ik denk hier grondig over na. Een gevaarlijk relikwie, een dinosaurus, uit de FBI gegooid, die midden in de nacht met mijn vader in diens studeerkamer praat, de Rechter die tegen hem zegt dat er geen regels zijn waar het een dochter betreft. Een dochter, geen dollar. Een man die vervolgens vijfentwintig jaar later opduikt en het doet voorkomen alsof hij bij de FBI zit, die verwoed op zoek is naar het een of ander, misschien Vinerd Hius wel overhoop heeft gegooid, en vervolgens in Menemsha Beach verdrinkt.

Ik zie iets over het hoofd, en ik heb zo'n gevoel dat het iets voor de hand liggends is. Dan heb ik het.

'Nog één vraag, Ethan. Wanneer werd meneer Scott, of hoe hij ook mocht heten, uit de FBI gegooid?'

---

* Shanstaat: gebied in het noordoostelijke deel van Birma, grenzend aan China, Laos en Thailand. De meerderheid van de bevolking wordt gevormd door de Shan. In het gebied wordt veel opium geproduceerd.

Ethan neemt een vrome houding aan. 'O, ik denk eigenlijk niet dat het gepast zou zijn als ik je echt *data* ga doorgeven, Misha. De wet is nu eenmaal zoals hij is.'

'Maar het was na de Church-hoorzittingen, niet? En de Church-hoorzittingen vonden plaats – wanneer? – in '74? '75?'

'Rond die tijd, ja.'

Dus Colin Scott was al bij de FBI weg toen Sally en Addison hem met de Rechter hoorden ruziën. Over dochters, niet over dollars.

Al bij de FBI weg. Nét bij de FBI weg. Verbitterd? Wanhopig? Ontvankelijk voor de tirades van Jack Ziegler? En voor de kans om…

'Ethan, nog één ding.'

'Je zegt het maar, Misha. Zolang het maar binnen de wet valt.'

'Toen de FBI er de eerste keer voor zorgde dat hij zich kon vestigen als privé-detective, waar was dat?'

'Maryland. Potomac, Maryland. Tegenover Langley, dat wil zeggen aan de overkant van de rivier.'

'En van welke naam bediende hij zich toen?'

'O, eh, ik denk eigenlijk niet…'

'Laat maar.' Ik ben overeind gekomen. Ik kan hier geen seconde langer zitten. 'Dank je, Ethan. Je bent erg behulpzaam geweest. Je zegt het maar als ik iets terug kan doen.'

'Dat waardeer ik, Misha, werkelijk waar,' mompelt hij, alle meegevoel terug op zijn gezicht terwijl hij me nogmaals die ingestudeerde politieke handdruk geeft.

Ik steek op bibberbenen de gang over, open de deur van mijn kantoor, smijt hem achter me dicht en plof als een zoutzak op een van de gammele bijzetstoelen neer. Het ontbreekt me aan de kracht om mijn bureau te halen, dus ik zal hier moeten huilen.

Want nu weet ik wat zonneklaar had moeten zijn, wat ik de hele tijd al had moeten begrijpen maar wat me plotseling gruwelijk helder is geworden. Colin Scott, alias FBI-agent McDermott, heeft zich inderdaad wat eerder in zijn leven van de naam Jonathan Villard bediend. Toen hij moest verdwijnen, verzon de FBI het verhaal van Villards dood aan kanker.

Geen wonder dat de politie geen kopie heeft van Villards rapport. Misschien heeft de Rechter het hun wel nooit gegeven. Misschien was hij dat ook nooit van plan. Misschien loog hij tegen de familie toen hij het tegendeel beweerde.

Mijn vaders tegenstanders hadden van begin af aan gelijk. Hij verdiende geen zetel in het Supreme Court. Maar niet om de redenen die zij voor ogen hadden: niet omdat hij te vaak met Jack Ziegler lunchte of, hun ware motief: vanwege zijn onaangename politieke opvattingen.

Ze hadden gelijk omdat de Rechter Colin Scott kende.

Ze hadden gelijk omdat de Rechter, toen Abby stierf en de politie faalde, niet zomaar een detective inhuurde.

Hij huurde een moordenaar in.

DEEL III

Onvoorziene vlucht

Onvoorziene vlucht – Zo wordt in de compositie van schaakproblemen van twee zetten een veld genoemd waarheen de zwarte koning zich kan begeven zonder onmiddellijk schaakmat te worden gezet. De probleemoplosser in spe zal zich natuurlijk richten op het vinden van een manier om de koning op dat veld schaakmat te zetten, waardoor het probleem te gemakkelijk wordt. *Onvoorziene vlucht* wordt beschouwd als een ernstige en misschien fatale esthetische tekortkoming in een compositie.

38

Een huiselijk intermezzo

— I —

Dinsdag is de dag dat het vuilnis wordt opgehaald. Onder een toornige hemel sleep ik de vuilnisvaten naar de stoeprand, ga dan even joggen door Hobby Road, het enige wat mijn lichaam nog aankan: drie huizenblokken in westelijke richting, waardoor ik in de buurt van de campus uitkom, drie blokken terug en dan drie blokken de andere kant op, naar de rand van de Italiaanse arbeidersbuurt die aan Hobby Hill grenst, en dan, op het moment dat de koude winterregen begint te spetteren, drie blokken naar huis. Twaalf blokken in totaal, waarschijnlijk minder dan anderhalve kilometer.

Ik heb slecht geslapen in de week na mijn gesprek met de kleine Ethan Brinkley. Ik weet wat me nu te doen staat, maar heb er weerzin tegen. En niet alleen omdat mijn vrouw me bijna smeekt om op te houden. In werkelijkheid ben ik bang nog iets anders over mijn vader aan de weet te komen. Ik heb ontdekt dat de Rechter iemand heeft betaald om een moord te plegen, en een moordenaar inhuren is in het grootste deel van de Verenigde Staten een halsmisdaad. Het overige kan alleen maar neerkomen op variaties op een thema.

Gedurende enkele seconden doe ik heel erg mijn best mijn vader te haten, maar ik ben er niet toe in staat.

In plaats daarvan ga ik harder rennen. Mijn spieren, behoorlijk uit vorm, zetten uit protest mijn pezen in brand, maar ik hou vol. Als je rustig aan doet, je niet overspant, maar voortdurend blijft bewegen, kun je kilometers rennen. Je moet gewoon vergeten te stoppen! Ik kom weer langs mijn huis, knus en warm, en de verzoeking gaapt voor mijn voeten, maar ik besluit door te rennen. De lucht is fris, het is goed joggingweer, met in elke bries zweempjes van de in het verschiet liggende lente. Ik ren en denk.

Een sedan – geen groene en met modder bespatte zoals die op Dupont

Circle, geen Porsche zoals die welke John Brown en ik achter het huis zagen – zoeft door een plas en besproeit me met vuil water. Ik merk het nauwelijks. Ik laat mijn collega's in mijn hoofd de revue passeren, gezicht voor gezicht, de aardige en de arrogante, de slimme en de domme, degenen die me respecteren en degenen die me verachten, in een poging erachter te komen wie van hen me kan hebben verraden – als je het verraad kunt noemen wanneer de enige verzaakte plicht die van menselijkheid is. Want iemand in het gebouw lijkt me nauwlettend in het oog te houden en weet wanneer ik naar de gaarkeuken ben en wanneer ik op weg ben naar de schaakclub. Wie is deze ongeziene vijand? Een ambitieuze jongeling in opkomst, zoals Ethan Brinkley? Een lid van de oude garde, zoals Theo Mountain of Arnie Rosen? Waarom niet Marc Hadley, de rivaal van mijn vrouw? We waren ooit vrienden, maar dat is al een tijdje geleden. Of de grote Stuart Land, die denkt dat hij nog steeds de baas is van de juridische faculteit? De hemel mag weten welke fantastische berekeningen door zijn onechte glimlach worden gemaskeerd. Moet de spion van het mannelijke geslacht zijn? Decaan Lynda lijkt een grote hekel aan me te hebben gekregen... hoewel ik het haar gemakkelijk heb gemaakt. Moet de spion blank zijn? De afstandelijke Lem Carlyle houdt, in de beste traditie van Barbados, zijn ware mening voor zich... en zijn gedrag jegens mij is de laatste tijd nogal ontwijkend. Maar met gissen kom je nergens.

Mijn vrouw heeft het hele weekend in San Francisco doorgebracht: de overeenkomst, zegt ze, nadert een cruciaal punt. Ik heb het hele weekend met mijn zoon doorgebracht. Ik heb geen noemenswaardig werk verricht, alleen gezorgd voor mijn jongen. Toen een vermoeide Kimmer gistermiddag terugkeerde, ging ze in de keuken chardonnay zitten nippen terwijl ik met haar probeerde te praten over de gebeurtenissen van de afgelopen week, maar ze snoerde me de mond: *Alsjeblieft, niet nu Misha, ik heb hoofdpijn.* Waarbij ze glimlachte over haar eigen geestigheid om de naakte waarheid te verbergen dat ze er genoeg van heeft mij over dit thema te moeten aanhoren. In plaats van me te laten uitpraten, liep Kimmer om het werkblad heen en kuste me even om me het zwijgen op te leggen, rommelde toen in haar tas en overhandigde me mijn nieuwste trofee voor de tweede plaats, een in goud gevatte quartz bureauklok, die me te kennen geeft dat haar meest recente zonde kolossaal was. Ik bedankte haar beteuterd en snelde de deur uit, me haastend om op tijd te zijn voor een avondlezing door een vroegere jaargenote van de juridische faculteit die nu doceert aan de Universiteit van Emory, waar ze de grootste expert van het land geworden is – misschien de enige expert van het land – in het Derde Amendement. Drie uur later kwam ik thuis om te ontdekken dat Kimmer, ondanks haar uitputting, op me had gewacht, en we bedreven de hopeloze, hartstochtelijke liefde van clandestiene minnaars die elkaar misschien nooit weer zullen zien. Later, vlak voor ze in slaap viel, zei mijn vrouw tegen me dat het haar speet, maar niet wát haar speet.

— 11 —

Mijn longen geven aan dat ze er genoeg van hebben. Terwijl ik wat langzamer ren, sla ik vier blokken van mijn huis vandaan een zijstraat in. Deze route voert me langs de naar alle kanten uitdijende campus van Hilltop, de saaiste van de verscheidene privé-basisscholen in de stad, en ik breng mezelf in herinnering dat we over nog maar een jaar vanaf nu een afspraak zullen maken voor Bentleys toelatingsgesprek. Om te zien of hij goed genoeg is voor de kleuterschool van Hilltop. *Toelatingsgesprek.* En dat op vierjarige leeftijd! Ik jog verder terwijl ik niet helemaal kan geloven dat we onze kleine jongen deze onzin zullen aandoen. Ooit werden alle kinderen van aan de universiteit verbonden ouders toegelaten, maar dat was voordat de stijgende kosten, en de daarmee onlosmakelijk verbonden verhoging van het schoolgeld, Hilltop ertoe dwong op zoek te gaan naar de kinderen uit de middenstand van de regio. Vorig jaar heeft de school de jongste van de drie verlegen dochters van mijn collega Betsy Gucciardini afgewezen, en de hele daaropvolgende maand heeft Betsy haar frustratie en wanhoop tentoongespreid als twee bij elkaar horende rouwsluiers, klaarblijkelijk in de veronderstelling dat het niet toegelaten worden op Hilltop neerkwam op het einde van het productieve leven van haar kind. Niet voor het eerst vraag ik me af wat er met Amerika is gebeurd, en dan herinner ik me dat mijn oude maatje Eddie Dozier, Dana's ex, op het punt staat een boek te publiceren dat pleit voor de afschaffing van de openbare scholen en voor teruggave van al het belastinggeld waardoor die worden ondersteund. De markt, zo verzekert hij ons, zal ter vervanging zorgen voor een overvloedig aanbod privé-scholen. Zo kan elk kind in Amerika een toelatingsgesprek krijgen voordat hij op een kleuterschool begint. Geweldig.

'Richt je aandacht op belangrijke zaken,' hijg ik, terwijl ik eindelijk vertraag tot een wandeltempo.

Tegen de tijd dat ik de deur binnenstrompel is het over zevenen. Kimmer heeft gebakken eieren met spek klaargemaakt – meestal mijn taak – en ze kust me zelfs vluchtig op de lippen. Ze is zo lief dat het net is of de laatste paar maanden er niet zijn geweest. Ze verontschuldigt zich: niet voor het feit dat ze vannacht niet naar me wilde luisteren, maar voor het feit dat ze vanochtend naar kantoor moet. Ze had gehoopt thuis te kunnen werken, maar er hebben zich te veel nieuwe ontwikkelingen voorgedaan. Ik glimlach, haal mijn schouders op en zeg tegen mijn vrouw dat ik het begrijp. Ik zeg niet tegen haar dat ik gekwetst ben. Ik zeg niet tegen haar dat ik zeker weet dat de belangrijkste nieuwe ontwikkeling is dat ik haar heb gezegd dat ik misschien ook thuis zou kunnen werken, zodat we de dag samen zouden kunnen doorbrengen.

In plaats daarvan glimlach ik.

'Waar ben je zo blij om?' vraagt Kimmer, haar arm verrassend om mijn middel. Bij wijze van antwoord kus ik haar op haar voorhoofd. Er is geen veilig antwoord op haar vraag, ook al zijn er vele ware antwoorden. Ik besef dat ik de Rechter eindelijk heb verslagen: ik ben zijn gelijke in het verbergen van mijn gevoelens, en zijn meerdere in het veinzen verheugd te zijn terwijl ik me ellendig voel.

Bij het ontbijt bladeren we onze twee dagelijkse kranten door, de *New York Times* en de *Elm Harbor Clarion*, beiden, om verschillende redenen, op zoek naar artikelen over mijn vader. Terwijl ik verdiept ben in de sportpagina van de *Clarion*, peinzend over de laatste blessures bij de spelers van het ongelukkige basketbalteam van de universiteit, besluit ik dat de tijd is gekomen om mijn vrouw te vertellen welk laatste karwei me nog te doen staat. Ik verwacht niet dat ze het leuk zal vinden.

Ik vouw de krant zorgvuldig op en kijk naar haar prachtige gezicht, de heldere bruine ogen fel achter haar brillenglazen, de rimpels van de middelbare leeftijd die elke maand dieper worden boven haar wangen. Haar mond is opgetrokken in een lichte boog. Ik weet dat zij weet dat ik haar gadesla.

'Kimmer, liefje,' begin ik.

Ze kijkt even naar me op en slaat dan haar ogen weer neer naar de commentaarpagina van de *Times*. 'Wil je een grappig ingezonden stuk horen over het belastingplan van de president?'

'Nee, dank je.'

'Maar het is heel scherp.'

'Nee, Kimmer. Ik bedoel, niet op dit moment. We moeten praten.'

Ze richt haar blik op mij en dan weer op de krant. 'Is het belangrijk? Kan het wachten?'

'Ja. En, nee, ik denk het niet.'

Mijn vrouw, die er zoals altijd schitterend uitziet in haar badjas, kijkt even naar me op en werpt me een kushandje toe. 'Heb je haar gevonden? Je *nzinga* van de veerboot?'

Eerst sta ik perplex, in de veronderstelling dat ze op de een of andere manier lucht heeft gekregen van mijn ontmoeting met Maxine op de Vineyard, maar dan begrijp ik dat ze maar een grapje maakt, of misschien haar hoop uitspreekt.

'Zo interessant is het niet.'

'Jammer.'

'Nee, niet jammer. Ik hou van je, Kimmer.'

'Ja, maar alleen omdat je een masochist bent.'

Ze glimlacht terwijl ze dit zegt en scheept me af, omdat ze niet wil horen wat ik ga zeggen. Maar ik moet mijn bedoeling duidelijk maken, en omdat ik niet zie hoe ik het een en ander moet verbloemen, besluit ik het onomwonden te zeggen.

'Kimmer, ik moet Jack Ziegler opzoeken.'

De krant gaat met een klap dicht. Ik heb haar volledige aandacht. Wanneer mijn vrouw spreekt, is haar stem gevaarlijk zacht. 'O, nee, dat moet je helemaal niet.'

'Jawel.'

'Néé.'

'Ik zou hem gewoon kunnen bellen,' stel ik voor, veinzend dat ons meningsverschil van een enigszins andere aard is, 'maar aan de telefoon praat hij niet echt veel.'

'Bang voor aftappen, ongetwijfeld.'

'Waarschijnlijk.'

Kimmer blijft me strak aankijken. 'Misha, lieverd, ik hou van je, en ik vertrouw je ook, maar voor het geval je het bent vergeten: ik word in overweging genomen voor een zetel in het hof van beroep van de Verenigde Staten. Als mijn mannie eropuit trekt om ene Jack Ziegler op te zoeken, zal dat mijn kansen niet ten goede komen.'

'Niemand hoeft het te weten,' zeg ik, maar het klinkt niet overtuigend.

'Ik denk dat een heleboel mensen het te weten zouden komen, en de meesten van hen werken toevallig voor de FBI.'

Ik heb hier natuurlijk rekening mee gehouden. 'Ik zou eerst de goedkeuring vragen van oom Mal.'

'O, joepie. Dan kan hij het aan alle anderen in Washington vertellen.'

'Kimmer, alsjeblieft. Je weet wat zich de laatste tijd heeft afgespeeld. Een gedeelte ervan. Zoveel als je me hebt toegestaan je te vertellen.' Bij deze woorden spert ze haar ogen open, maar ik kan nu niet stoppen. 'Ik ben de afgelopen paar weken veel... afschuwelijke dingen over mijn vader aan de weet gekomen. Nu moet ik weten of ze echt zo afschuwelijk zijn als ik vermoed. En ik denk dat Jack Ziegler dat weet.'

'Als de feiten afschuwelijk zijn, reken maar dat Jack Ziegler ze dan kent.'

'Nou, dat is de reden waarom ik moet gaan. De mensen zullen het begrijpen.'

'De mensen zullen het níét begrijpen.'

'Ik moet weten wat er aan de hand is.' Maar ik denk aan Morris Young en het verhaal van Noach en vraag me af of ik me vergis.

'Volgens mij is er niets aan de hand, Misha. Niet zoiets als jij schijnt te denken, in elk geval.'

'Je hebt waarschijnlijk wel gelijk, liefje, maar...'

'Als je met hem gaat praten, zal er alleen maar meer ellende van komen. Dat weet jij ook.' Ze zegt niet van welke kant, dus het zou weleens een dreigement kunnen zijn.

'Kimmer, toe nou.' Mijn toon is zacht. Ik ben bang dat Kimmer zal gaan schreeuwen, zoals ze soms doet, en Bentley wakker zal maken... Of de buren. Dat zou in beide gevallen niet voor het eerst zijn. 'Toe nou,' zeg ik weer, nog steeds zacht, in de hoop dat Kimmer ook zacht zal antwoorden.

'Jij bent degene die altijd zegt dat Jack Ziegler een monster is.' Haar toon is inderdaad zacht, maar meer sissend dan ingehouden.

'Ik weet het, maar...'

'Hij is een moordenaar, Misha.'

'Nou, hij is nooit veroordeeld voor *moord*.' Ze heeft me inmiddels zover gekregen dat ik klink als een van de talloze advocaten van oom Jack, en dat bevalt me helemaal niet. 'Andere misdaden, maar geen moord.'

'Behalve dan dat hij zijn vrouw heeft vermoord, niet?'

'Tja, er waren geruchten.' Ik probeer me te herinneren hoe de Rechter die vraag beantwoordde voor de Gerechtelijke Commissie, want het was die ene vraag van senator Biden, en mijn vaders niet behulpzame antwoord, die hem nog het meeste schade hebben berokkend. *Ik baseer mijn oordeel over mijn vrienden niet op geruchten*, zei mijn vader – iets in die trant. En hij vouwde zijn armen voor zijn borst in een gebaar dat zelfs de meest incompetente pr-adviseur ten strengste zou hebben afgeraden ooit op de nationale televisie te maken. Hoewel hij begrijpelijkerwijs boos was op wat hij beschouwde als een oneerlijke manier van ondervragen, kwam mijn vader over als hooghartig en minachtend. Eén columnist schreef dat rechter Garland de mogelijke moord van een man op zijn vrouw als een bagatel leek af te doen – een belachelijke bewering, maar één waar mijn vader om had gevraagd door zijn kalmte te verliezen voor tien miljoen kijkers. Ik wist op dat vreselijke, in beeld gebrachte ogenblik, dat zijn strijd verloren was; dat de Rechter, in welk bochten hij zich ook zou wringen, door zijn tegenstanders in een hoek van de ring was gedreven; dat de knock-outstoot elk moment in zijn gezichtsveld kon flitsen vlak voordat hij erdoor gevloerd zou worden. En ik voelde een ongeremde boosheid, niet jegens de Senaat of de pers, maar jegens mijn vader: *Hoe kon hij zo stom zijn?* Er waren zo'n zesduizend mogelijke antwoorden op Bidens volkomen redelijke vraag, en de Rechter pikte de slechtste eruit. Maar nu, onder Kimmers kruisverhoor, merk ik dat ik mijn vaders voorbeeld volg.

'Maar hij is nooit veroordeeld, liefje. Hij is zelfs nooit gearresteerd. Voorzover ik weet, was wat zijn vrouw is overkomen een ongeluk.' Ongetwijfeld bijna tot op de letter nauwkeurig: precies wat de Rechter zei tegen senator Biden. Op het *liefje* na.

'Ze viel na bijna twintig jaar paardrijden per ongeluk van haar paard en brak haar nek?'

'Het is niet een erg goede manier om iemand te vermoorden,' breng ik naar voren. 'Je zou van je paard kunnen vallen en er met een paar schrammetjes af kunnen komen om vervolgens iedereen te vertellen wie je heeft geduwd.'

Kimmer kijkt me aan. 'Je maakt een grapje, hè?'

'Nee, ik meen het serieus. Ik bedoel dat we niet precies weten wat Jack Zieglers vrouw is overkomen, maar moord lijkt niet erg waarschijnlijk. Moet ik hem veroordelen op grond van geruchten?'

O, ik haat deze kant van mezelf, werkelijk, precies zoals ik deze kant van de Rechter haatte, maar het lijkt wel alsof ik niet kan ophouden.

'Geruchten!'

'Nou ja, aangezien hij nooit in staat van beschuldiging is gesteld...'

'O, Misha, moet je jezelf eens horen! Ik bedoel, kun je nog legalistischer worden?' *Je klinkt precies als je vader*, bedoelt ze. En dat is waar.

'Het is enkel een bezoek, Kimmer. Een uurtje, misschien een halfuur.'

'Het is een gek, Misha. Een geváárlijke gek. Ik wil niet dat we ons met hem inlaten.' Haar stem wordt nu luider en er kruipt een onmiskenbare hysterische scherpte in.

'Kimmer, toe nou. Kijk naar de feiten. Freeman Bishop is dood...'

'De politie zegt dat het met drugs te maken had...'

'En Colin Scott speelde een FBI-agent om informatie over de Rechter te krijgen, en nu is hij dood...'

'*Dat was een ongeluk!*' Het is gedaan met het zachte spreken.

'Een ongeluk terwijl hij me volgde. Óns volgde.'

'Nou, het was nog steeds een ongeluk. Hij werd dronken en hij is nu dood, oké? Dus je kunt erover ophouden.'

'En denk je niet dat we ons een beetje zorgen zouden moeten maken?'

Dat had ik niet moeten zeggen. Helemaal fout. Ik weet het meteen. Ik voel me als een schaakspeler die zijn paard naar voren heeft gebracht en dan net te laat merkt dat zijn dame op het punt staat geslagen te worden.

'Nee, Misha. Nee, ik maak me geen zorgen. Waarom zou ik me zorgen moeten maken? Omdat ik met een man getrouwd ben die het spoor bijster is? Wiens zus is veranderd in een soort... een soort complottheoretica? Een man die nu denkt dat de oplossing van al zijn problemen gelegen is in een vliegreis naar Aspen om bij een misdadiger langs te gaan die zijn vrouw heeft vermoord? Die deze misdadiger in ons leven laat komen? Nee, Misha, ik maak me absoluut geen zorgen. Ik hoef me nergens zorgen over te maken.'

Ik probeer haar te sussen. 'Kimmer, alsjeblieft. De Rechter was mijn vader.'

'En ik ben je vrouw! Weet je nog?' Ze houdt zich vast aan de deurposten alsof ze bang is dat haar boosheid haar weg zal blazen.

'Ja, maar...'

'Ja, máár! Jij bent degene die altijd de mond vol heeft van loyaliteit. Nou, wees dan eens loyaal jegens míj! Ik bedoel niet loyaal in de zin van nooit ook maar een belangstellende blik op een andere vrouw werpen zodat je je een heilig boontje kunt voelen. Heiliger dan ik. Ik bedoel loyaal in de zin dat je iets voor míj doet. Iets wat zoden aan de dijk zet.'

'Ik heb heel veel voor je gedaan,' zeg ik haar zo kalm als ik maar kan. Ik mag graag denken dat ik een immuniteit heb ontwikkeld voor de schimpscheuten van mijn vrouw, maar haar woorden steken.

'De dingen die je voor mij doet zijn dingen die jíj wilt, niet de dingen die ík wil.'

Ik probeer me te herinneren hoe vertrouwd ik me vannacht met Kimmer voelde toen ik haar in mijn armen hield, haar rug streelde, naar haar luisterde toen ze zich verontschuldigde voordat ze in slaap viel.

Vannacht. Vorig jaar. Vorig decennium. Allemaal even ver weg.

'Kimmer, als...'

'En het is niet zo dat ik nooit iets voor jou heb gedaan!'

Terwijl de ogen van mijn vrouw vuur blijven schieten, ben ik verbijsterd over haar hartstocht, die wordt uitvergroot in de krappe ruimte van de keuken. Zoals ze daar in haar badjas staat, haar afrokapsel in de war, blijft Kimmer de begeerlijkste vrouw die ik ooit heb gekend, en toch heb ik het onbehaaglijke gevoel dat ze me, als ik een beweging maak die haar niet aanstaat, in elkaar zal slaan. Deze woede is al aan het doorsijpelen sinds ik terug ben van de Vineyard. Ondanks het nieuws over Marc Hadley lijkt Kimmer te denken dat haar kansen om aangesteld te worden wegglippen. Ik weet niet precies waarom ze dit gelooft; ik weet wel dat ze mij dat kwalijk neemt. Zoals ze me zoveel andere dingen kwalijk neemt. Ik heb de litanie honderd keer gehoord, honderd verschillende verhalen over hoe Talcott Garland haar leven heeft verwoest. Hoe ze met me is getrouwd om haar ouders een plezier te doen terwijl er veel opwindender mannen in haar geïnteresseerd waren. Hoe ze haar levendige praktijk bij een van de meest prestigieuze advocatenkantoren in Washington heeft achtergelaten om mij te volgen naar deze doodsaaie stad in New-England. Hoe de meesten van onze kennissen (we hebben hier weinig vrienden, merkt Kimmer dan beschuldigend op) universiteitstypes zijn die op haar neerkijken omdat zij niet een van hen is. Hoe ze met gemak een compagnonschap in de wacht sleepte bij een onbelangrijk advocatenkantoor waar niemand ooit van heeft gehoord. Hoe ze een baby heeft gekregen om haar man gelukkig te maken zonder er goed bij na te denken wat ze zich op de hals haalde en nu als gevolg daarvan klem zit in een slecht huwelijk. Hoe haar leven sindsdien een langzame race is geweest tussen verveling en waanzin. Kimmer heeft alle keuzes gemaakt. Maar ik neem de schuld op me.

'Het spijt me,' zeg ik, mijn handen heffend om vrede te stichten.

'Misha, alsjeblieft. Doe het voor mij. Voor ons huwelijk. Voor onze zoon. Beloof me dat je die man niet in ons leven binnenlaat. Dat je hem niet zult opzoeken. Of bellen.'

En ik word nog iets anders gewaar, een versie van hetzelfde gierende timbre dat ik op het kerkhof bespeurde in Jack Zieglers stem, nu even onverwacht als toen: Kimmer is bang. Het is niet de fysieke angst van de ziel voor het vergankelijke sterfelijke leven, noch de wanhopige verbetenheid waarmee een moeder haar kind beschermt. Nee, dit is angst om haar carrière. Ze bevindt zich vlak bij wat ze altijd heeft gewild, en ze wil niet dat oom Jack het voor haar verpest – en hoe kan ik haar dat kwalijk nemen?

Ik besluit dat er geen goede reden is om haar angst te voeden. Niet op dit moment.

'Oké, liefje. Oké. Ik zal uit de buurt blijven van oom Jack. Ik zal niets

doen wat... wat je in verlegenheid kan brengen. Maar... nou ja...'
'Je geeft het zoeken niet op. Wilde je dat zeggen?'
'Je moet het begrijpen, liefje.'
'O, ik begrijp het, ik begrijp het.' Haar glimlach is weer warm. Ze loopt om het werkblad heen en omhelst me van achteren. We zijn terug bij de intimiteit van vannacht, zomaar ineens. 'Maar geen Jack Ziegler.'
'Geen Jack Ziegler.'
'Dank je, schat.' Ze kust me weer, grijnzend. Ze springt overeind om de tafel af te ruimen. Ik zeg dat ik het wel zal doen. Ze heeft daar geen bezwaar tegen. We praten alsof we geen conflict hebben. We zijn er zeer bedreven in geworden te doen alsof alles koek en ei is tussen ons. Dus we praten over andere dingen. We besluiten Bentley vandaag niet naar zijn montessorischool te slepen. We zullen hem voor de verandering eens uit laten slapen, omdat ik toch thuis zal zijn. Ze herinnert me eraan dat we morgenavond verwacht worden op een diner bij een van haar compagnons thuis en vraagt me of ik de afspraak met de babysitter wil bevestigen, een Japans-Amerikaanse tiener een straat verderop die Bentley betovert met haar fluitspel. Ik vraag haar op mijn beurt of zij onderweg bij het postkantoor wil langsgaan om twee postschaakbriefkaarten af te geven die ik gisteravond heb voltooid en die allebei vandaag gestempeld moeten worden. (Elke speler heeft drie dagen per zet.) Wanneer alle complexe besprekingen van een doorsnee ochtend in een tweeverdienersgezin achter de rug zijn, verdwijnt Kimmer om zich te kleden voor het werk. Twintig minuten later is ze terug in een donker pak met krijtstreep en een blauwe zijden blouse, kust me weer, deze keer op de wang, en gaat weg, want zoals altijd vertrekt ze stipt om kwart over acht.

Ik kijk vanuit de erker in de woonkamer toe terwijl de glanzende, witte BMW in volle vaart wegrijdt door Hobby Road, bijna onmiddellijk opgeslokt door regengordijnen. Ik leg beide handen voor me en leun tegen het glas. Woody Allen schreef ooit, met een flinke dosis ironie, iets van de strekking dat hij van de regen hield omdat die de herinneringen wegspoelt, maar ik herinner me nog steeds de foto van Freeman Bishops bloederige hand. Ik herinner me nog steeds het gezicht van FBI-agent McDermott dat me aanstaarde vanaf de pagina's van de *Vineyard Gazette*. Ik zie hem op een boot met zijn maatje Foreman, dan een of andere onenigheid, en ten slotte McDermott/Scott die overboord wordt gegooid. Ik zie mijn vader een kwart eeuw geleden bekvechten met een behoedzame Colin Scott, trachtend hem ertoe over te halen de man te vermoorden die zijn dochter heeft gedood.

Ja, in het frisse daglicht, zelfs op een zo regenachtige dag als vandaag, zijn de beelden een stuk minder beangstigend. Niet zo beangstigend, bijvoorbeeld, als de gedachte dat mijn vrouw op een dag door Hobby Road wegrijdt en besluit niet meer terug te keren.

Naar de lege straat starend herinner ik me een fragment van Tadeusz Rozewicz uit een universitaire cursus van lang geleden, iets van de strekking dat een dichter iemand is die probeert te vertrekken maar niet in staat is te vertrekken.

Dat is mijn vrouw: Kimmer de dichteres. Alleen houdt ze tegenwoordig de beste regels voor zichzelf.

Of deelt ze met iemand anders.

39

Onverwachte bezoekers

— I —

Mallory Corcoran belt vlak na tienen met het nieuws dat Conan Deveaux in de zaak van Freeman Bishop heeft besloten te bekennen schuldig te zijn aan doodslag. Hij heeft samen met zijn advocaat naar het bewijsmateriaal gekeken en besloten dat het een te hoge stapel was. Door te bekennen zal Conan aan een dodelijke injectie ontkomen, maar hij zal de rest van zijn leven in de gevangenis zitten. 'Hij is nog maar negentien,' voegt oom Mal daar bars aan toe, 'dus dat zal waarschijnlijk een hele lange tijd zijn.'

'Hij heeft het dus gedaan,' fluister ik verwonderd. Ik zit aan het werkblad in de keuken, waar ik door *Chess Life* heb zitten bladeren terwijl ik warme chocolademelk maakte voor Bentley. Hoe kon ik Maxines hint zo verkeerd hebben begrepen? *Een vergissing.* Kon ze iets anders hebben bedoeld?

'Waarschijnlijk wel.'

'Waarschijnlijk wel? Hij heeft zich net vrijwillig aangemeld voor vijftig jaar in de gevangenis!'

Oom Mal volhardt in de pedanterie van de doorgewinterde advocaat: 'Als het een keuze is tussen levenslange gevangenisstraf of executie, dan pak je wat je kunt krijgen.' Daarna is hij weer een oude vriend: 'Maar serieus, Talcott, ik ben er zeker van dat hij het heeft gedaan. Wees daar nu maar gerust op. Voorzover ik heb gehoord, was het een droomzaak voor een openbare aanklager. Ze hadden een getuige, ze hadden forensisch bewijs waarmee kon worden aangetoond dat hij op de plaats van het misdrijf was, ze hadden een paar vingerafdrukken, ze wisten dat hij er later over heeft lopen opscheppen. Ik weet dat jij denkt dat het misschien wel een gearrangeerde beschuldiging was, een van die samenzweringen van je zus of zo, maar er is zoveel bewijsmateriaal dat het nauwelijks door iemand gefabriceerd kan zijn.'

Nog steeds verwonderd neem ik afscheid en loop ik met twee koppen chocolademelk naar de huiskamer, waar Bentley achter de computer een rekenspelletje zit te spelen waarbij hij plaatjes van snoepgoed verzamelt als hij de nummers kan neerschieten die het juiste antwoord geven op de vragen die over het scherm dansen. Zo kunnen we hem in één klap gulzigheid, hebzucht en gewelddadigheid bijbrengen, terwijl we tevens zijn puntentotaal opkrikken voor de schoolrekentest die hij over zo'n twaalf jaar zal moeten afleggen.

Terwijl ik toekijk hoe hij er nu bijzit, zo verdiept in zijn bezigheid dat hij niet beseft dat zijn vader in de buurt is, neem ik plaats op de sofa en zet de koppen op de salontafel neer. We houden allemaal van deze kamer. De meubels zijn van leer: een sofa, een tweezitsbankje en een stoel, die door een namaakoriëntaals tapijt – het is eigenlijk van Sears afkomstig – tot een eenheid worden gemaakt. Ingebouwde boekenkasten van solide, wit geschilderd esdoornhout omgeven een brokkelende veldstenen haard; vlak onder het raam dat op de achtertuin uitkijkt zit nog een extra plank. Er staan boeken over politiek, jazz, reizen, de geschiedenis van de zwarte Amerikanen en boeken die onze eclectische smaak weerspiegelen op het gebied van hedendaagse literatuur: Morrison, Updike, Doctorow, Smiley, Turow. Er staan kinderboeken. Er staat een bijbel, de neutrale Nieuwe Herziene Standaardversie, waar niemand aanstoot aan kan nemen, en de anglicaanse liturgie. Er staat een verzameling van C.S. Lewis. Er staan boeken over interieurverbetering en oude nummers van *Architectural Digest*. Er staan een paar schaakboeken. Er staan geen juridische boeken.

De telefoon gaat weer.

Bentley kijkt op. Ik wijs naar de warme chocolademelk. 'Teen, Papa, Bemmy drink teen.' Zo meteen, bedoelt hij.

De telefoon gaat niet meer. Ik realiseer me dat ik de hoorn van de haak heb gehaald, maar hem vanwege het gebarenspel met mijn zoon niet naar mijn oor heb gebracht. Dat doe ik nu, en ik hoor onmiddellijk het geruis van een mobiele telefoon met een bijna lege batterij. En een mannelijke stem:

'Kimmer? Kimmer? Hallo? Ben je daar, schatje?'

'Ze is op het ogenblik niet thuis.' Mijn toon is zo ijzig als ik hem maar kan maken. 'Wilt u een boodschap achterlaten?'

Een lange pauze. Dan een klik.

Ik sluit mijn ogen, enigszins zwaaiend op mijn benen, terwijl mijn behendige zoon de nummers steeds sneller neerschiet. De jaren vallen weg, net als mijn zelfvertrouwen en het leeuwendeel van mijn hoop. Hoe vaak heb ik tijdens ons huwelijk dergelijke telefoontjes – een mysterieuze man die naar mijn vrouw vraagt en vervolgens ophangt wanneer ik antwoord geef – afgehandeld? Waarschijnlijk minder dan ik denk, maar meer dan me lief is. O, Kimmer, hoe kun je dit weer doen?

Ben je daar, schatje?

Ik bedwing een vlaag van geestverdovende wanhoop. Concentreer je, zeg ik tegen mezelf. Ten eerste maak ik uit de cadans van de stem op dat het om een zwarte man gaat – met andere woorden: niet Gerald Nathanson. Een nieuwe verhouding? Twee tegelijk? Of een vergissing van mij, zoals dr. Young suggereerde? Het valt niet uit te maken zolang mijn vrouw en ik het niet uitvechten, zoals we vroeg of laat zullen doen. Ik loop naar mijn studeerkamer, op zoek naar afleiding. De stem klonk bekend, dat is nóg iets. Ik kan hem niet helemaal plaatsen, maar ik weet dat dat wel zal komen.

Ben je daar, schatje?

Vreemd, zoals de directe zorgen over een zieltogend huwelijk het getob over marteling en moord en mysterieuze schaakstukken volkomen kunnen verdringen, maar wat dat betreft zijn prioriteiten merkwaardig. Ik plof voor mijn computer neer. Wie zou zo arrogant zijn, vraag ik me af, en zo stom om het woord *schatje* te gebruiken wanneer hij een getrouwde vrouw belt van wie hij niet eens zeker weet of ze wel thuis is? Ik schud mijn hoofd opnieuw, terwijl de mengeling van woede, angst en puur zenuwslopende pijn kortstondig elke rationele gedachte verdringt. Ik heb zin om te schreeuwen, in woede uit te barsten, misschien zelfs iets te breken, maar ik ben een Garland, dus in plaats daarvan zal ik waarschijnlijk iets schrijven. Terwijl ik snel door mijn dossiers blader en probeer te besluiten welk onvoltooid essay ik zal opdiepen voor wat zinloos geschaaf, worden mijn ogen naar een auto getrokken die aan de overkant van de straat staat.

De blauwe Porsche.

De bestuurder, een schaduw achter de voorruit, zit onmiskenbaar naar ons huis te staren.

– 11 –

Ik doorloop een menu van opties maar kies die welke me in mijn huidige stemming het beste bevalt. Ik haal de honkbalknuppel achter mijn bureau vandaan die ik daar heb verstopt op de avond dat ik aangevallen werd. Ik steek mijn hoofd om het hoekje van de huiskamer en zeg tegen mijn zoon dat hij moet blijven zitten waar hij zit. Hij knikt, terwijl zijn vingers driftig het muisknopje indrukken en hij bij het oplossen van de rekensommen enorme stapels snoepgoed wint. Hij mag dan niet veel praten, maar hij is een kei in optellen, aftrekken, aanwijzen en klikken.

Ik haal een licht jack uit de kast en ruk dan de voordeur open, terwijl ik met de knuppel zwaai en hem tegen mijn handpalm aan laat komen, zodat het de bestuurder, wie hij ook is, nauwelijks kan ontgaan. Ik kan niet doen wat ik het liefste zou doen, en dat is de straat oversteken en zijn Porsche vernielen, omdat ik mijn zoon zelfs geen seconde alleen zou laten. Maar de boodschap komt over. De bestuurder, een lid van de donkerder natie, staart even door het raam naar buiten, precies zoals ik verwachtte. Ik zie niet veel meer dan een bril met spiegelende glazen op een zwart gezicht. Vervolgens zet de man heel soepel, zonder tekenen van paniek, de auto in de versnelling en rijdt de straat uit.

Ik zwaai triomfantelijk met de knuppel in de lucht maar gun mezelf geen overwinningskreet.

In plaats daarvan ga ik naar binnen, doe de deur dicht, leg de knuppel weg en vraag me af waar ik in vredesnaam mee bezig was. De rode waas van woede brengt me er vaak toe vreemde bokkensprongen te maken, maar heeft me zelden zo op het randje van gewelddadigheid gebracht. De gedachten tuimelen door mijn verwarde geest. De bestuurder van de auto is onschuldig, hij woont of werkt in de buurt, en nu gaat hij iedereen vertellen dat ik gek ben. De bestuurder van de auto is de man die voor Kimmer heeft gebeld, en Kimmer heeft een verhouding met hem. De bestuurder van de auto is de man die voorwendde agent Foreman te zijn. De bestuurder van de auto is de man die me het schaakboek terugbezorgde dat gestolen was door de mannen die me hebben aangevallen. Al het bovengenoemde gaat op. Niets van het bovengenoemde gaat op.

'Je bent een ziek man, Misha,' mompel ik staande in mijn studeerkamer. Er is nu niemand meer op straat behalve een van onze buren die een ommetje maakt met haar drie maanden oude tweeling in een wandelwagen. 'Je hebt hulp nodig. En niet zo'n beetje ook.'

Ik stel me zo voor dat mijn vrouw het daarmee eens zou zijn. Evenals de man in de blauwe Porsche.

En gedurende één akelig, jaloers moment koester ik een werkelijk afgrijselijke gedachte: *De man in de Porsche is Lemaster Carlyle.* De volmaakte Lemaster Carlyle, die mij bespioneert en zijn vrouw bedriegt, die achter Julia's rug om Kimmer ontmoet. Die Kimmer *schatje* noemt. Die misschien het gestolen schaakboek in mijn auto heeft achtergelaten toen hij te laat kwam op

Shirleys feestje. Het zou verklaren waarom hij de laatste tijd zo afstandelijk is. Maar de stem aan de telefoon klonk totaal niet als de zijne: geen accent uit Barbados bijvoorbeeld. Trouwens, Lem is klein en de man die John Brown in het bos zag was lang. Er zouden twee onbekende zwarte mannen rond kunnen lopen, maar het scheermes van Ockham, waar de Rechter graag op bouwde, waarschuwt ons dat we entiteiten niet onnodig moeten vermenigvuldigen.

Hoe dan ook, ik sta er weer gekleurd op.

Ik blijf bij het raam staan, op mezelf scheldend zoals manisch-depressieven dat doen, tot ik me herinner dat ik warme chocolademelk zou drinken met mijn zoon. Ik haast me naar de huiskamer, waar hij nog steeds hard aan het werk blijkt te zijn, de chocolademelk vergeten, zijn vader vergeten, vrolijk tegen zichzelf loeiend wanneer hij de juiste antwoorden neerschiet en zijn buit vergroot. Mijn kindertijd moet ook zulke stralende momenten van vreugde hebben gekend, maar wat ik me er vooral van herinner zijn de donkere momenten.

De bel gaat.

Ik draai me onzeker om, me afvragend of ik de knuppel weer moet pakken, of mijn zoon vliegensvlug via de achterdeur en door de heg naar de Felsenfelds moet brengen om hem daar te laten schuilen, want misschien is de bestuurder van de Porsche wel teruggekomen, in het gezelschap van vrienden. Maar de Garland-opvoeding blijkt zozeer de overhand te hebben dat ik niet de kans krijg in paniek te raken. Ik doe gewoon de deur open, zoals ik dat op elke willekeurige dag zou doen.

Er staan twee mannen buiten, van wie ik er één al eerder heb ontmoet. 'Professor Garland, zouden we u even mogen storen?' vraagt FBI-agent Nunzio. Hij ziet er grimmig uit.

40

Nog een ontdekking

Fred Nunzio stelt zijn metgezel voor als Rick Chrebet, een stadsrechercheur. Ze vormen een merkwaardig stel. Nunzio is een kleine, vlezige man, kwiek en zelfverzekerd, met glad, zwart, achterovergekamd haar. De schriele Chrebet is zowel wat betreft zijn haardos als zijn emoties karig bedeeld: zijn manier van doen is zo afstandelijk dat ik mezelf erop betrap iets te willen bekennen, alleen maar om een paar minuten aandacht van hem te krijgen. Hij heeft heldere, regelmatig tanden, bleke lippen en een strijdlustige kaak. Zijn lichte ogen zijn diepliggend en alert. Duizelig van een déja vu-gevoel ga ik hen voor naar de zonnige woonkamer, die we alleen maar gebruiken wanneer we visite hebben. In de kamer aan de andere kant van de gang zit Bentley er vrolijk op los te schieten, zich niet bewust van het plotselinge leed van zijn vader en niet geïnteresseerd in de bezoekers. Hij is nooit in vreemden geïnteresseerd, misschien omdat hij van mij een neiging tot introspectie heeft geërfd.

'We hebben niet veel van uw tijd nodig,' zegt Nunzio, met slaperige ogen en bijna verontschuldigend. 'We zouden u niet lastigvallen als het niet belangrijk was.'

Ik mompel iets toepasselijks in afwachting van de klap. Is er iets met Kimmer gebeurd? Waarom zou de FBI er dan zijn? Is er nieuws uit Washington? Waarom zou er dan een stadsagent zijn?

'Mijn collega hier wilde met u ergens over praten,' vervolgt Nunzio, 'en ik ben gewoon zomaar meegekomen.'

Rechercheur Chrebet heeft ondertussen op de salontafel zijn dunne aktetas opengemaakt en bladert door de inhoud ervan. Hij haalt er een glanzende kleurenfoto uit en schuift hem naar me toe: een zwaargebouwde blanke man met een weerspannige bos bruin gezichtshaar, starend naar de camera terwijl hij een plaat met een stel nummers voor zijn borst houdt. Een politiefoto. Ik huiver bij de herinnering.

'Herkent u de persoon die op deze foto staat afgebeeld?' vraagt de rechercheur met zijn schrille, uitdrukkingsloze stem, de vraag even zorgvuldig geformuleerd als een instructieboek.

'Ja.' Ik kijk Nunzio strak aan maar richt me tot Chrebet. 'Dat weet u.'

Onverstoorbaar schuift hij me nog een foto toe, een zwartwitafbeelding, en ditmaal hoef ik er nauwelijks een blik op te werpen en wacht ik niet op de vraag. 'Ja, hem herken ik ook. Dit zijn de twee mannen die me een paar weken geleden midden op de campus hebben aangevallen.'

Nunzio glimlacht enigszins, maar Chrebets gezicht is van steen. 'Weet u dat heel zeker?'

Plichtsgetrouw bestudeer ik de foto's nogmaals, voor het geval ze de laatste paar seconden veranderd zijn. 'Ja, ik weet het heel zeker. Ik heb ze allebei uitgebreid kunnen bekijken.' Ik wijs naar de foto's. 'Betekent dit dat u ze gevonden hebt? Zitten ze in arrest?'

De rechercheur beantwoordt mijn vraag met een wedervraag. 'Had u deze mannen vóór de avond dat ze u aanvielen al eens gezien?'

'Nee. Ik had ze nog nooit gezien. Dat heb ik de politie al verteld.'

Voordat Chrebet nog een vraag kan stellen, verheft Nunzio zijn stem. 'Professor Garland, is er iets wat u me zou willen toevertrouwen?'

'Pardon?'

'Iets wat betrekking heeft op... nou ja, het onderzoek waar u zich mee bezig hebt gehouden?' Zijn zorgvuldige eufemisme valt me op en ik vraag me af of hij iets voor Chrebet probeert te verbergen of denkt dat ik dat doe. 'Iets wat u graag onder vier ogen zou willen bespreken?'

'Nee, dat is er niet.'

'Weet u dat zeker?'

'Ik heb u al gevraagd naar de mogelijkheid dat Freeman Bishop...'

'Dat hebben we onderzocht.' Hij praat snel, en weer heb ik de indruk dat hij niet wil dat de rechercheur het begrijpt. 'Uw bron had zich vergist. Er is niets om u zorgen over te maken.' Hij stelt me gerust zonder dat ik daarom gevraagd heb. Ik begin me steeds meer te verbazen.

Nunzio zwijgt. Het is weer aan Chrebet. Hij herneemt zijn ondervraging alsof de FBI-agent zijn mond niet open heeft gedaan. 'Hebt u sinds de aanval één van deze mannen nog gezien?'

Met het toenemen van mijn bezorgdheid keren mijn juridische vaardigheden terug: 'Voorzover ik me kan herinneren niet.'

'Weet u of iemand anders hen heeft gezien?'

'Nee.' Ik heb lang genoeg gewacht, dus ik stel tussendoor zelf weer een vraag. 'Kunt u me nu alstublieft zeggen of u weet wie ze zijn?'

'Kleine criminelen,' zegt Nunzio. 'Gajes. Ingehuurde klusjesmannen. Ze zijn niet van belang.'

'En zitten ze in arrest? Hebt u ze gevonden? Is dat waarom u hier bent?' Want ik denk dat ik al een heel eind op weg ben als ik erachter kan komen wie ze heeft ingehuurd. 'Weet u voor wie ze werkten?'

Chrebet opnieuw, pedant: 'Nee, professor, we weten niet voor wie ze werkten. Ze zitten niet in arrest. En ja, we hebben ze gevonden. Of liever, ze zijn gevonden.'

'Wat wilt u daarmee zeggen? Zijn ze dood?'

Hij is meedogenloos, als een machine. 'Een groepje padvinders dat in Henley State Park op trektocht was heeft hen tijdens het weekend gevonden. Ze lagen in de bosjes, vastgebonden en gekneveld. In leven, maar meer ook niet.'

'Ze willen niet praten,' komt Nunzio tussenbeide, misschien mijn gedachten lezend. 'Eerlijk gezegd doen ze het in hun broek van angst. Dat kan ik me voorstellen.' Een ongedwongen, spottende glimlach. 'Iemand blijkt al hun vingers te hebben afgehakt.'

41

Confrontatie

– 1 –

Ik vertel het Kimmer niet. Nu nog niet. In plaats daarvan ga ik dondermiddag bij dr. Young langs. Hij luistert geduldig en betrokken, zijn handen over zijn omvangrijke buik gevouwen, bedroefd zijn zware hoofd schuddend, en spreekt dan tegen me over Daniël in de leeuwenkuil. Hij zegt dat de Heer me erdoorheen zal helpen. Hij hoeft me niet te vragen hoe mijn overvallers hun vingers zijn kwijtgeraakt. Chebret vroeg me in zijn staccato-stijl of ik enig idee had wat er zou kunnen zijn gebeurd, maar hij verwachtte geen antwoord en kreeg dat ook niet. Chebret wist, zoals Nunzio, dr. Young en ik dat ook weten, dat de sterke hand van Jack Ziegler in Elm Harbor heeft toegeslagen. De stem aan de telefoon om negen voor drie 's nachts – waarover ik het nog met niemand heb gehad – is zijn belofte nagekomen.

Voordat ik het kantoor van de dominee verlaat, waarschuwt hij me dat ik geen behagen mag scheppen in het leed dat anderen overkomt. Ik verzeker hem dat ik geen enkele vreugde voel over wat de mannen die me hebben aangevallen, is overkomen. Dr. Young zegt dat hij het niet over hen heeft. Terwijl ik dit probeer te doorgronden, raadt hij me aan te doen wat ik kan om de menselijke band te herstellen met degenen van wie ik me vervreemd voel. Ongemakkelijk stem ik toe. Diezelfde middag kom ik Dahlia Hadley tegen op de peuterschool en zeg haar hoezeer het me spijt van het schandaal dat Marc heeft overspoeld, maar ze verkilt en weigert met me te praten. Toch groeit de behoefte om het goed te maken uit tot een dwangneurose, misschien omdat ik geloof dat ik op die manier mijn demonen kan uitdrijven. Wanneer je Jack Zieglers verstikkende adem voelt, wórd je wel zo gek.

Op vrijdagochtend zoek ik Stuart Land op en verontschuldig me ervoor dat ik hem ervan heb beschuldigd dat hij Marcs kandidatuur heeft proberen te dwarsbomen, maar hij beweert daar niet mee te zitten omdat hij onschuldig is. Hij is zo goed om me te vertellen dat Marc zich nog niet heeft teruggetrokken als kandidaat. Wanneer ik hem vraag waarom niet, kijkt Stuart me koel aan en zegt: 'Waarschijnlijk omdat hij denkt dat de kans groter dan vijftig procent is dat je het klaar zult spelen het voor je vrouw te verpesten.' Perplex druip ik af uit zijn ruime kantoor, vastbeslotener dan ooit om me fatsoenlijk te gedragen. Na de lunch probeer ik eindelijk in contact te komen met de achtenswaardige Cameron Knowland, wiens zoon na onze kleine woordenwisseling geen woord meer heeft gezegd bij het college, maar wanneer ik de besloten beleggingsmaatschappij bel die Cameron in Los Angeles runt, weigert hij aan de telefoon te komen; of liever, zijn secretaresse, als ik eenmaal zover ben doorgedrongen, zegt tegen me dat meneer Knowland nog nooit van me heeft gehoord.

Wanneer Rob Saltpeter en ik elkaar maandagochtend in het gymlokaal treffen om te basketballen, zegt hij tegen me dat Cameron Knowland met me solt, maar dat heb ik zelf ook al zo'n beetje bedacht. We spelen vandaag een partijtje één-tegen-één, en Rob maakt korte metten met me, twee keer achter elkaar, alleen maar omdat hij langer en sneller is dan ik, of misschien omdat zijn reflexen en coördinatie beter zijn dan de mijne.

Het is nu vrijdag en mijn stemming blijft maar aan schommelingen onderhevig. Ik gedraag me nog steeds fatsoenlijk, maar mijn zelfbeheersing is broos. Eén kleine schok, en er is niets meer van over. Ik probeer te bidden, maar kan me niet concentreren. Ik zit aan mijn bureau, niet in staat te werken, woedend op mijn vader, me afvragend wat er zou zijn gebeurd als ik die dag op het kerkhof had geweigerd met Jack Ziegler te praten. Waarschijnlijk had ik dan evengoed met mijn vaders briefje opgezadeld gezeten, had ik me evengoed afgevraagd wie Angela's vriendje was, en zouden de doden evengoed dood zijn, dus heeft het geen zin me af te vragen...

De doden zouden evengoed dood zijn...

Mijn stemming klaart op. Ik herinner me het idee dat bij me opkwam tijdens het etentje bij Shirley Branch. In het daglicht haalde ik mijn schouders erover op, maar nu ben ik wanhopig. En het zóú mij en mijn gezin misschien een uitweg kunnen bieden uit deze puinhoop. De doden. Het kerkhof. Misschien, heel misschien. Ik weet niet of het zal werken, maar het kan geen kwaad er de voorbereidingen voor te treffen, voor het geval ik besluit het eens te proberen. Ik bel eerst Karl op in zijn boekwinkel om hem een vraag te stellen over de Dubbele Excelsior. Hij is geduldig, zij het niet echt vriendelijk, en bedankt me voor het terugbrengen van zijn boek. Zijn antwoord brengt me tot het besluit verder te gaan met de uitwerking van het plan. Ik zal alleen wat hulp nodig hebben. Later die middag, na mijn college bestuursrecht, haast ik me naar beneden naar de eerste verdieping om Dana Worth te zoeken, maar op een briefje op haar deur staat dat ze in de faculteitsleeszaal is. Ze laat altijd een briefje achter, omdat ze wil dat de mensen haar altijd kunnen vinden: met mensen praten schijnt haar liefste bezigheid te zijn. En zo komt het dat ik een misstap bega. In mijn gretigheid om Dana te vinden, ga ik naar de bibliotheek die ik gewoonlijk mijd, en alles stort in.

— 11 —

De meeste professoren bellen vanuit hun kantoor de faculteitsbibliothecaris om hun de boeken te brengen die ze nodig hebben, of laten zelfs hun secretaresses bellen, maar ik vind het leuk om zo nu en dan de sfeer van die plek op te snuiven, althans vroeger, voordat ik de eerste signalen kreeg dat Kimmer weleens een verhouding zou kunnen hebben met Jerry Nathanson. Om tien voor vijf gebruik ik mijn faculteitssleutel om de zij-ingang van de juridische bibliotheek te openen, op de tweede verdieping, ver van het geroezemoes van de studenten. De sleutel geeft me toegang tot de achterkant van de tijdschriftenzaal, vierentwintig evenwijdige rijen staalgrijze planken vol zorgvuldig gerangschikte juridische tijdschriften met ezelsoren. Aarzelend om door te lopen, zoek ik naar een mogelijkheid om te blijven dralen. Als ik mijn plan wil doorzetten, heb ik dringend hulp nodig, en Dana is de enige die ik kan bedenken die gek genoeg zou kunnen zijn om het te doen. Rob Saltpeter is te rechtdoorzee, Lem Carlyle te veel een politicus. Ik heb overwogen om de hulp van een student in te roepen, maar besloten dat niet te doen. Het is Dana of niemand. Terwijl ik onzeker door de tijdschriftenzaal stap, hoor ik een paar studenten naderbij komen en besluit ik mijn doel te verhullen, want hoewel ik nooit zou aarzelen om in mijn eentje Dana's kantoor binnen te stappen, krijg ik een onbehaaglijk gevoel bij de gedachte dat ik gadegeslagen zou kunnen worden terwijl ik naar Dana loop te zoeken in de bibliotheek. Maar mijn nood is zo hoog dat ik gek word als ik het antwoord niet onmiddellijk krijg. Ik trek lukraak een oud gebonden deel van de *Columbian Law Review* van de plank en blader het door alsof ik op zoek ben naar een stokoude schat van informatie. Ik loop door de gangpaden met het zware boek als camouflage, stop bij het luidruchtige oude apparaat dat wazige fotokopieën produceert en verman mezelf. Dan verlaat ik de tijdschriftenzaal en ga ik de hoofdleeszaal binnen, waarbij ik bewust weiger op te kijken naar de muur waar het portret van mijn vader in zijn toga nog steeds hangt. Als je dat schilderij goed bestudeert, kun je het slecht geschilderde restauratiewerk ontdekken dat de schunnige taal bedekt waarmee iemand het canvas heeft toegetakeld tijdens zijn benoemingshoorzittingen: OOM TOM was nog het minst erge ervan, vergezeld van verscheidene commentaren over het voorgeslacht van de Rechter door een of andere politieke commentator die te bescheiden was om zijn naam onder zijn werk te zetten.

Ik bestudeer het nooit zorgvuldig.

Terwijl ik de ruime zaal oversteek, zeggen een paar brutale studenten me gedag, maar de meesten van hen zijn veel te schrander. Ze kunnen de gezichten van de faculteit lezen, ze weten wanneer ze je kunnen storen en wanneer ze zich op de achtergrond moeten houden. Ik passeer een groepje zwarte studenten, een stel blanke. Ik zwaai naar Shirley Branch, die naast een rij computers staat, druk gesticulerend terwijl ze iets tamelijk fel naar voren brengt tegen Matt Goffe, haar collega die ook geen vaste aanstelling heeft en net als zij politiek gezien tot de linkervleugel behoort. Ik signaleer Avery Knowland aan de andere kant van de zaal, hopeloos gebogen over een casusboek, maar mijn pad brengt me gelukkig niet in die richting. Ik vraag me af hoe boos zijn vader eigenlijk is. Misschien nemen Cameron Knowland en zijn prijsvrouw hun drie miljoen dollar terug en kunnen we de magnifieke slonzige bibliotheek die we nu hebben, behouden. De decaan wil dat we een gebouw krijgen dat de eenentwintigste eeuw waardig is, maar ik vind dat bibliotheken stevig in de negentiende eeuw verankerd moeten zijn, toen de stabiliteit van het gedrukte woord, en niet het vluchtige verschijnsel van de glasvezelkabel, de methode was waarmee informatie over lange afstanden werd overgebracht. Ik aanbid deze zaal. Sommige van de lange tafels waaraan de studenten zitten te studeren zijn meer dan een halve eeuw oud. Het plafond is bijna twee verdiepingen hoog, maar de koperen kandelaars zijn teruggebracht tot louter decoraties: rijen van afschuwelijke tl-buizen verschaffen nu het licht, in samenwerking met het zonlicht dat door de lichtbeuken valt, hoog boven de van gecompliceerd houtsnijwerk voorziene houten planken met juridische boeken. Voor degenen die het geduld hebben het te volgen, voegt elk glas-in-loodraam een episode toe aan een verhaal dat vlak boven de hoofdingang van de bibliotheek begint, zich langs alle vier de buitenste muren ontvouwt, en weer op dezelfde plaats uitkomt: een gewelddadige misdaad, een getuige die een politieagent inschakelt, de arrestatie van een verdachte, een rechtszitting, een jury in overleg, een veroordeling, een bestraffing, een nieuwe advocaat, een beroep, een invrijheidstelling, en, aan het eind, terug naar hetzelfde leven van misdaad: een pessimistische doorlopende cyclus die me half gek maakte toen ik student was.

Ik glimlach naar de vakreferent terwijl ik voorbij zijn lange bureau loop. Hij glimlacht niet terug: hij zit te telefoneren en, als de geruchten kloppen, is hij bezig een weddenschap aan te gaan. Aan de andere kant van het bureau is de faculteitsleeszaal, zoals de gewichtige naam luidt van mijn bestemming. Ik sta op het punt mijn faculteitssleutel te gebruiken om de deur van deze zaal van het slot te doen, wanneer de dubbele matglazen deuren vóór me opengaan en Lemaster Carlyle en Dana Worth naar buiten drentelen, allebei om iets lachend, blijkbaar om een worthisme, omdat Lem harder lacht.

'Hallo, Tal,' zegt Lem bedaard. Hij ziet er zwierig uit als altijd, pronkend met een middelgrijs tweedjasje en een rode Harvard-das.

'Lem.'

'Misha, liefje,' mompelt Lieve Dana, en ik maan mezelf tegen haar te zeggen dat ze me in het openbaar zo niet moet noemen. Ook zij is fraai uitgedost, in een donker kostuum.

'Dana, heb je even?'

'Dat ligt eraan hoe je van plan bent te stemmen wat Bonnie Ziffren betreft,' glimlacht Dana, een naam noemend uit de eindeloze, door de aanstellingscommissie van de faculteit aanbevolen stroom kandidaten, tegen wie Dana, om een of andere reden, bezwaar heeft. 'Ik weet dat Marc haar de nieuwe Catherine McKinnon vindt, maar naar mijn mening is ze een ruwe zirkoon.'

'Je hoort in het openbaar niet te praten over mogelijke faculteitsaanstellingen,' vermaant Lem haar vroom. Hij vermijdt weer mijn blik. 'Op de universiteit geldt de regel dat personeelszaken vertrouwelijk zijn.'

'Kom dan maar in mijn salon.' Ze wijst naar de faculteitsleeszaal.

'Nee, dank je,' mompelt Lemaster. Hij herinnert zich nu dat hij eigenlijk haast heeft: een etentje met een of andere potentaat van het Amerikaanse Juridische Genootschap. Je kunt er altijd op rekenen dat je Lemaster Carlyle wegjaagt met faculteitspolitiek. Hij smacht naar de verloren gouden eeuw van de juridische faculteit, die helemaal aan hem voorbij is gegaan maar waar hij niettemin van houdt, toen de professoren allemaal met elkaar konden opschieten, ook al hebben degenen die erbij waren, zoals Theo Mountain en Amy Heffermann, er andere herinneringen aan. Hij gaat er snel vandoor zonder afscheid te nemen, nog steeds niet in staat mij in de ogen te kijken.

Wat is er met hem aan de hand? Kimmers minnaar? De bezorger van de pion? Ik wrijf over mijn voorhoofd, opnieuw woedend, niet op Lem maar op de Rechter. Lieve Dana Worth, die mijn plotselinge stemmingswisseling in de gaten heeft, legt vriendelijk een hand op mijn arm. Ze wacht tot ze zeker weet dat Lem buiten gehoorsafstand is en vraagt me dan zacht wat ik wil.

'We kunnen dit beter onder vier ogen bespreken,' zeg ik tegen haar, me nog steeds afvragend wat er met Lemaster aan de hand kan zijn, en of dat te maken heeft met... nou ja, met alles.

'Kom maar in de salon,' zegt ze weer plagerig. Ik aarzel, omdat ik niet gezien wil worden terwijl ik samen met een vrouwelijke collega de faculteitsleeszaal binnensluip, vooral niet met een blanke, ook al heeft ze geen belangstelling voor mannen, en mijn aarzeling verpest alles. Dana glimlacht al over mijn schouder heen naar iemand die net is binnengekomen, wanneer de scherp uitgesproken woorden als kogels achter mijn rug ratelen:

'Ik denk dat we eens moeten praten, Tal.'

Ik draai me verrast om en staar in het boze gezicht van Gerald Nathanson.

— III —

'Hallo, Jerry,' zeg ik rustig.

'We moeten praten,' zegt hij weer.

Jerry Nathanson, waarschijnlijk de meest vooraanstaande advocaat in de stad, heeft samen met Kimmer en mij rechten gestudeerd en is in die tijd getrouwd met dezelfde onaantrekkelijke vrouw die nog steeds zijn echtgenote is. Hij is misschien een meter vijfenzeventig lang, een beetje te dik, met een vlezige kin die er niet helemaal in slaagt zijn jongensachtige knappe uiterlijk in de stijl van de jaren vijftig te bederven. Zijn trekken zijn uitgesproken, gelijkmatig en een beetje zacht. Zijn donkere haar is krullerig, en midden op zijn hoofd begint hij een klein beetje te kalen. Hij is een indrukwekkende figuur in zijn lichtgrijze pak en donkerblauwe das. Hij heeft zijn handen voor zijn borst gevouwen alsof hij op een verontschuldiging wacht.

'Ik geloof niet dat wij iets te bespreken hebben,' zeg ik tegen hem, waarbij ik alles wat Morris Young me heeft proberen bij te brengen, aan mijn laars lap. Ik zou evengoed een van de jongens kunnen zijn die hij uit de goot probeert te redden, zoals ik me volkomen onwillekeurig als een macho gedraag.

'Misha, ik zie je nog wel,' zegt Dana, nog steeds grijnzend, maar flauwtjes nu. Ze wil niets te maken hebben met wat er op het punt staat te gebeuren. 'Bel me maar.'

'Dana, wacht even...'

'Laat haar gaan,' beveelt Jerry Nathanson. 'We moeten onder vier ogen praten.'

Ik neem hem van top tot teen op, de *Columbia Law Review* naar mijn linkerhand verplaatsend, misschien om mijn rechter vrij te hebben. Dan dwing ik mezelf ertoe te kalmeren. Ik schud mijn hoofd. 'Nee, Jerry. Het komt me nu niet uit. Ik heb het druk.' Ik laat hem het boek zien. 'Misschien een andere keer.'

Terwijl ik langs hem heen probeer te lopen, grijpt hij me bij mijn arm. 'Probeer me niet te ontlopen.'

Mijn woede nadert het kookpunt. 'Laat mijn arm los, alsjeblieft,' fluister ik zonder me om te draaien. Ik ben me ervan bewust dat een paar studenten elkaar aanstoten en naar ons wijzen, wat betekent dat zich in een mum van tijd een menigte zal vormen.

'Ik wil gewoon praten,' mompelt Jerry, die ook in de gaten heeft dat we de aandacht trekken.

'Ik weet niet op hoeveel verschillende manieren ik kan zeggen dat ik niet met je wil praten.'

'Ga nou geen scène maken, Talcott.'

'*Jíj* zegt tegen *míj* dat ik geen scène moet maken?' Ik staar hem woest aan, me afvragend of ik hem een klap moet verkopen. Ongetwijfeld bestaat er ergens een boek met gedragsregels voor een bedrogen echtgenoot die oog in oog komt te staan met het waarschijnlijke voorwerp van de genegenheid van zijn vrouw.

'Beheers je, Talcott.'

'Zeg niet tegen me dat ik me moet beheersen!' Ik sta op het punt meer te zeggen, maar ik houd me in, want zijn jaren-vijftig-filmsterrengezicht ziet er niet langer boos uit. In plaats daarvan ziet hij er verbluft uit.

'Ik moet gaan,' zeg ik tegen hem, terwijl ik langs hem loop en op de uitgang afstap. Ik hoor hem achter me aan komen en ik begin me sneller uit de voeten te maken. Inmiddels lijkt het alsof de helft van de studenten aan de juridische faculteit staat toe te kijken, samen met een paar van mijn collega's. Toch staat me niets anders te doen dan naar buiten te gaan; de rest is van later zorg.

Vlak buiten de barokke dubbele deuren die de hoofdingang vormen van de bibliotheek haalt Jerry me in. 'Wat is er met je aan de hand, Talcott? Ik wilde alleen maar met je praten.'

Ik kan me niet langer beheersen. Ik draai me in felrode woede om. 'Wat is er, Jerry? Wat wil je precies?'

'Hier? Wil je hier praten?'

'Waarom niet? Je hebt me door de hele juridische faculteit heen achternagezeten.'

Hij richt zich op. 'Nou, in de eerste plaats wilde ik je bij voorbaat feliciteren. Met je vrouw, bedoel ik. Ze heeft me verteld' – hij kijkt vluchtig om zich heen, maar nu we buiten de bibliotheek zijn, doen de paar studenten die in de buurt rondhangen alsof ze niet luisteren – 'ze heeft me eh, over professor Hadley verteld.'

In bed? Op de sofa in je kantoor? Ondanks de belofte die ik dr. Young heb gedaan, ben ik niet in staat mijn woede af te schudden – of misschien mijn angst – nu ik oog in oog sta met Jerry Nathanson. 'Professor Hadley heeft zich niet teruggetrokken,' snauw ik.

'O. O. Dat wist ik niet.'

We zijn op de een of andere manier weer gaan lopen, de zwak verlichte gang door in de richting van mijn kantoor. Geen van de studenten heeft het gewaagd achter ons aan te komen, maar er staan een paar kantoordeuren open en we zouden nog steeds afgeluisterd kunnen worden.

'Nou, het is zo,' mompel ik. 'Professor Hadley denkt blijkbaar dat hij het allemaal goed kan praten, dat het allemaal een groot misverstand is.'

'Ik begrijp het.' Jerry's stem is iel en aarzelend. Hij probeert te glimlachen. We staan voor mijn deur. 'Nou, ik weet zeker dat je vrouw de baan zal krijgen.'

En het stroomt uit me. 'Mijn vrouw. Míjn vrouw. Mijn vróúw!'

Hij houdt zijn hoofd scheef, zijn ogen samengeknepen. 'Ja. Je vrouw.'

'Ik wil dat je bij haar uit de buurt blijft.'

'Bij haar uit de buurt blijft? We werken samen.'

'Je weet precies wat ik bedoel, Jerry. Hou me niet voor de gek.'

'Ik weet inderdaad wat je bedoelt, Talcott, en... en het is volslagen belachelijk.' Jerry's verbazing lijkt zo echt dat ik er zeker van ben dat hij me voor de gek houdt. 'Ik weet niet hoe je zou kunnen denken... Ik bedoel, ik en Kimberly? Wat brengt je op zo'n gedachte?'

'Misschien het feit dat het waar is.'

'Het is niet waar. Denk dat alsjeblieft niet.' Hij wrijft met zijn handen over zijn gezicht. 'Je vrouw... Kimberly... ze, eh, heeft me een paar maanden geleden verteld dat jij scheen te denken dat er iets, eh, tussen ons was. Ik dacht dat ze een grapje maakte. Alsjeblieft, Talcott, geloof me.' Zijn ogen worden ernstig, en voor de tweede keer legt hij ongevraagd een hand op mijn arm. 'Ik ben toevallig een gelukkig getrouwde man, Talcott. Mijn relatie met je vrouw is zuiver professioneel. Het is nooit iets anders dan een professionele relatie geweest en zal dat ook nooit zijn.' Hij wacht tot dat is doorgedrongen. 'Je vrouw is de beste advocaat van het kantoor, de beste advocaat van de stad, de beste advocaat van dit deel van de staat. Misschien laat ik... laten we haar te hard werken, misschien houden we haar te veel van huis, maar Talcott, geloof me alsjeblieft dat het enkel werk is dat haar van huis houdt.'

'Ik weet niet waarom ik je zou moeten geloven,' sneer ik, maar ik voel me inmiddels veel minder zeker, en dat weten we allebei. Ik heb mijn munitie verschoten, maar al mijn kruit was nat. Misschien is het Jack Ziegler of de Rechter op wie ik mijn woede zou moeten koelen.

Jerry Nathanson doet weer een stap naar achteren. Hij is niet langer zenuwachtig. Hij is een goede advocaat en weet wanneer hij in het voordeel is. Wanneer hij het woord weer neemt, is zijn stem kil. 'Je vrouw heeft me verteld dat je je op een wat zij noemde irrationele manier gedroeg. Ik heb haar gezegd zich geen zorgen te maken, maar ik geloof dat ze zoals gewoonlijk gelijk had.'

'Wát heeft ze je verteld?'

'Dat je gedrag haar bang begint te maken.'

Dit is te veel. Ik ga vlak bij hem staan. Dat is het enige wat ik kan doen om hem niet bij zijn met de hand gemaakte overhemd vast te grijpen. 'Ik wil niet dat je met mijn vrouw over mij praat.' Ik realiseer me pas hoe absurd dit klinkt als ik het heb gezegd. 'Ik wil dat je nérgens over praat met mijn vrouw.'

'Ik heb nieuws voor je, Talcott.' Jerry's eigen woede laait weer op. Hij wijst naar me. 'Je hebt serieuze medische hulp nodig. Misschien een psychiater.'

Ah, wat zijn mannen toch vreselijk! Ik sla zijn vinger weg en zeg iets dat al even zinvol is: 'Als je niet bij mijn vrouw uit de buurt blijft, Jerry, zul je zelf serieuze medische hulp nodig hebben.'

Zijn gezicht wordt rood. 'Dat is een dreigement, Talcott. Hoor je het zelf? Dat is nou precies zoiets waar Kimberly het over had.'

'Je hebt wel lef, Jerry.'

'O, ja?' Hij tikt op de voorzijde van mijn trui, hitst me op. 'En wat ben je van plan eraan te doen?'

'Drijf het niet op de spits,' snauw ik. Hij lacht. Als we niet een stel intellectuelen waren in een Ivy League-stad, zouden er ongetwijfeld klappen zijn gevallen. Nu staan we een beetje tegen elkaar aan te duwen. Waarschijnlijk duw ik harder. Hoewel ik kan zien dat we de aandacht trekken van een nieuw publiek, kan ik me niet inhouden, de wereld om me heen is te rood. 'Als je maar uit de buurt blijft van mijn vrouw.'

'Je bent gek, Talcott.' Met moeite weet hij zich te beheersen en trekt zich hijgend terug. 'Ga hulp zoeken.'

Wanneer Jerry is vertrokken, staart heel Oldie me aan.

42

Deadline

'We maken ons een beetje zorgen om je,' zegt Lynda Wyatt, met de deur in huis vallend.

'Dat weet ik.'

Ik ben vastbesloten om berouwvol te zijn. Decaan Lynda heeft me dinsdagmiddag gebeld en me gevraagd – of liever, me opgedragen – om woensdagmiddag om drie uur in haar kantoor te zijn, en uit haar toon maakte ik op dat ik diep in de problemen zit.

'Je bent familie, Talcott,' vervolgt ze, haar ogen hard. 'En wanneer een lid van de familie problemen heeft, willen we natuurlijk helpen.'

Met *we* bedoelt ze zichzelf, Stuart Land en Arnie Rosen, de drie invloedrijkste mensen op de faculteit, en toevalligerwijs de huidige decaan, de voormalige decaan en een goede gegadigde om de volgende decaan te worden. De ernst van de gelegenheid wordt duidelijk gemaakt door de afwezigheid van Ben Montoya, die gewoonlijk haar vuile werk opknapt. Voor deze bijeenkomst heeft Lynda zwaar geschut nodig.

We zitten in Lynda's kantoor op het meubilair dat voor dit gesprek staat opgesteld. Ik zit op een houten leunstoel, Lynda en Stuart op de pluchen sofa die loodrecht op mijn plekje is geplaatst, en Arnies rolstoel staat vlak naast me. Ik kan zien waar de stoel die past bij de mijne opzij is geschoven om ruimte te maken. Gewoonlijk heeft Lynda koffie en donuts op een bijzettafel staan, maar vandaag niet.

Stuart is aan de beurt. Hij heeft minder op met omslachtigheid, en daarom was hij zo'n slechte decaan en is hij zo'n goed mens. 'Laten we naar de feiten kijken, Talcott. De redenen waarom we ons zorgen maken. Ten eerste zijn daar de steeds wildere samenzweringstheorieën waar je je naarstig mee bezig blijft houden, ook al hebben sommigen van ons je gewaarschuwd. Ten tweede is er dat bizarre incident met de politie, waar we bepaald geen behoefte aan hebben, gezien de raciale spanningen in deze stad. Dat zijn natuurlijk oude problemen, dus die zullen we even buiten beschouwing laten. Ten derde' – hij telt het af op zijn vingers – 'heb je niet regelmatig college gegeven. Ten vierde...'

'Wacht even,' merk ik op, waarmee ik maar weer eens laat zien dat ik geen gevoel heb voor de nuances van een gesprek. Als advocaat zou ik zo wijs moeten zijn om hen eerst de aanklachten uiteen te laten zetten, de tijd te nemen om deze te overdenken, en ze vervolgens in één klap te weerleggen. Maar zoals het spreekwoord luidt: een kat in het nauw maakt rare sprongen... 'Je weet dat ik een goede reden had om die colleges over te slaan...'

'Mijn vader is op maandagochtend gestorven en ik heb diezelfde middag, de volgende dag en de dag daarna gewoon lesgegeven,' zegt Stuart koel. 'Trouwens, jouw familieproblemen zijn alleen een verklaring voor de colleges die je in de herfst hebt overgeslagen. Niet voor die in het huidige semester, dat nog maar een maand oud is.'

Arnie Rosen legt een hand op mijn arm om me ervan te weerhouden een ondoordacht antwoord te geven. 'Tal, luister alsjeblieft eerst even. Niemand is eropuit je te grazen te nemen.'

Ik besluit mijn mond te houden.

'Ten vierde,' vervolgt Stuart, 'is daar je kleine schermutseling, zal ik maar zeggen, met Gerald Nathanson, afgestudeerd op deze juridische faculteit en een prominent lid van deze gemeenschap. Heb je enig idee hoeveel mensen je hebben gehoord? En ten vijfde...'

'Wacht even,' val ik hem in de rede, mijn voornemen vergetend. Nadat ik dit al met een woedende en teleurgestelde Kimmer heb behandeld, heb ik geen zin om het nogmaals te doen. 'Wácht even! Als je me de schuld gaat geven voor die ruzie, dan moet je wel weten...'

Stuart bezit niet het vermogen om in te binden: 'Dit heeft allemaal niets met schuld te maken. We praten over wat er met je gebeurt, Talcott.' Hij zet zijn vingertoppen tegen elkaar. 'Maanden geleden heb ik je gezegd dat we de oude, levendige, optimistische Talcott Garland terug wilden. Maar die waarschuwing heb je in de wind geslagen, net zoals je mijn andere waarschuwingen in de wind hebt geslagen.' Hij zwijgt even. 'En dan hebben we het nog niet eens gehad over je pogingen om Marc Hadleys kansen op het rechtersambt te ondermijnen.'

'Daar had ik niets mee van doen!'

'Ten vijfde,' gaat Stuart onverbiddelijk verder, 'doet het gerucht de ronde dat je wetenschappelijke artikelen hebt geschreven die bevooroordeeld zijn, om tegemoet te komen aan de behoeften van een betalende cliënt...'

'Dat is volstrekt belachelijk!' sputter ik tegen. Ik was mijn gesprek met Arnie van eeuwen geleden al bijna vergeten.

'Kalm aan, Talcott,' zegt Lynda met haar ijzige stem en ik bedenk dat Theo Mountain, als we nog steeds zo'n vertrouwelijke band hadden gehad als vroeger of als hij een paar jaar jonger was geweest, ook in deze kamer zou zijn, om te proberen me te beschermen, want hij was ooit een machtig man op de faculteit en zou nooit hebben toegestaan dat men zo zou samenspannen tegen zijn protégé. 'Stuart probeert alleen maar duidelijk te maken hoe de juridische faculteit ertegenaan kijkt.'

'Gerald Nathanson dacht erover om een klacht in te dienen,' zegt Stuart, maar dat heb ik hem uit zijn hoofd gepraat.'

'Ik ben blij dat te horen,' mompel ik duizelig.

'Er is een universiteitsregel in dezen,' vervolgt Stuart op zijn botte manier. 'Faculteitsfunctionarissen houden zich niet onledig met het dusdanig mishandelen van prominente burgers.'

'Ik heb helemaal niemand mishandeld,' protesteer ik tevergeefs. 'Hij begon.'

'De ethiek van de kleuterschool.' Hij schudt zijn hoofd alsof ik reddeloos verloren ben.

'Wat we bedoelen,' zegt Arnie Rosen met onverbloemde weerzin, 'is dat het tijd wordt dat het instituut zich gaat bezinnen op hoe het zichzelf kan beschermen.' Achter de kleine, ronde brillenglazen zijn zijn ogen zacht van medeleven. Hij is niet het soort liberaal dat gemakkelijk een zwarte kan bekritiseren.

'Willen jullie... willen jullie me ontslaan?' flap ik eruit, terwijl mijn ogen van het ene blanke gezicht naar het andere vliegen.

'Nee,' zegt Stuart ijzig. 'We waarschuwen je alleen.'

'En wat houdt dat precies in?'

Stuart wil weer van wal steken, maar decaan Lynda houdt haar hand op. 'Stuart, Arnie, willen jullie ons even alleen laten?' Arnie zet onmiddellijk zijn rolstoel in beweging en Stuart springt zo gretig overeind dat ik er zeker van ben dat dit hele vertoon van tevoren was georkestreerd, want geen enkele decaan, zelfs niet de angstaanjagende Lynda Wyatt, zou Arnie Rosen en Stuart Land ooit voor zich kunnen laten vliegen als ze daar geen zin in hadden.

Even later zijn we alleen.

'Ik heb je altijd gemogen,' begint decaan Lynda, wat waarschijnlijk een leugen is, zij het dat haar definities van woorden, naar goed decanaal gebruik, niet altijd overeenkomen met wat anderen eronder verstaan. Decanen moeten die neiging wel hebben om te kunnen overleven, want ze moeten in staat zijn om uiterst meelevend en oprecht tegen een of andere studentenactivist te zeggen: *O, dacht je dat wat ik eerder heb gezegd een belofte tot actie was? Ik zei alleen maar dat ik me erin zou verdiepen, maar als decaan ben ik vrij machteloos. Het is in feite een zaak van de collegevoorzitter van de universiteit.* Goede decanen zeggen niet alleen om de twee dagen zulk soort dingen, ze zijn er ook bedreven in om de studenten, en soms de faculteit, te laten geloven dat ze de waarheid spreken.

'Dank je Lynda,' zeg ik bedaard, wachtend tot ze ter zake komt.

'Je wordt niet ontslagen, Tal. Dat kunnen we niet doen, ook al zouden we het willen. Je hebt een vaste aanstelling, dus alleen de commissarissen kunnen je ontslaan en dan alleen nog maar als er een gegronde reden is. Ik denk niet dat er een gegronde reden is om je vaste aanstelling te herroepen. Nu nog niet. Maar je moet weten dat er mensen op de campus zijn, en sommigen in dit gebouw, die er anders over denken. Een paar leden van deze faculteit hebben me de suggestie gedaan je ontslag aan te vragen.' Ik zit er roerloos bij. Ik ben blijven steken bij *Nu nog niet*. 'Ik zou liever niet hebben dat je hun nog meer redenen tot actie geeft. Als je je van nu af aan gedraagt – kijk me niet zo aan, je weet heel goed wat ik bedoel –, als je je gedraagt, kunnen we je de hand boven het hoofd houden. Maar als je gevechten blijft aangaan in gangen en zonder goede reden colleges blijft afzeggen en van hot naar her blijft rennen op zoek naar je samenzwering, en vooral: als je ook nog maar één keer bijna door de politie wordt gearresteerd... tja, als je dat doet, dan weet ik niet zeker hoe lang ik de honden nog op een afstand kan houden. Ik weet niet eens of ik het nog wel zou proberen. Is het duidelijk genoeg zo?'

'Ja, maar...'

'Ik wil het woord *maar* niet horen, Tal. Ik wil je niet horen zeggen dat je *erover moet nadenken*. Het enige wat ik wil horen is je belofte, je erewoord dat al deze onzin voorbij is. Ik wil je horen zeggen dat je weer de serieuze en hardwerkende docent wordt die we allemaal kennen en mogen, of tot oktober hebben gekend en gemogen. Ik wil dat je de eerstkomende vijf jaar zelfs geen verkeersboete krijgt. Dat wil ik.'

'En anders?'

Lynda strijkt krullend grijs haar uit haar lange nek en haalt haar schouders op.

'Dat zou je niet durven,' fluister ik.

'Wat zou ik niet durven? Me ontdoen van een hoogleraar die krankzinnige beschuldigingen uit, een fluistercampagne voert tegen een collega, in de gang tegen mensen schreeuwt en studenten beschimpt tijdens college?'

Ik weet nauwelijks waar ik moet beginnen, dus kies ik de zotste beschuldiging van allemaal. 'Ik heb Avery Knowland niet beschimpt.'

'Dat hangt ervan af hoe je het bekijkt. Of liever gezegd, het hangt ervan af hoe ik het bekijk. Op dit moment zul je wel denken dat het niet zo heel erg zou zijn als ik je zou vragen om te vertrekken, dat je een bepaalde reputatie hebt en altijd wel een betrekking bij een andere juridische faculteit zou kunnen krijgen. Maar dat hangt helemaal af van wat ik over je besluit te vertellen tegen de decaan van de faculteit die je overweegt aan te nemen. Ik zou je zó kunnen laten vallen, en dat weet je. Theo zou je niet kunnen beschermen. Als je zo doorgaat, betwijfel ik of hij het zelfs maar zou proberen.'

Ik laat opnieuw mijn gedachten gaan over mijn gebrek aan vrienden. Plotseling lijk ik nog maar heel weinig bondgenoten over te hebben op de faculteit. Wie zou mij verdedigen? Lem Carlyle? Niet als het zijn onberispelijke reputatie zou schaden. Arnie Rosen? Niet nu hij zich kandidaat zal stellen voor het decaanschap. Lieve Dana Worth? Vast en zeker, maar niemand luistert naar haar. Rob Saltpeter, misschien. Maar hij behoort niet bepaald tot degenen die het voor het zeggen hebben. Ik stel me zo voor dat zelfs op dit moment de messen worden geslepen in de hoogste regionen, waar degenen zich verzamelen die invloed en een reputatie hebben: Peter van Dyke, Tish Kirschbaum, en natuurlijk de achtenswaardige Marc Hadley, nog niet zo lang geleden een vriend, zouden mijn vertrek allemaal toejuichen.

'Lynda,' zeg ik ten slotte, 'ik heb tijd nodig.'

'Dat komt op mij over als een *maar*.'

'Niet om te overdenken wat jij hebt gezegd. Wat je hebt gezegd snijdt hout.' Ik ben niet erg goed in onderdanigheid, maar ik moet het proberen. 'Ik wil terug naar die oude Talcott Garland – degene op wie iedereen gesteld is, zoals je zei – dat wil ik heel graag. Ik heb alleen wat tijd nodig om erachter te komen hoe de vork in de steel zit.'

'Daar komt die samenzwering weer om de hoek kijken.' Haar stem is onverbiddelijk. Wanneer de stem van een decaan onverbiddelijk is, staat er veel op het spel. Waarschijnlijk volgt Lynda Wyatt het draaiboek dat iemand anders heeft opgesteld, wat erop duidt dat ze gedeeltelijk de waarheid spreekt: ze heeft het voor me opgenomen. Het kan zijn dat het universiteitsbestuur haar onder druk zet om me de laan uit te sturen, en misschien heeft ze hen overreed me nog één kans te geven. Het bestuur heeft op zijn beurt voorwaarden gesteld waar ze niet van durft af te wijken. Maar toch, als ik gelijk heb, als ze het voor me heeft opgenomen, dan... misschien...'

'Ik zie nergens een samenzwering, Lynda. Ik denk niet dat iemand erop uit is me te grazen te nemen. Maar het is een feit, geen verzinsel, dat de man die me vragen stelde over mijn vader nu dood is. Het is een feit, geen verzinsel, dat iemand mijn vaders huis in Oak Bluffs overhoop heeft gehaald. Het is een feit, geen verzinsel, dat ik midden op de campus in elkaar ben geslagen door iemand die vragen stelde over mijn vader. En het is een feit' – ik stok plotseling. Lynda houdt me nauwlettend in de gaten. Ik stond op het punt de pion te vermelden. Dat zou haar er ongetwijfeld van hebben overtuigd dat ik ze niet meer allemaal op een rijtje heb.

Lynda zucht. 'Goed, Tal, nu is het jouw beurt om te luisteren. Het is een feit, geen verzinsel, dat je bijna gearresteerd bent. Nee, niets zeggen. Het is een feit, geen verzinsel, dat iemand die hier werkt Marc heeft gesaboteerd, en een heleboel mensen denken dat jij dat was. Het is een feit, geen verzinsel, dat je eergisteren tegen Jerry Nathanson stond te duwen en te schreeuwen. Het is een feit, geen verzinsel, dat heel veel mensen op deze campus denken dat je begint door te draaien. Het is een feit, geen verzinsel, dat ik denk...'

'Twee weken,' zeg ik opeens.

'Pardon?'

'Geef me twee weken. Twee weken om alles af te wikkelen. Als ik...'

'Ik wil niet hebben dat je nog meer colleges overslaat.'

'Ik zal gewoon college geven. Ik zal er niet één overslaan. Dat beloof ik. Maar ik heb iets meer tijd nodig.'

'Waarvoor?'

Ik haal diep adem en dwing mezelf kalm te blijven. Wat moet ik zeggen? Dat degene van buiten die me probeert te gronde te richten, wie het ook mag zijn, geholpen wordt door iemand van binnen, iemand hier op de juridische faculteit? Iemand die weet waar ik zal zijn, bijna voordat ik het zelf weet – en in staat is om ook mijn ethiek te bezoedelen, misschien om het nóg onwaarschijnlijker te maken dat iemand zal luisteren naar wat ik zou kunnen ontdekken?

Ik zeg rustig: 'Alleen wat tijd, Lynda, meer niet. Ik zal geen college overslaan, maar ik moet dingen uitzoeken.' Ze wacht rustig af. 'Ik zal de juridische faculteit of de universiteit geen schade toebrengen. Deze faculteit is goed voor me geweest. En op dit moment is het alles wat ik heb.' Ik aarzel, wil nog wat zeggen, maar durf het pijnlijke onderwerp van mijn tanende huwelijk niet aan te snijden. 'Ik heb je sinds je decaan bent vrijwel nooit om een gunst gevraagd, Lynda. Dat moet je toegeven. Er zijn mensen die elke week in je kantoor staan met klachten over hun salaris of hun benoeming in commissies of hun werklast of de omvang van hun kantoor. Dat heb ik nooit gedaan, waar of niet?'

'Nee, dat heb je inderdaad nooit gedaan.' Er danst een zweem van een glimlach over haar gezicht.

'Dit is dus het enige wat ik van je vraag. Om nog twee weken de druk van de ketel te houden. En ik beloof je dat ik na die twee weken ofwel een braaf jongetje zal zijn ofwel... ontslag zal nemen om iedereen de ellende te besparen.'

Mijn decaan schudt haar hoofd. Ze ziet er ongelukkig uit. 'Ik probeer me echt niet van je te ontdoen, Tal. Ik respecteer je en ik mag je graag. Ik weet dat je dat niet gelooft, maar het is zo. Neem nou wat Stuart zei over bevooroordeelde wetenschap. Dat heb je mij niet horen zeggen. Ik weet dat je je daar nooit schuldig aan zou maken, en zelfs als ik zou denken dat je dat wel zou doen, kan het onmogelijk bewezen worden. Het is belachelijk. Trouwens, we leven in een wereld van louter' – een matte, vreugdeloze grijns – 'gebrekkige objectiviteit. Wetenschap is argumenteren, niet? En argumenteren is advocatuur. Als we de claim van bevooroordeling serieus zouden nemen, zou het ieder van ons ten laste kunnen worden gelegd. Maar...'

'Maar je moet aan de faculteit denken,' vul ik aan.

'Je moet Jerry Nathanson je verontschuldigingen aanbieden. Daar kom je niet onderuit. En Cameron Knowland, die goeierd, verwacht nog steeds iets van je te horen.'

Nog meer ellende. 'Ik zal Jerry bellen. Ik heb geprobeerd Cameron te bellen, maar hij wilde niet met me praten.'

'Probeer het dan nog maar eens,' zegt ze kordaat. Hoogleraren zijn normaal gesproken niet onderworpen aan de bevelen van de decaan, niet op zo'n eminente faculteit als de onze. Maar dit zijn geen normale tijden.

'Dat zal ik doen. Ik beloof het.'

Lynda tovert een glimlachje op haar gezicht. Ze staat op. Ik ook. We schudden elkaar de hand. We weten allebei dat onze bespreking erop zit en dat de transactie gesloten is. Waarschijnlijk valt deze nog binnen de limieten die haar door de universiteit gesteld zijn. Maar voor alle zekerheid herhaalt ze de overeenkomst terwijl ze met me meeloopt naar de deur: 'Twee weken, Talcott. Meer niet.'

'Twee weken,' zeg ik haar na.

Terwijl ik spoorslags terugga naar mijn kantoor, ben ik slap van opluchting: ze hadden me tenslotte kunnen verzoeken om ter plekke ontslag te nemen. Tegen de tijd dat ik weer achter mijn bureau zit, ligt het juk van de realiteit alweer op mijn schouders. Ik weet nog steeds niet wat de regelingen zijn. Of wat mijn vader met zijn cryptische briefje bedoelde. Of wie van mijn collega's mijn carrière probeert te verwoesten. Ik weet zelfs niet of ik morgen of de dag daarna nog wel een baan zal hebben... of een vrouw, trouwens.

Het enige wat ik zeker weet is dat ik veertien dagen de tijd heb om het allemaal te ontraadselen.

43

Er wordt een keuze gemaakt

'Waar ben je geweest?' vraagt Kimmer op een toon die ik eerst niet kan thuisbrengen. Ik ben misschien vijf minuten thuis. Toen ik beneden niemand aantrof, ben ik naar boven gegaan, heb een slapende Bentley welterusten gekust en kreeg toen ik onze slaapkamer binnenliep de volle lading.

'Ik... heb een bespreking gehad met decaan Lynda. En toen, nou ja, ik heb je verteld dat ik misschien zou overwerken. Ik had het concept van mijn paper al af moeten hebben, weet je nog?'

'Ik heb je kantoor gebeld, Misha. Drie keer.'

'Misschien was ik in de bibliotheek.' Ik weet niet waarom ik zo onmededeelzaam ben.

'Je gaat nooit naar de bibliotheek.' Mijn vrouw zit rechtop in bed, extra kussens in haar rug, werk over de dekens verspreid terwijl ze met de afstandsbediening langs de zenders zapt. Haar ogen lijken opgezwollen, alsof ze heeft gehuild, maar ze kijkt niet naar me. 'En als je dat wel doet, kom je in de problemen,' voegt ze eraan toe.

'Eerlijk gezegd... heb ik een ommetje gemaakt.'

'Een ommetje? Twee uur lang?'

'Er was veel om over na te denken.'

'Dat zal best.' Maar er is een hapering in haar stem. Wat is er aan de hand? 'Kimmer, gaat het wel goed met je?'

'Nee, het gaat niet goed!' barst ze uit, eindelijk tegen me van leer trekkend. 'Mijn man, die zich de laatste tijd idioot gedraagt, is twee volle uren niet te vinden! Twee uren, Misha! Is het ooit bij je opgekomen dat ik me weleens zorgen zou kunnen maken?'

Ik loop naar het bed, ga naast haar zitten, probeer haar hand te pakken. Ze trekt hem schielijk terug. 'Nee, ik geloof van niet. Het spijt me.'

'Het spijt je. Het spíjt je?'

'Wat wil je dat ik zeg, Kimmer? Vertel het me, en ik zal het zeggen.'
'Ik hoor jou toch niet te vertellen wat je moet zeggen.'
'Luister, liefje, ik zal Jerry mijn excuses aanbieden. Ik ben over de schreef gegaan. Dat weet ik.'
'Ik heb niets met Jerry. Nooit gehad ook! Waarom kun je me niet gewoon geloven wanneer ik dat tegen je zeg?'
Omdat je al eerder tegen me hebt gelogen. Omdat een man naar het huis heeft gebeld die op zoek was naar jou en *schatje* zei, een feit dat ik je nog niet heb verteld. Omdat jij André ooit met mij hebt bedrogen, zodat je mij nu met iemand anders kunt bedriegen. Dr. Young heeft gelijk, groot gelijk!
'Ik geloof je,' fluister ik.
'O, Misha.' Haar stem breekt. En ineens stromen de tranen over haar wangen. Ik sta perplex. Sinds de avond dat Bentley werd geboren heb ik mijn vrouw niet meer zien huilen. Eerst weet ik niet precies hoe ik moet reageren. Ik sla mijn armen om haar heen. Ze wurmt zich los. Ik neem haar weer in mijn armen, trek haar dicht tegen me aan, en eindelijk legt ze haar hoofd tegen mijn borst.
'Kimmer, wat is er? Wat is er aan de hand?'
'Was je... was je met iemand anders, Misha? Omdat ik het zou kunnen begrijpen als dat zo was. Ik ben zo'n kreng.' Jaloezie? Bij Kimmer?
'Nee, liefje, nee. Natuurlijk niet. Ik heb je toch gezegd dat ik een ommetje heb gemaakt.' En dat is de waarheid, maar niet de hele waarheid. Zelfs nu ben ik er niet toe bereid haar te vertellen waar ik naartoe gelopen ben. Ik wil niet dat ze denkt dat ik gek ben.
'Misha, Misha,' fluistert ze terwijl ze zachtjes tegen mijn borst stompt. 'Misha, wat is er met ons gebeurd? Het was zo goed. Het was zo goed.'
Ik schud mijn hoofd. Ik heb geen antwoord. 'Ik hou van je,' fluister ik. Ik streel haar nek, zoals ze dat vroeger lekker vond, en haar pijn lijkt af te nemen. 'Je weet dat er behalve jou en Bentley niemand anders in mijn leven is. En scheld jezelf alsjeblieft niet zo uit.'
'Waarom niet? Ik bén immers een kreng. Ik ben vreselijk tegen je. Je zou me moeten verlaten. Dat zou je doen als je ook maar enigszins verstandig was.' En dan komen de tranen weer. Ik denk aan mijn ontmoeting met Gerald Nathanson, wiens boosheid aantoonbaar aan de mijne voorafging. Misschien hebben hij en Kimmer hun verhouding beëindigd (als die er was, als die er ooit is geweest), en is zij daar verdrietig over. Maar de pijn van mijn vrouw op dit moment lijkt dieper te gaan, en bovendien is het kleine beetje macho-competitiegeest dat ik meestal probeer weg te moffelen niet bereid te

accepteren dat ze om Jerry zou huilen terwijl ze mij heeft.

'Kom nou, liefje, wat is er? Vertel het me maar.'

Kimmer schudt haar hoofd. Ik streel haar nog eens over haar nek. Ze fluistert iets. Ik kan het niet goed verstaan. Ze zegt het weer, luider. En gedurende een ogenblik ben ik even verpletterd als zij.

'Ruthie heeft gebeld. Ze... ze zei dat de president iemand anders heeft gekozen.'

'O, Kimmer. O, schat, wat erg.'

'Het geeft niet.' Ze snuft, veegt haar gezicht af aan de mouw van haar lange nachtpon. 'Het heeft kennelijk niet zo mogen zijn.'

'Je hebt mij en Bentley nog,' fluister ik. 'Het is niet jouw schuld dat de president niet de beste kandidaat heeft gekozen.'

'Dat is waar.' Kimmer probeert te glimlachen. 'Ik wist dat ik niet op hem had moeten stemmen.'

Ik sper mijn ogen open. 'Heb je op hem gestemd?'

Ze weet een beverige grijns te produceren. 'Ik heb je toch verteld dat ik een munt heb opgegooid.'

'Ik dacht dat je een grapje maakte.'

'Dus niet.' Ze kust me plotseling en fluistert dan iets onhoorbaar tegen mijn lippen. Ze zegt het weer, luider: 'Wil je niet weten wie hij heeft gekozen?'

'Eh, jazeker. Oké.' Eigenlijk wil ik het niet weten, vooral niet als de veerkrachtige Marc Hadley er op de een of andere manier in is geslaagd zijn kandidatuur te redden. Maar vroeg of laat krijg ik het toch te horen, dus ik kan het net zo goed van mijn vrouw horen.

'Lemaster Carlyle.'

'Wat!'

'Lemaster Carlyle.' Ze lacht, wrang deze keer, hoest, en dan barsten er nog een paar tranen door haar zelfbeheersing heen. 'O, die slang. Die slàng! Ik weet dat jij hem tot het beste rekent van wat er op twee benen rondloopt, maar ik vind hem gewoon een valse slàng!'

Ondanks het verdriet van mijn vrouw moet ik erom glimlachen dat we niet verder hebben gekeken dan onze neus lang was. Toen Ruthie Kimmer vertelde dat twee of drie van mijn collega's kans maakten, bleven we hangen bij Marc Hadley. Toen Ruthie Marc vertelde dat de president geïnteresseerd was in diversiteit, bleven Dahlia en Marc bij Kimmer hangen. En al die tijd was daar Lem Carlyle, op het snijpunt, een collega en divers, voldoend aan beide beschrijvingen maar onverwacht; goede oude Lem, geduldig wachtend aan de zijlijn tot er iets mis zou gaan – een beschuldiging van plagiaat, een krankzinnige echtgenoot, wat dan ook – almaar op de loer liggend als... nou ja, als een slang. Nu weet ik tenminste waarom hij zich de laatste tijd in mijn buurt zo nerveus gedraagt.

'Ongelooflijk,' fluister ik ten slotte.

'Liberalen voor Bush,' brengt Kimmer me in herinnering.

'Juist, ja.'

'Misschien is het maar het beste,' suggereert mijn vrouw, maar we kunnen geen van beiden bedenken waarom. Dus doen we wat ooit een van onze liefste bezigheden was. We lopen met de armen om elkaar heen geslagen de gang door, gaan in de deuropening van Bentleys kamer staan en staren naar hem in verwondering. We zeggen een klein dankgebedje. Dan gaan we terug naar onze kamer en stoppen *Casablanca* in de videorecorder, en Kimmer fleurt zowaar een beetje op terwijl ze haar favoriete clausen begint op te zeggen. Maar tegen de tijd dat Ingrid Bergman de bar in gaat om Humphrey Bogart te smeken om de papieren voor de overtocht, zijn haar ogen dichtgevallen. Ik zet de band af en Kimmer opent meteen haar ogen. 'Weet je zeker dat er geen andere vrouw is?' vraagt ze. 'Omdat ik je op dit moment nodig heb, Misha. Ik heb je echt nodig.'

'Dat weet ik zeker.' Even flitst Maxine door mijn hoofd, maar ik duw haar weg. 'Ik hou alleen van mijn vrouw,' zeg ik tegen beide vrouwen, naar waarheid. 'En van mijn zoon.'

'En van je vader.'

'Huh?'

Hoewel de vermoeide oogleden van mijn vrouw weer zijn gaan hangen, krullen haar volle lippen zich in een glimlach. 'Je houdt van die ouwe, Misha. Daarom blijf je zo hard zoeken.'

Hou ik van hem? Hou ik van de Rechter? Dit is, tragisch genoeg, een denkbeeld dat nog niet eerder bij me is opgekomen. Maxine zei dat ze wist dat ik niet kon ophouden met zoeken naar de regelingen. Nu zegt Kimmer hetzelfde. 'Misschien is dat wel zo,' zeg ik eindelijk. 'Het spijt me. Ik wil gewoon weten wat er is gebeurd.'

Mijn vrouw lijkt het te begrijpen. 'Nee, nee, het is goed schat. Het is goed.' Haar ogen zijn weer dichtgezakt, en haar stem begint te slepen. 'Ik begrijp het, Misha. Echt. Maar beloof me dat je bij ons terug zult komen.'

'Waarvandaan bij jullie terugkomen?'

'Uit Aspen,' mompelt Kimmer. Ze gaapt.

'Aspen?'

'O, kom nou, Misha. Ik word geen federaal rechter. Dat is voorbij. Dus je kunt nu net zo goed je oom Jack gaan opzoeken.' Ze opent een oog, knipoogt en sluit hem weer. 'Doe maar de groeten aan de FBI, oké?'

'Eh, oké.'

'Klootzakken,' mompelt ze, en valt in slaap. Ik zit nog een tijdje wakker terwijl ik over haar rug streel, aan de ene kant ervan overtuigd dat ze toch van me houdt, aan de andere kant me afvragend wie naar het huis heeft opgebeld en haar *schatje* noemde.

Twee weken.

44

Stormachtig weer

— I —

Ik heb de kleine en verbluffend rijke gemeenschap Aspen, Colorado, driemaal in mijn leven bezocht, de eerste keer tijdens een skivakantie met mijn oude studievrienden John en Janice Brown toen Bentley nog niet geboren was, een onzalige expeditie waarbij ik op de allereerste dag tijdens het allereerste uur van mijn allereerste les mijn enkel vrij ernstig verstuikte, en bijgevolg de resterende vier dagen alleen in het piepkleine appartement doorbracht, terwijl de dikste sneeuwvlokken ter wereld buiten ronddwarrelden, de televisiekabel het om de haverklap liet afweten, de open haard te smerig was om van nut te zijn, John en Janice als skiveteranen de heuvels af flitsten en Kimmer, die tijdens haar studietijd in Mount Holyhoke regelmatig skiede maar het sinds ze mijn saaie persoontje had ontmoet nauwelijks meer deed, haar in onbruik geraakte vaardigheden oppoetste. Tijdens dat eerste bezoek overtuigde de hortende, tot bidden aanzettende afdaling in het turbopropvliegtuig me ervan dat de vier uur durende rit vanaf Denver door de Rocky Mountains, met hoge, kronkelende, niet omheinde passen en al, de minder intimiderende keuze was. Ik zwoer toentertijd zelfs dat ik nooit meer naar Aspen zou vliegen. Bij de volgende twee uitstapjes, beide om uitstekende werkcolleges bij te wonen in het Aspen Instituut — een keer met Kimmer, een keer zonder —, huurde ik dus een auto op het vliegveld van Denver en reed ik naar Aspen.

Maar je hebt van die dingen als sneeuwstormen die bergwegen onbegaanbaar maken, en de enige manier om er zeker van te zijn dat de wegen altijd vrij zijn is tot de zomer niet naar de bergen gaan. Sinds dat eerste bezoek hebben John en Janice ons vaak uitgenodigd om hen op de hellingen te vergezellen, of zelfs hun time share-appartement te gebruiken wanneer zij niet kunnen. Kimmer is tweemaal gegaan, één keer samen met de Browns en één keer, vorig jaar nog, ogenschijnlijk alleen: 'Een tijdje uit elkaar om na te denken zal ons allebei goed doen, lieverd.' Ik ben beide keren thuis gebleven, mijn eed nakomend dat ik nooit meer in de winter zou proberen Aspen te bereiken. Maar zoals we allemaal weten heeft de Heer zo zijn manieren om trotse stervelingen die te lichtvaardig een eed zweren in verwarring te brengen. En zo komt het dat ik nu in februari in de zoveelste sneeuwstorm op weg ben naar Aspen en in strijd met mijn eigen regels nog vlieg ook. Terwijl de kleine jet wordt gegeseld door de vlagerige winden van de Rocky Mountains, zitten de skiërs stevig te drinken en wordt de rest van ons groen.

Het vliegtuig landt veilig, en tegen de tijd dat we tot stilstand komen, begint de middaghemel zelfs op te klaren. Terwijl ik me over de teermacadambaan naar het kleine, maar moderne terminalgebouw haast, komt het me voor dat de mensen die hier het hele jaar door wonen toch niet zo gek zijn als ik altijd heb gedacht. De met sneeuw bespikkelde bergen zijn schitterend in het winterzonlicht, dat de details glashelder uit laat komen. De naaldbomen die naar de top oprukken zijn in februari zo mogelijk nog mooier dan in augustus, als winterweertroepen die groenwitte alpenuniformen dragen. De meesten van mijn medepassagiers dragen ook een soort uniforms, en hun felgekleurde skiparka's zien er behoorlijk serieus uit.

Ik heb slechts de tijd om van dit beeld te genieten tot ik de bagageafhaalruimte binnenga, waar de slanke bodyguard me op staat te wachten die ik me herinner van het kerkhof en alleen ken als meneer Henderson. Het is minstens tien graden onder nul maar hij draagt niet meer dan een licht windjack. Hij trommelt een oogverblindende glimlach op en zelfs een paar woorden: 'Welkom in Aspen, professor,' gesproken met een griezelig bekende stem, een stem die zo zalvend is, zo zalig fluwelig, dat ik me gemakkelijk kan voorstellen dat iedereen die hij probeert te verleiden gewillig afglijdt naar de vergetelheid. Toch heeft meneer Henderson niets voluptueus. Hij is juist nogal afstandelijk – zoals een goede bewaker ongetwijfeld hoort te zijn – alsook alert, energiek, katachtig in zijn robuuste gratie; op de een of andere manier volmaakt.

'Fijn dat u me komt afhalen,' antwoord ik.

Meneer Henderson knikt beleefd. Hij biedt niet aan mijn tas te dragen.

Zich opmerkelijk lichtvoetig voortbewegend gaat hij me voor naar de auto, een zilveren Range Rover, want dit is Aspen in de winter. Hij herinnert me eraan mijn gordel vast te maken. Hij vertelt me met zijn lenige stem dat meneer Ziegler ernaar uitkijkt ons contact te hervatten. Ondertussen laat hij, zich verontschuldigend voor de noodzaak, een metalen handdetector langs mijn kleren gaan, en wanneer ik aanneem dat de vernedering achter de rug is, herhaalt hij deze handeling vervolgens met een rechthoekig apparaatje dat is voorzien van een digitaal uitleesschermpje, misschien om vast te stellen of ik een zendertje draag. Ik houd mijn tong in toom: de ontmoeting was tenslotte mijn idee. 'We doen er ongeveer een halfuur over om het perceel te bereiken,' zegt meneer Henderson terwijl we de parkeerplaats afrijden. Niet het *huis*, valt me op. Niet het *landgoed*. Het *perceel*. Een goed Rocky Mountain-woord.

Ik knik. We verlaten het vliegveld via Route 82, die evenwijdig aan de Roaring Fork River naar de stad Aspen voert. Aanvankelijk bestaat het landschap uit uitgestrekte, witte velden, een handjevol huizen en hier en daar een benzinepomp of een buurtwinkel, altijd tegen de achtergrond van bergen die tot de schitterendste van Noord-Amerika behoren en het dal aan alle kanten omlijsten. Dan worden de groepjes huizen dichter... en op de verre hooglanden zichtbaar groter. Kluitjes rijtjeshuizen kondigen de stadsgrens aan. Zelfs voordat je de stad binnengaat kun je in het noorden de opzichtige huizen zien langs de richels van Red Mountain, boven de stad opdoemend als een kitscherige herinnering aan de gapende kloof tussen rijkdom en smaak. Dan zijn we in het eigenlijke Aspen, bakermat van misschien wel het allerduurste onroerend goed in de Verenigde Staten. Ik zie de stad aan me voorbijgaan, bijna te netjes en pittoresk in zijn felle omlijsting van zon en sneeuw. Zoals altijd vergaap ik me aan de piepkleine, volmaakte Victoriaanse huizen van West End, geschilderd in een harmonieuze verscheidenheid van aardetinten, huizen die stuk voor stuk ongeveer tien keer zoveel opbrengen als een eender gebouw op een groter stuk grond in Elm Harbor. Makelaars in onroerend goed noemen de huizenmarkt in Aspen een 'prijskaartjesschok voor de rijken', terwijl ze vrolijke verhalen uitwisselen over bemiddelde echtparen die in tranen uitbarsten zodra ze beseffen hoe weinig ze kunnen kopen voor hun appeltje voor de dorst van vier of vijf miljoen dollar. Men zegt dat één op de elf permanente inwoners zich ten minste parttime bezighoudt met het verkopen van onroerend goed, en dat is ook geen wonder. Met één commissie van zes procent ben je voor een jaar binnen. In Aspen bedraagt de prijs van een huis in de middencategorie meer dan twee miljoen dollar, wat misschien eenvijfde is van wat de middelgrote landgoederen op Red Mountain opbrengen. Op de berg zijn prijzen van twintig miljoen of meer niet uitzonderlijk.

Jack Ziegler woont op Red Mountain.

De Range Rover glijdt het centrum van Aspen in, waar elke voetganger ski's bij zich lijkt te hebben. De politie gaat gekleed in spijkerbroek en rijdt in terreinwagens of hemelsblauwe Saabs. Meneer Henderson navigeert rap en zelfverzekerd door de sneeuw. De enige Amerikaanse auto's die ik zie zijn Jeeps, Explorers en Navigators. We passeren een paar benzinepompen, dan drie of vier korte huizenblokken met restaurants, kantoren en winkels. In het stadscentrum maken we een scherpe bocht naar links, in noordelijk richting. (Om de een of andere reden zijn kaarten van Aspen gewoonlijk ondersteboven getekend, met Red Mountain, die in het noorden ligt, onderaan, en Aspen Mountain, die in het zuiden ligt, bovenaan.) We passeren een van de twee supermarkten van de stad, steken een korte brug over, nemen nogmaals een scherpe bocht naar links, en plotseling zijn we de bochtige weg aan het bestijgen die als enige toegang biedt tot Red Mountain.

'Ik neem aan dat er geen anderen aanwezig zijn bij de bespreking,' zeg ik.

'Voorzover ik weet niet.' Zijn bikkelharde, grijze ogen zijn strak op de weg gericht. Ik realiseer me dat meneer Henderson me niet helemaal de geruststelling heeft gegeven die ik nodig heb, misschien omdat ik niet de juiste vraag heb gesteld.

'Niemand anders weet dat ik kom?'

'O, ik neem aan dat iedereen het wel zal weten.'

'Iedereen?'

'Meneer Ziegler is een populaire man,' zegt hij cryptisch, en ik besef dat ik niet meer informatie zal krijgen dan me al is verstrekt, en wat ik al weet is voldoende om mijn zenuwen op scherp te zetten.

De Range Rover gaat in een haarspeldbocht naar rechts en een paar tellen later in een andere naar links. Overal om ons heen ligt het opzichtige bewijs van de gekte van de nouveaux riches. Wanneer je de landhuizen die ons omgeven als groot omschrijft, doe je het fenomeen van Red Mountain tekort. Het zijn immense getuigenissen van verkeerd bestede rijkdom, opgetuigd met zoveel fonteinen van meerdere verdiepingen, tennisbanen onder kunststofkoepels, garages voor vier auto's, torentjes, inpandige zwembaden en terroristenbestendige hekken, dat je er verscheidene musea mee kunt vullen, zoals dat misschien in de toekomst zal gebeuren – het Museum van Amerikaanse Verspilling, zullen de kleinkinderen van onze kleinkinderen het misschien besluiten te noemen. Een nadere bevestiging, zou mijn favoriete studente Crysta Smallwood waarschijnlijk zeggen, van het feit dat het blanke ras vastbesloten is zichzelf te vernietigen – in dit geval door zich dood te spenderen.

De Range Rover maakt nog een scherpe bocht, en plotseling staan we tegenover een zwaar hek en fluistert meneer Henderson verleidelijk iets in een luidspreker langs de kant van de weg. Een piepklein lampje wordt groen en het hek schuift open. Een brede, ongemarkeerde weg strekt zich naar boven uit. Aanvankelijk verkeer ik in de veronderstelling dat we Jack Zieglers landgoed binnengaan, waar ik nog nooit ben geweest maar waarvan ik me altijd heb voorgesteld dat het uitgestrekt en ommuurd is. Even later besef ik dat ik me heb vergist. We bevinden ons in een privé-bouwproject, een verkaveling voor mensen met een vermogen dat in de negen cijfers loopt. De brievenbussen staan op een kluitje bij de ingang en even later verschijnen er individuele oprijlanen. De huizen zijn niet kleiner dan elders op de berg, maar ze zijn op de een of andere manier rustiger, minder protserig, omdat hun bewoners privacy belangrijker vinden dan pronken. Terwijl we een brede hoek omslaan passeren we een Grand Cherokee met het logo van een privé-beveiligingsbedrijf, en de twee strenge blanke gezichten zien er eerder uit als commandosoldaten dan als gewone huuragenten.

We zijn in een doodlopende steeg beland. De tweede oprijlaan rechts is die van Jack Ziegler.

Oom Jack woont in wat men wel een omgekeerd huis noemt, omdat je op de bovenste verdieping naar binnen gaat. Vanbuiten is het vrij bescheiden, plat en rechthoekig met pretentieloze gepleisterde muren en een garage waar maar drie auto's in kunnen. Maar het geheim, zo blijkt, zit vanbinnen. We worden binnengelaten door een andere rustige bodyguard, die Harrison heet en bijna Hendersons tweelingbroer is, niet wat uiterlijk maar wat gedrag betreft, want hun manier van doen vertoont al net zo'n verwarrende gelijkenis als hun namen. De hal met marmeren vloer is eigenlijk een balkon vanwaar je neerkijkt op het voornaamste deel van het huis; de woning is in de wand van Red Mountain gebouwd, en als je de trap afloopt naar het lagere niveau, waar ze me heen leiden, loop je in feite de berg af. De ramen die uitkijken op de stad Aspen beneden en Aspen Mountain aan de overkant zijn twee verdiepingen hoog. Het uitzicht is schrikbarend mooi.

Ik heb gewoonlijk geen last van hoogtevrees, maar terwijl ik behoedzaam de trap af loop, kan ik het gevoel niet bedwingen dat ik regelrecht de lucht inwandel, zo van de klifwand af, en een van de inwisselbare bodyguards grijpt mijn bovenarm omdat ik heen en weer begin te zwaaien.

'Iedereen reageert aanvankelijk zo,' zegt meneer Henderson vriendelijk.

'Bijna iedereen,' verbetert zijn partner, die eruitziet als iemand die nog nooit van zijn leven duizelig is geweest. Harrison is mager, de wide receiver voor Hendersons linebacker. Ik stel me zo voor dat Henderson de boeman is en Harrison de stille moordenaar. Ze hebben dezelfde dode ogen en kille, fletse blik. Maar mijn verbeelding gaat met me op de loop: oom Jack is tenslotte gepensioneerd.

Van wat het ook mag zijn.

'Laat u niet bedriegen door de illusie,' voegt Henderson er met zijn vloeiende stem aan toe, alsof hij een groep toeristen rondleidt. 'Er zit meer dan genoeg solide rots onder ons, en buiten is de grond voor het merendeel vlak.' Hij wijst naar het raam, waarschijnlijk om het gazon aan te geven, maar ik kan zijn gebaar niet volgen zonder dat ik duizelig word.

'Meneer Ziegler zal zich zo bij u voegen,' bromt Harrison voordat hij wegloopt door een van de twee gangen die vanaf de immense kamer op de benedenverdieping naar de vleugels van het huis lopen.

'Misschien kunt u beter gaan zitten,' stelt Henderson voor, met een gebaar naar de verscheidene zitgedeeltes in het reusachtige vertrek: één in wit leer, een andere in een bruine tweedstof, een derde in een kleurig bloempatroon, volkomen verschillend van elkaar, maar op de een of andere manier tot een harmonieus geheel versmeltend.

'Nee, dank u,' verzeker ik hem, de eerste woorden die ik uit sinds ik het huis ben binnengegaan, en ik ben blij dat mijn stem vast is.

'Kan ik u iets te drinken aanbieden?'

'Nee, dank u,' zeg ik opnieuw.

'Op deze hoogte is het belangrijk om voldoende vocht in het lichaam te hebben, vooral de eerste paar dagen.'

Ik kijk naar hem op en vraag me af of hij niet toch, zoals ik aanvankelijk vermoedde op de dag dat we de Rechter begroeven, een verpleger is in plaats van een bodyguard.

'Ik hoef niets, dank u.'

'Goed,' zegt Henderson, waarna hij zich terugtrekt door een andere gang dan die welke Harrison verzwolg, en plotseling ben ik alleen in het hol van de leeuw. Want Jack Ziegler, ben ik gaan beseffen, is niet alleen een bron van informatie over de ellende die mijn familie heeft getroffen; hij is in zekere zin de aanstichter ervan. Tot wie zou mijn vader zich immers wenden wanneer hij een moordenaar wilde inhuren? Er was eigenlijk maar één mogelijkheid, en dat is de reden waarom ik hier ben.

Tijdens het wachten loop ik de kamer rond, bewonder de kunstvoorwerpen, blijf hier en daar staan. Er hangt een geur in de lucht van iets pikants – paprika misschien, en ik vraag me af of oom Jack van plan is me een lunch aan te bieden. Ik zucht. Ik wil niet lang in dit huis blijven. Ik zou het liefst met oom Jack praten en onmiddellijk weer vertrekken, maar de deprimerende magie van tijdszones en het ordinaire obstakel van het vinden van een terugvlucht hebben er gezamenlijk voor gezorgd dat dat onmogelijk is. Oom

Jack heeft gelukkig niet aangeboden dat ik kon blijven logeren, en ook al zou er in het winterhoogseizoen een hotelkamer beschikbaar zijn, de prijs ervan zou ons schamele gezinsbudget ver overschrijden. Daarom heb ik geregeld dat ik het time share-appartement van John en Janice voor deze ene nacht mag gebruiken; het is hun week niet, maar ze zijn nagegaan of het vrij zou zijn en hebben geruild met degene die er volgens schema in zou zitten.

Afgezien van mijn vrouw weet niemand in Elm Harbor dat ik dit reisje heb gemaakt. Dat hoop ik ook zo te houden. Formeel gesproken overtreed ik de regels die decaan Lynda heeft voorgeschreven niet – het is vrijdag, dus ik sla geen college over –, maar ik kan me zo voorstellen dat ze niet erg gelukkig zal zijn als ze ontdekt dat ik op bezoek ben gegaan bij... de man bij wie ik op bezoek ben gegaan. Behulpzaam als ik ben, wil ik liever geen onnodige complicaties aan Lynda's taak toevoegen. Dus ben ik niet van plan het haar te vertellen.

Ik kijk weer naar het raam, maar het uitzicht is nog steeds even verontrustend, en ik wend me haastig af om mijn ronde door de kamer te hervatten. Ik blijf voor de open haard staan, waar de muur wordt gedomineerd door een enorm olieverfschilderij van de overleden vrouw van oom Jack, Camilla, degene die hij naar verluidt vermoord heeft, of heeft laten vermoorden. Het portret is minstens twee meter hoog. Camilla draagt een golvende witte japon, haar gitzwarte haar is opgestoken en haar bleke gezicht wordt omgeven door een onaards licht, waarschijnlijk in een poging een engelachtige aard te suggereren. Het doet me denken aan die geïdealiseerde schilderijen uit de Renaissance, toen de kunstenaars hun best deden om de vrouwen van hun opdrachtgevers te laten stralen. Ik durf te wedden dat het portret na Camilla's gewelddadige dood gemaakt is, want het lijkt alsof de artiest aan de hand van een uitvergrote foto heeft gewerkt, zodat het resultaat niet zozeer etherisch, als wel nep lijkt.

'Niet een van zijn betere werken, hè?' verzucht Jack Ziegler achter mijn rug.

— 11 —

Ik ben niet iemand die snel schrikt. Ik schrik nu ook niet. Ik draai me niet eens om. Ik buig me naar voren om naar de naam van de kunstenaar te turen, maar het is een onleesbare krabbel.

'Het is niet slecht,' mompel ik ruimhartig terwijl ik me omdraai naar Abby's peetvader en me het antwoord herinner dat een einde maakte aan mijn vaders kans op het Supreme Court. *Ik baseer mijn oordeel over mijn vrienden niet op geruchten*, zei hij toen ze een vraag stelden over Camilla; vervolgens sloeg hij zijn armen over elkaar, waarmee hij zijn minachting voor zijn gehoor kenbaar maakte.

Jack Ziegler heeft zijn armen ook over elkaar geslagen.

'Hij is trouwens geen echte kunstenaar,' vervolgt Jack Ziegler terwijl hij met een beverig handgebaar het schilderij wegwuift. 'Zo beroemd, zo geëerd, en dan schildert hij mijn vrouw voor het géld.'

Ik knik, niet precies wetend nu ik tegenover oom Jack sta, hoe ik moet verdergaan. Hij staat in badjas en pantoffels voor me, zijn gezicht nog magerder en grijzer dan tevoren, en ik vraag me af of hij nog wel langer dan een paar maanden te leven heeft. Maar zijn ogen zijn nog steeds helder – gek, vrolijk en alert.

Jack Ziegler geeft me zijn dunne arm en leidt me langzaam de kamer rond, blijkbaar in de veronderstelling dat ik in mijn wanhoop of misschien mijn angst gefascineerd zal zijn door wat zijn onrechtmatig verkregen rijkdom hem heeft verschaft. Hij wijst op een verlichte vitrine die zijn kleine, maar indrukwekkende collectie incunabelen bevat, waarvan sommige ongetwijfeld op de lijsten van Interpol staan. Hij laat me een plateautje zien met magnifieke kunstvoorwerpen van de Maya's waarvan de regering van Belize beslist niet zal weten dat ze het land uit zijn. Hij draait me met mijn neus de kant op waarvandaan ik gekomen ben. De muur onder het balkon is bedekt door een reusachtig wandkleed, allemaal veelkleurige verticale lijnen die het oog bekoren en verwarren. Er gaat een patroon in schuil, en de koppige vastberadenheid van het brein om dit te achterhalen, houdt de blik vast. Het is een bijzonder mooi stuk. Oom Jack vertelt me met onverholen trots dat het een echte Gunta Stölzl is, en ik knik bewonderend, hoewel ik geen flauw idee heb wie, of zelfs maar van welk geslacht, Gunta Stölzl is of was.

'Zo, Talcott,' zegt hij met piepende adem wanneer onze rondleiding door zijn kleine museum achter de rug is. We staan weer voor het raam en willen geen van beiden de eerste zijn die het woord neemt. Terwijl we elkaar opnemen, blèren ingebouwde speakers de scherpe muzikale kantjes van Sibelius' *Finlandia*, wat ik, hoe energiek het ook pretendeert te zijn, altijd een van de meest deprimerende composities van het klassieke repertoire heb gevonden. Maar voor dit moment is het bijzonder geschikt.

Wanneer ik blijf zwijgen, kucht oom Jack tweemaal en vervolgt dan snel: 'Zo, je bent er, het is je gelukt, ik ben blij je te zien, maar we hebben niet veel tijd. Dus wat kan ik voor je doen? Je zei aan de telefoon dat het dringend was.'

Aanvankelijk kan ik niet meer uitbrengen dan een zenuwachtig 'Ja'. Het is iets heel anders om Jack Ziegler van zo dichtbij te zien, zijn bijna identieke bodyguards wachtend in de coulissen, zijn ogen glinsterend, niet echt gek maar ook niet echt gezond van geest, ongeduldig wachtend tot ik me nader verklaar, dan om in een vliegtuig uit te stippelen hoe het gesprek zal verlopen.

'Je zei dat je problemen had.'

'Dat zou je wel kunnen zeggen, ja.'

'Jíj zei het.'

Ik aarzel opnieuw. Wat ik ervaar is niet zozeer angst, als wel een weerzin om me vast te leggen; want wanneer ik eenmaal een ernstig gesprek aanga met oom Jack, weet ik niet zeker of ik me nog wel van hem kan losrukken.

'Zoals u misschien weet, heb ik me in mijn vaders verleden verdiept. Wat ik heb gevonden was... verontrustend. En er zijn nog meer dingen, dingen die tijdens de afgelopen paar maanden zijn gebeurd, die verontrustend zijn.'

Jack Ziegler staart zwijgend voor zich uit. Hij is bereid, zo lijkt het, om de hele middag te wachten, ja, tot 's avonds laat. Hij voelt zich niet bedreigd. Hij lijkt niet bang te zijn. Hij lijkt helemaal niets te voelen – wat deels zijn macht bepaalt. Ik vraag me opnieuw af of hij werkelijk zijn eigen vrouw heeft vermoord, en als hij het heeft gedaan, of hij ook maar iets heeft gevoeld.

'Ik ben achtervolgd,' flap ik eruit, me belachelijk voelend, en wanneer oom Jack zich nog steeds niet uit de tent laat lokken, vertel ik gewoon het hele verhaal, vanaf het moment dat hij me op het kerkhof verliet, tot de zogenaamde FBI-agenten, de witte pion, Freeman Bishops moord en het verdrinken van Colin Scott in Menemsha, tot het boek dat op mysterieuze wijze weer opdook. Maxine sla ik over, misschien omdat het bewaren van ten minste één geheim ten overstaan van Jack Zieglers veeleisende blik waarschijnlijk de enige overwinning is die ik zal behalen.

Wanneer hij er zeker van is dat ik ben uitgesproken, haalt oom Jack zijn schouders op.

'Ik weet niet waarom je me dit vertelt,' zegt hij somber. 'Ik heb je op de dag van je vaders begrafenis verzekerd dat je niet in gevaar bent. Ik zal je beschermen, zoals ik je vader heb beloofd. Jouw en je gezin. Ik houd me aan mijn beloften. Niemand zal je iets aandoen. Niemand zal je gezin iets aandoen. Dat is onmogelijk. Volstrekt onmogelijk. Daar heb ik voor gezorgd.' Hij neemt een andere houding aan, blijkbaar omdat hij pijn heeft. 'Schaak-

stukken? Een zoekgeraakt boek? Mannen die zich in de bossen verstoppen?'
Hij schudt zijn hoofd. 'Dat zijn geen verontrustende dingen, Talcott. Ik had van jou eerlijk gezegd iets beters verwacht.'

'Maar die mannen wier vingers zijn afgehakt...'

'Ik zal jóú beschermen,' benadrukt hij met een handgebaar, en ik begrijp onmiddellijk dat ik geen stap verder mag gaan in die richting. Gedurende één schokkend moment ken ik ware angst. 'Jou en je gezin. Zolang ik leef.'

'Ik begrijp het.'

'Als die mannen je werkelijk hebben lastiggevallen, zou ik denken dat hun ongeluk aangeeft dat jij werkelijk veilig bent.' Jack Ziegler laat de betekenis van zijn woorden bezinken. Dan laat hij zijn omfloerste ogen op de mijne rusten. 'Ik had gehoopt dat je hier kwam met nieuws over de regelingen.'

Ik zwijg. Er ligt een kans, ik voel het, als ik mijn knarsende hersenen weer in werking kan stellen. 'Niet echt *nieuws*. Maar ik denk dat ik misschien wel op het goede spoor zit.'

Opnieuw aarzel ik om door te drukken. Als ik de gedachte afmaak, kan ik de ingeslagen weg niet meer verlaten. Ik heb het besluit lang voordat ik in Aspen landde al genomen, maar tussen het besluit en de daad heeft God de wil geplaatst; en de wil is zeer gevoelig voor angst.

Abby's peetvader wacht nog steeds.

'Maar, eh, als u me gewoon een paar dingen zou willen uitleggen – nou ja, dan zou alles zoveel gemakkelijker zijn.' Ik ben nijdig op mezelf. Net als op het kerkhof sta ik ook nu in aanwezigheid van oom Jack met mijn mond vol tanden. Dat is ook niet geheel onterecht: Jack Ziegler is een meervoudig moordenaar, een efficiënte makelaar in zo'n beetje elke illegale materie, een tussenpersoon voor de onderwereld, met connecties met de georganiseerde misdaad die zo complex, zo keurig verdoezeld zijn, dat niemand er ooit helemaal in is geslaagd ze te achterhalen.

Toch weet iedereen dat ze er zijn.

'Een paar dingen,' herhaalt hij, zonder iets te beloven. Ik zie een lijn van zweet op zijn voorhoofd. Zijn handen verraden een lichte beving terwijl hij het wegveegt, en zijn blik wordt met tussenpozen wazig. Een zenuwtoeval? Zijn ziekte? 'Een paar dingen,' zegt hij opnieuw.

Ik knik, slik en werp een blik uit het raam, waarbij ik ditmaal niet meteen het gevoel heb dat ik van de berg af tuimel – maar het blijft me een raadsel hoe het huis overeind blijft staan.

Ik kijk weer naar Jack Ziegler en uit het feit dat hij zo geduldig wacht, uit het feit dat hij me alleen al heeft willen ontmoeten, maak ik op dat hij net zo behoeftig is als ik. Dus is mijn stem kalmer en zekerder wanneer ik zeg: 'Ten eerste vroeg ik me af of u mijn vader zo'n anderhalf jaar geleden heeft ontmoet. Een jaar vóór afgelopen oktober. Rond die tijd.'

Zijn ogen worden weer troebel, en ik besef dat hij het zich daadwerkelijk probeert te herinneren. 'Nee,' zegt hij ten slotte. 'Nee, ik geloof het niet. Rond die tijd moet ik nog in Mexico zijn geweest voor mijn behandelingen.' Hij klinkt onzeker, niet onoprecht. Maar dat is moeilijk met zekerheid te zeggen. 'Waarom?'

'Ik vroeg het me gewoon af.' Omdat ik me realiseer dat dit belachelijk klinkt, kleed ik het anders in. 'Ik... ik meen een gerucht gehoord te hebben.'

'En ben je daarom helemaal hierheen gekomen, Talcott? Om een gerucht te achterhalen?'

'Nee.' Het is tijd om mijn kaarten op tafel te leggen. 'Nee, oom Jack, ik ben gekomen om u naar Colin Scott te vragen.'

'En wie mag Colin Scott dan wel zijn?'

Ik aarzel. Zoals ik van Ethan Brinkley heb gehoord, had Colin Scott verscheidene namen en er is geen reden om aan te nemen dat Jack Ziegler ze allemaal kent. Anderzijds, als hij, zoals ik vermoed, deze afgelopen paar maanden mijn leven in de gaten heeft gehouden, dan is het nauwelijks mogelijk dat hij de naam niet een paar keer heeft gehoord.

'Colin Scott,' herhaal ik. 'Voorheen heette hij Villard. Jonathan Villard. Hij was privé-detective. Mijn vader huurde hem in om erachter te komen wie er in de auto zat die Abby doodde. Uw peetdochter.'

Nu is het Jack Zieglers beurt om te aarzelen. Hij probeert erachter te komen hoeveel ik weet en hoeveel ik gis en hoeveel hij kan achterhouden. Hij vindt het niet prettig om zich ten opzichte van mij kwetsbaar op te stellen, en zijn bereidheid om me deze berekenende kant te laten zien suggereert dat hij wil dat ik hem help.

'Nou en?' vraagt hij.

'Ik denk dat u hem ooit gekend heeft in de CIA.'

'Nou en?'

'Dat u degene moet zijn geweest die mijn vader met hem in verbinding heeft gesteld.'

'Nou en?' Zonder me zelfs maar te zeggen of ik warm of koud ben. Zijn stem brengt een piepend geluid voort, vochtig en ziekelijk. Hij legt een hand plat op zijn borst en barst dan uit in een rochelende hoestbui, die hem ineen doet krimpen. Ik pak instinctief zijn arm, die onder de badjas bijna tot op het bot is weggeteerd. Harrison staat ogenblikkelijk naast ons, maakt voorzichtig

543

mijn vingers los, leidt oom Jack naar de bank en geeft hem een groot glas water.

Jack Ziegler slaat het water achterover en het hoesten bedaart.

'Neem alstublieft plaats, professor,' beveelt de pezige Harrison ernstig. Zijn stem is een schril getjirp, en ik kijk nog eens goed om me ervan te vergewissen of hij nu echt zo stoer is als hij kennelijk wil overkomen. Ik bestudeer zijn schouders en besluit van wel.

Ik neem plaats zoals me opgedragen is, op een stakige stoel tegenover de meest angstaanjagende man die ik ken. Harrison reikt een pil aan, die oom Jack gemelijk wegwimpelt. Harrisons uitgestrekte hand had wel uit steen gehouwen kunnen zijn. Oom Jack werpt hem een woedende blik toe, maar gaat uiteindelijk overstag en neemt de pil met grote slokken water in.

Harrison trekt zich terug.

Zou hij ook een verpleger kunnen zijn? Beeld ik me te veel in? Ik kijk naar de beruchte Jack Ziegler, ineengezakt op de schitterende bank, speeksel op zijn droge lippen, zwakjes zwaaiend met zijn hand, maar niet op de maat van de muziek. Waarom was ik zo bang voor hem? Hij is ziek, hij is stervende, hij is angstig. Ik kijk de kamer rond. Geen museum, maar een mausoleum. Ik word getroffen door een plotselinge vlaag van medelijden met de man die als een zoutzak tegenover me zit. We zitten een paar minuten in stilte bij elkaar, of liever, we zitten bij elkaar zonder te praten: *Finlandia* is vervangen door iets wat klinkt alsof het van Wagner is, hoewel ik het stuk niet kan thuisbrengen. Jack Ziegler leunt achterover op de bank, zijn ogen gesloten.

'Neem me alsjeblieft niet kwalijk, Talcott,' fluistert hij zonder zich te bewegen. 'Ik ben nog niet hersteld.' Hij zegt niet waarvan.

'Ik begrijp het.' Ik zwijg even, maar ik ben te goed opgevoed om datgene wat ik vervolgens hoor te zeggen in te slikken. 'Als het gemakkelijker zou zijn voor u, kan ik een andere keer wel terugkomen.'

'Onzin.' Het hoesten begint weer, niet zo luid, maar droog en reutelend en kennelijk pijnlijk. Hij doet zijn ogen open. 'Je bent nu hier, je bent van ver gekomen, je hebt vragen. Je mag ze stellen.' *Hoewel ik ze misschien niet beantwoord*, laat hij me weten.

'Colin Scott,' zeg ik opnieuw.

Jack Ziegler knippert, zijn ogen waterig, oud en lichtelijk verward. Ik probeer me alle misdaden te herinneren die hij zou hebben gepleegd, alle connecties met de maffia, de wapenhandelaren, de drugsbaronnen en andere mensen wier levensonderhoud afhankelijk is van de ellende van anderen. Maar ik heb er moeite mee om me voor de geest te halen waarom deze seniele oude man daarnet zo angstaanjagend leek. Ik breng me de mannen in herinnering wier handen verminkt werden nadat ze me hadden aangevallen, maar dat roept minder afgrijzen op dan eerst.

'Wat is er met hem?' zegt oom Jack ten slotte, driftig met zijn ogen knipperend.

'Ik geloof niet dat mijn vader hem betaalde. Er blijken geen geperforeerde cheques bij mijn vaders papieren te zitten.' Ik had ver voordat ik dit huis betrad al besloten Mariah erbuiten te laten. Het is beter dat Abby's peetvader het niet nodig vindt meer dan één van Abby's broers en zussen te vermoorden.

'Waarvoor verzuimde je vader te betalen?'

'Voor het werk dat hij verrichtte. Het opsporen van de sportauto.' Ik slik; mijn onzekerheid neemt opnieuw toe terwijl zijn gezicht weer krachtiger wordt, maar de tijd voor behoedzaamheid was voorbij op het moment dat ik de hoorn van de haak nam om Jack Ziegler te bellen. 'Mijn vader heeft hem niet voor zijn werk betaald.'

'Dus?'

Dit ene woord heeft een lading die tot nu toe heeft ontbroken: een slapend beest lijkt langzaam wakker te worden, en Jack Ziegler lijkt lang zo seniel niet meer.

'Ik denk niet dat hij gratis werkte,' zeg ik voorzichtig.

'Dus?'

Mijn angst bekruipt me opnieuw, met kille vingers mijn rug en dijen strelend. Op de een of andere manier heeft oom Jack de temperatuur van ons gesprek gewijzigd.

'Ik denk... ik denk dat u hem heeft betaald. De detective.'

'Dat ik hem heb betaald?' De gitzwarte ogen zijn nu scherper, en ik word overvallen door hetzelfde misselijkmakende onbehagen dat ik had toen ik als kind op de Vineyard was en mijn vader me een toorts gaf en me opdroeg een wespennest in brand te steken dat Mariah onder de overhangende dakrand boven de poort had ontdekt. Ik wist toen dat ik, als ik ze niet allemaal uitroeide, gestoken zou worden. En niet zo zuinig ook.

'Dat denk ik, ja.'

'Dat ik deze Scott betaalde voor zijn werk voor je vader.' Jack Ziegler spreekt de woorden langzaam en duidelijk uit, alsof hij me de kans biedt mijn verklaring in te trekken.

'Ja.' Ik mag me dan in een wespennest steken, mijn stem is tenminste kalm.

'Waarom zou ik dat doen?'

'Dat weet ik niet. Misschien omdat u en mijn vader oude vrienden waren. Omdat u de peetvader van zijn dochter was.' Ik breng met moeite de volgende woorden uit, in de wetenschap dat hij me nooit zal zeggen welke versie waar is. 'Het kan ook zijn dat u hem heeft geholpen omdat u... u wilde dat mijn vader bij u in het krijt kwam te staan. Zodat u hem later om een wederdienst kon vragen.'

Jack Ziegler maakt het spuwende geluid dat ik me herinner van het kerkhof. Zijn lange vingers strijken over het wegterende vlees van zijn kin.

'Misschien zijn er geen cheques aan wijlen meneer Scott omdat je vader hem niets heeft betaald. Misschien heeft hij hem niets betaald omdat meneer Scott niet voor hem gewerkt heeft.'

'Ik denk niet dat dat het is. Ik denk dat er redenen zijn waarom mijn vader geen cheques kon uitschrijven op zijn naam. Ik denk dat meneer Scott... nou ja, laten we zeggen dat hij nou niet bepaald het soort achtergrond had waarmee een federale rechter rustig in verband gebracht kon worden.'

'Dus?'

'Dus moest mijn vader zelfs maar de schijn van onbetamelijkheid vermijden. Misschien had hij toen al het Supreme Court in gedachten.' Wanneer dit niets anders uitlokt dan dezelfde harde blik, ga ik verder. 'Trouwens, ik weet niet eens zeker of mijn vader het zich wel had kunnen veroorloven hem te betalen. Het salaris van een federale rechter was daarvoor niet toereikend, vooral niet in die tijd.'

Jack Ziegler is wonderbaarlijk ontspannen. 'Wat denk je verder nog, Talcott? Dit is echt heel intrigerend.'

Ik aarzel, maar het is wat laat om terug te krabbelen.

'Ik denk dat Colin Scott inderdaad een rapport heeft gemaakt over het ongeluk. Ik denk dat hij erachter is gekomen wie de dader is. Ik denk dat hij het mijn vader heeft gegeven. Maar ik denk niet dat mijn vader het ooit naar de politie heeft gebracht, of wel? Ik denk dat hij, toen hij zag wat erin stond, meneer Scott heeft gevraagd iets voor hem te doen, en dat hij toen deze dit weigerde, met het rapport naar u toe is gegaan en u om hulp heeft gevraagd.'

Ik stok. De volgende woorden willen eenvoudigweg niet komen. Niet omdat ik te bang ben om ze uit te spreken, maar omdat ik niet meer zo zeker weet als twee uur geleden of ik het antwoord wel wil weten.

Maar Jack Ziegler weigert me de rest te laten ontduiken. 'Je zei dat je vader naar mij toekwam om hulp te vragen? Aha. En wat zou er volgens jou verder gebeurd zijn?'

Tja, dit is nu waarvoor ik helemaal naar de bergen ben gevlogen, om dit te bespreken. Dit is het moment waar ik naartoe heb gewerkt, via alle gesprekken met Wallace Wainwright en Lanie Cross en alle herinneringen die ik uit Sally, Addison en zelfs Mariah heb weten te peuteren, via alle bewijs dat ik heb verzameld mét en zonder hun hulp, tot het verdwenen plakboek aan toe. Als ik het niet zeg, is het werk van al die maanden voor niets geweest. Net als het reisje naar Aspen.

Als ik het zeg, is de kans natuurlijk niet gering dat ik mijn vrouw en kind nooit meer zal zien. Maar zoals zo vaak heb ik de moed van een dwaas.

'Ik denk dat u Colin Scott op de een of andere manier zover hebt gekregen om... om het probleem voor hem af te handelen.'

Zo, eindelijk is het hoge woord eruit.

Jack Ziegler schudt langzaam en enigszins treurig zijn hoofd, maar hij wendt zijn blik af en staart naar het duizelingwekkende uitzicht. 'Het af te handelen?' Hij grinnikt en begint vervolgens te hoesten. 'Je klinkt als een slechte film. Wat af te handelen?'

'U weet wat ik bedoel, oom Jack.'

'Ik weet wat je bedoelt Talcott, en eerlijk gezegd voel ik me beledigd.'

Hij spreekt op een zachte, bijna strelende toon, die me de rillingen bezorgt. Opnieuw komt er iets vagelijk bedreigends tussen ons in te hangen.

'Ik wil helemaal niet...'

'Je beschuldigt je vader van een misdaad, Talcott. Je bezigt zotte eufemismen, maar dat is wat je doet, waar of niet? Je denkt dat je vader deze meneer Scott heeft betaald om een moord te plegen.' Hij wordt elk moment minder onnozel. 'Dat is al erg genoeg. Maar nu beschuldig je mij er ook nog van dat ik hem heb geholpen.'

Als je eenmaal een wespennest hebt beroerd, zei de Rechter tegen me, *kun je maar beter de brand erin houden, want je kunt de wespen nooit ontvluchten als ze ontsnappen.*

'Hoor eens, oom Jack, ik weet hoe u aan de kost komt.'

'Nee, volgens mij weet je dat niet.' Hij tuit zijn lippen en houdt een kromme hand op. Hij priemt met een verschrompelde vinger naar mijn gezicht. 'O, ik weet het wel, ik weet het wel, je dénkt dat je het weet. Allemaal dénken ze dat ze het weten. Ze lezen de kranten en van die imbeciele boeken en wat al niet meer. Die dwaze commissierapporten. Maar niemand weet het werkelijk. Niemand.' Hij komt moeizaam overeind. Ik ben voor de verandering eens zo verstandig om geen hulp aan te bieden. 'Kom mee, Talcott, ik wil je iets laten zien.'

Ik loop achter hem aan terwijl hij op zijn pantoffels door het lange vertrek stapt, voorbij dat verbazende raam met het duizelingwekkende, panoramische uitzicht op Aspen, de roestvrijstalen keuken in, waar een stevige Slavische vrouw de lunch staat klaar te maken. Nu zie ik de bron van die pikante geur, want ze staat poeder in een pan te strooien. Mijn gastheer snauwt naar haar in een taal die ik niet herken, waarop ze flauw glimlacht en verdwijnt. De achterwand van de keuken biedt via enorme ramen hetzelfde uitzicht als het vorige vertrek. Aan de andere zijde komt de keuken uit in een kas. Ik loop achter Jack Ziegler aan naar binnen, waar een verbijsterende verscheidenheid aan planten de lucht doordrenken van hun geur. Ik vraag me af hoe de zich mengende aroma's de smaak van het eten beïnvloeden.

'Kijk,' zegt oom Jack, terwijl hij wijst naar iets aan de andere kant van de glazen wand. 'Zie je wat ik bedoel? Allemaal.'

Nu is het mijn beurt om in verwarring te zijn. 'Eh, allemaal wat?'

'Allemaal denken ze dat ze het weten. Kijk!'

Ik kijk. Ik neem een ernstige uitdrukking aan, in de hoop dat oom Jack mijn verwarring zal aanzien voor concentratie, aangezien ik geen flauw idee heb waar hij het over heeft. Ik volg de baan van zijn bevende vinger. Ik zie zijn uitgestrekte gazon, de kraakheldere sneeuw glinsterend in de krachtige bergzon, ik zie hoge heggen, en de smalle weg die zich omhoog windt naar de steeds opzichtiger huizen van filmproducenten en softwareondernemers die zelfs nog rijker zijn dan de peetvader van mijn jongere zusje. Er snort een minibusje voorbij: Kimmer heeft een hekel aan die dingen, omdat ze ze bezadigd vindt en wil niet dat wij er een kopen. Een paar honderd meter heuvelopwaarts staat een vrachtwagen van de elektriciteitsmaatschappij geparkeerd, terwijl de geüniformeerde ploeg, één man, één vrouw, boven in de elektriciteitspaal met iets ingenieus bezig is. Wat dichterbij laat een gespierde vrouw in zwarte laarzen en gele legging, blijkbaar zonder acht te slaan op de kou, een hond uit die door mijn lekenoog tot een Doberman wordt bestempeld. Er tuft een gehavende rode pick-up langs met het logo van een gazonverzorgingsbedrijf en met als vracht een drietal sneeuwblazers.

Jack Ziegler staat als een standbeeld naast me, zijn vinger tegen het glas gedrukt. Ik weet niet waar hij naar wijst. Ik weet wel dat ik kokhalsneigingen krijg van de planten.

'Oké,' zeg ik behoedzaam. 'Ik kijk.'

'En? Zie je hen?' Zijn sufheid is plotseling teruggekeerd, en ik vraag me opnieuw af of het geveinsd is. 'Zie je hen naar ons kijken?'

'Wie?'

Hij pakt mijn schouder vast. Zijn vingers, heet van de koorts, boren zich als klauwen in de spieren. 'Daar! Die vrachtwagen!'

'Die vrachtwagen? U bedoelt die bij de elektriciteitspaal?'

'Ja, ja, zie je hem?'

'Oké, ja. Ik zie de vrachtwagen.'

'Nou, dan begrijp je het toch. Je hebt geen idee hoe ze me belagen...'

'Wie? De elektriciteitsmaatschappij?'

Oom Jack kijkt me doordringend aan, en even lijken de nevels op te lossen. 'Niet de elektriciteitsmaatschappij,' zegt hij op een redelijke toon. 'De FBI.'

Ik kijk opnieuw. 'Het is een vrachtwagen van de elektriciteitsmaatschappij...'

'Dat is maar een dekmantel. Ze zijn hier om me te belagen.' Hij lacht onverwacht en rolt met zijn troebeler geworden ogen. Zijn vrolijke krankzinnigheid is teruggekeerd. 'De stroom valt hier tenminste tweemaal per maand uit. Weet je waarom?' Ik schud mijn hoofd. 'Zodat ze hun vrachtwagens kunnen sturen en mijn telefoon kunnen afluisteren. Zodat mijn alarmsystemen het niet doen en ze hun bugs kunnen plaatsen.'

'Bugs...'

'Hier, in mijn huis, in mijn *keuken*, zitten bugs!' Tot mijn verbazing tovert hij een vliegenmepper te voorschijn en slaat ermee op een plek op de muur. 'Daar heb je niet van terug!' kakelt hij zo uitgelaten dat ik even denk dat ik hem misschien verkeerd begrepen heb, dat hij het eigenlijk over insecten heeft. 'En hiervan ook niet!' roept hij, zich afwendend om de ijskast een klap te geven, en daarna een van de donkergroene granieten aanrechtbladen. 'Dat zal een flink gekletter geven in hun oortelefoons!' loeit hij.

Hij gooit de vliegenmepper zo'n beetje in de richting van een kast, legt een arm om mijn schouders en leidt me weer naar de grote kamer, zoals hij hem noemt. 'Ze willen weten hoe ik aan de kost kom. Ze denken dat ik een crimineel ben, godbeter!' Hij blijft voor zijn onberispelijke bureau staan en krabbelt iets op een blocnote. 'Net als jij,' mompelt hij. 'Net als jij.' Dan begint hij vochtig te hoesten, zonder de moeite te nemen zijn mond te bedekken.

Gegeneerd blaas ik op mijn typerende manier de aftocht. 'Oom Jack, ik, eh, ik wilde niet...'

'Maar ik heb ze door,' giechelt hij, me gewoon in de rede vallend. 'Dus weet je wat ik doe wanneer de stroom uitvalt?'

'Nee.'

549

'Dat zal ik je vertellen,' zegt hij met een geslepen uitdrukking op zijn gezicht terwijl hij zijn arm weer om me heen slaat. '*Ik doe met een zaklantaarn de ronde en maak hun bugs onklaar!*'

'Ik begrijp het,' zeg ik, me afvragend of ik tevergeefs ben gekomen.

'Nee, ik denk niet dat je het begrijpt,' mompelt hij. Dan heft hij plotseling zijn hoofd en buldert: 'Harrison!'

De magere bodyguard komt onmiddellijk te voorschijn. 'Ja, meneer?'

Dit is het einde. Ze gaan me van de berg af gooien. Kimmer, ik vergeef je. Zorg goed voor onze jongen.

'Zitten er bugs in dit huis, Harrison?' vraagt Abby's peetvader gebiedend.

'Soms wel, meneer.'

'En maken we het spul onklaar?'

'Wanneer we maar kunnen, meneer.'

'Dank u, meneer Harrison, dat was het.' Oom Jack overhandigt hem het neergekrabbelde briefje, en de butler-lijfknecht-verpleger-bodyguard trekt zich terug. Ik begin weer normaal adem te halen. Zo communiceren ze in een huis waar elk woord afgeluisterd zou kunnen worden: ze schrijven elkaar briefjes. Nu begrijp ik wat Henderson bedoelde toen hij het had over oom Jacks populariteit, en dat iedereen wist dat ik op bezoek zou komen. 'Overal bugs,' zegt Jack Ziegler terwijl hij treurig zijn hoofd schudt.

— III —

Jack Ziegler is aan het wegkwijnen. Zijn lippen trillen. De opwinding heeft hem blijkbaar uitgeput, want zijn gezicht is slap geworden, alle energie opgebrand. 'Laat me op je steunen, Talcott,' mompelt hij, terwijl hij een magere, koortsachtige arm om mijn schouders slaat. We lopen terug naar het hoofdgedeelte van het huis. Oom Jacks voeten slepen over de grond. Hij voelt even licht als een kind tegen mijn lichaam.

'Luister, Talcott,' zegt hij. 'Luister je?'

'Ik luister, oom Jack.'

'Ik ben geen held, Talcott. Dat weet ik. Ik heb in mijn leven dingen gedaan die ik betreur. Ik heb een paar compagnons die het ook betreuren. Begrijp je?'

'Niet echt...'

'Ik heb keuzes gemaakt, Talcott. Harde keuzes. En aan keuzes zijn consequenties verbonden. Dat is, denk ik, de allerbelangrijkste regel van iedere rechtvaardige ethiek. Aan keuzes zijn consequenties verbonden. Aan alle keuzes. Dat heb ik altijd aanvaard. Ik heb goede keuzes gemaakt en daarvan geprofiteerd. Ik heb slechte keuzes gemaakt en daarvoor moeten boeten. Dat geldt voor ons allemaal.' Hij laat dit zelf ook bezinken. Ik besef dat er onder zijn beleefdheid oprechte boosheid schuilgaat. De wespen zijn druk aan het zoemen.

'Ik begrijp wat u...' begin ik, maar hij onderbreekt me vlug.

'Consequenties, Talcott. Een woord dat te weinig gebezigd wordt. We leven tegenwoordig in een wereld waarin niemand nog gelooft dat er aan keuzes consequenties verbonden horen te zijn. Maar mag ik je het grote geheim verklappen dat onze cultuur probeert te ontkennen? Je kunt de consequenties van je keuzes niet uit de weg gaan. De tijd beweegt zich maar in één richting voort.'

'Dat denk ik ook,' verzeker ik hem, al is dat niet zo.

Jack Zieglers vochtige, vermoeide blik glijdt snel over mijn gezicht, verspringt naar de muur – denkt hij weer aan die bugs? – en blijft daarna rusten op het duizelingwekkende uitzicht op Aspen achter het twee verdiepingen beslaande raam. Hij begint een nieuwe preek af te steken: 'Degenen van ons die vader zijn, zijn geen van allen precies wat we voor onze zoons hadden willen zijn. Daar zul je nog wel achter komen, denk ik.' Ik herinner me dat hij zelf een zoon heeft, Jack Junior, een valutahandelaar die aan de andere kant van de wereld woont – Hong Kong, misschien – om aan zijn vader te ontsnappen.

Ik vraag me af of dat ver genoeg is.

Jack Ziegler blijft de filosoof uithangen, alsof ik deze reis heb gemaakt om zijn opvatting van het goed geleefde leven te doorgronden. 'Een vader, een zoon – dat is een heilige band. De hele geschiedenis door wordt de positie van hoofd van de familie op die manier doorgegeven, van vader op zoon op zoon van de zoon, enzovoort. Hoofd van de familie, Talcott! Dat is een missie, zie je. Een verantwoordelijkheid waar een man zich niet aan mag onttrekken, ook al zou hij dat willen. Ik weet dat dit soort denkbeelden tegenwoordig op de campussen worden verworpen. Seksistisch, zeggen ze. Jij kent die woorden beter dan ik. Patriarchaat. Mannelijke dominantie. Poeh! Mijn generatie had al die luxes van de jouwe niet. We hadden geen tijd om te zwelgen in dat soort argumenten. We moesten léven, Talcott. We moesten hándelen. Laat anderen maar tobben over de vraag waarom God vanuit een brandende braamstruik tegen Mozes sprak en niet vanuit een plataan of een supermarkt of een televisietoestel. Wie had tijd om zich daar druk over te maken? Jouw generatie is er een van praters, en mijn zegen heb je. Onze generatie was er een van doeners, Talcott, de laatste die de natie heeft gekend. Doeners! Jij begrijpt dit niet, dat weet ik. Jij heb nooit een leven gekend waarin geen tijd was om te discussiëren, te debatteren, te procederen, *je beleidsopties te analyseren* – is dat niet wat ze tegenwoordig zeggen? Wij gingen niet op de radio over de moeilijkheden in ons leven zitten zaniken. Wij ontleenden geen eigenwaarde aan het vaststellen van hoe slecht anderen ons hadden behandeld. Wij klaagden niet. We hadden er geen tijd voor. Mijn generatie had daadwerkelijk iets om handen, Talcott. Wij moesten beslissingen nemen. Begrijp je wel?' Het kan hem niet schelen of ik het begrijp. Het kan hem niet schelen of ik het ermee eens ben. Hij is vastbesloten om zijn gelijk te halen... en klinkt op dit moment precies als de Rechter. 'En dit was de generatie waaruit jouw vader is voortgekomen, Talcott. Jouw vader en ik. We waren eender. We waren hoofd van de familie, Talcott. Mannen. Het ouderwetse soort, zou jij zeggen. We kenden onze verantwoordelijkheden. De familie onderhouden, ja. De familie verzorgen, natuurlijk. De familie leiden. Maar vooral, de familie beschermen.'

De zon is boven de stad Aspen aan het ondergaan, waarbij de sneeuw een magnifieke oranjerode kleur aanneemt. Beneden in het dal zullen de skiërs beginnen aan de nachtlevenfase van hun dag; ik vraag me af wanneer ze slapen.

'Ik weet dat je boos bent, Talcott. Ik weet dat je teleurgesteld bent in je vader.' Hij laat zijn vochtige ogen op me rusten en wendt dan snel zijn blik af. 'Je denkt dat je hem op iets vreselijks hebt betrapt. Vertel me dan maar eens: wat zou jij hebben gedaan? Je dochter is dood, de politie doet niets – en je denkt dat je misschien weet wie haar gedood heeft. Wat zou jij hebben gedaan?'

Nu valt hij stil. Diezelfde vraag heeft voortdurend door mijn hoofd gespeeld sinds Mariah me ertoe heeft gebracht in die trant te gaan denken. Als iemand Bentley iets zou aandoen en als de wet geen gerechtigheid zou bieden, zou ik dan een moordenaar inhuren? Of het klusje zelf klaren? Misschien. Misschien ook niet. Ik vermoed dat niemand dit vol overtuiging kan beantwoorden zolang de vraag abstract is. Alleen wanneer er iets op het spel staat stellen we de principes waar we zo mee pronken op de proef.

'Ik weet wat híj heeft gedaan,' zeg ik ten slotte.

Jack Ziegler schudt zijn magere hoofd. 'Je denkt dat je het weet. Maar wat weet je nu eigenlijk? Vertel me eens, Talcott, wat wéét je nu eigenlijk?'

Zijn plotselinge directheid overrompelt me. Zijn ogen boren zich nu in me. Ik wend mijn blik af. Ik vraag me af waarom oom Jack zich geen zorgen meer maakt over de bugs, maar terwijl ik inwendig ons gesprek opnieuw afdraai, besef ik dat de enige beschuldigende zinnen van mij afkomstig zijn, en dat ze allemaal betrekking hebben op de Rechter, die al dood is... en dat oom Jack me in een positie heeft gemanoeuvreerd waarin ik de nagedachtenis van mijn eigen vader bezoedel ten behoeve van de luisteraars van de FBI.

Het zij zo.

'Hij heeft een moordenaar ingehuurd,' zeg ik ten slotte, om oom Jacks directheid op een soortgelijke manier te beantwoorden.

'Ach wat! Een moordenaar! De man die je zusje verminkte was een moordenaar, Talcott. En hij liep niettemin vrij rond.'

'De man van wie mijn vader dácht dat hij het had gedaan. Hij is nooit veroordeeld.'

'Veroordeeld? Ach wat! Hij is nooit gearresteerd, nooit beschuldigd, er is nooit fatsoenlijk onderzoek naar hem gedaan.' Zijn kille ogen wijken geen moment van mijn gezicht.

'Hoe kon mijn vader er dan zeker van zijn dat hij de juiste man had?'

'Het is een vergissing, Talcott, om deze zaak te beschouwen als een propositie, juist of onjuist.' Een vochtig, rauw gehoest. 'Een man zijn betekent dat je moet handelen. Soms moet je handelen op grond van de informatie die je op dat moment ter beschikking staat. Soms is die accuraat. Soms is die onjuist. Maar toch moet je handelen.'

'Ik kan u niet helemaal volgen.'

'En ik kan het je niet verder verduidelijken.'

Maar hij heeft me helemaal niets verduidelijkt. Ik sta op het punt dit te zeggen, maar hij heeft opnieuw de toon en didactische stijl van de docent aangenomen. 'Sommige van je vragen hebben geen antwoord, Talcott, en sommige hebben een antwoord dat je nooit zult kennen. Zo gaat het nu eenmaal in de wereld, en ons onvermogen om alles te ontdekken wat we zouden willen, is wat ons tot stervelingen maakt.' Ik erger me aan die orakelachtige kant van Jack Ziegler, misschien om ethische redenen: Hoe kan een moordenaar zich het recht toe-eigenen om een preek te houden over de zin van het leven? Weet hij misschien dingen die wij zwakkere stervelingen niet weten? Of is al deze retoriek gewoon versluiering, zodat de bugs, als ze er al zijn, hem nooit zullen betrappen op het bekennen van een misdaad? 'En sommige van je vragen hebben een antwoord waar je recht op hebt. Ik geloof dat je vader jou, meer nog dan de andere kinderen, in aanmerking vond komen om de antwoorden te krijgen. Omdat hij altijd enig ontzag voor je heeft gehad, Talcott. Enig ontzag, enige afgunst. En hij had altijd behoefte aan jouw goedkeuring. Meer dan aan die van Addison of Mariah.' Ik weet niet zeker of ik dit geloof. Ik weet wel heel zeker dat ik het niet wil horen. 'En dus regelde je vader het zo dat je een paar antwoorden zou krijgen. Maar je moet ze ook zelf vinden.'

'En dat betekent?'

'De regelingen, Talcott. Je moet de regelingen ontdekken.' Hij fronst. 'Ik weet niet waar je vader de antwoorden heeft begraven, maar hij heeft ze zo diep begraven dat alleen jij zou weten waar je moet zoeken. Daarom hebben zoveel mensen je lastiggevallen. Maar vergeet nooit dat ze je geen van allen kwaad kunnen doen.' Een kort knikje. 'En dat je de zoektocht niet mag opgeven, Talcott. Dat mag je niet doen.'

'Maar waarom is de zoektocht zo belangrijk?' De vraag die ik Maxine heb proberen te stellen, die hoogstwaarschijnlijk niet echt Maxine heet.

'Laten we zeggen... voor je eigen gemoedsrust.'

Ik laat mijn gedachten hierover gaan. Dat kan toch niet echt alles zijn. Oom Jack wil dat ik vind wat er te vinden valt. Het zou zelfs zo kunnen zijn, gezien zijn aansporing en die van Maxine, dat zijn... zijn vermogen om me te beschermen... op de een of andere manier gekoppeld is aan een belofte dat de zoektocht zal slagen. Opnieuw fronsend en ernaar verlangend dit vreselijke vertrek te ontvluchten, gooi ik mijn laatste wapen in de strijd.

'En als ik de regelingen inderdaad ontdek? Wat dan?'

'Nou ja, dan zal iedereen tevreden zijn.' Hij valt stil, maar ik begrijp dat het alleen maar een pauze is: ik weet zelfs wat er komen gaat. En ik heb zelfs gelijk. 'Misschien moet je, als je datgene vindt wat je vader heeft achtergelaten, het niet zelf onderzoeken. Dat zou een vergissing zijn. Ik denk dat het beter zou zijn... ja. Ik zal verwachten dat je mij er eerst deelgenoot van maakt. Uiteraard.'

'Uiteraard,' mompel ik, maar zo zacht dat hij het niet kan horen. Mallory Corcoran, Maxine zonder achternaam en nu oom Jack: *Wanneer je het vindt, breng het me dan!* Maar in tegenstelling tot de anderen legt Jack Ziegler zijn eis op tafel alsof hij daartoe gerechtigd is. Misschien suggereert hij dat ik hem gewoon zal teruggeven wat hem toebehoort.

'Dat is een eerlijke uitwisseling, denk ik.' Hij bedoelt: in ruil voor zijn belofte om mij en mijn gezin te beschermen.

'O, natuurlijk. Ja.' Zijn toon suggereert dat hij op het punt staat me weg te sturen. Ik heb het koortsachtige gevoel dat ik iets belangrijks heb nagelaten. Voordat ik mijn stem onder controle kan krijgen, hoor ik mezelf juist dat onderwerp aansnijden dat ik diep vanbinnen had begraven, bedekt met de zware aarde van andere mysteries, het onderwerp dat ik me had voorgenomen niet te zullen aanroeren. 'Oom Jack, mijn vader heeft... iemand... verteld dat hij de week voor hij stierf met u heeft gepraat.'

'En?'

'En ik zou willen weten of dat zo was.'

Ik houd mijn adem in, wachtend tot de wespen me aanvallen, maar het antwoord komt zo vloeiend terug dat hij het waarschijnlijk maandenlang heeft voorbereid. 'Ja, ik heb Oliver gezien. Waarom vraag je dat?'

'Heeft hij u gebeld of hebt u hem gebeld?'

'Je klinkt als een openbare aanklager, Talcott.' Hij glimlacht vredig, zodat ik weet dat hij boos is. 'Maar, nu je het vraagt, je vader had me een paar weken eerder opgebeld om te zeggen dat hij me graag zou willen zien. Ik zei hem dat ik half september in Virginia zou zijn en dat we elkaar dan konden ontmoeten. We hebben lekker gegeten, puur voor de gezelligheid.'

'Ik begrijp het.' Ik twijfel er niet aan of zijn verhaal komt precies overeen met wat de FBI op band heeft staan van mijn vaders telefoontje. Maar er zijn geen bandopnames van het gesprek tijdens het etentje: daar zou oom Jack wel voor hebben gezorgd. Ik bespeur een vage onrust in Abby's peetvader; ik heb bijna de kern geraakt van wat hij het liefst voor mij verborgen wil houden. Er is iets gebeurd tijdens dat etentje. Iets wat mijn vader ertoe bracht zijn schietlessen weer op te nemen? Ik weet dat Jack Ziegler het me nooit zal vertellen. 'Ik begrijp het,' zeg ik verward.

'En nu zit je tijd erop, Talcott.' Hij hoest vochtig.

'Zou ik nog één vraag mogen...'

Hij houdt een gebiedende hand op en blaft om Henderson. Ik vraag me af hoe hij besluit welke bodyguard hij voor welk doel zal ontbieden.

'Wacht, oom Jack. Wacht even.'

Jack Ziegler draait langzaam zijn hoofd weer naar me toe, en ik kan het bijna horen kraken. Hij heeft zijn fletse wenkbrauwen opgetrokken en kijkt me met zijn zwarte ogen argwanend aan. Hij is het niet gewend de opdracht te krijgen om te wachten.

'Ja, Talcott?' zegt hij zacht terwijl Henderson verschijnt.

Ik kijk even naar de bodyguard, neig vervolgens mijn hoofd en demp mijn stem. 'U weet dat de man die met mijn vrouw concurreerde om dat rechterschap... dat, eh, hij door een schandaal zijn kansen heeft verspeeld.'

Opnieuw die vurig vrolijke blik. 'Ik heb je toch gezegd dat er een lijk in de kast zat.'

'Ja. Nou. Maar ik begrijp niet helemaal... hoe u dat wist.' Dit is volstrekt niet wat ik van plan was te vragen, maar terwijl Henderson naderbij zweeft, is het net of het vertrek op me af begint te komen, waarbij het uitzicht uit het raam me opnieuw duizelig maakt, en plotseling raak ik ervan overtuigd dat ik niet verder moet aandringen. 'Over dat lijk in de kast, bedoel ik.'

'Dat doet er niet toe,' fluistert Jack Ziegler na een ogenblik. 'Je moet je op de toekomst concentreren, Talcott, niet op het verleden.'

'Maar wacht. Hoe wist u het nu? Er waren maar twee mensen die het wisten. En ze zouden het geen van beiden ooit...' *aan iemand als u doorvertellen*, zeg ik net niet.

Jack Ziegler weet precies wat ik denk. Ik kan het in zijn vermoeide gezicht lezen terwijl hij een verschrompelde hand op mijn schouder legt. 'Niets is ooit maar twee mensen bekend, Talcott.'

'Beweert u dat iemand anders het wist? Dat iemand anders het u heeft verteld?'

Hij heeft er geen belangstelling meer voor. 'Meneer Garland gaat ons verlaten, Henderson. Breng hem naar het appartement waar hij de nacht doorbrengt. Een van de oudere appartementen bij de bibliotheek, die met die blauwe deuren. Ik kan me het nummer niet herinneren, maar meneer Garland zal je wel zeggen welke het is.'

'Ik heb u helemaal niet verteld waar ik zou verblijven.' Mijn tegenwerping komt er traag uit, want een plotselinge golf van angst heeft me lethargisch gemaakt.

'Nee, dat klopt,' zegt Abby's peetvader instemmend. Hij glimlacht niet, zijn zwakke stem en troebele gelaatsuitdrukking veranderen geen moment, en toch weet ik dat hij, voor een ogenblik maar, ervoor heeft gekozen me een glimp te tonen van zijn macht. Misschien is het zijn bedoeling me ertoe aan te zetten hem te vertrouwen, te geloven dat hij me zal beschermen, en hem te brengen wat ik zal ontdekken. Als het daarentegen zijn bedoeling is me schrik aan te jagen... nou, dan is hij daar wel in geslaagd.

Henderson staat op de trap naar de voordeur met mijn jas over zijn arm. Ik bedank oom Jack voor zijn bereidheid me te ontmoeten. Hij steekt zijn hand uit en ik geef hem een handdruk. Hij laat niet los.

'Talcott, luister naar me. Luister goed. Ik ben niet gezond. En toch zijn er velen die belangstelling hebben voor mijn gezondheidstoestand. Ik neem mijn maatregelen, maar ze sturen hun vrachtwagens en plaatsen hun bugs. Ik denk dat je maar beter geen contact meer met me kunt opnemen. Tenzij je je vaders regelingen hebt gevonden.'

'Waarom? Wacht. Waarom?'
Jack Ziegler glimlacht bijna. Het scheelt niet veel. Ik denk niet dat hij de neiging zozeer bedwingt; hij heeft er gewoon de energie niet voor. In plaats daarvan wuift hij naar me, zonder te spreken, en valt vervolgens ten prooi aan een hoestbui. Meneer Harrison, die onmiddellijk aan zijn zijde is, neemt hem bij de arm en leidt hem weg.

Terwijl we de berg afrijden, vang ik in de zijspiegel een glimp op van koplampen, maar dat hoeft niets te betekenen: iedereen in Aspen heeft een auto. Ik vraag me af of Jack Ziegler gelijk had wat betreft de vrachtwagen van de elektriciteitsmaatschappij. Ik vraag me af hoe lang het zal duren voordat FBI-agent Nunzio van mijn bezoek verneemt, als hij niet al de hele tijd heeft meegeluisterd. Ik werp opnieuw een blik in de spiegel terwijl we een haarspeldbocht nemen, maar de koplampen zijn verdwenen.

Henderson vraagt me of ik een aangenaam verblijf heb gehad... en opeens weet ik waar ik deze fluwelige stem eerder heb gehoord. Ik kan me wel voor mijn kop slaan; dat ik dat niet eerder heb ingezien! Het was meneer Henderson die om negen voor drie 's nachts door de telefoon tegen me heeft gesproken toen ik na mijn afranseling nog laat op was, en me met kalme overtuiging heeft verzekerd dat mijn gezin en ik niet meer lastig zouden worden gevallen. Omdat het zijn taak is oom Jack te beschermen, heeft hij me waarschijnlijk vanuit Aspen gebeld. Maar Elm Harbor is gemakkelijk met het vliegtuig te bereiken, en de gereedschappen die nodig zijn om de vingers van twee mannen af te hakken zijn ongetwijfeld bij elke ijzerhandel verkrijgbaar.

45

Te wapen geroepen

— I —

Door het raam van de woonkamer van het kleine time share-appartement van John en Janice Brown zie ik de Range Rover behendig van het parkeerterrein glijden. Ik loop door het huis, waarbij ik talloze lichten aandoe, en herinner me de laatste keer dat ik hier was, al die jaren geleden, toen mijn huwelijk nog tamelijk gelukkig was. Ik vraag me af of er enige hoop is dat het weer gelukkig zal worden; of, bijvoorbeeld, de man die op die druilerige ochtend opbelde om mijn vrouw *schatje* te noemen onze levens zal verwoesten, of dat hij gewoon zal verdwijnen, zoals Kimmers mannen in het verleden altijd hebben gedaan.

Of dat ze deze keer in plaats daarvan mij zal laten verdwijnen.

Het appartement heeft twee verdiepingen, waarvan de eerste bestaat uit een krappe woon-eetkamer met aangebouwde keuken, en de tweede uit twee slaapkamers, elk met een eigen bad. Ik snuffel in de koelkast en vind niets anders dan een fles water, en ik besluit dat degene die hem heeft achtergelaten het niet erg zal vinden als ik daar wat van zal gebruiken. Ik heb niet gegeten en er is geen voedsel, dus ik kijk in het telefoonboek en bel een pizza-bezorgservice en ontdek dat je, op deze opwindende winteravond in Aspen, anderhalf uur of langer moet wachten.

Ik zeg tegen hen dat anderhalf uur wel goed is.

Ik ga weer terug naar het raam aan de voorkant en vraag me af, zoals ik dat ook deed tijdens de autorit van de berg af, of de hete adem die ik in mijn nek voelde inbeelding was of een spion, iemand die me schaduwt. Op Red Mountain, waar maar een paar wegen zijn, valt dat niet zo makkelijk uit te maken. Je kunt de hele weg omhoog of de hele weg naar beneden gevolgd worden door een andere auto, en het is moeilijk om een sinistere automobilist die kwaad in de zin heeft te onderscheiden van een inwoner van Aspen die alleen maar dezelfde kant op rijdt als jij.

Ik troost mezelf met de gedachte dat Henderson zich geen zorgen leek te maken.

Ik schuif het kanten gordijn opzij en tuur naar het parkeerterrein. Er strompelen een paar dronken pretmakers rond, af en toe zoeft er een auto het terrein op of af, maar ik heb geen idee of ik bespioneerd word, en zo ja, door wie. Een opstandig, verwrongen deel van mijn verbeelding hoopt dat Maxine brutaal op de deur zal afstappen, maar het rationelere gedeelte van mijn geest brengt naar voren dat het veel meer voor de hand ligt dat het een agent van de FBI is, of zelfs een nepagent, zoals Foreman, die, zoals Maxine me op de Vineyard in herinnering bracht, springlevend is.

Omdat het niet valt uit te maken, besluit ik er niet over in te zitten.

In plaats daarvan ga ik terug naar de keuken en bel naar huis om Kimmer te vertellen dat ik veilig ben.

Ik krijg slechts het antwoordapparaat aan de lijn.

Er zouden duizend redenen kunnen zijn voor haar afwezigheid, waarschuw ik mezelf. Het is hier even over zessen, dus is het daar even over achten, en mijn vrouw zou boodschappen aan het doen kunnen zijn, met Bentley natuurlijk bij zich. Natuurlijk. Boodschappen of een andere klus: het heeft nooit in Kimmers aard gelegen om de details van haar programma met me te delen.

Dus ik doe de stekker van mijn laptop in het stopcontact en speel ongeveer een halfuur online-schaak, controleer vervolgens mijn e-mail, maar tref zoals gewoonlijk niets van belang aan. Mijn voicemail op het kantoor onthult me dat nu ook Visa graag wil weten wanneer ze precies mijn volgende betaling tegemoet kunnen zien, en ik vraag me af hoe lang ik nog in staat zal zijn al deze uitstapjes te bekostigen met een budget dat krap is omdat we in een huis wonen dat we ons eigenlijk niet kunnen veroorloven.

Zeven uur, negen uur in het oosten. Ik trek de stekker van de laptop uit het stopcontact en bel weer naar huis, en word nogmaals onthaald op het antwoordapparaat. Vreemd, want Bentley hoort nu in bed te liggen. Misschien zit hij in bad, zeg ik bij mezelf, en kan Kimmer de telefoon niet horen of wil ze hem niet alleen laten. Maar ze neemt altijd de draadloze telefoon mee naar de badkamer.

Het is een late klus geworden, besluit ik.

Wanneer er een halfuur later nog steeds geen antwoord is, kan ik de meer onheilspellende gedachtespinsels die de hele tijd om aandacht hebben geschreeuwd niet langer onderdrukken.

Bijvoorbeeld het feit dat Colin Scott dan wel dood kan zijn, maar Foreman nog steeds in leven is.

Mijn gezin loopt geen gevaar, heeft oom Jack me zojuist nog verzekerd, en ik geloof dat hij het gelooft, maar ik zou ook geen gevaar moeten lopen, en iemand heeft me midden op de campus aangevallen. Weliswaar heeft iemand die precies als Henderson klonk me later gebeld om zich te verontschuldigen, maar hij belde láter.

Acht uur, tien uur in het oosten. Ik probeer Kimmers mobiele telefoon. Ik probeer haar kantoor. Daarna probeer ik weer het nummer van thuis. Wanneer ik nog steeds geen gehoor krijg, doe ik iets wat ik bijna nooit doe: ik bel Lieve Dana Worth op in haar huis, twee straten van het mijne vandaan in Hobby Road. Ik denk dat ik nooit bel omdat Alison me een ongemakkelijk gevoel geeft, of misschien ben ik wel degene die haar een ongemakkelijk gevoel geeft. Hoe dan ook, we kunnen niet met elkaar overweg. Dus is het natuurlijk Alison die opneemt.

Wanneer ik me verontschuldig voor het feit dat ik zo laat bel, haalt Alison het sleetse grapje van stal dat ze toch op moest staan omdat de telefoon ging. Haar toon zegt me dat ze half ernstig is, dat ze zich ergert aan het feit dat ik bel, dus misschien is het een ongelegen moment, een kwestie waarover ik maar liever niet speculeer.

Wanneer ik naar Dana vraag, vraagt Alison waarom.

'Omdat ik haar moet spreken.'

'Waarover?'

'Het is... het is privé.'

Een korte, woedende stilte aan de andere kant van de lijn. 'Nou, ze is er op het moment niet.'

'Verwacht je haar binnenkort?'

'Ik heb geen idee,' gromt Alison, en uit de boosheid in haar toon kan ik opmaken dat de twee weer eens ruzie hebben gehad.

Ik kan Alison, die geen reden heeft om me te mogen, moeilijk datgene vragen wat ik van plan was Dana te vragen – bij het huis langs te gaan om te kijken of Kimmer en Bentley veilig thuis zijn –, dus ik verontschuldig me en hang op.

Weer een telefoontje naar huis. Nog steeds het antwoordapparaat.

Ik loop weer naar het raam van de woonkamer. Er staan weinig meubels in het huis: een eettafel met glazen bovenblad en zes stoelen van imitatieleer, een lelijke groene sofa met bijpassend tweezitsbankje, twee zitzakken waarop iemand in geval van nood zou kunnen slapen. De sofa kun je, neem ik aan, ook uitklappen tot een bed. Ik schuif het gordijn nog eens opzij. Duisternis in Aspen. Duisternis over Hobby Road. Bezorgder dan ooit keer ik terug naar de keuken en probeer Don en Nina Felsenfeld, onze buren.

Geen gehoor. Geen antwoordapparaat. Ik herinner me dat ze een paar dagen weg zijn naar een dochter in North Carolina. En de tijd tikt snel voort naar halfelf in het oosten.

Ik begin te trillen.

Wie kan ik nog meer bellen in de buurt? Peter Van Dyke, die pal tegenover ons woont, weet nauwelijks dat ik besta. Tish Kirschbaum, mijn op één na dichtstbijzijnde buur van de juridische faculteit heeft een huis vlak om de hoek, maar we zijn niet bevriend. Theo Mountain, die een straat verderop woont, slaapt ongetwijfeld. Binnen een afstand van een paar huizenblokken heb je nog Ethan Brinkley, Arnie Rosen en een paar andere collega's, maar op heel Hobby Hill is er niemand, met uitzondering van Lieve Dana, medeverschoppeling, van wie ik me kan voorstellen dat hij of zij, door mij gewekt, de boeman komt helpen wegjagen. Als er al een boeman is.

Er is niets aan de hand, blijf ik tegen mezelf zeggen. Alles is in orde. Kimmer slaapt, probeer ik. Maar het antwoordapparaat staat vlak naast het bed. Dus is ze beneden in slaap gevallen, misschien in de huiskamer, terwijl ze al wijn drinkend televisie zat te kijken. Maar Kimmer drinkt zichzelf nooit in slaap: het was de Rechter die dat altijd deed. Dan is ze op kantoor, bezig een of ander dringend project af te maken terwijl Bentley op de vloer slaapt, maar deze gedachte is krankzinnig en bovendien heb ik haar daar al proberen te bereiken. Dus zit ze vast in een verkeersopstopping. Is ze omgekomen bij een verkeersongeluk. Misschien zou ik het universiteitsziekenhuis moeten proberen? Ze is buiten in de tuin, waar ze gemarteld wordt door Foreman.

Die nog steeds in leven is.

Genoeg!

Ik doe wat ik meteen had moeten doen en bel de politie van Elm Harbor. Op het moment dat ik ophang na vijf minuten te hebben gesproken met een sceptische balie-brigadier, gaat de bel en spring ik op, maar het is slechts de bezorger met het eten dat ik heb besteld.

— 11 —

Ik kauw knorrig op de snel afkoelende pizza, nip van de snel warm wordende Cola-Light en vraag me af wanneer ik terug zou moeten bellen. De brigadier heeft me beloofd een auto naar het huis te sturen zodra er een vrij was. Wat ik ook zei, niets overtuigde hem ervan haast te maken. Misschien krijgt hij voortdurend dit soort telefoontjes. Ik zit in Aspen in het kleine appartement, mijn gezicht in mijn handen, terwijl ik op een bericht wacht. Is er een protocol? Een vastgestelde tussenruimte tussen twee telefoontjes naar de politie? Ik kan me niet herinneren me ooit zo machteloos te hebben gevoeld, zelfs niet toen ik bijna werd gearresteerd op de avond dat die twee mannen me in elkaar sloegen: toen wist ik tenminste dat het ten slotte allemaal goed zou komen. Maar nu, drieduizend kilometer van huis, ben ik volkomen hulpeloos en niet in staat om precies datgene te doen waarvan Jack Ziegler net heeft gezegd dat het mijn plicht was: mijn gezin beschermen...

Jack Ziegler?

Zou ik dat moeten doen?

Niets te verliezen, nu niet. Ik pak de telefoon en bel het huis op Red Mountain, en de telefoon is amper overgegaan of ik hoor de zwoele stem van Henderson.

'Ja, professor?' mompelt hij voordat ik kan spreken, en ik sta perplex totdat ik me realiseer dat oom Jack natuurlijk nummerweergave heeft.

'Ik... ik heb hulp nodig,' zeg ik, me niet bekommerend om beleefdheden.

'Op welke manier, professor?' Geduldig, kalm, maar niet echt enthousiast.

'Is meneer Ziegler beschikbaar?'

'Ik ben bang dat hij slaapt en niet gestoord kan worden. Kan ik u op een of andere manier van dienst zijn?'

'Ik... ik kan mijn vrouw niet bereiken,' flap ik eruit.

'Ja?' Dezelfde rustige monotonie, die een bereidheid verkondigt om zonder een kik te geven te doden of te worden gedood.

'Ze is thuis in, eh, Elm Harbor. Het is afschuwelijk laat, en ze neemt de telefoon niet op, en als... als er iets...'

'Ik bel u terug,' zegt hij, en de verbinding wordt verbroken.

Weer ben ik gedwongen te wachten. Nu ontwerp ik een ander scenario. Kimmer is niet dood, en ze is geen klus aan het opknappen of op kantoor. Ze is in het huis van een andere man, in het bed van een andere man, ondanks haar recente liefdesverklaringen. Ze slaapt ergens in Elm Harbor, niet met mijn collega-vuistvechter Gerald Nathanson, maar met een zwarte man die haar *schatje* noemt, hoewel mijn koortsige waandenkbeelden niet een twee drie een antwoord hebben op de vraag waar ons eigen schatje tijdens dit alles zou moeten zijn.

Eindelijk gaat de telefoon.

'Kimmer?'

'Professor Garland,' zegt Henderson, 'het spijt me te moeten zeggen dat we op dit tijdstip geen dekking hebben.'

'Kunt u dat nog eens in het Engels zeggen?'

'Ik heb geen directe middelen om uw vrouw in de gaten te houden. Mijn verontschuldigingen. Ik stel voor dat u, als u zich zorgen maakt, de politie belt.'

'Dat heb ik al gedaan,' mompel ik terwijl ik ophang, duizelig nu, onredelijk van mijn stuk gebracht door de ontdekking dat oom Jack, met al zijn vermeende macht, niet in staat is met een woord tot in het hart van Elm Harbor door te dringen, met een of andere spion te praten die langs Hobby Road staat gepost en erachter te komen of mijn vrouw dood is of in leven of in het bed van een andere man ligt te slapen.

Ik ga recht overeind zitten, terwijl ik in paniek begin te raken: als Jack Ziegler op dit tijdstip geen... geen dekking heeft... wie brengt dan precies de verordening ten uitvoer die inhoudt dat mijn vrouw en kind niets kan overkomen?

Ik gris de hoorn van de haak en bel de politie van Elm Harbor weer op, en dezelfde brigadier zegt tegen me dat hij het verzoek heeft doorgegeven aan de coördinator, en dat hij me zal bellen wanneer hij iets heeft.

'Het was geen verzóék,' schreeuw ik bijna de kilometers over terwijl alle stoppen doorslaan. 'Hebt u me niet gehoord? Ik zei dat mijn vrouw in gevaar was!'

'Nee, meneer, u zei dat ze in gevaar zou kúnnen zijn.'

'Nou, ik denk dat ze in gevaar ís! Op dit moment. Ik denk... Stuur er alstublieft iemand naartoe, nu meteen, oké?'

'Kunt u zeggen wat voor soort gevaar?' Hij klinkt slechts een klein beetje meer geïnteresseerd dan daarvoor.

Ik probeer te bedenken waarmee ik zijn belangstelling kan wekken. 'Er zou een... eh, indringer in het huis kunnen zijn.'

'Weet u zeker dat er een indringer is, of zegt u dat alleen maar zodat we u voor laten gaan?'

'Brigadier...'

'Meneer Garland, moet u luisteren. We hebben 's nachts maar zes patrouillewagens in functie. Dat is voor een stad van iets meer dan negentigduizend inwoners. Dat is één auto voor elke vijftienduizend mensen.' Ik kreun bij de gedachte wat voor verwoestingen inkomensverschillen kunnen aanrichten in echte levens: ik wil wedden dat er alleen al op Red Mountain zes patrouillewagens zijn, stuk voor stuk privé. 'Maar we zullen uw oproep zo snel we kunnen in behandeling nemen.'

Hij hangt op.

Het is ruim over elven in het oosten. Ik bel naar huis en weer krijg ik geen gehoor. Ik zit nu over mijn hele lichaam te trillen.

Eén laatste idee.

Ik trek Fred Nunzio's visitekaartje uit mijn portefeuille en draai het nummer van zijn pieper. En ik voeg er aan het eind de tweecijferige code aan toe die ik er van hem in moest opnemen als de zaak dringend was.

Hij belt me drie minuten later op.

En hij klinkt bezorgd, of althans bereid om te doen alsof. 'Ik weet zeker dat alles in orde is, maar als het u gerust kan stellen, zal ik die brigadier zelf nog wel even bellen, oké?'

'Dank u, agent Nunzio.'

'Fred, ik blijf maar zeggen dat u me Fred moet noemen.'

'Fred. Bedankt. En je belt me zo meteen terug?'

'Natuurlijk.'

Ik hoef niet meer dan tien minuten te wachten, een tijd die ik ijsberend doorbreng op de benedenverdieping, wensend dat ik een boksbal had. 'Oké, professor, er zijn op dit moment mensen op weg naar uw huis. Ik zal deze lijn vrijmaken zodat ze u kunnen bellen. Ik weet zeker dat alles in orde is, maar bel me terug.'

'Doe ik.'

Ik ga weer zitten wachten. Tien minuten. Een kwartier. Het is thuis bijna middernacht, en ik ben ten einde raad. Ik heb eenvoudigweg geen ideeën meer. Staan de zaken er zo akelig voor als het lijkt? Er is ongetwijfeld een rationele verklaring: de telefoon in Hobby Road functioneert niet goed. Ik had de telefonist moeten bellen. Alleen, als de telefoon niet goed werkt, hoe had ik dan het antwoordapparaat kunnen bereiken? Middernacht in Elm Harbor. Geen telefoontje. Ik wil spullen het raam uit smijten, ik wil ergens een pistool grijpen en mijn gezin te hulp komen, ik wil de Rechter uit de grond trekken en hem net zolang door elkaar schudden tot hij uitlegt waarom hij ons dit verschrikkelijks heeft aangedaan.

Ik wil mijn gezin, veilig en gezond.

Ten slotte doe ik het enige wat me nog rest. Ik kniel voor de sofa in de woonkamer en bid dat Kimmer en Bentley veilig zijn, of, als ze niet veilig zijn, dat ze in Gods armen rusten.

Op het moment dat ik opsta gaat meteen de telefoon.

Ik verman mezelf.

— III —

'Wat is er verdomme met je aan de hand?' vraagt Kimmer op hoge toon, razend. 'We liggen diep in slaap en plotseling is er gebons op de deur. Ik spring bijna uit mijn vel, ik ben doodsbang, niemand klopt om middernacht op de deur. Ik doe mijn badjas aan en ga naar beneden en het lijkt wel of we belegerd zijn, de helft van alle politie ter wereld staat daar buiten, en ze zeggen dat jij hen hebt gebeld en dat de FBI hen heeft gebeld en...'

'Ik was bezorgd,' breng ik naar voren, onderuitzakkend op de stoel terwijl alle spanning van me afvalt.

'Bezorgd! Dus je dacht gewoon: dan maak ik de hele buurt maar wakker!'

'Je nam de telefoon niet op toen ik belde, en ik dacht...'

'Omdat ik het niet heb gehoord! We lagen te slapen, dat zei ik toch!'

Ik wrijf over m'n slapen. Ja, ze heeft het woord twee keer gezegd. 'Wie zijn *we*?'

'Wie denk je in godsnaam? Ik en Bentley. Hij miste jou en hij huilde, dus ben ik met hem in zijn bed gaan liggen, en we zijn in slaap gevallen. Er is daar geen telefoon, Misha,' voegt ze eraan toe, voor het geval ik het was vergeten.

'Maar hoe kon ik nu weten...'

'Ik weet het niet, Misha, maar je had iets beters kunnen verzinnen! Ik bedoel, ik kan deze ellende niet langer verdragen! Je verdwijnt urenlang en vertelt me niet waar je bent, je raakt verwikkeld in vuistgevechten op je kantoor, je wordt bijna gearresteerd' – plotseling, onverklaarbaar, is mijn vrouw aan het huilen – 'het is te veel voor me, Misha, het is te veel, ik kan dit niet verdragen!'

'Kimmer, het spijt me... ik wilde niet...'

'Het spijt je! Ik wil niet dat het je spijt! Ik wil dat je *ophoudt je zo idioot te gedragen!*'

'Ik was bezorgd...'

'Nee, Misha, nee! Ik wil dat niet horen. Ik wil geen verhalen meer of excuses of verklaringen. Je zegt dat je van ons houdt, maar je blijft alleen maar aan jezelf denken. Jij, jij, jij! Nou, jíj moet ophouden je idioot te gedragen. Jíj moet ophouden met al die krankzinnige theorieën en met het opbellen van de politie vanuit Colorado en met het krijgen van idiote telefoontjes om twee uur 's nachts' – ja, nu weet ik het, Kimmer luisterde inderdaad mee in de nacht dat ik bij de bibliotheek in elkaar werd geslagen – 'en alleen maar in moeilijkheden raken. Het moet afgelopen zijn, Misha. Ik kan niet nog meer van dit soort dingen verdragen. Het is niet eerlijk. Je moet weer worden zoals je vroeger was. Want anders, Misha, kan ik je beloven dat je op een dag bij thuiskomst van een van je idiote reisjes ons hier niet zult aantreffen!'

Ze hangt op.

Ze belt me zes minuten later terug om zich te verontschuldigen, maar de schade, vrees ik, zou ditmaal weleens te groot kunnen zijn.

– IV –

Terwijl ik 's ochtends op de taxi sta te wachten die me naar het vliegveld moet brengen, voel ik me dwaas vanwege de angsten van vannacht. Nu ik wat heb kunnen slapen, realiseer ik me dat Kimmer gelijk heeft. Ik heb me idioot gedragen, en daar moet ik mee ophouden. Het enige probleem is dat ik nog niet kan stoppen, welke dreigementen mijn vrouw ook zou uiten. We zijn nog niet vrij: dat was de boodschap die Jack Ziegler me vannacht probeerde mee te delen. Hij zal ons blijven beschermen omdat hij dat mijn vader heeft beloofd, maar hij kan zijn belofte alleen gestand doen als ik met mijn zoektocht doorga. Dat was vermoedelijk zijn overeenkomst met... nou ja, wie het ook is met wie een man als Jack Ziegler overeenkomsten moet sluiten. *Laat hem met rust en hij zal de regelingen vinden. Dat garandeer ik.* Quid pro quo. Als ik mijn woedende echtgenote haar zin geef, als ik de zoektocht naar de regelingen opgeef, dan zal oom Jack misschien niet in staat zijn mijn gezin te beschermen.

Alles is nog steeds een puinhoop.

En het is allemaal de schuld van de Rechter.

Het getoeter van een claxon kondigt aan dat mijn taxi is gearriveerd. Ik kijk uit het raam en zie de witte bestelwagen stationair draaien, terwijl de chauffeur de krant leest. Ik ga naar de vestibule, zet het alarm af, grijp mijn weekendtas en mijn jas, en werp nog een laatste blik om me heen. Heb ik alles even netjes achtergelaten als ik het heb aangetroffen? Ik hoop het.

Er is een uitweg. Morris Young zou waarschijnlijk zeggen dat God die me te zijner tijd wel zal tonen, en ik denk dat hij dat misschien al heeft gedaan. Een manier om mijn vrouw en ook het gezin in veiligheid te brengen. Ik geloof dat ik het kan doen, maar ik weet dat ik het niet zonder hulp kan, en ik raak door de mensen heen die misschien bereid zouden zijn om... nou ja, om een risico te nemen ter wille van de vriendschap. Eigenlijk is er nog maar één over. Dus ik kan maar beter spoorslags naar Elm Harbor teruggaan om het te vragen.

Schouderophalend stel ik het alarm weer in met de juiste code, waardoor het negentig seconden na mijn vertrek weer ingeschakeld zal zijn. Ik draal even, mijn herinnering onverwacht opgefrist door deze simpele handeling. Een heimelijke overtuiging die zich in mijn hoofd heeft gevormd springt nogmaals naar de oppervlakte. Bezorgd fronsend doe ik de deur open. En sta aan de grond genageld.

Midden op de deurmat ligt een manilla envelop, op de voorkant waarvan met zwarte viltstift mijn naam staat geschreven, in zulke grote blokletters dat ik het van vijftig meter afstand zou kunnen lezen.

Ik zwaai naar de chauffeur, buk vervolgens en raap de envelop met trillende vingers op.

Hij is iets groter dan de envelop met de witte pion die me werd bezorgd bij de gaarkeuken, en ik voel binnenin iets hards en vlaks. Het voelt niet aan als de ontbrekende zwarte pion die ik vermoedde te zullen aantreffen. Ik doe mijn ogen dicht terwijl ik enigszins op mijn benen sta te zwaaien in de frisse berglucht. Gedurende een dwaas moment verbeeld ik me dat ik het verleden herbeleef, voorgoed bevroren in een ogenblik, gedwongen om dezelfde envelop keer op keer opnieuw open te maken.

Maar deze envelop bevat geen pion.

Wanneer ik hem openscheur, vind ik in plaats daarvan een hard metalen schijfje, met een diameter van niet meer dan tweeënhalve centimeter, koperkleurig maar met hier en daar vieze bruine vlekken. Ik wrijf het schijfje schoon. De vlek wordt uitgesmeerd. Ik draai het om, maar zelfs nog voor ik de op de achterkant gegraveerde letters lees, besef ik wat ik in mijn hand heb: een identificatieplaatje van een hondenriem. Ik hoef de naam niet te lezen om te weten dat het plaatje toebehoort – of toebehoorde – aan de hond van Shirley Branch, Cinque.

De bruine vlek is opgedroogd bloed. Een briefje, met een tekstverwerker geschreven en geprint op gewoon wit papier, verschaft de clou: STOP NIET MET ZOEKEN. Geen vertaling nodig. Het bloed spreekt boekdelen.

Ze kunnen me niets aandoen, heeft Jack Ziegler, met zijn vele connecties, me verzekerd; mij noch mijn gezin. Oom Jack heeft het me beloofd, en ik geloof hem; ik heb zijn macht nog geen moment in twijfel getrokken.

Maar niemand heeft gewag gemaakt van een verbod om me de stuipen op het lijf te jagen.

46

Rustplaatsen

– I –

De juridische faculteit staat op de hoek van Town Street en Eastern Avenue. Als je vanaf de universiteit Town Street volgt, langs het verouderde, zandstenen gebouwencomplex waarin zowel de muziekfaculteit als de faculteit van schone kunsten gehuisvest is, langs het lage, nietszeggende gebouw dat onwaarschijnlijk genoeg de catering, parkeergelegenheid en public relationskantoren bevat, kom je bij de oostelijke rand van de campus, die wordt aangegeven door een slecht omheinde, hobbelige parkeerplaats vol met de vrolijke roodwitte, voor het lokale transport van de universiteit bestemde bussen, allemaal overgenomen van schooldistricten die iets beters wilden aanschaffen. Hier steek je Monitor Boulevard over (niet vernoemd naar het oorlogsschip uit de Burgeroorlog, maar naar een plaatselijke jongen die in de jaren zestig een korte, ongeïnspireerde professionele footballcarrière had), en plotseling ben je niet meer op het terrein van de universiteit.

Het verschil is onmiddellijk duidelijk.

Tegenover de parkeerplaats aan Monitor Boulevard ligt een in onbruik geraakt park, met aan de ene kant het modderige, grasloze overblijfsel van een softbalveld en aan de andere kant iets wat bij ouders die niet moeilijk doen over glasscherven, versplinterde houten schommels en wippen die een paar cruciale bouten missen, zou kunnen doorgaan voor een speelplaats. Gewoonlijk hangen er een paar crackgebruikers onschuldig op wat er van de banken over is, knikkend en glimlachend in hun geheime dromen. Vandaag is het park verlaten. Er zijn maar weinig studenten of professoren die zich zo ver oostwaarts durven wagen, vanwege het misdaadcijfer – of, zoals Arnie Rosen graag zegt, het vermeende misdaadcijfer. Een paar straten verderop in deze richting liggen de restanten van een buurt met sociale woningbouw: verouderde grijze torens met alomtegenwoordige crèmekleurige jaloezieën, en sociale woningbouw duidt volgens veel mensen op gevaar.

Vier of vijf jaar geleden stond ik op een winteravond ook aan de rand van dit park, samen met de Rechter, die de stad aandeed voor een of andere feestelijkheid ten behoeve van oud-studenten, en hij schudde alleen maar sprakeloos zijn hoofd, terwijl er tranen opwelden in zijn ogen – of dat nu was vanwege zijn verloren jeugd (toen het park, als het al bestond, ongetwijfeld bruisend was), of de verloren levens van de leden van de donkerder natie die hier in ellende verkeren, of een vluchtige herinnering aan zijn Claire, of Abby, of zijn verwoeste carrière, durfde ik niet te vragen. 'Weet je, Talcott,' verklaarde hij met zijn predikantenstem, 'wij mensen zijn in staat om zoveel vreugde te beleven. Maar de mens wordt tot moeite geboren...'

'... gelijk de vonken omhoog vliegen,' maakte ik de zin voor hem af.

Hij glimlachte wat, speelde waarschijnlijk met de gedachte me te omhelzen, begroef vervolgens zijn handen nog dieper in de zakken van zijn kameelharen jas en vervolgde zijn weg – want het park was op die sneeuwachtige dag niet onze bestemming, maar een tussenstation, een baken op onze weg. Net als het dat vandaag voor mij is, terwijl ik de tocht die ik met mijn vader maakte overdoe, langs het park, langs een lagere school die eruitziet als een in een Balkanoorlog getroffen gebouw, maar in feite nog steeds in gebruik is. De wanden zijn geschonden door graffiti. Bovendien worden ze ontsierd door zwarte brandplekken, alsof er een explosie heeft plaatsgevonden op de binnenplaats. Naast de hoofdingang staat een gewapende politieagent, die met de punt van zijn schoen door het zand schuifelt terwijl hij stiekem een sigaretje rookt. Eenzame sepia gezichten kijken me vanachter de getraliede ramen uitdagend aan. Zijn die tralies daar om hen binnen of om mij buiten te houden? Ik schud mijn hoofd, me afvragend hoeveel van mijn collega's op de faculteit zulke hardnekkige tegenstanders van schoolvouchers zouden blijven als hun kinderen naar een school als deze zouden moeten gaan. Helaas is de educatie van de donkerder natie bijzaak geworden in het hedendaagse liberalisme, dat populairdere problemen heeft gevonden om zich druk over te maken.

Voordat ik mijn tocht voortzet, draai ik langzaam om mijn as, om te zien of ik gevolgd word. Ik zie niets verdachts, maar in tegenstelling tot Maxine ben ik er niet op getraind uit te maken wat je moet wantrouwen. Er is wel iemand. Er is altijd iemand. Er zal altijd iemand zijn, breng ik mezelf in herinnering terwijl ik weer begin te lopen. Dat suggereerde Jack Ziegler ook: er zal altijd iemand zijn, tot ik opgraaf wat mijn vader heeft begraven.

Aardige metafoor. Pakkend.

Een straat verder bereik ik mijn doel: het Old Town Cemetery. Door de jaren heen heeft deze naam tot zotte geruchten geleid op de campus, zoals het verhaal dat het kerkhof ooit omgeven was door een archeologische vindplaats – de naamgevende 'oude stad' – die de universiteit heeft ondergeploegd in zijn manische, eeuwigdurende en nietsontziende jacht naar ruimte. In werkelijkheid is het zo dat het kerkhof ooit bekendstond als de Town Street Burial Ground, en later, toen er aan de andere kant van de campus een nieuwer kerkhof werd opgericht, als de Old Town Street Burial Ground, en die naam werd door de jaren heen ingekort, zoals dat met namen gebeurt, waarbij zijn verscheidene metamorfoses de geleidelijke verduistering van het verleden aangeven. Geruchten zijn zelden interessanter dan feiten, maar je kunt er altijd gemakkelijker aankomen.

Ik loop door het enige toegangshek in de hoge muur en zwaai naar de doodgraver, een eenvoudige oude man genaamd Samuel, wiens taak voornamelijk lijkt te bestaan uit zitten op een te dik geverfde, metalen bank naast het keurige stenen huisje dat net binnen het hek van het kerkhof staat, en wezenloos glimlachen naar iedereen die het terrein betreedt. Het huisje bestaat slechts uit één vertrek: een kantoortje om alle documenten in te bewaren, verbonden met een stokoude wc. Af en toe verdwijnt Samuel naar binnen, misschien om zijn behoefte te doen, hoewel hij nooit lijkt te eten of te drinken. En zes avonden in de week, elke week van het jaar, sluit Samuel stipt om half zes het zware ijzeren hek en verdwijnt hij naar waar hij ook wonen mag. (Op woensdag is het kerkhof om de een of andere merkwaardige reden langer geopend.) In mijn studententijd, toen Samuel dezelfde baan had en er al net zo versleten uitzag als nu, beweerden de grappenmakers altijd dat Samuel het hek aan de *binnenkant* afsloot, zijn lichaam in rook deed opgaan, en het eerste het beste beschikbare graf in zweefde. Ik wist dat dit niet waar was omdat ik ooit, als rechtenstudent, per ongeluk ingesloten werd terwijl ik er wandelde met mijn toekomstige vrouw, die me opzocht omdat ze tussen twee mannen aan het kiezen was, tot wie ik toevallig niet behoorde. Ze kwam naar me toe om raad te vragen, zonder zich er al te zeer om te bekommeren of ik het niet pijnlijk zou vinden naar haar problemen te luisteren. Het was mei, een paar weken voordat we zouden afstuderen, het was zacht weer, en Kimmer zag er bijzonder betoverend uit, zoals altijd in de lente. We hadden een erg lang gesprek, maar zonder elkaar te kussen of elkaars hand vast te houden of al die andere dingen te doen die gedurende de tien spetterende maanden van ons middelste jaar op de juridische faculteit net zo natuurlijk voor ons waren geweest als ademhalen. Toen we ten slotte de ingang weer bereikten, had Kimmer besloten beide mannen te dumpen en een beter iemand te zoeken, wat naar ik hoopte op mij sloeg – hoewel dat uiteindelijk niet zo bleek te zijn – en ze was opgewekt. Totdat we ontdekten dat het hek op slot zat en er geen geest met een sleutel verscheen. De zandstenen muren van het kerkhof zijn tweeënhalve meter hoog, en het toegangshek is nog hoger. Terwijl Kimmer afwisselend giechelde en snauwde, tuurde ik door de spijlen, in de hoop een voorbijganger aan te kunnen houden. Er kwam niemand voorbij. Ik bonkte op de deur van het huisje. Er bonkte niemand terug. Ten slotte zei ik tegen Kimmer dat er maar één mogelijkheid overbleef. Ze keek me woedend aan, handen op haar heupen, en zei dat ze niet van plan was de nacht met me door te brengen op het kerkhof. Ik nam een paar seconden de tijd om me af te vragen of ze het conjunctief of disjunctief bedoelde – met mij, maar alleen niet op het kerkhof? op het kerkhof, maar alleen niet met mij?– en toen schudde ik mijn hoofd en vertelde haar dat toen ik nog maar net studeerde, sommigen van ons de gewoonte hadden om via een afvoertunnel die buiten het kerkhof uitkwam stiekem het kerkhof op en af te gaan. *Zei je afvoer?* zei ze verbijsterd. *Van een kerkhof?* Ik verzekerde haar dat het volkomen veilig was. Ik vroeg of ze me wilde vertrouwen.

    Kimmer aarzelde, vroeg zich misschien af of er in plaats van mij iemand anders beschikbaar zou zijn om te vertrouwen, en ging toen akkoord.

    Dus doken we het kerkhof weer in. De schemering was gevallen, maar we hadden prima zicht. Ik voerde haar mee over het hoofdpad, dat over een kleine vierhonderd meter naar de muur aan de achterzijde van het kerkhof kronkelt, waar het terrein schuin af begint te lopen naar de snelweg en de rivier daarachter. We liepen langs hoge obelisken, marmeren engelen en grimmige mausoleums. Een klein dier, waarschijnlijk een eekhoorn, schoot het grindpad over. Kimmer schoof uiteindelijk haar hand in de mijne. Het werd kouder, en we waren allebei luchtig gekleed in een korte broek, en ik begon me af te vragen of het geen beter idee zou zijn geweest om bij het toegangshek rond te blijven hangen. Ik voerde haar de heuvel af, de grafstenen ontwijkend, waarvan vele omgevallen waren ten gevolge van grondverschuivingen door de jaren heen, want dit was het oudste deel van het kerkhof. En daar was hij, de afvoertunnel, bedekt met hetzelfde draadgaas dat ik me herinnerde. Het leunde nog steeds alleen maar tegen de tunnel aan, zonder daadwerkelijk te zijn vastgemaakt. Ik schopte het opzij. Kimmer liet mijn hand los. Ze vroeg of ik werkelijk verwachtte dat ik op die manier het kerkhof kon verlaten. Ik zei van wel. Ze wees erop dat de tunnel nog niet eens een meter hoog was. Ik zei dat we zouden moeten kruipen. Ze sloeg haar armen over elkaar en deed een stap achteruit *Uh-huh, meneer, ik pieker er niet over om daar doorheen te kruipen. We hebben geen idee wat er uit die graven zou kunnen stromen. Nee.* Ik spreidde mijn armen. Ik zei dat we geen keuze hadden. Ik zei dat het wel meeviel, de tunnel was altijd droog, het was gewoon een grote metalen pijp die onder de snelweg uitkwam. Ik zei dat hij maar zes meter lang was, dat we er in drie of vier minuten doorheen konden zijn. Ik zei dat ik het als eerstejaars wel een stuk of vijf keer had gedaan. Ze keek me aan op een manier die typerend is voor haar. *En met jou ben ik een jaar lang naar bed geweest?* Maar ze glimlachte tenminste wel.

Uiteindelijk gaf Kimmer zich gewonnen en we kropen de tunnel door. Ik wilde haar als eerste laten gaan, maar dat weigerde ze resoluut, omdat ze vermoedde dat ik alleen maar naar haar achterste wilde kijken, wat niet zo was, niet omdat ik dat niet zou willen, maar omdat het onmogelijk zou zijn – want één ding dat ik niet had vermeld en dat Kimmer weldra ontdekte, was dat de tunnel, ook al was hij niet meer dan zes meter lang, vanbinnen pikdonker werd zodra je je van de ingang verwijderde. Aanvankelijk maakte ze er een grapje over, daarna werd ze kwaad en vervolgens, toen ik net over de helft van de tunnel was, besefte ik dat Kimmer niet meer vlak achter me zat. Omdraaien was onmogelijk. Ik riep haar en hoorde haar naar me vloeken. Ik kroop achteruit tot mijn voet haar hand raakte. Ik zei haar dat het volkomen veilig was, dat we er bijna uit waren, dat er vóór ons licht te zien was. Ze snikte alleen maar. Ik wist dat de uitgang misschien maar negentig seconden van ons vandaan was, maar negentig seconden, zoals iedereen die in een van die achtbanen-in-het-donker heeft gezeten kan bevestigen, zijn een eeuwigheid wanneer je bang bent – en mijn dierbare Kimmer stond doodsangsten uit. Ze was niet meer voor- of achteruit te krijgen. Ze reageerde niet op geruststellingen of zachte dwang. Nu werd ik zelf een beetje bang in die warme, stoffige duisternis. Er was geen ruimte om me om te draaien, maar ik deed wat ik kon. Ik draaide me op mijn rug zodat ik haar kant uit kon kijken, trok vervolgens mijn benen op tegen mijn borst en schoof kronkelend dichterbij. Nog steeds op mijn rug liggend, strekte ik mijn hand uit en greep haar pols beet. Ik riep haar. Ze zei niets. Ik trok. Kimmer verzette zich. Ik trok harder en opeens tuimelde ze naar beneden, waarbij haar lichaam tegen het mijne duwde, en plotseling gleden we met zijn tweeën over het metaal. We schreeuwden het allebei uit, en ik probeerde met mijn handen houvast te krijgen, op wat voor manier dan ook, en ik kreeg een knallende pijn in mijn vingers, en toen schoot ik netjes de andere kant van de tunnel uit, waarbij ik het metaaldraad omverwierp en languit op de rotsachtige helling terechtkwam. De muur van het kerkhof was op de heuvel achter me, de snelweg torende op zijn betonnen pijlers boven me uit en de grillige massa dokken, pakhuizen en olietanks van het industriële gedeelte van Elm Harbor lag onder me. Ik zag dit alles terwijl ik plat op mijn rug lag, met mijn voeten naar de tunnel gericht, mijn hoofd zover achterover dat mijn kin hemelwaarts wees, mijn haar vol met modder.

Kimmer kwam ongelofelijk maar typerend genoeg goed terecht. Haar tranen waren verdwenen, haar kleren vies maar niet gescheurd, en ze keek eerder geamuseerd dan bezorgd toen ze naast me op haar hurken ging zitten.

Leef je nog? vroeg ze zacht.

Ik verzekerde haar dat ik in orde was, hoewel ik in werkelijkheid geen enkel lichaamsdeel had dat geen pijn deed, mijn vingers gezwollen waren en mijn been raar aanvoelde. Het was duidelijk dat er geen kans was dat ik zou kunnen staan. Kimmer kuste mijn voorhoofd, veegde haar kleren schoon en liep de heuvel af naar een buurtwinkel, waar ze in een telefooncel een vriend belde om ons op te komen halen – een van de mannen die ze had besloten te dumpen, om precies te zijn. Haar beau hielp me de heuvel af. Ze brachten me met zijn tweeën naar de studentenkliniek, waar we vernamen dat ik erin was geslaagd twee vingers te breken, mijn enkel te verstuiken en een lelijke jaap in mijn been op te lopen. In mijn ogen was het een waardig offer om Kimmer te helpen, die er zonder kleerscheuren af was gekomen. In haar ogen was ik een idioot die het onbrak aan het gezonde verstand om bij de ingang te wachten, die een opzienbarend stomme manier moest vinden om iets heel eenvoudigs te doen. *We hadden in het kantoor moeten inbreken,* bracht Kimmer naar voren terwijl een verpleegster mijn bloeddruk opnam. *Daar zou vast wel een telefoon geweest zijn.* Ze vertrok met haar vriend terwijl ze mijn wond aan het hechten waren, en beloofde over een halfuur met haar eigen auto terug te komen om me naar mijn appartement te brengen. Die twee zagen er plotseling heel innig uit samen. Uiteindelijk deed ze er ruim twee uur over om terug te komen, terwijl ik in de hal zat te lijden zonder haar te durven bellen, uit angst voor hetgeen ik zou kunnen verstoren, en zonder in mijn eentje te durven vertrekken, uit angst dat ik haar boos zou maken wanneer ze een onschuldig excuus zou blijken te hebben. Toen Kimmer ten slotte kwam opdagen zag ze er stralend en verzadigd uit. Ze had gedoucht en zich omgekleed en bracht een zonnebril voor me mee om een blauw oog te verbergen dat ik me niet herinnerde te hebben opgelopen. Ze dwong me op de achterbank van haar auto plaats te nemen, met de verklaring dat ze dacht dat ik wel met mijn been languit zou moeten zitten. Ze nam mijn krukken mee voorin. Terwijl we naar het westelijke deel van de campus reden, waar ik in een rommelig appartement woonde, babbelde ze vrolijk over van alles en nog wat, behalve waar ze de afgelopen twee uur had gezeten. Toen ze me bij mijn voordeur afzette, bedankte ze me voor het feit dat ik haar de Burial Ground uit had geloodst, streek met zachte lippen over mijn wang en verdween in de nacht.

Sommige metaforen behoeven geen verklaring.

Sinds mijn ontmoeting met decaan Lynda heb ik mezelf er keer op keer op gewezen dat ik mijn vader het verhaal over de ontsnapping van Kimmer en mij door de tunnel heb verteld. Dat feit houd ik in mijn achterhoofd. Ik heb mijn vader het verhaal verteld, herhaal ik, ook al is het niet zo. Ik vertel het mezelf telkens weer, in de hoop dat ik het niet zal vergeten.

— 11 —

Ik leg Samuel uit wat ik wil, waarbij ik mijn best doe om duidelijk te zijn, maar tegelijkertijd lang van stof ben. Hij knikt driftig en probeert het gesprek verschillende malen te beëindigen, maar omdat ik nu eenmaal hoogleraar rechtsgeleerdheid ben, is het niet zo gemakkelijk om me het zwijgen op te leggen. Uiteindelijk geeft Samuel zijn pogingen op en luistert alleen nog, wat ik prima vind. Vandaag is het mijn vierde bezoek aan het Old Town Cemetery in zeven dagen. Het eerste vond een paar uur na decaan Lynda's ultimatum plaats: de 'wandeling' waarover ik Kimmer geen uitleg wilde geven. Twee dagen later was ik in Aspen. De volgende avond was ik thuis. Sindsdien ben ik hier tweemaal geweest. Al mijn bezoeken zijn volgens hetzelfde stramien verlopen: een nieuwe inspectie van de documenten, gevolgd door een behoedzame wandeling over het terrein. Niettemin herinner ik Samuel nogmaals aan de reden van mijn aanwezigheid. Ik wil dat hij zich ons gesprek herinnert. Ik wil dat hij zich herinnert wat ik nodig heb. Ik wil dat dat het eerste is wat bij hem opkomt wanneer hij aan me denkt. Omdat ik in de komende dagen of weken zijn hulp nodig zal hebben als ik een eind wil maken aan deze hele ellende, en zijn hulp zal nutteloos zijn als hij vergeet waar ik naar zoek.

Dus wijdt Samuel zich aan de andere kant van het vertrek aan zijn bezigheden en staat hij me toe de stoffige oude registers van de planken te halen. Voor de derde maal sinds mijn babbeltje met oom Jack ga ik aan een harde houten tafel zitten die waarschijnlijk op precies dezelfde plek stond toen Lincoln werd vermoord. Ik bestudeer de lijsten van de doden, sla bladzijden om die tweehonderd jaar oud zijn om bladzijden te bereiken die pas vorige maand ingevuld zijn, en vul de wijdlopige (maar naar ik hoop volkomen heldere en gemakkelijk te volgen) aantekeningen aan op het kleine blocnote dat ik open en bloot verborgen heb gehouden in de bovenste la van mijn niet afgesloten bureau in mijn kantoor. Ik blijf zo'n drie kwartier zitten, waarbij Samuel het grootste deel van de tijd met vage ogen naar me zit te kijken. Naar me kijken is precies wat ik wil dat hij doet – kijken en het zich herinneren, voor het geval hij er ooit naar gevraagd wordt. Wanneer ik klaar ben, bedank ik de glimlachende Samuel, die mijn hand in zijn beide handen op en neer zwengelt alsof ik zojuist de hoofdprijs heb gewonnen. Na me losgemaakt te hebben, ga ik het terrein van het kerkhof op, waar ik voor de vierde maal de lenteachtige motregen trotseer om over de paden tussen de grafstenen te slenteren, terwijl ik de kaart bestudeer die ik op mijn blocnote getekend heb en zo nodig nog wat aantekeningen maak om er zeker van te zijn dat ik de juiste route heb gevolgd. Ik loop langs het mausoleum van de familie Hadley, die al ruim een eeuw aanwezig is geweest in Elm Harbor en rond de universiteit; Marc is hier de vierde hoogleraar van de familie. Ik loop langs een klein perceel met oude grafstenen dat ooit een klein Jim-Crow-kerkhof-in-een-kerkhof* was. De abolitionistische vroede vaderen van honderdvijftig jaar geleden bepaalden bij stemming dat vrije zwarten hier begraven mochten worden, maar niet naast alle andere mensen.

Zo nu en dan werp ik een blik over mijn schouder, een gewoonte die ik vermoedelijk niet snel zal afleren; ik zie nooit iemand, afgezien van een enkele rouwende die alleen in de nevelige regen staat. Ik vraag me af of ze allemaal wel echt rouwen, of een van hen me misschien volgt, en hoe ik daarachter zou kunnen komen.

Ik denk dat iedereen wel om iemand rouwt.

Ik sta een aantal malen stil, waarbij ik onder het lezen van verscheidene grafstenen vinkjes op mijn blocnote zet, of noteer waar de grindpaden elkaar kruisen. Ik schrijf de namen van de doden en hun sterfdata over. Ik teken vierkanten binnen vierkanten.

Wanneer mijn aantekeningen eindelijk voltooid zijn, verlaat ik het kerk-

---

* Jim Crow: in alle zuidelijke staten werden tussen 1881 en 1914 wetten doorgevoerd die in de praktijk een volledige scheiding van de rassen in het publieke leven mogelijk maakten. Deze wetten werden bekend als 'Jim Crow-wetten', naar de titel van een imitatie van een zwarte entertainer door de blanke muzikant Thomas Dartmouth 'Daddy' Rice.

hof via de hoofdingang. Geen van de rouwenden verroert zich. Ik zwaai naar de grijnzende Samuel op zijn bank en loop door Town Street terug naar de campus, voortdurend gespitst op de onzichtbare schaduw waarvan ik weet dat die er is.

Bijna klaar.

47

Een beslissing in Post

— I —

'Dana?'

'Ja, liefje?' Ze glimlacht meisjesachtig naar me boven de lunchtafel bij Post, doet een beetje alsof, hoewel ik nooit maar dan ook nooit haar liefje zou kunnen zijn, om zo'n zeshonderd redenen, nog afgezien van de meest voor de hand liggende.

'Dana, moet je horen. Ik moet je min of meer om een gunst vragen.'

'Zoals gewoonlijk.'

'Serieus. Ik bedoel, het is belangrijk en... ik weet niet aan wie ik het anders moet vragen.'

'Mmmm-hmmm.' Dana is behoedzaam, ongetwijfeld in de overtuiging dat ik op het punt sta haar om geld te vragen.

Het is woensdag, vier dagen sinds mijn terugkeer uit Aspen, en twaalf dagen sinds mijn bonje in de gang met Jerry Nathanson, een gebeurtenis die mijn toch al wankele status in Oldie nog verder heeft ondermijnd. Ik lunch vandaag met Dana omdat het de eerste gelegenheid was dat we allebei konden. En ook omdat ik niet veel keus meer heb. Een tijdje terug heb ik besloten dat ik haar eventueel om hulp zou vragen. Nu heb ik er dringend behoefte aan. Als Lieve Dana ja zegt, en alles goed gaat, zal ik in staat zijn om binnen één, hooguit twee weken, iedereen af te schudden en mijn gezinsleven weer in het gareel te krijgen. Mijn plan zou tot gevolg kunnen hebben dat ik buiten decaan Lynda's deadline val, maar het zal zo weinig uitmaken dat ik daar wel onderuit moet kunnen komen. Als Dana nee zegt, of als het niet goed verloopt... tja, dan moet het maar zo zijn.

Kauwend op mijn cheeseburger probeer ik te bedenken hoe ik het zal verwoorden. In Darien komt er voor Mariah ook een deadline in zicht, want haar baby wordt over minder dan een maand verwacht. Geen uitstapjes meer naar Shepard Street, maar ze geniet van de afleiding. Terwijl de grote dag nadert, spreken we elkaar vrijwel elke avond via de telefoon, en zelfs Kimmer deelt af en toe in de pret.

Ik ben jaloers op het geluk van mijn zus.

Drie tafels verderop zit de architect Norm Wyatt, decaan Lynda's flapuit van een man, met een welvarende maar enigszins stiekem ogende cliënt te lunchen. Ik word er zelf een beetje stiekem van en buig me dichter naar Dana toe. Dana interpreteert mijn beweging op de juiste manier en brengt haar hoofd wat dichter naar het mijne. Zoals gewoonlijk vraag ik me af wat de roddelaars zullen denken. Ik vraag me af waarom ik er eigenlijk voor gekozen heb haar in Post om een gunst te vragen. Dana's kantoor zou veiliger zijn geweest. Misschien heb ik besloten hierheen te gaan omdat ze na een maaltijd geneigd is toegeeflijker te zijn. Of misschien omdat ik er opeens over in zit dat ik word afgeluisterd.

'Dana, moet je luisteren. Wat ik je ga vragen... als je nee wilt zeggen...'

'Als ik nee wil zeggen, Misha, dan zeg ik nee. Daar ben ik erg goed in.' Een korte stilte. 'Hoewel ik er bij nader inzien niet erg goed in ben het tegen jóú te zeggen. Het lijkt wel of jij me voortdurend om gunsten vraagt en ik voortdurend ja zeg.' Ze glimlach nerveus. Ze kijkt verstoord naar Norms brede rug. Ze voelt dat er iets scheef zit en vindt de situatie even onaangenaam als ik. 'Ik weet niet wat het is met jou. Als je nou bijzonder charmant was of zo...'

'Wat zijn we weer aardig, zeg.'

'Serieus, Misha. Het is goedbeschouwd heel vreemd. Ik kan niet zeggen waarom, maar het lijkt wel of ik geen nee kan zeggen. Zal ik je eens wat vertellen? Het is maar goed dat ik niet op mannen val, want anders zouden we onderhand een verhouding hebben gehad.'

'Als ik niet getrouwd zou zijn.' Een glimlach. 'En als ik op blanke vrouwen zou vallen.'

'Touché.' Ze glimlacht terug. 'En wat mag die gunst dan wel zijn? Wil je dat ik Jerry Nathansons knieschijven breek? Sorry, maar ik zit niet meer in die business.'

'Nee, maar... nou ja, het zou je misschien enigszins schokkend kunnen voorkomen. Angstaanjagend zelfs. Niet dat er echt een risico aan verbonden is, het zal alleen niet gemakkelijk uitvoerbaar zijn. Maar het is iets wat... nou ja, wat gedaan moet worden, en ik kan het zelf niet doen. En als het gedaan wordt, kan ik misschien eh... een einde maken aan... wat er ook aan de hand mag zijn.'

'Nou, dank je, liefje, dat maakt alles er echt een stuk duidelijker op.'

'En het punt is, ik zal niet... ik zal je niet kunnen zeggen waaróm ik er behoefte aan heb dat je het doet. Nu niet. Ik kan het later uitleggen, maar nu niet.'

Haar glimlach verflauwt. 'Ik begin me af te vragen of ik niet toch bang moet zijn.'

'Nee, nee, natuurlijk niet. Er is niets om bang voor te zijn.'

'Zoals Anthony Perkins zei tegen Janet Leigh.'

'Ik geloof niet dat er in die film zo'n zin voorkwam.'

'Oké, Misha, oké.' Ze lacht en houdt haar handen omhoog. 'Vertel me dan nu maar wat je wilt.'

'Luister, Dana, ik zou het niet vragen, ware het niet...'

'Ware het niet dat je niet weet tot wie je je dan moet wenden, ik ben je allerbeste vriendin, en bla-bla-bla. Vraag het nou gewoon maar. Ik heb je gezegd, ik ben erg goed in nee zeggen.'

Ik haal diep adem, in het besef dat ik nog nooit zo'n enorm beroep op een vriendin heb gedaan als ik nu op het punt sta te doen. Maar ik heb weinig keus meer. Dus vertel ik Dana Worth wat er voor me gedaan moet worden. Ik heb er vijf minuten voor nodig.

En ze ís geschokt. Dat zegt ze me ook, maar ik kan het hoe dan ook zien aan haar opengesperde ogen en horen aan het sissen van lucht over haar tanden. Ze neemt het in overweging. Ze leunt achterover in haar stoel. Norm Wyatt en zijn cliënt gaan weg. Norm wuift op veilige afstand, en we wuiven beiden terug. Een groepje studenten loopt rakelings langs de tafel, kwetterend over Lemaster Carlyle, wie hij zal uitkiezen als zijn hoofdgriffiers, en hoe lang het nog zal duren voordat hij naar het Supreme Court verhuist.

Lieve Dana wendt zich weer tot mij. Ze zegt dat ik gestoord ben, volstrekt gestoord. Ze zegt dat ik zowel mijn baan als mijn vrouw zal verliezen. Ze zegt dat ik in de gevangenis zal belanden. Ze zegt dat als ze me helpt, ze zelf ook in de gevangenis zou kunnen belanden.

Vervolgens zegt ze dat ze het zal doen.

— 11 —

Op het trottoir begint Dana me te vertellen wat de boodschap was van de preek van haar dominee afgelopen zondag, iets over de gelijkenis van de rechtvaardige rentmeester. Ik luister maar half. 'Je begrijpt toch wel wat er be-

doeld wordt, hè, Misha? Het is niet van belang of de dingen gaan zoals jij wilt, maar alleen hoe je omgaat met de dingen die God op je weg...'
   Ik grijp haar arm. Ze worstelt zich los, want ze vindt het vervelend om aangeraakt te worden.
   'Misha, wat is er?'
   'Dana, kijk.' Ik draai haar bij de schouders om. Ze schudt me opnieuw van zich af, misschien omdat ze bang is dat de decaan gelijk heeft wat betreft mijn geestelijke toestand. Ik wijs. 'Zie je die auto?'
   'Welke auto?'
   'Daar! Daar!' Want hij staat vlak voor me, levensgroot, aan de overkant van de straat, één blok van de juridische faculteit vandaan. 'Die blauwe Porsche!'
   Mijn oude of misschien nieuwe vriendin glimlacht. 'Ja, Misha, natuurlijk zie ik die. Maar luister eens. Dit is belangrijk. Noem dat alsjeblieft geen Porsche. Dat is geen Porsche.'
   'O nee?'
   'Nee, liefje. Het is toevallig een kobaltblauwe Porsche Carrera Cabriolet, het nieuwste model, en zo te zien is het de speciale uitvoering met alle extra's, die kost meer dan honderdduizend dollar, en alleen contant betaald, s.v.p., geen hoogleraren die blut zijn en een lening nodig hebben.' Dana wacht even. Normaal gesproken zou dit soort worthisme me doen brullen van het lachen. Vandaag niet. 'Misha, volgens mij is er iets ernstig mis met je, weet je dat?'
   'Dana... Dana, die auto... die stond een paar weken geleden voor mijn huis. En ook een keer in december. En ik denk dat de bestuurder... nou ja, dat hij ons bespioneerde. Mijn gezin.' Ik herinner me hoe ik samen met John Brown door het bos rende. 'Dana, ik denk dat het die andere man was die bij mij thuis is geweest en het deed voorkomen of hij bij de FBI zat. De zwarte man. Foreman. Je weet wel, vlak na de begrafenis.'
   Ze is in lachen uitgebarsten. Zeer luidruchtig: ze giert het bijna uit terwijl ze zich voorover buigt, met haar handen op haar knieën. Uiteindelijk trekt ze zichzelf omhoog aan een lantaarnpaal. 'O, Misha, Misha!'
   Ik kan er de humor niet van inzien. Of misschien ben ik niet goed wijs geworden en verbeeld ik me deze hele scène alleen maar, want ik kan er geen touw aan vast knopen.
   'Wat scheelt je?' vraag ik.
   'O, Misha, je bent zo grappig!'
   'Wat is er grappig aan?'
   'Een spion? Een geheim agent? Bedoel je dat je werkelijk niet weet van wie die auto is?'

Mijn verwarring begint plaats te maken voor boosheid. Garland-mannen kunnen alles verdragen, behalve het beschamende gevoel iets niet te weten. 'Nee, Dana, dat weet ik niet.'

'Ik zal je een hint geven.' Nog steeds grinnikend veegt Dana zelfs een paar tranen weg. 'Hij is beroemder dan je vader.'

'Oké, dat brengt het terug tot een paar miljoen mensen.'

'Toe nou, doe niet zo vervelend. Luister. Hij woont in Tyler's Landing, in een groot huis aan het water, dat hem waarschijnlijk vier miljoen dollar heeft gekost, wat hij naar ik vermoed contant heeft betaald, net als de auto. Hij is een student aan de juridische faculteit, en je hebt gelijk dat hij zwart is, maar dat is zo'n beetje alles waar je gelijk in hebt.'

Ik draai me om en kijk naar de auto. 'Wil je... wil je me vertellen dat die Porsche van Lionel Eldridge is? De basketballer dus?'

'De voormálige basketballer. Hij is nu een gewone student.' Haar toon is zangerig, speels. 'Hij wil alleen maar een doodgewone advocaat worden, net als zijn held Johnnie Cochran. Dat heb ik hem bij Oprah horen zeggen. En ook op *48 Hours*. En bij Leno. En...'

Ik blijf met grote ogen staan kijken terwijl Dana blijft lachen. Lionel Eldridge. Sweet Nellie, zoals ze hem vroeger noemden toen hij het zeven keer schopte tot het nationale sterrenteam. Rond twee meter lang: daarmee komt hij beslist in aanmerking om de lange zwarte man te zijn die John Brown in het bos achter mijn huis had gezien. Een serieuze student maar geen fantastische, niet hier, hoewel hij het als beginnend student op Duke beter deed. Sweet Nellie, wiens beroemde glimlach hem nog steeds miljoenen dollars per jaar aan steunbetuigingen oplevert. Sweet Nellie, die mij nog een paper verschuldigd is van de vorige lente. De vorige lente, toen hij zich door mijn moeilijke werkcollege worstelde. De vorige lente, toen ik hem aan een baan heb geholpen bij Kimmers advocatenkantoor. De vorige lente, toen ik de dames in de gaarkeuken verraste door hem op een dag mee te nemen om de lunch te serveren.

Ik heb mijn vijand gevonden.

— III —

Wanneer ik een paar minuten later bij mijn kantoor kom, vind ik nóg iets: tegen de deur leunt een envelop met daarop in getypte letters mijn naam en juiste titel. Hij is identiek aan een pakje dat ik een eeuwigheid geleden, of misschien in oktober, in de gaarkeuken ontving. Wanneer ik de envelop openris, tref ik precies aan wat ik verwacht: de missende zwarte pion van mijn vaders schaakspel. Ik zet hem boven op de archiefkast, vlak naast de witte, netjes op een rij.

Eén witte pion, één zwarte. De enige stukken op het schaakbord die tijdens de Dubbele Excelsior bewegen. De witte pion arriveerde als eerste om me te vertellen dat wit begint, en als bij een helpmat wit begint, dan wint zwart. *Het begint* schreef mijn vader in zijn briefje aan mij. Maar als je het niet erg vindt, papa, dan zou ik het liever tot een einde brengen.

Met Dana's hulp sta ik op het punt dat te realiseren. Als alles volgens plan verloopt, zal ik me kunnen ontdoen van de last die mijn vader mij heeft nagelaten.

Dat verbeeld ik me althans, dom genoeg. Maar er staat me nieuw onheil te wachten.

48

Tussenzet

— I —

Ik verwachtte niet zo gauw naar Washington terug te keren. Het slechte nieuws bereikte me deze keer via Mariah in plaats van Mallory Corcoran, maar ik verwacht half en half oom Mal aan te treffen bij het George Washington University Hospital wanneer ik daar aankom, hoewel hij, voorzover ik weet, zijn hele leven misschien maar vijf zinnen met Sally Stillman heeft gewisseld. In de felgekleurde wachtkamer vlak bij de lift tref ik in plaats daarvan mijn achtenhalve maand zwangere zus aan, samen met Sally's vriend Bud, die er nors en hulpeloos uitziet, zoals dat met sterke mannen in wanhoop het geval is, en een klein groepje vreemden, vermoedelijk wachtend op nieuws over andere dierbaren die een zelfmoordpoging hebben gedaan. Dan stapt een lange, nerveuze, vreselijk magere vrouw naar voren, een vertegenwoordigster van de blankere natie, om zich voor te stellen als Paula, Sally's begeleidster bij de *Alcoholics Anonymous*. Ik wist niet eens dat mijn nicht daarbij zat.

'Ze gaat het redden,' verzekert Paula me met een flauw glimlachje.

Ik knik en grijp haar arm vast en leg even een hand op Buds schouder. Dan ga ik snel naast Mariah zitten, die alleen zit op de middelste stoel in een rijtje van drie, haar hoofd schuddend, elegant in weer zo'n op maat gemaakt broekpak. Ze is er op de een of andere manier in geslaagd een geheime ruimte om zich heen te creëren waar niemand in durft door te dringen, behalve zulke botte dwazen als ikzelf. 'Gaat het een beetje, maatje?' vraag ik, terwijl ik haar hand pak.

'Ik begrijp het niet. Ik weet niet waarom ze het zou doen.' Mariah wrijft over haar buik met een zachte, liefhebbende cirkelbeweging, alsof ze haar ongeboren kind de geruststelling geeft dat, anders dan het lijkt, de wereld veilig genoeg is. Mijn zus kijkt niet naar me. Op haar schoot ligt een van haar manilla mappen waaruit de hoek van een foto naar buiten steekt. Ik vraag me af of dit de zoveelste kijk op de autopsie behelst, of dat Mariah iets nieuws in haar schild voert. 'Het ging de laatste tijd zo goed met haar. Zo goed.'

'In wat voor opzicht?'

'Ze vocht ertegen, Tal. Ze was al bijna twee maanden nuchter. Sinds voor de kerst. Als een cadeautje voor haar kinderen, zei ze. Dus ging ze naar al haar AA-bijeenkomsten, ging ze naar de kerk, deed ze haar best om nuchter te blijven.'

'Wat is er precies gebeurd?'

'Ik weet het niet. Ze heeft Paula gebeld' – Mariah buigt haar hoofd in de richting van Sally's begeleidster – 'en gezegd dat ze het niet meer aankon, dat ze van plan was pillen in te nemen. Paula deed wat ze moest doen. Toen ze besefte dat ze Sally niet op andere gedachten kon brengen, belde ze het alarmnummer, ging toen zelf naar haar toe en kwam net op tijd aan om te zien dat ze haar naar buiten droegen. Paula belde mij. Ik belde jou. Zodoende.'

'Waar zijn de kinderen van Sally?'

'Ze waren bij Thera toen... toen het gebeurde. Sally bracht hen naar haar moeder en ging toen naar huis om de pillen in te nemen. Ik denk dat ze niet wilde dat zij degenen zouden zijn die haar aantroffen.'

Ik probeer een andere zinnige vraag te bedenken. 'Heb je Addison gebeld?'

Mariah kijkt me aan. 'Hij zal vast wel komen zodra hij kan.' Dan keert ze weer terug naar het oorspronkelijke thema: 'Ik begrijp nog steeds niet waarom ze zoiets zou doen.'

'Was ze depressief?'

'Hoe zou ik dat in godsnaam moeten weten?' Ontevreden met dit antwoord geeft Mariah nog een variatie: 'Ik bedoel, Tal, ze is altíjd depressief.'

'Heb je haar gezien?'

'Ze staan het me niet toe. Ze... de dokter zei dat ze geïsoleerd moet worden. Een of andere regel, neem ik aan. Vanwege hetgeen ze gedaan heeft. Probeerde te doen. Voor een paar dagen of zo geen bezoek toegestaan.'

Ik ga het bij de verpleegster controleren en krijg dezelfde informatie die ik al heb: ja, het ziet ernaar uit dat mevrouw Stillman erbovenop zal komen; nee, we kunnen haar achtenveertig tot tweeënzeventig uur niet zien. Ik sta mezelf de fantasie toe dat oom Mal ervoor zou kunnen zorgen dat we naar binnen mogen, maar zelfs superadvocaten hebben hun beperkingen. Dus zitten Mariah en ik naast elkaar, hand in hand, verbijsterd, angstig, en proberen we voor elkaar te zijn wat broer en zus zouden moeten zijn. Mijn zus vergiet geen tranen, ook al lijkt ze een paar keer op het punt te staan. Ik denk na over Gods ondoorgrondelijke wegen en verbaas me erover dat mijn eigen problemen vanochtend nog zo kolossaal leken.

Paula staat weer voor ons.

'Eh, neem me niet kwalijk.'

We kijken naar haar op alsof ze een eeuwenoude wijsheid op haar tong heeft.

'U bent Misha, niet?' vraagt Paula langzaam. Voordat ik kan antwoorden richt ze zich tot Mariah: 'Is hij Misha?'

Mijn zus slaagt erin ergens een glimlach te vinden: 'Dat is een van zijn namen. Hij heeft er een heel stel.'

Paula kijkt verward. Ze draagt een mantelpak dat bijna even duur is als dat van Mariah. Waarschijnlijk een advocate, besluit ik, een of andere specialiste: ze is te nerveus om een lobbyiste te zijn, en ik zie haar niet helemaal voor me in een rechtszaal om zaken te bepleiten. Ik zie haar al kettingrokend gecompliceerde belastingconstructies ontwerpen voor overzeese cliënten.

'Maar u bent Misha, niet?'

'Sommige mensen noemen me zo,' bevestig ik. 'Mijn naam is Talcott Garland. Ik ben Sally's neef.'

'Kan ik even met u praten? Onder vier ogen?'

Mariah staat op het punt bezwaar te maken, maar ik vraag haar met mijn ogen om het zo te laten. Paula leidt me naar een andere hoek. Ik buig me naar haar toe omdat ze wil fluisteren. Paula legt me uit dat toen Sally huilend opbelde, ze maar bleef herhalen dat ze niet kon verdragen te weten wat ze wist. Toen Paula vroeg wat ze bedoelde, mompelde Sally: *Arme Misha, arme, arme Misha.* Paula zwijgt, misschien om me de gelegenheid te geven te bekennen, en ik verzeker haar dat ik geen flauw idee heb waar mijn nicht het over had. Paula knikt mistroostig en voegt er dan aan toe dat Sally haar nóg iets vertelde voordat ze ophing: *Ik weet niet waarom hij ze beide moest hebben.*

Ik frons. 'Wie moest beide van wat krijgen?'

'Ik nam aan dat ze u bedoelde. Omdat ze weer begon met *Arme, arme Misha.*'

'Dat ík ze beide moest hebben?'

Een nors maar onschuldig knikje. 'En ze wist niet waarom.'

— 11 —

Mariah en ik brengen de nacht door in Shepard Street. Ik ben verbaasd dat ze deze reis heeft gemaakt terwijl ze op haar laatste dagen loopt, maar ze blijkt een auto en een chauffeur te hebben geregeld voor de tocht van zes uur heen en zes uur terug. 'Het is niet zoveel duurder dan eerste klas vliegen,' legt ze uit.

's Ochtends ontbijten we snel voordat ik me naar huis haast. Mariah wil weten waarom ik zo'n haast heb, wat ik ervan vind dat Conan schuld bekent, of het waar is dat ik het vriendje van mijn vrouw in de juridische bibliotheek in elkaar geslagen heb, zoals ze heeft gehoord van Valerie Bing, wat ik ga doen met wat ze mij heeft verteld over wat Warner zei, en talloze andere dingen. Ik zeg haar dat het binnenkort allemaal voorbij zal zijn en dat ik het allemaal wel zal uitleggen wanneer ik dat kan. Ik bereid me voor op een bits commentaar op mijn zelfzuchtigheid, maar de naderende geboorte van haar zesde kind lijkt mijn zus sereen te hebben gemaakt.

'Wees maar voorzichtig,' zegt ze wanneer de taxi arriveert om me naar het station te brengen.

Ik beloof het haar. Ik moet het wel zijn. Ondanks deze omweg is de concrete situatie, zoals schaakcoaches graag zeggen, niet veranderd. Wanneer ik terug ben in Elm Harbor zal ik alles in één klap beëindigen en mijn familie bevrijden.

'De tijd dringt,' fluister ik terwijl de taxi wegrijdt van de stoeprand. De chauffeur trekt zijn wenkbrauwen op, misschien in de veronderstelling dat ik wil dat hij voortmaakt. Terwijl we door Sixteenth Street rijden en vaart maken, draai ik mijn hoofd herhaaldelijk om, op zoek naar de achtervolger die daar moet zijn.

49

Er wordt een plan uitgevoerd

— I —

'Ik denk dat ik er wel uit ben,' zeg ik de maandag daarop door de telefoon tegen een demonstratief verveelde Mallory Corcoran. 'De regelingen en zo. Morgenavond zal ik het antwoord hebben.' Hij is verheugd over het nieuws en nog verheugder mij te vertellen dat hij nog een telefoontje heeft dat gewoonweg geen uitstel verdraagt. Hij stelt voor dat ik Meadows de details toevertrouw.

'Het is allemaal voorbij,' verzeker ik Lynda Wyatt wanneer ik haar, min of meer met opzet, diezelfde middag op de parkeerplaats van de faculteit tegen het lijf loop. Ze probeert te vermijden met me te spreken, maar ik ben haar te vlug af. 'Tegen woensdagochtend zal ik alle antwoorden hebben.' Er zijn nog twee dagen tot haar deadline, dus ze glimlacht en geeft een klopje op mijn arm, terwijl ze de hele tijd om zich heen kijkt waar de mannen in de witte jassen blijven. Op dinsdag zet ik mijn campagne voort. 'Ik heb het mysterie opgelost,' mompel ik tegen een verveelde Lemaster Carlyle, binnenkort een ex-collega, terwijl ik in de bibliotheek, waar hij op zoek is naar een tijdschrift, een blik over zijn schouder werp. Hij is diplomatiek genoeg om een glimlach te forceren en me op de rug te slaan. 'Ik ken het hele verhaal,' deel ik een verschrikte Marc Hadley mee op de gang bij een collegezaal, waar hij tot zijn tevredenheid omringd wordt door een schare aanhangers, wier onwankelbare bewieroking hem heeft geholpen zijn publieke vernedering achter zich te laten. 'Ik denk dat ik het eindelijk achter me kan laten,' beloof ik Stuart Land wanneer we elkaar passeren in het centrale trappenhuis. 'Ik wil je bedanken voor je hulp,' vertrouw ik de kleine Ethan Brinkley toe tijdens een toevallige ontmoeting op de binnenplaats, die niet echt toevallig is. 'Ik sta op het punt het hele geval op te lossen.'

Hetzelfde goede nieuws, in min of meer gelijke bewoordingen, deel ik mee aan Rob Saltpeter, Theo Mountain, Ben Montoya, Shirley Branch, Arnie Rosen en alle andere leden van de juridische faculteit die misschien, al is het maar zijdelings, verbonden zijn met... met...

... met *wat er aan de hand is*...

Ik kan het niet eens benoemen, maar ik weet dat het er is. Zolang Lieve Dana haar rol speelt, zal ik niet eens een leugenaar zijn: ik zál alle antwoorden kennen. Ik zal zelfs weten wie me heeft verraden. Tenzij Dana de verraadster is, in welk geval ik diep in de problemen zit.

Ik schud dat gevoel van me af. Ik moet iemand vertrouwen.

Terwijl ik het juiste moment afwacht om te handelen, bel ik vanuit mijn kantoor naar Mariah met de bedoeling te vragen hoe het met Sally gaat, maar hoor van Howard dat mijn zus in het eerste stadium van de bevalling is. Ze meten de tijd tussen opeenvolgende weeën. Een maand of zo geleden heeft een echoscopie uitgewezen dat de baby een meisje is, en ze hebben uiteindelijk een naam gekozen: Mary, naar Mary McLeod Bethune – een 'Ma'-naam net als de andere vijf, en op het nippertje. Howard voegt er bedaard aan toe dat de katholiek die zijn leven lang in hem huist er ook mee akkoord gaat. Ik lach schel. Wanneer Mariah aan de lijn komt, wens ik haar opgewekt het beste. Ze bedankt me, kreunt, en herstelt daarna lang genoeg om me te kunnen vertellen dat zij en Howard een plek voor Sally hebben gereserveerd in een ontwenningskliniek in Delaware, een van de beste in het land. 'We gaan haar niet nóg eens verliezen,' verklaart Mariah grimmig. Voor het eerst in jaren besef ik hoeveel ik van mijn zus hou.

Dan is het tijd om in actie te komen. Ik moet iemand vertrouwen, zeg ik telkens weer tegen mezelf.

— 11 —

Maar ik kan mijn vrouw niet vertrouwen.

De dag dat ik uit Washington terugkwam, twee dagen nadat ik had ontdekt dat Lionel Eldridge de eigenaar is van de alomtegenwoordige Porsche – neem me niet kwalijk, Dana, de Porsche Carrera Cabriolet – heb ik de eigenaar zelf opgespoord door zijn lesrooster na te gaan op het secretariaat en me vervolgens in de gang te posteren voor de zaal van Joe Janowsky's college over discriminatie bij het aannemen van personeel, wachtend tot Lionel naar buiten zou komen. Ik had de traditionelere methoden voor het ontbieden van studenten al geprobeerd – mijn secretaresse had hem gemaild, had zijn naam geplakt op wat de studenten het 'Kom langs'-bord noemen, had zijn huis opgebeld en een boodschap voor zijn vrouw achtergelaten – maar Lionel negeerde het allemaal. Dus ben ik hem gaan halen na zijn college.

Ik vond hem inderdaad vrij gemakkelijk, omdat hij uittorende boven de andere tachtig of negentig studenten die om elf uur de zaal uitstroomden. Zoals gewoonlijk werd hij, alsof hij een bendeleider was, omringd door een stuk of zes mensen die in afwachting waren van de volgende kostbare parel van zijn lippen. Toen Lionel me zag, verwijdden zijn ogen zich in wat naar ik wist angst was. Ik gebaarde heerszuchtig, zoals professoren dat doen. Hij deinsde terug, schitterend uitgedost in marineblauw leer en glanzend goud. Niet meer dan een gewone rechtenstudent. Bezorgd over wat Lynda zou zeggen als ik schreeuwde, baande ik me behoedzaam een weg door het kluitje bewonderaars, nam hem zacht bij de arm en fluisterde dat ik graag een paar minuten met hem wilde spreken. Hij mag dan Sweet Nellie zijn, maar ik ben nog steeds hoogleraar rechtsgeleerdheid, en nog wel een aan wie hij een paper verschuldigd is, dus hij had weinig keus. We liepen samen naar een rustige nis bij het kantoor van de decaan. Andere studenten bleven uit de buurt. Ik merkte dat Lionel zijn blik voornamelijk op de grond gericht hield.

Eerst vroeg ik hem naar zijn paper. Een hoopvolle blik flitste op in zijn beroemde donkere ogen. Hij begon excuses te maken – reizen, zijn vrouw die hem problemen bezorgde, de cultuurschok dat hij op een blanke rechtenfaculteit zat, zoals hij het noemde, wat, neem ik aan, Lem, Shirley en mij min of meer tot blanke professoren maakt – maar ik viel hem in de rede. Ik zei hem koel dat hij nog een maand kon krijgen. Als de paper dan niet was ingeleverd, zou ik hem laten zakken. Lionel knikte en begon weg te lopen door de gang, ongetwijfeld ervan overtuigd dat over dit dreigement later nog wel onderhandeld kon worden, zoals dat tegenwoordig met de meeste dingen het geval is. Ik hield hem staande door hem licht aan te raken, zoals politieagenten dat doen, en hij begon verontrust te kijken. Dreigend opkijkend naar Lionel zag ik dat de woorden DUKE UNIVERSITY in het zwarte leer van zijn jack gestikt waren en herinnerde ik me dat hij zo'n tien jaar geleden zijn universiteitsteam twee keer naar de Final Four heeft geleid. Hoewel hij op de juridische faculteit zijn problemen gehad heeft, herinnerde ik me uit een ver verleden dat de nieuwslezer ons allen erop wees dat hij tot de betere studenten behoorde.

Toen drukte ik door.

Ik zei tegen Lionel dat we nog een andere kwestie te bespreken hadden. Ik vroeg hem op de man af waarom hij me achtervolgde. Ik wachtte tot hij zou bekennen dat zijn geheime vriendinnetje, Heather, hem dat vroeg te doen, een of andere bizarre dienst die ze haar vader bewees. Zijn reactie was verwarring. Hij verzekerde me dat hij zoiets nooit zou doen, dus formuleerde ik de vraag anders. Wat deed hij vorige week voor mijn huis? En een paar weken geleden in het bos achter het huis?

Nu ontmoetten Lionels ogen de mijne, en nog voor hij sprak, wist ik dat ik ernaast zat, volledig ernaast. Hij was uiteindelijk niet mijn vijand, althans niet op de manier die ik had verondersteld. En hij had duidelijk eerder met dit bijltje gehakt, want hij wist precies wat hij moest zeggen, de ergste woorden die je je maar kunt indenken: *Het is niet persoonlijk, professor Garland. Ik mag u graag. Ik bewonder u.* Om te vervolgen met: *Maar ik mag uw vrouw ook graag.* En ten slotte zijn miljoenenglimlach.

Maar tegen die tijd wist ik al dat Lionel niets te maken had met de regelingen of de pion die me bij de gaarkeuken werd bezorgd of met mijn aframmeling midden op de Binnenplaats. Ik wist dat ik laat was met mijn ontdekking van wat alom bekend was. Ik wist wiens stem het was geweest aan de telefoon, de stem die mijn vrouw *schatje* noemde op de dag dat ze verondersteld werd thuis te werken en ik verondersteld werd naar mijn kantoor te gaan. Ik wist dat hij belde omdat hij de BMW niet in de oprijlaan zag, waar ze hem altijd laat staan, en hij wilde weten of hun afspraakje doorging. Ik wist waarom de studenten daarnet uit de buurt bleven en ons in staat stelden onze zaken onder vier ogen te bespreken. Ik wist wat volgens decaan Lynda de onuitgesproken en onbespreekbare verklaring moest zijn voor mijn irrationele gedrag, en waarom ze besloot me enigszins te ontzien. Ik besefte dat zelfs Lieve Dana Worth, voor wie geen roddel helemaal verborgen kan blijven, op de hoogte moet zijn geweest van de waarheid, wat de reden was waarom ze zo schrok toen ik haar vroeg over Lionel en Heather, en waarom ze het probeerde af te doen als een grapje toen we de Porsche zagen op de straat bij Post, zodat haar gierende, enigszins onbeheerste gelach bedoeld was om het pijnlijke te verhullen van haar ontdekking dat ik van niets wist, en ze peinsde er niet over me te vertellen dat het de wereldberoemde Lionel Eldridge was en niet Gerald Nathanson, die een verhouding had met mijn vrouw.

50

Opnieuw Old Town

— I —

Ik eindig mijn mysterie waar het begon: op een kerkhof. Was het echt vier maanden geleden dat Jack Ziegler op de dag dat de Rechter werd begraven uit de schaduwen te voorschijn trad om me in deze nachtmerrie te lokken? Of was het vorige week nog? In mijn verwarring van de laatste tijd leken niet alleen waarheid en rechtvaardigheid maar ook de tijd in zichzelf te keren, zich gehoorzaam buigend in de richting van de zwaartekracht – de kracht die in dit geval wordt uitgeoefend door de missie, de wanhopige behoefte om te weten.

Ik ben weer eens op het terrein van het Old Town Cemetery, maar niet om Samuel op te zoeken, want het is na achten en na het donker, en Samuel is allang vertrokken. Ik ben niet over de muur of over het hek geklommen. Ik ben niet door de tunnel gekropen. Ik ben gewoon tegen vijven naar binnen geslenterd, naar een van de marmeren banken in een verre hoek gegaan – onzichtbaar vanaf de ingang – en heb gewacht. Ik had een rugzak bij me waaruit ik een exemplaar van Keegans boek over de geschiedenis van oorlogvoering haalde, en ik las over de manier waarop legers vroeger werden georganiseerd, toen de soldaten in de frontlinies wisten dat ze zouden sterven, maar niettemin ten strijde trokken. Pionnen, op te offeren pionnen. Ik las, mijmerde en wachtte. Samuel sloot het hek af en verdween en ik bleef wachten. Vanaf mijn zitplaats naast een mausoleum kan ik het toegangshek niet zien, maar ik kan wel het enige pad zien dat naar mijn kleine hoekje van het kerkhof leidt. Als er al iemand na mij is binnengekomen, is hij me niet naar de bank gevolgd. En toch weet ik zeker dat ik niet alleen ben.

Terwijl de duisternis toeneemt, blijf ik mijmeren.

Een kerkhof is een belediging van de rationele geest. Een van de redenen is de griezelig verspilde ruimte ervan, dit eerbetoon aan de doden dat onvermijdelijk ontaardt in voorouderverering, aangezien mensen van elk geloof en ongelovigen op verjaardagen en gedenkdagen alle weersomstandigheden trotseren om voor deze rijen van stille grafstenen te staan, in gebed verzonken, ja, en in herinnering, natuurlijk, maar heel vaak daadwerkelijk met de overledenen sprekend, een eigenaardig heidens ritueel waarmee we ons inlaten, deze gedeelde pretentie dat de verrotte lijken in kromgetrokken houten kisten ons kunnen horen en begrijpen zolang we voor hun graven staan, en dezelfde boodschappen ('Over niet al te lange tijd zal ik me bij je voegen, liefje' of 'Ik doe alles wat je me hebt opgedragen, mam') niet zouden horen als we ermee zouden volstaan om bijvoorbeeld tijdens het autorijden tijd uit te trekken om onze gedachten op het hiernamaals te richten. De boodschappen komen alleen over als we hier aanwezig zijn, met ons gezicht naar de juiste grafsteen – daar wijst althans ons gedrag op.

De andere reden waarom een kerkhof een beroep doet op de irrationele kant, is de opdringerige, onweerstaanbare gewoonte ervan om zich stiekem een weg te banen langs het beschaafde fineer waarmee we de primitieve planken van onze kinderangsten bedekken. Als kind weten we dat datgene waarvan onze ouders hardnekkig beweren dat het een boomtak is die in de wind waait, in werkelijkheid de knokige vingertop is van een of ander afgrijselijk nachtwezen dat buiten bij het raam wacht, tikkend, tikkend, tikkend, om ons te laten weten dat hij, zodra onze ouders de deur sluiten en ons veroordelen tot het halfduister waarvan ze volhouden dat je er flink van wordt, het raam omhoog zal schuiven, naar binnen zal schieten en...

En daar staat de kinderlijke verbeelding meestal stil, niet in staat vorm te geven aan de precieze angsten die ons wakker hebben gehouden en die, over een paar maanden, volkomen vergeten zullen zijn. Dat wil zeggen, todat we vervolgens een kerkhof bezoeken en de mogelijkheid van een of ander angstaanjagend nachtwezen plotseling bijzonder werkelijk lijkt.

Vanavond, bijvoorbeeld. Vanavond weet ik dat er een angstaanjagend wezen in de buurt is. Ik weifel, mijn zaklantaarn naar de grond gericht, hef mijn hoofd en luister terwijl ik de lucht opsnuif. Het wezen is in de buurt. Ik voel het. Waarschijnlijk is het wezen menselijk; misschien heeft het wezen geweld gepleegd; vast en zeker heeft het wezen me bedrogen.

Zoals mijn vrouw. Ik weet niet eens of ik nog wel getrouwd ben. Zondag na kerktijd, de dag voordat ik op de juridische faculteit het nieuws begon te verspreiden dat ik een punt ging zetten achter het onderzoek, confronteerde ik Kimmer eindelijk met Lionel. Ik zat met haar in de keuken, terwijl Bentley in de aangrenzende kamer met zijn computer speelde. Ze zat daar een tijdje in een lichtblauwe jurk, die fraai afstak tegen haar esdoornkleurige huid, en zei toen wat echtgenoten altijd zeggen: *Het is nooit mijn bedoeling geweest je te kwetsen.* We waren heel beschaafd. Ze vertelde het verhaal stukje bij beetje – *ja, het is afgelopen zomer begonnen, ja, ik heb geprobeerd het tegen te gaan, nee, hij wilde niet weggaan, en die dag dat jij hem bij het huis zag, zouden we net met elkaar gaan praten* – maar het werd me algauw duidelijk dat Kimmer de zaak waar het eigenlijk om ging, ontweek. Dus ik onderbrak haar en dwong haar me aan te kijken en stelde een paar relevante vragen. *Is het uit tussen ons?* Ze zei dat ze het niet wist. Dus stelde ik de andere vraag. *Ga je me verlaten?* Ze bleef me aankijken en zei dat ze dacht dat het misschien het beste voor ons zou zijn als we een tijdje uit elkaar gingen. Er moesten, zei ze, heel wat kwesties aangepakt worden. Toen ik mijn stem terug had, noemde ik Bentley, en hoe zwaar dit voor hem zou zijn. Ze knikte triest en zei: *Maar je kunt hem komen opzoeken wanneer je maar wilt.* Het duurde even voordat ik begreep wat ze bedoelde. Ik vroeg haar of zij onze zoon bij zich nam. *Hij heeft zijn moeder nodig,* antwoordde ze. *En bovendien is hij aan het huis gewend.* Terwijl ik daar onthutst zat, schudde Kimmer enkel treurig haar hoofd. Ik vroeg of ze me echt in de steek liet voor Lionel. Ze zei nee, ik had haar niet begrepen. Het ging niet om Lionel. Het ging om mijn gedrag. *Ik wilde niet dat het zover zou komen, Misha, echt niet. Ik hou heus wel van je. Maar je hebt je de laatste tijd te vreemd gedragen, en ik kan het niet langer aan. We hebben gewoon wat tijd nodig.* Tijd waarin we uit elkaar zijn, bedoelt ze. Tijd waarin zij het huis krijgt en ik vertrek. *Het is niet de ideale oplossing, maar ruzies over de voogdij kunnen moeilijk zijn voor kinderen.*

Ze gaf me een week. Dat was twee dagen geleden.

Ik ben naar Morris Young gegaan. Ik was onredelijk beschuldigend. Hij wachtte tot ik bedaard was en herinnerde me eraan dat de trouw van mijn vrouw nooit de essentie was geweest. De belofte die ik hem had gedaan was een belofte van christelijke plicht, de taak om haar zolang we getrouwd waren met liefde te bejegenen. Ik vroeg of die belofte nog geldig was. Hij vroeg of we nog getrouwd waren.

Ik begin te lopen.

Ik ben nog steeds boos, maar niet op dr. Young, want hij is niet de oorzaak van mijn pijn. Nee, ik ben boos op mezelf, en uiteindelijk woedend op mijn vrouw. Ik ben van *Hoe kon ze dit doen* overgegaan op *Hoe durft ze dit te doen?* Ik ben ouderwets genoeg om de huwelijksbelofte niet te beschouwen als een belofte om zo lang als je wilt bij elkaar te blijven, maar als een belofte om hoe dan ook bij elkaar te blijven. Kimmer is blijkbaar een andere mening toegedaan – en toch hou ik nog steeds van haar. Daarin schuilt nu de ware absurditeit: als liefde een activiteit is, moet ik vaststellen dat ik niet in staat ben, of misschien niet bereid ben, op te houden met actief zijn.

Nog steeds ziedend schud ik mijn hoofd. Ik mag op dit moment niet afgeleid worden, zelfs niet door mijn op de klippen gelopen huwelijk. Misschien zal Kimmer bijdraaien wanneer dit achter de rug is. Ik heb nog vijf dagen om haar te overtuigen, en misschien kan ik daar vanavond mee beginnen. Ik heb de zetten berekend zoals een schaker dat moet doen. Ik ben er redelijk zeker van dat mijn gambiet de onbekende maar alomtegenwoordige tegenstander, die als een geestverschijning aan de andere kant van het bord zit, zal verslaan. Wanneer die strijd is beslecht, zal ik me kunnen concentreren op het redden van mijn huwelijk. Ik weet dat mijn eigen acties ertoe hebben bijgedragen dat Kimmer zich van me heeft verwijderd. Ik zal mijn excuses aanbieden, bloemen meebrengen en, als klap op de vuurpijl, haar het nieuws brengen dat de zoektocht eindelijk voorbij is, dat er een einde is gekomen aan de waanzin. Tien jaar geleden heb ik haar ertoe overgehaald met me te trouwen, dus ik kan haar allicht overhalen bij me te blijven.

Allicht.

Of niet. Ik word overspoeld door een golf van fatalisme, en ik vraag me af of ik iets op een andere manier had kunnen doen, of dat, zodra de Rechter stierf, waardoor dit afschuwelijke plan in werking trad, en Jack Ziegler opdook om op hoge toon naar de regelingen te vragen, al het andere al vaststond. Dat zelfs mijn huwelijk al vanaf de dag van de begrafenis was gedoemd.

Ik maan mezelf tot concentratie op het moment.

In mijn notitieboek staan verscheidene genealogieën en een handvol zorgvuldig getekende kaarten. Elke kaart betreft een deel van het kerkhof, elke kaart geeft de weg aan naar een ander perceel. Een terloopse lezer die op mijn notitieboek zou stuiten en het zou doorbladeren, zou waarschijnlijk denken dat ik probeerde uit te zoeken welk perceel datgene was dat ik zocht. Dat zou strikt genomen juist zijn, maar geenszins accuraat. Tijdens mijn bezoeken heb ik het grootste deel van de percelen op het kerkhof bestudeerd – niet in persoon, maar in de stokoude boeken die aan Samuels zorg zijn toevertrouwd. Ik heb theorieën getoetst. Ik heb dingen weggestreept. Rob Saltpeter, de constitutionele futurist, zegt over de beslissingen van het Supreme Court graag dat ze 'plausibele mogelijkheden voor dialoog en ontdekking' creëren. Dat is het doel van mijn kaart: plausibele mogelijkheden creëren. Ik heb meer dan genoeg dialogen gevoerd.

Dat van die ontdekking zal vanzelf in orde moeten komen.

Het kerkhof wordt opgedeeld door een serie rechte gangpaden die elkaar loodrecht snijden, waardoor er een patroon van vierkanten ontstaat, met op elk vierkant een aantal percelen.

Zoiets als een schaakbord.

Terwijl ik de kaart in mijn notitieboek volg, het zorgvuldig getekende raster, loop ik over de hoofdweg en passeer ik beschaduwde grafstenen, sommige kaal, sommige bewerkt, sommige met engelen of kruizen, en vele niet meer dan piepkleine horizontale plaquettes. Ik houd de lichtbundel van mijn zaklantaarn laag, gericht op het grindpad voor me. Ik loop helemaal naar de muur aan het andere eind van het kerkhof, tegenover de hoofdingang, niet ver van de tunnel waardoorheen Kimmer en ik zo dwaas zijn ontsnapt toen we op de leeftijd waren dat alles nog voor ons lag. Ik wacht, luisterend naar de geluiden van de avond. Geknerp van grind: een mens ver weg, of een diertje veel dichter bij? Ik span mijn ogen in op zoek naar andere zaklantaarns. Hier en daar glimt iets op: iemand die mij zoekt, of de koplamp van een verre auto, waarvan even een glimp te zien was door het hek?

Het valt niet uit te maken.

Ik heb deze wandeling nu al zo vaak gemaakt dat ik geen kaart meer nodig heb. Ik bevind me in de zuidwestelijke hoek, de hoek aan de rechterkant, gezien vanaf het toegangshek. Ik kuier naar rechts – naar het oosten –, vanaf het hek gezien links, passeer één gangpad, sla dan af bij het tweede, in noordelijke richting. De velden van een schaakbord zijn genummerd in een raster van acht bij acht, van A1 in de onderste linkerhoek aan de kant van wit tot H8 in de bovenste rechterhoek. Als het kerkhofraster een schaakbord was, met de ingang aan de kant van zwart, dan zou het gangpad waarop ik nu loop de B-kolom zijn. Ik passeer drie kruispunten van gangpaden, in mijn aantekeningen aangeduid als B1, B2 en B3, hoewel ze in feite zijn vernoemd naar verscheidene stichters van de stad. Bij het vierde gangpad stop ik.

B4 volgens mijn aantekeningen.

B4, als je het kerkhof wil zien als een schaakbord, hoewel het geen vierenzestig velden heeft, en als je het toegangshek willekeurig als de kant van zwart neemt.

Plausibel.

B4, de eerste zet van de Dubbele Excelsior, met het paard, als zwart wint en wit verliest. Ik heb Karl gebeld op de dag van mijn ruzie met Jerry, omdat ik absoluut zeker wilde zijn. Hij zei ja, als de componist een kunstenaar en een romanticus is. Mijn vader zag zichzelf als beide. *Excelsior! Het begint!* Als wit verliest, dan *begint* het met de paardpion van de witte dame die twee velden vooruitgaat. Dat is de reden waarom mijn vader heeft geregeld dat ik de witte pion het eerst ontving. Lanie Cross had ongetwijfeld gelijk: de Rechter wilde het zo in elkaar zetten dat zwart uiteindelijk zou winnen. De zet is b4, het veld is b4, de zet wordt geschreven als b4, en ik sta hier op B4. Mager, maar plausibel, als ik althans mijn vader het verhaal heb verteld van mijn ontsnapping met Kimmer uit het kerkhof jaren geleden. Mager, maar plausibel, en plausibel is het enige wat ik op dit moment heb.

Ik stap van het pad af, volg de kegel van de lichtbundel van de zaklantaarn tot ik de plek vind die ik zoek, een familieperceel. Ik beschijn de grafstenen. Grote voor volwassenen, kleine voor de jonggestorvenen. Ik zoek de namen en data af: de meeste stenen zijn van de negentiende eeuw, een paar van de vroege twintigste.

Ik vind de grafsteen die ik zoek. Dit is de vierde keer dat ik hem in ogenschouw neem, maar de eerste keer met een schop bij me. Ik had misschien al eerder gewapend voor graafwerk kunnen komen. Maar ik had mijn redenen om te wachten.

Ik richt de lantaarn even omhoog om de marmeren grafsteen te onderzoeken die de identiteit bevestigt van de persoon die in het graf ligt begraven: ANGELA, GELIEFDE DOCHTER. Ik kijk naar de data van haar te korte leven: 1906-1919. Ze is te jong gestorven, maar dat wist ik ook al.

Ik stap naar links, weg van dit familieperceel, en in de richting van het volgende. Ook dit wordt omringd door een ijzeren hek. Ook hier staat op een lange granieten muur achter op het graf een familienaam. En, klap op de vuurpijl: ook hier is aan de voorkant van het graf een kleinere gedenksteen. In de rechterhoek aan de voorkant, heel dicht bij het graf van Angela.

Volmaakt geplaatst.

ALOYSIUS, GEWAARDEERDE ZOON. Ik bestudeer de data: 1904-1923.

Vlak naast het graf van Angela.

Volmaakt geplaatst.

Bijna zeker niet Angela's vriendje. Niet in het werkelijke leven. Maar dichtbij genoeg voor een plausibele mogelijkheid tot ontdekking. *Een man zijn betekent dat je moet handelen.*

Ik kijk nog eens op mijn kaart, controleer opnieuw de naam, onderzoek dan de grond. Het duurt twee of drie minuten, maar ik vind wat ik zoek. In de afgeschermde lichtplas van mijn zaklantaarn ziet een stukje donkerbruine aarde naast het graf eruit alsof het pas is omgespit. Er groeit zelfs geen gras op. Ik ben stomverbaasd dat niemand eraan heeft gezeten, maar de dingen lijken altijd meer voor de hand te liggen wanneer je al weet dat ze er zijn.

Volmaakt geplaatst.

Ik buig me naar mijn rugzak om de schop eruit te halen, aarzel dan, ga rechtop staan en kijk de duistere, verre mist in. Te veel geluiden in de stilte. Een voet op ijzig grind, of een eekhoorn in een boom? Er is geen objectieve manier om uit te maken of daar iemand rondloopt, en toch ben ik er zeker van dat het zo is. Er moet iemand zijn. Maar ik weet niet aan welke kant van de kerkhofmuur hij – of zij – zich bevindt, en trouwens ook niet aan welke zijde van het graf. Misschien zíjn er wel spoken. Maar ik kan me door hen niet laten tegenhouden.

Ik zet de zaklantaarn op de grond zodat hij het modderige, grasloze stukje verlicht, en begin te graven met de schop die ik heb meegenomen. Het werk is verrassend licht en eenvoudig. De aarde is zwaar, bovenop doordrenkt met water en onderop bros van de vorst, maar het is niet moeilijk erin te scheppen. Moeilijker is het om de aarde eruit te tillen. Niettemin heb ik binnen vier of vijf minuten een smalle geul van ten minste twintig centimeter breed gegraven. Het komt bij me op dat het tijd heeft gekost dit gat te graven, en ik vind het opmerkelijk dat niemand de oorspronkelijke daad in de gaten heeft gehad. Ik haal mijn schouders op. Niet mijn probleem, op dit moment niet. Ik buig me over mijn werk. Na twee minuten stuit ik op metaal.

Geknerp.

Ik stop weer en zwaai deze keer mijn zaklantaarn in een wijde cirkel, de mist doorborend. Er loopt daar iemand rond. Beslist. En het heeft geen zin de zaklantaarn nog langer te verbergen, omdat ik één ding weet, en dat is dat degene die daar rondloopt weet waar hij me kan vinden. Gedurende een seconde overweeg ik de aarde die ik heb uitgegraven weer terug te plaatsen en te weigeren het spel ten einde te spelen. Maar ik ben al te ver gegaan. Ik was al te ver gegaan toen het tot een handgemeen kwam met Jerry Nathanson, toen ik Jack Ziegler opzocht, en toen ik Dana Worth om een gunst vroeg.

Ik was al te ver gegaan toen ik me op een manier gedroeg die me misschien mijn vrouw heeft gekost.

Graaf door.

Ik maak het gat groter totdat ik zie wat volgens mij de randen van het blauwe metalen kistje zijn, ga dan op mijn knieën zitten en probeer het eruit te trekken. Maar mijn vingers kunnen geen houvast vinden in de vochtige aarde, en ik weet dat ik nog meer moet graven. Het was nooit bij me opgekomen dat het gemakkelijker zou zijn het gat te graven dan het kistje eruit te halen. Misschien is er een speciaal stuk gereedschap dat mensen gebruiken voor dit soort klussen.

Ik besluit het gat vanaf de randen verder uit te graven. Ik sta op en pak de schop, en op dat moment komt er uit de duisternis een tenger, bleek spook te voorschijn en ik schreeuw het uit en hef het gereedschap als om te slaan.

'Laat me je helpen, Misha,' fluistert het spook, maar het is in werkelijkheid Lieve Dana Worth.

— 11 —

Even ben ik sprakeloos. Dana staat voor me met een verlegen glimlach en ook een beetje trillend, want 's avonds op een kerkhof rondhangen is voor niemand een pretje. Ik had moeten weten dat ze erachter zou komen. Ze is op het weer gekleed in een donkere skiparka en een dikke broek, en heeft zelfs haar eigen schop meegenomen.

'Wat doe jíj hier?' vraag ik streng, nahuiverend van de schrik die ze me heeft aangejaagd.

'Och, kom, Misha. Na wat jij me hebt gevraagd te doen? Dacht je nou echt dat ik me dit zou laten ontgaan?'

Ik ga daar niet op in. 'Hoe ben je hier binnengekomen?'

'Door het hek, op dezelfde manier als jij.'

'Ik ben hier sinds sluitingstijd.'

'Het hek is niet dicht.'

'Wat? Wel waar. Ik zag dat Samuel het sloot.'

Dana haalt haar schouders op. 'Nou, het is nu niet dicht. Ik ben gewoon naar binnen gelopen. En, laat je me nog helpen of niet?'

Ik zet de zaken op een rijtje. Het hek is niet dicht. Iemand heeft het van het slot gedaan. En waarom het op een kier laten staan? Omdat dit niet meer alleen draait om de regelingen, en ook niet meer alleen om mij achtervolgen totdat ik ze vind.

Als het hek open was gelaten, was dat gebeurd als een uitnodiging. En dat betekent dat dit nu ook om Dana draait.

Slecht nieuws. Heel slecht nieuws. Als Dana zich had bepaald tot wat ik haar had gevraagd te doen, als ze hier vanavond niet gekomen was, dan zou wat ik in Post tegen haar zei waar zijn geweest: ze zou volkomen veilig zijn geweest.

'Dana, je moet hier weg. Je moet gaan, snel.'

'Ik laat je hier niet achter, Misha. Hoho, geen sprake van.'

'Wil je ophouden zo loyaal te zijn?' schreeuw ik voorzover ik dat kan zonder mijn stem te verheffen.

Ondanks haar angst antwoordt ze bits: 'Jeetje, is dit de man die me twee jaar geleden de les las over loyaliteit?' Toen ze Eddie verliet, bedoelt ze.

'Kom nou, Dana, ik meen het serieus. Je moet hier weg.' Ik gebaar met een hand naar de rest van het kerkhof. 'Het is gevaarlijk.'

'Dan zou jij hier ook niet moeten zijn.'

'Dana, kom op...'

'Kom jíj op. Kom me niet aanzetten met dat ik-man-jij-vrouw-gedoe, oké? Ik weet dat je primitief bent, maar zo primitief ben je nu ook weer niet. Maar alle gekheid op een stokje, Misha. Ik ga je niet in de steek laten. Echt niet. Als we vertrekken, vertrekken we samen. Maar als jij blijft, blijf ik ook. Dus hou alsjeblieft op met tijd verspillen.'

Nou ja, eerlijk gezegd is het hier met Dana minder eng. En ik zou weleens hulp nodig kunnen hebben.

'Oké. Laten we aan het werk gaan.'

Ik graaf. Dana trekt. Dana graaft. Ik trek.

Dan hebben we door hoe het moet. We graven beiden, waarbij we de modder bij alle vier de kanten wegruimen. We trekken beiden op hetzelfde moment. En het kistje komt zomaar vrij terwijl kluiten van het glimmende blauwe oppervlak vallen. Het metaal is aanvankelijk zo koud dat mijn vingers blijven plakken. Het is een kistje van het soort waarin men geperforeerde cheques en paspoorten bewaard. Een geldkistje, dat normaal gesproken op slot zit. Maar ik weet zeker dat dit kistje...

Ja.

Terwijl Dana stralend naast me staat, veeg ik een paar losse kluiten aarde weg en licht het deksel. Het gaat open op zijn scharnieren, tamelijk soepel.

Ik kijk vluchtig om me heen en ga dan op de lage stenen muur zitten terwijl ik het kistje naast me zet. Ik laat het open staan, maar doe geen moeite het in wasdoek gewikkelde pakje, dat ik al heb zien liggen, eruit te halen. Een grijns trekt aan mijn lippen terwijl ik denk aan alle mensen die graag in hun handen zouden hebben wat wij hebben opgegraven.

'Wat nu?' vraagt Dana, die weer nerveus wordt, en haar gewicht van de ene voet naar de andere verplaatst. 'Is dat het? Zijn we klaar?'

'Ik ben er niet zeker van.'

'Misha, hoor eens, het is leuk geweest, oké, maar ik wil hier weg.'

Ik kijk weer om me heen, onzeker. 'Oké, je hebt gelijk. Laten we gaan.'

Ik doe het kistje dicht zonder aan de inhoud te hebben gezeten. Ik pak mijn schop en mijn notitieboek, hijs de rugzak weer op mijn rug en loop, met Lieve Dana Worth aan mijn zij, in de richting van het hek. Deze keer is mijn route rechtstreekser, maar de beschaduwde grafstenen zien er hier net zo uit als overal elders. Dana huppelt zowat voort. Ze lijkt bijna duizelig bij de gedachte dat we deze plek verlaten, en ik ben zelf ook behoorlijk in mijn nopjes. Ik houd het kistje als een baby in mijn armen, nog steeds bezorgd of hier nog iemand anders is.

Terwijl we voortlopen, luister ik. Was dat een voetstap? Het schrapen van metaal over steen? Ik raak achterop en spits mijn oren. Niets dan stilte nu. We bereiken het tweede kruispunt, slaan rechtsaf het pad in dat rechtstreeks naar het hek voert. Dana versnelt haar pas. Ze heeft pit, ze is de schrik van de juridische faculteit, maar ik weet dat dit verblijf bij de overblijfselen van de doden haar angst heeft aangejaagd. Ze zal opgelucht zijn als ze is ontsnapt.

Ik ook.

Ik laat haar voorop lopen. Ik vertraag mijn pas. Houd mijn hoofd scheef.

'Oké, Misha, wat nou weer?' Dana's stem klinkt ongeduldig terwijl ze met een boog terugkomt, mijn kant op. Ze vouwt haar armen en klakt met haar tong. Welk bewijs ons ook tot dit punt mag hebben gebracht, de enige samenzweringen waar ze werkelijk in geïnteresseerd is, zijn die welke worden gesmeed door de benoemingencommissie van de faculteit. Toch bespeur ik een hysterische klank in haar stem; mijn maatje van vroeger is even bang als ik.

'Ssst,' mompel ik, luisterend.

'Misha, ik vind echt dat we moeten...'

'Dana, wil je alsjeblieft je mond houden?'

In het verblindende witte schijnsel van mijn zaklantaarn is Lieve Dana's gezicht verwrongen van boosheid en gekwetstheid, het gezicht van een klein meisje. Ze heeft alleen al door hier te komen uiting gegeven aan onze kameraadschap, geeft haar woedende gezichtsuitdrukking te kennen. Ze hoeft zich mijn beschimping niet te laten welgevallen.

'Het spijt me,' fluister ik.

'Weet je, Misha,' sist ze, 'er zijn momenten dat ik niet weet wat ik in je zie.'

'Dat begrijp ik. Maar hou je in elk geval koest.'

'Waarom?'

'Omdat ik probeer te luisteren.'

Tot mijn opluchting werkt Dana deze keer mee. Ze stapt opzij en gaat hoofdschuddend om mijn dwaasheid aan de rand van het pad staan, maar ze doet het stil. Ze legt een hand op de zijkant van een mausoleum, drukt erop alsof ze een verborgen ingang verwacht te vinden en trekt hem dan terug, nadat haar vingers iets hebben aangeraakt wat ze liever niet zou benoemen. Ze slaat haar armen om zich heen, blaast lucht uit. Haar poeha, weet ik, verbergt een ongerustheid die even groot is als de mijne.

Ik loop een paar stappen het pad af in de richting waar we vandaan zijn gekomen.

Niets.

'Ik doe mijn lantaarn even uit,' zeg ik, en voeg de daad bij het woord. 'Richt de jouwe de andere kant op.'

Dana knikt, haar gezichtsuitdrukking inmiddels ongemakkelijk. Ik wacht tot de lichtbundel van Dana's lantaarn uit mijn gezichtslijn zwaait. Dan loop ik verder over het pad en staar de grijzer wordende duisternis in.

Niets.

Iets.

Een korte metalen klik. Herhaald, maar niet regelmatig genoeg om afkomstig te zijn van een of andere gebroken klep van een truck die buiten de muren stationair staat te draaien. Het geluid wordt gemaakt door een mens. Een mens die iets bij zich heeft dat rinkelt en kletteert. Maar die dat probeert te verdoezelen.

Het wordt weer stil, maar ik heb me niet laten bedotten. Het was een klik. Een menselijke klik. Misschien meer dan één klik. Misschien meer dan één mens. En niet ver weg.

Terwijl ik het kistje nog steeds stevig vast heb, trek ik Dana naar me toe.

'Tjonge, Misha,' zegt ze, 'ik wist niet dat je wat voor me voelde.' Maar ze zegt het geïrriteerd, want Dana, zoals ik geloof ik al heb vermeld, vindt het niet prettig aangeraakt te worden.

Ik buig me naar haar oor en fluister: 'Er is nóg iemand hier.'

Lieve Dana huivert en trekt zich van me los. 'Dat is belachelijk. Ten eerste denk ik dat we hem zouden hebben gehoord. Ten tweede is niemand anders zo gek als jij...'

'Dana...'

'Ten derde, grijp me alsjeblieft niet zo vast. Nóóit. Oké?'

'Het spijt me, maar ik probeerde...'

'Misha, luister. We zijn vrienden en zo. Maar ten eerste: door me zo vast te grijpen toon je geen respect voor mijn ruimte. Ten tweede: het is zo'n agressief, mannelijk...'

Ditmaal moet Dana haar lijst onafgerond beëindigen, want we horen allebei, heel dicht achter ons, het knerpen van wat alleen maar een mens kan zijn die over het grind loopt, gevolgd door een zachte uitroep op het moment dat voornoemde mens struikelt.

Nu toch echt bang geworden, gaan we ervandoor, zonder nog te proberen stil te zijn. We bereiken het toegangshek in minder dan een minuut.

Hij is gesloten.

'Duw er eens tegenaan,' stel ik Dana voor.

Ze duwt, duwt harder, wendt zich dan naar me toe en schudt haar hoofd.

'Wat is er?'

'Kijk.' Haar stem trilt terwijl ze wijst. Het hangslot en de ketting zitten stevig op hun plaats. Nu weet ik wat er rinkelde in de duisternis.

We zitten gevangen op het kerkhof.

'Oké,' mompel ik, snel nadenkend. Misschien had Samuel het gewoon vergeten en is toen teruggekomen om de ketting zoals gewoonlijk vast te maken. Misschien. Aan de andere kant heeft hij de afgelopen vijfentwintig jaar niets anders gedaan dan dit hek 's ochtends openen en het 's avonds sluiten. Alleen al door de macht der gewoonte zou hij het ongetwijfeld met de ketting hebben afgesloten. Iemand heeft het slot opengestoken en het hek geopend om te zien of er nog iemand anders binnen zou komen. Een persoon die mij hielp, bijvoorbeeld. Vervolgens heeft diezelfde iemand het hek weer met de ketting afgesloten.

Dana, altijd voorbereid, tast naar haar riem. 'Ik gebruik mijn mobiele telefoon wel.'

'Om wie te bellen?'

Ze fronst. 'Ik weet het niet. De politie of zo. Heb jij een beter idee?'

Mijn vorige ontmoeting met de politie indachtig, schud ik mijn hoofd. 'We kunnen er via de andere weg uit.'

'Welke andere weg?'

Ik vind ergens een grijns en draai me dan om zodat ik weer met mijn gezicht naar de achterkant van het kerkhof sta. Ik wil me niet weer in die vreselijke duisternis storten, gemakkelijke prooi voor wie of wat er ook op de loer ligt in de schaduwen van de doden, maar we hebben geen keus. 'Het is een lang verhaal, Dana. Geloof me, er is een andere uitgang. Een afvoerpijp in de zuidelijke muur. Serieus. Ik zal het je laten zien.' Ik doe een paar stappen het pad op. 'Kom mee.'

Ze antwoordt niet.

Ik draai me om. 'Dana? Het zal wel goed komen, dat beloof ik.'

Ze is een paar passen achter me. Haar wijd opengesperde ogen kijken de andere kant op, in de richting van het hek. Ik volg haar blik.

'Misha,' steunt ze, laat dan haar schop op de grond vallen en heft langzaam haar hand. Wanneer ik langs haar heen kijk, houd ik op slag mijn mond.

Hij moet zich achter een van de mausoleums hebben verscholen, besef ik, want hij is als bij toverslag opgedoken. Ik feliciteer mezelf met deze gevolgtrekking waarmee ik voorkom dat ik het uitschreeuw. Want de man die vlak naast het pad staat, gemakkelijk gevangen in het schijnsel van mijn zaklantaarn, heeft onmiskenbaar bij het hek gewacht tot we terug zouden keren. Het is een stevig uitziende man, gedrongen en lenig, een muur van vlees die ons de weg verspert. Een onverzorgde baard omringt zijn toornige gezicht. Zijn ogen zijn hard. Een kil efficiënt pistool dat hij losjes vasthoudt in zijn rechterhand wijst in onze richting. De lucht lijkt plotseling moddig en koud, een belemmering waar ik doorheen moet zwemmen om willekeurig welk lichaamsdeel te kunnen bewegen. Dana heeft haar handen al omhoog gestoken, zoals een personage in een film, en ik besluit hetzelfde te doen, vooral omdat de man met het pistool in zijn hand met de loop gebaart, ons duidelijk makend wat hij van ons verlangt. Me langzaam bewegend om te laten zien dat ik geen bedreiging ben, leg ik de zaklantaarn op de grond. Ik kom weer overeind. Hij geeft me weer een signaal met het pistool. Met tegenzin zet ik het geldkistje ook op de grond.

'Heel goed,' zegt de bebaarde man met een angstaanjagend bekende stem. Zijn haar is fel, vurig rood.

'Néé,' adem ik. 'Het is niet mogelijk.'

Maar het is wel mogelijk.

Omdat mijn aandacht als vanzelfsprekend op het blauwzwarte pistool met zijn bolvormige geluiddemper is gericht, heeft het een paar seconden geduurd voordat mijn ontstelde brein een eenvoudig, verbijsterend feit heeft geregistreerd: de man die ons de weg verspert is geen vreemde. Achter het roodbruine haar en de roodbruine baard gaat het blozende, zelfgenoegzame gezicht schuil van Colin Scott.

51

Een oude vriend keert terug

Zoals zo vaak ben ik de eerste die het woord neemt, en wat ik zeg is volslagen idioot: 'U bent dood.'

Colin Scott lijkt dit probleem serieus in overweging te nemen, terwijl hij over zijn nieuwe, ruige baard strijkt. Buiten het hek rijdt een auto voorbij, maar die zou zich voor hetzelfde geld aan de andere kant van de wereld kunnen bevinden. De hand die het pistool vasthoudt blijft heel vast, en is op een plek halverwege Dana en mij gericht.

'Ik vind hem er niet erg dood uitzien, Misha,' fluistert Dana, alsof ze geen doodsangsten uitstaat. Maar ik merk dat ik met de seconde kalmer word. We zullen hier sterven, of niet. De Rechter legde altijd de nadruk op de vrije wil; ik zoek koortsachtig naar een mogelijkheid om daar gebruik van te maken.

'Handen doodstil houden,' zegt Colin Scott ten slotte. Net als Dana's handen zijn die van mij al een flink stuk op weg naar de stratosfeer. Ze beven alle vier. 'Gebruik uw voet om dat kistje naar me toe te schuiven.'

Dat doe ik. Hij maakt geen aanstalten het op te pakken.

'Ik wist dat u een handlanger moest hebben, professor.' Hij wendt zich tot Dana. 'We zijn nog niet aan elkaar voorgesteld.'

Het dringt tot me door dat hij het meent. Ik zeg onhandig: 'Dana, dit is, eh... agent... dat wil zeggen, Colin Scott, ook wel bekend als Jonathan Villard. Meneer Scott, dit is professor Dana Worth.'

Hij knikt, niet langer geïnteresseerd, en houdt dan zijn hoofd scheef om ergens naar te luisteren. Hij is degene met het pistool, dus we wachten tot hij het woord neemt.

'Is er nóg iemand bij jullie? Verspil mijn tijd alsjeblieft niet met liegen.'

'Nee, we zijn maar met zijn tweeën,' verzeker ik hem. Dana en ik kijken elkaar aan, telepathisch berichten uitwisselend, om te proberen een leugen te

coördineren. Bestond telepathie maar, dan zouden we er misschien nog mee wegkomen ook.
'Weet u wat er in het kistje zit?'
'Ik heb het opengemaakt. Het zit niet op slot. Ik zag er een pakje in zitten, meer niet.'
'Meer niet.' Hij gaat op zijn hurken zitten, terwijl het pistool ons in bedwang houdt, en licht langzaam het deksel. In de film zou dit het moment zijn waarop ik om mijn as zou draaien en het pistool uit zijn hand zou schoppen, terwijl de slechterik me verbijsterd gadesloeg en me zonder zich te verroeren mijn gang liet gaan.
Ik kan me niet langer bedwingen: 'Ze zeiden dat u verdronken was.'
'Dat was ik niet,' antwoordt hij bedaard. 'Er is een man verdronken, maar dat was ik niet. Ik heb u gezegd dat ik iets aan de FBI zou moeten doen. Dood zijn is een uitstekende manier om een onderzoek te belemmeren.'
'Ik heb de foto gezien...'
'Ja, van het rijbewijs. Dat was ik wél. Die foto. Maar een lijk uit het water? Een paar uur bij de vissen is al voldoende om het gelaat zodanig te veranderen dat het moeilijk uit te maken valt.'
Ik voel een loodzware angst. *Een paar uur bij de vissen kan het gelaat veranderen.* Is dat wat Dana en mij te wachten staat?
Dana's beurt: 'Maar het lichaam is geïdentificeerd...'
'Nee. Nee, dat is niet zo. Dit is een gebruikelijke misvatting.' Hij houdt zijn hoofd scheef naar de andere kant en tuit zijn dikke lippen alsof hij ons opmeet voor een kist. 'Geen enkel *lichaam* wordt ooit echt geïdentificeerd. In ieder geval geen enkel lichaam dat aan ontbinding onderhevig is geweest. De vingerafdrukken worden geïdentificeerd. Het gebit wordt geïdentificeerd. We nemen aan dat we, als we weten aan wie de vingerafdrukken toebehoren, de identiteit van het lichaam weten. Maar die aanname staat of valt met de kwaliteit van de onderliggende documenten.'
Hoewel ik waarschijnlijk over negentig seconden dood ben, is de semioticus in me onder de indruk. Als je het zo bekijkt is de hele forensische wetenschap gebaseerd op een klassieke cognitieve misvatting: het onvermogen om een onderscheid te maken tussen de betekenaar en de betekende. Vingerafdrukken zijn de betekenaars. Dat zijn de gecodeerde boodschappen waaraan we betekenis hechten. De identiteit van het lichaam, de persoon van wie we besluiten dat hij dood is, is de betekende. We doen allemaal alsof kennis van de eerste noodzakelijkerwijs kennis van de tweede impliceert. Maar die implicatie is niet meer dan een conventie. Het is geen wetenschap van de bewe-

ging van de hemellichamen. Het is niet de genezing van een ziekte. Het werkt omdat we *besluiten* dat het werkt. We nemen dat besluit door zonder meer te aanvaarden dat de documenten zelf accuraat zijn.

'U hebt met de documenten geknoeid,' mompelt Dana, want ze heeft nooit moeite om iets bij te houden. 'Of iemand anders heeft dat gedaan.'

Colin Scott zwijgt. Dit is niet het tijdstip om de waarheid op te biechten. Zijn zwijgen is op zich een bedreiging... en een kans. Hij heeft een peinzende blik in zijn ogen. Blijkbaar is niet alles volgens plan verlopen. Hij probeert tot een beslissing te komen.

'Zo, u hebt het kistje,' breng ik naar voren, in een wanhopige poging tijd te rekken. 'U bent nu veilig.'

'Dat kistje is nooit voor mij bestemd geweest, professor. In zoverre heb ik u de waarheid verteld. Ik ben... aangesteld... om het voor iemand anders te bemachtigen.'

'Wie?'

Opnieuw een lange stilte waarin hij afweegt wat hij zal zeggen. Zijn gezicht is afgetobd, wat me eraan herinnert dat hij al van middelbare leeftijd was toen hij dertig jaar geleden uit de FBI werd geschopt. Ten slotte zegt hij: 'Ik ben hier niet om u uitleg te verschaffen, professor. Maar gaat u er niet van uit dat ik de enige was die hoopte dat u het kistje zou vinden. Ik ben domweg de enige die aanwezig was toen u het vond.'

Dana's beurt: 'Maar waarom kon u het kistje niet op eigen gelegenheid vinden?'

Colin Scotts gele ogen draaien naar haar toe, flikkeren minachtend en komen weer op mij te rusten. Toch beantwoordt hij haar vraag terwijl hij zich tot mij richt. 'Uw vader was een briljant man. Hij wilde dat u het kistje vond, maar hij wist ook dat er iemand in de weg zou staan. Ik of iemand als ik. Hij kon geen enkel risico nemen.'

'Wat?'

'We wisten wat de Excelsior was, dat was kinderspel. En we wisten dat we het verkeerde vriendje te pakken hadden, anders had hij ons wel verteld wat we wilden weten. Maar het kerkhof... dat was slim, professor, heel slim.'

Een stilte, die ik verbreek. 'Oké, en wat doen we nu?'

Zijn dunne, gehavende lippen krullen zich in een flauwe glimlach, maar hij neemt niet de moeite te antwoorden. In plaats daarvan gebaart hij met het pistool om ons verder van het hek vandaan en via het pad het kerkhof op te drijven, waar hij ons gemakkelijker kan doden. Hij wijst naar Dana's riem. Met trillende vingers maakt ze haar mobiele telefoon los en geeft deze aan hem. Hij kijkt er even naar, laat hem vervolgens op het grind vallen en vuurt er schijnbaar zonder te richten snel twee kogels doorheen. Dana deinst achteruit bij het gedempte geluid. Ik ook.

'U hoeft niet bang te zijn, professor,' verklaart hij. Het lijkt wel of zijn ogen zowel ons in de gaten te houden als het pad achter ons en, onvoorstelbaar genoeg, de paden aan weerszijden, zonder dat zijn hoofd ook maar de geringste beweging maakt. 'Ik heb datgene waar ik voor gekomen ben, en u zult me nooit meer zien. Dus ik ben niet van plan u te doden.'

'O nee?' vraag ik, scherpzinnig als altijd.

'Ik heb er geen moeite mee te doden. Doden is een instrument dat je in mijn beroep bereid moet zijn te gebruiken.' Hij laat dit bezinken. 'Maar er bestaat zoiets als een bevel, en zoals ik ook uw vader ooit heb moeten vertellen, er zijn regels voor dit soort dingen.'

'Regels? Wat voor regels?'

Colin Scott haalt zijn schouders op, zonder het pistool een millimeter te verplaatsen. 'Laten we het er gewoon maar op houden dat uw vriend Jack Ziegler, al mag hij nog zo'n schoft zijn, een zeer wraakzuchtig mens is.'

Maar hij laat het pistool niet zakken en ik begin te begrijpen waar hij mee zit. Hij is bezorgd over de belofte die Jack Ziegler heeft gedaan – de belofte waarover we spraken op het kerkhof op de dag dat we mijn vader begroeven, de belofte waaraan Maxine me herinnerde op de Vineyard, de belofte waarvan oom Jack me in Aspen zei dat hij van plan was hem na te komen. De belofte om mijn gezin te beschermen. En dit kleine drama is het gevolg daarvan: oom Jack heeft zijn bevelen gegeven, en zelfs deze professionele moordenaar, die alle reden heeft om Jack Ziegler te haten en wat ik de politie kan vertellen te vrezen, durft ze niet te negeren.

'Hij kan ons niets aandoen,' zegt Dana, de opluchting duidelijk hoorbaar in haar stem. Ze laat haar handen zakken.

Colin Scotts dreigende ogen verplaatsen zich, en ook het pistool zwenkt enigszins.

'Mijn bevelen bestaan eruit dat ik professor Garland of iemand van zijn gezin niets mag aandoen. Maar ik ben bang, professor Worth, dat niemand iets heeft gezegd over vrienden.'

Dana klinkt plotseling heel kleintjes. 'U gaat míj doden?'

'Het is noodzakelijk,' verzucht hij, en nu is het pistool op haar neusrug gericht. 'En het heeft een zekere... symmetrie.'

'Wacht,' zeggen Dana en ik tegelijkertijd, terwijl we ons allebei afpijnigen om de juiste woorden te bedenken om hem af te remmen.

'Verwijdert u zich alstublieft van professor Garland,' zegt hij redelijk, alsof het op dit moment haar allereerste zorg zou zijn mij te behoeden voor toevallig letsel. Er duikt een kerkhofrat op uit de schaduw, wit, lomp en reusachtig, en gaat op zijn achterpoten zitten, wellicht in het besef dat er binnenkort iets te eten valt. 'Doe nu gewoon uw ogen maar dicht, professor Worth. U zult zelfs geen tijd hebben om pijn te voelen. U, professor Garland, stapt opzij en draait uw gezicht naar de muur van het mausoleum.'

'Doe dit niet,' bezweer ik hem.

'Professor Garland, ik moet u vragen u af te wenden. U hebt voldoende gehoord om me de dodencel in te sturen. Maar u zult er niet naar handelen, ongeacht wat ik vanavond doe, want doet u dat wel, dan zijn de bevelen wat betreft bescherming voor u en uw familie niet langer bindend. U zou misschien uw eigen leven riskeren, maar u hebt een vrouw en kind met wie u rekening moet houden. Begrijpt u wat ik zeg?'

Ik dacht dat ik wist wat doodsangst was, maar nu is die binnen in me tot leven gekomen, rondfladderend op waanzinnige, gewetensberovende vleugels. 'Ja maar, u kunt toch niet gewoon...'

'Draai u om, professor.'

'U gaat me dóden,' herhaalt Dana met trillende stem.

Op dat ogenblik verricht ik de stoutmoedigste en stomste daad uit mijn vier decennia op deze planeet. Ik laat mijn handen zakken en stap tussen Dana Worth en Colin Scott in.

'Nee, dat gaat hij niet,' zeg ik, terwijl mijn stem nog erger beeft dan die van Dana.

'Gaat u alstublieft opzij, professor,' zegt de man die de man heeft gedood die Abby heeft gedood.

'Nee.'

Meneer Scott aarzelt. Ik kan de radertjes bijna horen draaien: hij wil niet dat Dana ontkomt en eigenlijk ook niet dat ik ontkom, en misschien kan hij ons maar het beste allebei doden en vertrouwen op zijn vermogen om Jack Zieglers toorn te ontwijken. Of misschien denkt hij dat hij mijn dood op iemand anders kan afschuiven. Of rekent hij erop dat oom Jack zo ziek is dat zijn woord niet meer zoveel gezag heeft als vroeger. Of misschien is zijn nieuwe cliënt, wie het ook mag zijn, zelfs nog machtiger dan de gevreesde Jack Ziegler. Het kan ook zijn dat hij nog een andere theorie heeft, een die ik me niet kan indenken en ook niet kan begrijpen, want ik leef niet in zijn wereld. Maar wat voor reden hij ook mag hebben, een ogenblik later weet ik dat de voormalig geheim agent tot een besluit is gekomen. Hij gaat ons allebei doden, hier op de Old Town Burial Ground. Zijn onaangedane blik brengt die boodschap zo duidelijk over alsof hij in graniet is uitgehakt.

De loop van het pistool schiet een centimeter of vijf omhoog en lijkt erg breed en donker te worden, klaar om me te verzwelgen, en zelfs terwijl ik me gereedmaak om me naar voren te werpen, weet ik dat ik hem nooit op tijd zal bereiken om te voorkomen dat hij schiet, dus gebruik ik in plaats daarvan mijn laatste seconden om te bidden en te wensen dat ik de kans had gehad om afscheid te nemen van mijn zoon en zelfs van mijn vrouw, die niet langer echt mijn vrouw is. Ik merk dat ik Dana's kleine hand in de mijne heb en ik hoor haar Psalm drieëntwintig prevelen en ik vraag me af wat er met haar befaamde oosterse vechttraining is gebeurd. Mijn zintuigen staan op scherp: ik kan bijna de afzonderlijke haren zien op Colin Scotts roodgeverfde hoofd, ik kan de druk voelen van zijn vinger die zich om de trekker sluit, en dan overweldigt dat diepe en bestendige instinct om te overleven mijn natuurlijke fatalisme. Ik ruk me los uit Dana's hand en overbrug met één sprong de kleine afstand naar Colin Scott.

Dan gebeurt alles tegelijk.

Colin Scott is erg snel. In de fractie van een seconde tussen het moment dat ik opspring en het moment dat ik boven op hem neerkom, haalt hij de trekker over, niet één, maar twee keer, en het hele kerkhof schudt van de knal van het pistool terwijl mijn lichaam plotseling ijskoud en vervolgens gevoelloos wordt, en ik tol zijwaarts, waarbij ik tegen een albasten engel bots die boven op een grafsteen de wacht houdt. Ik verbaas me over de weerklank – zijn pistool heeft een demper, het zou niet zoveel lawaai moeten maken – maar ik besef ook dat hij gelijk had, dat ik helemaal niets voel, en dan besef ik dat Dana iets schreeuwt wat ik niet kan verstaan, en ook dat ik niet dood ben, de kogels moeten mij gemist hebben, Colin Scott is op zijn knieën gezakt, er zit een ontstellende hoeveelheid bloed op de bovenste helft van zijn overhemd, het bevroren grind lijkt glibberig en mijn eerste gedachte is dat zijn pistool op de een of ander manier niet is afgegaan, dat het in zijn hand is ontploft, en ik sta nog steeds overeind, zij het onvast, en duw Dana terug het duister in, naar de afvoerpijp. Ze heeft haar schop weer vast en het valt me in dat ze Colin Scott ermee geslagen moet hebben, omdat er een bloederige jaap op zijn voorhoofd zit. Terwijl ik nog steeds probeer Dana in beweging te krijgen, houd ik meneer Scott in het oog, die met één hand op de grond om zijn as draait, het pistool probeert te richten op iets achter hem in de duisternis, en nog tweemaal vuurt, heel snel, twee rappe spatten die het kerkhof doen oplichten en vervolgens in het overspoelende duister verdwijnen, waarna er een luide schreeuw opklinkt uit het donker. Dana en ik besluiten neer te hurken en een ogenblik later klinkt de scherpe knal van nog een pistoolschot, en nu ligt Colin Scott plat op de grond, het pistool centimeters verwijderd van zijn trillende hand, zijn nek is erg bloederig en hij probeert iets te zeggen, zijn lippen vormen woorden op hetzelfde moment dat het levenslicht in zijn met tranen gevulde, niets ziende ogen dooft, en ik durf niet dichterbij te komen omdat ik niet weet wie daar in het duister op de loer ligt, maar ik kan van zijn lippen de eenvoudige woorden aflezen die hij vormt en ik weet dat de laatste gedachte in zijn leven zijn moeder betreft.

Dana en ik liggen plat op de grond.

Wachtend.

Luisterend.

Voetstappen knerpen op het grind. Ze bewegen zich langzaam. Voorzichtig. Beducht voor een valstrik.

Dana huilt. Ik weet niet waarom. Wij zijn de overlevenden. Ik houd haar dicht tegen me aan op het gras aan de zijkant van het pad. Ik heb het koud, ondanks mijn parka. Dana huivert en is in mijn armen zo licht als een veertje. Meneer Scott is één en al bloed.

We zijn te bang om ons te verroeren.

De lichtbundel van een zaklantaarn schiet over ons heen, valt op wat er van meneer Scott is overgebleven en doorklieft de lucht boven ons hoofd terwijl dansende spikkels mijn zicht vertroebelen.

We blijven roerloos liggen. Ik heb het gevoel dat ik eigenlijk iets zou moeten doen, maar ik ben ten prooi gevallen aan lethargie. Ik kan geen vin meer verroeren. Misschien is dit de nawerking van doodsangst.

Het licht is erg dichtbij, bijna verblindend. Ik zie iets wat sportschoenen zouden kunnen zijn. Een spijkerbroek. Maar degene die Colin Scott heeft doodgeschoten, wie het ook mag zijn, zegt geen woord, en Dana en ik zien geen hand voor ogen. We horen een metalig geschraap en dan gaat het licht met een klik uit.

De voetstappen beginnen zich te verwijderen, en Dana springt met een boze kreet overeind. Ze grist Colin Scotts pistool van de grond. Rent. Niet naar de uitgang. De duisternis in.

'Dana!' roep ik, terwijl ik overeind krabbel om haar achterna te gaan, en om de resten van meneer Scott heen stap. Mijn stem is zwak, schril, een echo van een echo. 'Dana, wacht!' Maar mijn kreet is een zacht gejammer. 'Dana!'

Ik begin te wankelen. De duisternis wervelt van zwart-zwart naar zwartgrijs naar grijs-grijs, en tollend komt de grond me nogmaals tegemoet. Dana verdwijnt. Ik probeer weer te gaan staan. Ik wil haar zeggen dat ze niet zo dwaas moet doen, dat het beter zou zijn om het kistje te pakken en op weg te gaan naar het hek of de afvoerpijp, maar het ontbreekt me aan de kracht om mijn stem te verheffen. Ik zak tegen de grafsteen in elkaar. Ik zie de albasten engel boven me uit torenen. Dana is verdwenen. Maar het lijkt allemaal heel onbelangrijk. Mijn handen worden gevoelloos. Tegen de grafsteen leunen is als water vastgrijpen. Nee, ijs. Ik glijd op de grond. Een van mijn voeten trilt afschuwelijk. Mijn maag jeukt maar ik kan geen hand uitsteken om te krabben. Bij de gloed van mijn gevallen zaklantaarn zie ik waarom Dana is weggerend. Het metalen kistje is verdwenen; degene die Colin Scott heeft doodgeschoten moet het hebben meegenomen terwijl wij verblind werden door de zaklantaarn. Dat was het metalige geschraap dat ik hoorde.

Ik probeer te bidden. *Onze vader die... die in... die in de...*

Ik verzamel mijn krachten, probeer opnieuw overeind te komen, te denken, me te concentreren.

God, alstublieft... alstublieft...

Maar het vereist te veel energie om deze gedachten vast te houden. Ik moet rusten. Het gras is plakkerig rood onder mijn wang. Vlak voordat de schaduwen me insluiten, besef ik dat niet al het bloed afkomstig is van meneer Scott.

Ik ben toch geraakt.

52

Bezoek van oude vrienden

— I —

'De kinderen willen je allemaal zien,' dweept Mariah terwijl ze aan mijn ziekenhuisbed zit. 'Het is alsof je voor hen een soort held bent.'

Ik glimlach geruststellend van diep onder mijn onwaardige wirwar van verband, sensors, hechtdraden en slangen. Mijn doktoren hebben me monter verzekerd dat ik zoveel bloed verloren heb op de Burial Ground dat ik er bijna aan ben bezweken. Ik heb zoveel pijn gehad sinds ik ben bijgekomen dat ik me een paar keer heb afgevraagd of ik niet beter af was geweest als het ambulancepersoneel er iets langer over had gedaan om me te vinden. Niet alle pijn was fysiek. Toen ik gistermiddag mijn ogen opende, zag ik Kimmer in een leunstoel dutten met een dikke juridische memo op schoot, en toen ik ze later opnieuw opende was ze verdwenen. Ik besloot dat ik misschien had gedroomd dat ze er was geweest. Toen de verpleegster langskwam om te kijken of ik al dood was, of in elk geval of er misschien reden was alarm te slaan en iedereen met gezwinde spoed te laten komen, vroeg ik of mijn vrouw op bezoek was geweest. Mijn stem haperde, maar de verpleegster was geduldig en uiteindelijk slaagden we erin contact te leggen. Ja, werd me verteld, uw vrouw was hier inderdaad even, maar ze moest naar een vergadering. Op dat moment nestelde de pijn zich in me als een onafscheidelijke metgezel. Dezelfde oude Kimmer. Plichtsgetrouw genoeg om me op te zoeken ondanks onze verwijdering, maar niet ten koste van in rekening te brengen uren.

Ik vroeg de verpleegster of ik iets kon krijgen tegen de pijn. Ze keek bedaard mijn gegevens door, rommelde vervolgens wat met mijn infuus, en toen ik mijn ogen opnieuw opende was het avond en had ik twee rechercheurs als gezelschap.

Dr. Serra, mijn chirurg, kwam binnenstormen en zei hun dat ik te zwak was om te praten.

Veel bloemen, maar niemand van de juridische faculteit die eerste dag, omdat ik geen andere bezoekers mocht ontvangen dan mijn vrouw. Een van de verpleegsters van intensive care, een robuuste zwarte vrouw genaamd White, deed de televisie aan en ging voor mij de zenders langs, maar ik besteedde weinig aandacht aan de programma's. Ze koos uiteindelijk voor een film, iets met Jean-Claude Van Damme en een heleboel pistolen. Ik draaide mijn gezicht naar het lichtgroene plafond, herinnerde me die laatste momenten op het kerkhof en vroeg me af wanneer ik mijn zoon zou kunnen zien.

Ik sliep nog wat.

Op een gegeven moment vroeg ik dr. Serra hoe ik in een privé-kamer verzeild was geraakt, maar hij haalde slechts zijn schouders op, waarbij zijn handen met de palmen naar boven draaiden, en suggereerde met dit sierlijke, mediterrane gebaar dat zijn zorg de toestand van mijn gezondheid betrof, niet de toestand van mijn financiën. Ik vroeg om een telefoon en kreeg nul op mijn rekest. Een ziekenhuis kan als een gevangenis zijn. Ik wilde dit dr. Serra duidelijk maken, maar hij ging er haastig vandoor om naar zijn andere bijna dode patiënten te gaan kijken. Toen was zuster White er weer en legde me uit dat ik, vanwege mijn bewaakte toestand, maar een paar bezoekers kon ontvangen, die ik voor haar moest opnoemen; zodra ze me had verteld dat kinderen van intensive care werden geweerd, verloor ik mijn belangstelling voor dit akkefietje.

Vijf namen, zei ze, plus familie.

Ik noemde snel Dana Worth en Rob Saltpeter. Ik noemde John Brown. Na even wanhopig te hebben nagedacht noemde ik mijn naaste buur Don Felsenfeld. En ik vroeg zuster White of ze me de gunst wilde bewijzen eerwaarde Morris Young te bellen, de vijfde naam op mijn lijstje. Ze glimlachte, onder de indruk. Toen de zuster was vertrokken zag ik een man in donkerblauw serge op de gang zitten, en ik vroeg me voor ik in slaap viel opnieuw af of ik onder bewaking stond of onder arrest.

De volgende keer dat ik wakker werd lag er een bijbel op de tafel naast het bed, een grote letter-versie van de King James met daarbij een briefje van dr. Young in het beverige handschrift van een oude man. *Bel me wanneer je maar wilt*, had hij geschreven. Er kwam weer een zuster binnen, en ik vroeg haar of ze me uit Genesis 9 kon voorlezen.

Ze had het te druk.

De politie kwam terug, met de schoorvoetende toestemming van dr. Serra, en een van hen was mijn oude vriend Chebret. Ik vertelde hun wat ik me herinnerde, maar ze hadden met de FBI, Dana Worth, oom Mal en Sergeant Ames gesproken en leken al ontzaglijk veel te weten. Ze stelden me maar één vraag die echt van belang leek te zijn: of ik mijn agressor had gezien. Dat was het woord dat ze gebruikten: *agressor*. Een woord uit de kranten en de films. Ik merkte dat het me beviel. Ondanks pijn en dufheid ontwaakte de semioticus in me en vroeg zich af waarom de ambtenarij zo'n indrukwekkend klinkende term zou gebruiken om een brute crimineel te beschrijven. Misschien omdat daardoor hun vak een hogere plaats op de sociale ladder leek in te nemen dan in werkelijkheid het geval was. Ze vingen geen onbeduidende bajesklanten, het onopgeleide en wanhopige uitschot dat, in de mooie terminologie van Marx en Engels, in het *Lumpenproletariaat* was 'gestort', ze zaten achter agressors aan. Nou, ik was inderdaad agressief bejegend. Ik was het slachtoffer van agressieve pistoolschoten. De woorden met schorre stem uitbrengend legde ik de twee geduldige politiemannen uit dat Colin Scott, de agressor, dood was. Ze keken elkaar aan, schudden hun hoofd en zeiden tegen me dat de drie kogels die mij in mijn onderbuik, mijn dij en mijn nek hadden getroffen, terug waren gevonden, en dat slechts twee daarvan afkomstig waren uit het pistool van wijlen meneer Scott. Dat betekende dat er die avond op het kerkhof ook door een vierde persoon op me was geschoten.

De persoon die door Dana achterna was gezeten. Nu wist ik waarom. Want er was in elk geval geen noodzaak om het gestolen kistje te heroveren.

'We zijn er nog niet zeker van of het een ongeluk was,' zei een van de rechercheurs. Het was de derde kogel, voegden ze eraan toe, die de meeste schade had aangericht door me laag in de borst te treffen. In de films, zeiden ze, mikt men op het hart, geen slecht idee, maar om het hart heen zitten ribben; in het echte leven richt je vaak meer schade aan door op de buik te mikken in de hoop een nier te vernielen, of beter nog, de lever. En zelfs als je die organen mist, vervolgden ze, veroorzaak je zoveel bloedverlies dat er een goede kans bestaat dat het slachtoffer lang voordat er hulp is gekomen, overlijdt.

Bangmakerij. Werkte nog behoorlijk goed ook.

Toen vertelden ze me de rest. Colin Scott was ook driemaal getroffen. Maar alleen het laatste schot, het schot dat hem doodde, kwam uit hetzelfde mysterieuze pistool waaruit vanuit de duisternis een zeer nauwkeurig schot was gelost op mijn onderbuik. De eerste twee kogels die hem troffen waren uit weer een ander vuurwapen gelost. Twee onregelmatig gevormde kogels die uit de grafstenen in de buurt van de plaats van onze confrontatie waren opgedolven, pasten ook bij dat pistool. Eén mogelijkheid, zeiden de rechercheurs, is dat de geheimzinnige schutter daar in de mist door zijn kogels heen raakte en een tweede pistool heeft getrokken. Een andere mogelijkheid is dat er die nacht geen vier maar vijf personen op het kerkhof waren: Dana, ik, Scott en twee onbekenden.

Stomverbaasd vertelde ik hun een deel van de waarheid: dat ik niets zag behalve het vuur uit de loop van het pistool, dat ik pas wist dat ik was geraakt toen ik bezweek.

Ze haalden hun schouders op en gingen weg zonder me de juiste vraag te stellen. Al piekerend over ongeluk versus opzet dommelde ik in.

Toen ik weer wakker werd, zat Mariah aan mijn bed, en ik staar haar op dit moment aan, zoals ze daar zit: brutaal, rijp en onmiskenbaar rijk, gekleed in designerspijkerbroek en skitrui, een vleugje koninklijkheid dat langskomt op de afdeling van de gewone man. Ze huilt om me en vertelt me dat haar kinderen mij een held vinden.

'Wat doe jíj hier?' weet ik met schorre stem uit te brengen.

'Je decaan heeft me opgespoord.'

'Nee, ik bedoel... ik bedoel, je bent net weer mammie geworden.'

'En ik kan je geen moment alleen laten,' snikt ze, maar ze lacht tegelijkertijd. 'Ik beval en jij laat jezelf neerschieten.'

'Hoe is het met de baby?'

'De baby is mooi. De baby maakt het uitstekend.'

'En, wat? Twee dagen oud?'

'Vier. Ze maakt het goed, Tal. Uitstekend. Ze is beneden bij Szusza in de bestelwagen. Overigens, mammie moet haar over een paar minuten gaan voeden.' Mariah glimlacht onder het janken. 'Maar moet je jezelf eens zien,' fluistert ze, haar handen wringend in haar schoot. 'Moet je toch kijken.'

'Met mij is het goed. Je had thuis moeten blijven. Echt.' Ik onderdruk een hoest, omdat hoesten pijn doet. Veel pijn. 'Ik bedoel, ik vind het fijn dat je er bent, maatje, maar... nou ja, je had de baby echt niet hierom achter hoeven laten.' Ik wil niet dat ze weet hoe geroerd ik ben. Bovendien zou ik de woorden niet over mijn lippen kunnen krijgen. Ik mag dan op intensive care liggen, ik ben nog steeds een Garland.

'Nou, misschien als je maar één keer was geraakt. Of zelfs twee keer. Daarvoor zou ik misschien in Darien zijn gebleven. Maar Tal, jij bent altijd iemand geweest die boven verwachting presteert. Jij moet je zo nodig dríé keer laten raken!'

Ik weet een glimlach te produceren, meer ter wille van Mariah dan van mezelf. Ik herinner me dat toen mijn moeder op sterven lag, ze van mening leek te zijn dat het haar taak was een troostend woordje te spreken tegen elke bezoeker die met de mond vol tanden in Vinerd Hius de voorlaatste eer kwam bewijzen. Ik denk even aan mijn broer en vraag me af waarom alleen Mariah hier is, maar hij is ook nooit naar de benoemingshoorzittingen van de Rechter geweest: Addison houdt alleen maar van een goede afloop.

'Ik neem aan dat je genoeg te doen hebt,' zegt Mariah wijzend. Mijn zakschaakspel en mijn laptop staan keurig netjes opgesteld naast het bed. Ik glimlach als een kind op het kerstfeest. Om mijn stem te sparen, gebaar ik. Mijn zus opent mijn laptop voor me op de kleine tafelarm die je met een draai boven het bed kunt plaatsen en zet de laptop aan.

Dank je, zeg ik geluidloos met mijn lippen terwijl Windows zijn opgewekte groet schettert.

Kimberly heeft ze meegebracht, zegt Mariah. 'Ze dacht dat je die wel zou willen hebben.'

Aardig van haar, maar ook om razend van te worden.

'Kimmer gaat bij me weg,' zeg ik op effen toon tegen mijn zus, maar ik moet het drie keer zeggen voordat mijn woorden verstaanbaar zijn.

Mariah is zo vriendelijk om gegeneerd te lijken door haar antwoord. 'Ik denk dat iedereen aan de Oostkust dat weet,' zegt ze zacht. Ze wordt weer vrolijk. 'Maar je bent beter af zonder haar. Weet je wat mama vroeger tegen me zei wanneer ik liefdesverdriet had? Er lopen nog genoeg mannen rond.'

Ik doe mijn ogen even dicht. Als een ziekenhuis een gevangenis is, is dit mijn straf: naar mijn zus luisteren die me vertelt dat het beter voor me is zonder de moeder van mijn kind te leven.

'Ik hou van haar,' zeg ik, maar zo zacht dat ik betwijfel of Mariah het wel hoort. 'Het doet pijn,' voeg ik eraan toe, maar ver onder het geluidsniveau dat hoorbaar is voor het menselijk oor.

'Ik heb haar nooit gemogen,' vervolgt mijn zus, te veel afgeleid om acht te slaan op andere stemmen dan de hare. 'Ze was niet goed voor je, Tal.'

We zijn gedurende een ogenblik samen alleen, want mijn familie beschikt niet over goed emotioneel gereedschap om mensen in nood te steunen, vooral niet als die mensen verwanten zijn. Dan doe ik mijn ogen open en kijk ik vluchtig op naar mijn zus. Ze kijkt neer op haar schoot, waar haar vingers nerveus aan elkaar plukken.

Ze zit met iets anders.

'Wat is er, maatje?' fluister ik, want mijn stem kan op dit moment enkel een fluistertoon voortbrengen.

'Misschien is dit niet het juiste moment...'

'Mariah, wat is er?' Mijn snel opkomende angst geeft mijn stem wat energie. 'Je kunt hier niet zomaar komen zonder het me te vertellen. Wat?'

'Addison is weg.'

'Weg?' Paniek. Herinneringen aan pistoolschoten. En een piek, ongetwijfeld, in de blauwe machine die mijn hart controleert. Ik zou waarschijnlijk rechtop zijn gaan zitten als ik niet halfdood en bovendien vastgesnoerd was. 'Hoe bedoel je, *weg*?' Je bedoelt toch niet... hij is toch niet...'

'Nee, Tal, nee. Niets van dien aard. Ze zeggen dat hij het land is ontvlucht. Hij zit ergens in Latijns-Amerika. Ze waren van plan hem te arresteren, Tal.'

'Hem te *arresteren*? Waarvoor?' Maar ik ben weer uitgeput, mijn stem is zwak en droog, en ik moet dit verscheidene keren herhalen, terwijl Mariah zich naar me toe buigt, voordat ze weet wat ik vraag.

'Fraude. Belastingen. Ik weet het niet helemaal zeker. Het ging om een heleboel geld. Ik ken de details niet. Maar oom Mal zegt dat ze er alleen achter zijn gekomen door het antecedentenonderzoek.'

'Antecedentenonderzoek?'

'Je weet wel, Tal. Van Kimberly.'

Ze bijt de naam af en suggereert door haar toon dat als mijn vrouw niet zo verbeten op jacht was geweest naar een benoeming tot rechter, Addisons financiële bedriegerijen nooit aan het licht gekomen zouden zijn. Het is de schuld van mijn vrouw dat Addison te gronde werd gericht, zoals het Greg Haramoto's schuld was dat de Rechter te gronde werd gericht. Geen van beide mannen is ten val gebracht door zijn eigen demonen. In het Amerika van tegenwoordig, en zeker in de familie Garland, is het nooit de schuld van de persoon die het doet. Het is altijd de schuld van de persoon die uit de school klapt.

'O, Addison,' fluister ik. Nu weet ik tenminste waarom hij in Argentinië op zoek was naar onroerend goed. En waar hij bang voor was.

'Gewoon Alma zegt dat hij daar een vriendinnetje heeft zitten. Maar te oordelen naar de manier waarop Alma het zegt denk ik dat het weleens zijn vrouw kan zijn.'

Misschien komt het door de medicijnen, maar ik moet hier om grinniken. Arme Beth Olin! Arme Sally! Arme wie-het-vorige-week-ook-was! Dan besef ik dat het jaren kan duren voor ik mijn broer weer zie, en mijn gezicht betrekt. O, wat heeft de Rechter toch een puinhoop achtergelaten.

'Gaat het nog, Tal? Wil je dat ik de zuster voor je roep?'

Ik schud mijn hoofd, maar sta haar wel toe me wat water te geven. Dan:

'Heeft iemand nog iets gehoord... van hem? Van Addison?'

'Nee,' zegt Mariah, maar de manier waarop ze haar blik van me afwendt vertelt me het tegenovergestelde.

Dan gaat ze, plotseling opgewekt, op een ander onderwerp over: 'O, hé, weet je? We hebben een ongelooflijk bod gehad op het huis.'

'Het huis?'

'In Shepard Street.'

Mijn krachten nemen snel af, wat misschien mijn verwarring verklaart. 'Ik... ik wist niet dat het... eh, op de markt was.'

'O, dat is het ook niet, maar je weet hoe die makelaars zijn. Ze horen dat er iemand is overleden en maken al een lijst van kopers nog voordat het testament is gelezen.' Mariah begrijpt de zorg die ze op mijn gezicht leest verkeerd. 'Maak je maar geen zorgen, maatje, ik heb het afgeslagen. Ik moet nog steeds stapels papieren doorwerken.'

Ik beduid haar zich dichter naar me toe te buigen. 'Wie... wie heeft dat bod gedaan?' weet ik uit te brengen.

'O, dat weet ik niet. Dat vertellen makelaars nooit. Je weet hoe dat gaat.'

Hoewel ik te zwak ben om het te zeggen, beschouw ik deze ontwikkeling als ominueuzer dan Mariah dat doet. 'Moet uitzoeken wie,' fluister ik, zo zacht dat mijn zus het niet verstaat.

Mariah begint over Sally te praten, die nu een ontwenningskuur volgt in die luxueuze kliniek in Delaware, maar ik kan het een en ander niet met elkaar rijmen. Mijn geest wil rust. De zuster komt binnen zonder zich te verontschuldigen om nog wat medicatie tegen de pijn in het infuus te doen. Daarna zijn de dingen een tijdje wazig.

Als ik weer wakker word is Mariah vertrokken, maar zit Lieve Dana Worth daar, de eerste keer dat ik haar zie sinds – wanneer waren we op het kerkhof? Drie avonden geleden? Vier? Net als gevangenissen doen ziekenhuizen het natuurlijke besef vervagen dat het lichaam heeft van het gestage verstrijken van de tijd. Ze draagt een jurk, wat ze zelden doet, en ziet er nogal chagrijnig uit. Misschien is het zondag en is ze langsgekomen op de terugweg van die conservatieve kerk waar ze zo dol op is. Ze draagt een wit vest over haar jurk en witte schoenen: ze ziet er vreselijk bekrompen zuidelijk uit. Haar rechterarm zit in een mitella: door een afketsende kogel, legt ze uit, is er bot afgesplinterd. 'Hoeveel juridische faculteiten hebben twee faculteitsleden die op dezelfde avond door pistoolschoten zijn getroffen?' plaagt ze.

Ik doe mijn best om terug te glimlachen.

'Ik heb hem niet kunnen inhalen,' zegt Lieve Dana, haar kleine vuistjes gebald. Ik realiseer me dat zij het zelf is op wie ze boos is. 'Het spijt me, Misha.'

'Het geeft niet,' mompel ik, maar mijn stem is nog zwakker dan daarvoor, en ik vraag me af of Dana me wel hoort.

'Toen ik terugkwam om te kijken hoe jij het maakte, was er al dat bloed...'

Ik wuif dit weg. Ik wil niet horen hoe ze vliegensvlug door de afvoerpijp is gekropen waar ik juist naar had gezocht, of hoe ze een telefoon heeft gevorderd in een avondwinkel – misschien dezelfde! – en heeft gewacht tot het ambulancepersoneel, de politie en Samuel het hek opendeden, en hoe ze hen het kerkhof heeft binnengeleid, hun twijfels en vragen het zwijgen opleggend terwijl de optocht zich langs de donkere paden kronkelde en wrong, of hoe ze als bezetenen hebben gewerkt om me te redden en me meer dood dan levend de Burial Ground af hebben gedragen. Ik wil het niet horen, deels omdat ik er al stukjes en beetjes van heb gehoord – van Mariah, van dr. Serra – en deels omdat ik het niet kan verdragen aan Dana's heroïek te denken nu het belangrijk is geworden haar om de tuin te leiden.

En Dana, met haar snelle inlevingsvermogen, begrijpt mijn tegenzin onmiddellijk en verandert van koers.

'Iedereen op de faculteit steunt je,' zegt ze met nadruk terwijl ze in mijn vingers knijpt zoals mensen dat doen wanneer ze je willen laten weten dat ze oprecht bedroefd zijn. Misschien doet het bericht de ronde dat professor Garland er niet bovenop zal komen. 'De studenten willen allemaal weten wat ze kunnen doen. Bloed afstaan, wat dan ook. En de decaan wil op bezoek komen.'

Dat ontbrak er nog maar aan. Ik schud vermoeid mijn hoofd. 'En... en de deadline dan?' weet ik uit te brengen.

'Ben je gek? Ze durven je nu niet te ontslaan. We zijn beroemd, Misha, we hebben in alle kranten gestaan.' Ze glimlacht, maar het is geforceerd. Ik gebaar naar haar arm, fluister dat het me spijt.

'Het geeft niet.' Ze geeft een klopje op mijn hand. 'Mijn leven is nooit zo opwindend als nu.'

'Je had niet moeten... moeten...'

'Vergeet het, Misha.'

'Ik... hebben ze... hebben ze...'

Meer weet ik niet uit te brengen, maar Dana begrijpt wat ik wil zeggen. Ze werpt een vluchtige blik op de deur voordat ze zich waagt aan een antwoord. 'Ja, Misha, het heeft gewerkt. Voorzover ik weet, hebben ze het verhaal geloofd. En dat is maar goed ook.' Ze zwaait met een klein vingertje naar

me. 'Je staat behoorlijk bij me in het krijt, meneer, en als je hieruit komt...'
Ze maakt haar zin niet af. Ze glimlacht. In feite is Lieve Dana compleet. Ze
heeft bijna alles wat haar hartje begeert. Ze kan niets bedenken om van me te
eisen, zelfs niet schertsend. Wat haar ontbreekt zoekt ze in haar kleine methodistenkerk, en het te verschaffen is Gods probleem, niet het mijne. Dana
zucht en haalt haar schouders op. 'Hoe dan ook, Misha, het heeft gewerkt.'

Ik vorm met mijn lippen geluidloos het woord *Bedankt*, en probeer eraan
toe te voegen, hoewel ik wegzak: *Ik hoop dat je gelijk hebt.*

Dana is nu in verlegenheid gebracht, of misschien heeft ze er genoeg van
me op te vrolijken. Om wat voor reden dan ook, ze is overeind gekomen,
strijkt met haar lippen over mijn voorhoofd, drukt mijn hand en schiet haar
jas aan. Bij de deur draait ze zich om, om nog eens naar me te kijken. 'Het
spijt me dat ik hem niet heb kunnen pakken,' herhaalt ze in mijn vervagende
bewustzijn.

Ik probeer Dana te vertellen, hoewel ik betwijfel of ik de woorden daadwerkelijk vorm, dat ik er vrij zeker van ben dat de *híj* van wie ze steeds maar
zegt dat ze hem niet heeft kunnen pakken, de persoon die me met de derde
kogel heeft geraakt, in werkelijkheid een *zíj* was. Ik weet haar echte naam
niet, maar de eerste keer dat ik haar zag had ze skeelers aan.

— 11 —

'Je ziet er vandaag een stuk beter uit, liefje,' kwebbelt de vrouw met wie ik negen jaar getrouwd ben, ook al beschouwt ze me niet langer als haar man.

'Zal wel van al die opdrukoefeningen komen,' weet ik door uitgedroogde
lippen heen uit te brengen. Maar ik zit overeind en kan zelfs vloeistoffen door
een rietje drinken. Mijn pijnlijke kaak is met draad dichtgemaakt. Dr. Serra
zegt dat ik hem heb gebroken, maar ik kan me niet herinneren wanneer.

Op Kimmers gezicht verschijnt een van haar langzame, hartverwarmen-
de, geheimzinnige glimlachjes. Ze schenkt me water in uit een karaf en klikt
de plastic deksel op de beker. Dan buigt ze zich naar me toe en brengt ze het
rietje naar mijn mond zodat ik kan nippen. Het doet pijn om haar te zien bewegen. De scherpe professionele snit van haar inktzwarte mantelpak en ecru
blouse zijn niet in staat haar lome sensualiteit te verhullen. Sinds ze me een
week geleden uit haar leven heeft buitengesloten, lijkt Kimmer te zijn opgebloeid. Ze is op dit moment een opmerkelijk gelukkige vrouw. En waarom
niet? Ze is vrij.

'Genoeg gehad?' vraagt mijn vrouw terwijl ze weer gaat zitten. Ik knik. Ze glimlacht. 'De dokter zegt dat ze je spoedig weer op de been zullen krijgen.'

'Geweldig.'

'Wanneer ze je laten gaan, kun je thuiskomen als je dat wilt,' zegt ze glimlachend, maar zelfs midden in mijn door pijnstillers veroorzaakte verdoving herken ik de valstrik. Kimmer stelt niet voor om te proberen ons huwelijk opnieuw op te bouwen; ze oppert alleen maar een plek waar ik kan herstellen, háár huis, door háár lankmoedigheid, waardoor ik bij háár in het krijt kom te staan. 'Ik zou je net zo lang kunnen verplegen tot je weer gezond bent, net als in de films.'

Ze doet erg haar best, dat moet ik haar nageven, maar het is bepaald geen aanbod dat ik kan accepteren, zoals ze zelf ook heel goed weet. Dus ik staar alleen maar, en uiteindelijk verdwijnt de glimlach op het gezicht van mijn vrouw, slaat ze haar ogen neer en zoekt ze naar een minder controversieel onderwerp.

'Je zou Bentley niet meer herkennen. Hij wordt zo groot. En hij praat zoveel.' Alsof ik maanden of jaren weg geweest ben, in plaats van vier of vijf dagen in een ziekenhuis opgenomen.

'Mmmm,' is mijn reactie.

'Nellie is niet bij ons over de vloer geweest,' voegt ze er zacht aan toe, instinctief begrijpend waar mijn angsten liggen. 'Dat zou ik je niet aandoen, Misha. Of onze zoon.'

Ik vraag me af of hier wel een woord van waar is. Kimmer is een goede advocaat: hoe, vraag ik me slim af, definieert ze de woorden *over de vloer*?

'Het spijt me zeer hoe het allemaal is gelopen,' zegt Kimmer even later, tranen in haar ogen terwijl ze mijn hand in haar beide handen neemt. Ik streel haar vingers.

'Mij ook,' verzeker ik haar.

'Je begrijpt het niet.' Ze lijkt op het punt te staan de woordenwisseling te hervatten die ze al heeft gewonnen, hoewel ik me niet kan voorstellen waarom.

'Nu niet,' smeek ik, mijn ogen dicht. Het enige wat ik kan zien is Bentleys gloeiende gezicht.

'Het is niet dat ik niet van je hou, Misha,' vervolgt ze ongelukkig, terwijl ze mijn hart steeds dichter naar de afgrond schuift. 'Ik hou wel van je. Echt. Alleen... ik kan niet... ik weet het niet.'

'Kimmer, alsjeblieft. Doe dit niet, oké?'

Ze schudt haar hoofd. 'Het is gewoon zo gecompliceerd!' barst ze uit, alsof mijn leven het simpelst is van de twee. Maar misschien heeft arme Sally al die tijd gelijk gehad. Misschien is het zo. 'Je weet niet hoe het is om mij te zijn!'

'Het is goed, Kimmer,' fluister ik, zonder duidelijke bedoeling. 'Het is goed.'

'Het is níét goed! Ik heb het geprobeerd, Misha, ik heb het echt geprobeerd!' Ze wijst naar me met een slanke vinger. 'Ik heb het goed willen doen, Misha, echt. Voor jou, voor mijn ouders, voor onze zoon – voor iedereen. Ik heb geprobeerd te zijn wat jij wilde, Misha, maar je werd helemaal gestoord van me. Of ik werd helemaal gestoord. Hoe dan ook, ik kon die persoon niet langer zijn. Het spijt me.'

'Het is goed,' zeg ik haar voor de derde keer, of de dertigste.

Ze knikt. De stilte strekt zich uit.

De zuster komt binnen om enkele van die opdringerige maar noodzakelijke dingen te doen die zusters doen, en vraagt mijn ex-vrouw in spe buiten te wachten. Kimmer droogt haar tranen en staat op en zegt dat ze sowieso moet gaan. Ze kust me zacht op mijn mondhoek en loopt trots naar de deur, waar ze zich omdraait en me een halve glimlach en een kwart zwaaitje schenkt, terwijl ze er al die tijd groot, sterk, ongelooflijk begeerlijk en totaal niet als de mijne uitziet.

'Je bent een gelukkig man,' zegt de zuster.

Het eigenaardige is dat ik, vanuit de diepten van mijn verscheidene pijnen, daarmee instem.

53

Er komt nog een oude vriend

— I —

Op de vijfde dag na mijn operatie kan ik een paar minuten per dag staan en rondlopen. Drie dagen later wissel ik de hulp van de verpleegsters in voor de steun van twee metalen krukken. Vervolgens dragen de hellevegen van fysiotherapie hun steentje bij aan mijn medische kwelling, lachend en op me inpratend, terwijl ik lijd en bijna opnieuw sterf. Na negen dagen van hun weinig zachtzinnige begeleiding geven de doktoren aarzelend toe dat ik bijna zover ben om naar huis te gaan.

Dit is waar ik vreselijk tegenop heb gezien. Hoe kan ik mijn doktoren vertellen dat ik geen huis heb om naartoe te gaan? Ik denk er niet aan om ook maar één voet te zetten in het huis op Hobby Hill en, zelfs al is het tijdelijk, te proberen onder één dak te wonen met een vrouw die me niet alleen de deur heeft gewezen maar die een verhouding had, of misschien nog steeds heeft, met een van mijn studenten. Dana heeft aangeboden me zo lang als dat nodig is te huisvesten, maar ik merk aan de manier waarop ze het zegt dat Alison ertegen is. Rob Saltpeter heeft me uitgenodigd om bij zijn gezin te komen logeren, en de eenvoudige stabiliteit van zijn huishouden komt me aanlokkelijk voor, maar ik wil Rob en zijn bijzondere vrouw Sara niet tot last zijn. Don en Nina Felsenfeld, die nog steeds de kunst van *chesed* beoefenen, bieden me hun logeerkamer aan, maar het zou een langzame foltering zijn om naast de vrouw te wonen die me niet langer wil. Oom Mal laat weten dat ik welkom ben in zijn huis in Vienna, Virginia, maar ik bel niet terug. Decaan Lynda biedt me geen onderdak aan, maar stelt wel telefonisch voor dat ik de rest van het semester vrijaf neem. En ditmaal zegt ze het vriendelijk.

Zo nu en dan geholpen door zuster White, wend ik me eindelijk tot de beterschapskaarten die op de vensterbank gepropt staan. Vele zijn van degenen van wie je het zou verwachten – faculteitsleden, studenten en een paar familieleden – maar er zijn ook een paar verrassingen bij, waaronder een paar kaarten van studievrienden die ik in jaren niet heb gezien en die op het nieuws over de schietpartij moeten hebben gehoord, omdat er overal verslag van werd gedaan. Er zijn bloemen van Mallory Corcoran en de juridische faculteit, en kaarten van Wallace Wainwright en zelfs van Bonnie Ames. Een andere kaart, afgestempeld op het vliegveld van Miami, waarschijnlijk terwijl de afzender op weg was het land te verlaten, bezorgt me een schok. Onderaan staat in een krachtig maar vrouwelijk handschrift: *Sorry, Misha. Werk is werk. Ben blij dat je oké bent. Liefs, M.* Het lijkt me sterk dat hij van Meadows afkomstig is. Ik staar uit het raam en probeer de twee beelden met elkaar te verenigen, een kalme avondwandeling op de Vineyard en een derde kogel die me bijna doodde op de Old Town Burial Ground.

Morris Young komt verscheidene malen langs en praat dan over Gods voorzienigheid en wat de bijbel verkondigt over de manier waarop huwelijken eindigen. God heeft het liefst dat huwelijken tot de dood voortduren, zegt hij, maar vergeeft ons als we berouw hebben, ook wanneer we falen in ons streven om te doen zoals hij zou willen.

Zijn boodschap lenigt mijn pijn niet.

Drie dagen voordat ik ontslagen word, komt iemand van de boekhouding naar beneden met een dikke bundel papieren die ik moet tekenen. Eindelijk ben ik in staat uit te vissen hoe het komt dat ik tijdens mijn hele verblijf in een privé-kamer heb gelegen. Ze laat me het opnameformulier zien: Howard en Mariah Denton betalen het. Ik had het eigenlijk wel kunnen weten. Wanneer ik op het punt sta Howard te bellen om hem schoorvoetend te bedanken, komt Mariah weer binnenvallen. Ze zegt dat ik eruitzie alsof ik kan reizen en deelt me mee dat de Navigator beneden zal staan wanneer de 'grote dag' aanbreekt, zodat ik voldoende ruimte zal hebben om me uit te strekken tijdens de tocht naar Darien.

Ik neem het in overweging. Een privé-gastenverblijf, ruimte om te wandelen op hun beboste terrein van drie hectare, een huishoudster om me te bedienen, waarschijnlijk een privé-dagverpleegster en een bezigheidstherapeut om me te helpen weer op gang te komen. En Mariah om naar te luisteren, de godganse dag, en vijf – nee, zes nu – kinderen om over te struikelen. En zo veel kilometers verwijderd van mijn zoon.

'Dank je,' zeg ik tegen mijn zus, verbijsterd over hoe mijn keuzemogelijkheden zo rap hebben kunnen slinken.

De volgende middag komt FBI-agent Nunzio langs en dan weet ik dat ze weldra nog verder zullen slinken.

— 11 —

'Ik kan u niet alles vertellen,' zegt hij spijtig, alsof hij zou willen dat het wel zo was.

'Kunt u me wel een beetje vertellen?'

'Het ligt eraan wat u wilt weten.'

'Begin maar bij al het gelieg,' stel ik voor.

Nunzio strijkt met een grove hand door zijn glanzende zwarte haar. Wanneer hij spreekt, is zijn gezicht gedeeltelijk afgewend. Hij wil hier niet zijn. Mallory Corcoran moet aan het allerbelangrijkste touwtje hebben getrokken om de FBI zover te krijgen dat ze vanuit Washington een agent stuurden om mij in te lichten. Maar oom Mal staat dan ook behoorlijk bij me in het krijt. Behoorlijk!

'Niemand heeft u zozeer voorgelogen, professor Garland,' begint Nunzio. We staan weer op formele voet met elkaar.

'O nee? Nou, u anders wel.'

'Ik?'

Ik knik. Ik zit weer in mijn stoel bij het raam, de zon verwarmt mijn nek. 'Het was geen toeval dat u degene was die me kwam ondervragen over de zogenaamde FBI-agenten die naar Shepard Street waren gekomen. Als ik niet zo in beslag was genomen door zorgen over allerlei andere dingen, zou ik dat zelf wel uitgeknobbeld hebben. De FBI ging wel heel snel tot handeling over, niet? Maar dat was niet vanwege de impersonatie. Dat was omdat u al vermoedde dat een van de zogenaamde agenten Colin Scott was. U had hem uit het oog verloren, nietwaar? En u had mijn hulp nodig om hem weer te vinden.'

Nunzio staart naar de verschillende medische apparaten die op een rijtje naast mijn bed staan. 'Zo zat het misschien wel ongeveer.'

'Nee, zo zat het precies. Ik moet wel een enorme stommeling zijn geweest om dat over het hoofd te hebben gezien. U hebt niet eens geprobeerd me te ontmoedigen. U hebt nooit gezegd dat ik gestoord was. U hebt me nooit afgebekt. Ik belde u op met de meest fantastische theorieën, en u nam ze serieus. Omdat u wilde dat ik bleef zoeken. U wilde dat ik Scott voor u vond.'

'Misschien.'
'Daarom stelde Bonnie Ames me al die vragen over de regelingen. Dat waren uw vragen, niet de hare, maar u wilde me niet officieel ondervragen over mijn vaders regelingen omdat ik dan weleens achterdochtig zou kunnen worden. Dus liet u het haar doen.'
'Mogelijk.'
'Mogelijk. Juist. En dat allemaal omdat u wilde dat ik Colin Scott te voorschijn joeg. Een moordenaar.'
'U bent nooit in gevaar geweest,' verzucht hij, eindelijk de hoofdzaak toegevend.
'Dat blijft iedereen me maar voorhouden. Maar moet u dit eens zien.' Ik til mijn ziekenhuishemd op om hem het verband te laten zien dat mijn hele buik bedekt. Hij geeft geen krimp. Hij heeft wel erger gezien.
'Dat spijt me, professor. Werkelijk. Misschien hadden we u meer formele bescherming moeten bieden. We zijn wel af en toe een kijkje bij u komen nemen. U wist niet dat we er waren, maar we hielden een oogje in het zeil. Maar toen Scott dood was – toen iedereen meende dat hij dood was – dachten we dat u veilig was. Dat hebben we kennelijk verkeerd ingeschat.'
'Iemand in ieder geval wel.' Ik verzamel mijn afnemende krachten. 'En vertel me nu maar eens over Ruthie Silverman.'
'*Mevrouw* Silverman? Wat is er met haar?'
'Ze is plaatsvervangend rechtskundig adviseuse van het Witte Huis. Ze helpt bij het kiezen van rechters.'
'Dat weet ik. Maar ik weet niet precies waarom u haar naam naar voren brengt.'
'U weet waar ik het over heb. Mijn vrouw zou nooit federaal rechter geworden zijn, nietwaar? Dat was gewoon een dekmantel. Een dekmantel die u in staat stelde mijn gezinsleven te onderzoeken terwijl u deed alsof u gegevens over Kimmer verzamelde. Een dekmantel die gemakshalve werd weggerukt zodra het ernaar uitzag dat het me ervan zou weerhouden Jack Ziegler op te zoeken.'
'En wat zouden we dan precies hebben willen toedekken?'
'Nee, dat mag u mij vertellen.' Ik wil klappen blijven uitdelen, maar ik ben bijna aan het einde van mijn Latijn. 'Ik ben het zat om ernaar te raden.'
FBI-agent Nunzio strekt zijn lange armen uit, haakt zijn vingers in elkaar en laat zijn knokkels knakken. Zijn schouders lijken te breed voor zijn donkere kostuum. Een andere, eender geklede agent staat in de gang te wachten – ik heb hem gezien – en ik vermoed dat het strijdig is met het beleid van de

FBI om Nunzio in zijn eentje met me te laten praten. Dat houdt in dat Washington wil dat alles wat hij me vertelt te ontkennen valt.

'U hebt het bij het verkeerde eind, professor. Mevrouw Silverman heeft niet tegen u gelogen. Niemand van het Witte Huis heeft gelogen. Ze waren er niet bij betrokken, niet op de manier die u kennelijk voor ogen staat. Uw vrouw was werkelijk een kandidaat voor dat rechterschap. Dat hebben we niet gemanipuleerd. Ik betwijfel of we dat hadden gekund. Het Witte Huis bestuurt ons, moet u niet vergeten, niet andersom. Maar we hebben er gebruik van gemaakt, absoluut. Het stelde ons in staat om... nou ja, om in verscheidene dingen te spitten die we anders niet hadden kunnen onderzoeken.'

'Zoals de financiën van mijn broer.'

Hij voelt zich ongemakkelijker dan ooit. 'Dit ging niet over uw broer, professor. Dat zou ik... toeval noemen.'

'Werkelijk? De FBI doet een antecedentenonderzoek naar ene Kimberly Madison en komt stomtoevallig voor de dag met informatie over de financiële problemen van haar zwager?'

'We moeten elke aanwijzing onderzoeken,' zegt hij zalvend.

'Nee. Er is hier meer aan de hand. Dit ging zelfs niet alleen om Colin Scott. Hij was... hij was...' Ik kan niet op het woord komen. Dan heb ik het, dankzij mijn vader. 'Hij was een pion, nietwaar? Net als ik. Eén zwarte pion, één witte pion.'

Nunzio negeert het laatste deel van mijn opmerking. 'Colin Scott was een slechterik, meneer Garland. Dat is wat we doen bij de FBI, we vatten slechteriken in de kraag.'

'Werkelijk? Dus het was de FBI die hem op het kerkhof heeft neergeschoten?'

'Nee, natuurlijk niet,' zegt Nunzio, te snel. Ik denk niet dat hij echt liegt. Hij vertelt me gewoon net niet de hele waarheid. Ook al heeft de FBI Scott niet vermoord, ze weten vrij zeker wie het wél gedaan heeft. En zullen het me nooit vertellen. Dat geeft niet: ik heb geheimen die ik ook nooit iemand zal toevertrouwen. Ik vraag me alleen af of de FBI me zou kunnen zeggen waar ze is.

Ik ben moe en ik heb zoveel lichaamsdelen die pijn doen dat mijn zenuwstelsel niet kan besluiten welk pijnsignaal hij het eerst zal doorgeven. Dus geeft hij ze maar allemaal tegelijk door. De hechtingen in mijn buik jeuken verschrikkelijk, maar ik mag er niet aan krabben. Dat is me op het hart gedrukt door dokter Serra, die zegt dat hij niet van plan is om al dat werk opnieuw te doen.

'Vertel me eens wat meer over Foreman,' zeg ik kalm. 'Hij is een van jullie, hè?'

De agent sluit even zijn ogen en slaakt een zucht. 'Hij was niet van de FBI. Hij was van... een instantie waarmee we samenwerken.'

'Was?'

'Een jager heeft in een bos in het binnenland de resten van hem aangetroffen. Het was geen fraai gezicht. U hebt de foto's van Freeman Bishop toch gezien? Nou, dit was wel duizend keer erger.'

'Het spijt me,' mompel ik, terwijl ik resoluut weiger me voor te stellen wat duizend keer erger zou kunnen zijn dan wat er met eerwaarde Bishop is gebeurd.

'Foreman was een goeie kerel. Hij sloot zich bij Scott aan om een wapendeal te sluiten. Het doet er niet toe waar. Het punt is dat hij erin slaagde Scotts vertrouwen te winnen. Althans, dat dachten we. Toen Scott terugkwam uit het buitenland om uw vaders regelingen op te sporen, nam hij Foreman mee om zich door hem te laten bijstaan.'

'Of om hem in de gaten te houden.' Nunzio's eerdere eufemisme impliceerde dat Foreman bij de CIA zat, wat wettelijk gezien hout snijdt, als de operatie tegen Scott in het buitenland begon. 'Scott heeft hem misschien wel van begin af aan verdacht...'

'Ja. Dat is mogelijk.' Hij haalt opnieuw zijn schouders op. 'Hoe dan ook, het is duidelijk dat hij hem op een bepaald moment is gaan verdenken.'

'Nu begrijp ik het. U had niet alleen Scott uit het oog verloren. U had Foreman uit het oog verloren. Daarom... daarom...'

Daarom raakte u in paniek, besluit ik niet te zeggen. *Daarom bleef u me aansporen om te blijven zoeken. Daarom bleef u me zeggen dat ik veilig was. U wist dat Foreman in moeilijkheden was, dus wachtte u tot ik u naar Colin Scott zou leiden.*

Ik sta mezelf toe mijn ogen te sluiten. De pijn is inmiddels verpletterend en ik verlang naar mijn bed. Maar ik moet nog een laatste onderwerp aansnijden. 'En dat was het doel, nietwaar? Scott naar de Verenigde Staten terugkrijgen. Daar was de operatie op gericht, of niet?'

'Ik weet niet precies wat u bedoelt, professor,' antwoordt hij ontwijkend.

'Ja, dat weet u wel. De Rechter... mijn vader... stierf, en iemand moest Scott ervan overtuigen dat er nu een risico bestond dat er iets ontdekt zou worden waarvan hij niet wilde dat het ontdekt werd.'

'O, ik begrijp het. Ja, dat klopt.'

Hij zegt het opnieuw snel, op een ontwijkende toon. Wat is hier aan de hand? Nog één vraag. Een betere gelegenheid om hem te stellen krijg ik niet meer.

'En, is mijn vader nu... vermoord of niet?'

De manier waarop Nunzio nadenkt voordat hij antwoordt, terwijl hij over zijn kin wrijft en in de verte tuurt, is op zich al angstaanjagend. 'Nee, professor,' zegt hij ten slotte. 'Nee, we denken van niet.'

Als een bliksemflits doorklieven zijn woorden zelfs mijn door pijnstillers benevelde geest. 'U... dénkt van niet?'

'Geen sporen van moord. Niemand die er iets bij te winnen had. Dus nee, we zijn er vrij zeker van dat het een hartaanval was, zoals in het autopsierapport stond.'

'Vrij zeker?'

Hij spreidt zijn handen. 'Het leven is een waarschijnlijkheid, professor, geen zekerheid.'

Misschien. Misschien. Niets lijkt ooit meer honderd procent zeker te zijn. Na al die tijd is het nog steeds vechten tegen de bierkaai.

'Agent Nunzio?'

'Ja, professor?'

'Die twee mannen die me die nacht aanvielen, hè? Degenen bij wie... de vingers werden afgehakt?'

'Ja?'

'U denkt dat Jack Ziegler dat heeft gedaan, hè?'

'Wie anders? Hij beschermde u en uw familie, weet u nog? Het verminken van de mannen die u aanvielen was waarschijnlijk zijn manier om een boodschap over te brengen.'

'Aan wie? Een boodschap aan wie?'

Voor de tweede maal heb ik het gevoel dat ik op kennis ben gestuit die hij liever voor me zou achterhouden. 'Aan iedereen die er aandacht voor had,' zegt hij ten slotte.

'Maar iedereen wist toch al van zijn... zijn edict?'

'Blijkbaar niet.' Weer dat ontwijkende.

'Als u... als u weet dat Jack Ziegler het heeft gedaan, waarom arresteert u hem dan niet?'

Fred Nunzio's ogen worden keihard. 'Ik wéét niet of hij het heeft gedaan, professor Garland. Niemand wéét ooit of Jack Ziegler iets doet. Nee, dat is het niet. Iedereen weet het, maar niemand weet hoe iedereen het weet. Er is nooit enig bewijs wat uw oom Jack betreft.'

Ik kreun waarschijnlijk. Het bevalt Nunzio niet.

'Hoeveel weet u precies over uw oom Jack?'

'Wat ik in de kranten lees.'

'Nou, dan zal ik u wat uitleggen. Dan zal ik u vertellen waarom zijn woord voldoende was om u te beschermen. Weet u wat Jack Ziegler eigenlijk doet voor de kost?'

'Dat kan ik wel raden.'

'Dat kunt u niet raden. Dus zal ik het u vertellen. Hij is wat u een makelaar zou noemen, een man die laten we zeggen een vriendelijke overname zou kunnen regelen door belanghebbenden in bijvoorbeeld Cali, Columbia, van een operatie in Turkije. Iedereen vertrouwt erop dat hij de waarheid zegt, want hij betaalt in bloed als hij ooit liegt. Zijn honorarium is een percentage van de waarde van de deal. Je zou hem waarschijnlijk een investeringsbankier van de onderwereld kunnen noemen. We schatten zijn jaarlijkse inkomen op twintig tot vijfentwintig miljoen dollar.'

'Waarom zit hij dan niet in de gevangenis?' Ik sla nog steeds terug.

'Omdat we er niets van kunnen bewijzen.'

Ik probeer dit beeld te verwerken, een man die van zijn woord leeft in een gevaarlijke wereld, een man wiens beloften dermate worden gerespecteerd dat hij... hij kan...'

O!

Ondanks alles speelt er een grijns om mijn mond.

'Wat is er, professor? Wat is er zo grappig?'

'Niets, niets. Ik... Moet u horen, dit is een beetje zwaar geweest. Ik moet rusten. Wilt u me weer in bed helpen?'

'Huh? O, natuurlijk.'

Nunzio laat me een arm om zijn goed gespierde schouder slaan en brengt me half ondersteunend, half dragend terug naar de veredelde krib die het ziekenhuis me heeft verschaft.

Onderweg gooi ik er nog een vraag uit: 'En waarom was Colin Scott nu eigenlijk zo belangrijk? Waarom een operatie organiseren om hem ertoe te bewegen terug te gaan naar de Verenigde Staten?' Hij aarzelt. 'Laat me raden. Dat hoef ik ook niet te weten, zeker?'

'Sorry, professor.'

'Geeft niet.' Ik rek me uit en bel de verpleegster, die even later komt opdagen om de lakens glad te trekken en alle juiste sensoren aan te sluiten.

'Het kistje,' fluister ik terwijl de verpleegster haar werk doet. 'Hebt u ontdekt wie het heeft meegenomen?'

'Nog niet.' Zijn toon is grimmig en vastberaden. Ik besef dat hij in verlegenheid is gebracht door de manier waarop alles is verlopen. 'Maar dat zullen we wel doen.'

'Ik hoop het.'

Hij kijkt me aan. Ik ben even bang dat iets in mijn stem het plan verraden heeft. 'Hoe hebt u het ontdekt?' vraagt hij. 'Uw vaders boodschap, bedoel ik. Wat bracht u op het idee van het kerkhof?'

'Ik had hem... mijn vader, bedoel ik... een verhaal verteld over het kerkhof. Heel lang geleden. Een persoonlijk verhaal. Misschien dacht hij dat ik onmiddellijk zou beseffen dat het... het kerkhof was wat hij bedoelde. Ik weet het niet. Ik... ik was het gewoon een tijdje vergeten, denk ik.'

De uitdrukking op agent Nunzio's harde gezicht bevalt me niet. Hij denkt dat ik iets achterhoud, wat ook zo is. 'Wat bracht u op het idee?' vraagt hij scherp, precies de juiste vraag om me op een leugen te betrappen, ware het niet dat ik mijn antwoord klaar heb.

'De twee pionnen,' zeg ik vermoeid. 'Eén werd in de juridische faculteit bezorgd, één erbuiten.'

'Nou en?'

'Een witte pion, een zwarte pion... gescheiden door de muren van de juridische faculteit. Mijn vader zei altijd...' Ik gaap. Mijn uitputting is niet geveinsd. 'Hij zei altijd dat de muur ons scheidde... de twee naties scheidde, zelfs in de dood.'

'Dat begrijp ik niet.'

'De Old Town Burial Ground. Dat had vroeger aan de achterzijde een afzonderlijk gedeelte... een soort zwart kerkhof binnen een kerkhof... en de... mijn vader wandelde daar graag rond.'

Nunzio staart me op een ordehandhavermanier aan: sceptisch en achterdochtig. Maar ik heb niet genoeg energie om passend geïntimideerd te zijn. Ik tuur naar hem door de nevels van pijn en uitputting. 'U hebt het goed gedaan, professor,' zegt hij ten slotte.

'Dank u,' mompel ik, terwijl ik me opnieuw ontspan. 'En dank u voor uw komst.'

'O. O, geen dank. Het genoegen is aan mijn kant.' En hij is vergenoegd, dat weet ik: vergenoegd dat ik hem er zo gemakkelijk af heb laten komen.

Ik zie hem vertrekken en glimlach bij mezelf terwijl mijn lichaam sluipenderwijs door slaap wordt overmand. Hij weet het niet, zeg ik tegen mezelf, opgetogen over mijn eigen slimheid. Niemand weet het, behalve Dana. We hebben Colin Scott beetgenomen, we hebben Maxine beetgenomen, we hebben zelfs de FBI beetgenomen.

Het kistje waar Colin Scott voor is gestorven en Lieve Dana en ik bijna om werden vermoord, is waardeloos. Het zakje dat erin zit is leeg. Ik weet dat omdat dit mijn instructies waren toen ik, niet in staat om zelf te handelen omdat ik gevolgd werd, Dana tijdens de lunch in Post vroeg of ze een metalen kistje wilde kopen en het voor me wilde begraven.

54

Een onzekere terugkeer

— I —

Je beseft pas goed hoe druk het is met een gezin wanneer je er geen meer hebt. Op de dag dat ik uit het ziekenhuis ontslagen word, ga ik een paar uur bij Bentley op bezoek en speel ik met hem in de achtertuin van het huis op Hobby Hill terwijl Kimmer aan de keukentafel zit te werken. Mijn koffers staan netjes gepakt in de vestibule: dat hebben Kimmer en Mariah samen gedaan, een zeldzaam moment van wapenstilstand, omdat ze er allebei gretig naar uitkeken hun zin te krijgen. De Felsenfelds zijn langsgeweest om gedag te zeggen, maar ongetwijfeld ook om de gemoederen te sussen. Wanneer onze buren verdwenen zijn, hebben mijn vrouw en ik nog één laatste ruzie, als in de goeie oude tijd. Ik ben waarschijnlijk degene die begint, maar Kimmer laat het er bepaald niet bij zitten.

We zijn in de keuken aan het kletsen, alsof dit een willekeurige dag is, en wanneer we door onze gespreksstof heen raken, zeg ik wat elke echtgenoot in mijn positie ten slotte wel moet zeggen: 'Ik begrijp het gewoon niet, Kimmer. Echt niet.'

'Wat begrijp je niet?' Ik bespeur haar onderhuidse vijandigheid, die vanaf de eerste dag dat ze me in het ziekenhuis heeft bezocht is gegroeid, misschien omdat mijn naderende vertrek al onze beslissingen plotseling vaste vorm geeft.

'Wat je in hem ziet. In Lionel.'

'Om te beginnen,' zegt ze kalm, 'laat hij me dingen doen die niet eens bij jou zouden opkomen.'

'Zoals?' vraag ik stom genoeg, het verkeerde antwoord, waarbij ik mijn laatste kans verpest, mijn allerlaatste kans om haar terug te winnen, maar daar is het waarschijnlijk toch al veel te laat voor. Trouwens, mijn geest heeft het te druk om voorzichtig te zijn. Ik denk bij mezelf: Bizarre seksuele praktijken. Blootsvoets door de sneeuw wandelen. Drugs.

'Zoals lezen!' gooit ze eruit, tot mijn verbijstering. 'Nellie is niet als jij, Misha. Hij denkt niet dat hij twee keer zo slim is als ik!'

Ik vraag haar bijna – het scheelt bar weinig, maar ik weet me te bedwingen – waarom ze, als ik twee keer zo slim ben als zij, twee keer zoveel geld verdient als ik. Eerlijk gezegd heb ik nooit gedacht dat ik slimmer was dan Kimmer; maar Kimmer heeft altijd gedacht dat ik dat dacht. Toen ze voor het eerst verliefd op me werd (als ze dat al werd), zei ze dat ze bewondering had voor wat ze mijn briljantheid noemde. Toen ik haar zei dat ik niet bijzonder briljant ben, raakte ze geïrriteerd en beschuldigde ze me van valse bescheidenheid.

Trouwens, ze was slim genoeg om te beseffen dat ze haar verhouding niet echt kon verbergen, en slim genoeg om me in de waan te laten dat haar minnaar Jerry Nathanson was.

'En denk je werkelijk dat deze, eh, relatie, eh... serieus is?'

'Het is geen relátie,' verbetert Kimmer me met de nauwkeurigheid van een kenner. 'Het is gewoon iets wat nu eenmaal weleens gebeurt. Hij zegt dat hij van me houdt, maar volgens mij is het voorbij.' Haar stem is weer vriendelijk, berustend, en ik heb het gevoel dat ze niet echt van hem houdt, maar Nellie in plaats daarvan als een verovering beschouwt. De grote Lionel Eldridge, die de helft van de vrouwen in de stad kan krijgen, komt ten slotte terecht bij een vrouw die bijna tien jaar ouder is dan hij. Toch weet ik dat zelfs dit niet het hele verhaal is. Ik zie het voor me: Lionel, die smeulde van woede jegens mij omdat ik hem in zijn ogen onheus heb behandeld in de werkgroep van vorig jaar, die op Kimmers advocatenkantoor werkte, waar hij haar elke dag zag in haar chique krijtstreeppakjes en toekeek hoe ze zelfverzekerd door de wereld schrijdt waarin zij de superster is en hij het groentje, de wereld die hij waarschijnlijk nooit de baas zal worden, de wereld die Kimmer en ik al veroverd hebben. Hoe kon hij de verleiding weerstaan om een poging te wagen? Enerzijds heb je professor Garland, die zo streng is dat je er gek van wordt, die pertinent niet onder de indruk is van Sweet Nellies beroemdheid, en anderzijds heb je professor Garlands vrouw Kimberly, lang en sexy en schijnbaar onbereikbaar. Ik zie Lionel broedend achter zijn bureau zitten in een of ander rustig hokje, het idee eindeloos overdenkend, speculerend, plannen makend, zich afvragend of mijn vrouw misschien het instrument zou kunnen zijn door middel waarvan hij zich enigszins kan wreken. Ik stel me zijn eerste avances voor, die hoogstwaarschijnlijk afgewezen werden, maar misschien niet zo heel overtuigend, omdat Kimmer, zoals ze me al waarschuwde toen we verkering hadden, altijd op zoek is naar iets nieuws.

Het kan ook zijn dat mijn theorie te egocentrisch is. Misschien was mijn vrouw de agressor. Misschien is er geen theorie van toepassing. Misschien was het, zoals Kimmer zegt, gewoon iets wat nu eenmaal weleens gebeurt.

'Hij is een getrouwd man,' breng ik naar voren.

'Hij houdt niet van háár,' snuift Kimmer, waarbij ze op Lionels vrouw Pony doelt, een voormalig fotomodel of actrice of iets dergelijks, en de moeder van zijn twee kinderen.

'En gaat hij ook bij haar weg?'

'Wie weet? Dat zal vanzelf wel blijken.'

De ruzie eindigt onbeslist, omdat het geen zin heeft om tot het bittere einde door te gaan. Ik ga weer naar de tuin om een bal over te gooien met Bentley, en mijn vrouw gaat weer aan het werk dat ze over de hele keukentafel heeft uitgespreid. Aan het begin van de avond arriveert mijn zus in de Navigator om me op te halen. Mij en mijn koffers. In de gang neem ik afscheid van Bentley. Tot mijn verrassing huilt hij niet, kleine Garland-man als hij is, en ik vraag me af wat zijn moeder hem precies heeft verteld. Hij wendt geen dapperheid voor: het lijkt hem werkelijk koud te laten.

Kimmer kust me niet, omhelst me niet en glimlacht niet. Staande in de vestibule in haar spijkerbroek en donkere sweater, niet ver van de drempel waar ik haar lachend overheen droeg op de dag dat we het huis betrokken, herinnert ze me eraan dat ik mijn zoon kan zien wanneer ik maar wil, dat ik maar hoef te bellen – waarbij de onderliggende boodschap is dat zij gaat over mijn contact met hem en of ik dat maar in mijn oren wil knopen. Ze moet me nog vergeven, hoewel het niet duidelijk is waarvoor precies. Kimmer heeft haar haar al weken niet laten knippen, zodat haar afrokapsel een beetje is uitgegroeid, en zoals ze er nu bij staat, als een robuuste blokkade die voorkomt dat het huis verder wordt binnengedrongen, waarbij de boosheid van haar donkere, sensuele gezicht afstraalt, doet ze me denken aan een van die zwarte militanten van vroeger. Ze zou een geheven vuist moeten hebben, een protestbord, een leuze: *Voldoende macht aan de juiste mensen!* Dat is niet wat een van die deelnemers aan protestmarsen ooit zei, maar beslist wel wat ze eigenlijk bedoelden. Althans, dat verkondigde de Rechter altijd, tijdens zijn neerbuigende tirades tegen de dampende retoriek van de radicalen uit mijn jeugd. *Ze weten niet echt wat ze willen*, zei hij dan beschuldigend. *Ze weten alleen dat ze het nu willen, en ze zijn bereid om 'alle mogelijke middelen' aan te wenden om het te krijgen.*

Nou, Kimmer weet wel degelijk wat ze wil, en ze is bereid haar gezin te verwoesten om het te krijgen. Ze zou waarschijnlijk antwoorden dat zíj het loodje zou hebben gelegd als ze ook maar één moment langer in dit huwelijk zou zijn gebleven, en gezien mijn capriolen tijdens de afgelopen maanden kan ik haar dat nauwelijks kwalijk nemen. Misschien pasten we van begin af aan al niet goed bij elkaar, precies wat mijn familie altijd vermoedde. Het huwelijk was om te beginnen mijn idee: na zo'n onharmonieuze relatie te hebben gehad met haar eerste echtgenoot, wilde ze minder, niet meer. Ze stelde toentertijd dat onze relatie een 'overgangsrelatie' was, een wrede, maar handige frase die is overgebleven uit de genotzuchtige jaren zestig. Ze hield vol dat we niet bij elkaar pasten, dat we elk na verloop van tijd iemand zouden vinden die beter was. Zelfs toen ik haar er eindelijk toe overhaalde mijn vrouw te worden, bleef ze pessimistisch. 'Nu zit je aan me vast,' fluisterde ze na de huwelijksvoltrekking, toen we ons samen in de witte limousine nestelden. 'Dit was een grote fout,' heeft ze me door de jaren heen tientallen malen gezegd, doelend op onze beslissing om te trouwen – gewoonlijk midden in een ruzie. Maar wat dan ook de pluspunten mogen zijn van het besluit om niet te trouwen omdat je weet dat jij en je partner slecht bij elkaar passen, het ligt niet voor de hand dat deze ook automatisch van toepassing zijn op een huwelijk dat al bijna tien jaar bestaat, met een kind in het centrum ervan.

We hadden meer ons best moeten doen, besef ik terwijl mijn maag verkrampt. Ik heb ongetwijfeld evenzeer gefaald als Kimmer – maar we hadden meer ons best moeten doen. Ik overweeg dit te zeggen, zelfs voor te stellen het opnieuw te proberen, maar uit de grimmige uitdrukking op het mooie gezicht van mijn vrouw maak ik op dat ze die mogelijkheid al uit haar hoofd heeft gezet.

Ons huwelijk is echt voorbij.

'We kunnen beter gaan,' fluistert Mariah, en trekt aan mijn arm wanneer ik gewoon maar blijf staan staren naar mijn vrouw, die onverschrokken terugkijkt.

'Oké,' zeg ik zacht, met moeite mijn blik afwendend, vechtend tegen de hete nevel over mijn ogen, mezelf dwingend zo te doen als de Rechter zou hebben gedaan, ook al zou de Rechter zich nooit in deze hachelijke situatie hebben bevonden.

Wacht even.

Er begint me iets te dagen: de Rechter, die zich nooit in deze ellende zou hebben bevonden, en mijn vrouw, uitdagend in de gang: beelden die samenvloeien, die in overeenstemming zijn met dat laatste gesprek met Alma, en dan valt het laatste, verbijsterende stukje van de puzzel op zijn plaats.

Mariah en ik rijden Hobby Road af, weg van het elegante huis waar ik tot op de avond dat ik werd neergeschoten met mijn gezin heb gewoond. Ik kijk niet in de achteruitkijkspiegel, omdat mijn vader dat ook niet zou hebben gedaan. Ik probeer nu al de streep te zetten waar hij altijd voor pleitte. Het zal net zo aangenaam zijn als een orgaan laten verwijderen, maar het is nooit te vroeg om plannen te maken. Toch schuilt er, ondanks alles, een sprankje opgetogenheid in de krochten van mijn geest.

Ik weet wie Angela's vriendje is.

– II –

We maken het nerveuze tochtje naar Darien en ik neem mijn intrek in Mariahs gastenverblijf. De volgende dag hoor ik al bij het gezin. Twee weken lang eet ik gezonde maaltijden die door haar kok zijn bereid, wandel ik over het goed onderhouden terrein en zwem ik in het verwarmde inpandige zwembad, aansterkend door de rust, het voedsel en de lichaamsbeweging. Oprecht kirrend bewonder ik de nieuwgeborene. Ik bel Bentley iedere ochtend en iedere avond. Ik speel met de bandeloze kinderen van mijn zus en 's avonds luister ik naar haar bandeloze theorieën terwijl ze de televisiekanalen langszapt, op zoek naar het zoveelste spelprogramma. Howard is er bijna nooit: óf hij brengt de nacht in de stad door óf hij zit in het vliegtuig, op weg naar de andere kant van de wereld. Dus daar zitten we dan, Mariah en ik, op de geïmporteerde bank van geruwd leer in de twaalf meter lange huiskamer van het herenhuis van negenhonderd vierkante meter. Al het meubilair is zo volmaakt gerangschikt dat de kinderen maar in een beperkt deel van de benedenverdieping mogen komen. Het is alsof je in een tijdschriftinrichting woont, en inderdaad zegt Mariah treurig dat de ontwerper foto's heeft ingediend bij *Architectural Digest*, maar dat daar niets mee is gedaan. Haar toon suggereert dat dit een regelrechte nederlaag is.

Ik kijk toe hoe mijn zus – de beste van ons allemaal – zich te midden van al deze weelde door haar eenzaamheid heenslaat terwijl de au pair de kinderen grootbrengt, de kok de maaltijden bereidt en naderhand de boel opruimt, de tuinman om de dag langskomt om de planten te verzorgen en het gras te maaien, de schoonmaakdienst tweemaal per week aantreedt zodat alles blinkt, en de accountant om de paar dagen aanwipt om een rekening te bespreken die net is binnengekomen – en het dringt tot me door dat Mariah werkelijk niets te doen heeft. Zij en Howard hebben alle diensten ingehuurd waarvan mensen uit de middenklasse zoals ik aannemen dat ze door volwassenen moeten worden verricht. Afgezien van regelmatig de kleine Mary borstvoeding geven, blijft haar niets anders over dan winkelen, tv kijken en inrichten. Dus begin ik haar mee uit te nemen: naar de film, naar het winkelcentrum, strompelend met mijn stok langs een kunsttentoonstelling in de stad terwijl we Mary in een kinderwagen voortduwen en nog een stuk of wat van haar kinderen in ons kielzog dartelen. Mariah is te rusteloos om er veel belangstelling voor te hebben. Ik probeer met haar te praten: over het laatste schandaal in Washington of de nieuwe Toni Morrison, omdat Toni Morrison sinds *Het blauwste oog* haar favoriete auteur is. Ik vraag naar haar kinderen, maar ze haalt haar schouders op en zegt dat ik maar om me heen hoef te kijken om te zien hoe ze het maken. Ik vraag hoe het met haar golflessen gaat, en ze haalt haar schouders op en zegt dat het nog steeds veel te koud is. Ik herinner me Sally's opmerking dat zij en Mariah graag samen naar clubs gingen en biedt aan mijn zus mee uit te nemen om wat naar jazz te gaan luisteren, maar ze zegt dat ze niet in de stemming is. Niets lokt haar aan. Ze lijkt te ongelukkig om de moeite te nemen depressief te zijn.

Op een middag komt er een stel vriendinnen van mijn zus uit Fairfield County langs, rijke blanke vrouwen die ze kent van de een of andere sportsociëteit, met de door individuele training afgedwongen magerheid en de roddelachtige loomheid van levens die net zo leeg zijn als dat van Mariah. Terwijl ze lusteloos in de serre zitten, met zijn glanzende zilverwitte tegels, van limonade nippend omdat het er is, staren ze me met onverholen nieuwsgierigheid, zelfs met een tikje onbehagen aan – niet, zoals ik uiteindelijk besef, omdat ik neergeschoten ben, maar omdat ik een lid van de donkerder natie ben. Het is alsof ze, om Mariah in hun geheime kringetje te accepteren, zichzelf hebben getraind te vergeten dat ze zwart is, en ik speel bij hun elegante kleine banket de rol van de geest die hen oproept zich een storend feit te herinneren dat ze terzijde hebben geschoven.

Ik vraag me af of het tot agnosie vervallen zoals zij dat doen, als raciale vooruitgang kan worden aangemerkt.

Soms zit Mariah 's avonds laat in de bibliotheek en logt ze in op AOL – de reactiesnelheid is erg hoog, want zij en Howard hebben in een T-1-verbinding geïnvesteerd – om te chatten met vrienden over de hele wereld. Ik kijk toe hoe er instantberichten opduiken: in cyberspace lijkt ze tenminste niet eenzaam te zijn, en misschien is het deels juist de anonimiteit van de chatroom waardoor ze zich ertoe aangetrokken voelt. Ze kent blijkbaar een paar samenzweringstheoretici, en hoewel ze hun nooit heeft verteld wie ze is, hebben ze allerlei 'informatie' uitgewisseld over de manier waarop de Rechter 'werkelijk' gestorven is. Ze laat me een chatroom zien die aan niets anders is gewijd. Ik probeer het gesprek te volgen, dat gaat over getuigen van wie ik weet dat ze niet aanwezig waren en bewijs waarvan ik weet dat het niet bestaat. Ik knik ernstig en zou willen dat ik in haar gekwelde brein kon kijken. Mariah is drammerig, haar weigering om de feiten onder ogen te zien moedwillig. Ze blijft maar over de autopsie zwetsen, hoewel ze net zo goed weet als ik dat twee pathologen en een fotografisch analist die door Corcoran en Klein waren ingehuurd, het er met de medisch inspecteur over eens waren dat de vlekjes slechts vuil op de lens zijn. Mariah zegt dat ze de foto's heeft ge-emaild naar cybervrienden over de hele wereld. Het komt bij me op om te vragen of daar soms vrienden bij zijn die zich schuilhouden in Argentinië, maar ze glimlacht alleen maar.

Howard is een paar keer per week thuis voor het avondeten, en naarmate ik hem beter leer kennen, ga ik hem aardiger vinden. Hij lijkt niet in staat te zijn met hun vele kinderen om te gaan, maar zijn volstrekte toewijding aan mijn zus stelt me gerust. Na het avondeten gaat Howard gewoonlijk trainen in een kamer die voor dat doel is gereserveerd, vol met de nieuwste apparaten, en dan nodigt hij me uit hem te vergezellen. Terwijl ik toekijk hoe hij aan het gewichtheffen is, besef ik dat Howard Denton uiteindelijk niets anders is dan een volwassen kind met een talent om geld te verdienen. Hij praat over zijn werk omdat hij niet weet waar je anders over moet praten. Mariah is zijn verhalen over fusiegevechten duidelijk beu; ik vind ze fascinerend. Terwijl ik naar hem luister, denk ik met meer weemoed dan ik zou hebben gedacht terug aan de tijd dat ik als advocaat werkte. Ik vraag me af of Kimmer en ik zouden zijn getrouwd als ik in Washington was gebleven in plaats van naar Elm Harbor te vluchten.

In mijn overvloedige vrije tijd spit ik de dozen met aantekeningen en documenten door die Mariah in een van de zes slaapkamers van het huis heeft opgeslagen, de vruchten van haar vele reisjes naar Shepard Street. Vrijwel alles is nutteloze troep, maar een paar dingen weten mijn aandacht te trekken en vast te houden. In een map die ze heeft voorzien van de aanduiding ONVOLTOOIDE CORRESPONDENTIE? ontdek ik met de hand geschreven concepten van verscheidene brieven, waaronder vier pogingen tot een briefje aan oom Mal om ontslag in te dienen bij het advocatenkantoor, gedateerd rond de laatste Thanksgiving in het leven van de Rechter, elf maanden voor hij stierf, en een fragment van een verontschuldigend briefje dat alleen maar aan 'G' is gericht – *ik weet niet of je me zult geloven wanneer ik je zeg dat ik hart-*

grondig berouw heb van het verdriet dat je hebt moeten doorstaan omwille van je eenvoudige en oprechte liefde voor... Op dat punt houdt het briefje gewoon op. Ik laat het aan mijn zus zien, die, blij met mijn belangstelling, uitlegt dat het bestemd was voor Gigi Walker, wat ik geen seconde geloof. Volgens mij gelooft Mariah het ook niet. Als de Rechter van plan was *voor* te laten volgen door *de waarheid* of *gerechtigheid*, had de brief net zo goed aan Greg Haramoto gericht kunnen zijn. Maar wanneer ik de importfirma van zijn familie in Los Angeles bel, krijg ik te horen dat Greg langdurig op reis is in het buitenland en niet bereikt kan worden. Ik vraag of hij voicemail heeft en een e-mailadres. Na dit bij iemand te hebben nagevraagd, wil de receptioniste me die ook niet geven.

Terwijl we op een avond laat naar Letterman zitten te kijken, vertel ik Mariah wat ik ervan denk en ze stemt er schoorvoetend mee in me haar eigen speculaties toe te vertrouwen: dat Wallace Wainwright het misschien wel bij het juiste eind had, dat onze vader betrapt wilde worden bij wat hij in zijn schild voerde. Anders valt het niet te verklaren waarom hij Jack Ziegler, die een proces te wachten stond wegens moord en afpersing, zou vragen hem te ontmoeten in de federale rechtbank, waar ze zelfs midden in de nacht beslist door getuigen zouden worden gezien en waar beslist veiligheidsrapporten werden gemaakt. Misschien wilde hij er gewoon koste wat kost vanaf. Misschien, zegt Mariah, hoopte hij dat als het ontmoeten van zijn oude kamergenoot hem de kop zou kosten, niemand diep genoeg zou spitten om door te dringen tot wat er werkelijk aan de hand was. Als dat tweede waar was, hebben de kamers van inbeschuldigingstelling die werden bijeengeroepen hem waarschijnlijk behoorlijk overstuur gemaakt.

'Stel dat hij rechtszaken manipuleerde,' zegt Mariah treurig.

'Rechter Wainwright zei dat hij dat niet deed,' breng ik naar voren, het laatste sprankje hoop.

'Rechter Wainwright is niet helderziend. Stel dat papa rechtszaken manipuleerde en een manier ontdekte om dat voor zijn maatje te verbergen. Misschien is hij na de hoorzittingen naar Jack Ziegler gegaan en heeft hij hem gezegd dat hij onder deze omstandigheden niet kon doorgaan met... wat hij ook aan het doen was, en dat Jack met zijn partners heeft gesproken, en dat ze gezamenlijk hebben besloten hem toe te staan zich terug te trekken. Of misschien heeft hij zich op eigen houtje teruggetrokken. Hoe dan ook, hij had eindelijk een uitweg.'

Ik neem dit in overweging. 'Als Gregs getuigenis geen verrassing was, zou de brief begrijpelijk zijn.'

Mijn zus knikt. 'Als hij voor Greg bestemd was, was papa een sublieme toneelspeler. Als hij voor Gigi bestemd was, kunnen we het maar beter niet weten.'

Dat is waar. Maar nu ik erover nadenk, ben ik ervan overtuigd dat Mariah gelijk heeft wat Greg betreft. Al die lange avonden van diepe neerslachtigheid waar Lanie Cross melding van maakte, toen mijn vader wilde praten over de verwoesting van zijn carrière, toen hij vroeg of er dan niet meer zoiets als loyaliteit bestond, stelde hij Greg niet verantwoordelijk: hij stelde Jack verantwoordelijk. Hij liet Greg er in feite voor opdraaien, maar ook dat maakte deel uit van het verzinsel. Als Mariah gelijk heeft, als de Rechter toch voor Jack Ziegler en zijn vrienden met rechtszaken knoeide, zou hij door toe te geven dat Greg de waarheid vertelde misschien wel zijn eigen doodvonnis hebben getekend, of dat van zijn gezin. Maar dat antwoord lijkt ontoereikend te zijn om de onbetwiste complexiteit van dat moment te vangen. De Rechter vroeg zich waarschijnlijk af of hij alles wel had moeten opgeven, of hij er goed aan had gedaan zijn eigen nominatie voor het Supreme Court te saboteren. Waarschijnlijk was de haat die hij jegens Greg Haramoto koesterde deels oprecht.

Dan begint de baby te huilen en moet Mariah ervandoor. 's Ochtends wil ze niet meer over de Rechter praten. Hoe hij stierf wil ze met alle geweld ontdekken. Hoe hij leefde, wil ze liever niet weten.

Op vrijdag brengt mijn vrouw Bentley langs voor een logeerpartij, waarbij ze me nauwkeurig uitlegt hoe ik voor hem moet zorgen, zoals ex-echtgenoten dat doen. Ze geeft me een vluchtige zoen op de lippen en een klopje op mijn rug. Ze bewondert de kleine Mary uitbundig, omhelst mijn onwillige zus en keert dan tot zondag terug naar Elm Harbor, misschien om iets met Lionel te doen, misschien omdat ze gewoon wat rust nodig heeft. Ik zorg ervoor dat ik van de deur wegloop, zwaar leunend op mijn stok, voordat ze de oprijlaan afscheurt. Het lucht me op eindelijk mijn zoon in mijn armen te hebben. Maar hij lijkt schichtig in mijn nabijheid en brengt zijn tijd liever met Mariahs kroost door. Dus in plaats van hem urenlang te knuffelen, wat ik het liefst zou willen doen, bekijk ik hem van een afstand, in de tuin, in het zwembad, in de speelkamer in het souterrain, en mijn hart huilt.

Op maandag, als Bentley weer terug is in Elm Harbor en Mariah vertrokken is naar een of ander liefdadigheidsevenement, leen ik de Mercedes van mijn zwager en rijd ik naar Borders in Stamford, waar ik voldoende boeken koop om me een tijdje bezig te houden. Lezen is gemakkelijker dan voelen. Maar ik ben ook plannen aan het maken. Hoe ik Angela's vriendje zal benaderen, bijvoorbeeld. Ik weet niet alleen waar hij is; ik zie ook in dat het noodzakelijk is om buitengewoon voorzichtig te zijn. Zelfs nu Colin Scott en Foreman dood zijn, en Maxine en haar werkgever voor het lapje gehouden zijn, loopt er nog iemand rond, degene die de mannen heeft ingehuurd die me in elkaar hebben geslagen.

Ik vraag mijn zus of ze erachter wil proberen te komen wie er op het huis in Shepard Street heeft geboden, maar ze vangt bot. Een of andere onderneming, meer wil de makelaar er niet over kwijt.

De negende dag dat ik in Darien ben vertelt Mariah me bij het ontbijt dat ze de volgende week een tweede huisgast zal hebben, een gescheiden vrouw die ze van Stanford en haar studentenvereniging kent, een collega-journaliste, moeder van twee kinderen, die ze in Philadelphia achter zal laten om dit reisje te maken: 'En Sherry is een fantastisch iemand,' zegt Mariah enthousiast, 'intelligent, succesvol, en heel, heel aantrekkelijk.' Wanneer mijn zus er schuchter aan toevoegt dat Sherry de tweede slaapkamer in het gastenverblijf zal betrekken, besef ik dat het bezoek van haar oude vriendin ten behoeve van mij is, niet van Mariah, en dat mijn zus, hoewel ik misschien nog maar een maand gescheiden ben van mijn vrouw – het ligt eraan of je begint te tellen vanaf Kimmers ultimatum of vanaf mijn ontslag uit het ziekenhuis – me nu al aan iemand anders probeert te koppelen. Ik weet niet of ik nu woedend of gecharmeerd moet zijn; ik weet wel dat het tijd wordt om te gaan.

Dat zeg ik haar nu.

Mariah smeekt me langer te blijven, ongetwijfeld omdat ik het levende bewijs ben, met kogelgaten en al, van haar samenzweringstheorieën. Wanneer ik volhoud dat ik weer aan het werk moet, houdt mijn zus vol dat ze me wil helpen. Dus rijdt ze me drie dagen lang door Elm Harbor en zijn voorsteden om huurhuizen te bezichtigen en elke keer nadrukkelijk te giechelen wanneer een dwaze makelaar die de baby in haar kinderwagen ziet de voor de hand liggende conclusie trekt en haar 'mevrouw Garland' noemt. De makelaars giechelen gewoon terug, ook al snappen ze niet wat er te lachen valt. De flats die we onder ogen krijgen bevallen me geen van alle. De ene is te klein, de andere heeft geen uitzicht. Een grote aan de haven is te duur, en Mariah, die al onredelijk gul is geweest, is zo wijs om me geen financiële ondersteuning aan te bieden. Een van de makelaars zegt dat hij iets in Tyler's Landing heeft dat ik volgens hem wel mooi zou vinden, maar Tyler's Landing is het territorium van Lionel Eldridge, en de uitdrukking op mijn gezicht is zo veelzeggend dat hij een andere voorstad oppert.

Lemaster Carlyle maakt ten slotte een einde aan mijn dilemma. Hij slentert mijn kantoor binnen op de derde middag van mijn vruchteloze zoektocht, gekleed in een van zijn volmaakte kostuums, ditmaal van een lichtgewicht marineblauw kamgaren, handgemaakt, met een zweem van een krijtstreep erop, gecombineerd met een blauw overhemd met monogram, een in felgeel en kobaltblauw uitgevoerde das en bijpassende bretels – een uitdossing waar elke advocaat uit Wall Street een moord voor zou doen. Zijn benoemingshoorzittingen vinden volgende week plaats. Ik ben maar een uurtje in het gebouw om mijn post door te nemen voordat Mariah me komt afhalen, dus hij moet me hebben opgewacht. Ik glimlach en we schudden elkaar de hand. Lem maakt geen opmerking over de gebeurtenissen op het kerkhof. Hij komt meteen terzake. Hij heeft over mijn probleem gehoord en we kunnen elkaar uit de brand helpen. Hij en Julia blijken een flat te hebben aan het water – in een nieuwbouwproject vlak bij dat van Shirley Branch aan Harbor Road, om precies te zijn. Twee slaapkamers, drie badkamers, een mooi afgewerkt souterrain, prachtig uitzicht, hoewel niet zo prachtig als dat van Shirley. Het was hun eerste huis in Elm Harbor toen Lem nog een veelbelovende jonge hoogleraar was in plaats van een academische superster van middelbare leeftijd, en toen ze naar Canner's Point verhuisden, was de markt zo slap dat niemand een serieus bod deed; ze begonnen het te verhuren en zijn daaraan gewend geraakt. Hun meest recente huurder, een gasthoogleraar christelijke ethiek uit Nieuw-Zeeland, is onverwacht vroeger vertrokken, terwijl hij nog zes maanden huur had uitstaan. Zij hebben een huurder nodig, ik heb een plek nodig om te wonen.

'Ik weet niet hoe je het vindt om een collega als huisbaas te hebben,' zegt Lem, die zo beleefd is om er niet gegeneerd uit te zien. 'Maar ik neem aan dat we toch niet zo heel lang meer collega's zullen zijn. Trouwens, we kunnen je een gunstige huurprijs bieden.'

Ik ben de schaamte voorbij. Dat is wat er met je gebeurt wanneer je je vrouw aan een student verliest. 'Hoe gunstig?' Hij noemt een bedrag, dat een aanzienlijke reductie op het gangbare tarief blijkt in te houden. Ik wil geen liefdadigheid, maar ik heb niet veel geld. De hypotheekaflossingen voor het huis op Hobby Hill worden maandelijks van mijn salaris afgeschreven, niet van dat van Kimmer, ook al heeft zij een aanzienlijk hoger inkomen, omdat we met het Bezit-in-de-Stadprogramma van de universiteit tweeënhalf procent rente besparen.

'En, wat denk je ervan?' vraagt hij.

Ik doe een lager tegenbod, alleen voor de vorm, en Lem is verder zo beleefd om de ergernis die hij ongetwijfeld voelt niet te laten blijken.

We delen het verschil, en Lem overhandigt me de sleutel. We zijn natuurlijk advocaten, en aangezien een van ons op het punt staat rechter te worden en dus ethisch nauwgezet is, overhandigt hij me ook een huurcontract ter ondertekening. Terwijl ik mijn handtekening krabbel, kletst hij door. Hij en Julia, zegt hij, willen me zodra de hoorzittingen ten einde zijn te eten vragen. Julia is nu al van plan me voldoende stoofschotels te bezorgen om me tot diep in de zomer aan het eten te houden.

Ik bedank hem.

Nu heb ik dus een plek om te wonen. Mijn zus bewondert de flat braaf, vooral het nogal vage uitzicht op het water, ook al is ze duidelijk teleurgesteld dat ik haar gastenverblijf verlaat en de aantrekkelijke en wanhopige Sherry misloop. Maar Mariah vat het sportief op. We rijden naar Hobby Hill om nog wat van mijn spullen op te halen, voornamelijk boeken en kleren, maar alleen overdag, wanneer Kimmer er niet is.

Don Felsenfeld en Rob Saltpeter helpen me de auto inladen.

'Dus nu heb je je vrijgezellenhok,' zegt Don knipogend. Maar waar ik aan denk is dat ik ongeduldig maar noodgedwongen moet wachten op het juiste moment om Angela's vriendje te bezoeken.

Ik zie Bentley zo vaak ik maar kan, dat wil zeggen, zo vaak als Kimmer me toestaat – wat heel vaak blijkt te zijn. Ze heeft het er wel over dat ze zoveel van onze zoon houdt, dat hij zo'n behoefte heeft aan haar aanwezigheid, maar haar in rekening te brengen uren zijn ook belangrijk. Kimmer heeft geen au pair, en heeft die ook niet nodig: ze heeft mij. Wanneer ze verlaat is, belt ze mij en vraagt me of ik hem alsjeblieft op wil halen, zonder ooit te vragen of het me wel uitkomt. Wanneer ze onverwacht de stad uit moet, belt ze me niet eerder dan een uur van tevoren om te vragen of Bentley voor een paar nachten bij mij kan logeren. Ik heb tenslotte de hele dag niets anders te doen dan herstellen van drie schotwonden, een gekneusde nier, twee verbogen ribben en een gebroken kaak. Op een middag mompelt Dana bij de lunch in Cadaver's – zij trakteert tegenwoordig – dat ik Kimmer de voogdij zou moeten betwisten. Ik word in verleiding gebracht, maar het is en blijft een feit dat een voogdijstrijd verwoestend is voor een kinderleven, en ik hou te veel van mijn zoon om hem in tweeën te scheuren.

'Daar rekent ze ook op,' brengt Dana naar voren.

'Dan wint ze deze ronde dus,' zeg ik bits, hoewel mijn dilemma niet bepaald Dana's schuld is. Gisteren was Bentley jarig, wat neerkwam op 's middag pakjes van papa en 's avonds nog meer pakjes van mama. Hij leek er kalm onder, hoewel verward; verzwakt door mijn verwondingen ging ik naar huis en barstte in snikken uit.

Dana troost me op haar manier: 'Zie je nu, Misha? Dat is waar voorstanders van het homo-huwelijk ongelijk in hebben. Waarom zou ik er in vredesnaam voor kiezen om die onzin te doorstaan?' Want Dana is geen aanhanger van wat ze de heteroseksistische levensstijl noemt.

Ik weiger me door Dana te laten ontmoedigen. Mijn vier jaar oude zoon en ik wandelen over het strand, of wat in Elm Harbor voor strand doorgaat, en ik verbaas me over de verandering die hij heeft ondergaan. Hij lijkt inderdaad langer te zijn geworden. Hij loopt verrassend rechtop. Zijn blik is directer. En Kimmer heeft gelijk: hij kan zijn mond niet houden. Nou ja, dat was altijd al zo, maar nu komt er plotseling iets zinnigs uit.

'Papa, kijk de meeuw, zie de meeuw, papa?'

Ik knik, bang om te spreken. Mijn hart lijkt reusachtig, een heet, pijnlijk gewicht in mijn borst. Een paar maanden geleden was dit een kleuter wiens lievelingswoorden *Durf jij* waren, en we maakten ons al zorgen of hij niet een beetje traag was, en nu absorbeert hij taal bijna sneller dan de wereld haar kan onderwijzen.

Ik breng meer tijd door in de gaarkeuken. Dee Dee en ik vergelijken onze stokken: ze kan aan het geluid dat de mijne maakt horen dat hij tweederangs is. Ik raak gehecht aan de vrouwen die ik bedien. Ik weet dat maar weinigen van hen nog een decennium zullen meemaken, maar ik begin bewondering te krijgen voor hun flinkheid ten overstaan van de vele rampen van het leven, hun handigheid om ter wille van hun kinderen de welzijnsstaat af te stropen, en het verbazend sterke geloof van velen van hen. De meeste vrouwen, zie ik ten slotte in, willen niet anders dan hun kinderen liefhebben, maar weten niet hoe. Ik ga bij dr. Young langs om te bespreken of een paar van de vrouwen opgenomen kunnen worden in zijn Geloof/Levensvaardighedenprogramma. Hij zucht. Het programma is in geldnood en heeft geen plaats meer, maar desondanks zegt hij dat ik een paar van hen maar naar hem toe moet sturen, dan zal hij zien wat hij kan doen.

'God zal erin voorzien,' breng ik hem glimlachend in herinnering.

'Wanneer hij vindt dat de tijd rijp is, niet wanneer wij dat vinden,' verbetert hij me.

Ik begin de dienst bij te wonen in Temple Baptist, en luister met een steelse glimlach toe terwijl de mollige Morris Young, die dol is op karbonade en gebakken vis, predikt over zelfbeheersing. Ik ga met Rob Saltpeter naar de YMCA. Ik kan niet langer rennen, ik kan maar beperkt werpen, maar ik kan wel coachen en aanmoedigen. 's Avonds, alleen in mijn flat, heb ik de gewoonte de open haard aan te steken en voor het vuur te gaan zitten lezen.

Op een middag, terwijl ik vanaf de boekwinkel op de campus trekkebenend terugkeer naar Oldie, draai ik me schielijk om, met het gevoel dat er ogen op me gericht zijn, maar ik zie niets. De volgende dag geef ik Romeo van de gaarkeuken twintig dollar om op een paar straten afstand achter me aan te gaan lopen door het centrum van Elm Harbor, en te kijken of ik gevolgd word. Misschien, meldt hij wanneer we weer bij elkaar komen. Misschien niet.

Er zit niets anders op dan door te gaan.

De maand maart verglijdt. Ik keer terug naar de collegezaal, een beetje gehinderd, niet in staat om op en neer te stormen zoals vroeger, maar kennelijk val ik zo meer in de smaak bij de studenten. Hoewel ik nerveus ben, blijkt daar geen reden toe te zijn. Mijn zevenenvijftig studenten administratief recht, die de afgelopen maand les hebben gehad van Arnie Rosen, geven me een staande ovatie wanneer ik binnenloop. Arnie mag dan briljant zijn, ik ben neergeschoten, wat me een speciale autoriteit schijnt te verlenen. Ze zijn zo onder de indruk bij de aanblik van een professor met drie kogelgaten, dat ze niet de moeite nemen om me zoals gebruikelijk het vuur na aan de schenen te leggen. Wanneer ik vragen stel, word ik beloond met wezenloze, adorerende blikken, alsof ze zo geïmponeerd zijn dat ze zich niet meer op het onderwerp kunnen concentreren.

Dus stel ik me ten doel hen van hun adoratie te genezen door even streng en veeleisend te zijn als vroeger. Uiteindelijk beseffen ze dat mensen zelden heiligen worden wanneer ze neergeschoten zijn, en dan is de situatie weer als vanouds: ze zijn niet erg dol op me, maar ze werken als bezetenen tijdens mijn college. Toch heb ik iets van mijn kracht verloren, en dat lijken ze aan te voelen. Het is als een toneelstukje: *U weet dat wij weten dat u niet bent wat u was*, vertellen ze me, glimlachend achter hun irritatie.

Mijn faculteitscollega's zijn beheerster. Ze vertellen me hoe geweldig het is om me te zien, op de luide, vriendelijke toon die we gebruiken om met hardhorenden te communiceren, waarbij we ons door middel van ons volume verzekeren van onze superioriteit. Op bijeenkomsten van de Functionarissen luisteren mijn collega's toegeeflijk naar me, complimenteren me met mijn scherpzinnigheid, en haasten zich dan hun oordeel uit te spreken, alsof ik niets heb gezegd.

Ik ga er niet meer heen.

Een paar keer zie ik de grote Lionel Eldridge door de gangen van Oldie sjokken, maar altijd in de verte. Hij kijkt nooit mijn kant uit. Ik roep hem nooit. In al die jaren dat ik lesgeef is er nooit iets gebeurd wat me op zo'n situatie heeft voorbereid. Wat gebeurt er nu met de paper die hij me verschuldigd is? Is er een speciale regel die opgaat wanneer je een student moet beoordelen die je vrouw van je heeft afgepikt? Ik ga te rade bij Dana en Rob, die me allebei adviseren Lionel aan iemand anders over te dragen.

Om het zekere voor het onzekere te nemen vraag ik Romeo op een avond me opnieuw te schaduwen, en ditmaal doet hij het voor niets, omdat hij het leuk vindt. Maar nog steeds niets te melden.

April sleept zich voort. Kimmer kondigt aan dat ze een week lang op familiebezoek gaat in Jamaica. Ik sputter zoals gewoonlijk over de veiligheid, maar zij heeft geen vliegangst, zoals ik. Ze zegt niet of Lionel meegaat, en ik vraag er niet naar. Ik weet niet eens of hij wel bij zijn vrouw weg is: ik lijk een beetje buiten het geruchtencircuit te zijn geraakt en durf het niet aan Dana te vragen, die me ongetwijfeld precies zou kunnen zeggen hoe het zit. Hoe dan ook, ik heb Bentley zeven dagen achter elkaar. Ik ben opgewonden, maar Bentley is onzeker; zijn nieuwe omstandigheden, het wonen in twee huizen, zijn gezin dat uiteengevallen is, putten hem uit. Hij vertoont een kortaangebondenheid die voorheen nooit deel uitmaakte van zijn persoonlijkheid. Wanneer ik op de derde avond de kip laat verbranden, gooit hij zijn bord op de grond. Wanneer ik hem straf door hem naar zijn kamer te sturen om af te koelen, wordt zijn driftbui alleen maar erger. Hij zegt dat hij me haat. Hij zegt dat hij mama haat. Hij zegt dat hij zichzelf haat. Ik knuffel hem stevig en zeg hem hoeveel ik van hem houd, hoeveel mama van hem houdt, maar hij worstelt zich los en rent huilend naar zijn bed. Ik ben in de war en bang en woedend op mijn vrouw. Dit is het moment waarop goede ouders hun eigen ouders bellen om raad te vragen, maar ik heb niemand om te bellen, en ik zwem nog eerder naar Antarctica dan dat ik mijn zus om advies vraag op het gebied van kinderopvoeding. 's Ochtends neem ik contact op met Sara Jacobstein, Rob Saltpeters vrouw, die kinderpsychiater is en aangesloten bij de medische faculteit. Misbruik makend van onze vriendschap, weet ik haar thuis te treffen voordat ze naar haar werk gaat. Ze is erg geduldig. Ze zegt dat Bentleys angst normaal is, dat ik streng tegen hem moet zijn maar ook liefdevol en steunend, en dat ik onder geen enkele voorwaarde zijn moeder in zijn bijzijn mag bekritiseren. Dan waarschuwt ze me dat Kimmer en ik het liefst zo snel mogelijk moeten beslissen welke van de twee woningen zijn thuis is en welke een plek die hij regelmatig bezoekt. Hij zal die vastigheid in de komende maanden en jaren nodig hebben, legt ze voorzichtig uit. Ik ervaar Sara's woorden als een fysieke pijn in mijn hartstreek, en reageer niet: ik weet al wat de uitkomst van elke onderhandeling met Kimmer zal zijn. Sara is bovenal een vriendelijke vrouw. Ze interpreteert mijn stilte op de juiste manier en biedt welwillend aan vanmiddag met Bentley te praten, als ik denk dat het belangrijk is.

Ik besluit ermee te wachten.

De volgende ochtend belt Meadows met de mededeling dat Sharik Deveaux, boevennaam Conan, die heeft bekend Freeman Bishop te hebben gedood, gisteren is vermoord tijdens een knokpartij in de gevangenis, waar hij op zijn vonnis wachtte. De hoofdgetuige tegen hem, het bendelid dat zou getuigen tegen zijn medeplichtige, is verdwenen. Ik hang op en bedek mijn gezicht met mijn handen, wensend dat ik meer had gedaan om Conan vrij te krijgen, maar er was geen tijd, en mijn energie was ergens anders op gericht. Ik bid om zijn ziel, maar in werkelijkheid heb ik op dit moment weinig sympathie over, vooral niet voor een drugshandelaar met een gewelddadig verleden. Toch heeft hij de misdaad die hij heeft bekend niet gepleegd, en ik ben ervan overtuigd dat hij bij die knokpartij om het leven is gekomen opdat niemand achter de waarheid zou komen. Ik weet zelfs wie deze laatste moord op de een of andere manier heeft geregeld.

Colin Scott, die over zijn graf heen regeert.

— III —

Mei. Juni. Eindexamens, baretten en toga's. De groep die afstudeert beloont me voor mijn kogelgaten, of misschien voor het feit dat ik mijn vrouw heb verloren aan de beroemdste student, door me tot spreker op de afstudeerdag te kiezen. Ik marcheer door de ceremonie met behulp van een nieuwe stok, zwaar, donker en sierlijk bewerkt, een geschenk van Shirley Branch, die hem voor me heeft meegenomen van een voorjaarsvakantie met Kwame Kennerly in Zuid-Afrika. Hij staat erg chic bij mijn vaalbruine toga. Een paar weken geleden is Kwame gestopt met zijn werk voor de burgemeester vanwege een principiële kwestie – ik ben vergeten hoe het precies zat – en nu hoor ik van Shirley dat hij heeft besloten het volgend jaar als burgemeesterskandidaat tegen zijn voormalige werkgever op te nemen.

Ik ben te druk bezig met het missen van Bentley om er belang in te stellen.

In mijn commentaar houd ik de studenten voor dat ze hun vaardigheden ten goede moeten aanwenden, niet ten kwade, en ze worden rusteloos, want die toespraak horen ze elk jaar. Dus schuif ik mijn tekst terzijde, buig me over de katheder en waarschuw hen dat wanneer advocaten dienstbaarheid aan cliënten boven rechtschapenheid stellen, er slachtoffers zullen vallen. Ze applaudisseren enthousiast. Ik zeg hun dat als ze besluiten dat ze geen andere taak hebben dan doen wat hun cliënten hun opdragen, ze zullen bijdragen aan de verwoesting van een grote natie, die nu al ten onder gaat aan onze koppige weigering om het leven te beschouwen als meer dan een gelegenheid om onze zin te krijgen. Ze applaudisseren behoedzaam. Ik praat over het toenemende wapenbezit en het gebrek aan politieke wil om daar iets aan te doen. Ze applaudisseren plichtmatig. Ik praat over het toenemende aantal abortussen en het gebrek aan politieke wil om daar iets aan te doen. Ze applaudisseren niet, maar veel van hun ouders wel. Ik stel dat beide tekenen zijn van een genotzucht die zowel het kapitalisme als de democratie aan het verdringen is als de ware ideologie van de natie. Niemand applaudisseert, omdat niemand vindt dat ik iets zinnigs naar voren breng. Ik zeg hun dat ze zich een voorstelling moeten maken van een verhevener natie en daar vervolgens naartoe moeten werken, niet alleen in hun beroepsleven maar ook in hun persoonlijke leven. Ik zeg hun dat de huidige tweedeling van het publieke en het private volkomen over het hoofd ziet dat het onze zogenaamde privé-levens zijn die onze kinderen bijbrengen wat het betekent om op de juiste manier te leven – en dat op de juiste manier leven, zonder de rechtspraak aan te wenden om anderen ertoe te dwingen op de juiste manier te leven, de definitie is van een goed geleefd leven. Ik hoor beleefd gekuch. Ik verveel hen. Ik stel me voor dat ik Kimmer aanspreek en mijn standpunt in onze onvoltooide woordenwisseling uiteenzet. Ik parafraseer Emerson: de wereld is alles wat niet tot *mij* behoort – en dat is niet alleen dat wat zich buiten me bevindt, maar ook veel van wat zich in me bevindt. Ik wijs erop dat het leven tegenwoordig voor een groot deel in het teken lijkt te staan van het counselen van mensen om meer te worden dan ze al zijn. Maar Emerson, waarschuw ik hen, had gelijk. Soms is zelfs het lichaam, waarvan de behoeften en verlangens in strijd zijn met de wil, de ander.

Ze weten niet waar ik het over heb. Ze willen het niet weten. Ze willen gefeliciteerd worden met wat ze bereikt hebben en de wereld ingestuurd worden om genot te zoeken. Er waart een onderdrukt gegiechel door de rijen met in toga geklede studenten en zich ongemakkelijk voelende ouders. Degenen die afstuderen zien nu in dat ze een vergissing hebben begaan om mij als spreker uit te nodigen, dat ik na neergeschoten en bijna gedood te zijn op de Burial Ground er alleen maar bozer op ben geworden, niet wijzer; ik weiger hun de bemoediging te geven die op een afstudeerdag verwacht wordt.

Ik probeer het nog één keer. Ik kies een verhaal uit Exodus. Ik vertel hun hoe Mozes, toen God zijn volk in de woestijn te eten gaf, hen waarschuwde niet meer te nemen dan ze nodig hadden. Het was gemakkelijk te zien wie te veel had genomen, breng ik hun in herinnering, want degenen die over hadden, bewaarden het tot de volgende dag, in strijd met Gods bevel, en het overschot verrotte en vulde zich met maden. Ik kijk uit over de zee van frisse jonge gezichten, uitstekend opgeleid, klaar om in een rij af te marcheren en de machtige advocatenfabrieken van de grote steden te bemannen. Ik wijs mezelf erop dat een flink deel van hen nog nooit Exodus heeft gelezen, en zich Mozes waarschijnlijk herinnert als de ster van een animatiefilm. Toch moet ik het proberen. Neem niet meer dan je nodig hebt, zeg ik hun. Niet alleen wat geld betreft – dat deel van Gods wet kennen ze al, hoewel negentig procent van hen, zoals de meesten van ons, het zal negeren zodra ze met beloning in aanraking komen. Ook wat betreft datgene wat je anderen afneemt: emotionele energie, bijvoorbeeld. Neem niet meer dan wat je echt nodig hebt bij de liefde. Bij het gezinsleven. Bij je relaties met je collega's.

Ze zijn stil.

En bij wat je van jezelf eist, voeg ik daaraan toe. Neem niet meer van jezelf dan je nodig hebt. De advocatuur is een moordend beroep. Ik citeer statistieken: de onder advocaten absurd hoge cijfers wat betreft zelfmoord, alcoholisme, klinische depressie en echtscheiding. Omdat we niet luisteren naar de wijsheid van Exodus. Omdat we zelfs van onszelf meer eisen dan we werkelijk nodig hebben. We kijken naar onze lichamen, onze energie, en we denken dat ze ons eigendom zijn: we erkennen niet, in navolging van Emerson, dat ze deel uitmaken van de wereld waar je zorgvuldig mee moet omspringen, die je moet respecteren, niet misbruiken; we denken dat het ons vrijstaat ermee te doen wat we willen. En op die manier, terwijl we denken dat we bevrijd zijn, plaveien we vrolijk het pad naar onze ondergang.

Ze beseffen niet dat ik klaar ben. Ik ook niet, tot ik naar mijn stoel terugloop. De studenten applaudisseren, maar alleen omdat dat van hen verwacht wordt. Terwijl ik het podium afloop, troost ik mezelf met de gedachte dat ze Aristoteles waarschijnlijk zouden hebben weggehoond, van wie ik mijn centrale gedachte heb gegapt.

Rob Saltpeter zegt later tegen me dat ik briljant was. Lieve Dana Worth kust me op de wang en zegt dat het haar droevig maakte. Stuart Land blaft dat het beslist anders dan anders was. Lem Carlyle, die voor het laatst als faculteitslid een afstudeerdag bijwoont, deelt me mee dat het dapper was, wat voor meerdere uitleg vatbaar is. Arnie Rosen verkondigt dat het naar zijn smaak een beetje te mystiek was. Betsy Gucciardini mompelt dat het fascinerend was, campusjargon voor *ik vond het vreselijk*. Decaan Lynda schudt me de hand en zegt dat het best goed was – nog zo'n negatief eufemisme – maar vraagt of ik niet had kunnen proberen een tikkeltje optimistischer te zijn. Ben Montoya waarschuwt me ernstig dat bijbelse analogieën buitensluitend en vaak beledigend kunnen zijn in onze maatschappij die steeds meer verscheidenheid kent. Tish Kirschbaum vertrouwt me toe dat ze weet wat ik bedoelde wat abortus betreft, maar dat de manier waarop ik het verwoordde waarschijnlijk een hart onder de riem is voor uiterst rechts. Shirley Branch suggereert dat ik expliciter had moeten zijn over mijn onderliggende tekst, die volgens haar raciale ondergeschiktheid betreft. Ethan Brinkley zegt glimlachend dat het hem deed denken aan een gesprekje dat hij ooit met de Dalai Lama had.

Marc Hadley laat me weten dat ik Emerson verkeerd heb geciteerd.

55

De Elm Harbor-connectie

'Je was niet bij de buluitreiking,' zeg ik de volgende dag tegen Theo Mountain. We zitten weer in zijn kantoor en ik sta in de enorme erker.
'Nee.'
'Het is iedereen opgevallen. Je hebt er nooit een overgeslagen in... hoeveel tijd? Twintig jaar?'
'Ik kon het niet redden,' mompelt hij, maar dit is een nieuwe, ongrijpbaarder Theo. Alle triomfantelijke neerbuigendheid is uit zijn houding verdwenen. Hij zit lusteloos aan zijn bureau, wachtend tot de bijl zal vallen. Ik weet heel goed waarom hij er niet was, en hij weet dat ik het weet. Hij heeft elke keer dat ik hem de afgelopen twee weken heb gezien de woede van mijn gezicht kunnen aflezen. Het laatste wat hij gisteren wilde was tussen de faculteitsleden op het podium zitten en erover tobben wiens schuld het was dat ik werd neergeschoten.
'Zeg, Theo, wat heb je hiervandaan een prachtig uitzicht.'
'Dat heb ik vaker gehoord.'
'Je kunt de doorgang naar de Oude Binnenplaats overzien. Je hebt een rechte lijn bijna tot aan de rand van de campus.' Ik draai me weer naar hem toe. Hij is een ineengedoken, verslagen schaduw. Nu weet ik waarom hij zo lang wachtte met het aanbieden van zijn condoleances met het overlijden van mijn vader. Hij schaamde zich voor zijn eigen daden, en dat was hem geraden ook. Maar het heeft geen zin te proberen hem te haten. Ik leun zwaar op mijn stok. De pijn is vandaag erg. Dr. Serra zegt dat ik de rest van mijn leven zo nu en dan last zal hebben van inwendige pijnen. En dat zal, als ik me tijdens de volgende paar weken misreken, weleens niet zo heel lang kunnen zijn.
'Waarom heb je het gedaan, Theo?'
'Wat gedaan?' vraagt hij, in een niet overtuigende gooi naar een onschuldige toon.

'Waarom heb je me de pionnen gestuurd?'

Hij wil me nog steeds niet aankijken. Hij wil ook niet spreken. Hij staart naar de foto's op zijn bureau; een van zijn enige kind, een dochter, inmiddels begin vijftig en een zeer oudgediende compagnon bij een advocatenkantoor in Wall Street, maar op de foto een verlegen studente; en een foto waarop de drie gebroeders Mountain ergens rotsen beklimmen en er stoer en sterk uitzien, in de tijd dat ze samen de juridische academische wereld regeerden. Hij schudt enkel zijn hoofd.

'Kom op, Theo, praat tegen me. Ik weet het meeste al. Ik wil de rest horen.' Wanneer hij niets zegt, begeef ik me naar de voorkant van het bureau. 'Je hebt me die dag Oldie zien verlaten, omdat je alles uit je raam kunt zien. Uit de richting die ik insloeg heb je terecht opgemaakt dat ik op weg was naar de gaarkeuken. Het was lunchtijd. Ik liep gehaast. En jij bent tenslotte degene die me met Dee Dee in contact hebt gebracht. Dus belde je wie je ook hebt gebeld en droeg haar op de eerste envelop af te geven. Wie was het trouwens? Degene die jij belde?'

'Mijn kleindochter,' zegt hij ten slotte, nog steeds ineengedoken. 'Iemand anders kon ik moeilijk vertrouwen.' Zo eenvoudig. Zijn kleindochter, een studente op de faculteit. Als ik een beetje bij zinnen was geweest had ik het zelf kunnen bedenken. 'Ik heb haar opgedragen niet naar binnen te gaan, en ervoor te zorgen zich uit de voeten te maken voordat jij naar buiten kwam,' voegt hij eraan toe, bedachtzaam over zijn baard strijkend. 'Ik heb haar opgedragen het aan Romeo te geven en tegen hem te zeggen dat ze ervoor was betaald. Het was niet de bedoeling jou achter haar identiteit te laten komen.'

Of achter de jouwe, denk ik.

Ik strompel naar een stoel, schuif de papieren opzij die daar opgestapeld liggen en krijg het voor elkaar te gaan zitten. Boosheid lijkt mijn aanhoudende pijnen nog veel erger te maken. 'En die andere pion? De zwarte?'

'Dat was eenvoudiger. Ik zag dat jij met Dana uit lunchen ging.' Zijn blik schiet door de kamer en blijft even op mijn boos kijkende gezicht rusten voordat hij op de archiefkast belandt waar Theo gedurende twintig sluwe jaren het bewijs van Marcs plagiaat verborgen heeft gehouden. Misschien had het daar moeten blijven. 'Het maakte niet uit of je ze binnen of buiten de juridische faculteit zou krijgen, dus ik deed zowel het een als het ander. Het was de bedoeling dat ze kort na elkaar zouden arriveren, maar... nou ja, ik ben er een tijdje voor teruggeschrokken.'

'Instructies van mijn vader,' opper ik. Die me eraan wilde herinneren dat de Dubbele Excelsior een schaakprobleem was dat draaide om twee pionnen, en me te kennen wilde geven dat wit begon... en me dermate wilde intrigeren dat ik bleef zoeken.'

'Ja,' zegt hij met tegenzin. 'Hij vroeg me dit voor hem te doen... begrijp je, als hem iets zou overkomen. Zo'n twee jaar geleden zaten we samen in een televisieprogramma.' Hij richt zijn blik weer op mij. 'Hij vroeg het me toen we in de artiestenfoyer zaten.'

'Maar hij gaf je de pionnen niet op dat moment.'

'Nee. Nee, hij zei dat ik ze wel zou krijgen als het zover was. En aldus geschiedde, een week of zo nadat... begrijp je, nadat hij was overleden.' Hij zucht. 'En, voordat je het vraagt, Talcott, ik ben bang dat er geen afzender op de envelop stond.'

'Was hij toevallig gestempeld in Philadelphia?'

Theo Mountains droeve ogen fleuren even op. 'Ik denk dat het weleens Delaware kan zijn geweest.'

Mijn beurt om te zuchten. Goede oude Alma, zoveel haast om weg te komen die ochtend na de begrafenis, de pionnen waarschijnlijk in haar handtas verborgen, de thuisreis onderbrekend om ze per post naar Theo te versturen. Geen wonder dat ze naar de eilanden is gegaan. Ik vraag me af hoeveel mensen de Rechter nu eigenlijk precies bij zijn krankzinnige samenzwering heeft betrokken.

'Dus je loog toen je tegen me zei dat je op het eind niet bevriend was met mijn vader, toen je zei dat hij bevriend was met Stuart. Je probeerde me op een dwaalspoor te brengen.'

'Ik probeerde je inderdaad op een dwaalspoor te brengen, maar ik loog niet.' Op de toon van een gekozen functionaris die van meineed is beschuldigd. 'Je vader en ik waren geen goede vrienden meer. Dat was waar. Hij en Stuart waren wél goede vrienden. Dat was ook waar. Toen je vader naar me toe kwam, vroeg ik hem waarom hij het Stuart niet wilde laten doen. Hij raakte geïrriteerd en zei dat hij Stuart niet helemaal vertrouwde.' Theo schudt zijn harige hoofd en krijgt heel even zijn oude jovialiteit terug. 'Wie zou het hem kwalijk kunnen nemen? Stuart zou zijn kleindochter verkopen voor een vet advieshonorarium.'

Maar ik merk dat Theophilus niet tot de waarheid is doorgedrongen. Stuart, wat zijn politieke opvattingen ook mogen zijn, is een beter mens dan Theo. Directer, minder achterbaks. Ofwel Stuart heeft zijn verzoek bot van de hand gewezen, of de Rechter heeft voorzien dat hij dat zou doen en niet de moeite genomen het te vragen. Hij is juist naar Theo gegaan vanwege de duistere liefde van zijn oude leraar voor samenzweringen.

'En Marc Hadley?' vraag ik.

'En Marc Hadley wat?' echoot Theo zwakjes, uitgeput van het veinzen dat hij sterk is.

'Je hebt me verteld dat je het Witte Huis niet over zijn plagiaat hebt ingelicht...'

'Dat heb ik ook niet gedaan, Talcott! Dat was waar!'

'Dat weet ik. Maar iemand heeft het Witte Huis afschriften doen toekomen van praatjes die Marc na afloop van diners heeft gehouden en waarin hij al die krankzinnige ideeën losliet. Dat was jij, Theo. Goed, je had niet de juiste politieke opvattingen om enige invloed te kunnen uitoefenen op de huidige regering. Maar Ruthie Silverman was evengoed een studente van jou als van Marc Hadley. Ze zou naar je hebben geluisterd.'

Hij haalt zijn schouders op.

Ik ben ziedend. 'En heb je er ooit bij stilgestaan, Theo, heb je er ooit ook maar een moment bij stilgestaan dat het een boemerangeffect zou hebben op mijn vrouw? Dat je haar kansen om zeep zou helpen door de kansen van Marc Hadley te dwarsbomen? Dat je ook om zeep zou helpen wat er over was van mijn huwelijk?'

Theo zegt niets. Hij ziet er oprecht geschokt uit. Door de prijs die ik heb betaald? Door zijn ontdekking? Ik merk dat het me niet langer kan schelen. Ik kan de aanwezigheid van deze man niet langer verdragen, deze man die ik zo heb bewonderd. Ik prik mijn stok in het oosterse tapijt, druk mezelf overeind.

'Tot ziens, Theo,' mompel ik terwijl ik me naar de deur begeef.

'Ik had het nooit gedaan,' dringt Theo aan, en in zijn hardnekkige poging me te overreden stijgt zijn stem een paar registers tot hij echt schel klinkt, 'als ik had geweten waarop het zou uitdraaien.'

Vanaf de deuropening kijk ik hem aan. 'Ja, dat had je wel.'

56

Een zomerwandeling

− I −

Drie dagen later stemt Sally er eindelijk mee in me te zien. Ze is langer dan de voorgeschreven twee maanden in haar ontwenningskliniek geweest en mag bezoekers ontvangen. Het oude bakstenen huis staat op een steile oever die uitkijkt over de rivier de Delaware: als je toevallig vanuit New Jersey de brug overgaat, kun je het waarschijnlijk zien liggen: een gebouw dat eruitziet als het vervallen landhuis dat het is. Het landgoed wordt aan drie kanten omringd door een hoge bakstenen muur. De vierde kant is de rivier.

Sally en ik lopen over het weelderige terrein, op zo'n tien meter afstand gevolgd door een mannelijke oppasser en de pastor van het centrum, de eerwaarde Doris Kwan, die erbij is omdat Sally dat wilde. De oppasser is erbij vanwege een of andere regel. Voordat ik toestemming kreeg om Sally op te zoeken, had ik een gesprek met eerwaarde Kwan in haar zonnige kantoor. Ze is een gedrongen, gespierde, dominante vrouw van misschien vijftig, met donker haar dat achteloos is opgestoken. De lucht om haar heen knettert; het zou me niet verbazen als ze in haar vrije tijd marathons blijkt te lopen. Ze is behalve theologe ook doctor in maatschappelijk werk. De diploma's hangen aan de muren, samen met een slechte reproductie van *Het Laatste Avondmaal*. Tijdens onze korte conversatie is haar sceptische blik geen moment van mijn gezicht afgedwaald. *Ik was tegen deze ontmoeting*, heeft ze me gezegd, *maar Sarah stond erop*. Ze heeft het programma uiteengezet: twee groepsbijeenkomsten per dag, vier één-op-één counselingsessies per week, elke ochtend een verplichte kerkdienst, elke middag een uur in de gymzaal. *We proberen haar geest, lichaam en ziel te genezen. We nemen het geloof hier zeer serieus. Sarah is aan de beterende hand, maar ze heeft nog een lange weg te gaan.*

Ik heb eerwaarde Kwan verzekerd dat ik het programma niet in de war zou schoppen. Haar ongeloof droop van haar gezicht. Ik vroeg me af wat Sally in de therapie had losgelaten.

Nu ik met Sally wandel verwonder ik me erover hoezeer ze veranderd is na maanden van nuchterheid. Ze is iets slanker en heel wat eleganter. Ze draagt een trainingspak en sandalen. Ze zegt dat ze haar moeder een paar keer heeft gezien, maar dat ze haar kinderen mist, die niet oud genoeg zijn om haar te bezoeken. Haar stem is rustiger, haar tussenwerpsels zijn bedachtzamer. Ze is iets van haar esprit kwijtgeraakt, wat me verdriet doet, ook al was er geen andere keus. De donkere kringen onder haar ogen vertellen me hoe moeilijk het is geweest.

'Ik was zo bezorgd om je toen ik het hoorde,' mompelt Sally. Ze klinkt vermoeid maar kalm. 'Ik was van plan je op te zoeken, moet je weten, in het ziekenhuis, maar' – met een kleine polsbeweging duidt ze het centrum, het terrein, de muur aan.

'Het gaat wel weer.'

'Je loopt mank. Vroeger liep je niet mank.'

Ik haal mijn schouders op terwijl mijn zware stok naar voren beweegt als een derde been. 'Ik mag in mijn handjes knijpen dat ik nog leef,' verzeker ik haar. Dan is het mijn beurt om te vragen hoe het met haar gaat en doorlopen we hetzelfde stramien in omgekeerde richting.

Sally vertelt me dat ze de afgelopen paar maanden veel over zichzelf heeft geleerd, en niet erg te spreken is over wat haar onder ogen komt. Ik mompel iets wat geruststellend bedoeld is, maar Sally wil geen geruststelling: ze wil de brute waarheid over wat ze zichzelf heeft aangedaan om te voorkomen dat ze het weer zal doen. En ze wil, voegt ze eraan toe, repareren wat ze kan van de schade die ze heeft aangericht. 'Het spijt me van de dingen die ik in de loop der jaren tegen je heb gezegd, Tal. Vooral over je vrouw. Je ex-vrouw.'

Ik trek een gezicht. 'Nog geen ex.'

'Leg je er maar bij neer, Tal. Je bent nu alleenstaand. Wen maar aan het idee.'

'Ik wil er niet aan wennen.'

'Dat hoeft ook niet.' Sally giechelt en stompt zachtjes tegen mijn schouder. Haar lach klinkt schril en berekenend, een zwakke echo van haar vroegere uitgelatenheid. 'De dames zullen állemaal achter je aanzitten, wacht maar af.'

'Ik betwijfel het.'

'Ach, hou toch op! Een alleenstaande zwarte man, niet aan de drugs, drinkt niet, houdt echt van kinderen? Lief, gaat naar de kerk, is niet opvliegend? Je zult ze met een stok van je af moeten houden.'

Ik schud mijn hoofd, oprecht minder geïnteresseerd in deze mogelijkheden dan Sally en mijn paar vrienden lijken te denken. Maar ik speel het spelletje mee.

'Je vergat nog dat ik er goed uitzie.'

'Dat vergát ik niet. Ik wil alleen niet dat het je naar het hoofd stijgt.' Nog een zachte stomp.

We lopen zwijgend verder door het laantje met wijze, oude esdoornen, terwijl Doris Kwan beschermend in de buurt blijft als een van Jack Zieglers bodyguards. Sally's glimlach begint er opgeplakt uit te zien, en ik weet dat mijn bezoek een overbelasting is. Welke andere demonen haar ook opgejaagd mogen hebben, de familie van mijn vaders kant heeft er beslist toe bijgedragen dat ze het spoor bijster is geraakt. Op het moment kan ze ons maar het beste zo min mogelijk zien. We komen uit bij een open plek die uitkijkt op de rivier. We gaan naast elkaar op een geheel wit geschilderde houten schommelbank zitten en staren beiden naar de kust van Jersey. Een hek van harmonicagaas verpest het uitzicht, maar de kliniek kan klaarblijkelijk geen risico's nemen.

'Je bent hier niet alleen maar gekomen om te kijken hoe het met me gaat,' zegt Sally ten slotte. Ze klinkt niet zozeer kritisch als wel vol spijt. Ze mist iemand die van haar houdt. Ik vraag me af of ze het weet van Addison.

'Dat was de voornaamste reden.'

'Het is misschien een van de redenen, maar het is niet de voornaamste reden.'

Ik kan haar niet in de ogen kijken. Beneden bij het hek houdt een oudere vrouw een jongere vast, die huilt. Ze zouden moeder en dochter kunnen zijn, maar ik weet niet wie de patiënt is. Terwijl ze elkaar omhelzen, houden een paar bewakers angstvallig de wacht.

'Ik heb inderdaad een andere reden,' zeg ik ten slotte.

'Oké.' Nu waag ik een blik op haar, maar ze heeft haar ogen gefixeerd op het gras, terwijl haar in een sandaal gestoken teen door het zand schraapt.

'Ik moet je iets vragen.'

'Oké.'

'Waarom heb je het plakboek weggenomen?'

Sally heft langzaam haar hoofd, de zorgvuldig gemodelleerde half-glimlach nog steeds op zijn plaats. Haar ogen zijn helder maar argwanend. Ze glinsteren met een zweem van tranen, of misschien pijn. 'Welk plakboek?' vraagt ze, zonder overtuiging.

'Van Shepard Street. De dag na de begrafenis. Het plakboek met de aanrijdingen waarbij de dader is doorgereden. Je hebt het meegenomen toen je vertrok.' Ik zie het beeld weer voor me, hoe Sally trots de oprijlaan afliep, haar boodschappentas vrolijk aan haar schouder, terwijl ik met de zogenaamde FBI-agenten sprak. 'Waarom heb je het meegenomen, Sally?'

Eerst denk ik dat mijn nicht zal volharden in haar ontkenning. Na een ogenblik fluistert ze een enkel woord, een tedere vloek: 'Addison.'

'Addison? Wat is er met Addison?'

'Hij vroeg me het mee te nemen.'

'Maar waarom? Als hij het wilde hebben, waarom heeft hij het dan niet zelf meegenomen?'

'Hij kon het niet meenemen. Hij had die stomme dichteres bij zich.' Ze lacht ongelukkig. 'Hij... hij heeft me de dag nadat je vader was gestorven, gebeld. In het huis. Herinner je je nog? Hij zei me dat ik naar de studeerkamer moest gaan om het boek te pakken, maar toen ik daar kwam was jij daar en... nou ja... toen durfde ik eigenlijk niet meer. Maar na de begrafenis vroeg hij me of ik het boek al had, en ik zei nee, en toen vroeg hij me of ik alsjeblieft wilde zorgen dat ik het uit het huis kreeg, dat het heel belangrijk was. Dat heb ik dus gedaan, de volgende dag.'

Ik denk even na. 'Er moet iets in gestaan hebben waarvan hij niet wilde dat iemand anders het zag.'

Ze knikt terwijl ze nog steeds met een teen over het gazon strijkt. 'Dat is wat ik ook dacht.'

De hamvraag: 'En, wat stond erin?'

Sally ademt diep in. De bezorgde eerwaarde Kwan, die zich tegen deze ontmoeting heeft verzet, zwerft aan de rand van mijn gezichtsveld. 'Addison zei... hij zei dat Mariah zich zou gaan verdiepen in... in het verleden van de Rechter. Hij wilde dat ik het plakboek zou meenemen zodat zij het niet zou vinden. Toen vroeg hij me of ik met Mariah wilde gaan samenwerken om... om een oogje in het zeil te houden. Om hem te laten weten wat ze aantrof.'

Ik kan me gemakkelijk voorstellen hoe mijn broer Sally op deze manier heeft gemanipuleerd; haar verliefdheid op hem is, zoals iedereen in de familie weet, nooit helemaal verdwenen. Terwijl ik mijn nicht zo zie zitten, in herinnering verzonken en smachtend, vraag ik me af of de seksuele kant van hun relatie echt wel zo lang geleden is geëindigd als iedereen denkt, maar ik duw deze onwaardige gedachte weg, omdat het te gemakkelijk zou zijn om hem te gaan haten. Addison weet waarschijnlijk meer van wat er aan de hand is dan de rest van ons bij elkaar, maar hij heeft zijn kennis met zich meegenomen naar Zuid-Amerika.

Ik moet nu zorgvuldig te werk gaan en mijn vragen in de juiste volgorde stellen. 'Dus hij heeft je nooit verteld wat er in het plakboek stond?'

'Heeft het er zelfs nooit meer over gehad. Had me helemaal in zijn macht.' De glimlach is verdwenen.

Heel voorzichtig: 'En hij zal je ook wel gevraagd hebben om Mariahs register mee te nemen, het boek waarin ze haar aantekeningen maakte toen jullie tweeën op de vliering waren? Zodat hij het kon lezen?'

'Dat heb ik zelf meegenomen. Ik wilde indruk op hem maken, als je het kunt geloven. Ik was bang dat Mariah zou vermoeden waar het gebleven was, maar dat was niet zo.'

'En was hij ervan onder de indruk?'

Ze schudt haar hoofd. 'Ik belde hem op en vertelde het hem, ik was helemaal opgewonden, maar hij wilde het niet eens hebben. Het enige wat hem kon schelen was het plakboek.'

'Maar waarom kon dat Addison zoveel schelen, Sally? Zei hij waar hij zich zorgen over maakte?'

Het antwoord blijft lang uit, alsof ze zelfs nu aan het berekenen is hoeveel ze me kan vertellen. Erover inzittend dat Doris Kwan het gesprek elk ogenblik zou kunnen afkappen, onderdruk ik de neiging om Sally te smeken op te schieten. 'Hij zei tegen me... hij zei dat je vader iets vreselijks had gedaan, lang geleden. En hij zei... hij zei dat als mensen het zouden ontdekken, hij in de problemen kon komen.'

'Wie kon in de problemen komen? De Rechter?'

'Addison.'

'*Addison* kon in de problemen komen?'

'Wie dacht je dan?' Haar stem is op de een of andere manier schril geworden.

'Ik bedoel alleen maar...'

'Over wie anders heeft hij zich ooit zorgen gemaakt?' Een verstikte snik. 'Wat een klootzak! Hij heeft me voor hem laten liegen, hij heeft me voor hem laten stelen, hij heeft een kleine spion van me gemaakt! En hij heeft me als een hoer behandeld! Dat heeft hij *altijd* gedaan! De klootzak! Ik haat hem!'

'Sally...'

Ze geeft me een duw. 'Jullie zijn *allemaal* klootzakken! Alle Garlands! Jullie hebben nooit van *mij* gehouden. Jullie hielden van elkaar en van jezelf, maar jullie hebben nooit van mijn vader en nooit van *mij* gehouden!'

Eerwaarde Kwan staat naast ons. 'Ik denk dat het zo wel welletjes is,' zegt ze kordaat terwijl ze een niet tegenstribbelende Sally overeind en van mij vandaan trekt.

'Wacht even,' protesteer ik, want ik wil al haar misvattingen de wereld uit helpen, haar verzekeren dat ik tot de goede mensen behoor.

'U moet gaan, professor. Uw nicht heeft al genoeg doorstaan.'

'Maar ik moet tegen haar zeggen...'

Ze schudt haar hoofd terwijl ze haar goed verzorgde lichaam tussen ons in plaatst. Ze heeft Sally al overgegeven aan een vrouwelijke bewaker die plotseling is opgedoken. De mannelijke verpleeghulp staat naast de goede eerwaarde; de twee vormen een ondoordringbare barrière. Mariah en Howard hebben betaald voor het beste. 'Ik begrijp dat u verdriet hebt, professor, dat ook u lijdt. Maar u kunt uw nicht niet tot het instrument maken van uw verlossing. Sarah is een mens, geen stuk gereedschap. Ze is al door veel te veel mensen gebruikt. Ze is opgebruikt.'

— 11 —

De rest van wat ik te doen heb zorgt ervoor dat ik me verachtelijk voel, maar ik doe tenminste iets. Vanuit een telefooncel bel ik Mariah in Darien en vraag haar naar Thera Garlands adres en telefoonnummer, dat ik, zoals gebruikelijk bij de mannen van de familie, nergens schijn te hebben genoteerd. Mijn zus is nieuwsgierig, maar ze stuit op de muur die de Rechter me heeft leren bouwen, en geeft zich ten slotte gewonnen en vertelt me wat ik wil weten, me op haar beurt de belofte afdwingend om haar later 'alle sappige details' toe te vertrouwen. Mijn zus gelooft nog steeds in de samenzwering en zal datgene waar ik eventueel naar op zoek ben graag in haar model inpassen.

Thera woont in Olney, Maryland, ruim twintig kilometer ten noorden van Washington, en vanaf de kliniek is het minder dan twee uur rijden. Ik heb de hele weg ernaartoe pijn vanwege mijn slechte been. Ik stop twee keer, maar ik bel pas op als ik in de buurt ben, want ik wil haar niet de kans geven nee te zeggen. Sally was Thera's enige kind, en haar moeder beschermt haar op felle wijze – beschermt haar waarschijnlijk te veel, want ze heeft haar dochter vaak afgeschermd van de gevolgen van haar eigen slechte gewoonten. De familieoverlevering wil dat Thera zelfs een paar keer tegen de politie heeft gelogen, en één keer verzekeringsfraude heeft gepleegd om dekking te geven aan degene die in werkelijkheid verantwoordelijk was voor het in de prak rijden van een auto.

Thera's gebrek aan enthousiasme maakt haar stem levenloos. Ik zeg tegen haar dat ik de kinderen wil zien, wat waar is maar niet de hele waarheid. Hoewel ze openlijk blijk geeft van tegenzin, legt ze zich uiteindelijk neer bij het onvermijdelijke en zegt ze dat ik langs kan komen. Ze legt me uit hoe ik bij haar appartement moet komen, bij het centrum van de stad.

Ik bedank haar en haast me terug naar mijn auto.

Ik val Thera lastig op grond van een eenvoudige theorie: ik moet in Sally's appartement zien te komen. Sally zei dat Addison haar vroeg het plakboek mee te nemen. Ze zei ook dat hij het er nooit meer met haar over heeft gehad, omdat hij haar in zijn macht had. Dat hij haar in zijn macht had kan alleen maar betekenen dat hij wist dat ze zou doen wat hij vroeg. Dus toen ze zei dat hij het er nooit meer over had, bedoelde ze dat hij zelfs niet vroeg of ze het plakboek had meegenomen.

En dat betekent dat ze het hem nooit heeft gegeven.

Wanneer ik aankom bij het zich naar alle kanten uitbreidende nieuwbouwproject waar Thera woont, wacht ik bij de ingang van de oprijlaan en laat ik het verkeer passeren, want ik heb opnieuw dat kille, verontrustende gevoel dat ik word gadegeslagen. Maar geen van de auto's achter me mindert ook maar een beetje vaart om te zien waar ik heenga, dus is het waarschijnlijk verbeelding.

Ik bel aan bij de voordeur, en daar is Thera, omvangrijk en donker, de verpersoonlijking van de barricade die ze altijd om Sally heen probeerde op te werpen. Ze heeft de pit van Sally, maar gebruikt de energie die dat oplevert eerder om te intimideren dan om te charmeren. Ze lijkt niet erg blij te zijn me te zien en ik kan haar dat nauwelijks kwalijk nemen: de Garlands, in elk geval de mannen, zijn niet aardig geweest tegen haar dochter. Ze draagt een wijde broek en een witte blouse, en Sally's twee verlegen kinderen van zeven en acht gluren angstig naar me vanachter de sterke benen van hun grootmoeder.

'Dag, Thera.'

Ze knikt onvriendelijk, doet een stap opzij en leidt me met een brede armzwaai de kleine hal in. Ik ga op de blauwe keramische tegels staan, die passen bij de bleke muren. In de gang hangen schilderijen: een zwarte Jezus, een blanke Jezus. Op de andere muur hangen foto's: Derek, Malcolm X, Martin Luther King. De foto van Derek is de grootste. Ik buig me voorover om de kinderen van Sally de hand te schudden, die hoopvol met de ogen rollen. Als ze zich ervan hebben vergewist dat ik niets voor hen heb meegenomen – een kolossale nalatigheid voor een familielid dat ze zelden zien – rennen ze het huis in om te gaan spelen.

'Hoe lang is het geleden, Talcott? Vier jaar? Vijf?'

'Zoiets. Het spijt me, Thera.'

Thera bromt iets wat vergeving zou kunnen zijn. Ze leidt me naar de keuken, waar we tegenover elkaar aan het werkblad thee gaan zitten drinken. Een bijbel ligt open op het formica. Ernaast ligt een boek van Oswald Chambers. Naast het raam hangt borduurwerk: MAAR IK EN MIJN HUIS, WIJ ZULLEN DE HERE DIENEN. Daar zit Thera dan, in de zeventig, somber en sterk, omringd door haar geloof, dodelijk bezorgd om haar dochter, zich misschien afvragend waarom Sally meer van haar vader dan van haar moeder lijkt te hebben. Maar als je op Gewoon Alma afgaat was Thera in haar tijd ook nogal een losbol.

'Wat wil je, Talcott?' Dit deel van haar persoonlijkheid, deze emotionele eerlijkheid, heeft Thera inderdaad aan haar dochter doorgegeven. Beiden zijn ze niet bijzonder goed in het veinzen van gevoelens die ze niet hebben, of in het verbergen van wat ze denken. 'Je bent niet helemaal hierheen gekomen enkel om Rachel en Josh te zien, dus kom me niet met die leugen aanzetten.'

'Ik heb Sally vanmiddag opgezocht.'

Er beweegt iets in haar gezicht, en haar stem wordt minder bars. 'Hoe ging het met haar?'

'Ze heeft het nog steeds moeilijk.'

'Dat wéét ik. Wat ik bedoel is: hoe was ze tegen jou?'

De vraag verrast me, hij is zowel scherpzinnig als gemeen. Ik kies een diplomatieke toon. 'We hebben elkaar onze verontschuldigingen aangeboden.'

Thera heeft geen geduld met eufemismen. 'O ja? Hoezo? Naaide jij haar vroeger soms ook?'

Even ben ik ten prooi aan een stompzinnige paniek. 'Nee, nee, denk dat alsjeblieft niet. Nee, natuurlijk niet.'

'Jouw familie is niet goed voor haar geweest, Talcott.' Jóúw familie. Thera zelf was alleen maar aangetrouwd. En heeft Sally gekregen voordat ze zich aansloot.

'Weet ik.'

'Je had niet moeten gaan.' Een pauze. Misschien besluit ze me te vergeven. 'Maar goed, waarom ben je gegaan?'

Ik heb tijd gehad om te bedenken hoe ik deze vraag moet beantwoorden. 'Thera, ik kan je niet alles vertellen. Ik zou willen dat ik het kon, maar ik kan het niet. Maar Sally heeft... Ze heeft samen met mijn zus onderzocht wat er met mijn vader is gebeurd. Ik wilde haar niet van haar stuk brengen, maar er was een vraag waarvan ik me realiseerde dat alleen zij die kon beantwoorden.

Ik ben daarheen gegaan om het haar te vragen.'

Thera lijkt geamuseerd. Ze neemt een slokje thee. Haar enorme hand verzwelgt de kop. Ik kan niet zien of ze me gelooft. 'En heb je het antwoord gekregen?'

'Ja. Ja, ik heb het antwoord.' Ze wacht. Ik hoor de kinderen joelen in de andere kamer. Tijd om de tanden op elkaar te zetten. 'Thera, ik moet Sally's appartement in.'

'Wat, denk je dat ik je zomaar de sleutel geef?'

'Het is belangrijk. Ik zou hier anders niet helemaal naartoe zijn gereden.'

'Wat is belangrijk? Waar zoek je naar, Talcott?'

'Er is iets... iets waarvan ik denk dat Sally het in het appartement heeft verstopt. Iets wat afkomstig is uit het huis van mijn vader. Ik moet het vinden.'

'Wil je beweren dat ze iets heeft gestolen?'

Ik schud mijn hoofd meelevend. 'Ik denk dat ze probeerde te helpen. Ik denk dat ze... dacht dat ze er goed aan deed het te verstoppen.'

Thera's ogen vernauwen zich. 'Wie probeerde ze te helpen? Je broer zeker?'

'Waarom zeg je dat?' weer ik af.

'Omdat ze, toen ze dagenlang huilde voordat ze... voordat ze zich van kant probeerde te maken, het voortdurend over je broer had en wat hij haar had aangedaan.' Een korte stilte waarin we hierover nadenken. Haar volgende vraag overrompelt me, maar het is typisch een vraag van een moeder: 'Is datgene wat je wilt hebben de oorzaak van haar inzinking?'

'Ik weet het niet. Ik denk dat het... een deel van de oorzaak zou kunnen zijn.'

'Als je het vindt, zul je het dan meenemen?'

'Ja, dat denk ik wel.'

'En is dat de reden dat je de sleutel wilt? Om het te zoeken en mee te nemen?'

'Ja.'

'Blijf hier wachten.'

Thera sjokt weg door de gang. Ik hoor haar de kinderen vragen rustig aan te doen. Even later is ze terug met een boodschappentas. 'Ik denk dat dit is wat je wilt, Talcott.'

Ze geeft het me. Ik kijk erin. Ik zie mijn oude regenjas, de jas die ik Sally heb geleend op de ochtend dat ze het Hilton uit is geslopen. Ik wend me tot Thera, op het punt uit te leggen dat dit helemaal niet is waar ik over inzit, dat ik die sleutel nog steeds nodig heb, wanneer ik me realiseer dat de tas zwaarder is dan hij zou moeten zijn. Ik grabbel nog eens en ontdek dan op de bodem van de tas Mariahs ontbrekende register. Ik sta op het punt te protesteren dat dit nog steeds niet is wat ik nodig heb. Dan vouw ik de jas open en vind ik, erin gewikkeld, het blauwe plakboek.

'Zorg dat dat duivelse ding hier wegkomt,' beveelt Thera me. 'Vanaf het moment dat Sally ermee aan kwam zetten, wist ik dat het van de Satan was. Voel je dat niet?' Ze huivert, terwijl ze haar armen om haar borst slaat. 'Ik had het moeten verbranden. Het heeft al te veel levens verwoest.'

— III —

Ik ben niet zover gekomen om ongeduldig te worden. Net als mijn broer ben ik niet echt geïnteresseerd in het register, want het heeft voor mij geen geheimen meer. Alleen het blauwe plakboek trekt me aan. Maar ik kijk er niet naar, niet meteen. In plaats daarvan rijd ik weer naar het noorden en bereik snel de I-95. Ik scheur nog een uur voort terwijl ik in de achteruitkijkspiegel kijk en zou willen dat Maxine er was om me te adviseren. Maar misschien is ze er ook wel. Ik stop uiteindelijk bij een doorsnee motel in Elkton, vlak over de grens van Maryland, om daar te overnachten. Het diner bestaat uit een kipsandwich van McDonalds, waarna ik aan de niet-helemaal-houten tafel in de Spartaanse kamer ga zitten, me met moeite concentrerend in de stank van desinfecteermiddel. Uit de boodschappentas trek ik mijn stokoude groene jas, die zo verkreukeld is dat de stomerij hem misschien niet zal kunnen redden.

Dan haal ik het blauwe leren plakboek eruit en leg het midden op de tafel. Een ding des duivels.

Ik herinner me de dag dat ik het ontdekte, de vrijdag na de dood van mijn vader, en mijn paniek toen ik dacht dat de arme Sally het misschien zou zien. Zelfs toen zei mijn instinct me dat het beter was dat het het daglicht niet zou zien.

Nou ja, nu is het avond, en kan ik het openen en erachter proberen te komen wat Sally zo heeft beangstigd dat ze, gevoegd bij die andere, obscene druk van mijn kant van de familie, zich van het leven heeft proberen te beroven. Dus blader ik opnieuw de akelige bladzijden door, de catalogus van de dood van anderen dan mijn jongere zusje, stuk voor stuk als gevolg van aanrijdingen waarbij de dader is doorgereden, stuk voor stuk een tragedie voor een of andere familie ergens: van al deze mensen, daar ben ik zeker van, werd gehouden.

Naar, ja. Maar wat waren de woorden van Sally?

Ik weet niet waarom hij ze beide moest hebben. Dat zei Sally vlak voor ze de pillen nam. Paula, haar begeleidster bij AA, nam aan dat Sally het over mij had, omdat ze ook voortdurend zei: *Arme Misha.* Maar misschien bedoelde ze mij niet. Misschien was het iemand anders die *beide moest hebben.*

Ik heb het hele album weer doorgebladerd. De laatste pagina's zijn blanco, omdat de Rechter met het verzamelen van knipsels is gestopt toen hij er weer bovenop was gekomen. Maar hoe is hij er weer bovenop gekomen? Wat leidde tot de plotselinge verandering van houding die mijn broer, zus en ik ons zo scherp herinneren?

Ik blader terug naar het laatste knipsel, het laatste dat mijn vader in het boek heeft geplakt voordat hij ermee stopte. Zoals alle andere knipsels betreft dit een verhaal van een aanrijding waarbij de dader is doorgereden. Phil McMichael, stel ik vast, Dana's vroegere vriendje en de zoon van senator Oz McMichael, de oude vriend van de Rechter, overreden in zijn Camaro door een truck met oplegger.

Nou en? Een interessante toevalligheid, maar verder?

Een van mijn vaders in de kantlijn gekrabbelde annotaties. Het duurt even voor ik het heb ontcijferd. Dan heb ik het: *Excelsior.*

Excelsior?

Geen schaakprobleem, maar een pagina in een plakboek? Of beide?

Wacht even. *Beide moest hebben.*

Ik begin het artikel te lezen om dit uit te zoeken. De eerste regel van de derde alinea is onderstreept. *Ironisch genoeg kwam de verloofde van de heer McMichael, Michelle Hoffer, drie maanden geleden in een gelijksoortig ongeluk om het leven...*

Mijn vingers zweten terwijl ik terugblader naar een eerdere pagina, waar ik inderdaad een foto vind van Michelle Hoffer, dochter van een andere rijke familie, omgekomen door een ongeluk waarbij de betrokken automobilist is doorgereden. En, precies in de kantlijn, hetzelfde woord: *Excelsior.*

De Dubbele Excelsior.

De mensen in de auto.

De mensen. Een bestuurder en een passagier.

Ik zie Sally voor me, avond na avond opblijvend in haar appartement om het plakboek te bestuderen in een poging erachter te komen waarom Addison wilde dat zij het meenam, wachtend tot Addison zou bellen, wat hij nooit heeft gedaan. Op een dag stuit ze op de betekenis van het cryptische handschrift van de Rechter en begrijpt ze de hele ellende. En zou ze willen dat ze het niet begreep. En wat doet ze? Ze geeft het boek aan haar moeder, probeert het uit haar leven te krijgen, probeert de Garlands eens en voor altijd uit haar leven te krijgen, maar het is niet genoeg. Ze weet wat mijn broer verbergt, en wat de Rechter heeft gedaan, en in haar broze emotionele toestand tuimelt ze zomaar over de rand.

Geen wonder dat de politie niets aan Abby's dood heeft gedaan. In die tijd piekerde men er niet over de zoon van de machtigste senator op de Hill te vervolgen. Zeker niet voor het overrijden van een zwart meisje dat marihuana had gerookt en zonder rijbewijs midden in een stortbui in een auto reed die niet eens van haar was. Niemand zou zich met deze zaak inlaten.

Niemand behalve Oliver Garland.

Niemand behalve Colin Scott.

En het was niet alleen maar wraak, oog om oog. Er zaten twee mensen in de auto die Abby heeft gedood, en de Rechter besloot in zijn waanzin dat hij beiden te grazen moest nemen.

57

Er worden een paar stukken uitgewisseld

— I —

Nu het academische jaar erop zit, is ons kleine stadje Elm Harbor weer leeg. Of lijkt dat te zijn. In de zomer verdwijnen niet alleen de studenten en de faculteitsleden, maar zelfs de vaste inwoners lijken zich in een verborgen schuilplaats terug te trekken, alsof ze niet naar hun werk of met de bus mee hoeven, niet in de rij hoeven staan bij de kassa. Ik blijf uit de buurt van de juridische faculteit. Ik ben weer aan het rommelen, mijn flat aan het herinrichten, om te proberen hem leefbaar te maken. Ik speel wat online-schaakpartijen, beluister wat muziek, schrijf wat wetenschappelijke artikelen. Ik onderdruk mijn vliegangst en ga een paar dagen bij John en Janice Brown op bezoek, maar hun gezin is zo gelukkig dat ik het er niet erg lang kan uithouden. Ik spreek Mariah nog steeds twee- tot driemaal per week, maar we hebben niet veel gespreksstof meer. Ik geloof dat ze contact onderhoudt met Addison, maar ze zal me nooit vertellen of dat inderdaad zo is.

Ik wacht. Ik heb criteria vastgesteld om tot handelen over te gaan, en aan die criteria is nog niet voldaan, dus dring ik mezelf een mate van geduld op die niet in mijn aard ligt. Ik begin de weerberichten nauwlettend in de gaten te houden, hopend op een orkaan, omdat alleen een orkaan me in staat zal stellen tot handelen over te gaan.

Ik blijf informatie verzamelen. Op een ochtend wandel ik naar de bibliotheek van de juridische faculteit om een naam op te zoeken in Martindale-Hubbell, het nationale juridische adresboek. Diezelfde dag lunch ik met Arnie Rosen, om hem een lastige vraag te stellen over juridische ethiek. De volgende avond ga ik naar een etentje bij Lem en Julia Carlyle – binnenkort Rechter en mevrouw de Rechter – in een van de voorsteden, maar wanneer ik besef dat de enige andere alleenstaande een verzorgde, knappe zwarte vrouw is, zo'n tien jaar jonger dan ik, de presentatrice van het middagnieuws op de lokale zender, en dat mijn goedbedoelende gastvrouw en gastheer ons aan tafel naast elkaar hebben geplaatst, verontschuldig ik me en vertrek ik voortijdig. Ze is waarschijnlijk geweldig, maar ik ben nog lang niet zover.

Twee dagen later start een groep conservatieve activisten een publieke campagne voor een onderzoek naar 'onopgeloste kwesties' omtrent de 'tragische en verdachte' dood van Rechter Oliver Garland. Ineenkrimpend kijk ik naar de persconferentie op CNN, maar ik stel algauw vast dat er geen familielid bij betrokken is; het doet me echter veel pijn om te midden van de menigte samenzweringsjagers het sombere gezicht te zien van Eddie Dozier, Dana's ex-echtgenoot. Als voormalig griffier van de Rechter en lid van de donkerder natie op de koop toe, is hij een glanzende trofee voor de groep, en ze pronken met hem op de voorste rij. Ik wapen me tegen een spervuur van persvragen, waarop ik niet van plan ben te reageren, maar slechts een paar verslaggevers nemen de moeite om te bellen. Mijn vader, die nu acht maanden dood is, is erg oud nieuws en zelfs mijn oude vriend Eddie, die hem aanbad, kan hem niet meer tot leven wekken.

Eind juni rijd ik naar Woods Hole en steek ik met de veerboot over naar de Vineyard, mijn eerste bezoek sinds januari. Ik neem een paar dagen de tijd om het huis klaar te maken voor het seizoen – ditmaal geen vandalisme – en keer dan terug naar Elm Harbor om, zoals afgesproken met Kimmer, mijn zoon op te halen. Dan weer terug naar Oak Bluffs voor drie zalige weken met Bentley, gedurende welke ik hem trakteer op alles wat maar in mijn vermogen ligt. 's Ochtends zitten we urenlang in de Vliegende Paarden-carrousel, en 's middags spelen we urenlang op het strand. We eten alle soorten toffees. We gaan elke dag naar de speelplaats. We wandelen over de kliffen van Gay Head en de moerassen van Chappaquiddick. We gaan naar de voorleesmiddag in de openbare bibliotheek. We bouwen een reusachtig zandkasteel bij de Inktpot. We staan in de rij bij Linda Jean's. We huren fietsen en ik begin mijn zoon te leren op een tweewieler te fietsen, maar hij is nog maar vier, en uiteindelijk blijven de hulpwielen eraan zitten. We eten genoeg ijs om een leger vet te mesten. Ik koop sweaters, hoeden en speelgoed voor hem. Ik koop zijn eerste paar bootschoenen voor hem en hij draagt ze overal naartoe. Dit valt niet onder de gebruikelijke verwennerij van een kind van gescheiden, bemiddelde ouders; ik concurreer op dit moment niet met Kimmer om de genegenheid van onze vreemde, fantastische zoon; het punt is gewoon dat er nog een aantal niet afgehandelde zaken zijn die ik vroeg of laat tot een einde moet brengen, en dat zou weleens tot gevolg kunnen hebben dat ik zelf als eerste aan mijn einde kom.

Kortom, ik ben bang dat ik hem nooit meer zal zien.

Kimmer belt om te vragen hoe het met haar zoon gaat, en ook om me te zeggen hoe gelukkig ze is. Ze denkt zeker dat ik me verheug over zulke berichten. Mariah belt met het nieuws dat Howard naar een andere investeringsbank overstapt, waar hij vice-president en troonopvolger zal worden. Alleen al voor het overstappen, vertrouwt ze me toe, zal hij een bonus ontvangen van om en nabij de acht cijfers, hoewel hij veel daarvan zal moeten terugpompen in het kapitaal van de firma. Omdat ik niet precies weet wat de geëigende reactie is, zeg ik tegen Mariah dat ik blij voor hen ben. Terwijl ik naar de vreugde van mijn zus luister, vraag ik me af wat in dit geval 'om en nabij' betekent. Ik herinner me de zin uit *Arthur*: 'Hoe voelt het om al dat geld te hebben?' 'Het is een zalig gevoel.' Iets in die geest. Mariah klinkt in ieder geval verzaligd, en ze brengt de autopsiefoto's niet één keer ter sprake.

Morris Young belt met een lijst van bijbelfragmenten die ik moet lezen.

Ik lees bewust geen kranten van het vasteland. Ik kijk niet naar het tv-nieuws en luister zelden naar het radionieuws. Ik wil in een piepkleine, onmogelijke wereld leven die alleen mijn zoon en mij omvat, en ook mijn vrouw, als ze maar terug wilde komen.

Zielig.

Lynda Wyatt belt, opgetogen. 'Ik weet niet wat je tegen Cameron Knowland hebt gezegd, Tal, maar hij geeft ons niet langer drie miljoen voor de bibliotheek! Hij geeft ons zes miljoen! Hij heeft zijn donatie verdubbeld! En weet je wat Cameron verder nog zei? Hij zei dat zijn zoon een verwend kreng is en dat het hoog tijd werd dat een van zijn docenten hem corrigeerde! Hij heeft me gevraagd je namens hem te bedanken. Dus bedankt Tal, namens Cameron en ook namens mij. Ik ben zoals altijd heel dankbaar voor alles wat je voor de faculteit doet, en gefeliciteerd. Je hebt het in je om decaan te worden, Tal!'

Geweldig. Mijn academische standing zit blijkbaar weer in de lift, niet omdat ik een verbijsterende nieuwe theorie heb ontwikkeld op mijn vakgebied, maar omdat ik kennelijk de decaan help geld bij elkaar te krijgen, en nog flink wat ook. Ik wijs Lynda niet op de fout in haar hartelijke analyse: ik ben nooit toegekomen aan een hernieuwde poging om Cameron Knowland te bereiken. Die kennis zou haar alleen maar van streek maken. Ik zal er nooit zeker van zijn, maar ik zal altijd vermoeden dat achter de verdubbelde donatie de kwade, verfijnde hand van Jack Ziegler zit, die zelfs misschien wel het geld heeft verschaft en nog steeds de familie beschermt. Ik hoop niet dat dit betekent dat ik hem iets verschuldigd ben.

Lieve Dana Worth belt met het nieuws dat Theo Mountain, haar buurman in Oldie, besloten heeft met pensioen te gaan. Ze aarzelt niet te zeggen dat het hoog tijd is. Ik deel dit gevoel, hoewel ik haar niet zeg hoe blij ik ben, of waarom. Ik voer aan dat het hem in staat zal stellen meer tijd door te brengen met zijn kleindochter. Maar Dana heeft nog meer te vertellen. Ze weet kennelijk hoe het plagiaatverhaal naar buiten is gekomen. Ze heeft Theo geduldig de mededeling ontlokt dat er nog een hoogleraar was op de juridische faculteit die wist wat Marc had gedaan. Voordat ze is uitgesproken weet ik al wat er gaat komen.

'Stuart?'

'Bingo.'

Natuurlijk. Stuart was decaan toen Marc zijn boek publiceerde. Misschien is Marc naar Stuart gegaan nadat Theo hem benaderd had; misschien heeft Theo Stuart erbij betrokken. Hoe dan ook, het is waarschijnlijk Stuart geweest die het heeft geregeld dat Theo zijn mond zou houden, ter wille van de faculteit. Het zou zelfs weleens zo kunnen zijn dat het Stuart was die in ruil voor Theo's stilzwijgen Marc de belofte heeft afgedwongen nooit meer iets interessants te schrijven. Geen wonder dat Stuart me zover probeerde te krijgen dat ik Kimmer ertoe overhaalde haar kandidatuur op te geven! Hij wilde dat Marc dat rechterschap kreeg omdat hij het niet langer kon verdragen Marc in de buurt te hebben om hem te herinneren aan wat hij had gedaan. En geen wonder dat Marc betrokken was bij het complot waardoor Stuart werd gewipt! O, wat een ingewikkeld web...

'Je kunt hier niemand vertrouwen,' gnuift Dana.

'Behalve jou.'

'Misschien. Misschien ook niet. Het is een waar hol van zondigheid hier.' Opnieuw gegniffel. 'Weet je zeker dat je terug wilt komen?'

'Nee,' zeg ik eerlijk, hoewel de andere helft van de waarheid is dat ik nergens anders heen kan.

Wanneer ik een halfuur later met Bentley langs de Inktpot loop en toekijk hoe de financieel bevoorrechten van de donkerder natie zich vermaken, vul ik de rest van het verhaal zelf in. Theo heeft me verteld dat de Rechter Lynda Wyatt zou hebben gekend omdat hij zitting had in verscheidene commissies van oud-studenten. Maar dat was voornamelijk onder het decaanschap van Stuart, vóór mijn vaders val. Stuart, niet Lynda, was een vriend van de Rechter. Misschien heeft Stuart hem wel op een gegeven moment het verhaal over

Marcs plagiaat toevertrouwd; misschien heeft hij hem wel van begin af aan geraadpleegd. Het kan best zijn dat de uiteindelijke afspraak tussen Theo en Marc mijn vaders idee was. Hoe dan ook, het is mogelijk dat de Rechter van gedachten is veranderd en het misschien tussen neus en lippen door aan Jack Ziegler heeft verteld, wellicht vergetend dat oom Jack alle misstappen van alle prominenten waar hij de hand op kon leggen, catalogiseerde. Dat zou verklaren hoe oom Jack ervan wist.

Bentley zit achter meeuwen aan, zijn armen uitgestrekt alsof ook hij kan vliegen. Ik blijf de feiten overdenken om te zien of ze op een andere manier in elkaar te passen zijn. Jack Ziegler, breng ik mezelf in herinnering, is een man van zijn woord. Hij zei dat hij zich niet met de nominatie van mijn vrouw zou bemoeien, dus ik moet geloven – móét geloven – dat Stuart, niet Jack het Witte Huis inlichtte over Marcs plagiaat. Omdat het alternatief te afschuwelijk is om in overweging te nemen. Ik moet er niet aan denken wat er gebeurd zou kunnen zijn als Kimmer haar doel had bereikt en Jack Ziegler of een plaatsvervanger op een dag haar kantoor zou zijn binnengestapt en haar zou hebben verteld wie haar die baan had bezorgd en haar gezin had beschermd in een gevaarlijke tijd, wat haar nieuwe verantwoordelijkheden waren en wat er in de openbaarheid zou komen als ze zich eraan probeerde te onttrekken. Ze zouden haar tot de opvolger van de Rechter hebben gemaakt.

Ik ben bezorgd om de vrouw die ik nog steeds aanbid, en ik ben plotseling dankbaar dat het Kimmer niet is gelukt.

— 11 —

Ik weet niet waarom de telefoon me niet met rust wil laten. Ik handel twee telefoontjes af van het advocatenkantoor waar ik heb gewerkt en een van Cassie Meadows, met het nieuws dat de FBI geen aanwijzingen heeft wat betreft de tweede schutter, maar ik heb de FBI niet nodig om me te vertellen wie het was. Vervolgens fluistert Cassie dat meneer Corcoran doodongerust over me is.

'Mooi zo,' zeg ik tegen haar.

'Probeer het eens van zijn standpunt te bekijken...'

'Nee, dank je.'

'Maar, Misha...'

'Ik weet dat hij je baas is, Cassie, en dat je tegen hem opkijkt. Maar voor mij is hij een leugenaar en een gluiperd.' Verbaasd vraagt ze wat ik bedoel, maar ik ben te kwaad om het uit te leggen.

Telefoontjes van het hoofd secretariaat van de faculteit, die me eraan herinnert dat ik de rest van mijn tentamens administratief recht nog moet beoordelen, en telefoontjes van twee literair agenten met de vraag of ik er een boek over wil schrijven.

Shirley Branch belt, maar ze heeft geen nieuws. Ze zegt dat ze voornamelijk gewoon wil weten hoe het met me gaat. En me wil vertellen hoezeer ze Cinque, haar verdwenen terriër, nog steeds mist. Ik vraag naar Kwame. Ze hemelt hem een paar minuten op en jubelt dat geen enkele andere burgemeesterskandidaat de stad kan redden, hoewel ze niet duidelijk maakt waar de stad van gered moet worden. Dan slaakt ze een diepe zucht en bekent dat Kwame het zo druk heeft met campagne voeren voor de rol van gemeentelijke verlosser dat ze elkaar eigenlijk niet zo veel meer zien. Het is merkwaardig dat wenken die zo vaag en nietig zijn dat het misschien niet eens wenken zijn, zo'n weeïge betekenis krijgen wanneer je alleen bent.

Maar ik overstelp vooral nog steeds Bentley met aandacht. Ik leer hem niet al te best vliegeren, en redelijk goed zwemmen. We halen een stapel beginnersboeken bij de openbare bibliotheek aan Circuit Avenue; we kunnen net zo goed ook met lezen beginnen. Terwijl we teruglopen naar Ocean Park, Bentley met het grootste deel van de boeken als de grote jongen die hij opeens aan het worden is, draai ik me plotseling om, omdat ik ongewenste aandacht bespeur, maar de slaperige zijstraat met aan weerszijden bouwvallige Victoriaanse huizen ziet er op deze zonnige julimiddag niet anders uit dan op alle andere dagen, en als ik door iemand in de gaten gehouden word, zal ik hem nooit kunnen ontdekken.

Bentley vraagt met verbaasde ogen of ik me wel goed voel.

Ik woel door zijn haar.

Halverwege onze tweede week op de Vineyard wordt het eiland geteisterd door een noordwesterstorm, en we zitten bijna twee dagen zonder stroom. Bentley is opgewekt en maakt zich totaal niet druk om de duisternis van de vooravond terwijl we bij kaarslicht eten. Voor mijn zoon is het allemaal een avontuur. Nu hij de taal wat beter beheerst, is hij in rap tempo herinneringen aan het opslaan en hij praat zelfs over gebeurtenissen die blijkbaar plaats hebben gevonden voordat hij kon praten. Hij mag – nee, hij móét – in mijn bed slapen en terwijl ik naar het vredig sluimerende bruine gezicht van mijn zoon kijk voordat ik de stokoude stormlamp uitblaas die ik op zolder heb gevonden, verbaas ik me erover hoe in een paar luttele maanden alles kan veranderen. Want als het nu januari was geweest in plaats van juli, zou ik het eiland ontvlucht zijn in plaats van het risico te nemen een nacht zonder licht te zitten – en zonder een alarmsysteem om me te waarschuwen of de gevaren die in de schaduw op de loer liggen te dicht bij het huis komen. Maar die angsten zijn samen met meneer Scott geëindigd op de Old Town Burial Ground, ook al geldt dat niet voor de raadsels waaruit ze zijn ontstaan. Ik lig wakker en denk aan Freeman Bishop en agent Foreman – werkelijk een agent, ook al was hij niet werkelijk een Foreman – en verbaas me over Gods voorzienigheid. *Op de plaats uwer vaderen zullen uw zonen staan.* De gedachte aan Bentley als mijn opvolger op aarde vervult me met ontzag en hoop.

Bescherm de familie, droeg Jack Ziegler me op. Nou, ik doe mijn best. Er valt alleen nog het een en ander te doen.

Op Bentleys laatste dag bij mij picknicken we dapper op Menemsha Beach en zien de zon achter de mooiste horizon aan de oostkust wegzakken. Dit is hetzelfde strand waar meneer Scott een andere stumper heeft verdronken zodat wij zouden denken dat hij dood was. Ik daag alle spoken van de afgelopen negen maanden uit te voorschijn te komen. Zittend op de deken houd ik mijn jongen zo stevig vast dat hij zich begint los te wurmen. Ik lijk hem maar niet te kunnen loslaten. Mijn ogen vullen zich met tranen. Ik herinner me de avond dat hij werd geboren en zowel hij als Kimmer bijna stierven. Mijn doodsangst nadat de doktoren me hadden gedwongen de verloskamer te verlaten. De vreugde die we voelden toen het allemaal voorbij was en wij tweeën, moeder en vader, op onze knieën baden voor onze zoon, waarbij we God alle beloften deden waar mensen zich vrijwel nooit aan houden nadat ze hun zin hebben gekregen. Ik betrap mezelf erop dat ik me afvraag hoe het allemaal heeft kunnen wegglippen, en dan weet ik dat het tijd is om naar huis te gaan.

De volgende ochtend laad ik de auto in en gaan Bentley en ik in de korte rij staan voor de vroege veerboot. Het wordt tijd om Bentley terug te brengen naar zijn moeder; naar zijn thuis. En het wordt tijd dat ik eindelijk mijn demonen het hoofd bied.

58

Een pausibel verslag

Mallory Corcorans zomerverblijf is een in onbruik geraakte boerderij die zich uitspreidt over tachtig hectare in de buurt van Middlebury, Vermont: een gerestaureerd achttiende-eeuws houten huis, een zestal buitengebouwen, veel weilanden die verhuurd zijn aan plaatselijke bewoners om er vee te laten grazen, en dichte bossen waar oom Mal graag jaagt. De boerderij is niet moeilijk te vinden: hij springt je aan weerszijden van de weg bijna tegemoet wanneer je over Route 30 richting Cornwall rijdt. Ik ben hier niet meer geweest sinds ik tweedejaars rechtenstudent was, toen hij me uitnodigde voor een weekend ter gelegenheid van Memorial Day, waarbij hij ook de minister van Buitenlandse zaken en een paar senatoren te gast had. Ik neem aan dat hij me probeerde te rekruteren – *Op een dag zal dit allemaal van jou zijn!* – en hij zou daar misschien zelfs in geslaagd zijn, ware het niet dat zijn vriendschap met mijn vader me destijds al angst aanjoeg, hoewel ik nog niet alle dimensies ervan kende.

We gaan op de voorveranda op schommelstoelen van gebogen hout zitten, advocaat en cliënt nippend van limonade, terwijl Edie met een paar kleinkinderen en een stel honden en katten speelt in wat echte New Englanders de voortuin noemen. Oom Mal draagt een vuile spijkerbroek, werklaarzen en een houthakkershemd: op en top de herenboer, of zoals een advocaat uit Washington eruitziet die er een probeert te zijn. Ik ben gekleed in mijn gebruikelijke zomertooi van kakibroek en windjack. Mijn stok ligt op de grond naast me, bewaakt door nog zo'n exemplaar van de vele enorme honden die ze houden, maar ik wil dat Mallory Corcoran zich scherp bewust is van het bestaan ervan.

'Wat ben je allemaal aan de weet gekomen?' vraagt hij wanneer we door de koetjes en kalfjes heen zijn.

'Ik weet dat u het briefje in Vinerd Hius hebt achtergelaten.'

'Niet ik. Meadows.' Hij glimlacht zonder verontschuldiging.

'Dat was de reden waarom u haar er die eerste keer bij liet zitten. Ze was er al bij betrokken.'

'Ze was er al bij betrokken,' stemt hij in. 'Maar we moesten het wel doen zoals we het hebben gedaan. We voerden de laatste wensen uit van onze cliënt. Je vader. Hij liet ons zo'n "Als-me-iets-overkomt-maak-dit-dan-open brief" na.'

Ik herinner me de ochtend dat ik Aspen verliet. 'En hij gaf u de code om het alarm van Vinerd Hius af te zetten, zodat niemand ervan zou weten.' Oom Mal knikt. Maar ik tast in het duister. 'Maar waarom gaf hij u niet gewoon de opdracht mij te vertellen wat hij wilde dat ik zou weten? Waarom die hele krankzinnige hocus-pocus?'

Mallory Corcoran neemt een slokje van zijn limonade en aait een andere grote hond tussen de oren die aan zijn zij ligt te grommen. Hij is niet door mij geïntimideerd. Hij had er geen bezwaar tegen me te zien. Naar zijn eigen maatstaven heeft hij eerzaam gehandeld en heeft hij niets te verbergen. 'Ik denk dat je vader wilde dat je een paar dingen zou weten, maar ik ben er niet zeker van dat hij ze in gewone taal wilde stellen. Ik denk dat hij... dat hij bang was dat iemand anders erop zou stuiten. Dus stelde hij zijn regelingen op en verstopte ze vervolgens op een plaats waar alleen jij ze zou kunnen vinden.'

'Een jaar geleden,' mompel ik.

'Ik zou zeggen: bijna twee jaar.'

Ik knik. 'Aanstaande oktober zal het twee jaar geleden zijn dat mijn vader u de brief gaf.'

Oom Mal is een te gewiekste advocaat om me meteen te vragen hoe ik daar achtergekomen ben. Maar hij kent het verhaal niet dat ik heb gehoord van Miles Madison, mijn schoonvader.

'Dat lijkt me wel te kloppen,' zegt Mallory Corcoran, nog steeds met de hond spelend.

Ik knik. Eerder deze zomer heb ik mijn collega Arnie Rosen geraadpleegd, een expert in beroepsverantwoordelijkheid, die me tijdens de lunch heeft uitgelegd dat de verplichting van een advocaat voortduurt na de dood van een cliënt. De advocaat mag dan natuurlijk niet langer optreden in naam van de cliënt, maar hij behoort over het algemeen alle op het sterfbed gegeven instructies op te volgen, zolang ze niets illegaals voorstellen of iets dat buiten de reikwijdte van de taak van de advocaat valt, en zolang de cliënt bij zijn volle verstand is. Als wat er gevraagd wordt onrechtmatig lijkt, zou de advocaat kunnen proberen het de cliënt te ontraden of zelfs kunnen weigeren het uit te voeren; maar als de advocaat de taak aanvaardt, bestaat de verplichting. Met andere woorden: wat Mallory Corcoran deed toen hij de brief van de Rechter in Oak Bluffs bezorgde, viel binnen zijn ethische verantwoordelijkheid jegens mijn vader – hoe verwrongen de moraal ervan ook was.

Waarom was het nodig huis te houden op de benedenverdieping van Vinerd Hius? vraag ik. Of glas te breken?

Hij haalt zijn schouders op. 'Om ervoor te zorgen dat jij de enige zou zijn die zich naar boven zou wagen en het briefje zou vinden. Je vaders idee.'

'Heeft Meadows dat ook gedaan?'

'Ik heb niet naar de details gevraagd.'

'En als ik gewoon op de politie had gewacht alvorens naar boven te gaan?'

'Ik weet het niet. Ik denk dat ze het briefje hadden gevonden en het jou hadden gegeven. Idem wanneer de conciërge – ik kan me zijn naam niet herinneren – het als eerste had gevonden. Ik moet echter toegeven dat ik niet weet of je vader wel aan de mogelijkheid heeft gedacht dat Kimberly het zou kunnen zien voordat jij het zou zien. Ik denk dat het allemaal verkeerd had kunnen gaan. Of misschien ging hij er gewoon van uit dat je te veel een gentleman was om na een inbraak je vrouw de boel boven te laten controleren.'

Ik kan niet uitmaken of hij me complimenteert of bespot, dus ik laat dat onderwerp verder rusten en stel in plaats daarvan de eerste van de twee vragen die me naar de voortuin van Mallory Corcoran hebben gebracht. 'Was u ervan op de hoogte waar mijn vader mee bezig was? Waarom hij het briefje achterliet?'

'Laat me je vóór zijn. Je vraagt me of ik weet waar zijn regelingen uit bestonden, of waarom hij precies wilde dat je datgene wist waarvan hij wilde dat je het wist. Het antwoord, Talcott, is nee. Ik ben bang dat ik het niet wist. Ik weet het nog steeds niet.'

'Weet u waarom hij mij koos en niet Addison?'

Ditmaal blijft het antwoord langer uit. 'Mijn indruk was dat je broer, eh... uit de gratie was.'

'Uit de gratie?'

'Je vader leek te denken dat je broer hem had verraden.'

Dit bevreemdt me. Maar één blik op Mallory Corcorans superadvocatengezicht leert me dat ik het hiermee moet doen. Dus stel ik de tweede vraag: 'Wist u wat er zich werkelijk afspeelde? Tussen mijn vader en Jack Ziegler?'

Hij heeft zijn antwoord klaar. Hij heeft het waarschijnlijk al klaar gehad vanaf de dag dat de conciërge het advocatenkantoor belde om te zeggen dat de Rechter dood was: 'Je vader was mijn compagnon en mijn vriend, Talcott, maar hij was ook een cliënt. Je weet dat het me niet mogelijk is te onthullen wat hij me in vertrouwen heeft verteld.'

'Ik vat dat op als ja.'

'Je moet het op geen van beide manieren uitleggen. Je moet niets veronderstellen.'

'Nou, ik ben ook uw cliënt. Dat betekent dat u mijn geheimen moet bewaren.'

'Klopt.'

'Goed. Laat me even speculeren.' Oom Mal is een standbeeld. 'Ik weet niet precies wat mijn vader en oom Jack in hun schild voerden, maar ik weet dat ze iets in hun schild voerden. Ik weet niet hoeveel ervan u hebt vermoed, maar ik denk niet dat hij u veel zou hebben verteld, omdat... nou ja, omdat hij hunkerde naar uw respect.' *En u niet helemaal vertrouwde,* denk ik maar zeg ik niet, want ik ben nu stroop aan het smeren. *De Rechter vertrouwde u niet helemaal, wat de werkelijke reden is waarom hij u enkel dat ene cryptische briefje heeft gegeven en zijn regelingen ergens anders heeft verstopt.* 'Maar ik zou u graag willen vertellen wat ik denk dat er is gebeurd.'

'Ik ben daarin zeer geïnteresseerd, Talcott.'

En dus vertel ik het hem. Ik vertel hem dat het aanvankelijk tamelijk onschuldig was. Waarschijnlijk ging de Rechter naar Jack Ziegler omdat hij op zoek was naar een privé-detective, en Jack Ziegler raadde hem Colin Scott aan omdat Scott een collega was geweest bij de CIA en werk nodig had. Ik betwijfel het of mijn vader aanvankelijk op zoek was naar een huurmoordenaar. Misschien was het Jack Zieglers bedoeling hem in de verleiding te brengen. Misschien kwam het allemaal gewoon op het juiste moment bij elkaar. Hoe dan ook, toen mijn vader Scotts rapport ontving, besloot hij het niet aan de politie te laten zien.

'Waarom niet?'

'Vanwege degene die erin genoemd werd.' Maar er is niets in het ervaren gezicht van oom Mal dat erop wijst dat de Rechter hem deze specifieke waarheid heeft toevertrouwd. Ik voor mij heb het Lieve Dana niet toevertrouwd – en zal dat ook nooit doen.

In plaats van terug te gaan naar de politie, vervolg ik, vroeg de Rechter Scott de bestuurder van de auto te doden. Scott weigerde. Dat was de woordenwisseling die werd afgeluisterd door Sally en Addison: *Geen regels waar het een dochter betreft,* betoogde of smeekte mijn vader.

'En dus ging mijn vader naar Jack Ziegler terug,' vervolg ik. Hij zocht oom Jack op en vroeg hem zijn gezag te doen gelden bij Scott, of iemand anders te vinden om het te doen. Misschien was Jack Ziegler verrast. Misschien niet. Uit wat ik heb gelezen maak ik op dat hij altijd in het bezit is geweest van een opmerkelijk vermogen om anderen tot het kwaad te verleiden. Ik vermoed dat hij zou zijn begonnen met tegenwerpingen te maken, en mijn vader te waarschuwen dat hij geen flauw benul had waar hij aan begon, omdat hij zijn oude vriend goed genoeg kende om te begrijpen dat hij, als hij zich eenmaal op de weg naar de andere wereld had begeven, echt niet op zijn schreden terug zou keren enkel en alleen omdat die andere wereld alle dodelijke kenmerken bleek te hebben die hij had verwacht. Integendeel, tegenwerpingen van die aard zouden hem er alleen maar verder in trekken. Mijn vader zou hebben aangedrongen, volhoudend dat hij de bestuurder van die auto dood wilde hebben. Hij zei waarschijnlijk dat hij elke prijs wilde betalen, het maakte hem niet uit welke verplichtingen hij aanging, hij wilde dat recht werd gedaan. Misschien was dat het moment dat hij Jack Ziegler vroeg hem één ding te beloven: dat als hem, mijn vader, iets zou overkomen als gevolg van deze ellende, hij, Jack, erop zou toezien dat zijn familie geen haar op het hoofd zou worden gekrenkt. En hij geloofde oom Jack op zijn woord, want, zoals agent Nunzio tegen me zei, Jack Ziegler leefde van zijn woord.

'Je bent aan het gissen,' zegt Mallory Corcoran, wiens onbehagen groeit, want ik ben nu hardop aan het speculeren over de misstappen van twéé van zijn voormalige cliënten, in plaats van één.

'Ik weet het. Maar het is een kloppend geheel.' Hij maakt geen tegenwerping, dus ik ga verder. Op de een of andere manier stemde Jack Ziegler er op een gegeven moment mee in te bemiddelen en ging toestemming vragen aan degene die in zijn wereld zulke beslissingen neemt. Er werd een overeenkomst gesloten. Scott zou het doden op zich nemen. Er zouden geen kosten aan verbonden zijn, zoals er ook geen kosten verbonden waren geweest aan het onderzoek dat hij had verricht. In plaats daarvan zou de Rechter van tijd tot tijd om kleine gunsten gevraagd worden. Niets doorzichtigs: geen stem om de veroordeling van een maffialeider of een drugsbaas tegen te gaan. In plaats daarvan zou een beroep op hem worden gedaan om de bedrijven te helpen waarin illegale gelden waren geïnvesteerd. Een bezwarende of kostbare reglementering verwerpen. Een antitrustvonnis tegengaan.

'Dat is de reden waarom mijn vader na de dood van Abby steeds conservatiever ging stemmen,' leg ik uit, met echte pijn. 'Waarom hij zoveel regulerende stelsels van tafel heeft geveegd. Hij verleende zijn gunsten onder een dekmantel van ideologische zuiverheid.'

'Je bent nog steeds aan het gissen, Talcott.'

'Ja, dat is zo. Maar ik kan moeilijk Jack Ziegler gaan ondervragen om mijn feiten te verifiëren.' Ik hoop dat hij zal aanbieden te bemiddelen, want oom Jack heeft sinds het kerkhof op geen van mijn telefoontjes gereageerd, maar de grote Mallory Corcoran blijft zitten wachten tot hij onder de indruk zal raken. Niets heeft een reactie uitgelokt. Ik weet dat hij mijn frustratie kan zien, maar het doet hem niets.

Ik peins. Uit wat Wainwright me vertelde blijkt onomstotelijk dat de Rechter zijn bedrog als een last ervoer. Hij had het tot het rechterschap gebracht om recht te doen, niet om voorgoed de slaaf te zijn van criminelen. Ongetwijfeld volgde de ene speciale gunst de andere op in een eindeloze rij. Misschien werd het tempo opgevoerd naarmate meer illegaal geld zijn weg vond in legale zaken. Wie weet welke aandelen er in de portefeuille van de maffia zitten? Toen de nominatie voor het Supreme Court hem plotseling in de schoot werd geworpen, waren Jack Zieglers partners ongetwijfeld laaiend enthousiast. Mijn vader was ongetwijfeld bezorgd. Misschien zou de waarheid boven water komen en zou hem dat de kop kosten. En verder kwam er misschien nog een idee bij hem op. Misschien móest de waarheid boven water komen, zodat hij de hel kon ontvluchten waarin hij zichzelf had verkocht.

'Op dat punt verschijnt Greg Haramoto ten tonele,' zeg ik, maar de woorden maken geen reactie los. 'Ik heb geprobeerd met Greg te praten, maar hij wilde niet.'

Oom Mal, met een zweem van een glimlach om zijn lippen bij de herinnering, levert ten slotte een onafhankelijke bijdrage: 'Dat verbaast me niets, gezien de manier waarop je zus destijds op de televisie over hem sprak tijdens die heel trieste hoorzittingen. Waar beschuldigde ze hem van?'

'Dat hij smoorverliefd was op de Rechter.'

'Precies. Mensen vergeten dat soort dingen niet, hoor, Talcott.'

'Ik heb geen kritiek op Greg. Ik wil alleen maar dat u begrijpt dat ik nog steeds enkel aan het gissen ben.'

'Daar heb ik geen moment aan getwijfeld.' Hij is overeind gekomen, en ik weet dat het gesprek ten einde is. 'Alles wat je heb gezegd is giswerk. Je kunt niet zeker weten of er wel iets van waar is.'

'Dat realiseer ik me.' We lopen naar mijn auto. Ik had gedacht dat hij me zou uitnodigen om te blijven lunchen, maar oom Mal heeft zo zijn eigenaardigheden, en zijn vakantietijd is heilig. Ik zou eigenlijk dankbaar moeten zijn dat hij dit kostbare halfuurtje voor me heeft vrijgemaakt van wat het ook is dat grote advocaten doen wanneer ze boerderijen op het platteland bezitten. Ik kan me hem niet echt voorstellen als koeienmelker, hoewel me er iets van bijstaat dat hij ergens een kudde melkkoeien heeft.

Oom Mal houdt de deur voor me open. 'Weet je, Talcott, gissen is niet altijd erg. Soms doe ik zelf ook een beetje giswerk.'

Ik blijf stokstijf staan en durf hem niet aan te kijken. Bij de zijkant van het huis zijn Edie en de kinderen een liedje aan het zingen. De katten en honden, de meeste van hen afzichtelijk dik, liggen nu doezelig in de zomerzon.

'Ik zou gissen dat iets van wat je zegt waar zou kunnen zijn.' Zijn stem klinkt zacht en een beetje triest. 'Zou kunnen zijn, Talcott, zou kunnen zijn. En ik zou ook gissen dat toen je vader naar me toe kwam en zijn brief bij me achterliet en me vertelde over de regelingen, hij me vertelde dat hij erover dacht het advocatenkantoor te verlaten. Als ik een gisser was, zou mijn speculatie zijn dat hij bang was dat iets uit het verleden hem had ingehaald. Hij was niet bang voor de dood, dat geloof ik niet. Als ik moest gissen, zou ik zeggen dat hij bang was voor onthulling. Iets zou aan het licht komen.'

Ik draai me eindelijk naar hem toe. 'De regelingen... dat hele gedoe... had dat niet met onthulling te maken?'

'Op zijn eigen voorwaarden.'

'Wat wilt u me vertellen?'

De weerbestendige glimlach. 'Ik wil je niets vertellen, Talcott. Je weet dat ik niemand ooit iets toevertrouw. Ik speculeer alleen maar.'

'Oké... en wat is dan uw speculatie?'

'Mijn speculatie is dat je vader van plan was de informatie te verbergen waarvan hij wilde dat jij die kreeg, om daarna zelfmoord te plegen.'

59

Anderzijds...

'Zoiets belachelijks heb ik nog nooit gehoord,' zegt Lieve Dana Worth.
'Wat?'
'Dat je vader zelfmoord wilde plegen.'
Ik haal mijn schouders op. 'Dat is wat hij zei.'
Dana windt zich op, is nog niet bereid mijn speculaties te aanvaarden over de man die ze ooit zo aanbad, om nog maar te zwijgen van de speculaties van Mallory Corcoran. We slenteren samen over de hardstenen wandelpaden van de Oude Binnenplaats, waar het in de zomer, wanneer er vrijwel geen studenten meer zijn, eigenlijk best aangenaam toeven is. We hebben elkaar de laatste tijd wat vaker gezien, hoewel natuurlijk niet op een romantische manier. We hebben beiden wat mijn ouders 'huiselijke problemen' plachten te noemen. Mijn vrouw, die beweert van me te houden, heeft me uit huis gezet, en Alison is tegenwoordig boos op Dana omdat deze er de laatste tijd zo over piekert of het wel goed is wat ze doen. Alison wil dat Dana ermee ophoudt in haar methodistenkerkje rond te hangen met wat zij die rechtse homofoben noemt, en Dana weigert dat, met het argument dat het goede christenen zijn en dat ze hun standpunt wil horen. Alison vraagt of zwarte mensen dan soms verplicht zijn met blanke racisten ter kerke te gaan om hun standpunt te begrijpen. Dana zegt dat dat totaal iets anders is. Ik ben niet van plan me erin te mengen. Dana is stoïcijns genoeg om als ere-Garland aangemerkt te kunnen worden, maar wanneer er verdriet door onze façade heen sijpelt, doen wij vrienden ons best om elkaar te troosten.
'Zelfmoord,' sneert Dana opnieuw.
'Het gebeurt, Dana. Mensen doen stomme dingen.' Iets waar we beiden om treuren is dat Theo Mountain twee dagen geleden een zware beroerte heeft gehad die hij waarschijnlijk niet zal overleven. Ik wil het de Rechter verwijten, ik wil het Theo verwijten, maar ik moet het mezelf wel verwijten:

heb ik het de oude man te moeilijk gemaakt?

'Dus het verhaal luidt zogenaamd dat je vader zelfmoord zou plegen omdat hij bang was ontmaskerd te worden? En dat jij vervolgens zijn regelingen moest opsporen zodat hij wraak kon nemen?'

'Iets in die geest.'

'Sorry, Misha, maar dat slaat helemaal nergens op. Ongeacht wat voor man je vader in werkelijkheid was. Als een of andere verslaggever of wie dan ook van plan was hem te ontmaskeren, waarom zou het feit dat hij dood is hen daar dan van weerhouden? Een dode kan niet eens een aanklacht indienen wegens smaad.'

'Ik weet niet zeker of het zo'n soort ontmaskering was. Niet publiekelijk.'

'Wat is de andere soort?'

'Misschien dreigde iemand zijn gezin te vertellen waar hij zich mee bezig had gehouden.'

'Maar waarom? Wat zou die persoon van hem willen? En waarom zou die persoon daarvan afzien alleen omdat hij dood was?'

Ik schud gefrustreerd mijn hoofd, nog steeds vechtend tegen de bierkaai, er nog steeds zeker van dat er ergens een geïnteresseerde partij rondloopt die zich niet heeft laten beetnemen. Het enige waarvan ik kan bedenken dat het iemand hebberig genoeg zou kunnen maken om mijn vader te bedreigen, is het enige wat ik nog niet heb gevonden: de regelingen. 'Ik weet het niet,' beken ik.

Dana zucht geërgerd, misschien wel om mij. We vervolgen onze weg over de lege Binnenplaats, waar ik in mijn studententijd vaak met de Rechter liep, die dan een tijdje herinneringen ophaalde en me vervolgens meesleurde om binnen te wippen bij oude professoren van hem die nog in leven waren, en bij klasgenoten van hem die nu op de faculteit werkten. Hij stelde me luchtig aan mijn eigen docenten voor alsof ze me nog nooit hadden gezien, me nog nooit tijdens het college voor gek hadden gezet, me nog nooit hadden opgedragen papers van vijftig bladzijden in drie dagen over te doen, en ze besteedden overdreven veel aandacht aan me omdat ze voor hem kropen; zelfs toen had mijn vader de magie die mensen in verrukking bracht, de présence die respect afdwong, en trouwens, nu Reagan in het Witte Huis zat wisten ze allemaal dat edelachtbare Oliver Garland, zodra er een vacature kwam, tot het Supreme Court van de Verenigde Staten zou toetreden. Wanneer de bezoekjes achter de rug waren, bracht ik de Rechter in mijn haveloze maar serieuze Dodge Dart naar het lilliputachtige vliegveld van Elm Harbor, waar we in de cafetaria plaatsnamen en muf Deens gebak nuttigden terwijl we het onvermijdelijke oponthoud uitzaten van het kleine forenzenvliegtuig dat hem naar Washington zou terugbrengen. Om de tijd te doden bombardeerde de Rechter me maar weer eens met nieuwe versies van afgezaagde vragen, alsof hij hoopte op een nieuw stel antwoorden – hoe waren mijn cijfers, wanneer zou ik van het juridische tijdschrift horen, wie was tegenwoordig mijn vriendinnetje – en ik was telkens weer in de verleiding om de eerste twee met een leugen en de derde naar waarheid te beantwoorden, alleen maar om de uitdrukking op zijn gezicht te zien, en hem te dwingen me met rust te laten.

Maar toen was hij natuurlijk al Jack Zieglers gerechtelijke trawant, dus de verbeten hoop die hij op mij had gevestigd en die me zo tegenstond, krijgt een pathetisch, maar liefdevol trekje: hij wilde dat zijn zoon de advocaat beter terecht zou komen.

'Misha?' Dana heeft nog een vraag. 'Misha, waarom zou Jack Ziegler het doen?'

'Wat doen? Hem toestaan zich uit de overeenkomst terug te trekken? Hem toestaan met pensioen te gaan?'

'Nee, nee. Waarom zou hij naar het gerechtshof gaan? Zou hij niet weten dat iemand hem wel moest herkennen, dat je vaders juridische carrière verwoest zou worden?'

'Waarschijnlijk wel,' zeg ik, want ik heb deze vraag in overweging genomen. 'Maar misschien was de verwoesting van mijn vaders carrière als rechter wel Jack Zieglers laatste geschenk aan hem.'

Dana knikt. 'En toen je vader zich ten slotte uit de overeenkomst terugtrok, heeft hij hen waarschijnlijk gewaarschuwd dat hij alles had opgeschreven. Dat als er iets onwelvoeglijks met hem gebeurde, het hele verhaal aan het licht gebracht zou worden.' Ze is opgewonden. 'Dat is wat er in die papieren moet staan, Misha! Alle diensten die hij heeft bewezen, de maatschappijen, de eigenaren ervan – alles!'

'Dat vermoed ik ook.' Ik herinner me weer hoe de Rechter altijd de namen eiste van de directeuren van de lege vennootschappen die bij hem procedeerden, en hoe maar weinigen die eis naast zich neer durfden te leggen. Rechter Wainwright omschreef mijn vaders bevel tot onthulling als een teken van zijn obsessie voor details. Maar er was nóg een reden: hij beschermde zichzelf door informatie te hamsteren.

Daardoor wordt ook duidelijk in wiens opdracht Colin Scott me volgde. De mogelijkheid dat hij in de papieren als betrokkene was aangemerkt, had een extra stimulans kunnen zijn, maar het idee dat Scott handelde uit persoonlijke angst blijft het zwakke punt in de uitleg die de FBI geeft van het gebeurde. Ik heb geen idee of de FBI vermoedde dat Scott de moordenaar was van Phil McMichael, de zoon van de senator, maar het is zonneklaar dat men dacht dat hij was teruggekomen omdat hij zich zorgen maakte over iets in de *regelingen*. En dat slaat nergens op. Als hij veilig in het buitenland zat en onder een andere naam leefde, waarom zou hij dan naar de Verenigde Staten terugkomen en riskeren dat hij gearresteerd zou worden wegens moord? Nee, hij is me ten behoeve van iemand anders gevolgd, iemand die hem goed betaald heeft om het spoor van zijn voormalige werkgever te volgen, en ik vermoed dat ik nooit zal weten wie zijn opdrachtgevers waren tenzij ik de *regelingen* vind, want het moeten degenen zijn geweest die van mijn vaders corruptie profiteerden.

'Weet je, Misha, ik heb je vader echt bewonderd. Werkelijk waar.' Pijn in haar diepe, zwarte ogen. Ik vraag me af hoeveel meer pijn er zou zijn als Dana het geheim zou kennen dat ik voor haar heb verzwegen, de identiteit van de bestuurder van de rode auto, afgeslacht door Colin Scott. 'Maar dit... Wat moet ik nu doen? Hem vergeven? Hem haten? Wat?'

Ik moet glimlachen. Lieve Dana Worth, egocentrisch tot de laatste snik. Het lijkt niet bij haar opgekomen te zijn dat ik met precies dezelfde vragen worstel. Ik verwacht weinig meer van het leven dan mysterie en dubbelzinnigheid, dus misschien is het te veel gevraagd van mijn gevoelens jegens mijn vader dat ze zich plotseling uitkristalliseren. Dana heeft net als Mariah behoefte aan duidelijk omlijnde antwoorden. Zoekend naar woorden, kom ik op een van mijn vaders platitudes: 'Je moet een streep zetten, Dana. Je moet het verleden in het verleden plaatsen.'

'Ik heb het gevoel dat ik hem nooit heb gekend. Alsof hij eigenlijk... een of ander monster was.' Ze huivert. 'Hij had zoveel kanten. Zoveel niveaus.'

Ik herinner me Jack Zieglers monoloog. 'Hij probeerde zijn gezin te beschermen. Hij is alleen... hij is er alleen op de een of andere manier tot over zijn oren in geraakt.'

'Dat is wel een heel makkelijk excuus.'

'Zo bedoel ik het niet. Ik probeer zijn daden niet te rechtvaardigen. Ik denk alleen... Ik denk niet dat het zijn bedoeling is geweest. Ik denk dat hij er waarschijnlijk te veel in verstrikt is geraakt.'

Dana schudt haar hoofd. Ze is nooit bang om een oordeel te vellen, nog het meest genadeloos waar het haarzelf betreft. 'Het spijt me, Misha, maar daar kom je niet mee weg. Je vader was geen onhandige naïeveling. Hij was een intelligent man. Hij wist wie Jack Ziegler was. Hij wist wát Jack Ziegler was. Als het werkelijk zo is dat je vader naar hem toe is gegaan en hem heeft gevraagd een moord mogelijk te maken, denk je dan werkelijk dat hij niet besefte dat hij de rest van zijn leven onderworpen zou zijn aan Jack Ziegler? Zo onnozel was hij niet, Misha. Hou jezelf niet voor de gek.' Ze staat zichzelf een zeldzame huivering toe en raakt haar elleboog aan, die nog steeds pijnlijk is op de plek waar de kogel het bot heeft afgesplinterd. 'Ik weet niet wat ik over hem moet zeggen, Misha. Ik wil niet zeggen dat hij slecht was... maar hij was ook niet misleid. Hij heeft beslóten de bestuurder van die auto te vermoorden. Hij heeft beslóten een corrupte rechter te worden.' Ze schudt opnieuw haar hoofd. 'Ik kan niet geloven dat ik zo weinig wist van wat er werkelijk in dat hoofd van hem omging. Het is angstaanjagend, Misha. En het doet pijn.'

'Kun je nagaan hoe het is om zijn zoon te zijn.'

'O, Misha, zo bedoelde ik het niet.' Ze knijpt in mijn hand. 'Het spijt me.'

'Ik weet dat je het niet zo bedoelde, Dana. Maar voor mij is het ook niet makkelijk.' Ik zucht. 'Hoe dan ook, het is jouw probleem niet meer.'

Dana kijkt me doordringend aan, mond wijdopen, na iets in mijn toon te hebben gehoord wat haar niet aanstaat. Ze laat mijn hand los. Misschien heeft ze zich gerealiseerd, zoals ik ook heb bedacht sinds er op ons beiden is geschoten, dat onze vriendschap nooit meer hetzelfde zal zijn. Ze wijst naar me. 'Jij denkt dat het voorbij is,' zegt ze, met verbazing in haar toon. 'Je houdt iets voor me achter, Misha.'

'Laat het voor wat het is, Dana. Alsjeblieft.'

'Is dat wat je van plan bent te doen? Het te laten voor wat het is? Daar geloof ik niets van.' Ze staat midden op de Oude Binnenplaats, met haar vuisten op haar smalle heupen. Haar stem wordt zachter. 'Denk je echt dat het kistje hen op het verkeerde been heeft gezet, Misha?'

'Ik hoop van wel. Ik hoop... Ik hoop dat ze zullen denken dat de Rechter alleen maar blufte.'

'Stel dat er een test is waarmee je kunt aantonen hoe lang het kistje in de grond heeft gezeten, wat dan?'

'Die zal er vast wel zijn, maar ze kunnen onmogelijk weten wanneer de Rechter het kistje begraven heeft. Het kan best wezen dat hij dat de dag voor zijn dood heeft gedaan. Jij hebt het een halfjaar later begraven. Kan een test het werkelijk tot op de maand nauwkeurig aangeven?'

'Ik hoop het niet.' Een flauwe grijns. 'Anders zitten we behoorlijk in de problemen.'

Daar laten we beiden onze gedachten over gaan. Dit is ons laatste moment samen voordat Dana voor de rest van de zomer vertrekt – misschien met Alison, misschien niet – naar Cayuga Lake op het platteland van New York, waar Dana iets ten noorden van Ithaca haar 'schrijfhuisje' heeft, zoals zij het noemt, een oud en natuurlijk koel stenen huisje aan het water. Ik dacht dat we elkaar zouden omhelzen, sentimenteel zouden doen. Weer mis.

'Als we wisten waar de papieren waren,' zegt Dana bedachtzaam, 'zouden we ze misschien kunnen gebruiken om onszelf te beschermen.'

'We weten alleen niet waar ze zijn.'

Ongerust bestudeert ze mijn gezicht. 'Doe me een lol, liefje. Wanneer ze verhaal bij je komen halen omdat het kistje leeg was en je besluit te liegen om me te beschermen, doe dat dan alsjeblieft overtuigender dan daarnet.'

'Er komt niemand verhaal halen,' zeg ik sussend. 'We hebben hen beetgenomen, Dana.'

Maar de uitdrukking op het bleke gezicht van mijn beste vriendin zegt me dat ze daar nog niet zo zeker van is. Ik ook niet, eerlijk gezegd.

60

Eindspel

− I −

Dus ik blijf waakzaam wachten tot ze komen, terwijl ik mijn eigen leven probeer te leiden. Zoals de meeste professoren gebruik ik mijn zomers meestal om te schrijven. Maar dit jaar breng ik zoveel mogelijk tijd met Bentley door. Kimmer lijkt het niet erg te vinden, en zo nu en dan doen we dingen met zijn drieën. Sara Jacobstein wijst me erop dat het nodig is dat Bentley zijn ouders elkaar met respect ziet behandelen. Morris Young zegt me dat God hetzelfde eist. We komen niet bij elkaar terug, daarover is mijn ex-vrouw in spe duidelijk, maar deze gelegenheden − een wandeling in het park, een uitstapje naar een voorstelling op Broadway − zijn op de een of andere manier niet al te drukkend, alsof Kimmer en ik beiden wat volwassener worden, juist nu we uit elkaar groeien. Wanneer we op een keer in de gang van het huis in Hobby Road staan, nadat we teruggekomen zijn van een diner voor drie personen, vraagt Kimmer me zelfs in een bijzonder vrolijke bui of ik zou willen blijven slapen, en ik ben lichtzinnig geneigd om ja te zeggen tot ik besef dat dit geen belofte is om ons huwelijk te hernemen, maar slechts een opwelling die voortkomt uit het feit dat Lionel tijdelijk niet in de stad is. Wanneer op mijn beleefde weigering gereageerd wordt met een schouderophalen, weet ik dat ik gelijk heb.

Wanneer ik niet met Bentley ben, rijd ik veel in mijn robuuste Camry door het platteland, met enige behoedzaamheid in mijn achteruitkijkspiegel kijkend, omdat ik een zweempje ben gaan opvangen, slechts een heel flauw vleugje, van nieuwe achtervolgers. Iemand, dat weet ik zeker, is daar achter me. Misschien Nunzio's mensen, misschien die van Jack Ziegler, misschien die van zijn partners. Maar ik heb het gevoel dat de adem in mijn nek aan iemand anders toebehoort; iemand die een tijdje niet in de buurt is geweest. Iemand, evenwel, die naar mijn stellige overtuiging terug zou komen.

Ik raak in tijdnood, maar alleen ik weet dat.

Op de juridische faculteit kan Shirley Branch op een dag in het hartje van de zomer haar uitbundigheid niet beheersen. Ze rent heen en weer door de gangen als een schoolmeisje en vliegt iedereen die ze tegenkomt om de hals. 'Hij is terug!' roept ze, huilt ze eigenlijk, want ze snikt door haar vreugde heen. Wanneer ik aan de beurt ben om omhelsd te worden, stoot ze me bijna omver, met wandelstok en al, en voor ik goed en wel de tijd heb om te vragen wie er precies terug is, schreeuwt ze: 'Cinque! Hij is terug!' Toen ze de vorige avond thuiskwam van Oldie zat hij daar op de stoep voor de deur, kwispelend van vreugde. Ik ben stomverbaasd, en opgelucht, en zekerder dan ooit van een kleine theorie. Het vreemde is, voegt Shirley eraan toe, dat hij een gloednieuwe halsband om had zonder naam erop. Maar ze is slim genoeg om een verklaring voorhanden te hebben: 'Hij moet zijn identificatieplaatje zijn kwijtgeraakt toen hij wegliep, en iemand heeft hem gevonden en wist niet waar hij woonde en heeft hem een nieuwe halsband om gedaan, en toen miste hij me en is hij bij hen weggelopen en heeft hij de weg terug gevonden!'

Een goed verhaal, ook al is het niet waar. Ik herinner me in plaats daarvan een zekere dierenliefhebster op de Vineyard, die opgegroeid is met vijf honden en tien katten, die mij kon neerschieten op de Burial Ground en dat gewoon een klus kon noemen, maar die er niet toe kon komen Shirleys zwarte terriër iets aan te doen. Ik vraag me af waar Maxine het bloed vandaan heeft gehaald dat ze op het identificatieplaatje smeerde toen ze me naar Aspen volgde. En waarom ze niet even langs is gekomen toen ze Elm Harbor in is geglipt om Cinque af te leveren voor Shirleys deur.

Die avond bel ik Thera op om te informeren hoe het met Sally gaat, maar ik krijg haar antwoordapparaat en ze belt me niet terug. Een paar dagen later belt Kimmer me om twee uur 's nachts op, huilend en mijn naam fluisterend om een voor mij duistere reden. Als ik haar vraag of ze wil dat ik naar haar toe kom, aarzelt ze en zegt dan nee. Wanneer ik haar later op die dag opbel om te vragen hoe het gaat, verontschuldigt ze zich voor het feit dat ze me heeft gestoord en wil ze verder niets zeggen. Misschien kent elk uiteenvallend huwelijk zulke momenten.

De volgende dag nodigt de elegante Peter Van Dyke me uit met hem en Tish Kirschbaum te gaan lunchen, om te praten over de vele rechtszaken waarbij de padvinderij betrokken is; Peter zegt dat hij geen betere expert weet. We schertsen en discussiëren met zijn drieën alsof ik bijna weer een gerespecteerd lid van de faculteit ben. En misschien ook een gerespecteerd lid van de gemeenschap, want mijn drie kogelgaten hebben me een zeker lokaal aanzien opgeleverd: een paar dominees van Elm Harbor vragen me in hun kerken te spreken, en zowel de rotaryclub als de lokale tak van de Nationale Bond ter Begunstiging van Kleurlingen, de NAACP, delen me mee dat hun leden graag zouden willen horen wat ik te zeggen heb. Het meest veelzeggend van alles is dat Kwame Kennerly koffie met me gaat drinken en zich van mijn steun voor zijn zich snel ontwikkelende burgemeesterscampagne probeert te verzekeren. Hij heeft zijn Ghanese *kente*-pet en donkerblauwe blazer verruild voor een beige pak met vest, en hij verzekert me dat er in onze stad grote veranderingen ophanden zijn.

Ik zeg tegen hem dat ik geen belangstelling heb voor politiek.

In het midden van de eerste week van augustus wordt mijn huisbaas, Lemaster Carlyle, beëdigd als rechter van het hof van beroep van de Verenigde Staten. Zijn stralende vrouw Julia houdt de bijbel vast. De halve juridische faculteit is opeengeperst in de gloednieuwe federale rechtbank van de stad, de helft die niet op vakantie is. Alle leiders van de lokale advocatuur zijn aanwezig. Rechter Carlyle maakt een paar korte opmerkingen en belooft plechtig zijn best te doen zich te houden aan de tradities van de rechtbank – de betere tradities, mag men aannemen. Hij krijgt een krachtig applaus, want iedereen heeft besloten van hem te houden. Lemaster wordt door meer vrienden op de rug geslagen dan hij waarschijnlijk wist dat hij had. Terwijl ik op enige afstand sta van de held van de dag, merk ik dat ik nog steeds geïrriteerd ben dat hij ons nooit heeft verteld dat hij meedong. Ondanks alles wat er is voorgevallen, en hoewel ik het masochistische karakter ervan inzie, blijf ik een zekere mate van loyaliteit voelen jegens mijn grillige vrouw, wier rechterlijke ambities Lem wist te overtroeven. Ik wijs mezelf erop dat Lemaster Carlyle, de man van de talloze Washingtonse connecties, achter ons béider rug om heeft gehandeld – met succes, toegegeven, maar niettemin achter onze rug om.

Toch schud ik hem de hand en zeg ik de juiste dingen. Kimmer is ook aanwezig en hoort bij de velen die hem op de rug slaan. Dahlia Hadley had gelijk, en mijn vrouw weet dat: er zullen andere kansen voor haar komen, als ze maar hard blijft werken en de mensen blijft behagen die ze moet behagen. En als ze die narigheid met haar echtgenoot maar kan afronden en verstandig handelt met betrekking tot Lionel. Ik betrap me er zelfs op dat ik me afvraag of, toen ze me besloot te verlaten, een deel van haar berekening eruit bestond dat ze zonder mij meer kans maakte op het rechterschap dan met mij. Maar dat is een onwaardige gedachte en met dank aan de Rechter schuif ik die terzijde. We praten wat over koetjes en kalfjes, Kimmer en ik, want dat is zo'n beetje het enige waarover we nog kunnen praten. Ik besluit mijn vrouw niet te belasten met wat ik heb ontdekt: dat zij, omdat ze na de inbraak op de Vineyard de taak op zich had genomen een klacht in te dienen bij het alarmbedrijf, meteen op de hoogte moet zijn gebracht van het feit dat de vandalen de juiste code bezaten om het alarm aan en uit te zetten. Ze heeft mij nooit deelgenoot gemaakt van deze vitale aanwijzing en het gedurende de kwellende maanden van mijn zoektocht geheimgehouden, omdat ze haar kansen bij de nominatie niet in gevaar wilde brengen door het bewijs te verschaffen dat ik al die tijd gelijk had gehad. Ik kijk naar haar gespannen gezicht en vergeef haar. Het geval wil dat de ceremonie op mijn tweeënveertigste verjaardag plaatsvindt. Kimmer maakt geen gewag van dit toeval, en ik ben niet van plan haar te smeken het zich te herinneren. Dus de viering van mijn verjaardag bestaat slechts uit een telefoontje van Mariah, laat op de avond, die uitweidt over het onderwerp Mary, inmiddels zes maanden oud, maar me ook toevertrouwt dat ze van plan is binnenkort terug te gaan naar Shepard Street: er zijn tenslotte nog papieren die niet zijn gecatalogiseerd.

Ik wens haar het beste.

Theo Mountain sterft twee dagen na Lems beëdiging. Zijn dochter, Jo, de New Yorkse advocate, vraagt me, in de onjuiste veronderstelling dat Theo nog steeds mijn mentor is, een van de grafredes te houden op zijn enorme katholieke begrafenis. Ik kan niet bedenken hoe ik dit moet weigeren zonder haar verdriet te vergroten. Ik schrijf een paar regels terwijl ik me probeer te herinneren hoe ik vroeger tegen Theo aankeek, maar ik kan de tekst niet ten einde lezen omdat ik te hard moet huilen. Terwijl iedereen elkaar gegeneerd aanstaart is het Lynda Wyatt die zich uit de gemeente losmaakt, een arm om mijn middel slaat en me terugleidt naar mijn bank.

Ik neem aan dat de mensen denken dat ik om Theo huilde. Misschien was dat ook zo, een beetje. Maar ik huilde vooral om alle goede dingen die er nooit meer zullen zijn, en om de manier waarop de Heer, wanneer je dat het minst verwacht, je dwingt volwassen te worden.

— 11 —

Op de tweede ochtend na de begrafenis staat meneer Henderson voor de deur van mijn appartement. Hij was in de buurt, zegt hij monter met het oog op buren die zouden kunnen meeluisteren, dus hij dacht dat hij wel even gedag kon komen zeggen. Hij draagt een sportjasje om zijn pistool te verbergen, en zo te zien heeft hij geen letsel opgelopen, dus ik neem aan dat de vijfde persoon op het kerkhof die nacht dat ik werd neergeschoten zijn alter ego Harrison moet zijn geweest. Dana en ik waren daar, Colin Scott was daar, en Maxine was daar en heeft het opgegraven kistje gestolen. Dat is samen vier. Maar ik weet dat er een vijfde persoon was, niet alleen omdat de politie dat denkt, maar ook omdat ik een man – niet een vrouw – het hoorde uitschreeuwen van pijn toen de wanhopige kogel van de stervende Colin Scott hem raakte. De politie heeft geen spoor van hem gevonden, dus het was iemand die dicht genoeg bij het treffen was om neergeschoten te worden, en taai genoeg om toch nog te ontkomen.

Ik laat meneer Henderson binnen omdat ik geen keus heb. Terwijl ik wacht tot het hakmes van de guillotine valt, leid ik hem naar de kleine keukentafel, een vaak overgeschilderde houten reliek uit mijn kindertijd, gered uit de kelder van het huis in Hobby Road. Ik bied hem water of vruchtensap te drinken aan. Hij bedankt. Zoals gokkers die elkaar wantrouwen zorgen we beiden dat onze handen zichtbaar zijn. We zijn heel beleefd, hoewel Henderson de voorzorgsmaatregel in acht neemt om een klein elektronisch apparaatje in te schakelen dat, zo verzekert hij me, het afluisteren bemoeilijkt. Het enige wat ik weet is dat het me een scherpe, plotselinge hoofdpijn bezorgt, ook al lijkt het geen geluid te maken.

'Uw vriend begrijpt waarom u hebt gedaan wat u hebt gedaan,' zegt Henderson tegen me met zijn vloeiende, sprankelende stem. 'Hij neemt u niet kwalijk dat de inhoud van het kistje... teleurstellend was. Integendeel. Hij is blij.'

Dit verrast me. 'O ja?'

'Uw vriend is van mening dat alle betrokken partijen tevreden zijn met deze uitkomst.'

Wrijvend over een pijnlijk oor denk ik hierover na. Wat Dana en ik vreesden lijkt waar te zijn: Jack Ziegler is te veel een oude rot om zich zo gemakkelijk te laten bedotten. Ik ga ervan uit dat de andere *betrokken partijen* ook oude rotten zijn. En toch zijn ze tevreden. En Henderson is hier. Hetgeen betekent dat...

'Iemand anders met het kistje aan de haal moet zijn gegaan,' mompel ik. De goeden, denk ik. Geen lieverdjes, maar de goeden. 'Mijn... vriend heeft het niet. Klopt dat?'

Henderson weigert me in te lichten. Zijn sterke gezicht is op een gladde manier onbewogen. 'Uw vriend is van mening dat als er niets werd gevonden, er misschien niets te vinden was. Sommige dreigementen zijn bluf.'

'Juist ja.'

'Misschien bent u het daarmee eens.'

Ik besef ten slotte waar hij heen wil: wat me wordt vergeven, en welke woorden ik moet zeggen om vergeving te verdienen. 'Ik ben het ermee eens. Sommige dreigementen zijn bluf.'

'Misschien waren er nooit echte regelingen.'

'Dat is zeker mogelijk.'

'Zelfs waarschijnlijk.'

'Zelfs waarschijnlijk,' echo ik, waarmee ik de overeenkomst afsluit.

Henderson is overeind gekomen, brede schouders katachtig gebogen onder het loszittende jack. Ik vraag me af hoeveel seconden hij ervoor nodig zou hebben om mij met zijn blote handen te doden als de noodzaak zich zou voordoen. 'Dank u voor uw gastvrijheid, professor.'

'Dank u dat u bent langsgekomen.'

Voordat hij zijn elektronische geluidsabsorbeerder opklapt, voegt Henderson nog een laatste punt toe: 'Uw vriend wil u ook laten weten dat als u in de toekomst een inhoud zou ontdekken die... minder teleurstellend is... hij iets van u verwacht te horen. Hij verzekert u dat u in de tussentijd niet verder over deze zaak zult worden lastiggevallen.'

Ook hierover denk ik na. *Sommige dreigementen zijn bluf.* Hij suggereert iets meer dan hij zegt. 'En mijn gezin en ik...'

'Zullen volkomen veilig zijn. Uiteraard.' Maar geen glimlach. 'U hebt de belofte van uw vriend.'

Zolang ik me aan de overeenkomst houd, bedoelt hij. Voorheen was oom Jacks vermogen om mij te beschermen gebaseerd op zijn verzekering aan *betrokken partijen* dat ik de regelingen zou opsporen. Nu de dingen zijn veranderd berust zijn vermogen om mij te beschermen op de verzekering dat ik dat niet zal doen. Ze kunnen niet weten of ik de werkelijke inhoud ergens anders heb gevonden; of ik deze, net als mijn vader, heb verstopt en op mijn beurt regelingen heb opgesteld die de wereld in gezonden moeten worden in het geval van mijn onverwachte verscheiden. De *betrokken partijen* en ik zullen voortaan leven in een evenwicht van angst.

'Goed,' zeg ik.

We geven elkaar geen hand.

— III —

Elke avond kijk ik naar het Weernet. Tegen het einde van de derde week van de maand, als Bentley voor een paar dagen bij me is, doe ik de televisie aan en signaleer met instemming dat er een vreselijke orkaan op weg is naar de kust. Als hij de huidige koers blijft volgen, zal hij de Vineyard over vier dagen treffen. Perfect.

De volgende ochtend, zaterdag, breng ik Bentley terug naar zijn moeder. Mijn zoon en ik staan samen op het gazon voor het huis, en Don Felsenfeld, die zijn planten verzorgt, heft ter begroeting een plantschopje omhoog. Ik besluit me niet af te vragen of Don, wie niets ontgaat, eerder van Lionel wist dan ik.

'Wanneer Bemley jou weer zien?'

'Volgend weekend, schat.'

'Beloof je dat?'

'Als God het wil, Bentley. Als God het wil.'

Met zijn pientere ogen kijkt hij me onderzoekend aan. 'Durf papa?' vraagt hij, in de geheimtaal vervallend die we nauwelijks meer horen.

'Ja, schat. Durf papa. Absoluut.'

Ik leid mijn zoon het schots en scheve klinkerpad op naar Hobby Road nummer 14. Schots en scheef, omdat Kimmer en ik de klinkers zelf hebben gelegd, kort nadat we hier zijn gaan wonen. Een klus van twee dagen waarover wij, drukke, smoorverliefde groentjes die we waren, ongeveer een maand hebben gedaan.

Mijn hand trilt op de stok.

Het huis is leeg. De gedachte komt onwillekeurig, maar met alle morele kracht van een absolute waarheid, bij me op. Het is een leeg huis... nee, een leeg *thuis*. Kimmer is daar ongetwijfeld ergens binnen, wachtend op haar zoon. Haar BMW staat zoals gewoonlijk op de oprijlaan geparkeerd, in weerwil van mijn advies. En als mijn vrouw zo onvoorzichtig is geweest haar plechtige belofte te breken – dat zou niet voor het eerst zijn! – zou Lionel Eldridge hier ergens op de loer kunnen liggen, zijn kobaltblauwe Porsche veilig verstopt in de garage. En toch staat het Victoriaanse huis leeg, want een huis dat ooit een gezin huisvestte en nu slechts de scherven ervan bevat is als een strand waarvan het zand tot steen is verworden: het behoudt alleen de naam, en niets van de reden voor de naam.

Bij de deur zeg ik tegen Kimmer dat ik voor een paar dagen naar de Vineyard terugga. Ze knikt onverschillig, verstart dan en kijkt me onderzoekend aan. De vastbeslotenheid in mijn stem beangstigt haar.

'Wat ga je doen, Misha?'

'Ik ga het afronden, Kimmer. Ik moet het doen.'

'Nee, dat moet je niet. Er valt niets af te ronden. Het is voorbij, het is allemaal voorbij.' Terwijl ze dat zegt drukt ze onze zoon tegen haar dij en wenst ze de waarheid weg.

'Pas goed op hem, Kimmer. Ik bedoel, als er iets met mij gebeurt.'

'Dat moet je niet zeggen! Dat moet je nooit zeggen!'

'Ik moet gaan.' Ik pluk haar hand van mijn mouw. Dan zie ik de echte paniek in haar gezicht en besef ik dat ze het helemaal bij het verkeerde eind heeft. Ze denkt dat ik naar Oak Bluffs ga om me van kant te maken. Vanwege haar! Ik hou van haar, ja, ik lijd pijn, zeker, maar zelfmoord? Dus ik glimlach, pak haar hand en leid haar het trapje af naar het gazon. Ze is zo snugger om Bentley het huis in te sturen.

'Praat alsjeblieft niet op die manier,' mompelt Kimmer, huiverend. Ze maakt geen bezwaar als ik mijn arm om haar heen sla.

'Kimmer, luister naar me. Luister, alsjeblieft. Ik ga geen gekke dingen doen. Er is een deel van het mysterie dat nog niet is opgelost. Niemand denkt er meer aan. Maar ik wel. En ik moet het gaan bekijken.'

'Wat gaan bekijken?'

Ik denk aan de achtervolgers die ik heb bespeurd, peins over hoe ik het moet zeggen. Ik denk aan de nog niet opgeloste aanval op mij midden op de campus. Ik denk aan de kogelgaten. Ik denk aan de babbel met meneer Henderson. Uit mijn herinnering diep ik de zin van de Rechter op: 'Hoe het vroeger was, liefje. Ik moet gaan bekijken hoe het vroeger was.'

Ze strijkt met haar tong over haar lippen. Ze draagt een spijkerbroek en een poloshirt, en is aantrekkelijk als altijd. Haar haar is in de war, en ik vraag me met pijn in het hart af of ze het vannacht te druk had in bed om het te vlechten. Ze duwt haar bril omhoog naar haar voorhoofd en stelt me slechts één vraag: 'Zal het gevaarlijk zijn, Misha? Voor jou, bedoel ik?'

'Ja.'

61

Angela's vriendje

— I —

De orkaan barst los op mijn tweede dag in Oak Bluffs, en het is een triomf van een storm, een van de grotere, een storm waar nog jaren over zal worden nagepraat, precies zoals ik hoopte dat hij zou zijn. De hele ochtend gaat de politie met megafoons door de straten en maant iedereen die in de buurt van het water woont te gaan schuilen. De radiostations, zowel die op het eiland als die van de Cape, voorspellen afschuwelijke materiële schade. Ik blijf in huis of op de veranda, om de storm te zien aankomen. Tegen de voormiddag heeft de wind over het hele eiland boomtakken en elektrische leidingen neergehaald en is mijn stroom uitgevallen. Ik hoor gekraak op de vliering, alsof de schoorsteen overweegt van het dak af te springen. Een paar decennia geleden viel de schoorsteen plat op het dak van het huis tijdens een storm die minder hevig was dan deze. Ik doe de voordeur open. Regen vormt vlak achter het trapje een nat, glinsterend scherm, alsof je, wanneer je door het gordijn zou lopen, een magische wereld zou betreden waar bladeren rondvliegen, tuinmeubels doelloos door de straten tuimelen en bomen abrupt in tweeën knakken.

Toch blijf ik wachten.

Geen auto's meer op Ocean Avenue of Seaview, niemand die in het park speelt. Zoals gewoonlijk zijn een paar dwazen over de zeedijk aan het wandelen, misschien om te zien of de door de storm veroorzaakte golven hoog genoeg zijn geworden om hen mee te sleuren. Maar ze zijn niet dwazer dan Talcott Garland, Misha voor zijn vrienden, die achter het niet met planken afgeschermde raam van zijn huis zit, officiële bevelen om te evacueren ten spijt. Natuurlijk kan ik niet vertrekken. Dit moment heb ik gepland, gezocht en hoopvol afgewacht sinds ik het ziekenhuis verliet, Kimmer op een militante manier in de vestibule van Hobby Road nummer 41 zag staan en het mysterie oploste. Ik durfde het niet verder te vertellen, aan niemand, en alleen Dana heeft slechts een vermoeden dat ik het misschien weet. Ik kan niet evacueren. Ik wacht, wacht tot de storm op zijn ergst is, wacht op het enige moment sinds ik Jack Ziegler op het kerkhof heb ontmoet waarop ik kan weten, zeker weten, dat ik alleen ben. Ik wed dat niemand me tijdens een orkaan als deze in de gaten kan blijven houden.

Om tien voor halfvier slaan de door de storm opgezweepte golven toe. Het water dendert over de zeedijk en voert zand, zeewier en zelfs vissen mee tot op Seaview Avenue. Er gaat opnieuw een boom neer. Ik zie een eenzaam autootje over de weg zwoegen, maar de wind draait het helemaal rond, en de bestuurder springt eruit en vlucht. Ik blijf kijken om er zeker van te zijn dat hij niet plotseling omkeert. Ik hoor een vreselijk gekraak: een boomtak gaat door een raam van het huis van de buren.

Toch blijf ik wachten.

Vinerd Hius is in schaduw gehuld en schudt op zijn grondvesten. Nergens in de omgeving is nog stroom. Geen beweging te zien op straat. Geen enkele auto, truck of terreinwagen. Geen enkele fiets. Er is werkelijk geen sterveling te zien, en wanneer ik de storm in loop, het eindeloze grijs doorpriemend met het licht van de krachtige lamp die ik op het vasteland heb gekocht, kan ik de met planken afgedekte voorgevels van alle huizen aan Ocean Park zien. Ik laat het licht over ramen en poorten glijden, over bomen en de muziektent, om te zien of ik enig teken kan ontdekken van een op de loer liggend menselijk wezen.

Niets.

Ik herhaal dit proces aan weerskanten van het huis en aan de achterkant. Mijn oliejas beschermt me nauwelijks terwijl ik door onze smalle achtertuin loop en mijn lichtbundel op de ramen van het huis van de buren richt.

Ik ben alleen. Alle andere mensen in de wereld zijn verstandig. Het huidige moment behoort de krankzinnigen toe.

Mijn moment.

Ik ga weer naar binnen, zet mijn draagbare zoeklicht weg en pak een gewone zaklantaarn. Terwijl ik langs de eetkamer loop, zie ik die zotte omslag van *Newsweek* weer: HET UUR VAN DE CONSERVATIEVEN. Maar uiteindelijk zo zot nog niet. Misschien heeft de Rechter hem bewaard als een herinnering. Aan iemand die hij op een of andere manier een excuus verschuldigd was. Ik herinner me de heel andere plaatjes die in Thera's hal aan de muur hingen. *Zoals het vroeger was*. Telkens weer bezigde mijn vader die zin, prentte hem bij me in. In de hoop dat ik hem nooit zou vergeten.

Ik haast me naar de bovenverdieping van het huis en trek dan de ladder van de vliering naar beneden.

— 11 —

De lage vliering van Vinerd Hius is een plek waar je het midden in de zomer niet langer dan twintig of dertig seconden uithoudt. Als gevolg van een of ander natuurkundig geintje – opstijgende warme lucht misschien, of slechte ventilatie – is de vliering smoorheet en valt er vrijwel niet te ademen, zelfs als de rest van het huis 's avonds is afgekoeld. In de orkaan is het er nog verstikkender. Buiten is het koud, maar hier breekt me bij elke stap het zweet uit. Bovendien zakt de moed me bijna in de schoenen, want ik kan de zoldering werkelijk zien trillen. Maar de wetenschapper in me neemt de overhand, gefascineerd door de chaotische bewegingen ervan. Ik heb nog nooit een zoldering zien rijzen, dalen en golven, waarbij zelfs de dakspanten schudden, zoals ze dat, neem ik aan, tijdens een aardbeving doen.

Ik voel me opmerkelijk veilig.

Ik begin de krappe ruimte te doorzoeken. Ik weet dat het hier ergens ligt. Door de jaren heen bedolven geraakt onder de rommel, maar het ligt er wel. Het moet wel.

Oom Derek, denk ik bij mezelf. Hoe kon ik oom Derek nu zijn vergeten? Zoals Sally zei, hij heeft me mijn naam gegeven.

Ik struikel over hutkoffers, versleten serviesdelen en lantaarns, ik sorteer oude kleren en nog oudere boeken, en ik kan het maar niet vinden. Regen en wind beuken tegen het enige raam alsof ze toegang eisen. Ik hoor wat gedruppel en weet dat het dak is lekgeslagen. Het vertrek is ook weer niet zo rommelig, heel anders dan de vliering in Shepard Street waar Mariah regelmatig te vinden is: het zou niet zo moeilijk moeten zijn om te vinden wat ik zoek. Ik schaaf mijn scheen aan een kwijnende sofa, en verbaas me over de energie en dwaasheid die het vereiste om hem hierboven te krijgen. Onder een jas vind ik mijn oude honkbalhandschoen, die ik meende voorgoed kwijt te zijn. Ik vind een kinderschrift vol krabbelige tekeningen van vuurtorens. Zijn er tekeningen van mij bij? Van Abby? Ik kan het me niet herinneren. De schoorsteen kraakt. Ik vind een strandparasol die een jaar of twintig niet geopend is en een paar strandhanddoeken die al net zo lang niet gewassen zijn. Ik sta op het punt het op te geven. Misschien klopt mijn theorie niet, misschien zit ik er volkomen naast...

Maar ik weet dat ik gelijk heb.

Zoals het vroeger was.

B4. De eerste zet van de Dubbele Excelsior wanneer wit verliest. Het duidt alleen geen vierkant aan op een denkbeeldig schaakbord op een kerkhof, maar een woord. B4. *Before.* Vroeger*.

Zoals het vroeger was.

Dat wil zeggen: voordat het allemaal misging.

Maar het ging niet mis toen mijn vader ontslag nam als rechter. Het is lang daarvoor al misgegaan. Het ging mis – bleef hij volgens Alma maar zeggen – toen hij met zijn broer brak omwille van ambitie. Oom Derek, zijn jongere broer, die me mijn bijnaam gaf. Oom Derek, die zijn hele leven communist was geweest en zich op oudere leeftijd in het nationalisme stortte. Het vreedzame protest was aan hem niet besteed – *bidden terwijl de politie je schedel inslaat,* noemde hij het – maar terugvechten wel. De gewapende strijd. Wanneer de Rechter er niet was, zaten we vaak met zijn allen aan Dereks voeten, betoverd, vooral Abigail. Oom Derek predikte activisme, activisme, activisme. Maar alleen met de juiste ideologie. Hij hield van de Panters, ook al vond hij hun ideologie wat magertjes. Hij hield van de SNCC, de Coördineringscommissie van studenten tegen geweld. Maar Derek bewonderde vooral de zwarte communisten die actief deelnamen aan de strijd.

En wie was de prominentste zwarte communist?

Angela Davis. *Angela* Davis.

Ik schuif een opgerold tapijt opzij, en daar is hij plotseling.

Ik recht mijn rug.

Ik kijk neer op het speelgoedbeest dat Abby zoveel jaren geleden op de kermis won: de aan slijtage onderhevige panda die mijn overleden zusje vernoemde naar George Jackson, die werd doodgeschoten toen hij uit de San Quentin-gevangenis probeerde te ontsnappen. Toentertijd leek het wel of elke Amerikaanse zwarte vrouw van een bepaalde leeftijd verliefd op hem was, evenals enkelen die, zoals Abby, nog veel te jong waren. George Jackson, de knappe, dynamische revolutionair. George Jackson, de vermeende minnaar van Angela Davis.

Angela's vriendje.

---

* *Before.* Vroeger: in het Engels luidt de zin 'The way it was before' ('Zoals het vroeger was'), vandaar de woordspeling B4 = B-four = before.

— III —

Ik zit beneden in de keuken na te denken. De storm blijft het huis heen en weer schudden. Een paar minuten geleden heb ik mijn draagbare zoeklicht weer mee naar buiten genomen en wind, regen en bliksem, alle zomerse woede van de natuur getrotseerd om er zeker van te zijn dat ik niet in de gaten gehouden word. Gedurende een griezelig ogenblik, terwijl ik de lichtbundel op de muziektent liet schijnen die nu helemaal schuilging achter een regengordijn, ving ik bijna weer een zweem van een schaduw op, dus rende ik Ocean Avenue over en speurde ik voor alle zekerheid alles af.

Niets. Niemand. Maar nu ben ik doorweekt en vertoont mijn zoeklicht duidelijke tekenen van uitputting. Te laat om nieuwe batterijen te gaan kopen.

Ik heb een draagbare lamp voor binnenshuis, die ik nu gebruik om George te verlichten.

De beer ligt op het hakblok, bewegingloos alsof hij op ontleding wacht. Ik betast hem zachtjes met mijn vingers, zonder een centimeter over te slaan, voorzichtig de vacht uiteenduwend op zoek naar sporen van een scheur of snee die met de hand is dichtgenaaid. Ik vind niets. Ik til het dier op en schud het heen en weer, wachtend tot er een geheim bericht uit valt, maar dat gebeurt niet. Ik schraap met mijn vingernagels over de plastic ogen, maar er komt niets los. Ik draai het kleine blauwe T-shirt van de panda binnenstebuiten, maar er zit geen officieel schrijven in verborgen. Dus richt ik me op de plek die eigenlijk al vanaf het moment dat ik het tapijt opzijschoof en het beest ontdekte, mijn aandacht heeft getrokken: de naad waar de rechterpoot aan het lijf vastzit en waaruit al dertig jaar lang een afzichtelijk roze vulsel komt. Ik steek één vinger en vervolgens twee in de scheur, maar het enige wat ik tegenkom is nog meer vulsel. Omdat ik datgene wat ik op het punt sta te ontdekken niet wil verstoren, trek ik langzaam en voorzichtig het vulsel eruit en verspreid het over het werkblad.

En zonder erg veel dieper te hoeven gaan, krijgen mijn vingers iets te pakken. Het voelt plat en hard aan, acht tot tien centimeter breed.

Trekken, trekken, voorzichtig, maak het niet stuk...

... het voelt bijna aan als... als...

... als een computerdiskette.

En dat is precies wat het is.

— IV —

Ik til de diskette tussen twee vingers op en houd hem tegen het licht, om te controleren of hij beschadigd is. Ik ben woedend op de Rechter. Al dat gezoek, al die aanwijzingen, al die doden en verminkten, voor dit! Een diskette! Een die bijna twee jaar lang in de hitte van die vliering heeft gelegen! Hoe haalde hij het in zijn hoofd? Misschien kwam het niet bij hem op dat hoge temperaturen een probleem zouden kunnen zijn. Hij was niet technisch aangelegd, mijn vader; de digitale revolutie was naar zijn mening, die hij herhaaldelijk naar voren bracht, een gigantische vergissing. In een poging te kalmeren, leg ik de diskette op het werkblad. Hij is een beetje kromgetrokken, en ik durf hem niet met geweld in de gleuf aan de rechterkant van mijn laptop te duwen.

Ongelooflijk. Wat een verspilling.

Maar misschien is er nog iets bewaard gebleven. Ken ik iemand die enige expertise heeft in het herwinnen van gegevens van een beschadigde diskette? Er schiet me maar één naam te binnen: mijn oude studievriend John Brown, professor elektrotechniek aan de Universiteit van Ohio State. De laatste keer dat ik met John samen was, zag hij Lionel Eldridge in het bos achter mijn huis – ook al wisten we toen geen van beiden dat het Lionel Eldridge was. Diezelfde onschuldige middag vertelde Mariah me dat het rapport van de privé-detective zoek was, en mijn vaders regelingen leken oneindig ver weg. Nu heb ik eindelijk de regelingen in mijn hand en ik heb John opnieuw nodig om me te helpen ze uit te pakken.

Waarom zou ik wachten? Ik kan hem meteen bellen, tenzij de storm niet alleen de stroom, maar ook de telefoonlijnen heeft platgelegd.

Ik schuif eerst uit voorzorg de diskette terug in de beer van mijn zusje. Gezien de storm die tegen de ramen beukt, is dat misschien wel de veiligste plek. Ik heb me net omgedraaid om mijn adresboekje te gaan zoeken in de huiskamer, wanneer de keukendeur met een klap opengaat.

Ik draai me snel om, in de verwachting dat de wind er de oorzaak van is.

Dat is niet zo.

Terwijl regenvlagen het huis binnendringen, staat daar vlak over de drempel, een klein pistool glinsterend in zijn hand, rechter van het Supreme Court Wallace Warrenton Wainwright.

62

Het gevecht om George

— I —

'Dag edelachtbare,' zeg ik zo kalm als ik kan.

'Je lijkt niet erg verbaasd.'

'Ben ik ook niet.' Maar in werkelijkheid ben ik dat wel. Ik houd de pistoolhand in het oog. Ik ben het zat om pistoolhanden in het oog te houden, maar er zit weinig anders op.

Hij doet de deur krachtig achter zich dicht en tuit zijn dunne lippen. 'Is dat het?' Hij wijst met het pistool. Ik had de beer in mijn handen toen hij binnenviel, en ik houd hem nog steeds met beide handen stevig vast. Wanneer ik niets zeg, slaakt Wainwright een zucht. 'Houd me niet voor de gek, Misha. Daar is het nu te laat voor. Je vader heeft blijkbaar iets in de teddybeer verstopt. Wat is het?'

'Een diskette.'

Hij wrijft met zijn vrije hand over zijn nek. Het water stroomt van zijn donkerblauwe oliejas, die midden in de storm moeilijk te zien zou zijn, en maakt de hele vloer nat. 'Hij heeft me verteld dat er iets was. Hij heeft me niet verteld wat. Hij heeft me niet verteld waar.' Zijn stem klinkt vaag, uit de verte, dromerig. Ik realiseer me dat de rechter even uitgeput is als ik, zowel lichamelijk als geestelijk. 'Iedereen wist dat er... iets was. Maar niemand zocht naar een beer. En niemand had aan een diskette gedacht. Van jouw in technisch opzicht onontwikkelde vader werd dat niet verwacht. De mensen zochten naar *papieren*. Dat was heel slim. Een diskette.' Hij ademt langdurig uit terwijl hij zich weer vermant. 'En, hoe lang ben je me al op het spoor?'

'Sinds ik in de gaten had wat voor de hand lag. Dat mijn vader al die rechtszaken niet in zijn eentje kon manipuleren. Het federale hof van beroep houdt zitting met commissies van drie rechters. Dus als hij rechtszaken doorslaggevend wilde beïnvloeden, had hij twee stemmen nodig, niet een.'

Wainwright loopt verder de kamer in en belandt bij de gewelfde ingang naar de gang. Het komt bij me op dat zijn vuurlijn nu zowel mij als de achterdeur bestrijkt, alsof hij een verrassing verwacht. Hij lijkt goed overweg te kunnen met het pistool, dus ik ben vastbesloten geen onverhoedse bewegingen te maken. Mijn plan is geslaagd, maar ook mislukt. Ik was ervan overtuigd dat niemand zich in de storm zou begeven, en ik heb dus geen serieuze hoop op redding.

'Nou en? Er hadden wel tien andere rechters voor in aanmerking kunnen komen. Ik was niet de enige aangewezen persoon.' Hij klinkt bezorgd, en het komt bij me op dat hij zich afvraagt of hij wel genoeg heeft gedaan om zijn sporen uit te wissen. Als ik hem op het spoor was, wie zou dat dan nog meer kunnen zijn?

'Dat is waar. Maar u zei het min of meer zelf. Toen ik bij u langskwam. U zei dat het net zo onwaarschijnlijk was dat mijn vader rechtszaken manipuleerde als dat u dat deed.'

Hij schenkt me zijn beroemde, scheve glimlach, die, zie ik nu, eerder sardonisch is dan geamuseerd. Zijn we al die jaren allemaal zo erg beetgenomen? Hebben we zijn morele arrogantie echt voor mededogen aangezien? Hij heeft er waarschijnlijk behagen in geschept me de zuivere waarheid te vertellen terwijl hij tegelijkertijd loog. Wallace Wainwright heeft, net als de Rechter, altijd geweten dat hij slimmer is dan de meesten. Hij is er niet aan gewend dat iemand gelijke tred met hem houdt. 'Ik neem aan dat ik al te sluw ben geweest,' zegt hij.

'Dat neem ik aan.' Geen reden om hem de rest te vertellen. Zolang we praten schiet hij tenslotte niet, en ik ben het op prijs gaan stellen niet te worden neergeschoten. 'Ik neem ook aan dat Cassie Meadows u op de hoogte hield van wat er gebeurde.'

Misschien is het verbeelding, maar de pistoolhand lijkt te beven, heel licht. 'Wat brengt je op die gedachte?'

'Ik had het vanaf het begin moeten doorzien. Mallory Corcoran delegeerde me aan Cassie omdat hij geen tijd had voor mijn problemen. Hij probeerde indruk op me te maken door me te vertellen dat ze een voormalige griffier was bij het Supreme Court. Het was me duidelijk dat alles wat Cassie te weten kwam iemand anders ook te weten kwam. Ik nam aan dat dat Mallory Corcoran was. Maar toen kwam de gedachte bij me op dat het weleens kon zijn dat ze gewoon contact onderhield met haar voormalige werkgever. De rechter wiens griffier zij was geweest. Dus zocht ik Cassie op in Martindale-

Hubbell, en ja hoor, ze was griffier geweest van rechter Wallace Wainwright. Waarschijnlijk gewoon toeval dat zij de compagnon was die de zaak kreeg toegewezen, maar u plukte er toch maar de vruchten van.' Hij heeft niet gezegd dat ik mijn handen omhoog moet doen. Ik heb nog steeds George Jackson vast. Ik wil het gesprek gaande houden. 'Was ze nu alleen maar een kletskous die met u roddelde, of was zij er ook bij betrokken?'

'Ik ben niet van plan jouw vragen te beantwoorden.' De wind gaat buiten nog steeds tekeer, en we horen een scherp knappend geluid wanneer een boom ergens bij het huis een tak verliest. In de hal fronst rechter Wainwright zijn voorhoofd en stapt een beetje opzij alsof hij niet in staat is stil te staan. Hij denkt na over wat ik zojuist heb gezegd, nog steeds bezorgd dat hij zichzelf op de een of andere manier heeft verraden. Dan schudt hij zijn hoofd. 'Nee. Nee, dat zou niet genoeg zijn geweest. Je zou niet overhaast tot die conclusie zijn gekomen enkel omdat Cassie voor mij heeft gewerkt als griffier.' Het pistool richt zich op mijn borst. Ik deins achteruit naar de gootsteen. Hij volgt, net buiten het bereik van een schop of stomp die ik zou kunnen uitdelen, als ik al zou weten hoe. Wat de beer betreft, Wainwright heeft er niet naar gevraagd en ik heb hem niet aangeboden. 'Waarom was je niet verbaasd mij te zien? Hoe wist je eigenlijk dat er iemand anders was? Het was duidelijk dat je dacht dat je oom Jack je in de gaten hield. Misschien zijn partners ook. Maar waarom moest er een derde partij zijn?'

'U hebt gelijk. Het feit dat Meadows voor u heeft gewerkt als griffier was niet genoeg.' Mijn handpalmen en mijn onderrug zijn vochtig van de transpiratie. Ik heb nog steeds een flauwe hoop op ontsnapping. De storm die me had moeten beschermen kan me nog steeds redden, als ik Wainwright nog maar even kan laten doorpraten. 'Maar ik wist dat er... zoals u zei een derde partij in het spel moest zijn... omdat ik wist dat er iemand was die niet op de hoogte was van Jack Zieglers edict.'

Oprechte verwarring. 'Welk edict?'

'Dat ze niet aan mij mochten komen. De andere mensen die achter me aanzaten kenden allen de regels. Mij mocht niets overkomen, en niemand van mijn gezin mocht iets overkomen. Jack Ziegler had een overeenkomst gesloten met... nou ja, met wie je zulke overeenkomsten ook mag sluiten. Het bericht werd verspreid. Mij zou niets worden aangedaan en ik zou opsporen wat mijn vader had verstopt. Dus iedereen hield me in de gaten en wachtte af. Zodra me iets zou overkomen was het duidelijk dat óf de regels veranderd waren óf er een derde partij in het spel was. Ik werd... gerustgesteld dat de regels niet waren veranderd. Dus moest het een buitenstaander zijn. Iemand zonder contacten in de kringen van Jack Ziegler.'

'Het zou je verbazen waar ik contacten heb, Misha.'

Ik weet wat hij bedoelt, maar ik schud mijn hoofd. 'Het is niet genoeg dat Jack Ziegler u kan bereiken. U zou in staat moeten zijn hem te bereiken.'

Dit bevalt Wainwright helemaal niet; ik kan het aan zijn gezicht zien, dat van sardonisch in woedend is veranderd. Misschien vindt hij het niet prettig eraan herinnerd te worden dat hij nooit zo goed bevriend was met Jack Ziegler als mijn vader. Een nieuwe variant van het Stockholm-syndroom: de omgekochte wil de lieveling zijn van de omkoper. Ik wijs mezelf erop dat ik niet moet proberen punten te scoren tegen een gewapend man.

'Dus Jack Ziegler heeft een edict uitgevaardigd,' zegt hij eindelijk, terwijl hij lang uitademt. 'Hij zei dat niemand je iets mocht aandoen.'

'Ja. En u wist daar niet van, dus u stuurde een stelletje schurken op me af. En dan was er nóg iets.' Ik ben teruggedeinsd tot achter het hakblok. Wainwright staat nu voor de gootsteen. George Jackson, wiens poot op het punt staat af te scheuren, is nog steeds een schild tussen ons in.

'Wat dan?'

'Meadows. Ze begon me Misha te noemen. Van wie kon ze dat hebben gehoord? Niet van oom Mal, hij noemt me Talcott. Ze kon het Kimmer hebben horen zeggen, maar ik betwijfel het of ze wel zo vrijpostig zou zijn om een bijnaam op te pikken die alleen mijn vrouw gebruikte. Ik kon maar één bekende van Meadows in Washington bedenken die me ook Misha noemde. U.'

Rechter Wainwright knikt met een flauw glimlachje. 'Dat is heel goed. Ja. Ik zal in de toekomst voorzichtiger moeten zijn.' Hij zucht. 'Zo, het is voorbij, Misha. Geef mij de diskette, dan ben ik weg.' Ik kijk steels naar de keukendeur achter hem. Hij merkt dat. 'Er is niemand anders, ben ik bang. Niemand die je komt redden. We zijn slechts met zijn tweeën. Dus geef me die diskette maar. Laat me het je alsjeblieft niet nog eens vragen.'

Ik ga door met tijdrekken. 'Wat is er zo belangrijk aan die diskette? Wat staat erop?'

'Wat erop staat? Dat zal ik je vertellen. Bescherming.'

'Wat voor soort bescherming?'

'O, kom nou, Misha, dat heb je inmiddels ongetwijfeld bedacht. Je bent niet de domkop die je voorgeeft te zijn. Namen. Namen van de mensen met belangen in al die bedrijven, al die jaren. Staatssecretarissen. Ja. Senatoren. Een of twee gouverneurs. Een paar algemeen directeuren en vooraanstaande advocaten. Een man met zo'n diskette in zijn bezit kan heel wat bescherming kopen.'

En dan gaat me een licht op. 'O. O, nee. U bedoelt bescherming tegen Jack Ziegler. Hij heeft u zeker nog steeds aan de haak, niet? Of zijn partners? En ze willen u niet laten ophouden, hè?'

'Ze willen zelfs niet dat ik met pensioen ga. Ze zijn verschrikkelijk veeleisend.' Ik zeg niets. Ook al had ik het bijna zelf bedacht, de impliciete bekentenis heeft me geschokt. 'Maar je vader was geen haar beter. Toen ik hem vroeg mij zijn verborgen informatie toe te vertrouwen, keek hij me alleen maar aan en zei me dat ik deel uitmaakte van zijn regelingen. En als ik hem niet met rust zou laten, zou iedereen het te weten komen.'

'Een jaar voor hij stierf,' mompel ik, het eindelijk snappend.

'Wat zei je daar?'

'Ik, eh, vroeg me af onder welk voorwendsel u op het eiland bent.' Een leugen, maar ik vermoed dat elk beroep op zijn ijdelheid tot een uiteenzetting leidt. Hij moet me laten zien hoe slim hij is. Voordat hij me doodt, wel te verstaan.

'Misha toch. Iedereen wil me als gast. Ja. Nou. Je hebt zelf een paar fouten gemaakt. Je was te doelbewust, Misha; het was duidelijk dat je je erop voorbereidde iets te doen. Ik hoorde over de orkaan, en dat je hier toch naartoe ging. Tja. Ik besefte wat je van plan was. Ik aanvaardde een oude uitnodiging. Vanmiddag toen de orkaan losbarstte, ging ik een wandelingetje maken.' Weer die scheve glimlach. 'Ik vertelde mijn gastheer en -vrouw dat ik van stormen houd. Ik ben op dit moment uit wandelen.' De wind blaast de achterdeur open en slaat hem dan weer met een klap dicht. En Wainwright wil niet langer herinneringen ophalen. 'Goed, Misha, genoeg gepraat. Kom op, geef me de diskette.'

'Nee.'

'Doe niet zo idioot, Misha.'

Ik bespeur in mezelf een verrassende koppigheid. 'Mijn vader heeft hem niet voor u achtergelaten. Hij heeft hem voor mij achtergelaten. Ik wil zien wat erop staat, en zal dan besluiten wat ik ermee moet doen.'

Rechter Wainwright lost een schot. Er is geen waarschuwing aan voorafgegaan en zijn hand trilt nauwelijks. De kogel zoeft langs mijn hoofd terwijl ik wegduik, te laat natuurlijk, en boort zich in de keukenmuur.

'Ik ben marinier geweest, Misha. Ik weet hoe ik dit pistool moet hanteren. Kom op, geef me de diskette.'

'U zult er niets mee opschieten. Hij is waardeloos. Hij heeft boven te lang in de hitte gelegen. Hij is helemaal kromgetrokken.'

'Reden temeer om hem aan mij te geven.' Ik schud mijn hoofd. De rechter zucht. 'Misha, bekijk het eens vanuit mijn gezichtspunt. Ik kan dit niet langer doen. Ik heb te lang met deze mensen opgescheept gezeten. Ik wil van hen af. Ik heb die diskette nodig.' Zijn ogen verharden zich. 'Je vader weigerde me te vertellen waar de diskette was, maar ik kan hem in elk geval van jou krijgen.'

'Mijn vader weigerde,' herhaal ik. 'Aanstaande oktober twee jaar geleden, is het niet? Was het toen dat u hem vroeg u te vertellen waar hij was verstopt?'

'Mogelijk. Nou en? Heb ik nog een fout gemaakt?'

'Nee, maar...' Maar dat was wat de Rechter angst aanjoeg, bedenk ik. Het was Wallace Wainwright – niet Jack Ziegler, zoals ik heb aangenomen – die hem zo de stuipen op het lijf joeg dat hij naar de Kolonel ging om een pistool te lenen. En bij een schietclub ging om het te leren gebruiken. Wainwright, moe en ernaar snakkend om met pensioen te gaan, zocht hem een jaar voor zijn dood op en probeerde hem zover te krijgen dat hij hem de informatie toevertrouwde die hij had verstopt om zichzelf te beschermen tegen Jack Ziegler en diens partners. De Rechter weigerde en Wainwright dreigde hem te ontmaskeren, wat mijn vader ertoe bracht zich deemoedig naar Miles Madison te reppen. Er gingen een paar maanden voorbij, er gebeurde verder niets, en mijn vader borg het pistool op. Toen, afgelopen september, maakte een wanhopige Wainwright opnieuw zijn opwachting, en mijn wanhopige vader ging weer terug naar zijn schietclub. Ik probeer me voor te stellen hoe deze twee juridische iconen, de ene van de rechtervleugel en de andere van de linker, met elkaar aan het touwtrekken waren over de gegevens die nu in de beer zitten; hoe ze met elkaar vochten omdat ze beiden koste wat kost wilden voorkomen dat ze zouden moeten boeten voor een leven dat gekenmerkt werd door corruptie in de rechtspraak. 'Het pistool,' fluister ik. 'Nu snap ik het.'

'Welk pistool?'

'De Rechter... bemachtigde een pistool. Hij was...' Ik dacht dat de verrassingen achter de rug waren, en deze lijkt nauwelijks plausibel. Maar het is de enige verklaring. Oom Mal had het helemaal bij het verkeerde eind. Wat mijn vader de Kolonel vertelde was de zuivere waarheid: hij wilde bescherming. Maar niet, zoals Mariah denkt, tegen een zogenaamde moordenaar. Hij wilde bescherming tegen een afperser. Voor mijn geestesoog ontrolt zich de laatste maand van mijn vaders leven. Toen Wainwright opnieuw verscheen, belde mijn vader Jack Ziegler, en toen volgde hun geheime diner. Het is nu heel gemakkelijk te begrijpen welke gunst de Rechter zijn oude vriend en voornaamste verleider moet hebben gevraagd waardoor deze ertoe kwam hem af te wijzen. Nu ik de humor zie in onze keten van vergissingen, weet ik een lach te produceren.

'Wat is er zo grappig, Misha?'

'Ik weet dat u dit moeilijk zult kunnen geloven, edelachtbare, maar ik denk dat mijn vader van plan was u te doden. Serieus. Als u hem niet met rust zou laten, als u bleef dreigen hem te zullen ontmaskeren. Hij kocht een pistool, en ik denk dat hij van plan was u ermee neer te schieten.'

— 11 —

Wainwrights ogen vertroebelen. Gedurende een grimmig ogenblik lijkt hij erover na te denken hoe het verhaal op een andere manier had kunnen aflopen. Dan vertrekt zijn gezicht tot een schampere uitdrukking. 'Dus nu weet je wat voor soort man je vader in werkelijkheid was. De grote rechter Oliver Garland. Je zegt dat hij bereid was mij te vermoorden. Nou, ik kan niet zeggen dat me dat verbaast. Hij was een monster, Misha, een zielloos, zelfzuchtig, arrogant monster.' Buiten splijt nog een boom in tweeën, met een luid en plotseling gekraak. Het pistool trilt terwijl Wainwright om zich heen kijkt. Dan zijn z'n toornige ogen weer op mij gericht. Ik zie nu in waarom hij me nog niet heeft gedood. Hij wil dat de zoon eerst lijdt vanwege de zonden van de vader. En het lijkt te werken. 'Je vader is tenslotte degene die me in deze ellende verzeild heeft doen raken, Misha. Hij is degene die me op het slechte pad heeft gebracht. En, wat vind je daarvan?'

Ik zeg niets. Ik ben waar het de Rechter betreft niet meer in staat tot verbazing. Maar het is gemakkelijk te begrijpen hoe de Rechter hem kon hebben verlokt. De arme jongen, afkomstig van woonwagenuitschot uit Tennessee, gaat het voor de wind. Een rijke vrouw? Misschien de vruchten van twee rijke decennia van steekpenningen aannemen, witgewassen door de familie van zijn vrouw. Zoiets. Ongetwijfeld zo ingewikkeld dat ik er de vinger niet op kan leggen, maar het resultaat is hetzelfde: Wallace Wainwright, de grote liberaal, de man van het volk, is rijk geworden door rechtszaken te manipuleren.

Als motieven van belang zijn, deed mijn vader het tenminste uit liefde.

'Hij was als een duivel, jouw vader. Je hebt geen idee hoe overredend hij kon zijn! En door en door corrupt. Is dat hard genoeg voor je? Hij kreeg zijn bevelen van Jack Ziegler. Hij stemde zoals hem was opgedragen. Laat dat eens tot je doordringen, Misha. Maar hij was zo slim dat niemand ervan wist. En toen hij mij benaderde was hij heel behoedzaam, ging hij heel omzichtig op zijn doel af... Maar ja. Liefde voor geld is de wortel van alle kwaad, nietwaar? Ik wilde goeddoen en daar wel bij varen, en je vader... buitte dat uit.'

Ik sta op het punt daar tegenin te brengen dat mijn vader nooit geld heeft aangenomen; en dan slik ik het in, want ik zie het als een deel van zijn hoedanigheid van kwade genius dat hij dit feit voor Wallace Wainwright verborgen heeft gehouden. Ik zal nooit weten hoe de Rechter precies de toekomstige rechter van het Supreme Court verleidde, maar ik merk hoe Wainwrights tirade vol zelfbeklag de Washingtonse cadans te pakken heeft gekregen: hij heeft de steekpenningen aangenomen, maar het was allemaal de schuld van de omkoper.

Wallace Wainwright lijkt zich te realiseren hoe hij klinkt, want hij roept zichzelf een halt toe. 'We hebben te lang verwijld bij het verleden, Misha. Kom op, de diskette alsjeblieft. Leg hem maar op tafel.'

'Nee.'

'Nee?'

'Ik ben niet bang voor u. U durft me niets aan te doen.' Vertwijfeling. 'U hebt gezien wat Jack Ziegler met uw trawanten heeft gedaan.'

'Ah, ja, mijn trawanten. Mooi woord. Trawanten. Ja.' Een toon van trots. Als ik maar kan blijven appelleren aan zijn ijdelheid, kan ik hem aan het praten houden. 'Zo gemakkelijk is het niet, hoor. Om trawanten te vinden, bedoel ik.' Die scheve glimlach. 'Ik ben tenslotte rechter van het Supreme Court van de Verenigde Staten. Je hebt geen idee welke risico's ik heb genomen. Ik moest terugvallen op mijn contacten uit de oude tijd, bij de mariniers... Maar ja. Het was een risico, maar die keten is gebroken. Ja. De trawanten hebben nooit geweten wie hen had ingehuurd, en niemand kan het spoor terugvoeren op mij.'

De keten is gebroken. Misschien heeft Wainwright zelf de belangrijkste schakel verwijderd. Met, laten we zeggen, hetzelfde pistool dat hij nu op mij gericht houdt.

'Ik begrijp het.' Om maar iets te zeggen. De terloopse erkenning dat hij, in zijn positie, onlangs iemand heeft vermoord, laat bij mij weinig twijfel bestaan over mijn eigen lot.

'Nee, je begrijpt het niet.' Hij reikt over de tafel met het pistool en trekt het terug voordat ik kan besluiten of ik moet proberen zijn hand te grijpen. Hij is om onverklaarbare redenen boos. De wind blaast iets tegen de veranda. 'Je bent het er niet mee eens. Je denkt dat jij, als je in mijn schoenen had gestaan, een andere keus had gemaakt.'

'Ik weet alleen maar welke keus u hebt gemaakt.'

Zonder waarschuwing ontploft Wainwright. 'Je veroordeelt me! Het is toch niet te geloven! Jíj veroordeelt míj! Hoe durf je! Je bent nog slechter dan je vader!' Hij gebaart woest met het pistool in zijn hand, waardoor de adrenaline nog sneller door mijn aderen gaat stromen. 'Jij vindt waarschijnlijk dat ik iets nobels had moeten doen, zoals mezelf aangeven. Je weet niet waar je het over hebt. Heb je enig idee wie ik ben? Het afgelopen decennium ben ik de enige hoop geweest, besef je dat wel? De grondwet ligt op sterven, als je dat nog niet in de gaten had. Nee. Hij wordt vermoord. Jij kunt makkelijk met stenen gooien, jij zit in je kantoor artikelen te schrijven die niemand leest. Ik ben degene die heeft gevochten voor vrijheid en gelijkheid in dit reactionaire tijdperk! Ik heb de leiding gehad over een hele vleugel van het Supreme Court!' Zijn stem wordt zachter. 'En ze hadden me nodig, Misha. Heus. Het werk dat ik daar heb gedaan voor rechtvaardigheid is te belangrijk om het te laten ontsporen door... door iets als dit. Ik kon geen ontslag nemen, Misha. Zelfs als Jack Ziegler me zou hebben laten gaan, zou ik niet het recht hebben gehad. Het Supreme Court had me nodig. Het land had me nodig. Ja, goed, ik ben geen heilige, ik heb lang geleden een paar compromissen gesloten, dat weet ik. Maar de vraagstukken zijn ook belangrijk! Als ik het Supreme Court had verlaten, als mijn vleugel zijn leider had verloren, zou de wet er onschatbaar slechter aan toe zijn. Begrijp je dat dan niet?'

Ja, ik begrijp het. Zijn hypocrisie doet me duizelen, maar ik begrijp het. Verleiding, verleiding: Satan verandert nooit.

'Dus u... kon geen ontslag nemen.'

'Nee, dat kon ik niet. Dit was groter dan ik. Het ging niet om mijn lot, het ging slechts om de vraagstukken. Het was een roeping, Misha, de strijd om rechtvaardigheid, en ik had geen andere keus dan er gehoor aan te geven. Het Supreme Court had me nodig. Om daar een rudiment te bewaren, hoe klein ook, van fatsoen en goedheid. De mensen geloven in het Supreme Court. Als ik had toegestaan dat een schandaal het imago van het Supreme Court zou schaden, zouden integere mensen zijn gekwetst.' Hij is weer terug bij het begin en lijkt uitgeput te zijn van zijn eigen betoog. 'Integere mensen,' zegt hij weer.

'Ik begrijp het.'

'Is dat zo, Misha?' Hij zwaait weer met het pistool. 'Ik wou dat ik door kon vechten, heus. Maar ik ben moe, Misha. Ik ben zo moe.' Een zucht. 'Kom op, alsjeblieft, Misha, geef me waar ik voor gekomen ben.'

Nog steeds wankelend op mijn benen van zijn tirade, verzamel ik ten slotte een beetje moed: 'En wat dan?' Wanneer hij niets zegt, zeg ik wat ik denk: 'U bent hier niet alleen maar gekomen voor de diskette. U bent hier gekomen om mij te doden.'

'Klopt. Daar ben ik voor gekomen. Ik zal daar niet over liegen. Ik wou dat er een andere manier was. Maar, Misha, je hebt nog steeds een keus. Ik wil je niet onnodig laten lijden. Je dood kan snel en pijnloos zijn, een kogel achter in je hoofd, of het kan tijd kosten – als ik, laten we zeggen, eerst in je knieën schiet, dan in je ellebogen, dan misschien in je kruis. Dat is vreselijk pijnlijk maar het doodt je niet meteen.' Hij gebaart met zijn pistool. 'Kom op, geef me die diskette.'

'Nee.'

'Ik heb mensen gedood in Vietnam. Ik weet hoe je een pistool moet gebruiken, en ik deins daar niet voor terug.' Ik herinner me de foto in zijn kantoor, een veel jongere Wainwright in gala-uniform van de mariniers. Ik geloof hem op zijn woord.

'U zou me misschien wel willen doodschieten,' probeer ik, 'maar u zou het niet in het huis doen, omdat er te veel kans bestaat dat u forensisch bewijs achterlaat.'

Buiten klinkt gekraak en gedreun terwijl alles tegen elkaar wordt gesmeten. De orkaan gaat, ongelooflijk genoeg, nog heviger tekeer. Maar misschien is het oog overgetrokken en krijgen we het achterste deel van de wind.

'Ik ben volkomen bereid je in het huis dood te schieten,' zegt Wainwright bedaard.

'Waarom hebt u het dan nog niet gedaan?'

'Omdat die kleine beer weer een misleiding zou kunnen zijn. Ik ben niet van plan je te onderschatten. Je hebt op het kerkhof een expert misleid. Maar we hebben genoeg gepraat. Over dertig seconden ga ik je knieschijf eraf schieten, tenzij je me de...'

Een oorverdovend gedreun doet het huis schudden op zijn grondvesten en doet ons beiden perplex staan. Schilderijen vallen van de muren, serviesgoed breekt in de kasten. Rechter Wainwright, geen New Englander, is verbijsterd. Hij weet niet wat ik weet: dat die door merg en been gaande schok het geluid was van de schoorsteen die door de orkaan van het huis is geblazen en plat op het schuine dak valt. Wainwright kijkt onwillekeurig op, alarm op zijn gezicht, zich misschien afvragend of het hele huis naar beneden komt.

Op het moment dat hij is afgeleid, duik ik, George Jackson nog steeds stevig vasthoudend, door de keukendeur naar buiten de storm in.

63

De waterbaby

De keukendeur komt uit op een houten trap die naar het piepkleine, kuilige stukje bruin geworden gras voert dat moet doorgaan voor een achtertuin. Ik spring de trap af en beland met beide voeten in het moeras waarin de tuin is veranderd. Ik ploeter de hoek om naar het smalle steegje dat langs het huis loopt en op Ocean Avenue uitkomt. Ik weet dat Wainwright me zal volgen, omdat hij geen keus heeft en ik weet ook dat mijn plan om de orkaan te gebruiken volstrekt averechts heeft uitgepakt: ik kan rennen en schreeuwen wat ik wil, maar zelfs al zou ik boven de storm uit kunnen komen, er is niemand, zelfs geen politieagent, in de buurt om me te helpen.

Even word ik bang, bijna overweldigd door de majestueuze omvang van de boze wolken die laag in de hemel wervelen. Dan hoor ik een pistoolschot tegen de zijkant van het huis van de buren slaan en zet ik me in beweging. Wallace Wainwright mag dan in het wilde weg aan het schieten zijn, dat zal ongetwijfeld veranderen, en ik weet te weinig van pistolen om uit te maken hoeveel kogels hij heeft.

Doorlopen!

Mijn Camry, met zijn fonkelnieuwe achterbumper, staat in de berm geparkeerd, maar ik heb er niets aan, want mijn sleutels zijn in het huis, in de zak van mijn jasje. Terwijl ik de straat over schiet, hoor ik Wainwright ergens achter me schreeuwen en vloeken, maar ik durf niet achterom te kijken. Hij heeft bijna alles mee. Hij heeft een oliejas en een hoed, terwijl ik een joggingpak draag dat al aan mijn huid plakt. Hij draagt laarzen en ik draag sportschoenen die al volgelopen zijn met water. Hij heeft een pistool. Ik heb een beer.

Om dat te benadrukken, ketst er een kogel af van het plaveisel achter me. Hij begint me onder schot te krijgen.

Ik heb zelf twee dingen mee, breng ik mezelf in herinnering terwijl ik door het park klots, waar de grond doordrenkt is en zich een laagje water op het gras vormt. Het ene is dat ik het sinds mijn jeugd heerlijk heb gevonden om buiten te zijn wanneer er een storm losbarst, tenminste op de Vineyard: mijn moeder noemde me altijd haar waterbaby. Het tweede is dat ik dertig jaar jonger ben dan Wainwright. Anderzijds ben ik de laatste tijd heel wat vaker getroffen door een kogel dan hij en heb ik mijn stok niet bij me.

Midden in Ocean Park werpt een windvlaag me plat tegen het witte geraamte van de muziektent, en terwijl ik me van de muur af druk, kijk ik achterom. Wainwright is een schaduw in de storm en worstelt nog steeds met het houten hek langs de weg, maar hij zal weldra terrein op me winnen, omdat ik maar weinig plekken heb om naartoe te vluchten. Ik voel hechtingen losgaan, spieren opnieuw scheuren. Ik ben uitgeput, mijn benen doen zeer van de inspanning van dit korte stukje rennen. Ook al ben ik nog zo uit vorm, ik zou de bejaarde rechter ver voor moeten kunnen blijven. Helaas is mijn been nog niet hersteld van Colin Scotts kogel, en ik loop te hinken, onverbiddelijk vertragend terwijl de trillende pijn zich vanuit mijn gewonde dij verspreidt.

Nog een pistoolschot, zwak hoorbaar onder de rollende donder. De storm is nog steeds mijn vriend: door de wind kan hij niet goed richten.

Ik realiseer me dat ik de verkeerde kant op ben gerend. Ik had niet door Ocean Park moeten gaan, waar ik een makkelijk doelwit ben als hij me ooit onder schot weet te krijgen. Ik had de straat uit moeten lopen, naar de winkels – misschien is er wel een open! – of het politiebureau – misschien zit er wel één eenzame dienstdoende agent! Maar Wainwright, de Vietnam-veteraan, heeft rekening gehouden met die tactiek door deze vluchtweg af te snijden en een einde te maken aan alle hoop die ik zou kunnen koesteren om ergens anders naartoe te rennen dan naar het strand.

Ik zal mijn benen in beweging moeten zetten als ik mijn zoon weer wil zien.

Dus zet ik het met grote passen op een soort halfrennen, halflopen, en ik begin nu te trekkebenen vanwege een nieuwe, brandende pijn in mijn onderbuik, terwijl ik op de oceaan af snel, biddend dat de wind die me voortdurend uit balans brengt en de geselende stortregen die mijn kleren al heeft doorweekt, het hem zullen blijven beletten goed te richten.

Ik steek Seaview Avenue over en een pistoolschot raakt de metalen reling die het trottoir van het strand scheidt. Wallace Wainwright is eenenzeventig en is terrein op me aan het winnen.

Even blijf ik boven aan de gammele houten trap staan die afdaalt naar de Inktpot. Onder me beuken woeste golven op het zand en nemen een deel ervan voorgoed weg. De pier die normaal gesproken de grens tussen de bewaakte en onbewaakte gedeeltes van het strand aangeeft, is onzichtbaar. De meeste golven komen bijna helemaal tot de zeedijk voordat ze terugwijken.

Ik wil daar niet naartoe.

Wainwright is achter me, en ik heb geen keus.

Ik strompel onhandig de trap af, verlangend naar mijn stok die me kan helpen mijn evenwicht te bewaren en mijn pijn kan verlichten.

Ik hoor Wainwright schreeuwen.

Me haastend, maar op mijn hoede voor de razende zee, bereik ik de onderste tree, die toch al oud was, en nu, verzwakt door de storm, onmiddellijk in tweeën splijt onder mijn gewicht. Ik val languit in de golven die het zand bedekken, en George Jackson vliegt door de lucht en komt vier meter verderop in het water neer, waar hij tergend blijft dobberen.

Mijn hele lichaam gonst van de pijn. Ik wil hier in het koude water blijven liggen en me laten meevoeren.

Wainwright is de trap aan het afdalen, maar voorzichtig.

Ik krabbel onhandig overeind en ploeter naar Abby's beer toe, maar de volgende golf slaat mijn benen weer onder me vandaan.

Ik kom moeizaam overeind, buig me over het water, strek mijn hand uit terwijl er opnieuw iets scheurt, en dan heb ik George Jackson weer in mijn armen. Maar het kille, wervelende water komt bijna tot mijn middel, de golven slaan me alle kanten op, en mijn energiereserves zijn bijna uitgeput. De horizon gaat schuil in boze grijszwarte wolken.

'Mooi, Misha, dat heb je goed gedaan.' Wainwright, een paar meter verderop, in ondieper water. Zijn stem klinkt uitgeput. 'Geef hem nu maar hier.'

Ik kijk naar hem, in zijn blauwe oliejas en laarzen, zo praktisch, zo goed voorbereid, geen moment door mij van de wijs gebracht, niet beetgenomen door het kistje op het kerkhof. Hij wist dat ik naar de Vineyard terugging, wist waarom ik op een orkaan wachtte. Hij wist alles. Ik ben inmiddels duizelig van de kou en de pijn, en mijn wil is gewoon te zwak. Zijn briljantheid, zijn geduld, zijn planning hebben me verslagen. Terwijl ik Abby's beer nog steeds tegen me aan klem, kijk ik naar het kleine, glinsterende pistool, naar Wainwrights ijzig zelfverzekerde, blanke gezicht, en plotseling kan ik hier gewoon niet meer mee doorgaan. Ik heb alles gegeven wat ik heb. Ik ben uitgeput. Zowel geestelijk als lichamelijk. Misschien schiet hij me dood. Ik ben zo moe, koud en ellendig dat het me een zorg zal zijn. Het spijt me, Rechter.

De saga van de regelingen is eindelijk afgelopen. Ik weet dat ik hem de beer zal geven.

Ik doe strompelend een stap in de richting van het strand, terwijl ik George Jackson voor me uit houd, en zie Wainwrights ogen groter worden. Hij deinst terug alsof er iemand achter me aan sluipt die uit de oceaan is opgedoemd om op het laatste nippertje tussenbeide te komen, Maxine of Henderson of Nunzio of een andere gewapende wreker, maar wanneer ik me omdraai zie ik in plaats daarvan een twee meter hoge, omkrullende muur van zwart water razendsnel op ons af komen.

Wainwright rent al naar de trap toe. Ik probeer hem achterna te gaan, en dan breekt de golf op mijn rug en slaat me omver. Een paar seconden lang is mijn gezicht begraven in het zand en is er water boven me. De beer, Wainwright, alles ben ik uit het oog verloren, en als ik me niet in beweging zet, pijn of geen pijn, zal ik verdrinken.

Met het beetje energie dat ik nog over heb worstel ik me boven water, maar enkel om achterwaarts de getijdenstroom in te vallen, waarna ik hulpeloos word meegesleurd door de reusachtige golf. Omdat ik geen kracht meer heb om me te verzetten, laat ik me op het water meedrijven, wachtend tot ik kopje onder ga, maar dan neemt een andere golf het over en voert me opnieuw mee naar het strand.

Ik hoor Wallace Wainwright iets schreeuwen.

Ik ga rechtop zitten, water en zand uit mijn haar en ogen schuddend.

Wainwright is in de golven. Hij probeert Abby's beer te bereiken, die steeds verder afdrijft op de onderstroom. Ik kijk toe. Ik kan niets doen om hem te helpen of te dwarsbomen, want ik heb nog maar net genoeg kracht om hier doorweekt op het zand te zitten wachten tot er een volgende golf komt en me verdrinkt. Wainwright is behendig voor zijn leeftijd en sterk, een jogger, maar ik kan zelfs van deze afstand zien dat hij geen kans maakt. Telkens wanneer hij naar de panda reikt, voert een volgende golf hen verder de zee in. Hij lijkt het pistool niet langer meer in zijn hand te hebben; hij probeert met beide handen George Jackson te pakken. Ik schep een ogenblik genoegen in het beeld van de grote blanke liberale held die wanhopig probeert de grote dode zwarte martelaar van het militante tijdperk te heroveren. Dan frons ik, want blijkbaar heb ik me vergist. Wainwright heeft de beer te pakken gekregen. Met George tegen zijn borst draait hij zich om, om terug te ploeteren naar de kust. En hij heeft het pistool in zijn hand. Het moet in zijn zak hebben gezeten. Hij baant zich met grimmige vastberadenheid een weg naar me toe, zijn gezicht vol harde lijnen terwijl hij tegen de onderstroom worstelt en langzaam maar zeker het strand nadert.

Ik geloof zelfs even dat hij het zal halen.

Dan spoelt er een nieuwe golf van twee meter over hem heen en wordt hij naar beneden gezogen. Zijn hand zwaait wild heen en weer, zijn hoofd komt boven om lucht te happen, eenmaal, tweemaal, en dan is hij verdwenen, meegevoerd naar het boze hart van de storm.

Mijn hoofd valt achterover op het zand en even ga ook ik dood.

64

Dubbele Excelsior

— I —

Onder de slachtoffers van de orkaan, zegt de opvallend plechtige nieuwslezer, bevond zich rechter Wallace Warrenton Wainwright van het Supreme Court van de Verenigde Staten die is verdronken bij Martha's Vineyard nadat hij blijkbaar in de oceaan was gevallen terwijl hij langs het water liep om een beter zicht op de storm te krijgen. Hoewel de orkaan drie dagen geleden ten einde kwam, spoelde zijn lichaam pas vanochtend aan op het strand. Wainwright, die tweeënzeventig was, was op het eiland op bezoek bij vrienden. Beschouwd als de laatste grote liberale rechter, stond Wainwright waarschijnlijk het meest bekend om zijn bezielende verdediging van...

Kimmer pakt de afstandsbediening en doet de televisie met een beeldscherm van 1,32 m uit, die, absurd genoeg, een geschilpunt tussen ons is geworden. Ze wendt zich tot mij en glimlacht. 'Heb je enig idee hoeveel geluk je hebt gehad, Misha? Je had het zelf kunnen zijn.'

'Dat had gekund, ja.'

'Wat deed je trouwens op dat strand?' Misschien denkt ze nog steeds dat ik weleens geprobeerd kan hebben me van kant te maken.

'Ik was op de vlucht voor rechter Wainwright. Hij schoot op me.'

'O, Misha, doe niet zo morbide. Dat is echt niet grappig.' Ze springt op om de papieren borden weg te ruimen waarvan we zojuist een afhaalpizza hebben gegeten. Kimmer is, hoewel zonder schoenen, nog steeds voor het werk gekleed, in een crèmekleurig mantelpak en een lichtblauwe blouse met ruches. Ze is een beetje afgevallen, misschien met opzet, misschien van de stress. Ze ziet er prachtiger uit dan ooit, en ook onbereikbaarder prachtig. In de hoek van de woonkamer is Bentley met zijn computer aan het spelen.

Toen ik hem een uur geleden kwam ophalen voor het weekend, zaten hij en Kimmer net achter een dubbele kaaspizza, en mijn ex-vrouw nodigde me uit om even te blijven.

'Bemmy schieten, Bemmy schieten!' roept onze zoon vrolijk. 'Drie plus zes is negen! Negen! Bemmy schieten!'

'Bemmy schieten,' stem ik in, terwijl ik mijn ogen nog steeds niet open. Voor mijn geestesoog wordt de slotscène op allerlei verschillende manieren uitgespeeld. Misschien had ik de energie kunnen opbrengen om me in de golven te storten en Wallace Wainwright te redden. Misschien had ik te weinig reserves meer of was hij te ver in zee. Soms zie ik me hem uit de oceaan trekken. Soms zie ik mezelf tijdens die poging sterven. Soms denk ik eraan te bidden voor zijn ziel. Soms ben ik blij dat hij dood is.

'Is onze zoon niet fantastisch?' mompelt Kimmer terzijde.

'Nou en of.'

'Je hebt je ogen dicht, gekkie.'

'Weet je wat het is? Hij is met mijn ogen dicht net zo fantastisch.'

Maar ik open ze toch, en gedurende een gouden ogenblik zijn Kimmer en ik samen, verenigd in liefde en bewondering voor dat ene in de wereld waar we allebei om geven. Dan herinner ik me het dure leren jack met de woorden DUKE UNIVERSITY in blauwe letters erop gestikt dat ik aantrof toen ik mijn windjack in de gangkast hing, en het goud verandert in waardeloze troep.

'O, Misha, tussen twee haakjes. Raad eens wie hiernaartoe heeft gebeld op zoek naar jou?'

'Wie?'

'John Brown. Hij zei dat hij reageerde op jouw telefoontje. Ik neem aan dat je vergeten had hem je nieuwe nummer te geven, hè?' Ze staat in de deuropening met haar armen over haar borsten. Ze heeft haar jasje uitgedaan. Ze glimlacht nog steeds. Ze heeft genoeg om over te glimlachen. 'Of probeer je hier iets mee te zeggen?'

'Ik heb hem opgebeld vanaf de Vineyard.' Ik leun achterover op de leren sofa, ogen dicht, benen op de poef, zoals ik dat vroeger deed toen ik hier woonde. 'Ik zal hem dat nummer wel hebben gegeven.'

'Je zou je nieuwe nummer in het telefoonboek moeten laten opnemen.'

'Ik ben op mijn privacy gesteld.'

'Ik begrijp niet waarom je zo hardnekkig bent,' zegt Kimmer, die nog geen vijf minuten zonder telefoon zou kunnen leven. Er komt ineens een gedachte bij haar op en ze bedekt haar mond en giechelt. 'Ik bedoel, tenzij...

719

tenzij je zoveel privacy nodig hebt omdat... Hé, je verbergt toch niet een of andere vrouw in je appartement? Shirley Branch of zo?'

'Geen vrouw, Kimmer.' Behalve jou.

'Of misschien Pony Eldridge? Je weet wel, de twee verongelijkte echtgenoten die elkaar opzoeken?'

'Het spijt me dat ik je moet teleurstellen. Ik ben nog steeds een getrouwd man.'

Kimmer negeert deze steek onder water wijselijk. 'Het is toch niet Dana? Ik heb gehoord dat zij problemen heeft met Alison. Of andersom. Hoe dan ook, gaan jullie tweeën na al die jaren nog iets doen?'

Ik hoest het oude grapje nog eens op: 'Zij valt niet op mannen, en ik val niet op blanke vrouwen.'

Kimmer wuift dat weg. Ze buigt zich naar me toe – haar nabijheid is verblindend – en reikt dan achter me langs, pakt haar wijnglas en neemt een klein slokje. 'O, iedereen valt tegenwoordig op iedereen,' stelt ze me gerust met het gezag van een expert voordat ze terugloopt naar de keuken. 'Het ijs komt eraan,' roept ze. 'Peccanoot-roomijs. Wil je wat?'

'Klinkt fantastisch.'

'Chocoladesaus?'

'Ja, graag.'

Ja, ik had hem kunnen redden. Nee, ik had geen energie meer. Ja, ik had het moeten proberen. Nee, het zou me niet zijn gelukt.

Opnieuw geroep uit de keuken: 'Heb je trouwens gevonden wat je zocht? Op de Vineyard, bedoel ik?'

Goede vraag.

'Misha? Liefje?' Ik hou mezelf voor dat ik geen belang moet hechten aan *liefje*: macht der gewoonte, meer niet. Kimmer is zich waarschijnlijk niet bewust dat ze het heeft gezegd.

'Niet echt,' roep ik terug. 'Nee.'

'Jammer.'

'Ja.' Een stilte. Hoe ongemakkelijk het ook voelt, ik kan misschien maar beter beleefd zijn en het vragen. 'Mag ik de telefoon even gebruiken?'

'Ga je gang.' Haar grijnzende gezicht verschijnt om de deurlijst. 'De rekening staat nog steeds op jouw naam.' Ze verdwijnt weer.

Ik ga mijn oude studeerkamer binnen. Kimmer heeft hem nog geen andere bestemming gegeven. Een paar boekenplanken hangen nog op hun plaats; de andere staan samen met het bureau, het dressoir en de stoelen opeengepropt in het souterrain van mijn appartement. Hier en daar liggen een paar tijdschriften, een of twee boeken, maar de gezellige kamer waar ik zoveel kwellende uren heb gespendeerd aan het in de gaten houden van Hobby Road, is in feite leeg. De draadloze telefoon staat op de vloer.

De kamer doet op deze manier doods aan. Ik vraag me af hoe Kimmer dit kan verdragen. Misschien houdt ze gewoon de deur dicht.

Ik pak de telefoon op, toets uit mijn hoofd het nummer in en wacht geduldig tot John Brown opneemt.

— 11 —

De politie van Oak Bluffs vond me bewusteloos op het strand. Ze waren met regelmatige tussenpozen de waterkant aan het afzoeken, zelfs in de storm. Het enige wat ik hoefde te doen was wachten. Ik had zelfs meteen al naar het politiebureau kunnen vluchten. Maar paniek had in mij het idee doen ontstaan dat ze het zouden sluiten.

Tegen de tijd dat de ambulance arriveerde was ik al klaar wakker en zat ik overeind, en dat was maar goed ook, want terwijl het ambulancepersoneel me op een brancard met wielen tilde en aanstalten maakte om een infuus in mijn arm te doen, kwam een van de politieagenten onze kant op lopen en zei tegen zijn collega: *Een kind heeft zijn beer verloren.* Ik draaide mijn hoofd naar hem toe en zag een doorweekte George Jackson onder zijn arm. De storm, die op weg was naar de Cape, had George achtergelaten als een ongewenste complicatie. Ik verzekerde de verschrikte politieagent dat de beer van mij was. Meer uit nieuwsgierigheid dan ambtshalve vroegen ze me wat ik midden in een orkaan op het strand deed met een speelgoedpanda. *Goede vraag*, zei ik, wat hun niet bepaald geruststelde.

Maar ze lieten het er maar bij.

En zo ben ik ten slotte terug in mijn appartement en bereid ik me voor op het begin van de colleges over twee weken, wanneer ik voor de zoveelste keer onrechtmatige daad zal doceren aan ruim vijftig nieuwe jonge gezichten en mijn best zal doen geen van hen te koeioneren. Bentley vliegt door mijn betrekkelijk krappe ruimte, verstoppertje spelend met Miguel Hadley, wiens vader hem twee uur geleden heeft afgezet voor een speelafspraak. Marc bleef nog even dralen terwijl hij grote wolken van zijn frambozentabak uitblies, en we waren het erover eens dat het jammer was van rechter Wainwright, en speelden het oude academische spelletje waarbij we veinsden dat we geen flauw idee hadden wie de president als zijn vervanger zou kiezen. Ik ben Marc dankbaar dat hij, terwijl deze trieste zomer op zijn eind afsnelt, een poging doet de verhouding tussen ons op te lappen, maar verbroken vriendschappen zijn, net als op de klippen gelopen huwelijken, vaak onherstelbaar.

Hoewel we nog steeds een paar dagen in augustus hebben te gaan, is de middag kil, want er is een onweersfront komen opzetten en er zijn onweersbuien. Ik heb in mijn appartement niet de beschikking over een echte studeerkamer, dus ik werk over het algemeen in de keuken op mijn laptop, zo nodig heen en weer lopend tussen de keuken en mijn boekenplanken in het souterrain. Ik zit op dit moment achter mijn laptop en probeer serieus werk te maken van een artikel door opnieuw naar de gegevens te kijken over de invloed van rijkdom op de uitkomst van rechtszaken met betrekking tot onrechtmatige daad – mijn manier om me te verontschuldigingen jegens Avery Knowland, waarbij ik de tijd neem om te bekijken of hij wellicht gelijk heeft.

Ik sta op en loop naar het keukenraam, waar ik neerkijk op mijn achtertuin ter grootte van een postzegel, het geplaveide gemeenschappelijke terrein erachter, en daarachter het plankenpad en het strand. Gisteren heb ik daar in de stralende middagzon geslenterd, voordat ik naar Hobby Road ben gereden om Bentley op te halen, omdat ik probeerde te bedenken wat ik moest doen met de diskette die nog steeds veilig in George Jackson zit. Ik weifel nog steeds.

John Brown zei me dat ondanks de schade als gevolg van de hitte, het kromtrekken en het zoute water waarvan de diskette nu is doordrenkt, er waarschijnlijk nog een tamelijk grote hoeveelheid gegevens hersteld kan worden. Er moet snel gehandeld worden, omdat hitte delen van de informatie van de diskette af kan 'smelten', maar het echte probleem is het zeewater: op het moment dat het zout oxideert, zou het verdere schade kunnen aanrichten. Hij heeft me geïnstrueerd het oppervlak af te spoelen met gedestilleerd water, wat ik heb gedaan. Maar magnetische media, verzekerde hij me, zijn taaier dan de meeste mensen denken. De enige manier om met zekerheid van opgeslagen informatie af te komen is die helemaal te overschrijven, bijvoorbeeld door de diskette opnieuw te formatteren. *Als je dat allemaal hebt gedaan*, lachte hij, *vernietig je, als je echt slim bent, de diskette helemaal.* Door hem zeg maar in de magnetron te koken. Of hem in de vuilverbrander te gooien. Dergelijke extreme stappen buiten beschouwing gelaten, is het inderdaad waarschijnlijk dat enkele gegevens het hebben overleefd. Er zijn experts die tegen betaling kunnen achterhalen wat er nog op staat.

Ik weet wat erop staat. Wainwright zei dat de diskette vol namen staat: namen van mensen die nu prominent zijn wier rechtszaken hij en mijn vader hebben gemanipuleerd.

Ik zou heel veel ellende kunnen veroorzaken.

Ik zou het gekwelde geraaskal van mijn vader kunnen lezen en de details van zijn vele misdaden aan de weet kunnen komen, ik zou corrupte senatoren kunnen afpersen of hen voor het gerecht kunnen slepen, ik zou de diskette kunnen overdragen aan de pers en de media in de gelegenheid kunnen stellen zich erin te verlekkeren. De aantijgingen zouden een aanzienlijk stuk van de geschiedenis van de jaren zeventig en tachtig op zijn kop kunnen zetten. Ze zijn natuurlijk niet bewezen, en misschien wel het laatste, wanhopige geraaskal van het gekwelde brein van de Rechter – maar niets daarvan heeft de journalisten er ooit van weerhouden om zoveel mogelijk schade aan te richten, met zo min mogelijk excuses, want het recht van de mensen om te weten is tot op het laatste cijfer achter de komma gelijk aan het vermogen van de media om te profiteren van schandalen.

Ik stel me voor dat mijn vader weer op de voorpagina's staat, maar ditmaal in het gezelschap van tal van vrienden. Ik huiver. Senatoren, zei Wainwright. Gouverneurs. Leden van de ministerraad. Ja, ik zou veel schade kunnen aanrichten.

En misschien is dat waar mijn vader naar hunkerde: veel schade, een laatste wraak op de wereld die hem zo wreed heeft afgewezen. Misschien was dat de reden van zijn briefje en zijn pionnen en de rest van dat gevaarlijke, verwarrende spoor dat me uiteindelijk terugvoerde naar de vliering van Vinerd Hius. Mijn vaders slimheid jaagt me plotseling angst aan. De wereld heeft mijn vader vernietigd, en ik schijn zijn uitverkoren instrument te zijn om het die wereld meteen betaald te zetten.

Ik voel een korte, verrukkelijke siddering van macht, onmiddellijk gevolgd door een rilling van walging. Het heeft geen zin te vragen: *Waarom ik?* Geen zin om uit te varen tegen het lot. Of tegen God. Of tegen mijn vader. Garland-mannen doen zulke dingen niet. Garland-mannen dragen moeilijkheden met een aan zelfhaat grenzend stoïcisme en maken de vrouwen in ons leven halfgek met onze afstandelijkheid. Garland-mannen komen zorgvuldig tot een besluit en houden er dan aan vast, zoals het werkwoord al impliceert: be*sluiten*, beëindigen, een einde maken aan andere mogelijkheden, zelfs wanneer hetgeen we besluiten vreselijk is. Maar de Rechter heeft misschien helemaal niet gewild dat ik een besluit nam; misschien stierf hij in het geloof dat het besluit al was genomen, dat ik zou doen wat Addison, die zelf juridische problemen had, niet kon. Misschien geloofde de Rechter dat ik me na het lezen van de namen zou opmaken om te vernietigen, dat ik het niet zou doen uit boosheid of een hunkering naar wraak, of zelfs maar vanwege het kille intellectuele genoegen dat je beleeft wanneer je schuldigen gestraft ziet worden, maar omdat mijn vader het me vroeg.

De schuldigen behóren te worden gestraft, dat staat buiten kijf.

Maar schuld is er in soorten en maten. En dat geldt ook voor straf.

Addison. Hier hebben we nu een vraag die niemand heeft opgeworpen, hoewel Nunzio er vaag op heeft gezinspeeld. Alma zei dat Addison niet het hoofd van het gezin kon zijn. Sally zei dat Addison haar had opgedragen het plakboek te pakken. Mallory Corcoran zei dat mijn vader dacht dat Addison hem had verraden. En mijn vaders regelingen hadden betrekking op de jongere zoon, niet op de oudere, die bovendien van zijn kinderen degene was van wie hij het meest hield. Zou de reden kunnen zijn dat Addison het allemaal al wist? Mijn broer zei dat de Rechter een jaar voor hij stierf bij hem kwam in Chicago, en hem zover probeerde te krijgen Villards rapport te lezen. Dat was ongetwijfeld als reactie op het bezoek van Wainwright. Het eerste wat bij mijn vader opkwam was alles aan zijn eerstgeboren zoon te vertellen, zodat Addison zijn verzekering zou zijn als er iets misging.

Maar Addison wilde niet meedoen. Ik weet dat hij het rapport heeft gelezen, hij wist dat er in de auto die Abby doodde twee mensen zaten, niet één. Misschien heeft de Rechter mijn broer verteld wat er daarna was gebeurd. Misschien is Addison daar zelf achtergekomen. Hoe het ook zij, hij was er zo door geschokt dat hij weigerde naar de rest van het verhaal te luisteren. Hij wilde niet weten wat de Rechter voor Jack Ziegler deed als tegenprestatie voor de moorden op Phil McMichael en Michelle Hoffer. En mijn vader, zoals hij oom Mal heeft verteld, en zoals Gewoon Alma wist of vermoedde, heeft dit als verraad opgevat.

Dus schakelde hij over op zijn tweede zoon. Maar deze keer ging hij behoedzamer te werk. Misschien uit angst dat ik even weigerachtig zou zijn als Addison, besloot hij me geen keus te laten en zijn regelingen te ontwerpen zoals hij een van zijn schaakproblemen zou ontwerpen, zodat de gebeurtenissen, zodra hij was gestorven, in gang zouden worden gezet, en ik maar één weg zou kunnen volgen. Die weg zou me naar Vinerd Hius leiden, en naar de vliering, en naar George Jackson.

Waarschijnlijk hoopte hij dat ik het de eerste keer dat ik het briefje zag al zou uitknobbelen.

Of misschien was Addisons rol in dezen niet beperkt tot het meedelen aan de Rechter dat hij er niets mee te maken wilde hebben. Iemand moest tenslotte de bestanden van de Rechter op de diskette zetten. Mijn vader zou zelf niet hebben geweten hoe dat moest; maar Addison houdt van computers. Misschien heeft Addison hem instructies gegeven, misschien heeft Addison het voor hem gedaan. Hoe het ook zij, mijn broer zou in elk geval een grof idee hebben gehad van wat de Rechter had verborgen, en waarom, zelfs al wist hij niet waar. Waarom weigerde hij Mariah en mij dan te helpen bij onze afzonderlijke zoektochten? Waarom probeerde hij, toen ik hem eindelijk te pakken kreeg, het uit mijn hoofd te praten om verder te gaan?

Om dezelfde reden waarom hij ervoor zorgde dat Sally het plakboek verwijderde. Omdat hij erbij was in de keuken in Shepard Street, de nacht dat de Rechter zijn eerste poging deed zijn pact met de duivel te sluiten. Omdat hij dat geheim meer dan twintig jaar had begraven. En omdat hij niet bereid was het te laten opgraven.

Geen wonder dat hij nooit tijd had om naar de hoorzittingen te komen.

Ik mis Addison. Niet zoals hij nu is, maar zoals hij was. Zoals het vroeger was, zou de Rechter hebben gezegd. Ik lijk in elke hoek van mijn leven hetzelfde te missen: zoals het vroeger was. Ik ervaar mijn familieleven als een aaneenschakeling van verliezen. Mijn broer, mijn zusje, mijn vrouw, mijn moeder, mijn vader, allemaal verdwenen, behalve Mariah. Net als de Rechter in zijn beste tijd preekt Morris Young dat we altijd vooruit moeten kijken, niet achterom, en ik doe mijn best. O, wat doe ik mijn best.

Ik heb mijn vrouw verloren. Mijn vader, hoe gek hij ook werd, heeft zijn Claire nooit verloren, niet vóór de dag dat ze stierf. De laatste paar jaar ben ik zo geobsedeerd geweest door mijn vader – eerst door de poging om aan zijn eisen te voldoen en de laatste tijd door het oplossen van het vreselijke mysterie waarmee hij mij heeft opgezadeld – dat ik nauwelijks een gedachte heb gewijd aan mijn moeder. Het wordt tijd om die wanverhouding te corrigeren. Het wordt tijd om Claire Garland weer te leren kennen, haar leven even nauwgezet te bestuderen als dat van Oliver. Ik heb geprobeerd een plaats te vinden voor mijn vader in de manier waarop ik me het verleden herinner. Ik moet hetzelfde doen voor mijn vrouw. En ik moet zoveel tijd besteden aan het herinneren van mijn moeder dat ook zij uiteindelijk een passende plaats kan innemen in de kamers van mijn herinnering. Als de herinnering onze bijdrage is aan de geschiedenis, dan is de geschiedenis de som van onze herinneringen. Zoals alle families heeft de mijne een geschiedenis. Ik zou me die graag willen herinneren.

Bentley en Miguel zitten nu in het souterrain met elkaar te fluisteren, zoals boezemvrienden dat op die leeftijd doen. Ik controleer het vuurtje dat ik op deze koude middag heb branden, bestijg dan de trap naar de bovenverdieping, ga mijn kleine slaapkamer in en sluit de deur. Ik ga op mijn goedkope boxspringbed zitten en staar naar de ladekast, het enige andere meubelstuk in de kamer. Vanaf zijn hoge plaats op de ladekast lijkt George Jackson naar me te knipogen met donkere plastic ogen. De diskette zit nog steeds ongestoord in hem, terwijl de informatie ervan uitgeloogd wordt. Het diabolische plakboek is weggestopt in een la, verborgen onder mijn te weinig gebruikte fitnesskloffie.

Ik doe mijn ogen dicht en herinner me Wainwrights wild zwaaiende hand. Ik doe ze open en herinner me zijn wanhopige woorden, hoe hij met pensioen wilde gaan en Jack Ziegler en zijn partners hem weigerden te laten terugtreden. Waarschijnlijk was Wainwright de ongenoemde koper die het huis op Shepard Street probeerde te bemachtigen, zodat hij het van onder tot boven zou kunnen doorzoeken. Uiteindelijk zou hij ook hebben aangeboden Vinerd Hius te kopen. Met inhoud en al, ongetwijfeld.

Zoals Abby's beer.

Een bliksemflits buiten weerkaatst in George Jacksons plastic ogen, waardoor hij weer knipoogt. Hij is betoverend, dit stokoude stuk speelgoed dat zijn vulsel verliest. Ik ben stomverbaasd dat hij de storm heeft overleefd, maar zo eigenaardig zijn stormen nu eenmaal: soms komt datgene wat de getijdenstroom met zich meetrekt bovendrijven en drijft terug op de volgende verpletterende golf, andere keren zinkt het en verdwijnt. De pieren die zich vanaf het strand van de Inktpot in de zee uitstrekken hebben deze terugkeer allicht waarschijnlijker gemaakt, door sommige golven weer te doen omslaan; maar de eerlijkheid gebiedt te zeggen dat ik geluk heb gehad.

Of misschien ook niet. Als George nooit was teruggekeerd naar de kust, als de politieagent hem niet had gevonden, als ik bewusteloos was gebleven, als een stuk of tien kleine dingetjes anders waren geweest, zou ik me nu niet geconfronteerd zien met dit dilemma. Als de golven de beer weggevoerd hadden, zou ik me geen zorgen hoeven maken over wat me te doen stond. Er zou niets te doen zijn, omdat er geen diskette zou zijn waarmee het gedaan moest worden.

Geen *regelingen*.

Jack Ziegler en zijn vrienden of vijanden of wie zij ook zijn besloten na het kerkhof dat ik de informatie die mijn vader had verstopt waarschijnlijk al had gevonden, en ik heb Henderson impliciet beloofd dat ik geheim zou houden wat ik wist. Nu is het geloof een feit: de regelingen zijn eindelijk in mijn bezit, en ik voel de aanzwellende opwinding van de verleiding die macht altijd met zich meebrengt.

Ik pak de beer op, schuif de diskette eruit en zet George weer neer waar hij zat. De diskette bij de randen vasthoudend loop ik terug naar mijn woon-eetkamer. Achter de ramen moet de storm nog gaan liggen. Hij valt weliswaar in het niet bij de storm die over de Vineyard woedde toen ik daar was, maar een storm is een storm, en ondanks het vuur wordt het appartement kouder.

Of misschien ben ik het die kouder word.

Ik denk aan mijn vaders droom om enige roem te verwerven door de eerste Dubbele Excelsior met het paard te scheppen, een taak die die gekke oude Karl onmogelijk noemde. De Dubbele Excelsior, maar waarbij zwart aan het eind zegeviert: twee eenzame pionnen, de ene wit, de andere zwart, zielig in hun machteloosheid, op hun uitgangsposities beginnend en zet voor zet gelijk opgaand totdat beide bij de vijfde zet het andere eind van het bord bereiken en een paard worden en bij deze laatste zet de witte koning schaakmat zetten. En het probleem deugt niet als er ook maar één andere optie is: er is maar één speelwijze toegestaan. Als de zwarte koning eerder schaakmat kan worden gezet, of een van beide pionnen op welk moment dan ook een andere zet kan doen en toch hetzelfde resultaat kan bereiken, dan is het probleem vervalst, oftewel waardeloos.

Mijn vader liet zijn dubbele Excelsior achter, niet op het bord maar in het leven, en bracht zijn twee pionnen op gang, een zwarte en een witte, met gelijkopgaande zetten, elkaar op de voet volgend, één tergend veld per keer, totdat ze het andere eind van hun bord bereikten op een door storm verduisterd strand in Oak Bluffs, waar ze voor de laatste keer oog in oog stonden.

Het ene paard stierf. Het andere is overgebleven om mat te geven. Precies zoals mijn wraakzuchtige vader het heeft gewild. Ik heb het gereedschap in handen. Ik hoef alleen maar de telefoon te pakken en agent Nunzio of de *Times* of de *Post* te bellen, en de dubbele Excelsior van de Rechter is compleet.

Maar het probleem is vervalst, zoals het in het jargon heet, als er ook maar één andere mogelijkheid is. En het probleem met paarden is dat ze in hun bewegingen vaak... onvoorspelbaar zijn.

Onmogelijk, zei Karl.

De jongens rennen weer door het huis. Over een paar minuten moet ik hun een tussendoortje geven en een van de talloze stoofschotels opwarmen die Nina Felsenfeld en Julia Carlyle hebben bezorgd. Daarna zullen we ons met zijn drieën in de Camry wurmen voor het korte ritje naar het prachtige huis van de Hadleys aan Harbor Peak. Ik heb geloof ik al vermeld dat Marc uit een rijke familie komt. Jaren geleden was zijn oom Edmund een van de stichters van een kleine firma die bedrijven opkoopt met geleend geld, genaamd Elm Harbor Partners. Er was bij Kimmer geen sprake van belangenverstrengeling, het geld van Hadley heeft zich allang verplaatst, maar ik weet van Dana, die het me nooit had mogen vertellen, dat Marc ooit een telefoontje heeft gepleegd naar een oudgediende van de familie die toen hoofd van de juridische afdeling was van EHP met het dringende verzoek hem het plezier te doen om naar Kimberly Madison te vragen zodra zij in de stad arriveerde. Het verzoek maakte deel uit van de poging van Stuart Land, toentertijd de decaan, om mij ervan te weerhouden op te stappen, want ik was tijdens mijn eerste jaar in Elm Harbor al even ongelukkig als ik geweest was tijdens mijn laatste jaar in Washington. Als Marc het telefoontje niet had gepleegd, zou Kimmer misschien niet zijn gebleven; als zij niet was gebleven, zouden zij en ik nooit zijn getrouwd; wat helpt verklaren waarom ik nooit in staat ben geweest zo'n grote hekel aan Marc te hebben als mijn vrouw heeft.

 Marc is vent genoeg geweest om tegen mij geen gewag te maken van deze gunst. Ik denk niet dat Kimmer het weet. En ik ben niet van plan het haar te vertellen. Trouwens, het mag dan zo zijn dat EHP naar Kimmer heeft gevraagd om Marc een plezier te doen, maar het was door haar voorbeeldige vaardigheden als advocaat dat ze hun – en Jerry Nathansons – blijvende vertrouwen heeft gewonnen.

 Ik kijk op mijn horloge en ga de krappe keuken in om het tussendoortje voor de jongens op te warmen. Er is zoveel te doen, zoveel te doen. Ik wil een betere christen zijn, ik wil tijd doorbrengen met Morris Young om de betekenis te leren van het geloof dat ik belijd. Ik wil meer wandelingetjes met Sally gaan maken, me verontschuldigen voor de familie, en haar, als ik kan, helpen genezen. Ik wil Gewoon Alma opzoeken, aan haar voeten zitten luisteren naar de verhalen over vroegere tijden, toen de familie gelukkig was – zoals het vroeger was. Daarna wil ik Thera opzoeken, en de verhalen vergelijken. Ik wil mijn zus uit haar verveling helpen. Ik wil in de juridische faculteit geloven zoals Stuart Land dat doet. Ik wil in het recht zelf geloven zoals ik dat vroeger deed, voordat de Rechter en zijn maatje Wainwright mijn geloof aan diggelen hebben geslagen.

 En er is nog iets anders. Ik wil weten wat er met Maxine is gebeurd. Ik wil weten waarom ze me heeft neergeschoten, of het een ongeluk was, en zo niet, wiens orders ze heeft opgevolgd. Ik wil dat ze me in de ogen kijkt en me vertelt dat ze niet voor Jack Ziegler werkte, noch voor de onbekende partners met wie hij samenzwoer om Phil McMichael en zijn vriendin te vermoorden en het federale hof van beroep om te kopen. Misschien kan ze me het zelfs laten geloven. In dat geval werkte Maxine, precies zoals ze zelf zei, voor de goeden – geen lieverdjes, maar gewoon de goeden, die zich heilig hadden voorgenomen datgene wat mijn vader had achtergelaten, te vernietigen in plaats van het te gebruiken. Nog een pressiegroep? Nog een maffia? Nog een federale inlichtingendienst?

Ik wil weten waarom ik haar, ondanks mijn vurige gebeden toen ik vorige week op het strand op sterven meende te liggen, nooit meer heb gezien.

Oom Jack zei dat er op sommige vragen geen antwoord is. Misschien zal ik binnenkort weer naar Aspen vliegen en bij hem aankloppen om hem er toch een paar te stellen. En als ik dat doe, neem ik aan dat ik hem in zekere zin dank verschuldigd zal zijn voor het feit dat hij mij en mijn gezin al deze maanden heeft beschermd, terwijl we gekidnapt, gemarteld, vermoord hadden kunnen worden. Maar we zouden zijn bescherming helemaal niet nodig hebben gehad als hij niet geweest was wie hij was en de dingen had gedaan die hij heeft gedaan.

De telefoon gaat en haalt me uit mijn dromerij. Ik neem op in de veronderstelling dat er geen slecht nieuws meer valt te verwachten. Zoals ik al had kunnen vermoeden is het mijn zus die me belt om me over het nieuwe bewijs te vertellen dat ze heeft gevonden in Shepard Street of op het Internet of ergens drijvend in een fles: mijn koppige geest weigert zich te concentreren op haar woorden, die een geluidsstroom worden, niet gerelateerd aan welk deel van mijn werkelijkheid dan ook. Ik verras haar door haar te onderbreken.

'Ik hou van je, maatje.'

Een stilte waarin Mariah wacht op de clou. Dan haar voorzichtige maar blije repliek: 'Nou, gelukkig maar, want ik hou ook van jou.'

Weer een stilte waarin we beiden de ander stilzwijgend uitdagen week te worden. Maar we zijn nog altijd Garlands, we zijn aan onze emotionele limiet gekomen, dus het gesprek gaat snel over op haar gezin. Ze belooft me geen poging tot koppelen te zullen doen als ik op haar jaarlijkse barbecue op de Dag van de Arbeid zal komen. Ik stem toe. Vijf minuten later is mijn zus verdwenen – maar ik weet dat ze door blijft speuren, wat ik best vind. Laat Mariah maar volharden in haar pogingen te bewijzen dat de Rechter is vermoord; dat is haar manier om ermee om te gaan, en misschien kan ze met haar journalistieke hardnekkigheid nóg een onaangename waarheid aan het licht brengen. Ik bewonder haar onderzoek, maar zal me er niet mee inlaten. Ik heb lange tijd aangenaam kunnen leven zonder volmaakte kennis. De semiotiek heeft me geleerd te leven met ambiguïteit in mijn werk; Kimmer heeft me geleerd te leven met ambiguïteit in mijn huis; en Morris Young leert me te leven met ambiguïteit in mijn geloof. Ik twijfel er niet aan of de waarheid bestaat, zelfs morele waarheid, want ik ben geen relativist; maar wij zwakke, gevallen mensen zullen de waarheid altijd slechts onvolkomen gewaarworden, een zwak gloeiende aanwezigheid waar we kruipend op afgaan door de nevels van rede, traditie en geloof.

Er zijn zoveel vragen en er is zo weinig tijd. Terwijl ik terugloop naar de woonkamer staar ik naar de gebarsten, kromgetrokken diskette, wensend dat ik de geheimen ervan kon ontsluiten door pure wilskracht, omdat precieze kennis van wat mijn vader erop heeft gezet, hetzij feit of fictie, me zou kunnen helpen besluiten wat te doen. Maar ik heb niet de tijd, of het vertrouwen, om te doen wat John Brown me aanraadt en iemand te huren om het te ontcijferen. Ik zal moeten besluiten – be*sluiten* – op grond van het weinige dat ik al weet. *Een man zijn betekent dat je moet handelen.*

Ik merk dat het vuur aan het uitgaan is. Nou, dat kan ik niet hebben op zo'n kille middag. Toen Kimmer en ik nog min of meer gelukkig waren, was knuffelen bij het vuur een van onze liefste bezigheden. Als het in Hobby Road vannacht net zo fris is als hier bij het strand, is ze er beslist op los aan het knuffelen. Alleen niet met mij.

Ik mis wat ik heb gehad. Zoals het vroeger was.

Maar ik kan hoe dan ook van een vuur houden.

Ik gooi nog een houtblok op het vuur en kijk toe hoe er enkele vonken omhoogvliegen. Niet genoeg: het vuur moet worden ververst. Omdat ik nergens aanmaakhout zie, pak ik de diskette die mijn vader in Abigails beer had verstopt, en terwijl ik een streep zet en het verleden achter me laat, werp ik hem in de vlammen.

Nawoord van de schrijver

Dit is een werk van fictie. Het is aan mijn verbeelding ontsproten. Het is geen sleutelroman over het juridisch onderwijs of het bizarre proces waarmee we rechters van het Supreme Court benoemen (of daarvan afzien), of over de beproevingen van de zwarte Amerikaanse middenklasse, of wat dan ook. Het is beslist niet het verhaal van mijn eigen familie, naaste noch verre. Het verhaal is slechts een verhaal, en de personages zijn mijn eigen verzinsels, met uitzondering van een handvol echte advocaten, wetgevers en journalisten die een marginale, maar geheel verzonnen rol spelen.

Mijn denkbeeldige juridische faculteit is niet gemodelleerd naar Yale, waar ik twintig jaar lang met plezier heb gedoceerd, en mijn denkbeeldige stad Elm Harbor is niet een doorzichtig vermomd New Haven, hoewel de zorgvuldige lezer zal opmerken dat deze twee gemeenten een aantal schimmen gemeen hebben. Misha Garlands mopperige klachten over zijn collega's of studenten mogen geen van alle worden beschouwd als een weergave van mijn mening over mijn eigen collega's of studenten, die ik koester en respecteer.

Er bestaat volstrekt geen verband tussen mijn personage Oliver Garland, Misha's vader en voormalig rechter van het hof van beroep van de Verenigde Staten voor de rondgaande rechtbank van het district Columbia, en de edelachtbare Merrick Garland, een bestaande rechter van dezelfde rechtbank, die lang nadat mijn fictieve gezin Garland was verzonnen, werd benoemd. Het was toen te laat om de familienaam te veranderen: ze waren allemaal al voor me tot leven gekomen.

Ik heb me bepaalde vrijheden veroorloofd bij de geografie van Martha's Vineyard, met name wat betreft het prachtige dorpje Meneshma, waar langs de kustlijn achter de restaurants en winkels niet de visserskoten staan die Misha onderzoekt, en waar ik nooit iemand heb ontmoet die zo zelfzuchtig en onaardig was als de visser met wie Misha redetwist. Het uitzicht op Oak

Bluffs Harbor vanuit het park waar Misha en Maxine hun openhartige gesprek hebben, wordt tegenwoordig belemmerd door een afzichtelijk openbaar badhuis, maar ik denk liever terug aan de schoonheid van het uitzicht voordat het gedrocht werd gebouwd, dus in deze roman bestaat dat ding niet. De Edgartown Road is in de buurt van het vliegveld in werkelijkheid veel vlakker dan in mijn verhaal. Mijn enige excuus is dat steile heuvels in het verhaal beter van pas komen. De stokoude houten trap die vanaf Seaview Avenue afdaalt naar de Inktpot ligt in werkelijkheid niet recht tegenover een huis aan de zuidkant van Ocean Park, gescheiden door een grasveld, maar ik had hem op die plek nodig, dus verplaatste ik hem een paar honderd meter naar het westen ten opzichte van zijn ware locatie.

In 1997 werd het stadje Gay Head officieel omgedoopt tot Aquinnah, maar net als Misha Garland en vele anderen die van het eiland houden, kan ik, na drie decennia de oude naam gebruikt te hebben, maar moeilijk aan de nieuwe wennen. Ik zal het ongetwijfeld mettertijd wel leren. Murdick's Fudge en de Corner Store in Oak Bluffs zullen waarschijnlijk niet open zijn in de week na Thanksgiving, wanneer Misha en Bentley ernaartoe gaan, maar ik heb enige dichterlijke vrijheid genomen om de late herfst op Circuit Avenue in mijn verhaal wat vrolijker te maken dan in werkelijkheid. Het is onwaarschijnlijk dat Misha zo vaak met de auto heen en weer is gegaan naar het eiland als in het verhaal, omdat het bijzonder moeilijk is een reservering te maken voor het autoveer, en de mogelijkheden om op een reservelijst te komen veel beperkter zijn dan vroeger. Maar dromen is toegestaan.

Washington DC is in mijn roman ook niet precies zoals op de kaart. Met name het filiaal van Brooks Brothers in het centrum is een paar jaar geleden van zijn rustige locatie aan L-Street naar een wat chiquer en drukker hoekje op Connecticut Avenue verhuisd. Maar het nieuwe filiaal is te dicht bij Dupont Circle om in dit verhaal van pas te kunnen komen, dus heb ik de winkel op de plek gehouden waar hij zo'n lange tijd gevestigd was.

Ik heb de geschiedenis van Amerika van de afgelopen twee decennia in ondergeschikte maar opvallende opzichten veranderd en ik hoop dat geen van de werkelijk bestaande personen met wier levens ik ruw ben omgesprongen om ze in het verhaal te laten passen, beledigd zullen zijn. Anderzijds zijn sommige dingen waarvan de lezer misschien vermoedt dat het verzinsels zijn, aan de werkelijkheid ontleend. De Anti-abortusvereniging van Homoseksuelen om maar een voorbeeld te noemen, is een bestaande organisatie en een van zijn nationale functionarissen heeft inderdaad min of meer met zoveel woorden tegen me gezegd: 'Iedereen haat ons.'

Ik ben dank verschuldigd aan David Brown, een columnist van het tijdschrift *Chess Life*, die me een paar van de fijne kneepjes heeft bijgebracht van het schaakprobleem dat deel uitmaakt van het motief van het boek. Ik ben tevens dank verschuldigd aan George Jones, Esq., partner in het advocatenkantoor van Sidley Austin Brown & Wood, L.L.P., voormalig lid van de permanente ethische commissie van de Amerikaanse Vereniging voor de Advocatuur en president van de rechtbank van het district van Columbia (2002-3), die me heeft geadviseerd bij een paar netelige kwesties betreffende de regels waaraan de advocaat-cliëntrelatie onderworpen is, en aan Natalie Roche, M.D., F.A.C.O.G., toentertijd staflid van het Beth Israel Medical Centre in New York City, voor behulpzame gesprekken over medische problemen die zich kunnen voordoen tijdens de bevalling. Alle fouten die in het verhaal voorkomen, op deze gebieden of andere, zijn aan mij toe te schrijven, of misschien aan mijn personages.

En inderdaad begaan mijn personages beschamende vergissingen. Misha Garland citeert in zijn woordenwisseling met FBI-agenten Foreman en McDermott de wet betreffende samenwerking met federale onderzoekers verkeerd, maar de lezer moet niet vergeten dat hij niet deskundig is op het gebied van strafrecht. In zijn enthousiasme voor zijn eigen ideeën geeft Marc Hadley zowel de feiten als de portee verkeerd weer van het besluit van het Supreme Court inzake *Griswold vs. Connecticut*, dat niets te maken had met artsen of ongetrouwde vrouwen. (Het kan zijn dat hij aan *Eisenstadt vs. Baird* dacht, of dat hij het, zoals zo vaak, ter plekke verzon.) Lionel 'Sweet Nellie' Eldridge drijft het door de National Basketball Association vastgestelde scoringsgemiddelde van zijn carrière voortdurend op, door zijn punten per wedstrijd naar boven af te ronden, van 18,6 naar 19. Niettemin, zoals Pony Eldridge, zijn vrouw en statistica graag zegt, is dit een geoorloofde vrijheid, omdat het scoringsgemiddelde van zijn carrière 19,5 zou zijn geweest als hij na zijn blessure niet dapper was teruggekomen voor dat laatste desastreuze seizoen – dit zijn Pony's woorden – om te proberen tienduizend carrièrepunten te behalen alvorens afscheid te nemen.

De meeste schaakschrijvers schrijven het citaat dat als motto van dit boek is gebruikt toe aan Siegbert Tarrasch, maar er wordt ook wel beweerd dat het afkomstig is van de voormalig wereldkampioen Alexander Alekhine. Verschillende bronnen geven uiteenlopende versies van de zin van Felix Frankfurter die door Wallace Wainwright wordt geciteerd. Ik heb de bron gekozen die me het meest betrouwbaar leek, het invloedrijke boek uit 1966 van Bernard Schwartz: *Decision: How the Supreme Court Decides Cases*. Professor

Schwartz verifieerde het citaat bij een griffier die aanwezig was toen de verklaring werd afgelegd.

Ten slotte moet ik bekennen dat niet elke zin in dit boek mijn eigen creatie is. De precieze formulering van Bentleys aankondiging dat hij op een boot vaart is in feite niet ontsproten aan Misha Garlands zoon maar aan de mijne. Rob Saltpeters *bon mot* over de Verenigde Staten als christelijke natie heb ik voor het eerst gehoord uit de mond van de bedachtzame David Bleich, die zowel rabbi als hoogleraar rechtsgeleerdheid is. De regels van de rechtszaalpolka zijn niet mijn vinding, noch die van Misha Garland; ze zijn ontleend aan een jeugdherinnering, een mopje over president Lyndon Johnson die de 'persconferentiepolka' danst. (Ik ben elke lezer dankbaar die me naar de oorspronkelijke bron zou kunnen leiden.) En Dana Worths gevatte opmerking over Bonnie Ziffren is in werkelijkheid in een gelijksoortige context verzonnen door wijlen Leon Lipson, mijn collega op Yale, wiens subtiliteit, gevatheid en pure plezier in kennis altijd zullen inspireren maar nooit kunnen worden vervangen.

Ik moet dank betuigen aan mijn literair agente Lynn Nesbit, die vele jaren geduldig heeft gewacht tot ik het manuscript afhad dat ik voortdurend voor de volgende maand beloofde. Lynn heeft me tijdens mijn veelvuldige writer's blocks aangemoedigd en me nooit tot spoed gemaand. De roman heeft enorm veel baat gevonden bij het elegante en sympathieke redactiewerk van Robin Desser bij Knopf, en de bedachtzame opmerkingen van de kleine kring van intimi die het manuscript voor publicatie heeft gelezen.

Ten slotte kan ik zoals gewoonlijk geen woorden vinden om op adequate wijze uiting te geven aan mijn dankbaarheid jegens mijn familie: mijn kinderen, Leah en Andrew, met wie ik heel wat plezierige zaterdagmiddagen heb gemist omdat 'papa moet schrijven'; hun oudtante Maria Reid, die het heeft geslikt dat ik haar urenlang negeerde terwijl ik in mijn studeerkamer aan mijn computer geketend zat; en bovenal mijn vrouw, Enola Aird. Zonder haar standvastige liefde, scherpzinnige lezing, zachte dwang en spirituele raad zou deze roman nooit voltooid zijn. God zegene jullie allen.

Mei 2001